# 流域水电开发重大技术问题及主要进展

## ——雅砻江虚拟研究中心2014年度学术年会论文集

主　编　陈云华

黄河水利出版社
·郑州·

**图书在版编目(CIP)数据**

流域水电开发重大技术问题及主要进展:雅砻江虚拟研究中心2014年度学术年会论文集/陈云华主编. —郑州:黄河水利出版社,2014.3
ISBN 978-7-5509-0723-2

Ⅰ.①流… Ⅱ.①陈… Ⅲ.①水电资源-资源开发-西南地区-文集 Ⅳ.①TV213-53

中国版本图书馆CIP数据核字(2014)第024594号

策划编辑:王文科　　电话:0371-66025273　　E-mail:15936285975@163.com

出 版 社:黄河水利出版社
　　地址:河南省郑州市顺河路黄委会综合楼14层　　邮政编码:450003
发行单位:黄河水利出版社
　　发行部电话:0371-66026940、66020550、66028024、66022620(传真)
　　E-mail:hhslcbs@126.com
承印单位:河南省瑞光印务股份有限公司
开本:787 mm×1 092 mm　1/16
印张:36.5
字数:889千字　　印数:1—2 000
版次:2014年3月第1版　　印次:2014年3月第1次印刷

定价:150.00元

# 序　言

根据国家发改委授权，雅砻江流域水电开发有限公司负责实施雅砻江流域水能资源开发，全面负责雅砻江梯级水电站的建设和管理。雅砻江干流规划开发21级电站，规划可开发装机容量约3 000万kW。目前，雅砻江下游二滩、锦屏一级、锦屏二级、官地水电站先后投产，筹建项目有两河口、杨房沟水电站；正在进行前期勘探的项目有中游的卡拉、牙根一级、牙根二级、楞古和孟底沟等5个水电站；正在规划中的还有上游的新龙等9个梯级电站；雅砻江流域水电站群呈现出全江联动、首尾呼应、压茬开发的良好态势。

雅砻江流域属深山峡谷，河谷深切，地质条件复杂，以锦屏一级305 m世界第一高拱坝、锦屏二级世界最大规模深埋长大隧洞群、两河口300 m级超高土石坝为代表的一批世界级水电工程建设难度位居世界前列；同时雅砻江是中国唯一一个由单一主体完整开发的大型流域，全流域梯级电站统筹建设和运行管理也面临着一系列世界级技术难题。近年来，雅砻江公司以国家自然科学基金雅砻江水电联合研究基金研究团队为基础，通过建设雅砻江虚拟研究中心这一科研平台，积极开展产学研合作的科技攻关和自主科技创新，取得了一系列科技成果。这些成果的取得，得益于广大科研工作者的共同努力，也将为我国水电事业的发展做出重要贡献。随着雅砻江流域水电开发的进一步推进，还将遇到各种各样的技术问题，需要继续依靠广大科研工作者和研究单位的力量，来共同攻克这些技术问题。

为总结这些科技成果，展望未来研究需求与方向，雅砻江虚拟研究中心决定召开2014年度学术年会。本次学术年会的主题是流域水电开发重大技术问题及主要进展。在各专家、学者及有关单位的大力支持下，经过专家评审，筛选出69篇论文正式出版。论文集主要涉及以下几个方面：

（1）近年来围绕雅砻江流域水电开发开展的相关科研工作及主要成果；

（2）行业相关研究领域热点及最新研究进展；

（3）雅砻江流域水电开发实施进展、科技创新实施进展及下一步展望。

这次会议由雅砻江流域水电开发有限公司主办，同时得到了国家自然科学基金委员会工程与材料科学学部及雅砻江虚拟研究中心各成员单位中国水电顾问集团成都勘测设计研究院有限公司、华东勘测设计研究院有限公司、清华大学、上海交通大学、同济大学、四川大学、天津大学、河海大学、武汉大学、华中科技大学、山东大学、大连理工大学、成都理工大学、三峡大学、中国水利水电科学研究院、水利部交通运输部国家能源局南京水利科学研究院、长江水利委员会长江科学院、中国科学院武汉岩土力学研究所、中国科学院生态环境研究中心、水利部中科院水工程生态研究所等单位的大力支持，在此一并表示感谢。

**编　者**

2014年3月于成都

# 目　录

## 第三篇　电力生产与运行

## 第四篇 环境保护与征地移民

# 第一篇

# 流域开发综合管理

# 雅砻江流域数字化平台建设规划及关键技术问题

陈云华

（雅砻江流域水电开发有限公司　四川　成都　610051）

**摘要**：雅砻江流域水电开发有限公司为通过应用信息技术提升流域开发管理的效率和决策的科学性，规划建设雅砻江流域数字化平台。雅砻江流域数字化平台综合利用3S技术、产品全生命周期管理、物联网、三维虚拟现实等技术，通过实现流域重要信息的采集、传输、存储和三维虚拟现实环境下的集成管理和分析应用，构建流域开发辅助管理和决策支持系统。本文对雅砻江流域数字化平台总体框架和系统建设规划进行了全面介绍，重点阐述了数字化平台各业务应用系统的功能需求，分析了数字化平台与雅砻江流域水电开发有限公司信息化建设的关系。对实现提升流域开发管理的效率和决策的科学性目标至关重要的几个关键技术问题，如多源、多时空海量数据采集与融合管理技术、流域陆气耦合高精度分布式水文预报模型、复杂市场环境下的联合优化调度技术、流域高坝群的安全监控与预警预报技术，基于物联网的水电工程全生命周期管理技术等，本文也进行了分析。

**关键词**：雅砻江　数字化平台　应用系统　建设规划　关键技术

## 1　引　言

雅砻江是长江上游金沙江最大的支流，干流规划装机约3 000万kW，在全国十三大水电基地中排名第三。雅砻江流域梯级补偿效益特别显著，当两河口、锦屏一级和二滩三大控制性水库全部形成后，联合运行可使中下游梯级电站实现多年调节，平枯期电量大于丰水期电量，成为全国技术经济指标最为优越的梯级水电站群之一，同时还将对下游长江干流电站发挥显著的梯级补偿效益。雅砻江流域水能资源开发对于国家能源结构调整和保障能源安全具有重要意义，在流域开发过程中，还将带动区域社会经济发展和生态环境保护，提升长江流域防洪和公共安全管理水平，具有显著的社会经济综合效益。

我国《国民经济和社会发展第十二个五年规划纲要》指出，要“推动信息化和工业化深度融合，加快经济社会各领域信息化”。雅砻江流域水电开发有限公司是国家授权负责实施雅砻江流域水能资源开发的大型国有企业，正在建设雅砻江流域数字化平台，希望通过实现流域信息资源的共享和数字化、可视化集成管理，为雅砻江流域梯级电站的规划设计、建设和运行管理提供辅助服务和决策支持，提高水电开发管理的水平和社会经济效益，既符合国家重大战略需求和提升水电行业信息化、现代化水平的需要，也是雅砻江公司自身发展的内在需求。

## 2　雅砻江流域数字化平台总体框架

雅砻江流域数字化平台建设综合利用3S技术（地理信息GIS、遥感技术RS、全球定位技术GPS)、产品全生命周期管理、物联网技术、三维虚拟现实与交互式仿真等现代高新技术,通过实现流域重要信息的采集、传输、存储和三维虚拟现实环境下的集成管理和分析应用,构建流域开发辅助管理和决策支持系统。雅砻江流域数字化平台建设包括雅砻江公司在雅砻江流域水电开发、生产经营管理过程中的各个业务,涵盖信息采集、传输、存储、信息标准与服务管理、应用系统的建设和集成等,总体框架如图1所示。

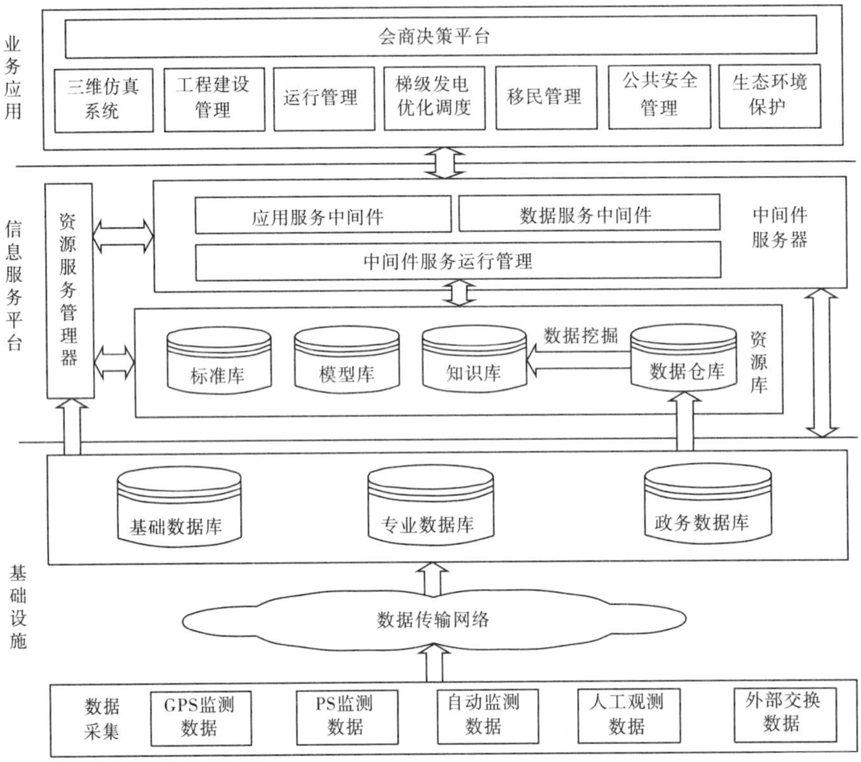


**图1 雅砻江流域数字化平台总体框架**

## 3 雅砻江流域数字化平台建设规划

### 3.1 基础设施

基础设施主要是处理各类信息从采集数据到数据处理和存储的过程,是雅砻江流域数字化平台建设的基础。根据雅砻江流域综合开发和流域管理工作业务需求,广泛采集雅砻江流域数字化平台所需的各类信息资源,包括空间地理信息、气象水文、工程建设、安全监测、运行信息等,通过覆盖全流域的通信及计算机网络,快捷、及时地将采集数据传输到数据存储与处理系统。

#### 3.1.1 数据采集系统

雅砻江流域数字化平台所需的信息从信息来源来看,分为企业自建的数据采集系统,专项采集数据,工程勘察设计和施工过程中产生的数据,以及来源于其他部门的外部信息。企业自建的数据采集系统包括水情、雨情、视频监控、工程安全监测、设备运行等数据;专项采集数据是指为建设雅砻江数字化平台专门采集和处理形成的流域空间地理信息数据;工程勘察设计和施工过程中产生的数据主要包括工程枢纽布置、工程进度、质量、造价及各类科研和技术数据及文档;外部购买的数据包括流域社会经济统计信息、卫星图片、气象预报信息等。

雅砻江流域数字化平台所需的信息采用实时采集、定期及不定期调查、外部信息交换与共享等方式采集,应用 GPS、图形数字化、GIS、卫星遥感、航空遥感、地面遥感、自动化监测数据采集系统等多种技术手段,并根据管理需求进行数据动态更新。

3.1.2 通信和计算机网络

通信和计算机网络是为适应雅砻江流域水电开发有限公司信息资源开发与业务应用需要而构建的数据传输系统。数据传输通信方式包括光纤、网线等有线传输及卫星、移动通信等无线传输方式。信息采集传输系统结构如图 2 所示。

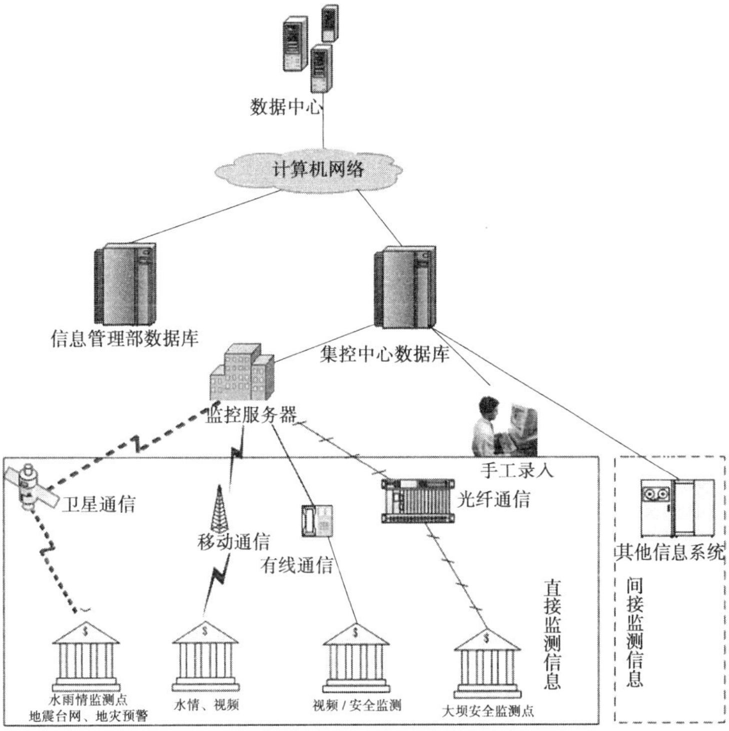


图 2 雅砻江流域数字化平台信息采集传输系统结构图

3.1.3 数据存储管理

数据库的建设是雅砻江流域数字化平台建设的重要组成部分,需建立包括元数据标准、数据模型标准、数据编码、数据访问和交换标准、数据安全标准、数据更新标准等在内的一系列数据管理标准。数据中心是流域开发管理信息汇集、存储与管理、交换和服务的中心,由高性能、大容量、智能化的网络存储设备构成,通过有序汇集和管理流域基础信息数据,提供数据服务。

## 3.2 信息服务平台

信息服务平台是雅砻江流域数字化平台信息资源的管理者,也是服务的提供者。信息服务平台由数据仓库、知识库、模型库和数据存取接口、服务中间件、虚拟仿真环境等部分组成。信息服务平台是一个开放的资源共享和应用集成以及可视化表达的公用服务平台,是业务应用的重要支撑,是实现雅砻江流域数字化平台资源共享、统一标准的保障。

### 3.3 业务应用

根据流域开发管理的需要，雅砻江流域数字化平台的业务应用系统包括：流域基础地理信息与枢纽三维可视化交互平台，水电工程建设信息管理与决策支持系统，水电站运行信息管理与决策支持系统和流域开发综合信息管理与决策支持系统。通过集成各业务应用系统，建设流域重大问题决策会商平台，为决策者提供虚拟可视化交互环境和各个业务应用系统的专业分析结果，对流域开发的重大问题、矛盾冲突等进行会商决策。

#### 3.3.1 流域基础地理信息与枢纽三维可视化交互平台

以雅砻江流域空间数据为基础，应用大范围 DEM 数据、遥感影像数据、航拍数据和地形、河流、道路、水电工程等数据及实景照片资料，采用建模软件实现雅砻江流域范围地形地物和工程建筑物的建模，建立以三维可视化、信息查询、仿真模拟为目标的三维可视化交互平台，实现相关数据的可视化集成管理，提供业务管理及决策支持虚拟现实环境。流域基础地理信息与枢纽三维可视化交互平台是其他应用系统开发的基础平台，通过流域和工程建筑物、设备的虚拟漫游，系统本身可以用于虚拟踏勘、汇报演示、快速熟悉工程及设备的培训等方面，将提高工程考察和设计工作效率、增强汇报展示效果、改善培训效果、促进信息沟通、提升企业科技形象。

#### 3.3.2 水电工程建设信息管理与决策支持系统

水电工程建设信息管理与决策支持系统结合水电工程施工过程，实现对工程属性静态信息和施工过程动态信息的管理，对施工计划和进度、施工质量、合同和投资、施工安全、机电设备安装、物资运输等进行可视化管理。系统所需信息包括建筑物结构设计、单元工程划分、空间位置等静态信息；以及记录施工过程各种指标和数据变化过程的动态信息，如混凝土施工的温控、质量检测、安全监测、设备物资运输位置等各种信息，并对各种信息加以分析利用，实现施工过程仿真、形象进度的对比分析、质量监控、投资分析、设备物资及材料运输跟踪等功能，可以全面直观地反映工程建设情况，便于设计交底和施工方案预演等，可以辅助施工过程的实时监控，并为工程管理决策提供支持，还可以用于施工培训、工作汇报沟通等方面，有利于提高工程建设管理的水平。

#### 3.3.3 水电站运行信息管理与决策支持系统

水电站运行信息管理与决策支持系统按照数字化电站的要求，通过全面采用信息技术，以计算机监控系统、视频监控系统、设备在线监控系统等为基础，实现电站信息方便的可视化查询与分析管理。水电站运行管理与决策支持系统承接建设期逐步形成的水电工程建筑物及设备设施三维数字化模型，集成生产运行管理的相关基础信息，包括工程建筑物和设备的空间位置和结构、基本属性和图纸、设备实时运行状态、巡检记录、历史缺陷和检修交待、备品备件库存、安全监测等信息，并对信息加以挖掘和利用，结合远程和移动应用，可以用于生产人员快速熟悉电厂设备设施和安装检修过程的培训、辅助设备的巡检和检修维护管理、运行值班的状态分析和远程监控、应急演练等方面，能有效提高生产效率，并对生产管理的决策提供有效支持，有利于提高水电厂生产管理的水平。

#### 3.3.4 流域开发综合信息管理与决策支持系统

除水电工程施工或水电站运行管理涉及的工程枢纽区域外，在大尺度的流域空间内，存在与流域开发管理相关的重要信息，如区域内水文气象、调度运行、地质灾害风险、环境保护对象、移民实物指标和安置规划等，对这些信息的管理和分析应用将对梯级水电站的运行调度、公共安全管理、环境保护、移民安置等发挥重要作用。流域开发综合信息管理与决策支持系统主要包括:流域水情预报与梯级电站联合优化调度决策支持系统,流域公共安全信息管理与决策支持系统,流域环保水保信息管理与决策支持系统和流域征地移民信息管理与决策支持系统。

3.3.4.1 流域水情预报与梯级电站联合优化调度决策支持系统

流域水情预报与梯级电站联合优化调度决策支持系统利用基础地理信息和流域水文预报、水流模拟技术,实现高精度水情测报和梯级水电站群优化调度及调度效益评估等目标,提高流域梯级系统调度安全性和综合利用效益。系统所需的基础信息包括水情和雨情、河道地形和库容特性、调度约束条件等。系统可实现基于数字流域的水文模拟预报、梯级联合调度优化计算,利用流域基础地理信息系统和工程三维数字化模型,对水情测报过程和调度方案进行三维动态演示,可更方便地对比不同的预报和调度方案,可以辅助调度方案决策和解释上报,争取获得最优的梯级调度方案。

3.3.4.2 流域公共安全信息管理与决策支持系统

流域公共安全信息管理与决策支持系统结合流域安全应急指挥系统建设的需要,通过对区域地质构造等风险源的基础信息,降雨、水情和工程安全监测等实时的监控信息,应急物资储备等资源信息和人口、交通等综合信息的集成管理和应用,可以进行灾害风险评价和危险区划,对灾害可能造成的危害程度进行分级,实现工程和流域安全的预警预报,利用流域基础地理信息与枢纽三维可视化交互平台进行平时的虚拟应急预案演练和突发情况下应急救援方案的沙盘推演辅助决策;利用灾害发生前后地形地貌的变化资料对灾情进行快速评估。系统可为流域防灾应急演练、突发灾害应急指挥、灾害综合治理方案决策提供支持,帮助企业提升安全和应急管理水平。

3.3.4.3 流域环保水保信息管理与决策支持系统

流域环保水保信息管理与决策支持系统在常规生态环境和水土保持监测的基础上,辅助遥感和全球定位系统等环境信息采集手段,获取环境保护对象和设施的空间、属性与状态信息和建立生态环境信息库,在流域基础地理信息系统和工程三维数字化模型的基础上集成各种环境管理对象的空间、属性信息,随时间变化的状态信息等,可以实现直观的环境要素信息监控和分析、生态环境景观仿真、生态系统分析和评价、环境演化趋势预测、生态保护成果管理与展示等功能,为流域水电开发环保水保管理提供决策支持服务,同时也用于公司环保水保宣传和汇报展示,帮助企业提高环保水保管理水平。

3.3.4.4 流域征地移民信息管理与决策支持系统

流域征地移民信息管理与决策支持系统基于流域三维地理信息可视化平台,集成管理征地移民实物指标信息、移民搬迁安置过程跟踪信息、水库蓄水进度及人口社会经济数据、移民设施建设信息等各种征地移民相关的空间数据和非空间数据。系统实现直观的三维漫游、淹没区分析、实物指标调查和数据管理、移民安置规划方案分析、移民数据查询和统计报表等功能,应用于移民安置规划方案决策支持及移民搬迁安置的跟踪管理,以及移民工作宣传和汇报展示,方便企业与政府和公众的信息沟通,能够帮助提高企业征地移民工作管理水平。

# 4 雅砻江流域数字化平台与企业信息化建设的关系

## 4.1 雅砻江流域数字化平台是企业信息化的组成部分

水电企业的信息化建设可分为三个层面,分别是基础数据管理信息化,业务流程管理信息化和辅助管理与决策支持信息化。基础数据管理信息化是建立数据采集系统和数据库,把某一部分专业基础信息采集和管理起来,实现分析查询等信息管理功能,如安全监测信息管理系统、流域水情测报系统、电站计算机监控系统等,是水电企业信息化的重要基础。业务流程管理信息化是将企业管理审批流程在计算机和网络上实现,能严格按照规定流程执行操作,历史过程文件方便可查,如办公自动化系统、工程建设管理信息系统和生产管理信息系统等,帮助管理者高效和规范地实施管理决策审批。辅助管理和决策支持信息化是通过三维可视化虚拟环境以及对基础数据和业务流程信息的集成管理和挖掘利用,提供直观高效的辅助管理和决策信息支持服务,帮助管理者及时作出科学的决策和进行过程管理实时控制。

雅砻江流域数字化平台是在企业信息化第三个层面上开展辅助管理和决策支持信息化建设的一次重要探索。未来系统实际使用过程中,流域开发管理人员首先通过雅砻江流域数字化平台,利用流域基础信息分析的决策支持功能在虚拟现实环境下作出管理决策,再到业务流程管理信息化系统中去完成实施决策所需的管理流程。

## 4.2 已有信息化系统是雅砻江流域数字化平台建设的重要基础

在雅砻江流域数字化平台建设目标提出之前,雅砻江公司已经和正在开展各种信息化系统建设,已经实现了部分流域基础信息的采集、传输、存储和数字化管理,流域各工程和公司总部间的通信网络已基本形成,工程建设管理信息系统和生产管理信息系统实现了工程建设管理和电力生产管理相关业务流程的信息化,相关信息化系统为雅砻江流域数字化平台建设奠定了基础。

雅砻江流域数字化平台建设需充分利用已有信息化系统形成的信息资源和通信网络,通过数据接口实现与其他信息化系统的数据共享,并根据实际需要补充一些流域重要基础数据的采集功能,使得数字化平台具有全面的信息采集和感知能力;在管理丰富的流域基础数据的基础上,数字化平台要对有关数据进行深入的挖掘应用,具备强大的数据分析处理能力,能够更自动地实现预警预报等服务功能;在流域基础地理信息系统和枢纽建筑物三维数字化交互平台的虚拟现实环境下,更直观地展现基础数据及其分析成果、工程重要工作和状态变化过程,虚拟推演和对比分析不同实施方案,可以提供更有力的决策支持;结合远程和移动终端的应用,可以更为便利地利用信息资源,为关键的工作过程管理提供辅助工具。

# 5 雅砻江流域数字化平台建设原则、实施方式和进度安排

## 5.1 建设原则

雅砻江流域数字化平台是一项复杂庞大的系统工程,建设应遵循“统一规划、分步实施、急用先行、试点推广”的原则。

雅砻江流域水电开发有限公司前期已组织开展了数字化平台建设总体规划,并以规划内容为基础组织申报了国家“十二五”科技支撑计划“数字流域关键技术”项目“雅砻江流域数字化平台建设及示范应用”课题(课题编号:2013BAB05B05)。国家正式批复的课题任务

书是雅砻江数字化平台建设规划的最终指导性文件,明确首期将在2016年前初步完成雅砻江流域数字化平台的试点建设和示范应用。

流域基础地理信息与枢纽三维可视化交互平台是各个应用系统开发的基础,也是制约整个平台建设进度的关键,雅砻江公司已先行推动相关工作,与雅砻江流域主要水电项目的勘察设计单位——成都勘测设计研究院共同推进了流域三维空间基础地理信息系统和试点项目枢纽三维数字化模型的建设工作。

由于国内外还没有流域水电开发数字化管理的成熟经验,初期需要借助国家科技支撑计划课题实施进行试点建设和示范应用,验证技术方案的可行性,而实现技术路线的全面贯通,需要选择一定的流域和工程范围作为试点区域,试点成功后再向全流域推广。其中,水电工程建设信息管理与决策支持系统结合雅砻江中游两河口水电站开展试点;水电站运行信息管理与决策支持系统结合雅砻江下游锦屏一级水电站开展试点;流域开发综合信息管理与决策支持系统结合雅砻江中下游流域开发管理开展试点。

### 5.2 实施方式和进度安排

雅砻江流域数字化平台是典型的应用导向型信息化系统,雅砻江公司是平台的应用主体,公司业务管理人员对于自身应用需求最为了解,需要在平台开发的方案设计和实施过程控制中发挥关键作用,以保证系统的实用性。因此,雅砻江流域数字化平台的实施方式为:雅砻江公司主导完成各应用系统规划设计,确定需求和解决方案;统一建设流域基础地理信息和枢纽三维可视化平台;通过招标确定建设单位,在三维可视化平台上分别开发各应用系统并进行整合集成。

根据雅砻江流域数字化平台建设总体规划和国家科技支撑计划课题任务书安排,雅砻江公司将在2014年上半年前基本完成流域基础地理信息和枢纽三维可视化平台建设,并完成数字化平台框架和数据标准体系设计,完成各应用系统规划设计,启动应用系统开发招标工作;2014年内完成各应用系统建设招标,确定应用系统建设单位,开始系统开发工作;2015年底前完成各应用系统建设和数字化平台整合集成工作;2016年以后根据试点和示范应用情况推广建设数字化平台,并持续开展运行维护服务。

## 6 雅砻江流域数字化平台建设关键技术问题

雅砻江流域数字化平台建设涉及大量的基础信息采集、挖掘应用和物理过程模拟分析,要实现提升管理水平、创造社会经济效益的目的,结合目前相关领域的研究现状,需要研究解决一系列关键技术问题。

### 6.1 多源、多时空海量数据采集与融合管理技术

雅砻江流域数字化平台所需的多源、多时空海量数据,如流域地理信息、水情气象信息、工程监测信息、设备状态信息、电网约束信息等的获取技术;海量异构数据的存储管理和融合表达技术,包括各种数据信息存储方式以及在三维虚拟现实环境下的综合表达方法。随着数据量的爆炸性增长,数据安全性、数据分析能力、数据处理灵活性等问题更显突出,数据采集与融合管理的难度不断增大,成为雅砻江流域数字化平台建设的关键技术问题。

### 6.2 流域陆气耦合高精度分布式水文预报模型

水情预测预报是流域水资源开发利用、梯级水电优化运行、充分发挥电站经济效益的基础。现有预报方法和模型对流域水情变化规律描述在过程模拟、水沙来源模拟等方面存在

不足，预见期受降水汇流过程制约，模型参数率定困难。雅砻江流域数字化平台建设获取的流域地形地貌信息可以应用于分布式水文模型以及水流模拟模型，将提供更多的流域下垫面基础信息，可用于短期洪水预报和中长期径流预测，结合现代气象预报技术，可提高流域水情预报的准确性和精度，延长预见期，将丰富梯级水电调度的基础信息，有利于优化调度的实施。应用3S技术，建立与地理信息系统耦合的流域水文和水流模型，摸清流域产汇流规律，制订科学合理的预报方案，实现高水平的水情预报是需要研究解决的重要问题，也是创造经济效益的关键。

### 6.3　复杂市场环境下梯级电站联合优化调度技术

流域梯级水电站群联合优化调度需兼顾防洪、发电等传统效益与河流生态环境效益等，约束条件众多，是一个大规模、多尺度、多目标、强耦合的复杂非线性约束优化问题，求解极其困难。雅砻江下游在建的梯级电站将在2015年前后全部投产，电力同时供应川渝和华中、华东地区，且梯级电站调度主体包括四川省电网和国家电网，面临复杂的市场环境。为实现流域内梯级补偿，提高系统的可靠性及综合利用效益，需要开展雅砻江流域梯级水电站群复杂市场环境下梯级联合优化调度技术研究。充分考虑电价、调峰、调频等因素，建立流域梯级联合发电优化调度模型，研究多种高效、可行的优化算法，制定中长期优化调度规则，开发实时发电优化调度系统，搭建基于WebGIS的梯级水电站群联合调度可视化决策支持平台，指导整个梯级水库群的运行管理。

### 6.4　流域高坝群安全监控与预警预报技术

随着流域高坝大库水电工程的建设，对工程安全监控技术也提出新的要求，复杂环境下部分敏感信息缺乏有效的监测手段，或现有监测手段难以适应工程提出的更高要求，如高速水流达40 m/s以上泄洪洞空化空蚀敏感量识别与探测技术，高地应力、高水压、超长水工隧洞长期监测敏感量识别与探测技术等。为保障梯级枢纽安全，对于重要的结构建筑，要实时掌握其工作性态，必须加强在线监测、状态诊断和预警预报。基于智能传感器实时采集的振动、变形、位移等监测数据，开发远程状态诊断系统进行数值模拟和状态诊断，提出安全控制指标和预警规则，对于水电站安全运行具有重要意义。

### 6.5　水电工程全生命周期管理技术

大型流域水电开发涉及梯级水电站规划、设计、建设和运行管理全过程，由一个整体目标框架下许多相对独立而又相互关联的管理目标组合而成，具有管理对象的综合性、多样性和多时空分散性等特点。构建基于流域大型水电站群全生命周期管理的雅砻江流域数字化平台，需要全面梳理流域水电开发管理的关键要素和各时期管理的特点，形成科学完整的系统架构。

## 7　结论与展望

雅砻江流域数字化平台是独立于现实雅砻江之外的一条虚拟的雅砻江，不但可以虚拟再现真实的雅砻江及各种丰富的基础信息，提供可视化的信息服务和决策支持功能，还可以超越时空限制在虚拟的雅砻江上进行多种方案的演练模拟，承担现实中不能完成的任务。雅砻江流域数字化平台建设是国家提高水资源调控、水利管理和工程运行信息化水平的要求，也是雅砻江公司全面提高流域开发管理决策科学性和管控效率、提升企业核心竞争力的内在需要。

雅砻江流域数字化平台建设是一项复杂而艰巨的系统工程,需要一个长期的实施过程。雅砻江流域水电开发有限公司于2010年启动雅砻江流域数字化平台建设前期准备工作,基本完成了雅砻江流域数字化平台建设规划。2013年,雅砻江公司牵头承担的国家“十二五”科技支撑计划“雅砻江流域数字化平台建设及示范应用”课题正式启动,进一步加快了雅砻江流域数字化平台的建设试点进程,根据课题任务目标,在2013年到2015年的课题期限内将完成各个业务应用系统的试点建设并进行示范应用,为雅砻江流域数字化平台全面建设探索经验和奠定基础。

## 参考文献

[1] 李纪人,等.中国数字流域[M].北京:电子工业出版社,2009.
[2] 雅砻江流域水电开发有限公司.“数字雅砻江”总体规划报告[R].成都,2012(3):33-41.

# 雅砻江流域水电开发重大科技创新及主要进展

吴世勇　周济芳　申满斌　张　一

（雅砻江流域水电开发有限公司　四川　成都　610051）

**摘要**：技术进步是企业核心竞争力的标志，要实现一条江的科学开发，必须依靠先进的科学技术，同时积极探索科技管理新模式。近年来，雅砻江流域水电开发有限公司通过不断探索和尝试，建立了企业科技创新机制；经过充分调研和思考，制定了中长期科技发展规划；借助国家自然科学基金等科研平台，开展了一系列关键技术问题攻关；注重产学研结合，积极开展自主研究；加强外部合作与联系，与国内十余家单位建立战略合作伙伴关系；打造企业科技管理平台，成立了雅砻江虚拟研究中心；大力支持国家基础研究，推动锦屏极深地下实验室建设等。通过一系列举措，不断提升雅砻江流域水电开发有限公司的科技研发水平及管理水平，并取得了积极成效。

**关键词**：水电企业　科技创新　发展战略　产学研结合　基础研究

## 1　引　言

雅砻江流域水电开发有限公司（简称雅砻江公司）的主要业务是水力发电，根据国家发改委授权，负责实施雅砻江水能资源开发，全面负责雅砻江梯级水电站的建设和管理。雅砻江干流规划开发21级电站，规划可开发装机容量约3 000万kW。按照雅砻江流域水能资源开发“四阶段”战略，雅砻江公司已成功建成中国20世纪投产发电的最大水电站——二滩水电站，电站所提供的优质、清洁电能为川渝乃至华中地区的经济发展做出了重要贡献。公司目前在建项目包括具有世界第一高拱坝的锦屏一级水电站和具有世界最大规模水工隧洞的锦屏二级水电站以及官地、桐子林水电站，截至2013年12月底，官地水电站全部投产发电，锦屏二级水电站实现“2洞4机”投产发电，锦屏一级水电站实现4台机组投产发电；筹建项目有两河口、杨房沟水电站；正在进行前期勘探的项目有中游的卡拉、牙根一级、牙根二级、楞古和孟底沟等5个水电站；正在规划中的还有上游的新龙等9个梯级电站；雅砻江流域水电站群呈现出全江联动、首尾呼应、压茬开发的良好态势。

技术进步是企业核心竞争力的标志，要实现一条江的科学开发，必须依靠先进的科学技术，积极探索管理新模式。雅砻江公司制定了《中长期科技发展规划》，建立了企业科技创新体系；与国家自然科学基金会共同成立资金规模为5 000万元的雅砻江水电开发联合研究基金，借助国家级科研平台，组织全国最优秀的科研力量，开展雅砻江流域水电开发过程中需要解决的包括工程技术、电力生产、经营管理和环境保护等方面的重大课题研究；成立了博士后科研工作站，积极开展自主研究；与清华大学、上海交通大学、中国水利水电科学院、中国水电顾问集团、中国电力顾问集团及世界著名的咨询公司等十多家单位建立了战略合作伙伴关系；与清华大学等高校共建锦屏极深地下实验室，大力支持和参与前沿科学技术研究。近年来，雅砻江流域水电开发有限公司通过加大科技投入，充分依靠先进的科学技术，开展技术攻关，以科技创新支撑公司加快发展，雅砻江流域水电开发中面临的一系列世界级技术难题不断突破，管理和技术创新取得积极成果。

## 2　雅砻江流域开发面临的主要技术问题

雅砻江流域属深山峡谷，河谷深切，地质条件复杂，以锦屏一级 305 m 世界第一高拱坝、锦屏二级世界最大规模深埋长大隧洞群、两河口 300 m 级超高土石坝为代表的一批世界级水电工程，其技术难度世所罕见，同时雅砻江是中国唯一一个由单一主体完整开发的大型流域，全流域梯级电站统筹建设和运行管理也面临着一系列世界级技术难题，包括流域梯级水库联合优化调度研究、流域梯级开发生态环境效益与工程措施研究等。主要技术问题如下所述。

### 2.1　高坝设计与施工

锦屏一级 305 m 的世界第一高拱坝和两河口 300 m 级土心墙堆石坝的设计都突破了已有水电工程建设经验和设计规范。大坝高度从 200 m 级提高到 300 m 级，大坝结构安全的重要程度以及大坝泄洪安全对区域的潜在影响更加突出。高坝工程受力和变形作用规律、失效机理是否发生变化，泄洪消能和雾化影响规律是否发生变化，大坝料源和混凝土性能如何适应高坝安全和施工要求，大坝在各种工况下的工作性态和安全评价，结构动力特性和抗震安全，大坝施工过程中质量控制和进度监控方法等，都是水电工程建设者密切关注和需要深入研究并回答的重要问题。

### 2.2　复杂地质条件高陡边坡的稳定与处置

高坝建设相应带来工程高边坡的开挖施工，锦屏一级水电站坝肩及坝基开挖形成高达 500 多 m 的人工高边坡，边坡地形高陡，特别是左岸边坡断层和节理发育，地质条件复杂，边坡开挖和防护面临极大挑战，尤其是在施工过程中边坡的稳定性及支护措施关系到施工安全及工程的永久安全，复杂地质条件下高陡边坡的变形失稳机理与相应防治措施成为重要的工程关键技术问题。

### 2.3　深埋长大引水隧洞和洞室群安全

锦屏二级水电站共建设 7 条长约 17 km 横穿锦屏山的隧洞，包括 4 条引水隧洞和 2 条交通洞和 1 条排水洞，最大埋深 2 525 m，具有埋深大、洞线长、洞径大的特点，是目前世界埋深最大和规模最大的水工隧洞群。深埋长大隧洞施工过程面临高地应力下岩爆（最大地应力约 70 MPa）、高压突涌地下水（最大单点初始流量达 3.73 $m^3/s$）、长隧洞施工通风等技术难题。深埋长大隧洞群的部分洞段采用 12.4 m 大直径 TBM 施工，复杂地质条件下 TBM 快速施工和出渣也是施工中需要解决的关键技术。同时，锦屏一级和锦屏二级水电站地下厂房高地应力条件下地下工程开挖卸荷和变形稳定问题尤为突出，工程长期稳定性也需要重点关注。

### 2.4　水电工程施工过程实时控制和管理技术

雅砻江流域建设的特大型水电工程往往因为高山峡谷地区的特殊地貌，施工布置分散，现场施工点多面广，管理十分困难，要实现工程质量、进度、安全和投资控制的目标，传统工程管理模式面临挑战，利用信息化技术手段实现大型水电工程施工过程的实时控制和管理是必然选择，也是工程建设需要解决的关键技术问题之一。

### 2.5　流域梯级水电联合优化生态调度运行技术

雅砻江流域总共规划21级梯级电站，要发挥梯级电站群的梯级补偿效益，充分利用水资源，落实相关环保生态措施，需要对流域梯级电站群实施联合优化生态调度。对于雅砻江这样的大型流域，实现梯级电站群的联合优化运行管理和生态调度在中国国内尚无先例，面临复杂外部市场环境、内部梯级电站多样性以及生态调度综合需求的多重挑战，缺乏理论准备和实践经验。梯级电站群的联合优化运行建立在每一个梯级电站优化运行的基础上，流域重要梯级电站的运行方式也需要进行深入细致的研究。

### 2.6　数字化流域管理

我国《国民经济和社会发展第十二个五年规划纲要》指出要“推动信息化和工业化深度融合，加快经济社会各领域信息化”，2011年中央1号文件明确要求要“提高水资源调控、水利管理和工程运行的信息化水平”，对流域管理信息化提出了新的要求。大型流域开发管理相关的信息时空分布面广、信息量巨大，但是目前大部分信息资源管理都呈现碎片化、孤岛化的特点，没有得到充分有效的利用，导致水电工程全生命周期的科学化管理水平仍显不足，有必要开展数字流域关键技术研究，建设流域数字化平台，通过数字化手段提升雅砻江流域开发管理水平。

## 3　科技创新体系

### 3.1　成立科技创新组织机构，建立科技管理制度体系

公司成立了由公司总经理任组长的科研工作领导小组，作为公司科研工作的领导和决策机构，指导公司科技创新工作的开展。科研领导小组下设办公室，办公室是科研领导小组的日常办事机构，由规划发展部代管，并制定了《科研试验项目管理办法》、《自主研发项目管理实施细则》、《科技奖励实施细则》、《博士后科研工作站管理办法》等制度。强有力的组织体系和完善的制度为科技创新奠定了一个好的基础。

### 3.2　结合企业自身发展需求，制订企业中长期科研规划

公司在2004年制订了公司科技发展规划纲要，明确了围绕公司核心业务开展技术创新工作的重大研究领域，包括：企业发展战略和企业管理研究、流域综合规划开发和水能利用研究、水电站设计施工关键技术研究、水电站生产和运行优化关键技术研究。这些重大研究领域形成了一个以企业发展战略和企业管理研究为核心的“一身三翼”的总体框架。公司聘请国内资深专家组成公司顾问专家组和技术专家组，负责对科研规划进行审查咨询，并对遴选出的重大课题进行评估以及对科研成果审查验收和鉴定。先后开展了“十一五”、“十二五”发展规划（科技创新部分）的编制工作，以指导企业科技创新工作的开展。

### 3.3　延续雅砻江联合基金合作模式，构建企业产学研平台

2005年，雅砻江公司与国家自然科学基金会共同出资5 000万元设立了雅砻江水电开发联合研究基金，资助科研单位围绕雅砻江水电开发面临的关键科学技术问题开展研究，既注重研究的基础性和通用性，更强调与工程实践结合及解决工程实际问题。雅砻江联合研究基金资助项目总数达50项，其中重点项目19项，面上项目31项，涵盖5个科学问题、16个研究领域。该基金资助的课题于2011年1月全部结题验收。实践表明，雅砻江水电开发联合基金项目的实施极大地推动了雅砻江流域开发中有关工程技术难题的突破，同时还取

得了一大批创新性理论和方法研究成果，为流域开发顺利推进和水电科技进步发挥了重要作用。

作为雅砻江水电开发联合研究基金合作模式的延续，2011 年 1 月 10 日，公司雅砻江虚拟研究中心在成都正式成立。雅砻江虚拟研究中心依托网络平台实现信息交流和资源共享，利用网络平台丰富的科技信息资源和流域开发中提炼的科研课题来吸引国内高端科研机构始终关注雅砻江流域开发，参与有关科研和咨询活动，通过组织开展科研项目、学术交流、技术咨询等多种形式的科技活动，在不改变中心成员主体地位和实体组织的条件下联合国内水电科技领域优势科研力量组成一个柔性的研发组织，开展产学研合作的研发活动。虚拟研究中心作为产学研结合的科技创新平台，在解决企业发展管理和流域水电开发面临的关键科学技术问题的同时，促进水电科技水平提升。目前，雅砻江虚拟研究中心已成功召开了第一届学术交流会议，并将定期举办学术交流会议，以加强各会员单位的交流与互动，提高各会员单位之间的合作深度和广度。

### 3.4 申报并成立博士后工作站，积极开展产学研工作

2004 年，国家人事部批准公司设立博士后科研工作站。随后，雅砻江流域水电开发有限公司紧密结合流域开发中的重大技术问题，开展博士后培养和研究工作。首批博士后由天津大学和雅砻江公司联合培养，于 2005 年 7 月进站，就锦屏一级高拱坝快速施工和施工动态仿真开展研究，2007 年完成博士后研究工作并顺利出站，博士后研究取得的成果在锦屏一级大坝施工中得以应用。第二批博士后于 2010 年进站，选题为《基于实测资料的特高拱坝混凝土防裂性能研究》，已于 2012 年顺利出站，课题紧密结合锦屏一级特高拱坝混凝土温控防裂开展研究，部分成果得以应用。目前，第三批博士后已通过开题报告评审，选题为《大型水电工程全生命周期可视化辅助管理与决策支持系统研究》，紧密结合公司牵头承担的国家科技支撑计划课题“雅砻江流域数字化平台建设及示范应用”开展研究工作。

### 3.5 借力高端咨询平台，成立工程特别咨询团

为充分发挥国内外高端咨询平台的作用，解决锦屏水电站工程面临的关键技术问题，2008 年 1 月 7 日，雅砻江流域水电开发有限公司正式成立了雅砻江锦屏水电工程特别咨询团。受公司聘请，一批国内顶尖水电专家为锦屏水电站工程建设中重大技术问题的决策提供重要支持，现场解决锦屏水电站工程建设过程中遇到的一系列重大技术难题。雅砻江锦屏水电工程特别咨询团由国内长期从事水电工程设计、施工等领域工作，具有丰富理论和实践经验的顶级专家组成。专家组组长由中国工程院院士马洪琪担任，专家组成员包括中国工程院院士王思敬、张超然，设计大师王柏乐、曹克明，勘察大师李文纲，水工专家程志华，地质专家庆祖荫，专家组顾问由两院院士潘家铮、中国工程院院士谭靖夷担任。

自特别咨询团成立以来，多次到锦屏工程现场开展了重大技术咨询，包括锦屏一级水电站大坝基础处理、大坝温控及防裂、左岸坝肩边坡安全监测及稳定、地下厂房洞室群安全监测及稳定研究，锦屏二级水电站深埋长大隧洞群安全快速施工技术、地下厂房围岩稳定及支护方案等重大技术问题进行了咨询，为推动工程建设的顺利进行发挥了重要作用。随着两河口电站的开工建设，公司还将组建两河口特别咨询团。

### 3.6 建设中国锦屏地下实验室，推动前沿科学研究

2009 年 5 月，公司与清华大学签订了战略合作协议，双方在共同建设中国锦屏极深地下实验室、联合培养科技人才、开展水电开发科技研究等方面进一步加深合作，共同推进中

国锦屏地下实验室建设。2010年12月,世界最深、中国首个极深地下实验室——中国锦屏地下实验室正式建成投用。

目前,正在组织开展中国锦屏地下实验室二期的规划设计和论证工作,预计将来会有更多的实验项目和研究团队进入实验室开展研究工作,研究领域也将进一步拓展和延伸。

## 4 重大科技创新及进展

近年来,公司重视自主创新和联合攻关,进一步加大科技研发投入,投入了大量经费用于科技创新工作。2005年,雅砻江公司与国家自然科学基金会共同出资5 000万联合设立雅砻江水电开发联合研究基金,借力国内高端科研平台,开展流域重大技术攻关;与两家主体设计院成都院、华东院分别签订了锦屏一级、锦屏二级、官地、两河口水电站施工期特殊专项科研工作协议,委托主体设计院组织开展了一系列科研试验工作;根据工程建设和电力生产经营需要,与国内知名研究机构、高校签订专项科研协议,及时组织开展相关科研试验工作;充分依靠企业自身力量,大力支持企业自主研发和博士后研究工作。经统计,雅砻江公司自2009年以来,每年投入科技研发费用数千万,使得公司在科技创新方面取得了较为显著的成绩。通过雅砻江公司组织的多层次科技攻关,有关关键技术问题已经或正在陆续得到有效解决,流域水电开发得以按计划推进,取得了一系列重大科技成果。近年来取得重大科技创新及主要进展如下所述。

### 4.1 综合管理类主要科技创新及主要进展

环境保护是当今世界最重要的课题之一,如何在开发水电的同时做好环境生态保护,是公司极为重视的工作。为进一步提高环境保护工作水平,公司在雅砻江流域开发过程中,根据已建工程的实际经验,不断加强运行期环境管理制度研究,逐步建立健全流域梯级运行期水环境保护、水生生物保护和库区移民环境保护工作管理、运行机制;加强国际交流,引进国外流域管理经验和保护先进技术,提高解决环境问题的能力;同时也开展了大量的科研项目以支撑环保工作的科学开展,并取得了创新性成果。由雅砻江水电开发联合研究基金资助的项目"水库调节对下游河道生态系统影响与水库生态友好调度"获得了2010年度大禹水利科技二等奖。目前,公司正在开展的环保类科研项目包括"雅砻江流域环评影响回顾性评价"、"高海拔地区生产生活污(废)水处理研究"、"重要保护鱼类繁殖的水力学条件与人造洪峰诱导产卵技术研究"、"高原高寒地区生态恢复技术及植物保护研究"、"水库分层取水及鱼类保护措施关键技术研究"、"水库消落区景观生态恢复综合技术体系研究"等,这些研究将为做好水电行业环境管理工作提供有力的技术支撑。

为总结水电体制改革的经验和问题,完善当前水电建设运行管理体系,受国家能源局委托,公司在2011年牵头组织开展了"以项目业主为主体的水电建设运行管理体系"的专题研究。该研究回顾了水电发展改革的历史进程,论述了以项目业主为主体的现代水电建设运行管理体系的内涵及优势;系统研究了水电项目前期管理、工程建设管理和运行管理体系的内容;在深入分析我国水电建设运行管理现状的基础上,总结其存在的主要问题,并提出了相关政策措施建议,包括加强政策法规及标准体系建设;建立统一协调管理机制;简化项目前期工作和核准程序,加快核准进度;创新移民安置方式,强化移民安置管理;加大宣传力度,改善水电开发的舆论环境;制定合理的水电税费标准;推进价格机制改革,适当提高水电电价;建立流域梯级电站联合调度协调机制;完善水电设计施工企业一体化重组的配套改革等。该项研究成果获得国家能源局和行业相关单位的广泛认可和好评。

### 4.2　工程建设类主要科技创新及主要进展

在高坝设计和施工方面,确定了锦屏一级大坝坝体泄洪消能采用表深孔窄缝挑流水舌纵向拉长、空间无碰撞的坝身消能方式与泄洪洞燕尾式挑坎消能方式相结合,有效解决了高坝泄洪消能雾化问题;大坝混凝土采用砂岩粗骨料和大理岩细骨料组合骨料、高掺粉煤灰抑制碱活性的技术方案,通过拱坝极限承载力和地质力学模型试验,表明大坝整体安全度较高;研发了大体积混凝土施工期温度控制冷却通水信息反馈与自动控制系统,对大坝施工过程进行实时监控和控制;攻克 4.5 m 升层关键技术,提高了大坝浇筑施工效率,缩短了大坝浇筑工期。目前,锦屏一级大坝全部浇筑到顶,实现 4 台 600 MW 机组投产发电,打破多项世界拱坝施工纪录,大坝混凝土施工质量优良,没有对大坝结构产生影响的裂缝发生;水库蓄水后大坝变形微小,处于安全范围内。这标志着特高拱坝设计、施工控制关键技术问题已基本得到解决。另外,基于可视化仿真的大坝施工资源优化与进度控制在官地水电站得以成功应用;两河口水电站高土心墙堆石坝设计和施工实时控制相关研究工作在即将展开的大坝建设过程中进一步深化,标志高坝设计和施工中的绝大部分关键技术问题已得到解决。其中,"高坝工程泄洪新技术的开发与应用"获 2009 年度国家科技进步二等奖,"高坝动静力超载破损机理与安全评价方法"获 2012 年度国家科技进步二等奖,"高水头大流量泄洪洞水力学关键技术问题研究"、"深覆盖层山区河流工程施工导截流关键技术及应用研究"分别获中国电力科学技术一等奖、四川省科技进步二等奖。

在高陡边坡稳定与处置方面,锦屏一级水电站高陡边坡已于 2008 年顺利地完成了全部开挖和支护工程,其中左岸边坡锚索工程是目前中国国内锚固力最大的边坡锚固工程之一,高边坡工程实现安全施工。在导流洞下闸蓄水后,安全监测数据表明边坡变形控制在安全范围内,整体稳定。这标志着复杂地质条件下高陡边坡稳定与处置的关键技术问题已基本得到解决。其中"锦屏一级水电站高陡卸荷边坡弱振爆破开挖关键技术研究"、"重大水电工程岩石高边坡安全监控分析理论及应用"、"岩石高边坡稳定性反馈分析和预警系统关键技术研究"、"水电工程岩石高边坡稳定性微震监测关键技术研究与应用"分别获得中国工程爆破协会科学技术一等奖、教育部科技进步二等奖、四川省科技进步三等奖、中国电力科学技术三等奖、中国水力发电科学技术三等奖。

在深埋长大隧洞施工和洞室群安全方面,2011 年底锦屏二级四条引水隧洞全面贯通,截至 2013 年底实现了"2 洞 4 机"投产发电,这表明雅砻江流域水电开发有限公司建立的岩爆综合防治机制、超前地质预报和地下水处理方案以及 TBM 快速施工技术、长隧洞施工通风技术、地下工程快速监测和反馈分析指导动态设计等研究工作有效地发挥作用,深埋地下工程相关技术难题已基本得到解决。其中,"隧道含水构造等不良地质超前预报定量识别及其灾害防治关键技术"获 2011 年度国家科技进步二等奖,"硬岩高地应力灾害孕育过程的机制、预警与动态调控关键技术"获 2013 年度国家科技进步二等奖,"锦屏二级水电站深埋隧洞群岩爆分析、监测与预警方法研究"、"复杂大型洞室群稳定性快速动态反馈分析与闭环优化设计方法"获中国岩石力学与工程学会科学技术特等奖,"岩爆孕育机制、预警与动态调控方法研究"、"锦屏深埋交通洞设计施工关键技术研究及应用"、"高应力强富水超埋深大断面引水隧洞施工关键技术研究"、"大倾角长距离空间曲线返程带料皮带机的研究与应用"、"高压富水地层超深埋特长隧道施工技术"分别获得湖北省科技进步一等奖、中国电力科学技术一等奖、天津市科技进步二等奖、中国水力发电科学技术二等奖、四川省科技进步三等奖,“锦屏水电枢纽工程锦屏山隧道”获第十一届中国土木工程詹天佑奖。

### 4.3 电力生产运行类主要科技创新及主要进展

在流域梯级水电联合优化运行技术和电力营销方面,公司先后委托开展了雅砻江下游梯级水库联合调度规程编制及软件开发、雅砻江下游梯级水库联合优化调度研究、雅砻江流域调度数据网及通信设备集中管控方案研究、锦屏官地电源组运行方式、调度模式和电量消纳方式研究、雅砻江流域梯级电站价格机制研究等研究工作。同时,为培养学习型团队,提升员工深入开展技术研究的能力,公司自 2010 年以来共开展了 18 项电力生产运行类的自主研发项目,由员工根据实际中遇到的问题提出课题开展研究。研究团队均由公司在职员工组成,员工通过参与课题研究锻炼和提高自身的学习和研究能力。由于项目有较强的针对性,研究成果能迅速在实际工作中得以应用。随着雅砻江下游梯级电站相继投产和陆续接入流域集控中心实现远程控制,流域梯级电站联合运行的梯级补偿效益逐步显现,官地、锦屏一级、锦屏二级已投产机组安全稳定运行表明对电站和机组运行方式的研究成果可信,泄洪消能设施也处于安全运行状态,流域梯级水电初步实现了联合优化运行。其中“复杂水电能源系统优化运行关键技术研究及应用”获 2010 年度国家科技进步二等奖,“复杂水电能源多维广义耦合决策系统关键技术及应用”、“流域水电智能化运行关键技术研究及应用”分别获得教育部科技进步一等奖、中国水力发电科学技术一等奖。

在机电物资管理方面,近年来相继开展了“大型水电机组非线性鲁棒控制调速系统应用研究”、“高压电气设备状态检测及评估体系”、“雅砻江流域工程物资供应链管理理论与应用研究”、“基于数字化技术的水电站厂用电电气监控系统配置及功能研究”、“基于物联网的大型水电站直流电源系统智能监测模式及其应用研究”、“高水头充压止水式弧形工作闸门主止水工作状态在线监测系统配置及功能研究”等研究工作,进一步提升机电物资管理水平,提高电厂运行安全稳定性及监测水平,部分研究成果填补了国内水工金属结构专业领域的空白,具有领先优势。

### 4.4 国家科技支撑计划课题开展情况

为了通过数字化手段提升雅砻江流域开发管理水平,2011 年,雅砻江公司组织申报国家“十二五”科技支撑计划项目“雅砻江流域数字化平台建设及示范应用”课题经科技部批准为国家“十二五”科技支撑计划“数字流域关键技术”项目第五课题,国拨专项经费 812 万元,自筹经费 900 万元,研究周期为 3 年。课题已于 2013 年正式启动,雅砻江公司作为课题牵头单位,联合清华大学、天津大学、中国水利水电科学研究院、中国水电顾问集团成都勘测设计研究院等单位开展研究工作,目前基本完成了数字流域框架设计、数字雅砻江三维基础地理信息系统建设相关工作,基本完成了各业务应用系统的前期调研和规划大纲编制工作,课题进入实质性研究阶段。

### 4.5 近年来专利申请情况

近年来,雅砻江流域水电开发有限公司通过实施雅砻江流域各大型项目的建设施工和电力运行,积累了大量的工程建设、技术改造和创新经验,这些经验的取得不仅是企业内部宝贵的财富,也为国内其他工程提供了宝贵的参考。同时,公司高度重视知识产权的保护工作,积极开展专利申报工作,目前公司获得专利共 3 项,其中发明专利 2 项、实用新型专利 1 项。正在申报的“一种声波式集渣量检测方法”、“混凝土厚层浇筑方法”等发明专利 2 项,目前已进入实质性审查阶段。

## 5　结论与展望

近年来,雅砻江流域水电开发有限公司通过不断探索和尝试,在科技创新方面取得了成绩,并得出以下主要启示。

### 5.1　转变观念,使企业由单纯的投资主体变为技术创新的主体

在市场经济条件下,企业是市场竞争的主体,投资风险都由企业承担。而工程建设中的科学研究,不仅要投入大量资金,而且对工程建设成本、质量、进度、安全、环境都有重要影响,对像锦屏、两河口这样的世界级电站更是如此,企业应当是"研究开发投入的主体、技术创新活动的主体、创新成果应用的主体"。对工程建设和关乎企业发展的重大科技活动,企业不仅是出钱,而且要参与,对科研进程应起主导作用,使科技成果更好地转化为企业发展的强大动力。

### 5.2　加强领导、统筹规划、健全机构、完善制度

雅砻江流域水电开发有限公司为开展科技创新,落实科技兴企战略,成立了科研领导小组,由总经理任组长,作为公司科研工作的领导和决策机构。在领导小组主持下,制定了十年科技发展规划纲要。领导小组下设办公室和博士后工作站办公室,以及联合基金课题协调小组,建立健全了科技创新组织机构,并且印发了《科学试验项目管理办法》等相关制度,使科技创新工作有章可循。

### 5.3　大力培养自主科技人才,是企业增强核心竞争力的关键

企业要成为技术创新的主体,关键是要有高素质的科技人才。近年来,我们一方面依托大学、科研院,加强和国家自然科学基金会等单位的合作;另一方面强调公司人员直接参与,培养自主科技人才,为下一步使企业真正成为科技创新活动的主体创造条件。

### 5.4　依托国内外高端科研平台,解决重大技术问题

近年来,雅砻江流域水电开发有限公司通过借力国内外高端咨询平台,与国家自然科学基金联合设立雅砻江水电开发联合研究基金,并成立了雅砻江虚拟研究中心;与多家国内权威机构和高校签订了战略合作协议,从人才培养和科技创新等方面进行合作,并成立了以院士为主的特别咨询团,为解决工程建设中的重大技术问题提供了有利的保障;与清华大学、上海交通大学、中国水利水电科学院、中国水电顾问集团及世界著名的咨询公司等十多家单位建立了战略合作伙伴关系;积极申请并承担国家科技支撑计划课题的研究工作,开展自主科技创新工作。

### 5.5　重视知识产权保护和科技奖项申报工作

雅砻江流域水电开发有限公司通过实施雅砻江流域各大型项目的建设施工和电力生产,积累了大量的工程建设、技术改造和创新经验,这些经验的取得不仅是企业内部宝贵的财富,也为国内其他工程提供了宝贵的参考。雅砻江公司通过制定相关科技管理办法,积极申报各类奖项和专利,加强了对企业知识产权的保护,并取得了丰硕的科技成果。

随着雅砻江流域开发全面向前推进,锦屏一级大坝将经历水库蓄满后的运行考验,锦屏二级长隧洞的围岩长期安全等需进一步观测,雅砻江下游五个梯级电站联合运行正在逐步成为现实,两河口大坝将开始建设,数字流域开始起步,一系列技术难题还需不断攻克,只要公司秉承和坚持科技创新的理念和做法,不断改进管理,整合智力资源,一定能在雅砻江流

域开发的新征程中取得更大的进展。

## 参考文献

[1] 陈云华. 雅砻江锦屏大河湾水生生态环境保护研究[J]. 水力发电,2012,38(10):5-7.
[2] 吴世勇,申满斌. 雅砻江流域水电开发中的关键技术问题及研究进展[J]. 水利学报,2007(10):15-19.
[3] 王继敏,段绍辉,郑江. 锦屏一级拱坝建设关键技术问题[C]//贾金生. 水库大坝建设与管理中的技术进展. 中国大坝协会 2012 学术年会论文集. 郑州:黄河水利出版社,2012:103-113.
[4] 吴世勇,申满斌. 雅砻江高拱坝项目及其最新研究进展[J]. 中国三峡建设,2008(3):62-64.
[5] 申满斌,吴世勇. 水电开发虚拟研究中心探讨[J]. 水力发电学报,2007,26(05):21-24.

# 雅砻江流域梯级开发的系统安全性问题

任青文　田　英　熊　瑶

（河海大学　江苏　南京　210098）

**摘要**：本文根据雅砻江流域的自然特征，以及该流域的开发规划，分析了流域梯级开发的良好前景。针对流域梯级系统的运行特点，结合可能导致大坝破坏的极端条件，分析了外界作用下流域梯级开发可能存在的安全隐患，一旦安全性相对薄弱的大坝（木桶“短板”）发生事故，则可能引发下游梯级的连锁反应，形成“蝴蝶”效应。进而提出了流域梯级开发系统安全性研究的必要性和需要研究的内容，以及研究的技术路线。综合考虑雅砻江流域的水文气象、地质灾害、河流走向与震源分布等自然条件，提出洪水、地震以及诱发的次生灾害作为雅砻江流域梯级开发的重要风险源。针对流域梯级可能存在的木桶“短板”，建议采用加权失效概率结合专家经验评分的方法确定系统的关键工程；根据可靠性工程理论和安全系统工程理论，考虑系统中单元与单元、单元与系统之间的相互关系，给出确定系统失效模式与概率计算的方法；建立了适用于库群系统连锁事故的故障树模型和适用于库群系统失效概率的计算表达式。在此基础上，提出了系统安全性标准的制定方法和实施安全性保障措施与安全决策需要遵从的三大原则。为雅砻江流域梯级开发的系统安全性研究提供了可行的技术路线。

**关键词**：流域梯级开发　系统安全性　失效模式　故障树模型　概率分析

雅砻江是长江上游金沙江的最大支流，全长 1 571 km，流域面积约 13.6 万 $km^2$，天然落差 3 830 m，水能蕴藏量 33 400 MW，是四川水力资源中的瑰宝。因山势陡峭，人迹罕至，很少淹没森林土地，其开发具有目标单一、梯级补偿效益显著、淹没损失小等特点，是全国不可多得的优质水电能源基地。雅砻江干流梯级开发方案共拟定 21 个梯级（图 1），总装机容量 28 560 MW。其中，上游 10 级，装机容量 3 250 MW；中游 6 级，装机容量 11 760 MW；下游 5 级，装机容量 13 550 MW。自干流中游两河口至江口河段，即中下游河段，水能资源高度集中，区域地质构造稳定性较好，是我国能源发展规划确定的十三大水电基地之一，11 级开发的总装机容量 25 310 MW，占雅砻江干流的 88.6%，是雅砻江近期重点开发的河段。

## 1　雅砻江流域梯级开发的阶段性规划及前景

雅砻江流域水能资源开发分四个阶段进行[1]：第一阶段，在 2000 年以前开发建设二滩水电站；第二阶段，2015 年以前，建设锦屏一级、锦屏二级、官地、桐子林水电站，全面完成雅砻江下游水电开发；第三阶段，2020 年以前，建设包括两河口水电站在内的 3～4 个雅砻江中游主要梯级电站；第四阶段，2025 年以前，全流域项目开发填平补齐，雅砻江流域开发全面完成。目前，正处于锦屏一级、锦屏二级、官地、桐子林、两河口水电站的建设施工阶段，中游电站的勘测设计阶段。

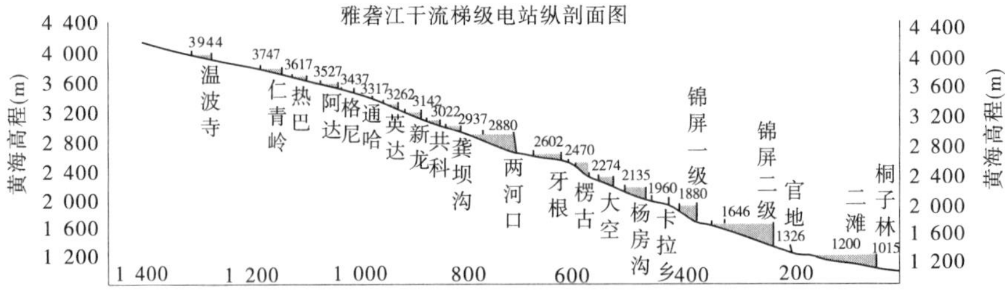


**图 1　雅砻江干流梯级电站**

当两河口（装机容量 3 000 MW，调节库容 74.9 亿 $m^3$）、锦屏一级（装机容量 3 600 MW，调节库容 49.1 亿 $m^3$）、二滩（装机容量 3 300 MW，调节库容 33.7 亿 $m^3$）为代表的三大控制性水库全部形成后，调节库容高达 157.7 亿 $m^3$，三大水库联合运行可使雅砻江两河口及以下河段梯级电站实现多年调节，并使雅砻江干流水电站群枯水期电量大于丰水期电量，成为四川省乃至全国梯级电站技术经济指标最优越的河流之一，可较好地满足川渝和华东电网的用电需求，雅砻江水能资源具有良好的市场开发前景。

## 2　流域梯级开发系统安全性研究的必要性

梯级水库是我国河流开发的主要方式，目前正处于高速发展时期。流域梯级规模的不断扩大，在给国家带来显著经济效益的同时，也给流域的系统安全性带来了不可忽视的隐患。

我国目前的设计规范和标准均是将每个水电站作为独立的个体进行设计的。而且多是考虑洪水、地震和其他荷载对大坝的直接作用，在事先规定的荷载组合下研究大坝的安全性。一般来说，按规范设计的大坝具有较强的防洪、抗震能力。特别是混凝土坝，即使是特大暴雨、极端地震，若仅仅考虑其直接作用，也难以破坏。但突发洪水、地震极易诱发库区滑坡涌浪，和上游低标准土石坝溃决洪水等次生灾害；历史洪水带来的泥沙淤积会使水库的有效库容锐减，历史地震造成的大坝内部损伤会降低大坝的抗力等。这些突发灾害、次生灾害和隐性灾害的组合就可能形成大坝灾变破坏的极端条件。

流域梯级水电开发的方式还改变了河流地质水文条件和水库运行方式，密切联系了上下游工程之间的联系，加大了相互之间的影响，因此产生了一系列单个水库所没有的、库群系统安全中的关键科学技术问题，没有规范可依，没有成熟的经验可供借鉴，增加了流域水电开发的风险。例如，梯级内各工程坝型不一，规模不同，环境条件各异，导致安全性有所差别，存在木桶的“短板”。若其中安全性相对薄弱的一座大坝发生事故，可能引发下游梯级大坝的连锁事故，形成“蝴蝶”效应。这是一种低概率高风险事故，一旦发生，其规模和损失将远大于单个水库的失事，造成灾难性后果。已有实例也表明，整个流域梯级系统的安全风险将远大于其中某一座大坝的风险。例如，历史记载的近 20 起大坝灾难性事故中，单个水库大坝失事最多造成约 1 万人死亡；而我国淮河流域“75 · 8”洪水致使板桥、石漫滩等 62 座水库连续垮坝，8 亿多 $m^3$ 水下泄，29 个县、1 100 万人受灾，2.6 万人死亡，1 100 万亩农田毁灭。当时板桥水库的溃坝破坏能力，大大超出了人们的预料和想象。板桥水库大坝高仅 25 m，库容 5 亿 $m^3$，最大溃坝流量竟达到 78 200 $m^3/s$，超过了宜昌站实际观测到的长江历史最大洪水量。而板桥水库所在的淮河支流汝河，与浩浩荡荡的长江相比，微不足道。溃坝洪水以立浪或涌波形式向下游急速推进，时速 30 ~ 50 km，摧毁了下游的几十座水库，形成的叠加效应带来了巨大的经济损失和沉重的社会影响，是一场震惊世界的流域系统大事故。

目前，国内外虽已取得了水工建筑物安全研究方面的丰硕成果，但主要针对单个建筑物，有关流域梯级开发产生的系统安全问题研究甚少。随着雅砻江流域梯级库群系统的逐步形成，必须深入研究流域梯级开发产生的系统安全性问题，以便采取相应的安全保障技术，对重大事故进行积极预防，做到未雨绸缪。

## 3 雅砻江流域梯级开发系统安全性的研究内容与研究方案

开展流域梯级开发的安全性研究，其重点是分析梯级开发形成的库群系统可能存在的安全风险，并对其进行控制。一般涉及以下几个方面的研究：

(1)辨识雅砻江流域内的重要自然风险源，建立重要风险源的概率模型，揭示其概率特性，重要致灾因素诱发次生灾害的主要机制与概率，以及致灾因素对单体结构和系统的耦合作用机制；

(2)确定雅砻江流域内的关键工程和关键建筑物(木桶“短板”)；

(3)分析雅砻江流域库群系统在多个致灾因素耦合作用下的失效模式，建立梯级库群系统的失效评估模型；

(4)建立梯级库群系统安全性评价的框架体系，提出安全性保障措施。

流域梯级开发是一项系统性工程。对其安全性的研究不能脱离系统论的核心思想，不能违背系统的整体观念。贝塔朗菲强调，任何系统都是一个有机的整体，不是各个部分的机械组合或简单相加，系统的整体功能是各要素在孤立状态下所没有的。他用亚里士多德的“整体大于部分之和”的名言来说明系统的整体性，反对那种认为要素性能好，整体性能一定好，以局部说明整体的机械论观点。同时认为，各要素在系统中不是孤立地存在着，都是处于一定的位置上，起着特定的作用。如果将要素从系统中割离出来，它就失去了要素的作用。因此，我们考虑个体的安全性时，不应将其从系统中割离出来单独考虑，而应当将其看成系统中的个体，考虑到其受系统中其他个体的影响和其对系统的潜在影响。

因此，所有流域梯级系统组成单元的安全都不能代表系统整体的安全，库群系统的安全性也不是各单库安全性的简单累加。对流域梯级开发的系统安全性研究，应当服从安全系统工程的理念，以全局的观点、更长的时间、更大的空间、更高的层次，从系统的根本上和整体上考虑问题，从战略性的高度上解决问题[2-4]。根据系统工程的原理和方法，把系统中影响安全的因素用集合性、相关性和阶层性协调起来。以求保证实现雅砻江流域梯级开发的安全功能，在现有的经济技术条件下，最大限度的减小库群系统发生事故的可能性。

## 4 雅砻江流域梯级开发系统安全性研究的技术路线

针对上述雅砻江流域梯级开发的系统安全性研究需要重视的几个问题，本文给出可行的研究方案与技术路线。

### 4.1 重要风险源的辨识

从水文气象条件看，雅砻江流域雨量丰沛，全区多年平均降雨量在 800 mm 以上，主要集中在 6 ~9 月的雨季，且多暴雨，其中 7 ~ 8 月发生次数最多。5 月可能出现强降雨，但发生概率较小。每年汛期，该流域暴雨频发、山洪灾害严重，常常给人民生命财产和工农业生产造成巨大损失。

从地质条件看,雅砻江流域地质灾害严重[5],且主要由季节性暴雨引起。1967 年 6 月 8 日在两河口上游发生的唐古栋大滑坡,6 800 万 $m^3$ 的滑坡体高速下滑,形成了坝高达 175 m 的堰塞湖,蓄水近 6.8 亿 $m^3$,溃决最大流量达 57 000 $m^3/s$。如果发生在现在,后果不堪设想。经调查统计,雅砻江流域共发现地质灾害 1 323 处,平均面积密度 1.034 个/100 $km^2$,是地质灾害强烈发育区。其中,滑坡 619 处,泥石流 467 处,不稳定斜坡 174 处,崩塌 50 处,地面塌陷 13 处。这些地质灾害的分布情况如表 1 所示。

**表 1　雅砻江流域的地质灾害分布情况**

| 地貌类型 | 丘状高原 | 低山 | 中山 | 高山 | 小计 |
|---|---|---|---|---|---|
| 滑坡 | 1 | 18 | 539 | 61 | 619 |
| 泥石流 | 15 | 6 | 365 | 81 | 467 |
| 不稳定斜坡 | | 18 | 150 | 6 | 174 |
| 崩塌 | | 4 | 35 | 11 | 50 |
| 地面坍塌 | | 1 | 12 | | 13 |
| 合计 | 16 | 47 | 1 101 | 159 | 1 323 |
| 百分比(%) | 1.21 | 3.55 | 83.22 | 12.02 | 100.00 |

从河流走向与震源分布看,雅砻江流域存在反“N”字形大拐弯,这些河流拐点都是活动性断裂所经过的地方。如 2008 年“5 · 12”汶川特大地震的震中就位于岷江河湾的拐点处,沿东北方向 200 余 km 的北川县重灾区也恰好位于培江上游河湾拐点。雅砻江流域的反“N”型大拐弯处已建设锦屏Ⅰ、Ⅱ级巨型电站。该区域的地质构造非常复杂,地震地质研究工作没有重大突破,地震活动性长期处于休眠状态,而相邻区在几百年中已发生数次强震。随着其上下游正在实施的梯级开发,将形成一系列高坝大库群,这些水库一旦蓄水,对地震活动的影响更大,由此带来的库群系统的安全性必须重视。虽然除了台湾石岗重力坝因活动断裂错动溃决外,地震直接导致溃坝的案例尚不多见。但地震同洪水一样会诱发滑坡、泥石流、地面塌陷等次生灾害。这些次生灾害的耦合作用极有可能造成超标洪水,因此要将洪水、地震一起作为雅砻江流域梯级开发的重要风险源,且不能忽视这两大风险源及其诱发的次生地质灾害的耦合作用。

### 4.2　关键工程的确定

关键工程是整个系统的“短板”,只有抓住了关键工程,才可以对某些单元进行重点研究,做到有的放矢,更大限度地确保系统安全。

在同样的工作环境下,总有某些工程单元比其他工程更易发生事故。通常我们可以将这些工程作为候选对象。但在流域梯级开发系统中,库与库之间的工作环境往往有很大差异,为了减小误差,建议根据单坝的失效概率和加权失效概率的大小来确定系统中的关键工程。权重系数可以通过其规模、坝型、在系统中的位置及其影响范围内的经济状况(图 2),结合专家经验评分得出。

### 4.3　系统的失效模式与概率分析

可靠性工程理论[6]给出最基本的系统类型是串联系统和并联系统。流域梯级开发系

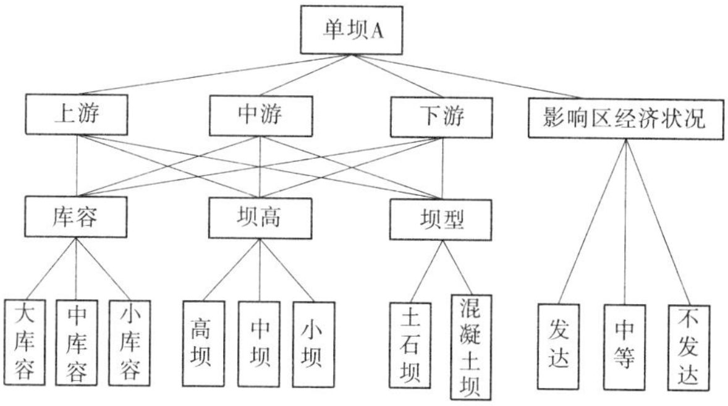


图2　单坝的权重分析

统，一般指串联式的库群系统。席秋义[7]将梯级库群系统的失效，定义为如果系统中任一水库漫顶失效，梯级系统则失效。这一定义，与可靠性工程理论中串联系统的定义相一致。但值得注意的是，上述定义的串联系统建立在单元与单元之间相互独立的假定之上，只能反映单元对系统的影响。而流域梯级库群系统中，各工程单元之间不仅不具备独立性，而且一个单元的破坏也不一定导致系统的失效。因此，文献[7]中的定义不符合实际。

安全系统工程的事故致因理论是研究事故始末过程，说明事故的发生、发展和后果的理论[8]。事故因果论作为其代表论之一，给出最常见的事故因果类型：连锁型(图3)，集中型(图4)和集中、连锁复合型(图5)。

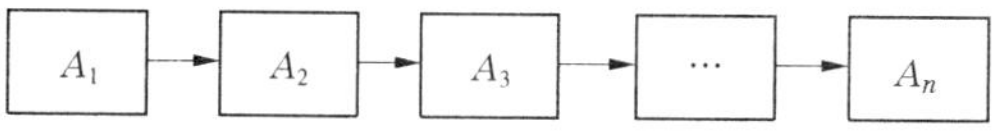


图3　连锁型

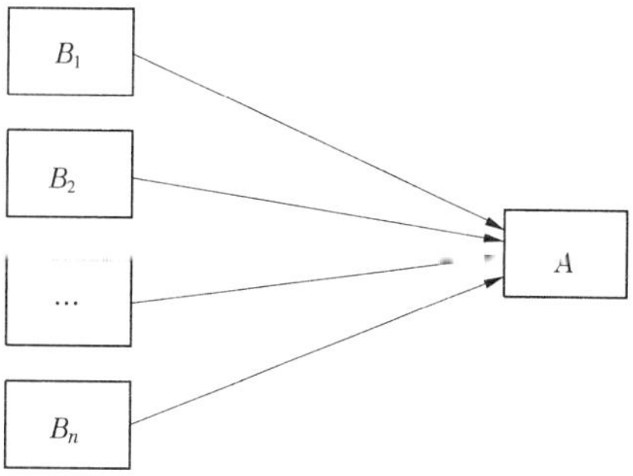


图4　集中型

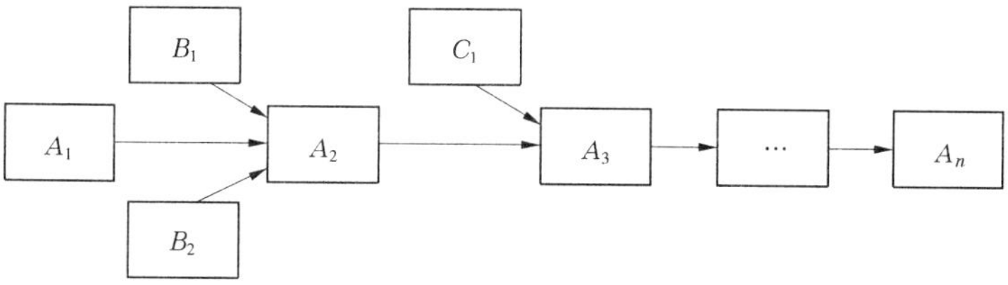


图5　集中、连锁复合型

对于梯级库群系统的失效来说，如果只考虑干流梯级，可按连锁型模型考虑；若同时考虑干、支流水库，可按集中、连锁复合型模型考虑。图6给出梯级库群系统的集中、连锁复合型模型。$B_{1,1}, B_{1,2}, \cdots, B_{1,m_1}$ 分别表示紧邻第2级工程的上游一级支流坝(设有 $m_1$ 个)，认为其与 $A_1$ 处于相同地位的梯级，标注第一个下标1；$B_{2,1}, B_{2,2}, \cdots, B_{2,m_2}$ 分别表示紧邻第3级工程的上游一级支流坝（设有 $m_2$ 个），认为其与 $A_2$ 处于相同地位的梯级，标注第一个下标 2；以此类推，$B_{n-1,1}, B_{n-1,2}, \cdots, B_{n-1,m_{n-1}}$ 分别表示紧邻第 $n$ 级工程的上游一级支流坝（设有 $m_{n-1}$ 个），认为其与 $A_{n-1}$ 处于相同地位的梯级，标注第一个下标 n - 1。

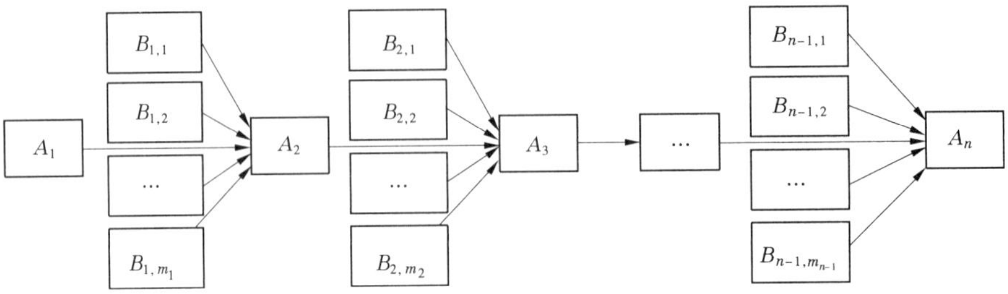


**图6　梯级库群系统的集中、连锁复合型模型**

连锁型库群系统的失效概率，可用下式表示：

$$P(A_1A_2\cdots A_n) = P(A_1)P(A_2|A_1)P(A_3|A_1A_2)\cdots P(A_n|A_1A_2\cdots A_{n-1}) \tag{1}$$

其中，$P(A_2|A_1)$、$P(A_3|A_1A_2)$、…、$P(A_n|A_1A_2\cdots A_{n-1})$ 体现了上游工程对下游工程的影响关系。由于 $A_1$ 对 $A_3$ 的影响是通过 $A_2$ 间接作用于 $A_3$ 的，因此，$P(A_3|A_1A_2)$ 的计算可简化为 $(A_3|A_2)$。同理，$P(A_n|A_1A_2\cdots A_{n-1})$ 的计算可简化为 $P(A_n|A_{n-1})$。这样，式(1)就简化成了

$$P(A_1A_2\cdots A_n) = P(A_1)P(A_2|A_1)P(A_3|A_2)\cdots P(A_n|A_{n-1}) \tag{2}$$

在此基础上，集中、连锁复合型库群系统的失效概率，可表示为：

$$\begin{aligned} &P(A_1A_2\cdots A_n) \\ &= P(A_1)P(A_2|A_1,B_{1,1},B_{1,2},\cdots,B_{1,m_1})P(A_3|A_2,B_{2,1},B_{2,2},\cdots,B_{2,m_2}) \\ &\quad \cdots P(A_n|A_{n-1},B_{n-1,1},B_{n-1,2},\cdots,B_{n-1,m_{n-1}}) \end{aligned} \tag{3}$$

式中，$P(A_1)$ 可按单坝的事故概率计算，$P(A_i|A_{i-1})$，和 $P(A_i|A_{i-1},B_{i-1,1},B_{i-1,2},\cdots,B_{i-1,m_{i-1}})$，$i = 2,\cdots,n$ 的计算过程，需要考虑到上下库间的水流作用，建立具体的功能函数。这就需要明确事故的具体含义：是漫坝事故，还是溃坝事故。

关于大坝漫坝分析，已有不少成果，一般认为，当坝前水位超过坝顶高程（或蓄水量超过库容）时，则发生漫坝。根据 Yung - Chia Hsu 等[9]给出的单坝在风浪和洪水联合作用下的漫坝概率表达式

$$P = P(h_0 + H_w + H_f > h_c) \tag{4}$$

针对雅砻江流域的风险源，可以得出 $P(A_1)$ 的计算表达式为

$$P(A_1) = P(h_0 + H_e + H_f > h_c) \tag{5}$$

式中，$h_0$ 为坝前初始水位，$H_w$ 为风浪导致的水位升高，$H_e$ 和 $H_f$ 分别为地震和暴雨洪水及其次生灾害导致的水位升高，$h_c$ 为坝顶高程。

对于 $P(A_i|A_{i-1})$，和 $P(A_i|A_{i-1},B_{i-1,1},B_{i-1,2},\cdots,B_{i-1,m_{i-1}})$，$i = 2,\cdots,n$，均可用下式计算

$$\begin{aligned} P(A_i|A_{i-1}) &= P(A_i|A_{i-1},B_{i-1,1},B_{i-1,2},\cdots,B_{i-1,m_{i-1}}) \\ &= P(h_0 + H_e + H_f + H_{i-1} > h_c), i = 2,\cdots,n \end{aligned} \tag{6}$$

式中，$H_{i-1}$ 为第 $i-1$ 级工程事故情况下的下泄水量 $Q_{i-1}$ 导致的第 $i$ 级工程的水位升高。

若第 $i-1$ 级工程事故为漫坝事故,则 $Q_{i-1}$ 可根据第 $i-1$ 级工程满库后的持续降雨量得出。

若第 $i-1$ 级工程事故为溃坝事故,则对于不同的坝型,依据“土石坝漫坝即发生溃坝,混凝土坝漫坝则不一定溃坝。”的规定,分两种情况考虑:当第 $i-1$ 级工程为土石坝时,$Q_{i-1}$ 可表示为土石坝的库容;当第 $i-1$ 级工程为混凝土坝时,$Q_{i-1}$ 需根据溃坝流量过程,依溃坝流量计算式得出。

式(5)和式(6)的具体计算,目前已有不少方法:直接积分法[10]、蒙特卡罗法[11,12]、一次二阶矩法[13]、可靠指标法[13]等。只是计算过程中,所涉及的随机变量较多,这些随机变量的概率特性较复杂。因此,适用于数据足够多,容易校核其统计规律的情况。对于数据少、信息缺乏的状况,实施起来尚有一定困难。而且这两式只是考虑了第 $i$ 级工程的漫坝事故,关于第 $i$ 级工程的溃坝分析,还需要考虑坝体的结构强度,有待进一步研究。

上文中提到的流域梯级开发的这种连锁型事故太绝对,事实上不一定是这样,而是带有随机性。上游工程发生事故后,下游的工程可能发生事故,也可能不发生事故。有时候,可能某一级工程发生事故就足以引起系统的失效,而有时候需要两级或更多级发生事故才能构成系统的失效。此时,式(1)则无法反应这一点。

本文选取 A1、A2 和 A3 作为雅砻江流域梯级开发的三个关键工程进行研究,根据可靠性工程理论和安全系统工程中的系统安全性分析理论,建立了雅砻江流域梯级库群系统连锁事故的故障树模型(图 7)。并给出了该故障树的矩阵列表(表 2),得到其所有割集:

$\{a_1,a_3\}$, $\{a_2,a_3\}$, $\{a_1,a_3,a_4\}$, $\{a_1,a_3,a_5\}$, $\{a_2,a_3,a_4\}$, $\{a_2,a_3,a_5\}$,

$\{a_1,a_3,a_4,a_6\}$, $\{a_1,a_3,a_4,a_7\}$, $\{a_1,a_3,a_5,a_6\}$, $\{a_1,a_3,a_5,a_7\}$, $\{a_2,a_3,a_4,a_6\}$,

$\{a_2,a_3,a_4,a_7\}$, $\{a_2,a_3,a_5,a_6\}$, $\{a_2,a_3,a_5,a_7\}$

即所有能够使库群系统失效发生的底事件的集合。最后根据布尔代数的吸收率,求得该故障树的所有最小割集:

$$\{a_1,a_3\},\ \{a_2,a_3\}$$

令

$$C_1 = \{a_1,a_3\},\ C_2 = \{a_2,a_3\}$$

不难发现, $C_1$ 与 $C_2$ 和 $a_1,a_2,a_3$ 都是相互独立的事件。假设基本事件 $a_1$, $a_2,a_3$ 发生的概率已知,则顶事件库群系统失效的概率为

$$P(T) = P(C_1 \cup C_2) = P(C_1) + P(C_2) = P(a_1)P(a_3) + P(a_2)P(a_3) \tag{7}$$

由式(7)可知,在故障树模型中,求得的最小割集的数目越多,发生事故的可能性就越大,系统也就越危险;反之,系统越安全。

利用故障树可以把系统故障的有关因素联系起来进行分析,便于找出系统的薄弱环节和故障谱,还可定量求出系统的失效概率,为评估系统安全性提供依据。

### 4.4　安全性标准的制定

安全是人们经过抽象思维确定的一个概念或理念,是主观认识对客观存在的反应,具有模糊性、不确定性和相对性。由于安全系统中各因素之间,以及因素与目标之间的关系大多有一定的灰度,所以安全系统又是灰色系统。安全性标准不是要求不发生事故,而是力求得到具有一定灰度的可接受事故标准。因此,安全意味着可以容忍的风险程度,需要通过对系统的危险性和允许接受的限度相比较来确定安全标准,以求在现有的经济技术条件下,最经

济、最有效地控制事故，使系统风险控制在安全指标以下。

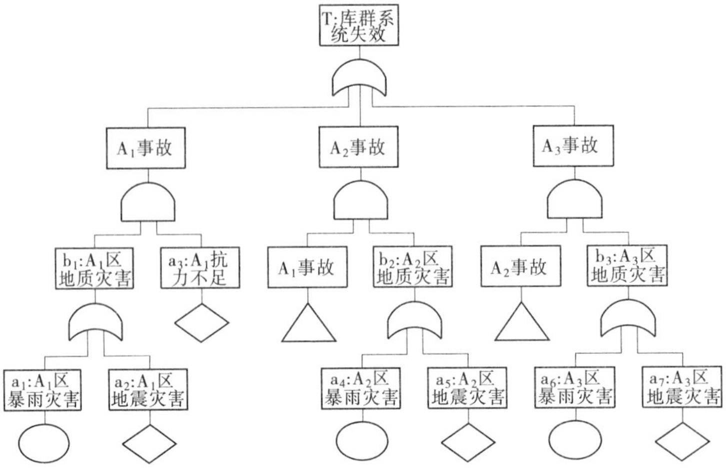


**图 7　雅砻江流域梯级库群系统连锁事故的故障树模型**

**表 2　故障树的矩阵列表**

| 步骤 | 1 | 2 | 3 | 4 | 5 | 6 | 7 |
|---|---|---|---|---|---|---|---|
| | $A_1$ | $b_1,a_3$ | $b_1,a_3$ | $b_1,a_3$ | $a_1,a_3$<br>$a_2,a_3$ | $a_1,a_3$<br>$a_2,a_3$ | $a_1,a_3$<br>$a_2,a_3$ |
| | $A_2$ | $A_2$ | $b_1,a_3,b_2$ | $b_1,a_3,b_2$ | $a_1,a_3,b_2$<br>$a_2,a_3,b_2$ | $a_1,a_3,a_4$<br>$a_1,a_3,a_5$<br>$a_2,a_3,a_4$<br>$a_2,a_3,a_5$ | $a_1,a_3,a_4$<br>$a_1,a_3,a_5$<br>$a_2,a_3,a_4$<br>$a_2,a_3,a_5$ |
| | $A_3$ | $A_3$ | $A_3$ | $b_1,a_3,b_2,b_3$ | $a_1,a_3,b_2,b_3$<br>$a_2,a_3,b_2,b_3$ | $a_1,a_3,a_4,b_3$<br>$a_1,a_3,a_5,b_3$<br>$a_2,a_3,a_4,b_3$<br>$a_2,a_3,a_5,b_3$ | $a_1,a_3,a_4,a_6$<br>$a_1,a_3,a_4,a_7$<br>$a_1,a_3,a_5,a_6$<br>$a_1,a_3,a_5,a_7$<br>$a_2,a_3,a_4,a_6$<br>$a_2,a_3,a_4,a_7$<br>$a_2,a_3,a_5,a_6$<br>$a_2,a_3,a_5,a_7$ |

目前，常用的方法是风险分析的方法，风险的大小由失效概率与损失后果的乘积来度量。要得到雅砻江流域梯级开发的安全性标准，仅仅解决失效概率的计算问题是远远不够的，还需要进一步分析该流域的经济、人口、生态环境等状况。

### 4.5　安全性保障措施和安全决策

安全性保障措施与安全决策是建立在安全性标准基础之上的。实施安全性保障措施与安全决策，要遵从 3E(Engineering, Education, Enforcement)原则，采用工程技术手段，如安全监控、安全预警等，使危险状态充分显现出来，使决策者感觉到危险的出现或释放，并做出正确的决策，使人们有足够的时间和条件做出响应；通过教育，提高人感觉危险信号的敏感性，使人们在感觉到警告后，准确理解其含义，并知道应采取何种措施避免危险发生或控制其后果；严格按照规章制度、规范等约束监测者的行为，避免人为事故。

## 5 结 论

本文根据雅砻江流域的自然特征以及该流域的梯级开发规划，分析了流域梯级开发安全性研究的必要性，提出了需要研究的内容，从可靠性工程和安全系统工程的角度出发，给出了雅砻江流域梯级开发安全性研究的技术路线，并对系统的破坏模式与概率分析做了重点研究，初步建立了雅砻江流域梯级库群系统连锁事故的故障树模型。研究指出，通过故障树不仅可以把系统故障的有关因素联系起来进行分析，便于找出系统的薄弱环节和故障谱，还可定量求出系统的失效概率，同时避免了库与库之间水流等不确定性因素的影响。而且通过故障树求得的最小割集的数目越多，系统发生事故的可能性就越大，系统也就越危险；反之，系统越安全。本文为流域梯级开发系统安全性分析与评价的进一步研究提供了参考。

### 参考文献

[1] 吴世勇，申满斌. 雅砻江流域水电开发中的关键技术问题及研究进展[J]. 水利学报，2007[S]:15-19.

[2] 张景林，等. 安全系统工程[M]. 北京:煤炭工业出版社，2002.

[3] 徐志胜，姜学鹏. 安全系统工程[M]. 北京:机械工业出版社，2012.

[4] 于晓晓. 新型安全系统工程方法——"三维分析法"的研究[D]. 上海:华东理工大学，2011.

[5] 常晓军，魏伦武，王德伟. 雅砻江流域地质灾害分布特征及其影响因素分析[J]. 灾害学，2009，(24):83-88.

[6] 金伟娅，张康达. 可靠性工程[M]. 北京:化学工业出版社，2005.

[7] 席秋义. 水库(群)防洪安全风险率模型和防洪标准研究[D]. 西安:西安理工大学，2006.

[8] 孙书钢. 船舶碰撞事故致因链分析[D]. 大连:大连海事大学，2010.

[9] Yung - Chia Hsu，Yeou - Koung Tung，Jan - Tai Kuo. Evaluation of dam overtopping probability induced by flood and wind. Stoch Environ Res Risk Assess，2011，25:35-49.

[10] 曹云. 堤防风险分析及其在板桥河堤防中的应用[D]. 南京:河海大学，2005.

[11] Xu Zhongji. Monte Carlo method (in Chinese). Shanghai: Scientific and Technical Publishers，1985.

[12] Xu Wenda. Slope reliability analysis based on the Monte Carlo finite element method(in Chinese). Journal of Fuzhou University，2004，32:73-77.

[13] Wu Qingxi. Structural reliability analysis and stochastic finite element method(in Chinese). Beijing: China Machine Press，2005.

# 基于交易成本理论对水电开发企业支持性业务管理模式的思考

袁尚南　强茂山　阳　波

（清华大学 水沙科学与水利水电工程国家重点实验室　北京　100084）

**摘要：**支持性业务是整个水电开发产业链中的重要组成部分，对其组织管理模式的研究有着十分重要的理论和实践意义。2002年起国家推行主辅分离改制政策后，各水电开发企业纷纷加大了对支持性业务管理模式的摸索。本文基于交易成本理论解析我国水电项目的支持性业务管理模式的选择机理，通过对五家水电开发企业的资料进行对比验证。结论表明，在目前的市场环境下，将支持性业务委托给控股或自己组建的辅业公司是主业公司较好的选择。研究成果对水电开发企业的辅业管理有指导意义。

**关键词：**企业管理　主辅分离　交易成本理论　支持性业务　水电开发

## 1　引　言

在2002年国资委颁布了主辅分离、辅业改制的政策之后，国内各主要水电企业纷纷将水电“开发—建设—生产”产业链上的支持性业务进行分离，或组建专门的辅业公司，专门负责从事剥离出来的支持性业务，或面向市场公开采购这些支持性业务，以便专注于水电开发的主业。到目前为止，该政策的执行已有10年，对支持性业务如何进行整合管理取得了一定的经验。本文对支持性业务管理模式进行的研究，能够对比理论结果与实践经验，具有重要的现实意义。

## 2　主辅分离的政策沿革

自原国家经贸委等八部门联合下发了《关于国有大中型企业主辅分离辅业改制分流安置富余人员的实施办法》（国经贸企改〔2002〕859号，简称859号文件）以来，国家相继推出关于主辅分离、辅业改制的政策，这些政策主要由国资委牵头制定，从2002年到2010年，相关文件如表1所示。

尽管这些政策是改革开放30年来触及面最深、改制政策最优惠的一轮改革行动（吕秋菊，2009），但由于种种历史原因和诸多现实条件的局限，长期以来形成了复杂的矛盾和遗留问题，虽然在形式上完成了主辅分离的工作，但辅业改制企业对主业企业的依赖性依然很强。改制的辅业企业的发展面临以下三方面的问题（曹文侠，2011）：一是改制企业管理层一般由改制前经营人员出任，管理方式传统，创新不足；二是部分改制企业风险意识淡薄，产业和业务拓展太快，经营风险较高；三是部分改制企业没有核心竞争力或受制于融资渠道狭窄，在市场竞争中处于劣势，面临内部市场中断和外部市场开拓不力的两难困境。特别是电力行业的问题更为迫切，一方面因为主辅分离政策正来源于电力改革，电力行业企业首当其冲，另一方面电力行业辅业企业较多，从业人数较大，政策执行的影响较广。

**表1　主辅分离、辅业改制相关国家级文件**

| | |
|---|---|
| 关于国有大中型企业主辅分离辅业改制分流安置富余人员的实施办法 | 国经贸企改〔2002〕859号 |
| 关于进一步明确国有大中型企业主辅分离辅业改制有关问题的通知 | 国资分配〔2003〕21号 |
| 关于中央企业主辅分离辅业改制分流安置富余人员资产处置有关问题的通知 | 国资发产权〔2004〕9号 |
| 关于进一步规范国有大中型企业主辅分离辅业改制的通知 | 国资发分配〔2005〕250号 |
| 企业主辅分离辅业改制资产处置核销操作指引 | 国资发产权〔2009〕7号 |
| 关于中央企业国有产权协议转让有关事项的通知 | 国资发产权〔2010〕11号 |

## 3　国内关于主辅分离的讨论

主辅分离目前已有较为一致的定义，一般是指国有企业为了深化改革，增强竞争力，将主业与辅业分离，分别进行企业改革的决策和过程。其中"主"是指改制企业拥有的主业核心业务及相关资产，而"辅"是指企业那些相对的非核心业务及相关资产，包括辅助、配套生产服务活动，及计划经济体制下所承担的社会服务、管理职能。本文中支持性业务指的是辅业中属于辅助、配套生产服务活动的业务，往往是与主业处于同一条产业链的不同环节，业务关联度较高。不过在实践中水电开发企业的辅业业务主要就是支持性业务，因此在本文中不需要严格区别支持性业务和辅业。

在国内学界对主辅分离决策的论述中，普遍的倾向是理论上认为主辅分离有利于企业发展，并且实践上已取得明显效果。颜强（2009）从自身所在企业的改革实践出发，明确主辅分离改制有利于继续深化企业改革，推动企业结构调整，进而有利于企业持续发展。路敏（2011）重点观察了电力多种经营企业的产权改革，将主辅分离纳入其理论解释框架，认为电力多种经营企业的主业与辅业应当逐步分离，有利于提升多种经营企业的市场生存能力和营运能力。秦日金（2005）认为国有企业在长期计划经济体制下形成了低级的一体化，组织机构臃肿，管理效率低下，产权混乱，然后从交易成本理论和产权理论的角度，论述主辅分离有利于减少企业组织费用，明晰企业产权和激励管理层，从而优化资源配置效率，最后以天津石化设计院改制分流的成功案例进行论证。

学者们对主辅分离决策的合理性已经有了共识，但实业界在分离之后主业企业如何管理支持性业务的问题上意见并不完全一致，主要有三类观点。第一类观点认为支持性业务由完全被主业公司控股的辅业公司来承担，辅业公司的根本任务仍是为主业公司做好服务，以提高服务质量和降低服务成本为企业目标；第二类观点则是完全市场化的管理模式，支持性业务面向市场购买，主辅分离后就应该将辅业公司推向市场；第三类观点是对前两种观点的折中，认为分离后的前几年辅业公司先按照原有的业务惯性完成主业公司的支持性业务，同时锻炼经营能力，储备人力资源，接下来逐步向主业公司之外拓展业务，逐渐成为一家独立发展良好的企业，并且使得控股的主业公司获得投资收益。

# 4 基于交易成本理论对支持性业务管理模式的分析讨论

## 4.1 交易成本

交易成本是指达成一笔交易所要花费的成本，也指买卖过程中所花费的全部时间和货币成本，包括传播信息、广告、与市场有关的运输以及谈判、协商、签约、合约执行的监督等活动所费的成本。其实质就是在一定的社会关系中，人们自愿交往、彼此合作达成交易所支付的成本，也即人与人的关系成本，是人类社会生活中一个不可分割的组成部分。

交易成本包括的内容（Williamson，1975）见表2。

**表2 交易成本主要内容**

| 成本名称 | 特点 |
|---|---|
| 搜寻成本 | 商品信息与交易对象信息的搜集 |
| 信息成本 | 取得交易对象信息和同交易对象进行信息交换所需的成本 |
| 议价成本 | 针对契约、价格、品质讨价还价的成本 |
| 决策成本 | 进行相关决策与签订契约所需的内部成本 |
| 监督交易进行的成本 | 监督交易对象是否依照契约内容进行交易的成本，例如追踪产品、监督、验货等 |
| 违约成本 | 违约时所需付出的事后成本 |

Williamson（1985）进一步将交易成本加以整理，区分为事前交易成本与事后交易成本两大类：事前的交易成本包括签约、谈判、保障契约等成本；事后的交易成本包括契约履行成本。

## 4.2 企业边界与治理结构

交易成本理论对于企业是否应该进行主辅分离的解释，其实质即是解释在业务范围上如何划定企业边界，对支持性业务选择“组建辅业公司完成”还是“外部采购辅业服务”的契约类型进行治理。而契约类型由交易的三个维度决定，首先是交易不确定性，即交易各方能够预知未来变化的程度，其次是交易频率，交易不确定性和交易频率越高，交易成本就越高，但是否做出将此项交易纳入组织边界的决定还需要第三个维度——资产专用性。此处，资产专用性是指该项资产的专用程度，交易双方投入到此交易中的资产对于其他交易的价值（即该资产可“再次使用”的程度）越低，专用性越高。资产专用性包括了场地（用户附近设厂）、实物（专用设备）和人力（专门培训）三方面，当交易一方或双方投入到交易中的资源很难用于其他交易时，双方关系的脆弱性增大，因而对于风险中性或偏厌恶的交易者会在专用投资之前希望获得一定的安全感，就会采用统一组织治理方式，或者某种中间方式（例如，特约供货协议）等。

Williamson（1985）对此做了总结，认为因交易成本的差异而需要使用不同类型的契约进行治理，其选择机理如表3所示。

表3 Williamson模型中有效的交易契约与治理

<table>
<tr><td colspan="2">交易性质</td><td colspan="3">资产专用性</td></tr>
<tr><td colspan="2">契约/治理</td><td>非专属性(低)</td><td>混合性(中)</td><td>独特性(高)</td></tr>
<tr><td rowspan="2">频率</td><td>偶尔</td><td>古典契约/市场治理</td><td>新古典契约/三方治理</td><td></td></tr>
<tr><td>频繁</td><td>古典契约/市场治理</td><td>关系式契约/单、双方治理</td><td>关系式契约/统一治理</td></tr>
</table>

在组织确定其边界后,接下来的问题是如何管理与边界之外组织的关系。这个问题的来源也是交易本身所带来的组织间资源交换,这导致了组织间的依赖关系,从而使组织容易受到对方的要挟。资源依赖理论可以用来分析这种依赖关系,提出了相应管理策略,包括:①签订特许供应协议来保持稳定资源供应;②给予外部团体一定权力(例如,选其代表成为董事会成员),让他们参与决策;③设立合资企业和组建联盟,组织协会汇聚同类组织的影响;④通过兼并将其彻底纳入组织边界内。一般而言,组织会在不影响关键资源获取的前提下,采取对自己最有利的策略。

### 4.3 基于交易成本理论分析我国水电项目的支持性业务管理模式的选择机理

水电开发公司进行的主辅分离是一个治理结构和主业公司实质边界的界定问题,即是采用"组建辅业公司完成"还是"外部采购辅业服务"的问题。

#### 4.3.1 外部采购辅业服务的交易成本

表4描述了"外部采购辅业服务"的交易成本。

表4 招标辅业公司的交易成本

| | |
|---|---|
| 搜寻成本与信息成本 | 招标辅业公司本质上是购买服务。目前在水电开发行业没有成熟的辅业品牌企业,而一般意义上的城市物业公司数量大、水平参差不齐。因此,了解潜在的投标企业要付出较大的搜寻成本。<br>同时,由于城市物业公司对于水电项目的工业物业管理较为陌生,需要大量的时间和精力了解、学习和理解,增加了信息获取成本。而这些成本反过来必然转嫁到投标报价中,或因信息了解不足转嫁为合同执行期违约及纠纷处理成本 |
| 议价与决策成本 | 在招标过程中,由于一般的物业公司不了解水电开发项目的特点,对该类工地物业管理较为陌生,因此讨价还价的成本较高,并且导致形成最终文本的时间也较长 |
| 监督交易的成本 | 在目前的市场环境下,物业属于低利润行业,雇用的员工素质相对较低,而一般的物业公司难以提供让人信赖的品牌担保。这就使得主业单位要花费较多的精力去监督辅业公司。由于主业公司与中标的外部辅业公司只存在合同关系,因此深入的监督较难实施,并且需要花费巨大的成本 |
| 违约及处理纠纷成本 | 水电项目的工地物业、餐饮等有其独特性。比如,由于水电项目建设地一般较为偏僻,因此需要较高的人力成本才能吸引年轻人安心从事物业工作。这些差异使得城市物管公司在投标水电物业时缺乏经验,缺乏对真实情况的准确把握,很容易导致物业公司投标价格偏低,各方面准备不足。这些缺陷都埋下了"违约"的隐患 |

从交易成本角度来看,"外部采购物业服务"方式较"组建辅业公司承担"为高,选择后者更为合适。

#### 4.3.2　支持性业务管理模式的治理结构选择

从交易的三个维度分析适合水电开发企业支持性业务管理的治理结构。

##### 4.3.2.1　交易商品或资产的专属性

由于水电项目的辅业管理具有较强的行业特点，如果把其辅业服务看作一种商品，其本身市场流通性不强。此外，由于各大水电开发企业均有自己的辅业公司，因此在水电开发行业获得流域开发所需的大量、稳定辅业服务的可能性也很小。因此，辅业服务具有较高的资产专有性。

##### 4.3.2.2　交易不确定性

支持性业务的突出特点是其“窗口”、“门面”性质，包括关键的接待任务、应急响应任务，所以要求从事支持性业务的企业在“对外”的服务时不斤斤计较，有大局观念，尽其最大努力保质保量地完成各项任务。由于外部物业公司与主业公司是合同关系，在面临合同中未明确规定的任务时，其态度、应对能力和表现相较自己成立的辅业公司都有一定的不确定性，从而引起监督成本、议价成本的提升，使交易成本增加。

##### 4.3.2.3　交易的频率

水电开发公司承担着多个梯级电站的开发任务，需要多次、多种类的辅业服务。即使在同一个项目中，也会有多方面的需求。除业务较为稳定的餐饮、招待所、营地管理外，经常有零星工程、绿化、垃圾清运的临时任务辅业任务。因此，辅业服务交易的频率是比较高的。

综合上述分析，引用 Williamson(1985)提出的模型，可得出如下推理假定：水电开发企业进行主辅分离后，对支持性业务采用“关系式契约/单、双方治理”的契约类型进行治理，即应用“组建辅业公司完成”的方式管理支持性业务，可以使得总交易成本较小。

## 5　水电企业支持性业务的管理实践

在实际管理中，如前所述的三种管理观点都有支持者，本文笔者就此问题调研了几家水电开发公司支持性业务管理模式，结果如表 5 所示。

**表 5　五家水电公司支持性业务整体管理模式现状及评价**

| 公司 | 整体模式 | 评价(5 分为满分) |
|---|---|---|
| A 公司 | 内部业务模式 | 3.5 分 |
| B 公司 | 内外结合模式 | 3.8 分 |
| C 公司 | 内部业务模式 | 3.8 分 |
| D 公司 | 内外结合模式 | 3.4 分 |
| E 公司 | 内部业务模式 | 3.7 分 |

其中，内部业务模式是指主业公司组建的辅业公司完成支持性业务，该辅业公司不必对外发展，而内外结合模式则是指辅业公司除完成主业公司的支持性业务外，还要努力拓展业务，争取更大的发展。在目前情况下，没有公司选择直接应用“外部业务模式”，即以市场化方式公开采购辅业服务，让自己组建的辅业公司同等地直接参与市场竞争。

被访者对三种模式的评述观点如表 6 所示。

表6 被访者对于不同管理模式的观点

| 模式 | 支持观点 |
|---|---|
| 内部业务模式 | 辅业公司应该专心提高“为主业服务”的服务质量和专业质量 |
| | 辅业较之主业相差太大，其产生的利润微乎其微，对外经营意义不大，其作为主业的服从单位较为合理，因为目前我国服务业市场化程度不高，利用社会资源还不能完全满足需要 |
| | 大部分水电工程的建设管理地点远离城市，其开发公司都有各自的辅业公司，辅业公司的人才结构和生产经营目标单一、辅业公司的组建目标仅为主业公司服务，且辅业公司的地点也远离商机众多的城市。同时，如果辅业公司面向市场，实行多元化发展，将会使其服务开发公司的质量全面下降，造成主业与辅业的彻底分离，从而开发公司也将失去了设立辅业公司的意义 |
| 外部业务模式 | 市场化程度高有利于提高企业的竞争能力；市场化程度高有利于主业更好地得到社会化服务；辅业市场化程度高有利于主业更好地发展 |
| 内外结合模式 | 辅业业务是对主业水电开发与电力生产运行专业化的补充，对主业起支援、保障、服务作用，在此核心业务的过程中培育能力，然后可以利用富余资源对外提供专业性社会服务，逐步加强市场竞争力，向自立化发展 |
| | 便于与市场接轨，更好地利用社会资源，并促进内部管控水平的提升 |
| | 从长远看，市场化是一种必然趋势；多种多源的项目可以规避风险，有更好的发展前景 |
| | 在做好内部业务同时，积极探索外部业务，寻求业务增长点，更有利于辅业公司做大做强 |
| | 公司合理走出去，能够锻炼队伍，拓展业务，学习先进管理经验，提升管理水平，并能创造一定的效益 |

从更大规模的市场观察来看，水电开发企业对支持性业务的管理实践基本都是由关联很深的辅业公司（自己组建或以前的三产公司）承担，与理论上的推理假定相一致，但理论与实践上都没有涉及辅业公司的发展方向问题。

## 6 结 语

从几家大中型水电开发企业的管理实践可以看出，所有的水电开发项目的主业企业均有大量的或紧急、或复杂、或烦琐的业务需要辅业公司承担，辅业公司为项目开发建设目标的顺利完成提供了大量支持性工作。在具体的管理模式上，虽然各家公司对主辅定位和支持性业务管理模式的设计不同，但其共同特点是，开发公司的主要支持性业务一般由其专属辅业公司承担。这个实践结论符合基于交易成本理论的支持性业务管理模式选择机理，相比“外部采购辅业服务”，水电开发企业采用“组建辅业公司完成”方式管理支持性业务的交易成本更低，尤其在某些突发性与紧急性工作的应对中更是优势明显。但辅业公司是否以企业盈利和发展为主,这个方面的管理实践仍需要研究者和实业界的共同探索。

## 参考文献

[1] Williamson O E. Markets and hierarchies: antitrust analysis and implications[M]. New York: The Free Press, 1975.

[2] Williamson O E. The Economic Institutions of Capitalism: Firms, markets, relational Contracting[M]. New York:The Free Press, 1985.

[3] 曹文侠. 辅业改制企业发展问题解析[J]. 企业研究, 2011(14).

[4] 路敏. 我国电力多经企业产权改革实施途径研究[D]. 沈阳:沈阳师范大学, 2011.

[5] 吕秋菊. 对国有企业主辅分离辅业改制的认识和思考[J]. 山西焦煤科技, 2009(02).

[6] 秦日金. 天津石化公司改制分流实践研究[D]. 天津:天津大学, 2005.

[7] 颜强. 四方车辆有限公司主辅分离改制分流研究[D]. 天津:天津大学, 2009.

# 水电工程数字流域基础地理信息平台若干关键技术研究

仇　欣

（中国水电顾问集团成都勘测设计研究院有限公司　四川　成都　610072）

**摘要**：本文以水电工程数字流域基础地理信息平台建设为着眼点，总结了平台的主要建设内容。针对建设中遇到的数据共享与工作协同、高并发访问和资源扩展以及数据挖掘等问题，结合当前先进的地理信息技术、云计算与大数据理论，提出了解决问题所需要的基于地理信息的数据表达、基于数据流的驱动、基于云计算的架构、基于共享服务的协同方式和基于大数据的处理与分析方式五项关键技术。本研究对面向水电工程的数字流域基础地理信息平台建设具有指导和借鉴意义。

**关键词**：水电工程数字流域　基础地理信息平台　数据流驱动　云计算　大数据

## 1 引　言

"数字流域"源于美国前副总统戈尔在1998年首次提出的"数字地球"概念。"数字流域"是综合运用遥感、地理信息系统、全球定位系统、计算机网络技术、多媒体及虚拟现实等高新技术对全流域的地理环境、自然资源、生态环境、人文景观、社会和经济状态等各种信息进行采集和数字化管理，构建覆盖全流域的信息平台和三维模型，使得各级部门能够有效管理整个流域的经济建设，做出科学、合理的资源利用与开发决策[1,2]。近年来，国内外数字流域的研究与建设蓬勃发展，如美国密西西比河流域的河流水情预报系统，我国也先后开展了"数字清江"、"数字黄河"、"数字长江"、"数字海河"等几大流域的信息化建设工作[3]。

目前，国内积极开展的以水电工程建设为着眼点，进行流域梯级开发和管理相关的"数字流域"研究，如"数字雅砻江"、"数字澜沧江"等。在其设计与建设时偏重实现专业功能，在实际应用中往往存在数据共享与工作协同不便、系统可扩展性差、无法应对大规模并发访问、数据挖掘能力弱等问题。

随着数字流域研究的深入与应用实施，基础地理信息平台的重要性愈加凸显。基础地理信息平台能为用户提供统一的硬件、软件、数据和应用框架；并以地理位置信息作为共同的参考点组织和共享数据，实现不同用户间的沟通与协作。而近年来兴起的"云计算"与"大数据"技术，大大推动了基础地理信息平台的发展。其中"云计算"将软硬件资源以服务的形式提供给用户，用户根据需要弹性配置资源，达到高效合理利用；"大数据"则依托海量数据，提供从数据中提取有效信息的方法，挖掘数据中蕴含的规律，让数据驱动决策。

本文将从实践经验出发，总结水电工程数字流域基础地理信息平台的主要建设内容，并

基金项目：国家科技支撑计划"数字流域关键技术"子课题"雅砻江流域数字化平台建设及示范应用"（2013BAB05B05）项目资助。

对五项关键技术，即基于地理信息的数据表达、基于数据流的驱动、基于云计算的架构、基于共享服务的协同方式和基于大数据的处理与分析方式进行论述。

## 2 水电工程数字流域基础地理信息平台主要建设内容

在数字流域的建设中，专家学者根据自己的研究领域，提出了不同形式的建设思路和框架，但在基础平台部分，存在很多的共性。水电工程数字流域基础地理信息平台虽然以水电工程建设为着眼点，但在建设时也力求做到规范与通用。在研究多种建设方案与总结实践经验的基础上，提出了水电工程数字流域基础地理信息平台的建设内容组成，即数据体系、数据组织与建库、地理信息门户、平台管理与维护和保障机制。

### 2.1 数据体系

数据体系作为整个平台的基础，明确了平台的数据架构以及在数据采集、处理、质量控制与更新时应符合的要求。

#### 2.1.1 数据框架

数据框架明确了数据组成、数据内容和数据精度及需符合的要求，组成包括：基础地理数据、地理实体数据、地图数据、水电工程基本属性数据、水电工程三维模型数据、专题数据和目录与元数据。

其中，基础地理数据是指国家基本比例尺的数字线画图、数字正射影像、数字高程模型和数字栅格图，是地理数据的最主要来源。基础地理数据的采集需遵循统一的测绘基础。地理实体数据是从基础地理数据中提取和重构而来的，用于挂接水电工程信息、自然信息和社会经济信息等。地图数据是对基础地理数据、地理实体数据进行符号化、地图整饰后形成的地图以及基础地理信息底图。水电工程属性数据分为描述信息和多媒体信息。描述信息包括水电站基本信息、流域信息、河流信息和所属行政区信息；多媒体信息包括图片和视频等。水电工程三维模型数据包括水电工程建筑物模型和配套模型。专题数据是专业部门从各自角度出发按照统一的标准规范，提供与数字流域和水电工程相关的业务数据。按类别可分为水资源规划数据、地质数据、环保数据、移民数据、施工设计数据等。

#### 2.1.2 数据处理与质量控制

数据处理包括数据框架中所述数据的基本处理流程与质量要求；数据质量控制是指对数据质量进行检查，包括数学基础检查、数据完整性检查、逻辑一致性检查、位置精度检查和属性精度检查。

#### 2.1.3 数据档案管理与更新

数据档案管理是对数据档案的归档移交、介质选取、数据拷贝、使用运输、维护销毁等方面进行管理。数据更新应及时，尤其对于基础地理信息数据需根据业务需求、地物变化程度等情况定期进行更新维护，可采取局部更新、整体更新、专题扩展更新等方式。

### 2.2 数据组织与建库

数据组织包括数据框架中所述数据的组织、编码与存储方式。水电工程数字流域基础地理信息数据库包括六大子库，即基础地理数据库、地理实体数据库、地图数据库、水电工程基本属性数据库、水电工程三维模型数据库、专题数据库和元数据库。每个子库又分为现势库和历史库，两个库具有相同的结构，现势库只存储当前最新的数据，历史库存储现势库历次的更新数据。数据库作为平台最重要的组成部分，建设时应注意两个方面。一是数据库所采用的数据组织与设计应能兼容矢量数据和栅格数据;能同时存储空间数据和属性数据,并能维护好对应关系。二是要注重数据库的管理与维护工作,对涉密数据要注意保密,重视日常管理与维护并及时更新数据。

## 2.3　地理信息门户

地理信息门户是平台与用户的接口,以系统为载体将平台的数据资源与功能应用提供给用户。门户采用B/S(浏览器/服务器)结构,系统结构如图1所示,分为硬件支撑层、数据支撑层、平台层和应用层。硬件支撑层是门户运行的物理环境,包括各种计算机硬件设备、网络环境、物联网设备等;数据支撑层是按照数据体系、数据组织与建库中的要求建立的数据库,是整个门户的核心,分为基础地理数据库、专题数据库和系统管理库;平台层由软件平台、中间件和接口与服务组成,用于连接应用层与数据支撑层,提供数据访问、数据管理、数据通信、数据发布、地理信息处理等接口;应用层是利用中间层提供的接口开发功能,为环境保护、地质勘察、水资源规划、征地移民、设计施工、灾害防治提供数据和服务。

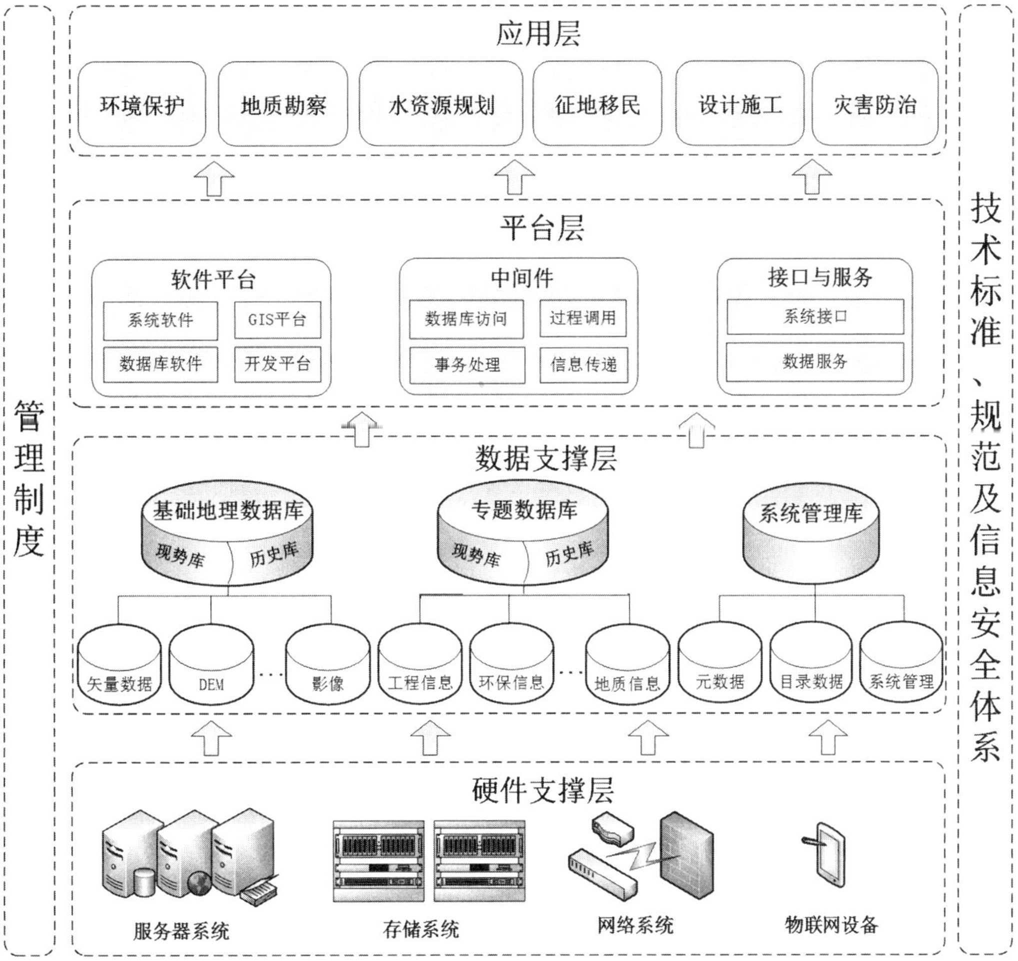


图1　地理信息门户系统结构图

## 2.4　平台管理与维护

平台管理与维护包括组织运行体系、安全保密管理、共享服务安全管理和平台运行与维护。组织运行体系是提供保障的基础，规定了平台建设的组织协调机构与日常工作内容；安全保密管理规定了系统设备、网络、操作系统、数据库以及应用系统的安全保密要求；共享服务安全管理规定了在共享服务时应注意的事项；平台运行与维护规定了在进行软硬件维护、系统升级、数据与系统备份、密码与口令管理时应符合的要求。

### 2.5 保障机制

为了保证水电工程数字流域基础地理信息平台的正常运行，需建立完善的保障机制。一是建立健全管理制度，二是要成立运行与维护机构，负责系统的日常运行与维护，及时解决运行中出现的问题，落实数据与系统功能更新计划，保证系统的持续更新与服务。

## 3 关键技术研究

以水电工程数字流域基础地理信息平台的主要建设内容为基础，针对平台建设与应用中遇到的数据共享与协同工作不便、系统可扩展性差，数据挖掘能力弱的问题，选取五项关键技术进行研究，提出解决方案。

### 3.1 基于地理信息的数据表达

地理信息是指与地球表面空间位置直接或间接相关的事物或现象的信息[4]。从定义可以看出地理信息涵盖面非常广，在进行数字流域研究中接触到的绝大多数信息都能与空间位置有直接或间接的关系。无论是流域的范围、河流的分布，还是生态环境的变化、地质构造，甚至天气预报、水文监测信息。可见，地理信息在数字流域的不同专业数据中具有通用性，可为其提供统一的参考点，即空间位置信息。

为数据信息赋予空间位置信息，建立一种以空间位置为基础的数据组织方式，是对传统的以逻辑相关性和时间相关性方式组织数据的有益扩充。其具有两点优势：一是数据在不同部门不同专业流转与交换时，始终能有相同的参考基准，在查找、使用、编辑、分析时不易出错且非常高效；二是能对数据进行空间相关性整合分析，如研究某一电站周边生态环境的变化，首先通过空间位置信息找到电站并划定研究区，再在研究区中查找反映生态变化的数据，如土地利用类型、植被覆盖度、水质监测情况等，最后对数据进行整理、分析并把结果直接显示出来。

地理信息还具有丰富的表达方式，可用矢量、栅格两种方式展现数据。矢量方式是将地理实体进行抽象与概括后，用点、线、面图形进行描述，同时还能挂接丰富的属性数据；栅格方式是对真实地物的模拟与记录，如卫星影像、数字高程模型（DEM）、视频等。矢量方式简洁、高度抽象概括，数据量小；栅格方式直观、易于理解。同时，地理信息还可以引入时间信息、三维模型、图表等，使得表达方式更加丰富。

诚然数字流域中的数据并不能全部用地理信息表达，光有地理信息也不能全面地描述流域、解决流域中遇到的所有问题。但是，地理信息作为数字流域的基础数据、作为数据交换的介质、作为数据整合展示的方法，是一种很好的选择。

### 3.2 基于数据流的驱动

在数字流域的设计与建设中往往以功能为关注点，即一个系统的建设目的是实现一个或一组功能，强调功能或模型的先进性。这样带来两方面的问题：一是越来越多的系统，系统与系统之间彼此孤立，数据无法交换与共享；二是缺乏数据的功能与模型，模型与功能的设计常以假设数据存在为前提，当完成后发现数据缺失或者精度无法达到模型的要求。

如何打破系统间的壁垒,打通数据流,不让功能与模型成为“无源之水”,需要我们颠覆原有的以功能为主的观念,建立以数据为核心,以数据流驱动的模式。该模式包含三方面的内容。一是以数据为核心,将数据视为重要的资源;二是以数据流动的基本步骤即数据采集、数据存储、数据处理与分析、数据应用来重构系统架构与功能;三是建立统一的数据资源体系,以数据交换定义功能之间的互动。该模式之所以可行,是因为功能可能会随着业务需求的变化而发生变化,但数据模型和数据流程通常会保持稳定;基础平台的使用者,往往不期望使用平台提供的功能解决他们的问题,只想获取数据,他们有自己的专业软件与模型,同样,平台若针对每一个需求都开发功能并做到很专业是不现实的。

平台架构的变化,改变了“输入—业务逻辑—输出”的传统功能设计模式,而是以“数据采集—数据存储—数据处理与分析—数据应用”为功能设计主线,如图2所示。数据采集是综合考虑平台应包含的数据类型,建立对应的数据模型,提供数据转换的接口。通过接口将不同类型、不同格式的数据转换成平台支持的数据模型并导入进来。数据存储将导入的数据进行统一的存储与管理。数据采集与存储是对传统“输入”的封装与解耦,同类型数据拥有统一的转换接口、数据模型与存储方式,业务逻辑只需与输入的数据模型进行耦合,当输入的数据发生变化时,只要调用不同的转换接口生成相同的数据模型即可,并不影响功能的业务逻辑,实现了与数据的解耦。数据处理与分析是将一些常用的数据处理分析功能进行封装,以服务的形式提供出来,如数据提取、数据关联、数据运算、投影转换、专题图表等。数据应用是系统与用户的接口,用户从此处获取数据或将处理加工后的数据提供给系统供其他用户使用。

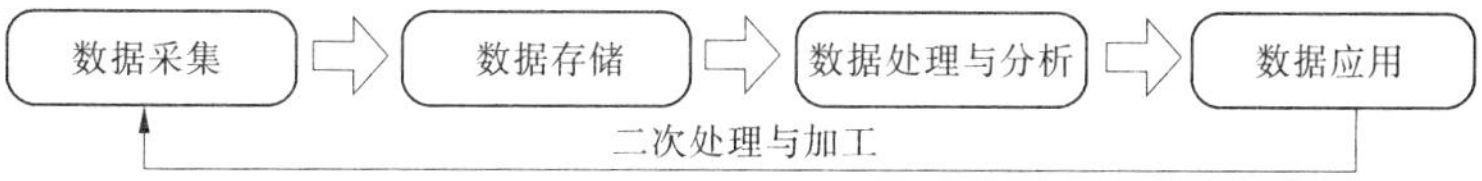


**图2　数据流驱动模式**

### 3.3　基于云计算的架构

云计算既指在互联网上以服务形式提供的应用,也指在数据中心里提供这些服务的硬件和软件,而这些数据中心里的硬件和软件被称为云[5]。云计算技术是针对“大用户”、“大数据”和“大系统”发展出来的一种新的实现机制[6]。云计算应该包括两方面的内容:服务和平台,涵盖了云计算服务和云计算平台两个概念,云计算即是商业模式,也是技术。云计算按照服务模式分为“软件即服务(SaaS)”、“平台即服务(PaaS)”和“基础设施即服务(LaaS)”。简单的说,SaaS是通过互联网提供软件服务,PaaS是通过互联网提供应用程序运行平台服务,LaaS是通过互联网提供基础设施服务[6]。云计算按照部署方式还可分为“公有云(Public Cloud)”、“私有云(Private Cloud)”、“混合云(Hybrid Cloud)”。公有云通常是指开放给公众使用的云基础设施;私有云通常是指为一个客户单独使用而构建的云基础设施;混合云是将两者结合在一起使用的方式。不难看出,云计算其实是多种理论与思想的糅合与延伸,如分布式计算、SOA(面向服务的架构)、虚拟化技术等。云计算平台最大的特点是弹性,能根据需求变化灵活地扩展资源;而云服务的特点在于一致性、可计量性和可复用性,以统一标准的服务方式提供资源,根据服务使用量计费。

结合云计算理论与水电工程数字流域基础地理信息平台的应用特点,可以得出平台主要提供PaaS、SaaS服务,在硬件资源充裕时也可提供LaaS服务;从部署方式来说,考虑到空间数据、业务数据的保密要求，平台以私有云为主，其架构如图3所示。最底层是资源层，由虚拟化的服务器集群、存储设备、网络设备等构成，形成可统一管理调度的服务器池、存储池和网络池。能力层将池化的资源封装，形成分布式数据总线、分布式统一存储、分布式工作流和调度引擎，分别提供通信能力、存储能力和运算能力。平台层是将能力层封装好的能力以服务或者API（应用程序编程接口）的形式提供出来，包括数据访问与管理框架、数据分析与处理框架、数据应用框架、自动化运维管理系统。应用层是基于平台层开发的功能模块或者服务，供用户直接调用，如地图服务、数据转换服务、专题图表等。资源层与能力层向其他两层提供LaaS服务，平台层向应用层提供PaaS服务，而应用层向用户提供SaaS服务；在数据采集、数据存储、数据处理与分析、数据应用流程的实现中，会混合使用不同层提供的能力或服务。

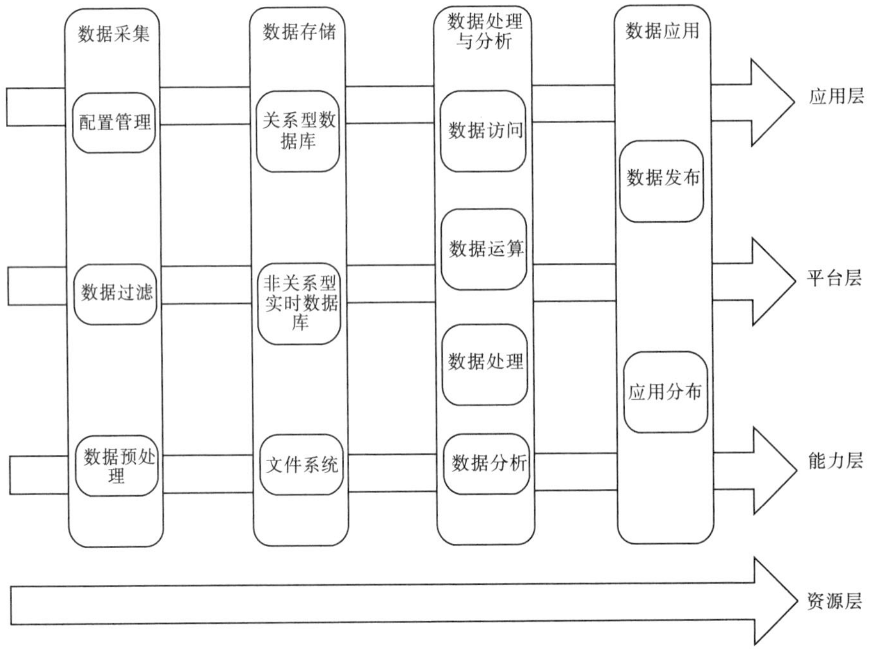


**图3　基础平台架构**

基于云计算的架构具有弹性、灵活、通用的特点，当业务需求发生变化时，能通过调整结构，很快地应对变化；分布式的组织方式，在地理上分散，在逻辑上集中，能很好地管理跨地域分布的业务数据系统；统一的数据组织、统一的数据存储、统一的数据访问模式，打通了平台上不同系统、不同功能的数据流；功能之间彼此独立，用户按需使用，功能间通过数据交换实现共享。对资源的使用从唯我所有到唯我所用，按需付费，在节省开支的同时也提供了可行的商业模式。

### 3.4　基于共享服务的协同方式

如何搭建一个高效的协同共享平台，实现在不同部门不同专业间信息共享、协同工作，一直是数字流域的设计与建设中十分关注的问题。利用SOA（面向服务的架构）技术，将数据与功能发布成标准的服务，使用者根据需要通过服务地址和访问接口获取指定的数据与功能，而无需知道数据的内部结构与功能的实现逻辑；当发布者更新数据或功能时，使用者随即获得最新的数据与功能而无需改变访问地址。基于服务的共享方式不仅获取数据和功能简单方便、更新及时,而且极大保护了服务发布者的原始数据与业务逻辑。

不同部门不同专业间进行协同工作时,将彼此间需要共享的数据或功能发布成服务。在应用时根据业务流程对服务进行组装,当上游专业(部门)更新数据后,其下游专业(部门)立刻能获取更新,对数据或功能进行编辑后也以服务的方式共享给其下游专业(部门),以此类推直至业务流程完成。同时,业务流程的管理者也可通过共享服务实时查看进度情况。

将数据与功能发布成服务前需建立统一的数据资源体系,对服务进行标准化与约束,体系包括统一的数据组织与存储、统一的访问方式、统一的应用方式等。在进行协同工作时,最好能在同一个平台进行,例如同一个云计算平台。一是可以保证协同过程中的数据安全,二是可以将服务产生的数据固定在平台上,用户使用得越多,积累的数据也就越多,可为后续的数据挖掘提供基础。

### 3.5　基于大数据的处理与分析

在科学研究的不同阶段,几千年前凭经验、几百年前靠理论模型,几十年前靠仿真模拟,现在已经进入了数据探索阶段,即通过对海量数据的分析,发现数据背后蕴含的客观规律与新的价值,让数据说话,让数据驱动决策。针对海量数据产生了"大数据"概念。大数据是指大小超出了典型数据库软件工具收集、存储、管理和分析能力的数据集。大数据[7]除了体量大外,还具有如下特点:大数据通常是由机器自动生成的;大数据通常是一种全新的数据源;大数据并非都是格式化的数据;大数据可能并不蕴含大量价值。可见,大数据与传统的简洁严谨的结构化数据有很大的区别。大数据强调数据由机器生成是为了在不间断获取大量数据的同时保证数据的客观性。

遍布水电工程与流域中的数字化传感器是良好的大数据源,在以往的使用中,限于存储与传输手段,仅关心传感器的预警值,大量原始数据被抛弃。随着物联网技术的发展,数据传输瓶颈被突破,大数据量实时传输成为可能。而基于云计算的架构利用分布式存储与分布式计算动态调度资源解决了大量传感器数据的存储与高并发访问的问题;同时还能对跨地域分布的数据资源进行整合。可见,对大数据的研究已初具条件。

在大数据的研究中,如何处理数据和分析数据是两个重要主题。在数据处理中,首先要对数据进行过滤,大数据因为体量大、结构复杂,不进行过滤很难存储与分析。然后对数据进行提取与转换,在此过程中可为数据增加一个标签,建立某种关联,如地理空间坐标,以便于不同数据间的查询与整合。最后将数据按照不同类型存储起来。在数据分析中,假如只研究同类数据,即使数据量再大,也只是看得更详细而已,没有太大的意义。如监测水温,从每天1条的频率上升到每分钟1条,若只关注水温变化,大数据量反而成了负担。但是将所有监测点的数据与其他信息,如水库蓄放水情况、降雨情况等进行整合,便能探索水温变化的成因。可见,将大数据和其他数据整合到同一个处理与研究流程中,能激发研究者发现新的数据价值。在数字流域的数据整合过程中数据仓库的建设非常重要,数据仓库的目的是将流域中所有重要的数据都集中到一个中央数据库中,把不同数据进行交叉关联,形成跨业务主题与数据领域的关联分析。数据仓库的使用避免了数据分析过程对业务数据库结构和性能的影响。同时,研究人员可根据研究需要从不同的数据库中抓取数据,完成分析过程,而无需了解每个数据库的结构。

## 4 结语

水电工程数字流域基础地理信息平台是数字流域研究的重要基础,需要能不断适应需求变化,灵活高效地提供支撑。本文阐述了水电工程数字流域基础地理信息平台建设的主要内容,并通过对基于地理信息的数据表达、基于数据流的驱动、基于云计算的架构、基于共享服务的协同方式和基于大数据的处理与分析方式这五个关键技术的研究,得出了海量数据统一存储、处理与共享,平台弹性构建、数据共享与工作协同以及大数据分析处理的方法。本文的研究方法已应用于数字流域基础地理信息平台的建设实践中,为水电工程建设、流域管理提供了有力的技术支持。

**致谢:**

中国水电顾问集团成都勘测设计研究院有限公司数字工程与信息技术中心邱向东专总、数字流域室宋述军室主任在论文写作过程中提供了悉心指导与巨大帮助,使我能顺利完成论文,在此表示衷心的感谢!

**参考文献**

[1] 李纪人,潘世兵,张建立,等. 中国数字流域[M]. 北京:电子工业出版社,2009.

[2] 陈述彭,鲁学军,周成虎. 地理信息系统导论[M]. 北京:科学出版社,1999.

[3] 庞树森,许继军. 国内数字流域研究与问题浅析[J]. 水资源与水工程学报,2012,23(1).

[4] 全国科学技术名词审定委员会对"地理信息"的术语定义.

[5] Armbrust M,Fox A, Griffith R. Above the Clouds:A Berkeley View of Cloud Computing [R/OL]. Electrical Engineering and Computer Sciences. Berkeley:Universiry of California, 2009 - 2 - 10.

[6] 姚红宇,田溯宁. 云计算:大数据时代的系统工程[M]. 北京:电子工业出版社,2013.

[7] Bill Franks. 驾驭大数据[M]. 北京:人民邮电出版社,2013.

# 雅砻江流域大坝安全信息管理系统综述

冯永祥 李啸啸 张晓松

(雅砻江流域水电开发有限公司 四川 成都 610056)

**摘要**:雅砻江流域大坝安全信息管理系统是雅砻江流域水电开发有限公司按照“流域化、集团化、科学化”发展与管理理念建设的流域大坝安全管理和技术管理的统一平台。该系统建设旨在统筹流域大坝安全管理,建立健全流域大坝安全信息化体系,主要对公司各投运水电站安全监测、巡检维护、定检注册等大坝安全信息进行全面管理,并为施工期大坝安全监测管理提供信息化手段,最终实现全流域21级梯级电站大坝安全信息的接入和管理[1-3]。

**关键词**:安全监测 自动化采集 移动办公 实时监控 信息管理

## 1 引 言

按照《水电站大坝运行安全信息化建设规划》(电监安全〔2006〕47号)要求,各水电站运行单位和大坝业主单位应开展大坝运行安全信息化建设,建设各流域(区域)大坝安全信息分系统或各水电站运行单位大坝安全信息子系统,实现远程管理与现场检查相结合的大坝安全监督和管理新格局。随着雅砻江流域水电开发有限公司(以下简称“公司”)“雅砻江流域水能资源开发四阶段战略”不断稳步深入推进,为适应大坝安全集中管理趋势,满足公司流域化管理要求,公司按照国家关于建设流域分系统的要求建设雅砻江流域大坝安全信息管理系统(以下简称“流域大坝系统”)。该系统将作为全国电力大坝安全信息系统的组成部分,接入全国大坝安全信息主系统,并在线报送公司所属大坝安全信息。

流域大坝系统由位于成都的流域数据管理主系统及各投运电站大坝监测自动化系统、在建电站监测信息管理系统组成,提供专业软件、信息网站、平板电脑、智能手机等4种访问途径,实现数据采集、数据审核、数据计算、查询统计、资料整编等安全监测功能,以及水工点检、技术文档、大坝定检注册等信息管理功能。本文通过介绍该系统的特色功能、主要板块等内容,探讨了系统建设和使用单位的主要职责及后续使用过程中监测数据管理流程,就系统在后续电站接入、安全监测信息三维可视化拓展方面的内容进行了展望分析。

## 2 流域大坝系统特色功能

### 2.1 安全监测自动化采集服务

公司流域大坝系统首次提出由自动化监测系统厂家向信息系统提供采集服务的概念,是国内首个具备采集多个不同监测自动化系统厂商数据功能的信息系统。

采集服务的实现,可在不改变现场原有自动化系统硬件设置等的情况下,仅通过软件技术将多个水电站的多个自动化系统集成在一起,并在信息系统中展示给用户,获取数据时不需要专业人员参与,获取数据的时间短。流域大坝系统的用户可实现在信息网站、专业软件、平板电脑、智能手机等多终端,随时随地按权限提出采集监测的请求,系统将用户的请求通过指令方式向监测点所在的自动化系统要求采集,完成后返回给用户,使信息系统与自动化采集系统完美结合。

### 2.2 安全监测工作施工期转运行期无缝衔接

系统充分兼容水电站建设和运行的大坝安全监测信息,运行期和施工期的信息在同一系统中存储、处理和发布,并不需要差别对待和标识。系统从建设初期就可以为水电站提供信息管理服务,建设期到运行期的大坝安全管理职责变化不影响系统的运行,系统在施工期和运行期之间可实现安全监测工作无缝衔接和平滑过渡。

### 2.3 施工单位网络外使用

在流域大坝系统中根据公司网络内部(公司总部、电厂、管理局等)和外部(监测施工单位、监测中心、外委单位等)人员的职责和情况,通过不同的信息录入方式和权限控制实现系统服务的完整,既保证了公司内部网络安全,又实现了外部人员的使用功能。外部用户根据工作范围可进行录入监测点信息、查看监测点历史数据、对数据列表、绘制过程线、审核数据等工作。网络外录入的数据和系统数据库中的数据可通过邮件传送至系统服务器,并通过软件解析后自动入库,减少了人工工作量,大大缩短了传递的时间。

### 2.4 测量管理模块

流域大坝系统是国内首个实现对外部变形观测进行综合管理和计算处理的大坝信息系统。可通过读取测量仪器记录文件和人工输入等方式,在数据库中存储所有原始测量记录数据、计算所用的各类参数(包括边长的加常数、乘常数,水准尺的每米真长改正等)、工作基点的坐标和高程等,并提供计算功能,直接计算得到各观测点的变形量,变形量和其他监测点的监测量一样可在系统中查询、制作报表、绘制过程线、整编等。通过数据库管理测量数据,不仅避免了数据的丢失和冗余,减少对特定人员的依赖,而且可以根据需求对各类数据进行统计分析,制作各类报表和过程线图,特别是可以方便地用过程线图方式显示观测值的变化情况。此外,对变形量有疑问时,可以方便地查询该测次原始测量数据和中间计算量,对比各测次同一观测值的测量数据,并重新计算结果。

### 2.5 水工点检管理

通过点检管理应用,可在巡视检查规定路线上设置关键点地址纽,巡检过程中用巡检机读取地址纽号码,在巡检结束后,及时通过数据连接线接入计算机,系统从巡检机中读取时间和地址纽信息入库。在流域大坝系统中,由现场检查人员及时录入检查记录,系统根据各大坝的巡视检查路线,以 Web 方式提供固定格式的录入界面,设置关键属性以方便查询和分析巡视中发现的问题。系统以 Web 方式提供巡视检查记录的查询,可以在布置图上显示巡视检查人员、实际行进路线,并显示各巡视关键点的时间和关键点间行走所花费的时间间隔等。

### 2.6 移动办公

流域大坝系统增设了利用手机和平板电脑的移动客户端以 PPTP 方式接入网络的 VPN SLL 设备,用户只要在移动设备上用移动客户端通过设置 VPN 用户名和密码,即可通过移动软件方便、安全地访问系统。移动终端软件提供了文档转发、信息查询、监测数据采集和审核等功能，满足了移动办公的需要。

### 2.7　系统运行实时监控

流域大坝系统由分布在各地的不同设备组成，与自动化监测、水情、泄洪振动、强震、全国电力行业大坝安全信息管理等系统相关联。为及时掌握系统各部分的运行状态，系统提供了运行状态的实时监控手段(见图1)，并能通过手机短信及时将系统故障通知系统管理员，增强了系统的安全性。

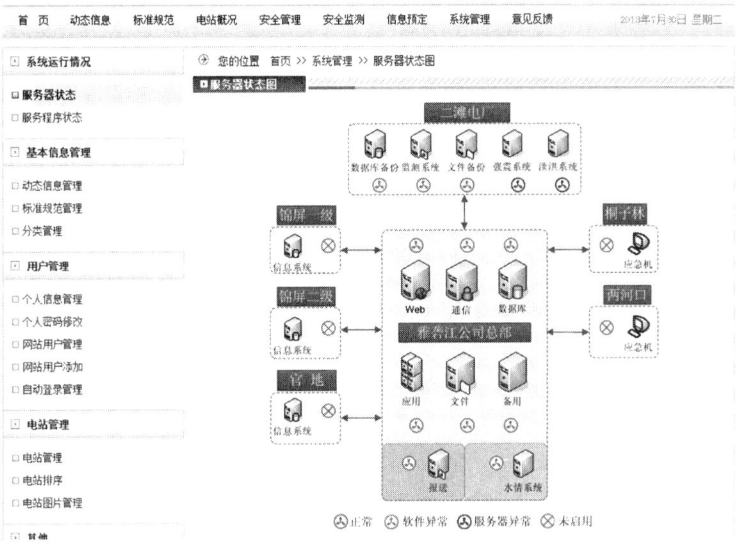


图1　实时监控页面

## 3　流域大坝系统主要板块

### 3.1　大坝安全信息网

流域大坝系统以 Web 方式发布大坝安全信息，是大坝安全统一信息发布平台，主要从大众化和便捷化两个方面考虑整个网站的构架，使非专业用户能便捷地获取相关信息。

网站设置8个栏目将大坝安全信息分类展示(见图2)：

(1)动态信息：包括行业新闻、行业动态和能源局大坝安全监察中心的相关通知；

(2)标准规范：包括国家和行业的政策法规、各类标准规范，提供下载；

(3)电站概况：介绍各电站基本情况，包含水电站图片直观展示；

(4)安全管理：包括公司内部的大坝安全管理制度、规程、标准，以及各水电站备案注册和定期检查等资料；

(5)安全监测：包括监测数据查询和审核，电站环境量、专项监测、自动化采集、巡视检查、监测资料、水工技术档案等；

(6)信息预订：可预订监测数据、水工报表、系统运行情况等，系统将根据预订的要求定时或满足设定条件时将相关信息发送到指定的邮箱或手机；

(7)系统管理：包括软件下载、系统当前运行情况查询、分类管理、用户权限管理等后台管理功能；

(8)意见反馈：用于便捷地对系统运行和大坝安全管理提出建议和意见，系统运行技术

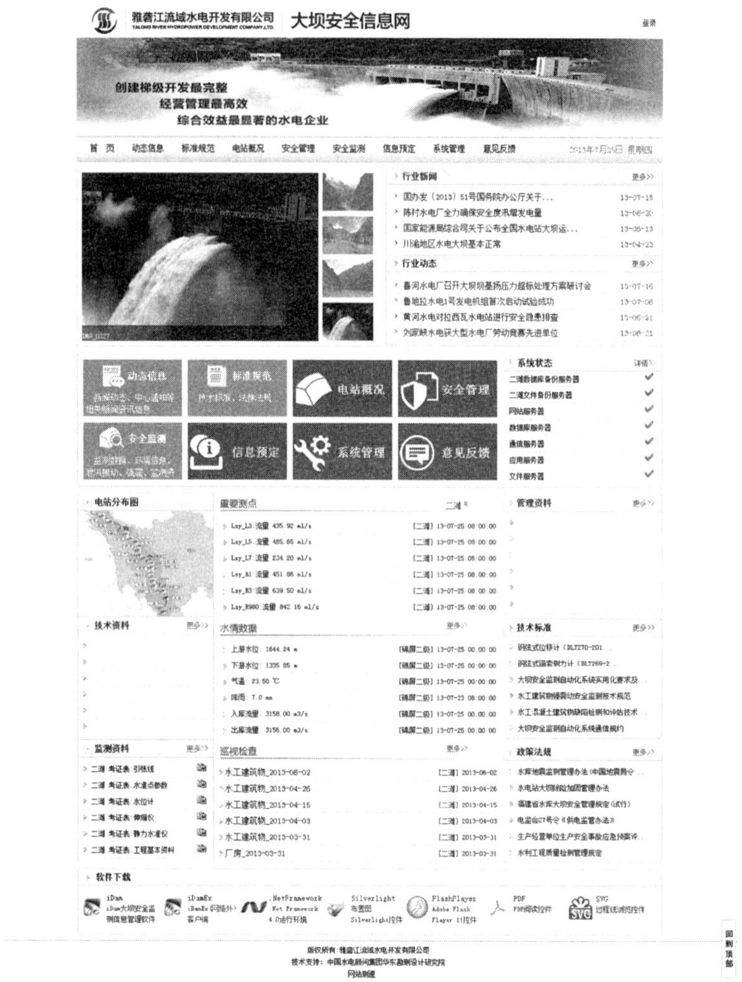


图 2　大坝安全信息网首页

方面的意见会自动发送到系统开发单位，系统开发单位根据要求进行功能完善，并反馈相关信息。

## 3.2　专业软件[4]

专业软件以 C/S 客户端的形式提供专业人员使用，包括分别提供给公司用户在网络内使用的 iDam 和施工单位、监测中心以及外委单位用户在网络外使用的 iDamEx 两个软件。

C/S 专业软件的主要功能有：系统管理、基本设置、数据录入、数据采集、数据计算、数据审核、数据查询与统计、资料整编、离线分析，主要是满足监测工作人员对监测数据进行专业处理的要求（见图 3 ~ 图 8）。

## 3.3　移动终端软件

提供 Apple iOS 和 Android 两个主流系统的平板电脑和手机软件。主要为用户提供当前系统情况、常用或重要即时信息、文档、监测数据的查询和审核、自动化监测系统的即时采集等功能（见图 9）。

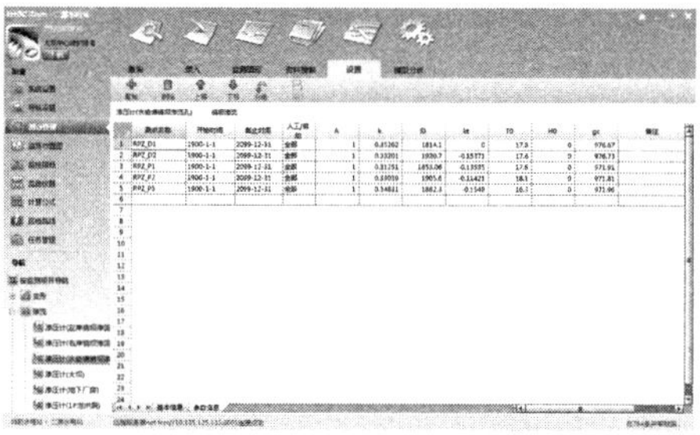

图 3　监测点设置—参数管理

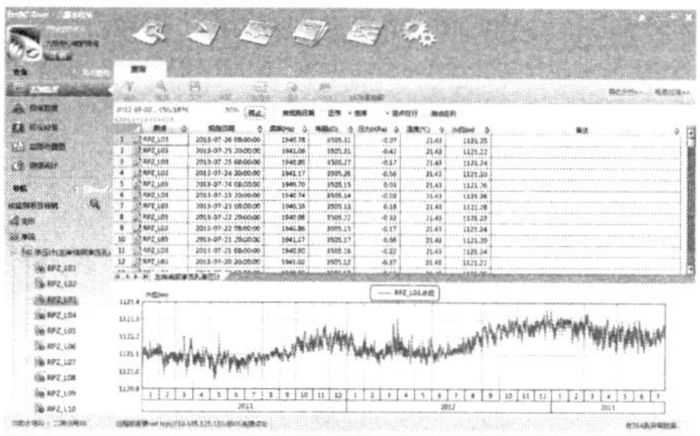

图 4　监测数据查询

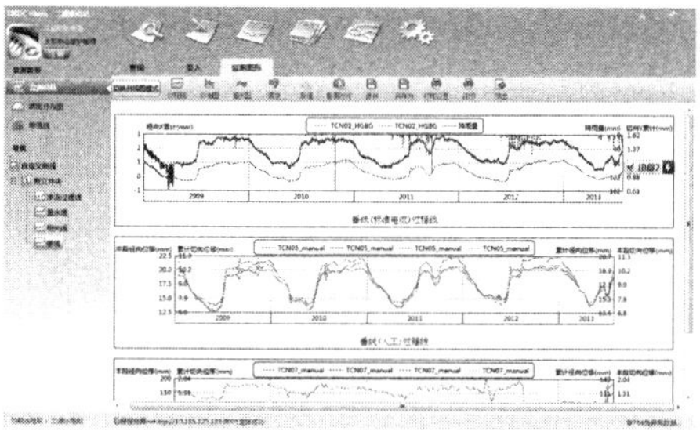

图 5　监测数据过程线

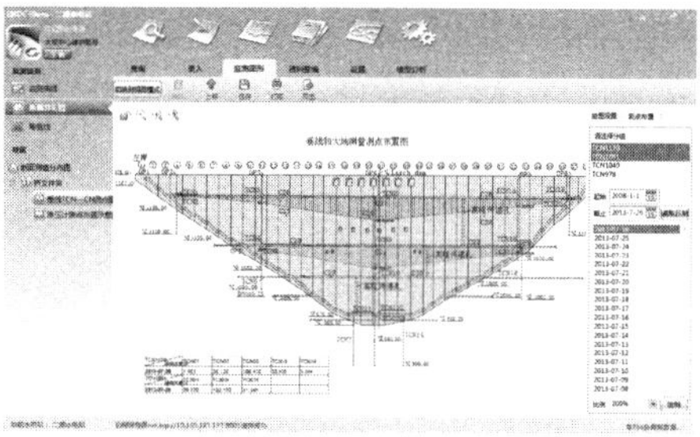

图 6　监测数据分布图

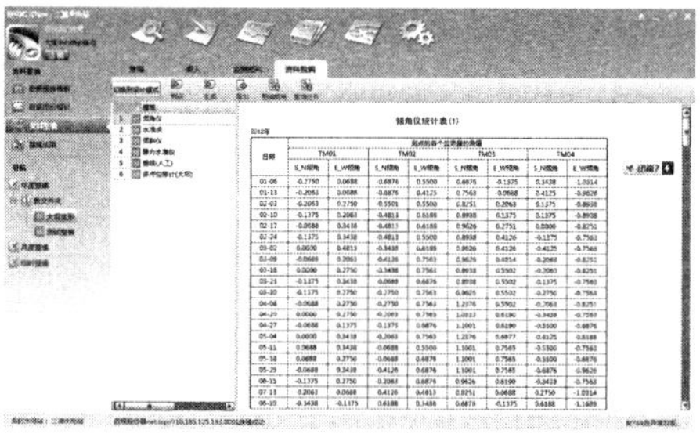

图 7　监测数据资料整编(数据表)

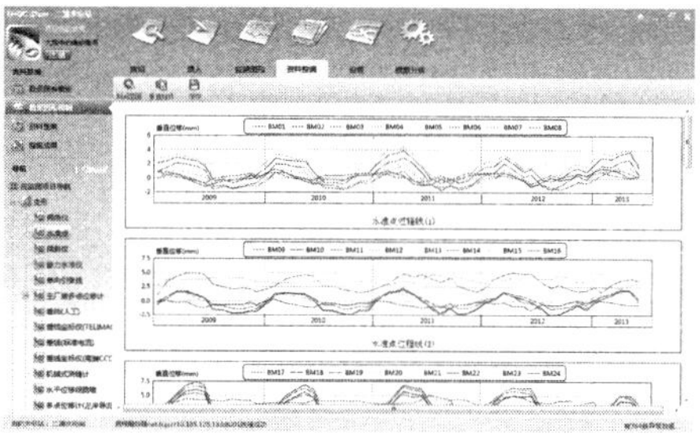

图 8　监测数据资料整编(过程线)

## 4　系统建设和使用单位主要职责

前文已经指出公司网络内部和外部人员在系统的使用上存在权限差异,这是由其不同职责决定的,具体如下所述。

### 4.1　公司大坝中心

(1)负责流域大坝系统的建设、运行和维护。

(2)负责公司大坝安全信息的统一对外报送。

(3)负责公司运行水电站大坝安全监测资料整编分析。

(4)负责协助投运电站和在建工程相关人员使用流域大坝系统,提供系统使用技术支持。

### 4.2　电厂水工管理机构

(1)负责通过流域大坝系统建立健全水电站大坝安全技术档案。

图9　平板电脑软件电站首页

(2)负责水电站大坝安全监测自动化系统的运行维护，以及人工监测项目的测读、信息录入。

(3)负责水电站日常巡视检查，以及主要巡检记录录入。

(4)负责专项外委监测工作管理。

### 4.3　管理局监测工作管理机构

(1)负责在监测施工工程、监测自动化工程、安全监测中心服务等的采购中提出流域化信息管理要求。

(2)负责监督监测有关承包商使用流域大坝系统进行安全监测数据管理。

### 4.4　在建电站安全监测中心

(1)负责督促施工单位及时录入安全监测数据。

(2)负责及时审核数据，必要时向施工单位提出数据重测或重录等要求。

(3)负责使用流域大坝系统进行监测资料整理分析，并及时反馈系统使用中发现的问题。

### 4.5　监测施工承包商

(1)负责提供资料并配合完成系统中电站初始化和历史资料入库工作。

(2)负责接受系统使用的培训，使用系统提供的软件及时录入监测数据并发送，校核录入系统的监测数据确保准确无误。

(3)及时反馈软件使用中发现的问题。

### 4.6　监测自动化实施单位

(1)负责建立并提交安全监测自动化系统数据库。

(2)负责提供自动化采集服务功能，并提供接口及必要的说明。

(3)协助完成自动化采集服务的调试。

### 4.7　流域大坝系统开发单位

(1)负责各电站监测资料收集、历史资料入库、电站功能初始化。

(2)负责对相关各方进行培训。

(3)负责响应各方提出的系统使用问题。

## 5　监测数据管理流程

流域大坝系统考虑了数据录入方法和途径的多样性，提供了EXCEL导入、人工界面录入、监测设备特殊格式文件导入、网络外录入、其他相关系统导入等功能，尽可能地减少获取数据到数据入库的时间（见图10）。

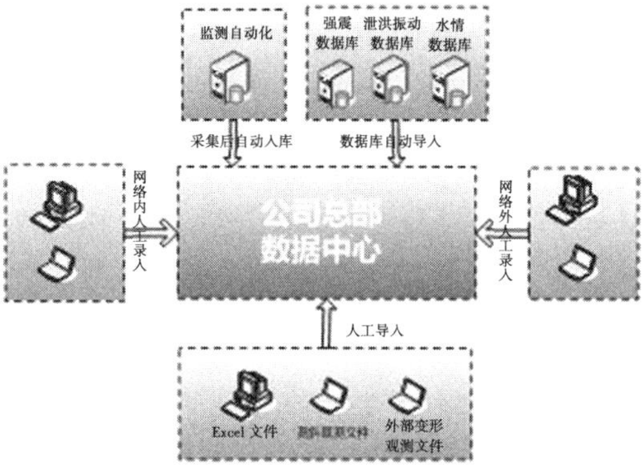


图10　多种数据来源以及入库方式

数据录入后，系统可根据设定的指标，剔除粗差、提示异常数据，用户只需要对异常数据进行审核，系统提供了专业软件、网站、移动设备的审核功能，使得审核工作及时进行，经审核后的数据才会发布。人工数据需要进行校核，校核工作一般应由监测人员完成，以确保录入数据的准确（见图11、图12）。

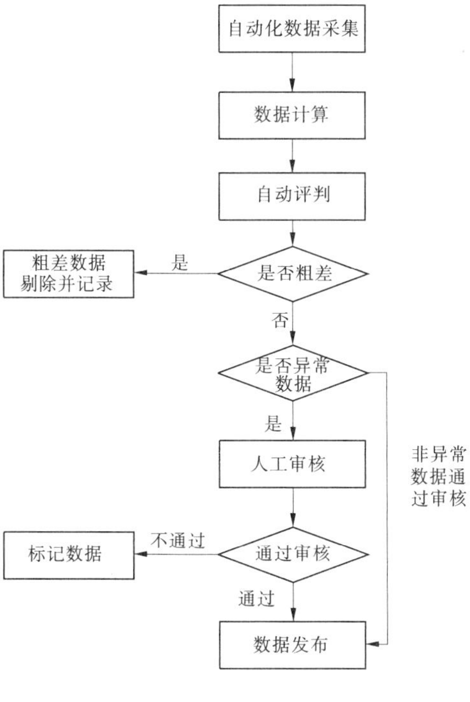


图11　自动化数据处理流程图

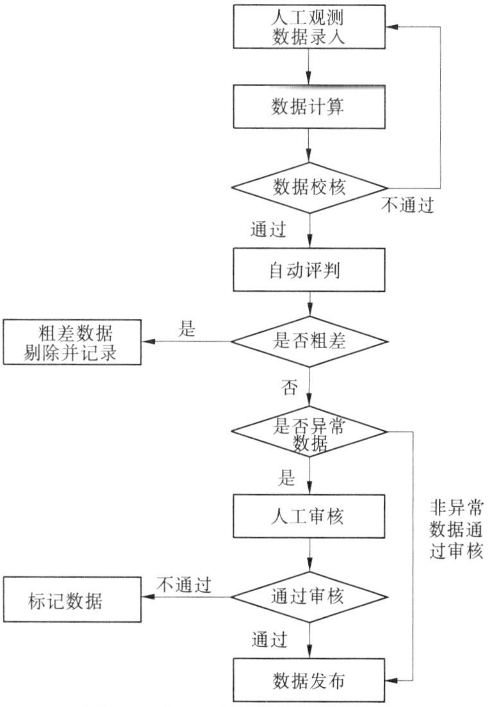


图12　人工观测数据处理流程图

在系统内设置计算公式后，监测点的结果量在原始量入库的同时就进行计算，免除了人工计算和计算校核的工作量。

## 6　结论与展望

流域大坝系统是实施流域大坝安全管理的技术平台。通过流域大坝系统实现了公司对大坝安全管理业务的监督、管理及技术服务。系统建设有利于及时掌握大坝安全信息，提高监测工作效率，优化水工管理专业的人力资源，提高公司水电站大坝的运行和管理水平，是公司流域化管理要求的充分体现[5]。该系统将逐步完成后续电站接入和三维可视化功能。

### 6.1　后续电站接入

2013 年上半年完成二滩电站大坝监测自动化系统、泄洪震动系统、强震监测系统接入流域大坝系统，实现公司集控数据平台水情数据读取入库。8 月份官地部分监测信息接入，9 月份流域大坝系统正式投入试运行，在投产电站二滩、官地进行试用；10 ~ 12 月份，在建电站桐子林试用，进行两河口监测信息接入准备；2014 年锦屏一二级电站适时接入流域大坝系统。流域中上游电站根据电站筹建及开工建设情况陆续接入流域系统，各施工期电站也将根据建设进度逐步转入运行期管理，最终实现全流域 21 级梯级电站大坝安全信息的接入和管理，系统作为流域大坝安全管理技术平台的优势将进一步体现（见图 13）。

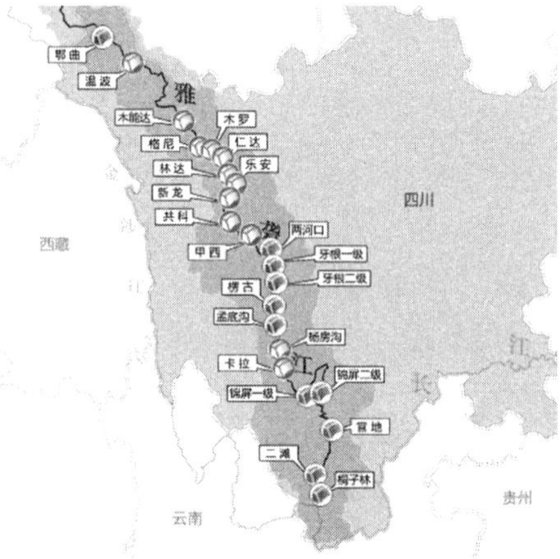


图 13　流域水电站接入图

### 6.2　三维可视化

流域大坝系统在设计时已兼顾到可视化的扩展，借助公司数字雅砻江平台和水电站水工全信息三维模型可便捷地实现三维可视化功能。在水电站三维可视化中不但能直观显示水工建筑物存在的缺陷、隐患和运行中应特别注意的部位，还可对其进行动态管理，包括修改和添加大坝裂缝、渗水、析钙的部位及形态，修改和添加施工质量缺陷的部位、设计应力较大或安全度相对较小的部位、运行中应特别注意的部位等，并可与相关图表、报告、声像资料建立关联。

**参考文献**

[1] 吴中如，朱伯芳. 三峡水工建筑物安全监测与反馈设计[M]. 北京：中国水利水电出版社，1999.

[2] 王德厚. 大坝安全监测与监控[M]. 北京：中国水利水电出版社，2004.

[3] 吴中如，顾冲时. 大坝安全综合评价专家系统[M]. 北京：科学技术出版社，1997.

[4] 顾永明，郑东健，于鹏. C/S 与 B/S 混合模式下的大坝安全监测信息管理系统[J]. 水利与建筑工程学报，2005，(2).

[5] 李婷婷，陈龙，顾冲时. 大坝群安全监控信息管理系统[J]. 水电自动化与大坝监测，2004，(28).

# 第二篇

# 水电站建设与管理

# 卸荷岩体力学理论研究进展及展望

李建林

（三峡大学　湖北　宜昌　443002）

**摘要**:卸荷岩体力学理论与方法来源于工程实践,在至今20余年的研究过程中,逐步形成了比较完善的卸荷岩体力学理论与方法体系,并解决了工程中出现的较多问题,为众多相关岩土工程的设计、施工、安全运营提供重要指导和参考。本文主要从卸荷岩体力学分析方法、开挖卸荷区划分、岩体质量评价、各向异性、宏观力学参数及尺寸效应、流变特性、屈服准则、本构模型、加固理论和考虑开挖卸荷效应的坝坡相互作用等十个方面详细介绍了卸荷岩体力学理论的重要研究进展。最后,结合西部大开发建设中遇到的高地应力、高渗透压力、高温度应力等复杂条件下的卸荷岩体工程问题进行了分析和展望。

**关键词**:卸荷岩体力学　岩体质量评价　各向异性　尺寸效应　卸荷流变　屈服准则　本构模型　加固　卸荷区　坝坡相互作用

## 1 引　言

在水利水电、土木建筑、交通铁道、冶金矿山、煤炭石油等工程建设过程中,常常会遇到大量的、复杂的岩体工程结构(简称为岩体工程),比如高陡边坡、地下洞室、路(坝)基等岩体结构物。尤其是在水利水电工程中,这些岩体工程往往是水工建筑物的重要组成部分,并且其尺度大、结构复杂,加上岩体本身结构、作用过程和赋存环境的复杂性,若在设计和施工过程中处理不当,这些岩体工程往往会事故频繁。其结果不但增加了工程建设的周期和投资,而且直接影响到工程建设的安全稳定,有些岩体工程问题已成为制约工程建设的关键。

众所周知,自然界中的岩体是历史上经过漫长的、多次的、复杂的地质作用后的残余岩体。在漫长的地质年代的演变过程中,岩体经受了不同历史时期、不同作用方式、不同作用过程的地质作用,经历了作用—破坏—再作用—再破坏的反复作用的过程。虽然岩体残存了一些作用的痕迹,但是,由于漫长的地质作用的不可确知性,对岩体的全面了解是十分困难的。也可以说,现今岩体是历史上经过反复作用损伤后的残余岩体。岩体中不但存在有不同历史时期的大小不等、方向不同、性质各异的结构面,并且存在有残余的地应力、地下水、温度、化学、岩体与工程结构间相互作用等多种因素作用。对于含有节理、裂隙等结构面的岩体,加载时其仍具有很好的力学性能,而一旦遭遇卸荷,特别是当卸荷导致岩体出现拉应力时,岩体的力学特性将发生本质上的变化,这将导致岩体质量迅速劣化,其力学性质与加载状态下的力学特性有着本质的区别[1-8]。因此,在对复杂卸荷岩体工程进行分析研究时,必须重点考虑卸荷这个影响因素,才能比较真实地反映复杂卸荷岩体工程的特征。

## 2　卸荷岩体力学理论研究进展

20世纪90年代,针对工程中出现的较多常规岩石力学理论无法较好解释的工程问题,如金川边坡、链子崖边坡的大变形等,哈秋聆教授等以三峡永久船闸高边坡为研究对象,创新性地提出了卸荷岩体力学的概念,在至今20余年的研究过程中,众多专家学者通过试验和理论研究,在卸荷岩体工程的分析方法、岩体质量评价、卸荷岩体力学特性、宏观力学参数和加固理论与方法等方面取得了较大的研究进展,逐渐形成了比较完善的卸荷岩体力学理论与方法体系[1-8],并在较多重大工程的岩体稳定性分析中得到了应用。

### 2.1　开挖卸荷岩体分析方法[6-8]

岩体开挖卸荷是一个复杂过程,对应的分析计算也是一个复杂过程,涉及多学科的综合分析。对具体的卸荷岩体工程而言,一般采用如下步骤进行分析[6-8]:①工程地质分析,结合现场地质踏勘,研究区域地形地貌、地层岩性、地质构造、水文地质条件、地应力分布特征、确定岩体初始力学参数等。②卸荷岩体力学特性研究,对岩体开挖后的卸荷效应进行研究,包括卸荷岩体力学参数、卸荷岩体质量评价、卸荷岩体各向异性、卸荷岩体尺寸效应、卸荷岩体屈服准则及本构关系。这部分是卸荷岩体力学研究的核心内容,也是掌握岩体力学特性与进一步认识岩体的过程,主要采取现场试验、室内模型与模拟试验、数值模拟等方法。③开挖卸荷岩体稳定性分析,采用数值模拟的方法建立分析模型,选定初始力学参数,模拟初始地应力场,计算开挖释放荷载,划分卸荷区,针对不同卸荷区,选用不同的卸荷岩体力学参数,而且进行不同工况下的岩体稳定分析。④开挖方案进行优化设计,根据稳定分析成果,对开挖方案进行优化设计,如开挖体型、开挖步骤、施工方法等。⑤支护方案优化分析,根据稳定分析成果,选用合适的支护措施,保护岩体,并结合开挖施工,对支护方案进行优化设计,如支护措施、支护区域、支护时间等。⑥卸荷岩体的监测和反演分析,结合工程监测资料,对岩体的力学参数进行反演,预测岩体的长期变形。具体如图1所示。

### 2.2　卸荷岩体开挖卸荷区划分[9,10]

卸荷岩体的本质是在开挖过程中,岩体内部应力状态的调整导致岩体质量的劣化和损伤,而且不同区域的岩体应力调整变化程度不同,对应不同区域岩体质量的劣化程度也不一样,因此如何划分开挖卸荷区成为开挖卸荷岩体研究的关键问题之一。目前,常用的划分卸荷区方法主要有如下三种:第一种是地应力测试,开挖前对开挖区地应力进行测试,开挖过程中对岩体地应力再测试,比较开挖前后地应力的变化,划分开挖卸荷区;第二种方式是声波测试,分别在岩体开挖前、后进行声波测试,对比前后两次声波测试结果,划分开挖卸荷区;第三种方式是数值模拟,通过比较开挖前后的应力场、变形能、塑性区、水平方向位移或点安全度变化来划分开挖卸荷区。

(1)应力场的变化。对边坡初始地应力场和开挖后的应力场进行模拟分析,比较其应力场的变化,划分开挖卸荷区[11]。记开挖前应力为$\sigma_0$,开挖后边坡岩体应力为$\sigma_1$,应力变化为$\Delta=(\sigma_0-\sigma_1)/\sigma_0\times100\%$,文献[4]以应力张量增量的最大主应力分量作为数值模拟时的划分标准,文献[12]将水平向应力和竖直向应力做为判断标准,文献[13]认为由于在边坡开挖卸荷动态变化过程中,无法判断坡体内的某一点在哪个方向上卸荷,且开挖卸荷是一个动态变化的过程,该点的卸荷方向可能会转向,不方便用某一方向的应力来判别应力卸荷,建议采用平均应力$\sigma_m$作为评判标准划分卸荷区。

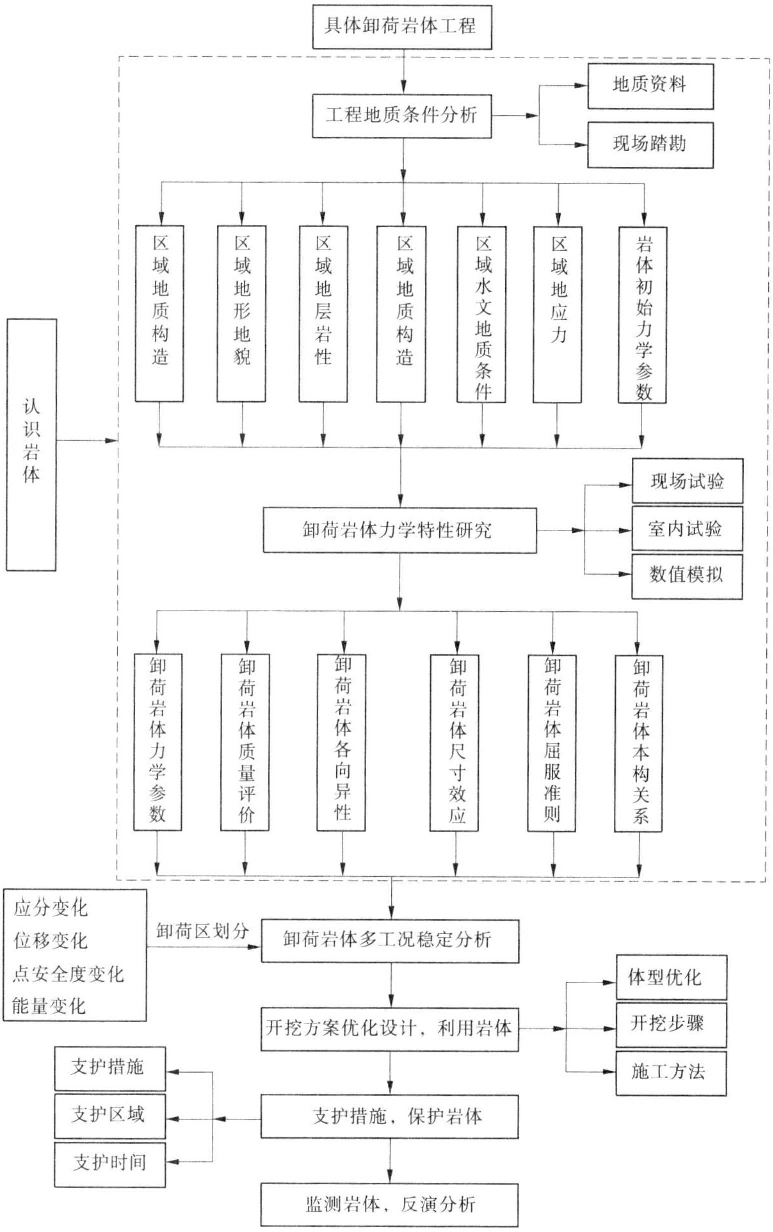


**图 1　卸荷岩体分析方法框图**

(2)变形能的变化。设岩体开挖前的初始场能量为 $E_0$,开挖后岩体应力—应变关系曲线记为 $\sigma = f(\varepsilon)$,开挖后岩体的变形能记为 $E_1$,能量降低的比值记为 $\Delta = (E_0 - E_1)/E_0 \times 100\%$,根据能量降低比值的大小进行开挖卸荷区划分。

(3)塑性区的变化。岩体塑性区表征了开挖卸荷后围岩的松动圈大小,反映了开挖对围岩的扰动程度[14],因此也可以根据开挖过程塑性区的分布来划分卸荷区[15]。

(4)水平向位移或点安全度。在开挖过程中,坡体由表及里的不同位置处会产生不同的位移,且由表及里呈衰减趋势,对于含有明显而关键的软弱结构面的边坡,可以用沿参考线的水平位移变化曲线（位移分析法）划分坡体开挖松弛区；也利用坡体内不同参考线段的稳定系数变化曲线来分析坡体开挖松动区[16]。

基于这些方法的综合分析和研究，在文献[16]提出的采用点安全度变化划分开挖松动区的基础上，提出了基于点安全系数变化划分开挖卸荷区的方法。设坡体内某点的3个主应力分别为$\sigma_1$、$\sigma_2$、$\sigma_3$，根据M－C强度屈服准则，其屈服函数$f$可表示为

$$f_s = \frac{1}{2}(\sigma_1 - \sigma_3) - \frac{1}{2}(\sigma_1 + \sigma_3)\sin\varphi - c\cos\varphi \tag{1}$$

式中：$\sigma_1$、$\sigma_3$为材料破坏时的第一主应力、第三主应力；$c$、$\varphi$为黏聚力和内摩擦角。当岩体内某一点应力满足$f_s>0$，表示发生剪切破坏；$f_s<0$，表示未破坏；$f_s=0$，表示处于临界状态。安全系数$K_s$可表示为：

$$K_s = \frac{c\cos\varphi + \frac{1}{2}(\sigma_1 + \sigma_3)\sin\varphi}{\frac{1}{2}(\sigma_1 - \sigma_3)} \tag{2}$$

由于岩体抗拉强度很低，采用单轴抗拉强度准则作为抗拉强度控制条件，其相应的屈服函数和安全系数的表达式为：

$$f_t = \sigma_1 - R_t \tag{3}$$

$$K_t = \frac{\sigma_1}{R_t} \tag{4}$$

式中：$R_t$为岩体抗拉强度，当岩体内某一点应力满足$f_t>0$时，表示发生张拉破坏；$f_t<0$，表示未破坏；$f_t=0$，表示处于临界状态。

取$K_s$和$K_t$两者中的较小值作为单元的最终安全系数，即表示为：

$$K_0 = \min(K_s, K_t) \tag{5}$$

根据点安全系数法划分开挖卸荷分区的具体步骤为：①建立边坡的力学模型；②计算岩体初始力学特性（应力场、点安全系数分布情况）；③计算开挖边界释放荷载；④计算开挖卸荷应力释放后的力学特性（应力场、点安全系数分布情况）；⑤根据边坡点安全系数变化情况划分卸荷区。记开挖前各单元的点安全系数为$K_0$，开挖后各单元的点安全系数为$K_1$，则点安全系数变化率为：

$$\Delta = \frac{K_0 - K_1}{K_0} \times 100\% \tag{6}$$

把安全系数降低比值相同的区域划分为岩体的同一开挖卸荷区；然后重复②③④⑤，直到边坡开挖完成。典型工程计算结果如图2所示，根据安全系数下降百分比来量化开挖卸荷区，可以较好描述卸荷区力学特征。

### 2.3　卸荷岩体质量评价[17-19]

岩体开挖后，岩体的自然平衡状态遭到破坏，其受力条件的改变只有岩体自身来承担，由于卸荷后岩体应力的二次调整，形成大范围的卸荷区[1]。自然界岩体多为损伤岩体，受多组结构面切割，卸荷作用可使处于不利条件下的结构面张开甚至扩展，引起岩体质量劣化[6-8]。因此，在对岩体质量进行评价时必须考虑卸荷效应的影响，但是如何对开挖卸荷岩体进行质量评价，利用现场调查和较为简单的室内试验来估算开挖卸荷岩体强度参数一直是工程界的热点研究问题。目前，世界上比较通用的工程岩体分类系统主要有RQD、Q系

统、RMR 系统等，其中，Hoek 教授提出的基于 RMR 分类系统及 GSI 评分指标体系的 Hoek – Brown 经验准则为该问题的解决提供了一条良好的途径。

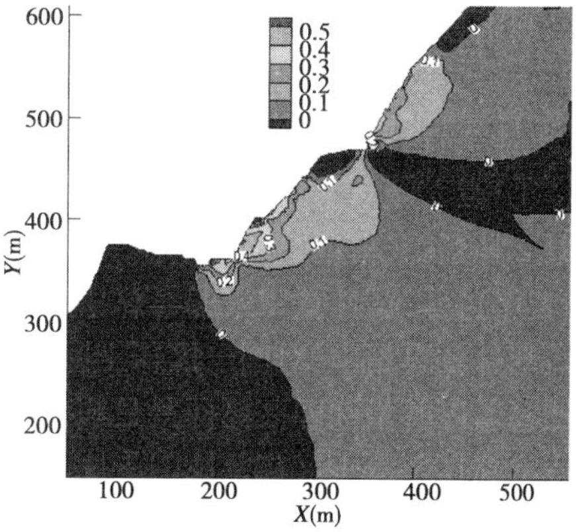


图 2　开挖前后点安全系数降低百分比分布图

为了较为全面地分析开挖卸荷对不同类型岩体质量的影响，这里特以白鹤滩、如美、深溪沟三个国内大型水电站边坡及洞室开挖项目为研究对象，通过对比分析岩体初始应力与开挖卸荷后应力的变化情况，划分不同的卸荷区，各工程典型剖面的开挖卸荷岩土分区如图 3 ~ 图 5 所示，然后采用由 Serafim 和 Pereira 建立的岩体分类指数 *RMR* 与岩体变形模量经验公式，得出岩体卸荷后的 *RMR* 值，并由 RMR 法对开挖后的岩体质量进行评价，以分析开挖卸荷对岩体质量的影响。

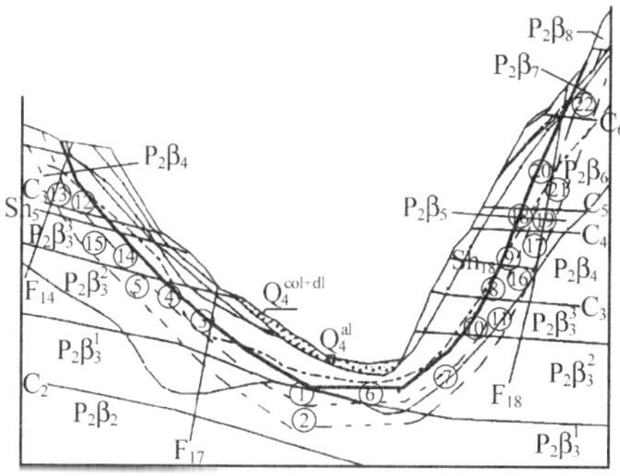

图 3　白鹤滩坝肩边坡开挖卸荷岩体分区图

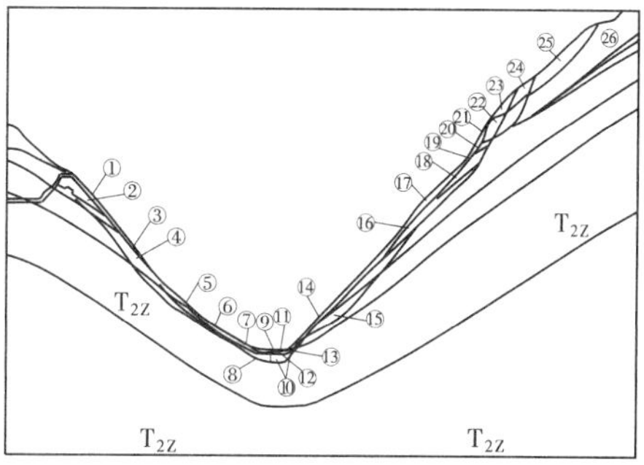


图 4　如美址边坡开挖卸荷岩体分区图

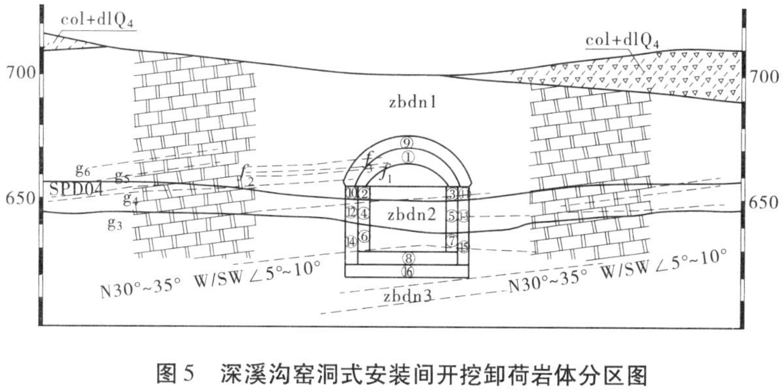


图 5　深溪沟窑洞式安装间开挖卸荷岩体分区图

综合分析各工程中开挖后的卸荷区范围及力学参数变化情况，可以发现，虽然三个开挖工程岩体岩性差异很大，但是开挖卸荷后岩体质量随卸荷量的变化规律却是一致的，图 6 所示为三个工程中岩体开挖后的卸荷量与卸荷后 *RMR* 降低值的关系图。

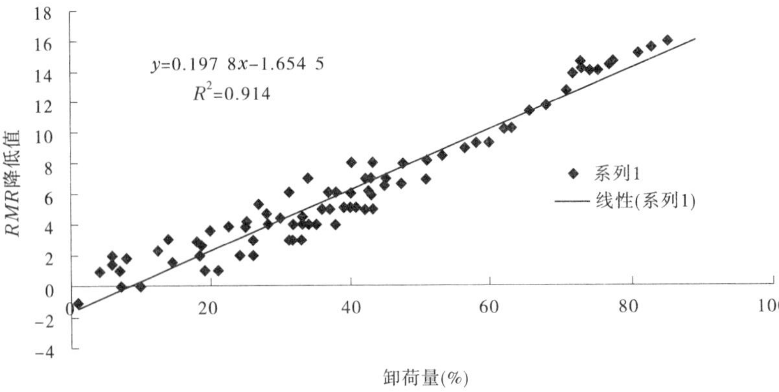


**图6　*RMR* 值随卸荷量变化关系图**

从图6中可以看出,*RMR* 值随开挖后卸荷量的增大基本呈线性变化,减小值在 0 ~ 16 之间,其变化规律可用线性函数 $y = 0.197\,8x - 1.654\,5$ 较好地拟合。为了方便计算评分,根据卸荷量的大小,对 *RMR* 修正值进行了分段取值,具体如表1所示,具体卸荷岩体工程质量评价时,可将表1所示内容作为 RMR 分类法的一个修正指标,直接通过卸荷量来估算岩体开挖卸荷后岩体质量的劣化情况,得到卸荷后岩体的 *RMR* 值,并估算出岩体的其他力学参数。

**表1　按卸荷量级修正 *RMR* 评分值**

| 类别 | 卸荷量百分比(%) | | | |
|---|---|---|---|---|
| | <30 | 30 ~ 50 | 50 ~ 80 | >80 |
| *RMR* | -4 | -8 | -14 | -16 |

## 2.4　卸荷岩体各向异性[20-25]

岩体的各向异性是个十分复杂的问题,岩体的各向异性特性对于岩体的应力—应变分析以及破坏规律都有重要影响,一直是国内外学者关注的焦点。人类工程活动所遇到的岩体,往往饱含着各级结构面、裂隙等缺陷,其结构面、裂隙在开挖卸荷的过程中所展现的特性如何以及对岩体力学性质的影响如何是卸荷岩体特性和稳定研究的主要问题之一。文献[20-25]对卸荷条件下岩体力学性质的各向异性进行了研究。刘国霖[21]指出卸荷过程中岩体抗拉强度、变形模量、泊松比等参数不是常量,是随岩体分化衰变的变量。裴建良等[22]对锦屏大理岩进行了升轴压降围压试验,试验结果表明相同卸荷条件下,垂直层理面压缩得到的抗剪断、抗剪强度参数较平行层理面压缩的 $c,\varphi$ 值分别提高 58.6%,28.4%;相同卸荷条件下,平行层理面压缩时,层状大理岩更易发生破坏,而垂直层理面压缩时,其脆性变形特征更显著。王飞[23]通过三轴卸荷试验研究了卸荷应力状态下节理岩体的破坏特征,提出用表达式 $(\sigma_1 - \sigma_3)/\sigma_c = A(\sigma_1 + \sigma_3)/\sigma_c + B$ 描述卸荷条件下节理岩体的强度特征,当卸荷速率不同、节理倾角不同及节理参数不同时,$A$、$B$ 值产生变化。陈兴周[24]采用数值模拟方法分析了不同倾角的单贯通裂隙在卸荷过程中对岩体强度的影响。

为了比较全面地分析节理岩体各向异性卸荷力学特性,特设计了不同倾角节理岩样的卸荷试验[25]。节理倾角 $\alpha$ 包括 0°、30°、45°、60°、90°,试件由完整试件切割,后经石膏黏接而成,制作完成的试件如图 7 所示。试验过程中采用恒轴压卸围压的方式,具体加卸载路径为:第 1 步施加静水压力,第 2 步恒围压加轴压至 70% 抗压强度,第 3 步为恒轴压卸围压直至岩样破坏。

**图 7　制作完成的试件(从左至右节理倾角分别为:0°、30°、45°、60°、90°)**

节理试件卸载破坏前的变形模量、三轴抗压强度与节理倾角变化曲线如图 8 和图 9 所示。

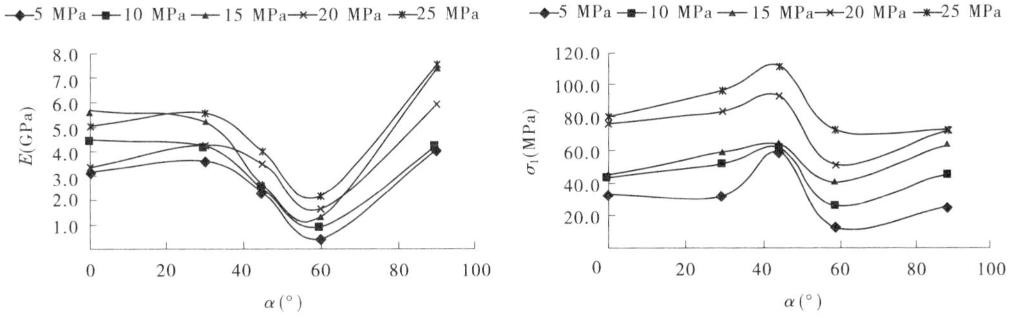


(a)卸载阶段试件破坏前的变形模量　(b)三轴抗压强度

**图 8　节理试件变形模量、三轴抗压强度与节理倾角关系曲线**

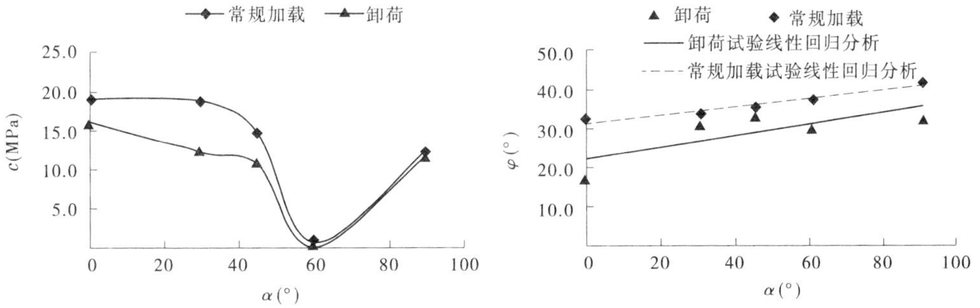


(a)黏聚力　(b)内摩擦角

**图 9　节理试件卸荷破坏黏聚力、内摩擦角与节理倾角关系曲线**

综合图 8、图 9 可以看出:

(1)节理倾角对变形模量有较大影响,在同围压条件下,60°倾角试件的变形模量均为最小,变化范围为 0.47 ~ 2.21 GPa,45°倾角试件次之,变化范围为 2.41 ~ 4.1 GPa,0°、30°、90°倾角试件均较大,变化范围为 2.85 ~ 7.63 GPa。

(2)在卸荷破坏时刻,节理试件的抗压强度随节理倾角呈倒 U 形分布,具有明显的各向异性特征,在同围压条件下,45°倾角试件的抗压强度最大,0°、30°、90°倾角试件次之,而 60°倾角试件最小。

(3)黏聚力与节理倾角的变化规律与加载试验相同,均呈 U 形分布,在数值上小于加载试验,60°倾角试件的黏聚力最小;

(4)内摩擦角与节理倾角总体呈线性关系,卸荷试验结果明显低于加载试验;

(5)单一节理试件的破坏模式分为两种,0°、30°和 90°节理试件破坏模式均为穿越节理的剪切破坏,破坏受摩擦角控制,破坏角接近 M－C 强度准则预测破坏角 $\alpha = 45° + \varphi/2$,与加载试验相比,试件产生裂纹更多,破碎程度也更高;而 45°和 60°节理试件破坏模式均沿节理滑动破坏,破坏受节理控制。

## 2.5　卸荷岩体力学参数及尺寸效应[26-34]

工程实践中已有不少学者认识到选择不同尺寸的岩体进行试验时其强度和变形有相当大的差别[26,27]。如 Rocka 和 Dasilv(1970),Shroeder(1974),Bieniawski(1979)等在进行岩体的现场原位试验时,就认识到原位试验结果的分散性很大程度上是尺寸效应的缘故;Oda. M(1988)的研究表明,当岩样尺寸大于 3 倍典型节理迹长时,其试验相对误差才可接受,Oda. M 的研究同时也表明,在实践中,如何做到 3 倍于节理迹长的原位试验,无论是选点、还是试验方法或设备上,都是难以实现的。因此,如何相对准确地估计岩体的强度和变形参数,对于实际工程的设计和施工,以及准确地估计岩体工程的变形和稳定性都是十分重要的。

随着计算理论与技术的发展,数值分析方法逐步成为岩体宏观力学参数分析的有效方法之一,但是,由于计算网格的合理性和复杂性限制,有限元法很难模拟数量众多的不同级别的节理裂隙。为此,在研究过程中,提出了分区分级的卸荷岩体宏观力学参数分析方法[28-34]。

对于分布有多组、多级节理裂隙的工程岩体,其宏观力学参数可通过运用分区分级法来计算,即首先根据地层及裂隙的分布情况对给定的整个工程岩体计算区域分区分块。然后根据各个区块内所含有节理的尺寸条件,建立各区块不同尺寸级别的可有效采用数值方法模拟的计算试块,依次计算各区块内不同级别的试块,后一级别计算试块的力学参数采用前一级别试块的计算值,直至计算到该区块最大级别试块,最大试块计算所得的参数就为该区块的宏观力学参数值,分级方法的数值模拟过程如图 10 所示。由于数值仿真模拟岩体宏观力学参数代表整个区域岩体的整体力学参数,反映的是整个区域岩体变形、破坏力学特性,因而较之试验得到的区域性岩石和结构面的局部区域力学参数具有更重要的意义。

在计算过程中,对同一区块不同级别计算试块,计算顺序是先小裂隙、后大裂隙,先小尺寸、后大尺寸,先计算出来的参数作为下一级计算参数。基本思路如图 11 所示。例如,该区块有 5 种裂隙,根据裂隙的大小,可分为三级模拟计算。第一级先模拟裂隙 1 和裂隙 2,如试件①;第二级在上一级的基础上,再模拟裂隙 3,即试件②;最后再模拟裂隙 4 和 5,即第三级,试件③;根据裂隙的大小,试件由小到大。由此计算,最终可得到该区块岩体的力学参数。

利用分区分级宏观力学参数分析方法的原理和思路,结合丹巴水电站引水隧洞围岩中大量存在的二云片岩,进一步提出了考虑各向异性条件的分区分级三维分析模型。如图 12 所示,丹巴水电站引水隧洞围岩中的二云片岩软岩累计长度约为 3 km,约占引水洞总长的 20%。二云片岩岩石天然抗压强度 20 ~ 38 MPa,饱和抗压强度 10 ~ 25 MPa,软化系数 0.5 ~0.56,变形模量 2 ~5 GPa,岩石坚硬程度分类属软岩—较软岩。室内常规力学试验结

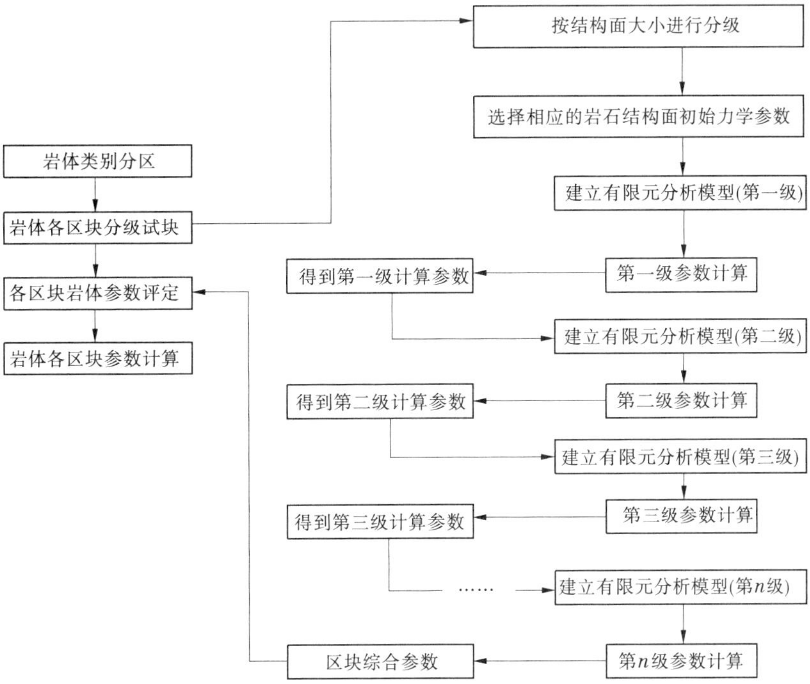


**图 10　分区分级参数数值模拟步骤框图**

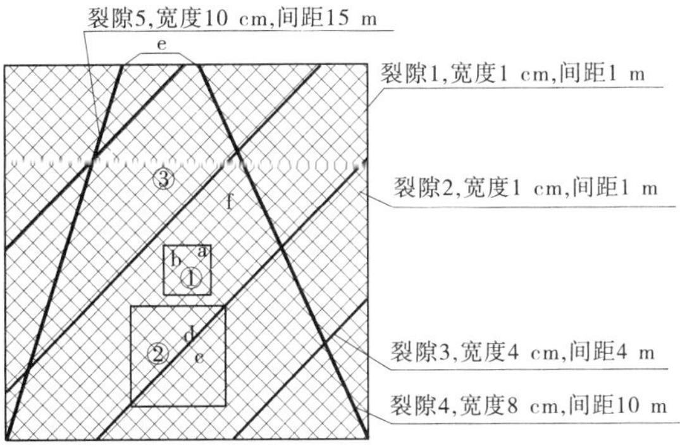


**图 11　裂隙分布图**

果表明,不同片理方向岩样的力学特性差异明显,根据工程实际情况,建立研究区域数值模型时往往包含了各量级的岩体区块,此时若继续按同一参数进行赋值,显然与实际不相符合,需要对参数进行相应的调整,研究其在不同尺度下的各向异性特性及参数变化特征。

对于空间状态下各向异性材料,建立三维模型,如图 13、图 14 所示,采用 3D－SOLID 单元,依次输入各主轴方向和主平面相关参数,可以得到不同尺寸条件下片理状各向异性参数。

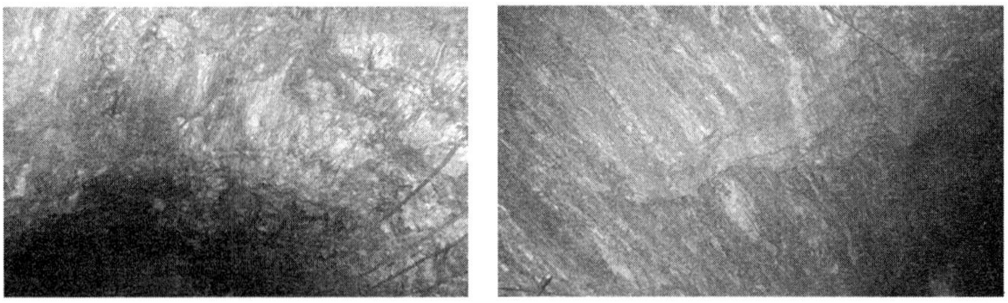

(a) 引水隧洞围岩　　(b) 片理特征局部放大图

图 12　丹巴水电站二云片岩片理特征图

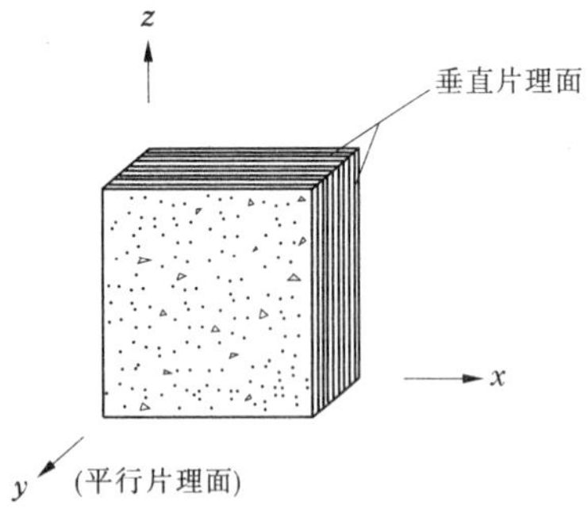


图 13　片理方向示意图

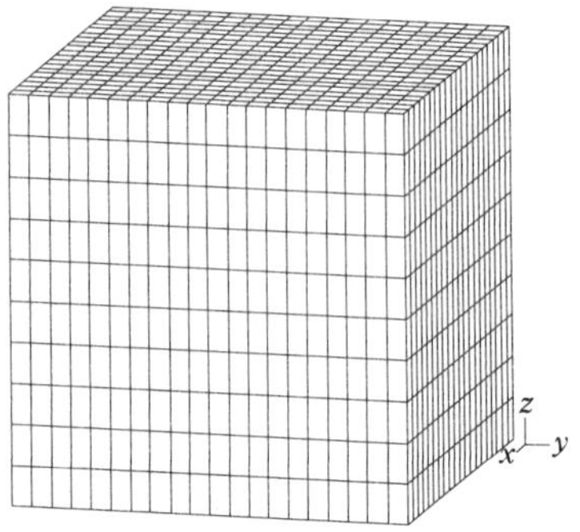


图 14　对应的三维各向异性数值模型

分为 3 级进行模拟计算:第 1 级概化模型尺寸取 1 m×1 m×1 m,有限单元网格密度为 0.1 m×0.05 m×0.05 m(以使得有限计算单元长宽比与室内实验试块模型尺寸一致);第二级概化模型尺寸取 10 m×10 m×10 m,有限单元网格密度为 1 m×1 m×1 m,第三级概化模型尺寸取 100 m×100 m×100 m,有限单元网格密度为 10 m×10 m×10 m,这样就使得各级模型与单元划分相互嵌套,使计算结果更为精确。不同尺寸模型计算的等效宏观力学参数如图 15、图 16 所示。

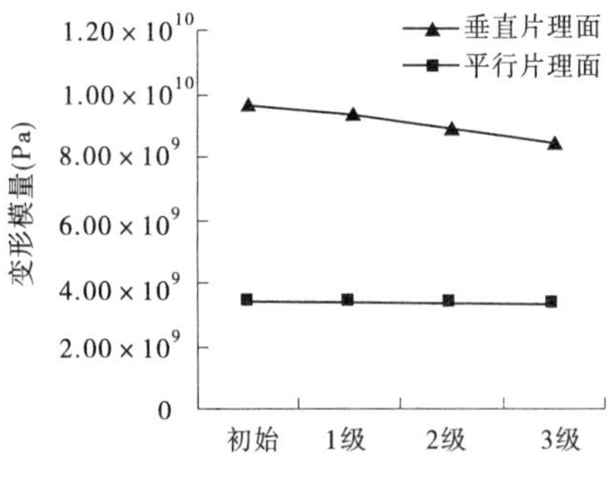


图 15　变形模量变化图

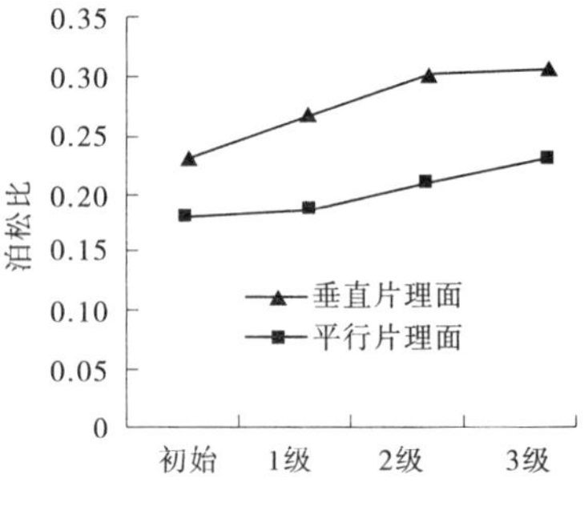


图 16　泊松比变化图

比较垂直节理面和平行节理面两个方向等效计算结果可以发现,两个方向变形模量比随模型尺度的增加而减小,泊松值比却逐级增大,其中,岩块尺度从 1 m 到 100 m,平行片理面变形模量随着模拟级数逐渐趋于稳定，变化幅度在 0.55% ~1.03%，垂直片理面上则呈线性递减，递减幅度依次为 3.49%、4.43%、5.37%；垂直片理面泊松比逐级增大，变化幅度分别为 3.74%、11.16%、9.18%，平行节理面泊松比也逐级增大，依次增加 13.76%、11.63%、2.23%；两个方向上变形模量比由 2.858∶1（垂直∶平行）逐级变为 2.773∶1、2.671∶1、2.553∶1，泊松值比由 1∶1.278 逐级变为 1∶1.426、1∶1.434、1∶1.332。但是，不同尺寸下的各向异性模拟区块，计算结果由于受片理面和尺寸效应控制而变化不一，且变形模量和泊松比对尺寸效应的敏感性也不同，垂直片理面变形模量和平行片理面泊松比相对而言影响较大。

## 2.6　卸荷岩体流变特性[35,36]

工程实践表明，开挖岩体的失稳和破坏，并不一定在开挖完成后立即发生，具有明显的时间效应，卸荷是一个与时间相关的概念，既包括瞬时卸荷，也包括长期卸荷，很多岩体工程问题都与岩体流变特性密切相关[37-43]。因此，在卸荷岩体工程分析时，不仅要考虑开挖爆破、瞬时卸荷对岩体的影响，而且应该考虑在开挖过程中及开挖后，开挖面附近岩体的长期卸荷流变特性。据此，以水电工程中常见的砂岩为试验研究对象，进行了恒轴压分级卸围压流变试验[35]。图 17 ~ 图 19 分别给出了轴向应力水平为 100 MPa、135 MPa 和 185 MPa 时砂岩试样卸围压的流变试验曲线。图 20 是围压为 20 MPa，轴向应力水平分别为 100 MPa、135 MPa 与 185 MPa 条件下的砂岩流变变形试验曲线。

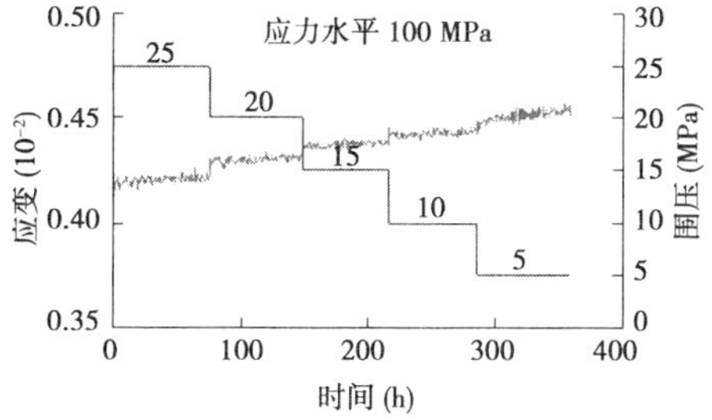


图 17　轴向应力水平 100 MPa 时砂岩试样卸围压流变试验曲线

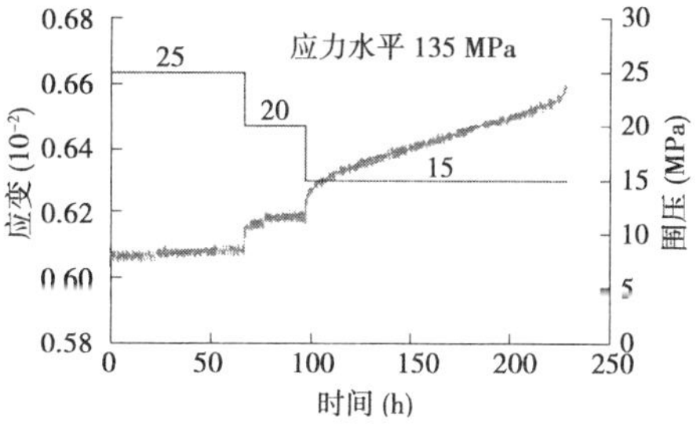


图 18　轴向应力水平 135 MPa 时砂岩试样卸围压流变试验曲线

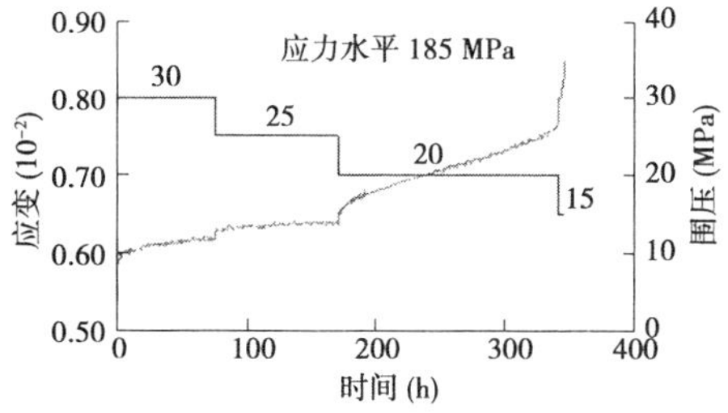


图 19　轴向应力水平 185 MPa 时砂岩试样卸围压流变试验曲线

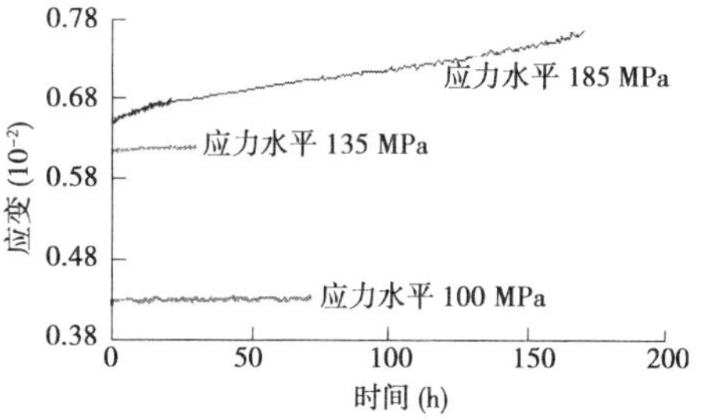


图 20　围压 20 MPa 不同轴向应力水平下砂岩试样卸荷流变试验曲线

从图 17 ~ 图 19 可以看出，在逐级卸载围压的过程中，砂岩试样的流变变形特征越来越明显；当岩样应力水平较低且围压值比较大时，砂岩试样的流变变形较小，流变试验流变曲线上下波动，但总体趋势趋于稳定；在最后一级破裂围压水平时，随着时间增加，砂岩试样呈现出了岩体流变典型的三个阶段，即初级衰减流变阶段、稳态匀速流变阶段与加速流变阶段。从图 20 可以看出，围压相同时，轴向应力水平为 100 MPa 和 135 MPa 时砂岩表现出来的流变特征不明显，流变变形不大；轴向应力水平为 185 MPa 时，岩样则显示出来强烈的流变现象，流变变形量大。

由图 17 ~ 图 20 也可以看出，在初期衰减流变阶段，岩体的流变速率逐渐减小，处于流变硬化阶段，呈现出明显的非线性硬化现象；当流变进入匀速稳态阶段，流变速率基本保持在某一恒定值，且大致以一定的斜率呈线性变化；当流变变形进入加速流变阶段时，变形速率开始增加，表现出非线性加速增大的趋势，这表明岩体内部产生了新的损伤，随着时间的增长，岩体的损伤在不断增大，变形同时也相应地越来越大，直至岩体破坏，在这一阶段呈现出显著的非线性特征。假定岩体加速流变过程中流变损伤的演化为卸荷量与时间的指数函数关系，则岩体加速流变过程中的损伤演化方程为：

$$D = 1 - (a\Delta\sigma)^{-b(t-t^*)} \tag{7}$$

式中：$D$ 为损伤因子，$a$、$b$ 为岩体材料参数，$\Delta\sigma$ 为卸荷量，$t$ 为时间，$t^*$ 为岩体从稳态流变转为加速流变的时刻，$a\Delta\sigma > 1$ 时，时间 $t$ 趋于 $t^*$ 时，$D$ 趋于 0，时间 $t$ 趋于∞时，$D$ 趋于 1。

经典的 Burgers 流变模型能够较好地反映岩体的瞬时弹性变形、初期衰减流变变形以及匀速稳态阶段流变变形，但无法模拟加速流变阶段加速变形的特性与趋势。为了改进岩体经典线性流变模型不能反映岩体非线性流变特性的不足，在 Burgers 流变模型中的黏滞系数 $\eta_M$ 中加入损伤以便更好地描述流变全程曲线，得到相应的损伤流变模型如图 21 所示。

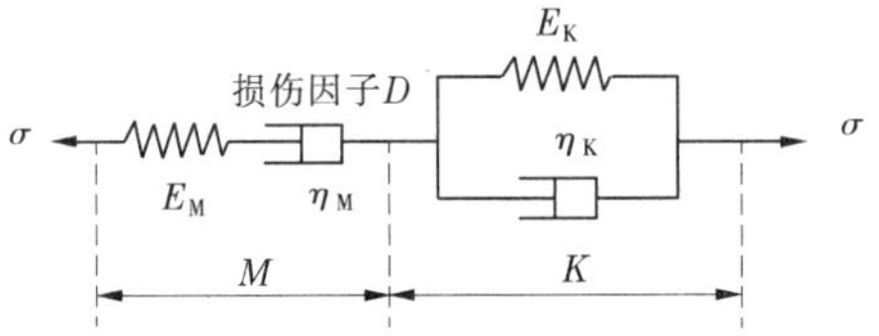


**图 21　岩体非线性卸荷损伤流变模型**

对流变模型状态方程做拉普拉斯变换及其逆变换，可得到相应的流变方程为：

$$\begin{cases} \varepsilon = \dfrac{\sigma}{E_M} + \left(\dfrac{\sigma}{\eta_M}\right)t + \dfrac{\sigma}{E_K}\left(1 - e^{-\frac{E_K}{\eta_K}t}\right) & (t < t^*) \\ \varepsilon = \dfrac{\sigma}{E_M} + \left(\dfrac{\sigma}{\eta_M}\right)\left((a\Delta\sigma)^{b(t-t^*)}\right)t + \dfrac{\sigma}{E_K}\left(1 - e^{-\frac{E_K}{\eta_K}t}\right) & (t \geqslant t^*) \end{cases} \tag{8}$$

式中：下角标“M”，“K” 与“D”分别为 Maxwell 体、Kelvin 体与非线性损伤体对应的力学分量；$E_M$、$\eta_M$、$E_K$、$\eta_K$ 分别为 Maxwell 体和 Kelvin 体的弹性模量与黏滞系数，$\sigma_D$ 为非线性损伤体的应力，$t^*$ 为流变从稳态匀速阶段过渡到加速阶段的临界时刻。

为了对卸荷岩体非线性流变模型的适应性和合理性进行验证，采用砂岩试样在围压 15 MPa 条件下，应力水平 135 MPa 时的加速流变试验曲线对岩体非线性卸荷损伤流变模型进行验证，同时辨识得到相应的流变力学参数，并将该模型和流变试验曲线进行对比分析。如图 22 所示，砂岩在长期恒定荷载作用下发生了显著的流变变形，随着时间的逐渐增加整个过程历时约 131 h 后最终破坏，流变过程中稳态匀速流变阶段与加速流变阶段十分明显。

砂岩从稳态匀速流变阶段向加速流变阶段过渡的时刻 $t^*$ 为 118 h，加速过程约为 13 h，卸荷量 $\Delta\sigma$ 为 15 MPa；岩样最终辨识得到的砂岩卸荷损伤非线性流变模型参数如表 2 所示。

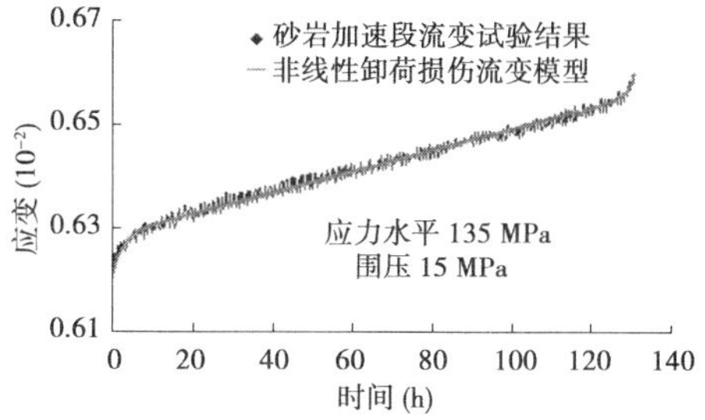


图 22　岩体非线性卸荷流变损伤模型与试验曲线对比

表 2　恒定荷载条件下砂岩非线性卸荷流变损伤模型参数识别表

| $E_1$ (GPa) | $\eta_1$ (GPa·d) | $E_2$ (GPa) | $\eta_2$ (GPa·d) | $a$ | $b$ | 相关系数 $R$ |
|---|---|---|---|---|---|---|
| 21.74 | $2.74\times10^3$ | $1.72\times10^2$ | $1.81\times10^2$ | 0.770 2 | $3.15\times10^{-4}$ | 0.956 3 |

从流变参数表 2 和图 24 可以看出：模型参数识别的残差平方和 $Q$ 较小，且相关系数 $R>0.9$，这说明模型拟合精度比较高；非线性流变参数中 $E_1$ 和 $\eta_1$ 与基于线性流变模型辨识得到的相应的参数有着较好的一致性；建立的岩体卸荷损伤非线性流变模型与流变试验结果吻合较为理想，这表明了所建立的岩体卸荷损伤非线性流变模型能够较好地描述岩体流变的典型三个阶段的变形特征。

### 2.7　卸荷岩体屈服准则[44,45]

岩体工程中具有不同的加载和卸载工况，在不同加、卸荷力学条件下，其力学特性有本质的区别，因此在岩体工程及其力学特性研究中，对不同力学条件应予严格的区别。

对于开挖卸荷岩体来说，岩体中往往会存在部分拉剪应力区。由于 M－C 准则和 D－P 准则主要考虑的是岩土介质的受压状态，而对受拉状态的计算不是很理想，因此在用这两种破坏准则计算开挖卸荷岩体的应力状态时，需对这两种准则附上一个最大抗拉强度限制，也就是所谓的含有最大拉应力准则的 M－C 准则和 D－P 准则。然而，附加了限制条件的 M－C准则和 D－P 准则在计算上比较复杂。因此，许多研究者尝试从经验角度来确定能够同时考虑受压状态和受拉状态的准则。这其中又以 H－B 准则广为工程界接受，它是可以估计完整岩石或节理岩体剪切强度的半经验准则，在地下工程和边坡工程中得到了广泛的应用。

H－B 准则同 M－C 准则一样，在主应力空间中都是六棱锥体，只不过 H－B 准则的棱线是抛物线，而 M－C 准则的棱线是直线，这使得 H－B 准则棱角和尖点处的塑性流动方向难以确定，为了解决这个问题，张永兴等[45]根据 H－B 准则的表达形式，提出了一种抛物线型 D－P 准则，推导了三种类型的 H－B 准则与抛物线型 D－P 准则典型等效变化表达式，分别为外接类型、内接类型和内切类型，如图 23 所示。

从本质上讲，抛物线型 D－P 准则是对 H－B 准则在 π 平面上的一系列近似。在 π 平面上，抛物线型 D－P 准则的外接类型完全夸大了 H－B 准则的弹性范围，内切类型则完全缩小了 H－B 准则的弹性范围，而内接类型要么夸大或者缩小了 H－B 准则的弹性范围。为了克服抛物线型 D－P 准则上述三种类型的缺点，特推导了抛物线型 D－P 准则与 H－B

准则的等面积类型，如图 24 所示，有效地解决了这个问题。

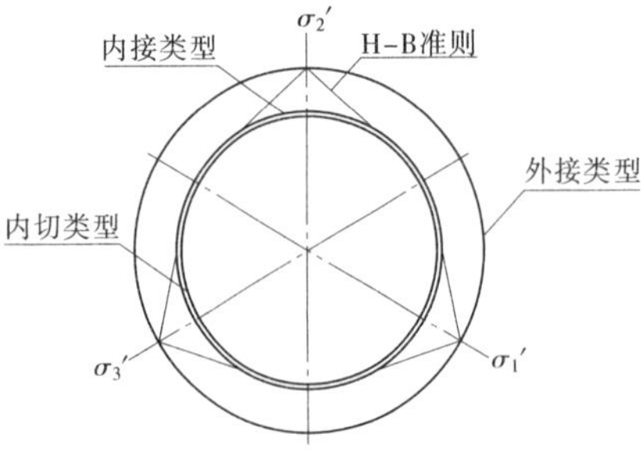


**图 23　H－B 准则与抛物线型 D－P 准则三种典型等效类型**

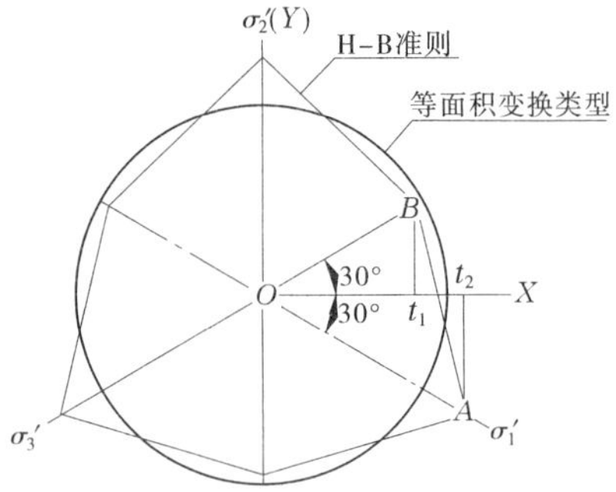


**图 24　抛物线型 D－P 准则与 H－B 准则等面积类型**

H－B 准则写成空间的屈服函数形式，表示如下：

$$F = m\sigma_c I_1 - 12\cos^2\theta_\sigma J_2 - m\sigma_c(\sqrt{3}\sin\theta_\sigma + 3\cos\theta_\sigma)\sqrt{J_2} + 3s\sigma_c^2 = 0 \tag{9}$$

在 π 平面上，Hoek－Brown 准则可用直角坐标表示成

$$\sqrt{3}m\sigma_c y + 12x^2 + 3m\sigma_c x - 3s\sigma_c^2 = 0 \tag{10}$$

式(11)为一抛物线，如图 24 中 $AB$ 曲线所示。在图 24 中，$t_1$ 和 $t_2$ 分别为式(11)与 $y = (\frac{\sqrt{3}}{3})x$ 和 $y = (-\frac{\sqrt{3}}{3})x$ 交点的 $x$ 值中的较大值

$$\left.\begin{aligned} t_1 &= \frac{\sqrt{m^2+9s}-m}{6}\sigma_c \\ t_2 &= \frac{\sqrt{m^2+36s}-m}{12}\sigma_c \end{aligned}\right\} \tag{11}$$

由直线 $OA$、$OB$ 和抛物线 $AB$ 围成图形的面积 $S$ 为：

$$\begin{aligned} S &= \frac{1}{2}\times t_1 \times \frac{\sqrt{3}}{3}t_1 + \frac{1}{2}\times t_2\times\frac{\sqrt{3}}{3}t_2 + \int_{t_1}^{t_2} y\mathrm{d}x \\ &= \frac{4\sqrt{3}}{3m\sigma_c}(t_1^3 - t_2^3) + \frac{\sqrt{3}}{3}(2t_1^2 - t_2^2) + \frac{\sqrt{3}s\sigma_c}{m}(t_2 - t_1) \end{aligned} \tag{12}$$

在 π 平面上，抛物线型 D－P 准则圆面积为 $\pi J_2$，令 $\pi J_2 = 6S$，则可求得 $J_2$，将之代入式(9)，则可求出 $\theta_\sigma$，此即为抛物线型 D－P 准则与 H－B 准则等面积类型。

## 2.8　卸荷岩体本构模型[46-49]

岩体加、卸荷条件不同，在此基础之上建立的加、卸荷本构关系也就不同，卸荷岩体的本构关系是建立在岩体卸荷应力—应变关系曲线基础之上的。图 25 所示的三峡工程坝址区岩体经过多次地质构造运动后，岩体达到了现今的应力状态 $a$ 点，其值为$(\sigma_0,\varepsilon_0)$。如果进行加载，则应力—应变曲线沿路径 $abc$ 移动；如果进行卸荷，则应力—应变曲线沿路径 $adgh$ 移动，这两种受荷方式下岩体的应力—应变曲线都呈明显的非线性特征[46-48]，哈秋舲等[2,3]提出的卸荷岩体力学从一开始针对的就是岩体卸荷的这种非线性力学特征，其后李建林和张永兴[4-8]提出的岩体开挖卸荷变刚度迭代法对这种非线性力学特征进行了理论上的探讨

和创新。这里主要介绍研究过程中建立的两种典型的卸荷本构模型。

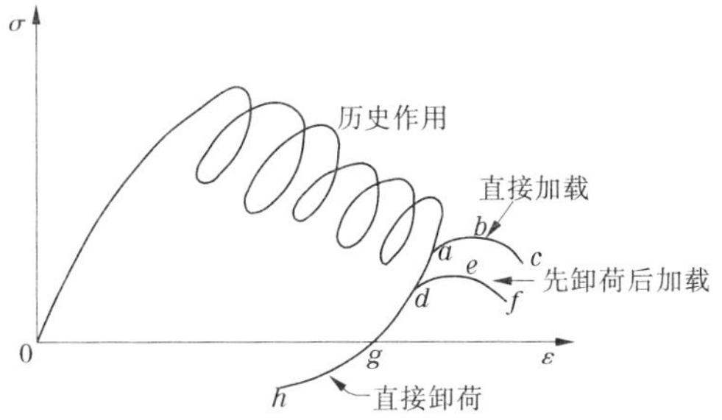


图 25　三峡工程坝址区岩体应力—应变关系变化示意图

### 2.8.1　双曲线型非线性弹性卸荷本构模型[44]

基于三峡永久船闸高边坡岩体开挖卸荷物理模拟试验对卸荷岩体非线性本构模型进行了探讨，试验选择相似材料，按照不同的岩体几何相似比例，在同一试件上模拟现场岩体结构条件。试验中主卸荷方向为垂直于船闸轴线的水平方向。试验是在专门设计的真三轴试验机上进行的，其目的是模拟边坡工程开挖卸荷工作条件，以此获得岩体卸荷的非线性力学特性。在试验过程中，试件的岩体结构根据地质条件进行设计，加、卸载途径根据本区地质历史上地质构造运动来确定。试验采用三种模型材料，分别为地质力学模型材料、砂浆材料和石膏材料。具体试验过程详见文献[7]，部分试验结果如图 26 所示。

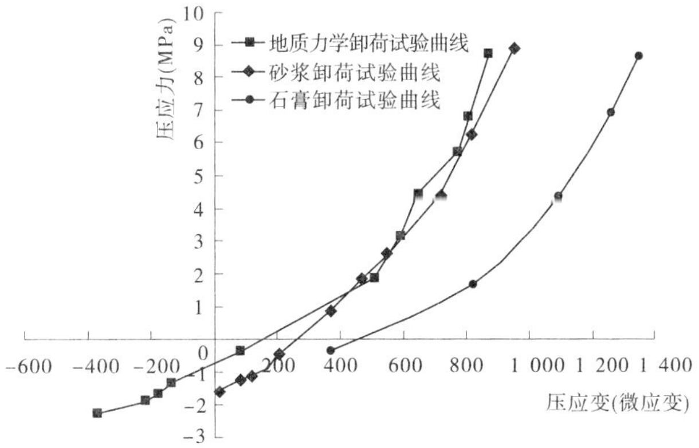


图 26　模型材料试件卸荷应力—应变曲线图

分析图 26 可以发现，卸荷应力—应变曲线形式类似于邓肯模型的双曲线型应力—应变关系。因此，可以利用双曲线来表达边坡岩体卸荷应力—应变曲线形式，进而可以确定不同卸荷量时的边坡岩体力学参数表达式。由于边坡开挖卸荷时无法判断边坡内每一点在哪一个方向上卸荷，且随着开挖卸荷作用的持续，该点的卸荷方向可能会发生转向，采用平均应力 $\sigma_m$ 来判断卸荷。

如图 27 所示，岩体卸荷双曲线型应力—应变曲线在抗拉强度 $R_t$ 处中断，这是因为岩体拉应力超过抗拉强度时岩体就断裂了，因此超过 $R_t$ 后的双曲线虚线形式其实并不存在，只是为了引出岩体卸荷双曲线型应力－应变曲线的渐进值 $R_u$ 而人为延长的。仿照邓肯模型，令 $R=R_t/R_u$，$R$ 为破坏比，是经验参数。

建立岩体卸荷双曲线型应力—应变本构模型可表示为

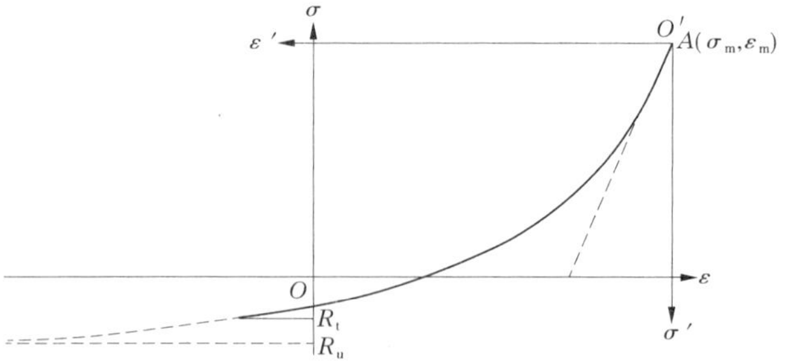


**图 27　岩体卸荷双曲线型非线性弹性应力—应变曲线**

$$E_t = \left(\frac{R\sigma + R_t}{R\sigma_m + R_t}\right)^2 E_0 \tag{13}$$

式中,$\sigma$ 为卸荷后的平均应力,$R$、$E_0$ 和 $R_t$ 为三个参数。对于边坡岩体的初始弹性模量 $E_0$ 和抗拉强度 $R_t$ 一般较好确定,但 $R$ 需通过卸荷试验得到。如没有进行卸荷试验,就像邓肯模型的 $R_f$ 取值一样,$R$ 也可取经验值。

利用推导的卸荷双曲线型非线性弹性本构模型对试验曲线进行拟合,如图 28 所示,从拟合结果来看,二者吻合较好,而且相关系数较高,均在 0.90 以上,说明利用岩体卸荷双曲线型非线性弹性本构模型来分析边坡的开挖卸荷作用在理论上是可行的。另外,从拟合结果可知,经验参数 $R$ 值基本位于 0.05 ~ 0.35,但更集中于 0.15 ~ 0.25。其他工程如没有进行相关的卸荷试验,经验参数 $R$ 值可参照上述范围类比选取。

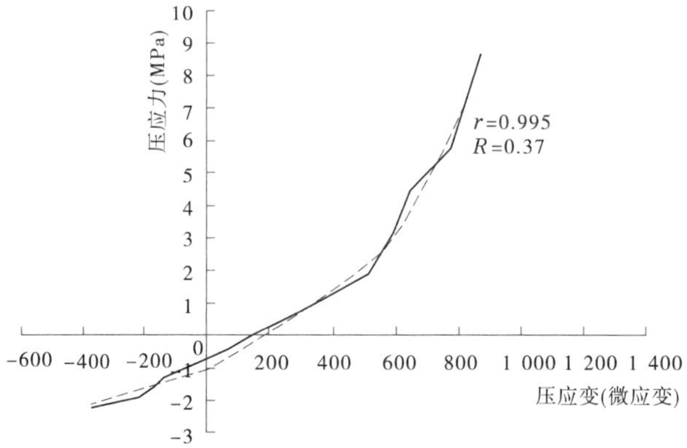


**图 28　地质力学模型材料卸荷曲线与拟合双曲线**

### 2.8.2　节理岩体卸荷非线性本构模型[49]

在实际工程的开挖过程中,受岩土内部节理裂隙等岩面影响,岩体应力的变化是空间多向的,因此必须考虑空间荷载变化状况与岩体性质(几何性质,力学性质)的相互关系。基于此,设计进行了不同尺寸节理岩体的三轴卸荷试验[7]。试验块体均采用立方体试件 250 mm × 250 mm × 250 mm,模拟四种现场岩体尺寸范围:0.75 m × 0.75 m × 0.75 m,2.25 m × 2.25 m × 2.25 m,6.75 m × 6.75 m × 6.75 m,20.25 m × 20.25 m × 20.25 m,几何相似比尺 $C_L$ 分别为 3、9、27 和 81。试验主要针对含主要结构面为一组、两组和三组的岩体,为简化模型,不同组结构面的组合采用端部搭接,如图 29 所示。

用 MATLAD 编程,采用最小三乘法对试验数据进行多元回归分析[38],建立了节理岩体

(a)一组结构面　(b)两组结构面　(c)三组结构面

**图 29　结构面示意图**

卸荷非线性统计本构模型。

$$d\sigma/d\varepsilon = E_0 \times \left(\frac{\frac{\pi}{2} - \arctan(T/P)}{\frac{\pi}{2} + \frac{\sqrt{J_2}}{2R_c}} \times \frac{P + R_t}{R_c}\right)^m \times \left(\frac{c + P \cdot \tan\varphi - T}{c + P \cdot \tan\varphi}\right)^n \quad (14)$$

参数说明:①$J_2$ 为应力偏张量的第二变量,$J_2$ 增大,表示剪应力的增加,将导致岩体内裂隙的相互错动和端部剪裂纹的开展,使岩体劣化,切线模量降低。②结构面的参数,$P$ 为垂直于结构面的应力,$P = P_1l_1 + P_2l_2 + P_3l_3$,其大小变化为卸载加载判断的依据之一,$P$ 减小,结构面更易开展,在相同剪应力的条件下更易发生相对滑移;$T$ 为平行于结构面的应力,$T = \sqrt{P_1^2 + P_2^2 + P_3^2}$,ATAN($T/P$) 为结构面上的合力与结构面的交角,$l_1, l_2, l_3$ 为结构面的法线方向,决定结构面上的正应力和剪应力分配,当存在两条以上的结构面时,取与主卸荷方向夹角最大的结构面。③洛德参数 $\theta = (2\sigma_2 - \sigma_1 - \sigma_3)/(\sigma_1 - \sigma_3)$,表征空间三向应力的大小比例。④$d$ 表示单位面积上的结构面的长度,$d = l/\sqrt{S}$,$S$ 为试块面积,$l$ 为石块上结构面的长度,由现场统计得出,该值越大,试块完整性越差,劣化越快。⑤岩体力学性质参数,切线模量 $E_t = \Delta\sigma/\Delta\varepsilon$,$E_0$ 为初始弹性模量,$R_c$ 为试块的单轴抗压强度,$R_t$ 为试块的单轴抗拉强度,$c$ 为试块的黏聚力,$\varphi$ 为摩擦角,$Pa$ 为标准大气压,$Pa = 1.013 \times 10^5$(Pa),$E_0, R_c, R_t, c, \varphi$ 由试验统计得出。⑥$m$ 和 $n$ 为待定系数,对于不同的岩块试样,由试验测得,这两个系数主要受裂纹的连通率和岩体中的粒度大小,不同性质颗粒间的胶结等微观、细观因素的影响。其中,$m$ 主要可描述结构面上的正应力和合力方位对变形模量衰减的影响,$n$ 主要描述结构面上的剪应力对变形模量衰减的影响。

### 2.9　卸荷岩体加固分析[50-57]

边坡稳定问题涉及矿山工程、道桥工程、水利水电工程、建筑工程等诸多工程领域。边坡的稳定性直接决定着工程修建的可行性,影响着工程建设的投资和正常运行。在我国水电工程的施工和运行中,曾遇到过许多边坡失稳问题,如天生桥二级水电站厂房高边坡、漫湾水电站左岸坝肩高边坡、安康水电站坝区两岸高边坡、龙羊峡水电站下游虎山坡边坡。为了治理这些边坡不但耗用了大量的人力和财力,还拖延了工期,而且有的边坡甚至成了工程进度和成败的关键。在岩体边坡工程中,特别是在高地应力地区的边坡开挖工程,地应力释放荷载大,量级高,作用范围广,除局部存在应力集中现象外,其力学特征主要表现为大面积的卸荷,卸荷的力学效应十分明显。在卸荷条件下,由于拉应力的出现,岩体中结构面的力学特征将发生本质的变化,这将引起岩体质量的迅速劣化,其力学特征不再符合加载岩体力学的特征。但是,在以往的开挖边坡稳定分析和锚固设计中,通常采用的是常规的加载试验参数和计算模型，计算结果与实测成果往往有较大的出入，其本质是由于计算模型与实际的力学状态的不相符合所致[6-8,50]。

### 2.9.1　考虑卸荷的加锚裂隙岩体宏观力学参数[51,52]

边坡岩体经过开挖卸荷后，采用系统锚杆进行加固，在计算方法上，除了用特定的适宜的锚杆模型（离散模型）来模拟外，如果边坡岩体节理裂隙比较发达，布置较多、较密和长度较短的系统锚杆时，采用离散模型逐一模拟每根锚杆是不太可能的。为此，有的学者提出了等效连续模型的理论，不具体模拟每根锚杆，而是将岩体施加锚杆后得到改善的裂隙面和岩体新的力学性能反映到岩体计算参数中去，但是锚固后岩体力学参数的提高现在还没有一个确定的依据[53-54]，并且在对卸荷节理岩体进行系统锚杆加固分析时，必须考虑裂隙岩体在系统锚杆加固前的卸荷过程，即岩体加固前的应力变化过程，这是以往的绝大部分研究者都很少考虑的问题。

岩体锚固的等效变形参数主要包括等效变形模量和泊松比，计算试块内材料并不是单一材料，而是由岩石、节理和锚杆组成的，在表面压力作用下，试块内的岩块和锚杆的变形是不一致的。所谓岩体的等效变形参数是在综合考虑岩块、节理的变形和锚杆变形条件下的一个综合参数[55]。计算试块在给定的应力增量条件下，可通过弹塑性有限元计算试块各方向上的应变增量，由此反演计算其相当某单一弹性体材料在各应力状态下的等效变形参数。

设计试块尺寸为 12 m×12 m×24 m，锚杆布置如图 30 所示，锚杆根数为 2 根、4 根、6 根和 9 根，锚杆直径取 25 mm。模型示意图如图 31 所示，具体的加载情况如图 32 所示，为了对比分析，考虑了两种加载方式，第一种在施加锚杆后直接加载至破坏；第二种先考虑节理岩体的加、卸荷过程，再施加锚杆后直接加载至破坏。

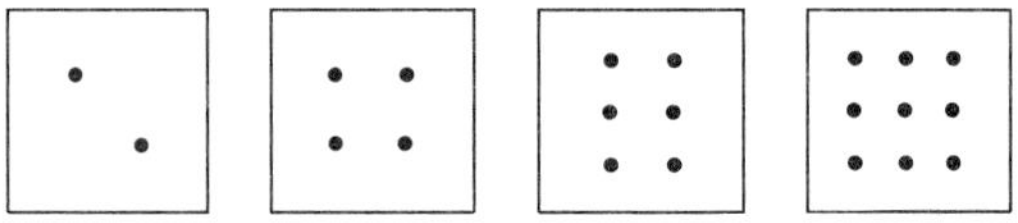

(a)2根　(b)4根　(c)6根　(d)9根

图 30　锚杆布置示意图

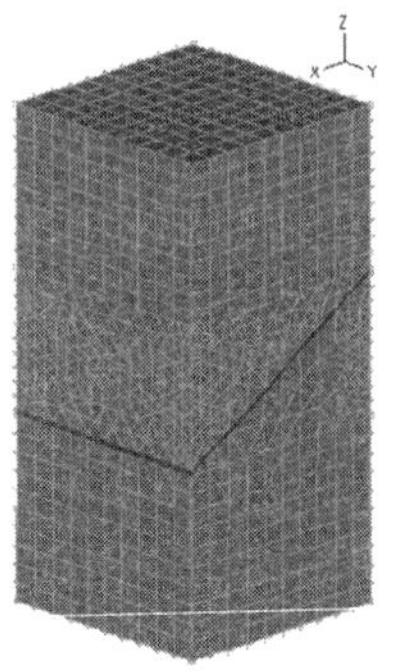

图 31　模型示意图

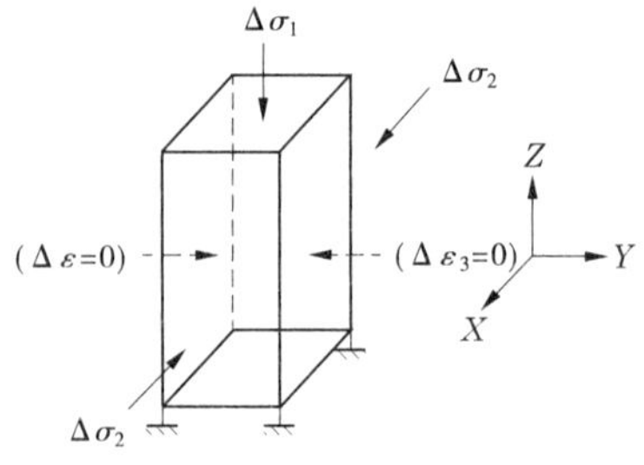


图 32　加载方式示意图

两种加、卸载方式作用下，典型试验结果如表 3 所示。

表3 加锚裂隙岩体等效变形参数和抗压强度

| 布锚情况 | | $E_m$(GPa) | $E_m/E$ | $v_m$ | 抗压强度(MPa) | 强度比 |
|---|---|---|---|---|---|---|
| 加载 | 无 | 2.615 | 1.00 | 0.322 941 | 2.35 | 1.00 |
| | 2根 | 2.712 | 1.04 | 0.315 812 | 2.42 | 1.03 |
| | 4根 | 2.779 | 1.06 | 0.311 015 | 2.50 | 1.06 |
| | 6根 | 2.84 | 1.09 | 0.306 817 | 2.61 | 1.11 |
| | 9根 | 2.951 | 1.14 | 0.300 583 | 2.75 | 1.17 |
| 考虑卸载 | 卸荷 | 2.404 | 1.00 | 0.331 883 | 2.05 | 1.00 |
| | 2根 | 2.490 | 1.04 | 0.325 561 | 2.10 | 1.02 |
| | 4根 | 2.545 | 1.06 | 0.321 603 | 2.15 | 1.05 |
| | 6根 | 2.601 | 1.08 | 0.318 286 | 2.20 | 1.07 |
| | 9根 | 2.682 | 1.12 | 0.312 769 | 2.25 | 1.10 |

试验数据分析表明,节理岩体经系统锚杆加固后,其力学性质得到改善,表现为抗压强度、变形模量及 $c$、$\varphi$ 值提高。随着锚杆布设密度的增大,锚固岩体的等效变形模量基本呈线性增长。但是,相同的试块,在不同的加、卸载路径作用下,试验结果的差别较大,不考虑卸荷时,试块的等效变形模量、抗压强度要比考虑卸荷时高出 8% ~14% 和 15% ~33%,可见节理岩体在系统锚杆加固前的卸荷过程,即岩体加固前的应力变化过程,对加固后的效果影响是很大的。而这个差别也正好验证了节理岩体加固前的应力状态对加固效果的影响。因此,在分析卸荷岩体边坡加固时,必须考虑节理岩体卸荷历史的影响。

2.9.2 岩体的卸荷流变对预应力损失的影响[56,57]

在外荷载的作用下,岩体发生流变,导致预应力的损失。岩体的流变包括岩石流变和结构面流变,它应是应力状态的函数。岩体的流变所引起的预应力损失从应力状态上考虑,应包括两个方面:一是受压状态下的岩体;二是受拉状态下的岩体。前者流变一般会造成锚索的预应力降低,即预应力损失,后者流变可能造成锚索的预应力值增加,即预应力负损失。对于卸荷岩体来讲,这种损失更为复杂。

对于受压卸荷岩体来说,如图 33 所示,$A$ 点为岩体初始应力状态,$\Delta\sigma$ 为开挖卸荷应力量,卸荷达曲线的 $B$ 点。如果对岩体所施加的预应力值 $\Delta\sigma_0$ 小于岩体的卸荷应力值($\Delta\sigma < \Delta\sigma_0$),施加预应力值到达如图 33 中的 $C$ 点,此时岩体仍然处于卸荷状态。研究表明[6-8],卸荷作用相当于在岩体中施加了一种反向的拉应力作用,在这种作用下,岩体质量会不断劣化,流变增加(类似于受拉流变),其预应力值增加;如果对岩体所施加的预应力大于岩体的卸荷应力值,如图 33 中的 $D$ 点,岩体处于加荷状态,即岩体受压,此时,岩体的流变引起预应力降低,称为预应力损失。

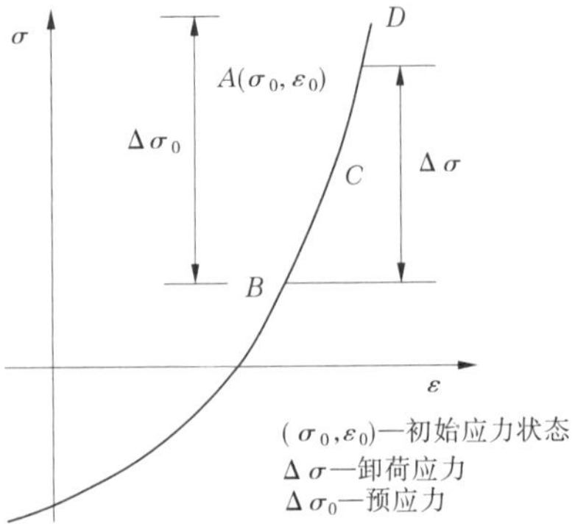


图 33　受压卸荷岩体预应力施加

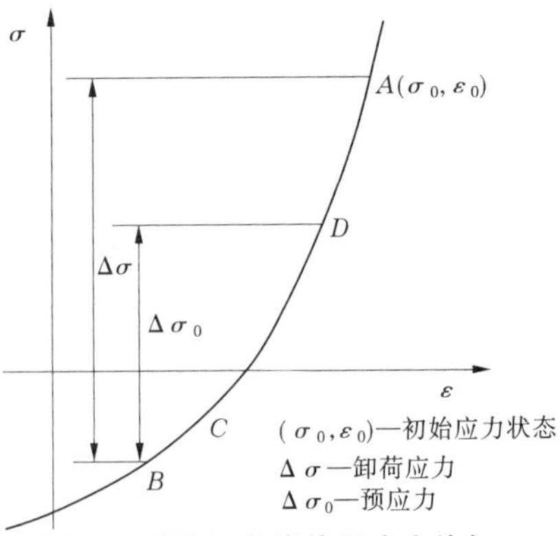


图 34　受拉卸荷岩体预应力施加

对于受拉卸荷岩体，如图 34 所示，$A$ 点为岩体初始应力状态，开挖卸荷 $\Delta\sigma$ 后，应力达到 $B$ 点，岩体受拉，如果对岩体所施加预应力值小于岩体的拉应力值，如图 34 中的 $C$ 点，则岩体仍然受拉，此时岩体质量因受拉而劣化迅速，流变增加较快，预应力值增加也快；如果对岩体所施加的预应力值大于岩体的拉应力值，达到图 34 中的 $D$ 点，则卸荷岩体受压，出现的预应力损失情况类似于受压卸荷岩体。岩体受拉能力很弱，受拉流变破坏的能力更弱。受拉流变比受压流变发展要迅速，并且研究已表明[56]，受拉流变破坏强度大约为岩体瞬时抗拉强度的一半，在这种情况下预应力增加的估计是十分复杂的。

总之，对于卸荷岩体而言，其预应力损失一般是一种负损失，即预应力增加，这种预应力的增加，如果超过锚索的极限强度，锚索则会断裂，从而失去效果。因此，分析中应重点考虑这种影响。

## 2.10　考虑开挖卸荷效应的坝坡相互作用[58]

水电站坝肩边坡除承受由于岩体开挖卸荷引起的应力变化外，还要承受由坝体传递过来的荷载，典型的如拱坝，在高水位运行下，拱坝通过其拱的作用将承受的水压力、温度荷载等传递至坝肩岩体；反过来，坝肩边坡承受外荷载产生的应力—应变对大坝的应力—应变也有影响，其影响程度直接关系到大坝的安全。因此，有必要对高水位运行时坝坡相互作用进行研究。这里以小湾水电站坝肩边坡和拱坝的相互作用分析为例进行介绍，三维数值分析模型如图 35 所示。

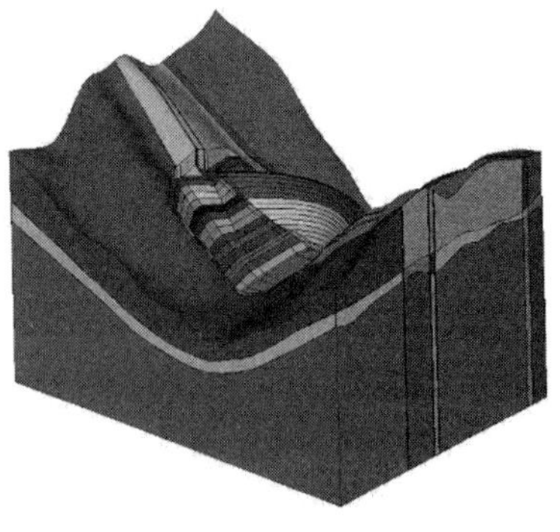

图 35　小湾水电站坝肩边坡和拱坝三维模型

影响拱坝坝体应力的主要荷载有自重、温度、水压力、地基扬压力、淤沙压力、风浪压力、地震荷载等。参照《混凝土拱坝设计规范》，自重、水压力和温度等几种荷载起主导作用，这里主要考虑了这三种荷载。分析技术路线如图 36 所示。

### 2.10.1　坝体变形对坝肩边坡变形的影响

正常蓄水工况下，左右岸坝肩槽边坡位移变化如图 37 所示，左右岸坝肩槽边坡变形分布规律相似，且左右岸分布基本对称。

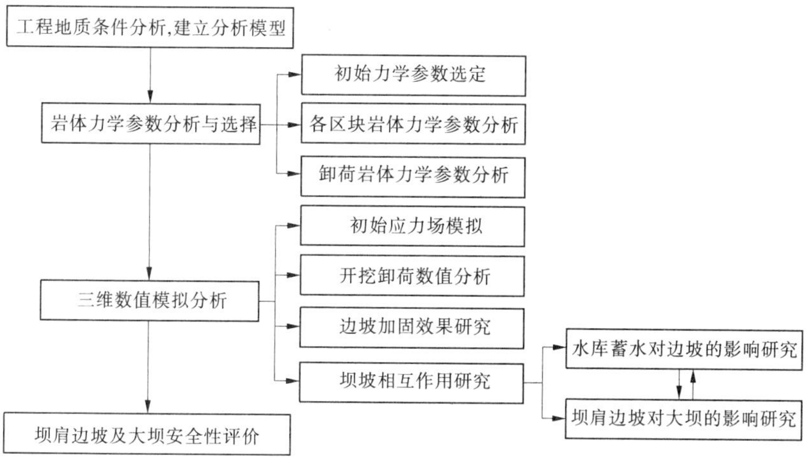


图 36　研究技术路线流程图

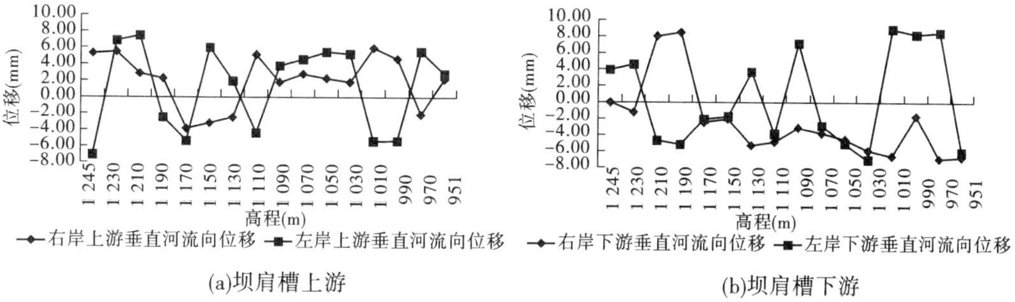


图 37　坝肩槽上、下游垂直河流向位移变化曲线图

2.10.2　坝肩边坡变形对坝体变形的影响

坝体表观变形测点的位移监测值与计算值对比如图 38 所示,监测值与计算值基本吻合,说明坝体计算变形趋势与实际变形一致,拱坝中部顺河流向位移计算值大于实测值,该误差可能是由于计算模型未考虑坝体排水孔所导致。

计算过程和结果亦表明,拱坝所传递的推力使边坡产生位移,同时,边坡产生的位移引起拱坝产生相应的位移,整个过程中也导致二者的应力场发生了重分布,这种相互作用直到两者达到平衡状态才会停止,即暂时的稳定状态,但外界条件(如水位、温度等)发生变化时,这种相互作用会再次进行。

## 3　卸荷岩体力学理论研究的前景与展望

经过 20 多年的研究积累,卸荷岩体力学在理论方面取得了较多的研究成果,也解决了一系列工程问题和难题,但对卸荷岩体力学理论本身而言只能说是刚刚起步,卸荷岩体力学中还有许多亟待解决的科学问题,而且随着我国经济建设的发展,工程建设过程中还会有许多新的技术难题出现,归纳起来主要有以下几个方面:

(1)复杂地质环境的认识和探测问题,由于地质作用和地质构造的复杂性,岩性、地层、断裂、结构面、地应力、渗流等的探测迫切需要新的、更加实用的技术和方法,尤其是超深度地质条件探测的理论、技术与方法等。

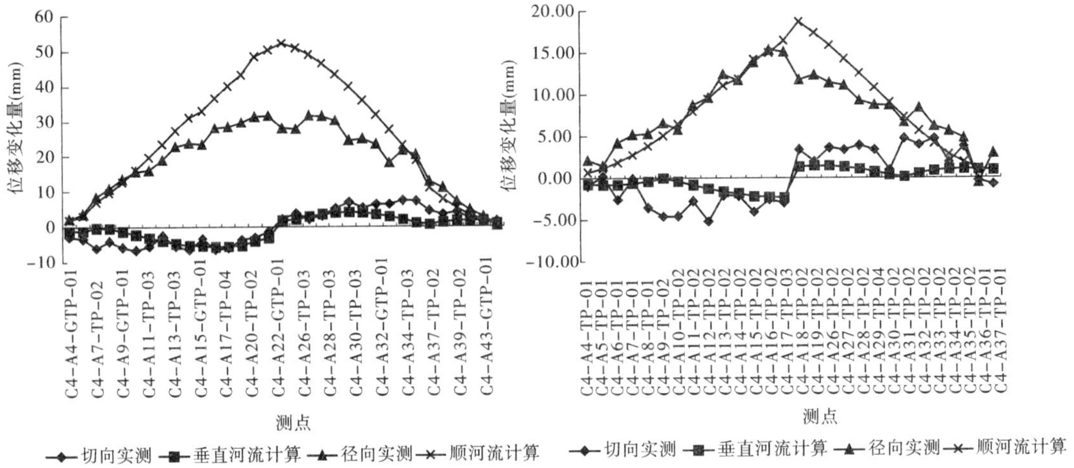


(a)EL.1245测点　　(b)EL.1190测点

图 38　坝体表观变形测点位移监测值与计算值

(2)岩体的力学特性认识与质量评价问题，由于深部岩体的赋存环境和作用因素的复杂性，深部岩体的力学特性显得十分复杂，岩体质量的评价难度大，尤其是在卸荷条件下的力学特性和岩体质量评价问题仍需要进一步的研究完善。

(3)复杂条件下的卸荷岩体力学问题，西部地区岩体工程的开挖体量大，卸荷量级较大，岩体的二次应力调整的过程和方式复杂，岩体卸荷的判别准则、卸荷损伤机制、卸荷区判别和划分方法、卸荷区演化机理和控制方法、卸荷岩体的稳定性分析方法及加固理论等，是一系列十分复杂的技术难题，都有待于进一步的研究和完善。

(4)复杂条件下大型工程(边坡、洞室、坝基)的安全性问题，包括岩体稳定性分析的理论与方法、工程施工的理论与方法、加固设计的理论与方法、监测的理论与方法、监测技术等，比如高地应作用下地下洞室施工过程中的岩爆问题，研究掌握其产生机理、发生规律、分析方法和判别标准十分重要。

(5)复杂条件下多场耦合分析问题，在地下洞室的施工过程中，常常会遇到地下水，地下突水超前预测预报与处理还是一个技术难题；在高渗透压力作用下，渗流场与应力场的耦合分析也是相当复杂的，同时，还有温度、降雨、水位变化等工况的组合问题。

(6)地震等动力分析问题，我国西部地区是地震活动比较活跃的地区，动力作用下卸荷岩体的力学特性研究还不多见，地震作用下卸荷岩体工程的安全稳定性研究更显不足。

(7)岩体与水工建筑物的相互作用问题，比如拱坝与边坡的相互作用问题是工程安全的前提，其相互作用的原理、计算方法、处理措施等都未很好解决。

(8)卸荷损伤岩体在水岩耦合作用下是损伤问题，水库蓄水后，卸荷损伤岩体在库水长期浸泡或者水位升降变化作用下的损伤劣化机制同样也值得关注。

## 参考文献


[1] 哈秋舲，张永兴. 链子崖危岩体稳定性研究[J]. 中国地质灾害与防治学报，1994，5(3)：24-39.

[2] 哈秋舲. 三峡工程永久船闸陡高边坡各向异性卸荷岩体力学研究[J]. 岩石力学与工程学报，2001，20

(5):605-618.

[3] 哈秋舲. 岩体工程与岩体力学仿真分析—各向异性开挖卸荷岩体力学研究[J]. 岩土工程学报,2001,23(6):664-668.

[4] 哈秋舲,李建林,张永兴,等. 节理岩体卸荷非线性岩体力学[M]. 北京:中国建筑工业出版社, 1998.

[5] 张永兴. 边坡工程学[M]. 北京:中国建筑工业出版社,2008.

[6] 哈秋舲,李建林,张永兴,等. 节理岩体卸荷非线性岩体力学[M]. 北京:中国建筑工业出版社,1998.

[7] 李建林. 卸荷岩体力学理论及应用[M]. 北京: 中国建筑工业出版社, 1999.

[8] 李建林. 卸荷岩体力学[M]. 北京:中国水利水电出版社, 2003.

[9] 王乐华. 岩体卸荷非线性力学特性分析及其工程应用[D]. 武汉:武汉大学. 2007,4.

[10] 王兴霞. 砂岩三轴加卸荷试验研究及工程应用[D]. 武汉:武汉大学. 2012,6.

[11] Wang Ruihong, Jianlin Li, Guo Jing. Experimental study of mechanical properties of rock mass containing intermittent joints of prefabricated [J]. Advanced Materials Research,2011(168-170):2468-2472.

[12] 吴刚. 工程岩体卸荷破坏机制研究的现状及展望[J]. 工程地质学报,2001,9(2):174-181.

[13] 周小平,哈秋舲,张永兴,等. 峰前围压卸荷条件下岩石的应力—应变全过程分析和变形局部化研究[J]. 岩石力学与工程学报,2005,24(18):3236-3245

[14] Yu Wang, Jianlin Li. Investigation on shear creep mechanical properties of soft rock[J]. Advanced Materials Research, 2011(261-263):1024-1028.

[15] Guo Yongcheng, Li Jianlian, Wang Xiaohu. A study on mechanical characteristics of the unloading rock mass[J]. 2011 International Conference on Electric Technology and Civil Engineering[J]. 2011,6418-6421.

[16] 肖世国,夏才初,周德培. 开挖边坡松动区的一种定义及分析方法[J]. 同济大学学报(自然科学版),2005,33(4):451-455.

[17] 哈秋舲, 李建林. 岩石边坡卸荷岩体宏观力学参数研究[M]. 北京: 中国建筑工业出版社, 1996.

[18] 李律林, 哈秋舲. 三峡卸荷岩体宏观力学参数三维数值模拟[J]. 武汉水利电力大学(宜昌)学报,1997,19(3): 2-6.

[19] 李建林, 王乐华, 刘杰, 等. 岩石边坡工程[M]. 北京: 中国水利水电出版社, 2006.

[20] 李建林, 孟庆义. 卸荷岩体的各向异性研究[J]. 岩石力学与工程学报, 2001, 20(3): 338-341.

[21] 刘国霖. 陡高边坡节理岩体卸荷岩体力学的物理基础[J]. 武汉水利水电大学(宜昌)学报, 2000, 22(3): 185-190.

[22] 裴建良, 刘建锋, 徐进. 层状大理岩卸荷力学特性试验研究[J]. 岩石力学与工程学报, 2009, 28(12): 2496-2502.

[23] 王飞, 杜建坡, 李秀芬. 节理岩体卸荷强度特性的试验研究[J]. 地质灾害与环境保护, 2008, 19(8): 104-108.

[24] 陈兴周, 李建林, 朱岳明. 单裂隙卸荷岩体力学特性分析[J]. 水力发电, 2010, 32(10): 35-37.

[25] 孙旭曙,节理岩体卸荷各向异性力学特性试验研究及工程应用[D]. 武汉:武汉大学. 20013,6.

[26] 李建林, 王乐华. 卸荷岩体的尺寸效应研究[J]. 岩石力学与工程学报, 2003, 22(12): 2032-2036.

[27] 哈秋舲, 李建林. 岩石边坡卸荷岩体宏观力学参数研究: 永久船闸陡高边坡岩体力学研究(二)[M]. 北京: 中国建筑工业出版社, 1996.

[28] 杨学堂, 哈秋舲, 张永兴, 等. 裂隙岩体宏观力学参数数值仿真模拟研究[J]. 水力发电, 2004, 30(7): 14-16, 37.

[29] 周济芳, 李建林, 王瑞红. 关于卸荷岩体尺寸效应的数值仿真研究[J]. 四川水利, 2008, (4): 69-71.

[30] 周济芳, 李建林, 邓华锋, 等. 岩体卸荷力学特性的数值仿真研究[J]. 岩土力学, 2008, 28(S):

524-528.

[31] 王乐华, 李建林, 陈星, 等. 卸荷岩体尺寸效应数值模拟研究[J]. 水电能源科学, 2011, 29(2): 82-84, 52.

[32] 周济芳, 李建林, 刘杰, 等. 隔河岩水电站边坡岩体宏观力学参数的有限元反演分析[J]. 岩石力学与工程学报, 2004, 23(S): 4506-4508.

[33] 李建林, 王乐华, 杨学堂, 等. 锦屏电站坝厂区卸荷岩体力学参数研究[J]. 岩土力学, 2004, 25(S): 17-20.

[34] 周济芳, 杨学堂, 李建林, 等. 卸荷岩体宏观力学参数的分析方法再研究[J]. 三峡大学学报(自然科学版), 2005, 27(1): 37-39.

[35] 王瑞红. 砂岩在卸荷条件下的特性研究[D]. 武汉:武汉大学,2009,12.

[36] 王宇. 软岩瞬时及流变力学特性试验研究[D]. 武汉:武汉大学,2012,6.

[37] 刘雄. 岩石流变学概论[M]. 北京: 地质出版社, 1994.

[38] 孙钧. 岩土材料流变及其工程应用[M]. 北京: 中国建筑工业出版社, 1999.

[39] 孙钧. 迎接新世纪的岩石力学若干进展[C]// 第五届全国岩石力学与工程大会论文集, 上海: 中国科学技术出版社, 1998: 1-10.

[40] 孙钧. 岩石流变力学及其工程应用研究的若干进展[J]. 岩石力学与工程学报, 2007, 26(6): 1081-1106.

[41] 蒋昱州, 张明鸣, 李良权. 岩石非线性黏弹塑性蠕变模型研究及其参数识别[J]. 岩石力学与工程学报, 2008, 27(4): 832-839.

[42] 蒋昱州, 徐卫亚, 王瑞红, 等. 岩石非线性损伤蠕变模型研究[J]. 中国矿业大学学报, 2009, 38(3): 331-335.

[43] 李建林. 岩石拉剪流变特性的试验研究[J]. 岩土工程学报, 2000, 22(3): 99-303.

[44] 黄宜胜. 岩体卸荷非线性力学特性分析及其工程应用[D]. 武汉:武汉大学. 2007,4

[45] 张永兴, 陈洪凯, 朱凡. 岩体脆性破坏的破坏准则及对 Drucer - Prager 准则修正的探讨[J]. 重庆交通学院学报, 1995, 14(4): 69-75.

[46] 周小平, 哈秋舲, 张永兴. 考虑裂隙间相互作用情况下围压卸荷过程应力—应变关系[J]. 力学季刊, 2002, 23(2): 227-235.

[47] 赵明阶, 许锡宾, 徐蓉. 岩石在三轴加卸荷过程中的一种本构模型研究[J]. 岩石力学与工程学报, 2002, 21(5): 626-631.

[48] 王在泉, 张黎明, 贺俊征. 岩石卸荷本构关系的 BP 神经网络模型[J]. 岩土力学, 2004, 25(S): 119-121.

[49] 刘杰, 李建林, 黄宜胜, 等. 卸荷岩体本构关系研究[J]. 地球与环境, 2005, 33(3): 112-116.

[50] 李建林, 哈秋舲. 卸荷岩体宏观参数的三维数值模拟[J]. 武汉水利水电大学(宜昌)学报, 1997, (3).

[51] 邓华锋,李建林,王乐华. 系统锚杆对边坡岩体加固效果的数值模型试验研究[J]. 工程地质学报, 2006,14(5):644-648.

[52] 邓华锋,李建林,王乐华. 考虑卸荷的加锚裂隙岩体力学参数研究[J]. 2008,29(4):1027-1030.

[53] 朱维申, 张玉军, 任伟中. 系统锚杆对三峡船闸高边坡岩体加固作用的块体相似模型试验研究[J]. 岩土力学, 1996, 17(2): 1-6.

[54] Yap L P, Rodger A A. A study of behaviour of vertical rock anchors using the finite element method[J]. Int. J. Rock Mech. Min. Sci. and Geomech. Abstr. 1984, 21(2): 47-61.

[55] 杨学堂, 哈秋舲, 张永兴, 等. 裂隙岩体宏观力学参考数值仿真模拟研究[J]. 水力发电, 2004, 30(7): 14-16.

[56] 李建林，丁振明. 卸荷岩体加固若干问题的探讨[J]. 武汉水利电力大学(宜昌)学报，2000，22(3)：191-195.
[57] 李建林,邓华锋,黄建文,等. 卸荷岩体锚固预应力损失的影响因素分析[J]. 岩土力学. 2005,26(S):292-295.
[58] 李建林,刘杰. 隔河岩水电站厂房后边坡与拱坝的相互作用研究[J]. 岩石力学与工程学报,2007,26(3):459-466.

# 雅砻江锦屏一级水电站岩石工程关键技术问题研究与实践

宋胜武　冯学敏

（中国水电顾问集团成都勘测设计研究院有限公司　四川　成都　610072）

**摘要**：锦屏一级水电站混凝土双曲拱坝坝高 305 m，为世界第一。坝址区地形地质条件复杂，河谷深切，岸坡陡峻，相对高差达 1 500 ~ 2 000 m；岩体卸荷强烈，左岸深部裂缝发育；地应力高，最大主应力达 20 ~ 30 MPa，右岸地下水活跃；坝基发育数条规模较大的断层软弱结构面，地质条件两岸不对称，存在严重地质缺陷；地下厂房区围岩强度应力比低，岩体结构复杂，开挖卸荷效应显著。本文结合坝址区地形地质条件和工程条件，分析了左岸岩石高陡边坡、坝基地质缺陷、地下洞室群围岩开挖等三大岩石工程的主要特点、工程影响和破坏现象，总结梳理了其中的关键岩石力学问题，介绍了加固处理的设计思路和分析方法，论证并采用了针对性的加固处理方案。对左岸高陡边坡变形拉裂体实施了“深埋混凝土抗剪结构 + 锚固系统 + 立体排水”的综合治理措施，在坝基实施了混凝土垫座、混凝土置换网格及固结灌浆等工程措施，对地下洞室群围岩实施了系统支护、缺陷加固、开挖及支护时序控制、固结灌浆等综合控制措施，并探索和实践了地下工程动态设计建设理念。经施工质量检测、水库初期蓄水监测和首批机组发电运行验证，表明大坝及坝基、边坡和地下厂房处于稳定可控状态，加固设计方案效果较好。针对岩石工程若干技术问题的分析方法和处理措施对其他复杂岩石工程具有借鉴意义。

**关键词**：305 m 高拱坝　岩石工程　高陡边坡　深部裂缝　深埋混凝土抗剪结构　坝基地质缺陷　大型地下洞室群　围岩破裂　大变形控制

## 1　概　述

锦屏一级水电站位于中国西南部四川省凉山彝族自治州境内，是雅砻江干流中下游水电开发规划的“控制性”水库梯级，主要任务是发电，具有年调节能力，对下游梯级补偿调节效益显著。水库正常蓄水位 1 880 m，库容 77.6 亿 $m^3$，电站装机容量 3 600 MW。大坝为混凝土双曲拱坝，坝基最低高程 1 580 m，坝顶高程 1 885.0 m，坝高 305.0 m，是世界已建在建第一高拱坝。

电站坝址区位于青藏高原向四川盆地过渡的斜坡地带，河谷深切、岸坡陡峻，相对高差 1 500 ~ 1 700 m；顺河向断层构造发育，分布多条较大规模的断层软弱结构面；左岸谷坡岩体卸荷强烈，卸荷水平深度达 150 ~ 300 m，且卸荷岩体十分破碎，地质条件左右两岸不对称，存在严重地质缺陷，岩体质量不能满足大坝建基要求；坝址区原岩地应力水平高，而岩体强度相对较低。工程建筑物的重要性和坝址区复杂的地形地质条件给坝肩高陡岩石边坡的稳定性、坝基加固处理、右岸地下厂房洞室群围岩变形控制带来极大挑战，锦屏一级水电站也因此成为国内外已建在建水电工程中条件最为复杂、岩石工程设计最具挑战性的工程之一。

基金项目：国家自然科学基金雅砻江水电开发联合研究基金重点资助项目（50539100）。

锦屏一级水电站2003年完成工程设计,2004年1月开始辅助道路施工,工程进入筹建期施工;2004年7月开始导流洞施工,2006年12月实现大江截流;2005年7开始两岸坝肩边坡开挖,2009年8月开挖至河床坝段最低建基面高程1 580 m;2009年10月开始大坝混凝土浇筑,2012年11月30日导流洞下闸蓄水;2013年7月水库蓄水至高程1 800.0 m,2013年8月锦屏一级电站第一批机组发电,2013年10月水库蓄水至高程1 840.0 m。2013年12月,大坝全坝段混凝土浇筑到顶。目前,大坝及其基础、两岸边坡和地下厂房等建筑物和结构整体稳定、工作性态正常。

本文将介绍锦屏一级水电站坝址区主体岩石工程的条件及特点,在阐明地形地质条件的基础上,总结其中的关键技术问题,提出设计思路、分析方法和工程措施,包括三方面:左岸坝肩高陡岩石边坡稳定分析及加固治理、坝基地质缺陷加固处理、右岸地下厂房洞室群围岩稳定及变形控制。

## 2　坝址区地形地质条件

坝址区雅砻江流向N25°E,枯期江水面高程1 635 m,两岸谷肩山顶高程3 200 ~ 3 600 m,相对高差达1 500 ~ 2 000 m,谷坡陡峻,坡度40° ~ 90°,山梁和沟谷相间,为典型的"V"型高山峡谷地貌。

枢纽区出露地层为中上三叠统杂谷脑组($T_{2-3z}$),构成三滩紧闭倒转向斜核部和南东翼(正常翼)地层,按岩性可归为三大工程岩组:绿片岩($T_{2-3z}^1$),深埋于河床下部,地表未见出露;大理岩夹绿片岩($T_{2-3z}^2$),由8小层组成,厚约600m,出露于河谷两岸,为坝基主要岩体,其中绿片岩多发育层间错动带;变质砂岩和板岩($T_{2-3z}^3$),由6小层组成,厚约400 m,分布于左岸坝肩中上部,属三滩向斜核部地层,岩体完整性相对较差。地层走向与河流流向基本一致,倾向左岸,倾角40°左右,属典型的纵向谷,右岸为顺向坡,左岸为反向坡(见图1)。

坝址区发育的软弱结构面以断层为主,产状以走向NE ~ NNE向、倾向SE为主。与工程有关且规模较大的有:左岸f5、f8、f2断层和煌斑岩脉(X);右岸f13、f14断层及斜穿河床坝基的f18断层(X)等(见图2)。

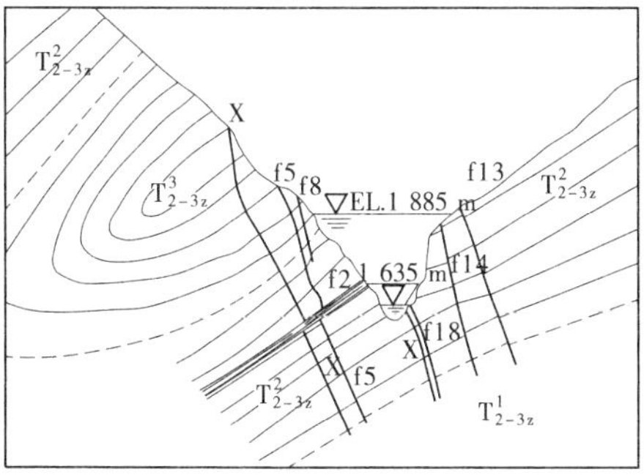


图1　枢纽区河谷地质结构横剖面图

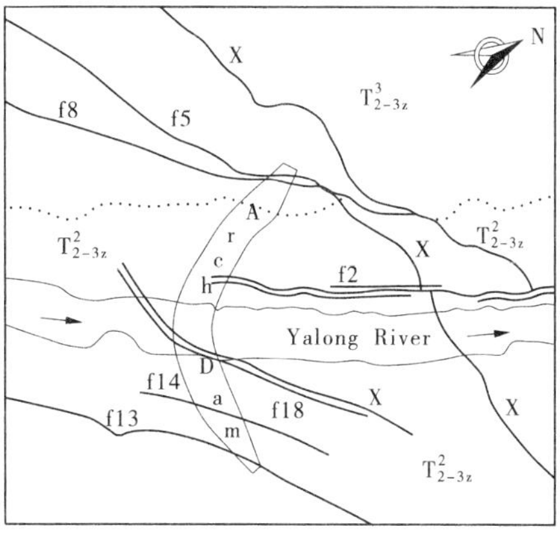


图2　枢纽区地质结构平面图

f5、f 8断层和煌斑岩脉(X)出露于谷坡左岸,断层破碎带宽度2 ~ 8 m,主要由松散的构造角砾岩、糜棱岩、风化岩组成，遇水软化，受谷坡卸荷影响，1 680 m 高程以上影响带岩体拉裂松弛；f2 断层出露于左岸谷坡下部，由 4 ~ 5 条绿片岩层间挤压错动带组成，岩体破碎、性状差；f13、f14 断层分布于右岸谷坡，由角砾岩、糜棱岩组成，见有数厘米厚的断层泥；f18 断层出露于右岸河床，断层物质由煌斑岩脉组成，风化强烈，遇水软化（表 1）。

**表 1　枢纽区主要软弱结构面特征表**

| ID | 产状 | 破碎带宽度（m） | 破碎带长度（km） | 位置 |
|---|---|---|---|---|
| f5 | 130°∠70° | 2.0 ~ 8.0 | >1.8 | 左岸坝肩 |
| f8 | 125°∠75° | 1.0 ~ 2.0 | >1.4 | |
| f2 | 290°∠40° | 8.0 ~ 10.0 | >1.0 | |
| X | 153°∠68° | 2.0 ~ 3.0 | >1.0 | |
| f13 | 148°∠70° | 1.0 ~ 2.0 | >1.0 | 右岸坝肩 |
| f14 | 150°∠75° | 0.5 ~ 1.0 | 0.5 ~ 0.7 | |
| f18 | 165°∠75° | 2.0 ~ 3.0 | >1.0 | 河床及右岸 |

枢纽区山高谷深，谷坡岩体卸荷较强烈。右岸谷坡岩体卸荷深度一般 30 ~ 50 m，属于正常卸荷范围；左岸岩体受特定构造和岩性影响，卸荷十分强烈，卸荷深度较大，谷坡中下部大理岩卸荷水平深度达 150 ~ 200 m，中上部砂板岩卸荷水平深度达 200 ~ 300 m，顺河方向分布长度达 500 m。卸荷裂隙多沿岩体构造节理面松弛张开，裂隙开度达 10 ~ 20 cm。也是构成两岸地质条件严重不对称的主要因素。

根据坝区地层岩性组合、岩体结构特征、卸荷裂隙发育状况和岩体物理力学性质等地质因素，对岩体质量进行了分级（见表 2）。

**表 2　坝区岩体质量分级及其物理力学参数**

| 岩级 | 主要地质特征 | $R_c$（MPa） | $V_p$（m/s） | $E_o$（GPa） |
|---|---|---|---|---|
| Ⅱ | 新鲜完整大理岩 | 60 ~ 75 | >5 500 | 20 ~ 32 |
| $Ⅲ_1$ | 新鲜大理岩夹绿片岩 | 60 ~ 75 | 4 500 ~ 5 500 | 10 ~ 14 |
| $Ⅲ_2$ | 弱卸荷大理岩、砂板岩 | 40 ~ 75 | 3 800 ~ 4 800 | 3 ~ 10 |
| Ⅳ | 强卸荷、深卸荷大理岩、砂板岩 | — | <3 500 | 1 ~ 4 |
| Ⅴ | 断层破碎带、层间挤压错动带 | — | — | <1 |

**注：**表中 $R_c$ 为单轴抗压强度，$V_p$ 为声波纵波波速，$E_o$ 为变形模量。

## 3　左岸坝肩高陡岩石边坡稳定分析及加固治理

### 3.1　边坡地质条件及其影响

左岸坝肩基岩主要为三叠系中上统杂谷脑组（$T_{2-3z}$）变质岩，可见少量后期侵入的煌斑岩脉（X）。煌斑岩脉多为弱 - 强风化，且受卸荷影响，多松弛破碎，性软较疏松，遇水易软化。

左岸坝肩岩层产状为 N0° ~ 30°E，NW∠25° ~ 45°。边坡内部 NE ~ NNE 向断层最为发育，且规模较大，产状为 N30° ~ 50°E/SE60° ~ 80°；破碎带宽度一般 1 ~ 3 m。如 f5、f8、f2 断层及煌斑岩脉(X)。NEE ~ EW 向断层次发育，以 f42 - 9 为代表，产状 EW/S40° ~ 60°。岩体内节理裂隙主要发育 3 组：①N15° ~ 35°E，NW∠30° ~ 45°，层面裂隙；②SN ~ N30°E，SE∠60° ~ 80°；③N50° ~ 70°E，SE∠50° ~ 80°[1,2]。

左岸坝肩边坡总体上具有卸荷深度大，卸荷裂隙张开宽，卸荷类型较复杂的特点，既有浅表常规卸荷，又有深部卸荷。开挖前岸坡强卸荷带水平深度一般 70 ~ 100 m，弱卸荷带水平深度大于 200 m，深卸荷深度达 250 ~ 300 m。其中深卸荷的表现形式是深部裂缝现象，是 20 世纪 90 年代初期，在锦屏一级水电站普斯罗沟坝址左岸边坡勘察过程中，首次发现河谷边坡正常卸荷带(强卸荷带、弱卸荷带)以里穿过一段相对完整岩体后，又陆续出现以一系列规模不等的张开裂缝或裂隙松弛带为主要特征的变形破裂现象，即深部裂缝现象[3,4]。这种现象在西南地区各大江河流域深切河谷地区比较普遍，在锦屏一级坝址左岸边坡最为典型。

以上深切高陡的地形、卸荷松弛的岩性、大规模软弱结构面以及特有深部裂缝带，形成了左岸坝肩边坡的赋存环境和边界条件，对边坡开挖、稳定控制和支护治理带来严峻挑战。

左岸坝肩边坡总体开挖高度约 530 m(2 110 ~ 1 580 m 高程)，最大水平退坡深度 130 m(1 730 m 高程)，顺河向开挖最大宽度 350 m，总开挖量约 $5.50\times10^6$ $m^3$，边坡整体稳定和局部稳定问题突出，加固治理难度大，是目前水电工程开挖高度最高、开挖规模最大、稳定条件最差的边坡工程之一。

### 3.2　边坡坡体结构及稳定性评价

边坡的坡体结构指边坡岩体中先前存在的各种控制性优势结构面与地形坡面的组合，从而在空间上构成一定规模的潜在的沿优势结构面向边坡临空方向变形滑移块体的岩体结构模型。它是一种结构模式，揭示了边坡可能变形破坏的边界条件，为边坡稳定分析和加固处理提供地质依据[4,5]。

锦屏一级水电站左岸坝肩边坡由特殊的地质、地形条件及由砂板岩、大理岩构成的复杂区域岩性共同确定了其坡体结构的复杂性和多样性。其中较为典型的坡体结构如下。

#### 3.2.1　倾倒顺向坡结构

左岸缆机平台边坡(1 960 m 高程以上边坡)在约 2 000 m 高程以上的砂板岩中普遍出现倾倒拉裂，受微地形和岩性、岩层组合情况影响在山梁、冲沟等不同部位倾倒变形强烈程度有一定差异，坡体中软弱结构面为后缘顺坡陡倾断层、卸荷拉裂缝，可能变形失稳模式为倾倒 - 滑移破坏及局部的小规模楔形体破坏，如图 3 所示。

左岸倾倒变形及危岩体平面和剖面图如图 4所示，运用极限平衡法进行稳定计算分析结论如下：

(1)I#山梁(I - I 剖面)边坡 2 000 m 高程以上砂板岩边坡均为倾倒变形区域，边坡开挖挖出大部分倾倒变形体坡脚。其可能滑动块体后缘为陡倾裂隙 $f_{LL-1}$，底滑面为倾倒变形岩体推测底边界。根据计算，边坡开挖后其稳定安全系数较低，需随边坡开挖进程进行及时的支护处理。

(2)2#，3#危岩体部位(Ⅱ—Ⅱ剖面)，可能失稳块体有 2 种：底滑面均为倾倒变形岩体推测底边界，后缘分别为陡倾裂隙 $f_{IA-1}$ 及 $f_{LL-1}$。边坡开挖未触及该部位，但根据计算分析，天然状况下边坡稳定安全裕度不大，需要进行必要的加固处理，避免危岩体失稳给下部工程区边坡稳定及安全带来影响。

(3)1#危岩体部位(Ⅲ—Ⅲ剖面),倾倒变形岩体的底界出露高程约为2 000 m高程,倾倒变形深度约为90 m,大部分开挖边坡均位于倾倒变形体范围内,可能失稳块体底滑面均为倾倒变形岩体推测底边界,后缘分别为陡倾坡外的煌斑岩脉及几组陡倾坡外的拉裂缝。计算分析中选取了3组有代表性的可能滑动块体进行分析。其后缘分别为f lB -2,f LL -1及煌斑岩脉X。根据计算分析,该边坡开挖后稳定性较差,需随边坡开挖进程及时采取支护措施。

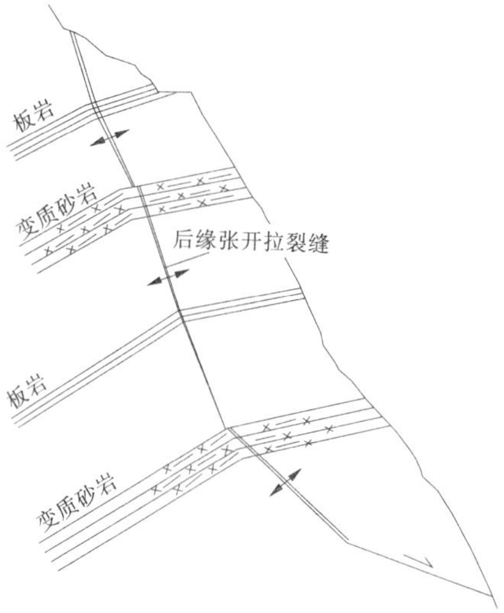


**图3　倾倒破坏模式**

(4)V#山梁(V—V剖面)在1 960 m高程以上开挖边坡坡高150 m,为左岸坝区1 960 m高程以上边坡最大开挖高度。该部位2 035 m高程以上大范围的开挖是在倾倒变形体内部,可能失稳块体底滑面为倾倒变形岩体推测底边界,后缘为陡倾裂隙$f_{LL-2}$。根据计算分析,该边坡开挖后稳定性同样较差,需要随开挖及时采取支护措施。

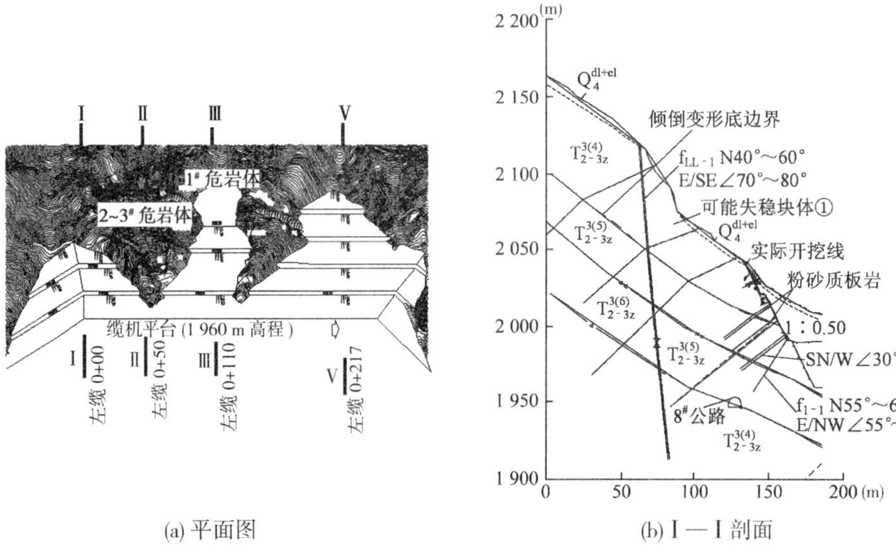


(a) 平面图　　(b) Ⅰ—Ⅰ剖面

**图4　左岸倾倒变形及危岩体平面和剖面图**

### 3.2.2　楔体双滑结构

左岸坝肩边坡在1 800 m高程以上由f 42 -9断层、SL 44 -1拉裂带、煌斑岩脉X组成的左岸坝头变形拉裂岩体的楔体双滑结构,坡体中软弱结构面为f 42 -9断层、SL 44 -1拉裂带、煌斑岩脉以及f 42 -9断层上、下盘、与f 42 -9断层同向的一系列小断层,可能变形失稳模式为大楔形块体双滑破坏,左岸变形拉裂岩体范围及边界条件如图5所示。该大型变形拉裂体开挖前体积可达334万$m^3$,是关系到左岸坝肩整体稳定的关键块体。

左岸坝头地貌上为2个山梁夹一楔形凹槽,地形坡度为40°~50°。岩体破碎,卸荷深度

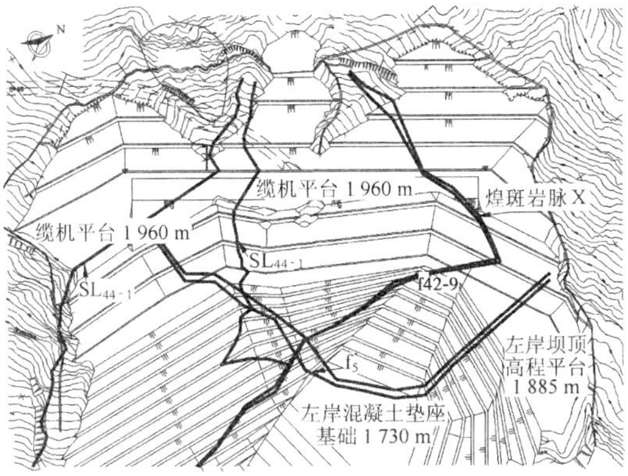


图 5　左岸变形拉裂岩体(大块体)范围及边界条件

较大。坝头部位分布有 f 42 -9断层、煌斑岩脉 X、近 SN 向一系列陡倾角深部裂缝(以 SL44 -1断层为典型代表),形成了范围较大的变形拉裂岩体区域。较发育的近 SN(N20°W)向深部裂缝条带构成变形拉裂体上游边界,该上游边界并未完全贯通,以 SL 44 -1规模最大,故以其为代表;缓倾发育的 f 42 -9断层(近 EW,S∠40°~60°)构成变形拉裂体下游边界;陡倾发育的煌斑岩脉 X(N60°~80°E,SE∠70°~80°)构成变形拉裂体的后缘边界;f5、f8 断层形成变形拉裂体外侧边界。由于砂板岩中 f5、f8 断层破碎带宽达 10~20 m,实际上起到了变形拉裂体内部临空面的作用。根据变形拉裂体的受力状况,将变形拉裂体划分为 f5、f8 断层内侧的拉裂变形区及 f5、f8 断层外侧的压剪状阻滑区。

由于深拉裂缝 SL 44 -1产状为近 SN~N20°W,E(NE)∠55°~60°,考虑不同走向(SN 及 N20°W)的变形拉裂体 2 种组合方式分别定义为模式 A 和模式 B。

结合坡体结构稳定性分析,并采用块体理论全空间赤平投影法、三维极限平衡法及有限元法等多种方法对该大块体的变形稳定进行了全面分析,其稳定状况评价如下:

(1)天然状态稳定,具有一定安全裕度。

(2)边坡开挖至缆机平台 1 960 m 高程,未触及 f5 断层外侧阻滑岩体,仅挖出了 f5 断层以内的变形拉裂区岩体,对整个变形拉裂体而言属于卸荷,故变形拉裂体稳定状况较天然情况有所改善。

(3)开挖至坝顶 1 885 m 高程,部分挖出阻滑区岩体,变形拉裂体稳定性仍较好,具有一定安全裕度。

(4)左岸拱肩槽边坡完全开挖后,开挖边坡范围内 f5 外侧阻滑体已被挖除,变形拉裂体稳定已不能满足要求,需要采取及时的工程处理措施进行支护。

不同阶段不同边界组合下的安全系数曲线如图 6 所示。

#### 3.2.3　块状边坡结构

1 800 m 高程以上左岸坝头变形拉裂岩体以外的砂板岩段、卸荷裂隙,可能变形失稳模式为顺倾坡外结构面的滑塌破坏和局部的小规模楔形体破坏;1 800 m 高程以下大理岩段边坡,坡体中结构面为顺坡向小断层、节理裂隙,可能变形失稳模式为顺倾坡外结构面的滑塌破坏和局部的小规模楔形体破坏。此类坡体结构主要影响左岸坝肩边坡的局部稳定。

综上所述,对左岸坝肩边坡整体安全度评价结论为:

(1)边坡开挖对左岸边坡整体稳定性有一定影响,运用变形加固理论[6]分析,边坡完全

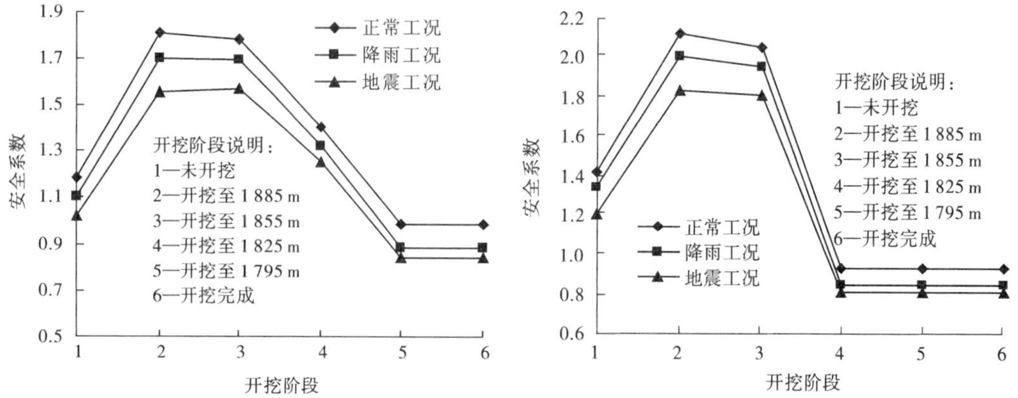


(a)模式A　　　　(b)模式B

**图6　左岸拉裂变形体开挖阶段无加固措施安全系数曲线**

开挖的扰动与天然边坡整体降强 $K=1.05$ 的扰动大体相当。边坡开挖的扰动集中在拱肩槽及开挖边坡附近区域里。

(2)就整体稳定性而言,加固措施应使左岸整体降强安全度提高到 $K=1.30$,目前的设计锚固措施可满足此要求。

(3)降强 $K=1.30$ 工况时的不平衡力分布规律表明,单位面积的不平衡力在2 030～1 990 m高程附近较大,表明该区是加固重点区;开挖边坡内侧坡重点应加固煌斑岩脉出露点及其上游部位。拱肩槽锚固主要应针对坝顶1 885～1 810 m高程区段(上、下游)和坝底1 650～1 600 m高程区段(上游)。基于不平衡力的加固方案适用于长、大锚索及深层抗剪洞,对裂隙面不利组合构成局部滑块可采用系统锚杆加以解决。

### 3.3　边坡开挖设计和加固措施

#### 3.3.1　设计原则

本着“安全、经济、和谐”的理念,针对锦屏一级水电站特殊的地质、地形条件及工程建设形成的巨型人工边坡开挖模式,对边坡的开挖、加固设计应以“少开挖、弱爆破、强支护,分区分层支护,控制整体、以面覆点”的原则进行,分述如下[7,8]:

(1)少开挖、强支护:高山峡谷地区的自然边坡是在漫长地质时期经内、外力作用演变形成的高陡坡体,其应力、变形的调整相对工程年限是缓慢的,大量的边坡开挖将扰动坡体的赋存环境,造成应力和变形调整,并可能引起岩体二次卸荷松弛。为此,应采用合理的边坡开挖策略和坡比设计,尽量减少开挖,利用先进、恰当的支护措施对边坡进行加固,以期达到工程建设及稳定安全的要求。

(2)分区分层支护:对于超高人工开挖边坡,其坡体稳定问题可以归纳为表层稳定、浅表稳定及深层稳定三部分。在设计中应分别计算分析不同区域的不同深度范围内的稳定,并考虑采用合适的加固措施实施加固。

(3)控制整体:整体稳定在这类工程边坡中常作为控制性模式,应重点考虑其不同时期的稳定条件并进行针对性的加固措施设计。并应特别重视:①利用锚索等柔性支护对施工期的变形控制;②对有控制性结构面的模式,采用抗剪洞等措施提高确定性控制结构面岩体强度;③采用削顶压脚的方法进行削坡减载;④采用积极有效的排水措施;⑤做好动态监测、保持动态设计,特别是做好跟踪设计及监测反馈分析。

(4)以面覆点:工程边坡的局部稳定的控制区域常在整体稳定控制区域内,因此采用的分层加固措施对边坡局部稳定的控制作用明显。这种首先考虑整体控制,再复核局部稳定的加固设计方案合理的整合了边坡局部及整体稳定的加固设计。

3.3.2　边坡开挖设计

左岸坝肩边坡开挖高度约 530 m(2 110 ~ 1 580 m 高程),设计中以"少开挖、强支护"为原则进行了大量设计优化,减少开挖量约 $1.50\times10^6$ $m^3$。施工实施总开挖量约 $5.50\times10^6$ $m^3$。1 885 m 高程以上边坡开挖区边坡高度约 225 m,开挖方量约 $1.91\times10^6$ $m^3$,其中缆机平台 1 960 m 高程以上开挖量约 $0.75\times10^6$ $m^3$,1 885 ~1 960 m 高程之间开挖量约 $1.16\times10^6$ $m^3$;1 885 m 高程以下边坡开挖区边坡高度约 305 m,开挖方量约 $3.59\times10^6$ $m^3$。开挖边坡 1 885 m 高程以上采用每 30 m 布置一级马道,1 885 m 高程以下每 15 m 布置一级马道,马道宽度 2 ~3 m。左岸工程边坡设计开挖坡比见表 3。左岸边坡整体施工面貌如图 7 所示。左岸边坡开挖设计平面图如图 8 所示[7]。

表 3　左岸工程边坡设计开挖坡比表

| 坡体岩类 | Ⅱ级 | Ⅲ级 | Ⅳ级以上 | 覆盖层 |
|---|---|---|---|---|
| 设计开挖坡比 | 1:(0.20 ~0.15) | 1:(0.35 ~0.20) | 1:(0.50 ~0.40) | 1:(1.00 ~0.75) |

图 7　左岸边坡整体施工面貌图

3.3.3　边坡支护设计

根据左岸边坡的基本地形地质条件分析,参考多种稳定性分析研究成果,类比同类工程经验,拟订左岸边坡技施图设计加固方案为:采取以预应力锚索加固、抗剪洞为主的工程措施作为有效控制手段,保证边坡的整体稳定;对于边坡次级潜在不稳定块体、局部潜在不稳定块体、表层松动岩体、岩体卸荷松弛变形等问题,采取以坡面混凝土框格梁、喷混凝土、锚杆、锚杆束及预应力锚索为主的支护措施。另外,为保证边坡开挖形态,在开挖前对边坡进行预灌浆处理。

3.3.3.1　表层预固结

左岸边坡岩体破碎,开挖爆破后,松弛岩体容易塌滑,对边坡开挖成型及边坡稳定不利。进行边坡预固结灌浆,即对开挖爆破钻孔一定范围内的边坡在爆破前进行预灌浆,可以提高

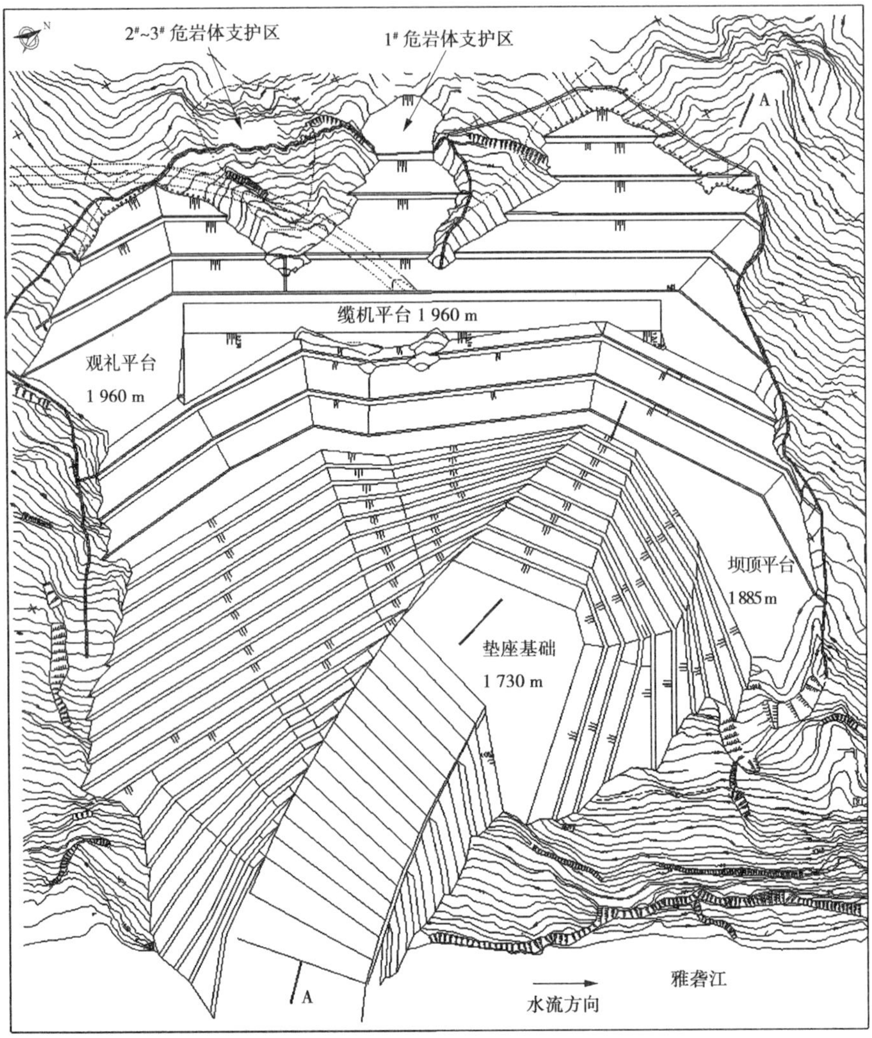


图 8　左岸边坡开挖设计平面图

坡面岩体的完整性，控制爆破后的坡面岩体松弛、塌滑。改善施工条件，确保施工安全和施工质量。因此，采用马道锚杆束孔及 2 层马道间布置的预灌浆孔进行边坡预固结灌浆处理，保证边坡开挖成型。灌浆孔间距 2.5 m，孔径 90 mm，孔深 12、18 m。

3.3.3.2　坡面浅表及深层加固

坡面浅表加固由挂网喷混凝土、锚杆、锚杆束、混凝土框格梁、预应力锚索组成，主要对边坡次级块体、局部块体、浅表层潜在不稳定岩体进行加固，限制边坡卸荷裂隙的扩展，改善边坡岩体应力状态、变形条件及稳定性。其中利用 60 ~ 80 m 长度的锚索穿过整体稳定的控制边界对整体稳定进行加固。坡面挂网喷混凝土的强度等级为 C25，厚 20 cm，挂网钢筋为 Φ10 mm，间排距 15 cm × 15 cm；锚杆为全长黏结砂浆锚杆，全坡面布置，分Φ28 mm，$L=6$ m 和Φ32 mm，$L=9$ m 两种，交替布置；在每一级马道布置锚杆束，锚杆束由 3 根Φ32 mm 钢筋组成，长 12 m，间距 2.5 m；混凝土框格梁和混凝土纵梁断面尺寸为 60 cm × 80 cm，框格梁间排距 4 m × 4 m，纵梁间距 4 m、5 m；预应力锚索采用 2 000 kN、3 000 kN 级单孔多锚头无黏结锚索，长 40 m、60 m 和 80 m。浅（深）层加固剖面示意如图 9 所示。

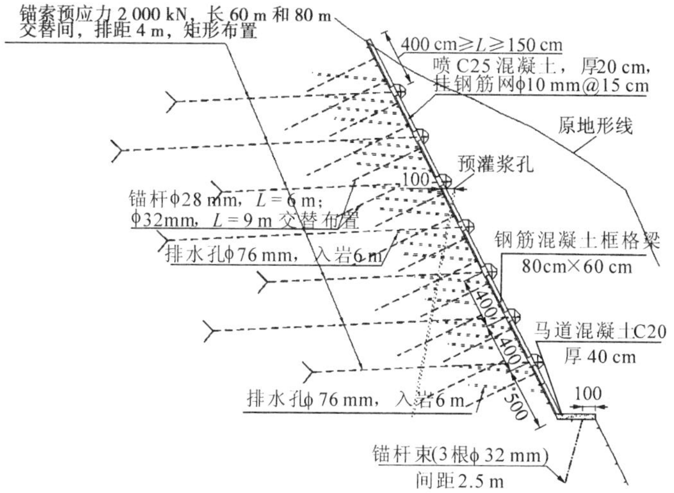


**图 9　浅（深）层加固剖面示意图**　（单位：mm）

3.3.3.3　确定性控制结构面加固

顺 f42 – 9走向布置抗剪洞，对 f42 – 9断层采用抗剪洞进行置换处理，增加结构面抗剪作用。主要考虑到如果布置在 1 885 m 高程以上，抗剪洞置换处理的对象为高高程的f42 – 9及煌斑岩脉，而高高程的 f42 – 9及煌斑岩脉为左岸边坡变形拉裂体的拉裂面，不作为其底滑面，置换效果不如对变形拉裂体底滑面进行置换。因此，抗剪洞布置在 1 883 m、1 860 m 和 1 834 m 三个高程，针对变形拉裂体底滑面进行置换。断面均采用 9 m × 10 m 的断面。为增大抗剪洞抗滑作用，在抗剪洞上设十字型布置的键槽，键槽布置在抗剪洞的中部，键槽采用 4 m × 5 m 的断面。抗剪洞及键槽周围实施一定深度的固结灌浆。抗剪洞采用微膨胀混凝土回填，以减少混凝土收缩产生的接触面缝隙。混凝土内适当配置钢筋及型钢，增大抗剪断强度。抗剪洞平面布置及断面结构示意如图 10 所示。

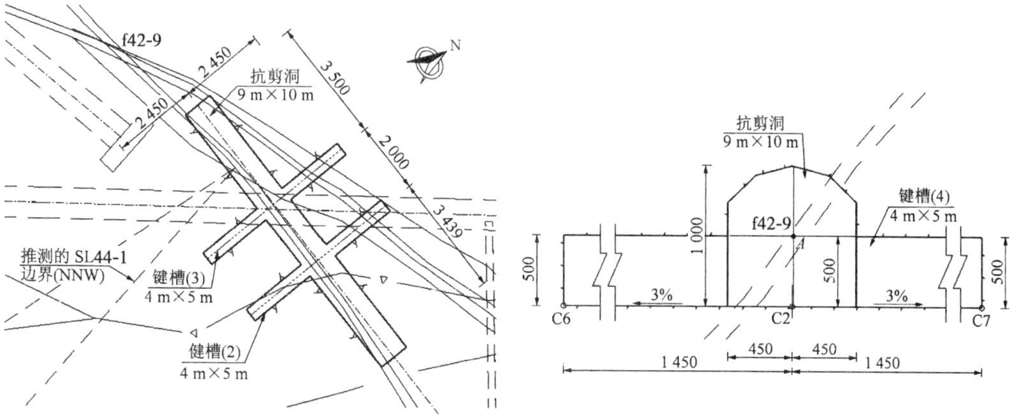


(a) 平面布置图　　(b) 断面结构图

**图 10　抗剪洞平面布置及断面结构示意图**　（单位：mm）

3.3.3.4　环境边坡危岩体加固

对开口线外 8 ~ 15 m 边坡清除覆盖层后挂网喷混凝土锚杆支护，喷 C25 混凝土，厚 10

cm，挂Φ6 mm 钢筋网，间排距 20 cm×20 cm；在此支护范围以外，设置柔性被动防护网，高 4.0 m。对开口线外 1#、2#、3#危岩体，视现场具体地形地质条件，采用部分清除、锚杆、锚索及主动防护网支护等措施进行处理。

## 4　坝基地质缺陷加固处理

### 4.1　主要地质缺陷及其工程影响

如前所述，工程枢纽区地质条件存在明显不对称，右岸地质条件相对较好，左岸中上部相对较差，从而造成坝基处理技术困难。经综合分析，坝基地质缺陷主要分两大类，一类是左岸坝基及抗力体存在的受卸荷拉裂影响的Ⅲ$_2$、Ⅳ级软弱岩体；一类是坝基及抗力体中发育的长大断层结构面。

经勘探和开挖揭示，右岸坝基Ⅱ、Ⅲ$_1$ 级岩体占 89.8%；河床坝基全为Ⅱ、Ⅲ$_1$ 级岩体；左岸坝基上部和下部岩体质量差异较大，建基面 1 780 m 高程以下以Ⅱ、Ⅲ$_1$ 级岩体为主，其比例达 87.9%；1 780 m 高程以上以Ⅳ－Ⅴ级为主，占 72.7%，无Ⅱ类岩体，Ⅲ$_1$ 级仅占15.1%（见表4，图 11）。

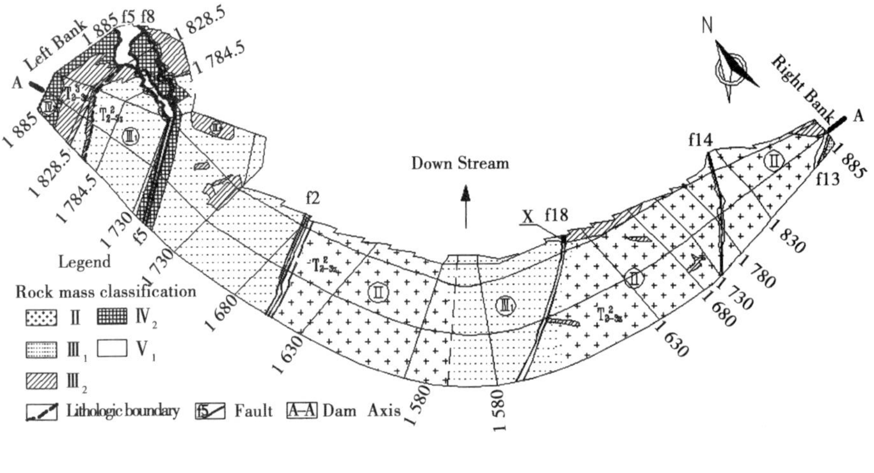


**图 11　坝基建基面岩体质量展示图**

**表 4　建基面分部位岩体质量评价**

| 出露面积(%) | | 岩级 | | | | |
|---|---|---|---|---|---|---|
| | | Ⅱ | Ⅲ$_1$ | Ⅲ$_2$ | Ⅳ | Ⅴ |
| 右岸 | | 73.0 | 16.8 | 8.7 | 0.7 | 0.8 |
| 河床 | | 39.4 | 60.6 | — | — | — |
| 左岸 | EL.1 780 m 以上 | — | 15.1 | 23.2 | 17.2 | 55.5 |
| | EL.1 780 m 以下 | 37.2 | 50.7 | 3.0 | 5.1 | 4.0 |

其中Ⅲ$_2$ 和Ⅳ－Ⅴ级岩体，对坝基变形稳定影响较大，一般不能直接用作建基岩体；经有效工程处理，Ⅲ$_2$ 级岩体可作为局部建基面岩体；Ⅳ－Ⅴ级岩体必须进行专门处理。

左岸谷坡分布的 f5、f8 断层，埋藏深度较浅，岩体破碎，断层以外坡体岩体卸荷强烈，对大坝变形稳定不利；同时构成坝肩抗滑稳定的侧滑边界；煌斑岩脉(X)埋藏较深，风化强烈，产状与大坝拱推力大角度相交，对坝基变形稳定不利，同时也构成坝肩抗滑稳定的侧滑边界。

近河床分布的f2、f18断层，出露位置较低（坝基1 600～1 680 m高程），位于拱坝主要受力区，对大坝应力分布和渗流稳定不利，且f2构成坝肩块体失稳的潜在底滑面，对大坝抗滑稳定不利。

右岸f13、f14断层分布位置较高，岩性软弱，地下水活动迹象明显，透水性较强，上游延伸至库区与库水相通，下游延伸通过地下厂房区，影响大坝右岸坝肩应力分布、拱推力传递、渗流稳定及地下厂房围岩稳定，此外f13、f14断层还构成右岸抗滑稳定的侧滑面。

### 4.2　坝基加固设计思路

根据上述工程区地质条件和地质缺陷对工程的影响分析，必须对坝基存在的地质缺陷采取有效的工程措施进行加固处理，使地基满足高拱坝坝基所需要的强度和刚度要求，并改善大坝和基础应力分布状态。从技术可行性的角度，研究提出坝基各部位地质缺陷的加固设计思路[9]。

（1）出露于左岸边坡的f5断层，规模大，性状差，其展布方向与河谷边坡夹角较小，结合大坝变形稳定和抗滑稳定要求，拟对其上部埋藏较浅的断层及其外侧岩体进行挖除处理；

（2）埋藏于左岸边坡内且性状差的煌斑岩脉X和下部埋藏较深的f5断层岩体性状极差且影响带较宽，均倾向河谷，可进行网格状挖除，并采用混凝土置换回填和灌浆处理，提高其抗剪能力和岩体整体性；

（3）出露于左岸下部坝基的f2断层挤压错动带及河床坝基偏右岸的f18断层，采用浅表一定范围的刻槽挖除，并进行混凝土回填，同时对断层深部一定范围进行冲洗和灌浆处理，提高断层影响范围岩体的承载能力和抗渗性能；

（4）右岸坝基f13、f14断层，影响拱坝坝基应力传递，且断层延伸至水库与库水连通，对右岸坝肩、地下厂房的应力稳定和防渗不利，因此须采取部分挖除并混凝土置换、设置深部防渗体系并灌浆处理；

（5）左岸坝基1 800 m高程以上的砂板岩、1 730 m～1 800 m高程间受f5、f8断层、煌斑岩脉X和深卸荷带影响的大理岩，岩性软弱，岩体破碎，拟在该范围进行大体积混凝土垫座置换，并对抗力体采用有效的灌浆处理；

（6）拱坝防渗帷幕下游建基面岩体和抗力体岩体设置排水措施。

### 4.3　坝基加固处理方案

#### 4.3.1　坝肩开挖设计

右岸谷坡为大理岩，岩体相对完整，风化及卸荷深度属于正常，一般不超过50 m，以里微新岩体多为可利用的Ⅱ类、$Ⅲ_1$类岩体，因此右岸坝肩开挖范围以风化卸荷带为限。

左岸谷坡岩体为砂板岩和大理岩，1 750 m高程以上岩体强烈卸荷，岩体松弛深度大于200 m，大多属于不能直接利用的$Ⅲ_2$和Ⅳ类岩体，建基面无法置于可用岩体之上；1 750～1 730 m高程间f5断层距大坝拱端较近，岩体单薄，不能满足拱坝建基要求。考虑到坝肩挖除过多会造成拱坝形态畸形、应力分布不均，左岸坝肩开挖以f5、f8断层为界，挖除f5、f8断层及其以外的谷坡岩体至1 730 m高程。

#### 4.3.2　建基面软弱岩体混凝土垫座系统设计

垫座的设置高程为1 730～1 885 m高程。各高程垫座设置厚度根据拱坝体型设计和拱肩槽边坡开挖要求确定。

混凝土垫座基础设置宽度,选择 1 750 m 和 1 830 m 两个特征高程为代表,拟定了垫座与基岩接触面的基础宽度与该高程拱端厚度之比 1.4、1.8、2.0、2.2、2.4、2.6 等数个宽度,以拱端径向位移为指标进行了有限元敏感性分析。分析表明,1 750 m 高程,垫座宽度为拱端厚度的 1.8 倍以后,拱端位移趋于稳定,位移量 31 ~ 34 mm;1 830 m 高程,垫座宽度为拱端厚度的 2.2 倍以后,拱端位移趋于稳定,位移量 15 mm 左右。因此,两个高程垫座基础宽度设置分别为 1.8 倍、2.2 倍拱坝厚度。

垫座布置型式,以 1 830 m 高程为代表,采用垫座靠拱端侧宽度分别为 1.0、1.5、2.0 倍拱端厚度,同时考虑拱肩槽上下游边坡开挖形态和跨越 f5、f8 断层等因素,拟定了 4 个比选的方案,进行了平面有限元分析。分析表明,在 1.5 倍和 2.0 倍拱端厚度下,拱端顺河向位移和垫座应力相差不大,一般分别为 18 ~ 24 mm 和 1.0 ~ 1.5 MPa;1.0 倍方案的垫座下游端位移达 44 mm,垫座主应力达 3.2 MPa。因此,垫座宽度选择 1.5 倍拱端厚度,图 12 为选定垫座方案的型式和尺寸图,垫座基础宽度平均为 61.2 m,厚度平均为 49.8 m,混凝土方量为 56.02 万 $m^3$。

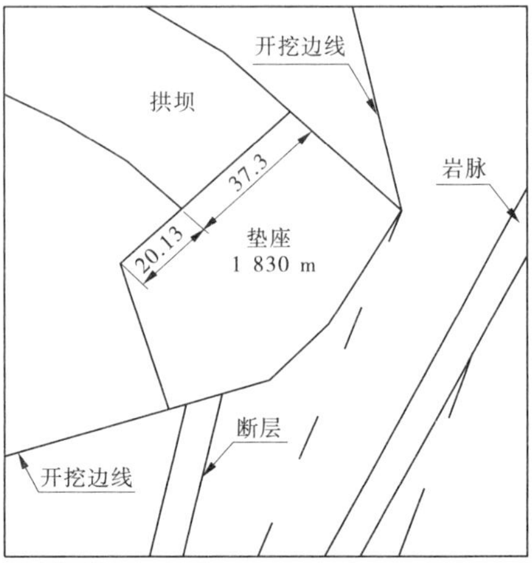


**图 12　1 830 m 高程垫座型式和尺寸平面图**

因垫座基础属于卸荷松弛的软弱岩体,考虑拱坝应力分布特点,在 1 829 m、1 785 m 和 1 730 m 高程垫座基础中分别设置 1 条、2 条和 2 条共 5 条混凝土传力抗剪洞,洞径为 9 m × 12 m(宽 × 高),深入到煌斑岩脉 X 以里相对完整的岩体,起到加强传递拱坝荷载的作用,同时提高煌斑岩脉 X 的抗剪能力。

### 4.3.3　断层、煌斑岩脉(X)混凝土网格置换加固处理

左岸坝肩 f5 断层和煌斑岩脉 X 均采用混凝土硐井网格置换的处理方案。对于垫座基础以下的 f5 断层,拟在 1 730.00 m、1 670.00 m 两个高程,沿断层面走向分别设置混凝土置换平硐,置换平硐横断面高度均为 10.00 m,宽度根据断层破碎带厚度确定,一般为 9 m;在 1 730.00 m ~ 1 670.00 m 高程之间沿断层倾向设置 4 条混凝土置换斜井,斜井间距 30 ~ 35 m,宽度为 15.00 m;上游第一条斜井同时兼顾 f5 断层带大坝帷幕防渗斜井,宽度为 10.00 m(见图 13)。

左岸煌斑岩脉(X)的处理,在 1 829.00 m、1 785.00 m 和 1 730.00 m 设置 3 层混凝土置换平硐。洞径为 9.0 m × 12.0 m(宽 × 高);在 1 829.00 m 和 1 785.00 m 之间结合大坝防渗线设置 1 条置换斜井、1 785 m 和 1 730 m 高程之间设置 4 条置换斜井,斜井间距 31 m,宽度为 7 m(见图 14)。

左岸混凝土垫座及传力抗剪洞、f5 断层及煌斑岩脉 X 混凝土硐井置换网格系统设计方案的三维效果见图 15。

右岸软弱结构面 f13、f14 断层处理。f13 在右岸坝肩 1 870.00 ~ 1 885.00 m 高程出露,出露高程较高,范围较小,故采用明挖混凝土置换;并在 1 885.00 ~ 1 601.00 m 高程范围内,结合大坝帷幕防渗线位置,顺断层倾向设置混凝土防渗斜井置换(参见图 16)。斜井宽度为

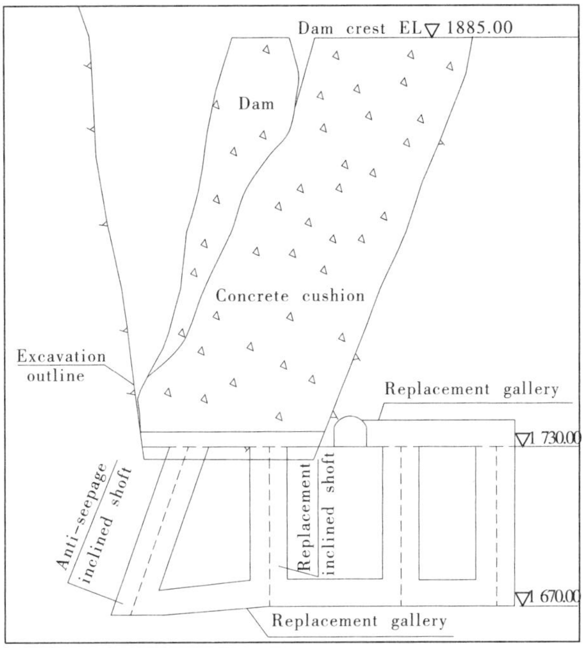


图 13　左岸软弱结构面 f5 断层混凝土硐井置换网格示意图

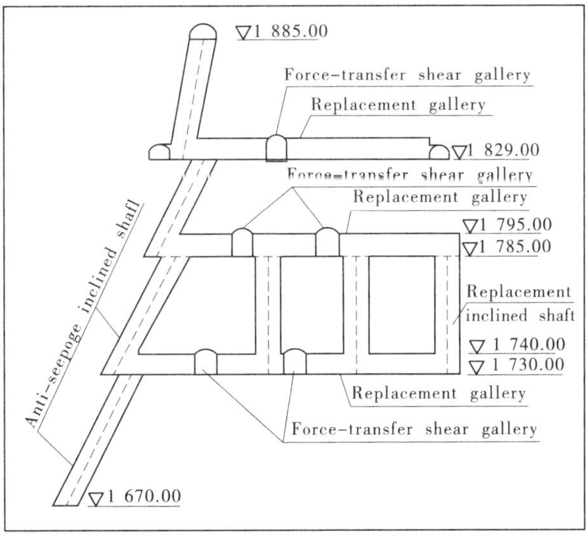


图 14　左岸坝肩软弱结构面煌斑岩脉(X)混凝土硐井置换网格示意图

5 m。

f14 断层出露在右岸坝肩 1 740.00 ~ 1 790.00 m 高程之间,出露部分采用明挖混凝土置换。埋藏于坝肩深部的 f14 断层,采用混凝土网格置换和加密固结灌浆加固处理。在 1 670 m、1 730 m 和 1 785 m 布置 3 层混凝土置换平硐,平硐尺寸为 6.5 m × 10 m(宽 × 高)。1 670 m 和 1 730 m 之间设置 3 条、1 730 m 和 1 785 m 之间设置 2 条共 5 条混凝土置换斜井,斜井宽 5 m;并对 1 670 m 和 1 730 m 高程之间岩体进行加密固结灌浆;1 601 m 至 1 730 m 高程之间,结合大坝防渗帷幕进行斜井置换,斜井宽 5 m(图 15)。

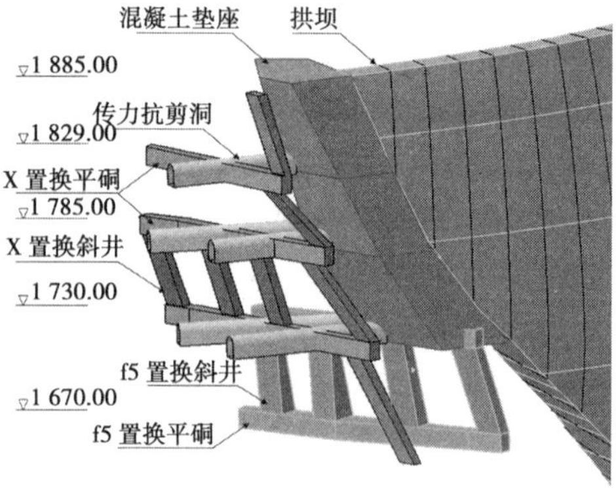


图 15　左岸混凝土垫座、传力洞及混凝土置换网格效果图

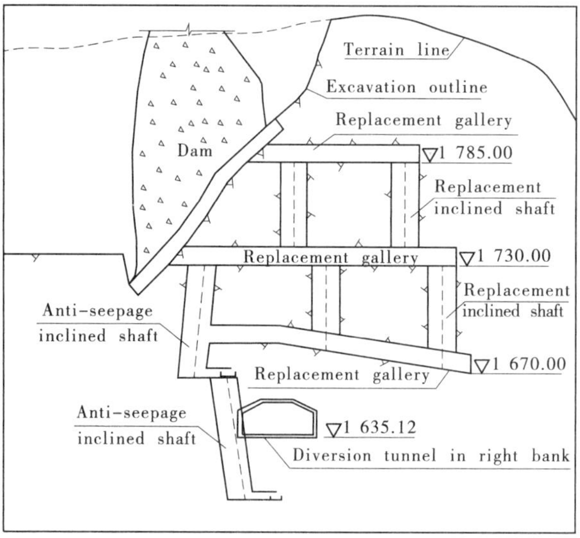


图 16　右岸软弱结构面 f14 断层置换处理示意图

#### 4.3.4　下部坝基及河床软弱结构面 f2、f18 断层刻槽置换与灌浆处理设计

f2 断层出露于左岸坝基 1 670 ~ 1 680 m 高程之间，f18 断层出露于坝基右岸河床部位，处理措施基本相同，出露部位采用 L 型开挖刻槽并进行混凝土置换，坝基埋藏部分采用水泥灌浆处理。以 f2 断层为代表，L 型开挖刻槽见图 17。此外由于 f2 断层由多条层间挤压破碎带组成，总厚度达 10m，性状差、出露位置低，对大坝渗透稳定影响较大，还进行了顺层间挤压带进行钻孔高压冲洗及灌浆，并对近坝区及防渗帷幕区域采用水泥 - 化学复合灌浆补强处理。

#### 4.3.5　左岸抗力体软弱岩体固结灌浆的设计方案

左岸抗力体中上部岩体主要为强烈卸荷的 $Ⅲ_2$、Ⅳ级岩体，需进行固结灌浆处理。

固结灌浆高程范围为 1 635.00 ~ 1 885.00 m，下部高程深入到 f2 断层及层间挤压错动带以下相对较好岩体；水平深度范围为煌斑岩脉（X）影响带Ⅵ类岩体以里 5 ~ 10 m，顺河向范围通过有限元变形敏感性分析确定。

顺河向灌浆范围平面有限元分析以 1 750 m 和 1 830 m 两个特征高程为代表，模拟了垫

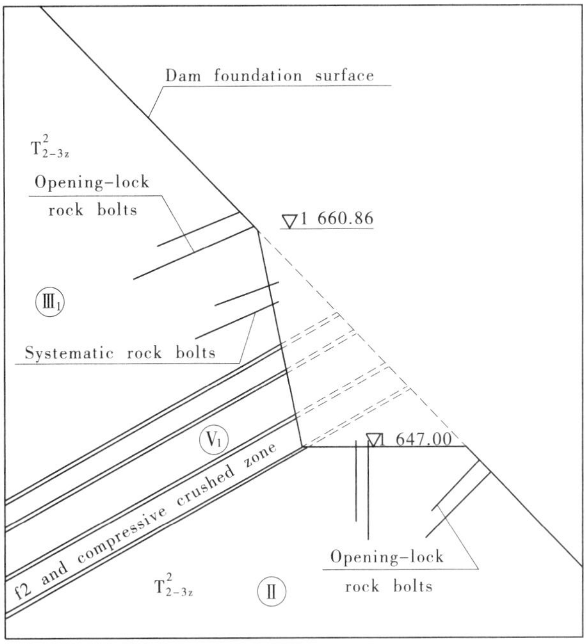


图 17　f2 断层及其层间挤压带刻槽置换剖面示意图

座、f5、f8 断层、煌斑岩脉 X 及不同岩级分布。分析结果表明，在 1 750 m 高程，当拱端下游灌浆范围为拱端厚度的 2.0 倍（大于 110 m）时，拱端位移速率明显减小，拱端上、下游点位移分别为 27 mm、46 mm 左右；1 830 m 高程，当拱端下游灌浆范围为拱端厚度的 2.5 倍（大于 95 m）时，拱端位移速率明显减小，拱端上、下游位移分别为 17 mm 和 21 mm。根据该计算结果，拱端下游顺河向灌浆范围按高程分三段选取：1 820 m 高程以上以 $Ⅲ_2$ 级、Ⅳ级砂板岩为主，岩体软弱，固结灌浆范围适当加大，取拱端厚度的 3 倍；1 820 ~ 1 670 m 高程间为 $Ⅲ_1$、$Ⅲ_2$ 级岩体为主，灌浆范围取拱端厚度的 2.5 ~ 2.7 倍（图 18）；1 670 ~ 1 635 m 高程以Ⅱ级、$Ⅲ_1$ 级岩体为主，灌浆范围取拱端厚度的 1.5 倍。

抗力体固结灌浆控制标准，原则上要求灌浆后岩体整体达到 $Ⅲ_1$ 至 $Ⅲ_2$ 以上岩体质量标准（表 5）。

表 5　灌浆处理后岩体检测验收指标设计要求

| 岩类 | | 指标 | | |
|---|---|---|---|---|
| | | $V_p$(m/s) | $E$ (GPa) | $q$ (Lu) |
| $Ⅲ_2$ | 大理岩 | ≥5 000 | ≥7.0 | ≤3.0 |
| | 砂板岩 | ≥4 800 | ≥6.0 | |
| $Ⅳ_2$ | 大理岩 | ≥4 600 | ≥5.0 | |
| | 砂板岩 | ≥4 500 | ≥4.2 | |

注：表中 $V_p$ 为声波纵波波速（保证率 85%），$E$ 为钻孔变形模量，$q$ 为单位透水率。

为控制灌浆质量并减小灌浆对坝肩边坡稳定的影响，抗力体固结灌浆分为控制灌浆区和主灌浆区。控制灌浆区宽度 7.5 ~ 10 m，采用低压浓浆先行实施，形成对主灌浆区的封闭。主灌浆区采用不同水灰比的高压灌浆。灌浆采用分序加密、自上而下、孔口封闭、孔内循环、高压式灌浆方式，针对规模大、延伸长、耗浆量大的深部拉裂缝集中发育区域，采用可控浆液、水泥砂浆灌注。

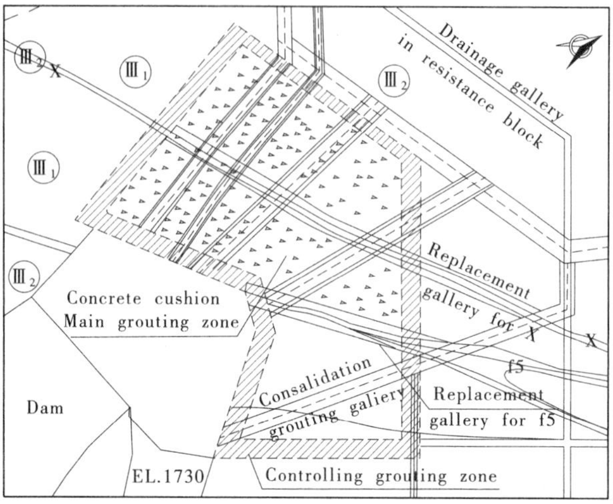


图 18　1 730 m 高程抗力体固结灌浆范围示意图

## 5　地下厂房洞室群围岩稳定及大变形控制

### 5.1　地下厂房区地质条件及其对洞室群影响

雅砻江锦屏一级水电站地下厂房位于右岸山体内，最小水平埋深约 100 m，最小垂直埋深约 180 m，厂房纵轴线 N70°W，其中主厂房最大跨度 28.90 m、最大高度 68.80 m、长度 276.99 m，各洞室布置格局及间距如图 19 所示。厂区围岩由第 2、3、4 层大理岩组成，岩层产状 N20°～50°E/NW15°～35°，与厂方轴线大角度相交，岩石饱和抗压强度 60～75 MPa。厂区岩体结构表现为厚层－块状结构，部分地段层面裂隙发育，以中厚层状结构为主。围岩主要为Ⅲ$_1$ 类。

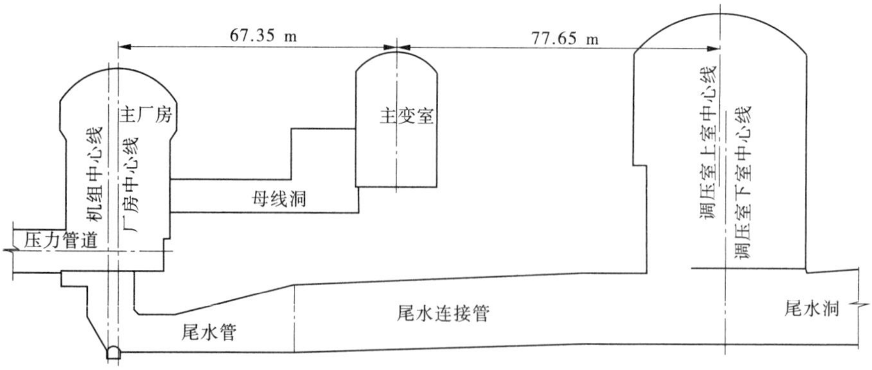


图 19　地下厂房布置格局示意图

厂区发育的主要结构面有 f13、f14 、f18 断层以及 4 组节理裂隙。f13 断层斜穿过厂房安装间部位，总体产状 N60°～70°E / SE∠60°～80°，走向与厂房洞轴线夹角约 50°，主错带宽1～2 m，最宽达 3 m，主要由碎裂岩、角砾岩、糜棱岩构成，胶结，挤压紧密，多强风化；f14

断层穿过厂房主机间、主变室以及1[#]尾水调压室等洞室，宽度变化较大。总体产状N60°~70°E/SE∠70°~80°，破碎带宽度一般0.2~1.0 m，局部宽达3.5~4 m，主要为岩块、岩屑及少量断层泥；f18断层沿煌斑岩脉与大理岩接触面发育，自左岸斜穿河床延至右岸，穿过第一副厂房、主变室以及2[#]尾水调压室等。产状N70°E /SE∠70°~80°，带宽20~40 cm，主要由灰黑色糜棱岩、角砾岩组成。f18断层和煌斑岩脉一起构成规模较大的软弱岩带。

厂区围岩初始地应力高，第一主应力 $\sigma_1$ 量值为20~30 MPa，局部达到35.7 MPa，方向N40°~50°W，与三大洞室轴线小角度相交。第二主应力 $\sigma_2$ 量值为15~20 MPa。岩体强度应力比为1.5~3.5，属于高－极高地应力区。

厂区大理岩岩溶化程度微弱，属岩溶裂隙含水岩体，地下水的分布主要受构造控制。f13断层为相对隔水岩体。在f13断层上盘第③、④组裂隙集中发育洞段，地下水较活跃，多表现为渗、滴水，甚至股状涌水。

地下厂房区地质条件复杂，致使围岩变形稳定问题十分突出，主要的工程影响有：

(1)大型结构性断层f13、f14、f18横穿厂区，形成软弱岩带，构成围岩变形失稳的边界面，对厂房洞室群围岩的整体稳定和局部稳定造成不利影响。

(2)厂区大理岩抗压强度较低，而地应力较高，较低的岩石强度应力比导致洞室群开挖后围岩变形及原生节理裂隙张开或错动较大，二次应力集中易使围岩处于临界破坏状态，表部卸荷破坏严重，围岩松弛深度加大。

(3)右岸厂区地下水较为活跃，对围岩稳定和渗漏有一定影响，进而成为支护设计的制约因素之一。

## 5.2　地下洞室围岩变形破裂现象及特征分析

受复杂地质条件和开挖卸荷的影响，地下厂房区洞室群施工期出现了许多围岩变形破坏现象，围岩稳定问题较为突出。其主要特征归纳为以下几类：

### 5.2.1　弱岩爆现象

地下厂区处于高地应力环境中，但岩体强度相对不高，属“弹脆塑性”破坏，洞室开挖后能量的释放速率相对较缓和，围岩片帮、掉块、局部错动、表皮剥落、内鼓弯折等弱岩爆形式较为常见。图20为地下厂房边墙开挖后的片帮和错动现象。

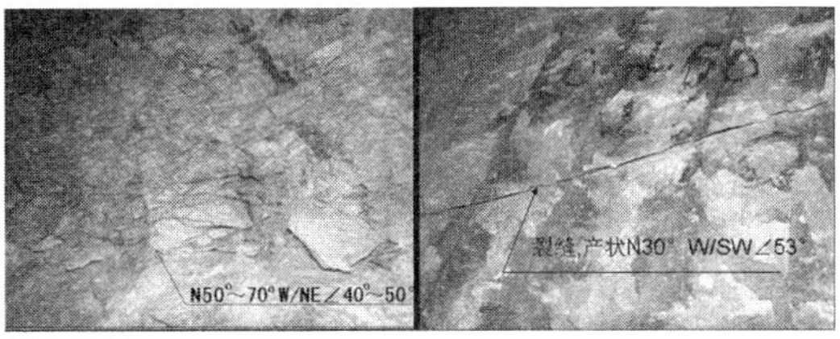


图20　地下厂房边墙片帮和错动

### 5.2.2　劈裂破坏现象

施工过程中主厂房和主变室下游拱部出现了比较严重的劈裂破坏现象，围岩被沿着新鲜裂面或隐性裂隙面层层剥离，形成折断。在高边墙和母线洞内局部也出现了上述现象。图21为地下厂房下游拱部的喷层开裂和岩体劈裂破坏照片。

### 5.2.3　局部塌方

受原生结构面或软弱夹层等影响，洞室群局部出现了塌方，大多出现在开挖初期，如安

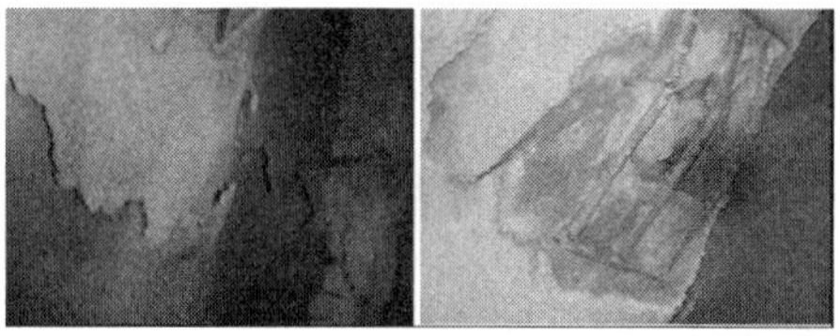

图21　地下厂房下游拱部喷层开裂和岩体劈裂破坏

装间拱脚f13断层主错带、副厂房上层联系洞f18断层处煌斑岩脉的冒顶、尾水连接管内沿着绿片岩夹层的多处小范围塌方等。

5.2.4　围岩开挖强卸荷松弛现象

根据物探实测资料,围岩开挖强卸荷松弛现象比较明显。强松弛岩体主要分布于三大洞室的边墙和下游拱座附近等。主厂房上游边墙围岩松弛深度大于4 m的测孔占总测孔数的72.5%,最大测值约15 m;主厂房下游边墙围岩松弛深度大于4 m的测孔占总测孔数的70.2%,最大测值约20 m;下游侧拱座附近岩体松弛深度7~12 m。图22为地下厂房开挖后典型的卸荷松弛检测图。

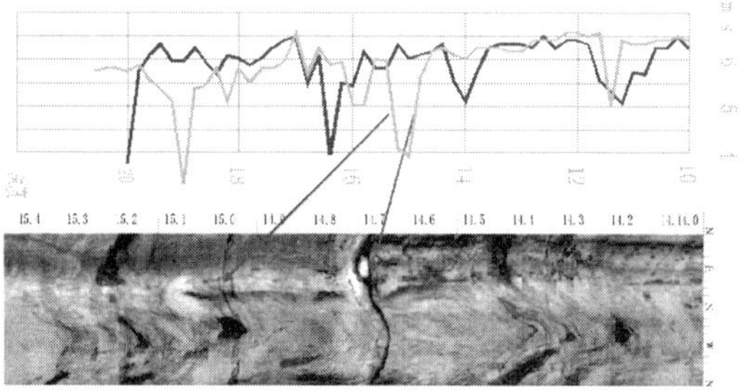

图22　地下厂房典型卸荷松弛检测图

5.2.5　大变形及变形的时效性

开挖支护施工期间,围岩变形量值与其他同类型工程相比要大,实测变形多在50~100 mm之间,最大变形位于主变室下游边墙5#机组中心线附近,达325.43 mm。变形曲线随着开挖步序没有呈现出台阶式变化特征,变形释放历时较长,开挖间隔期的变形量较大,表现出较强时效性。图23为地下厂房下游吊车梁部位的变形过程曲线。

5.2.6　锚杆和锚索后期附加荷载较大

安全监测资料表明,砂浆锚杆、预应力锚杆和锚索荷载测点中,有一定数量超过设计控制值。主厂房锚杆应力超过310 MPa的根数占监测总根数的12.6%,超过200 MPa的根数占监测总根数的23%,主要集中在下游拱部和吊车梁附近;锚索荷载超锁定值40%以上的根数占监测总根数的20.2%;主变室锚杆应力超过310 MPa的根数占监测总根数的10.5%,锚索荷载超锁定值40%以上的根数占监测总根数的18.3%。

## 5.3　地下洞室围岩变形破坏模式及机理分析

5.3.1　围岩变形破坏模式

结合锦屏一级水电站地下厂房地质条件、洞室群结构,分析洞室群在开挖支护过程中的破坏现象,其变形失稳模式可分类如下[10]:

(1)高地应力控制型:这是一种由外部条件主导的破坏形式,在高围压条件下,洞室群

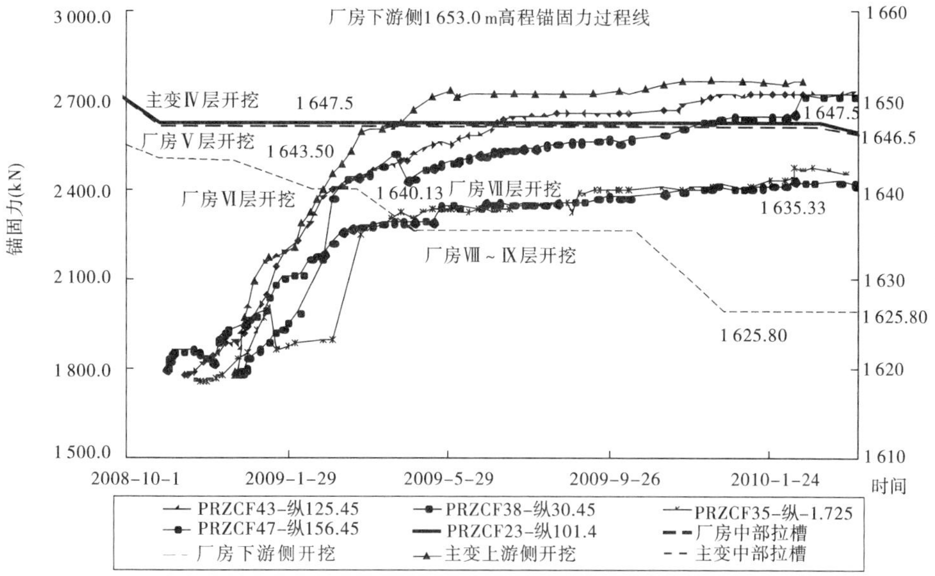


**图23　地下厂房下游岩壁吊车梁变形历时曲线**

开挖后应力场调整剧烈，能量释放开挖时较快，之后相对缓慢，引起变形持续时间较长，后期变形和支护附加荷载较大。这是高地应力条件下地下洞室存在的普遍现象，但岩体的破坏程度尚与岩体强度有很大关系，一般情况下，岩体强度与初始地应力比值越小，破坏程度越严重，破坏范围越深，变形的时效性越明显，锦屏一级即属此情形。

（2）岩体强度控制型：开挖卸荷的变形破坏主要由岩体强度控制，其在洞室群围岩中的破坏形式主要有三种，一是断层主错带和影响带范围较宽的部位，岩体质量较差，强度很低，多以局部塌落、掉块、挤压变形的形式出现；二是岩体质量较好，相对比较完整的部位，多以片帮、错动等弱岩爆的形式出现；三是煌斑岩脉和绿片岩条带区，多以弹脆性的碎裂破坏出现。

（3）结构性断面控制型：主要体现在沿着结构性断面的相对错动或张裂。如f14断层局部和f18及一些延伸较长的小断层等，其断面接触相对刚性，主错带很窄且岩体相对新鲜，影响带范围很小，开挖卸荷后断层上下盘之间产生相对刚性错动。

（4）节理裂隙控制型：主要体现在节理裂隙比较发育的部位，其表现形式有两种：一是局部不稳定块体，如尾水调压室顶拱部位；另一种是卸荷引起的裂隙张裂，如高边墙上与其近平行的第③、④组裂隙集中发育的部位。

（5）洞群结构控制型：这种破坏形式与洞室群结构布置有关，主要体现在洞室交叉部位，如母线洞洞口、尾水肘管、尾水调压室下部岔口等，多表现为洞口岩体的强烈松动、局部不稳定块体塌落、侧向拉裂等。

（6）多因素综合控制型：由于地质环境复杂性的影响，洞室群在开挖后，其卸荷破坏常由多种因素控制，不同部位的主导控制因素会有差别。如副厂房联系洞顶拱塌方，就与f18断层、煌斑岩脉条带、地应力调整的共同作用有关。

#### 5.3.2　围岩变形破坏机理

洞室群施工期围岩变形破坏的过程是一个十分复杂的二次应力应变场自适应调整过程,是岩体工程地质特性、洞室规模和结构、开挖时序与爆破控制、支护强度和时机等众多因素共同作用的结果。厂区岩体工程地质特性是影响洞室群围岩变形破坏的赋存环境和内在因素,洞室群结构布置和开挖扰动分别是其工程载体和外部因素,各因素相互耦合。

##### 5.3.2.1　围岩大范围卸荷松弛原因分析

根据工程经验和同类型工程对比分析,锦屏一级水电站地下厂房洞室群围岩开挖卸荷松弛具有深度和范围较大,持续过程相对较长的特点。

地下洞室群赋存于高地应力环境中,围岩在开挖前处于强烈压缩环境中,积聚着巨大的变形能。开挖后能量要通过如变形、开裂等多种方式予以释放,以满足能量守恒定律。变形能释放的速度和模式与岩体质量有密切关系。岩体强度越高,质量越好,发生脆性破坏的程度越强,能量释放速度越快,容易产生强烈岩爆,但围岩扰动范围小,卸荷松弛深度相对较浅,围岩自身承载能力较好。反之,当岩体强度与地应力比值较小,岩体强度相对较低时,就会发生弹脆塑性破坏,能量释放速度初期较大,之后相对较慢,围岩扰动范围大,围岩自身承载能力降低,卸荷松弛深度就要大一些,卸荷松弛过程持续的时间就要长一些。锦屏一级水电站地下厂房洞室群显然处于后一种情况。

围岩强卸荷松弛导致了围岩深部的破坏,降低了围岩自身的承载能力,属于岩体强度主导型破坏模式,高地应力环境加剧了这一破坏效应。因此,针对强卸荷松弛现象,要确保围岩稳定,有必要适度提高系统支护强度,使围岩开挖释放的部分能量转化至支护系统承担,降低能量释放引起的围岩深度破坏;同时,有必要增强围岩自身抵抗破坏的能力,提高围岩的完整性,如采取围岩固结灌浆等措施。

##### 5.3.2.2　主厂房和主变室下游拱部劈裂破坏分析

地下厂房洞室群开挖支护施工过程中,当主厂房第Ⅱ层开挖(EL. 1 662 m)时,发现下游拱脚的锚杆应力增长较快,第Ⅲ层(EL. 1 655 m,吊车梁层)开挖完成后,在下游拱部喷层出现了规模性的劈裂缝。同样,当主变室第Ⅱ层(EL. 1 660 m)开挖完成后,下游拱脚喷层也出现了较多的劈裂缝。现场清凿喷层裂缝后发现,内部岩体已严重破裂和张开。

图 24 为地下厂房第Ⅳ层开挖完成后典型断面的第一主应力等值线图,从图中可以看出,上下游拱脚部位的应力分布不对称,下游等值线密集,应力集中程度和应力水平高于上游。

利用实测地应力数据和数值分析方法,计算的厂区平面主应力 $\sigma_{1xy}$、$\sigma_{2xy}$ 矢量方向见图 25中标示。锦屏层状大理岩表现出明显各向异性特征,垂直层面的强度 $\sigma_z$ 大于平行层面的强度 $\sigma_c$。从图中也可以看出,平面主应力方向与岩层近似平行或垂直,导致洞室下游拱部近似处于双向单轴受力状态。侧向卸荷后,当 $\sigma_{1xy} > \sigma_c$ 时发生劈裂破坏,当 $\sigma_{2xy} > \sigma_z$ 时发生内鼓弯折。洞室开挖后,初始处于高地应力环境下的岩体,卸荷后在下游拱部形成应力集中,且量值较大,超过了围岩破坏强度,从而产生了强烈的劈裂破坏现象。

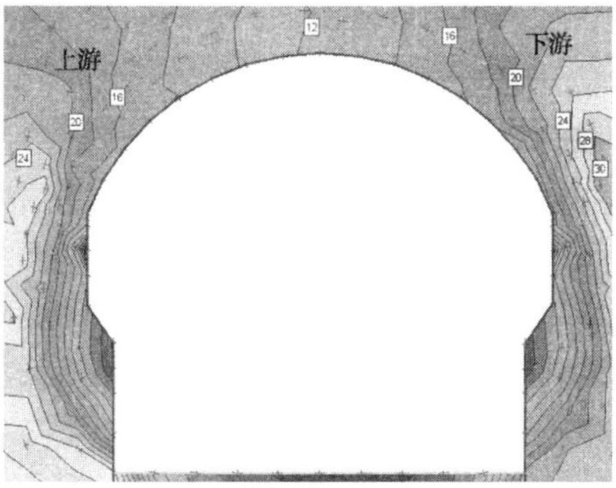


图 24　地下厂房厂纵 0+079 m 断面第Ⅳ层开挖完成后第一主应力等值线图　(单位:MPa)

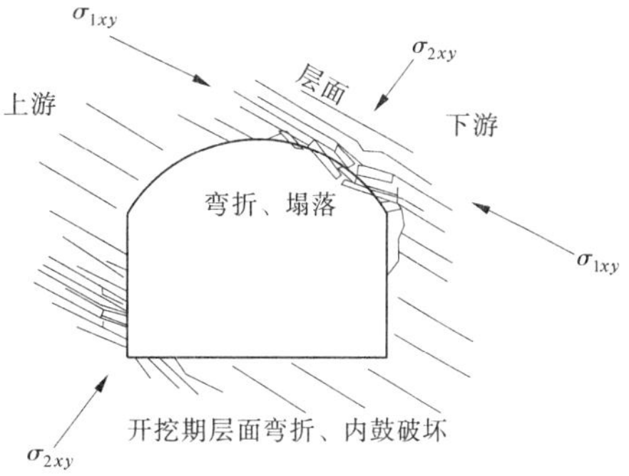


图 25　地下厂房下游拱劈裂破坏示意图

从喷混凝土层剥离后岩体实际开裂出现的裂缝来看,一部分属于沿着层面的弯折,一部分属于岩体内部潜在裂纹的开裂,但都具有内鼓折裂的趋势。综合分析认为,主厂房和主变室下游拱部的破坏属于高地应力主导型的卸荷劈裂破坏模式,层面裂隙在一定程度上加剧了这种破坏效应。

针对这种破坏,需要增强围岩侧向压力,以减缓或消除劈裂效应。具体可通过与劈裂面大角度或垂直相交的锚杆和锚索等支护方式来实现,支护强度与应力的方向和集中程度有关。

5.3.2.3　高边墙开挖卸荷变形的时效特征分析

开挖卸荷变形的时效性是锦屏一级地下厂房洞室群围岩变形具有的显著特征,在地下洞室群高边墙、顶拱等众多部位的围岩变形监测曲线中均普遍存在。

由图 23 可以看出,洞室群围岩变形不仅受开挖影响,而且在开挖间隔期也具有明显的变形,这种变形增长趋势和锚索附加荷载的增长趋势基本一致。关于这种时效特性的成因,分析认为,高地应力和低强度应力比条件下,围岩的变形不再主要由地质结构面的张开变形控制,由岩块破坏产生的变形所占比重增加。围岩的变形量级和松弛深度相对较大,围岩变形量级与松弛深度成正比,而松弛深度呈现出渐进扩展的趋势,因此变形的时效性应理解为围岩破坏的渐进扩展过程,与常规的流变概念存在差别。地下厂房大理岩在高地应力条件下呈现出一定的延性,并将围岩变形划分为由开挖引起的变形和由岩体的延性特征引起的变形两部分。总体上讲,开挖卸荷变形的时效特性与高地应力环境下岩体的强度相对偏低有密切关系,属于岩体强度为主导的高地应力控制型破坏模式。

虽然人们对高地应力环境和较低的岩体强度应力比条件下,围岩变形时效性的认识上存在差别,但这种时效性对地下洞室群围岩稳定的影响是不容忽视的,也就是说这种时效性会引起卸荷松弛程度加剧,支护系统后期附加荷载量值较大。为此,要减少这种时效性引起的破坏效应,有必要在开挖支护施工中采取合理的开挖支护时序,使变形破坏的部位不要过度集中,同时要适当降低锚索初期的锁定吨位,以避免后期附加荷载过大引起锚索超载。值得一提的是,固结灌浆可以充填岩体内存在的裂隙和空隙等,增强了围岩变形的连续性和均匀性,对合理抑制围岩的时效变形有一定作用。

#### 5.3.2.4　安装间、主机间和副厂房断层部位的开挖卸荷与变形破坏分析

断层部位的开挖卸荷和变形破坏与断层的性状有关。地下厂区主要发育有三条结构性断层，f 13断层对安装间顶拱稳定影响明显，主错带和影响带范围较大，其范围内岩体条件较差，属于强度控制型卸荷破坏。f 14断层位于主机间中部，除局部影响范围稍大外，总体上主错带比较窄，影响范围有限，属于塑性结构面控制型，开挖卸荷主要以断层面及其周围的塑性滑动为主，因其与洞室纵轴线夹角较大，有利于洞室整体稳定，需采取措施防止局部滑动引起周边岩体挤压内鼓和碎裂掉块。f 18断层横贯副厂房和主变室 6#机组附近，从开挖揭示的性状看，属于刚性结构面接触型，煌斑岩脉条带夹在断层面内，两侧与断层上下盘的接触面相对光滑，开挖卸荷主要以断层上下盘沿着煌斑岩脉接触面刚性滑动为主，表现为局部块体稳定问题。

#### 5.3.2.5　主变室下游边墙的大变形成因分析

主变室 5#机组下游边墙中上部位在开挖过程变形较大，且时效性明显，如图 26 所示，变形值超过 325 mm，为地下洞室围岩最大变形。

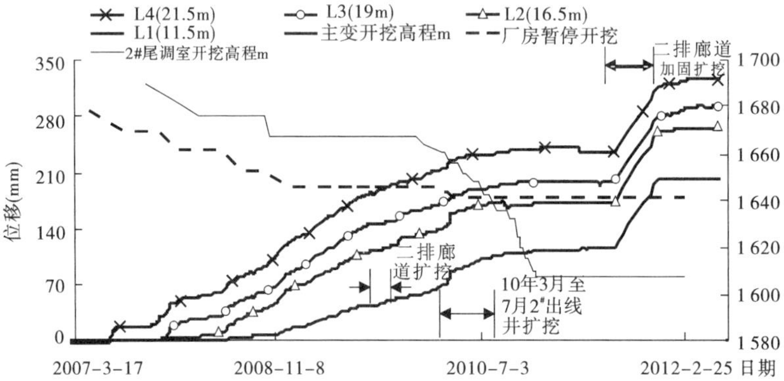


**图 26　主变室 5#机组下游边墙中上部变形历时曲线**

根据变形附近围岩孔探，发现第二层排水廊道下游支洞和主变室下游边墙之间在此部位存在镶嵌子结构，即多条规模不等的煌斑岩脉条带。洞室群开挖后，这些内部镶嵌的子结构与初始围岩的接触面的性状会发生改变，接触面可能会松弛张开，内部之间产生相对错动，接触面上的摩擦和黏聚力也会下降，引起围岩内部变形，加深了卸荷破坏的范围。这种破坏效应通常受多种因素的控制，与围岩压力、岩体强度和节理裂隙发育程度等有关。主变室 5#机组下游边墙受高地应力影响，煌斑岩脉条带和大理岩的接触面之间相对错动趋势明显，属于以内部结构面为主导的破坏模式，要采取支护措施予以减缓。

## 5.4　地下洞室围岩稳定支护措施及安全控制对策

为了确保围岩稳定与工程安全，针对复杂的地质条件和工程条件，在深入分析的基础上，制定并采取系统、有效的支护措施和控制对策，主要包括以下几个方面。

### 5.4.1　支护设计

地下厂房洞室群支护设计主要包括系统支护、锚索吨位分析、地质缺陷加固支护等内容。

#### 5.4.1.1　系统支护

系统支护设计主要采用挂网喷护、砂浆和预应力锚杆、预应力锚索的型式。挂网喷护时先喷 5 cm 厚的钢纤维混凝土，以快速封闭开挖面，抑制表部产生的弱岩爆现象。系统锚杆

支护参数为:顶拱砂浆锚杆Φ 32,$L=7$ m/预应力锚杆Φ 32,$L=9$ m,$T=120$ kN,平均间排距 1.2 m×1.2 m,交错布置;边墙砂浆锚杆Φ 28,$L=6$ m/Φ 32,$L=9$ m,间排距 1.5 m×1.5 m,交错布置。系统锚索支护参数为:设计吨位以 2 000 kN 和 1 750 kN 为主,局部 1 000 kN 和 2 500 kN、3 000 kN,长度以 20 m、25 m、30 m 为主,平均间排距 3 ~4.5 m。

#### 5.4.1.2　锚索锁定吨位设计调整

系统锚索设计吨位一般采用 1 500 kN、1 750 kN 和 2 000 kN,初始设计时平均间排距为 4.5 m×4.5 m,锁定吨位为设计吨位的 80% ~85% 。

开挖支护至吊车梁高程时,出现了主厂房下游拱部的开裂,实测围岩变形也表现出很明显的时效性。为克服围岩变形引起锚索附加荷载较大的问题,后期将锚索锁定吨位降低至 60% ~65% ,预留较多的变形控制量,同时在吊车梁和高边墙中部适当减小了锚索间排距。

#### 5.4.1.3　地质缺陷的针对性支护

除系统支护设计外,还就局部地质条件较差的部位进行了专门加固设计,主要支护措施有:

安装间 f 13断层加固设计,顶拱采用了系统锚喷、系统锚索与双层喷射混凝土钢筋肋拱支护结构的复合支护型式,边墙上进行了钢筋混凝土衬砌,以满足吊车梁承载要求。

主厂房和主变室下游拱部的劈裂破坏比较严重,针对此情况,对上述部位增设了系统锚索梁,在原设计系统锚杆的基础上采用预应力锚杆间隔加密,此外,还采取了围岩固结灌浆措施。

针对尾水调压室顶拱的潜在不稳定块体,增加了局部加强锚杆和锚索。

### 5.4.2　开挖时序控制

开挖过程中主要采用“分层分段交错开挖,多梯度薄层小药量爆破”的控制技术。

主厂房上层开挖过程中,根据现场出现的弱岩爆等现象,为了逐步释放变形,减缓应力集中程度,调整了开挖时序。主要是将主厂房分层的厚度减小,平均为 4 ~5 m,吊车梁部位的上、下层为 3 m,每层采用中间拉槽后,下游侧先行开挖,与上游侧开挖面相距 10 m 左右。主变室开挖分层与主厂房上下错开,先母线洞、尾水连接管等小洞室的开挖支护。尾水调压室,待主厂房和主变室基本开挖支护完成后,其下部采用中导井与螺旋式环向开挖的方式,减缓能量释放速率和应力集中程度。爆破多采用孔距相对较密而孔内小药量的方式,确保开挖成型。

### 5.4.3　支护时序控制

地下洞室常见的开挖支护顺序为基面开挖、清基验收、初喷、初次支护、网喷、预锚。为了适应锦屏一级地下厂房复杂地质条件,达到合理控制围岩变形的目的,实际施工过程中在支护时序上进行了控制。开挖面清基后,及时完成地质编录并同时进行基面验收。验收合格后,快速施喷 5 cm 厚度的钢纤维混凝土。系统锚杆支护分两序,开挖初喷后即刻实施一序砂浆锚杆,然后挂网二次喷护,二序的预应力锚杆实施时与后序的开挖掌子面相距约 10 m 左右。预应力锚索的张拉滞后一层实施。

顶拱开挖完成后,对安装间 f 13断层顶拱、主机间 f 14断层顶拱、主变室的 f 14断层和f18断层顶拱快速进行喷射混凝土钢筋肋拱施工等。

### 5.4.4　围岩固结灌浆

为了提高围岩强卸荷松弛部位的岩体完整性,增强围岩自身的承载能力,改善围岩变形的连续性和均匀性,减缓变形时效性引起的潜在破坏,对主厂房和主变室下游拱部、主厂房岩壁吊车梁、母线洞等洞室关键部位进行了围岩固结灌浆处理。根据物探实测的卸荷松弛范围,主厂房下游拱部布置固结灌浆孔3排,间排距3.0 m×3.0 m,孔深8 m。岩壁吊车梁上部布置1排,下部布置2排固结灌浆孔,间距3.0 m,平均孔深10 m。固结灌浆采用分段低压灌浆工艺,灌浆压力为0.1~0.5 MPa。根据后期的现场跟踪和安全监测数据等综合评价,固结灌浆为确保围岩稳定起到了良好的作用。

5.4.5　安全监测与控制

地下厂房三大洞室围岩安全监测主要采取多点位移计、锚杆应力计和锚索测力计监测其变形和支护结构受力状态,岩锚梁结构体还采取一些应力应变、缝隙开度监测设施。根据地质条件和洞室群布置设计,安全监测主要设置有两个主断面、四个次断面和三个特殊断面。两个主断面为系统监测,布置在2#和5#机组中心线剖面。四个次断面布置在1#、3#、4#、6#机组中心线剖面。三个特殊断面是针对特殊地质条件设置的,布置在安装间f 13断层出露部位、主变室上游墙f 14出露部位、第一副厂房f 18断层(伴随煌斑岩脉)出露部位。

对安全监测资料进行定期采集和分析,进行反馈分析研究,对施工期围岩稳定状态进行评价,进而对开挖支护参数、时序进行及时调整,对施工中应注意的问题进行提醒,以确保安全。在锦屏一级地下厂房工程中,设计、建设、管理等各方共同协作,逐步探索实践并初步形成了一套适应复杂地质条件的“地下工程动态建设方案”,较好的形成“设计施工一体化”和达成“开挖支护合理时序的控制”。

## 6　结　语

锦屏一级水电站拱坝高305 m,世界第一,工程区岸坡、坝基及地下厂房区地形、地质条件极其复杂,谷坡高陡,岩体卸荷强烈,地应力高,强度应力比低,存在严重的软弱结构面等地质缺陷;同时,工程结构复杂、开挖浇筑规模大、工程作用效应强烈、工期要求严格,工程技术和建设管理上均具有极大的挑战性。

经过多年来全面深入的地质勘察、科学细致的分析论证和稳妥有序的施工建设,锦屏一级岩石高边坡、复杂坝基处理、大型地下洞室群开挖支护等超规范、超经验的岩石工程已经得以成功实施,监测和现场运行状态表明,各项基础工程和建筑物力学形态和运行性能正常。本文将其中的关键技术问题及其解决方案实践加以介绍、评述和总结,以期为类似复杂岩石工程提供借鉴,并为岩石力学的研究与实践提供参考。

目前,锦屏一级拱坝已浇筑完成,首批机组已投产发电,正处于初期蓄水阶段,但尚未经历水库全面蓄水和复杂工况运行的检验,建议加强建设期和蓄水运行期边坡、坝基、厂房围岩工作状态和性能的监测,特别关注左岸边坡深部变形、坝基和坝肩的非对称变形以及围岩的长期时效变形,紧密跟踪,实时分析,动态设计,及时控制,确保电站各枢纽建筑物安全。

**参考文献**

[1] 宋胜武,巩满福,雷承第. 峡谷地区水电工程高边坡的稳定性研究[J]. 岩石力学与工程学报,2006,25(2):226-237.

[2] 周钟,巩满福,雷承第. 锦屏一级水电站左坝肩边坡稳定性研究[J]. 岩石力学与工程学报,2006,25(11):2298-2304.

[3] 祁生文,伍法权,兰恒星. 锦屏一级水电站普斯罗沟左岸深部裂缝成因的工程地质分析[J]. 岩土工程学报,2002,24(5):596-599.

[4] 宋胜武,冯学敏,向柏宇,等. 西南水电高陡岩石边坡工程关键技术研究[J]. 岩石力学与工程学报,2011,30(1):1-22.

[5] 黄润秋. 岩石高边坡发育的动力过程及其稳定性控制[J]. 岩石力学与工程学报,2008,27(8):1525-1544.

[6] 刘耀儒,王传奇,杨强. 基于变形加固理论的结构稳定和加固分析[J]. 岩石力学与工程学报,2008,27(增2):1121-1136.

[7] 宋胜武,向柏宇,杨静熙,等. 锦屏一级水电站复杂地质条件下坝肩高陡边坡稳定性分析及其加固设计[J]. 岩石力学与工程学报,2010,29(3):442-458.

[8] Shengwu Song, Dewen Cai, Xuemin Feng, et al. Safety monitoring and stability analysis of left abutment slope of Jinping I hydropower station[J]. Journal of Rock Mechanics and Geotechnical Engineering, 2011, 3(2-4):117-130.

[9] Shengwu Song, Xuemin Feng, Hongling Rao, et al. Treatment design of geological defects in dam foundation of Jinping I hydropower station[J]. Journal of Rock Mechanics and Geotechnical Engineering, 2013, 5(5):342-349.

[10] 侯东奇,廖成刚,冯梅,等. 锦屏一级水电站地下厂房下游拱围岩变形开裂破坏成因分析与加固措施研究[J]. 水力发电学报,2012,31(5):229-235.

# 锦屏一级高拱坝左岸基础处理与效果评价

王继敏　杨　弘　蒋学林

（雅砻江流域水电开发有限公司　四川　成都　610051）

**摘要**：锦屏一级拱坝左岸工程地质条件十分复杂，存在 f2、f5、f8 等断层、层间挤压带、煌斑岩脉 X 及一系列规模不等的卸荷张开裂缝或深部裂缝等不良地质构造，需对这些地质缺陷进行处理后才能作为拱坝基础。本文在详细剖析左岸基础地质条件的基础上，系统阐述了复杂地质条件坝基处理技术，包括左岸混凝土垫座置换、左岸传力硐、左岸 f5、f8、煌斑岩脉混凝土网格置换等，结合有限元计算成果开展了综合加固处理措施敏感性分析和工程结构受力分析，并对处理的效果进行了初步评价。

**关键词**：锦屏一级　高拱坝　基础处理　效果评价

## 1　前　言

锦屏一级水电站为雅砻江干流下游河段的控制性梯级电站。工程的开发任务主要是发电，结合汛期蓄水兼有减轻长江中下游防洪负担的作用。电站装机容量 3 600 MW，水库正常蓄水位 1 880 m，死水位 1 800 m，正常蓄水位以下库容 77.6 亿 $m^3$，调节库容 49.1 亿 $m^3$，属年调节水库。工程枢纽由双曲拱坝、坝身表中底泄水孔口及坝后水垫塘、右岸泄洪洞、右岸地下引水发电系统等建筑物组成。

锦屏一级高拱坝地处深山峡谷地区，自然谷坡高陡，地应力水平较高，岩体卸荷强烈，工程地质特别复杂。左岸分布的地质缺陷主要有 f5（f8）断层、煌斑岩脉、深部裂缝、层间挤压带及拉裂松弛岩体等，这些地质缺陷对拱坝体形设计、拱座的抗滑稳定和变形稳定以及基础的渗流控制等，均产生较大的影响，因而拱坝左岸基础处理成为拱坝设计、施工、安全运行最关键的技术问题之一。本文在详细剖析左岸基础地质条件的基础上，系统阐述了复杂地质条件坝基处理技术，包括左岸混凝土垫座置换、左岸传力硐、左岸 f5、f8、煌斑岩脉混凝土网格置换等，结合有限元计算成果开展了综合加固处理措施敏感性分析和工程结构受力分析，并对处理的效果进行了初步评价。

## 2　工程地质条件

### 2.1　基本条件

锦屏一级枢纽区河谷为深切"V"型峡谷，边坡地形高陡，谷底以上高差 1 400 余 m，河谷地质结构上软下硬，上部开阔下部狭窄，处于下蚀迅速和区域高应力背景的特定条件下。左岸边坡坡度 45°～65°，为典型反倾向坡；1 810～1 830 m 高程以下出露的基岩为中上三叠统杂谷脑组第二段($T_{2\text{-}3z}^{2(5)}\sim T_{2\text{-}3z}^{2(8)}$)大理岩,总厚度约600 m,较完整,包含了普通大理岩和角砾状大理岩;1 810~1 830 m以上出露的基岩为中上三叠统杂谷脑组第三段($T_{2\text{-}3z}^{3(1)}\sim T_{2\text{-}3z}^{3(3)}$)砂板岩,厚度约400 m,1、3层为粉砂质板岩,薄层状,2层为变质砂岩,厚—巨厚层状;砂板岩岩体断层、节理等构造发育,岩体破碎,倾倒、拉裂变形严重,发育有深部卸荷裂隙。后期侵入的煌斑岩脉(X)在整个基础处理区域均有出露。左岸坝肩地质构造复杂,受区域构造应力影响,断层较发育,主要有NNE~NE向的f2、f5、f8及NEE~EW向的f 42-9断层,并发育有深部裂隙(SL)等主要结构面。左岸地质概况示意见图1。

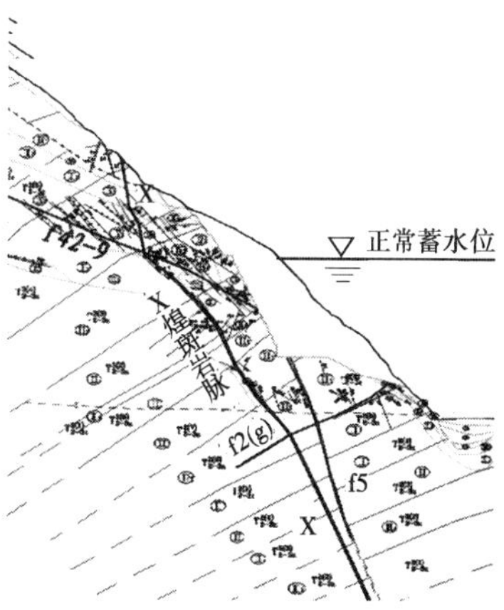

图1 左岸工程地质条件示意图

左岸岩体内地下水位低平,与江水位基本一致。抗力体内地下水不发育,大多洞段干燥。局部沿f5断层、煌斑岩脉及优势裂隙渗水、滴水。

### 2.2 典型地质缺陷

(1)左岸上部松弛卸荷岩体。左岸上部卸荷松弛岩体带包括1 810 m高程以上的砂板岩段及以下受断层和卸荷影响的部分大理岩。该部位岩体构造结构面较为发育,除f5、f8断层规模较大外,还发育较多的小断层和层间挤压错动带。这些软弱带处于建基面以里,岩体卸荷松弛、拉裂较强,多呈碎裂、块裂结构,结合较松弛—松弛,岩体变形模量偏低,属Ⅳ~Ⅴ级岩体,承载能力和抗变形能力差,对拱坝的变形影响很大,不能直接作为建基岩体。

(2)左岸煌斑岩脉体(X)。左岸煌斑岩脉(X)贯穿左岸坝基抗力体,总体产状N50°~70°E/SE∠60°~80°,宽约3~5 m,在上部砂板岩中普遍强风化、局部全风化,在中下部大理岩中多为弱风化,局部强风化,脉体内同向裂隙发育,岩体破碎,呈碎裂-散体结构。岩脉两盘接触带局部为断层,断层破碎带一般宽约10~30 cm,由强风化的碎裂岩、糜棱岩、片状岩及少量断层泥组成。岩脉两侧各有宽约5~10 m的影响带,影响带内与岩脉同向的裂隙发育,松弛微张,岩体较破碎-破碎,多为碎裂结构,部分块裂结构。煌斑岩抗风化能力低,在高程1 680 m以上多弱-强风化,往高高程风化逐渐边强,高程1 680 m以下岩脉多微风化-新鲜。煌斑岩脉(X)遇水软化,变形模量很低,与拱端推力方向大角度相交,属拱端持力层,为抗力体滑移楔块的滑动控制面和绕坝渗流的集中通道,对拱坝坝肩稳定、变形、渗透均可能产生不利影响。

(3)f5、f8断层。f5、f8断层在建基面上出露,高程为1 670 m以上,距离拱端较近且与拱端推力方向大角度相交。f5断层一般宽4~10 m,主要由角砾岩、糜棱岩、片状岩及断层泥组成,结构较松弛-较紧密,弱-强风化,性状差。f8断层规模较小,在建基面的出露宽度一般2~4 m,主要为角砾岩、碎裂岩,少量糜棱岩、片状岩及断层泥,后期普遍有轻微胶结,局部中等胶结,结构较松弛-较紧密,沿主断面局部有张开。

(4)f2断层及层间挤压错动带。f2断层在拱肩槽部位边坡出露范围为1 647~1 686 m高程,从坝基上游贯穿至坝基下游,属于大坝8号、9号坝段的基础,产状N10°~30°E,NW∠30°~50°。组成物质为片状岩、少量糜棱岩及强风化绿片岩,局部炭化呈黑色,天然状态下挤压紧密,遇水易软化、泥化,抗变形能力弱,属Ⅵ级岩体。f2断层上下盘约10~20 m范围内发育有4条层间挤压错动带。

## 3 复杂地质条件坝基处理技术

锦屏一级高拱坝两岸地形地质都不对称,加之左岸上部$\text{IV}_2$、$\text{V}_1$级岩体经固结灌浆处理后仍不能直接作为大坝建基面岩体,为使拱坝获得较好的体型,改善坝体应力情况,提高坝基及抗力体的承载能力与抗渗能力,设计研究采用混凝土垫座对1 730~1 885 m高程范围内$\text{IV}_2$、$\text{V}_1$级岩体进行置换处理。为实现大坝、垫座在岩基上的稳定,保证岩基坚固,进行了左岸抗力体固结灌浆,对左岸f5、f8、煌斑岩脉和右岸f13、f14断层作了混凝土网格置换,设置了左岸传力硐。左岸坝基与抗力体软弱构造带及深部裂隙处理方案见图2。

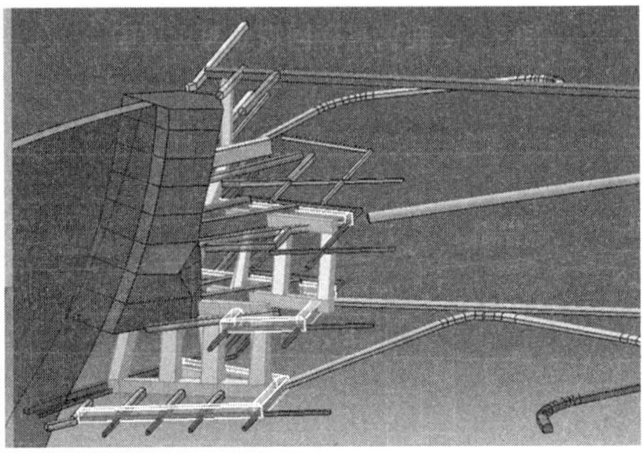

图2 左岸坝基与抗力体工程处理方案

### 3.1 混凝土垫座

左岸建基面EL.1 730 m高程以上大理岩受f5、f8等断层和层间挤压错动带影响,而上部砂板岩则呈强卸荷-弱卸荷,$\text{IV}_1$、$\text{IV}_2$、$\text{III}_2$级岩体大面积出露,占建基面的53.4%。这些岩体形状差,固结灌浆后仍不能作为大坝建基面,必须采取工程处理措施。通过对重力墩、传力墙和混凝土垫座等方案的综合比较表明,混凝土垫座对增加拱座刚度、减小拱端基础位移的效果明显,最后被采用。垫座置换深度主要考虑:①尽量远离山里的$\text{IV}_2$岩体带以及避免过度深挖带来的高边坡问题;②确保拱坝基础刚度;③置换近坝区域内的f5、f8断层。垫座的置换宽度(拱端接触边长度)以拱端变位为评价指标,通过有限元计算得出[1],1 750 m高程附近垫座宽度大于100 m(拱端厚度的1.8倍)以后,位移趋于稳定;1 830 m高程附近垫座宽度大于85 m(拱端厚度的2.2倍)以后,位移趋于稳定。

### 3.2 抗力体固结灌浆

左岸抗力体灌浆处理的主要对象为拱端以里一定范围内的深部裂隙和波速较低的Ⅳ、$\text{III}_2$级岩体。1 650 m高程以下左岸拱端及其附近岩体坚实完整,均为$\text{III}_1$、Ⅱ类岩体,1 650 m高程以上深部裂隙和波速较低的Ⅳ、$\text{III}_2$级岩体发育。同时,为了对大理岩第6层内发育的f2断层及层间挤压错动带进行固结灌浆加固处理,故左岸固结灌浆范围确定为1 635~1 885 m(遇到f2断层及层间挤压错动带时灌浆孔穿过f2断层及层间挤压错动带进入相对较好岩体一定深度为原则)。内侧深度为超过煌斑岩脉影响带$\text{VI}_2$类岩体5~10 m左右为界。下游延伸范围以拱端变位为评价指标,1 820 m以上取拱端厚度的3倍左右;1 820~1 635m高程之间取拱端厚度的1.5~2.5倍左右。

### 3.3　混凝土置换

#### 3.3.1　f5 断层加固处理

对 f5 断层的加固处理必须满足整体性、抗变形能力以及抗渗性能要求，从而保证拱坝工程在整个施工期及拱坝运行期的长久、可靠运行。f5 断层在 1 730 m 高程以上采用混凝土垫座进行置换处理，并在垫座混凝土内预留灌浆廊道，对 1 730 m 高程以下的 f5 断层进行加密固结灌浆。f5 断层在 1 730 m 高程以下采用混凝土置换网格处理：在 1 730 m 和 1 670 m 高程布置 2 条置换平洞，洞高为 10 m。1 730～1 670 m 高程之间 4 条混凝土置换斜井（其中上游第一道斜井布置在帷幕线上），斜井上下游方向长度为 15 m。置换平洞和斜井的宽度均根据 f5 断层实际宽度确定。利用置换平洞对 f5 断层进行加密固结灌浆。混凝土置换网格布置见图 3。

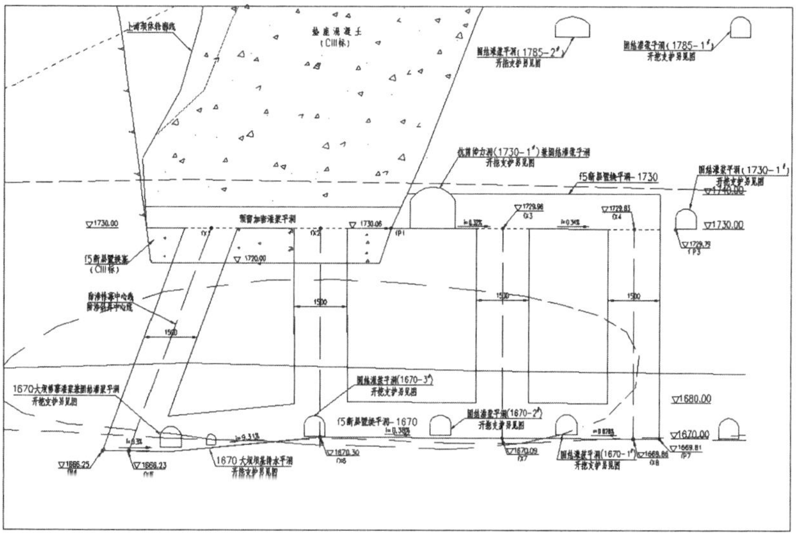


图 3　f5 断层置换网格布置示意图

#### 3.3.2　煌斑岩脉加固处理

煌斑岩脉置换网格在 1 885 m、1 829 m、1 785 m、1 730 m 和 1 670 m 高程洞室均有布置。煌斑岩脉置换平洞尺寸 7 m@10 m，置换斜井尺寸 12 m@*B* m（*B* 值根据岩脉开挖宽度调整，最小宽度为 5 m）。

#### 3.3.3　f2 断层

由于 f2 断层地质性状差，而且为拱坝主要受力区域，对大坝拱肩受力极为不利，构成控制左坝肩抗滑稳定的主要边界条件。该地质缺陷需处理后才能作为建基面岩体，其处理的效果直接影响大坝的长期安全运行。采用“L 形梯段开挖刻槽→混凝土回填→高压水冲洗灌浆→坝基固结灌浆”综合加固处理方案处理（见图 4）。

### 3.4　抗剪（传力）洞

f5（f8）断层、煌斑岩脉走向与拱坝传力方向大角度相交，这两个软弱结构面的存在不利于拱坝推力传向山体，而且之间所夹岩体较破碎、抗变形能力差。在抗力体内布置抗剪传力洞，将拱推力传至煌斑岩脉以里的 $Ⅲ_1$ 类岩体，以解决左岸坝肩传力问题。分别在 1 829.00

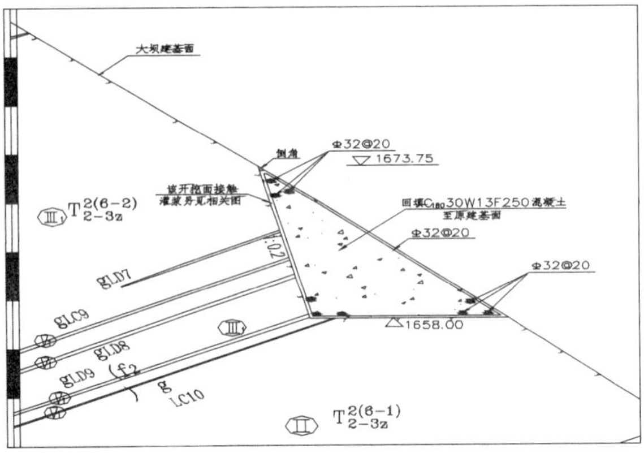


图4　f2 断层及层间挤压带置换处理剖面图

m、1 785.00 m 和1 730.00 m 高程设置传力洞，其中 1 829.00 m 高程布置 1 条，1 785 m、1 730 m 高程分别布置 2 条传力洞，传力洞洞径为 9.0 m×12.0 m（宽×高）。前期传力洞还可兼作固结灌浆洞，待灌浆施工完成后，采用混凝土进行回填处理。

### 3.5　水泥－化学复合灌浆技术

针对断层及煌斑岩脉的高压水泥固结灌浆试验成果表明：通过一般水泥灌浆难以提高其物理力学指标，断层破碎带中存在的糜棱岩和夹泥也影响了固结灌浆效果。为加强坝基抗变形能力及防渗耐久性，对一些常规水泥灌浆后仍无法满足设计要求的部位采取化学灌浆处理。根据水泥灌浆成果、现场地质条件及断层所处位置，最终在 f2 及层间挤压错动带、f5 断层 $3^{\#}$、$4^{\#}$斜井、f 18及煌斑岩脉、$flc_{13}$等坝基软弱岩带以及煌斑岩脉、f5、f2、f 18、f 14、f 13 等断层防渗帷幕部位采用了水泥－化学复合灌浆处理，目前采用的化学灌浆工程量达 2.3 万余 m。

化学灌浆材料采用环氧树脂浆材，其浆液性能和固化物性能应满足表 1、表 2 的要求。

表 1　环氧树脂灌浆材料浆液性能

| 序号 | 试验项目 | 单位 | 要求 |
|---|---|---|---|
| 1 | 外观 | | 均匀、无分层 |
| 2 | 浆液密度 | $g/cm^3$ | ≥1.0 |
| 3 | 初始黏度 | mPa·s | ≤20 |
| 4 | 可操作时间（黏度达到 100 mPa·s） | h | ≥20 并满足现场灌浆施工最低需要 |

表 2　环氧树脂灌浆材料固化物性能

| 序号 | 试验项目 | | 单位 | 要求 |
|---|---|---|---|---|
| 1 | 28 d 抗压强度 | | MPa | ≥60 |
| 2 | 28 d 拉伸剪切强度 | | MPa | ≥5.0 |
| 3 | 28 d 抗拉强度 | | MPa | ≥15 |
| 4 | 28 d 黏结强度 | 干黏结 | MPa | ≥4.0 |
| | | 湿黏结 | MPa | ≥3.0 |

续表 2

| 序号 | 试验项目 | 单位 | 要求 |
|---|---|---|---|
| 5 | 28 d 抗渗压力 | MPa | ≥1.2 |
| 6 | 28 d 渗透压力比 | % | ≥300 |

### 3.6　高压对穿冲洗置换技术

#### 3.6.1　f2 断层处理高压对穿冲洗技术[3]

左岸坝基 f2 断层及上下盘各 2 个层间挤压错动带宽 0.1 ~ 0.3 m，充填糜棱岩、碎裂岩、岩削并夹泥，虽经坝基刻槽置换处理，但担心拱坝荷载作用产生变形，经研究进一步对 f2 及层间加压错动带进行高压冲洗置换处理。冲洗孔深 30 m，沿 f2 断层及挤压带孔距在帷幕处为 1.5 m、其余部位为 2.0 m，冲洗水压力 20 ~ 30 MPa，风压 0.6 ~ 0.7 MPa。经高压风水冲洗后，将 f2 断层及挤压带中的充填物冲洗出来（图 5），形成了直径约 270 mm 的空腔体，用水泥浆充填。经高压冲洗后进一步进行固结灌浆。

#### 3.6.2　左岸坝基 f5 断层处理高压对穿冲洗置换技术

左岸抗力体 1 670 m、1 730 m 高程 f5 断层置换平洞在进行固结灌浆孔施工过程中沿断层多数孔段出现无返水或返水中夹杂大量粗颗粒黄、黑色泥沙，特别是靠河侧钻孔过程中，返水含砂量较大，成孔困难。为探索 f5 处理方法，在 2# 与 3# 置换斜井之间现场进行了高压风水联合冲洗，湿磨细水泥灌浆，高压旋喷灌浆等试验，但都难以有效地提高断层发育带的声波值及变模值。后利用 1 670 m、1 730 m 高程置换平洞打对穿孔，利用对穿孔进行高压风水冲洗置换处理试验。经高压水对穿冲洗出来的泥渣见图 6，沿洞轴线长约 10 m，经高压冲洗出泥渣约 1 600 $m^3$，回填自密实混凝土 1 260 $m^3$ 后进一步进行固结灌浆。经压水检测，透水率平均值为 1.01 Lu，$Ⅳ_2$ 级大理岩声波波速 5 313 m/s，较处理前提高 3.2%；地层透水性显著降低，混凝土与断层上、下盘紧密结合，补强加固处理效果明显。

图 5　f2 断层高压水冲洗返渣

图 6　f5 断层高压水对穿冲洗泥渣

左岸复杂地基基础处理工程共浇筑垫座混凝土 56.02 万 $m^3$。洞挖 37 万 $m^3$，固结灌浆 69 万 m，帷幕灌浆 29 万 m，衬砌混凝土 13 万 $m^3$，微膨胀回填混凝土 13 万 $m^3$，是目前世界上规模最大的基础处理工程。

# 4 复杂地基处理仿真分析

## 4.1 综合加固处理措施敏感性分析

### 4.1.1 计算模型

计算模型[2]以坝轴线为中心，向上游延伸一倍坝高，向左、右岸各延伸两倍坝高，向下游延伸两倍半坝高，坝体建基面以下延伸一倍坝高，计算模型除了模拟坝址区河谷的地形特征、地质界面和岩级分布外，主要对拱坝左岸加固处理措施进行了模拟。包括混凝土垫座、抗力体固结灌浆、煌斑岩脉和 f5(f8)断层混凝土置换、抗剪(传力)洞等。

### 4.1.2 天然地基与整体加固方案对地基刚度影响

计算结果表明，基础加固处理以后，坝体整体的位移有所减小，减小幅度约 10%；左岸拱坝基础最大顺河向位移减小了 29%，横河向位移减小了 54%；加固处理以前，1 680 m 高程以下左、右岸的拱端位移基本相当，而在 1 730 m 高程以上两岸拱端位移极不对称，加固处理后，坝体位移对称性改善明显。

### 4.1.3 各项加固处理措施对左岸地基刚度影响

计算结果见表 3、表 4，垫座对减小左岸基础位移的贡献比例约 83%，垫座对改善 1 730 m 高程以上的基础刚度效果非常明显，可减小 30% 以上的左岸基础位移；抗力体固结灌浆对减小左岸基础位移的贡献比例约 11%，对减小 1 635 m 高程以上的基础位移效果也比较明显，可减小天然状态下 4% ~8% 的左岸基础位移；f5(f8)和煌斑岩脉的混凝土置换对减小左岸基础位移的贡献比例约 4%，对减小 1 830 m 高程以下的横河向位移有一定作用，此一项措施单独作用时可减小天然状态下 2% ~5% 的左岸基础位移；抗剪(传力洞)依据压剪破坏模式而设置，旨在增强该部位岩体在三维受力状态下的安全度，分析表明对减小左岸基础位移的作用不明显。

**表 3 各种处理措施对减小左岸建基面横河向位移的贡献**

| 高程(m) | 贡献(%) | | | | |
|---|---|---|---|---|---|
| | 垫座 | 固结灌浆 | f5(f8)及 X 置换 | 抗剪洞 | 整体加固 |
| 1 885.00 | 35.61 | 5.37 | 0.49 | 0.49 | 41.95 |
| 1 870.00 | 39.15 | 4.68 | 0.85 | 0.43 | 45.11 |
| 1 830.00 | 39.13 | 4.35 | 1.34 | 0.33 | 45.15 |
| 1 790.00 | 37.82 | 4.30 | 1.15 | 0.29 | 43.55 |
| 1 750.00 | 33.43 | 3.87 | 1.93 | 0.28 | 39.50 |
| 1 710.00 | 12.89 | 4.72 | 1.89 | 0.31 | 19.81 |
| 1 670.00 | 9.24 | 2.01 | 0.80 | 0.40 | 12.45 |
| 1 630.00 | 7.61 | 0.54 | 0.54 | 0.54 | 9.24 |
| 1 600.00 | 6.15 | 0.77 | 0.77 | 0.00 | 7.69 |
| 平均值 | 24.56 | 3.40 | 1.08 | 0.34 | 29.38 |
| 各项措施的贡献 | 83.58 | 11.57 | 3.69 | 1.16 | 100.00 |

**注：**表中各项措施贡献为每一种措施减小位移占天然地基状况下的百分比。

表 4　各种处理措施对减小左岸建基面顺河向位移的贡献

| 高程(m) | 贡献(%) | | | | |
|---|---|---|---|---|---|
| | 垫座 | 固结灌浆 | f5(f8)及 X 置换 | 抗剪洞 | 整体加固 |
| 1 885.00 | 48.78 | 4.27 | 0.00 | 0.61 | 53.66 |
| 1 870.00 | 50.29 | 4.05 | 0.58 | 0.00 | 54.91 |
| 1 830.00 | 50.29 | 4.05 | 0.58 | 0.58 | 55.49 |
| 1 790.00 | 48.19 | 4.22 | 1.81 | 0.60 | 54.82 |
| 1 750.00 | 41.56 | 5.19 | 3.90 | 0.65 | 51.30 |
| 1 710.00 | 15.60 | 8.26 | 5.50 | 0.92 | 30.28 |
| 1 670.00 | 14.49 | 2.90 | 2.90 | 1.45 | 21.74 |
| 1 630.00 | 13.46 | 1.92 | 1.92 | 0.00 | 17.31 |
| 1 600.00 | 13.89 | 2.78 | 2.78 | 0.00 | 19.44 |
| 平均值 | 32.95 | 4.18 | 2.22 | 0.53 | 39.88 |
| 各项措施的贡献 | 82.62 | 10.48 | 5.56 | 1.34 | 100.00 |

注:表中各项措施贡献为每一种措施减小位移占天然地基状况下的百分比。

基础处理措施模型示意见图 7。

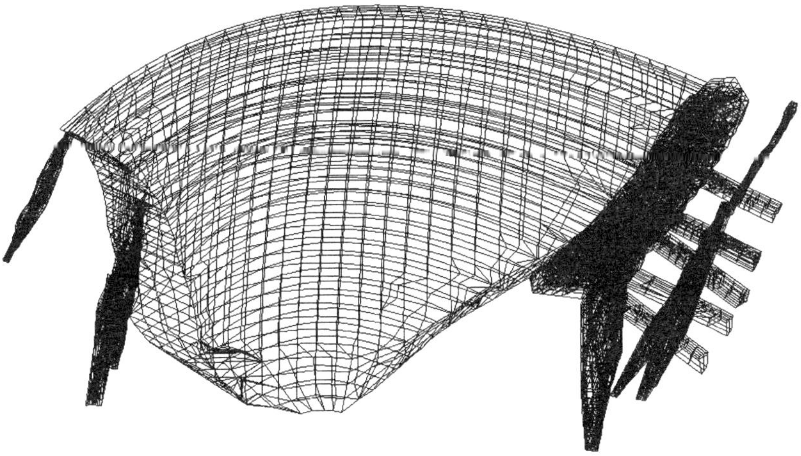

图 7　基础处理措施模型示意图

## 4.2　工程结构受力特性分析

### 4.2.1　计算模型

计算范围取:$X$ 方向由右岸指向左岸,拱坝中心线两侧各取 600 m,即横河向截取 1 200 m。$Y$ 方向由下游指向上游,拱坝轴线上游侧取 294.24 m,顺河向截取总长度 1 302.7 m。铅直向底部取至 1 280.00 m 高程,顶部延伸至地表。三维计算模型共计剖分节点117 062 个,单元 133 053 个。计算模型[4]中模拟了左岸混凝土垫座置换、抗剪传力硐、左岸抗力体固结灌浆、f5(f8)断层、煌斑岩脉 X 混凝土网格置换及右岸 f13、f14 断层混凝土网格置换等基础处理措施，计算模型见图7。计算的工况包括：①死水位（1 800 m）+温升；②正常蓄水位（1 880 m）+温降；③校核洪水位（1 882.60 m）+温升；④正常蓄水位（不设垫座，1 880 m）+地震+温降。①、②、④工况下游水位取1 645 m，③工况下游水位取1 659.50 m。各工况下坝面变位及主应力特征值见表5。

**表5　各工况下坝面变位及主应力特征值表**

| 工况 | 最大顺河向 | | 最大横河向 | | 上游坝面 | | | | 下游坝面 | | | |
|---|---|---|---|---|---|---|---|---|---|---|---|---|
| | 位移(cm) | 部位(m) | 位移(cm) | 部位(m) | 最大主拉应力(MPa) | 部位(m) | 最大主压应力(MPa) | 部位(m) | 最大主拉应力(MPa) | 部位(m) | 最大主压应力(MPa) | 部位(m) |
| 工况1设垫座（死水位+温升） | -3.04 | ▽1 700 拱冠梁 | -1.01 | ▽1 885 左半拱 | -1.3 | ▽1 740 右拱端 | 7.5 | ▽1 580 左拱端 | -1.37 | ▽1 885 左半拱 | 7.1 | ▽1 580 拱冠梁 |
| 工况2设垫座（正常蓄水+温降） | -8.06 | ▽1 820 拱冠梁 | -1.74 | ▽1 785 左半拱 | -1.6 | ▽1 580 右半拱 | 7.1 | ▽1 580 左拱端 | -0.25 | ▽1 630 右半拱 | 9.3 | ▽1 640 左半拱 |
| 工况3设垫座（校核洪水+温升） | -7.75 | ▽1 791 拱冠梁 | -1.69 | ▽1 780 左半拱 | -1.6 | ▽1 580 右半拱 | 7.0 | ▽1 580 左拱端 | -0.14 | ▽1 791 左半拱 | 9.6 | ▽1 640 左半拱 |
| 工况4不设垫座（正常蓄水+温降） | -13.10 | ▽1 885 拱冠梁 | 1.80 | ▽1 790 右半拱 | -2.6 | ▽1 600 左拱端 | 6.5 | ▽1 830 拱冠梁 | -0.9 | ▽1 885 左半拱 | 14.9 | ▽1 670 左拱端 |

4.2.2　变形与应力分析

（1）设置大垫座后，左岸f5、f8在1 730～1 885 m被大垫座切断，该区域刚度和强度得到显著改善，有效减小了左岸坝肩位移，使得蓄水期坝体变形和坝踵拉应力比加固前明显减小。

（2）从坝体应力变形分析的结果看，加固后坝体在蓄水期横河向和顺河向最大位移分别为-1.74 cm和-8.06 cm，下游主应力的最大值和最小值分别为9.30 MPa和-0.25 MPa，上游为7.5 MPa和-1.6 MPa，数值均在合理范围之中，由此说明坝体的断面设计方案是合理的。

（3）混凝土垫座在正常蓄水（工况2）工况下，各高程的位移过渡均匀，位移连续性好；在拱端作用处位移梯度较大，位移向垫座和山体深部逐渐扩散衰减；针对垫座上游与大坝交接部位局部出现拉应力的现象，采取了在大坝与垫座接触面之间设置预留缝的措施，达到消除局部拉应力的目的；垫座1 785.00 m高程典型拉应力分布见图8。即在浇筑大坝混凝土前，对左岸垫座与大坝接触面1 850.0 m高程以下，从拱端上游点水平向下游5 m范围的垫座混凝土面采取不凿毛处理，仅将该范围内混凝土表面的污物冲洗干净。

（4）从正常蓄水（工况2）工况下置换洞、井、塞的应力分布图形来看，置换体横截面正应力一般为压应力，量值7.0 MPa以下，个别部位出现小值拉应力，如左坝肩1 785.00 m置换体出现极值-0.60 MPa的拉应力；塞体混凝土周边岩体压应力在10 MPa以内，向山体内部虽覆盖岩层加厚，应力逐步变大；从剪应力分布情况可见，置换体横截面剪应力一般在1.0 MPa以下，最大剪应力出现在右坝肩1 730.00 m，极值2.29 MPa；图8、图9给出了1 670 m高程，f5和煌斑岩脉置换洞塞混凝土及周边岩体应力分布。

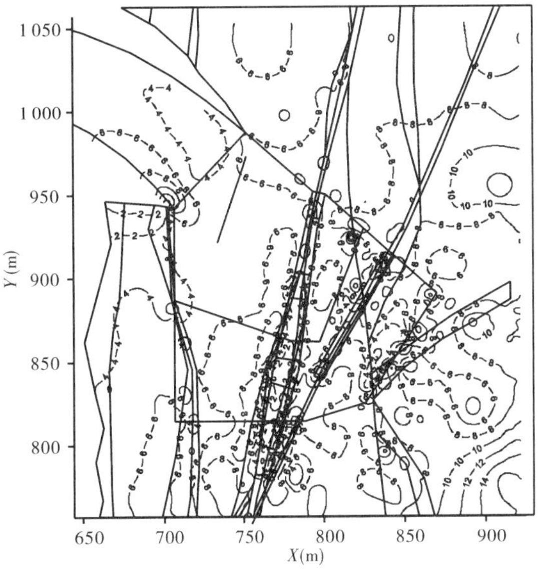

图8　左岸1 670 m置换网格主压应力分布图

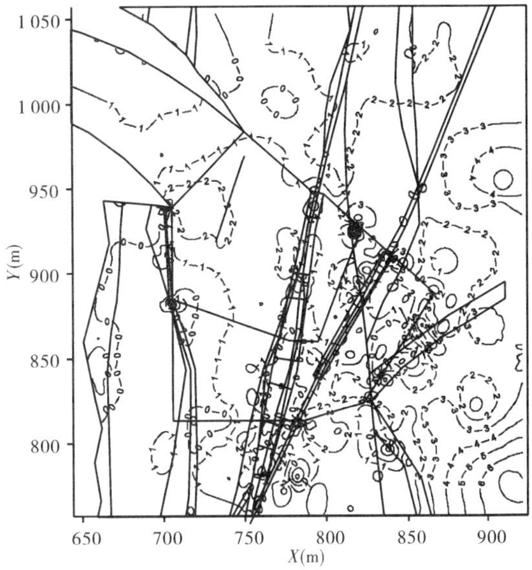

图9　左岸1 670 m置换网格主拉应力分布图

## 5　处理效果评价

### 5.1　物探监测成果

#### 5.1.1　灌前岩体检测成果

(1)煌斑岩脉属侵入岩,岩脉宽3~5 m,强风化和全风化岩脉脉体内同向裂隙发育,岩体破碎,呈碎裂-散体结构,岩体质量分级属Ⅳ2级岩体。岩脉两盘与砂板岩接触带普遍为断层,断层破碎带一般宽20~40 cm,由强风化碎裂岩、糜棱岩、片状岩及少量断层泥组成,岩体质量分级属$V_1$级岩体。岩体各种力学性能指标较差见表6。

表6　煌斑岩脉灌前力学性能

| 钻孔变形模量(GPa) | 单位透水率(Lu) | 抗剪强度 | | 岩体完整性系数 | 平均声波(m/s) | 平均变模(GPa) | 渗透系数(cm/s) |
|---|---|---|---|---|---|---|---|
| | | $c$(MPa) | $f$ | | | | |
| 1.0~3.0 | 1~10 | 0.4 | 0.60 | ≤0.29 | 3 289 | 0.72 | $1\times10^{-4}\sim1\times10^{-6}$ |

(2)f2断层自身透水率很低,但因塌孔而难以测得声波和变模。

(3)f5断层为强透水层,断层发育较宽,因塌孔严重而成孔困难,灌浆前基本无法进行物探检测。

#### 5.1.2　灌后检测指标

##### 5.1.2.1　化学灌浆后检测指标

防渗帷幕部位水泥-化学灌浆,灌后岩体检测指标以透水率为主,声波波速、孔内变形模量、钻孔全景图像为辅;软弱岩带补强部位水泥-化学灌浆,灌后岩体检测指标以声波波速、钻孔变形模量为主,透水率、钻孔全景图像为辅。灌后岩体检测控制指标见表7。灌后岩体的各项检查应在化学灌浆结束30 d后进行,化学灌浆灌后岩体除进行一般性检测外,还应针对断层破碎带、煌斑岩脉等现场取芯进行室内强度专项试验检测,包括常规物理性质

(比重、密度、孔隙率、含水量)、抗渗性能、抗剪(断)强度、干、湿抗压强度、室内变形模量 $E$、磨片鉴定,根据岩体化学灌浆后的防渗性能及各项强度试验成果,综合分析评价化学灌浆后岩体的防渗效果。

**表 7　灌后检测控制指标**

| 岩类 \ 指标 | 单位透水率 $q$(Lu) | 岩体声波纵速度 $V_{pm}$ 平均值(m/s) | 钻孔变形模量 $E_k$ (GPa) |
|---|---|---|---|
| 岩屑夹泥型断层破碎带 | ≤0.5 | ≥4 200 | ≥4.0 |
| 岩块岩屑型断层破碎带 | ≤0.5 | ≥4 600 | ≥5.0 |
| 左岸煌斑岩脉 | ≤0.5 | ≥4 400 | ≥4.0 |
| 河床煌斑岩脉 | ≤0.5 | ≥4 600 | ≥5.0 |

**注**:声波速度测点以每个检查孔为单位进行统计。

5.1.2.2　水泥灌浆后检测指标

左岸抗力体固结灌浆分高压灌浆区、中压灌浆区和低压灌浆区,其中 1 785 m 高程以下的主灌浆区为高压灌浆区;1 785 m 高程以上的主灌浆区为中压灌浆区;各高程控制灌浆区以及近边坡部位的灌浆区为低压灌浆区。各类岩体固结灌浆后的检测指标见表 8 ~ 表 11。

**表 8　高压灌浆区灌后检测控制指标**

| 岩 类 \ 指 标 | | 声波速度(m/s) | 声波速度(m/s) | 单位透水率 $q$(Lu) |
|---|---|---|---|---|
| 大理岩 | $Ⅲ_1$ | <4 400 测点小于 5% | ≥5 200 测点大于 85% | ≤3.0 |
| | $Ⅲ_2$ | <4 200 测点小于 5% | ≥5 000 测点大于 85% | ≤3.0 |
| | $Ⅳ_2$ | <3 900 测点小于 5% | ≥4 600 测点大于 85% | ≤3.0 |

**注**:声波速度测点以每个检查孔为单位进行统计。

**表 9　中压灌浆区灌后检测控制指标**

| 岩 类 \ 指 标 | | 声波速度(m/s) | 声波速度(m/s) | 单位透水率 $q$(Lu) |
|---|---|---|---|---|
| 大理岩 | $Ⅲ_1$ | <4 200 测点小于 5% | ≥5 100 测点大于 85% | ≤5.0 |
| | $Ⅲ_2$ | <3 900 测点小于 5% | ≥4 700 测点大于 85% | ≤5.0 |
| | $Ⅳ_2$ | <3 800 测点小于 5% | ≥4 500 测点大于 85% | ≤5.0 |
| 砂板岩 | $Ⅲ_2$ | <3 800 测点小于 5% | ≥4 600 测点大于 85% | ≤5.0 |
| | $Ⅳ_2$ | <3 600 测点小于 5% | ≥4 300 测点大于 85% | ≤5.0 |

**注**:声波速度测点以每个检查孔为单位进行统计。

**表10　低压灌浆区灌后检测控制指标**

| 岩类＼指标 | | 声波速度（m/s） | 声波速度（m/s） | 单位透水率 $q$(Lu) |
|---|---|---|---|---|
| 大理岩 | Ⅲ₁ | <4 100 测点小于5% | ≥5 000 测点大于85% | ≤5.0 |
| | Ⅲ₂ | <3 800 测点小于5% | ≥4 600 测点大于85% | ≤5.0 |
| | Ⅳ₂ | <3 700 测点小于5% | ≥4 300 测点大于85% | ≤5.0 |
| 砂板岩 | Ⅲ₂ | <3 700 测点小于5% | ≥4 500 测点大于85% | ≤5.0 |
| | Ⅳ₂ | <3 600 测点小于5% | ≥4 200 测点大于85% | ≤5.0 |

注：声波速度测点以每个检查孔为单位进行统计。

**表11　Ⅳ₂岩体对穿声波检测控制指标**

| 岩类＼指标 | 平均声波速度（m/s） | 声波速度（m/s） |
|---|---|---|
| Ⅳ₂ | ≥4 500 | <3 600 测点小于5% |

注：声波速度测点以每个检查孔为单位进行统计。

5.1.3　灌浆效果评价

5.1.3.1　化学灌浆效果评价

在对左岸软弱岩带及其防渗帷幕进行水泥－化学复合灌浆后，岩体透水率、单孔声波、变形模量等指标均大幅提高；如煌斑岩脉灌浆试验单孔声波均值提高了32%，变形模量提高了390%，均大大减小了与相临坝基变模差，基本消除了软弱破碎带引起的地基局部不均匀沉陷和应力集中，提高了坝基整体承载力和抗变形能力，满足大坝对基础变形的要求。这里仅以f2断层及层间挤压错动带水泥－化学灌浆效果评价为例，化灌后钻孔岩心力学性能测试成果见表12。

**表12　f2断层及层间挤压错动带钻孔岩心力学性能测试成果**

| 岩性 | 干燥抗压强度(MPa) | 饱和抗压强度(MPa) | 干燥样室内变形模量(GPa) | 饱和样室内变形模量(GPa) | 软化系数 |
|---|---|---|---|---|---|
| 风化绿片岩 | 42.78 | 37.61 | 7.027 | 6.471 | 0.88 |
| 风化片状岩、糜棱岩 | 30.89 | 21.86 | 9.325 | 7.782 | 0.71 |
| 黑色炭化片岩夹大理岩块 | 20.71 | 12.69 | 6.316 | 5.128 | 0.61 |
| 黑色炭化片岩 | 24.70 | 18.31 | 9.152 | 7.463 | 0.74 |

f2断层及层间挤压错动带经水泥－化学复合灌浆处理后，岩体透水率 $q=0$ Lu，单孔声波4 754 m/s，对应变形模量 $E_{050}$ 值为7.3 GPa，与钻孔岩心室内岩石变形模量基本吻合，大大减小了与相临坝基Ⅲ₁级大理岩变模差，各项指标均达到了设计要求。钻孔全景录像表明：岩体中张开的裂隙和松弛的碎块角砾间得到了水泥较为有效填充，在化学灌浆的复合处理后，充填胶结得到进一步强化，完整性得到了改善。

5.1.3.2　水泥灌浆效果评价

经灌浆后，大理岩和砂板岩都能满足设计要求，各类岩体物探检测指标提高情况如下：

中压灌浆区Ⅳ$_2$级砂板岩灌后波速提高一般为4%左右，变形模量一般为7 GPa，提高约30%；中压灌浆区Ⅲ$_2$砂板岩灌后波速提高幅度为2%左右，变形模量一般为13 GPa，提高约25%；中压灌浆区的煌斑岩脉经水泥灌浆后声波及变模基本不提高。

高压灌浆区Ⅲ$_1$级大理岩灌后波速提高幅度为4%，变形模量一般为16，提高幅度为43%；高压灌浆区Ⅳ$_2$级大理岩灌后波速提高幅度为7%，变形模量一般为14 GPa，提高45%。

## 5.2　安全监测成果

### 5.2.1　左岸基础洞室群监测成果

由于左岸抗力体存在一系列不利的软弱结构面，洞室围岩稳定性问题突出，因此在基础处理洞室监测方面作了比较全面的考虑，在软弱结构面或洞室交叉口等容易变形破坏的部位设计布置了各种监测设施，主要包括多点位移计、锚杆应力计、钢筋计、位错计等，形成了一套较为完整的监测系统。尤其注重对f5置换洞、f42-9抗剪洞及煌斑岩置换洞的监测。

#### 5.2.1.1　EL. 1 670 m基础处理洞

左岸EL. 1 670 m施工次通道上下游边墙围岩位移计孔口位移在-0.47～0.74 mm，帷幕固灌洞轴线布置的多点位移计位移量值在-4.52～0.17 mm，位错计位移量值在-8.29～-3.84 mm范围，在灌浆施工结束后，1 670 m洞室变形测值处于稳定状态，如图10所示；F5置换洞和施工次通道衬砌钢筋计应力值在-41.92～18.89 MPa范围，布置于f5置换洞的渗压计测值在8.42～40.79 kPa范围，压应力计E4量值为204.11 kPa，在蓄水过程中均无明显变化。锚杆应力量值在-83.79～78.33 MPa范围，在蓄水过程中应力变化了-9.56～69.10 MPa，如图11，说明该部位置换洞、井、塞混凝土应力处于稳定状态，但局部经灌浆处理后的岩体仍存在一定的应力调整，需继续加强观测。

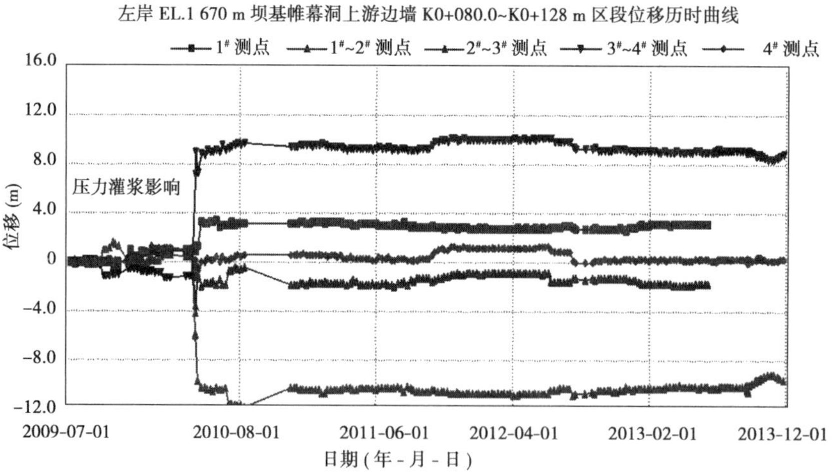


**图10　穿过f5位移计$M^4_{WGD-25}$各测段历时曲线**

#### 5.2.1.2　EL. 1 730 m基础处理洞

左岸EL. 1 730 m基础处理平洞的围岩位移计$M^47$～$M^411$孔口位移量值在-0.49～0.02 mm范围，帷幕固灌洞轴线布置的多点位移计量值在-0.95～3.69 mm范围；f5置换洞当前锚杆应力量值在-59.02～117.87 MPa范围，煌斑岩脉锚杆应力计测值在-22.81～

图 11　f5 置换洞典型锚杆应力计过程线

32.25 MPa 之间,衬砌钢筋应力计测值在 -60.02 ~ 53.62 MPa 范围,煌斑岩脉置换洞布置的压应力测值在 -20.36 ~ 262.83 kPa 范围。监测结果表明左岸 EL.1 730 m 基础处理平洞和帷幕固灌洞监测部位围岩稳定。但位于左岸垫座与基础交界面的 PDZ - 3(安装高程 1 726 m)在第二阶段蓄水过程中,渗压测值增大较多,与水位相关性好,经过补充化灌后,在第三阶段蓄水过程中已经正常,见图 12。

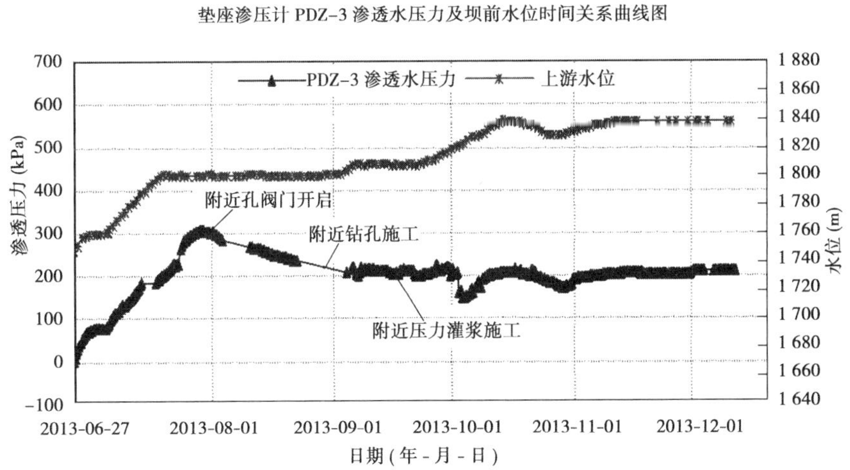


图 12　渗压计与蓄水关系过程线

5.2.1.3　EL.1 785 m 基础处理平洞

左岸 EL.1 785 m 基础处理平洞的围岩位移计 $M^4$1 ~ $M^4$8 孔口位移量值在 0.01 ~ 17.99 mm 范围,帷幕固灌洞轴线布置的多点位移计位移量值在 -0.67 ~ 9.50 mm 范围;锚杆应力量值在 -33.47 ~ 250.87 MPa 范围,钢筋计应力量值在 -67.29 ~ 71.67 MPa 范围,煌斑岩脉置换洞压应力计量值在 95.85 ~ 707.67 kPa 范围,如图 13 所示。

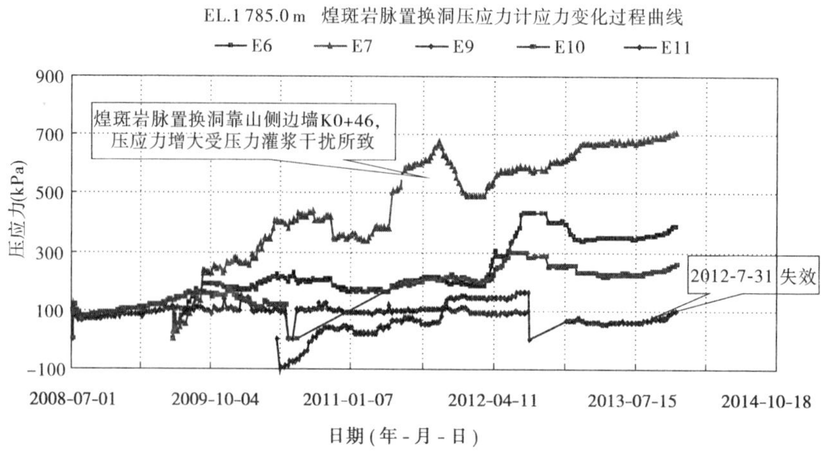


图 13　煌斑岩脉置换洞压应力计过程线

5.2.1.4　EL.1 829 m 基础处理平洞

EL.1 829 m 基础处理平洞布设有 4 个监测剖面，主要分布在煌斑岩脉区域，2#固灌洞边坡－X 脉洞下游边墙的多点位移计 $M^4$WGD－9 合计位移为 33.38 mm，其他部位位移累计值在－2.39～11.51 mm 范围；位错计位移量值在－13.34～0.19 mm 范围。锚杆应力计量值在－50.12～161.64 MPa 范围，衬砌体钢筋应力量值在－58.70～74.09 MPa 范围，位于煌斑岩脉置换洞的 4 支压应力计压应力量值 99.62～261.72 kPa 范围。目前所有仪器测值基本稳定。

5.2.1.5　EL.1 834 m、EL.1 860 m、EL.1 883 m 抗剪洞

三层抗剪洞的监测仪器主要针对 f 42－9断层进行监测，经过施工阶段的缓慢增长后，目前各监测物理量已基本收敛，监测部位岩体内无明显渗透水活动。抗剪洞监测部位围岩稳定。

监测数据表明，左岸基础处理洞室群变形、应力测值较小，处于正常范围内，个别测值较大主要是由于开挖施工岩体卸荷回弹和灌浆引起，目前已经收敛；表明左岸基础处理洞室群结构整体处于稳定状态。

5.2.2　拱坝监测成果

5.2.2.1　大坝变形

图 14～图 17 给出了拱坝坝体和基础在 1 840 m 水位时的变形分布图。

（1）坝体径向变形方向整体表现为向下游，11#坝段 1 730 m 高程部位变形最大，变形值 25.37 mm，较表 5 中 1 800 m 水位时的 1 700 m 高程最大变形 3.04 cm 还要小；变形向两岸依次减小，坝体径向变形有一定的不对称性：下部右岸变形稍大于左岸，变形基本协调；上部左岸变形大于右岸。左右岸坝基径向变形右岸大于左岸，总体量值较小。

（2）坝体切向变形方向左岸向左、右岸向右。左岸 11#坝段 1 730 m 高程部位变形最大，变形值 5.75 mm，远小于表 5 中 1 800 m 水位时横河向最大位移 1.01 cm；右岸 16#坝段1 778 m 高程部位变形最大，变形值－1.76 mm。坝体切向变形不对称，左岸变形大于右岸。坝基切向变形左右岸均表现为向河床方向，左岸略大于右岸，总体量值较小。

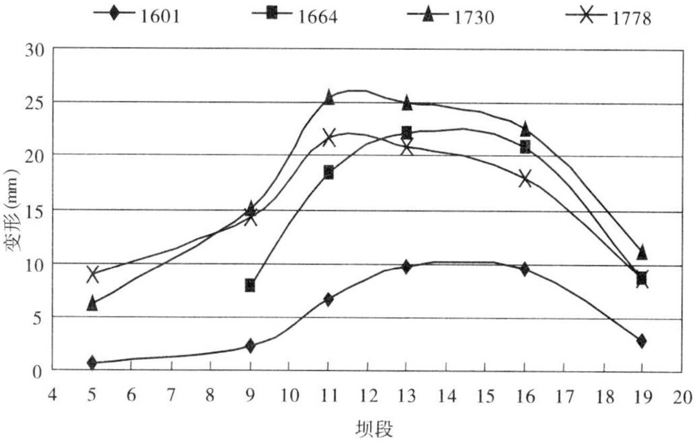


图 14　各拱圈径向变形分布图

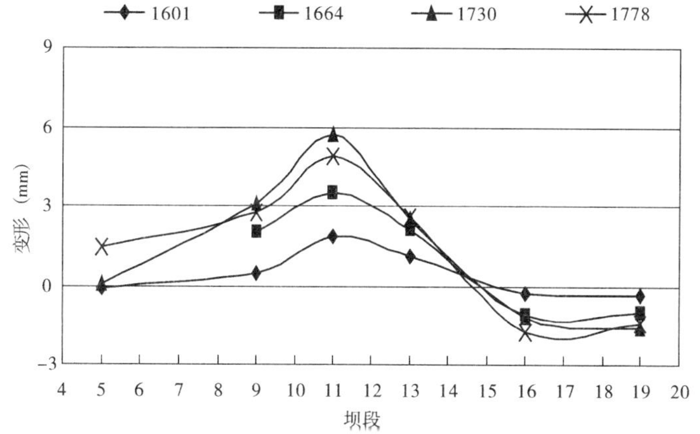


图 15　各拱圈切向变形分布图

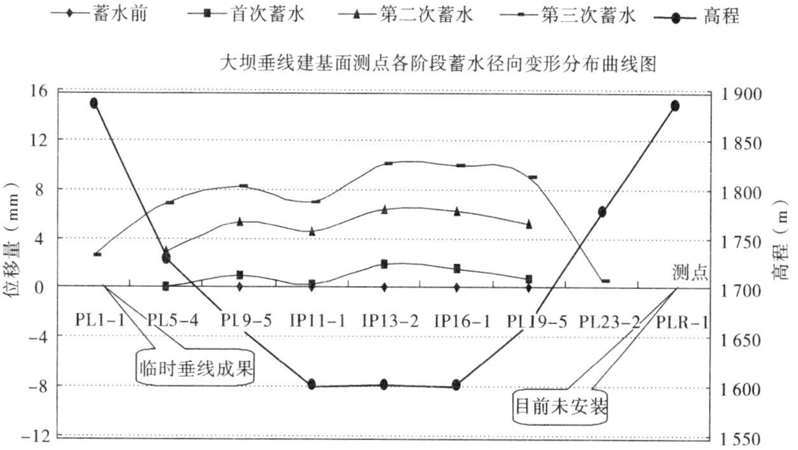


图 16　建基面径向变形分布图

5.2.2.2　大坝应力

拱座垂直向整体处于受压状态，且从河床向两岸压应力逐渐减小；第三阶段 1 800 m 蓄

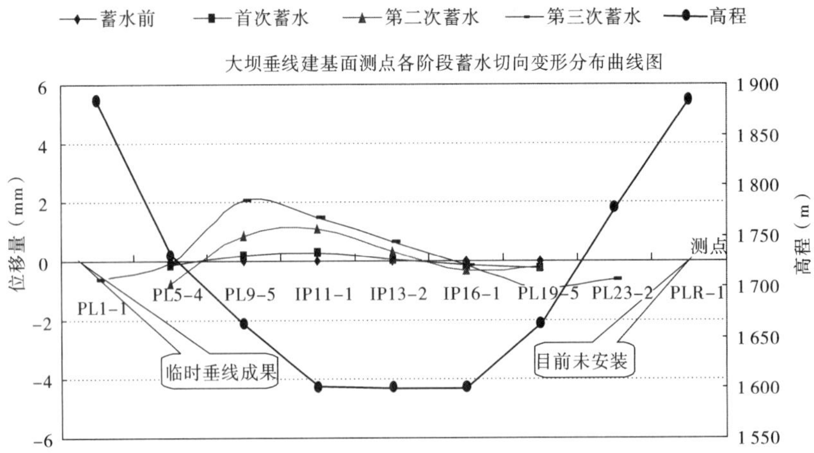


**图 17　建基面切向变形分布图**

水至 1 839 m 期间，坝踵垂直向压应力整体呈逐渐减小的趋势，最大减少量为 0.56 MPa（S5－8－1），坝趾垂直向压应力整体呈逐渐增大的趋势，最大增大量为 0.64 MPa（S5－8－3）；拱座坝踵、坝趾附近最大垂直向压应力分别为－6.71 MPa（S5－12－1）和－3.59 MPa（S5－9－5）。其中 2#坝段坝踵处（S5－2－1，1 819.40 m）三向应力持续呈拉应力缓慢增大的趋势，但目前仍小于 1.4 MPa，如图 18 所示。

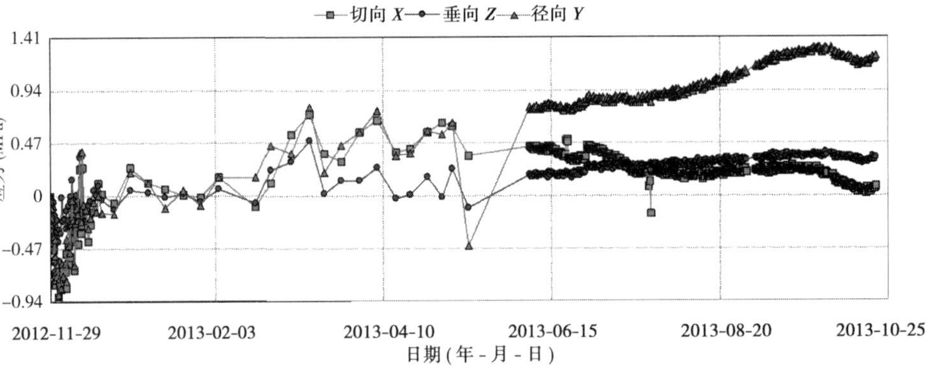


**图 18　拱座坝踵（2#坝段）五向应变计组 S5－2－1 应力过程线**

5.2.2.3　渗流渗压

第三阶段蓄水结束后，大坝左岸 1 595 m 排水廊道渗流量约 44.82 L/s，较第三阶段蓄水前增大了约 2.8 L/s；左岸 1 601 m 帷幕灌浆廊道渗流量为 1.34 L/s；左岸 1 664 m 排水廊道渗流量为 4.0 L/s；其余大坝左岸各层帷幕灌浆廊道、排水廊道、抗力体平洞渗流量较小，渗流量基本小于 1 L/s，且第三阶段蓄水期间无明显变化。

第三阶段蓄水期间，随着坝前水位升高，坝基渗透压力变化不明显，蓄水对坝基渗透压力影响较小；同时，坝基排水孔后和坝趾处的渗透压力较小，受蓄水影响也较小。目前左岸上游帷幕后、排水后折减系数均小于 0.4 和 0.2，小于设计折减系数的控制指标。

## 6 结　语

（1）锦屏一级高拱坝左岸地质条件异常复杂，针对不同的地质缺陷，研究提出了包括混凝土垫座、固结灌浆、混凝土置换、水泥－化学复合灌浆、高压对穿冲洗等复杂地基综合处理技术方案，经仿真分析，综合加固处理后左岸基础的抗变形、防渗等性能大幅度提高，拱坝的变形、应力特性处于合理的范围。

（2）锦屏一级高拱坝目前已经蓄水至1 840 m高程，坝前水头260 m，承受了总水推力967.7万吨的71.7%，监测数据表明，左岸基础处理洞室群变形、应力基本收敛，洞室群处于稳定状态；拱坝和基础径向、切向变形远小于仿真计算成果，应力、渗流渗压等监测指标正常，变化符合一般规律，拱坝工作性态正常；左岸复杂地基综合处理措施效果良好，达到了预期的目的。

（3）由于左岸基础地质缺陷部位范围广，在蓄水工程中也出现了局部应力调整和微小裂隙导致的个别部位渗压增幅较大，在下一阶段蓄水过程中仍应加强监测。

（4）经过水泥化学复合灌浆后，岩体整体性、变形稳定性、渗透稳定性、耐久性和力学强度指标都得到了显著的提高，为处理破碎软弱岩体提供了很好的技术手段，扩大了拱坝设计时基础选择范围；但是环氧灌浆材料固化物的力学性能衰减必须引起重视，应进一步开展灌浆效果耐久时效性的试验研究工作。

**参考文献**

[1] 周钟，饶宏玲，潘晓红，等．雅砻江锦屏一级水电站蓄水安全鉴定（第一阶段）设计自检报告[R]．中国水电顾问集团成都勘测设计研究院．2012，8.

[2] 牟高翔，陈岗，刘荣丽．锦屏一级拱坝左岸基础处理加固措施研究[J]．水电站设计，2009，25（2）：7-12.

[3] 王继敏，段绍辉，郑江．锦屏一级拱坝建设关键技术问题[C]．水库大坝建设与管理中的技术进展——中国大坝协会2012学术年会论文集．2012：94-104.

[4] 胡著秀，张建海，周钟，饶宏玲．锦屏一级高拱坝坝基加固效果分析[J]．岩土力学，2010，31（9）：2861-2868.

# 基于湿度扩散理论的松动圈形成机理

唐春安　唐世斌

（大连理工大学 土木工程学院岩石破裂与失稳研究所　辽宁 大连 116024）

**摘要**：大多地下水工结构或煤岩巷道经常处于一种高湿度环境中，特别是对于一些遇水容易膨胀的岩石介质，湿度对围岩松动圈的形成有重要的影响作用。本文基于湿度对岩体物理力学性能弱化的基本认识，从围岩体在加载条件下对湿度扩散的力学响应入手，探索湿度扩散环境下围岩松动圈的形成机理。通过对湿度环境下松动圈形成过程的损伤弱化时空规律的研究，揭示高湿度环境下形成围岩松动圈现象的内在机理和探索围岩松动圈的控制原理。研究成果在锦屏二级水电隧道工程绿泥石片岩洞段开挖的分析中得到初步应用。研究成果对于发展岩土工程中的松动圈理论及其工程应用具有重要的理论与工程意义。

**关键词**：湿度扩散　流变　湿度—应力—损伤耦合　破坏过程　数值模拟

岩体开挖后，围岩体产生从周边逐渐向深部扩展的破坏，直到达到新的应力平衡状态，此时围岩中出现了一个松弛破碎带，即围岩松动圈。就松动圈的形成而言，目前普遍认为是在原岩中开挖巷道，破坏了围岩原有的三向应力平衡状态，围岩中的应力将重新分布，同时伴随应力集中现象出现。如果集中应力小于围岩强度，围岩虽有变形出现，但巷道整体处于稳定状态；只有当集中应力大于围岩强度，围岩发生破坏时，巷道才产生非线性变形，由此形成松动圈[1-7]。松动圈厚度已成为分析围岩稳定、计算岩体荷载、确定锚喷范围和厚度，以及确定衬砌支护方式的一个重要参数[6]。

有关松动圈理论的研究，从现有的文献看[8-12]，国外有关松动圈的研究始于20世纪初，约在20世纪70年代中期开始活跃起来。有代表性的主要理论学说有如下几种：1926年，普罗托奇亚科夫提出的自然平衡拱学说；1946年，太沙基从现场的研究出发，提出了冒落拱理论（楔形拱体学说），但是由于地下工程的深度越来越大，这种理论遭遇到很大的挑战，在一些情况下，已经不再适用；20世纪40年代，芬纳尔应用塑性力学理论论证了一定条件下塑性岩石中的巷道周围可以形成屈服区，并提出了屈服区半径的计算公式；1974年，日本学者池田和彦等利用声测技术实测了松动圈，并与实验室的成果相结合，提出了根据岩体波速和岩石波速计算松动圈的经验公式；1982年，印度学者 A. K. Duke 等从弹塑性分析出发，发展出了图示法确定松动圈的半径，但是只是停留在理论研究阶段，与实际情况并不相符；1989年，苏联 EI Shemydkin 等提出了不连续区概念，建立了松动圈与埋深、原岩应力、岩石

基金项目：国家重点基础研究发展计划（2014CB047100），国家自然科学基金（51174039，51004020），高等学校博士学科点专项科研基金（博导类）（20110041110015）。

强度等因素之间相互关系的经验公式。但该学说认为的“巷道半径与松动圈的厚度呈线性关系”并不能与实际完全相符。而在国内,松动圈概念的提出和松动圈理论的建立,要追溯到20世纪70年代末期。中国矿业大学董方庭教授对我国松动圈理论的建立做出了原创性贡献。他在淮北矿务局朱仙庄矿进行的大量超声波测试中,发现巷道周围存在一个声波速度降低区,并且具有很强的规律性。从声测的机理分析,判断这个声波速度降低区应该是一个围岩破碎区,后来被称为围岩松动区。尽管弹塑性支护理论是现代岩石力学经典的支护观点,但董方庭等[1]认为由于以下两方面的原因,妨碍着该理论的应用和发展:①围岩状态与客观不符。由于大量裂隙的产生与扩张,松动圈内的围岩松弛卸压,破碎岩块将重新恢复到弹性状态,但其总体物理力学性质与弹塑性理论的基本假设已相差甚远。松动圈越大,由此产生的误差和错误的可能性就越大。②该理论依赖于大量基础数据(如地应力、围岩强度等)的输入,增加了应用上的难度;它在分析计算过程中的基本假设降低了计算结果的可信度,使用时不得不进行较多的修正,现场应用有较大的困难,其结论目前只能作为定性参考。基于此,以董方庭教授为首的科研组从研究开巷后围岩的状态入手,自20世纪80年代至今做了大量现场和实验室研究工作,提出了一套围岩松动圈巷道支护理论[1,2,13]。以围岩松动圈理论为主的支护理论,已大量运用于各矿务局和有关的地下工程,取得了较好的经济效益。最近在隧洞等其他地下工程领域也开始采用该理论[14,15]。经过一个世纪的发展,积累了大量有关围岩松动圈形成和支护的理论和方法。

针对松动圈形成理论的研究方面,我国其他科研工作者也做了大量的研究工作。刘传孝等[16]采用FLAC数值模拟软件,研究了七种围岩结构型式巷道在不同跨采应力环境中的松动圈发育规律,得出不同围岩结构组成型式对巷道围岩松动圈的最终发育状态和发育程度具有重要影响的结论,通过井下工业性试验的验证,表明跨采巷道围岩松动圈的发育规律具有结构特点。针对围岩松动圈理论明确的支护对象为松动圈形成过程中的碎胀力,赵红平和董方庭[17]通过分析岩石爆破破裂与围岩松动圈理论之间的相似关系,提出了用爆破当量来估算松动圈碎胀力的思路,对进一步完善围岩松动圈理论有重要意义。靖洪文等[18]指出,用松动圈厚度判定软岩工程有两个突出特点:①松动圈厚度可现场实测,容易取得且可靠性高;②松动圈厚度是一个综合指标,它全面反映原岩应力(包括采动应力)、岩体性质(包括强度、裂缝、软弱夹层等)、施工和水等的影响,在工程中又不需要对这些指标进行观测和具体量化,现场应用方便。靖洪文和马世志[3]指出,由于开巷后,围岩应力大于围岩强度而产生大松动圈出现碎胀变形的同时,破裂岩体出现宏观裂隙,地下水的渗入不仅降低了破裂面的强度和作用在其上的法向应力,再加上巷道开挖后空气中的潮气对围岩的影响作用,导致围岩强度下降,松动圈再次扩大,而且岩石遇水膨胀和软化,这种相互作用恶性循环导致支护非常困难。此外,靖洪文等[19]还采用现场实测方法,通过对开滦矿务局赵各庄千米深井按五个水平、不同岩性,以及是否受采动影响等方面着手,分析了影响围岩松动圈的因素,揭示了松动圈厚度与开采深度及围岩强度之间呈非线性关系,以及松动圈厚度与采动、支护难度、临界开采深度等的关系,并进而探讨了围岩稳定性的合理控制技术。考虑到矩形巷道的特殊性,刘刚和宋宏伟等[20-22]采用数值模拟方法,通过计算不同条件下矩形巷道的松动圈,用回归法建立了围岩松动圈与地应力和围岩强度,以及巷道跨高比之间的关系。侯曙光等[7]曾尝试采用人工神经网络方法来确定塑性松动圈的大小。高玮和郑颖人[23]从编码、初始群体生成和遗传算子等方面改进简单遗传算法,建立了一个进化神经网络模型,对巷道围岩松动圈厚度进行了预测研究。相关研究还表明,伴随着围岩应力调整及重新分布,围岩松动圈的发展形成有一个时间过程,并且松动圈的发展时间与巷道围岩收敛变形在时间上是一致的[2]。

尽管由于岩石力学工作者的努力,松动圈理论在我国得到了长足的发展,但是目前国内外有关围岩松动圈形成机理的研究还存在一定的局限性。正如董方庭教授等所认识到的[2],有关松动圈形成的机理和松动圈理论,还有许多需要进一步探索、完善和发展的地方,例如支护作用对围岩松动圈发展的影响、松动圈形成的时间效应现象、低围压条件下松动圈的形成,以及水汽等环境因素对围岩松动圈的贡献等,这些都需要岩石力学工作者做更加深入的研究。此外,目前有关围岩松动圈的研究主要采用宏观唯像的方法进行探讨,缺乏对其形成机理的细观裂纹萌生、扩展和贯通等过程的研究。

由于围岩松动圈的形成过程具有时间效应,因此大量的研究采用流变理论对这一过程进行松动圈的时效性分析。就流变理论本身而言,目前基于黏弹性和黏塑性方法的流变模型虽然在数学层面上对岩石的蠕变效应进行了精确描述,但还缺乏对岩石蠕变的内在物理力学机制的考虑(In classic models……, However, both these approaches provide a mathematical description of creep and do not take into account physical mechanisms inside[24,25])。我们认为,包括湿度在内的环境因素是岩石产生流变效应的重要因素,也即湿度因素在围岩松动圈的形成过程中起到不可忽视的作用。从巷道的现场施工工矿来看,施工用水以及岩体中的地下水等环境造成开挖空间往往具有较高的水、汽环境,尤其以煤矿开采更为严重,而这种环境往往造成岩石的物理力学性能的弱化。以湿度环境为例,当地下空间开挖后,如果围岩表面的相对湿度大于围岩内部的相对湿度,湿度梯度便成为一种驱动力促使水分从高湿度区向低湿度区扩散,造成围岩力学性质的渐进劣化,产生软化或湿胀效应,进而导致围岩的附加变形和应力场扰动,甚至诱发围岩破坏。由于湿度的作用与扩散的范围、时间有关,因此湿度扩散造成的围岩力学性质劣化和变形随空间和时间而变化,由此引起的围岩变形也具有时间效应。

环境因素在岩体中的迁移促使岩体的变形随空间和时间而变化,进而导致围岩产生与时间相关的材料性质劣化区。应力的存在促使劣化区内围岩裂纹的扩展,进而产生松动区,也即围岩松动圈(其他环境因素的影响也会产生类似的松动圈,但本研究暂时只考虑受湿度影响严重情况下的松动圈问题)。这一时间和空间过程与现场观测到的围岩松动圈时效性具有一致性。由此是否可以推断,在湿度影响为主的围岩条件下,湿度在岩体中的传播无疑对松动圈的发展产生重要的影响,其造成的岩石材料性质的劣化通过加载后的力学响应表现出来(岩体中裂纹的扩展),进而在宏观上表现为围岩松动圈现象。如果此理论成立,则可以初步解释如下的松动圈现象:

(1)由于松动圈受湿度在岩体中的传播影响,而锚杆支护措施的施加并没有实质性地改变岩体对湿度的传播性能,因此锚杆支护并不能明显地改变由于湿度扩散所造成的松动圈发展。这即解释了实验和现场观测到的松动圈的发展不受锚杆支护的影响。

(2)由于湿度在岩体中扩散随时间变化,它所造成的围岩力学性质劣化,以及相应的附加变形,不仅与时间有关,也与空间有关。由此导致松动圈的形成也同样具有时空效应,这就解释了现场松动圈形成的时效性。如果这一成果得到验证,那么就可以通过时效变形确定某个时间段的松动圈厚度,这对选用合适的锚杆长度具有重要的实际意义。

(3)由于松动圈形成受到湿度在岩体中的迁移影响,其造成的岩石材料性质的劣化通过加载后的力学响应表现出来(变形或裂纹扩展)。围压条件并不能阻止水、汽在岩体中的传播,因此即使是低围压条件,岩体中同样有松动圈的产生。这一推断解释除高围压条件产生松动圈外,低围压条件同样可以产生松动圈。

通过已有的研究成果与现场实际观测的对比分析可以看出,上述有关围岩松动圈形成原因的研究和建立新的围岩松动圈理论具有可行性。其次,何满潮和周莉[26]等研究人员利用岩石水理作用测试仪对部分岩石进行吸水测试,建立了相应的吸水过程函数,揭示了部分岩石的吸水特性在时间序列上分为减速吸水和等速吸水两个阶段,吸水过程双对数曲线分为上凸、下凹和直线三种类型。此外,他们还研究了岩石的水理作用机理,借助 SEM 实验、X 射线衍射分析、压汞实验及图像处理等实验手段,研究了影响岩石吸水的主要影响因素,即岩石的矿物成分和微观结构特征;通过对不同吸水时间后、不同吸水率的岩石进行单轴压缩实验,建立了部分岩石强度、弹性模量随吸水时间、吸水率变化的衰减函数关系和泊松比随吸水率变化的函数关系。这些研究成果为本文研究有关岩石在环境因素影响下的物性变化假设提供了重要佐证。

## 1　基于湿度扩散的松动圈理论模型

忽略岩体的温度效应,本文以恒温下岩石中的湿度扩散为例,阐述作者基于湿度扩散原理建立岩石流变及松动圈理论的基本思想。其主要内容包括:

(1)当岩石中存在湿度或水分浓度差即梯度时,水分便会从高湿度区域向低湿度区域扩散,湿度的变化不仅改变岩石中的力性(湿度应力场),也会改变岩石的物性(强度、弹模、泊松比等),湿度越大,岩石的强度、弹模越低,泊松比越大。

(2)湿度环境条件下的岩石受外力作用会产生流变力学响应。这种响应与外力作用下的岩石损伤以及湿度扩散造成的力性和物性变化的共同作用有关,形成高度非线性的耦合过程。

(3)由于扩散造成的岩石介质物性变化与时间和空间有关,因此所造成的岩石变形(流变力学响应)不仅是时间的函数,也是空间的函数。

(4)流变的发展形成岩体的松动圈,也即松动圈是流变发展的结果。

湿度的扩散不仅引起围岩中的湿度随时间和空间而变化,还会导致材料性质的变化,例如湿度的增加会导致弹性模量和强度的降低,以及泊松比的增加等。因此,基于湿度扩散的流变理论模型,不仅要考虑湿度在岩体中的扩散过程,还要表征材料物性与湿度的联系。

有关湿度与岩石流变之间的关系,笔者已在文献[27]中阐述,如下对此做简要概述。

### 1.1　湿度扩散方程

湿度的扩散将导致围岩中的湿度随时间而变化。引起岩土体中湿度变化的原因有多种,但可简单归纳为三种,即湿度扩散、温度梯度、化学作用。本文暂不考虑温度梯度和化学作用引起的岩体内湿度的变化,因此岩体内相对湿度变化满足如下偏微分方程:

$$\frac{\partial h}{\partial t} = \nabla(D_h \nabla h) \tag{1}$$

式中:$h$ 为相对湿度,$D_h$ 为湿度扩散系数。通常地,湿度扩散系数 $D_h$ 与湿度和温度的变化相关,需要根据相关的实验确定其相互间的关系。

湿度通过方程(1)的形式进行扩散，其湿度变量 $h$ 不仅是空间的函数，也是时间的函数。

### 1.2　湿度与岩石力学性质弱化

按照湿度扩散方程求得的岩体内湿度场能反映出湿度的时间和空间变化过程，进而弥补了以往的理论模型无法描述岩体内湿度变化的不足。另外，尽管人们早已认识到水不仅常常影响受力岩石的变形和破裂，但过去人们基本上还是局限于用有效应力原理来考虑岩石中水的力学影响，而有关水对岩石物性(如强度、弹模等)的影响却重视不够，对湿度影响岩石力学性质的认识还非常缺乏。基于此，本文认为岩石的强度、弹模与湿度之间存在如下关系：

$$E = \begin{cases} E_0 & h < h_{cri} \\ E_0\left(1 - \dfrac{h - h_{cri}}{1 - h_{cri}}\omega\right) & h \geqslant h_{cri} \end{cases} \tag{2}$$

$$f_c = \begin{cases} f_{c0} & h < h_{cri} \\ f_{c0}\left(1 - \dfrac{h - h_{cri}}{1 - h_{cri}}\xi\right) & h \geqslant h_{cri} \end{cases} \tag{3}$$

式中：$E$ 和 $E_0$ 分别为当前时刻和初始时刻的弹性模量；$f_c$ 和 $f_{c0}$ 分别为当前时刻和初始时刻的强度；$h$ 是当前时刻的相对湿度；$h_{cri}$ 为一临界湿度值，在此湿度条件下，岩土体的弹性模量和强度随湿度的变化很小，可以忽略不计，而大于此湿度时，则必须考虑湿度对材料性质的弱化作用；参数 $\omega$ 和 $\xi$ 分别为弹性模量和强度随湿度的弱化参数。

### 1.3　载荷作用下的岩石损伤

岩石在外力的作用下将产生损伤。根据岩石的弹性损伤模型[28]，岩石在应力作用下损伤后的结果是弹性模量的渐进降低。在本文中，将细观层次上的岩石损伤分为拉伸和剪切损伤，其中运用拉伸破坏准则判断拉伸破坏，而运用库仑－摩尔准则作为其剪切损伤判据。细观单元服从的损伤本构关系如图1所示。

当单元处于拉伸状态时，运用拉伸损伤判据进行损伤与否的判断。如果细观单元产生拉伸损伤，则相应的损伤变量描述为：

$$D = \begin{cases} 0 & \varepsilon < \varepsilon_{t0} \\ 1 - \dfrac{\lambda\varepsilon_{t0}}{\varepsilon} & \varepsilon_{t0} \leqslant \varepsilon < \varepsilon_{tu} \\ 1 & \varepsilon \geqslant \varepsilon_{tu} \end{cases} \tag{4}$$

式中：$\lambda$ 为单元的残余强度系数(0～1)，即 $\lambda = f_{tr}/f_t$，$f_t$ 为细观单元的抗拉强度，$f_{tr}$ 为损伤后单元的残余强度；$\varepsilon_{t0}$ 为弹性极限拉应变，即 $\varepsilon_{t0} = f_t/E$，$E$ 为未损伤单元的弹性模量；$\varepsilon_{tu}$ 为最大拉应变，也即当单元的拉应变达到 $\varepsilon_{tu}$ 时，单元完全失去承载能力。

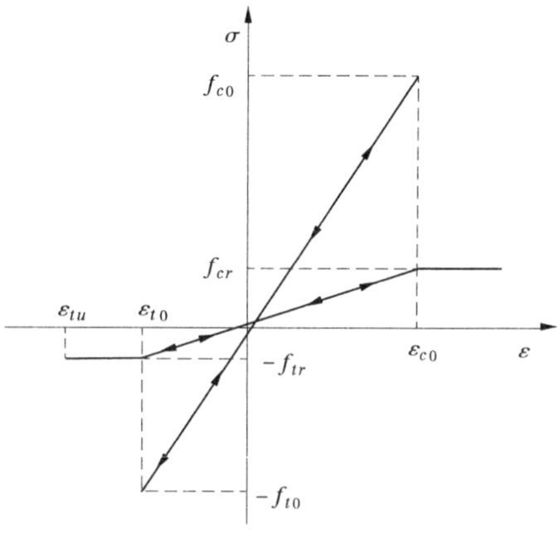


图1　细观单元损伤本构模型

当单元承受的剪切应力超过其能承受的最大剪应力时则产生剪切损伤。本数值模型采用摩尔－库伦准则作为剪切损伤判据，也即

$$\frac{1+\sin\phi}{1-\sin\phi}\sigma_1-\sigma_3\geqslant f_c \tag{5}$$

此时的力学损伤变量 $D$ 则为：

$$D=\begin{cases}0 & \varepsilon>\varepsilon_{c0}\\ 1-\dfrac{\lambda\varepsilon_{c0}}{\varepsilon} & \varepsilon\leqslant\varepsilon_{c0}\end{cases} \tag{6}$$

式中：$\lambda$ 的定义与拉伸损伤相同；$\varepsilon_{c0}$ 为单元的最大压缩主应力达到其单轴抗压强度时对应的最大压缩主应变，即 $\varepsilon_{c0}=-f_c/E$，$f_c$ 为损伤单元的抗压强度。

### 1.4　湿度—应力—损伤耦合

湿度扩散会造成岩石物性的弱化。受到弱化后的岩石又反过来会改变岩石的扩散性能。与此同时，应力的作用会使岩石产生损伤从而改变岩石的物性，继而加速湿度的扩散。显然，湿度、应力、损伤之间存在相互耦合的关系。这种耦合主要通过两个参数来表达，即扩散系数和损伤变量。本文将湿度扩散系数与损伤之间的关系表示为：

$$F_3(D)=\frac{D_h}{1-D} \tag{7}$$

式中：$D_h$ 为湿度扩散系数；$D$ 为前述的损伤变量。

另外，湿度升高也将引起岩体吸湿膨胀，而湿度的降低将导致岩体产生收缩效应。基于此，含湿度效应的岩体内应力本构关系表示为：

$$\sigma=\lambda It_r\varepsilon+2\mu\varepsilon-(3\lambda+2\mu)I\varepsilon_h \tag{8}$$

式中：$I$ 为单位向量；$\lambda$ 和 $\mu$ 为拉梅常数；$\varepsilon_h$ 为湿度膨胀（收缩）应变，其可表示为湿度的线性函数，即

$$\varepsilon_h=\alpha_h(h_0-h_t) \tag{9}$$

其中，$\alpha_h$ 为湿度膨胀（收缩）系数，$h_t$ 为 $t$ 时刻的相对湿度，而 $h_0$ 为初始时刻的相对湿度。

通过式(2)、(3)、(7)和(8)可知，湿度不仅影响岩体的力学性质，还通过其膨胀或收缩变形影响岩体的应力场；反之，应力的变化导致的损伤又将影响到湿度扩散系数。这是一个相互耦合作用的过程。只有同时考虑了两者之间的这种耦合作用才能真正地反映岩体中的物理和力学变化过程。

## 2　岩石蠕变现象数值模拟[28]

针对单轴受压的二维问题，假设是垂直加载，试样初始相对湿度为20%，且左右两侧施加100%的恒定湿度边界条件。试样上下端分别设有刚性垫板，如图2所示。试样的其他物理参数如表1所示。针对同一个数值试样（力学性质和几何形状相同），共计进行了五个等级的持续恒定荷载试验，也即蠕变试验。

图2　数值模型图

图3是本文的数值模型计算得到的试样变形—时间曲线。按照蠕变的定义，在常值应力持续作用下，岩体变形随时间而持续增长和发展。典型的蠕变曲线分为三个阶段，即初始蠕变阶段、稳定蠕变阶段和加速蠕变阶段，且不同的荷载水平，岩石的蠕变曲线有所差别，尤其是应力水平超过一定的数值后，岩石的变形速率急剧

增长,并最终导致岩石的失稳。从本数值模拟结果中可以看出,当荷载水平分别为 2 MPa、3 MPa 和 4 MPa 时,试样在加载的初始时刻,变形速率最大,随着时间的推延,变形速率逐渐减小,并逐渐趋于稳定值。在这三个荷载水平里,试样的蠕变曲线仅呈现了蠕变的前两个阶段,而并没有出现加速蠕变,试样最终处于长期稳定状态。然而,当荷载水平增加到 5 MPa 的时候,试样在历时 240 d 的持续恒定荷载下最终呈现出加速蠕变现象。从数值模拟结果中还可以看出,随着荷载水平的增加(例如 6 MPa),试样呈现出加速蠕变的时间大大缩短。数值模拟结果所反映的岩石蠕变趋势与相关的蠕变实验曲线具有较好的一致性。

表 1　数值模型参数列表

| 参数名称 | 数值 | 参数名称 | 数值 |
|---|---|---|---|
| 弹性模量(MPa) | 1 000 | 强度(MPa) | 50 |
| 泊松比 | 0.35 | 扩散系数($m^2/s$) | $1\times10^{-9}$ |
| 初始相对湿度 | 20% | 试样尺寸(mm) | 300 × 150 |
| 弹模降低系数, $\omega$ | 0.5 | 强度降低系数, $\xi$ | 0.5 |

单从蠕变曲线上并不能解释蠕变产生的机理。按照本文的观点,致使岩石中产生蠕变的本源是环境因素的改变(也即本算例的湿度)。从图 4 中可以看出,由于外界环境的湿度高于试样的初始相对湿度,故随着时间的推延,环境中的水分通过扩散行为逐渐从试样的表面传递到内部,并导致材料物理力学性质的弱化。因此,即使在恒定不变的荷载作用下,若试样中受水分影响部分的强度降低到一定的荷载水平时,试样中将出现损伤。随着湿度的进一步从外到内的扩散,试样中逐渐呈现出裂纹的萌生、扩展和贯通过程,并最终产生失稳破坏。

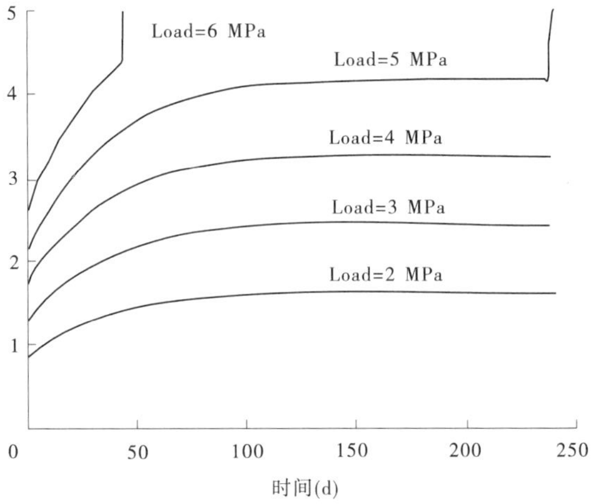


图 3　不同的恒定荷载下试样的变形—时间曲线(蠕变曲线)

从图 5 中的应力场随湿度扩散和裂纹萌生、扩展和贯通而变化的整个过程中可以看出,裂纹的出现导致试样中的应力在裂纹的尖端集中,并驱使裂纹的进一步扩展。事实上,岩体内部往往存在着大量弥散分布的细观缺陷,在风化、侵蚀等环境因素作用下,损伤将逐渐演化。岩体的破坏往往就是由于损伤的集中化及扩展,最终形成宏观缺陷(如裂纹、裂隙)。在宏观裂纹形成以后,环境因素的作用愈加强烈,其细观的损伤仍在不断演化,并推动宏观缺陷的发展,而宏观裂纹在扩展过程中所经过的区域,则是环境因素作用强烈的区域,也是细观损伤高度集中的区域。通过细观损伤区的相互聚集、合并,逐渐呈现出宏观裂缝,并导致工程岩体的失稳破坏。

## 3　现场应用

锦屏二级水电站引水隧洞长 16.67 km，开挖洞径 12.4 ~ 13.8 m，隧洞最大埋深约达 2 525 m，引水隧洞具有埋深大、洞线长、洞径大的特点，深埋问题突出。锦屏长探洞和辅助洞工程实践表明，引水隧洞开挖过程施工中，主要存在地下突涌水、高地应力岩爆以及高地应力条件下松散围岩的塑性大变形问题。1#、2#引水隧洞塌方部位均位于绿泥石片岩洞段，隧洞埋深 1 600 ~ 1 700 m，根据地应力反演计算结果，该塌方部位断面最大主应力 40 ~ 50 MPa，加之绿泥石片岩的岩石抗压强度为 30 ~ 40 MPa，强度应力比为 1 ~ 1.6，围岩具备了发生高地应力破坏的条件。同时，实际施工中相应的支护和超前支护措施没有及时到位，导致了塌方破坏的形成。从现场塌方发生的形式、部位和规模看，塌方主要部位都位于隧洞掌子面顶拱偏左位置，正好同该断面最大主应力方向可能产生的破坏部位相吻合。根据辅助洞和东西端引水隧洞的施工经验，可以判断 1#、2#引水隧洞绿泥石片岩洞段产生塌方的主要原因是在高地应力条件下松散围岩（绿泥石片岩）开挖卸荷膨胀导致隧洞的塌方。

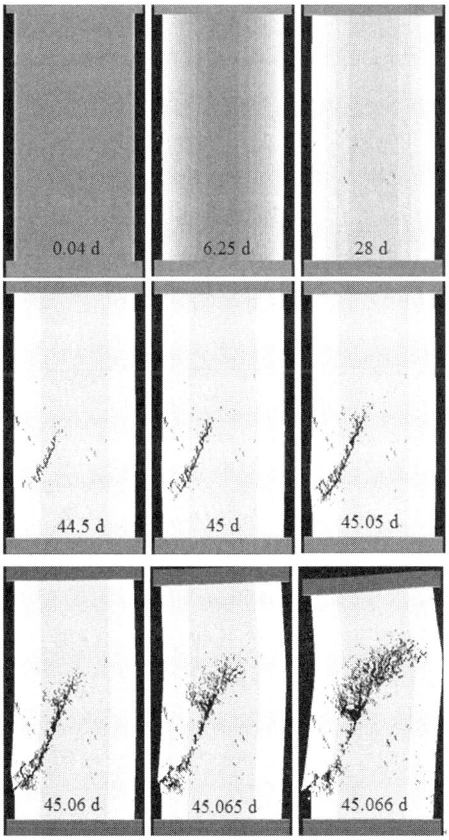


图 4　湿度扩散过程中的裂纹萌生、扩展和贯通过程

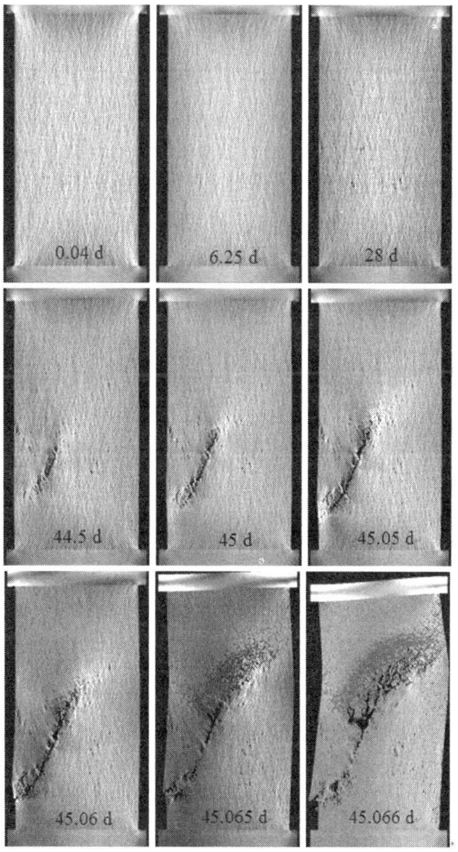


图 5　裂纹萌生、扩展和贯通过程中的应力重分布

通过调整原岩体的初始变形模量则可以得到不同的最大侵入衬砌空间量。图 6 是隧洞最大侵入空间的变形量与岩体初始变形模量之间的关系图表与曲线。从计算结果中可以看出，当岩体初始变形模量取为 1 500 MPa 时，其最大侵入衬砌空间达到了现场变形统计中的 60 cm 量级以

上,而初始变形模量为 6 000 MPa 时,其变形量则在现场统计的 0 ~20 cm 量级内。

图 7 为数值模拟得到的隧洞 A 点的变形量随时间的变化关系。从 A 点的位移变化曲线中可看出,隧洞开挖的初期,围岩的变形量相对较小,但其变形速率在初期却最大。如果隧洞内一直保持高的湿度环境,外环境中的湿度会进一步渗透到围岩内部,导致隧洞变形量进一步增加。然而,变形速率却随着扩散的进行而逐渐减小。当开挖后历时 60 d 后,A 点变形量达到 138 mm,且逐渐趋于稳定。

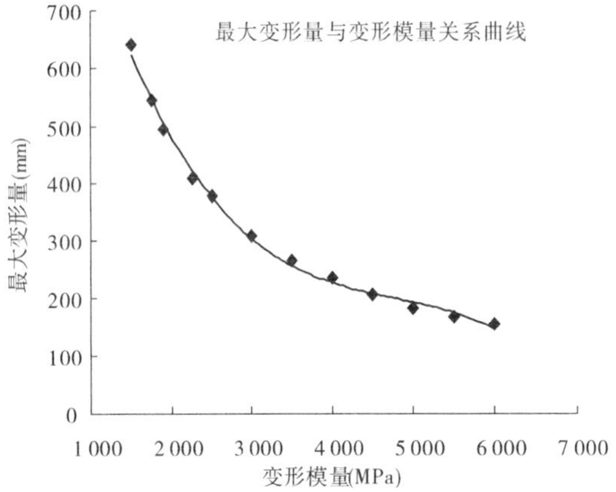


图 6　最大侵入隧洞衬砌空间的变形量与岩体初始变形模量之间的关系曲线

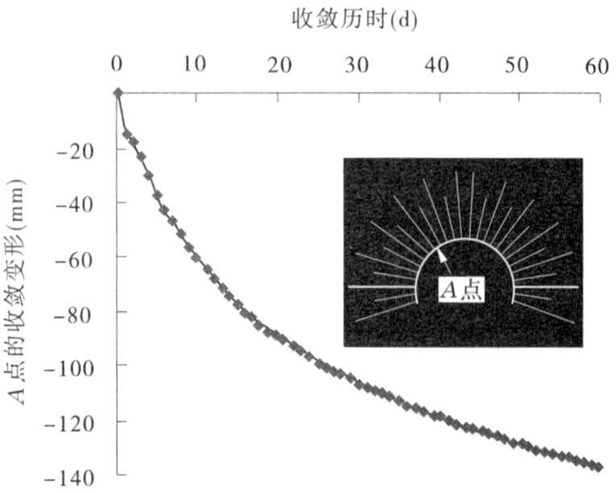


图 7　湿度扩散引起的隧洞 A 点变形量的时间历程

图 8 为最大侵入衬砌空间在 60 cm 量级(岩体初始变形模量为 1 500 MPa)的隧洞侵入衬砌空间断面处松动圈形成期间的破坏、变形模量以及应力场的演化过程。从其应力场的演化过程可以看出,随着松动圈逐渐从隧洞周边向深层岩体中发展,支护系统中的应力也逐渐增大,并对隧洞的变形起到切实有效的支护作用,限制围岩的进一步变形,从而缩短了围岩的收敛时间。图 8 中变形模量的变化体现了松动圈的发展过程。由于绿泥石片岩属于软岩,因此松动圈的形成一部分是由开挖后的应力场扰动形成,另一部分则是绿泥石片岩的流变作用引起的材料性质弱化,进而对松动圈产生影响作用。从上台阶开挖引起的破坏分布来看,拱脚的破坏较为严重。

从断面破坏情况来看,在松动圈形成过程中的破坏主要发生在隧洞底部岩体中,其原因可以认为是隧洞周边的支护系统控制了岩体部分的变形,一定程度上抑制了部分破坏的产生。然而,由于隧洞底部岩体敞露在外界环境中,一方面是其流变性能使得底部岩体产生部分破坏,另一方面则是其与外界的水、汽环境接触造成的岩体性能弱化,进而导致一定的破坏。此外,从计算结果中还可以看出,随着围岩物理力学性能的提高,底部破坏的程度逐渐减小,也即围岩的自稳能力增强。

## 4　结　论

本文以湿度环境为例,从环境因素的改变造成岩体物理力学性能的弱化,以及力学加载后岩体的响应(裂纹扩展)角度着手,探讨了围岩松动圈的形成机理,并在工程中得到初步应用。研究结果表明:

(1)当岩石中存在湿度梯度时,湿度便会产生扩散,使得岩石中的湿度含量是一个随时

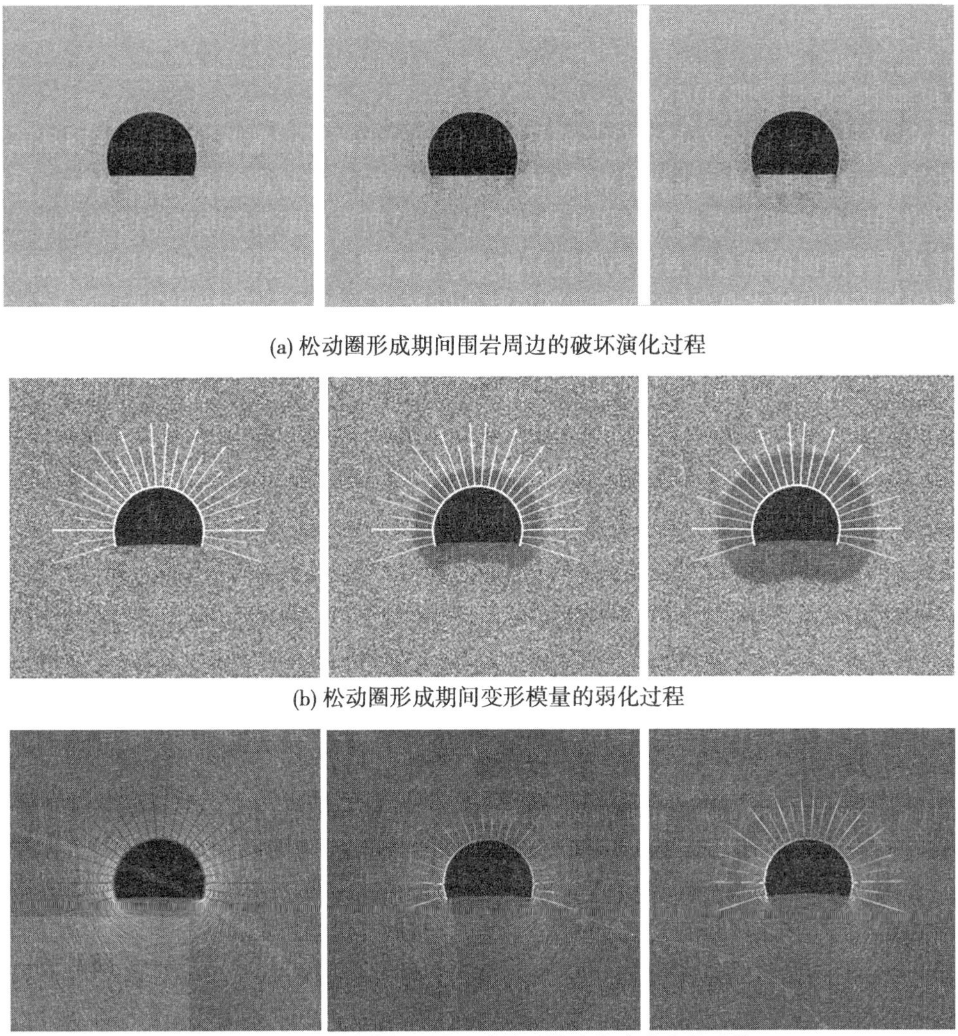

(a) 松动圈形成期间围岩周边的破坏演化过程

(b) 松动圈形成期间变形模量的弱化过程

(c) 松动圈形成期间围岩和支护系统中剪应力变化过程

图 8　采用本文方法计算得到的松动圈形成过程

间和空间变化的量。湿度的变化不仅改变岩石中的力性（应力场），也会改变岩石的物性（强度、弹模、泊松比等），进而对松动圈的形成过程产生重要的影响。

（2）湿度环境条件下的岩石受外力作用会产生时间效应。这种时间效应与外力作用下的岩石损伤以及水分迁移造成的力性和物性变化的共同作用有关，形成高度非线性的耦合过程。这一认识为研究松动圈的时间效应提供了一种新的思路。

（3）由于湿度扩散造成的岩石介质物性变化与时间和空间有关，因此所造成的岩石变形不仅是时间的函数，也是空间的函数，这有助于研究松动圈形成的时空效应。

（4）岩石中湿度的扩散导致应力腐蚀，形成损伤，损伤的形成又反作用于湿度扩散过程，是一个湿度扩散、应力腐蚀、损伤演化相互耦合作用的过程。

（5）工程实践表明，有关松动圈和隧道收敛变形的模拟结果能较好地反映松动圈的形成时间、范围以及收敛变形历程，也进一步证实基于湿度扩散的松动圈理论的合理性。

## 参考文献


[1] 董方庭,宋宏伟,郭志宏. 巷道围岩松动圈支护理论[J]. 煤炭学报,1994,19(1):21-32.

[2] 董方庭. 巷道围岩松动圈支护理论及应用技术[M]. 北京:煤炭工业出版社,2001.

[3] 靖洪文,马世志. 大松动圈软岩工程分类及对策[J]. 矿山压力与顶板管理,1999(1):30-32.

[4] 张东俭,苗素军,蒋敬平,等. 济二煤矿巷道围岩松动圈测试与研究[J]. 山东煤炭科技,1998(1):62-64.

[5] 房路翔. 围岩松动圈支护理论在云驾岭煤矿的应用[J]. 河北煤炭,1997(1):45-47.

[6] 孙毅,孙亚南. 围岩松动圈测试方法探讨[J]. 地铁与轻轨,2000(2):30-34.

[7] 侯曙光,李磊,黄勇. B-P 算法在确定杨溪水电站引水隧洞围岩塑性松动圈中的应用[J]. 广东水利水电,2001(2):16-17.

[8] 谷兆祺,彭守拙,李仲奎. 地下洞室工程[M]. 北京:清华大学出版社,1994.

[9] 史国兴. 巷道围岩松动圈理论的发展[J]. 河北煤炭,1995(4):1-5.

[10] 孙超. 地下采空区对地表稳定性的影响[D]. 哈尔滨:中国地震局工程力学研究所,2005.

[11] 于忠久,赵同彬. 围岩松动圈理论及其在巷道支护中的应用[J]. 煤炭技术,2004(8):53-54.

[12] 孙有为,薄景山,孙超. 地下洞室松动圈的研究方法与现状[J]. 防灾科技学院学报,2009,11(2):13-17.

[13] 董方庭. 锚喷支护研究—围岩松动圈测定及锚固体强度实验(实验小结)[J]. 中国矿业学院学报,1980(2):25-35.

[14] 韩永琦,李来喜,昌彦君. 地震折射层析法在隧洞围岩松动圈测试中的应用[J]. 工程地球物理学报,2004,1(5):412-417.

[15] 周扬水,吴从师,张庆彬. 隧道围岩爆破松动圈测试分析[J]. 采矿技术,2005,5(3):63-64.

[16] 刘传孝,杨永杰,王德青. 跨采巷道围岩松动圈发育的结构特点[J]. 山东矿业学院学报,1998,17(2):153-156.

[17] 赵红平,董方庭. 爆破当量确定围岩松动圈碎胀力初探[J]. 建井技术,1997(18):33-34.

[18] 靖洪文,宋宏伟,郭志宏. 软岩巷道围岩松动圈变形机理及控制技术研究[J]. 中国矿业大学学报,1999,28(6):560-564.

[19] 靖洪文,付国彬,郭志宏. 深井巷道围岩松动圈影响因素实测分析及控制技术研究[J]. 岩石力学与工程学报,1999,18(1):70-74.

[20] 刘刚,宋宏伟,段现军. 矩形巷道松动圈回归公式[J]. 煤炭科学技术,2001,29(6):38-40.

[21] 刘刚,宋宏伟. 煤巷围岩松动圈规律研究[J]. 煤炭学报,2002,27(1):31-35.

[22] 刘刚,宋宏伟. 围岩松动圈影响因素的数值模拟[J]. 矿业工程,2003,23(1):1-3.

[23] 高玮,郑颖人. 巷道围岩松动圈预测的进化神经网络法[J]. 岩石力学与工程学报,2002,21(5):658-661.

[24] Shao JF, Zhu QZ, Su K. Modeling of creep in rock materials in terms of material degradation[J]. Computers and Geotechnics, 2003, 30(7): 549-555.

[25] Shao JF, Duveau G, Bourgeois F, Chen WZ. Elastoplastic damage modeling in unsaturated rock and applications [J]. International Journal of Geomechanics, 2006, 6(2): 119-130.

[26] 周莉. 深井软岩水理特性试验研究[D]. 北京:中国矿业大学,2008.

[27] 唐春安,唐世斌. 岩体中的湿度扩散与流变效应[J]. 采矿安全学报,2010,27(3):292-298.

[28] Tang C. A, Hudson JA, Xu XH. Rock failure instability and related aspect of earthquake mechanism [M]. Beijing: China Coal Industry Press, 1993.

# 锦屏一级高拱坝坝肩稳定三维地质力学模型综合法试验研究

张　林[1]　吴世勇[2]　陈　媛[1]　杨宝全[1]　董建华[1]

(1. 四川大学 水力学与山区河流开发保护国家重点实验室、水利水电学院　四川 成都 610065；
2. 雅砻江流域水电开发有限公司　四川 成都　610051)

**摘要**：地质力学模型破坏试验是研究高拱坝坝肩稳定重要方法之一。本文综述了地质力学模型破坏试验研究方法，提出了在一个模型上采用超载与强度储备相结合的综合法试验研究坝肩失稳的破坏机理和安全度。在该方法中，既考虑了大坝上游出现超载的情况，同时又考虑了坝肩坝基岩体及软弱结构面强度降低对稳定的影响，因而综合法试验模拟了影响高拱坝坝肩稳定的多种因素。根据破坏试验原理和模型相似理论，建立了综合法试验安全系数评价体系，并应用变温相似材料，通过升温降强的方法实现了坝肩岩体及结构面材料强度逐步降低这一力学行为的模拟，从而在一个模型上实现了综合法试验。针对锦屏一级高拱坝坝肩坝基稳定问题，开展了加固地基条件下高拱坝三维地质力学模型综合法破坏试验研究，获得了坝与地基的变形分布特性，坝肩坝基失稳的破坏机理和破坏形态，以及坝肩稳定综合法试验安全系数。同时，与天然地基条件下的拱坝三维地质力学模型综合法试验成果进行对比，分析了锦屏一级拱坝坝肩坝基加固处理效果。

**关键词**：锦屏一级高拱坝　坝肩稳定　三维地质力学模型　综合法试验　破坏机理　安全系数

## 1　引　言

无论是要实现我国经济的健康、持续、快速发展，还是要实现节能减排的目标[1,2]，都需要开发水电这种清洁的能源。国家能源发展"十二五"规划中已经明确提出[3]，在做好生态环境保护和移民安置的前提下积极发展水电。从水电发展的布局来看，目前许多大型水电项目都集中在我国西部地区的金沙江、雅砻江、大渡河、澜沧江和怒江等河流上，由于受到青藏高原的强烈持续抬升和河谷剧烈下切侵蚀作用，这些河段大都山高、坡陡、谷深，从地形地貌上适合修建高坝以抬高水位，充分利用水能，形成大水库、大电站，满足西部经济建设及西电东送的需要，作为国家重要的能源基地。对于高坝，拱坝的优势尤为明显，其具有混凝土体积小、施工速度快、超载能力强等优点，因此西部地区目前在建和即将建设的许多高坝都选择拱坝坝型，如锦屏一级(305 m)、小湾(294.5 m)、溪洛渡(285.5 m)、白鹤滩(289 m)、乌东德(坝高265 m)、拉西瓦(250 m)、大岗山(210 m)等。然而，由于特殊的地理环境，这

基金项目：国家自然科学基金资助项目(面上项目)(51379139)；国家自然科学基金资助项目(青年基金项目)(51109152)；四川大学青年教师科研启动基金(2012SCU11061)。

些高拱坝普遍具有以下特点：坝址区存在断夹层、蚀变带、节理裂隙等复杂地质构造，坝高库大，坝体承受的荷载大，坝肩坝基岩体非均匀性、非线性、非连续性和各向异性现象突出，软弱结构面易发生泥化、软化等强度降低的力学行为。因此，高拱坝的坝肩稳定问题尤为突出[4-6]。地质力学模型破坏试验研究是解决上述问题的重要方法之一。

地质力学模型试验是根据一定的相似原理对工程与地质问题进行缩尺研究的一种试验方法。试验的主要目的是研究大坝与地基的整体稳定安全度，反映结构和地基的破坏形态，了解地基的变形分布特性，揭示破坏机理，其试验结果能给人以更直观的感觉[7]。该试验方法出现在 20 世纪 60 年代，当时世界高坝建设迅速发展，以 E. Fumagalli 为首的专家在意大利贝加莫结构模型试验所（ISMES）成功地进行了多项地质力学模型试验[8]，如意大利瓦依昂拱坝（坝高 261.6 m）、伊泰普重力坝（坝高 196 m）等工程均进行过地质力学模型破坏试验，试验成果为这些工程设计的完善和工程的加固处理提出了可靠的依据。

我国在 20 世纪 70 年代以后，大量开展了这方面的研究工作，如长江水利水电科学研究院龚召熊[9]将地质力学模型试验技术引进我国，并推广应用于我国水利水电工程建设中。清华大学周维垣、杨若琼等[10,11]建立了基于超载法试验的高拱坝稳定分析评价体系，并已成功应用于多座高坝工程的稳定性研究中。四川大学李朝国、张林[12,13]等开展了地质力学模型综合法破坏试验研究，通过采用变温相似材料实现了超载与降强相结合的综合法试验。本文在上述研究的基础上，总结了地质力学模型破坏试验研究方法，根据超载法、强度储备法（降强法）的基本原理建立了综合法试验安全系数评价体系，并结合锦屏一级高拱坝的坝肩稳定问题，开展了高拱坝坝肩坝基加固处理后三维地质力学模型综合法破坏试验研究，获得了坝肩坝基稳定综合法试验安全系数，坝与地基的变形特征，坝肩坝基失稳的破坏机理和破坏形态。同时，与天然地基条件下的拱坝三维地质力学模型综合法试验成果[14]进行对比，分析了锦屏一级拱坝坝肩坝基加固处理效果。

## 2　地质力学模型综合法破坏试验理论

地质力学模型试验属于破坏试验，其试验方法主要有超载法、强度储备法（降强法）、超载与强度储备相结合的综合法，三种方法所考虑的影响稳定安全的因素不一样。①超载法假定坝基坝肩岩体的力学参数不变，逐步增加坝体上游水荷载，直到基础破坏失稳，由此得到的安全系数叫超载安全系数，这种方法反映了超标洪水的来临对工程安全度的影响。②强度储备法（降强法）基于坝基坝肩岩体本身具有一定的强度储备能力，通过逐步降低岩体及软弱结构面的力学参数直到基础破坏失稳，由此得到的安全系数叫强度储备系数，这种方法反映了工程在长期运行中，由于库水的浸泡或渗漏使岩体及结构面力学参数逐步降低等对工程安全的影响。③综合法是超载法和强度储备法的结合，也就是在一个模型上进行超载法和降强法试验，这种方法既考虑到工程上可能遇到的突发洪水，又考虑到工程长期运行中岩体及软弱结构面力学参数逐步降低的情况，能反映多种因素对工程稳定安全性的影响。根据上述三种破坏试验方法的基本原理和模型相似理论进行推导，建立评价安全系数的相似关系式。

### 2.1　超载安全系数相似理论关系式

在超载法试验中，模型破坏时的超载倍数 $K_p$，应为超载破坏时的荷载 $P'_m$ 与设计荷载 $P_m$ 的比值，模型试验中一般采用超容重的方法[15]，因此超载倍数 $K_p$ 也为模型破坏时液压容重

$\gamma'_m$与模型设计时的液压容重 $\gamma_m$ 的比值，其表达式为

$$K_p = \frac{P'_m}{P_m} = \frac{\gamma'_m}{\gamma_m} \tag{1}$$

由地质力学模型试验的相似条件 $C_\tau = C_\gamma \cdot C_L$ 可得

$$C_\tau = \frac{\tau_p}{\tau_m} = \frac{\gamma_p}{\gamma_m}C_L \tag{2}$$

则

$$\frac{1}{\gamma_m} = \frac{\tau_p}{\tau_m \cdot \gamma_p \cdot C_L} \tag{3}$$

其中，$C_\tau = \frac{\tau_p}{\tau_m}$、$C_\gamma = \frac{\gamma_p}{\gamma_m}$、$C_L = \frac{L_p}{L_m}$分别为抗剪断强度相似常数、容重相似常数、几何相似常数，下标 $p$ 表示原型，下标 $m$ 表示模型，下同。

将式(3)代入式(1)中得到超载安全系数 $K_p$ 的表达式为

$$K_p = \gamma'_m \cdot \frac{1}{\gamma_m} = \gamma'_m \cdot \frac{\tau_p}{\tau_m \cdot \gamma_p \cdot C_L} = \frac{\gamma'_m}{\gamma_p} \cdot \frac{\tau_p}{\tau_m} \cdot \frac{1}{C_L} = \frac{\gamma'_m}{\gamma_p} \cdot \frac{C_\tau}{C_L} \tag{4}$$

由此可见，在超载法中，不改变材料力学参数，因而 $C_\tau$、$C_L$ 均为定值，也就是说须在材料力学参数不变的情况下，不断增加上游荷载直至模型破坏。

## 2.2　强度储备系数相似理论关系式

在强度储备法中，模型破坏时的降强倍数 $K_S$，应为设计抗剪断强度 $\tau_m$ 和降强破坏时的抗剪断强度 $\tau'_m$的比值，其表达式为

$$K_S = \frac{\tau_m}{\tau'_m} \tag{5}$$

由地质力学模型试验的相似关系式 $C_\tau = C_\gamma \cdot C_L$ 得

$$\tau_m = \frac{\tau_p \cdot \gamma_m}{\gamma_p \cdot C_L} \tag{6}$$

将式(6)代入式(5)中得到强度储备系数 $K_S$ 的表达式为

$$K_S = \frac{\tau_m}{\tau'_m} = \frac{\tau_p \cdot \gamma_m}{\gamma_p \cdot C_L} \cdot \frac{1}{\tau'_m} = \frac{\tau_p}{\tau'_m} \cdot \frac{\gamma_m}{\gamma_p} \cdot \frac{1}{C_L} = \frac{\tau_p}{\tau'_m} \cdot \frac{1}{C_\gamma} \cdot \frac{1}{C_L} \tag{7}$$

由此可见，在强度储备法中，由于上游荷载不变，因而 $C_\gamma$、$C_L$ 均为定值，也就是说须在荷载不变的情况下，不断降低模型材料强度直至破坏。

## 2.3　综合法安全系数相似理论关系式

综合法是在一个模型上既进行超载试验又降低材料强度，由此获得了一个降强倍数 $K_S$ 和一个超载倍数 $K_p$，综合法安全系数 $K_c = K_p \cdot K_S$。

由式(4)及式(7)两边分别相乘也可得到

$$K_c = K_p \cdot K_S = \left(\frac{\gamma'_m}{\gamma_p} \cdot \frac{\tau_p}{\tau_m} \cdot \frac{1}{C_L}\right) \cdot \left(\frac{\tau_p}{\tau'_m} \cdot \frac{\gamma_m}{\gamma_p} \cdot \frac{1}{C_L}\right) = \left(\frac{\gamma'_m}{\gamma_p} \cdot \frac{\tau_p}{\tau'_m} \cdot \frac{1}{C_L}\right) \cdot \left(\frac{\gamma_m}{\gamma_p} \cdot \frac{\tau_p}{\tau_m} \cdot \frac{1}{C_L}\right) \tag{8}$$

在地质力学模型试验中为了满足自重相似，在选取地质力学模型试验材料时尽量满足原型、模型材料的容重相等，即 $C_\gamma = \frac{\gamma_p}{\gamma_m} = 1$，则 $C_\tau = C_L$，所以式(8)可变为

$$K_c = K_p \cdot K_S = \frac{\gamma'_m}{\gamma_p} \cdot \frac{\tau_p}{\tau'_m} \cdot \frac{1}{C_L} \tag{9}$$

由此可知，在综合法试验中，既考虑了上游水荷载超载，同时又考虑了材料强度的降低，能反映多种因素对安全系数的影响。在综合法试验中需要降低坝基坝肩岩体及结构面力学参数，为此在模型试验中研制能降强的变温相似材料[16,17]。变温相似材料是将高分子材料与传统的模型材料结合起来，即在模型材料中加入适量的高分子材料及相关添加材料，同时在模型中配置升温系统，在试验过程中通过升温的方法使高分子材料逐步熔解，材料的抗剪断强度参数逐步降低，以此模拟岩体及结构面的力学参数逐步弱化的力学行为，在一个模型上实现综合法试验。需要说明的是，在试验前需要进行升温降强的材料试验，以获得材料强度参数与温度的关系曲线，作为综合法试验的基础。

## 3　坝肩坝基地质特点与加固处理措施

### 3.1　坝肩坝基地质特点

锦屏一级水电站是雅砻江干流上的重要梯级电站，其混凝土双曲拱坝最大坝高 305 m，是目前在建的世界第一高拱坝，电站总装机 3 600 MW，枢纽建成后的主要任务是发电。

坝址区河道顺直，河流流向 N25°E，河谷为典型的深切“V”型峡谷，相对高差 1 500 ~ 1 700 m。左岸为反向坡，上为砂板岩，下为大理岩；右岸为顺向坡，为大理岩，下陡上缓。拱坝坝肩岩体受地质构造作用影响强烈，岩体内断层、层间挤压错动带、节理裂隙等发育，对坝体稳定影响较大的地质构造如左岸断层 f5、f2、f8、f42 - 9、f9、f1，挤压带 g，煌斑岩脉 X、深部裂缝；右岸断层 f13、f14、f18，绿片岩透镜体，近 SN 向陡倾裂隙等。典型地质剖面图如图 1 所示。

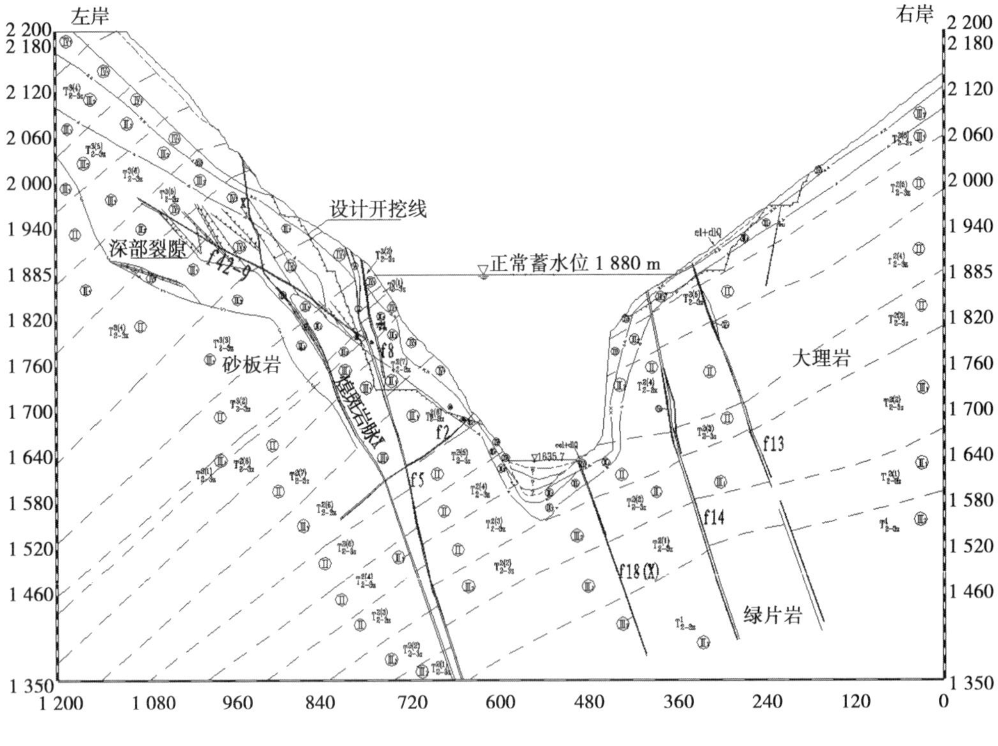


图 1　锦屏一级拱坝典型地质剖面图

### 3.2　坝肩坝基加固处理措施

锦屏一级高拱坝地质条件复杂，加固处理工程量巨大，针对影响大坝与坝肩稳定的主要地质构造，工程上主要采取以下加固处理方案：左坝肩采取以混凝土垫座、软弱结构岩带混凝土置换网格、抗剪传力洞、刻槽置换及固结灌浆等为主的加固方案。如根据 f2 断层及挤压带 g 的发育情况，在建基面集中出露的 1 670 m 高程附近，采用刻槽置换；断层 f5 采用 2 层平洞和 4 条斜井进行混凝土置换；X 煌斑岩脉采用 3 层置换洞和 7 条斜井进行混凝土置换；左岸坝肩 1 730 ~ 1 885 m 高程采用混凝土垫座置换；断层 f42 - 9 分别在 1 883 m、1 860 m、1 834 m 高程各设置一条抗剪洞；另外还分别在 1 829 m、1 785 m、1 730 m 设置了 5 条传力洞。右坝肩采取以建基面刻槽置换、软弱结构岩带混凝土置换网格及固结灌浆等为主的加固措施。如断层 f13 从 1 601 m 高程至出露处采用 5 条混凝土斜井置换；断层 f14 采用 3 层置换平洞和 5 条斜井进行混凝土置换；根据断层 f18 及伴生的煌斑岩脉 X 的发育情况，在建基面集中出露的 1 580 m 高程附近，采取开槽置换处理。在三维地质力学模型试验中，对以上主要加固处理措施进行了模拟。

## 4　拱坝三维地质力学模型试验设计

### 4.1　原模型相似关系与物理力学参数

由地质力学模型相似理论[18]，模型试验需要满足以下相似关系：$C_\gamma = 1, C_\varepsilon = 1, C_f = 1, C_\mu = 1, C_\sigma = C_\varepsilon C_E, C_\sigma = C_E = C_L, C_F = C_\sigma C_L^2 = C_\gamma C_L^3$。其中，$C_E, C_\gamma, C_L, C_\sigma$ 及 $C_F$ 分别为变形模量比、容重比、几何比、应力比及集中力比；$C_\mu, C_\varepsilon$ 及 $C_f$ 分别为泊松比、应变及摩擦系数比。结合锦屏一级拱坝工程实际，选择几何比 $C_L$ 为 300，容重比 $C_\gamma$ 为 1.0，位移比 $C_\delta$ 为 300，变形模量比 $C_E$ 为 300；选择模拟范围为 4 m × 4 m × 2.83 m（顺河向 × 横向 × 高度），相当于原型工程尺寸 1 200 m × 1 200 m × 850 m。根据地质部门和设计单位提供的坝体混凝土、置换混凝土、各类岩体和主要结构面的物理力学参数，按相似关系换算得到各类模型材料的主要物理力学参数，如表 1 所示。

**表 1　原型和模型材料主要物理力学参数表**

| 材料名称 | $\mu_p$ | $E_p$ ($10^3$ MPa) | $f_p$ | $c_p$ (MPa) | $\mu_m$ | $E_m$ (MPa) | $f_m$ | $c_m$ (MPa) |
|---|---|---|---|---|---|---|---|---|
| 坝体混凝土 | 0.17 | 34 | 1.7 | 5.0 | 0.17 | 113.33 | 1.7 | 0.016 7 |
| 置换混凝土 | 0.17 | 31 | 1.5 | 3.5 | 0.17 | 103.33 | 1.5 | 0.011 7 |
| Ⅱ | 0.2 | 26.5 | 1.35 | 2 | 0.2 | 88.33 | 1.35 | 0.006 7 |
| $Ⅲ_1$ | 0.25 | 12 | 1.07 | 1.5 | 0.25 | 40.00 | 1.07 | 0.005 0 |
| $Ⅲ_2$ | 0.27 | 8 | 1.02 | 0.9 | 0.27 | 26.67 | 1.02 | 0.003 0 |
| $Ⅳ_1$ | 0.3 | 3.5 | 0.7 | 0.6 | 0.3 | 11.67 | 0.7 | 0.002 0 |
| $Ⅳ_2$ | 0.3 | 2.5 | 0.6 | 0.4 | 0.3 | 8.33 | 0.6 | 0.001 3 |
| f2（挤压带 g） | 0.38 | 0.4 | 0.3 | 0.02 | 0.38 | 0.001 3 | 0.3 | 0.000 1 |
| f5 | 0.38 | 0.4 | 0.3 | 0.02 | 0.38 | 0.001 3 | 0.3 | 0.000 1 |
| f42 - 9 | 0.38 | 0.4 | 0.3 | 0.02 | 0.38 | 0.001 3 | 0.3 | 0.000 1 |
| 煌斑岩脉 X（风化） | 0.30 | 3.0 | 0.4 | 0.065 | 0.30 | 0.010 0 | 0.4 | 0.000 2 |

续表 1

| 材料名称 | $\mu_p$ | $E_p$ ($10^3$ MPa) | $f_p$ | $c_p$ (MPa) | $\mu_m$ | $E_m$ (MPa) | $f_m$ | $c_m$ (MPa) |
|---|---|---|---|---|---|---|---|---|
| f13 | 0.38 | 0.8 | 0.3 | 0.02 | 0.38 | 0.002 7 | 0.3 | 0.000 1 |
| f14 | 0.38 | 0.5 | 0.3 | 0.02 | 0.38 | 0.001 7 | 0.3 | 0.000 1 |
| f18 | 0.38 | 0.5 | 0.3 | 0.02 | 0.38 | 0.001 7 | 0.3 | 0.000 1 |
| 绿片岩透镜体 | 0.30 | 3.0 | 0.6 | 0.15 | 0.30 | 0.010 0 | 0.6 | 0.000 5 |

注：表中下标 $m$ 表示模型，$p$ 表示原型。

### 4.2　模型材料研制

根据模型材料力学参数及相似要求开展了大量的材料试验，研制出与原型材料相似的模型材料。①根据材料试验结果，锦屏一级拱坝混凝土、垫座和置换洞井塞混凝土的模拟采用以重晶石粉为主，添加石膏粉、水泥、水等材料，按力学相似指标选定配合比，按设计体型缩尺后浇制而成；②坝肩坝基的岩体材料根据换算得到的力学参数，采用以重晶石粉为主、高标号机油、高分子材料等配制成混合料，再用 BY－100 半自动压模机压制成 10 cm × 10 cm ×（5～7）cm（长 × 宽 × 高）的块体材料，用于砌筑坝基坝肩岩体；③对影响坝肩稳定的主要地质构造进行模拟，如左岸断层 f5、f2、f42－9、f1，煌斑岩脉 X，层间挤压错动带，深部裂缝，节理裂缝，以及右岸断层 f13、f14、f18，绿片岩透镜体等，其中对左岸断层 f2、f5、煌斑岩脉 X，右岸断层 f13、f14、f18 等进行升温降强模拟，主要降低抗剪断强度参数。由于断层和煌斑岩脉的力学参数不一样，因此分别研制出不同配比的变温相似材料并进行升温降强剪切试验，获得其抗剪断强度 $\tau_m$ 与温度 $T$ 之间的关系曲线如图 2、图 3 所示。

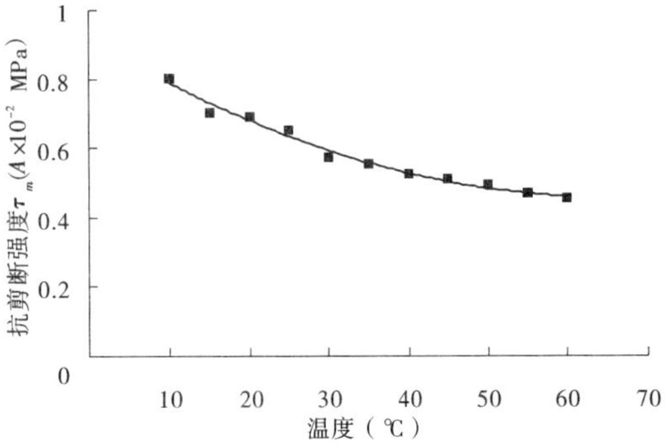


图 2　断层 fi 变温相似材料 $\tau_m \sim T$ 关系曲线

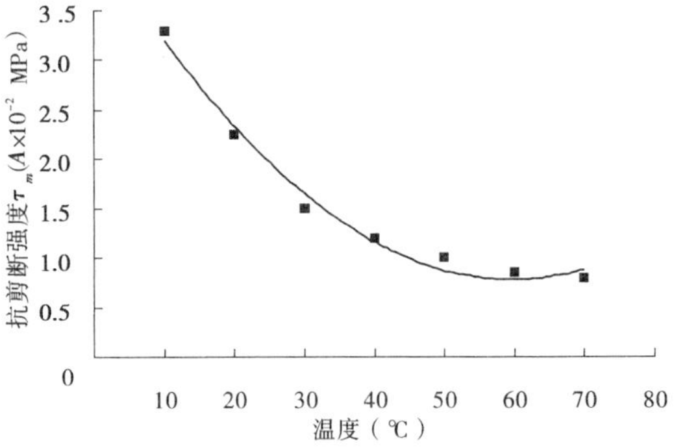


图 3　煌斑岩脉 X 变温相似材料 $\tau_m \sim T$ 关系曲线

### 4.3　模型加载系统

模型模拟的荷载为正常蓄水位的水压力＋淤沙压力＋自重。加载系统为在坝体上游面分层分块布置油压千斤顶加载系统模拟水沙荷载。根据锦屏一级高拱坝坝体水沙荷载分布形态、荷载大小、坝高及千斤顶规格与油压出力等因素综合考虑，将荷载沿坝高方向分为 5 层，每层由相同油压的千斤顶进行加压。再根据各层荷载大小、拱弧长度及千斤顶出力进行分块，并将每块荷载的重心作为千斤顶的作用点。全坝共分 24 块，分别由 24 支不同吨位的油压千斤顶加载，并用 WY－300/Ⅷ型 8 通道自控油压稳压装置供压。模型坝体上游加载系统如图 4 所示。

### 4.4　模型量测系统

试验中,需要量测的数据主要为坝体的变位和应变、坝肩表面变位、坝肩岩体内部结构面的相对变位。坝体变位量测在坝体下游面的▽ 1 880 m、▽ 1 830 m、▽ 1 750 m、▽ 1 670 m、▽ 1 620 m 等 5 个典型高程布置了 13 个双向或三向变位测点,分别测试径向、切向及竖向变位,共布置 28 支位移计,用 SP－10A 型数字显示仪监测变位;坝体应变量测在拱坝下游面▽ 1 880 m、▽ 1 830 m、▽ 1 750 m、▽ 1 670 m、▽ 1 620 m 等 5 个典型高程的拱冠及拱端布置 15 个应变测点,每个测点在水平向、竖向及 45°向贴上三张电阻应变片,用UCAM－8BL 万能数字测试装置进行应变量测;左右两坝肩及抗力体表面变位量测主要在典型的高程以及结构面出露位置布置测点,每个测点双向量测,获得各测点的顺河向及横河向的变位情况,本模型中在坝肩和河床表面共布置表面变位测点 56 个,其中左岸布置 33 个测点,右岸布置 23 个测点,共安装表面位移计 112 支,用 SP－10A 型数字显示仪监测变位;同时在断层 f13、f14、f18、f2、f5、f9、f1、X 煌斑岩脉、绿片岩透镜体及深部裂隙 SL15 等软弱结构面上布置内部相对变位测点,以监测其沿结构面的相对错动,共埋设了 88 个内部相对位移计,采用 UCAM－70A 型万能数字测试装置进行监测。由于要进行综合法试验,即需要开展升温降强试验,因此模型中还布置了升温降强系统和温度监测控制系统。

模型上游加载系统及下游两坝肩量测系统布置图和拱坝三维地质力学模型如图 4、图 5 所示。

**图 4　模型上游加载系统及下游两坝肩量测系统布置图**

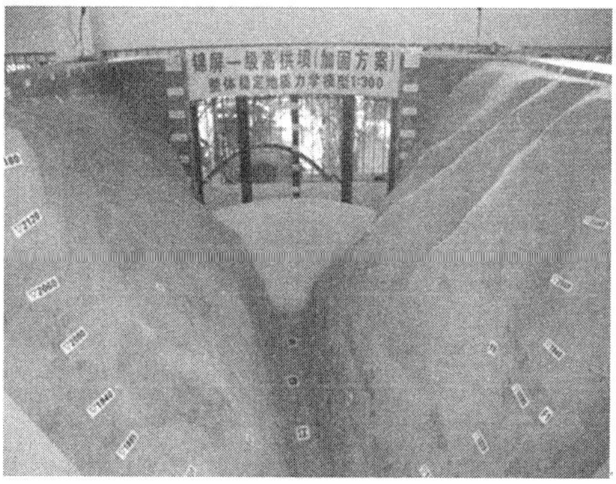

**图 5　拱坝三维地质力学模型**

## 5　试验成果分析

对加固地基条件下的锦屏一级高拱坝进行了三维地质力学模型综合法破坏试验,试验时,首先对模型进行预压,然后加载至一倍正常荷载,在此基础上进行降强阶段试验,即升温降低坝肩坝基岩体内 f2、f5、左岸煌斑岩脉 X、f13、f14、f18 等主要结构面的抗剪断强度,升温过程分为六级,由 $T_1$ 升至 $T_6$,最高温度升至 50 ℃,此时上述主要结构面的抗剪断强度降低约 30%。在保持降低后的强度参数条件下,再进行超载阶段试验,对上游水荷载分级进行超载,超载按 $0.2P_0 \sim 0.3P_0$($P_0$ 为正常工况下的水荷载)的步长超载,直至拱坝与地基出现整体失稳的趋势。在试验过程中,观测各级荷载下坝体、坝肩岩体和抗力体内部软弱结构面的变位,以及岩体的破坏情况,通过试验获得了坝体变位和应变、坝肩抗力体表面变位、坝肩软弱结构面内部相对变位的分布及变化发展过程,以及坝与地基的破坏过程和破坏形态。

对主要的成果分析如下。

### 5.1 变位成果分析

坝体变位分布特征：在正常工况下，坝体变位对称性较好，最大径向变位在▽1 880.0 m高程拱冠处，变位值为80 mm（原型值）；在降强阶段和超载初期，坝体变位量值均较小，且左右半拱变位较为对称；随超载系数的增加，变位出现一定的不对称现象，特别是超载系数 $K_p=4.0\sim4.6$ 之后，左右拱端的变位逐渐呈现出右拱端的变位略大于左拱端的特征。左右拱端的切向变位在整个加载过程中均大体相当。典型变位曲线如图6所示。由大量变位成果曲线可知，在正常工况下，即 $K_p=1.0$ 时，坝体变位总体较小；在降强阶段，坝体位移曲线有微小波动，但变化幅度较小；在超载阶段，坝体变位随超载系数的增加而逐渐增大；在 $K_p>4.0\sim4.6$ 之后，变位曲线斜率变小，位移值的增长速度加快；在 $K_p=7.0\sim7.6$ 时，坝体产生较大变形，呈现出整体失稳的趋势。

坝肩变位特征：坝肩变位总体上在靠近拱端部位变位大，煌斑岩脉X出露处变位大，远离拱端的位置变位小，典型的坝肩表面变位曲线如图7所示。在正常工况和强降过程中，两坝肩及抗力体表面变位较小，且左右坝肩的变位较对称。超载过程中，在 $K_p=4.0\sim4.6$ 之前，变位逐步增长量值不大且较对称；在 $K_p>4.6$ 后，变位随荷载增加而显著增大，说明两坝肩已有较大塑性变形，且出现右坝肩变位略大于左坝肩的现象。大部分曲线在 $K_p=4.0\sim4.6$ 之间存在明显拐点或者曲线斜率明显减小。当 $K_p=5.0\sim6.0$ 时，变位曲线的变化速率进一步增大，部分测点出现反向；当 $K_p=7.0\sim7.6$ 时，坝肩岩体出现较大的变形，岩体表面裂缝不断扩展、相互贯通，出现破坏失稳的趋势。

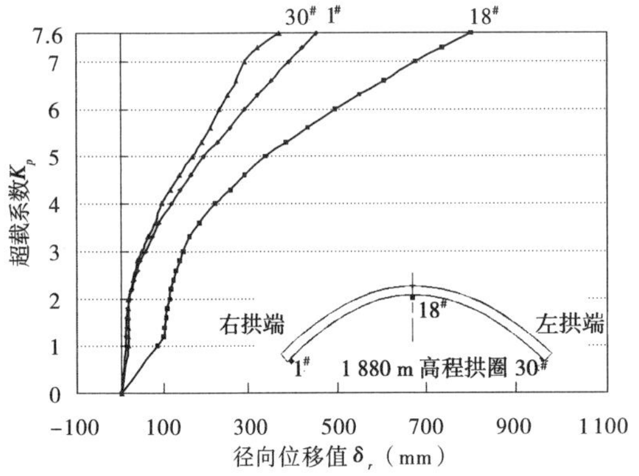


图6　▽1 880 m 拱圈下游面径向变位 $\delta_r\sim K_p$ 关系曲线

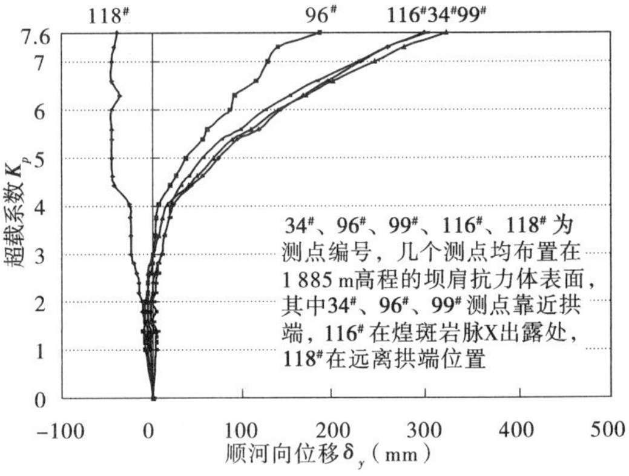


图7　▽1 885 m 左岸顺河向变位 $\delta_p\sim K_p$ 关系曲线

### 5.2 破坏过程和破坏形态分析

根据现场观测记录以及模型测试成果综合分析得出，模型坝体在超载系数 $K_p=1.4\sim1.6$ 时坝踵发生初裂；模型坝肩在 $K_p=2.6\sim2.8$ 时相继在坝顶拱端附近的断层f42－9与f13，以及右坝肩中下部的断层f18出露处发生开裂；模型在 $K_p=4.0\sim4.6$ 时发生大变形，两坝肩裂缝明显增多，坝踵裂缝开裂明显、左右贯通，断层f42－9、f5、f2、f13、f14、f18、煌斑岩脉X相继发生开裂、扩展，两坝肩中部及右岸坝顶下游侧岩体表面裂缝增多；模型在 $K_p=7.0\sim7.6$ 时，左右坝肩岩体表面裂缝相互交汇、贯通，拱坝、坝肩抗力体及软弱结构面出现变形不稳定状态，模型呈现出整体失稳的趋势。加固地基条件下模型最终的破坏形态如图8、图9所示。由破坏形态图可知，加固处理后，右坝肩的最终破坏形态主要分布在从断层f18至坝顶的三角形区域，在这个区域内由于断层与SN向陡倾裂隙的相互切割，以及坝肩中部发育有绿片岩透镜体，使断层f13、f14、f18相继发生开裂，岩体沿陡倾裂隙方向不断开裂、扩展，并与断层结构面相互交叉、贯通；左岸坝肩的最终破坏形态主要是沿结构面f42-9、f5、f2及煌斑岩脉X先后发生开裂；上游坝踵出现开裂破坏，下游坝趾由于贴角的加固作用，仅在右岸f14、f18与坝体交汇处出现少量裂缝。

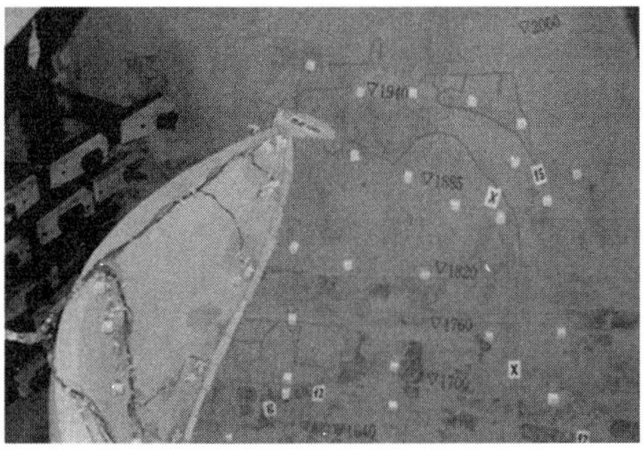

图8　$K_p=7.6$ 时的左坝肩破坏形态

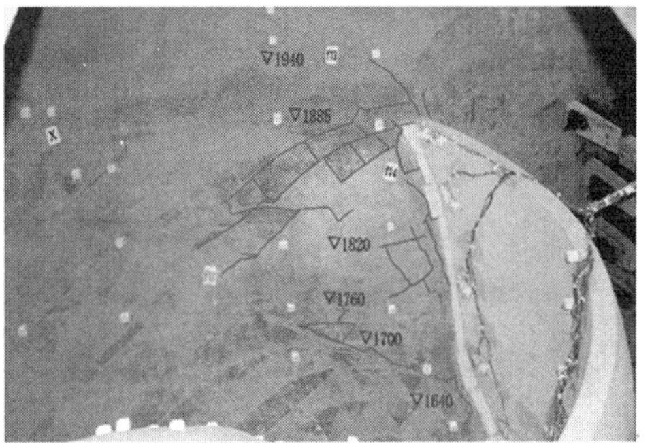

图9　$K_p=7.6$ 时的右坝肩破坏形态

### 5.3　综合稳定安全度分析

坝与地基地质力学模型综合法试验的整体稳定安全度，需要依据坝体下游面表面变位和应变曲线、两坝肩岩体表面变位曲线、两坝肩及抗力体中软弱结构面内部相对变位曲线、试验现场的破坏形态观测记录以及升温降强幅度等五个方面的资料进行综合评定，尤其是根据各关系曲线的波动、拐点、增长幅度、转向等特征，得出拱坝与地基的强度储备系数 $K_1$ 及超载系数 $K_2$，由综合法试验理论可知，整体稳定安全度 $K_c=K_1\times K_2$。根据本次试验获得的资料及成果，综合分析得出，试验的降强系数为 $K_1=1.3$；拱坝与地基发生大变形时的超载系数为 $K_2=4.0\sim4.6$，则加固后锦屏一级拱坝与地基的整体稳定综合法试验安全度 $K_c=K_1\times K_2=5.2\sim6.0$。

## 6　加固处理效果分析

将本次锦屏一级拱坝坝肩坝基加固后的试验成果与天然地基条件下的试验成果进行对比，可以对坝肩加固处理措施的加固效果进行分析。天然地基条件下锦屏一级拱坝地质力学模型试验的成果见参考文献[14]。对两次试验的坝体和坝肩坝基表面变位、破坏过程和形态、综合稳定安全度等成果进行对比分析可得到如下的一些结论：

(1)从坝体和坝肩坝基变位对比分析可知：加固处理前左半拱变位大于右半拱变位，出现明显的不对称现象，加固处理后左右半拱变位的对称性得到明显改善，坝体和坝肩变位量值有所减少，其中左拱端变位减少的效果较右拱端明显，随着超载倍数的增加，坝体变位的减小效果更为明显，加固前后坝体典型测点变位对比曲线如图10所示。加固处理后，左右岸的顺河向、横河向变位有所减少，变位的对称性也得到明显改善，同时坝肩抗力体出现最终破坏失稳时的超载倍数得到增大，其极限超载倍数由加固前的 $K_p=5.0\sim5.5$ 增大为 $K_p=7.0\sim7.6$。加固前后坝肩表面典型测点变位对比曲线如图11所示。

(2)通过模型破坏过程和破坏形态对比分析可知:坝肩加固处理后,在相同超载倍数下,模型破坏的程度减轻,破坏的范围减少;坝肩出现大变形的超载倍数提高,表明加固后两坝肩抗力体的承载能力得到提高。

(3)综合稳定安全度对比:天然地基条件下,综合法试验得到的整体稳定安全度为4.7~5.0,加固地基条件下,整体稳定综合法试验安全度为5.2~6.0,比加固前提高了约16%。

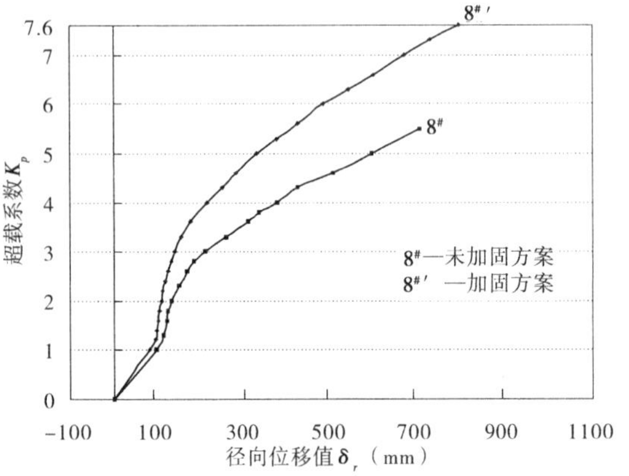


图10　加固前后拱圈下游面同一测点变位曲线

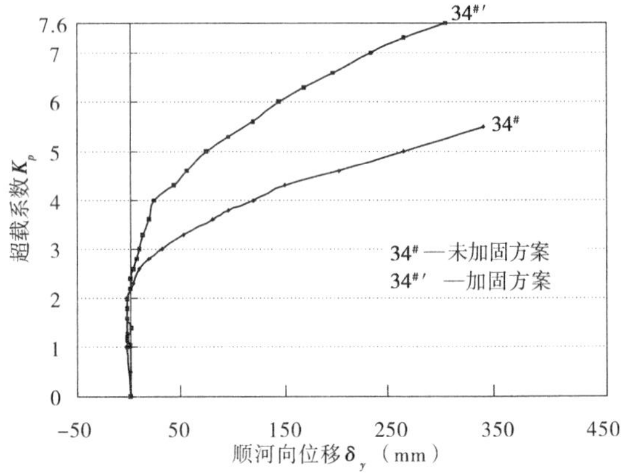


图11　加固前后左坝肩抗力体同一测点变位曲线

## 7　结　论

(1)本文总结了地质力学模型破坏试验研究方法,根据超载法、强度储备法(降强法)的基本原理建立了综合法试验安全系数评价体系,为地质力学模型综合法破坏试验提供了理论依据。

(2)研制了适合锦屏一级高拱坝坝肩稳定三维地质力学模型综合法试验的变温相似材料,实现了对影响坝肩稳定的主要结构面进行强度参数逐步弱化的模拟。

(3)根据工程的加固处理方案,在试验中对坝肩坝基混凝土垫座、混凝土网格洞井塞置换、刻槽置换等主要的坝肩坝基加固处理措施进行了模拟。

(4)采用三维地质力学模型综合法试验,对坝肩坝基加固处理后的锦屏一级高拱坝进行破坏试验,获得了坝与地基的变形分布特征、坝肩坝基失稳的破坏机理和破坏形态、坝肩稳定综合法试验安全系数。

(5)对比分析了加固前后锦屏一级拱坝地质力学模型试验的成果,得出加固处理后,坝体和坝肩抗力体变位的对称性明显改善,变位量值减小,坝肩破坏区域减少,破坏程度减轻,拱坝与地基整体稳定安全系数有所提高的结论。说明了工程上采用的加固处理方案起到了良好的效果。

(6)锦屏一级电站首台机组已于2013年8月底投入运行,监测数据表明坝肩处于稳定运行状态,相关研究结论得到初步验证。

**参考文献**

[1] 周云虎. 中国的水电资源开发现状及前景[J]. 红水河,2009,28(1):1-8.

[2] 贾金生,徐耀. 从国际水电发展形势看我国水电百年发展[J]. 水力发电,2012,38(1):4-6.

[3] 贾金生,张博庭,丁秀花,等. 水电开发中的地质和地震问题——绿色能源、水库大坝与环境保护论坛[J]. 财经界,2011(4):88-93.

[4] 潘家铮,陈式慧. 关于高拱坝建设中若干问题的探讨[J]. 科技导报,1997(2): 17-19.

[5] 潘家铮,何璟. 中国大坝50年[M]. 北京:中国水利水电出版社,2000.

[6] 林鹏,王仁坤,周雅能,等. 特高拱坝建基面浅层卸荷机制与稳定分析[J]. 岩土力学,2008,29(S1):8-14.

[7] 陈兴华. 脆性材料结构模型试验[M]. 北京:水利电力出版社,1984.

[8] FUMAGALLI E. 蒋彭年,译. 静力学与地力学模型[M]. 北京:水利电力出版社,1979.

[9] 龚召熊,郭春茂,高大水. 地质力学模型材料试验研究[J]. 长江水利水电科学研究院院报,1984(1): 32-46.

[10] 周维垣,林鹏,杨若琼,等. 拱坝地质力学模型试验方法与应用[M]. 北京:中国水利电力出版社,2008.

[11] 周维垣,杨若琼,刘耀儒,等. 高拱坝整体稳定地质力学模型试验研究[J]. 水力发电学报,2005,24(1):53-58.

[12] 李朝国,陆金池,张林,等. 综合法与超载法在沙牌RCC拱坝坝肩稳定分析中的应用[J]. 四川联合大学学报(工程科学版),1997,1(3):64-70.

[13] 张林,刘小强,陈建叶,等. 复杂地质条件下拱坝坝肩稳定地质力学模型试验研究[J]. 四川大学学报(工程科学版),2004,36(6):1-5.

[14] 张林,费文平,李桂林,等. 高拱坝坝肩坝基整体稳定地质力学模型试验研究[J]. 岩石力学与工程学报,2005,24(19):3465-3469.

[15] 左东启. 模型试验的理论和方法[M]. 北京:水利电力出版社,1984.

[16] 董建华,谢和平,张林,等. 大岗山双曲拱坝整体稳定三维地质力学模型试验研究[J]. 岩石力学与工程学报,2007,26(10):2027-2033.

[17] 何显松,马洪琪,张林,等. 地质力学模型试验方法与变温相似模型材料研究[J]. 岩石力学与工程学报,2009,28(5):980-986.

[18] 张林,陈建叶. 水工大坝与地基模型试验及工程应用[M]. 成都:四川大学出版社,2009.

# 略论国内外地应力分级方案的适用性

邓建辉[1] 陈 菲[2] 魏进兵[1] 高春玉[1]

(1. 四川大学 水力学与山区河流开发保护国家重点实验室 水利水电学院 四川 成都 610065;2. 西南交通大学 土木工程学院 四川 成都 610051)

**摘要:**国内外地应力分级方案很多,是否适用尚需实际工程检验。本文利用四川地区七个大型地下厂房的数据初步评价了主要地应力分级方案的适用性,讨论了二滩地下厂房的地应力水平。结果表明国内地应力分级方案偏于保守,Hoek 的地应力分级方案与工程实际较为接近;二滩地下厂房属于中等应力水平,主厂房与主变室之间岩墙厚度较薄导致的应力集中和爆破扰动是造成其施工期岩爆的主要原因。

**关键词:**初始地应力 分级方案 二滩水电站 地下厂房

## 1 引 言

二滩水电站地下厂房一直以高地应力著称,除岩心饼裂外,施工过程中亦出现了严重的岩爆现象。但是,参照国内外有关地应力分级方案,似乎又很难将其初始地应力场归于高地应力场。究竟是分级方案存在局限性,还是存在其他影响因素未能在分级方案中得到全面考虑,或者两者兼而有之,是一个值得进一步探究的问题。雅砻江流域先后出现了二滩、锦屏一级和锦屏二级引水洞等多个高地应力工程,因此这种探讨对雅砻江流域后续水能资源的开发有现实意义。

本文将首先简介国内外的主要地应力分级方案的主要特点,其次利用作者近年参与过的川西大型地下厂房的施工期行为分析这些分级方案的合理性,最后探讨二滩水电站地下厂房的地应力合理分级问题,并提出未来地下厂房的设计与施工建议。

## 2 国内外地应力分级方案辨析

### 2.1 地应力分级方案

国内外地应力分级方案较多,但是较为流行的主要是三类:一是以最大地应力量值作为标准,传统上最大主应力大于 20 MPa 时属于高地应力[1],大于 30 MPa 时属于极高地应力[2];二是以岩块的强度应力比($\lambda$)作为标准,如式(1)所示,式中 $\sigma_c$ 为岩块的单轴抗压强度,$\sigma_1$ 为最大初始地应力,分级方案见表 1[3] 和表 2;三是联合使用地应力量值与强度应力比作为标注,分级方案见表 3[4]。

$$\lambda = \frac{\sigma_c}{\sigma_1} \tag{1}$$

**表 1　《岩土工程勘察规范》(GB 50021—94)地应力分级方案**

| 应力情况 | 主要现象 | λ |
|---|---|---|
| 极高应力 | (1)硬质岩:开挖过程中时有岩爆发生,有块体弹出,洞壁岩体发生剥离,新生裂缝多,成洞性差;基坑有剥离现象,成形性差。<br>(2)软质岩:岩心有饼化现象,开挖过程中洞壁岩体有剥离,位移极为显著,甚至发生大位移,持续时间长,不易成洞;基坑发生显著隆起或剥离,不易成形 | <4 |
| 高应力 | (1)硬质岩:开挖过程中可能出现岩爆,洞壁岩体有剥离和掉块现象,新生裂缝较多,成洞性较差;基坑有剥离现象,成形性一般较好。<br>(2)软质岩:岩心时有饼化现象,开挖过程中洞壁岩体位移显著,持续时间较长,成洞性差;基坑有隆起现象,成形性较差 | 4~7 |

**表 2　国外地应力分级方案**

| 国家 | 低地应力 | 中地应力 | 高地应力 | 来源 |
|---|---|---|---|---|
| 法国隧协、日本应用地质协会 | >4 | 2~4 | <2 | 文献[2] |
| 苏联顿巴斯矿区 | >4 | 2.2~4 | <2.2 | 文献[2] |
| 加拿大 Hoek[5]等 | >6.7 | 2.5~6.7 | <2.5 | 文献[5] |

**表 3　《水电水利工程地下建筑物工程地质勘查技术规程》(DL/T 5415—2009)初始地应力的分级方案**

| 应力分级 | 最大主应力量级 $\sigma_1$(MPa) | λ | 主要现象 |
|---|---|---|---|
| 极高地应力 | $\sigma_1 \geqslant 40$ | <2 | 硬质岩:开挖过程中时有岩爆发生,有岩块弹出,洞壁岩体发生剥离,新生裂缝多;基坑有剥离现象,成形性差;钻孔岩心多有饼化现象<br>软质岩:钻孔岩心有饼化现象,开挖过程中洞壁岩体有剥离,位移极为显著,甚至发生大位移,持续时间长,不易成洞;基坑岩体发生卸荷回弹,出现显著隆起或剥离,不易成形 |
| 高地应力 | $20 \leqslant \sigma_1 < 40$ | 2~4 | 硬质岩:开挖过程中可能出现岩爆,洞壁岩体有剥离和掉块现象,新生裂缝较多;基坑时有剥离现象,成形性一般尚好;钻孔岩心时有饼化现象<br>软质岩:钻孔岩心有饼化现象,开挖过程中洞壁岩体位移显著,持续时间较长,成洞性差;基坑有隆起现象,成形性较差 |
| 中等地应力 | $10 \leqslant \sigma_1 < 20$ | 4~7 | 硬质岩:开挖过程洞壁岩体局部有剥离和掉块现象,成洞性尚好;基坑局部有剥离现象,成形性尚好<br>软质岩:开挖过程中洞壁岩体局部有位移,成洞性尚好;基坑局部有隆起现象,成形性一般尚好 |
| 低地应力 | $\sigma_1 < 10$ | >7 | 无上述现象 |

### 2.2 分级方案差异辨析

从国内外地应力分级情况来看，基于强度应力比的分级方案是主流。由于岩石强度的差异，同一应力状态下软岩与硬岩的行为会存在差异，因此使用岩石强度应力比作为地应力量级的分类依据更为合适。但是，应该指出不同方案之间是存在巨大差异的。

#### 2.2.1 岩块强度取值

国外使用岩块的单轴抗压强度，国内则使用岩块的饱和单轴抗压强度。基于《岩土工程勘察规范》（GB 50021—94）[3]的权威性，《工程岩体分级标准》（GB 50218—94）[6]和《铁路工程地质勘察规范》（TB 10012—2007，J24—2007）[7]均使用了该分级标准。值得注意的是，《岩土工程勘察规范》（GB 50021—2001）（2009 年版）[8]取消了该分级方案，可能意味着该分级标准尚未成熟。

#### 2.2.2 最大地应力取值

《岩土工程勘察规范》（GB 50021—94）[3]和《工程岩体分级》（GB 50218—94）[6]均要求取垂直于隧道轴线的最大主应力，其他则仅要求取实测最大主应力值。

#### 2.2.3 分级方案与级差存在较大差异

国外普遍使用高地应力、中等地应力和低地应力 3 级方案，而国内要么模糊，仅关心高地应力，如《岩土工程勘察规范》（GB 50021—94）[3]等，要么分为 4 级，如《水电水利工程地下建筑物工程地质勘查技术规程》（DL/T 5415—2009）[4]增加了极高地应力一级。相对于国外级差（表 2），国内的级差相差更大。例如强度应力比为 4 ~ 7 时，《工程岩体分级标准》（GB 50218—94）[6]划分为高应力，而《水电水利工程地下建筑物工程地质勘查技术规程》（DL/T 5415—2009）[4]划分的是中等应力。

## 3 地应力分级方案的适用性

### 3.1 地应力分级的依据

岩体的地应力状态是与其变形和破坏特征相关联的。判定一个地下工程的地应力水平往往是根据勘察或施工过程中围岩的物理现象、变形或破坏现象得出的，毕竟有地应力实测资料的工程或工程部位不会很多。

一般而言，在低地应力条件下岩体的物理特征主要表现为结构松弛、透水性强、沿结构面存在程度不一的风化现象等，岩体的变形与破坏往往受结构面控制。对高地应力而言，从物理现象上讲岩体结构致密、渗透性极差、新鲜无风化；从破坏现象讲表现为结构体或岩块破坏。综合薛玺成[1]、孙广忠[9]、Hoek[5]、Martin[10]、Kaiser[11]、Ortlepp[12]等的成果，高地应力条件下岩体的破坏形式包括岩心饼裂、钻孔或隧洞崩裂（breakout）、岩爆、洞壁存在葱皮（onion skin）或薄板剥裂（spalling or slabbing）现象、层状结构岩体屈曲（buckling）、碎裂结构岩体鼓胀（bulking）、软岩挤出（squeezing）、剪切破裂（shear rupture）等。当岩体含气时，还可能存在瓦斯突出现象。

### 3.2 分级方案适用性验证

以前面讨论的岩体破坏特征为基础，利用几个水电工程地下厂房地应力和岩石力学数据验证检验前面所述的地应力分级方案的合理性，结果见表 4。

表4　水电工程强度应力比与高地应力破坏现象

| 序号 | 工程名称 | 岩性 | $\sigma_1$ (MPa) | *UCS* (MPa) | $\lambda$ | 主厂房与主变室之间岩墙厚(m) | 应力诱发的破坏现象 | 资料来源 |
|---|---|---|---|---|---|---|---|---|
| 1 | 溪洛渡左岸 | 玄武岩 | 18 | 272 | 15.11 | 47.65 | 无 | 可研地质报告 |
| 2 | 溪洛渡右岸 | 玄武岩 | 20 | 272 | 13.60 | 47.65 | 无 | 可研地质报告 |
| 3 | 官地* | 玄武岩 | 35.17 | 219 | 6.23 | 48.15 | 无 | 调整设计地质报告 |
| 4 | 瀑布沟 | 花岗岩 | 27.3 | 147.2 | 5.39 | 41.55 | 轻微岩爆 | 可研地质报告 |
| 5 | 大岗山 | 花岗岩 | 19.28 | 103 | 5.34 | 47.00 | 轻微岩爆 | 可研地质报告 |
| 6 | 二滩 | 正长岩、玄武岩 | 38.4 | 201.5 | 5.25 | 35.00 | 饼状岩心、岩爆 | 文献[13-15] |
| 7 | 锦屏一级 | 大理岩 | 35.7 | 87.4 | 2.45 | 43.25 | 饼状岩心、岩墙板裂、时效变形 | 可研地质报告，文献[16-17] |

注：* *UCS* 使用平均饱和单轴抗压强度与平均软化系数反算确定。

参照表2，仅溪洛渡左、右岸地下厂房为低地应力，显然《岩土工程勘察规范》(GB 50021—94)的地应力分级方案偏于保守。国际上 Hoek 的分级方案与表4的结果更为接近。差异较大的是二滩地下厂房。

## 4　二滩地下厂房的初始地应力状态讨论

作者认为将二滩地下厂房的地应力划分为中等应力状态是合适的。主要理由如下：

(1)关于饼状岩心问题。二滩坝址的地应力分布特征见图1，根据文献[13]，其饼状岩心出现在临近河床部位，而地下厂房布置在应力平稳区，因此河床底部的高地应力特征不能反映地下厂房的地应力状态。

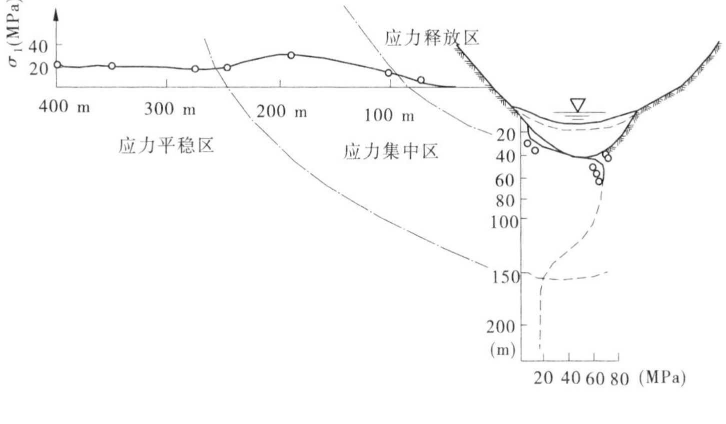


图1　河谷地区的地应力分布特征(修改自文献[13])

(2)洞室群效应问题。初始地应力分级是在勘探期间完成的，破坏现象往往是从单孔或探洞得到的，也就是说初始地应力分级并未考虑洞室群效应。以静水压力状态为例，单一圆形隧洞周边的应力集中系数为 2。图 2 给出了两平行布置的洞径为 $D$ 的圆形隧洞之间的岩墙厚度对应力集中系数的影响,岩墙厚度越小应力集中越严重,当岩墙厚度为洞径的一半时应力集中系数接近 3.0。若进一步考虑岩体的非均质与非连续性,以及洞室群形状的非规则性,洞室之间岩墙的应力集中现象会更严重。即地下厂房洞室群对地应力存在放大效应,岩墙厚度越薄放大效应越大。参看表 4,二滩地下厂房的地应力绝对量级最大,而岩墙厚度是 7 个地下厂房中最薄的,仅为 35 m。这是导致其岩墙应力严重集中的一个重要因素。

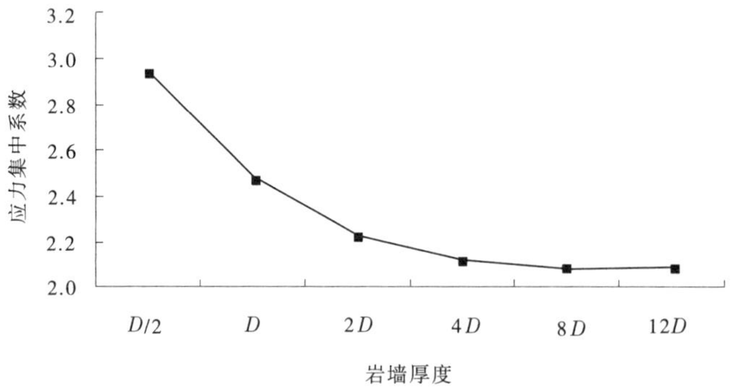


**图 2　圆形隧洞岩墙厚度对应力集中系数的影响**

(3)施工期岩爆问题。二滩的两次岩爆(1995 年 9 月 8 日和 1996 年 4 月 30 日)均出现在开挖贯通期间,且均伴随爆破发生。参看图 3,岩墙的主要变形主要由两次岩爆产生,占 64.7% ~98.6%,平均 76%。但是两次岩爆之后岩墙均未出现时效变形,即按静力学理解岩墙即使出现板裂现象承载能力也足以维持其稳定。因此,这类岩爆应该划分为震动诱发岩爆(seismically induced rockburst)。参考卢文波教授[18]的研究成果,地应力量级越大,爆破诱发的震动越大。这类岩爆应该也与岩墙厚度过薄、应力过于集中有关。

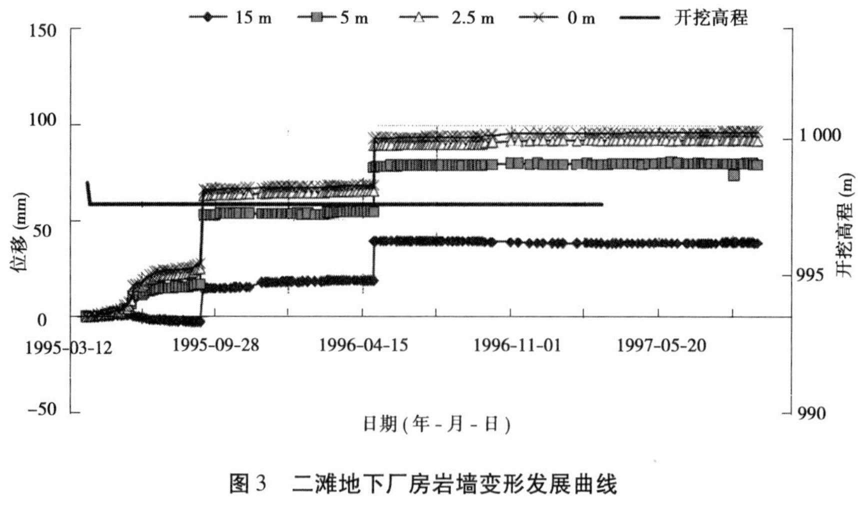


**图 3　二滩地下厂房岩墙变形发展曲线**

## 5　结　论

基于七个地下厂房相关成果的分析,本文讨论了国内外常用地应力分级方案的适用性以及二滩地下厂房的地应力分级问题,主要结论如下:

(1)国内目前使用的地应力分级方案偏于保守,Hoek 等的分级方案与工程实际较为接近。

(2)二滩地下厂房的地应力划分为中等应力较为合适。

(3)从二滩地下厂房的教训来看,初始地应力较高时适度加宽主厂房与主变室之间岩墙厚度是必要的,同时也要加强施工程序研究,控制钻爆法施工扰动。

本文的讨论是初步的,尚需更多的工程数据进行完善。

### 参考文献

[1] 薛玺成,郭怀志,马启超. 岩体高地应力及其分析[J]. 水利学报,1987(3):52-58.
[2] 中华人民共和国水利部. GB 50287—99　水利水电工程地质勘察规范[S]. 北京:中国计划出版社,2009.
[3] 中华人民共和国建设部. GB 50021—94　岩土工程勘察规范[S]. 北京:中国建筑工业出版社,1994.
[4] 中华人民共和国电力行业标准. DL/T 5415—2009　水电水利工程地下建筑物工程地质勘查技术规程[S]. 北京:中国电力出版社,2009.
[5] HOEK E, KAISER P K, BAWDEN W F. Support of underground excavations in hard rock[M]. Rotterdam: Balkema A A,1995.
[6] 中华人民共和国水利部. GB 50218—94　工程岩体分级标准[S]. 北京:中国计划出版社,1995.
[7] 铁道第一勘察设计院. TB 10012—2007,J24—2007　铁路工程地质勘察规范[S]. 北京:中国铁道出版社,2007.
[8] 中华人民共和国建设部. GB 50021—2001　岩土工程勘察规范[S]. 北京:中国建筑工业出版社,2009.
[9] 孙广忠. 工程地质与地质工程[M]. 北京:地震出版社,1993.
[10] MARTIN C D, KAISER P K, CHISTIANSSON R. Stress, instability and design of underground excavations[J]. International Journal of Rock Mechanics and Mining Sciences,2003,40(7-8):1027-1047.
[11] Kaiser, P K, Diederichs M S, Martin C D, et al. Keynote: underground works in hard rock tunnelling and mining. In: Proceedings of the GeoEng2000, An International Conference on Geotechnical and Geological Engineering, Melbourne, vol. 1: Invited Papers. Lancaster: Technomic Publishing Co., Inc; 2000. 841-926.
[12] Ortlepp, W D. Observation of mining-induced faults in an intact rock mass at depth[J]. International Journal of Rock Mechanics and Mining Sciences,2000,37(1-2):423-436.
[13] 白世伟,李光煜. 二滩水电站坝区岩体地应力场研究[J]. 岩石力学与工程学报,1982,1(1):45-56.
[14] 刘克远. 二滩水电站枢纽区岩体抗剪强度参数的选取.
[15] 彭加寿. 二滩水电站地下工程岩爆及其防护[J]. 水力发电,1998,(7):39-40.
[16] 魏进兵,邓建辉,王俤剀,等. 锦屏一级水电站地下厂房围岩变形与破坏特征分析[J]. 岩石力学与工程学报,2010,29(6):1198-1205.
[17] 魏进兵,邓建辉. 高地应力条件下大型地下厂房松动区变化规律及参数反演[J]. 岩土力学,2010,31(s1):330-336.
[18] 卢文波,周创兵,陈明,等. 开挖卸荷的瞬态特性研究[J]. 岩石力学与工程学报,2008,27(11):2184-2191.

# 水岩作用下绿泥石片岩的试验研究

周　辉　李　震　张传庆　杨凡杰

（中国科学院武汉岩土力学研究所 岩土力学与工程国家重点实验室　湖北 武汉　430071）

**摘要**:绿泥石片岩是一种典型的工程软岩,深埋绿泥石片岩隧洞遇水多出现的围岩大变形和塌方等工程灾害。为了深入研究水岩作用下绿泥石片岩的力学特性,本文开展了如下主要研究工作:鉴于绿泥石片岩干湿状态下呈现的迥然不同的力学性质,进行了孔隙率测试、矿物成分鉴定和 SEM 扫描等常规物理指标测试,结果表明绿泥石片岩孔隙率较低、导水通道不发育;通过对干燥和饱水状态的绿泥石片岩进行直剪试验和常规三轴试验,定量分析水岩作用下围压及法向应力效应和水的软化效应;预制含单裂隙面的绿泥石片岩岩样,并进行了未灌浆和灌浆岩样的渗流对比试验,结果表明灌浆封闭了绿泥石片岩裂隙的渗流通道,显著降低了绿泥石片岩的导流能力;结合试验结果对水岩作用下的深埋绿泥石片岩隧洞施工提出了建议,旨在对具有类似锦屏二级水电站绿泥石片岩这种软弱岩性的试验研究和工程施工提供参考。

**关键词**:绿泥石片岩　水岩作用　围压效应　灌浆

## 1 引　言

软岩问题从 20 世纪 60 年代就作为世界性难题被提出来,它的研究对象是在特定环境下表现出显著塑性变形的复杂岩石力学介质[1]。锦屏二级水电站西端 1#和 2#引水隧洞施工过程中,出现了长约 200 m 的绿泥石片岩洞段,埋深均位于 1 500 m 左右,处于高地应力状态。隧洞上断面开挖支护后,短期内出现了围岩大变形导致的缩径,二次扩挖支护后再次出现缩径问题。施工期所遭遇到的大变形问题及揭示的以下控制性因素无疑对工程安全造成极大的威胁:①内水外渗导致岩体软化,强度和变形模量降低,加剧了衬砌开裂甚至失稳的风险;②衬砌开裂加速了水的渗入,如此将出现恶性循环。可见,水岩作用下绿泥石片岩表现出软岩典型的软弱及难支护的性质[2,3],应作为典型软岩进行处理。

目前,对绿泥石片岩的研究多局限于流变性质[4-9]和其他因素[10-14]的研究,但深部高应力下水岩作用对绿泥石片岩的影响未见客观、详细的评估。而深部岩体的水岩作用是岩体稳定的控制性因素,对于保证绿泥石片岩洞段衬砌的安全和长期稳定具有重要意义。针对水岩作用对深埋绿泥石片岩洞段影响的突出问题,本文进行了绿泥石片岩的物理性质测试和室内力学试验,对围压及法向应力因素和水的软化因素的影响进行了量化研究,探讨了灌浆对绿泥石片岩裂隙渗流特性的影响,并对水岩作用下的深埋绿泥石片岩隧洞施工提出了

基金项目:国家重点基础研究发展计划(973)项目(2014CB046902),中国科学院科技创新"交叉与合作团队"(人教字〔2012〕119 号),中国科学院知识创新工程重要方向项目(KZCX2 - EW - QN115),国家自然科学基金项目(41172288)。

建议,旨在对具有类似锦屏二级水电站绿泥石片岩这种软弱岩性的试验研究和工程施工提供参考。

## 2　基本物理指标测试

### 2.1　含水率、孔隙率测试

对加工岩样进行常规物理性质测试(见表1),含水率测试结果为:天然含水率平均值为0.92%,自然吸水率平均值为2.25%,饱水吸水率平均值为2.66%。对比我国部分矿区软岩的吸水率(见表2)可以看出,锦屏二级水电站的绿泥石片岩吸水性较低。绿泥石片岩的孔隙率测试结果为:孔隙率平均值为7.24%,说明绿泥石片岩渗透性较差,只能通过原生结构面或次生裂隙面来导水。

综合以上分析可见,绿泥石片岩孔隙率低、吸水性差,这对于原岩稳定性的控制是有利的。

表1　绿泥石片岩常规物理性质测试结果　(%)

| 物理指标 | 岩样编号 | | |
|---|---|---|---|
| | JPWL－1 | JPWL－2 | JPWL－3 |
| 天然含水率 | 0.97 | 0.88 | 0.92 |
| 自然吸水率 | 2.34 | 2.16 | 2.24 |
| 饱水吸水率 | 2.78 | 2.54 | 2.68 |
| 孔隙率 | 7.52 | 6.91 | 7.28 |

表2　部分矿区软岩的吸水率[1]

| 软岩名称 | 吸水率(%) | 软岩名称 | 吸水率(%) |
|---|---|---|---|
| 开滦赵各庄矿泥岩 | 1.44 | 邯郸陶二矿泥岩 | 2.98 |
| 汾西水峪矿铝土页岩 | 7.75 | 阜新东梁矿泥质粉砂岩 | 17.41 |
| 平庄红庙矿泥岩 | 71.40 | | |

### 2.2　矿物成分和孔隙结构测试

选择5种外观不同的具有代表性的绿泥石片岩岩样进行矿物成分鉴定(见表3)和SEM扫描(见图1)。

表3　绿泥石片岩矿物成分鉴定成果　(%)

| 样品编号 | 绿泥石 | 滑石 | 闪石 | 方解石 | 白云石 |
|---|---|---|---|---|---|
| IRSM－1 | 46 | 3 | 51 | 0 | 0 |
| IRSM－2 | 39 | 14 | 39 | 8 | 0 |
| IRSM－3 | 47 | 23 | 30 | 0 | 0 |
| IRSM－4 | 39 | 36 | 25 | 0 | 0 |
| IRSM－5 | 25 | 22 | 25 | 12 | 16 |

由表3可见,5种绿泥石片岩岩样的矿物成分含量各异。其中,绿泥石、滑石和闪石矿

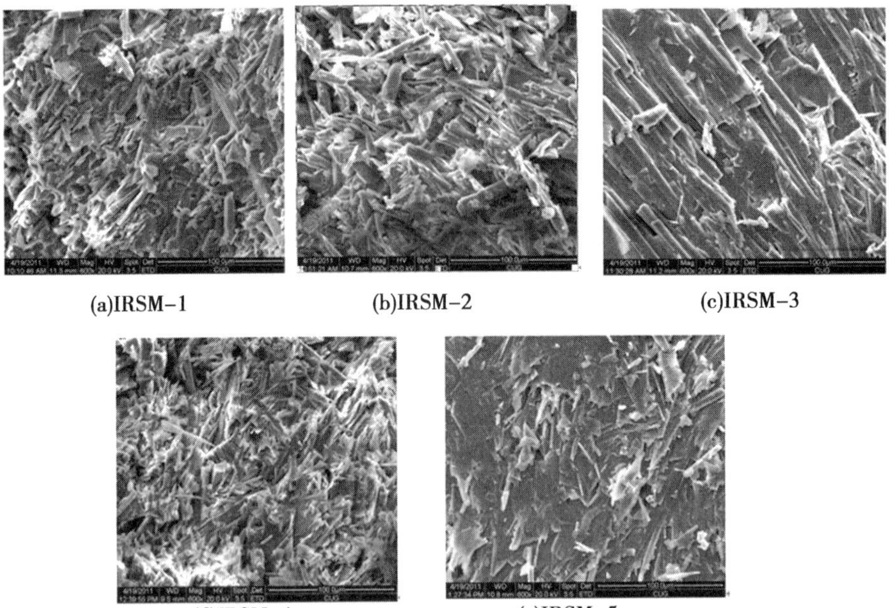

(a)IRSM-1　(b)IRSM-2　(c)IRSM-3

(d)IRSM-4　(e)IRSM-5

图 1　5 种绿泥石片岩岩样 SEM 扫描结果

物均属于硅酸盐矿物，而方解石和白云石则为碳酸盐矿物，为大理岩的主要成分，说明编号为 IRSM－2 和 IRSM－5 的绿泥石片岩岩样中夹杂有大理岩。由绿泥石片岩矿物成分的结果可以推断，绿泥石片岩岩样的力学性质具有一定的离散性，这是从工程岩体采集加工的岩石试样所不可避免的特征，但室内岩石试验体现出的规律性可以在一定程度上反映出工程岩体的岩性。

由图 1 可见，编号为 IRSM－3 和 IRSM－5 的岩样结构均以致密性的薄片层状排列为主；其他岩样结构以柱状排列为主，颗粒之间搭接架桥形成孔隙，结构仍较密集。因此，从 SEM 扫描结果可知，绿泥石片岩的孔隙结构决定了原岩具有孔隙率较小、渗透性较低的特点。

## 3　常规力学性质测试

### 3.1　直剪试验

为了探寻绿泥石片岩的剪切破坏特征以及水和法向应力对剪切力学参数的影响，选取尺寸为 $\phi$50 mm × 100 mm 的标准岩样在中国科学院武汉岩土力学研究所 RMT－150C 岩石力学试验机上进行直剪试验。为了控制绿泥石片岩破坏过程，采用水平位移控制剪切加载，位移加载速率为 0.01 mm/s。

将干燥岩样和饱水岩样按照法向应力（0.5 MPa、5 MPa、10 MPa、20 MPa、30 MPa）的不同分为 5 组，每组分别为 3 块。假设岩样为各向同性的均质力学介质，且岩样剪切应力达到极值时发生剪切破坏并服从 Mohr－Coulomb 强度准则

$$\tau = \sigma \tan\varphi + c \tag{1}$$

式中：$\tau$ 和 $\sigma$ 分别为峰值点剪切应力和法向应力；$\varphi$ 和 $c$ 分别为峰值点内摩擦角和黏聚力。

干燥和饱水绿泥石片岩的峰值剪切强度如图 2 所示，线性拟合可分别得到干燥和饱水条件下的岩样的强度参数，结果为：干燥岩样的内摩擦角为 51.76°，黏聚力为 8.785 MPa；饱水岩样的内摩擦角为 48.51°，黏聚力为 5.38 MPa。可见，岩样饱水处理后，内摩擦角降低了 6.28%，黏聚力降低了 38.76%。可见，黏聚力对水更为敏感。

定义剪切强度软化系数为：岩样饱水状态的剪切强度与干燥状态剪切强度的比值。以图 2 的拟合曲线为基础可以得到剪切强度软化系数与法向应力的关系（见图 3）。可见，在法向应力为 0.5 MPa 时，剪切强度软化系数为 63.12%；随着法向应力的升高，剪切强度软化系数增大，说明法向应力的增加弱化了水对剪切强度的影响程度。当法向应力增大至 10 MPa 以后，软化系数增长减缓。虽然岩石和岩体的力学性质存在差别，数值对应关系不一定适用，但是软化系数随法向应力的变化趋势是一致的。由图 3 可以推断，提高围岩初期表面支护的法向应力可减小水对强度的弱化效果。

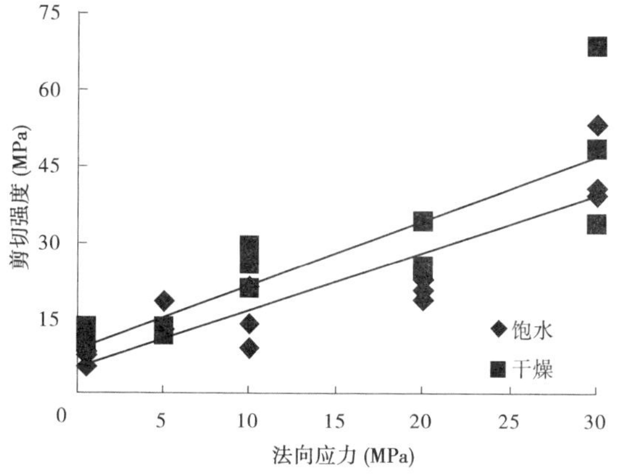


图 2　干燥和饱水条件直剪试验剪切强度和法向应力关系

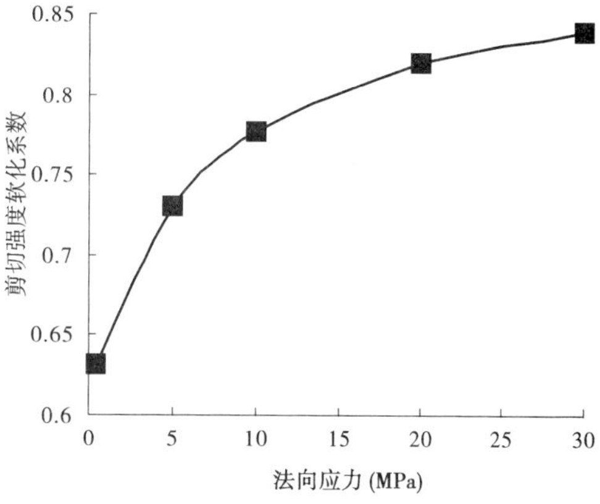


图 3　干燥和饱水条件直剪试验剪切强度软化系数与法向应力关系

剪切刚度为“弹性区”单位变形内的应力梯度[15]。通过量测不同法向荷载下剪切力与剪切位移曲线峰值前弹性段的斜率，可得干燥和饱水条件下绿泥石片岩岩样的剪切刚度（见图 4）。可见，随法向应力的升高，干燥和饱水条件下绿泥石片岩的剪切刚度都呈增长趋势，且干燥条件下绿泥石片岩的刚度略高于饱水条件下。

定义剪切刚度软化系数为：岩样饱水状态的剪切刚度与干燥状态剪切刚度的比值。以图 4 的拟合曲线为基础可以得到剪切刚度软化系数与法向应力的关系（见图 5）。由图 5 可见：一方面，试验范围内剪切刚度软化系数均小于 0.7，水对绿泥石片岩变形的影响仍不容忽视；另一方面，剪切刚度软化系数随着法向应力的增大而增高，当法向压力增大至 10 MPa 以后，剪切刚度软化系数增长减缓，由此可以推断，通过适当提高初期支护的法向应力可减小水对变形的影响。

### 3.2　常规三轴试验

制备 $\phi$50 mm × 100 mm 的标准干燥和饱水绿泥石片岩岩样，并在中国科学院武汉岩土力学研究所 MTS 试验机上进行常规三轴压缩试验。假设岩样为各向同性的均质力学介质，且岩样第一主应力到达极值时发生剪切破坏并服从 Mohr – Coulomb 强度准则，式（1）可以第一主应力和第三主应力表示为

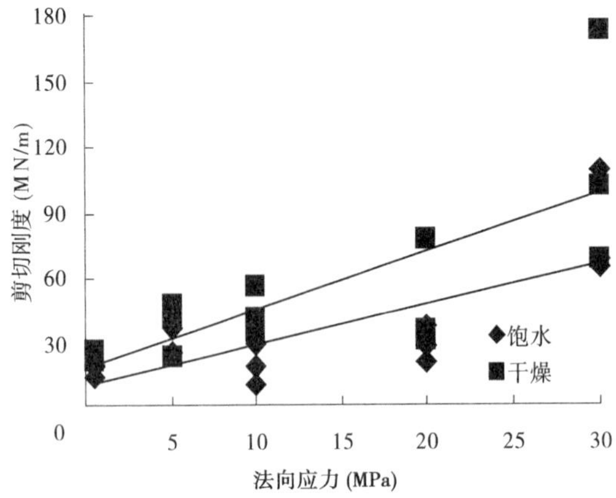


图 4　干燥和饱水条件直剪试验剪切刚度和法向应力关系

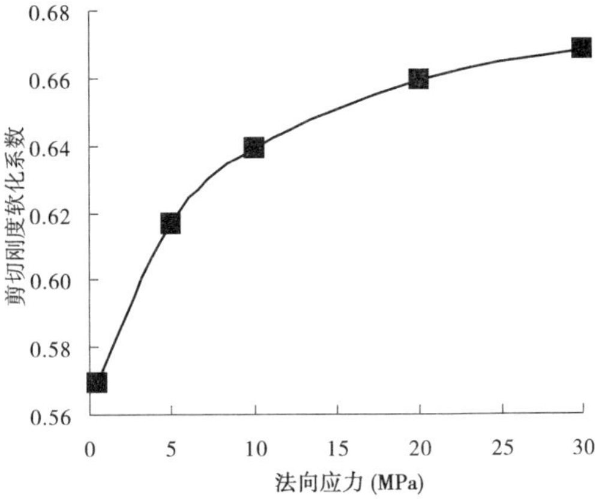


图 5　干燥和饱水条件下直剪试验剪切刚度软化系数和法向应力的关系

$$\sigma_1 = \frac{1+\sin\varphi}{1-\sin\varphi}\sigma_3 + \frac{2c\cos\varphi}{1-\sin\varphi} \qquad (2)$$

式中：$\sigma_1$ 和 $\sigma_3$ 分别为第一主应力和第三主应力。

干燥和饱水状态下绿泥石片岩岩样的峰值 $\sigma_1$ 随围压的变化关系如图 6 所示。对 $\sigma_1$ 和 $\sigma_3$ 线性拟合并由式(2)可分别得到干燥和饱水岩样的内摩擦角和黏聚力，结果为：干燥岩样的内摩擦角为 24.75°，黏聚力为 11.98 MPa；饱水岩样的内摩擦角为 14.93°，黏聚力为 2.444 MPa。可见，饱水后的岩样内摩擦角降低了 39.68%，黏聚力降低了 79.6%，水对黏聚力的影响更为明显。

定义抗压强度软化系数为岩样饱水状态的峰值强度与干燥状态峰值强度的比值。以图 6的拟合曲线为基础可以获得抗压强度软化系数与围压的关系（见图 7）。可见，随着围压升高，抗压强度软化系数增大，说明围压的增加降低了水对抗压强度的弱化程度。所以，适当提高初期表面支护并补充围压效应可有效减弱水对岩体强度的影响。

干燥和饱水条件下绿泥石片岩弹性模量与围压的关系如图 8 所示。一方面，随着围压升高，干燥状态下岩样结构压密，弹性模量增加；另一方面，饱水条件下绿泥石片岩的弹性模量随围压的变化比较轻微，这可能与水对岩样结构的破坏作用有关。总体来说，相比峰值 $\sigma_1$ 的围压效应，弹性模量的围压效应相对较弱。

定义弹性模量软化系数为岩样饱水状态的弹性模量与干燥状态弹性模量的比值，基于图 8 可得弹性模量软化系数与围压的关系（见图 9）。可见，随着围压的升高，弹性模量的软化系数有所降低，但是总体处于较低水平（8% 与 15% 之间），这主要由于饱水条件下弹性模量随围压的增长率远小于干燥条件。可见，室内试验中水对绿泥石片岩变形性质的影响效应大于围压效应。

值得说明的是，室内试验是将岩样饱水后再施加围压，且在试验过程中水无法排出。但是在实际工程中，随着围压的升高，围岩内的结构面和裂隙被压密，裂隙中的水会排出，水对弹性模量的软化效应将明显减弱。因此，在开挖后应及时补充围岩的围压作用，一方面可以通过围压效应增大岩体的峰值强度，另一方面可以弱化水对岩体变形的影响，防止表层围岩变形破裂诱发岩体失稳灾害。

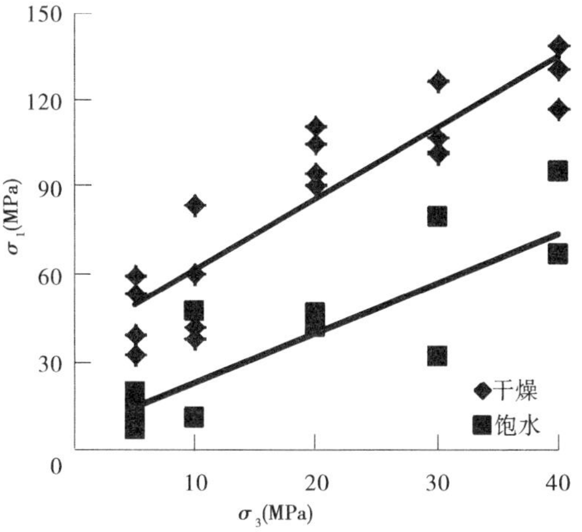


图6　干燥和饱水条件下常规三轴试验峰值第一主应力和围压的关系

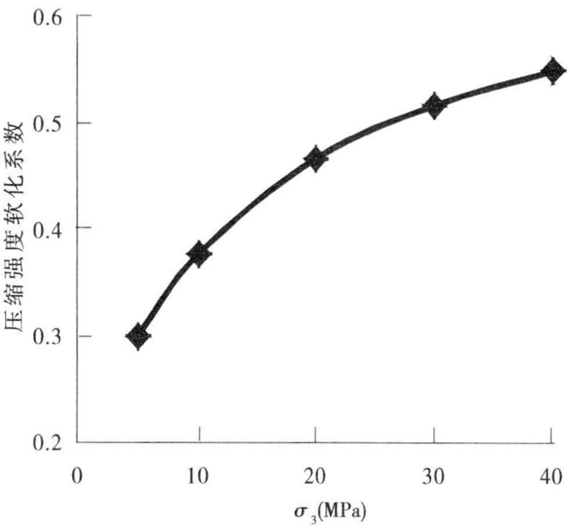


图7　干燥和饱水条件下常规三轴试验峰值第一主应力软化系数和围压的关系

同时,从图6和图8的试验结果可见岩样的离散性非常大,这与绿泥石片岩本身矿物成分的变异性及岩样内的裂隙面、缺陷、孔隙等结构因素的变异性有关。尽管由于绿泥石片岩本身的变异性非常大,但是总体来看围压和水这两种控制性因素的作用非常显著。

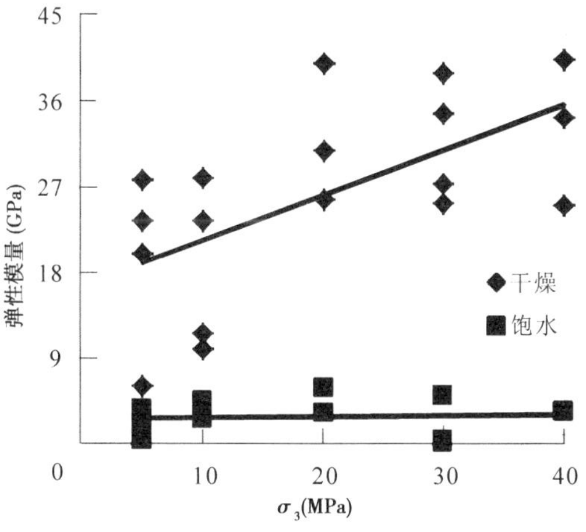


图8　干燥和饱水条件下常规三轴试验弹性模量和围压的关系

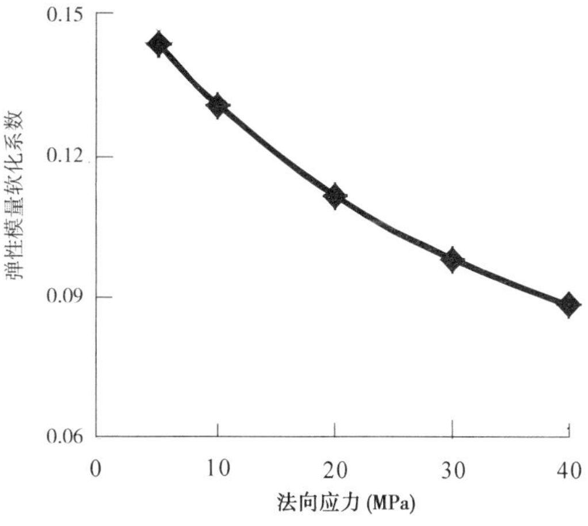


图9　干燥和饱水条件下常规三轴试验弹性模量软化系数和围压的关系

## 4　灌浆效果分析

为减弱水对岩石强度和变形的影响,现场施工中常采用灌浆工艺实现连通裂隙的封堵。因此,需要对充填浆液的效果开展相关试验进行揭示。由于绿泥石片岩的孔隙度低且基本不透水,所以对绿泥石片岩的渗流通道等效简化,采用人工切割打磨单裂隙面的方法制得岩样(见图10(a))。选取单裂隙岩样灌浆,最终形成的浆液厚度在2 mm左右(见图10(b))。渗流试验在岩石温度—应力—渗流耦合三轴流变仪上进行,每小时记录通过渗流通道的出水质量。

首先进行未灌浆岩样的渗流试验,试验方案为:围压10 MPa,渗透压为0.8 MPa。每小时的渗流出水质量随时间的演化曲线如图 11(a)所示,初始渗流时渗流出水速率为 50.0 g/h,在前 7 h 内,渗流出水速率不断增大,第 7 小时的渗流出水速率为 54.2 g/h,意味着渗透通道逐渐通畅;但是 7 h 以后,渗流出水速率逐渐降低,第 29 小时的渗流出水速率为 37.3 g/h。未灌浆裂隙岩样的渗流试验结果表明:渗流前期,渗流通道由于矿物颗粒溶解运移而表现为渗流出水速率微弱升高;渗流后期,由于绿泥石片岩在水的作用下软化严重,在围压条件下裂隙面逐渐被压密,孔隙坍塌导致渗流通道被挤密堵塞,所以渗流出水速率逐渐降低。

对单裂隙面灌浆后的岩样施加围压 10 MPa、渗透压 1 MPa,试验结果如图 11(b)所示。初始渗流时渗流出水速率仅为 2.4 g/h,在第 2 小时已达到 0.5 g/h,2 h 后渗流出水质量仍在减小并逐渐趋于 0。与图 11(a)对比可见:经过灌浆后,初始渗流速率降低 95.2%,第 2 小时渗流速率降低 99%。所以,灌浆后渗流出水速率总体处于极低的水平,且渗流速率降低快,灌浆对渗流影响显著。

综合上述分析可知,含裂隙面岩样在围压作用下,渗流初期渗流速率略有增大,而渗流后期渗流速率缓慢减小;充填过水泥的单裂隙面岩样在围压作用下,渗流速率呈指数形式递减。相比围压对绿泥石片岩裂隙面的压密作用,灌浆对裂隙面的封堵作用更加显著。由此可知,在降低绿泥石片岩岩体的渗透性方面,相比补充围压作用的支护工艺,对含有裂隙面的绿泥石片岩岩体进行浆体填充会起到更加突出的效果。

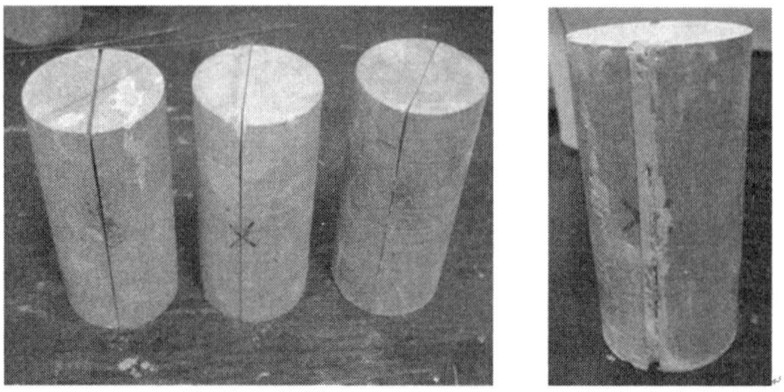

(a) 单裂隙岩样　　(b) 单裂隙灌浆岩样

图 10　单裂隙岩样与单裂隙灌浆岩样

## 5　结论与讨论

(1)鉴于绿泥石片岩干湿状态下呈现的迥然不同的力学性质,进行了含水率、孔隙率测试、矿物成分鉴定和 SEM 扫描等常规物理指标测试,结果表明绿泥石片岩孔隙率较低、导水通道不发育。

(2)通过对干燥和饱水状态下绿泥石片岩进行直剪试验和常规三轴试验,定量分析水岩作用下围压及法向应力效应和水的软化效应。结果表明,剪切强度、剪切刚度、抗压强度对水、法向应力或围压很敏感,而弹性模量对水的敏感度远大于对围压的敏感度。

(3)预制含单裂隙面的绿泥石片岩岩样,并进行了未灌浆和灌浆岩样的渗流对比试验,结果表明灌浆封闭了绿泥石片岩裂隙的渗流通道,显著降低了绿泥石片岩的导流能力。

(4)工程中应适当提高初期表面支护的围压效应或法向应力效应,可增大岩体的强度和刚度,并有效减弱水对岩体强度的影响;对含裂隙面导水严重的绿泥石片岩岩体进行浆体填充可有效地减小裂隙岩体的渗流速率。

(5)直剪试验和三轴试验得到的岩石强度参数有所差异,这与两个试验作用力的对象

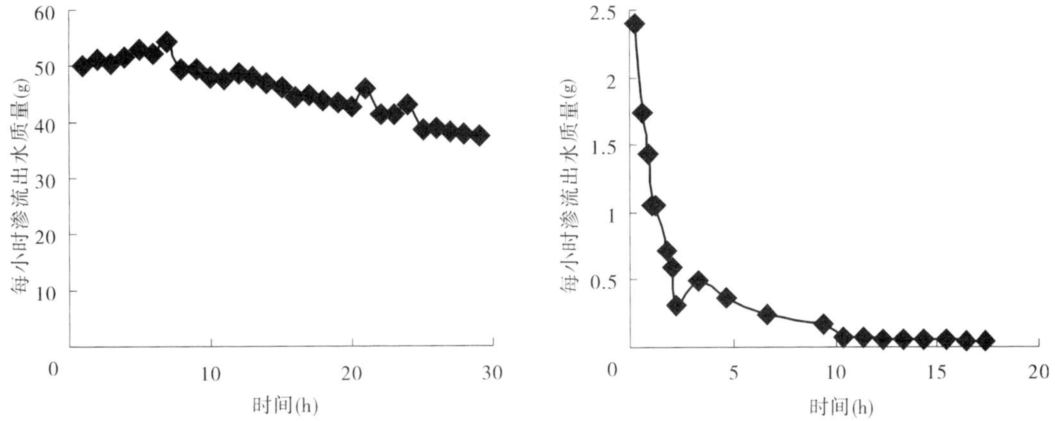


(a) 围压 10 MPa、渗透压 0.8 MPa 条件下未灌浆岩样渗透水量变化曲线

(b) 围压 10 MPa、渗透压 1 MPa 条件下灌浆岩样渗透水量变化曲线

图 11　未灌浆岩样与灌浆岩样渗透水量变化曲线

不同有关:直剪试验剪切力作用于岩样中间端面,三轴试验压力作用于岩样两个端面。所以,直剪试验测出的是岩样局部(中间端面)的力学参数,而三轴试验测出的是整个岩样(包括端面受压调整)的力学参数。虽然两种试验作用力的对象和试验结果不同,但是可以从两种试验间接反映出岩石的性质,对基础研究和工程应用有一定的参考价值。

## 参考文献

[1] 何满潮,景海河,孙晓明．软岩工程力学[M]．北京:科学出版社,2003.

[2] 范秋雁．对软岩定义和巷道临界埋深的讨论[J]．矿山压力与顶板管理,1995,(Z1):115-117.

[3] 林育梁．软岩工程力学若干理论问题的探讨[J]．岩石力学与工程学报,1999,18(6):690-693.

[4] 徐卫亚,杨圣奇,杨松林,等．绿片岩三轴流变力学特性的研究(Ⅰ):试验结果[J]．岩土力学,2005,26(4):531-537.

[5] 徐卫亚,杨圣奇,谢守益,等．绿片岩三轴流变力学特性的研究(Ⅱ):模型分析[J]．岩土力学,2005,26(5):693-698.

[6] 徐卫亚,周家文,杨圣奇．绿片岩蠕变损伤本构关系研究[J]．岩石力学与工程学报,2006,25(S1).

[7] 沈明荣,张清照．绿片岩软弱结构面的剪切蠕变特性研究[J]．岩石力学与工程学报,2010,29(6):1149-1155.

[8] 石振明,张力．锦屏绿片岩分级卸荷流变规律研究[J]．地下空间与工程学报,2010,6(4):756-762.

[9] 熊良宵,杨林德,张尧．绿片岩多轴受压应力松弛试验研究[J]．岩土工程学报,2010,32(8):1158-1165.

[10] 周辉,杨鑫,胡其志,等．绿泥石片岩遇水软化的强度试验及机理研究[J]．土工基础,2011,25(1):45-48.

[11] 李震,周辉,宋雨泽,等．考虑硬化软化和剪胀特性的绿泥石片岩力学模型[J]．岩土力学,2013,34(2):404-410.

[12] 于德海,彭建兵．三轴压缩下水影响绿泥石片岩力学性质试验研究[J]．岩石力学与工程学报,2009,28(1):205-211.

[13] 邓荣贵,张倬元．锦屏水电站坝区绿片岩结构及力学特性研究[J]．成都理工学院学报,2001,28(1).

[14] 顾芷娟,潘裕生,周勇,等．绿片岩力学性质的实验研究[J]．现代地质,2001,15(4).

[15] 蔡美峰,何满潮,刘东燕．岩石力学与工程[M]．北京:科学出版社,2002.

# 水电施工企业一线项目部管理模式及其效率分析

陈文超　强茂山　夏冰清

（清华大学 水沙科学与水利水电工程国家重点实验室，
项目管理与建设技术研究所　北京　100084）

**摘要**：管理模式对项目执行效率具有重要影响。为了了解水电施工企业一线项目部的管理模式及其运行情况，本文对西南某大型水电项目中两家施工单位进行了调研。首先通过其机构设置、绩效评价机制和授权程度推断其管理模式；然后对该模式下项目运行效率进行测评和相关性分析。结果表明，水电施工企业一线项目部采用弱矩阵管理模式；由于在该模式下业务交叠而人员不交叠，因此矩阵式管理中常出现的双重领导问题在施工企业一线项目部中并不明显；信息沟通较为通畅、协调运行效率较高；其高效的运行效率与适宜的授权程度存在较强的相关性。研究成果揭示了项目管理模式的效率特征，对施工企业内部管理有指导意义。

**关键词**：矩阵式管理模式　授权程度　双重领导问题

## 1　引　言

水电施工企业一线项目部所面对的项目环境复杂。工程项目具有很大不确定性，政府政策法规变化、周边社会关系、天气、原材料价格等不可控因素都有可能影响项目进程[1]；外部环境复杂，施工企业需与业主、监理、设计、供应商等多方进行协调沟通，需处理好与各利益相关者之间的关系[1,2]；内部业务交流频繁，各工区和各业务部门在项目实施过程中需紧密协作。因此，研究其管理模式和运行效率具有现实意义。

水电施工企业在集团尺度上常采用项目式管理模式，即派驻项目部到现场一线进行全面施工管理。一线项目部内部的管理模式对项目执行效率具有直接影响。本文以西南某大型水电项目中两家施工单位作为研究样本，对其机构设置、绩效评价机制和授权程度进行分析，推断其管理模式，并对该模式下双重领导问题、信息流通情况和协调运行效率进行数据采集，以评测其运行情况，分析其内在关联性。

## 2　研究框架

管理模式按项目组织结构可分为职能式、项目式和矩阵式[3]。三者在机构设置、绩效评价机制和授权程度上存在区别。在机构设置方面，PMBOK（2013）指出，职能式管理模式按照专业划分职能部门，雇员以职能部门的经理为直接上司；项目式管理模式按照项目划分

基金项目：国家自然科学基金面上项目（51179086）；国家自然科学基金面上项目（51379104）；水沙科学与水利水电工程国家重点实验室科研课题资助（2013－KY－5）。

部门，员工以所在项目部的经理为直接上司；矩阵式管理模式则介于两者之间[3]。在绩效评价和授权程度方面，何曙光(2003)指出矩阵式中职能部门经理掌握绩效评价权利，项目经理的陈述作为参考[4]，黄泽明(2005)指出项目经理在不同管理模式中投入时间和授权程度不同，职能式中项目经理基本为兼职，权限较小；而在项目式中项目经理为全职，权限比较大，甚至达到全权负责；矩阵式处于两者之间[5]。

管理模式对项目执行效率具有重要影响。由于项目组织结构是一种事业环境因素，它对资源的可用性和项目的执行方式产生影响[3]。武祥东(2005)认为，传统的职能式组织形式决策及响应速度不够，涉及部门较多从而导致部门间协调困难，但部门内部的协调沟通顺畅，组织管理稳定；项目式组织形式在项目开展过程中，沟通及协调较方便，但组建初期需要大量磨合时间、无项目时导致人力资源浪费；矩阵式组织形式能提高人力资源使用效率，同时完成知识经验的积累和分享，但是需解决双重领导问题[6]。Davis & Lawrence(1978)提出了产生双重领导问题的根源[7]，Kerzner(2001)指出双重领导下可能出现人力资源分配冲突、领导指示冲突等，严重时可能会影响项目进展，必须谨慎对待[8]。

根据上述讨论，本文以机构设置、绩效评价机制和授权程度3个要素作为管理模式的推断依据，并以双重领导问题、信息流通情况和协调运行效率3个要素作为其运行效率的评测指标，研究框架如图1所示。

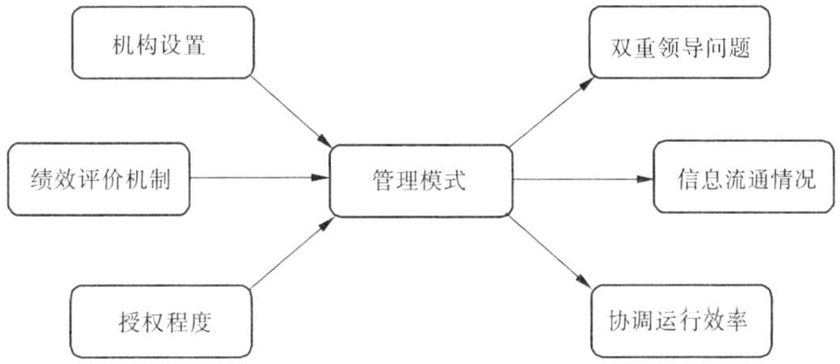


**图1　研究框架**

## 3　调研方法

本研究采用调查研究法。使用访谈设计问卷，使用结构式问卷收集数据。指标选项设置使用5点式Likert量表评估各要素的水平，使用SPSS软件进行数据处理。

为确保问卷发放的效率和回收率，本研究采用研究人员赴现场发放和回收的调研方式，对金沙江上游某大型水电项目两家施工单位进行调研。共发放问卷32份，回收31份，其中有效问卷27份，涵盖6个部门的情况，以保证数据的全面性。此外，对14名员工进行了半结构化访谈，以对问卷调研结果形成有效补充。问卷调研样本信息见表1、表2。

**表1　调研对象工作年限**

| 工作年限 | 数目 | 百分比(%) |
|---|---|---|
| 小于2年 | 8 | 29.6 |
| 2~5年 | 12 | 44.4 |
| 5~10年 | 4 | 14.8 |
| 10年以上 | 3 | 11.1 |
| 总计 | 27 | 100 |

**表 2　调研对象**

| 所在部门 | 数目 | 百分比(%) |
|---|---|---|
| 质量部 | 3 | 11.1 |
| 技术部(大坝工程) | 9 | 33.3 |
| 安全部 | 1 | 3.7 |
| 施工部 | 2 | 7.4 |
| 总工办 | 3 | 11.1 |
| 技术部(地下工程) | 9 | 33.3 |
| 总计 | 27 | 100 |

## 4　调研结果

调研主要包括三部分内容:管理模式分析、运行效率分析、管理模式与运行效率相关性分析。调研结果如下。

### 4.1　管理模式分析

#### 4.1.1　机构设置

分为领导决策层、各职能部门和各施工工区三个层次,实行职能部门和作业组织的二级管理。领导决策层包括施工局局长(在集团公司尺度上即为项目经理)、党委书记、若干名副局长,以及总工程师、总经济师和总会计师等,负责事务决策。职能部门包括施工管理部、技术管理部、质量管理部、安全管理部、合同管理部、机电物资管理部、财务管理部、综合管理部等,负责执行决策,以及在专业上对工区作业组织进行管理和服务。各施工工区包括开挖工区、大坝工区、拌和工区、缆机工区、综合工区、机电工区、机械工区等,负责项目各施工工区的现场作业组织。

可见,水电施工企业一线项目部在业务上进行交叉,即施工工区负责具体现场作业组织,职能部门对现场作业在专业上进行管理服务,如提供信息数据,现场查验审核等,实质上属于矩阵型管理体系。应指出的是,尽管在业务设置上存在交叠,但由于一线项目部中管理层与作业层相互分离,工区主任对一线施工人员进行调度管理,职能部门主任对部门内人员进行调度管理,因此在人员设置上并不存在交叠。

#### 4.1.2　绩效评价机制和授权程度

绩效评价机制主要从考核评价、人事升迁两方面,对工区主任和职能部门经理的影响程度进行考察,授权程度主要从技术审核、质量审核和安全审核三方面,对临时状况处置倾向进行考察。其分值分布情况如图 2 所示。

在绩效评价机制中,5 分表示职能部门主任对部门员工在考核评价、人事升迁上的影响占绝对地位,1 分则表示工区主任的影响占绝对地位;在授权程度中,5 分表示出现临时状况时,现场作业负责人倾向于与职能部门员工直接联系,1 分则表示现场作业负责人倾向于与职能部门主任联系,通过职能部门主任传达和安排工作。

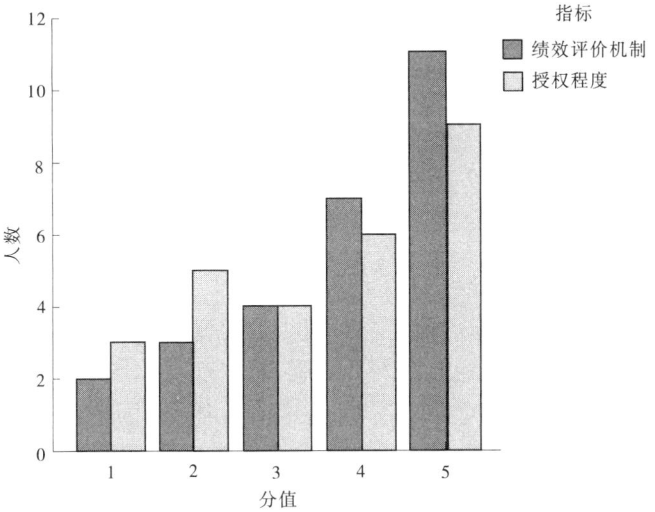


**图2 绩效评价机制和授权程度分值分布**

由图2可见，在绩效评价机制中5分和4分的人数达18人，达到总调研样本的2/3，明显多于1~3分人数；总体均值也达到了3.81，说明了职能部门主任对部门员工绩效评价的影响明显大于工区主任，这与访谈得到的信息相吻合。从访谈调研中了解到，根据正式管理规定，职能部门员工仅受部门主任直接领导，承担的工作任务由部门主任进行分配与协调，而工区主任并不具备直接向职能部门员工委派工作任务的权力，对职能部门员工的绩效评价起到的更多是间接作用，而并非直接影响。

而在授权程度中，同样是高分段人数占优势，总体均值为3.48，说明多数工区作业负责人在处置临时状况时，更倾向于直接联系职能部门员工。这一现象表面上与绩效评价机制的结论不能很好对应。然而访谈调研反映，由于部门内工作多已做分解，部门员工可对应到具体工区或业务上，因此现场作业负责人在不少情况下也会选择与部门员工直接沟通。可见，授权程度相对较高。当然，负责人或部门员工也会在事后报知部门主任，以使部门主任对员工的工作量、绩效评价等方面有更全面的衡量和把握。

对问卷结果的进一步分析显示，授权程度高分数段(3~5分)的调研对象从业时间一般较长，他们与工区协作的经历更多，和工区主任等现场管理人员也更为熟络，所以现场作业人员会更为倾向于直接联系该部分员工，向其委托工作任务。

综上，水电施工企业一线项目部在业务设置上偏矩阵式体制，在人员设置上偏职能式体制，业务交叠而人员不交叠；绩效评价机制上，职能部门主任对部门员工的影响远大于工区主任；授权程度上，多数工区作业负责人会选择和部门员工直接联系，部门员工授权程度较高。由此可见，水电施工企业一线项目部总体属于弱矩阵管理模式。

### 4.2 运行效率分析

#### 4.2.1 双重领导问题

由于业务交叉主要涉及职能部门员工，因此这里的双重领导问题讨论针对该部分群体，而不涉及现场作业人员。问卷调研显示，27人中仅有5人表示在某种程度上受到了双重领导，可见该问题并不显著。其原因在上文讨论中已有体现，由于业务交叠而人员不交叠，部门员工主要向部门主任负责，部门主任的领导作用占据主导地位，员工的工作安排、绩效评价等基本由部门主任掌握。因此，在职能部门主任与工区主任出现意见分歧的情况下，部门员工更倾向于听从职能部门主任的安排。由此可见，多数情况下双重领导问题并不存在，避免了双重领导下员工无所适从，或是利用职权漏洞形成管理真空化情况的出现。此外，经访谈了解，多数信息都会经过部门主任这一进出口，部门主任基本掌握着本部门每位员工的工作安排，有利于整体工作的协调和总体进度情况的把握，减少了信息混乱，同时避免了过多工作集中在少数人身上。

### 4.2.2 信息流通情况和协调运行效率

由于人员设置偏职能式，因此可能会受到职能式管理模式缺点的影响，即部门间需要进行协作时常常需要主任级别以上的管理人员协调，而出现工作冲突或突发情况时信息需要层层传递、决策和反馈，增加了信息路径长度，造成信息流通不及时，同时也更容易引起高层管理人员工作积压。为了解施工企业一线项目部的真实运作情况下，问卷调研特别对信息流通情况和协调运行效率进行了评测。分值分布情况如图 3 所示。

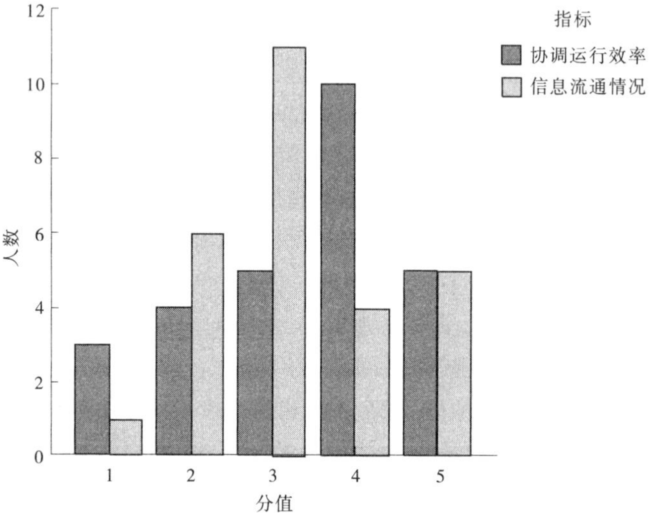


**图 3 信息流通情况和协调运行效率分值分布**

在信息流通中，5 分表示信息传递很通畅，一般情况下不会导致工作失误；1 分则表示信息流通很差，造成工作失误频繁。由图 3 可见，多数得分均在 3 分以上，其均值达到 3.59，说明多数人认为工区作业与职能部门之间的信息流通相对通畅。这一结论也在前文授权程度的讨论中得到印证，即工区作业负责人在处置临时状况时，也会选择与部门员工直接沟通，促进了信息的快速流通。

需指出的是，问卷的进一步分析显示，信息流通情况在各部门间存在着较大差异，部门工作内容和信息流通方式的不同是造成这些差异的主要原因。例如施工部主要负责各工区人力、机械设备等施工辅助作业的组织协调，对信息流通效率的要求较高；而质量部由于主要负责施工过程中及施工后的施工质量控制与检测，并使用了施工信息系统等信息化工具，对信息流通的要求相对较低。由于个别部门调研样本容量较小，可能会影响该结论的普适性。

在协调运行效率方面,5 分表示部门协调效率很高,出现临时状况能及时安排到各相关部门员工处,使问题得到及时解决;1 分表示部门协调效率很低,部门主任工作负担较重,易引起工作积压,影响协作效率。由图 3 可见,多数人认为部门协调效率较高,其评分均值为 3.78。访谈中了解到,尽管处理突发情况有时需要通过部门主任进行工作协调,一定程度上降低了效率,但由于现场作业人员与职能部门人员的日常横向沟通较为频繁,平时的协调运行效率相对较高。这在前文对授权程度的讨论中也得到印证。

现场访谈还了解到,信息系统在施工单位的推广过程中遭遇了较大阻力,其原因一方面是施工单位部分老员工对计算机操作技能的掌握程度较低,无法很好地完成信息录入,另一方面是业主对施工单位的专项补贴发放不到位,影响了信息系统推广的积极性。这在一定程度上阻碍了信息的流通。

### 4.3　管理模式与运行效率相关性分析

以下对管理模式与运行效率进行相关性分析。使用 Pearson 系数进行分析,计算结果如表 3 所示。

**表 3　管理模式与运行效率相关性分析结果**

| | 绩效评价机制 | 授权程度 | 协调运行效率 | 信息流通情况 |
|---|---|---|---|---|
| 绩效评价机制 | 1 | -0.336<br>0.086 | -0.241<br>0.225 | -0.253<br>0.202 |
| 授权程度 | -0.336<br>0.086 | 1 | 0.736**<br>0.000 | 0.825**<br>0.000 |
| 协调运行效率 | -0.241<br>0.225 | 0.736**<br>0.000 | 1 | 0.730**<br>0.000 |
| 信息流通情况 | -0.253<br>0.202 | 0.825**<br>0.000 | 0.730**<br>0.000 | 1 |

注:** 表示在 0.01 水平(双侧)上显著相关。

由表 3 可见,协调运行效率与授权程度相关系数为 0.736,信息流通情况与授权程度相关系数达到 0.825,说明协调运行效率、信息流通情况均与授权程度存在显著相关关系。这与上文的分析相符,即适宜的授权程度使现场负责人可以灵活地与部门员工直接进行横向沟通,有效地促进了信息的快速流通,提高了部门之间协调运行效率。信息流通情况和协调运行效率两者之间相关系数为 0.730,也体现出显著的相关关系,这与常识相符,即在信息流通通畅情况下,协调运行效率也得到提高。而绩效评价机制与授权程度、协调运行效率、信息流通情况相关性不明显,说明虽然施工企业一线项目部虽然为弱矩阵管理模式,但由于授权程度合理,因此部门间沟通联系顺畅,职能式管理模式中常见的信息路径过长,协调效率低的问题并不明显。

## 5　结论与展望

基于中国西南某大型水电项目两家施工单位的调研表明,水电施工企业一线项目部在业务设置上偏矩阵式体制,在人员设置上偏职能式体制;绩效评价机制方面,职能部门主任对部门员工考核评价、人事升迁等方面的影响占据主导地位，与此同时，部门员工具有相对较高的授权程度。总体而言，水电施工企业一线项目部属于弱矩阵管理模式。

在运行效率上，由于业务交叠而人员不交叠，双重领导问题在水电施工企业一线项目部中并不明显；工区作业人员与职能部门人员的横向沟通较为频繁，处置临时状况时也倾向采用直接沟通的方式，因而信息较通畅、协调运行效率较高。相关性分析表明，该管理模式下高效的信息流通与协调运行效率，与适宜的授权程度存在较强的相关关系。

由于水电项目具有明显的独特性和个体差异性，进一步的研究可从两方面入手，一是拓展调研样本，分析不同施工条件下该管理模式的实施效果，二是探讨如何根据实地情况对管理模式进行优化调整，以更好适应不同的施工条件，提升项目执行效率。

## 参考文献

[1] 陆永坚. 工程项目管理模式发展探讨[J]. 科技信息,2007(36):145.

[2] 曾永乐. 基于全寿命周期的工程项目管理复杂性分析与评估[D]. 南京:南京大学工业工程,2013.

[3] Project Management Institute. A Guide to the Project Management Body of Knowledge(PMBOKR Guide) Fifth Edition[M]. 北京:电子工业出版社,2013.

[4] 何曙光,齐二石,李莉. 矩阵式组织结构中的绩效评价问题研究[J]. 工业工程,2003,6(5):13-15.

[5] 黄泽明,汤卫平. 项目管理组织结构形式及其应用[J]. 江西冶金,2005,25(1):43-45.

[6] 武祥东. 工程项目管理组织模式浅析[J]. 项目管理,2003(6):23-25.

[7] Davis. Stanley M. ,Lawrence. Paul R. . Problem of matrix organizations[J]. Harvard Business Review,1978,56(3):131-142.

[8] Kerzner. H. . Project management:a systems approach to planning,scheduling,and controlling[M]. 7th edition, New York:Van Nostrand Reinhold Company,2001.

# 堆石混凝土技术应用进展

金　峰　黄绵松　安雪晖　周　虎

（清华大学 水沙科学与水利水电工程国家重点实验室　北京　100084）

**摘要：**堆石混凝土技术是在自密实混凝土技术基础上发展起来的一种新型大体积混凝土施工技术，具有低水泥用量、低水化热、体积稳定性好、综合性能高、低碳环保等特点。已在北京、山西、云南等省的60多个水利水电工程中成功应用，工程效益尤为显著。本文根据现有的工程应用情况介绍堆石混凝土技术在水利水电工程中应用的技术基础、优势，以及应用前景。

**关键词：**水利水电工程　堆石混凝土　技术优势　工程进展

## 1　堆石混凝土技术简介

堆石混凝土（Rock Filled Concrete，简称RFC）技术是在自密实混凝土（Self-Compacted Concrete，简称SCC）的基础上发展出的一种大体积混凝土技术。该技术充分利用了自密实混凝土的高流动性、抗离析等优势，突破传统施工工艺的限制，利用自密实混凝土填充一定粒径的堆石体空隙，形成完整、密实、有较高强度的堆石混凝土，如图1所示。和传统的大体积混凝土技术相比，堆石混凝土技术不仅能将混凝土中块石的含量增加至55%以上，最大限度降低水泥用量和水化热，充分利用堆石和自密实混凝土的优势，还能有效降低人工投入，简化施工工序，使工程质量更易于控制。

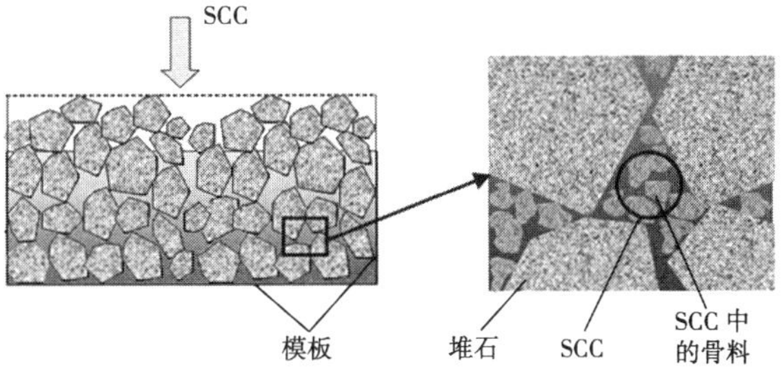


**图1　堆石混凝土原理示意图**

针对不同工程的施工条件，根据自密实混凝土和堆石的施工顺序不同，堆石混凝土的施工工艺可分为普通型堆石混凝土和抛石型堆石混凝土两种方式，如图2所示。在普通型堆石混凝土施工中，首先将一定粒径的堆石直接入仓，形成有空隙的堆石体，然后从堆石体上部倒入自密实混凝土，利用自密实混凝土的高流动抗离析性能，使自密实混凝土依靠自重自动填充到堆石的空隙中；而在抛石型堆石混凝土施工中，首先将自密实混凝土浇筑至仓面中，形成一定厚度的自密实混凝土垫层，然后将堆石块直接抛入自密实混凝土中，堆石块依靠重力在自密实混凝土中自然堆积，同样形成完整、密实、有较高强度的堆石混凝土。

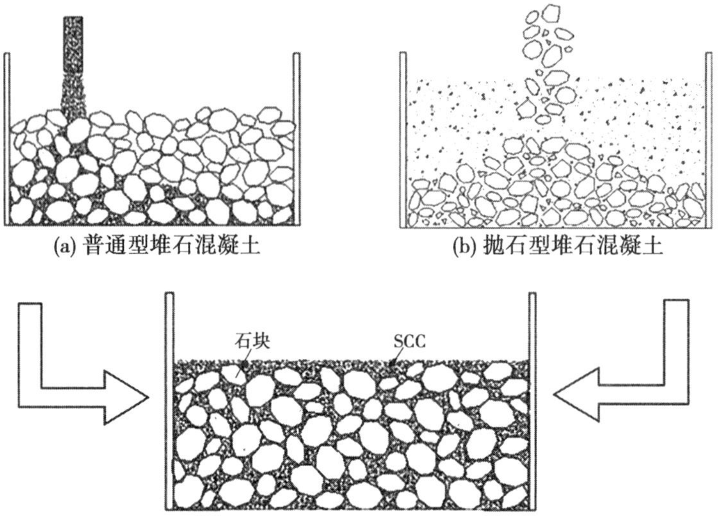


(c) 堆石混凝土

图2　堆石混凝土施工工艺

近年来，针对专用自密实混凝土的充填性，堆石粒径对充填的影响，堆石混凝土综合力学性能、热力学性能、绝热温升规律、抗渗性能、耐久性能等展开了一系列的专项的室内试验研究和工程实践验证，均表明堆石混凝土具有极好的综合性能。此外，堆石混凝土技术还获得了多方认可，2008 年堆石混凝土技术通过了水利部组织的科技成果鉴定，获得了以潘家铮院士为组长的专家组的肯定与鼓励；同年堆石混凝土技术入选水利部 2008 ~ 2012 年科技推广重点项目，2012 年被国家发改委、环保部、科技部、工信部四部门联合列入《国家鼓励的循环经济技术、工艺和设备名录（第一批）》，有效推动了这项技术的推广应用。

截至 2013 年 11 月，堆石混凝土技术已成功在河南宝泉抽水蓄能电站、山西围滩水电站、金沙江向家坝水电站、乌东德水电站、山东蒙山水库（见图 3）等 62 个工程中成功应用。其中，已建成的堆石混凝土重力坝近 30 座，最大坝高为 59 m；在建工程中最大坝高为 69 m 的双曲拱坝。2014 年即将在四川大渡河沙坪电站主体工程上进行大规模施工；云南省彝良县松林水库的初设方案为 92 m 高堆石混凝土重力坝，已通过省水利厅审批，计划 2014 年开工。堆石混凝土技术应用领域持续不断的增加，有力推动了水利水电工程建设的低碳化、环保化，创造了显著的经济社会效益。

图3　山东蒙山水库工程图

## 2　应用优势

堆石混凝土已在大体积混凝土工程、病险水库加固、水下混凝土工程、工程循环经济等领域形成系统解决方案，较常规混凝土突显出卓越的工程和经济优势。

### 2.1　温控措施的简化

水化热对大体积混凝土来说是一个关键性问题。实验研究和工程检测都表明，堆石混凝土温升情况较常规混凝土有了很大改善[3]，一般情况下大体积堆石混凝土实际温升峰值都在10 ℃左右，有效抑制了温度裂缝的产生，因此使用堆石混凝土施工时可减少，甚至取消温控措施。

### 2.2　机械化程度高，质量易于控制

相比常规的混凝土技术，堆石混凝土施工可根据合理的组织设计，使各道工序可通过大规模的机械化施工来完成。同时，堆石混凝土施工简化消除了温控措施、混凝土生产运输减半且无需振捣、免除或简化凿毛工序，有效减少了工人的参与，使施工质量不依赖于工人技术的熟练程度，施工质量更易于控制。

### 2.3　综合性能提高

堆石混凝土是由相互搭接的堆石骨架和用于胶结堆石的专用自密实混凝土构成的。堆石骨架在提高材料抗压、抗剪强度，抑制干缩变形，提高结构体积稳定性等方面都有着显著的效果；而自密实混凝土独特的设计与工艺，使其具有卓越的流动性能、充填性能和抗离析性能，在浇筑过程中不离析、不泌水，既保证了专用自密实混凝土的充填均匀性，又避免了混凝土与骨料胶结面过渡区薄弱层的产生。

试验研究和工程检测表明：堆石混凝土容重通常可以达到2 500 kg/m$^3$以上；各项力学性能均能满足设计要求，特别是在抗压强度、抗剪强度方面有足够的安全富余系数[4]；抗渗性能方面堆石混凝土渗透系数可达到$10^{-11}$ m/s，工程钻孔压水检测透水率可低于1 Lu；在抑制收缩、抵抗开裂方面堆石混凝土在工程应用中也表现出了优异的性能，表1汇总了部分试验检测数据。

**表1　堆石混凝土综合性能试验部分结果**

<table>
<tr><th rowspan="2">项目</th><th rowspan="2">强度等级</th><th rowspan="2">岩石种类</th><th>$f_c$（MPa）</th><th>$f_t$（MPa）</th><th>极限拉伸值</th><th rowspan="2">抗剪断参数</th><th rowspan="2">绝热温升（℃）</th><th rowspan="2">渗透系数</th></tr>
<tr><th colspan="3">SCC标准试件/RFC等效标准试件</th></tr>
<tr><td>沙坪二级水电站</td><td>C15</td><td>灰岩</td><td>23.5/31.0</td><td>1.62/1.26</td><td>—</td><td rowspan="2">$f=7.1$<br>$c=1.59$ MPa</td><td rowspan="2">14.2～16.1</td><td rowspan="2">RFC：$10^{-11}$ m/s<br>SCC：$10^{-12}$ m/s</td></tr>
<tr><td>藏木水电站</td><td>C20</td><td>花岗岩</td><td>25.2/38.9</td><td>2.35/1.81</td><td>$134\times10^{-6}$/<br>$111\times10^{-6}$</td></tr>
</table>

### 2.4　固废利用，低碳环保

作为符合时代发展要求的新型技术，堆石混凝土技术在发展过程中不断地探索节能环保之道。通过不断实践与研究，堆石混凝土技术已能充分利用建筑垃圾、旧坝的固体废弃物、河道中的卵石、尾矿等代替堆石混凝土中的堆石块、粉煤灰或骨料等原材料，废弃混凝土填充率甚至可达到50%[5]，实现固废的资源化利用，见图4。同时，胶凝材料用量也得到了

最大限度的降低，大幅度减轻混凝土生产强度，免除了混凝土浇筑的振捣或碾压工序的设备投入，有效减少了温室气体排放和能量消耗[6]。

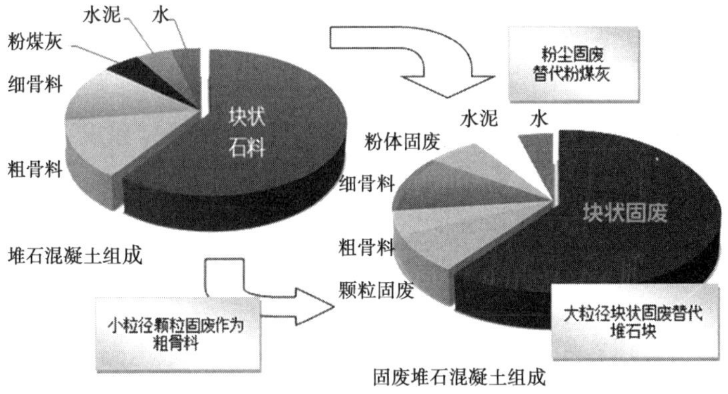


图4　固废堆石混凝土材料组成

### 2.5　适用性广泛

在四川、云南、贵州、新疆、江西、山西等省区的实际工程应用中，由于各地方情况不同，所用的堆石既有块石，也有卵石；自密实混凝土的粗、细骨料既有人工碎石和人工砂，也有天然卵石和天然砂；所有工程都使用当地的水泥和粉煤灰。这些应用成果表明，堆石混凝土技术、低水化热低成本自密实混凝土配合比设计方法和专用外加剂，都能够适应国内各地不同的原材料，具有广泛的适应性，打破了常规混凝土技术对原材料的严格限制。

### 2.6　施工成本显著降低，施工进度快

水泥用量的减少，混凝土生产运输浇筑量减半，温控措施和凿毛工序的简化，混凝土浇筑的振捣或碾压工序的免除，都为减少成本投入、加快施工速度和缩短工期提供了强有力的保证。目前堆石混凝土的最大浇筑量已达到2.5万$m^3$/月。

## 3　工程应用及其效益

### 3.1　应用范围

作为新型大体积混凝土施工技术，堆石混凝土技术具有低碳环保、节能减排等时代特征，被越来越广泛地应用于水利水电工程建设，工程效益尤为显著，得到众多的认可与肯定。

堆石混凝土及其相关技术能够适应各地不同的原材料，并根据工程现场条件，具有灵活的运输和浇筑方式。从2005年至今，通过在四川、云南、山西等20几个省的60多个工程中的成功应用，浇筑量达68.15万$m^3$，见图5。其中，在混凝土重力坝、拱坝的坝体建设及加固中应用最多，约占堆石混凝土全部工程方量的46.5%；其次是溶洞回填、冲沟回填、基坑回填、沉井回填等基础回填工程，约占全部工程方量的34.3%；堆石混凝土在围堰等工程中应用也较多，约占全部工程方量的11.7%。此外，堆石混凝土还在各类堤防工程建设中发挥了重要作用，见图6。

### 3.2　低碳效益评价

在以往工程中采用基于生命周期的评价方法可以发现堆石混凝土技术在能源消耗和二氧化碳排放方面较常规混凝土有了很大改善，满足了低碳经济的发展需求。以恒山水库工

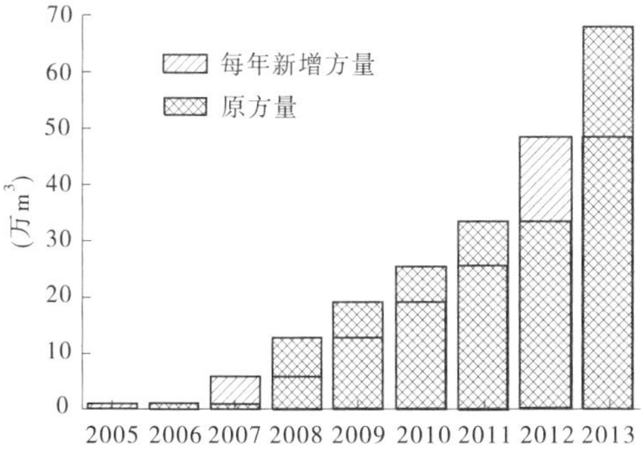


图5　堆石混凝土浇筑方量逐年统计值

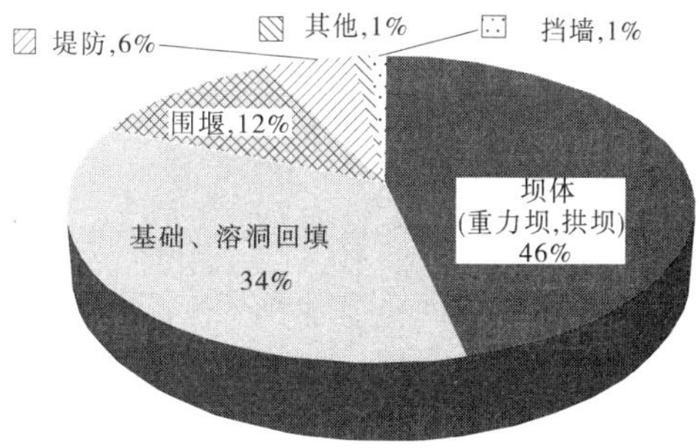


图6　堆石混凝土在各工程部位应用比例图

程为例,对比评价常规混凝土和堆石混凝土两种筑坝技术在大坝生命周期的能源消耗和二氧化碳排放情况,如图7所示。

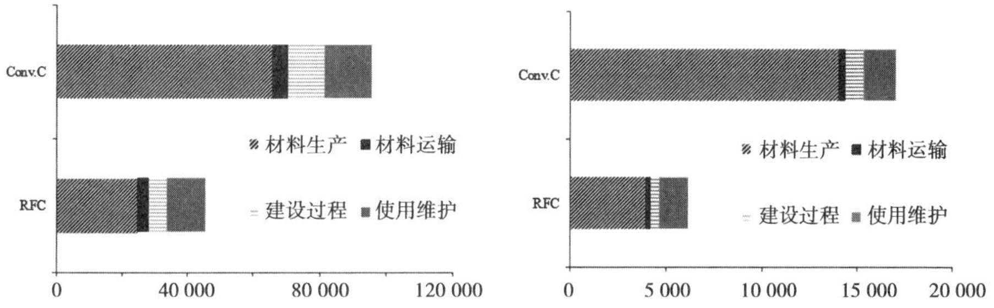


(a) 能源消耗对比图　　(b) 碳排放量对比图

图7　常规混凝土和堆石混凝土筑坝技术比较结果

从对比结果可以看出,堆石混凝土筑坝技术在生命周期各个阶段,相对于常规混凝土技术都大幅降低了能源消耗和二氧化碳排放量。其中,在材料生产、材料运输、建设过程和使用维护各阶段分别减排约72%、25%、53%和15.6%。堆石混凝土大坝生命周期各个阶段的能源消耗分析结果显示,材料生产占到总能源消耗的51.7%,运输过程占8.3%,建设过程占12.6%,使用维护阶段占27.4%。碳排放比例分析中,材料阶段占63.8%,运输过程占4.2%,建设过程占7.5%,使用维护阶段占24.5%。

进一步调研堆石混凝土、碾压混凝土和常规混凝土案例,对比分析单方混凝土的碳排放量,结果如图8所示(图中4个堆石混凝土工程案例从左到右依次是清峪水库、山西围滩水电站、中山长坑水库、恒山水库;6个碾压混凝土工程案例依次是金沙江龙开口水电站、鲁地拉水电站、四川武都水电站、向家坝水电站、龙滩水电站、沙牌水电站;4个常态混凝土工程案例依次是湖南托口水电站、溪洛渡水电站、富宁谷拉水电站和恒山水库)。

评价结果显示,三种筑坝技术的单方碳排放量具有较明显的区分。堆石混凝土的单方碳排放量为0.14~0.2 t,碾压混凝土的单方碳排放量为0.25~0.3 t,常规混凝土的单方碳排放量为0.32~0.4 t。相对于常规混凝土和碾压混凝土,堆石混凝土的单方碳排放量都有明显的降低,是一种更为低碳的筑坝技术。

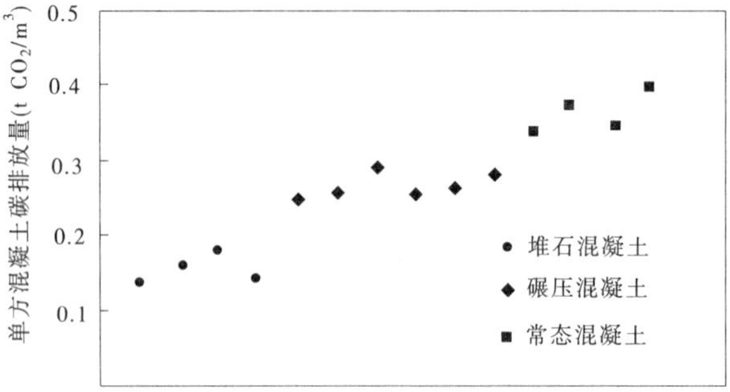


**图 8　单方混凝土碳排放量对比图**

## 4　展　望

长期的应用实践使堆石混凝土施工工艺得到了完善，在解决实际工程问题的同时，拓展得到抛石型堆石混凝土、普通型堆石混凝土、尾矿及工业废料循环利用技术、可控灌浆技术等一系列堆石混凝土相关技术，形成一套较为完整的施工理论体系。

然而，堆石混凝土技术仍然处于发展阶段，具有广阔的应用前景。从筑坝工程中的应用方面看，堆石混凝土技术现多应用于 30 ~ 70 m 范围的中小工程，在高重力坝和拱坝建设方面仍具有较大发展空间。2013 年，云南彝良松林水库的 90 m 高堆石混凝土重力坝以及陕西某工程 69 m 高双曲拱坝的设计与建设，将会为堆石混凝土在高重力坝及拱坝上积累宝贵的工程经验。结合今后的一批高坝、拱坝的建设，应继续研究与提高堆石混凝土的综合性能，完善施工工艺，早日实现堆石混凝土在百米级大坝及高拱坝上的推广应用。此外，堆石混凝土在施工工艺、温度控制和石粉自密实混凝土研究等领域都有较大的发展空间。

**参考文献**

[1] 金峰，安雪晖．堆石混凝土大坝施工方法[P]．中国专利：03102674，2003-02-14.

[2] 金峰，安雪晖，石建军，等．堆石混凝土及堆石混凝土大坝[J]．水利学报，2005，36(11)：1347-1352.

[3] 金峰，李乐，周虎，等．堆石混凝土绝热温升性能初步研究[J]．水利水电技术，2007(39)：59-63.

[4] 石建军，张志恒，金峰，等．自密实堆石混凝土力学性能的试验研究[J]．岩石力学与工程学报，2007(26)：3231-3236.

[5] 何世钦，朱忠峰，李贺，等．建筑废弃混凝土再生利用新技术的实验研究[J]．混凝土，2013(2)：121-126.

[6] 黄绵松，周虎，安雪晖，等．堆石混凝土筑坝技术的环境影响评价[C]．水电 2006 国际研讨会，958-965.

# 高堆石坝宏细观变形机理研究进展

周　伟　常晓林　胡　超　马　刚　程勇刚

（武汉大学 水资源与水电工程科学国家重点实验室　湖北　武汉 430072）

**摘要**：近年来在我国西南地区已建、在建或设计了一大批高堆石坝，呈现出高坝大库、地质复杂等特征。堆石坝高度达200～300 m级，已超出规范适用范围，复杂坝体应力变形问题突出，对坝体变形控制要求更高，带来一系列技术难题。本文以构建理论和方法体系为目标，对堆石体结构特征的组构描述与材料性能的宏细观演化机理、描述堆石体细观结构特征的三维随机颗粒不连续变形分析方法、堆石体流变细观数值模拟方法和堆石体尺寸效应细观机理等内容进行了系统研究，取得了一系列创新性研究成果，提高了高堆石坝变形宏细观机制方面的理论研究水平。

**关键词**：高堆石坝　宏细观变形　不连续变形分析方法　流变　尺寸效应

## 1　前　言

随着社会经济的快速发展以及西部水电开发进程的加快，我国西南地区正在或即将建设一批调节性能好的高堆石坝，如其宗（356 m）、苗尾（139.8 m）、双江口（314 m）、两河口（295 m）、长河坝（240 m）等心墙堆石坝，以及古水（242 m）、梨园（185 m）、马吉（270 m）、茨哈峡（253 m）、如美（315 m）等高面板堆石坝，坝高大多在200 m级以上，有些甚至超过300 m以上，属超高堆石坝工程。这些高坝大库的安全建设成为水利水电建设中被广泛关注的重点问题。

由于我国高堆石坝建设起步较晚，特别是已建的200 m级以上的高堆石坝较少，运行时间也较短，因此关于200 m级以上高堆石坝的建设及运行方面积累的经验较少，还有一些需进一步解决的问题。例如，近期建设的几座200 m级高堆石坝在取得成功及宝贵经验的同时，部分工程出现坝体变形偏大、产生裂缝、防渗体系破损、渗漏量较大等问题。现有监测资料表明，高堆石坝的坝体变形与设计阶段的预测值相比经常偏大很多，且稳定时间偏长。有些高堆石坝在经过十多年的挡水运行后，其变形（尤其是不均匀变形）的量值变化尚未稳定。在高堆石坝的运行期，坝体或面板结构破损的情况时有发生。图1(a)为我国已建成的某高心墙堆石坝运行期发生坝顶大规模纵向裂缝的情况，裂缝长度沿坝轴线长达627 m。图1(b)为我国已建成的某高面板堆石坝运行期发生面板挤压破坏的情况。虽然采用现代

基金项目：国家自然科学基金项目（51322905）；教育部新世纪优秀人才支持计划（NCET－10－0657）；高校博士学科点科研基金（20120141110008）。

筑坝技术修建的高堆石坝还没有出现失稳、溃决等重大安全事故，但对于 200 ~ 300 m 级超高堆石坝，由于坝高、库大，一旦溃决失事，相对于同规模的混凝土坝，不仅会造成重大的经济损失，而且下游所形成的次生灾害将造成难以估量的人民生命财产损失。因此，提高堆石坝工程的设计施工水平，保证其安全性是国家经济和公共安全保障的重大需求。

(a) 心墙坝裂缝　　(b) 面板挤压破坏

图 1　高土石坝结构破损

已建高堆石坝所出现的问题，表明我国在高堆石坝坝料力学性能和演化机理、工作性态和破坏机制与安全控制等基础理论研究严重不足，现有的设计理论和分析方法还不足以支持设计者全面把握超高堆石坝的工程特性、关键技术问题和运行特点，使得专家学者对 200 m 级高坝的安全问题十分关注，对能否安全建设 300 m 级高堆石坝表现出了质疑，严重限制了高堆石坝作为优势坝型的发挥，降低了水电站经济指标竞争力，因此迫切需要加强高堆石坝设计和运行安全可靠的基础问题研究。

本文简要介绍了以下几个方面的研究进展：①堆石体材料细观结构特征的精细化描述方法，细观变形演化特性的组构分析方法，从细观角度揭示堆石体材料细观结构特征与宏观力学性能的内联机制；②堆石体材料的细观随机颗粒不连续变形分析方法，对堆石体多面体颗粒接触判别准则、接触算法和颗粒破碎效应等关键技术问题进行了介绍；③基于损伤模型和颗粒劣化模型的堆石体流变细观数值模拟方法；④基于细观数值试验的堆石体尺寸效应机理研究。

## 2　高堆石坝材料变形演化特性的宏细观机制

### 2.1　堆石体材料细观结构特征的精细化描述方法

现有研究成果表明，堆石体颗粒的形状和空间分布具有显著的随机性，仅仅采用宏观层次的孔隙率和干密度等指标不足以表达堆石体材料的离散特征。建立了堆石体材料结构的精细化描述方法。从结构特征角度出发，针对不同堆石体形状、不同级配、不同孔隙率的颗粒集合体，基于 Mersenne Twister 随机数算法研发了随机颗粒模型的生成程序 SPG（Stochastic Granule Generator），在不等边椭球内生成随机凸多面体颗粒（见图 2）。生成方法为在某不等边椭球上随机布点，颗粒的顶点数随机取值，然后按照给定的算法连点形成凸多面体，在细观尺度上实现了堆石体颗粒几何形状及空间分布精细化描述。

采用颗粒形状量化指标控制多面体颗粒的生成过程，使生成的多面体颗粒更接近真实颗粒的形状。引入两个颗粒形状指标，径径比和圆度。径径比定义为颗粒外包椭球的长轴与短轴之比，用来描述颗粒的整体形态。圆度定义为：

$$S_{3D} = \frac{S_s}{S} = \frac{4\pi\left(\frac{3V}{4\pi}\right)^{\frac{2}{3}}}{S} \tag{1}$$

式中：$S_s$ 为与多面体颗粒等体积圆球的表面积；$S$、$V$ 为多面体颗粒的表面积与体积。颗粒圆度的理论最大值为1.0（纯圆颗粒），自然界中大多数颗粒的圆度在0.7左右。在随机颗粒生成算法中，通过控制颗粒外接椭球的径径比和颗粒顶点的个数来控制颗粒的形状。

图2　凸多面体堆石体颗粒的随机生成

### 2.2　堆石体材料细观变形演化特性的组构分析方法

提出了基于堆石体材料细观结构特征精细化描述的组构分析方法。组构分析张量不仅包含位移、应力等宏观指标所表达的力学意义，而且还包含堆石体颗粒本身的几何形态、空间分布、颗粒间的相互作用等细观结构信息。推导了颗粒集合体组构张量与应力张量和应变张量的表达式（见式（2）和式（3））[1]，建立了配位数、接触力、接触力方向等细观组构张量的演化模型，深刻揭示了堆石体颗粒集合体的细观组构演化特性对宏观力学和变形响应的影响。

$$\left.\begin{aligned} \bar{L}_i^t &= \int_t^{t+\Delta t}\int_{L_{\min}}^{L_{\max}}\int_{-\frac{\pi}{2}}^{\frac{\pi}{2}} L^t f(L^t) f(\theta^t)\cos\theta^t \,\mathrm{d}\theta \mathrm{d}L \mathrm{d}\tau \\ \mathrm{d}\varepsilon_r^i &= \frac{\Delta \bar{L}_i^t}{\bar{L}_r^t} = \frac{\iiint L^t \delta F(\theta^t, L^t)\cos\theta^t \,\mathrm{d}\theta \mathrm{d}L \mathrm{d}\tau}{\iiint L^t F(\theta^t, L^t)\cos\theta^t \,\mathrm{d}\theta \mathrm{d}L \mathrm{d}\tau} \end{aligned}\right\} \tag{2}$$

$$\left.\begin{aligned} \mathrm{d}\varepsilon_1^t &= \frac{\iiint L^t f(L^t)\delta f(\theta^t)\cos\theta^t \,\mathrm{d}\theta \mathrm{d}L \mathrm{d}\tau}{\iiint L^t f(L^t) f(\theta^t)\cos\theta^t \,\mathrm{d}\theta \mathrm{d}L \mathrm{d}\tau} = \frac{\int_t^{t+\Delta t}\int_{-\frac{\pi}{2}}^{\frac{\pi}{2}} \delta f(\theta^t)\cos\theta^t \,\mathrm{d}\theta \mathrm{d}\tau}{\int_t^{t+\Delta t}\int_{-\frac{\pi}{2}}^{\frac{\pi}{2}} f(\theta^t)\cos\theta^t \,\mathrm{d}\theta \mathrm{d}\tau} \\ \mathrm{d}\varepsilon_3^t &= \frac{\int_t^{t+\Delta t}\int_{-\frac{\pi}{2}}^{\frac{\pi}{2}} \delta f(\theta^t)\sin\theta^t \,\mathrm{d}\theta \mathrm{d}\tau}{\int_t^{t+\Delta t}\int_{-\frac{\pi}{2}}^{\frac{\pi}{2}} f(\theta^t)\cos\theta^t \,\mathrm{d}\theta \mathrm{d}\tau} \end{aligned}\right\} \tag{3}$$

式中：$f(L^t)$，$f(\theta^t)$ 分别表示枝长和枝向量与 $r$ 轴的夹角分布密度函数。

### 2.3　基于精细化结构特征描述和组构分析的堆石体材料宏细观变形演化机理

基于精细化结构特征（颗粒形状、级配、孔隙率）描述和组构分析方法，从细观角度揭示堆石体材料细观结构特征与宏观力学性能的内联机制（见图3、图4）。堆石体材料细观变形的演化机制主要表现为颗粒间高接触应力导致颗粒破碎、重新排列。在某一种应力状态下，颗粒集合体的位置和状态将达到一种动态平衡，只有具备足够的颗粒接触应力增量，这种平衡才可能被打破，重新进入高接触应力、颗粒破碎和排列的演化过程。研究成果得到了一系列室内试验成果的验证，在机理层面上为研究高堆石坝的变形预测与控制问题奠定了理论基础。

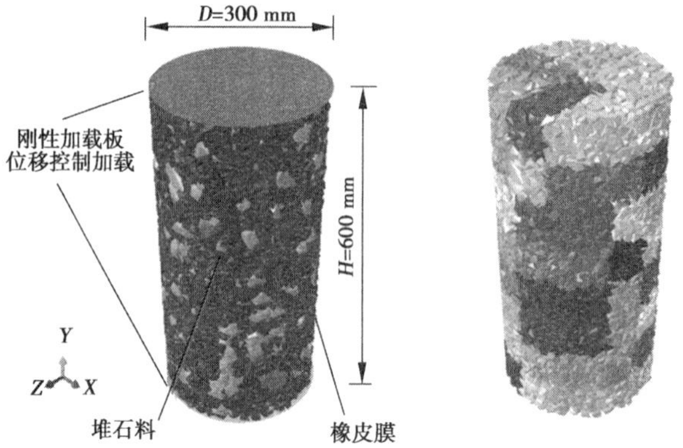


图 3 堆石体细观数值模拟示意图与并行计算域划分

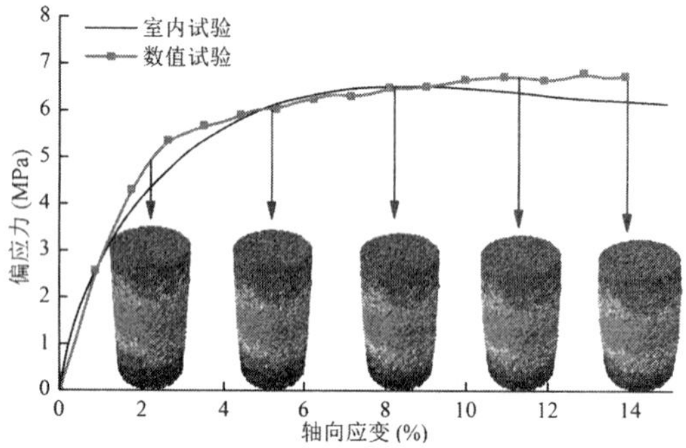


(a) 偏应力—应变曲线

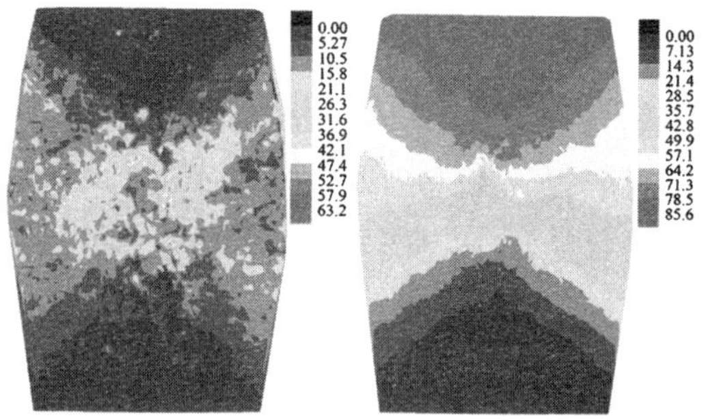


(b) 颗粒位移与旋转量云图

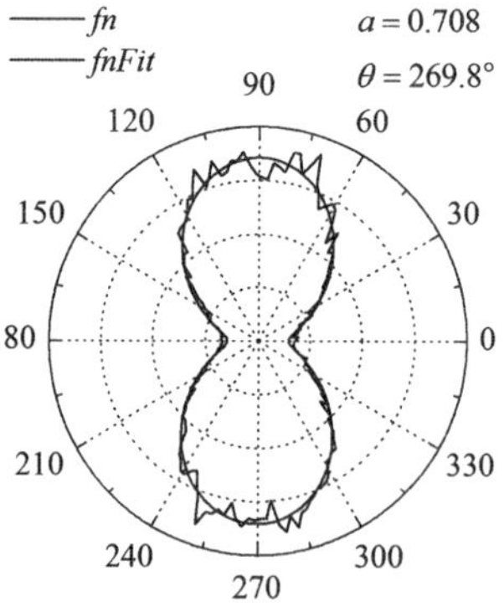


(c) 颗粒间法向接触力玫瑰图

图 4 堆石体的组构演化规律

### 2.4 国内外综合比较

在堆石体颗粒材料结构特征的表征方面,提出的精细化描述方法,是长期以来对堆石体材料视作连续介质的这一传统认识的突破和有益补充;在颗粒材料细观变形演化特性的分析方面,提出的组构分析方法揭示了细观变形过程和宏观力学响应的内在联系机制。

由于堆石体变形的复杂性,影响的因素很多,因此近年来国内很多学者对堆石体的变形机理研究主要是局限于室内试验等唯象的方法。目前,在堆石体细观数值方面的研究比较少[2-4],且将堆石体颗粒形状过于简化,或没有考虑颗粒自身变形以及颗粒的破碎等。本文成果将结构特征的精细化描述和组构理论的分析方法引入堆石体细观变形机理的研究中,与室内试验方法相比,堆石体细观数值模拟可以减小试验成本,突破试样尺寸的限制,方便、快捷地进行各种敏感性分析以及各种应力路径、不同加载情况的数值试验,同时可以动态地观察细观结构的变化。该方法从细观尺度探究堆石体的变形机理,将堆石体的细观结构与宏观力学反应联系起来,为堆石体细观变形机理的研究提供了一条新的思路。

## 3　堆石体材料的细观随机颗粒不连续变形分析方法(SGDD)

建立了用于颗粒类材料细观机理研究的随机多面体颗粒不连续变形分析方法(Stochastic Granular Discontinuous Deformation,SGDD)。该方法将颗粒类材料模拟为多面体颗粒集合体,颗粒之间相互接触,可采用线性或非线性接触本构模型。每个颗粒采用有限单元网格离散,因此颗粒可以发生变形、损伤、破碎,也可以模拟刚性和柔性边界。该方法能显式地模拟颗粒运动、旋转、接触、破碎,研究颗粒材料的细观力学机理并分析颗粒材料的细观特性(如颗粒的形状、空隙率等)对颗粒材料宏观变形特性的影响。堆石体多面体颗粒接触判别准则、接触算法和颗粒破碎效应是随机多面体颗粒不连续变形分析方法的关键技术问题。

### 3.1　堆石体颗粒相互侵入关系的判别准则

为了保证生成的颗粒互不侵入,必须建立颗粒侵入关系的判别准则。颗粒侵入判别在三维随机颗粒模型生成中至关重要,判别准则的好坏直接影响程序实现的难易与算法的效率和生成颗粒的质量。本文三维颗粒侵入判别方法如下(见图5):当凸多面体 $A_1A_2A_3\cdots A_n$ 所有顶点在凸多面体 $B_1B_2B_3\cdots B_n$ 任意一个面 $B_1B_2B_3$ 的一侧,而凸多面体 $B_1B_2B_3\cdots B_n$ 的形心在另一侧,那么可以断定这2个凸多面体是相互分离的。由于所有颗粒均在不等边椭球面上内接而成,为了进一步加快颗粒侵入的判断,当两颗粒球心的距离大于两颗粒最大极半轴之和时,颗粒是互不侵入的。

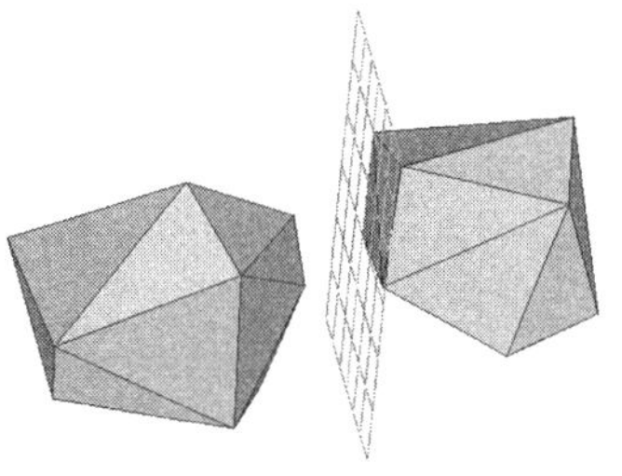

图5　凸多面体分离判别

### 3.2　颗粒间非线性接触关系的修正 Lagrangian 算法

摩擦型接触是堆石颗粒间力学行为的重要特点,求解摩擦接触问题是求解受变分不等式约束控制的物理方程组,这类问题通常采用 Lagrange 乘子法和罚函数方法等进行求解,由于罚函数易产生病态条件,且随着罚因子的增加愈加恶化,约束条件只有在罚因子处于有限范围内时才能满足。本文的接触算法采用修正的增广 Lagrangian 算法,接触面的判断采用多目标算法,即当前堆石体颗粒可同时与其周围的多个可能接触的目标接触[5]。非线性接触本构模型如图6所示。

### 3.3　堆石颗粒体破碎数值模拟技术

颗粒破碎是堆石体的一个重要特性,它对堆石体的宏观强度和变形特性有显著的影响。基于连续－离散耦合的思想,在随机颗粒不连续变形方法 SGDD 的基础上引入内聚力模型 CZM(Cohesive Zone Model)和界面单元[6],建立了具有模拟界面单元的起裂、扩展和失效能

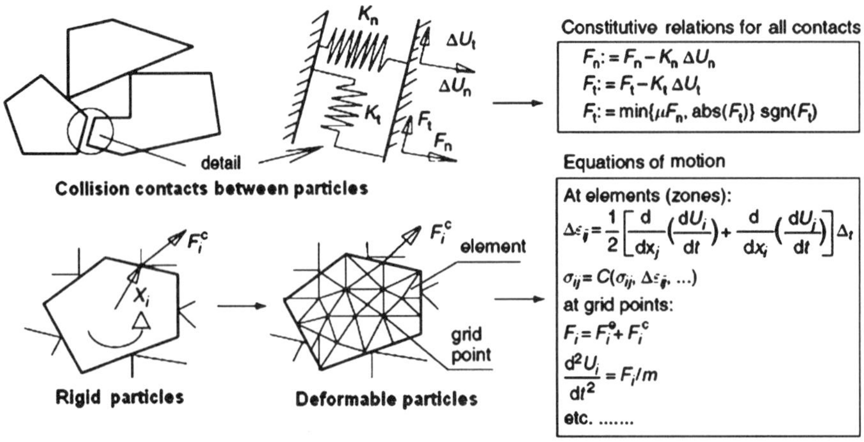


图 6　堆石体材料非线性接触本构模型

力的 FEM/DEM 耦合分析格式(见图 7),该方法显式地模拟三维颗粒破碎现象,不需要在裂缝尖端重新剖分网格,确保了数值计算的稳定性,显著地提高了计算效率。

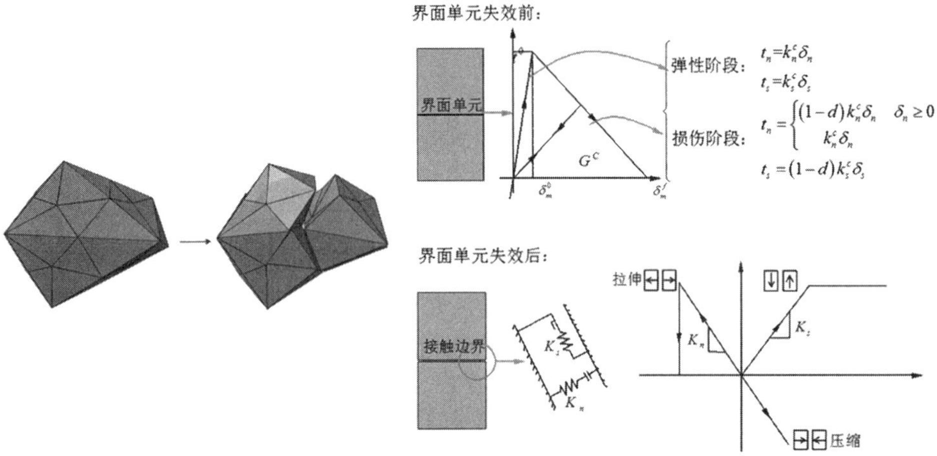


图 7　基于界面单元的三维多面体堆石颗粒及颗粒破碎模拟

## 3.4　国内外综合比较

堆石体材料从本质上来说是一种不连续介质材料,采用传统的连续变形分析方法(如有限元法)进行应力变形的计算只能从宏观层面等效地得出应力变形特性。由于宏观本构模型的缺陷、模型参数获取的误差、数值计算方法的不匹配,导致目前对于堆石体材料的应力变形计算成果的数值精确性有较大的误差,计算成果只能作定性的参考,而不能够作定量的预测。与基于连续介质力学的方法相比,基于连续 - 离散耦合的随机多面体颗粒不连续变形分析方法对于形状复杂的堆石体颗粒材料不需要对其复杂的力学本构模型做过多的假设,只需要采用简单的牛顿第二定律和力—位移接触关系即可再现其复杂的宏观力学行为,实现颗粒变形和颗粒破碎的模拟,高效模拟高堆石坝变形演化的连续—非连续破坏全过程,为解决复杂环境下高堆石坝变形控制问题提供了重要分析手段。该方法已经应用于马洪琪院士牵头的中国水电顾问集团攻关项目“300 m 级高面板堆石坝安全性及关键技术研究”的理论研究，为解决 300 m 级面板堆石坝的关键技术问题，推动 300 m 级面板堆石坝工程的发展进程，提供了技术支撑，奠定了扎实的理论基础；同时应用于水布垭、双江口、瀑布沟等高堆石坝工程。

另一方面，与 PFC 和 UDEC 等商用程序相比，SGDD 程序可以同时考虑颗粒形状、破碎以及时间效应等因素（见表 1），优势明显，填补了国内该领域研究的空白。

**表 1　国际上著名研究机构 FEM/DEM 程序特征与 SGDD 比较**

| 程序特征 | 程序名称 | | | |
|---|---|---|---|---|
| | VGW（帝国理工学院） | PFC3D（ITASCA 公司） | 3DEC（ITASCA 公司） | SGDD（武汉大学） |
| 通用接触判断 | √ | √ | √ | √ |
| 颗粒自身变形 | √ | × | √ | √ |
| 颗粒材料非线性 | √ | × | √ | √ |
| 颗粒破碎效应 | × | √ | × | √ |
| 流固耦合 | √ | √ | √ | × |
| 并行计算 | × | √ | √ | √ |
| 颗粒多面体形状 | √ | × | √ | √ |
| 时间效应 | × | √ | × | √ |

## 4　堆石体流变细观数值模拟方法

堆石体材料在水位变化、降雨入渗、日晒雨淋等环境因素影响下，导致堆石体材料强度的劣化，而堆石体颗粒在发生高接触应力－破碎、重新排列－应力释放、调整和转移的细观变形过程将加速颗粒强度的持续劣化（见图 8），引入颗粒强度劣化模型（式（4））模拟颗粒强度随外界环境的持续劣化。

$$f(\tau) = f_0\left(1 - \frac{a\tau}{\tau + n}\right) \tag{4}$$

式中：$f(\tau)$ 为 $\tau$ 时刻的强度；$f_0$ 为瞬时强度；$a = \frac{f_0 - f_\infty}{f_0}$ 反映了劣化程度，$f_\infty$ 为长期强度，$a$ 越大，劣化越显著；$n$ 为反映强度劣化快慢的参数，$n$ 越小，劣化越快。

在考虑颗粒破碎的堆石体不连续变形分析方法 SGDD 中，引入颗粒强度劣化模型模拟颗粒强度随外界环境的持续劣化。数值模拟结果表明，考虑颗粒劣化效应的 SGDD 方法从力学特征角度揭示了堆石体的长期变形机理和演化规律，适合模拟堆石料的流变变形这一复杂的、非线性演化问题（见图 9）。本数值模拟中引入两个时间尺度的步长：散粒体系统进行平衡迭代所需的步长以及堆石颗粒强度劣化的时间步长。在计算过程中，随着颗粒强度的进一步劣化，堆石料系统原有的平衡状态被打破。此时，进行新的系统平衡迭代，直到达到新的平衡状态，本次强度劣化时步结束时系统的反应即为此步的流变变形增量。

近年来很多学者对堆石体的流变变形机理和规律进行了探讨，主要是通过室内试验的手段和反馈分析的方法进行定性的探讨。由于堆石体流变变形的复杂性，影响的因素很多，

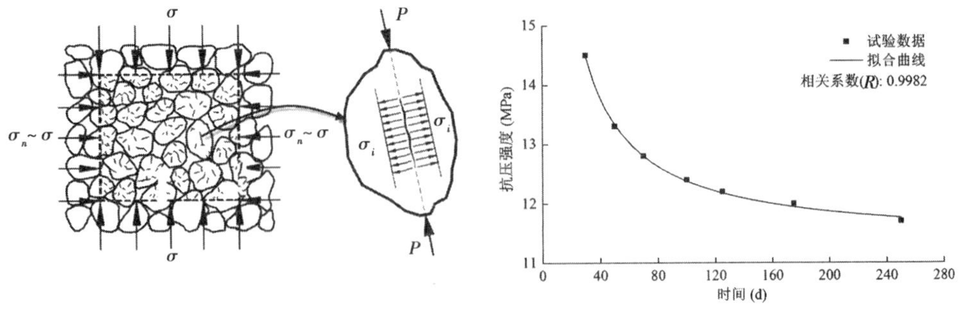


(a) 堆石体劣化概念模型　　(b) 堆石体强度劣化试验曲线

**图 8　堆石料压缩性和流变的概念模型**

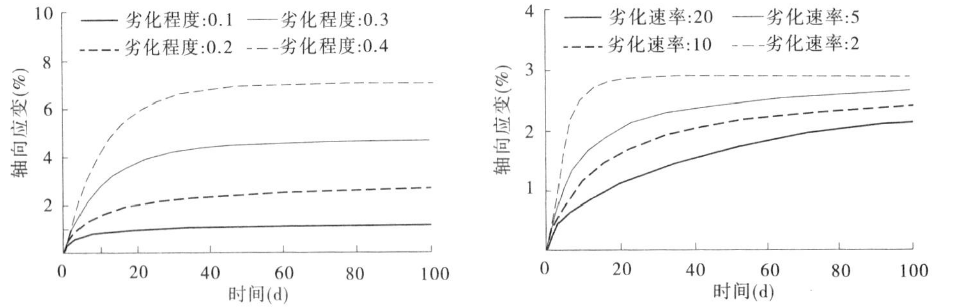


(a)不同劣化程度的堆石料流变数值试验成果　(b)不同劣化速率的堆石料流变数值试验成果

**图 9　堆石料三轴流变数值试验成果**

因此目前大多是通过室内试验,建立各种经验流变模型或者元件流变模型,确定相应的模型参数,然后进行计入流变效应的堆石坝应力变形分析[7-14]。相比于对堆石料流变规律的把握,对流变机理的研究还比较滞后。本文成果采用基于损伤模型的颗粒流离散单元法以及考虑堆石颗粒随时间的劣化效应的 SGDD 方法,提出了堆石料流变变形的细观数值模拟方法,深刻揭示了堆石料流变变形的产生机制,为高堆石坝工程的长期变形预测和浇筑程序、施工措施、施工方案的优化等提供了一种有效分析手段。

## 5　堆石体尺寸效应细观机理研究

### 5.1　基于细观数值试验的堆石体尺寸效应机理研究

由于堆石料的缩尺效应研究往往需要大尺寸的试验设备,同时为了获得不同尺寸试样的力学性质,需要进行多个围压下的三轴试验。并且缩尺效应的影响因素较多,如要展开全面、深入的对比研究,需要耗费大量的人力、物力和时间。而且室内试验难以实时观测堆石料细观组构的演化过程,包括观察颗粒的运动、进行细观组构的量化、分析组构量的演化规律,细观数值方法克服了以上不足,还可以方便快捷地进行大量的敏感性分析[15,16]。

采用考虑颗粒破碎的随机颗粒不连续变形方法 SGDD,进行堆石料缩尺效应的细观机理研究。采用混合法缩制试样(见图 10),分别研究了试样压实度控制标准、颗粒自身性质对堆石料缩尺效应的影响。从宏观和细观两个层面分析了数值模拟结果,深入研究了缩尺效应对堆石料的抗剪强度、应力—应变、体积应变等力学特性的影响机理(见图 11、图 12),

揭示其细观组构与缩尺效应的内在联系。

图10 不同尺寸的数值试样

研究结果表明:具有相同孔隙率或干密度的堆石料由于级配不同,其密实程度差异明显。采用相对密度控制试样的压实度,不同尺寸试样的抗剪强度和非线性强度指标的变化小于按孔隙率控制的试样,缩尺的影响较小,因此采用相对密度控制不同级配料的密实度更加合理。最大粒径 $d_{max}$ 越大,级配的不均匀系数 $C_u$ 越大,颗粒间的咬合作用越强,初始切线模量越大。堆石料的强度是颗粒剪胀、颗粒破碎和重排列三种机制共同作用的结果。堆石料强度的缩尺效应的不确定性源于这三种机制是相互影响和转化的,而级配特征、密实程度、颗粒自身性质等因素都会触发这三种机制的此消彼长或此长彼消。

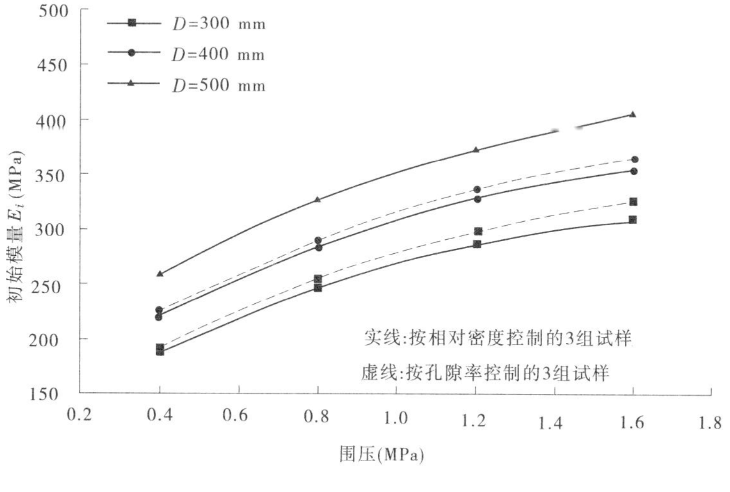


图11 不同尺寸试样的初始模量与围压关系曲线

## 5.2 国内外综合比较

堆石料的缩尺效应研究不是一个新课题,自20世纪60年代以来,日本、美国、墨西哥和中国的学者对堆石料的尺寸效应做了很多研究,主要研究强度和压实度的缩尺效应[17-24],均是通过室内试验进行研究的。由于影响堆石料缩尺效应的因素很多,而不同学者采用的缩尺方法和试样密度控制方法不同,堆石料来源也不同,导致试验结果不同,甚至规律相反。本文成果采用随机颗粒不连续变形方法,研究了堆石料缩尺效应的细观机制,认为堆石料的

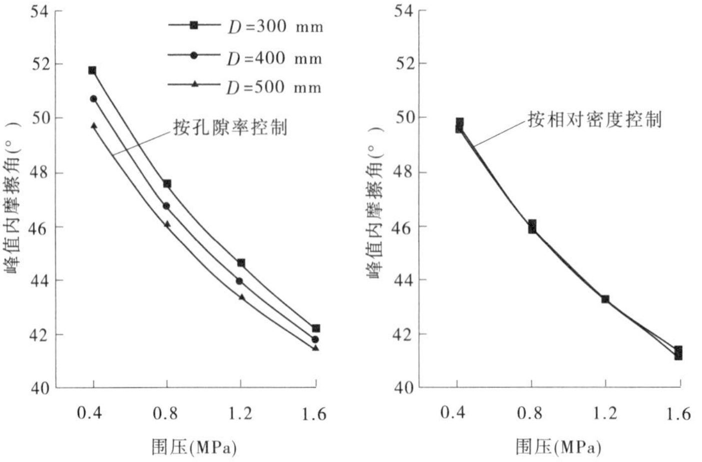


**图 12　不同尺寸试样的峰值内摩擦角**

强度来自于颗粒间的摩擦、剪胀、破碎和重排列,最终的结果取决于何种因素占据主导地位。

## 6　总结及展望

本文以构建理论和方法体系为目标,对堆石体结构特征的组构描述与材料性能的宏细观演化机理、描述堆石体细观结构特征的三维随机颗粒不连续变形分析方法、堆石体流变细观数值模拟方法和堆石体尺寸效应细观机理等内容进行了系统研究,取得了一系列创新性研究成果,提高了高堆石坝变形宏细观机制方面的理论研究水平。

已建高面板堆石坝所出现的问题表明,现有的设计理论和分析方法还不足以支持设计者全面把握超高面板堆石坝的工程特性、关键技术问题和运行特点。因此,需要进一步开展基础性关键科学技术问题的研究。针对 300 m 级高堆石坝的特点,在深入研究堆石体材料的细观结构特征、宏观力学性质和数值模拟方法的基础上,揭示高堆石坝变形的时空演变规律及其影响因素,对现有高堆石坝的安全运行和维护以及超高堆石坝的设计和建设是十分必要的。

### 参考文献

[1] 周伟,胡颖,闫生存. 高堆石坝流变机理的组构理论分析方法[J]. 岩土工程学报,2007,29(8):1274-1278.

[2] 周健,池永. 土的工程力学性质的颗粒流模拟[J]. 固体力学学报,2004,25(4):377-382.

[3] Rockefeller R T. Augmented Lagrange multiplier functions and duality in non-convex programming[J]. SIAM Journal on Control and Optimization,1974,12(2):268-285.

[4] 郭培玺,林绍忠. 粗粒料力学特性的 DDA 数值模拟[J]. 长江科学院院报,2008,25(1):58-60.

[5] 周伟,常晓林,周创兵,等. 堆石体应力变形细观模拟的随机散粒体不连续变形模型及其应用[J]. 岩石力学与工程学报,2009,28(3):491-499.

[6] 马刚,周伟,常晓林,等. 考虑颗粒破碎的堆石体三维随机多面体细观数值模拟[J]. 岩石力学与工程学报,2011,30(8):1671-1682.

[7] 沈珠江,赵魁芝. 堆石坝流变变形的反馈分析[J]. 水利学报,1998,6(6):1-6.

[8] 王勇,殷宗泽. 一个用于面板坝流变分析的堆石流变模型[J]. 岩土力学,2000,21(3):227-230.

[9] 梁军,刘汉龙. 面板堆石料的蠕变试验研究[J]. 岩土工程学报,2002,24(2):257-259.
[10] 程展林,丁红顺. 堆石料蠕变特性试验研究[J]. 岩土工程学报,2004,26(4):473-476.
[11] 李国英,米占宽,傅华,等. 混凝土面板堆石坝堆石料流变特性试验研究[J]. 岩土力学,2004,25(11):1712-1716.
[12] 陈晓斌,张家生,封志鹏. 红砂岩粗粒土流变工程特性试验研究[J]. 岩石力学与工程学报,2007,26(3):601-607.
[13] 张丙印,师瑞锋. 流变变形对高面板堆石坝面板脱空的影响分析[J]. 岩土力学,2004,25(8):1179-1184.
[14] 周伟,常晓林. 高混凝土面板堆石坝流变的三维有限元数值模拟[J]. 岩土力学,2006,27(8):1389-1392.
[15] 花俊杰,周伟,常晓林,等. 堆石体应力变形的尺寸效应研究[J]. 岩石力学与工程学报,2010,29(2):328-335.
[16] 马刚,周伟,常晓林,等. 堆石料缩尺效应的细观机制研究[J]. 岩石力学与工程学报,2012,31(12):2473-2482.
[17] Marachi N D, Chan C K, Seed H B. Evaluation of properties of rockfill mechanicals[J]. Journal of Soil Mechanics and Foundations Diversion, ASCE, 1972, 98(SM1):95-114.
[18] 郦能惠. 高混凝土面板堆石坝新技术[M]. 北京:中国水利水电出版社,2007.
[19] 司洪洋. 堆石缩尺效应研究中的几个问题[C]//第六届全国土力学及基础工程学术会议论文集. 上海:同济大学出版社,1991:163-169.
[20] 郦能惠,朱铁,米占宽. 小浪底坝过渡料的强度与变形特性及缩尺效应[J]. 水电能源科学,2001,19(2):39-42.
[21] Varadarajan A, Sharma K G, Venkatachalam K, et al. Testing and modeling two rockfill materials[J]. Journal of Geotechnical and Geoenvironmental Engineering, ASCE, 2003, 129(3):206-218.
[22] 王继庄. 粗粒料的变形特性和缩尺效应[J]. 岩土工程学报,1994,16(4):89-95.
[23] 李翀,何昌荣,王琛,等. 粗粒料大型三轴试验的尺寸效应研究[J]. 岩土力学,2008,29(S1):563-566.
[24] 凌华,殷宗泽,朱俊高,等. 堆石料强度的缩尺效应试验研究[J]. 河海大学学报:自然科学版,2011,39(5):540-544.

# 土石坝工程新技术探讨

刘汉龙[1,2]

(1. 重庆大学 岩土工程研究所　重庆　400045;
2. 河海大学 岩土力学与堤坝工程教育部重点实验室　江苏　南京　210098)

**摘要:**土石坝在地震作用下存在坝顶动力反应较大、面板容易开裂和坝坡失稳等问题,且随着坝高的不断增大,筑坝材料用量也逐渐增大。本文提出了新型高聚物注浆堆石坝、混凝土－堆石混合坝、抗震组合面板以及拱形面板等土石坝工程新技术。高聚物注浆堆石坝,具有较高的抗震能力,并可实现坝体防渗和过水的功能。混凝土－堆石混合坝兼具混凝土坝和堆石坝的优点而又克服其相应的缺点。土石坝抗震组合面板可防止面板在地震过程中的错动、开裂和变形。拱形组合面板,能显著减小面板拉应力等优点。

**关键词:**土石坝　高聚物注浆　混合坝　组合面板　拱形面板

水电作为绿色可重复利用的能源受到极大的重视,当前我国水电开发出现了前所未有的高潮。据统计,我国水电开发总量还剩余4.2亿kW,规划到2020年需开发1.7亿kW。土石坝因其对复杂地质条件的适应性而得到青睐[1-3]。以西部大开发中高土石坝建设为代表的水电工程对土石坝设计提出了更高的要求,土石坝的高度已由几十米发展到100 m级、200 m级,乃至300 m级,如水布垭232 m高面板堆石坝,糯扎渡261.5 m高心墙堆石坝,江坪河225 m高面板堆石坝,而拟建的雅砻江上的两河口心墙坝则达到295 m等。这些工程多位于我国西部(如图1所示),由于坝高库大,坝址所在地区地形地质条件复杂,环境恶劣,地震烈度高,一旦失事,将产生灾难性的后果。大坝高度的增长很快,坝高的增长使坝体所需材料急剧增加,土石坝虽然存在就地取材的优点,但对于200 m级甚至300 m级的土石坝,堆石料用量依然巨大。大型水电站多数修建在云、贵、川等西南地区,无疑它们为西部的能源开发和经济发展提供了巨大的动力,但是西南地区多为高烈度的地震频发带,地震过程中坝体安全极为重要。为了解决超高堆石坝建设过程中遇到的材料用量、面板变形、抗震安全等问题,本文通过触类旁通、优缺点互补等创新方法[4],提出了高聚物注浆土石坝、混凝土－堆石混合坝、抗震组合面板以及拱形面板等土石坝新技术,供各位同行交流讨论。

## 1　高聚物注浆堆石坝技术

### 1.1　研究背景

国内外有多座土石坝经受过地震考验,但都具有不同程度的破坏现象,如:1976年我国唐山地震中,陡河水库土坝和密云水库白河主坝都产生了严重震损;2008年“5·12”汶川大

基金支持:教育部长江学者和创新团队发展计划(IRT1125)。

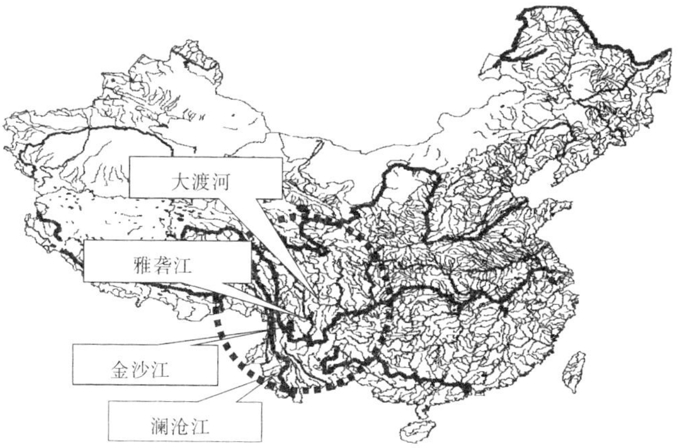


图1　西部大开发中的水利水电工程

地震中，离震中较近的紫坪铺面板堆石坝虽然没有发生整体破坏，但震损明显（如图2所示）。大坝的震害，轻的可能只是建筑物本身出现裂缝或渗水，而严重的则可能导致坝体的崩塌溃决，从而造成严重的次生灾害。

图2　汶川地震中紫平铺大坝的震害

对于高土石坝，地震荷载作用下容易在其坝顶部位出现"鞭梢效应"，导致坝顶部位堆石体动力响应较大。堆石体是典型的散粒体材料，整体稳定性较差，在地震荷载作用下容易发生松动、滑移等现象，从而影响大坝的整体稳定性。大量震害调查和数值计算表明，震害最明显的部位是大坝4/5坝高以上、最大坝高断面附近以及河谷地形突变处附近等。鉴于土石坝在地震过程中出现的各种震害，提出一种能有效提高土石坝抗震能力的施工方法尤为重要。

### 1.2　研发思路与方法

目前，在工程中常用的加固方法是适当增加坝顶宽度；在坝顶一定高程范围内采用土工格栅等加筋结构，减小地震引起的鞭梢效应和永久位移。对于增加坝顶宽度无疑会增加工程量和投资，但仍不能有效地解决地震荷载作用下坝顶部位堆石体在动力荷载作用下的稳定性问题。采用土工格栅等水平加筋材料进行加筋，属于局部层状加筋，通过限制堆石体在外力作用下的侧向变形，起到抗震加固效果。就其加筋机理而言，类似于增加了堆石体内部的黏聚力。也有学者提出在坝顶位置灌注水泥浆，虽然可产生一定的黏结能力，但在地震作用下，黏结水泥碎裂起不到抗震作用。

高聚物（有机高分子化合物）材料注浆技术是20世纪70年代发展起来的道路等基础设施快速维修新技术[5]。高聚物注浆技术具有黏聚力强、安全可靠、施工工期短和造价低等优点。注浆加固材料具有良好的弹性和强度，特别是具有较好的抗拉强度；呈中性，不污染环境，材料不受霉菌和真菌的侵蚀；具有较好的稳定性，能够长时间不发生收缩和变质；与水泥注浆相比，其龄期较短，不需要养护，大大的缩短了施工时间，对工程进度影响不大；高聚物发生化学反应后体积膨胀率大，与水泥注浆相比，具有显著的经济性。目前，在道路、机场跑道、隧道、桥头跳车等基础设施的快速维修，以及作为超薄防渗墙材料用于堤坝的防渗。因此，可以将该技术应用于高土石坝中，解决地震作用坝顶堆石松动等破坏现象。

基于以上分析，提出高聚物注浆堆石坝抗震加固技术。通过往坝顶上下游堆石体内部充填高聚物，从而可以提高堆石体的黏聚力，解决地震作用下坝顶堆石体翻滚和松动现象，降低坝顶沉降。该技术一方面可以解决坝顶堆石体滚落问题，同时也能够解决土石坝不能库水漫顶问题，通过在坝顶和下游堆石体表面进行高聚物注浆，形成一个不透水层。高聚物因具有较大的膨胀性，与混凝土材料加固方向相比，该技术具有明显的价格优势。本发明通过触类旁通法思路，将用于高速公路路面和堤防加固治理的高聚物注浆加固技术应用到土石坝中，使坝体实现抗震、防渗、过水三重功能。

### 1.3　创新技术内容

土石坝注浆加固抗震方法[6]如图3和图4所示。其技术步骤包括：在坝顶上下游1/4 ~1/5高度范围内，沿轴线分别在上游堆石体和下游堆石体顶部以一定规则的形状如三角形或正方形布置钻孔，并及时跟进注浆套管，对于心墙部分不进行注浆处理。坝体施工过程中采用分层填筑，当坝体施工到需要加固的高程后，开始在坝体上游堆石体和下游堆石体表面打注浆孔。施工过程中考虑到坝体表面有一定的坡度，根据实际施工中每层填筑高度来进行钻孔施工设计，钻孔深度为填筑厚度的整数倍，一般为5 m左右，实际工程中可根据实际填筑的高度进行修正，钻机施工过程中为避免碎石踏孔，采用及时跟进注浆套管，注浆孔

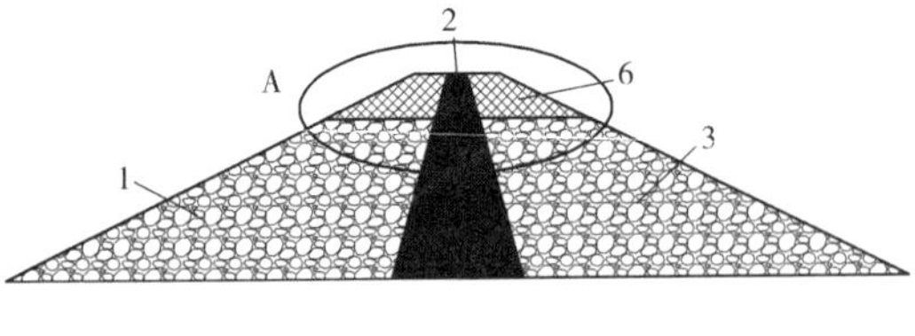


1—上游堆石；2—心墙；3—下游堆石；6—高聚物混合物

**图3　高聚物注浆土石坝示意图**

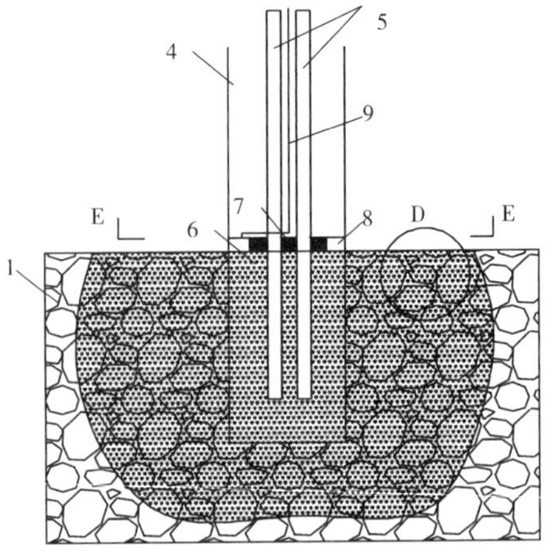


1—上游堆石；4—注浆套管；5—注浆管；
6—高聚物混合物；7—铁板；8—气囊；9—气压管

**图4　高聚物注浆过程示意图**

直径一般不小于 50 mm,或垂直于坝轴线方向水平预埋带有注浆孔的注浆套管。

往注浆套管内放入高聚物注浆管。注浆管通过铁板固定在一起,通过橡皮囊与注浆套管密封。试验过程中通过气压管进行气囊的膨胀控制。高聚物材料在注浆套管内混合后发生化学反应,形成高聚物混合物,体积膨胀,通过套管周边的孔洞流到周边的堆石体缝隙中,充填孔隙,形成一个紧密胶结的复合材料。根据堆石体的孔隙率和钻孔布置方式及范围,计算注浆量,通过注浆时间进行注浆量的控制;注浆时间达到后改变注浆口位置,先提升注浆套管,后提升注浆管。进行另一层位的堆石体注浆;形成一个以注浆孔为中心的类似圆柱的加固体;一个钻孔注浆完毕,在相邻钻孔进行相同的注浆方式,也可同时进行多孔注浆,最终形成一层高聚物加固坝顶的复合抗震体。在完成该层的注浆加固后,继续进行坝体填筑,待填筑高度增加 5 m 左右后重复前面的钻孔注浆工序,直到填筑到坝顶。对于心墙堆石坝和面板堆石坝,可对整个坝体表面进行注浆加固,使坝体实现过水的功能,形成过水土石坝(如图 5 所示)。

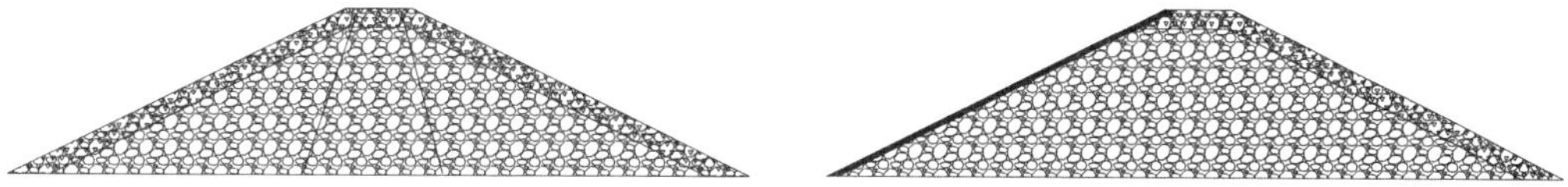

(a)心墙坝　　(b)面板坝

**图 5　高聚物注浆过水土石坝示意图**

## 2　混凝土－堆石混合坝技术

### 2.1　研究背景

目前,在水利工程中常用的挡水坝的坝型有堆石坝(包括心墙堆石坝和面板堆石坝)和混凝土坝(包括混凝土重力坝和拱坝)等两大坝型(如图 6 所示)。由于挡水坝一般建在偏远及交通不便的地区,心墙堆石坝和面板堆石坝的优点是可充分利用当地天然材料,避免运输大量的建筑材料;施工比较简便;抗震性能好;地形和地质条件适应性强等。但不足是防渗体和堆石变形协调要求高,心墙堆石坝容易产生拱效应,从而产生心墙裂缝及水力劈裂,导致坝体渗透破坏;心墙堆石坝上下游坡比要求比较缓,因此坝的体积大,土石方开挖量和坝体筑坝方量都很大。面板堆石坝抵抗不均匀沉降的能力差,对坝体变形要求较高,因此对筑坝材料的要求也比较高。另一方面,混凝土坝的优点是质量安全可靠,防渗性能好,但不足是对地形和地质条件适应性差,一般要建在完整的基岩上,拱坝还需要有牢固的坝肩作为支撑。混凝土坝体剖面尺寸大,建筑材料用量多,在偏僻的山区修建大坝,钢筋、水泥等材料运输困难。由于坝体体积大,在浇筑混凝土时,需要有较严格的温度控制措施;此外,相对土石坝,抗震能力对地形和地质条件依赖性强。

### 2.2　研发思路与方法

本技术的创新思路就是要发明一种新坝型,能够尽量克服混凝土坝和堆石坝的缺点,又能结合两者的优点。前面所述堆石坝的缺点为体积大,所需要的筑坝材料多,土方开挖方量大,因此如果能采用一种方法,使堆石坝的体积减少,就能大大节省材料,而混凝土重力坝正好可以达到这个目的,即在原来堆石坝的横断面中间位置设置一混凝土重力坝,那么上游部分的堆石体就可以不要。当然,中间的重力坝也不需要原来重力坝那么大的体积,可以将中

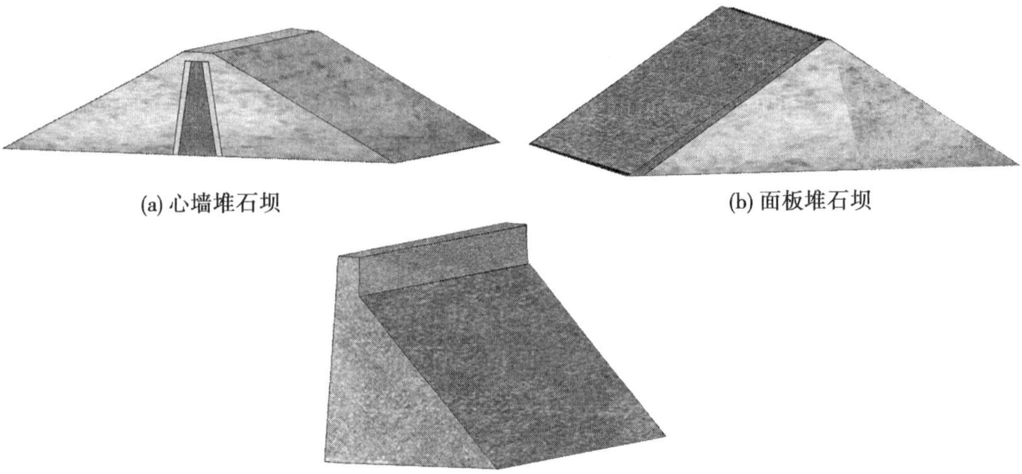

(a) 心墙堆石坝　(b) 面板堆石坝

(c) 混凝土重力坝

图 6　水利水电工程常用坝型

间的重力坝设置得很薄,即重力式挡墙,相当于代替面板坝的“面板”,起到挡水的作用。将中间的重力坝变薄之后,下游部分的堆石体起到支撑重力墙的作用,保证坝体的稳定性。为了保证在坝体受力变形时重力墙和下游堆石体的整体性,防止重力墙的失稳,可以在重力墙往下游方向设置梳状支撑齿,嵌入堆石体中,形成整体。通过这种创新思路,可以形成的一种新型混凝土－堆石混合坝,能够吸取堆石坝或混凝土坝两种坝型的优点,节省堆石体材料和混凝土材料,同时克服了两种坝型的缺点,适应地基变形能力好,结构简单,施工方便,造价降低,是一种经济实用的坝型。

## 2.3　创新技术内容

本发明混凝土－堆石混合坝[7](如图 7 和图 8 所示),是由混凝土坝身和堆石体坝身组合形成一种新型的坝体结构形式,其坝体包括混凝土坝身、堆石体坝身、梳状齿连接段、垫层和过渡层。混合坝在堆石体坝身中设置梳状齿连接段,梳状齿连接段与混凝土坝身整体浇筑,深入堆石体坝身一定深度,用于两种坝身之间的交接,增加坝体整体性;在混凝土坝身和堆石体坝身之间设置垫层和过渡层,完成堆石体坝身粗粒料与混凝土坝体之间的过渡;在坝体的上游坝脚和下游坝脚处设置上游堆石压重、下游堆石压重,增强坝体的整体稳定性。

混凝土坝身和堆石体坝身都可按现有技术构筑。本技术中混合坝的混凝土坝身和堆石体坝身,与通常的混凝土坝或堆石坝相比,其体积均大为减小。梳状齿连接段为一组呈梳齿状排列的三角形混凝土板墙,与混凝土坝身整体浇筑,自混凝土坝身向堆石体坝身内延伸并深入堆石体中。根据混合坝的坝体长度,梳状齿连接段的齿间距,即混凝土板墙之间的距离为 50 ~ 100 m,深入堆石体坝身的长度(混凝土板墙底边长)为坝高的 1/3 ~ 1/2。垫层紧贴混凝土坝身,为连续级配细石料层,垫层厚度为 2 ~ 6 m;石料最大粒径一般小于 80 mm,粒径小于 5 mm 的颗粒含量为 35% ~55%,小于 0.1 mm 颗粒含量为 4% ~8%。垫层有较高的变形模量和良好的压实性能,压实达到设计要求。垫层的主要作用是为混凝土坝身提供良好的支承,使作用在混凝土坝身上的荷载经过垫层均匀地传递到整个堆石体坝身中,同时又使混凝土坝身承受均匀的反力。垫层和堆石体坝身之间为过渡层,厚度为 2 ~ 6 m,石料最大粒径300 mm，粒径小于5 mm的颗粒含量小于17%，小于0.1 mm的颗粒含量小于7%。过渡层的主要作用是将堆石体坝身中需要起重机搬运的大块石料过渡到垫层所用的细石料。

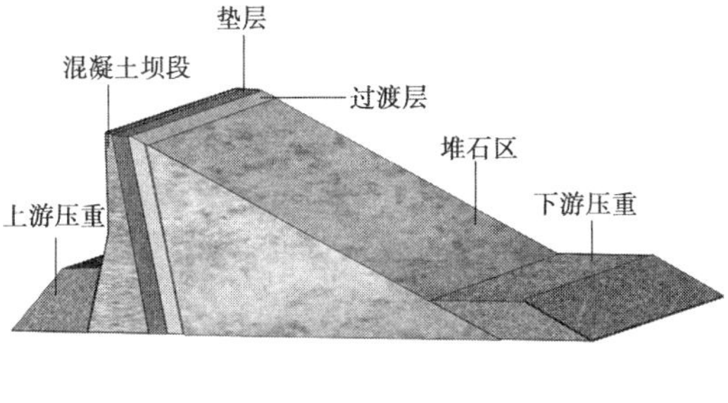


图7　混合坝示意图

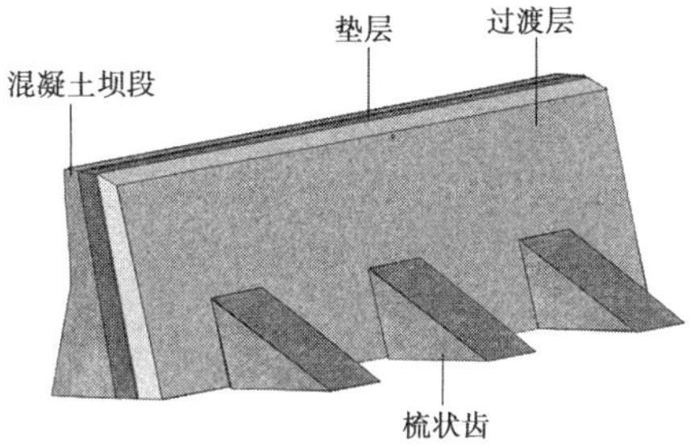


图8　混合坝梳状齿示意图

关于混凝土-堆石混合坝技术，目前正开展相关数值模拟研究，对混合墙背后土压力、应力分布等进行了分析，分析了混合坝的受力特性，进行了不同坝型的技术、经济对比。

## 3　土石坝的抗震组合面板技术

### 3.1　研究背景

面板是面板堆石坝防渗的重要结构，地震过程中面板的破坏与否直接关系到整个大坝的安全。传统的面板有钢筋混凝土面板和沥青混凝土面板。传统的混凝土面板采用单层面板设计，只设计纵缝，沿纵向分开面板，而横向施工缝中的钢筋是通长的，因此并没有横缝，面板沿纵向分成条状结构。由于混凝土面板具有比堆石体更高的模量，适应变形的能力差，混凝土和堆石体两种材料变形不协调，垫层和堆石体变形过大会导致面板脱空，且这种类型的面板在地震过程中容易产生较大的应力，从而导致开裂、扭曲、错动等破坏。如"5·12"汶川大地震中紫坪铺面板堆石坝产生震陷74 cm，水平位移36 cm，上游防渗面板发生张裂、扭曲变形，面板中的钢筋出现弯折，震害严重，严重威胁下游人民的生命安全和物质财产安全。传统的沥青混凝土面板虽然比钢筋混凝土面板具有更好的适应变形的能力，但沥青材料不可避免地存在老化的问题，沥青混凝土面板表面长期与水接触或者暴露在空气中，容易老化。在严冬低温季节，沥青材料易破碎，其强度难以承受由低温收缩引起的拉伸应力，容易引起面板的开裂，而在高温季节，沥青混凝土又易膨胀和软化，使得强度降低。目前，石油价格居高不下，沥青混凝土面板厚度大，需要较多的沥青材料，因此造价较高。在上游坝坡的斜坡上施工，摊铺不方便，影响施工进度。

### 3.2　研发思路与方法

考虑到传统抗震面板适应变形的不足，试图寻求一种面板，能同时吸取钢筋混凝土面板和沥青混凝土面板的优点，又能克服两者的缺点。传统的混凝土面板采用单层设计，面板是整体的条状结构，刚度大，因此适应变形能力差，面板易开裂、扭曲、错动，从而失去防渗功能，本技术试图克服这些缺点，采用双层交错式面板设计，面板分块，减小整体刚度，使适应变形的能力更强，从而避免了面板变形时易开裂等缺陷。将钢筋混凝土面板分块后，各块面板之间的缝隙存在防渗问题需解决，而这正是沥青混凝土面板的优点。传统的沥青混凝土面板具有较低的模量，适应变形能力好，防渗性能好，本技术需继承这些优点；而传统沥青混凝土面板易老化，受温度变化影响大，且造价高。本发明为了克服沥青混凝土这些缺点，尽量减少沥青混凝土的使用，以防止面板受温度变化的影响而开裂，且降低造价。因此，本发明选择仅在分块钢筋混凝土面板之间的缝隙以及两层面板之间铺设沥青，这样可使沥青的用量减少，且达到了同样的防渗效果，形成的面板适应变形能力强，抗震性能好。本技术采用两层面板，再加上中间的沥青层，相当于有三道防水保障，地震中即使一层面板或两层面板遭到破坏，也不影响到整个坝体的防渗安全，因此具有很高的抗震安全性。

### 3.3　创新技术内容

土石坝抗震组合面板[8]如图9～图12所示，采用上述创新思路开发的土石坝的抗震组合面板由上、下两层混凝土面板和沥青层组成；混凝土面板由矩形混凝土块组合而成，矩形混凝土块之间预留纵向和横向分缝；上、下两层混凝土面板的混凝土块采用交错方式排列；上、下两层混凝土面板之间为沥青层；各矩形混凝土块间的横缝和纵缝都采用沥青充填。矩形混凝土块形状相同，优选边长为12～18 m，厚度为0.2～0.4 m。混凝土块之间纵向和横向分缝的缝宽为1～2 cm。沥青层厚度优选2～5 cm。

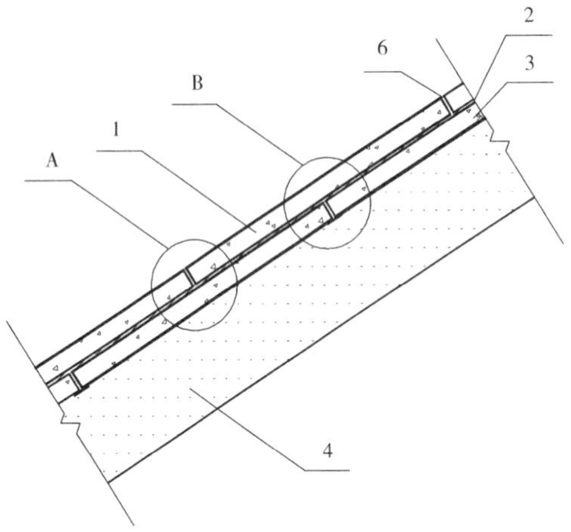


1—上层混凝土面板；2—沥青层；3—下层混凝土面板；4—过渡层和垫层；6—横向分缝

**图9　抗震组合面板结构示意图**

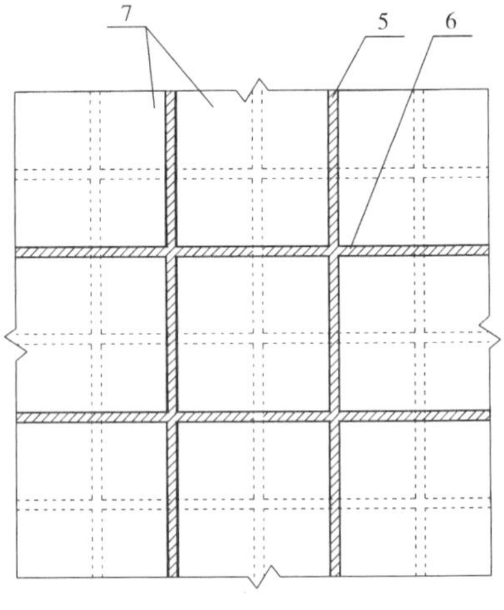


5—纵向分缝；6—横向分缝；7—矩形混凝土块

**图10　本发明的抗震组合面板布置方式示意图**

## 4　土石坝拱型组合面板技术

### 4.1　研究背景

传统的面板有钢筋混凝土面板和沥青混凝土面板，其表面均设计成平面的形式。由于混凝土面板模量比堆石体高，其适应变形的能力差，从而导致混凝土面板和堆石体两种材料变形不协调，垫层和堆石体变形过大会导致面板脱空，且这种类型的面板在地震过程中容易产生较大的应力，从而导致开裂、扭曲、错动等破坏，抗震能力差。传统的沥青混凝土面板虽然比钢筋混凝土面板具有更好的适应变形的能力，但由于其表面设计成平面，仍然避免不了在面板中产生弯矩和拉应力，从而可能导致裂缝的产生，影响防渗安全。传统的堆石坝面板设计理念为通过提高面板的强度和抵抗变形的能力来防止面板的开裂破坏，这些方法往往造成工程造价高、施工困难、工期长等问题。

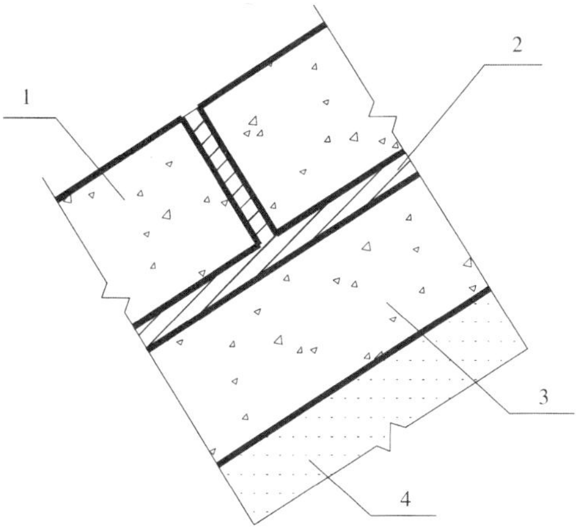


1—上层混凝土面板;2—沥青层;
3—下层混凝土面板;4—过渡层和垫层;

**图11 A位置局部放大图**

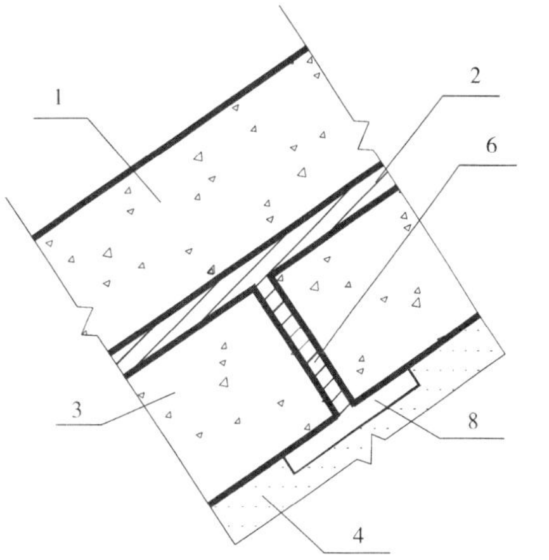


1—上层混凝土面板;2—沥青层;3—下层混凝土面板;
4—过渡层和垫层;6—横向分缝;8—沥青砂浆垫层

**图12 B位置局部放大图**

### 4.2 研发思路与方法

考虑到平面结构在上游水压力作用下会产生较为显著的弯曲变形,严重情况下会导致面板开裂。提出了上游挡水面为双曲拱形结构的面板技术。采用该结构后,在不改变混凝土用量的情况下能够有效地提高面板的强度。面板形状改变传统面板为平面的特点,而改为拱型结构。由于分块面板为拱型结构,水压力作用下分块面板主要承受压力作用,因而面板任何部位不产生拉应力,因此不易产生裂缝,并且能够将压力分散到缝槽内,相邻分块面板边缘相互挤压于缝槽内,从而使得分块面板不易开裂,起到很好的防渗效果。由于采用分块组合设计,因此所述的面板具有较强的适应变形的能力和抵抗地震能力,当面板发生挠曲、拉裂、扭曲等变形时,其变形都集中在缝槽内完成,缝槽纵横交错,且柔度较大,能够适应强震作用下的变形,另外由于缝槽的约束作用使得分块面板成为一块整体结构,克服了分块面板在强震作用下部分分块面板分散崩离。

### 4.3 创新技术内容

土石坝拱型组合面板[9](如图13~图15所示),该面板能够适应地震和水压力作用下产生的开裂、扭曲、错动、脱空等变形。其技术步骤包括:①根据设计要求对坝体填筑进行分级,根据面板尺寸,采用工厂预制方法对拱型混凝土板和缝槽批量生产。②采用大型运输设备将拱型混凝土板和缝槽运到现场。③每级拱型混凝土板和缝槽的拼接高度要低于同级施工的坝体高程。④先填筑第一级坝体、过渡层和垫层,填筑方法与常规面板堆石坝相同(为了简化,坝体和过渡层在图13中未标出)。⑤待第一级坝体以及过渡层和垫层施工到第一级高程后,在坝坡底部设置趾板止水,趾板的设置方法与常规面板堆石坝相同。⑥在准备铺设缝槽的垫层上铺设沥青砂浆层,在砂浆凝固前,根据高程自下而上铺设纵向预制的缝槽,拼接横向缝槽,铺设过程采用大型起吊设备。⑦缝槽预留钢筋孔道采用热轧带肋钢筋连接,相邻钢筋采用闪光对焊,钢筋末端与缝槽采用螺栓固定。⑧在准备铺设拱型混凝土板的垫层上铺设沥青砂浆层,采用大型起吊设备并根据高程自下而上一级一级铺设拱型混凝土板。⑨在第一级缝槽内浇灌沥青,沥青的浇灌从上而下进行,这样可以使上部缝隙的沥青向下流动填充。⑩重复步骤④~⑨,进行下一级坝体和面板的施工,直至达到坝顶高程。当坝体高程较低时,面板的施工也可不进行分级而采用一级施工的方式,待整个坝体施工完成后,再进行整个面板的施工,施工方法同步骤⑤~⑨。

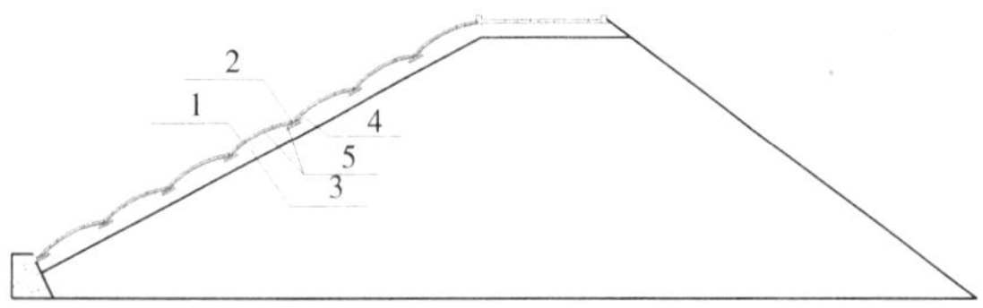


1—拱型混凝土板;2—沥青;3—垫层;
4—缝槽;5—沥青砂浆层;6—钢筋孔道

图 13　拱型组合面板土石坝的横断面结构示意图

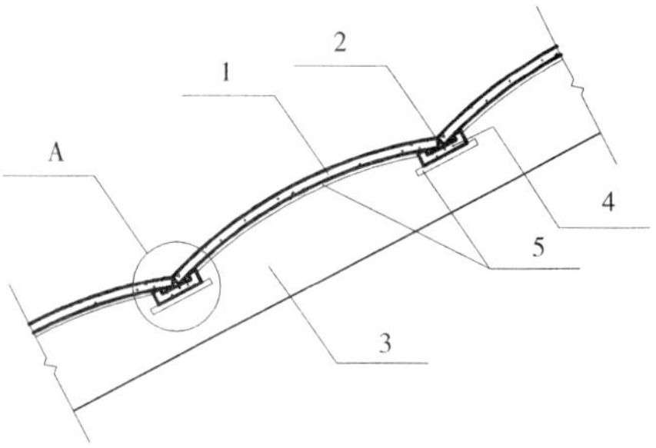


1—拱型混凝土板;2—沥青;3—垫层;
4—缝槽;5—沥青砂浆层

图 14　拱型组合面板局部放大图

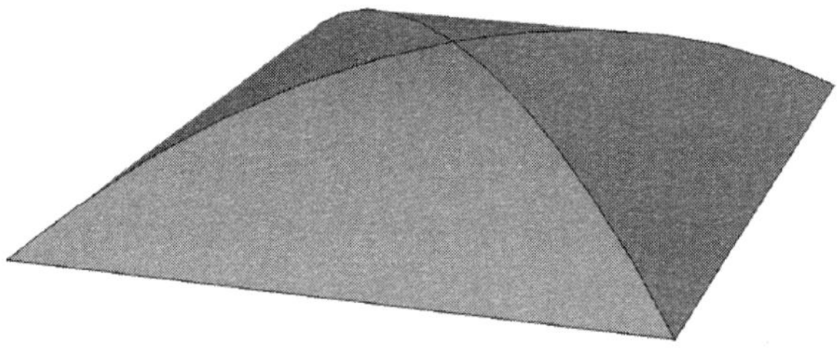

图 15　拱型混凝土板三维示意图

## 5　结论与展望

土石坝在地震作用下存在坝顶动力反应较大、面板容易开裂、坝体不能过水等问题,且随着坝高的不断增大,材料用量逐渐增加。本文提出了高聚物注浆堆石坝技术,通过坝顶高聚物注浆加固,提高了坝顶抗震能力;通过坝体和坝面注浆加固,实现了防渗和过水的功能。提出了混凝土－堆石混合坝技术,该坝型与混凝土坝和堆石坝相比节省了材料,可适应复杂地形。提出了土石坝抗震组合面板技术,防止了面板在地震过程中的错动、开裂及防渗问题。提出了一种拱型组合面板技术,显著减小了面板拉应力。

创新是永恒的主题,本文提出的都是土石坝工程方面的新技术设想,希望起到抛砖引玉、举一反三的作用。如果要投入应用还需开展大量的研究工作,相关的研究已经在开展中。

### 参考文献

[1] 王柏乐,刘瑛珍,吴鹤鹤．中国土石坝工程建设新进展[J]．水力发电,2005,31(1):63-65.
[2] 郦能惠,沈珠江．土石坝工程研究新进展[J]．水利水电科技进展,1999,19(4):6-10.
[3] 刘汉龙．土动力学与岩土地震工程[M]．中国建筑工业出版社,2002.
[4] 刘汉龙. 岩土工程技术创新方法与实践[J]. 岩土工程学报, 2013, 35(1): 34-58.
[5] 刘勇. 聚氨酯高聚物材料及其混凝土常用性能试验研究[D]. 郑州:郑州大学硕士学位论文, 2009.
[6] 杨贵, 刘汉龙, 陈育民,等. 一种高聚物注浆土石坝及其施工方法[P]. 中国, 201210007131. 3[P].

2012-1-11.
[7] 刘汉龙,肖杨,丁选明,等. 一种混凝土－堆石混合坝及其施工方法[P]. 中国, ZL2010101632994[P]. 2012-4-11.
[8] 刘汉龙, 丁选明, 肖杨, 等. 一种土石坝的抗震组合面板及其施工方法[P]. 中国,ZL2010101632994 [P]. 2011-10-5.
[9] 肖杨,刘汉龙,丁选明,等. 一种土石坝拱型组合面板及其施工方法[P]. 中国, 201210105726.2 [P]. 2012-4-12.

# 锦屏高边坡和坝基长期变形对拱坝的影响

潘元炜[1] 杨 强[1] 刘耀儒[1] 常 强[1] 周 钟[2] 饶宏玲[2] 薛利军[2]

(1. 清华大学 水沙科学与水利水电工程国家重点实验室 北京 100084;
2. 中国水电顾问集团成都勘测设计研究院有限公司 成都 610072)

**摘要:**高边坡和坝基的长期变形是非平衡演化过程,目前尚没有成熟的分析方法。本文首先采用给定位移法对锦屏工程进行初步分析,随后将洞室开挖中的"释放荷载"概念延伸到边坡分析中,将弹性模量与强度参数一起折减,模拟了边坡最终损伤状态和变形效果。探索了结构非平衡演化的内在动力机制,即不平衡力驱动了结构的时效变形和损伤演化。提出了改进的强度折减法,以不平衡力作为选择强度折减区域的依据。锦屏高边坡和坝基长期变形对拱坝整体应力和位移分布影响不大,局部变化主要集中在左拱端建基面附近。左岸抗力体附近的断层是影响长期变形的关键部位,因此需要采用子模型方法,针对左拱端抗力体附近进行精细化的模拟和研究;同时,现场监测需要在左岸抗力体附近的断层部位布置足够的测点。

**关键词:**非平衡演化 长期变形 强度折减 不平衡力 子模型

## 1 引 言

我国300 m级高拱坝建设大部分处于西南地区,河谷快速下切和强褶皱山系形成了复杂的地形地质条件。目前,规范要求高拱坝应力安全系数达到4.0,坝肩抗滑安全系数达到3.5以上[1],地质力学模型试验中拱坝整体破坏的超载倍数可达8~10倍。但是即使在这样高的安全储备条件下,拱坝的长期安全性仍然是一个令人关注的问题。其中,法国马尔帕塞(Malpasset)拱坝和意大利Vajoint坝是国内外学者关注的典型工程[2-4]。Malpasset拱坝由于蓄水渗流造成坝基岩体损伤与非均匀大变形,导致坝体突然溃决;Vajoint坝蓄水渗流造成库区岩体损伤,引发库岸滑坡,导致水库失效。另外,二滩高拱坝下游坝面出现多条裂缝,现场监测分析表明右岸基础软弱带变形是造成开裂的主要因素之一[5]。高拱坝工程规模大,水位高,对坝址区的工程扰动剧烈。在蠕变、损伤和蓄水渗流等因素作用下,边坡、坝基和拱坝形成的系统在进入运行期后仍处于非平衡演化阶段。因此,长期变形在高拱坝安全分析中具有至关重要的作用。

边坡和坝基的长期时效变形是在荷载基本恒定的情况下蠕变变形和损伤不断累积的过程,这个过程可以归纳为恒定荷载作用下结构的长期安全性问题。边坡失稳破坏分析和新奥法施工原理都可归结为此类问题。郑颖人等[6]采用强度折减法,使边坡达到破坏状态,

基金项目:水沙科学与水利水电工程国家重点实验室科研课题资助(2013-KY-2);国家杰出青年基金资助项目(50925931)。

产生持续的塑性流动,并采用力和位移的收敛标准作为边坡破坏的判据。黄润秋[7]建立卸荷条件下岩石高边坡发育的动力过程及三阶段演化模式,指出岩石高边坡稳定性是一个变形稳定性问题。新奥法施工原理[8]指出,隧洞开挖后存在最优加固时间和最优加固力。如图 1 所示,隧道总体演化趋势可以分解为自平衡演化趋势和损伤演化趋势,且两者相互耦合[9]。自平衡演化趋势是指结构通过变形发挥其最大自承载力,自发趋于平衡态。损伤演化趋势指变形过大导致围岩发生损伤劣化,承载力降低,背离平衡态发展。这些现象说明,恒定荷载下的长期时效变形,其内在驱动因素来自材料的损伤。而最终的变形效果,可以通过材料劣化后的弹塑性计算来预测。

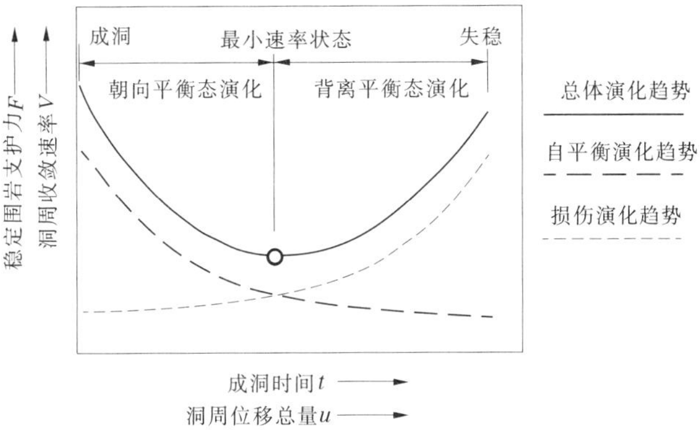


**图 1　隧道开挖后演化趋势的效应分解**

锦屏一级水电站位于深切 V 型峡谷,坝高 305 m。电站近坝库岸发育有解放沟变形体、三滩变形体、水文站滑坡和呷爬滑坡等不良地质体。坝肩工程边坡高达 500 m,边坡岩体卸荷作用强烈。其中左岸山体内部发育有 f5、f8 断层,f2 层间挤压带,X 煌斑岩脉以及深部裂缝等不良地质现象[10]。2005 年 12 月 ~2013 年 10 月,左岸边坡外观测点最大水平变形 143.2 mm,主要受地层岩性和坡体结构控制;2007 年 9 月 ~2013 年 6 月,左岸边坡深部变形位移曲线如图 2 所示,其中最大位移约 57 mm,主要受深部裂缝控制。如图 2 所示,开挖造成的岩体卸荷位移趋向于收敛,在进入蓄水期后,仍有持续变形的趋势。因此,有必要分析锦屏左岸边坡及坝基长期变形对拱坝安全性的影响。

目前,针对结构非平衡演化过程尚没有成熟的研究方法,本文的研究思路是:根据设计院提供的边坡位移分布,采用给定位移法进行初步分析;由于非平衡演化的内因是材料损伤,采用考虑刚度变化的强度折减法分析边坡长期变形的最终效果;研究了结构非平衡演化的内在动力机制;揭示了结构时效变形和损伤演化的内在驱动力,即不平衡力;提出改进的强度折减法,采用不平衡力确定材料损伤的部位;分析了锦屏边坡和坝基长期变形对拱坝位移、应力和点安全度的影响;最后介绍了子模型方法,用于锦屏左岸抗力体附近的精细化模拟和研究。

## 2　边坡和坝基长期变形分析方法

### 2.1　给定位移法

岩土工程中坝基、边坡岩体材料发生软化后,其表观现象一般体现在监测位移的变化。

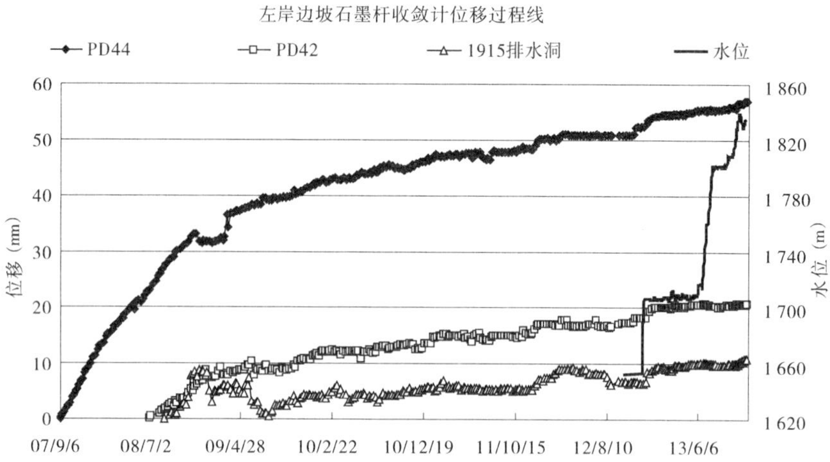

图 2 左岸边坡深部变形位移曲线

在基础－拱坝系统非平衡演化的内部机理尚不明确的情况下，可以采用给定位移法进行初步分析。给定位移法根据当前监测资料，预计将来可能的边坡变形，将其作为固定位移边界施加在对应的边坡节点上。该方法具有工程概念清晰明确、计算步骤简单的优点，同时也有以下不足：①没有体现坝体与边坡的相互作用，坝体建基面采用给定位移后，难以准确反映边坡位移对坝体的影响；②边坡位移集中于表面，难以反映深部位移变化；③模拟了边坡位移这一表观现象，但无法反映材料内在演化机制。

## 2.2 考虑刚度变化的强度折减法

在长期稳定荷载作用下，岩土工程结构的时效变形主要来自于材料损伤与塑性变形的累积。损伤与蠕变相互促进，其效果往往难以严格区分。而针对高拱坝的正常运行期开展长期安全性研究，时间跨度需要持续几年甚至几十年。如果采用基于蠕变损伤模型的时效分析，有限元计算成本很高。

考虑刚度变化的强度折减法的思路是：蠕变损伤变形的最终效果可以在弹塑性计算中通过材料参数的折减体现。根据监测资料中的实际边坡位移，预测将来可能发生的变形，并调整材料参数折减的幅度。

材料参数折减实际上也是一种力学上的加载行为。进行折减的材料参数一般包括弹性模量 $E$ 和抗剪强度参数 $f$、$c$，其中 $f$ 是内摩擦系数，$c$ 是黏聚力。弹性模量 $E$ 的折减应当与 $f$ 和 $c$ 的折减区别开。$f$ 和 $c$ 的折减类似于强度折减法[6]，即 $f$ 和 $c$ 都除以统一的折减系数。弹性模量 $E$ 的折减方法类似于洞室开挖中的释放荷载[11]。洞室开挖的释放荷载是将岩体弹性模量与自重都假设为零，本文将弹性模量按照一定比例折减，并将“释放荷载”这一概念延伸到边坡分析中。

弹性模量折减的有限元过程为：在常规弹塑性计算迭代收敛后，将选定区域的材料弹性模量按一定比例折减，生成新的刚度矩阵；同时，在折减的材料节点上施加由弹性模量降低引起的释放荷载。释放荷载为一次性施加的荷载，之后的有限元计算采用新生成的刚度矩阵。释放荷载的计算公式为

$$F = \alpha \sum_{e} \int_{V} B^{\mathrm{T}} \sigma dV \tag{1}$$

其中，$F$ 是弹性模量 $E$ 折减后形成的释放荷载，$\alpha$ 是弹性模量折减系数（$0<\alpha<1$），$B$ 是应变矩阵，$\sigma$ 是恒定荷载下弹塑性计算得到的应力场，下标 $e$ 表示针对材料参数折减的单元进行积分和累加。

该方法考虑了材料性质的弱化，将长期时效变形简化为弹塑性计算中材料弱化引起的位移增量。与给定位移法相比，该方法具有更明确的物理意义。但其中存在较强的人为假定，即边坡整体按统一的系数进行强度折减，与实际情况存在一定偏差。

### 2.3　改进的强度折减法

如前文所述，结构的长期时效变形本质上是一个非平衡演化过程。从弹塑性计算的角度来看，结构不平衡就意味着变形协调条件、平衡方程和本构关系不能同时满足。考虑如下的弹性试应力场：

$$\sigma_1 = \sigma_0 + \Delta\sigma^{e} = \sigma_0 + D : \Delta\varepsilon \tag{2}$$

其中，$\sigma_0$ 是初始应力场，$\sigma_1$ 是弹性试应力场，$\sigma_1$ 满足变形协调条件和平衡方程。

结构实际的应力场 $\sigma$ 应满足变形协调条件和本构方程，即 $\sigma$ 不能满足平衡方程，导致结构发生变形。$\sigma_1$ 和 $\sigma$ 之间的差值即为塑性增量应力场 $\Delta\sigma^{p}$：

$$\Delta\sigma^{p} = \sigma_1 - \sigma \tag{3}$$

在有限元计算中，可以将应力场 $\sigma_1$ 转换成等效节点力 $F$：

$$F = \sum_{e}\int_{Ve} B^{T}\sigma_1 dV \tag{4}$$

$F$ 是外荷载的等效节点力，$B$ 是应变矩阵。将式(3)代入式(4)，并经过简单变换可得：

$$\Delta U = \sum_{e}\int_{Ve} B^{T}\Delta\sigma^{p}\mathrm{d}V = \sum_{e}\int_{Ve} B^{T}(\sigma_1 - \sigma)\mathrm{d}V = F - \sum_{e}\int_{Ve} B^{T}\sigma\mathrm{d}V \tag{5}$$

$\Delta U$ 是塑性应力场 $\Delta\sigma^{p}$ 的等效节点力，即不平衡力。白鹤滩、溪洛渡和杨房沟等拱坝的数值分析和模型试验结果表明，不平衡力与结构失稳破坏的部位密切相关[12,13]。严格意义上，非平衡时空演化过程的理论基础是考虑时间的变形加固理论[14]。Yang Q 和 Leng K D 等[14]从 Duvaut-Lions 模型出发，证明了不平衡力是结构时效变形的驱动力。同时，不平衡力也是材料损伤的驱动力[15]。

本文将不平衡力引入强度折减法，称为改进的强度折减法。该方法与考虑刚度变化的强度折减法类似，区别在于采用不平衡力有针对性地选择降强的区域。拱坝作为三维超静定结构，承受荷载后自身能够进行应力调整。若应力调整后不平衡力为零，表明结构能够承受相应的荷载；否则，结构会发生持续的塑性变形，不平衡力大的区域发生材料损伤和破坏。断层、挤压带和深部裂缝等软弱结构面的性质弱于周围岩石，形成了材料不连续区域，容易造成高应力梯度区，导致不平衡力集中。因此，针对存在不平衡力的断层进行降强更符合边坡、坝基变形的客观规律。不平衡力从根本上指出了岩土工程结构中材料容易发生蠕变损伤的区域，不平衡力大的部位首先发生失稳破坏或者材料损伤。实际上，更符合材料损伤规律的做法是根据不平衡力大小，对不同材料选择不同的强度折减比例，这有待于进一步的研究。

## 3　锦屏左岸边坡与坝基变形分析

### 3.1　计算模型

本次计算采用的三维模型上游模拟范围大于 1.5 倍坝高，下游模拟范围大于等于 3 倍坝高；左右两岸模拟范围大于 2 倍坝高；坝基模拟深度大于 1 倍坝高，坝顶高程以上模拟 315 m 山体。整个模拟范围为 1 600 m × 1 500 m × 1 020 m。网格采用八节点六面体和六节点五面体单元，其中节点总数 123 914，单元总数为 114 411。

模型模拟了断层、岩脉和挤压带等不良地质体，左岸包括 f5、f8、f2、f42 - 9 和煌斑岩脉 X，右岸包括 f13、f14 和 f18。此外，对垫座、贴脚和左右岸抗剪洞等抗力体也进行了精确的模拟，其中坝体和垫座网格如图 3 所示。

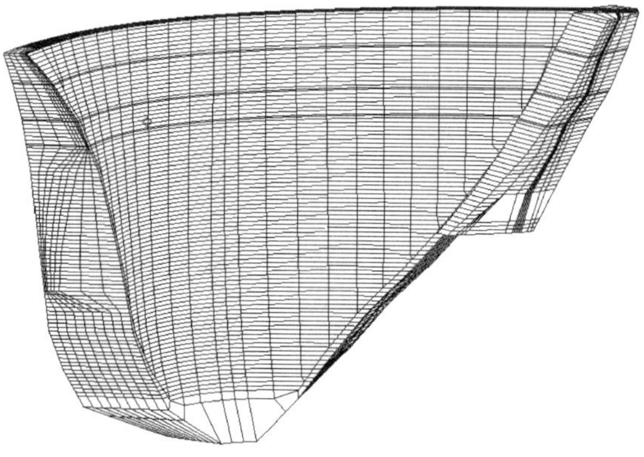

图 3　坝体和左岸垫座的有限元网格

计算参数采用前期反演计算结果，坝体、贴脚和垫座的混凝土弹性模量取为 36 GPa，地基各材料弹性模量分别乘以 1.5 倍。其他力学参数采用成勘院设计参数。

### 3.2　给定位移法分析结果

以锦屏左岸边坡为例，边坡表面节点施加横河向的给定位移。给定位移为线性分布，如图 4 所示。对于左岸有垫座的高程，位移施加在垫座和边坡之间的节点上。为分析给定位移对锦屏拱坝的影响，依据设计院提供的资料，设计如下 3 个方案：

方案 A：正常工况，包括如下荷载：坝体自重、上游正常蓄水位、泥沙荷载、下游水位、设计温降。

在方案 A 的基础上，考虑以下两种方案，在边坡表面施加线性分布的固定横河向位移：

方案 B1：左岸 1 885 m 坝顶高程以上施加线性分布的给定位移，2 200 m 高程位移为 10 cm；

方案 B2：左岸 1 790 m 高程以上施加线性分布的给定位移，2 200 m 高程位移为 10 cm。

#### 3.2.1　边坡位移

方案 B1 和 B2 的边坡表明特征高程位移增量如表 1 所示。方案 B1 和 B2 的最大位移增量分别为 106.8 mm 和 107.9 mm，位于▽ 2 200 m 高程，与 2005 ~ 2013 年的测点最大水平变形（143.2 mm）量级相同。左岸边坡位移增量等值线如图 5 所示，给定位移荷载作用下，位移增量集中于边坡表面，深部岩体基本没有发生变形。

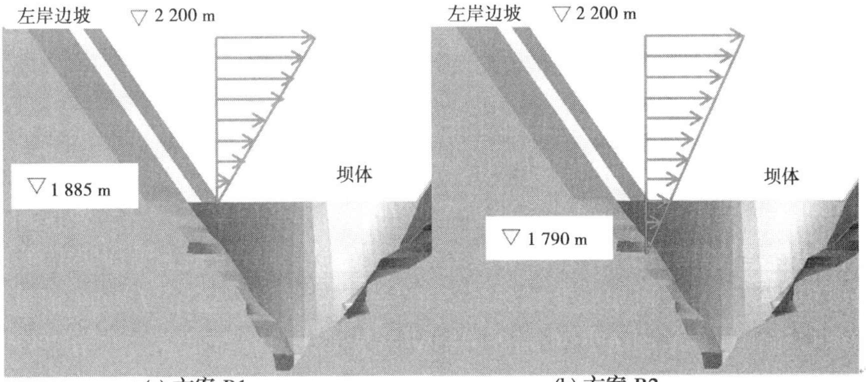


(a) 方案 B1　　(b) 方案 B2

图 4　左岸边坡给定位移示意图

表 1　方案 B1 和方案 B2 特征高程位移增量　（单位:mm）

| 序号 | 方案 | 特征高程 | | | |
|---|---|---|---|---|---|
| | | ▽ 2 200 m | ▽ 2 100 m | ▽ 2 000 m | ▽ 1 885 m |
| 1 | 方案 B1 | 106. 8 | 73. 5 | 40. 2 | 11. 3 |
| 2 | 方案 B2 | 107. 9 | 82. 0 | 55. 5 | 24. 3 |

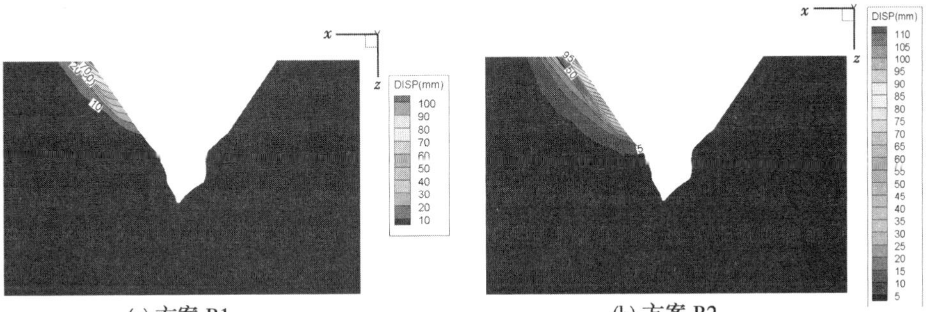


(a) 方案 B1　　(b) 方案 B2

图 5　左岸边坡位移增量　（单位:mm）

3. 2. 2　坝体位移

方案 B1 和 B2 的上游坝面位移增量分别如图 6 和图 7 所示。对比最大位移增量的大小及位置,方案 B1 顺河向为 -1. 0 mm,出现在拱冠梁偏左岸,横河向为 -1. 4 mm,出现在左拱端;方案 B2 顺河向为 -4. 5 mm,出现在拱冠梁偏左岸,横河向为 -18 mm,出现在左拱端。方案 B2 由于固定了 1 790 m 高程以上的边坡表面位移,因此对左拱端位移影响比方案 B1 大。各方案横河向位移变化最明显的区域集中在左拱端坝顶高程,方向指向右岸,这与左岸边坡位移的客观规律相符合;各方案顺河向位移增量全部指向上游,表明拱坝在边坡变形作用下,顺河向位移值略有减小。

3. 2. 3　建基面点安全度

方案 A,B1 和 B2 的建基面点安全度等值线图如图 8 所示,各方案的建基面点安全度变化较小,仅在左拱端有差别。方案 A 和方案 B1 的左拱端点安全度大部分为 3. 0 ~ 5. 0,坝趾

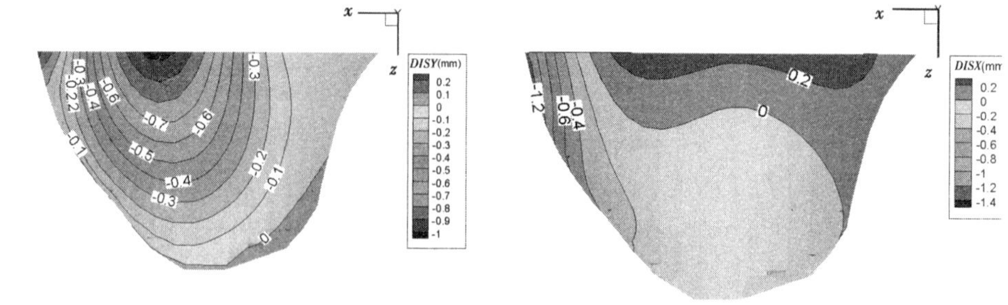


(a) 顺河向　　(b) 横河向

**图 6　方案 B1 上游坝面位移增量**　（单位：mm）

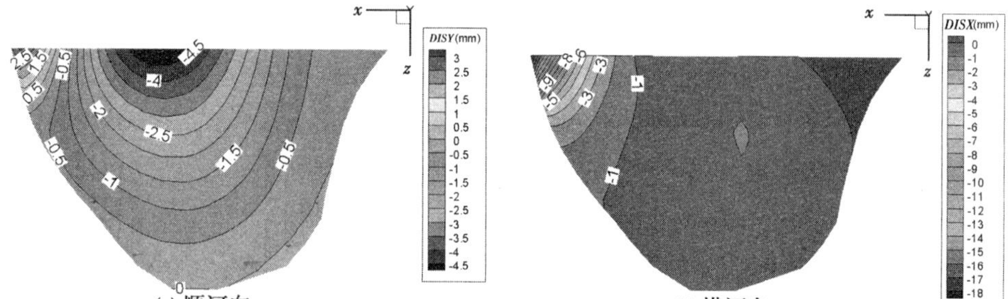


(a) 顺河向　　(b) 横河向

**图 7　方案 B2 上游坝面位移增量**　（单位：mm）

处一小部分为 2.0～3.0。方案 B2 坝顶左拱端上游坝踵处出现小范围点安全度下降，量值为 1.1～2.0。因此，左岸边坡位移对拱坝建基面整体影响不大，仅方案 B2 坝顶左拱端的点安全度略有下降。

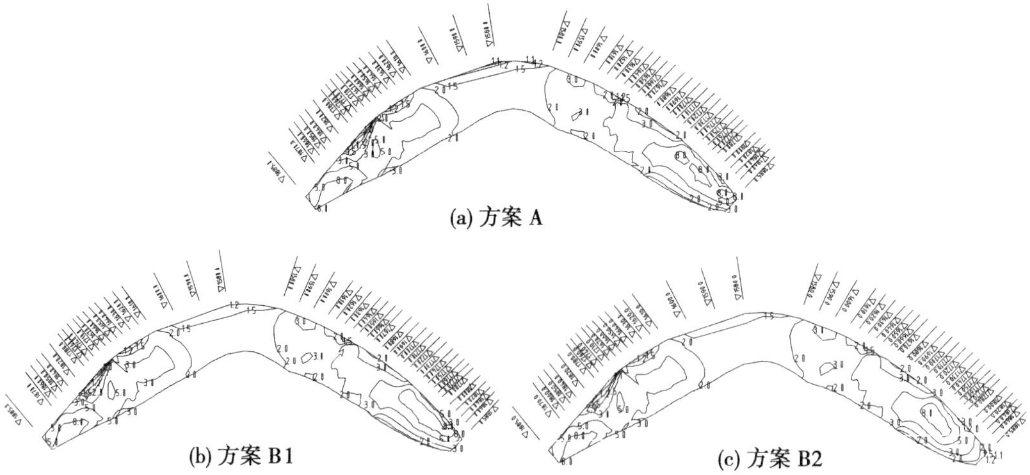

(a) 方案 A

(b) 方案 B1　　(c) 方案 B2

**图 8　建基面点安全度等值线图**

### 3.3　考虑刚度变化的强度折减法分析结果

以锦屏左岸边坡为例，降强范围如图 9 所示。根据实际测点位移，经过多次拟合，确定如下降强倍数和计算方案：

方案 D:在正常工况(方案 A)基础上,左岸 1 885 m 坝顶高程以上边坡材料弹性模量 $E$ 和抗剪强度 $f$、$c$ 降低 30%。

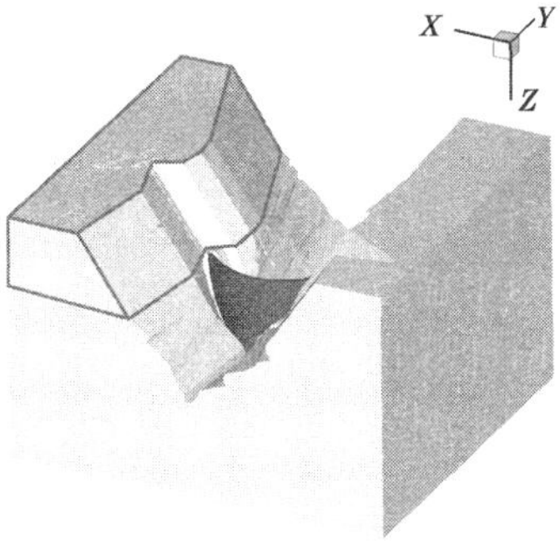


图 9　左岸边坡强度折减范围示意图

3.3.1　边坡位移

方案 C 的边坡表明特征高程位移增量如表 2 所示。方案 C 的边坡最大位移与方案 B1 和方案 B2 接近,但分布模式有所区别。方案 C 的最大位移增量分别为 87.8 mm,位于▽2 000 m高程。左岸边坡位移增量等值线如图 10 所示,强度降低后左岸边坡整体发生变形。由于边坡表面岩体性质逐渐弱化,强度参数降低,因此位移增量较大。与给定位移法相比,这种位移分布模式更接近真实情况。

表 2　方案 C 特征高程位移增量　(单位:mm)

| 序号 | 方案 | 特征高程 | | | |
|---|---|---|---|---|---|
| | | ▽ 2 200 m | ▽ 2 100 m | ▽ 2 000 m | ▽ 1 885 m |
| 1 | 方案 C | 78.0 | 84.0 | 87.8 | 10.2 |

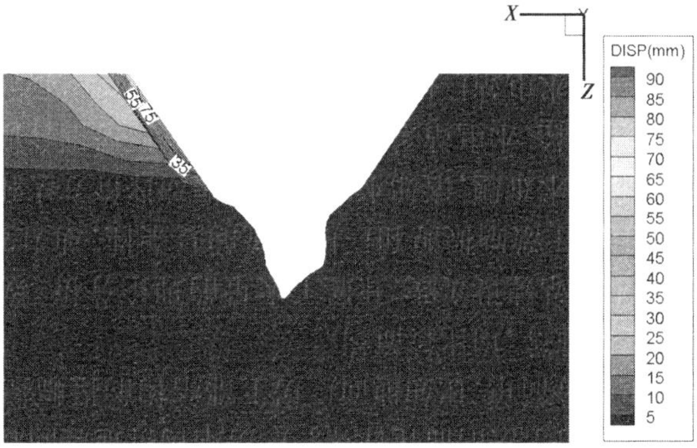


图 10　方案 C 左岸边坡位移增量　(单位:mm)

3.3.2　坝体位移

方案 C 的上游坝面位移增量如图 11 所示。方案 C 最大顺河向位移增量为 -1.3 mm,出现在左拱端,最大横河向位移增量为 -0.5 mm,出现在左拱端。方案 C 的坝体变形小于方案 B2,因为后者约束了一部分建基面的位移。方案 C 的顺河向和横河向变形均集中于左拱端,体现出坝体和边坡的相互作用。

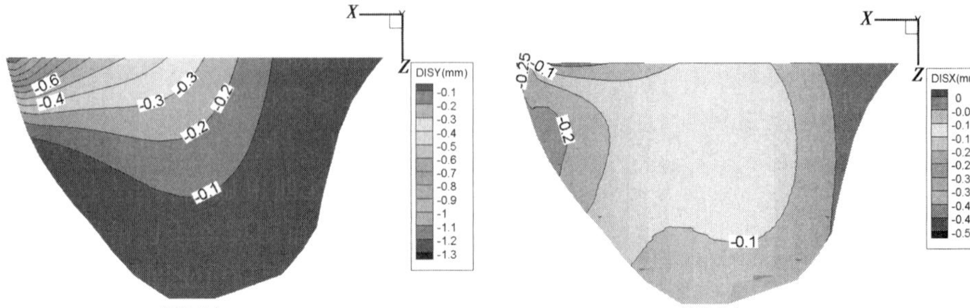


(a)顺河向　　(b)横河向

**图 11　方案 C 上游坝面位移增量**　(单位:mm)

3.3.3　建基面点安全度

方案 A 和 C 的建基面点安全度等值线如图 12 所示,两个方案的建基面点安全度变化较小。

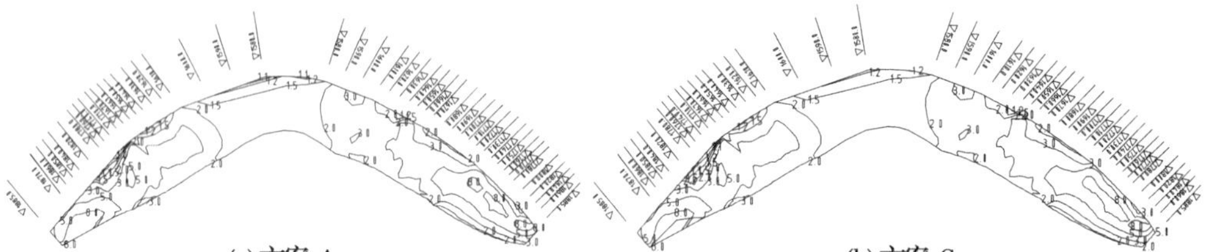

(a)方案 A　　(b)方案 C

**图 12　建基面点安全度等值线图**

## 3.4　改进的强度折减法分析结果

正常工况弹塑性计算结果显示,不平衡力集中于左岸抗力体附近的断层。这是由于断层性质较弱,并且是材料不连续区域。如图 13 所示,断层 f5 的不平衡力分布于拱坝下游侧,靠近左岸抗力体。因此,长期恒定荷载作用下,左岸抗力体附近的断层性质会首先发生弱化。方案 A 正常工况下各断层的不平衡力如表 3 所示。左岸断层 f5 的不平衡力为 10.9 t,右岸断层 f13 的不平衡力为 4.5 t,其余断层的不平衡力为 0。由不平衡力对比可以看出,f5 靠近左岸抗力体,且存在较大的不平衡力,因此以 f5 为例进行断层降强分析。设计如下计算方案:

方案 D:在正常工况(方案 A)基础上,断层 f5 的弹性模型 $E$ 和抗剪强度 $f$、$c$ 降低 30%。

**表 3　方案 A 各断层不平衡力($\times 10^4$ N)**

| 断层 | f2 | f5 | f8 | X | f13 | f14 | f18 |
|---|---|---|---|---|---|---|---|
| 不平衡力 | 0 | 10.9 | 0 | 0 | 4.5 | 0 | 0 |

3.4.1　边坡及坝体位移

方案 D 左岸边坡位移增量等值线如图 14(a)所示,位移增量主要集中于 f5 出露段。最

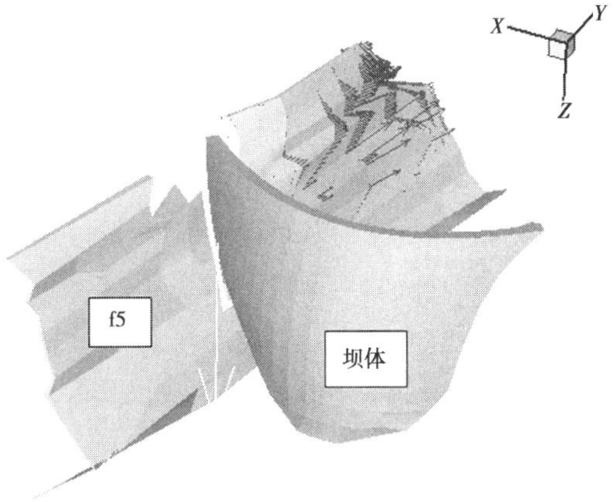


图 13　断层 f5 正常工况不平衡力分布图

大位移 5.8 mm，出现在 1 853 m 高程，该高程位移增量等值线如图 14(b) 所示。1 853 m 高程 f5 出露段是边坡长期变形最集中的部位，现场监测可以针对该部位进行测点布置，以期将来能够对比计算值与监测值。

方案 D 的上游坝面位移增量如图 15 所示。其中顺河向位移增量为 0 ~ 0.23 mm，横河向位移增量为 -0.06 ~ 0.18 mm。顺河向与横河向位移增量均集中于左拱端。

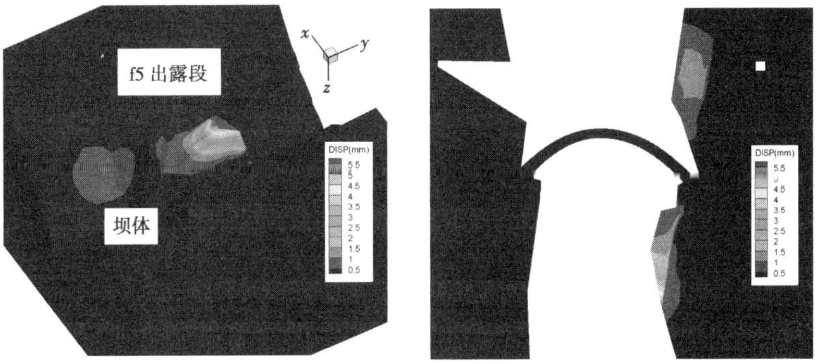


(a) 左岸边坡　(b) 1 853 m 高程

图 14　方案 D 左岸边坡位移增量等值线图　(单位:mm)

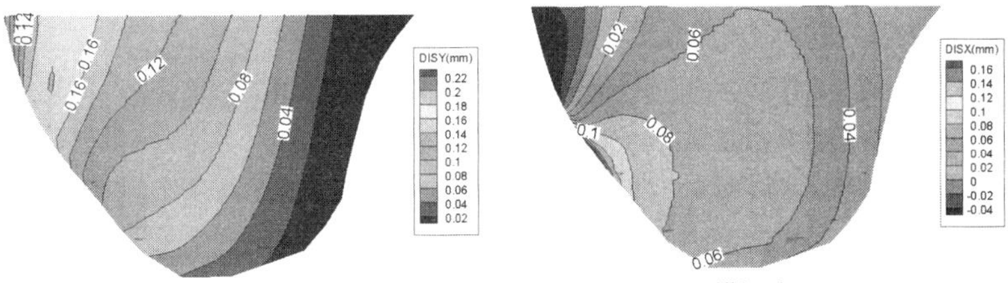


(a) 顺河向　(b) 横河向

图 15　方案 D 坝体位移增量等值线图　(单位:mm)

### 3.4.2　坝体应力

方案 D 坝体应力增量等值线如图 16 所示，其中左岸上游坝踵拉应力增大，最大增量 0.31 MPa；下游坝趾压应力增大，最大增量 0.07 MPa。由等值线图可以看出，应力变化主要集中于左岸坝踵和坝趾，对拱坝整体应力分布影响不大。

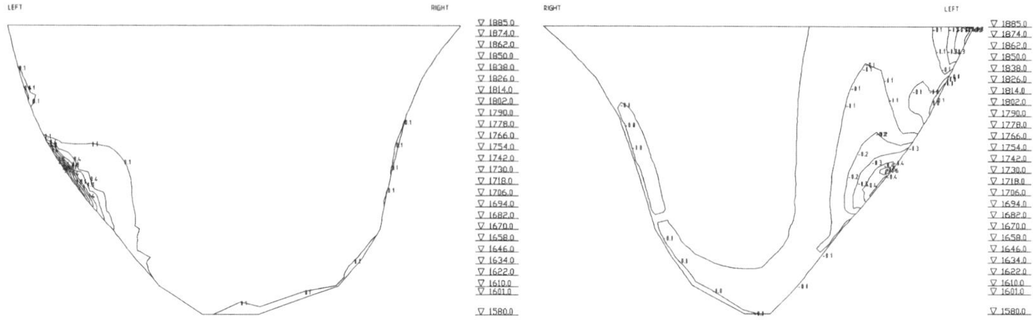


(a) 上游坝面主拉应力　　(b) 下游坝面主压应力

**图 16　方案 D 坝体应力增量等值线图**　（单位：MPa）

## 3.5　子模型分析方法

由上文的分析可知，锦屏高边坡和坝基变形引起的应力和位移变化集中于坝体左拱端。这表明材料劣化实际上是一种局部荷载，所施加的是自平衡力系。根据圣维南原理，自平衡力系的影响范围是局部的。这种现象对锦屏长期安全分析提出了两点要求：①提高数值计算的局部精度，如左拱端抗力体附近；②现场监测需要在左岸坝肩下游侧位布置足够的测点。

锦屏坝体左拱端到左岸抗力体附近是结构不连续和材料不连续的部位，对网格的精度也有更高的要求。采用一般有限元计算分析，往往因为模型范围较大，对局部细节处理失真，难以得出足够精细准确的计算结果。子模型分析方法能够有效地解决这个问题。子模型法将关注的区域从粗糙模型中分割开，进行精细的网格剖分。基于圣维南原理，整体模型在分割边界进行位移插值，作为子模型的边界条件。以锦屏工程为例，如图 17 所示，图 17(a)是整体模型，单元总数为 114 411，仅在坝体及其附近具有较高的网格精度，其余部位网格较稀疏；图 17(b)是子模型网格，取坝体左拱端以及左岸抗力体附近边坡和坝基作为分析对象，划分单元个数为 120 644，精度有了很大提高。该算例中，子模型网格数已经超过了整体模型，能够处理锦屏左岸复杂的天然地质现象和岩土工程结构，包括断层、岩脉、挤压带、深部裂隙和坝体、垫座、贴脚、抗剪洞等。

本文仅给出了子模型方法的简介，该方法对于高拱坝局部变形及安全分析具有良好的适应性，针对锦屏工程的子模型分析有待于进一步的研究。

# 4　结　论

高边坡和坝基在恒定荷载下的长期变形是非平衡演化的过程，目前尚没有成熟的分析方法。本文针对锦屏边坡和地基长期变形问题，展开了以下研究：

(1) 根据设计院提供的锦屏边坡位移分布，采用给定位移法进行初步分析。该方法工程概念清晰，但无法反映材料内部演化过程。

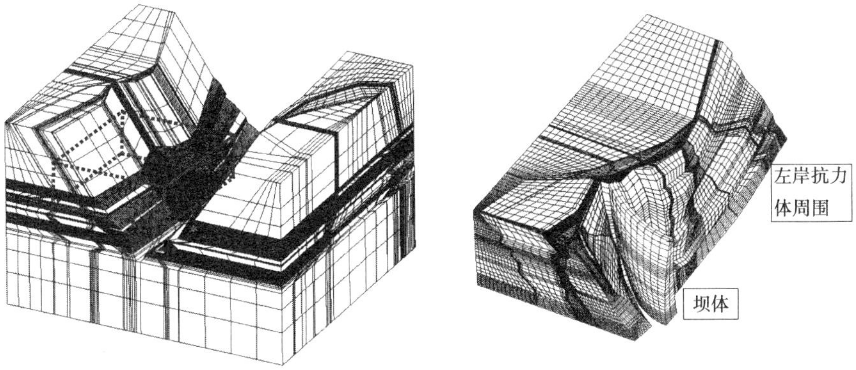


(a) 整体模型　　(b) 子模型

图 17 整体模型与子模型网格示意图

(2)由于长期变形的内因是材料损伤累积,本文引入了洞室开挖中的“释放荷载”概念,提出考虑刚度变化的强度折减法。分析了锦屏边坡材料最终的损伤状态和长期变形的最终效果。

(3)研究了结构非平衡演化的内在动力机制,揭示了结构时效变形和损伤演化的内在驱动力,即不平衡力。提出改进的强度折减法,采用不平衡力确定材料损伤的部位。研究表明,锦屏左岸抗力体附近的断层是不平衡力最集中的部位,这是综合了断层软弱性质和拱坝应力调整的计算结果。以左岸断层 f5 为例进行了强度折减分析,进一步的研究可以考虑根据不平衡力大小,对不同材料选择不同的强度折减比例。

(4)以上三种方法的结果表明,拱坝整体应力和位移分布变化不大,局部变化主要集中在左拱端建基面附近。这说明材料劣化是一种局部荷载,所施加的是自平衡力系,影响范围也是局部的。局部的岩体损伤若不加以控制,可能由于蓄水渗流导致非均匀变形,危及拱坝安全。锦屏左岸抗力体附近的断层是影响长期变形的关键部位,因此需要采用子模型方法,针对左拱端抗力体附近进行精细化的模拟和研究。同时,现场监测需要在左岸抗力体附近的断层部位布置足够的测点。

## 参考文献

[1] 中华人民共和国水利行业标准. SL 282—2003 混凝土拱坝设计规范[S]. 北京:中国水利水电出版社,2003.

[2] 汝乃华,姜忠胜. 大坝事故与安全:拱坝[M]. 中国水利水电出版社,1995.

[3] American Society of Civil Engineers. Foundations for Dams[C]// Asilomar Conference Grounds Pacific Grove California. New York:American Society of Civil Engineers,1974:17-21.

[4] Kiersch G A. Vaiont reservoir disaster[J]. Focus on Environmental Geology. R. Tank,ed,1976.

[5] 杨弘,涂向阳,奚智勇. 二滩高拱坝裂缝监测与控制措施综合分析[J]. 人民珠江,2010:66-69.

[6] 郑颖人,赵尚毅. 有限元强度折减法在土坡与岩坡中的应用[J]. 岩石力学与工程学报,2004,23(19):3381-3388.

[7] 黄润秋. 岩石高边坡发育的动力过程及其稳定性控制[J]. 岩石力学与工程学报,2008,27(8):1525-1544.

[8] Rabcewicz L. The new Austrian tunnelling method[J]. Water Power,1964,16(11):453-456.

[9]冷旷代．岩体结构非平衡演化稳定与控制理论基础研究[D]．北京:清华大学,2013.

[10] 宋胜武,向柏宇,杨静熙,等．锦屏一级水电站复杂地质条件下坝肩高陡边坡稳定性分析及其加固设计[J]．岩石力学与工程学报,2010,29(3):442-458.

[11]冯紫良．地下洞室应力分析中的荷载计算与初始地应力场[J]．岩土工程学报,1991,13(3):36-42.

[12]官福海．高拱坝整体稳定数值模拟与模型试验对比研究[D]．北京:清华大学,2011.

[13] 杨强,刘耀儒,陈英儒,等．变形加固理论及高拱坝整体稳定与加固分析[J]．岩石力学与工程学报,2008(6):1121-1136.

[14] Yang Q,Leng K D,Chang Q,et al. Failure Mechanism and Control of Geotechnical Structures[M]//Constitutive Modeling of Geomaterials. Springer Berlin Heidelberg,2013:63-87.

[15] Pan Y W,Liu Y R,Cui Z X,et al. Fracture Analysis of Brittle Materials Based on Nonlinear FEM and Application in Arch Dam with Fractures[J]. Journal of Applied Mathematics,2013.

# 水电站厂房动力安全问题探讨

马震岳　陈婧　王　刚　张运良

（大连理工大学水利工程学院　辽宁　大连　116024）

**摘要**:随着水电站单机容量和水头的提高,机组振动及其诱发的厂房振动问题日益突出,水力发电系统可能因为系统的耦联非线性而发生运行失稳甚至破坏。同时,处于高地震区的工程还面临着抗震安全问题。本文首先对水电站厂房的抗震分析和设计问题进行了探讨;其次针对厂房设计规范的规定,就计算方法、共振复核和振动反应控制等问题进行了研究;最后重点讨论了水力振动激励的传递路径识别和水机电厂房耦联振动建模与分析等问题。希望能对水电站厂房设计规范的修订以及动力安全问题的研究解决有所启发和裨益。

**关键词**:水电站厂房　共振复核　强迫振动　稳定性　动力安全

## 1　前　言

中国是水电大国,水电站装机容量已高居世界首位,已投产发电的大型水电工程众多。但水电开发的前景依然广阔,未来也将有更多的大中型工程规划建设,单机容量最大可达1 000 MW。我国水电建设的显著特点包括:坝高水头高、机组容量大,流域梯级水电站成群,厂区地震烈度高,抽水蓄能电站建设方兴未艾等。随着水头和容量的提高,以及抽蓄电站的工况转换瞬态工况复杂,机组振动稳定性和发电系统安全问题以及高地震区的抗震安全等问题日益突出,俄罗斯萨杨舒申斯克水电站厂毁人亡、西龙池工程的定转子碰撞扫镗发电机损毁和基础破坏等都是严重的教训。

国内外已投入运行的大中型水电站机组与厂房结构,很多出现过不同程度的振动,甚至影响了机组的正常运行,并诱发了厂房振动[1],如:岩滩电站机组诱发主厂房楼板振动导致辅机误动作而搬迁[2];红石水电站厂房立柱因振动疲劳破坏而出现裂缝[3];十三陵抽水蓄能电站副厂房中控室因振动和噪声较大而不得不迁至地面[4];桓仁电站机墩定子基础出现裂缝;龙羊峡工程机组振动诱发副厂房振动而导致电气设备运行受困等[5]。国外几座巨型水电站也出现过机组振动问题,如大古力、古里、伊泰普、巴基斯坦的塔贝拉水电站等。大型水电站因机组容量大、厂房结构尺寸大和水头变幅大等特点,导致机组动荷载增大而结构刚度相对降低,影响机组安全稳定运行的未知因素和潜在风险也相应增大。另外,机组系统振动的非线性传递和失稳,长引水道系统的水力不稳定瞬态流动,水电站群的灾害链条等,也是重大的技术难题。因此,预防和解决水电站机组及厂房结构的振动问题变得更加复杂和困难,其理论研究和技术解决也更为重要。

水电站厂房设计规范[6],对于厂房振动问题的涉及比较少,主要有机墩的共振复核和振幅复核,基本是参照动力机器基础的振动控制标准,对于上部结构和厂房内部其他结构

(如楼板、中控室等)的共振复核和振动控制等,均没有明确规定。关于机墩自振频率和振幅的计算,基本采用的是结构力学法的简化计算。厂房结构抗地震问题,依据的是水工建筑物抗震设计规范[7],规定也十分简单,比如地面厂房上部结构的振幅控制标准、地下厂房的抗震分析方法、标准和抗震措施等,均比较简约。

国内近年来结合大型水电站建设实践,开展了大量的理论分析、数值模拟和实验研究,取得了可喜的成果[8-11]。但由于激励振源和厂房系统的复杂性,动力安全保障还存在许多亟待研究解决的科学问题和技术难题,诸如水电站厂房振动评价方法和控制标准,机组振动诱发厂房振动的机理和传递路径,水电站系统水—机—电—厂房耦合振动,振动控制和动力优化设计的策略等。本文结合水电站厂房设计规范的修订以及参与若干大型工程设计研究等工作,做初步探讨和简要论述。

## 2　地下厂房和地面厂房结构抗震设计

### 2.1　地下厂房抗震设计和映秀湾电站的震害分析

地下结构受周围岩土介质的约束,其地震反应特点与地面结构有很大不同,主要和周围岩土发生基本相同的震动变形[12]。地下结构震害主要有两种类型:其一是地震波传播引起的变形破坏,其二是地基变形(断层错动、滑坡、液化等)导致的。史上最严重的震害主要发生在隧道和地铁车站等工程上,出现极大的变形和破坏。在抗震设计中,埋深较大的工程,地震动加速度可适当折减(如50%)。抗震措施主要是选择建于稳定山体中,远离断层和不要过分靠近边坡,埋深尽量大等。

映秀湾水电站厂址距汶川大地震震中映秀镇距离约1.2 km,龙门山断裂带的中央断裂距厂址最近,这次特大地震沿断层所产生的地表破裂带分布在电站厂址南侧约400 m,对电站厂区地震影响烈度为Ⅱ度。主厂房开挖跨度17 m,最大开挖高度39.1 m,总装机容量3×45 MW。因此,可以说是遭遇过最大地震的大中型地下厂房。

震后检查发现[13],主洞室上下游边墙衬砌混凝土有局部开裂,但裂缝宽度长度有限;顶拱原有裂缝有所扩展,新产生了几条较小裂缝。主变室有轻微裂缝,尾闸室无裂缝。均无渗水现象。

交通洞进口处受上部山体垮塌影响,洞脸混凝土部分被砸坏。原施工阶段出现的垮塌段,没有发现明显裂缝和变形。内部岔口段两侧衬砌混凝土出现对称贯穿性裂缝(共12条),并有变形现象,局部洞段有渗水现象。

钢筋混凝土结构中,上部排架柱和发电机层楼板无裂缝,机墩和风罩等产生较多裂缝,对钢筋锈蚀有一定影响。

整个厂区范围边坡垮塌较为严重,尤其是交通洞进口至尾水洞出口段,部分强卸荷岩体及岩块垮塌将进场交通及尾水渠全部掩埋,导致厂房内被水淹至发电机层以上2 m。

文献[14]对某工程地下结构地震动(见图1)反应进行了数值模拟,结果与现场震害现象基本吻合,认为地下硐室对地震动反应有一定的追随性,衰减过程较为缓慢,加速度较大时可导致支护结构破坏,尤其是在顶角交汇处。

综合分析可见,地下厂房内部衬砌和混凝土结构的强震受损较为轻微,主要震害在于边坡和进出洞口,是地下厂房抗震设防的重点。建议进一步开展地下厂房洞室群抗震减震专题研究,补充和完善设计规范。

### 2.2　地面厂房抗震分析和紫坪铺工程地面厂房震害分析

水工建筑物抗震设计规范规定，地面厂房下部结构的抗震计算原则同混凝土重力坝，厂房上部结构的抗震措施应按 SL/T 191—96 和 GBJ 11—89 的规定进行。

汶川地震后的震害检查发现，紫坪铺厂房基础无裂缝、滑坡、沉陷、集中渗流、基础冲刷、淘刷和岩石挤压错动情况。仅基础以外填土路面有裂缝出现和下沉现象。主厂房仅填充墙墙体有局部开裂现象，构造柱未见损坏。引水发电隧洞未见明显破坏。进水塔上部结构损坏较重[15]。

作者对汶川地震现场地震波作用下厂房结构的地震动反应(见图 1)进行了数值分析，结论认为，按动力时程法考虑汶川地震波作用，厂房最大动力位移(45 mm)要比初始设计烈度地震作用下的计算结果大很多(9.2 mm)，基本与按 8 度抗震设防时罕遇地震作用下的动位移接近，厂房动态变形在厂房设计规范的控制范围内。厂房排架柱最大动应力为 3.8 MPa 左右，按 8 度抗震设防，反应谱法计算得到的最大动应力为 4.5 MPa。复核认为，原结构设计足以保证在汶川地震作用下的抗震强度要求。

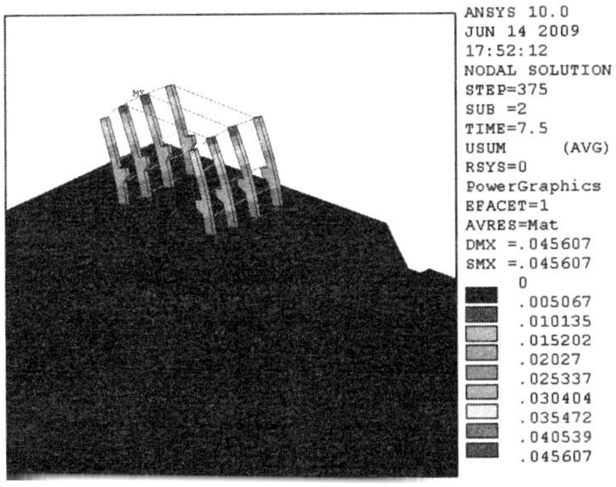


图 1　典型时刻厂房动位移分布

综上，地面厂房设计中，上部框架结构是抗震设计的重点。破坏主要发生在上部填充墙和门窗等空洞周边。建议尽量采用钢筋混凝土填充墙，与框架梁柱形成整体，有利于抗震。结构应整体浇筑，楼板、横梁的支承避免采用牛腿搭接结构。

## 3　机墩结构自振特性和振幅复核计算方法研究

### 3.1　机墩结构自振特性计算方法

《水电站厂房设计规范》(SL 266—2001)中机墩自振频率的计算主要包括机墩垂直、水平和扭转自振频率的计算，计算公式分别如下：

$$\left.\begin{aligned} n_{01} &= \frac{60}{2\pi}\sqrt{\frac{g}{G_1\delta_1}} = \frac{30}{\sqrt{G_1\delta_1}} \\ n_{02} &= \frac{60}{2\pi}\sqrt{\frac{g}{G_2\delta_2}} = \sqrt{\frac{30}{G_2\delta_2}} \\ n_{03} &= \frac{60}{2\pi}\sqrt{\frac{g}{I_\psi\Phi_1}} = \frac{30}{\sqrt{I_\psi\Phi_1}} \end{aligned}\right\} \tag{1}$$

显然，上述方法根据结构力学原理，将机墩简化成单自由度的构件，即厚壁圆筒，没有考虑结构的空间效应和尾水管及以下的弹性支撑作用，不能完全反映板梁柱、风罩、机墩、蜗壳外围混凝土等连接结构的耦合作用和地下厂房围岩的弹性支承作用等因素。同时，将墩身和基础的质量全部集中到墩顶，与实际情况也不完全不符。例如，根据式(1)计算，锦屏一级水电站的机墩结构竖向自振频率为 42.78 Hz，有限元法计算的前 20 阶频率为 9.49 ~ 31.59 Hz，可以看出，结构力学法很难反映出复杂空间结构的动力特性，尤其是楼板、风罩、立柱等薄弱构件的振动特性，采用有限元法是必要的。

### 3.2　共振复核问题讨论

厂房设计规范中，仅对机墩的共振复核做出了规定。自振频率即采用式(1)计算，振源频率主要考虑转速频率和水力冲击力频率。水电机组转速频率一般比较低，即使抽水蓄能机组的转速频率最大，一般也只有 10 Hz，因此不是主要问题。水力冲击力频率是转速频率乘以叶片数和导水叶片数再除以两者的公约数，一般属于较高频的，往往在 100 Hz 以上，甚至上千赫兹，这样高的频率不太可能诱发共振或强烈振动。因此，以往的设计可以说很少因为有在设计阶段由于共振复核不满足要求而修改设计的。所以，就有以下三方面主要问题：

(1)地面厂房上部结构共振。

例如，红石水电站为河床式厂房(数值模型见图 2)，轴流定桨式水轮机。运行出现较强烈的机组诱发厂房振动，甚至导致坝体有较强震感，吊车立柱在发电机层以上 2 m 左右出现裂缝。研究发现，上部结构基本自振频率为 1.77 Hz 左右，十分接近转速频率，存在共振现象。经过实施挡水结构与主厂房联接加固措施，厂房自振频率提高到 2.05 Hz，有效避开了共振区，实测振动加速度显著降低(见图 2)。

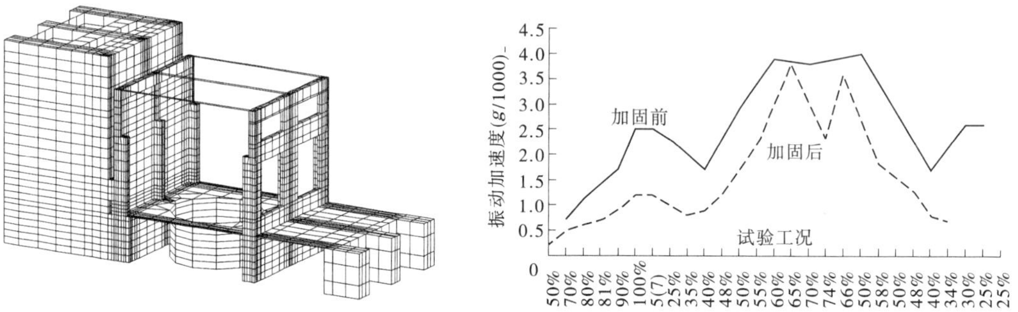


**图 2　红石水电站厂房数值模型和抗振加固效果对比**

(2)楼板振动。

岩滩水电站厂房振动(见图 3)是典型的例子，发电机层楼板的一阶自振频率在 14 Hz 左右，其他象限的振动频率有 28 Hz 的，运行中水轮机出现了导叶后转轮前特殊压力脉动区，厂房实测最大垂直动位移正是发生在发电机层楼板Ⅰ象限处，达 74 μm，最大垂直振动速度为 12.37 mm/s，频率在 24 ~ 35 Hz，存在明显的共振。振动速度超过了机器设备基础允许振动速度(一般在 5 mm/s 左右)，曾导致机旁盘的误动作。尝试分析各种楼板的减振措施，自振频率变化如表 1 所示，认为避开共振区减振是十分困难的。

为避免仪器设备振动超标，机旁盘被迫迁移，机组振动无法削减而被迫更换转轮。

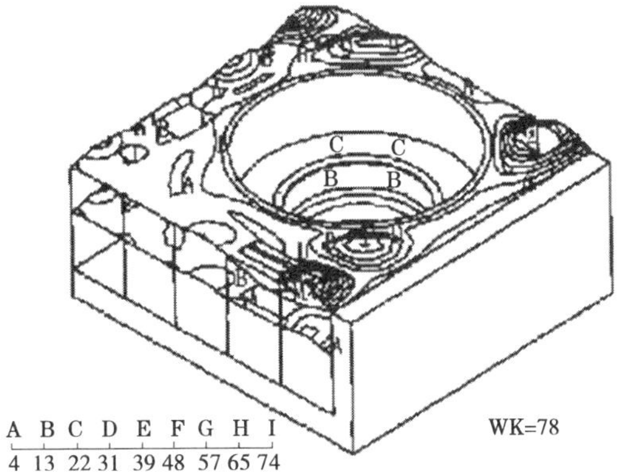


(a)激振频率28 Hz时的楼板振幅分布

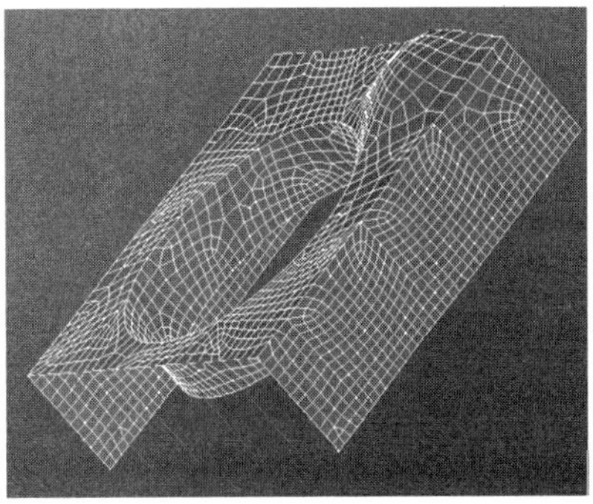

(b)楼板基本频率主振型

**图3　岩滩水电站发电机层楼板振动幅值分布和主振型**

**表1　某算例主厂房楼板自振频率**　(单位:Hz)

| 频率阶次 | 原设计 | 增加质量 1 t | 增加质量 5 t | 加设横梁 1.2 m×1.2 m | 加设横梁 2 m×2 m | 贴钢板 1 cm |
|---|---|---|---|---|---|---|
| 1 | 15.27 | 14.01 | 10.6 | 16.62 | 19.63 | 18.0 |
| 2 | 16.22 | 14.86 | 11.14 | 17.75 | 21.72 | 19.1 |
| 3 | 19.45 | 17.66 | 12.86 | 20.31 | 21.94 | 22.2 |
| 4 | 24.48 | 24.12 | 22.81 | 23.67 | 23.48 | 24.8 |
| 5 | 25.05 | 24.58 | 24.13 | 25.71 | 24.5 | 27.1 |
| 6 | 25.27 | 24.89 | 24.57 | 26.19 | 25.71 | 27.27 |
| 7 | 25.72 | 25.71 | 25.71 | 26.4 | 26.24 | 27.33 |

(3)立柱振动。

张河湾抽水蓄能电站运行中出现了机组和厂房较大的振动和噪声,实测中立柱和楼板的振动较为剧烈(立柱加速度最大为2.47 $m/s^2$)。其中,机组的主振源为静动翼干涉,即导水叶数和转轮叶片数满足 $n \cdot Z_g \pm k = m \cdot Z_r$,固定结构的主振频率为 $f_s = m \cdot Z_r \cdot f_n = 100$ Hz($m=2, Z_r=9, f_n=5.56$ Hz),计算和实测得到的立柱结构基本自振频率为67~118 Hz,不同层间和位置的立柱自振频率有所差异,这样就存在局部结构的共振问题。由于频率较为密集,通过加固立柱提高其自振频率避开共振和降低振幅比较困难。

### 3.3　机墩振幅复核

以某抽水蓄能电站地下厂房为例,按照规范法和有限元法计算得到的振幅见表2。可以看出,规范结构力学法得到的振幅比较小,而有限元法的结果较大且有可能超标。分析其原因:一是计算模型不同,结构力学法的刚度偏大;二是激振频率不同,结构力学法仅考虑转速频率和水流冲击力频率,前者较低(8.33 Hz),后者又很高(1 500 Hz),没有考虑其他诸如叶片数频率等水力振源频率;三是激振力不同,规范的计算仅考虑机械不平衡力,没有考虑水动力荷载。

图4 立柱的基本振型(75.5 Hz)

此外,规范没有对速度和加速度的复核进行规定。对于中高频的振动,速度和加速度有时候起主要作用,尤其是加速度可能较大,工作舒适性和人体健康会受到影响。

表2 机墩振幅验算结果

| 频率 | 结构力学法 | | 有限元法 | | |
|---|---|---|---|---|---|
| | 垂直振幅(mm) | 水平振幅(mm) | 垂直振幅(mm) | 水平振幅(mm) | 加速度($m/s^2$) |
| 转速频率 | 0.018 | 0.033 | 0.061 | 0.138 | 0.24 |
| 2倍叶片数频率 | | | 0.046 | 0.077 | 42.1 |
| 水流冲击力频率 | $1.34\times10^{-5}$ | $8.19\times10^{-6}$ | | | |

## 4 水力振动的传递路径分析

厂房的中高频振动主要是由转轮进水口处产生的水压脉动产生的,关于水压脉动的传播路径问题,提出3条路径,现归纳如下:①转轮→轴承→机架等固定部件→厂房;②充水水压→座环和蜗壳→厂房;③转轮→转轮负压区→顶盖→厂房。实际中几个路径都是可能的,哪个路径最直接需要进一步研究,或者不同工程主路径不同。

### 4.1 功率流识别理论

功率是指单位时间内动荷载所做的功,$P_i = F_i \cdot V_i$,可以反映出动荷载和振动响应特性,以及结构的阻抗特性,如果在时域范围对某时间段通过某截面或某区域的功率进行积分,对复杂结构而言,功率密度最大区域或区间被认为传导最优,从而识别系统中占主导作用的振动传导路径。

基于数理统计中显著性检验的理论,认为在主传导路径判别式(2)中必定存在$K_0$,即优势功率阀值:

$$P\{p_i > K\} = 1 - \alpha \tag{2}$$

式中:$p_i$为单位体积内功率流和值,即功率流密度,$W/m^3$;$K$为某特定区域的功率流密度,$W/m^3$;$\alpha$为显著性因子。

传导路径识别准则:定义$\beta_\alpha$为相邻显著因子对应的传导强度优势比。若$\beta_\alpha \in (1.0, 1.5]$,则认为传导区域为普通传导路径;若$\beta_\alpha \in (1.5, 2.0]$,则认为传导区域为优势传导路径;若$\beta_\alpha > 2.0$,则认为传导区域为绝对传导路径。

图5给出了主副厂房结构缝两侧楼板处的功率传导强度分布,可以看出振动功率流的

峰值分布，从而判定优势传导域位于副厂房下游墙附近。因此，在多条振动传导路径存在的情况下，优势传导路径分析对结构减振隔振设计有重要指导作用。

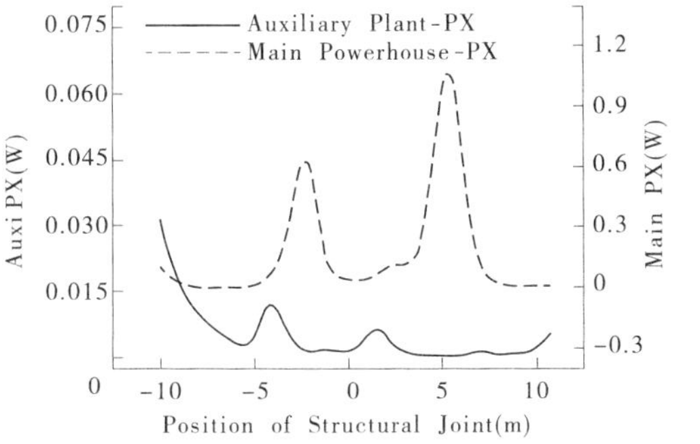

(a)横河向X功率传导图

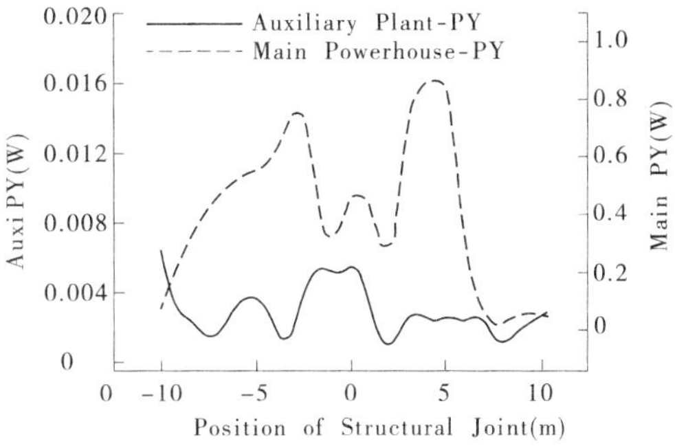

(b)顺河向Y功率传导图

图5　楼板结构缝两端动力传导曲线分布图

### 4.2　以顶盖为主的竖向振动传递路径分析

萨杨舒申斯克水电站厂房损毁事故和刘家峡水电站顶盖破坏都表明，顶盖是振动系统中的关键环节之一。为此，我们建立包括顶盖在内的机组厂房耦合振动模型，如图6所示，建立振动平衡方程。其振动路径如下：水轮机转轮室的水力振动通过主轴密封、导轴承将竖向振动传递至顶盖，振动通过顶盖传递至与顶盖外端相连接的蜗壳座环上环板，最后通过蜗壳外包混凝土传递至机墩。

定义传递率为传递力幅值与振源幅值之比，见式(3)。传递率的方差服从正态分布，通过求解不同路径的传递率即可得出振动路径在频域内的梯度排序。

$$\beta_t = \left| \frac{F_t}{F_0} \right| \tag{3}$$

图7表示各路径传递率关于激励频率的特性曲线，相当于放大系数。从该曲线可知，在系统固有频率处，两条路径均产生峰值，顶盖部分承担比例大于轴系统路径，放大系数达到8，对水电站安全极为不利。

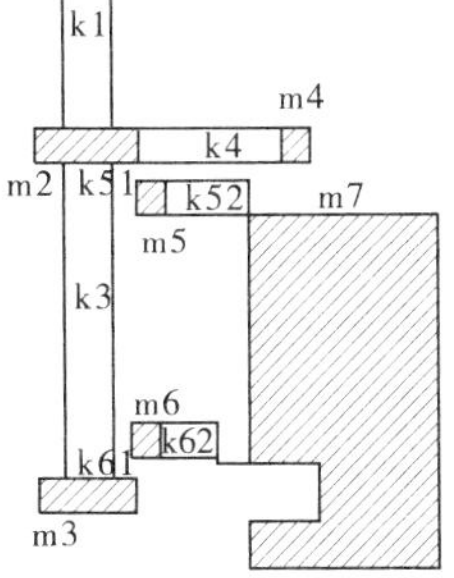

图6　伞式机组简化模型

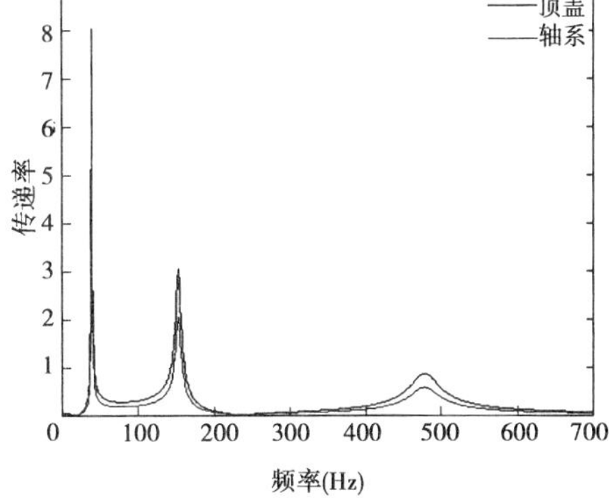

图7　激励频率下路径传递率特性曲线

## 5　水机电厂房耦联振动

水力发电系统是以流体为动力、机械为载体、电磁为媒介、结构为支承的水机电结构耦联系统，其中机组主轴系统是核心，水力是主要的不稳定激励源，机械部件和土建结构是主要的静动力承载体，电磁是连接机械和电网的关键。其中，机组运行的失稳和压力引水系统（也包括尾水系统）瞬态流动及电网的功率波动都是在运行中可能出现的系统不稳定激励，它们是相互耦联的非线性问题，当系统设计不当或运行控制失调时，可能会因一个因素的变化而导致系统的失稳。因此，水机电结构的耦联振动问题越来越受到重视。

### 5.1　机组—厂房耦联振动

以某水电站为实例，建立机组－厂房的耦联模型，如图 8 所示。对比如下三种模型：

模型一：刚性基础，导轴承动力特性系数固定；

模型二：刚性基础，导轴承动力特性系数随振动状态变化；

模型三：厂房耦联基础，导轴承动力特性系数随振动状态变化。

这里考虑机械、电磁和水力不平衡力的作用，导轴承刚度系数的变化采用插值的方法求解。水导轴承处的轴心运动轨迹见图 9，可以看出，考虑系统耦联非线性特性后，大轴的振动幅值增大，运行轨迹复杂化，对于稳定性控制是需要密切关注的。

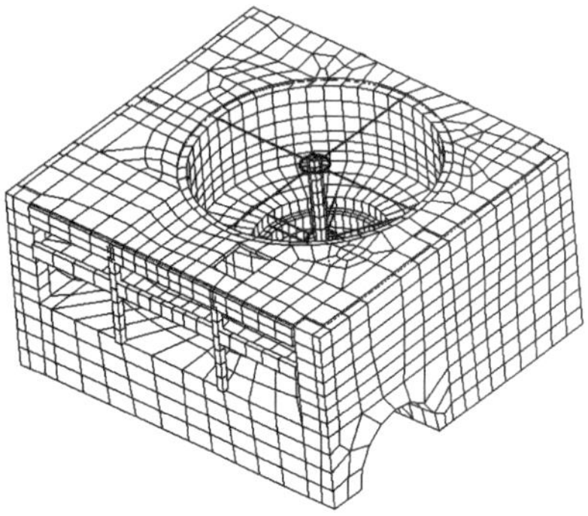

图 8　机组—厂房耦联有限元模型

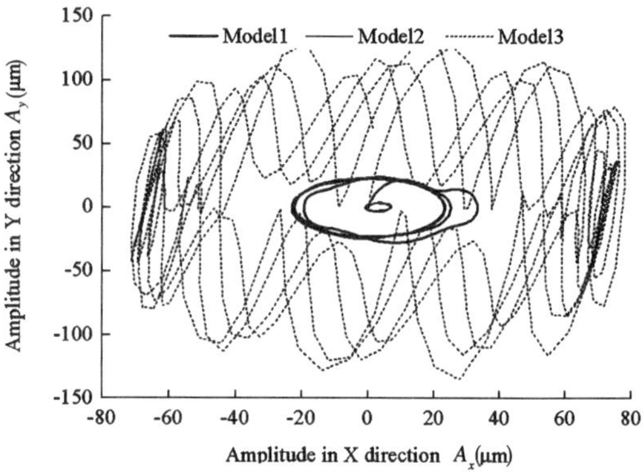


图 9　水导轴承处轴向运动轨迹图

### 5.2　机组水机电—厂房耦联振动

作为探讨，尝试建立机组水机电—厂房的耦联动力学模型，如图 10 所示。作为初步分析，这里仅考虑压力引水系统水压波动和电网系统功率波动造成的水力扭矩和电磁力矩的变化：

$$J\frac{\mathrm{d}\Omega}{\mathrm{d}t} = J\frac{\mathrm{d}^2\Theta}{\mathrm{d}^2 t} = M_t - M_e \tag{4}$$

式中：水力转矩 $M_t$ 和电磁转矩 $M_e$ 的变化会导致机械角速度 $\Omega$ 或机械角度 $\Theta$ 的变化，也就是轴系运动状态的变化，反之亦然。

计算在启动开机过程中的轴系振动，如图 11 所示，可以反映出系统的运动状态。由于激励振源是趋稳的，本系统的反应也是趋于稳态运动。

## 6　结　语

本文对水电站厂房动力安全所涉及的抗地震、共振、强迫振动以及水机电厂房耦合振动

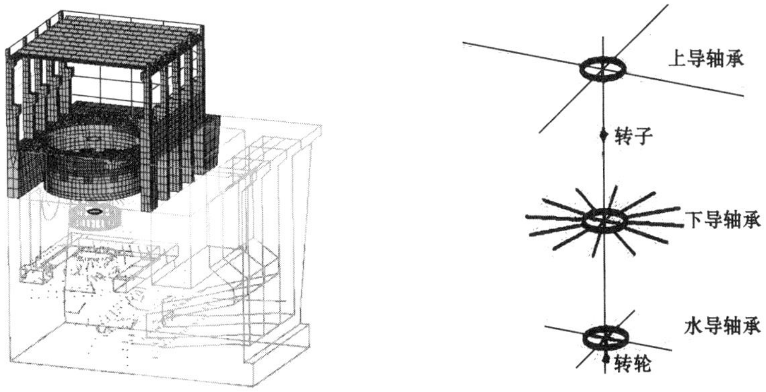


图 10　机组水机电—厂房耦联振动模型

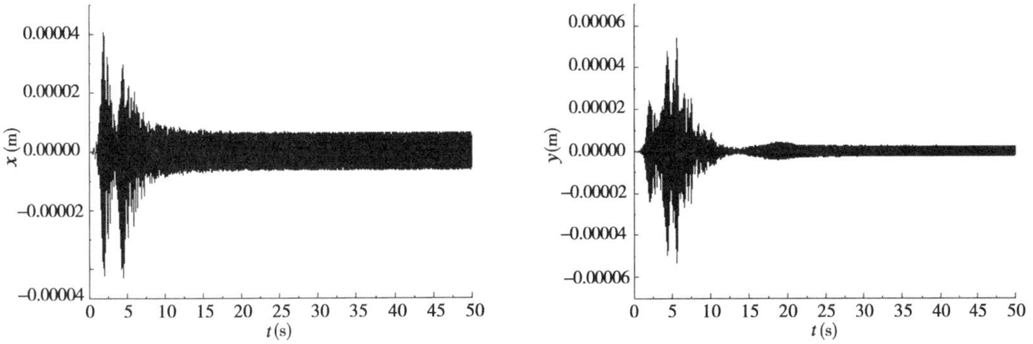


图 11　转子和下导轴承处的轴心运动时程曲线

等问题进行了初步探讨,得出一些有益的结论,期望能对厂房的抗振控制和优化设计提供借鉴和支持。

(1)水电站厂房的抗地震设计标准低于大坝,震害也相对较轻。对于地面厂房,要重点关注上排架结构的抗震问题,处于高地震区和地质条件不良的地下厂房也应加强抗震设计。

(2)水电站厂房相对于其他工业厂房,结构形式和激励振源均更为复杂,采用有限元法进行动力分析是必要的。共振复核中也应关注上部排架、楼板、立柱和风罩等薄弱结构体,振源上应更多地关注中高频的压力脉动激励。

(3)水电站厂房的振动控制标准,也应考虑建筑结构、仪器设备基础和人体保健的要求,从振动速度和加速度的角度加以复核,对于振动控制标准也应进一步研究论证。

(4)振动传递路径和水机电厂房耦联振动研究,是认识和解决水电站系统安全问题的重要途径,应结合理论分析和实验研究开展更深入的工作,控制系统失稳和振动力突增,保证系统运行安全。

## 参考文献

[1] 马震岳,董毓新. 水电站机组及厂房振动的研究与治理[M]. 北京:中国水利水电出版社,2004.
[2] 唐培甲. 岩滩水电站水轮机振动问题的研究[J]. 红水河,2000,19(3):59-62.
[3] 马震岳,王溢波,董毓新. 红石水电站机组振动及诱发厂坝振动分析[J]. 水力发电,2000(9):52-54.
[4] 杜晓京. 地下厂房机组支撑结构振动观测与分析[J]. 水力发电,1999(2):27-30.
[5] 中国水电顾问集团西北勘测设计研究院. 龙羊峡水电站 SF6 开关站减振研究论证报告[R],2006.

[6] 中华人民共和国水利部. SL 266—2001 水电站厂房设计规范[S]. 北京:中国水力水电出版社,2001.
[7] 中华人民共和国电力行业标准. DL 5073—2000 水工建筑物抗震设计规范[S]. 北京:中国电力出版社,2001.
[8] 文洪,张春生,刘郁子,等. 天荒坪电站地下厂房结构动静力分析及设计[J]. 水力发电,1998(8):28-42.
[9] 王俊红,黄勇. 广蓄二期工程地下厂房结构振动研究及减振措施[J]. 水力发电,2001(11):32-34.
[10] 欧阳金惠,陈厚群,李德玉. 三峡电站厂房结构振动计算与试验研究[J]. 水利学报,2005,36(4):484-490.
[11] 练继建,秦亮,何成连. 基于原型观测的水电站厂房结构振动分析[J]. 天津大学学报,2006,39(2):176-180.
[12] 林皋. 水工地下结构的抗震设计[J]. 水利水电勘测设计标准化,1998(1):42-52.
[13] 陈东升,谭可奇,尹葵霞. 汶川地震对映秀湾水电站地下厂房的影响与初步分析[J]. 宋胜武主编,《汶川大地震工程震害调查分析与研究》. 科学出版社,2009:447-454.
[14] 唐天国,宋胜武,雷承弟. 汶川地震对水电站地下厂房硐室工程稳定性动力分析研究[J]. 宋胜武主编,《汶川大地震工程震害调查分析与研究》. 科学出版社,2009:441-446.
[15] 彭仕雄,杨建. 紫坪铺水利枢纽工程地震震害分析与修复设计[J]. 宋胜武主编,《汶川大地震工程震害调查分析与研究》. 科学出版社,2009:499-507.

# 水库诱发地震研究进展与思考

李碧雄[1]　邓建辉[2]　张　茹[2]　魏进兵[2]

(1. 四川大学建筑与环境学院土木系;2. 四川大学水利水电学院　四川　成都　610065)

**摘要:**水库诱发地震是指因水库蓄水在库区引发的地震现象。目前,对于水库诱发地震机理的认识仍存在很多盲区,水库地震事件不断引发社会的广泛争议。我国西部水能资源的大力开发面临一定水库诱发地震风险,对于水库诱震的可能性及趋势亟待有更为科学的认识和判断。因此,利用现代监测手段,结合地球物理学、地质学、地震学、岩石力学等相关学科的最新研究成果,深入开展水库地震监测和监测资料分析,以科学地探索水库诱震机理、提炼水库诱震因素、揭示水库地震规律以及预测和识别水库诱发地震,并为指导水库正确运行和灾后救援提供决策依据,是水电工程建设中急需开展的攻关课题。

**关键词:**水库诱发地震　水库地震监测　诱震机理　水库地震预测

诱发地震是指由于人类的工程活动引起的地震,是地震学的一个分支学科,也是环境地球科学的一部分研究内容。随着我国经济建设的高速发展,由于水库蓄水、深井注水、地下流体开发、矿山开采、地下爆炸等引起的地震,在一定程度上已经成为一种环境工程灾害,是经济建设过程中亟待解决的重要难题。同时,由于诱发地震本身所具有的某些有利的研究条件,它也成为研究地震发生条件和发展过程,以及探索地震预报的一个极佳的研究试验场地[1]。

水库地震是诱发地震中震例多、危害大的类型,是指由于水库蓄水导致环境物理状态的改变,从而在库区和坝址区引发地震的现象[2]。自从1931年希腊60 m高的马拉松(Marathon)大坝水库在1929年蓄水后发生一系列地震,以及1935年美国米德湖(Lake Mead)高220 m的胡佛(Hoover)大坝蓄水后发生地震以来,世界上已有30多个国家先后报导了120多个与水库蓄水有关的事例[3]。1969年在联合国教科文组织内,由国际工程地质协会、国际地震和地球内部物理学协会、国际大坝委员会等8个学术团体的专家共同组成了一个水库地震工作组,广泛搜集各国水库地震资料,探讨水库诱震的机理。水库地震的机理复杂,与普通天然地震有不同的活动特征,具有反复性、群发性、震源浅、地震动高频信息丰富等特点,往往较低震级可造成较大破坏,不仅将给工程建筑物和设备等财产造成破坏,还可能诱发滑坡等地质灾害,引起涌浪,严重威胁库区人民的生命财产安全。水库地震已成为了水电工程建设中面临的主要技术难题之一,同时也成为学术界研究的热点之一。

## 1　我国西南地区水电工程的建设现状

我国国民经济和社会发展第十二个五年规划纲要指出,“在做好生态保护和移民安置的前提下积极发展水电、重点推进西南地区大型水电站建设,因地制宜开发中小河流水能资源”,“坚持把深入实施西部大开发战略放在区域发展总体战略优先位置,建设一批骨干水利工程……”。我国西南四川、云南、贵州三省水能资源丰富。全长 2 308 km 的金沙江上正在规划和建设 25 级水电大坝,不久的将来将成为世界超大水库群,形成了“世界水电在中国,中国水电在西南,西南水电在金沙”的大格局。雅砻江、岷江、大渡河、怒江的水能资源将得到有效的开发和利用。

西南地区(云南、四川西部地区)位于我国南北构造带即南北地震带的南段,是地壳运动剧烈、构造形态复杂、地震活动十分频繁的地区之一[4]。它西临印度洋板块的俯冲带,东濒古老稳定的四川地台和黔桂古陆,岩层遭到十分强烈的挤压,形成了一系列平行于印度洋板块的巨型褶皱带、深大断裂带及弧形山脉。在深大断裂的控制下,块体之间的水平运动和垂直差异运动都表现得十分明显,而强烈地震大多数就发生在这些深大断裂带上,发生在水平运动与垂直差异运动最为剧烈的地区。正在开发的大渡河、雅砻江、金沙江都分布在地震活动带。大渡河水电开发地处鲜水河地震活动带,雅砻江水电开发与安宁河—则木河地震活动带相邻,金沙江溪洛渡电站位于雷波—永善地震活动带。澜沧江—怒江水电站规划电站群位于三江并流的构造活动带。

进入 21 世纪,全球开始进入一个新的大地震、地质灾害、气象反常的新时期。近 100 年来,西南地区的强地震在明显增加,该地区的地震活动性正处于大地震的高发时期,这一地区还是滑坡、泥石流等地质灾害多发区。因此,人类活动、极端气候、当代构造运动、地震等之间的相互作用,导致重大灾害的可能性在增大。

综上所述,在地质背景独特复杂、地震活动性频繁、地质灾害频发的西南地区大力开发水能资源是保持我国国民经济快速发展的必然需要,也是构建资源节约型、环境友好型社会的重要举措之一。而在高地震活动区,水库诱发的震例很少,程万正认为,这些区域的水库地震研究,需要考虑高烈度区水库地震问题的特殊性,不能简单套用一般低烈度区水库诱发地震的技术思路和研究方法[5]。随着西部大规模水电工程的开展,水库诱发地震及其可能带来的问题日趋显现而突出[6],因此加强对水库地震的详细观测和研究已迫在眉睫,科学预测水库诱发地震,并提出相应的预警措施是防震减灾工作的前提和基础。

## 2 水库诱发地震的研究进展

### 2.1 水库诱发地震典型震例分析

自 20 世纪 70 年代,各国学者广泛搜集水库地震的实例,并根据所积累的资料开展水库地震相关因素的统计分析。1975 年 Gupta 和 Rastogi[7] 系统论述了当时世界上已知的 30 处有震水库的地质、水文和地震活动,分析了水库水位与地震频度的关系,介绍了水库附加应力增量的计算方法,综述了产生剪切破坏的孔隙压力效应理论和相关的实验研究成果。Packer[8] 和 Baecher 等[9] 搜集了已报导过的 75 个水库地震的资料,对其中 64 个水库根据它们在时间上和空间上与水库蓄水的关系划分为确定的(45 个)、有问题的(12 个)和不是的(7 个)三种类型。他们选择了水库的水深、库容、区域应力状态、主要岩石类型、断层等作相关统计分析。结果表明,在库底为沉积岩、具有走向滑动应力状态的水库中,发震概率随水深和库容而增大。四个参数中,水深和库容与水库地震的关系最密切。Stuart 等[7] 对全世界1 799座水库的大坝完成时间、坝型、建基面高程、水深、库容、水库面积、地理坐标、降雨、蓄水过程、水位、地质和构造等各种因素与水库诱发地震的关系作过统计分析,结果仍然表明,水深和库容是水库地震最明显相关的因素。

Castle 和 Clark 等[10]对 41 个发震实例和其他未发震的水库地质条件的分析,却得出了相反的结论,他们认为构造状态,包括断层的存在、弹性应变的积累和断层的类型对诱发地震特别关键,水库地震一般发生在平行于水库轴向的、陡倾角的、具有较高应变速率的引张或水平剪切断层上。

魏柏林等[11]从构造环境、震源应力场、构造应力场和水的诱发作用等四个方面分析了世界四大水库(新丰江、卡里巴、克里马斯塔和柯依纳)诱发 6 级以上地震的发震原因,认为四大水库都在活动构造区,库水与张应力场结合是诱发 6 级地震的主要原因。肖安予[12]分析了国内外 62 个水库地震震例,认为巨型水库能改变库区及其邻近的构造应力状态,导致原有地震蕴育和发展过程发生变化;特殊的地质背景是水库诱震的基本条件,特殊地质背景的诸因素越齐备、越典型,诱震的概率越高。

水库诱发地震震例分析是了解水库诱震环境背景、诱震因素、诱震机理的可靠渠道,然而由于已知的水库诱发地震数量有限,且缺乏系统的水库地震监测资料,使得已有的震例分析主要停留在定性的类比层面,难以触及至诱震的机理层面。因此,在当今的经济势力和科学技术支撑下,系统开展水库地震监测,获取宝贵的水库地震信息,丰富和深化水库地震的震例资料,对于提高水库地震的研究水平和减轻水库地震可能造成的危害具有重要意义。

### 2.2 水库诱发地震诱震机理

地震中的能量释放是地球内部复杂的地球物理过程作用的结果。研究表明,很多地震都是在水库蓄水的同时或者不久以后发生的,虽然人们对这些地震活动究竟是水库诱发还是巧合无法给出明确的答案,但一般认为水库蓄水等外部过程可以诱发地震,并对其诱发地震的原因及机理进行了大量的研究,大致可以归纳为以下几个方面。

#### 2.2.1 水体荷载作用

蓄水对库区应力状态的影响一直受到研究者的重视。水体荷载说的一个重要依据,就是许多震例在地震后都不同程度产生库盆岩体的下沉现象,并据此推断由于库盆下沉所造成的弹性变形,引起了地震。Westergard 和 Askins[13]提出了由于水荷载引起水库盆地下陷和下伏地层再调整,导致库区大地构造活动的假说。Carder[14]首次指出美国米德湖(Lake Mead)的水荷载使该区原有的断层重新活动。Gaugh 夫妇[15,16]通过 Kariba 湖沉陷的研究强调水库荷载造成的弹性变形的意义。Nikalaev[17]也曾指出,大水库的水体荷载可以释放地震能量,在水的重力作用下,以地壳沉陷作用释放重力位能转变为弹性应变能和地震能。Baecher 等[8]认为水体深度和库容是决定引发地震的重要因子。而 Rothe[18]则认为水的深度和局部应力水平可能比水库库容更重要。

Awad 等(1995a,1995b)[19,20]对 Aswan 地区及其附近的地震数据进行了分析,根据该区地质结构将该区域的地震活动归为浅层地震和深层地震两种类型,发现浅层地震与水库水位波动具有很好的相关性,而深层地震则无此特性。钟羽云等[21]认为,水库蓄水初期水位是影响库区地震活动性的主要外因,且不同水库的影响时间不同。

由于库区基岩体介质的不均匀性,水体荷载所产生的附加应力场、形变场的形状相对库轴并不对称,在断层处产生的垂直位移迅速增加,除了库岸区域存在附加张应力区外,在断层中同样形成了附加张应力区,增加了断层的不稳定性。如果初始应力与附加张应力平行,附加张应力可以部分地抵消断层面上的正应力,使正应力摩尔圆向左移动,更易于与破裂线相交,从而使构造应力更易于造成断层滑动。因此,这些附加张应力区是诱发地震的重要场所。

2.2.2　孔隙水压作用

Hubbert 和 Rubey[22] 对液体压力在逆掩断层中所起的作用进行了研究,提出了孔隙液体压力增加使岩石强度降低的岩石破坏理论。Evans[23] 认为丹佛地震就是由于液体注入后使穿过水库岩石已有断层的有效法向应力降低引起的。Bell 和 Nur[24] 认为水库蓄水引发地震的可能原因是:水库蓄水引发地质弹性压力增加导致岩石孔隙度降低,从而使饱和岩石中孔隙流体压力增加,孔隙压力变化引发流体流动。

1979 年美国地质学会在加利福尼亚的 San Diego 召开了一次由多领域专家参加的流体孔隙压力在地质变形破坏过程中作用的讨论会,就有效应力定律、地震和孔隙压力等问题进行了研讨。之后,越来越多的科学家开始深入研究流体孔隙压力在诱发地震中的作用。Talwani 等[25,26] 对孔隙压力扩散在引发地震中的作用进行了阐述,并认为较之水库水位的短期变化,其较长期( ≥1 年)变化很可能会引发更深层次、更高强度的地震,而大型水库周边较小型水库周边更可能发生地震,震源更深,且具体位置取决于水库底层附近的断层特征。近年来,美国地球物理协会和美国地质学会召开了一系列有关地下流体与地质作用过程的研讨会,就地下流体在地壳变形、岩体破裂、物质运移等过程中的物理、化学作用进行了讨论。

2.2.3　库水对岩石的物理化学作用

水库库坝区断层、节理密集带等不均匀特征的存在,则有利于水体的渗透,导致库基岩体中孔隙水压的变化以及其他物理、化学性质变化。与水库地震关系密切的物理化学作用主要有以下几种。

1)润滑软化作用。Lomtritz[27] 强调岩石渗透性和软弱带对诱发地震形成的重要意义。秦四清等[28] 提出了断层带弱化与岩体软化效应诱震理论,认为水的作用增强了断层带介质的滑动弱化特性;同时水的渗透也增强了弹性岩体的软化特性,降低了岩体刚度。这种耦联作用易使刚度比降低,从而诱发水库地震。润滑弱化作用指的是由于库水渗透对断层面起了润滑作用,同时大量水的渗入可能消除断层面的某些“壁垒”(Kanamori[29]),从而使断层面的摩擦系数减小。实验证明,为水所饱和的岩石强度比干燥状态下的强度要低得多。一般来说,孔隙大,胶结差的沉积岩,特别是含泥质和亲水矿物较多时,水的软化作用较大。

(2)水热膨胀作用。一方面,库水渗透到地下高温岩体附近,成为高温热水或高压蒸气,并在某些部位聚集起来,变成诱发地震的动力,即汽化膨胀作用。另一方面,温度升高能使孔隙水压力增加,如果孔隙容积保持不变,温度升高 1 ℃,孔隙水压力至少增加 $10\times10^5$ Pa,亦即当温度升高 100 ℃时,就可使流体压力增加 $1\ 000\times10^5$ Pa 以上,这对诱发地震的作用是不可忽视的。

(3)应力腐蚀。应力腐蚀作用是指硅酸盐类岩石,在地下水和应力的持续作用下,矿物的结合力遭到削弱,结构强度降低,最后在应力场或重力场的作用下,裂隙的形成过程加速。Kisslinger 称这种物理过程为应力腐蚀,并且指出,在库水位不太高时,应力腐蚀作用可能是一种诱发地震的机理。

2.2.4　其他因素

已知震例中,较强的水库地震(3 级以上地震)发生之前,都有大量微震。形成微震的岩体微破裂随着深度的增加、围压的增加而渐稀少。最初由于应力腐蚀,继之水体荷载造成的库基弹性变形等诱发作用是在地壳表层进行的,只形成震源很浅的微震。大量微震的形成表明地壳浅层的微裂隙得以串通，从而形成规模较大的裂隙，库基岩体原不连续的微裂隙被贯通，并逐渐向深部发展，有利于库水向更深更远的部位渗透，使孔隙水压效应发挥作用。水库蓄水后，应力腐蚀和库基弹性变形使库区局部出现应力不平衡，导致蓄水早期发生微震和微裂隙错动。而局部地块的微错动有可能使更大尺度的岩体内出现应力集中和应力不均衡，最终可能导致发生较大地震。因此，蓄水早期大量出现的微震也具有诱发地震的作用。

水库地震与地热之间存在一定的联系，库区的地温梯度较高或地温异常，可促使库水的渗透作用加速进行，有利于深部与浅部水体的交换与循环。当水库建成蓄水后，温度相对比较低的常温库水，如果大量沿着断层裂隙向深部岩体渗透，在与干热岩体相遇时，将会产生两方面的作用。一方面，库水被加热，温度升高，体积膨胀、汽化，从而积累能量，促进岩体破裂。另一方面，干热状态的岩体，遇到温度较低的库水时，由于岩体温度突然下降，接触库水的岩体骤然收缩而产生应力，使岩体表部出现大量的微破裂，如果这种作用继续进行，裂隙将不断增加和扩展，从而引起应力集中，形成较大的破裂而导致岩体的突然破裂错动，发生地震。因此，库水与干热岩体的作用所产生的温度应力，亦可能是水库地震的一种力源。

水库地震的诱发机理是多因子共同作用、相互影响的复杂过程。各种诱发因素的作用是互相联系的：水体荷载使某些断面上的正应力有所降低，有利于水的渗透；水的渗透对岩石可产生软化作用；而软化作用更有利于水的渗透，有助于孔隙水压力效应的发展。因此，加强水库蓄水期间地震监测和数据综合分析，即系统分析库区地震活动信息，探讨地震活动性与区域地质构造、历史地震活动性、水库运行、地壳形变和地下流体等监测资料之间的相关性，是揭示水库地震活动规律和诱震机理的重要途径。

### 2.3　水库诱发地震预测方法研究

水库诱发地震预测的主要任务是大坝设计阶段预测蓄水后诱发地震的可能性、可能的最大诱震震级和可能的发震部位，若蓄水后发生地震活动，则推测地震的发展趋势[30]。前者重点是研究当在一个地区新建大型水库工程时，依据库区所处的水文地质条件、断裂分布、区域地震活动现状等地震地质环境，评估潜在的诱发地震活动危险性与可能的最大强度和危险地点；后者重点是研究如何根据已建水库并发生了水库地震活动的库区的观测资料，预测今后的诱发地震活动趋势。概括地说，前者是水库地震危险性评估问题，后者是水库地震预测问题。

目前对水库诱发地震机理的认识还存在着很多局限与不足，水库诱发地震的预测方法也还处在不断探索和验证阶段，目前的研究内容主要集中在两大方面[31]：一是根据某些水库确定的水库地震观测资料，分析不同水库的库容、库深、地理环境、形状、构造、岩性、水文地质、深部环境、应力状态、区域地震活动背景、水库地震序列时空演化及特征等各种参数信息的统计分析，从中获取易于诱震或不易于诱震条件，即称为水库地震的诱震条件判断与类比预测法，如马文涛等[31]使用的灰色聚类方法；二是在经验积累的基础上构建简化的水库地震机理的物理—地质—力学破裂过程描述模型，以某些诱发地震破裂准则或应力屈服准则的约束条件，通过数值模拟计算，对水库地震危险性做出预测，称为水库地震预测的成因模型法。

对现有预测方法系统的分析表明，由于水库诱发地震的复杂性，震例的有限性和不确定性，及水库诱发地震的背景环境呈现出的多样性，加之水库诱发地震的机理难以用实验方法模拟或验证，目前所提出的各种预测方法均具有较大的局限性。从水库诱震机理的角度来进行科学预测是未来发展的方向，胡毓良指出[33]，水库蓄水后如出现地震，应抓紧在前震期时间进行精细的研究,对是否发生强震进行评价。由此可见,加强水库地震监测系统建设和监测数据的分析处理,是进行水库地震活动性趋势预测的重要基础和前提。

### 2.4　水库诱发地震灾害预测

在已发生的水库诱发地震中,虽然震级都不太高,但由于震源深度浅,离大坝结构近,故易造成坝体震害,甚至于导致了滑坡、漫坝顶、泥石流等次生灾害,还存在水患和社会恐慌的隐忧,故从防灾的角度,震害预测与地震预报同等重要。

科学进行水库诱发地震灾害预测,是减轻地震对人类危害的重要举措。基于水库地震危险性分析成果,结合对区域地震地质基础资料的收集和补充调查,研究水库与地震耦合工况下地震地质灾害的分布范围,对重点潜在失稳区进行破坏范围及运动过程模拟,分析滑坡、涌浪及其传播过程,评价地震地质灾害对水库和重点移民集镇的危害。具体包括以下内容。

(1)水库地震地质灾害危险性评价。

水库地震地质灾害主要包括地震触发的滑坡和崩塌。研究水库地震地质灾害空间预测方法,建立地震地质灾害易发性评价模型,结合前期研究成果,对水库地震耦合工况下地质灾害的分布范围进行预测。

(2)近坝库段地震地质灾害评价。

以区域地震地质灾害评价成果为基础,对危害性较大的近坝库段(距坝址 20 km 范围)补充地质调查和试验,采用连续及不连续分析方法,对地震作用下重点岸坡(包括基岩岸坡和堆积体岸坡)的动力稳定性进行评价,模拟其破坏范围和运动过程,以及撞水产生的涌浪范围、高度、传播和衰减过程,评价其对水库和枢纽建筑物的影响。

(3)重点移民集镇地震地质灾害评价。

根据地震地质灾害危险性评价成果,对危害性较大的重点移民集镇进行补充地质调查和试验,采用连续及不连续分析方法,评价潜在滑坡、崩塌的动力稳定性,模拟其破坏范围、运动过程与堆积范围,评估其对移民集镇的影响。对存在涌浪风险的集镇,需进一步评估涌浪的高度与风险。对移民集镇范围的第四系松散堆积物,进行物理力学特性试验,评价其发生液化的可能性及对移民集镇的影响。

科学的地震灾害预测离不开合理的水库地震危险性评价和预测。设立地震监测台网,加强水库蓄水前后的地震活动性监测,及时分析地震活动与库盆岩体结构、水文地质条件、断层破碎带及节理、裂隙的导水性以及水库运行之间的联系,预测水库诱发地震的类型、潜在震源区及可能发生的地震强度,为保障工程正常运行以及库区和周边居民正常生产生活提供决策依据。

## 3　加强水库地震监测和资料分析的意义

水库地震是一种严重的自然灾害,具有引发直接灾害和次生灾害的双重危险,且具有震源浅、周期短、烈度高的特征,对水库安全和大坝稳定构成很大的威胁,会造成强烈的社会反响。近年来,我国高坝建设数量多、规模大、梯级化,集中分布在我国西南地震多发区和高烈度区,水库地震的潜在危险性和地震安全问题日益突出,直接关系到人民生命财产安全和社会公共利益。2013 年 12 月 16 日,在三峡库区巴东县发生的 5.1 级地震再次引发整个社会对水库诱发地震的热议。因此,加强水库地震的监测是我国防震减灾工作的重要内容之一,同时具有以下几方面的科学价值和社会意义:

(1)揭示水库诱发地震的活动规律和探索水库诱震的机理。系统分析库区地震监测数据,对比分析蓄水前后地震活动性变化规律,类比以确认的水库地震震例,揭示水库地震活动规律及特征;基于库区地震监测数据,结合区域的地质构造、地震活动性特征、库盆岩性以及水文地质特点,开展水库地震综合分析,探讨水库地震诱发机理和诱震因素。

(2)为科学辨识水库诱发地震建立识别标准。利用地震监测数据,深入分析地震的震源机理、应力降、震源尺度、拐角频率等震源特征参量,对比区域天然本底地震活动规律和特征与所监测的水库诱发地震活动规律和特征,结合易于诱震的环境条件和诱震机理,建立水库诱发地震的识别标准,对研究区内地震事件做出科学辨识,避免由于破坏性地震的责任鉴定不清或社会舆论给企业带来的不良社会影响和巨大经济损失。

(3)结合近年来特别是汶川地震以来全国地震区划图潜在震源区划分方案、水库地震监测数据等对水库地震的危险性做出科学评价,对水库地震灾害作出合理预测,为指导工程正常运行和灾后科学救灾提供决策依据。

(4)利用大量的基础监测数据和丰富的一手资料,通过系统、深入的研究,提高水库地震的研究水平,为进一步细化和完善《水库地震监测管理办法》和《水库地震监测技术要求》奠定研究基础,并为揭示天然地震的发震机理和开展地震预报提供参考。

## 4　结语和展望

我国的水能资源大力开发面临水库诱发地震的潜在风险和挑战,目前人类对水库诱发地震的认识仍存在很大的局限性,因此加强水库地震监测和相关研究具有以下几方面的重要意义:

(1)我国西南地区水能资源的大力开发迫切需要建设水库地震监测系统,以及监测资料的深入系统研究;

(2)水库地震监测资料的综合分析是揭示水库诱发地震诱震机理、诱震因素的重要途径;

(3)及时、系统和深入的水库地震监测资料分析对于科学预测强震具有重要意义;

(4)水库地震监测及其相关研究是科学辨识水库诱发地震的前提和基础;

(5)水库地震监测资料的分析成果是指导工程正常运行和灾后科学救灾的决策依据。

### 参考文献


[1] 胡毓良. 水库地震研究的新进展(评述)[J]. 地震地质译丛, 1983(3):1-10.

[2] Gupta H K. A review of recent studies of triggered earthquakes by artificial water reservoir with special emphasis on earthquake in Koyna, India[J]. Earth-science reviews, 2002(58): 279-310.

[3] 李愿军, 黄国良. 对水库诱发地震的两点认识[J]. 震灾防御技术,2008, 3(1): 61-71.

[4] 中国科学院地质研究所实验地震研究组. 西南地区现代构造应力场与地震活动性的实验研究[J]. 地质科学,1977(2):159-171.

[5] 程万正. 高烈度区的水库地震问题[J]. 国际地震动态,2013, 412(4):10-18.

[6] 许光, 苏克忠, 常廷改. 对"中国西部的地震灾害与水电大坝"一文的商榷[J]. 震灾防御技术, 2013, 8(2): 189-197.

[7] Gupta H K,Rastogi B K. 水坝与地震[M]. 北京:地震出版社,1980.

[8] Packer D. R. Study of reservoir-induced seismicity: Final Technical Report[R]. Woodward Cltde Consultants, 1979.

[9] Gregory B. Baecher, Ralph L. Keeney. Statistical examination of reservoir-induced seismicity[J]. Bulletin of the Seismological Society of America, April, 1982, 72:553-569.

[10] Robert O. Castle, Malcolm M. Clark, Arthur Grantz. Tectonic state: its significance and characterization in the assessment of seismic effects associated with reservoir impounding[J]. Engineering Geology, 1980, 15 (1-2):53-99.

[11] 魏柏林,薛佳谋. 世界四大水库诱发震例的发震原因[J]. 华南地震,1986,6(1): 103-115.

[12] 肖安予. 水库地震震例及其初步分析[J]. 水文地质及工程地质, 1981(1): 96-99.

[13] Westergard H M, Askins A W. Deformation of earth's surface due to weight of Boulder reservoir[J]. Denver. Colo. Tech. Mem. ,1934(4):22.

[14] Carder D S. Seismic investigations in the Boulder Dam area, 1940-1944, and the influence of reservoir loading on earthquake acriviity[J]. Bull. Seismol. Soc. Am. 1945(35):175-192.

[15] Gough D I, Gough W L. Stress and deflection in the lithosphere near Lake Kariba[J]. Geophys J. ,1970 (21):65-78.

[16] Gough D I, Gough W L. Load-induced earthquakes at Lake Kariba[J]. Geophys J, 1970, 21:79-101.

[17] N. I. Nikolaev. Tectonic conditions favorable for causing earthquakes occurring in connection with reservoir filling[J]. Engineering Geology, Volume 8, Issues 1-2, August 1974, Pages 171-189.

[18] J. P. Rothe. The seismic artificiels (man made earthquakes)[J]. Tectonophysics, 1970, 9: 215-238.

[19] M. Awad, M. Mizoue. Earthquake activity in the Aswan Region, Egypt[J]. PAGEOPH, 1995, 145(1): 69-86.

[20] M. Awad, M. Mizoue. Tomographic inversion for the three-dimensional seismic velocity structure of the Aswan region, Egypt[J]. PAGEOPH, 1995, 145(1):193-207.

[21] 钟羽云, 周昕, 张帆. 水库水位变化与地震活动关系研究[J]. 大地测量与地球动力学, 2013, 33 (2): 35-40.

[22] M. D. Hubbert, W. W. Rubey. Role of fluid pressure in mechanics of over thrust faulting[J]. Bull. Geol. Soc. Am. ,1959,4:115-166.

[23] M. D. Evans. Man made earthquakes in Denver[J]. Geotimes. ,1966,10:11-17.

[24] M. L. Bell, A. Nur. Strength changes due to reservoir-induced pore pressure and stresses and application to Lake Oroville[J]. J. Geophys. Res. , 1978,83:4469-4483.

[25] P. Talwani. Speculation on the causes of continuing seismicity near Koyna Reservior, India[J]. PAGEOPH, 1995, 145(1): 167-174.

[26] P. Talwani. On the nature of reservoir induced seismicity[J]. Pure Appl. Geophys, 1997, 150:473-492.

[27] C. Lomnitz. Earthquakes and reservoir impounding: State of the art[J]. Engineering Geology, Volume 8, Issues 1-2, August 1974, Pages 191-198.

[28] 秦四清,张倬元. 水库诱震机制新理论的探索—断层带弱化与岩体软化效应诱震理论[J]. 工程地质学报,1995,3(1):35-44.

[29] T. H. Kanamori, C. J. Ammon, et al. The great Sumatra and aman earthquake of 26 december 2004[J]. Science, 2005, 308:1127-1133.

[30] 常宝琦. 水库诱发地震的预测[J]. 华南地震,1984, 4(4): 94-106.

[31] 马文涛, 徐锡伟, 于贵华,等. 使用灰色聚类方法评估长江三峡水库湖北不同库段水库诱发地震的震级上限[J]. 地震地质, 2012, 34(4): 726-738.

[32] 秦嘉政,刘丽芳,钱晓东. 水库诱发地震活动特征及其预测方法研究[J]. 地震研究,2009,32(4): 105-113.

[33] 胡毓良. 从新丰江水库诱发地震研究工作得到的启示[J]. 地震地质, 2013, 35(1): 188-190.

# 锦屏一级拱坝施工期工作性态反演仿真分析

张国新[1]　张　磊[1]　陈秋华[3]　段绍辉[2]
潘晓红[3]　张　敬[3]　刘　毅[1]

（1. 中国水利水电科学研究院　北京　100038；2. 雅砻江流域水电开发有限公司
四川　成都　610051；3. 中国水电顾问集团成都勘测设计研究院
有限公司　四川　成都　610072）

**摘要**：锦屏一级拱坝是世界上在建的最高拱坝，达到305 m，特高拱坝的设计和施工面临众多技术难题，如何把握和准确评估特高拱坝施工期真实工作性态，对保障施工质量和大坝的安全运行至关重要。本文从全坝全过程仿真分析方法出发，讨论了特高拱坝真实荷载的模拟、横缝的真实性态模拟、后期发热绝热温升模型、方程组求解的高效并行算法以及全坝全过程仿真分析平台——SapTis，为研究锦屏一级特高拱坝施工期的真实工作性态提供了技术支撑。文中提出以全坝全过程仿真分析方法对锦屏一级拱坝施工期工作性态进行反演仿真分析，以监测资料为依据指导仿真，通过反演仿真的手段分析问题，反映大坝当前工作性态并对今后的性态进行准确预测，最后提出解决方案。主要针对锦屏一级拱坝施工期横缝局部开度过大问题、横缝开度突变问题、灌浆后横缝局部张开问题以及拱坝的施工期倒悬问题进行了细致的分析和研究，对初次蓄水期面临的提前蓄水压缝问题以及大坝蓄水过程的真实工作性态进行全过程跟踪反演仿真分析，事实反映，通过全坝全过程仿真反演分析手段提出的技术措施和控制手段都在施工过程中采用，且应用效果良好，保障了大坝的施工质量和施工、运行安全；同时，这种分析工作方法为300 m级特高拱坝的高质量施工开创了一种新的技术支撑模式。

**关键词**：锦屏　拱坝　工作性态　反演仿真　缝开度　SapTis

## 1　引　言

锦屏一级水电站双曲拱坝最大坝高305 m，是世界上在建的最高拱坝。随着锦屏一级特高拱坝的建成，我国高拱坝建设正在实现从跟随到引领的跨越。300 m级特高拱坝与200 m级拱坝存在着显著的性态差异[1]：首先，300 m级特高拱坝应力水平高，与普通拱坝主要受拉应力控制不同，特高拱坝的拉压应力均达到规范允许应力的临界值，整体安全裕度可能小于普通拱坝；其次，施工期的工作性态与应力会对后期运行状态有较大的影响，使得大坝真实工作性态与初始设计状态出现较大差异；再次，由于特高拱坝底宽较大，混凝土后期温度回升较大，温控防裂的难度加大[2]，其对通水冷却时空间方面的梯度要求高，导致拱坝施工期悬臂高度增加，可能会导致施工期拱坝工作状态的恶化，有些情况下施工期工作性态会出现安全控制工况。

本文以锦屏一级特高拱坝为研究对象，考虑坝址区复杂的地形地质条件以及拱坝施工期的各种边界条件，从大坝浇筑开始并根据拱坝的实际施工进度、环境边界、监测资料、施工质量等各种因素进行仿真分析和反分析,以求真实、可靠地了解拱坝的工作性态,进一步指导施工和保障大坝的安全运行。

## 2　全坝全过程仿真分析方法和软件

全坝全过程仿真分析方法是研究锦屏一级高拱坝真实工作性态的重要方法[3],这一方法的基本特点是三个:一是整坝,是对包括所有横缝、贴角、孔口、闸墩、复杂地质条件在内的整个大坝进行模拟;二是全过程,需要从大坝浇筑第一仓混凝土开始就对大坝施工期、初次蓄水期、运行期的工作性态进行模拟;三是仿真,就是需要从模型、边界条件、施工过程、计算参数等各方面尽可能真地接近真实状态。针对锦屏一级拱坝,主要从以下几个方面来保障施工期工作性态反演仿真的实施。

### 2.1　精细的有限元网格

根据现场实际的开挖、基础处理、结构设计及最新地质资料进行了有限元建模(见图1),模型反映了垫座和大坝的精确体形、细部构造以及各种缝,为适合浇筑过程温度场分析要求,剖分网格时注意了网格的细致程度以及坝体上下游面、地基垫层、贴脚等与水和空气接触部位网格的梯度变化;基础模型反映了复杂的地质构造,包括各种岩石的分区(Ⅱ类、Ⅲ1类、Ⅲ2类、Ⅳ1类、Ⅳ2类、Ⅴ1类)、复杂断层(f2、f18、f5、f8、f42-9、f13、f14、X)、地基的各种处理措施(抗剪洞、灌浆、回填等)。

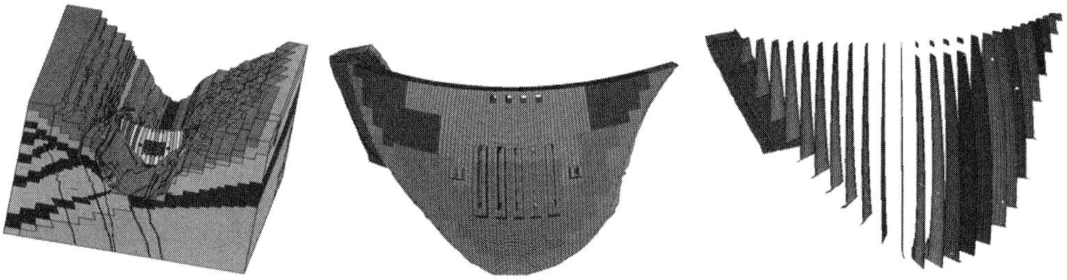

(a) 基础　　(b) 坝体　　(c) 各类缝

图1　锦屏一级拱坝有限元计算网格模型

### 2.2　真实荷载模拟

目前,对大坝变形起主要作用的荷载包括自重、水压以及温度。荷载的模拟采用全过程仿真分析的方法,模拟大坝的施工过程,逐级模拟自重和水压的作用,温度荷载的模拟自混凝土浇筑之日起开始模拟,精确考虑各种环境温度以及混凝土本身的温度变化,考虑温度荷载的全过程,同时根据施工期的监测资料对坝体内部温度过程进行反馈,使荷载的模拟更接近实际情况。

### 2.3　横缝真实性态模拟模型

横缝性态对于拱坝性态有重要影响。在浇筑早期,由于混凝土温升横缝处于压紧状态,横缝能传递压力和剪切作用,抗拉强度较小;冷却过程中,温降收缩,横缝张开,横缝有一定开度;封拱灌浆后,横缝间歇填充,横缝能传递压力和剪切作用,且有一定的抗拉强度。对横缝的真实性态的模拟,创新性地通过对接触面开合迭代算法研究,建立能模拟横缝实际开合过程的混凝土接触面模型。在处理接触面单元的开合迭代时,为了防止接触面嵌入带来的上述问题,引入了接触面模型的状态变量,记录每个迭代步前后接触面的开合状态,认为单元状态不再发生改变时迭代收敛;同时,在每个迭代步中采用预先判断接触面状态,及时增减刚度弹簧、加减力的办法,大大加快了收敛速度,在保障计算结果合理的前提下,减小了计算代价,适用于大规模的数值计算。

此外,通过对零厚度带键槽接触面单元的应力应变关系的推导,建立了能模拟梯形、三角形和球面键槽的接触面模型。建立有限元模型时,要详细模拟纵横缝内的键槽,工作量巨大,同时操作起来比较困难。因此,用接触面等效键槽模型来模拟键槽的力学行为,是非常有效的。如对于图2所示的球形键槽,接触刚度可以用下式描述:

$$[D]' = \begin{bmatrix} \alpha_h^x K_s & 0 & 0 \\ 0 & \alpha_h^y K_s & 0 \\ 0 & 0 & \alpha_n K_n \end{bmatrix} \tag{1}$$

式中:$K_n$、$K_s$ 为法向、切向接触刚度,与如下三种状态有关:

(1)$\delta_n \leqslant 0$, 闭合,$\alpha_h = 1$,$\alpha_n = 1$;

(2)$\delta_n > 0$, $|\delta_h| < R\sin\beta - \sqrt{R^2\sin^2\beta - 2R\delta_n\cos\beta - \delta_n^2}$,张开:$\alpha_h = 0$,$\alpha_n = 0$;

(3)$\delta_n > 0$, $|\delta_h| \geqslant R\sin\beta - \sqrt{R^2\sin^2\beta - 2R\delta_n\cos\beta - \delta_n^2}$, 张开侧滑,侧面接触抗剪:$\alpha_n = \xi\cos\beta$,$\alpha_h = 2.5\xi\sin\beta$。

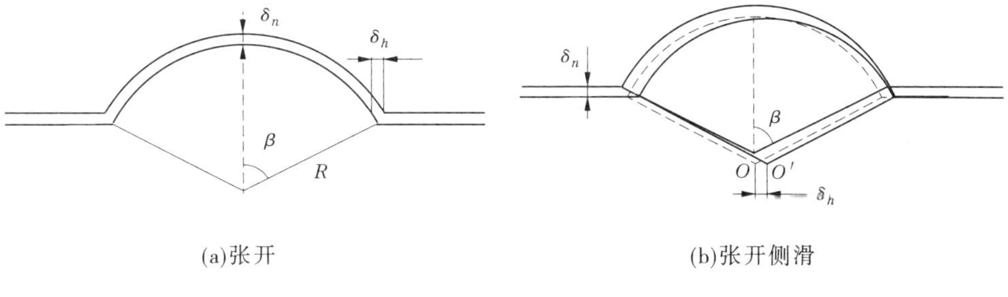


**图2　球形键槽模型示意图**

## 2.4　后期发热绝热温升模型

近几年,高拱坝通水冷却降温后,温度又出现大幅度回升,有的甚至在龄期半年到一年后温度仍有回升。为此,我们在常规公式[6]的基础上提出了组合函数模型,如公式(2)所示,可以更灵活、更精确地模拟混凝土实际水化热过程,以便对其温度场和温度应力进行全过程计算分析。

$$\left.\begin{aligned} Q(\tau) &= Q_1(1 - e^{-\alpha_1\tau^{\beta_1}}) + Q_2(1 - e^{-\alpha_2\tau^{\beta_2}}) \\ Q(\tau) &= Q_1\tau^{\beta_1}/(\alpha_1 + \tau^{\beta_1}) + Q_2\tau^{\beta_2}/(\alpha_2 + \tau^{\beta_2}) \\ Q(\tau) &= Q_1(1 - e^{-\alpha_1\tau^{\beta_1}}) + Q_2\tau^{\beta_2}/(\alpha_2 + \tau^{\beta_2}) \end{aligned}\right\} \tag{2}$$

## 2.5　方程组求解高效并行算法

考虑到全坝全过程仿真计算量巨大,研发了高效的并行求解算法;考虑软件的灵活性和可扩展性,分别基于OMP和MPI平台研发了方程组并行求解器。采用基于不完全LU分解的稀疏直接解法并行算法和高效的Krylov子空间迭代法配合预条件技术等多种方法实现超大规模海量计算的线性代数方程组的高效求解。

### 2.6 全坝全过程仿真分析平台—SapTis

SapTis[4,5]是具有20多年开发和应用历史的大型结构多场仿真与非线性分析软件，已具备混凝土坝的浇筑、洞室开挖、温度、渗流、变形、应力等多场仿真、结构非线性分析等各种功能，能够用于模拟混凝土坝从基础开挖、浇筑、蓄水直至长期运行全过程的温度应力、渗流、应力和变形、安全度等仿真分析，该软件能够全过程考虑复杂混凝土结构中施工过程、温度边界条件、混凝土水化热、通水冷却过程、弹性模量变化过程、徐变度等，通过实时仿真，把握混凝土结构的温度、变形、应力的时空分布和工程结构的真实工作性态，目前为止已在三峡、二滩、龙滩、小湾、溪洛渡、锦屏、丹江口等几十个工程中得到应用，取得良好效果。SapTis软件平台是锦屏一级拱坝施工期工作性态反演仿真分析的核心计算平台。

## 3 基础和大坝变形模量反演

材料的热、力学参数是仿真分析的基础，施工早期监测数据缺乏，一般根据设计参数以及现场和试验室的试验参数来尽可能地反映大坝和基础的真实热、力学性能，随着监测资料的积累，要根据现场实际温度、变形等监测数据，通过全过程仿真计算，对大坝和地基的物理力学参数进行反演和反馈分析，率定分析模型输入参数，确保温度场和应力场计算结果能真实反映工程的实际情况。

对于锦屏一级拱坝，首先进行温度场的反馈，通过调整温度计算参数和条件，使得计算温度过程同实测温度过程吻合，之后利用反馈得到的温度场，并基于坝体变形监测资料，进一步对坝体和基岩的材料参数进行了反馈分析。在反馈分析中，考虑到密度、泊松比以及线膨胀系数等参数以及其他热学参数的变化较小，因此其值根据设计值或试验值选取，并假定其数值是固定不变的，只改变坝体和地基模型的变模取值。反馈分析[10,11]基本思路是通过不断调整有限元模型中坝体混凝土各个分区以及地基不同类型岩石的变模取值，使得有限元模型计算的坝体位移尽可能地接近坝体实测位移。当计算结果与实测变形均方差取极小值时，所取的模型模量数值即认为是坝体混凝土和基岩比较符合实际的弹性及变形模量值。

锦屏一级拱坝地质条件复杂，基础表层以Ⅲ2和Ⅳ1类岩体为主，内部以Ⅲ1和Ⅱ类岩体为主，深部以Ⅲ1类岩体为主。根据垂线监测成果和廊道沉降监测成果，从地勘资料来看，对于表层岩体实测资料较充分，深部岩体由于技术条件、地勘资料反映不够，因此基础变形模量反演时对于表层以Ⅲ2和Ⅳ1类岩体采用实际试验值，对于内部Ⅲ1和Ⅱ类岩体的变模进行反演，对于深层岩体(1 400 m以下)的岩体变形模量通过地应力和变形模量的经验关系确定，在这里不再进行反演。此外，根据监测资料中坝体廊道沉降观测值的规律，对坝基局部区域细分，进行变模反演。坝体和垫座的弹性模量在设计弹性模量的基础上进行反演。由于大坝及基础材料参数较多，必须进行反复试算才能接近大坝及基础材料的修正目标，因此采用正交试验法进行反演样本的确定，再结合监测资料同大坝和基础变模的影响，最终确定各反演计算工况。基于垂直变位和水平变位的反演思路如下：

(1)垂直变位。

垂直变位和坝体、基础变模参数关系密切，不同部位测点垂直变位可以分别反映坝体和基础的变形特点。低高程廊道由于比较靠近坝基，因此其垂直变位数据大部分反映了基岩变形的影响，以此段变位为反馈目标，可以进行基础下部Ⅲ2级岩体、Ⅱ类岩、软弱结构面等材料的竖向变模反馈修正；上部高程其他廊道等相邻高程的廊道竖向变位差值，受基础变模影响较小,基本上可以反映该高程区段大坝混凝土变模的影响,以各段廊道变位差值为反馈目标,初步估计坝体变形模量量值;同样根据多点位移计的变位差,可以预估基础变形模量量值;再综合垂线资料和廊道水准等监测资料,进行大坝混凝土和基础模量反馈修正。

(2)径向变位。

坝体径向变位同样受坝体、基础变模参数影响。以坝体径向变位为反馈目标,在根据相邻高程廊道变位差粗估坝体变模的基础上可以进行大坝混凝土变模反馈修正。

监测资料反映,随着坝体浇筑高程的增加,受倒悬影响,坝体逐渐向上游位移;随着蓄水至 1 710 m 高程、1 760 m 高程、1 800 m 高程和 1 840 m 高程,坝体逐渐向下游变形,中低高程位移大于中高高程部位,目前最大径向变位 27 mm 左右;廊道水准监测资料反映大坝整体呈下沉状态,中间坝段下沉量较大,两边下沉量较小,基本对称分布,两边局部坝段稍有抬升的垂直位移变化趋势。图 3 和图 4 分别是初期蓄水阶段大坝径向位移和廊道垂直位移监测曲线图。

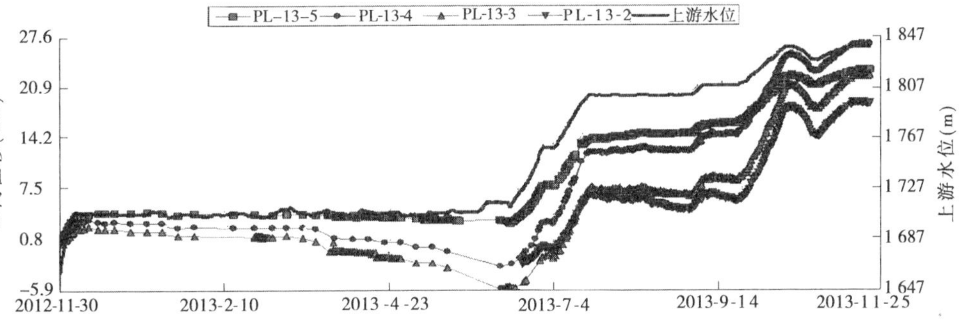


图 3　13#坝段垂线径向位移实测过程线

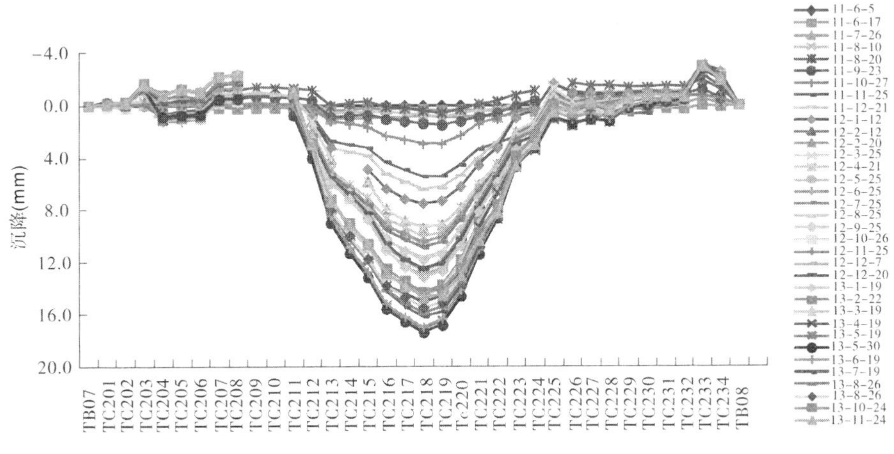


图 4　大坝 1 664 m 高程廊道垂直位移分布图

图 5 是典型仓反馈温度同实测温度对比曲线,通过调整温度计算参数和条件,使得计算温度过程同实测温度过程吻合,以此为基础,根据监测资料反映的大坝变形性态,通过全过程仿真分析手段对大坝和基础弹性模量进行了反演。图 6 是 17#坝段某时段 1 778 m 高程廊道和 13#坝段 1 601 m 高程廊道沉降历时曲线对比,图 7 是典型坝段典型部位的垂线径向位移同计算值对比曲线,可见计算和实测过程比较吻合,反演得到的变形模量能反映大坝的

真实性态。

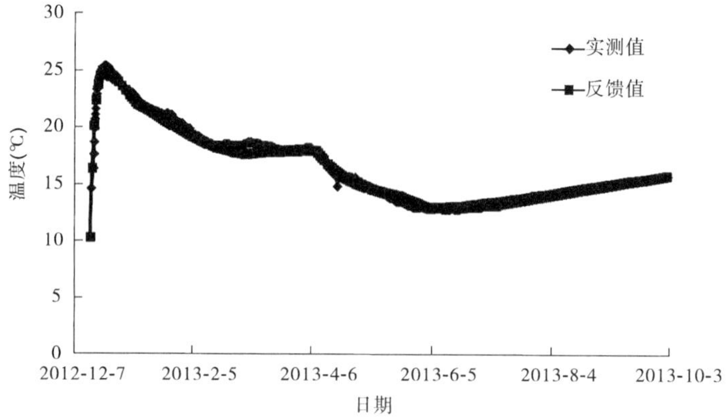


图5　典型仓温度过程反馈曲线

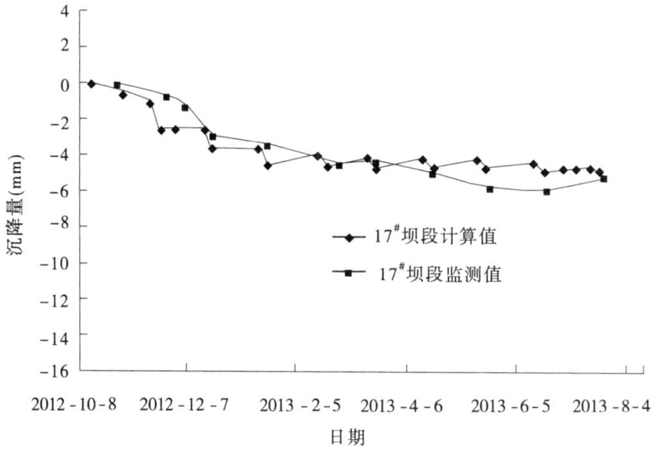


(a)17#坝段1 778 m廊道

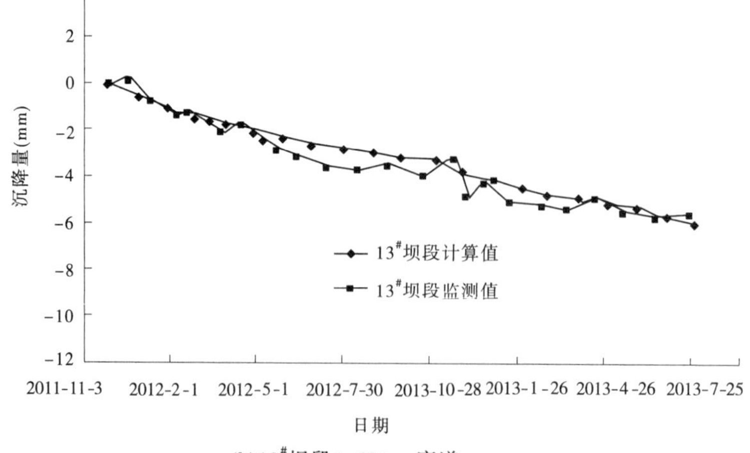


(b)13#坝段1 601 m廊道

图6　不同坝段廊道水准相对沉降量历时对比图

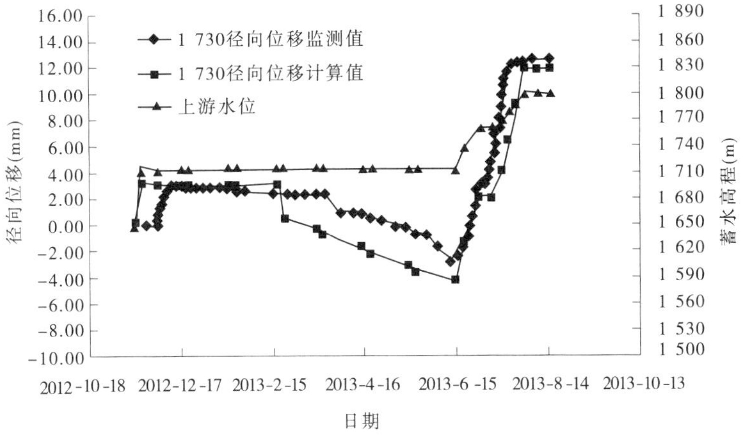


(a)1 730 m高程

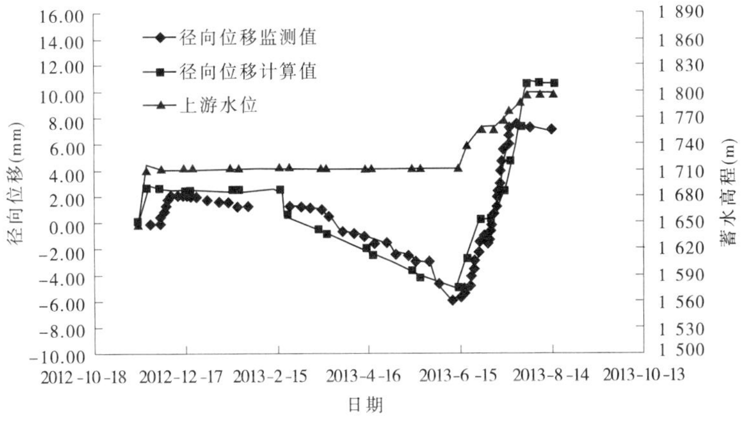


(b)1 601 m廊道

**图7　蓄水过程13#坝段监测和计算值对比曲线(垂线径向位移)**

## 4　施工期横缝工作性态分析

### 4.1　施工期横缝开度监测资料分析

锦屏一级拱坝施工期的监测资料表明,大部分横缝的开度过程与温度相关性很好,早期混凝土升温,横缝处于压紧状态,随着通水冷却坝体内部混凝土温度降低,横缝开度逐渐增大,至灌浆前横缝开度达到最大,横缝开度最大值一般小于3 mm,符合一般规律,灌浆后横缝开度基本保持不变。但有些坝段的横缝开度值较大,且存在明显突变,突变时间与接缝灌浆时间接近,有的部位最大横缝开度超过8 mm,不符合横缝开度的一般规律。图8是异常缝开度监测数据图。

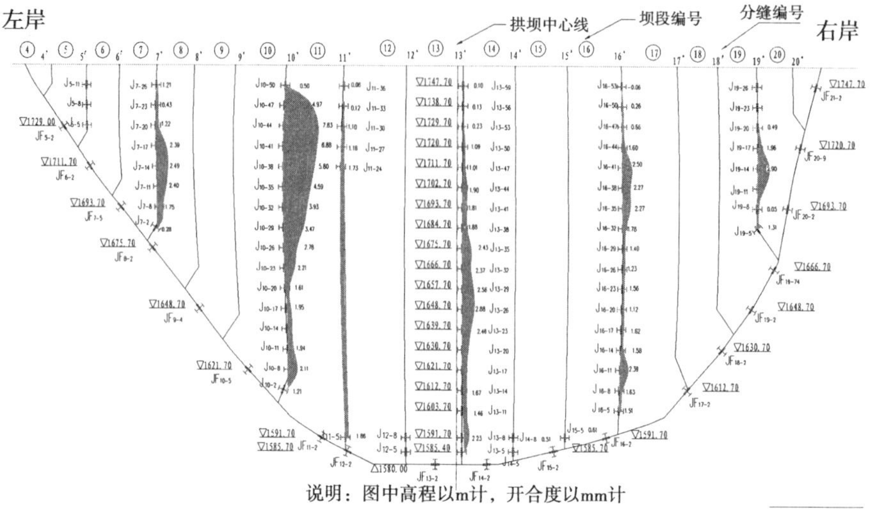


(a)横缝开度示意图

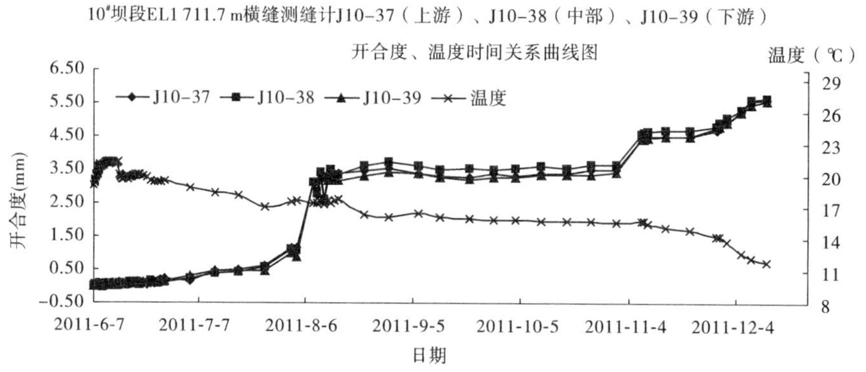


(b)典型横缝开度过程线

**图 8　实测横缝开度**

此外，测缝计显示，施工期拱坝下部已灌区域横缝出现不同程度的张开现象（见图 9），封拱后至 2012 年 6 月 20 日，10#横缝在 EL1 620 m ~ EL1 680 m 张开度较大，张开度达到 0.4 ~ 0.9 mm；在其余高程张开度较小，张开度在 0.1 mm 左右。13#横缝在 EL1 620 m 以上张开度均较小，张开度小于 0.2 mm；在 EL1 620 m 以下张开度较大，在 EL1 585.7 m 上游张开度达到 2.42 mm，且存在张开度的突变。16#横缝大部分高程张开度小于 0.15 mm，个别高程张开度较大，达到 0.31 mm。因此，对这些横缝开度异常现象要分析其产生的原因，分析其危害性，并进一步采取相应的控制措施。

## 4.2　施工期横缝开度局部过大问题分析

针对施工期横缝开度局部过大问题，通过全过程反演仿真分析的方法，在对实际温度场和主要力学参数反演的基础上，按照大坝实际浇筑过程、温控过程、封拱灌浆过程进行了模拟，计算参数考虑了混凝土弹性模量随时间变化、混凝土徐变、混凝土自生体积变形等因素，分别分析了自重、温度、自生体积变形等因素以及各种因素综合作用下对横缝开度的影响。此外，通过对监测资料的分析，发现开度突变发生的时间与横缝灌浆时间吻合，且发生突变

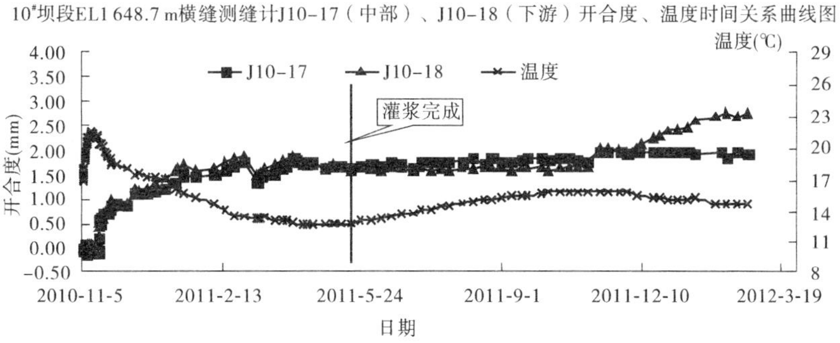


图9　灌浆后张开的横缝开度过程线

的横缝位置均位于灌浆区以上，高程越高，影响幅度越大，根据时间吻合推测横缝开度突变与横缝灌浆有关。因此，针对灌浆压力大小、灌浆的方式等做了相应的仿真模拟，分析灌浆因素对横缝开度的影响。

仿真计算结果表明[7]，自重作用对平均缝开度的影响为0.2 mm左右；自生体积变形作用下，设计参数条件下横缝开度为0.18～0.53 mm，平均值为0.39 mm；温度和自生体积变形条件下，横缝开度平均值为1.93 mm，最大值为2.9 mm。在自重、温度、混凝土自生体积变形等因素综合作用下，计算所得横缝开度的变化规律与监测值相同，早期混凝土升温膨胀，横缝处于压紧状态，随着坝体温度的降低，横缝逐渐张开，在温度最低时达到最大值。在横缝开度有突变的位置，计算值与监测值差别较大，计算值与去除突变后的监测值比较接近。因此，为了分析灌浆的影响，分别针对有无通水平压、灌浆压力大小、压力施加高度等做了敏感性分析。如图10、图11所示，仿真计算结果表明：有通水平压时，灌浆压力对横缝开度影响很小，且影响范围仅限于灌浆高程附近，对灌浆区横缝开度的影响小于0.3 mm；无通水平压时，灌浆压力影响上部的横缝开度，且随着高度的增加呈增大趋势，9 m灌区0.5 MPa压力时上部达到1.39 mm，施压区越大，横缝开度越大，18 m灌区0.5 MPa压力时最大值为5.98 mm。综合监测资料和仿真分析结果可见，灌浆方式是影响横缝开度的主要原因，在实际施工过程中，应严格按照相关要求进行灌浆操作。

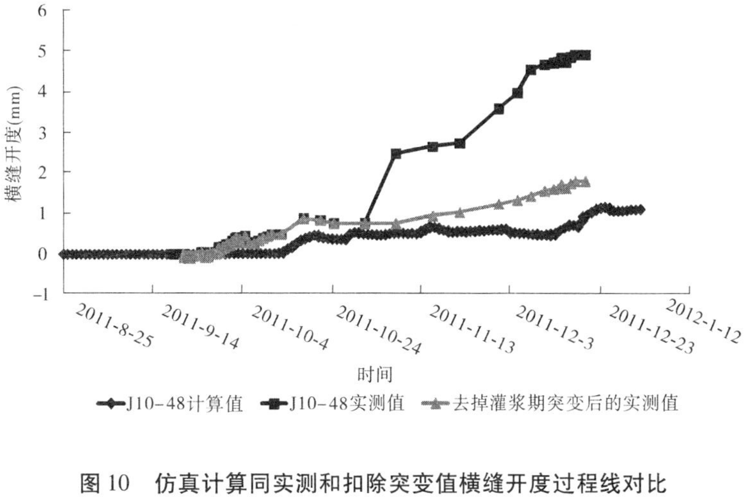


图10　仿真计算同实测和扣除突变值横缝开度过程线对比

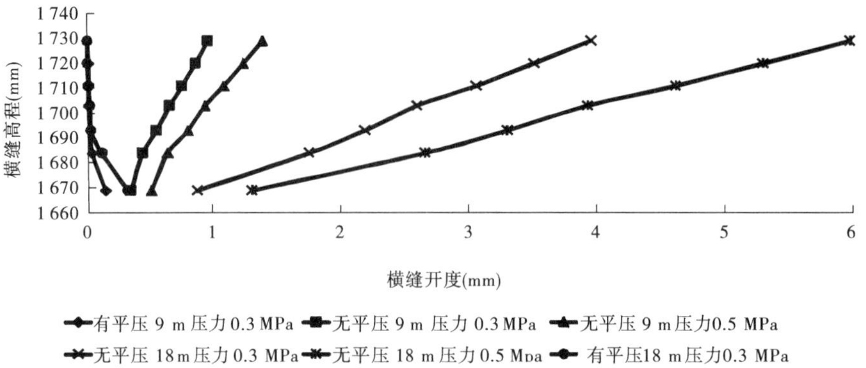


**图 11　灌浆对横缝开度影响曲线**

## 4.3　施工期横缝灌浆后局部张开问题分析

针对灌浆后横缝张开问题，同样是通过全过程反演仿真分析的方法，在对监测资料分析的基础上以及对实际温度场和主要力学参数反演的基础上，按照大坝实际浇筑过程和封拱过程进行仿真分析，重点研究封拱灌浆后横缝增开的原因，从自重、温度等各方面可能影响因素进行定量分析，分析结果表明[8]：

（1）以 10#、13#、16#横缝为研究对象，考虑自重和温度综合作用，截至 2012 年 6 月 20 日，计算所得封拱后横缝增开度平均值为 0.26 mm，监测值为 0.19 mm，计算值和监测值略有差异，但两者之间的规律基本一致，河床坝段的 13#横缝增开度（见图 12）为上游大于下游，边坡坝段的 10#、16#横缝增开度为下游大于上游。单独考虑自重作用，横缝增开度平均值为 0.2 mm，单独考虑温度作用，横缝增开度平均值为 0.06 mm，封拱后横缝张开自重起主要作用。

（2）对于灌浆后横缝增开度有突变的位置，通过对监测资料的分析表明，上部灌区在突变时刻有接缝灌浆前的压水作业，受其影响，下部已灌横缝开度有突变现象。

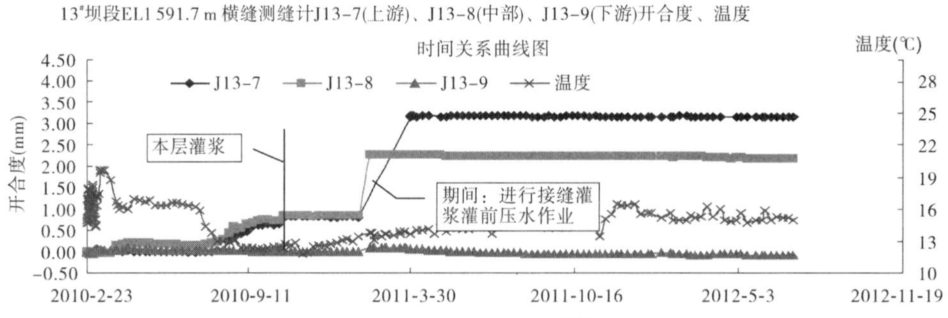


**图 12　13#坝段横缝开度过程线**

## 4.4　横缝开度过大和增开问题影响分析

施工过程中横缝开度过大，且在灌浆后还有发展的趋势，为此需研究横缝开度过大对坝体受力的影响。

在封拱灌浆前，封拱高程以上部位是各坝段单独承担荷载，设计时就按照这一工况考虑，并核算悬臂高度，横缝开度过大对此时的应力不会造成影响。封拱灌浆时，横缝开度大有利于灌浆浆液的进入。只要精心设计、精心施工，确保灌浆质量，保证灌浆密实，灌浆浆液硬化后与混凝土本体弹性模量基本相当,灌浆后坝体将成为一个完整的整体,不影响坝体受力。封拱灌浆后,上部自重和灌浆等多种因素作用下,已灌浆横缝开度继续发展,如造成已灌浆横缝拉开,则会产生不利影响。本节通过全过程仿真分析的手段,模拟横缝实际开度以及灌浆后张开的状态,从施工期仿真计算到大坝蓄水,计算结果表明:大坝蓄水后,水压作用下,横缝需先闭合才能拱向承担水推力,顺河向位移和坝踵拉应力均会增加。根据监测资料反映的横缝张开情况,蓄水到1 880 m后,顺河向位移增长幅度为3.07%;坝体应力分布规律保持不变,坝踵拉应力极值增加约5%,大拉应力范围增加0.2 m。

因此,在施工过程中应严格按照灌浆技术要求进行操作,尤其是做到某一高程横缝进行灌浆时,同一高程相邻未灌浆横缝应进行通水平压[13]。同时,为了减小自重对横缝张开的影响,应及时采取上游充水等措施。

## 5　施工期大坝整体倒悬与控制

倒悬是双曲拱坝的主要特征之一,施工过程中,倒悬对坝体的应力、变形是有一定影响的,控制不好会带来与设计正常荷载相反的应力状态,以致对坝体结构产生不利影响。锦屏一级拱坝坝高超过300 m,施工期面临的倒悬问题更突出,尤其是上游面的倒悬,控制不好容易在下游面出现较大拉应力,甚至出现裂缝,见图13。此外,倒悬作用带来的向上游的变形可能会带来局部区域横缝的拉开,因此需要研究锦屏一级拱坝施工期的倒悬问题,并提出相应的措施。

为了研究倒悬状态大坝的工作性态,按照现有规范要求,采用全过程仿真分析方法,建立大坝整体模型,考虑自重、水压和温度荷载影响,并运用有限元等效应力方法对施工期可能出现的各种倒悬工况进行计算,按照相应的应力控制标准进行评估。主要研究空库状态下以及各种充水条件下大坝不同时期的应力状态。

仿真计算结果表明:锦屏一级拱坝在空库自重作用下,在下游面建基面附近会产生一定范围的拉应力,由于坝体倒悬有向河床倾斜的趋势以及有向上游倾斜的趋势,下游的第一主应力要大于上游,主拉应力方向为与建基面成锐角,说明第一主应力由沿陡坡建基面的高剪应力和整体倒悬引起的下游拉应力联合作用产生。该部位较大的拉应力可能导致建基面脱开,或者在附近部位产生裂缝,需要予以关注。如图14所示,以2012年5月的空库状态为例,等效后上游面拉应力1.1 MPa,不超标,但下游面拉应力达2.1 MPa,超标面积约20 $m^2$,深度约12 m。考虑上游充水方案后,以上游充水到1 660 m高程为例,下游面最大拉应力减小到1.8 MPa,此外上游充水压缝作用很小,可以忽略。因此,适当蓄水对减小下游面建基面附近的拉应力有利。

因此,为减少大坝整体倒悬的不利影响,应避免高坝空库状态。可以采取选择适当时机上游面充水,考虑到河水温低于气温,充水时机应避开低温季节。锦屏一级拱坝施工过程中采取了夏季上游适当充水的方案,保障了大坝施工质量和施工期安全。

## 6　初次蓄水阶段大坝工作性态研究

锦屏一级水电站自2012年11月导流洞下闸开始蓄水,计划2014年9月蓄水到正常蓄水位1 880 m,根据工程施工进度安排,蓄水早期大坝浇筑仍在继续,接缝灌浆也没有完成,尤其是2013年10月导流底孔下闸后,水库从1 800 m水位蓄水至1 840 m高水位时,大坝

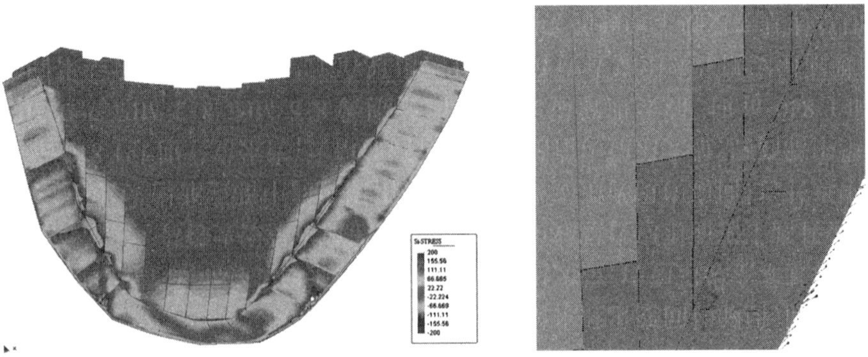

图 13　倒悬作用产生的下游面拉应力云图及其矢量图

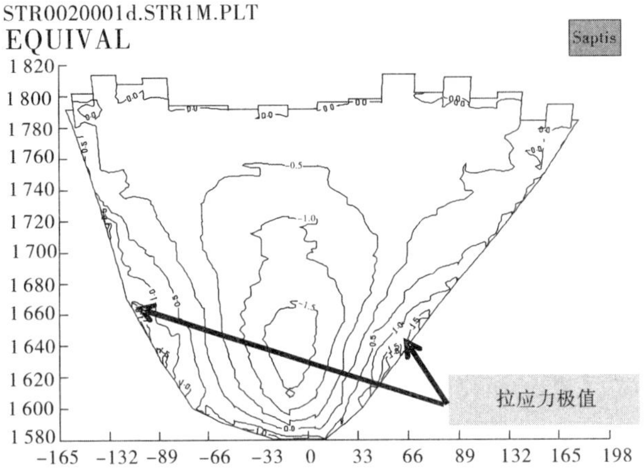


(a)空库状态

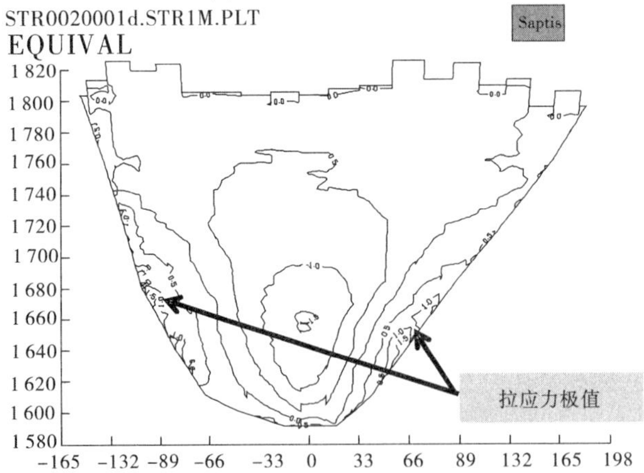


(b)上游充水至1 660 m高程

图 14　下游面等效应力

接缝灌浆高程为 1 859 m 左右,大坝还有 26 m 未进行接缝灌浆,为使大坝上部拱圈灌浆能尽量避免高水位压缝对横缝灌浆带来的不利影响,需根据水库水位情况及工程进度安排,研究横缝封拱灌浆的最佳时机。

在初期蓄水阶段大坝未完建,各项设计参数可能会随加载历史和加载路径而变化,大坝自身强度与周围实际边界的相容性与设计预想规律不完全一致;且根据大坝事故统计资料表明,几乎有60%左右的大坝事故是发生在初期蓄水或初期运行阶段。因此,初期蓄水过程中根据各个阶段的监测资料,对大坝的工作性态进行跟踪反演仿真分析,及时掌握大坝的当前运行安全状态,并对下一步安全状态进行预测,为制定安全运行监控标准和水库调度运行方式提供决策依据。

### 6.1　初期蓄水压缝问题分析

初期蓄水时上部高程封拱灌浆尚未完成,水压会对上部不同高程未灌浆横缝产生压缝效应。仿真模拟蓄水过程,参考实际的横缝监测值,预测蓄水和封拱方案对大坝灌浆的影响。

仿真计算结果表明[9],同一位置的总体横缝开度,随水位的上升呈逐步压紧状态,蓄水水位越高,压缝越厉害。拱冠梁附近下游侧缝开度在水位较低的情况下略呈张开趋势。靠近河床部位的横缝开度变化规律为:同一高程上游侧压缝最厉害,上游侧到下游侧压缝值逐步减小。靠近两岸部位的横缝开度变化规律为:同一高程下游侧压缝最厉害,上游侧到下游侧压缝值逐步增大。

根据现有的施工进度和蓄水进度,水位在1 800 m高程以下时,总体压缝值不大,平均压缝值都小于1 mm;水位由1 800 m升高到1 840 m高程时,平均压缝值可达1.35 mm,按照通过监测资料统计的当前平均缝开度1.83 mm计算,剩余平均缝开度0.48 mm。水位达到1 840 m高程时,小范围横缝部位压缝较大,超过2 mm,主要集中在1 859 m高程以上部位,因此初次蓄水到1 840 m高程时,可能会对这些部位的封拱灌浆产生影响。

若考虑一直到2012年2月底降低水位至1 800 m后,再在3~5月进行封拱灌浆,总体压缝值同蓄水到1 840 m高程时有较大幅度改善,同第一次蓄水到1 800 m高程时压缝情况接近,最大压缝值普遍小于1 mm。因此,可以考虑水位降下来后,根据实际监测的缝开度情况择机封拱。目前,工程中也是借鉴了本研究方案成果。

### 6.2　大坝当前工作性态分析

有限元计算结果表明,蓄水过程中,随着水位的升高,坝体顺河向变位呈向下游增加趋势;同时随着水头增加,变位增量相应变大,大坝低高程增量较小,高程越高即坝体中上部点,随水位增加变位增量越明显;左右岸变形基本对称,由于考虑了坝体的分步浇筑过程,同时浇筑过程中按照正常蓄水时间施加水压荷载,因此坝体变形等值线有阶梯状分布。切向变形上,坝体左右岸分别指向相应岸边方向,左右岸变形基本对称。其他时间点整体变形规律与此水位相同,但随时间变化和水位升降,变形值有所差别。

垂向应力基本全为压应力,最大压应力值出现在河床坝段底部,压应力自下而上逐渐减少,且随水位升高上游面压应力呈减少趋势,下游面压应力呈增大趋势。上游面除建基面局部应力集中点外,拱向应力均为压应力,应力大小由周边向中部逐渐增大,压应力最大值出现在拱冠梁中部高程,最大压应力值随着水位升高而增大;当水位分别为1 810 m、1 820 m、1 830 m和1 840 m时,最大坝踵应力(梁向)分别为8.5 MPa、8.2 MPa、7.9 MPa和7.2 MPa,当前坝踵压实测最大压应力为6.66 MPa,出现在12#坝段,仿真计算结果同实测略有差别[12],但总体基本反映了坝踵的实际应力规律。

大坝总体变形和应力规律如表1和图15所示,总体位移量值与监测值比较吻合,坝体应力符合一般规律,除个别应力集中点超出拉应力较大外,拉压应力均小于混凝土拉压强度。拱坝坝踵垂直应力分布见图16。综上所述,反演跟踪计算分析结果表明,拱坝当前工作性态总体正常。

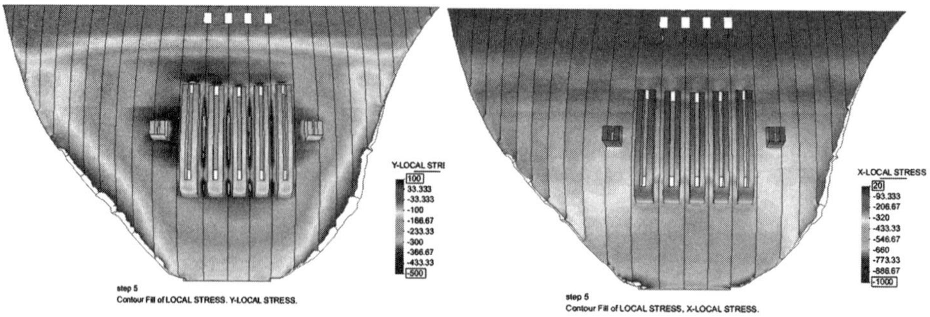


(a)拱向　　　　(b)梁向

图 15　大坝当前应力计算值云图(1 839 m 水位)

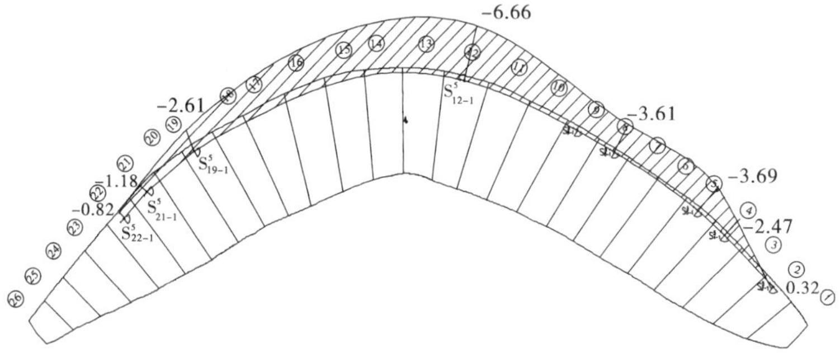


图 16　拱坝坝踵垂直应力分布示意图(2013 年 11 月 20 日)

表 1　计算变形值同监测值对比

| 高程(m) | 监测仪器 | 水位 1 800 ~ 1 839 m 径向变形增量(mm) | | 当前径向变形(mm) 截至 2012 年 11 月 20 日 | |
|---|---|---|---|---|---|
| | | 计算值 | 监测值 | 计算值 | 监测值 |
| 1 778 | PL9 - 3 | 12.03 | 9.40 | 19.97 | 17.25 |
| 1 730 | PL9 - 4 | 7.23 | 6.38 | 15.76 | 15.96 |
| 1 664 | PL9 - 5 | 1.41 | 2.34 | 5.31 | 7.99 |
| 1 778 | PL11 - 3 | 15.99 | 13.94 | 27.42 | 25.16 |
| 1 730 | PL11 - 4 | 11.88 | 11.43 | 25.30 | 28.47 |
| 1 664 | PL11 - 5 | 4.84 | 6.13 | 14.50 | 19.06 |
| 1 778 | PL13 - 3 | 16.65 | 14.08 | 29.24 | 22.43 |
| 1 730 | PL13 - 4 | 13.73 | 12.16 | 28.63 | 26.53 |
| 1 664 | PL13 - 5 | 7.64 | 7.42 | 19.18 | 23.22 |
| 1 778 | PL16 - 3 | 11.35 | 9.95 | 22.09 | 19.68 |
| 1 730 | PL16 - 4 | 9.72 | 9.05 | 22.95 | 24.01 |
| 1 664 | PL16 - 5 | 5.23 | 6.13 | 16.20 | 22.01 |
| 1 778 | PL19 - 3 | 4.36 | 5.39 | 9.69 | 10.62 |
| 1 730 | PL19 - 4 | 2.77 | 4.50 | 9.25 | 12.75 |
| 1 664 | PL19 - 5 | 0.93 | 2.42 | 5.89 | 8.93 |

## 7 结　论

本文对全坝全过程仿真分析方法关键技术进行了讨论，从真实荷载的模拟、横缝的真实性态模拟、后期发热绝热温升模型、方程组求解的高效并行算法等方面介绍了全坝全过程仿真分析平台——SapTis。以 Saptis 为基本工具，采用仿真分析的手段，对锦屏一级特高拱坝施工期的真实工作性态进行了反演仿真分析。①根据实测竖直和径向位移对基础及坝体混凝土力学参数进行了反演分析，进而对大坝的整体进行了全过程仿真模拟；②对施工期横缝局部开度过大问题、横缝开度突变问题以及灌浆后横缝局部张开问题进行了模拟分析，研究了这些问题出现的原因、影响及改进措施；③对拱坝的施工期整体倒悬及其引起的拉应力超标和可能的裂缝问题进行了细致的分析和研究，提出了提前充水减小倒悬的建议措施；④研究了初次蓄水压缝问题，提出了避免影响上部封拱灌浆质量的水位调度方案；⑤对大坝蓄水过程的真实工作性态进行了全过程跟踪反演仿真分析，以监测资料为依据指导仿真，对今后的性态进行准确预测，提出了保证大坝安全的建议方案。

全过程跟踪反演与仿真分析研究及其应用结果表明，仿真反演分析手段可以把握大坝施工及蓄水期全过程的真实工作性态，为施工及初次蓄水期的大坝安全提供保障，提出的技术措施和控制手段已在施工过程中采用，取得良好效果，保障了大坝的施工质量和施工、运行安全，同时为 300 m 级特高拱坝的高质量施工开创了一种新的技术支撑模式。

大坝施工期及初次蓄水期的工作性态包含的内容很多，限于篇幅本文只介绍了上述几个方面，还有如温度回升、坝踵应力、上倾变形、时效变形、初期渗流场影响等都已做过初步研究，将在后续论文中陆续介绍。

**参考文献**

[1] 张国新，朱伯芳，金峰. 高拱坝真实工作形态研究及工程应用成果汇总报告[R]. 北京：中国水利水电科学研究院，清华大学等. 2013，2.

[2] 张国新，刘有志，刘毅，等. 特高拱坝施工期温控防裂问题的探讨[J]. 水力发电学报，2010，29(5)：125-131.

[3] 张国新，刘毅，朱伯芳，等. 高拱坝真实工作性态仿真的理论与方法[J]. 大坝技术及长效性能研究进展，2008：24-29.

[4] 张国新. SapTis：结构多场仿真与非线性分析软件说明书，2008.

[5] 张国新. SapTis：结构多场仿真与非线性分析软件开发及应用(之一)[J]. 水利水电技术，2013，44(1)：31-35.

[6] 朱伯芳. 混凝土坝理论与技术新进展[M]. 北京：中国水利水电出版社，2009.

[7] 雅砻江锦屏一级水电站大坝 10# 横缝开度分析专题研究报告[R]. 北京：中国水利水电科学研究院，2012，2.

[8] 雅砻江锦屏一级水电站大坝横缝灌浆后张开原因及影响分析研究报告[R]. 北京：中国水利水电科学研究院，2012，8.

[9] 锦屏一级水电站大坝蓄水过程控制与封拱时机选择研究[R]. 北京：中国水利水电科学研究院，2013，5.

[10] 锦屏一级水电站施工期及初期蓄水大坝结构应力变形与安全性评价(阶段报告二)[R]. 北京：中国水利水电科学研究院，2013，4.

[11] 锦屏一级水电站施工期及初期蓄水大坝结构应力变形与安全性评价(阶段报告三)[R]. 北京：中国

水利水电科学研究院,2013,8.

[12] 张国新,周秋景.高拱坝坝踵应力实测与弹性计算结果差异原因分析[J]. 水利学报,2013,44(6):640-647.

[13] 四川省雅砻江锦屏一级水电站拱坝接缝灌浆施工技术要求[S].中国水电顾问集团成都勘测设计研究院,2009,9.

# 锦屏一级高拱坝温控防裂研究与实践

刘毅[1]　张国新[1]　段绍辉[2]　周钟[3]

(1. 中国水利水电科学研究院 流域水循环模拟与调控国家重点实验室　北京　100038;
2. 雅砻江流域水电开发有限公司　四川　成都　610051;
3. 中国水电顾问集团成都勘测设计研究院有限公司　四川　成都　610072)

**摘要**:特高拱坝温控防裂是当前坝工技术领域的难点和热点。锦屏一级拱坝是世界最高拱坝,在雅砻江公司和成勘院的大力支持下,中国水科院的研究团队开展了大量的研究工作,总结类似工程的经验,提出了"九三一"温控模式,"九"是"九字方针",是指"早保护、小温差、慢冷却";"三"是"三期冷却",是指"一期、中期、二期"冷却;"一"是"一个监控",是指"智能监控"。现场建设和设计单位将这一理念与锦屏工程自身特点相结合,提出了完整细化操作性强的温控技术标准、配套措施和评价体系,保障了锦屏一级大坝混凝土温控施工质量。截至2012年12月底,浇筑混凝土414.36万$m^3$,已经浇筑的混凝土没有出现温度裂缝。

**关键词**:高拱坝　温控防裂　4.5 m层厚浇筑

## 1　引　言

锦屏一级水电站属一等大(1)型工程,永久性建筑物为1级建筑物[1]。其挡水建筑物采用混凝土双曲拱坝,坝顶高程1 885 m,建基面高程1 580 m,最大坝高305 m,是世界上在建的最高拱坝。拱冠梁顶厚16 m,拱冠梁底厚63 m,最大中心角93.12°,顶拱中心线弧长552.23 m,厚高比0.207,弧高比1.811。大坝设置25条横缝,将大坝分为26个坝段,横缝间距在20~25 m,平均坝段宽度为22.6 m,施工期不设纵缝,通仓浇筑,大坝最大浇筑块尺寸约30 m×65 m,最大浇筑仓面面积超过2 000 $m^2$。

对于锦屏一级这样的特高拱坝来说,由于承受巨大的水推力,应力水平高,对坝体的整体性要求高,对防裂有更高的要求。由于体型、材料、施工等因素的影响,锦屏一级特高拱坝温控呈现出三个重要特点[2-5]:一是特高拱坝坝体较厚,施工时采用通仓浇筑,坝块长、基础约束和上下浇筑层相互约束强;二是由于混凝土大多高掺粉煤灰,混凝土发热较慢,早期最高温度控制相对较为容易,而后期发热量大导致二期冷却温降幅度增大;三是由于特高拱坝一般要求低温封拱,需要采用低温水冷的方式将坝体温度在短期内降至封拱温度,降温幅度大,且由于施工能力的提高,施工进度相对较快,在提前蓄水发电尽快发挥经济效益的迫切要求下,冷却速度加快。这三个新特点均对高拱坝的温度控制产生不利的影响,更易出现超

资助项目:国家973计划课题(2013CB035904、2013CB036406),国家"十二五"科技支撑计划课题(SQ2013BAJY4138B02),水利部公益性行业科研专项项目(201201050),中国水科院科研专项(材集1361、材集1353)、流域水循环模拟与调控国家重点实验室资助项目(材QN1305)。

标拉应力而产生裂缝。

为应对锦屏一级特高拱坝温控防裂的挑战,在雅砻江流域水电开发有限公司和成都勘测设计研究院的大力支持下,中国水科院的科研团队承担了锦屏一级拱坝各阶段的混凝土温控研究工作。本文运用仿真分析方法研究了锦屏一级拱坝不同温控方案情况下的坝体温度场和温度应力的规律,提出了温控设计标准和措施的建议,阐述了现场温控实施情况以及通过跟踪仿真分析现场温控方案的调整情况,论证了特高拱坝4.5 m层厚浇筑的可行性,最后介绍了锦屏一级拱坝温控实施的效果。

## 2　温控防裂方案研究

### 2.1　计算模型和主要参数

根据设计体型图,建立了全坝仿真分析模型,如图 1 所示,全坝仿真模型实体单元数732297,节点数 778521,接缝单元数 32688,主要用于整坝温度场温度应力规律和温控标准措施复核研究。建立河床多坝段模型和陡坡多坝段模型,主要用于多温控方案和坝体温度应力敏感性分析。计算模型地基底部固定约束,侧面法向约束,上游面自由,下游面法向约束。计算采用 SAPTIS 程序[6]。

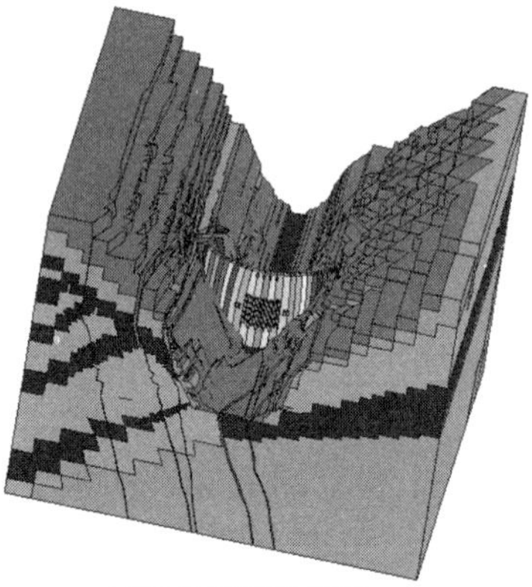

(a)带地基整体模型

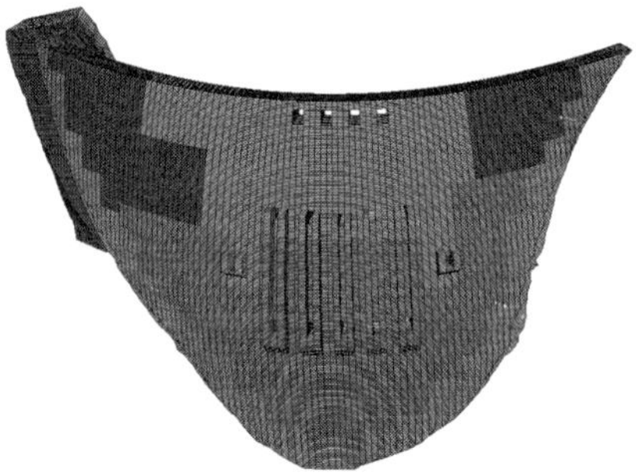

(b)坝体网格图

**图 1　仿真计算模型图**

表 1 所示为锦屏坝址区的主要气象参数,图 2 所示为不同分区混凝土弹性模量和极限拉伸值,图 3 所示为不同分区混凝土允许拉应力和绝热温升值,其他混凝土热力学参数如表 2 所示。限于篇幅,自生体积变形发展曲线和徐变参数等略。设计封拱温度为 12 ~ 15 ℃。

**表 1　锦屏坝址区多年平均气温、水温**　　(单位:℃)

| 月份 | 1 | 2 | 3 | 4 | 5 | 6 | 7 | 8 | 9 | 10 | 11 | 12 | 全年 |
|---|---|---|---|---|---|---|---|---|---|---|---|---|---|
| 气温 | 10.3 | 13.8 | 17.6 | 20.5 | 21.5 | 21.5 | 21.4 | 21.3 | 19.2 | 17.0 | 12.7 | 9.3 | 17.2 |
| 地温 | 11.5 | 15.1 | 19.6 | 23.5 | 24.5 | 24.3 | 24.5 | 24.4 | 21.9 | 19.1 | 14.3 | 10.2 | 19.4 |
| 水温 | 5.1 | 7.2 | 10.3 | 13.4 | 15.8 | 16.9 | 17.2 | 17.4 | 15.7 | 13.3 | 9.1 | 5.7 | 12.3 |

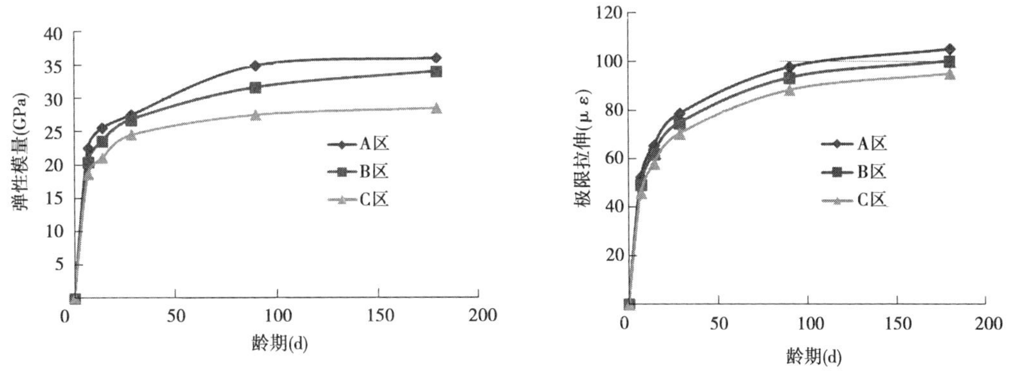


图 2　不同分区混凝土的弹性模量和极限拉伸值

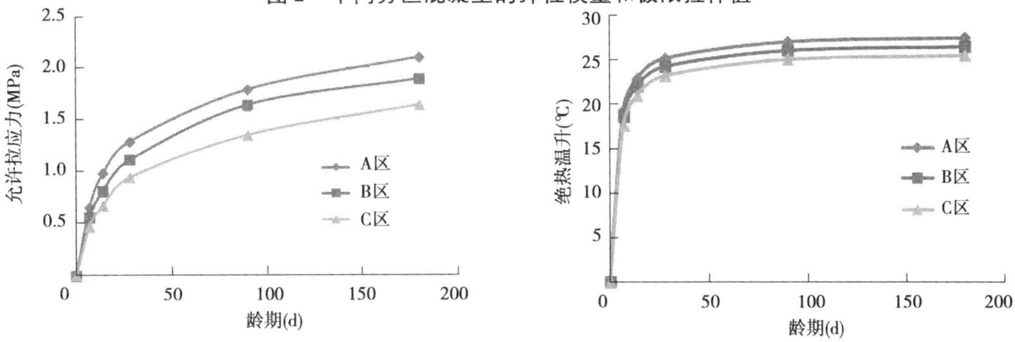


图 3　不同分区混凝土的允许拉应力与绝热温升

表 2　锦屏一级混凝土温控设计材料性能参数

| 项目 | 大坝 A 区 | 大坝 B 区 | 大坝 C 区 |
|---|---|---|---|
| 自身体积变形($1\times10^{-6}$) | -30 | -26 | -23 |
| 线膨胀系数 ($10^{-6}$/℃) | 9.00 | 9.00 | 9.00 |
| 比热 (kJ/(kg·℃)) | 0.85 | 0.86 | 0.84 |
| 导热系数 (kJ/(m·h·℃)) | 7.74 | 7.76 | 7.58 |
| 容重($kg/m^3$) | 2 475 | 2 475 | 2 475 |
| 泊松比 | 0.17 | 0.17 | 0.17 |

## 2.2　水库水温与稳定温度场

考虑到水库水温的不确定性,采用包络式的方法分析拱坝的温度边界条件。采用数值计算方法,考虑水库形状、来水流量和水温、出库流量等因素,计算得到库水温的高值、中值、低值和下游水垫塘水温,如图 4 所示。库水温高值计算主要借鉴了二滩库水温反演分析的成果,考虑了坝前淤积、汛期泄洪、与二滩类比等因素;库水温中值计算中,来水水温考虑上游梯级成库后来水温度升高(最低月来水水温取为 7 ℃)的因素;库水温低值计算中,考虑雅砻江汛前河道来水多为雪水,取最低月入库水温为 5 ℃,考虑地下溶洞的影响,地温在参照表 1 数值的基础上降低 1 ~1.5 ℃。分别按照高值、中值、低值计算得到三套拱坝运行期的温度荷载,选取和优化合适的封拱温度,使得三套温度荷载条件下坝体应力均处于规范规定的限值范围内。

对于温控设计而言，温度边界低值是最不利工况，故推荐库水温度取低值为温控设计基本温度边界条件。考虑1 ℃的辐射热和气温、库水温和尾水温边界条件，计算拱坝稳定温度场和准稳定温度场，拱冠梁约束区的稳定温度（从上游至下游）为8.8～16 ℃。

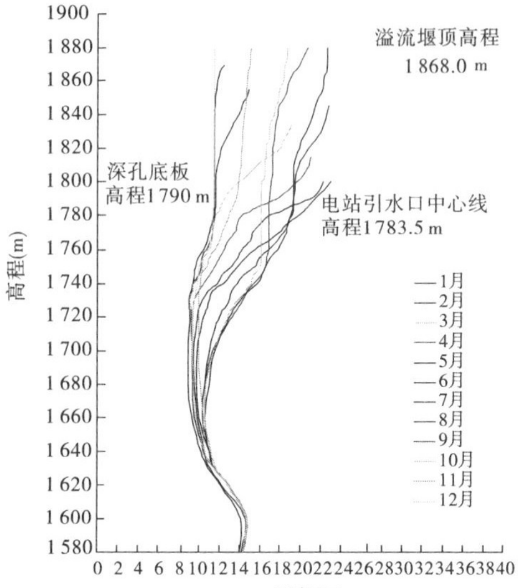


(a)上游库水温高值

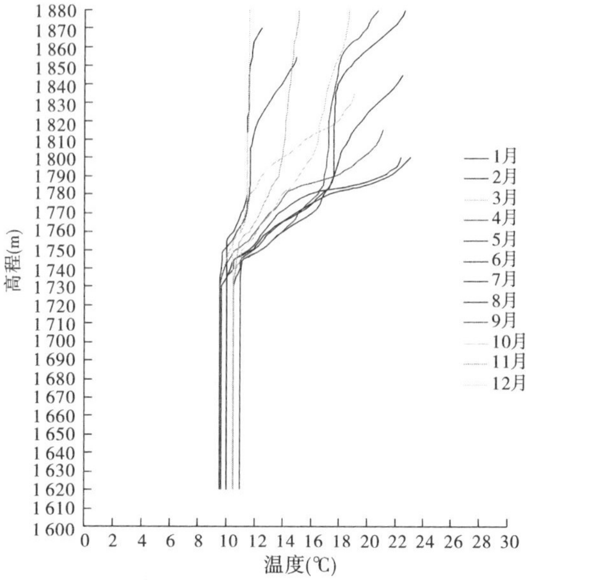


(b)上游库水温中值

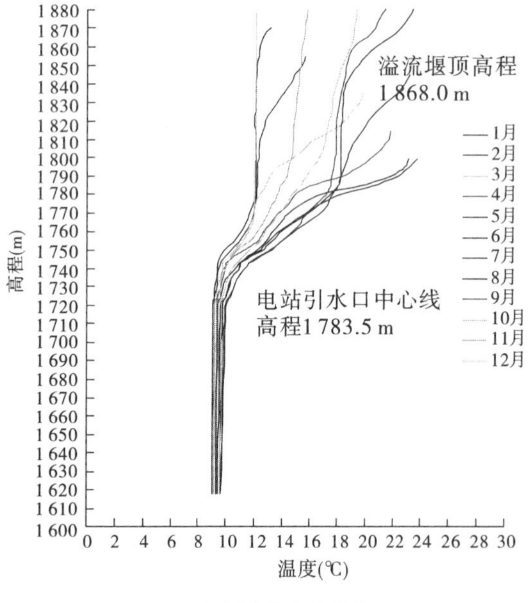


(c)上游库水温低值

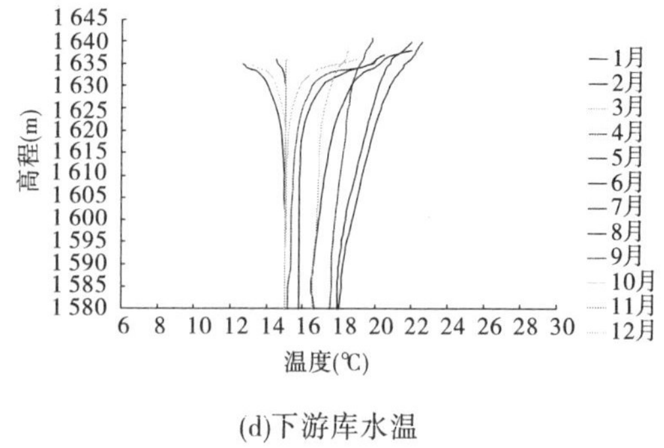


(d)下游库水温

**图4　计算水库水温**

## 2.3　温度场温度应力规律

在温控技术标准和措施确定前，考虑不同温控措施、施工进度等条件，开展了上百个工况的仿真计算，本节以河床坝段的一个工况为例阐述锦屏一级拱坝温度场温度应力的规律。计算条件如下：9 月开始浇筑，施工进度根据施工仿真排定，间歇期一般为 10 ~ 14 d，浇筑温度 11℃，水管布置 1.5 m×1.5 m，分三期冷却，一冷水温 11 ℃，流量 1.5 $m^3/h$，中冷水温 15 ℃，二冷水温 10 ℃，流量 0.8 $m^3/h$，考虑表面流水和保温措施。

约束区最高温度为 25.6 ℃，其他区域的最高温度也都在 24 ~ 26.5 ℃变化，最高温度出现在 3 ~ 5 d 龄期。最大顺河向应力位于建基面附近的 1 582 m 高程，最大应力为 1.74 MPa，出现在二期冷却末期，安全系数 2.17；0.4 L 以上高程区域各灌区的最大应力为 0.9 ~ 1.1 MPa，安全系数均在 2.0 以上。上游坝面轴向大应力区都出现在高温季节浇筑的区域，最大应力为 1.7 MPa，出现在 1 609 m 高程，安全系数 2.0 以上，若不叠加短周期温降荷载，安全系数能够满足设计抗裂要求。一期冷却末期也是拉应力峰值时段，由于一冷温降幅度只有 4 ~ 6 ℃，一冷末应力大都在 0.5 MPa 以下，安全系数都在 2.0 以上，能够满足设计抗裂要求。对于底孔和深孔，由于要表面过流，水温普遍比气温低 4 ~ 5 ℃，因此最大应力比非约束区大，顺河向应力为 1.7 MPa，安全系数 2.2，满足抗裂要求。

### 2.4 冷却高度对温度应力影响研究

基础温差、最高温度对温度应力的影响已有了较多研究成果，现有规范中对基础温差等温控标准也做出了具体的规定[7]。近年来的工程实践和研究表明，通水冷却过程中冷却区的高度、高度方向的梯度等因素对大坝混凝土温度应力有较大影响[5]，本节运用有限元仿真分析方法研究了这一问题。

以陡坡坝段为例计算了一组对比工况，不考虑中期冷却，取二期冷却高度为 12 m、24 m、36 m、48 m、60 m、72 m，不同灌区温度应力最大值如表 3 所示。总体上而言，冷却灌区高度越大，上下层约束越小，因而顺河向温度应力越小，灌浆区高度 12 m 与灌浆区高度 36 m 相比，最大应力由 2.3 MPa 降低为 1.68 MPa。对于陡坡约束区而言，灌浆冷却高度为 36 m 时，最大应力趋于稳定。

**表 3 灌浆冷却不同冷却区高度各灌区最大顺河向应力** （单位：MPa）

| 灌浆冷却区高度(m) | 12 | 24 | 36 | 48 | 60 | 72 |
|---|---|---|---|---|---|---|
| 最大应力(MPa) | 2.3 | 1.86 | 1.68 | 1.67 | 1.67 | 1.67 |

以河床坝段为例计算了两个对比工况，研究温度梯度控制对坝体温度应力的影响。两个工况的差别在于是否在约束区和非约束区之间设置了高度为 1 个灌区的过渡区，各区温控措施见表 4。两个工况的最大顺河向应力如图 5 所示，不设置过渡区时，由于约束区与非约束区相邻区域温控力度差异过大，从而使得局部区域上、下层变形不协调，再加上自生体积收缩变形的影响，约束区与非约束区交界区域应力较大，最大值达到 2.00 MPa，设置过渡区后，大大减小了上下层约束，应力降低至 1.69 MPa。

综上所述，降低灌浆冷却高度和设置过渡区有利于减小温度应力最大值。

表 4　温度措施的梯度控制对大坝混凝土温度应力的影响

| 工况号 | 约束区 | | 非约束区 | | 过渡区 | | 过渡区应力(MPa) |
|---|---|---|---|---|---|---|---|
| | 水管布置 | 浇筑温度 | 水管布置 | 浇筑温度 | 水管布置 | 浇筑温度 | |
| 工况 3 - 1 | 1.5×1.5 | 10 ~ 12 | 1.5×3.0 | 14 ~ 16 | 1.5×3.0 | 14 ~ 16 | 2.00 |
| 工况 3 - 2 | 1.5×1.5 | 10 ~ 12 | 1.5×3.0 | 14 ~ 16 | 1.5×1.5 | 14 ~ 16 | 1.69 |

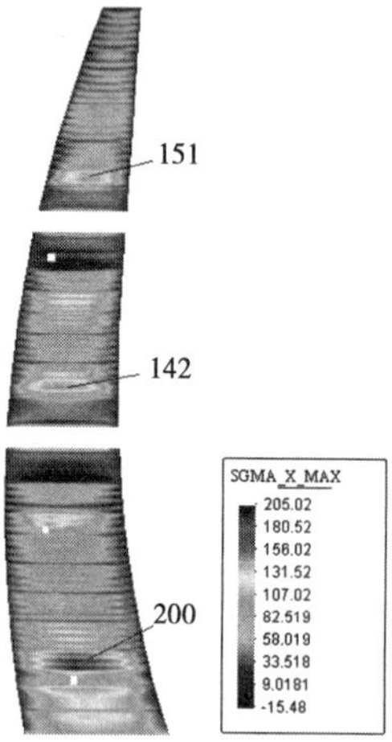


(a)不设置过渡区

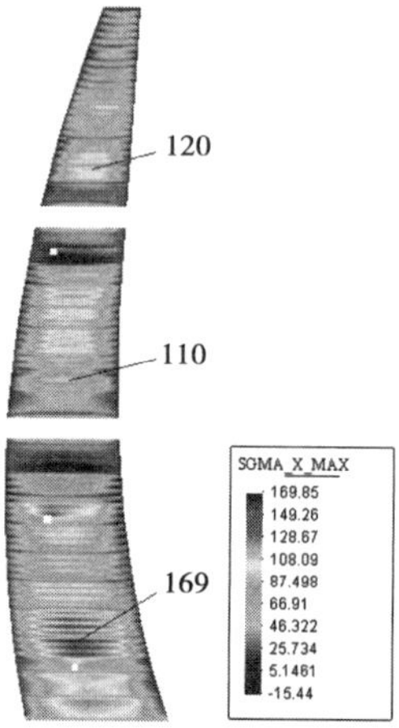


(b)设置过渡区

图 5　约束区与非约束区间是否设置过渡区对坝体顺河向应力的影响(0.01 MPa)

### 2.5　设置中期冷却对温度应力影响研究

从理论上而言,温降越缓慢,温差在时间方向的梯度越均匀,应力越小。按照这样的思路,本节选取典型陡坡坝段,研究了是否有中期冷却对坝体应力的影响。

如图 6 所示为有无中期冷却工况时,典型高程温度过程线和应力过程线,由图可知,在有中期冷却时,应力在中期冷却末期出现一个峰值,由于混凝土徐变的影响,在中期冷却结束至二期冷却开始的过程中,应力值下降,待二期冷却开始应力重新上升达到又一个峰值,相对于无中期冷却而言,二期冷却末的应力峰值由 1.52 MPa 降低为 1.20 MPa。增加中期冷却在不改变温控标准的条件下,仅仅依靠优化冷却曲线,就能有效降低温度应力。同时,对于目前高掺粉煤灰混凝土而言,增加中期冷却还能有效地消除温度回升的不利影响。

## 3　温控设计标准和措施建议

借鉴其他同类工程的经验教训,张国新等提出了“九三一”温控模式[8],“九”是“九字方针”,是指“早保护、小温差、慢冷却”;“三”是“三期冷却”,是指“一期、中期、二期”冷却;“一”是“一个监控”,是指“智能监控”。结合锦屏一级实际情况,根据大量仿真分析研究,本文提出了温控设计标准和措施建议。

### 3.1　温度控制标准

综合基础温差、上下层温差、内外温差控制要求,以及尽可能简化大坝温度控制措施,方便施工管理,锦屏一级拱坝采用温差控制标准 $T \leqslant 14$ ℃。混凝土最高温度按照不大于封拱

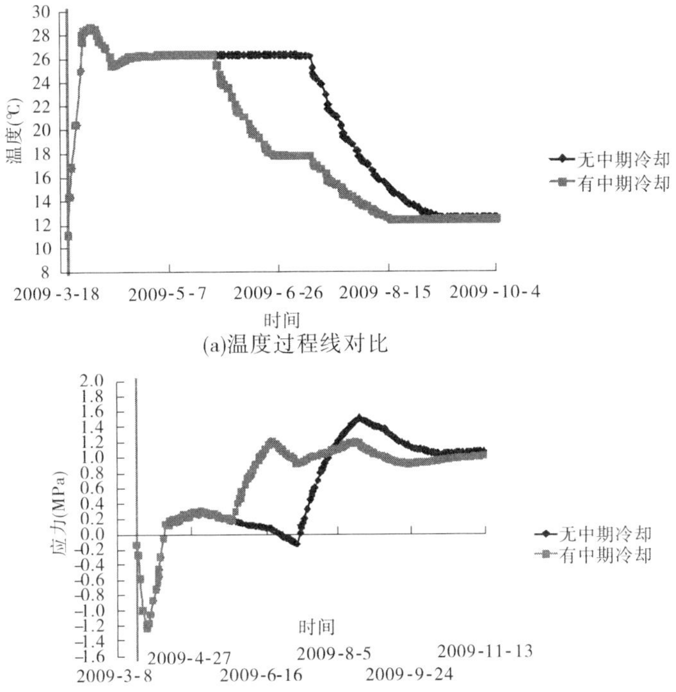


(a)温度过程线对比

(b)应力过程线对比

**图6　有无中期冷却工况时典型点温度过程线和应力过程线**

温度与基础温差之和控制。

### 3.2　主要温度控制措施

主要温度控制措施建议如下：

(1)采取风冷、加冰等措施降低混凝土出机口温度，按不超过7 ℃控制。尽量缩短混凝土运输时间和覆盖时间，高温时段采取喷雾、保温隔热等措施，减少温度回升，浇筑温度按不大于11 ℃控制。

(2)河床坝段约束区浇筑层厚为1.5 m，其他部位按3.0 m层厚。

(3)约束区布置间距为1.0 m×1.5 m，其上水管布置间距为1.5 m×1.5 m。分三期冷却，一期冷却水温11～16 ℃(高温时段可降低为8～10 ℃)，目标温度21～23 ℃，冷却天数不少于20 d，降温速率不大于0.5 ℃/d；中期冷却水温11～16 ℃，目标温度18 ℃，冷却天数不少于30 d，降温速率不大于0.3 ℃/d；二期冷却水温8～10 ℃，冷却天数不少于45 d，降温速率不大于0.3 ℃/d。分期冷却降温过程示意图见图7。

(4)自下而上顺序分为已灌区、灌浆区、同冷区、过渡区和盖重区等五区进行温度控制，通过各期冷却降温及控温时间协调，确保接缝灌浆时上部各灌区温度及温降幅度形成合适的梯度，如图8所示。

(5)上下游表面采取长期保温措施，上游粘贴5 cm XPS苯板，下游粘贴3 cm XPS苯板。低温季节、气温骤降、昼夜温差较大时在浇筑层面、横缝面等临空面覆盖保温被保温。

(6)建立锦屏一级拱坝施工期智能监控系统，对温控施工情况进行实时监测、评估和仿真分析，确保温控施工质量和施工决策的科学性。

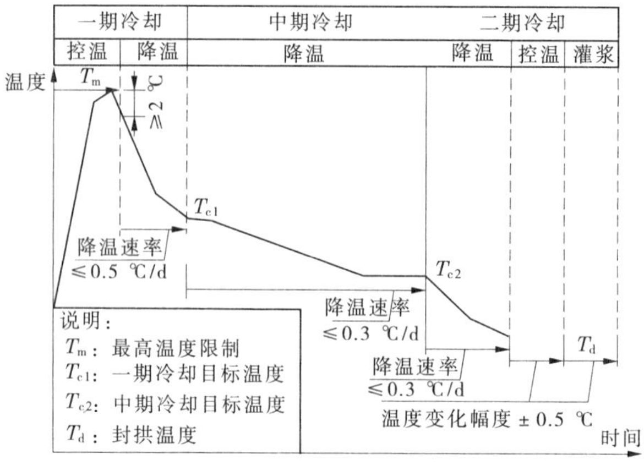


图 7　分期冷却降温过程示意图

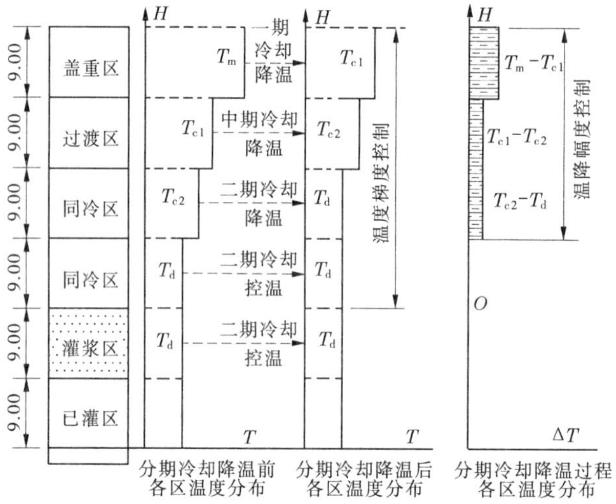


图 8　温度梯度控制示意图

## 4　温控方案现场实施及跟踪分析

### 4.1　温控方案现场实施情况

施工承包商按照设计要求开展温控施工工作。截至 2012 年 12 月底，大坝混凝土已浇筑 414.36 万 $m^3$，共计 1 070 个单元，骨料二冷合格率为 97.2%，出机口温度合格率为 99.9%，最高温度合格率达到 95.9%，大坝内部温差合格率达 96.6%，内部温度回升符合率达到 95.8%，降温速率符合率达到 97.7%，上述检测和监测指标合格率或符合率均大于 95%，满足设计要求或符合温控评价指标要求。上述检测成果充分说明本文提出的温控标准和措施建议在施工上的可行性。

### 4.2　跟踪反演仿真分析

中国水科院的研究团队在现场建立了数字监控系统，运用该系统对大坝混凝土浇筑开展跟踪反演仿真分析，评估和预测大坝温度应力状态和开裂风险，提出相应的施工调整建议。以 2011 年 7 月为例阐述跟踪反演分析工作[9]。

图 9 所示为截至 2011 年 7 月的大坝浇筑状态，图 10 所示为 2011 年 7 月底的应力状态。图 11所示为计算温度与实测温度过程对比，图 12 所示为各横缝开度沿高程的计算分布。从坝体温度、位移、应力和横缝开度几个方面评估大坝实际工作性态，基本结论如下：

(1)通过实测温度过程反演混凝土热学参数，确保计算温度过程与实测吻合。

(2)坝体最上部由于刚浇筑，位移为 0，下

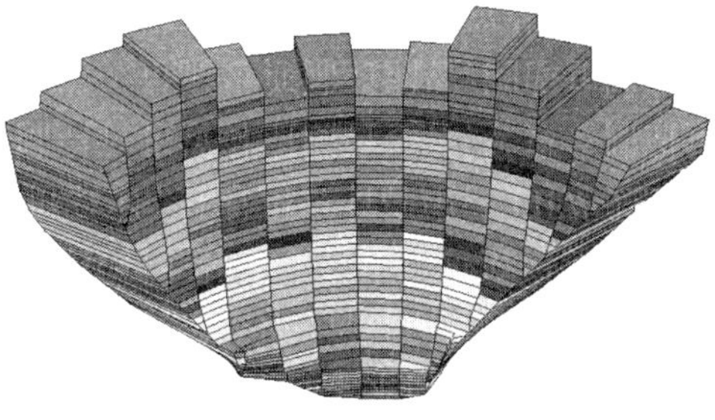

图 9　2011 年 7 月锦屏一级大坝浇筑状态

(a)竖向应力

(b)顺河向应力

(c)横河向应力

图 10　2011 年 7 月坝体应力(0.01 MPa)

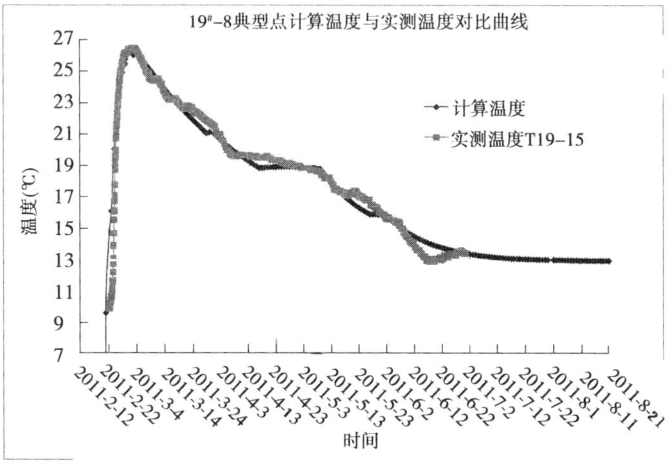


图 11　实测温度与计算温度对比

部受自重的影响,向下变形,坝踵向下竖直向位移大于坝趾;顺河向,底部高程受降温影响上游面向下游变形,下游面向上游变形,中部高程由于自重的影响大坝整体倾向上游。

(3)竖向应力主要由自重决定,主要为压应力。由于拱坝体型倒悬的影响,河床坝段上游面坝踵部位有较大压应力,坝踵部位最大压应力为5.5 MPa,坝趾部位压应力约为0.6 MPa。顺河向应力主要受施工期温度荷载影响,约束区温度应力较大,且陡坡坝段约束区的温度应力大于河床坝段;2011年7月15日,约束区最大应力为2.0 MPa,脱离约束区后温度应力小于1.3 MPa,内部温度应力均小于允许拉应力。横河向应力主要受施工期温度荷载影响,约束区温度应力较大,且陡坡坝段约束区的温度应力大于河床坝段;2011年7月15日,约束区最大应力为1.9 MPa,脱离约束区后温度应力小于1.0 MPa,内部温度应力均小于允许拉应力。

(4)底部强约束区横缝最大开度较小,沿高程方向随着地基约束的减弱,横缝最大开度逐渐增大,二冷结束后脱离强约束区的横缝最大开度一般可达到1 mm以上;顶部新浇筑块由于尚未达到封拱温度,横缝开度较小,随着温降幅度的增加,横缝开度仍会有所增加。2011年7月15日横缝最大开度监测值中约78%大于0.5 mm,最大缝开度监测平均值约为1.51 mm,计算所得缝开度平均值为1.42 mm,计算结果与监测结果基本吻合。

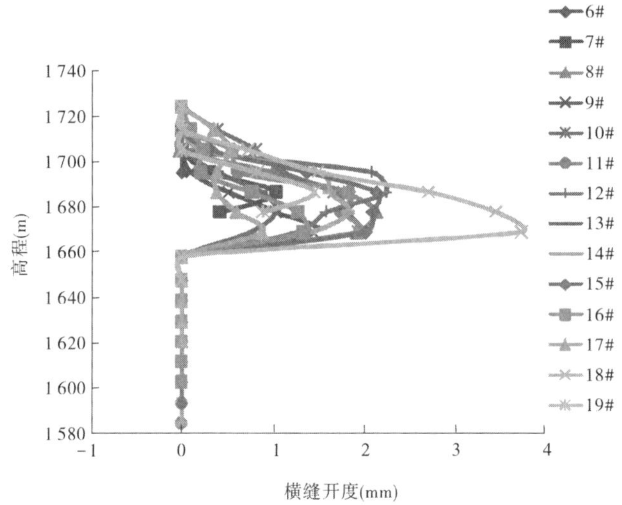


图12　2011年7月各横缝开度沿高程的分布

## 5　大坝4.5 m层厚浇筑可行性论证与实施

### 5.1　大坝4.5 m层厚浇筑温控可行性论证

对于温控而言,浇筑层厚并不是决定性因素,关键在于温度应力和安全系数要满足设计要求。本文采取以下方式论证大坝4.5 m层厚浇筑温控可行性:第一步,研究同等条件下3 m层厚和4.5 m层厚温度应力的差异;第二步,加强温控措施使得4.5 m层厚温度应力不大于原设计条件下3 m层厚的情况。

研究表明,锦屏一级拱坝非约束区抗裂安全系数有一定富余,4.5 m层厚浇筑现有设计温控措施就能满足要求,陡坡坝段约束区安全系数接近1.8,需进行深入论证。

考虑陡坡坝段约束区的设计温控措施,春夏秋冬不同季节浇筑的仿真计算,计算结果如

表5所示。同等条件下,4.5 m层厚最高温度平均值略高于3 m层厚,冬季浇筑相差最大达到0.8 ℃,夏季差别在0.1 ℃左右,平均最高温度相差0.4 ℃。最大主应力4.5 m层厚大于3 m层厚,冬季相差最大,达到0.18 MPa,夏季相差0.05 MPa左右。按照A区纤维混凝土的150 d龄期设计强度3.68 MPa考虑,安全系数4.5 m层厚只有1.71~1.81,3 m层厚为1.75~1.99。

**表5　19#坝段约束区不同层厚最高温度和最大应力对比**

| 浇筑季节 | | 春 | 夏 | 秋 | 冬 | 年平均 |
|---|---|---|---|---|---|---|
| 3 m层厚(℃) | | 26.6 | 26.9 | 26.5 | 25.8 | 26.4 |
| 4.5 m层厚(℃) | | 26.8 | 27.0 | 26.8 | 26.6 | 26.8 |
| 3 m层厚 | 应力(MPa) | 1.95 | 2.10 | 1.96 | 1.85 | 1.96 |
| | 安全系数 | 1.89 | 1.75 | 1.88 | 1.99 | 1.88 |
| 4.5 m层厚 | 应力(MPa) | 2.10 | 2.15 | 2.12 | 2.03 | 2.10 |
| | 安全系数 | 1.75 | 1.71 | 1.74 | 1.81 | 1.75 |

考虑到陡坡约束区的温度应力略有超标,将4.5 m层厚浇筑约束区的冷却水管从1.5 m×1 m加密为1.2×1 m。相同浇筑季节,加密冷却水管情况下,最高温度平均降低1 ℃左右,最大应力降低0.15 MPa左右。按照A区纤维混凝土的150 d龄期设计强度3.68 MPa考虑,安全系数由1.71~1.81提高到1.80~1.99。加密水管后满足设计要求。

根据上述研究成果,推荐了4.5 m层厚浇筑的温控标准和措施,如下:

(1)非基础约束区浇筑4.5 m层厚,其温控标准和措施可参照《四川省雅砻江锦屏一级水电站拱坝混凝土温度控制技术要求(B版)》[10]和《四川省雅砻江锦屏一级水电站大坝工程混凝土养护及保护技术要求》[11]。

(2)陡坡坝段基础约束区浇筑4.5 m层厚,其温控标准和措施要点如下:①高温和次高温季节(4~9月)最高温度按照26 ℃控制,其余季节按照25 ℃控制;②冷却水管间距为1 m×1.2 m;③一冷、中冷、二冷目标温度分别是19~20 ℃、16~17 ℃、封拱温度13~15 ℃。其他未规定部分参照《四川省雅砻江锦屏一级水电站拱坝混凝土温度控制技术要求(B版)》和《四川省雅砻江锦屏一级水电站大坝工程混凝土养护及保护技术要求》。

### 5.2　现场4.5 m层厚浇筑实施情况

施工中按照本文建议的温控标准和措施开展4.5 m层厚浇筑。截至2012年6月底,在已浇筑的4.5 m层厚混凝土温控方面:①在非约束区214个4.5 m层厚的浇筑仓中,除3仓无最高温度测值外,平均最高温度满足设计要求的有204仓,占比96.7%;在基础约束区70个4.5 m层厚的浇筑仓中,平均最高温度满足设计要求的有67仓,占比95.7%;②4.5 m层厚的浇筑仓共284仓,其中约束区70仓,非约束区214仓,4.5 m层厚浇筑仓平均最高温度约束区为24.4 ℃,非约束区为24.0 ℃,860仓有数据的已浇大坝混凝土平均最高温度24.1 ℃,已实施的4.5 m层厚浇筑(加密水管)和3 m层厚浇筑的最高温度基本相当;③跟踪仿真计算表明,已浇筑4.5 m层厚浇筑仓,混凝土温度应力小于设计允许拉应力。

在4.5 m层厚浇筑仓未发现温度裂缝,证明锦屏一级特高拱坝4.5 m层厚浇筑是成功的。

## 6 结　语

特高拱坝温控防裂是当前坝工技术领域的难点和热点。锦屏一级拱坝是世界最高拱坝，中国水科院的研究团队迎难而上，开展了大量的研究工作，总结类似工程的经验，提出了"九三一"温控模式。锦屏的建设单位和设计单位将这一理念与锦屏工程自身特点相结合，提出了完整细化操作性强的温控技术标准、配套措施和评价体系，保障了锦屏一级大坝混凝土温控施工质量。

截至2012年12月底，最低坝段已经浇筑至1 820 m高程，浇筑混凝土414.36万$m^3$，已经浇筑的混凝土没有出现温度裂缝。2012年11月30日导流洞下闸，第一阶段蓄水已完成，工程初步接受蓄水检验。

锦屏一级特高拱坝的温控研究和实践经验将为其他同类工程提供宝贵的经验。

**参考文献**

[1] 中国水电顾问集团成都勘测设计研究院. 四川省雅砻江锦屏一级水电站锦屏一级拱坝组合骨料混凝土温度控制技施设计报告[R]. 2009,4.

[2] 张德荣，刘毅. 锦屏一级高拱坝温控特点与对策[J]. 中国水利水电科学研究院学报，2009，7(4)：270-274.

[3] 朱伯芳. 大体积混凝土温度应力与温度控制[M]. 北京：中国电力出版社，1999.

[4] 张国新，艾永平，刘有志，等. 特高拱坝温控防裂问题再议[C]//现代水工结构技术进展，中国水利学会水工结构专委会第八次年会论文集，233-245，2008.10.

[5] 张国新，刘有志，刘毅. 特高拱坝施工期裂缝成因分析与温控防裂措施讨论[J]. 水力发电学报，2010，29(5)：45-51.

[6] 张国新. SAPTIS：结构多场仿真与非线性分析软件开发及应用(之一)[J]. 水利水电技术，2013，44(1)：31-35/44.

[7] 中华人民共和国发展和改革委员会. DL/T 5346—2006 混凝土拱坝设计规范[S]. 北京：中国水利水电出版社，2007.

[8] 张国新，刘毅，李松辉，等. "九三一"温度控制模式的研究与实践[J]. 水力发电学报(已接收).

[9] 刘毅，张国新，王继敏，等. 特高拱坝施工期数字监控方法、系统与工程应用[J]. 水利水电技术，2012，43(3)：33-37.

[10] 中国水电工程顾问集团成都勘测设计研究院. 四川省雅砻江锦屏一级水电站拱坝混凝土温度控制技术要求(B版)，2009，7.

[11] 中国水电工程顾问集团成都勘测设计研究院，四川省雅砻江锦屏一级水电站大坝工程混凝土养护及保护技术要求. 2009，9.

# 锦屏一级特高拱坝温控防裂新技术研究与运用

宁金华 段绍辉 郑江 胡书红

（雅砻江流域水电开发有限公司 四川 成都 610051）

**摘要**：锦屏一级特高拱坝是世界第一高拱坝，承受的水压巨大，自身防裂要求高，具有自身混凝土原材料温控防裂性能先天不优、地处高山峡谷地区基础约束力大、昼夜温差大等不利因素，工程温控防裂面临前所未有的挑战。工程建设过程中，参建各方根据工程特点，在现有理论和工程经验的基础上，结合全过程温控仿真分析及反馈研究成果，不断加深对混凝土温控防裂规律的认识，逐步细化全过程温控防裂技术，并创新性的研究和运用了温度自动化采集系统和智能冷却通水系统等新技术，有效地保障了特高拱坝温控防裂成效，为后续300 m级特高拱坝温控防裂提供了良好借鉴。

**关键词**：特高拱坝 温控防裂 坝前回填 温度自动采集 智能冷却通水系统

## 1 概 述

进入21世纪，水电工程开始步入300 m级特高拱坝时代，特高拱坝水压巨大，温控防裂要求高。锦屏一级水电站混凝土双曲拱坝为在建世界第一高拱坝，坝址位于典型的深“V”字型河谷，坝高305 m，坝顶轴线弧长552.43 m，厚高比0.207，坝体混凝土体型方量476万$m^3$。

与同类工程相比，锦屏一级作为特高拱坝，具有坝体厚度大，在相同灌区高度条件下，约束系数增加[1]、坝基两岸坡度陡（43°～70°）、结构孔洞多、坝区昼夜温差大、冬季干燥等不利条件，温度边界条件对温控防裂不利，混凝土原材料抗裂性能不优等特点，温控防裂难度大[2]。为此，锦屏一级拱坝混凝土施工需要在现有温控防裂技术理论[3]和工程经验[4]的基础上，根据工程自身特点，结合科学研究和现场试验不断深化，以有效地防止危害性温度裂缝的出现。

## 2 工程温控难点

### 2.1 混凝土原材料抗裂性能不优

锦屏一级拱坝混凝土骨料潜在料场为大奔流料场和三滩料场，但大奔流石英砂岩料场具有碱活性，三滩大理岩料场母岩强度不满足要求。最终，经大量混凝土试验研究，锦屏一级拱坝混凝土最终采用大理岩细骨料和砂岩粗骨料的组合骨料。但砂岩粗骨料粒型较差（如针片状），且含有锈染石、锈面石及少量大理岩和板岩，影响混凝土的抗裂性能。

特高拱坝混凝土需要高强度，还要求低收缩性（最好有微膨胀性），高耐久性，良好的温控防裂性能，良好的施工性能。因此，需要高水泥用量和高掺粉煤灰，但这又导致混凝土早期水化热峰值后，后期发热缓慢且时间长，引起二期冷却温降幅度增大，增加了开裂风险。

### 2.2　坝址区气候条件不利于混凝土防裂

大坝混凝土自2009年10月至2013年12月浇筑完成，经历16个季节温度变化。统计坝区实际气温数据显示昼夜温差大于14 ℃的天数占32%；旱季（每年11月至次年4月）日照多、湿度小。施工历时长、昼夜温差大、冬春季湿度小、多风的气候条件，不利于混凝土防裂。

### 2.3　地形条件导致基础约束和下部坝体约束强

作为特高拱坝，拱冠梁底宽63 m，加上下游贴角厚度达78 m，特别是左岸高155 m的垫座，上下游底宽达102 m；底宽厚，基础约束极强。基础约束不仅表现在基础强约束区，还表现在随着接缝灌浆不断跟进，已灌区对上部混凝土约束特性强。而深V河谷陡坡坝段由于坡向约束长，当浇筑底部混凝土时，易形成一个细长条混凝土三棱体，更容易出现开裂[5]。

### 2.4　混凝土浇筑三大高差控制难度大

锦屏一级拱坝布置有4孔表孔、5孔深孔、2孔底孔以及5孔导流底孔等共16个泄洪孔口；全坝26个坝段，其中有7个坝段为孔口坝段，孔口坝段占27%，还有贯通左右岸的5层共6条廊道，而这些结构部位备仓时间远长于非结构仓，浇筑过程中跳仓跳块可供选择的仓少，高差控制难，进一步增加了大坝的开裂风险。

## 3　温控防裂新技术

为了确保锦屏一级特高拱坝温控防裂的成功，拱坝浇筑过程中参建单位超前谋划，全面生产前先进行生产性试验，总结改进后再实施，在浇筑过程中持续改进。同时，充分的运用了已有的混凝土温控防裂工程经验，如混凝土配合比优化以减少水化热、合理的跳仓跳块浇筑以控制三大高差和间歇期、人工预冷和运输过程保温以降低浇筑温度、通水冷却以控制最高温度、表面保温保湿以防止开裂等。拱坝混凝土施工过程中进行精细化全过程管理，及时解决问题，形成高效的温控防裂管理体系。

此外，参建各方针对锦屏一级工程拱坝自身特点，采用坝前回填改善温控边界条件，全过程仿真分析及时发现和解决温控问题，开发和运用了温度自动采集系统、智能冷却通水系统，形成了特高拱坝高度自动化、全过程密集监控的温控防裂技术。

### 3.1　坝前回填改善温控边界条件

作为当前世界第一高拱坝，正常蓄水位对应运行水头高达300 m，拱坝底部坝面防裂较一般拱坝要求更高。300 m级大坝水库底部水温非常低，经过温控仿真分析，过低的库底水温与混凝土水化热形成内外温差，将对拱坝整体应力状态产生不利影响。

为在一定程度上提高运行期近坝库底温度，改善拱坝温度边界条件和坝体应力状态，锦屏一级拱坝对大坝上游1 649 m高程以下（69 m范围）坝面进行回填保护，坝前回填由粉煤灰、石粉、石渣三部分组成。具体方案如下：

（1）粉煤灰的回填范围为1 649 m高程以下拱坝基础周边，其中河床部分的回填高程为1 610 m，1 610 m高程以上两岸粉煤灰回填保护的宽度（横河向）为15 m，且回填保护的最小厚度（顺水流方向）不小于1.0 m，以此确定粉煤灰保护范围。

（2）石粉的回填范围为拱坝上游坝面1 649 m高程以下除粉煤灰回填部分以外的范围，以及1 590 m高程以上河床部分粉煤灰回填范围，石粉回填厚度按3.0 m控制，最小不少于

2.0 m。

(3)1 649 m 高程以下除粉煤灰和石粉回填以外的区域,采用石渣进行回填。

(4)为防止蓄水期间水流冲刷坝前回填的粉煤灰及石粉,在 1 649 m 高程靠近上游坝面的部位铺设 2 m 厚的碎石土,铺设的宽度为 5.0 m。

### 3.2 全过程温控仿真分析与反馈

在拱坝混凝土开始浇筑之初,就引进科研单位,对大坝混凝土每月排仓计划进行温控仿真分析,并提出合理化修改建议。对大坝进行混凝土浇筑全坝段全过程的温控仿真分析与反馈,成果在每周的温控周报和温控周会议上通报,并提出建议措施,将科研成果第一时间用于指导温控工作。

同时,针对温控工作中出现的问题(如孔口闸墩混凝土最温升偏高等),通过仿真分析,提出针对性技术要求,经设计复核,以设计文件形式明确处理措施。例如,河床坝段坝基固结灌浆原设计采用有盖重固结灌浆,科研单位通过仿真分析和工程类比,指出在冬季进行有盖重固结灌浆时,由于薄层混凝土遭遇低温长间歇,开裂风险极大。参建单位及时根据科研成果决策,提出将有盖重固结灌浆改为无盖重+引管固结灌浆,并立即实施,从而避免了其他同类工程均出现的冬季有盖重固结灌浆期产生较多裂缝的情况。又例如,12# 坝段深孔钢衬第一仓因为一级配混凝土浇筑太多,出现最高温度超过设计要求的情况,科研单位针对该仓的实际情况结合周边仓位的温控过程,通过分析提出将中期冷却时间从 28 d 延长至 42 d,中期和二期冷却的降温速率分别由 0.5 ℃/d 和 0.3 ℃/d 调整为 0.2 ℃/d,现场按照此要求执行并在过程中加强孔口保温和严格控制温差,混凝土没有因为最高温度超标而出现裂缝。

此外,科研单位根据大坝浇筑过程超前进行仿真分析,解决关键技术问题,如拱坝封拱时机选择,蓄水高程与拱坝横缝压缝的关系、拱坝三大高差控制标准研究等,这些针对关键技术问题的专项科研成果都作为咨询会议的资料支撑专家决策。

### 3.3 大体积混凝土温度自动采集系统

坝体混凝土内部用于温控的温度计数量极其庞大(到大坝完工,埋设温度计 3 600 支左右),温控观测的频次非常高,耗费大量人力资源,同时人员长期施工期读取数据也存在较大的安全风险。为了更加高效、准确和及时的掌握混凝土内部温度,研发并实施大坝施工期混凝土温控监测,实施自动化监测系统。

温控监测自动化系统由塔式服务器、通讯光纤、信号转换设备、DAU2000 分布式数据采集单元、NDA 数据采集模块、自动化监测专用电源线及 RS485 通信线组成,实现了温度数据的自动采集、传输和网络化管理,混凝土浇筑块中的稳定计在埋设 12 h 内接入自动化监测系统,进行实时监控。

### 3.4 大体积混凝土施工期温度控制及冷却通水信息反馈与自动控制系统

冷却通水控制系统是大坝冷却通水控制系统的基础,是决定大坝能否实现自动化通水的关键部分。传统的人工冷却通水系统工作方式为:通过人工测试通水流量并调节流量来实现对混凝土温度的控制,将最近 3 d 到 5 d 内大坝混凝土温度采集系统采集到的混凝土实际温度和对应测得的通水流量数据进行综合分析,得到混凝土温度变化和通水流量之间的关系,再依据混凝土温控设计要求得出第二天的降温幅度,进而按一定的计算方法得到第二天的通水流量,并由人工在第二天调节阀门开度,使通水流量达到计算值,以此流量通水 24

h 后再行计算与调整。此种工作方式耗费大量人力，操作人员工作的安全风险较大，且人工操作可能漏测和漏调整，同时指令的调整和执行周期较长，而设计要求的温度过程曲线是一条曲线，对降温速率有着严格要求，传统的人工方式不能满足高拱坝混凝土温控精细化管理的快速反应要求。

考虑到锦屏一级水电站为 300 m 级特高拱坝，坝体承受的水压力巨大，同时采用 4.5 m 升层，混凝土温控防裂的要求更加的高，在工程建设过程中，参建单位开发并推广实施了大体积混凝土施工期温度控制与冷却通水信息反馈与自动控制系统。根据设计要求的温度控制过程参数和工程实际情况预设一条温度控制过程线，将大坝混凝土温度采集系统采集到的混凝土实际温度与预设的控制温度进行比较，高于预设温度即进行通水降温，否则停止通水，每 4 h 产生 1 次指令，以此种方式达到控制混凝土温度的目的。通水和停止通水的指令通过服务器端的智能冷却通水程序自动计算产生，通过无线局域网传输指令，通过冷却通水无线控制终端接收指令并控制电动球阀执行。锦屏一级大体积混凝土施工期温度控制与冷却通水信息反馈与自动控制系统结构框架见图 1。工程同时研究了流量式和通断式两种混凝土冷却通水智能控制系统。

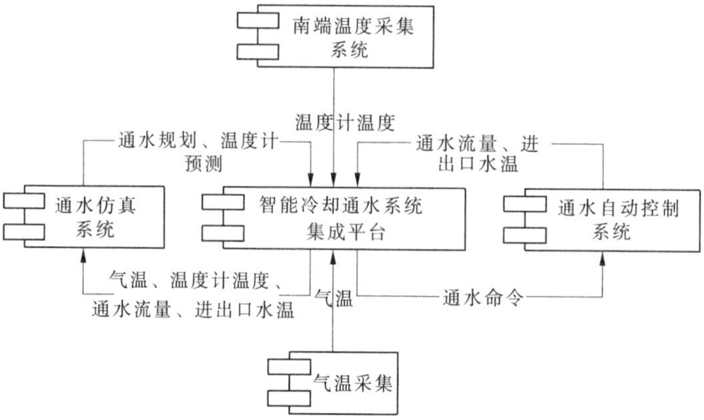


**图 1　大体积混凝土施工期温度控制及冷却通水信息反馈与自动控制系统结构框架**

### 3.4.1　流量式混凝土冷却通水智能控制系统

此系统在冷却通水主管安装流量传感器(带测温功能)和温度传感器，将传感器用电缆接入多通道冷却测控装置(本系统按 8 路设计，可同时接入 8 组主管的进出水流量和温度、混凝土温度)，在每组主管上安装 1 个电动控制阀门，同时接入多通道通水冷却测控装置，采用无线 WIFI 与中心计算机连接，计算机通过自动测控软件设定测试参数，如采样频率、流量控制参数等，对多台测控装置进行控制，自动采集数据并通过软件依据混凝土实际温度自动控制电动阀，智能控制通水流量。流量式混凝土冷却通水智能控制系统结构如图 2 所示，系统测控装置如图 3 所示，现场传感器和电动球阀安装效果如图 4 所示。流量式系统控制下的混凝土温度过程线如图 5 所示，实测温度曲线较为平滑，且与设计要求的稳定过程曲线较为接近，整体效果较好。

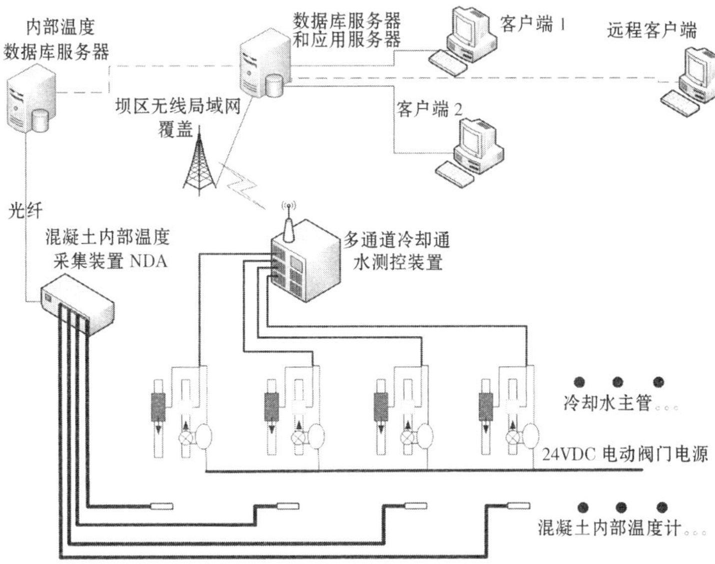


图2　流量式混凝土冷却通水智能控制系统结构示意图

图3　流量式混凝土冷却通水智能控制系统测控装置

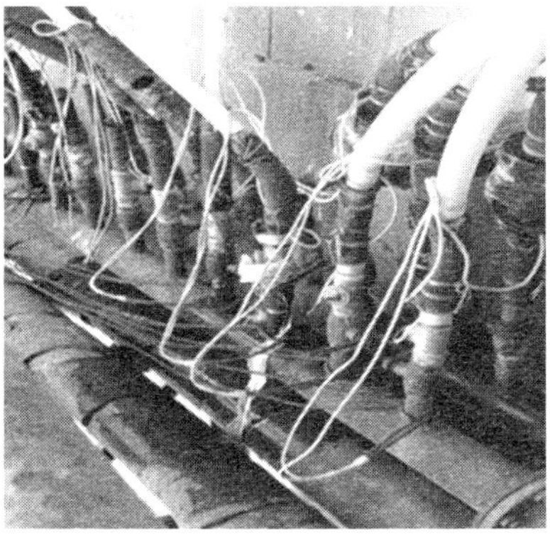

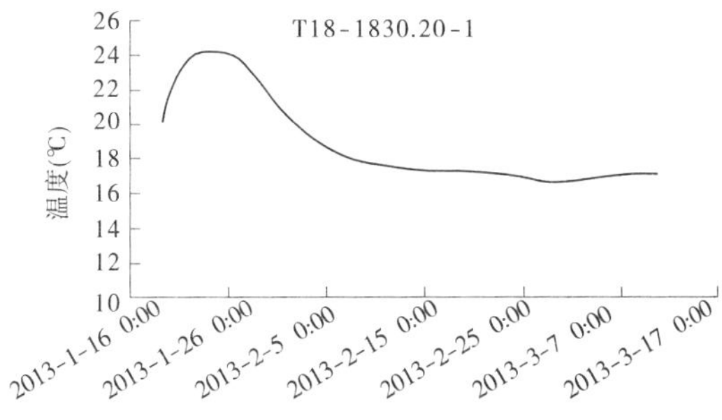


图4　传感器和电动球阀现场安装图　　图5　流量式控制下的混凝土一期通水冷却温度控制效果

3.4.2　通断式混凝土冷却通水智能控制系统

此系统仅控制阀门的开关，电动阀门全开或者全关。根据混凝土的冷却要求，首先为所浇筑的混凝土设计降温曲线，即时间—混凝土内部温度关系曲线。通过对于混凝土内部温度的观测（4 h/次），可以判断该时刻是混凝土温度与设计温度的大小关系；若实测温度大于设计温度，则进行通水，反之，则不通水。以此原则来确定下 4 h 的通水情况。在这 4 h 内，将会分为 5 个小的时间段，工作人员可根据现场的实际情况来选择具体的通水时长。通断式混凝土冷却通水智能控制系统结构如图 6 所示，系统测控装置如图 7 所示，自动控制阀门如图 8 所示。当实测温度值大于预设温度值的时候，系统自动判断为通水，此时的阀门全开，对混凝土采取冷却通水降温措施，当温度降低到预设值以下时，停止通水，如此循环判断并控制。通断法控制下的混凝土温度过程线如图 9 所示，实测温度曲线较为平滑，且与预设的温度值较为接近，能够有效地控制混凝土的温度，整体效果较好。

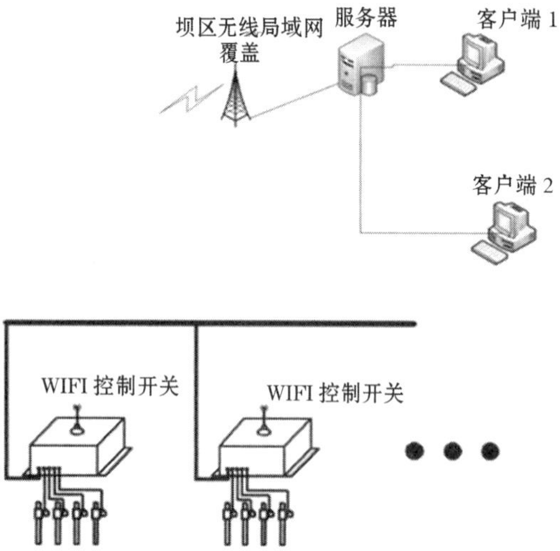


图 6　通断式混凝土冷却通水智能控制系统结构示意图

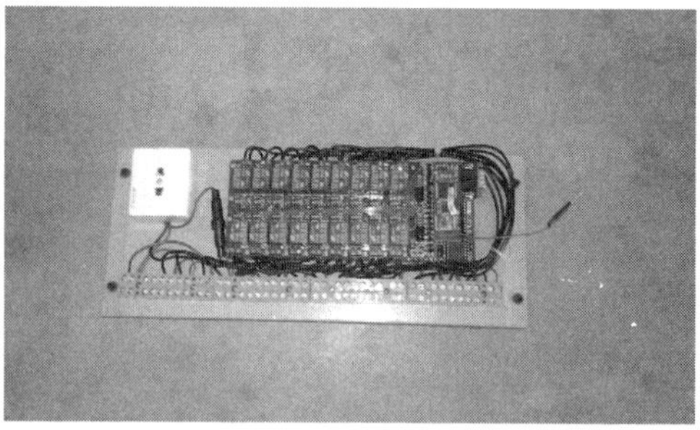

图 7　通断式控制装置

图 8　通断式阀门

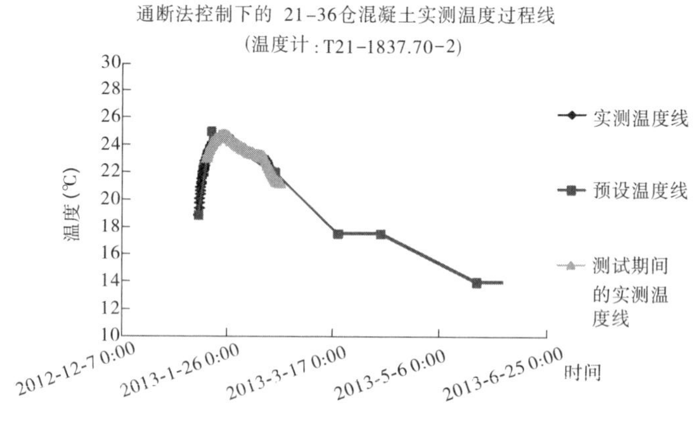


图 9　通断法控制下的混凝土一期冷却温度控制效果

## 4　温控实施效果

截至 2013 年 11 月底，大坝混凝土已浇筑 506.5 万 $m^3$，共计 1 488 个单元，最高温度合格率达到96.7%，大坝内部温差合格率达97.8%，内部温度回升符合率达到95.3%，降温速率符合率达到96.4%。除早期因坝基固结灌浆发现少量浅表裂缝外，没有发现有危害的温度裂缝，发现的裂缝均已经完成处理，工程蓄水后未发现任何坝体渗水情况，整个大坝处于良好运行状态。

## 5 结　语

截至2013年11月底，大坝基本已经浇筑到顶，已经浇筑的混凝土没有出现危害性温度裂缝。目前工程已经完成三个阶段的蓄水，蓄水至1 840 m高程，挡水水头达到260 m，大坝各项监测指标正常。锦屏一级特高拱坝浇筑和温控过程中充分运用已有的工程经验，并根据自身特点研究和运用了新的温控防裂技术，提出了完整的300 m级特高拱坝温控工作和评价体系，为水电工程后续项目提供了良好的借鉴。

### 参考文献

[1] 张德荣，刘毅. 锦屏一级高拱坝温控特点与对策[J]. 中国水利水电科学研究院学报，2009，7(4)：270-274.

[2] 王继敏，段绍辉，郑江. 锦屏一级拱坝建设关键技术问题[C]//贾金生，陈云华编. 水库大坝建设与管理中的技术进展——中国大坝协会2012学术年会论文集. 郑州：黄河水利出版社，2012.

[3] 朱伯芳. 大体积混凝土温度应力与温度控制[M]. 北京：中国电力出版社，1999.

[4] 张国新，刘有志，刘毅，等. 特高拱坝施工期裂缝成因分析与温控防裂措施讨论[J]. 水力发电学报，2010，29(5)：45-51.

[5] 朱伯芳，张超然，等. 高拱坝结构安全及关键技术研究[M]. 北京：中国水利水电出版社，2010.

# 官地水电站大坝工程重大设计与施工技术问题的解决方案

钟谷良　赵云亮　李积伦

（雅砻江流域水电开发有限公司　四川　成都　610051）

**摘要**：文章简要介绍了官地水电站工程的特点，主要归纳和总结了大坝工程高坝底流消能、大坝深层抗滑稳定、超硬岩人工骨料混凝土配合比，超硬岩人工骨料生产，大坝混凝土快速施工温度控制与防裂，大坝碾压混凝土、表孔超长闸墩快速施工等设计与施工重大技术问题的设计技术路线与解决方案，并结合官地建设情况，对电站设计与施工中有关问题做了进一步探讨，旨在为今后类似工程设计与施工提供借鉴。

**关键词**：底流消能　抗滑稳定　超硬岩　配合比　骨料生产　温控防裂 快速施工

## 1　概　述

官地水电站是雅砻江中游五级开发方式的第三级电站，位于凉山州盐源县和西昌市境内，总装机容量 2 400 MW，年平均发电量 117 亿 kW · h，总投资 160 亿元。水电站大坝为碾压混凝土重力坝，坝顶高程 1 334 m，坝顶全长 516 m，最大坝高 168 m，坝高居国内第三。大坝消能建筑物由 5 个表孔、2 个中孔和消力池组成，采用宽尾墩底流消能功，消能水头居国内第一。引水发电系统采用右岸地下厂房布置方案，共装 4 台单机容量 600 MW 的混流式水轮发电机组。厂房最大开挖尺寸为 243.44 m × 31.10 m × 76.30 m，主厂房跨度为国内第四。电站枢纽布置见图 1。

大坝工程混凝土总量为 352 万 $m^3$。其中，碾压混凝土 280 万 $m^3$，变态混凝土 12 万 $m^3$，常态混凝土 60 万 $m^3$，实际混凝土累计浇筑 364.36 万 $m^3$。工程于 2004 年 10 月筹建，2007 年 12 月实现大江截流，2008 年主体工程开工建设，2009 年 10 月大坝第一仓混凝土开浇，2011 年 11 月 5 日导流洞下闸封堵，2012 年 2 月 9 日中孔下闸蓄水。2011 年 11 月大坝浇筑至坝顶设计高程 1 334.00 m，大坝混凝土施工总工期 25 个月，大坝碾压混凝土关键线路施工工期为 19 个月，大坝垫层以上碾压混凝土和常态混凝土施工工期为 21 个月。碾压混凝土月最大浇筑 28.6 万 $m^3$，日最大浇筑达 1.92 万 $m^3$，碾压混凝土月平均上升高度达 8 m，最大月上升高度达 12.5 m，大坝混凝土浇筑工期较原合同工期提前 8 个月。引水发电系统工程 2007 年 9 月开工，主厂房开挖工期 21 个月，2011 年 1 月 31 日开始 1# 机组安装，2012 年 3 月 31 日第一台机组并网发电，比合同工期提前 3 个月。大坝施工、引水发电系统主厂房开挖、混凝土浇筑、机电安装进度水平均居全国同类工程前列。

电站全部机组于 2013 年 3 月底投入商业运行，自蓄水发电至今，电站大坝、泄洪建筑物、枢纽区边坡、地下工程安全正常，各项监测指标均在设计允许范围内，大坝坝基渗压分布好于设计要求;机组运行稳定,各项运行指标达到或优于规范要求,电站已累计发电95亿kW·h,全面实现了环境友好、安全可靠、质量优良、进度先进、投资可控的工程建设目标,取得了显著的经济和社会效益。

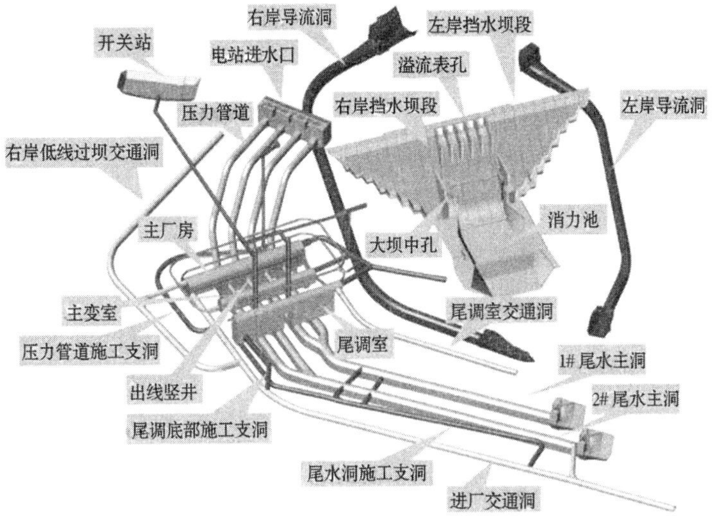


图1　水电站三维透视图

官地水电站地处青藏高原东部高山峡谷,河谷深切1 800 m,两岸地形陡峻,地质条件较复杂,具有“两高一硬一深”之特点,工程边坡最大坡高500 m,地应力达25～35 MPa,岩石强度200～300 MPa,两岸岩体卸荷强烈,河床坝段缓倾角软弱错动带较发育。坝前左岸广泛分布卸荷崩塌堆积物及其滑坡体,电站进水口右侧竹子坝冲沟分布深厚河湖沉积物及其滑坡体,两岸存在多处卸荷拉裂体或卸荷拉裂变形体。

官地水电站设计与施工涉及工程高坝底流消能工形式、超硬玄武岩人工骨料混凝土配合比,高烈度区高坝坝基深层抗滑、超硬玄武岩强卸荷高边坡、枢纽区复杂崩坡堆积体与滑坡堆积体、坝前软弱深厚覆盖层以及滑坡堆积体、料场高边坡与大型断层楔形体稳定,高地应力条件下大跨度地下厂房洞室群围岩稳定、导流洞大型块体稳定,大坝碾压混凝土“厚层短歇”、大坝表孔超长闸墩、抗冲耐磨混凝土、大型压力隧洞衬砌混凝土、进水口拦污栅边墩、大型导流洞堵头快速施工,大坝和导流洞堵头混凝土快速施工温度控制与防裂,超硬岩骨料加工,狭窄河床河道护岸以及电站尾水出口围堰形式、尾水复杂围堰及明渠水下爆破,大型沟水处理工程,深切峡谷河段施工规划与布置,发电工期调整,下闸蓄水方案,建设和运行初期安全控制等一系列重大设计、施工技术问题。

## 2　大坝工程重大技术问题解决方案

### 2.1　高坝泄洪底流消能

就高坝大库而言,采用合适的消能方式极为重要。官地工程两岸岸坡陡峻,且存在多处规模较大的变形体、拉裂体和危石,稳定性较差,为避免泄洪雾化对两岸及下游岸坡稳定产生不利影响,大坝泄洪采用底流消能技术。官地电站校核洪水泄洪流量15 500 $m^3/s$,枢纽下泄单宽流量163.16 $m^3/s$,属于典型的高坝大流量泄洪底流消能形式。其消力池底高程1 188.00 m,消力池底板以上最大水头142.21 m,上下游落差104.9 m,单宽泄洪功率167.9

MW/m,对于常规平滑入池,入池流速可达 42 ~ 45 m/s,具有大落差、高流速、单宽流量大、单宽泄洪功率大的特点。因地形地质条件限制和枢纽建筑物布置的总体考虑等原因,消力池池长仅为 145 m,池底宽 95 m,池长远小于同期建设采用底流消能形式的向家坝水电站,官地高坝泄洪底流消能防冲的规模和技术难度在国内外同类型工程中位居前列。

通过水工模型试验,重点对溢流面以及消力池结构体形、流态、底板脉动以及高速水流区水流空化等方面进行了系统研究。经过多方案比较,官地水电站泄洪消能方式最终采用“溢流表孔宽尾墩 + 连续跌坎 + 斜边墙底流消力池”的底流消能形式,即在溢流表孔闸墩设置宽尾墩,提高消能效率,在溢流堰反弧末端设跌坎降低消力池临底流速,利用开挖体形布置斜边墙以增加消力池容积。其反弧段尾部跌坎高度为 6.5 m,二道坝高 22.5 m;溢流坝中间三孔和两边孔宽尾墩分别采用对称“Y”型和非对称“V”型结构。

根据模型试验成果,在校核洪水工况,溢流反弧段脉动压强均方根的最大值为 9.98 × 9.8 kPa;常年洪水工况,溢流反弧段脉动压强均方根最大值为 4.67 ×9.8 kPa。在校核洪水工况,消力池底板最大脉动压强均方根值为 8.43 ×9.8 kPa。在校核洪水和设计洪水时消力池临底流速在 15 ~20m/s;在校核洪水工况,出池水流表层流速为 11.96 m/s。消力池底板脉动压强、临底流速和出池流速均高于同期建设的向家坝水电站。

为保证消力池底板稳定,其建基面利用Ⅲ类及其以上岩类,并具备足够的厚度。根据消力池地形地质条件,综合考虑底板稳定和抗冲磨要求,消力池底板设计厚度为 8 m,地基处理部位最大厚度 22 m,混凝土和岩体、下部混凝土和面层抗冲耐磨混凝土采用锚筋束或锚杆锚固,消力池面层采用 1 m 厚 C40 抗冲耐磨混凝土,并与下部结构混凝土连续浇筑。经过 2 个汛期运行,消力池应力应变、底板振动响应监测成果以及泄洪雾化观察情况表明,监测数据均在设计和工程运行允许范围,泄洪流态较为理想,雾化较轻,泄洪建筑物运行总体正常。

## 2.2　高烈度区高坝坝基深层抗滑稳定

本工程场地地震基本烈度为Ⅷ度。其壅水建筑物抗震设防类别为甲类,设计地震取 100 年超越概率 2% 的基岩水平峰值加速度值为 345 gal,校核地震取 100 年超越概率 1% 的基岩水平峰值加速度值为 407 gal。坝基主要分布 $P_2\beta_1^5$ 层玄武质角砾集块熔岩,无顺河向断层发育,建基面岩体质量总体满足大坝与建基面抗滑稳定要求。根据官地坝基地质条件和各坝块特点,其大坝建基面选择原则为:坝高超过 100 m 的坝段的基础置于Ⅱ类岩体上,经有效的处理措施后局部可置于$Ⅲ_1$ 类岩体上;坝高在 50 m ~ 100 m 的坝段,经有效的处理措施后基础可置于$Ⅲ_2$ 类岩体或$Ⅲ_3$ 类岩体上;坝高低于 50 m 的坝段采取有效的处理措施后基础可置于$Ⅲ_3$ 类或Ⅳ类岩体上;大坝基础局部地质缺陷应采取相应的处理措施以满足大坝的建基要求。

河床坝基岩体主要为Ⅱ、Ⅲ类,由于河床坝基中分布有 $f_{xh01}$、$f_{xh05}$、$f_{xh08}$、$f_{xh07}$ 等三、四级缓倾角错动带,与近 SN 顺河向及近 EW 横河向四、五级陡倾节理组合块体控制坝基深层抗滑稳定性。根据前期勘察设计成果,河床坝段深层抗滑稳定安全系数低于规范要求,原设计方案为混凝土深度置换,开挖置换深度为 20 ~ 40 m。由于置换处理方案开挖工程量以及施工难度较大,工期较长,将直接影响电站发电工期的实现,且存在深部开挖可能带来的岩体卸荷松弛问题,对坝基深层抗滑稳定问题进行了进一步深化研究和优化。

(1)对大坝坝基岩体进行补充钻探以及物探测试,进一步查明建基面以下岩体质量和缓倾角错动带的空间分布和性状，以进一步确定坝基深层抗滑稳定边界条件；并利用部分超前钻孔进行长时间测试，以了解坝基开挖引起的岩体卸荷松弛程度以及随时间的变化情况。

(2)采用刚体极限平衡法进行平面稳定分析，对各滑移模式进行初步判断和评价。

(3)采用单坝块和多坝块三维模型对潜在的滑移模式进行稳定性复核。

(4)综合考虑二维和三维稳定性分析成果，对“开挖置换”和“坝基加固”两大类方案进行技术经济合理性综合比较。

通过综合分析认为，坝基深层抗滑三维效应较为明显，考虑三维抗滑效应的坝基深层抗滑稳定安全系数虽低于规范要求，但仍具有较高的安全度，采取一定的坝基加固措施可以满足要求，其坝基处理难度小于开挖置换方案，并对大坝施工工期的影响较小。坝基最终采取了加深坝基固结灌浆、坝后增设预应力锚索和设置坝基抽排帷幕等综合处理措施。具体处理措施如下：

(1)适当挖除上游侧坝基下的$Ⅲ_1$类岩体，以切断坝基内倾向下游的缓倾角错动带。

(2)增设河床坝基抽排帷幕，以进一步降低坝基扬压力。

(3)加深加密坝基固结灌浆孔，并设置锚筋桩，截断对稳定起控制作用的错动带，插入错动带下7 m，错动带上部为5 m，以进一步提高坝基岩体的完整性。

(4)对坝后抗力体进行加固。利用消力池底部回填混凝土，在抗力体部位设置一定数量锚索和锚筋桩。以进一步提高坝后抗力体的阻滑作用。

水库蓄水后，各类监测数据表明，大坝渗流场、应力及变形情况均满足设计和规范要求。

## 2.3　超硬玄武岩骨料混凝土施工配合比

### 2.3.1　大坝混凝土施工配合比优化措施

官地水电站碾压混凝土由于其骨料为抗压强度、弹性模量极高的玄武岩，混凝土自身体积变形、干缩变形较大，极限拉伸值较低，弹性模量及线胀系数大于类似工程，对混凝土抗裂不利。因此，如何调和混凝土强度与变形特性，变形特性指标与防裂性能要求，力学指标与施工性能要求之间的矛盾，尽可能改善混凝土的防裂和施工性能，减少混凝土开裂概率，降低混凝土生产、温控防裂成本成为官地工程较为突出的技术问题之一。官地水电站混凝土施工配合比主要通过以下几个方面的措施进行了优化设计调整。

(1)调整混凝土配合比体系设计技术路线，以满足混凝土抗压强度和耐久性等关键指标要求为前提，适当调整其极限拉伸值等指标要求，以获得良好的混凝土施工与抗裂性能为目标进行混凝土配合比体系设计。

(2)适当延长设计龄期，充分发挥碾压混凝土的后期强度，最大限度提高粉煤灰掺量，以降低水泥用量，改善碾压混凝土力学和热力学特征，降低混凝土绝热温升，减少温度差。

(3)采用优质缓凝高效减水剂并优化其掺量，严格控制砂石骨料级配、超逊径指标、含水率和含泥量或裹粉含量等，生产质量稳定的砂石骨料产品，最大限度减少和稳定混凝土用水量，将水胶比控制在最优范围。

(4)将石粉含量和质量控制在合理范围，获得良好的混凝土施工性能。

(5)在混凝土温控防裂研究成果基础上，结合施工监测与反馈分析，采取与混凝土配合比、混凝土力学与热力学特征以及水工结构、施工条件、施工方法相适应的温控防裂措施，以弥补混凝土变形指标的不足。

### 2.3.2　人工骨料隐性石粉对混凝土性能影响

在碾压混凝土配合比设计中，需考虑一定的石粉含量替代粉煤灰，以获得较好地碾压性能。石粉一般作为砂石加工过程中附加产品，不同母岩在不同生产工艺情况下，砂石骨料中石粉含量也不一样。因官地建设初期供准备工程和厂房用玄武岩砂石骨料生产过程中存在石粉不足的问题，在大坝砂石骨料生产中利用“黑旋风”等设备对部分石粉进行了回收利用，以期满足碾压混凝土的要求。回收利用后发现，细骨料成团现象较为明显，含水量偏大，且不稳定，大坝早期施工的混凝土水泥用量较高，但强度(90 d)及其标准差并不理想。经过采用不同的检测方法对成品石粉含量进行检测，发现大坝砂石系统和厂房砂石系统(未采用石粉回收装置)的成品骨料石粉含量存在较大的差异，且裹着状态不同。大坝砂石加工系统生产的细骨料采用干筛法的石粉含量为 14.3% ~16.0%，采用水洗法的石粉含量为 24.0% ~28.5%，两者相差较大。厂房砂石加工系统生产的人工骨料，粗骨料表面未存在明显的大量裹砂裹粉现象，细骨料采用干筛法的石粉含量平均值约 15.1%，采用水洗法的石粉含量为 18.0% ~21.0%。经检测分析，大坝系统骨料裹粉偏高且附着力强的主要原因是母岩中含有一定成分的磁性矿物以及回收石粉细粒成分较高。

通过对比发现，大坝砂石系统碾压混凝土 28 d 抗压强度较厂房砂石系统碾压混凝土掺大理岩石粉试验研究的碾压混凝土 28 d 抗压强度低 5.5 ~7.5 MPa。为进一步论证裹粉对混凝土性能的影响，进行了采用水泥、粉煤灰、外加剂等原材料相对固定，仅骨料有所变化的混凝土抗压强度试验。

采用不同的砂石加工系统生产的玄武岩骨料拌制的碾压混凝土配合比及抗压强度比较试验成果表明：

(1)采用厂房砂石加工系统生产的骨料拌制的碾压混凝土单方用水量较采用大坝砂石加工系统生产的骨料拌制的碾压混凝土单方用水量少约 10 kg，0.50 水胶比时胶材用量差异在 20 kg 左右(水泥用量差异约 9 kg)。

(2)28 d 龄期同水胶比时，采用厂房砂石加工系统生产的骨料拌制的碾压混凝土抗压强度较采用大坝砂石加工系统生产的骨料拌制的碾压混凝土抗压强度高约 2 MPa；而采用厂房砂石加工系统生产的人工骨料拌制的碾压混凝土每 1 MPa 抗压强度所需胶材用量较采用大坝砂石加工系统生产的人工骨料拌制的碾压混凝土每 1 MPa 抗压强度所需胶材用量少约 3.5 kg。

(3)对采用大坝砂石加工系统生产的玄武岩骨料拌制的碾压混凝土，在试验过程中观察其破坏情况，碾压混凝土在 90 d 龄期时的抗压破坏面仍基本沿着粗骨料与胶砂基界面处破坏。从直观上说明粗骨料与胶砂基的结合力较弱，还不足以达到或接近骨料或胶砂基的本体破坏强度。

(4)每 1% 裹粉抗压强度降低 0.9 MPa。

以上试验和施工检测成果表明隐性石粉对混凝土的力学性能影响极为不利，应严格加以控制。通过关停石粉回收装置和加大粗骨料冲洗等措施后，骨料石粉和隐性石粉含量控制在 15% ~17% 和 5% 左右，碾压混凝土设计龄期由 90 d 调整为 180 d，抗冲耐磨混凝土设计龄期由 28 d 调整为 90 d，每 1 $m^3$ 碾压混凝土减少胶材用量约 20 kg，大大稳定了混凝土用水量和混凝土性能指标，且配合比优化后施工的混凝土力学和施工性能均优于早期施工混凝土，优化后的配合比水平(粉煤灰掺量、胶材用量等)和灰岩等优质中硬岩人工砂石骨料基本相当。

## 2.4　高强度玄武岩人工骨料生产技术

官地料源岩性主要为角砾集块熔岩、长斑、杏仁状玄武岩，岩石致密坚硬，强度极高，最大干抗压强度高达336 MPa，最大湿抗压强度为305 MPa，属超硬岩类，对机械磨损极大。大坝砂石系统需满足混凝土浇筑高峰月强度约为25万 $m^3$ 的混凝土的粗、细骨料供应。系统的毛料处理设计能力约为2 200 t/h，成品料生产能力约为1 750 t/h，其中人工砂生产能力约为600 t/h，成品骨料最大粒径80 mm。因此，采用何种破碎设备和生产工艺，安全、稳定、高效生产合格的人工骨料（尤其细骨料）非常关键。

根据母岩特点和骨料生产需求，借鉴类似工程经验，对砂石加工系统的设备和工艺进行了合理配置和设计。系统共由粗碎、一筛、中碎、细碎、二筛、三筛、立轴破、棒磨车间、废水处理与除尘等车间组成。粗碎车间设2台MK－Ⅱ42－65型旋回破碎机。破碎机加工后的物料经A1－A2胶带机输送至半成品料仓堆存。中碎车间布置3台HP500－ST－C破碎机，破碎后的物料进入二筛筛分。细碎车间布置3台HP500－ST－F破碎机，破碎后的物料进入二筛筛分。二筛与细碎车间形成闭路循环。立轴破车间布置有8台B9100立轴式破碎机。立轴破调节料仓的物料经破碎后通过胶带机运至三筛料仓。3～5 mm的物料一半进棒磨车间制砂，一半进砂仓；小于3 mm的全部进砂仓。三筛与立轴破车间形成闭路循环。

为满足混凝土浇筑强度、系统连续生产及系统的可靠性要求，系统内分别布置了半成品料仓、一筛料仓、二筛料仓、三筛料仓、中碎料仓、细碎料仓、立轴破料仓、制砂原料仓和成品料仓。半成品料仓总容积88 000 $m^3$，成品砂仓总容积104 000 $m^3$。

借鉴玄武岩制砂的大朝山、溪洛渡、金安桥水电站玄武岩砂石系统建设经验，结合官地玄武岩特点，在工艺流程设计中立轴破按25%的成砂率进行计算（一般工程达30%以上），并制定了相应的筛分破碎流程、石粉回收装置。制砂设备主要采用高品质进口棒磨机和立轴破碎机两种联合制砂工艺，有效降低了制砂成本，同时保证了制砂的细度模数满足设计要求。

通过优选设备和生产工艺的优化调整改造，运行设备的精心维护，官地人工砂石骨料生产系统连续2年安全运行，质量稳定，日最大生产能力达3万t，保证了大坝混凝土高强度快速施工需求。

## 2.5　大坝混凝土快速施工温控防裂

官地大坝混凝土温度应力敏感，大坝施工工期紧，上升速度快，温控防裂问题是否能很好解决是大坝能否实现快速施工的关键之一。因温度致裂机理和裂缝成因非常复杂，现有规范和已建工程经验存在较大差距，已建的混凝土高坝，包括碾压混凝土高坝多不同程度上存在混凝土开裂现象，有的高坝甚至出现过危害性裂缝。解决好官地高碾压混凝土坝快速施工条件下的温控防裂问题，无疑是一种挑战。官地工程应用含冷却水管混凝土非稳定温度场和应力场高精度三维有限元仿真计算方法——水管离散单元法，进行了坝体混凝土“厚浇筑层和层间短间歇”的“厚层短歇”的快速施工防裂新技术的研究与应用。

在官地大坝碾压混凝土快速施工温控与防裂方面主要开展了以下富有个性化和创新性研究：

（1）热交换系数等的原位碾压试块试验研究。

（2）大坝不同混凝土区的抗裂安全度研究。

(3)典型坝段不同施工时段非稳定温度场和应力场三维仿真计算分析和各个施工期碾压混凝土4～6.0 m或6 m以上"厚层短歇"快速施工防裂技术的研究。

(4)长闸墩等墙体结构滑模快速施工防裂方法研究。

(5)大坝混凝土施工过程施工防裂方法的动态跟踪性施工反馈研究。

(6)研究防止施工期和蓄水期坝上游面劈头缝出现的施工防裂方法等。

通过官地水电站温控与快速施工防裂技术研究与实践,取得了以下主要成果和经验:

(1)通过大尺度现场碾压实验块的试验研究,是获得接近工程实际的冷却和保温、保湿系统材料特性和热交换系数等研究制定温控措施所需的关键工程参数的有效途径,温控仿真成果更能符合实际情况。

(2)碾压混凝土"厚层短歇"和常态混凝土连续浇筑快速施工不存在制约混凝土防裂技术问题,总体上有利于防止裂缝,可降低仓面裂缝概率。

(3)由于特殊部位边界条件的复杂性,适当提高基础强约束区和闸墩、孔口等结构部位的抗裂安全度,适当加强温控措施是必要的。

(4)在任何情况下,混凝土表面保温、保湿措施是防止出现混凝土施工期裂缝的必要和最有效手段和措施。

(5)在保温、保湿等措施的前提下,适当放宽碾压混凝土最高温度、中期通水温度等要求是可能的,亦是可行的。

(6)针对蓄水前存在的坝体温度场梯度较大和温度偏高的问题,可以通过采用合适的分层同步冷却措施,达到"削高保差",控制混凝土温度场梯度的目的。

(7)蓄水前重力坝坝体温度满足稳定温度场要求不是十分必要,也难以实现,过分强调较低的温度场还可能增加开裂机会。从坝体蓄水前温度梯度满足大坝蓄水期混凝土抗裂要求角度来确定调整蓄水前温度场的措施是合适的,通过中期或后期通水冷却可较好地调整坝体温度场,适当提高坝体及坝体上游区蓄水前温度是可行的。

(8)通过采取制冷混凝土、加强保温、保湿、通水冷却等措施,实现常态混凝土甚至高胶材用量泵送混凝土快速施工是可行的。

该项目研究成果为官地水电站大坝的快速施工、提前工期、节省投资奠定了更为完善的理论基础。实践证明,其快速施工防裂新技术研究成果在官地水电站混凝土施工和水库蓄水阶段得到了成功应用,研究工作全面系统,针对性强,施工防裂方法能适应不同施工阶段、不同部位和各类混凝土的防裂需要,且科学、可靠、安全、易行、经济。通过冷却水管和保温、保湿措施的精确设计和动态控制,成功解决了高坝碾压混凝土"厚层短歇"、表孔超长闸墩以及导流洞堵头快速施工的温度裂缝问题;有效处理了大坝混凝土一期冷却后坝体温度偏高和蓄水前坝体温度大大高于稳定温度的问题。大坝坝体在浇筑期和蓄水期均未出现危害性裂缝。

### 2.6　碾压混凝土快速施工技术

随着碾压混凝土技术的日趋成熟,碾压混凝土在缩短工期、节省投资方面的优势越来越凸显,近十年来,碾压混凝土更是朝着200 m级高坝发展,目前国内已建碾压混凝土坝高已达200.5 m。要实现碾压混凝土高坝的快速施工,首先需系统解决好混凝土砂石骨料生产系统、混凝土生产系统、混凝土运输与入仓方式、高升程或连续上升模板形式及其安装、快速施工温控防裂等一系列问题。与国内同类型工程相比,官地工程的施工布置条件、人工骨料以及混凝土防裂性能均差于已建几座碾压混凝土高坝，制约其快速施工的因素更为复杂，混凝土施工工期更为紧张，施工高峰强度以及高峰持续时间更大、更长，难度更大，其中人工骨料辅助生产、施工道路的布置以及快速施工温控防裂是制约大坝快速施工的瓶颈问题。官地工程充分借鉴已建工程经验和教训，密切结合自身特点、难度和要求，对以上问题超前进行了深入的调查研究论证，并通过对科研、设计、施工进行全过程指导、跟踪、优化、完善，形成了一套全面系统的高碾压混凝土快速施工技术。

#### 2.6.1　辅助生产系统布置

借鉴国内已建碾压混凝土高坝的设计施工经验，充分考虑工程区地形地质条件的有利和不利因素，合理配置生产系统设备，因地制宜进行布置。

(1)利用右岸坝前冲沟和坝后低线道路分别布置高线和低线混凝土生产系统，高低结合、互为补充，以满足大坝左右岸以及不同高程施工的需要。混凝土生产能力满足高峰月25万 $m^3$ 和高温季节施工制冷混凝土需求。高线混凝土系统布置在右岸坝前竹子坝沟内、靠开关站旁，系统占地面积33 300 $m^2$，建筑面积2 600 $m^2$。系统常温混凝土生产规模480 $m^3/h$，预冷混凝土370 $m^3/h$，设置一座 $4\times3$ $m^3$ 型混凝土拌和楼和一座 $2\times6$ $m^3$ 型混凝土拌和楼。大坝低线混凝土系统布置于大坝下游距坝址1.0 km处，分布高1 306～1 224 m范围，主要供应大坝左岸混凝土。系统占地面积47 200 $m^2$，建筑面积4 600 $m^2$。低线混凝土系统设计常温混凝土生产能力600 $m^3/h$，预冷混凝土生产能力440 $m^3/h$，设置2座HL360－2S6000L型强制式搅拌楼。

(2)利用右岸坝前冲沟内布置大坝砂石加工系统。系统充分利用冲沟的地形条件，主要生产线沿冲沟纵向布置并与高线混凝土生产系统自然衔接。系统的毛料处理设计能力约为2 200 t/h，成品料生产能力约为1 750 t/h，其中人工砂生产能力约为600 t/h，与混凝土生产系统相配套。

#### 2.6.2　混凝土运输与入仓方式

根据工程特点和地形地质条件，不同工程的混凝土运输与入仓方式差异较大，目前国内通常采用的方式有汽车、皮带机、塔带机、负压真空溜管或满管溜槽以及不同方式的组合形式。从已建工程的情况看，各种运输和入仓方式各有利弊，或对地形条件要求较高，或设备运行维护工程量、投资较大，或运输能力有限等。经综合比较认为，采用汽车运输和入仓具有经济、快捷等优势，官地工程混凝土运输和入仓主要采用汽车方式，尽最大限度创造了大坝上下游临时道路运输条件，除利用施工总体规划道路外，在大坝高程1 310 m以下通过挖填方式增加了多条上游运输和入仓道路，满足了官地工程碾压混凝土连续快速施工的要求。

工程碾压混凝土入仓方式以汽车水平入仓为主，缆机、管溜槽垂直入仓为辅；常态混凝土主要以缆机、塔机垂直入仓为主，泵送以及长臂反铲为辅等入仓方式。并重点针对高峰期主要以上游汽车水平入仓方式为主的情况制定了跨大坝防渗区入仓下料措施，以解决汽车上游入仓对大坝防渗区施工存在不利影响的问题。针对廊道分割、中孔等混凝土运输和入仓施工难度较大部位，主要根据浇筑区域施工条件采取制作或浇筑临时卸料平台，架设贝勒桥，预留缺口等措施进行汽车入仓或卸料。封仓后仓内运输主要通过满管溜槽或架设临时卸料平台进行汽车入仓或卸料。

#### 2.6.3　模板型式

大坝坝体浇筑所用模板主要为3 m×3 m大型全悬臂翻升钢模板，局部采用小型组合钢模板型式。廊道采用预制混凝土模板；坝前牛腿采用薄壁预制混凝土模板；溢流表孔闸墩迎水端曲面、中孔喇叭口进水段及坝后弧面均采用定型组合钢模；溢流表孔中墩采用液压滑模，溢流面下部反弧段采用牵引式滑模或组合翻升模板。

溢流坝段中墩墩长 51.80 m，宽 5.0 m，高 30.0 m(EL1304.00～1334.00)，可滑升高度 27.00 m(EL1304.00～1331.00)；在 EL1317.77 处设有混凝土锚墩(左右各悬臂 2 m)，闸墩缩短至 35.02 m。溢流表孔中墩使用常规拆移式模板分层浇筑混凝土时，需要 100 天；而采用滑动模板施工时，只需要 36 天，表孔弧门开始安装时间提前近 2 个月时间。由于滑动模板施工连续上升，改善了混凝土面约束条件，在一定程度上降低了闸墩断裂的概率。混凝土脱模时强度很低，混凝土缺陷亦能得到及时处理。

通过使用上述模板，施工效率大大提高，拆模、立模速度快，保证了混凝土快速施工和外观质量的需要，实际缩短工期 1 个月。

#### 2.6.4 仓面规划与设计

鉴于碾压混凝土的施工特性，其仓面规划与设计，尤其是采用汽车水平入仓时，远比常态混凝土复杂，其仓面设计包括升层高度、供料方式(包括变态和常态混凝土)、入仓口布置、碾压方向、碾压分区与碾压次序、最大仓面计算与供料强度、资源配置、仓内道路规划、供水管路规划、冷却水管的铺设与引接等。

根据大坝结构与施工特点，高温季节碾压混凝土连续施工时，采用斜坡碾压工艺，左右岸各开一仓，仓面面积控制在 5 000 $m^2$ 以内。低温季节碾压混凝土施工时，仓面面积控制在 10 000 $m^2$ 以内。

根据仿真计算和现场原位试验成果，大大突破对混凝土间歇层层厚和间歇时间限制条件，碾压混凝土一次升程高度或间歇层厚一般为 6 m，局部达到了 9 m。

为加快高温季节碾压混凝土施工速度，减小碾压面积，大量采用斜层碾压工艺，针对官地大坝坝顶长 516 m，左右分 2 个仓号。下部采用顺水流方向碾压(坡向上游)；上部采用垂直水流方向碾压；小仓面或廊道分割部位采用平仓碾压。

## 3 几点体会

### 3.1 混凝土配合比设计及大坝混凝土分区

#### 3.1.1 混凝土配合比设计

如何将混凝土的力学等性能和施工性能(和易性、可碾性等)或其强度和变形性能有机结合起来，让其既满足使用要求，又对施工和其防裂有利既是一个技术问题，也是一个观念问题。配合比设计首先应该从材料体系综合考虑，其材料性能应综合考虑其原材料、外加剂的特点，混凝土强度和变形性能的时间效应，同时还要考虑施工措施的影响，通过综合措施来满足结构对混凝土强度和变形等方面的要求。就官地电站而言，由于混凝土骨料强度很高，其自身体积变形、干湿变形量大，混凝土弹性模量和线胀系数较高，通过增加水泥用量获得较高的极限拉伸值弊大于利。

综合比较利弊，不宜将大体积混凝土极限拉伸值作为配合比设计的强制性要求，对于大体积混凝土结构混凝土，要求较高的早期强度没有必要，采用长龄期设计是可行的。通过调整骨料石粉含量、级配、细度模数、高效减水剂等外加剂掺量和设计龄期，可尽最大限度提高粉煤灰掺量，减少了混凝土水泥用量。实践证明，官地大坝无论碾压还是常态混凝土、泵送混凝土施工性能良好,混凝土绝热温升控制在合理范围,各项指标均满足大坝结构要求,并通过采取合适的的温控防裂措施,有效防止了温度裂缝的发生。

#### 3.1.2　大坝混凝土分区

从结构设计角度而言,变种混凝土区域希望各类混凝土性能能够逐渐过渡,但分区过多或过细,不利于变种区碾压混凝土和常态等其他混凝土施工和施工质量控制。根据官地水电站建设情况,平面上尽量采用同一级配混凝土,在溢流面变种区域,采用统一级配变态混凝土过渡是可行的。

### 3.2　"厚层短歇"碾压混凝土快速施工与通水冷却

理论和实际在官地水电站建设中均已证明,采用"厚层短歇"快速施工碾压混凝土大坝是可行的,为确保混凝土不出现危害性裂缝,官地水电站混凝土施工同时采用了混凝土预冷和通水冷却以及其他保温、保湿等综合温控防裂措施,温控防裂投入相对较大。

混凝土预冷和预埋冷却水管旨在混凝土温升阶段和混凝土强度上升过程中控制混凝土的最高温度以达到控制内外温差和基础温差之目的。在官地等高碾压混凝土坝快速上升过程中,实际施工中温升过程通水冷却措施实施难度较大,削峰效果不理想,高温时段浇筑温度等控制不严,大坝一期冷却后普遍存在温度偏高现象。官地实测坝体混凝土最高温度35~45 ℃,中期冷却前坝体平均温度梯度0.5 ℃/m左右,坝体上游面高程上温度梯度局部达到1 ℃/m,中期冷却部分时段降温速率达到0.3 ℃/d,蓄水前大坝前20 m温度为25 ℃左右,与蓄水水温差为15 ℃左右,以上数据远高于设计要求。但至今为止,根据大坝其他变形监测数据和仿真分析成果,并结合施工期巡视检查情况,除在施工期因表面保温保湿问题产生过浅表层局部裂缝现象,大坝未出现危害性裂缝,蓄水后大坝抗裂安全度和各项监测数据满足工程要求。

对于碾压混凝土而言,如何确定合适的温控措施和要求,结合官地上述实际情况谈几点体会供工程界和学术界参考,以期达到进一步深化对碾压混凝土,尤其是快速施工工程,温控防裂问题的认识,进一步完善碾压以及常态混凝土温控设计体系之目的。

第一,碾压混凝土"厚层短歇"或厚层常态混凝土连续浇筑完全可行,不存在制约混凝土温控防裂的技术问题,也不会大幅度增加温控措施成本。结合工程自身特点,对快速施工的高碾压混凝土坝采取一定的温控措施,尤其是高温时段和蓄水前,是有必要的。

第二,混凝土裂缝发生的主要原因是温差和湿度变化。在碾压混凝土快速上升过程中,在采取常规保温保湿措施下,通过通水冷却可以获得安全的温度场。适当提高混凝土最高温度控制值,高温时段碾压混凝土(基础强约束区除外)不进行预冷是可行的。

第三,基础强约束区、闸墩边墙等特殊部位的抗裂安全度和温控措施应与其他部位碾压混凝土区域区别对待,施工期为控制强约束区的基础温差和内外温差,同时采取预冷、通水以及保温保湿等综合温控措施是必要的。

第四,施工期、蓄水期和运行期混凝土抗裂安全度应进行动态设计与控制,不同阶段,其抗裂安全度可区别对待,可制定符合不同阶段混凝土特点和工程要求和特点的温差标准、温度场梯度和通水降温速率等要求。对强约束区以外的大部分碾压混凝土而言,适当降低施工期和蓄水初期抗裂安全度是可行的。

第五,通水冷却总体规划、设计与实施对发挥冷却水管的作用至关重要,应充分考虑坝体廊道布置,并结合仓面设计进行统筹规划。碾压或浇筑过程中应及时将冷却水管引接至供水主管进行通水冷却,将大大提高冷却通水作用,根据碾压混凝土的施工特点,在混凝土初凝后进行通水冷却是合适的。

第六,针对蓄水前大坝温度场梯度和温度较高的情况,预埋冷却水管显得更为必要,蓄水前应制定合理的中期或后期冷却方案与措施,以获得安全的大坝温度场。

### 3.3 其他问题

#### 3.3.1 大坝廊道与孔洞布置

对混凝土大坝而言,大坝坝基帷幕廊道、坝基排水廊道、大坝观测廊道、大坝坝内水平及垂直通道等是大坝不可缺少的组成部分,如何根据工程特点,合理布置以减少大坝廊道对碾压混凝土施工影响是碾压混凝土大坝设计可以加以改进的一个方面。官地大坝设计施工情况表明,廊道和坝内孔洞对碾压混凝土的施工布置、组织影响较大,从而对施工质量控制不利。根据官地大坝施工和其他类似工程设计经验,对大坝廊道和孔洞设计提出如下几点意见供工程设计施工参考。

(1)大坝廊道宜尽可能布置在同一高程。

(2)有条件的情况下,大坝电梯井可布置在坝外。

#### 3.3.2 混凝土溜槽设计

在高碾压混凝土坝快速施工中,混凝土垂直运输手段亦是不可或缺的,通常采用大尺寸满管溜管或真空负压溜槽运输方式,溜管应根据混凝土特性和施工要求进行系统设计,包括受料斗大小、溜管尺寸、管内结构、溜管倾斜角度以及溜管材料、壁厚等。根据官地满管溜槽运行情况,溜管下料不畅,且钢管磨损严重,虽然采取了一些改进措施,效果不理想。因此,建议在类似工程中,溜槽设计应综合考虑自身碾压混凝土性能的影响,应尽可能提前将溜槽投入使用,并在使用前进行工艺性试验,以验证其施工性能,采用合适的溜槽设计参数。

## 4 结 语

官地水电站设计与施工始终贯彻“科学论证、动态设计,信息化施工”的建设管理理念,通过深入细致的科研设计和严格的施工管理,电站在质量、安全和投资可控的前提下,实现了大坝混凝土快速施工。在高陡峡谷高坝底流消能、高烈度区高坝深层抗滑稳定分析与处理、高碾压混凝土大坝快速施工、混凝土温度控制和防裂和高强度人工骨料生产等方面取得了一系列科研、设计和施工技术成果,经济效益和社会效益显著,工程设计与施工的经验值得类似工程借鉴。

### 参考文献

[1] 肖平西, 赵永刚, 袁琼,等.官地水电站高坝底流消能研究[R].成都勘测设计研究院,2010.
[2] 刘昉,等.官地泄洪消能实时监控与预警预报系统研究[R].天津大学,2011.
[3] 肖平西,赵永刚,袁琼,等.官地水电站大坝抗滑稳定性复核研究报告[R].成都勘测设计研究院,2010.
[4] 钟登华,钟桂良,等.官地碾压混凝土质量实时监控系统研究[R].天津大学,2011 .
[5] 强盛,朱岳明,等.官地高碾压混凝土重力坝温控与快速施工防裂技术研究[R].河海大学,2011.
[6] 二滩水电开发有限责任公司官地建设管理局.官地水电站蓄水验收报告[R].2011.
[7] 中国水电工程顾问集团成都勘测设计研究院科研所.雅砻江官地水电站大坝混凝土配合比深入优化试验研究报告[R].2011.

# 重力坝抗滑稳定预警研究

杨志勇　裴　亮　徐建江

（四川大学水利水电学院　四川　成都　610065）

**摘要**：针对目前重力坝安全监测预警系统关于抗滑稳定预警存在的不足，对抗滑稳定理论进行探讨，在《混凝土重力坝设计规范》（DL 5108—1999）使用极限状态设计表达式的基础上提出了定量的抗滑稳定安全评价方法，并针对实际工程，给出了简化的多滑面计算公式，将研究成果结合自动化监测数据，研制了抗滑稳定预警分析软件。实例证明，该预警分析软件能够通过监测数据对坝基抗滑稳定安全状态进行实时评估和预警。

**关键词**：重力坝　抗滑稳定　安全评价　多滑面　预警

## 1　引　言

重力坝抗滑稳定一直是工程设计和运行期间关注的焦点。1971 年，Biswas 等统计了 300 座大坝的失事原因，其中因坝基问题失稳的比率达 35%[1]。因此为避免大坝因坝基问题出现失稳，必须加强对坝基抗滑稳定预警。

随着自动化技术突飞猛进的发展，国内外在大坝监测自动化及预警系统的研究方面取得了丰硕成果。但是，目前大坝安全监测系统针对抗滑稳定预警分析的研究还存在不足，主要是因为《混凝土重力坝设计规范》（DL 5108—1999）（下面统称规范）对于抗滑稳定计算未规定量化的安全评估方法，且对于坝基缓倾软弱结构面为多滑面时，规范中并未明确规定多滑面的计算方法。因此，为了能够对坝基安全状态进行全面的预警分析，该文在规范的基础上探讨定量的安全评估方法，并针对实际工程，推导出了简化的多滑面计算公式。基于.NET Framework 4.0 和 C#，将研究成果运用到抗滑稳定预警分析中，结合实时监测数据，研制了抗滑稳定监测预警分析软件。

## 2　抗滑稳定预警理论

重力坝抗滑稳定的预警分析机制主要是通过连接自动化数据采集系统实时调用上下游水位监测值和埋设在坝踵、坝址的应力计监测值计算建基面、坝址、坝踵、深层滑动面的安全度，将安全度与预警指标比较，从而实现实时预警分析。规范中关于建基面、坝址、坝踵、双斜深层滑动面的计算都作了明确规定，不再赘述。但是规范中采用分项系数极限状态设计方法，通过比较不等式来评价建筑物的安全度，无明确量化评估方法[2]，这给实现预警分析带来诸多不便，而且对于坝基缓倾软弱结构面为多滑面时，规范中并未明确规定多滑面的计算方法，若将多滑面简化为双斜面计算将不能反映实际的深层滑移情况[3]，计算结果易出现偏离。因此，下面就抗滑稳定定量安全评估方法和多滑面计算方法进行探讨。

### 2.1　抗滑稳定定量安全评估方法

对于表层失稳，依据规范，建基面和坝址按承载能力极限状态设计表达式进行稳定性分析计算，坝踵要求垂直应力不出现拉应力，规范规定的设计表达式

$$\gamma_0\psi S(\gamma_G G_K,\gamma_Q,Q_K,\alpha_K) \leqslant \frac{1}{\gamma_{d1}}R\left(\frac{f_K}{\gamma_m},\alpha_K\right) \tag{1}$$

式中：符号意义参考规范[4]。

对于深层失稳，使用极限状态表达式(1)进行稳定性分析，以分项系数极限状态表达式替代传统的单一安全系数设计法。双滑动面的作用效应函数和结构抗力函数为

$$S(\bullet) = \sum P_d \tag{2}$$

$$R(\bullet) = \{(\sum W + G_1)(f'_{d1}\cos\alpha) + Q[\cos(\varphi-\alpha) - f'_{d1}\sin(\varphi-\alpha)] - f'_{d1}U_1 + c'_{d1}A_1\}/(f'_{d1}\sin\alpha + \cos\alpha) + U_3 \tag{3}$$

结合上述两种失稳模式的计算理论，将作用效应和抗力效应对建基面、坝址及深层滑动面的影响量化，令 $\overline{S}=\gamma_o\psi S(\bullet)$，$\overline{R}=\dfrac{R(\bullet)}{\gamma_d}$，以 $\overline{R}$ 与 $\overline{S}$ 的比值为坝基抗滑稳定安全度，为无量纲量，即

$$\overline{K} = \overline{R}/\overline{S} \tag{4}$$

式中：$\overline{S}$ 为作用效应，$\overline{R}$ 为抗力效应。

$\overline{K}$ 考虑了作用效应和抗力效应的影响，作用效应和抗力效应包含了所有有效荷载的作用，因此将 $\overline{K}$ 作为坝基抗滑稳定的安全度是合理的。由式(1)可知，坝基抗滑稳定的预警指标为1，若 $\overline{K}\leqslant 1$，即 $\overline{R}\leqslant\overline{S}$，建基面和坝址不安全；若 $\overline{K}>1$，即 $\overline{R}\geqslant\overline{S}$，建基面和坝址安全。

### 2.2　简化的多滑面计算方法

现行多滑面抗滑稳定计算理论以美国军工师团颁发的《重力坝设计导则》EM—110—2200 的计算理论为基础进行推导，该计算公式复杂，采用试算迭代法求解，计算量大，常出现计算结果不收敛的情况，实际工程中使用较少。而目前规范使用分项系数极限状态设计法取代了单一安全系数法，结合分项系数法，对多滑面计算公式进行简化。

多滑面抗滑稳定受力示意如图1所示，根据错动带和岩层分布将滑裂面分为 $n$ 块，将上部坝体自重、水重和上下游水压力、泥沙压力转化为作用在滑裂体表面的竖向应力 $\sigma$ 和水平切应力 $\tau$，由参考文献[5]可知，$\sigma=\sigma_{\mathrm{yd}}+\dfrac{(\sigma_{\mathrm{yu}}-\sigma_{\mathrm{yd}})}{B}x$，$\tau=a_1+b_1x+c_1x^2$，其中 $a_1=(\sigma_{\mathrm{yd}}-p_{\mathrm{d}})m$，$b_1=-\dfrac{1}{B}\left(\dfrac{\sigma\sum p}{B}+2\tau_{\mathrm{u}}+4\tau_{\mathrm{d}}\right)$，$c_1=\dfrac{1}{B^2}\left(\dfrac{\sigma\sum p}{B}+3\tau_{\mathrm{u}}+3\tau_{\mathrm{d}}\right)$，$\tau_{\mathrm{u}}=(p_{\mathrm{u}}-\sigma_{\mathrm{yu}})n$，$\tau_{\mathrm{d}}=(\sigma_{\mathrm{yd}}-p_{\mathrm{d}})m$，式中：$x$ 为距离坝踵的水平长度；$\sigma_{\mathrm{yu}}$、$\sigma_{\mathrm{yd}}$ 为坝趾、坝踵应力，kPa；$B$ 为坝基面宽度；$\sum p$ 为作用于坝段上全部水平力的总和，kN；$n$、$m$ 分别为上、下游坝坡坡率；$p_{\mathrm{u}}$、$p_{\mathrm{d}}$ 分别为上、下游水平压力。

第 $i$ 块滑移体滑裂面 $AB$ 的作用效应函数：

$$S(\cdot) = Q_{i-1} - \sin(\alpha_{i-1}+\beta_i) - Q_1\sin(\alpha_i+\beta_i) + \left(w_i + \int\sigma \mathrm{d}A_i - \int\sigma \mathrm{d}A_{i-1}\right)\sin\beta_i + \left(\int\tau \mathrm{d}A_i - \int\tau \mathrm{d}A_{i-1}\right)\cos\beta_i \tag{5}$$

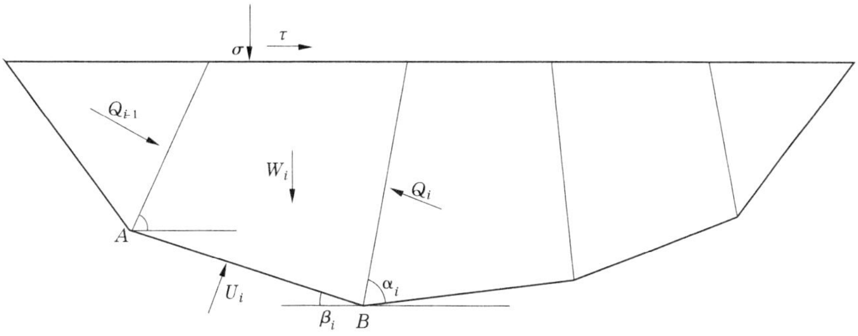


**图1 多滑动面受力示意**

抗力效应函数：

$$R(\cdot)=f_i[Q_{i-1}\cos(\alpha_{i-1}+\beta_i)-Q_i\cos(\alpha_i+\beta_i)+(w_i+\int\sigma dA_i-\int\sigma dA_{i-1})\cos\beta_i-(\int\tau dA_i-\int\tau dA_{i-1})\sin\beta_i-U_i]+c_i(A_i-A_{i-1}) \tag{6}$$

式中：$i$ 表示第 $i$ 个滑块；$A_i$ 为滑块 $i$ 至坝踵的水平作用面积；$U_i$ 为滑块 $i$ 扬压力；$w_i$ 为滑块 $i$ 自重；$Q_i$ 为滑块 $i$ 与滑块 $i+1$ 之间推力；$\alpha_i$ 为滑块 $i$ 与滑块 $i+1$ 之间错动面倾角；$\beta_i$ 为第 $i$ 滑裂面倾角；$f_i$、$c_i$ 为第 $i$ 滑面抗剪断摩擦系数和凝聚力。

上述方法的导出与传统刚体极限平衡法核算抗滑稳定的思路是一致的，以等安全系数法的思想进一步推导，即第 $i$ 滑裂面上有

$$\overline{K}=\frac{R\left(\dfrac{f_K}{\gamma_m}\alpha_K\right)}{\gamma_0\psi\gamma_{d_1}S(\gamma_G G_K,\gamma_Q Q_K,\alpha_K)} \tag{7}$$

实际工程中，错动面倾角 $\alpha_i$ 较难确定，根据工程经验通常取 $\alpha_i=90°$，对该公式进行简化。令

$$\varepsilon=\overline{K}\gamma_0\psi\gamma_{d_1},p_i=(w_i+\int\sigma dA_i-\int\sigma dA_{i-1})\cos\beta_i-(\int\tau dA_i-\int\tau dA_{i-1})\sin\beta_i-U_i]+c_i(A_i-A_{i-1});$$

$$q_i=(w_i+\int\sigma dA_i-\int\sigma dA_{i-1})\sin\beta_i+(\int\tau dA_i-\int\tau dA_{i-1})\cos\beta_i，即$$

$$\varepsilon_i=\frac{-Q_{i-1}\sin\beta_i f_i+Q_i\sin\beta_i f_i+P_i}{Q_{i-1}\cos\beta_i-Q_i\cos\beta_i+q_i} \tag{8}$$

移项：

$$Q_{i-1}=Q_i+\frac{P_i-q_i\varepsilon_i}{\varepsilon_i\cos\beta_i+f_i\sin\beta_i} \tag{9}$$

其中 $i=1,2,\cdots,n$，累加消元可得：

$$Q_0=Q_n+\sum_{i=1}^{n}\frac{P_i-q_i\varepsilon_i}{\varepsilon_i\cos\beta_i+f_i\sin\beta_i} \tag{10}$$

由图1可知，$Q_0=Q_n=0$，即令 $\varepsilon_1=\varepsilon_2=\cdots=\varepsilon_n=\varepsilon$ 得到改进后的多滑面抗滑稳定计算公式：

$$\sum_{i=1}^{n}\frac{p_i-q_i\varepsilon}{\varepsilon\cos\beta_i+f_i\sin\beta_i}=0 \tag{11}$$

$\overline{K}=\varepsilon/(\gamma_0\psi\gamma_{d_1})$为整体安全度。由于每一个滑块的$P_i$和$q_i$都是独立的，首先计算$P_i$和$q_i$，然后采用二分法求解式(11)即可获得整体安全系数$\overline{K}$。该公式形式简洁，计算量小，考虑了多滑面的作用，能够反映实际的深层滑移情况。因此，对于坝基深层滑动面为多滑面时采用式(11)计算整体安全度。

## 3　软件研制

基于.NET Framework 4.0 和 C#程序开发平台，研制重力坝抗滑稳定预警分析软件。以规范中规定的抗滑稳定计算方法为依托，抗滑稳定定量安全评估方法为基本预警方法，预警指标值设置为1，当坝基存在多滑面时，使用简化的多滑面计算公式计算。对于不同的工程，可以提前录入坝体相关计算参数，滑动面地质参数$f'$、$c'$和滑动面节点坐标，然后通过实时调用上下游水位监测值和埋设在坝踵、坝址的应力计监测值对坝基任意深层滑动面计算分析，对异常情况及时预警。如图2所示为某工程监测预警分析界面。

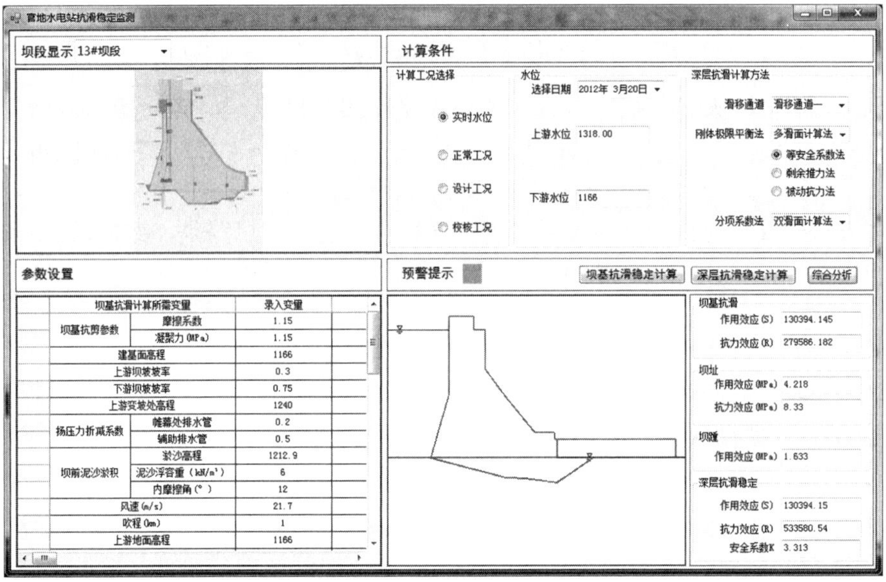


**图2　某工程监测预警分析界面**

## 4　工程实例

某重力坝工程为一等大(1)型工程，坝基地质条件较复杂，坝基玄武岩内缓倾结构面较发育，计算工况采用正常工况，上游水位1 330.00 m，相应下游水位1 203.70 m。图3所示为地勘给出的该工程13#坝段的滑移通道。

表1为预警分析软件计算13#坝段滑移通道的安全度$\overline{K}$，从表1中可知，滑移通道一、二、四在正常工况下是安全的，滑移通道三的$\overline{K}$为0.924，预警提示红灯，但是考虑到坝体下游存在护坦压重，可以认为该滑移通道也是安全的。安全度$\overline{K}$只能反映当日的安全状况，不能掌握坝基安全状况的变化趋势，软件可以绘制安全度$\overline{K}$的历时过程线，直观掌握坝基安全状况的变化趋势并进行预测。由预警分析软件绘制蓄水期库水位上升过程线，从2012年2月9日高程1 252.93 m至2012年3月31日高程1 318.04 m(见图4)，并绘制13#坝段

滑移通道一的安全度 $\overline{K}$ 的历时过程线如图 5 所示。

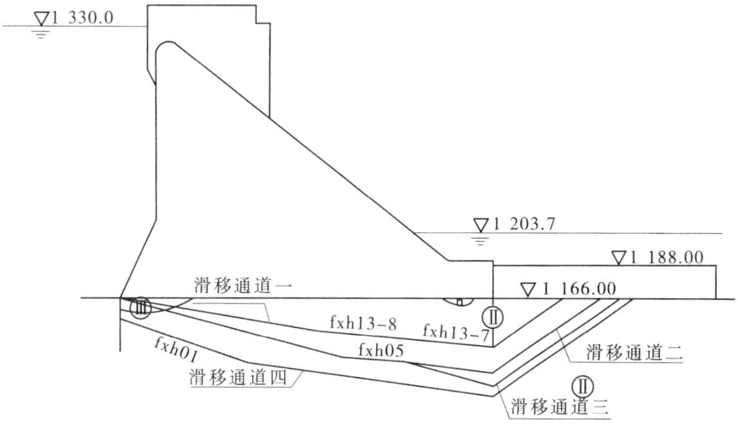


**图 3 某工程 13# 坝段滑移通道**

**表 1 某工程 13# 坝段滑移通道的安全度 $\overline{K}$**

| 计算方法 | 一 | 二 | 三 | 四 |
|---|---|---|---|---|
| 简化多滑面计算法 | 1.030 | 1.182 | 0.924 | 1.545 |

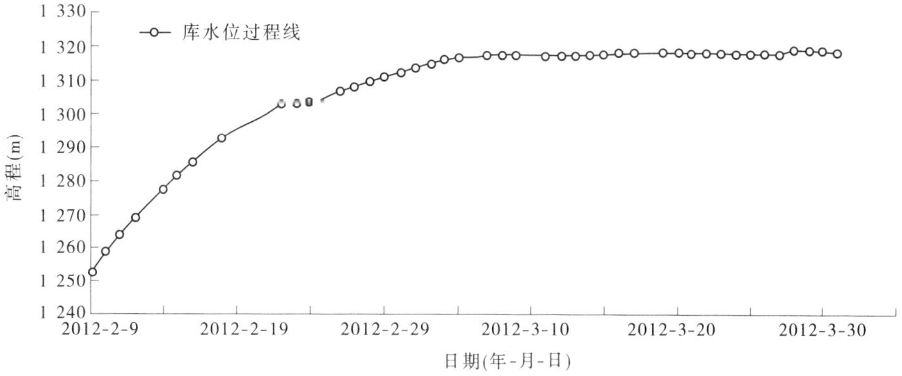


**图 4 库水位过程线**

由图 5 可知,随着库水位的逐渐上升,抗滑稳定安全度 $\overline{K}$ 逐渐降低,2012 年 2 月 9 ~ 13 日安全度 $\overline{K}$ 降低幅度较大,应予以重视,但是总体变化趋势趋于稳定,证明该蓄水期坝基抗滑稳定未出现异常,坝基安全状况良好。

## 5 结 语

本文在重力坝设计规范的基础上探讨了抗滑稳定安全度定量评估方法,并提出了简化的多滑面计算公式。该公式形式简洁,有效避免了试算迭代法带来的计算量大的问题,计算结果收敛,更加适合于实际工程运用。将研究成果运用到预警分析中,结合自动化监测数据,研制了重力坝抗滑稳定预警分析软件。工程实例验证,该软件能够通过实时调取监测数

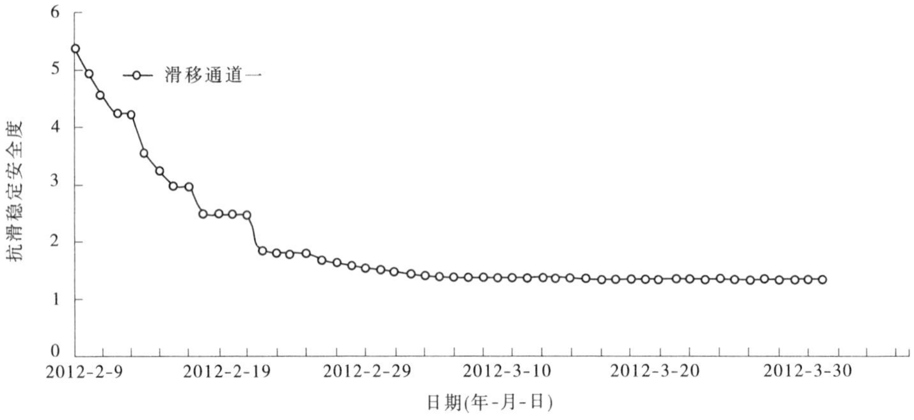


**图 5　抗滑稳定安全度 $\overline{K}$ 值历时过程线**

据对坝基抗滑稳定安全状态进行计算分析,通过绘制安全度 $\overline{K}$ 值历时过程线,可以直观掌握坝基安全状况的变化情况,并对未来发展趋势进行预测。

## 参考文献

[1] 周泽,周峰. 重力坝深层抗滑稳定计算探讨[J]. 岩土力学,2008,29(6):1719-1722.
[2] 陈祖煜,陈立宏. 对重力坝设计规范中双斜面抗滑稳定分析公式的讨论意见[J]. 水力发电学报,2002(2):101-102.
[3] 彭文明. 多滑动面深层抗滑稳定求解方法探讨[J]. 水电站设计,2009,25(1): 1-3.
[4] 韩祖恒,苗琴生,聂广明,等. DL 5108—1999 混凝土重力坝设计规范[S]. 北京:中国电力出版社,2000.
[5] 林继镛. 水工建筑物[M]. 4 版. 北京:中国水利水电出版社,1986: 55-58.

# 锦屏一级地下厂房洞室群围岩稳定性综合分析

黄书岭[1]　邬爱清[1]　王继敏[2]　丁秀丽[1]　卢　波[1]　董志宏[1]

（1. 长江科学院 水利部岩土力学与工程重点实验室　湖北　武汉　430010；
2. 雅砻江流域水电开发有限公司　四川　成都　610051）

**摘要**：锦屏一级水电站地下厂房洞室群围岩施工期呈现出的变形特征与力学行为已超出现有的工程经验，开挖支护与施工控制等问题突出。本文在对洞室群工程地质条件认识的基础上，提出了采用全空间赤平投影量化分析与多源信息融合分析相结合的分析方法，获得了地下厂房工程区域初始地应力场分布规律；总结归纳了洞室群围岩变形开裂规律，验证了反演获得的初始地应力量值和方位的合理性；从定性和定量相结合的角度揭示了地下厂房洞室群区域出现一系列的变形破坏现象的诱发与形成机制，建立了围岩变形开裂机制的力学分析模型；回归了围岩卸荷后变形模量与波速的关系式，建议了洞室围岩强松弛区、弱松弛区和未松弛区等与之相对应的变形和强度参数；根据高应力下层状岩体力学特性提出了考虑卸荷演化的层状岩体力学模型及其数值模拟方法，并用于锦屏一级地下厂房洞室群围岩稳定分析与支护评估中，揭示了高应力－低强度应力比条件下洞室群施工围岩卸荷力学响应规律。研究结果表明，洞室群整体开挖完成后的现场监测结果和围岩稳定现状等证实了所提出的认识的合理性，同时洞室群整体支护系统有效地抑制岩体时效变形的发展，确保了洞室群围岩的长期稳定和支护系统安全。

**关键词**：锦屏一级水电站　地下洞室群　高地应力　低强度应力比　围岩稳定　卸荷力学响应规律

## 1　引　言

锦屏一级水电站地下厂房大型地下洞室群地质条件复杂，洞室岩体强度较低，地应力高，f13 、f14、f18 断层横跨地下厂房三大洞室。洞室群的开挖支护设计与施工控制以及整体稳定等问题十分突出，施工期所呈现出的围岩变形特征与力学行为已超出已有的工程经验[1]。根据监测资料及声波测试资料综合判断，地下厂房围岩变形与松弛圈深度普遍显著大于同类埋深和规模的地下厂房，锚杆应力和锚索载荷超载比例高，一些重要部位围岩的变形还未收敛[1]。从地下厂房施工期现场的围岩破坏情况来看，在主厂房、主变室的拱腰、拱座和侧边墙以及母线洞侧墙等部位，已经明显呈现出高应力、低强度应力比情况下围岩的卸荷变形与破坏特征。

面对锦屏一级水电站地下厂房洞室群施工期呈现的上述工程问题，一些学者从围岩稳定、施工技术、变形破坏现象的规律及其形成机制、洞室群围岩卸荷演化特征、损伤时效变形预测以及动态调控等不同角度和方面进行了初步探讨。李仲奎等对该地下厂房洞室群稳定

资助项目：国家自然科学基金资助项目（51179013、51179014、51379022 和 50909007）以及中央级公益性科研院所基本科研业务费项目（CKSF2012002/YT）资助。

性控制面临的严峻挑战性问题进行了分析[2]；段汝健等探讨了该地下厂房洞室群开挖需要解决的关键性施工技术难题[3]；魏进兵等分析了施工期该地下厂房围岩出现的变形与破坏现象的特征[4]；卢波、黄润秋等对该地下厂房围岩呈现的开裂变形现象的机制进行了初步的探讨[5,6]；黄书岭等采用所提出的考虑卸荷演化的层状岩体本构模型及其数值模拟方法，在反演获得了初始地应力场以及层状岩体力学参数，对锦屏一级地下厂房洞室群施工期围岩卸荷演化规律进行了三维数值模拟分析[7]；朱维申等采用损伤流变耦合的三维模型和分析方法，对地下厂房洞室的长期时效变形进行预测分析[8]。

上述这些成果为深入认识高应力下锦屏一级水电站地下厂房洞室群围岩卸荷力学行为、围岩稳定以及支护长期安全等提供了前提。在这些研究的基础上，本文从地下厂房洞室群初始地应力场特征、围岩变形开裂规律、围岩卸荷力学特性、地下洞室群围岩稳定与支护安全等多视角，总结分析锦屏一级地下厂房洞室群围岩卸荷力学响应规律，并对洞室围岩长期稳定性进行探讨。文中的一些认识或建议可为国内的类似工程设计和建设提供借鉴。

## 2　锦屏一级地下厂房工程概况

### 2.1　地下厂房洞室群布置

锦屏一级水电站引水发电系统布置于坝区右岸，地下厂区洞室群规模巨大，主要由引水洞、地下厂房、母线洞、主变室、尾水调压室和尾水洞等组成，三大洞室平行布置[9]，见图 1。厂房纵轴线方位采用 N65°W，厂内安装 6 台 600 MW 机组，主厂房全长 276.99 m，吊车梁以下开挖跨度 25.60 m，以上开挖跨度 28.90 m，开挖高度 68.80 m；主机间尺寸为 204.52 m × 25.90 m × 68.80 m（长 × 宽 × 高），顶拱高程为1 675.10 m。主变室位于主厂房下游，厂房和主变室之间的岩柱厚度为 45 m，主变室长 197.10 m，宽 19.30 m，高 32.70 m，顶拱高程 1 679.20 m。尾水调压室设置两个圆形调压室。1#调压室顶高程 1 689.00 m，高 80.50 m，上室直径 41 m，下室直径 38 m。2#调压室顶高程 1 688.00 m，高 79.50 m，上室直径 37 m，下室直径 35 m。

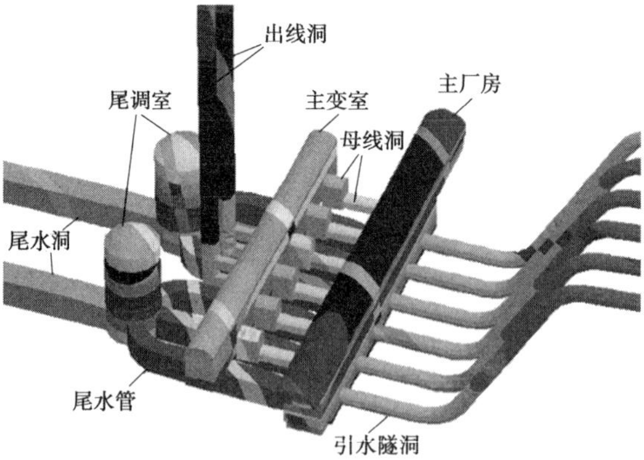


**图 1　锦屏一级水电站地下洞室群布置示意图**

### 2.2　工程地层岩性

厂区出露地层主要为三叠系中上统杂谷脑组第二段第 2 ~ 4 层大理岩（$T_{2-3Z}^{2-4}$）地层[10]。其中第二层大理岩 $T_{2-3Z}^{2}$ 位于主厂房和主变室最里段，以及靠山里侧的压力管道和尾水管区域。上部岩性以中薄层状大理岩为主夹少量绿片岩，层面裂隙发育；下部为角砾状大理岩，厚层—块状结构。在厂区开挖揭示的该层既有中—厚层状大理岩，又有薄层状大理岩，夹顺层绿片岩，中硬与坚硬岩相间分布。第三层大理岩 $T_{2-3Z}^3$ 厚20～50 m，以条纹状大理岩、同色角砾状大理岩为主，夹极少量薄层绿片岩，岩体多呈厚层—块状结构。第四层大理岩 $T_{2-3Z}^4$ 厚80～100 m，岩性为灰白色大理岩、杂色角砾状大理岩，角砾成分以大理岩质岩块、岩屑为主，其次为透镜状、团块状绿片岩和石英片岩，零星分布的绿片岩构成了第4层中的软弱结构面。后期侵入少量云斜煌斑岩脉（X），呈平直延伸的脉状产出，一般宽2～3 m，局部脉宽可达7 m。总体产状 N60°～80°E/SE∠70°～80°，延伸长多在1 000 m以上，部分地段可见小分支、尖灭现象，后期构造运动使煌斑岩脉与围岩接触面多发育成小断层，厂区煌斑岩脉明显有断层错动迹象，脉体一般破碎，自稳能力差。

锦屏一级厂区岩性较复杂，既有成分较纯的大理岩，又有杂色、角砾状大理岩，还有绿片岩等，各类岩石饱和单轴抗压强度取值见表1。洞室区围岩划分为4个大类，由于深埋洞室与浅埋洞室围岩的紧密状态、地应力量级存在较大差异，第2层大理岩在厂区岩体结构表现为厚层—块状结构，部分地段层面裂隙发育，以中厚层状结构为主，因此，将Ⅲ类围岩又细分为Ⅲ1、Ⅲ2。地下洞室区围岩整体上以Ⅲ1、Ⅲ2为主，局部Ⅳ类[10]。

**表1　岩石饱和单轴抗压强度**　（单位：MPa）

| 微晶大理岩 | 条纹状大理岩 | 条带状大理岩 | 角砾状大理岩 | 绿片岩 | 弱风化大理岩 | 煌斑岩 |
|---|---|---|---|---|---|---|
| 60～75 | 60～75 | 60～75 | 60～75 | 25～50 | 40～60 | 60 |

## 2.3　工程地质构造

工程区位于印支期紧闭倒转三滩向斜之南东翼（正常翼），岩体受构造影响较强，断层、层间挤压错动带、节理裂隙等构造结构面较发育[10]。地下厂房区域岩层总体为 N50°～60°E/NW∠30°～40°，走向与厂房轴线大角度相交，缓倾山外。

主要发育有 NE 向的 f13、f14、f18 等断层，以及 NEE 向和 NW～NWW 向的小断层。其中 f13 断层斜穿过厂房安装间部位，产状 N60°～70°E/SE∠60°～80°，主要由碎裂岩、角砾岩、糜棱岩构成，胶结，挤压紧密，多强风化，岩体呈碎裂结构；f14 断层穿过厂房主机间、主变室以及1#尾水调压室等洞室，总体产状 N60°～70°E/SE∠70°～80°，风化较强，岩体呈黄色；f18 断层沿左岸Ⅱ勘探线上游的煌斑岩脉与大理岩接触面发育，大角度斜穿河床延至右岸，产状 N70°E/SE∠70°～80°，主要有灰黑色糜棱岩、角砾岩组成。

节理裂隙发育的优势方向主要有4组，第一组产状 N30°～60°E，NW∠30°～40°；第二组产状 N50°～70°E/SE∠60°～80°；第三组产状 N25°～40°W/NE（SW）∠80°～90°，主要见于安装间部位；第四组产状 N60°～70°W/NE（SW）∠80°～90°，一般间距较大，面多锈染，起伏粗糙、多闭合，个别张开0.5～3 cm，最大张开可达20 cm，充填少量岩屑及泥。

## 2.4　工程施工进展

地下厂房洞室分11层开挖（EL1 675.1 m～EL1 606.3 m），自2007年1月开始，至2010年3月开挖全部完成，分层开挖高度为4～4.8 m；主变洞室分4层开挖（EL1 679.2m～EL 1 641m），自2007年5月开始，至2010年4月全部开挖完成；尾调室分14层开挖（EL1 689 m～EL 1 608.5m），自2007年10月开始，至2010年12月开挖全部完成。各大洞室开挖分层与时间关系见图2。

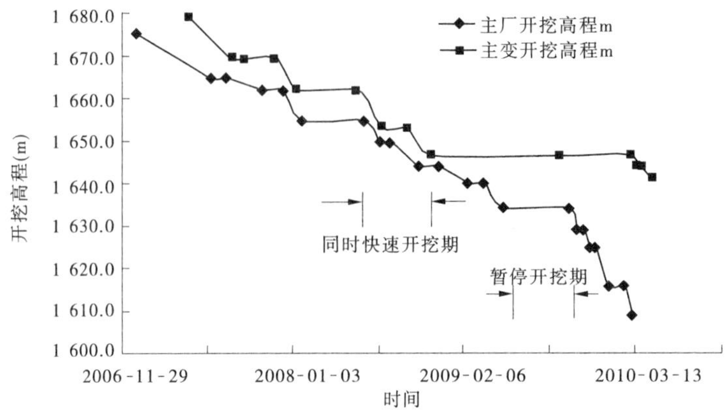


(a)主厂房和主变室

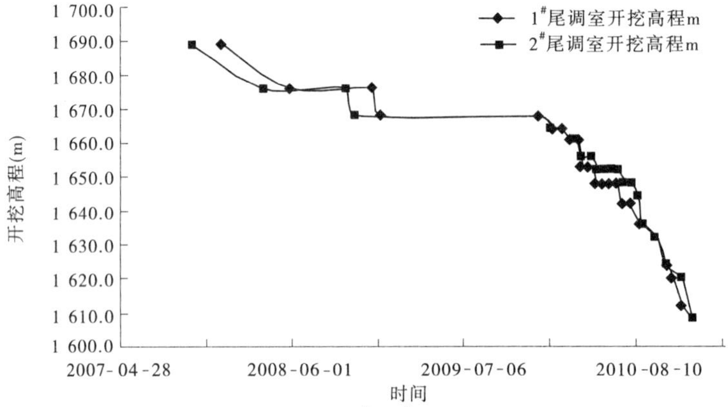


(b)1#和2#尾调室

**图 2　地下厂房三大洞室开挖时序**

## 3　工程区域初始地应力场分布规律

### 3.1　研究方法和分析思路

地应力测试是了解工程区域初始地应力场分布特征的重要手段，其测试成果是建立表征地应力场分布特征的数值量化模型的基础资料。然而，由于当前的地应力测试技术水平和实际工程岩体赋存地质条件的复杂性，地应力测试成果往往具有相当的误差[11]。而通过数值手段建立地应力场定量化模型的一个核心步骤是使得量化模型在既有地应力测点上的预测值与实测值的离差平方和最小；因此地应力实测数据这一基础信息的质量和精度将直接影响地应力场量化模型的可靠性。鉴于此，首先基于工程区域地质构造背景和局部地形地貌等影响因素形成对工程区域地应力场的宏观判断和总体认识，然后采用全空间赤平投影方法和典型特征平面投影应力解析对地应力测点应力张量特征进行全面的量化分析，并与前期勘探平硐出现的破坏现象的力学定性分析成果进行对比研究和印证，从而对地应力测试结果的代表性和可靠性进行科学地甄别，筛选出能够从宏观上体现工程区域地应力场分布特征的测点进行初始应力场回归分析。由此形成了结合工程区域宏观构造地质背景、地应力测试成果解析、工程现场破坏现象力学定性分析等多种手段对地应力测试数据进行科学分析和筛选的综合研究方法，见图 3。

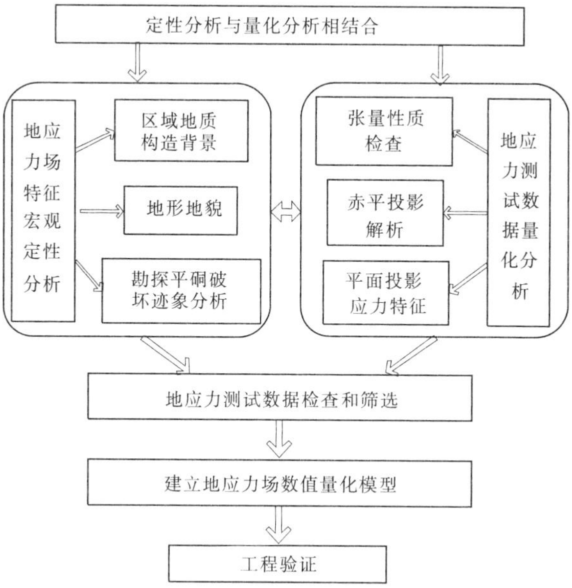


**图3　建立地应力场数值量化模型的分析流程图**

## 3.2　初始地应力场分布规律

综合利用上述方法与多源信息融合分析方法[10]反演获得了锦屏一级地下厂房工程区域初始地应力场分布规律(见图4～图7)。

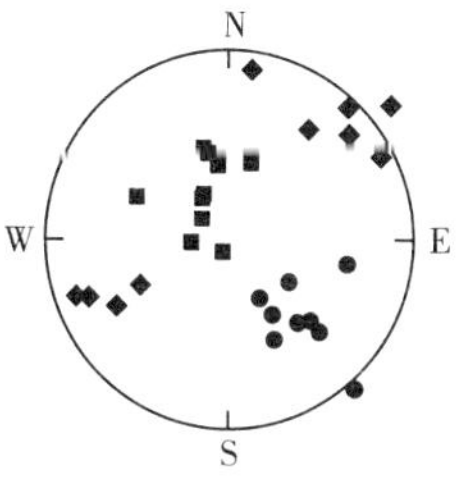


**图4　地应力测点主方向全空间赤平投影**

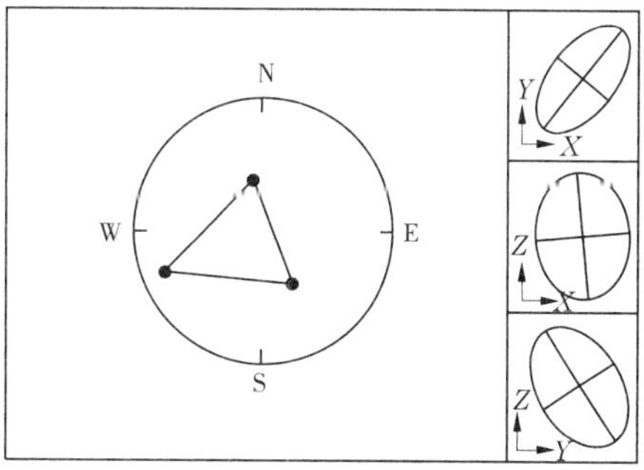


**图5　地应力测点 $\sigma_{27-5}$ 全空间赤平投影与切面应力椭圆**

(1)工程坝址区地处青藏高原向四川盆地过渡之斜坡地带,由于青藏高原的快速隆起并向东部扩展推移,在自北而南挤压和自西而东的挤压作用下,工程区域的现今构造应力场为NW～NWW向主压应力场。

(2)大主应力在山体内部的1#机组部位为近竖直方向到山体外侧的6#机组段逐步向上游方向发生偏转,且倾向河谷方向;大主应力方向与厂房轴线呈小角度相交并偏向下游侧,且在断层附近的应力场发生了局部分异,主应力矢量明显偏转。

(3)地下厂房洞室群区域最大主应力的量值为－19～－31 MPa,中间主应力的量值为－11～－19 MPa,最小主应力的量值为－6～－15 MPa。围岩强度应力比为1.5～3,洞室群处于极高—高应力状态。

总之,洞室群区域的地应力场及其分布受河谷演化和断层及煌斑岩脉等地质构造的双

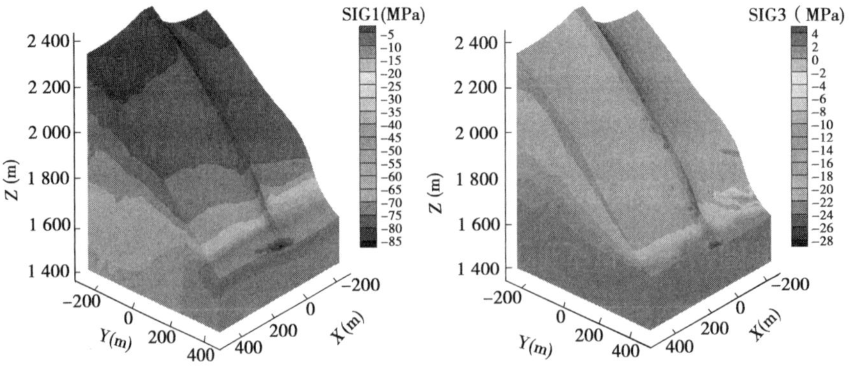


(a) 大主应力　(b) 小主应力

**图 6　锦屏一级水电站厂房区域主应力分布图**

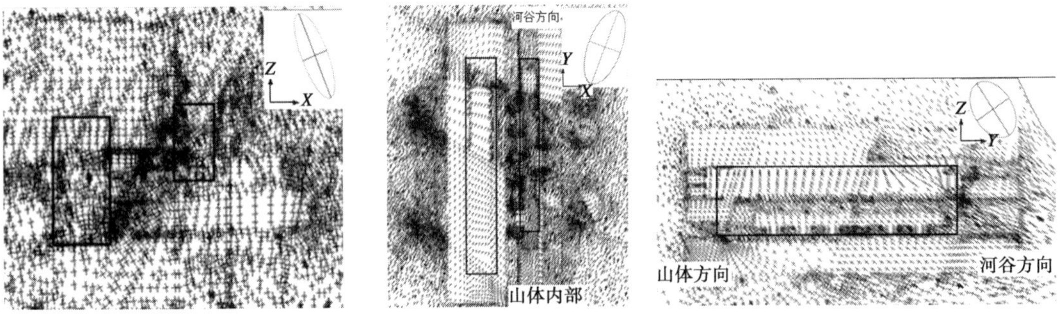


(a)3# 机组段中心　(b) 高程 1 650 m 平面　(c) 主厂房中心轴线

**图 7　典型断面主应力矢量图**

重影响，表现为偏向河谷区域应力集中，主控因素为水平构造应力，体现的是河谷地应力场的显著特征；向山体内部延伸，山体自重逐步取代构造应力成为主控因素，呈现的是自重应力场特征。应力场的这种分布规律增大了厂房两端的应力变化梯度。另外，在断层和煌斑岩脉等地质构造附近的地应力变化剧烈，存在显著的应力分异现象。从整体上来看，洞室群处在应力过渡带上，局部受地质构造影响显著，显示了初始地应力场空间分布的变异性和复杂性。

## 4　洞室围岩变形开裂规律与机制

洞室围岩的破坏可分为应力控制型和岩体结构控制型两种，前者多见于高地应力区。在锦屏一级地下洞室群的开挖施工过程中，发现了诸多与高应力相关的变形破坏现象。这些破坏现象对于从宏观上把握和认识地应力场的方位和量值具有重要的启示和验证作用。实际上，开挖洞室围岩的变形和破坏，主要是在开挖卸荷引起的回弹应力和重分布应力的作用下发生的。地下洞室围岩的稳定性问题本质上是可能出现的围岩应力与围岩强度间的矛盾问题，而诸如地应力、岩性、岩体结构乃至地下水等各类因素都是通过对这 2 个方面施加影响而改变地下洞室围岩的力学稳定性态。通过力学定性分析和三维数值模拟等手段，对地下洞室群围岩变形开裂机制进行探讨。

### 4.1　高地应力下洞室围岩变形开裂规律

对于锦屏一级地下厂房洞室群而言,高应力导致的围岩变形破坏类型很常见且具有很强的规律性。从上述现场洞室群揭示的变形破坏来看,总体上的规律表现为,对于垂直河流向的洞室,围岩变形破坏现象主要出现的位置基本在下游侧拱腰(如厂房、主变室下游拱腰,见图8和图9)和上游侧边墙(厂房上游边墙吊车梁以下开挖期表部岩体普遍出现了较为强烈的卸荷回弹破坏等),这种破坏类型的工程表现为无论开挖过程中还是支护后,破坏都较明显,开挖过程中片帮剥落,支护后最早发现混凝土喷层开裂、钢筋弯折内鼓。对于与河流流向近平行的洞室如尾水管、母线洞等,围岩变形破坏主要出现的位置基本上是外侧顶拱破坏严重,破坏形式表现为外侧顶拱片帮剥落,或内鼓弯折(对于薄层大理岩),内侧下部劈裂、卸荷松弛。另外,大桩号侧(临近河谷方向洞室)围岩的破坏程度和发生频率比小桩号(往山体内部方向洞室)围岩往往表现地更为严重和频繁[1]。

可见,锦屏一级地下厂房开挖过程中围岩出现的这些破坏现象,从发生位置来看,与图7(a)所示的地应力方位对洞室围岩可能破坏特征基本一致,且具有明显的河谷地应力特征。也即是,这些现象从宏观上基本揭示出了地下厂房区域地应力场主应力的方位特征和量值的空间分布特征。根据这一认识和判断,可见工程区域初始地应力场分布规律与洞室群开挖后出现与高应力相关的一系列宏观破坏现象的发生位置和影响规律以及分布特征是基本一致的,表明了所获得的这一初始地应力场的合理性。

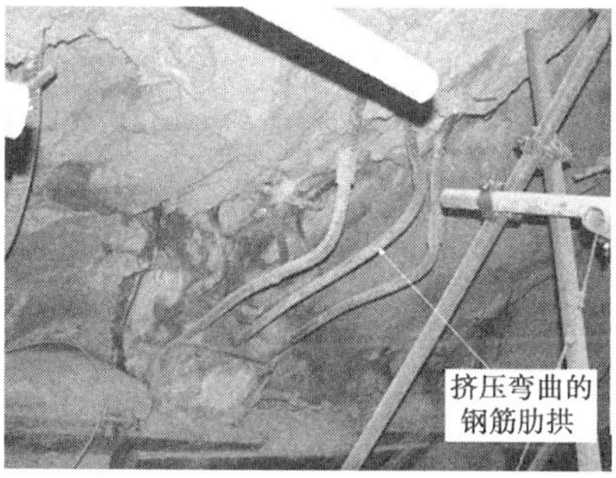


(a) 厂房下游侧拱肩钢筋肋拱挤压弯曲

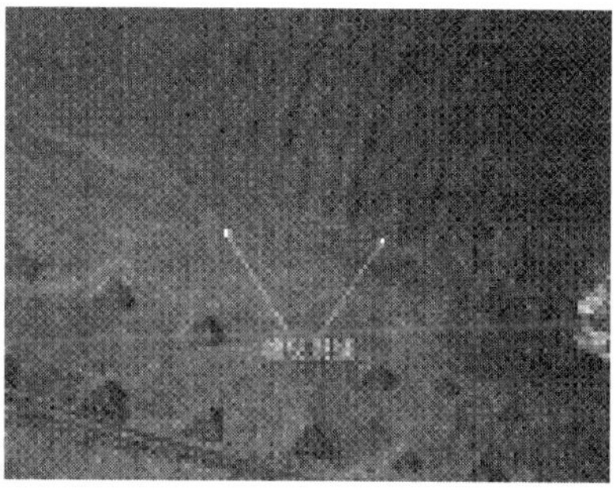

(b) 主变室下游拱座喷层裂缝

图8　垂直河流方向洞室围岩变形破坏现象

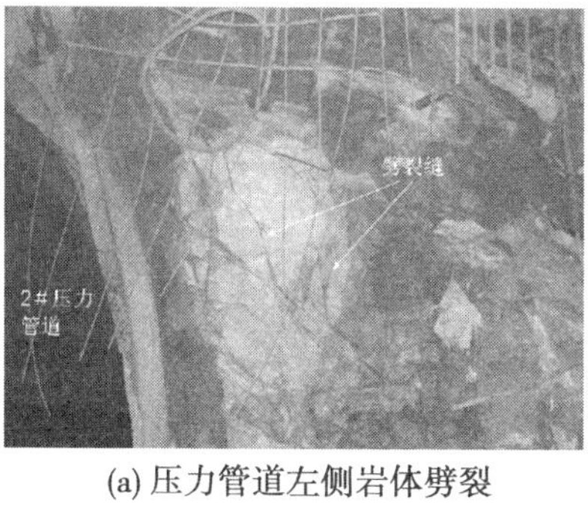


(a) 压力管道左侧岩体劈裂

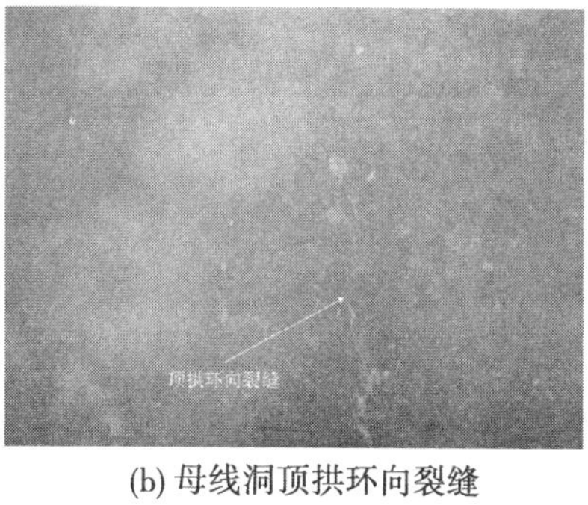


(b) 母线洞顶拱环向裂缝

图9　垂直河流方向洞室围岩变形破坏现象

## 4.2　洞室围岩变形破坏机制

### 4.2.1　主厂房和主变室等垂直河流向的洞室

从地下厂房开挖过程中现场揭示的围岩变形破坏现象可知，主厂房下游拱腰部位出现了喷层开裂、脱落，岩体劈裂、内鼓和压碎，主变室下游拱座附近出现喷层裂缝等变形破坏现象。而上述现象在上游侧顶拱部位没有出现。同时，厂房下卧过程中主厂房上游边墙中下部围岩劈裂破坏表现强烈，表层岩体劈裂呈鳞片状。

图 10 给出了采用弹性数值分析进行洞室群开挖数值模拟，以便更好地考察围岩出现破坏前（也即开挖瞬间）的二次应力场分布。地下厂房开挖后，在主厂房下游拱脚和上游边墙中下部、主变室下游拱脚部位均有明显的切向应力集中现象，应力集中系数最大为 2.4 左右；且主厂房和主变室下游侧顶拱的切向应力显著大于上游侧顶拱部位。与以上定性分析结论一致，这些破坏现象的产生与初始应力场的方位有着密切关系。

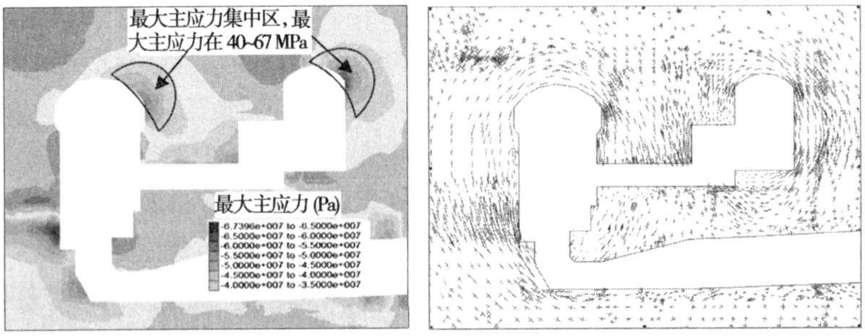


(a) 厂房开挖应力等色云图　　(b) 厂房开挖应力矢量切面图

**图 10　地下厂房开挖围岩应力分布**

可见，主厂房和主变室下游拱脚部位围岩和喷层所表现出的强烈的高应力破坏特征主要与厂区地应力场的空间方位和大小有关，该地应力场在主厂房和主变室横断面上形成了一种十分不利的初始应力状态，使得洞室开挖后在下游拱脚部位围岩的切向应力集中现象更为显著。同时，断面上的最大、最小主应力差值较大，更易导致围岩的劈裂破坏和层面裂隙的张开，从而加剧了表层岩体的内鼓弯折变形及破坏。

### 4.2.2　母线洞等顺河向洞室

在母线洞、副厂房联系洞、出线下平洞等顺河向洞室出现的环向裂缝，其产生的原因主要是主厂房和主变室开挖后，上部岩体的荷载逐渐转移到主厂房和主变室之间的岩墙，岩墙所受的垂直向应力增加，加上水平方向卸荷、应力减小，在较大的应力差作用下岩体产生劈裂，并朝临空面方向变形，导致近直立的环向裂缝。因此，上述环向裂缝均属于开挖之后，应力调整过程中出现的变形破坏，属于应力主导型的破坏，且受控于主厂房和主变室之间岩墙的破坏，这种岩石劈裂现象首先发生在主厂房和主变室近临空面部位，随着厂房的开挖、下卧，应力逐渐向深部转移，变形与松弛范围也向深部发展，宏观上表现为顺河向洞室环向裂缝的增多和不断扩展。母线洞开挖应力分布见图 11。

在开挖卸荷量较大的洞室一侧，喷层的开裂现象表现更为显著。由于主厂房一侧的开挖卸荷量远大于主变室，而且两边洞室底板高程有较大差异，因此母线洞和副厂房联系洞出现的环向裂缝在主厂房下游边墙一侧更加显著，且靠两侧边墙附近的裂缝多于边墙中部。出线下平洞的环向裂缝则主要受主变室控制。

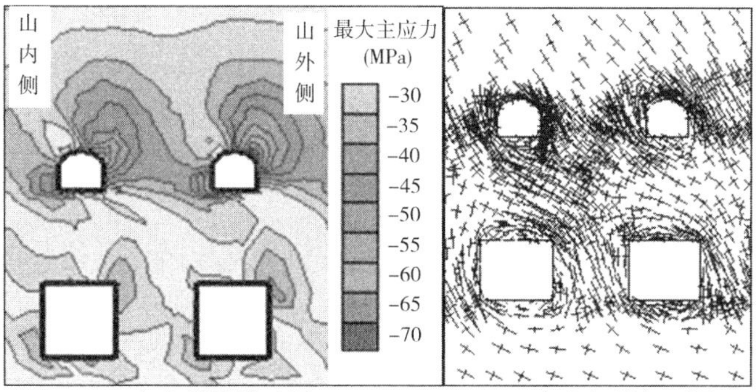

(a) 应力等值线云图　(b) 应力矢量切面图

图11　母线洞开挖围岩应力分布

### 4.3　围岩变形破坏与地应力及岩体结构综合分析

(1)从地应力角度而言,对于厂房和主变室等近垂直河流流向的洞室,在下游侧拱座和上游侧边墙易出现应力集中而导致围岩破坏。锦屏一级地下厂房围岩变形开裂机制概化模型如图12所示。该模型可以较为合理地解释垂直河流方向如主厂房和主变室等洞室下游侧拱腰部位的围岩、喷层变形开裂现象以及平行河流方向的洞室如母线洞山外侧顶拱和内侧下部的变形破坏现象。对于主厂房和主变室等垂直河流方向的洞室(见图12(a)),下游侧顶拱的围岩变形破坏应为较大的切向应力集中作用下产生的压致拉裂。对于母线洞、尾水管等顺河向洞室(见图12(b)),最大主应力方向与洞向大角度相交,倾向山外,容易在山外侧顶拱和内侧下部产生应力集中,因此,这2个部位围岩破坏也最强烈。

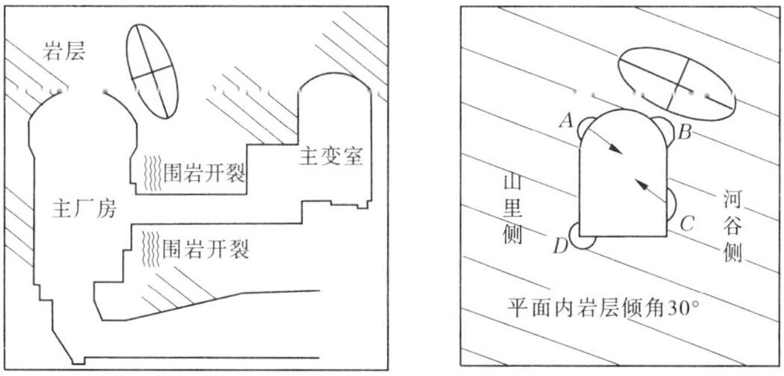

(a)垂直河流方向的洞室(如主厂房)　(b)平行河流方向的洞室(如母线洞)

图12　地下厂房围岩变形开裂机制分析模型

另外,受开挖影响,厂房下游侧应力方位发生调整,在较低的围岩强度应力比条件下,因厂房和主变室之间的岩柱三向卸荷,下游边墙围岩近临空面区因卸荷变形开裂,使围岩力学特性进一步劣化、变形加剧,边墙表层岩体变形相应增大。同时,由于主厂房和主变室之间岩墙内部岩体结构的演化,导致了其力学特性的改变,即由岩层层面内的横观各向同性转变为平行厂房边墙方向。这是主厂房下游边墙变形较大的一个重要原因[1]。

(2)从岩体结构来看,这些应力诱导破坏现象与地下厂区岩层倾向偏下游,以及其与厂房轴线小角度相交也是有一定关系的。地下厂区岩层总体为N50°~60°E/NW∠30°~40°,其与主厂房横剖面的交线倾角为20°,倾向下游侧;其与主厂房纵剖面的交线倾角为30°左右,倾向河流一侧。因此,岩层在厂房上游侧向洞内临空方向为斜顺倾结构,而在下游侧则为逆倾结构。前者利于地应力的释放和转移，而后者不利于地应力的释放，容易产生应力集中，导致围岩在较高的切向集中应力作用下表层岩体发生劈裂破坏，而围岩劈裂和开挖释放荷载进一步引起围岩变形，诱发不利的层面裂隙张开，加剧了表层岩体的弯折内鼓变形和破坏。同样，在母线洞、尾水管等顺河向洞室外侧为反倾结构，内侧为顺倾结构，外侧拱座更易应力集中。

综上所述，高地应力区洞室围岩的变形破坏本质上是由层状岩体强度和地应力的相对强弱来决定的。厂区最大主应力为20～30 MPa，最大值超过35 MPa；而层状大理岩的单轴抗压强度为60～75 MPa；应力强度比为1.5～4.0，为高—极高地应力区。一般而言，洞室开挖后，围岩应力大致产生2～3倍的应力集中。洞室开挖后本来就偏高的初始围岩应力产生较大的开挖释放荷载，加上调整后的应力由于应力集中很容易达到甚至超过岩体的抗压强度，从而导致围岩的破坏。

## 5　洞室围岩卸荷力学特性

### 5.1　岩体变形模量与波速的关系

对可研阶段室内岩石力学试验和现场岩体力学试验成果进行分析，根据现场变形试验和声波测试结果建立模量和波速的相关关系。

#### 5.1.1　可研阶段试验回归公式

根据《锦屏一级水电站可行性研究阶段岩石力学试验研究报告》（成都勘测设计研究院科研所）中对现场岩体变形模量与声波波速建立了相关关系。按幂函数回归，得综合公式：

$$E = 0.015\,7V_{P}^{4.130\,7} \tag{1}$$

#### 5.1.2　修正回归公式

基于前期现场岩体变形试验结果与对应声波值，选取了Ⅲ、Ⅳ类大理岩建立回归关系曲线（见图13）和回归关系式：

$$E = 0.176\,5e^{0.822\,1V_P} \tag{2}$$

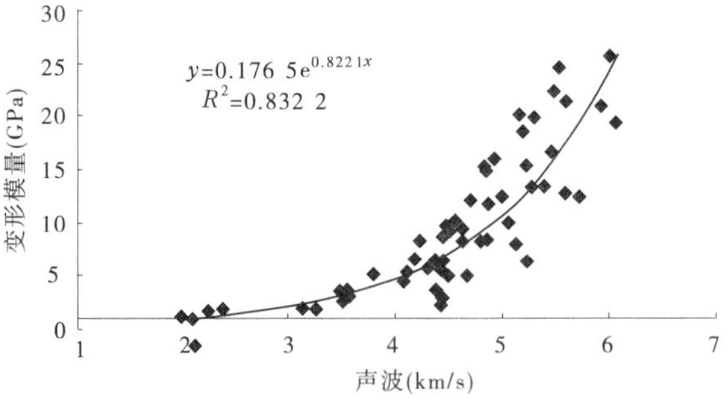


图13　变形模量 $E_b \sim V_P$ 修正关系曲线

#### 5.1.3　长江科学院回归公式

长江科学院根据岩体变形参数与工程岩体质量标准[BQ]值之间的关系[14]，统计分析了三峡、水布垭、皂市、周公宅等工程同步进行的工程岩体分级与现场岩体力学试验的数据，总计有岩体变形参数以及与之对应的工程岩体质量指标[BQ]值54个，拟合得到岩体变形模量与工程岩体质量标准的关系式为：

$$E = 0.098\,6e^{0.010\,5[BQ]} \tag{3}$$

#### 5.1.4　变形模量与波速三种回归公式的比较

针对岩体不同波速值，对上述三种变形模量与波速的对应关系进行比较分析。从图14可以看出，三种回归公式的总体趋势值一致，其中在低波速区修正回归公式、长科院回归公式大于可研阶段试验回归公式；而在高波速区可研阶段试验回归公式略大于前两者；修正回归公式结果大致介于其他两个公式之间。

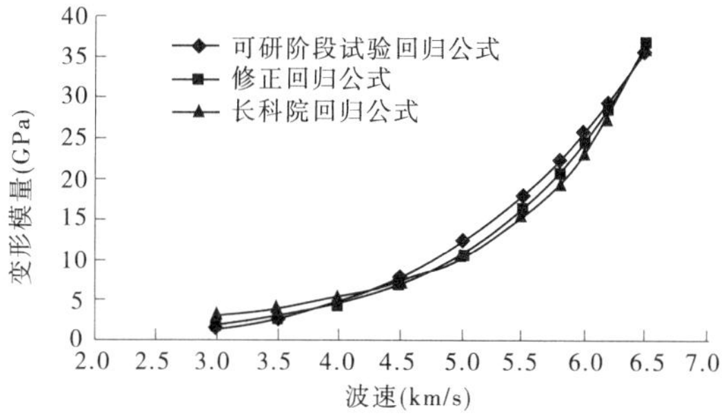


图14　变形模量－声波对应关系的对比分析图

### 5.2　洞室卸荷岩体变形强度参数

根据围岩声波测试结果[12]，划分为强松弛区、弱松弛区及未松弛区，其中围岩强松弛区岩体波速为2 000～4 500 m/s，弱松弛区波速为5 000～6 000 m/s，未松弛区波速为5 800～6 200 m/s，如图5所示。参照可研阶段和施工期的岩体力学参数建议值，并利用施工期围岩的声波测试结果，综合确定了厂区Ⅲ类围岩未松弛区、弱松弛区和强松弛区对应的变形强度参数取值，见表2。其中，围岩强松弛区内卸荷方向的变形模量相对于原岩降低了60%～80%，弱松弛区内卸荷方向的变形模量相对于原岩降低了30%～50%。

表2　围岩分区对应的岩体力学参数取值

| 围岩分区（Ⅲ类） | 变形模量（GPa） | | 泊松比 | 抗剪强度 | | 抗拉强度 $R_t$（MPa） |
|---|---|---|---|---|---|---|
| | 卸荷方向 | 非卸荷方向 | | $f$ | $c$（MPa） | |
| 未松弛区 | 15～25 | 16～30 | 0.2～0.3 | 1.0～2.3 | 3～5 | 0.8～2.0 |
| 弱松弛区 | 8～15 | 9～18 | 0.2～0.35 | 0.9～1.2 | 1.5～2 | 0.3～1.0 |
| 强松弛区 | 3～6 | 6～10 | 0.2～0.35 | 0.8～1.2 | 0.8～1.2 | 0.2～0.4 |

## 6　地下洞室群围岩稳定与支护安全分析

### 6.1　洞室围岩卸荷演化分析理论

（1）根据层状岩体力学试验成果和现场层状岩体卸荷破坏特征的认识，层状岩体的变形与强度皆反映出不同程度的各向异性特征，岩体的变形行为和破坏机制呈现出与各向同性岩体较明显的差异。根据高应力层状岩体洞室的卸荷特点，建立了任意坐标系下考虑岩体结构—卸荷损伤演化耦合作用的层状岩体硬化—软化本构模型理论（Iayered Rockmass Composite Model，简称LRCM）及其数值模拟方法[15]。该理论采用有限差分理论和算法以及内变量演化理论较好地解决了高应力下层状边坡岩体卸荷损伤演化问题；通过考虑岩体结构特性与高应力交互作用，并利用多重屈服塑性力学理论，较好地解决了岩体结构与卸荷损伤演化耦合作用的问题。在文献[15]中已验证了该模型可以体现母岩和层面各自的破坏模式，能够描述层状岩体变形和强度的各向异性特征以及高应力环境中的岩体结构和岩石渐进破坏为特征的变形破坏现象,以及由此所导致层状岩体力学特性的劣化响应(见图15)。

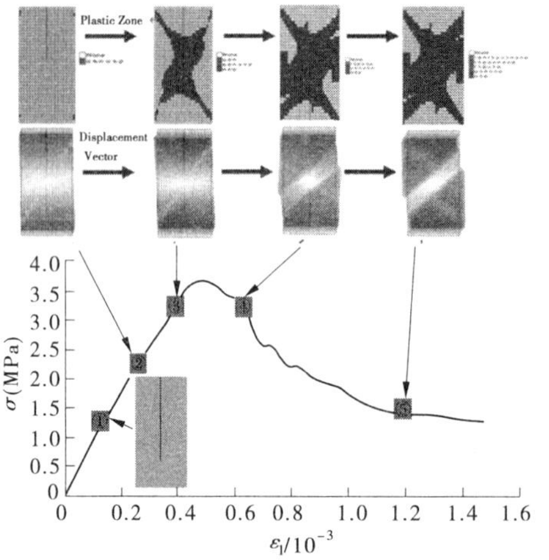


**图15　层状岩体应力-应变曲线与渐进破裂(或滑移)过程**

(2)综合集成基于物探和监测等资料的围岩时空卸荷分区与变形模量距离相关技术、基于岩体质量分级评价的力学参数估计、反映岩体结构和卸荷演化的本构模型、力学参数的敏感性分析方法以及基于均匀设计理论、优化方法、多目标智能辨识方法和数值模拟方法的岩体力学参数多目标识别方法等技术、理论与方法,形成了高应力下层状岩体力学参数反演分析方法(见图16),可以解决洞室群不同开挖层和不同卸荷区围岩力学参数的动态反演,能够实现高地应力区考虑大规模岩体结构面特性的层状岩体洞室群卸荷损伤演化的精细模拟分析。

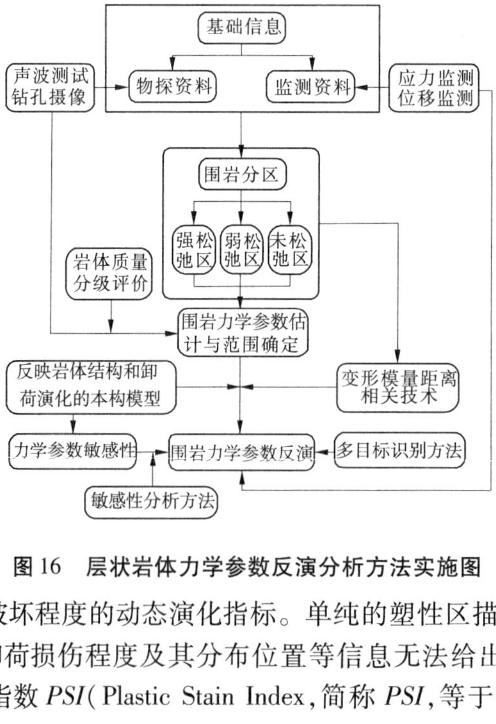


**图16　层状岩体力学参数反演分析方法实施图**

(3)围岩卸荷损伤破坏程度的动态演化指标。单纯的塑性区描述尚不能全面反映围岩卸荷力学响应特征,如卸荷损伤程度及其分布位置等信息无法给出。基于 Desai 等的研究结果[16],定义塑性应变指数 *PSI*(Plastic Stain Index,简称 *PSI*,等于等效塑性应变与标准等效塑性应变之间的比值)作为表述围岩卸荷损伤破坏程度的动态演化指标。塑性应变指数 *PSI* 的值越小,表示围岩卸荷损伤程度越轻;反之,则表示围岩卸荷损伤破坏的程度越严重。

### 6.2 地下洞室群围岩稳定性分析

根据上述方法,利用所提出的层状岩体力学模型及反演参数,对锦屏一级地下厂房洞室群整体后开挖围岩卸荷松弛的变形特征、力学响应规律、塑性破损特征及支护体系受力等方面进行了系统地分析和评价。

#### 6.2.1 围岩卸荷响应的变形特征

图 17 为洞室群整体开挖完成后典型断面围岩位移矢量及等值线分布图。计算结果显示,地下厂房洞室群开挖后,洞室群效应十分显著,总体来看,围岩位移分布形态及量值受地应力方位和大小、岩层产状,特别是断层和煌斑岩脉影响明显。位移量值出现较大的部位与围岩塑性应变指数较大的部位基本上相对应,这与围岩在较大应力差作用下产生屈服破坏,且屈服区深度和破损程度进一步延伸有关。

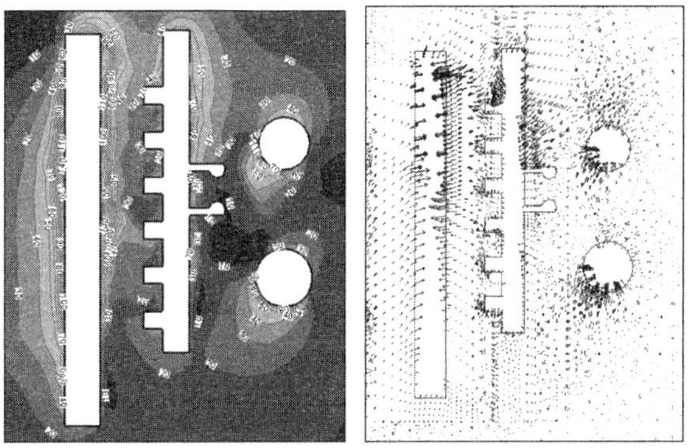

图 17 洞室群典型断面围岩位移矢量及等值线分布(高程 1 650 m)

另外,洞室群整体开挖完成后,主厂房顶拱部位位移 50 ~ 67 mm;主厂房上游侧边墙上游边墙洞壁最终变形一般在 20 ~ 90 mm,最大位移约 230 mm,变形超过 100 mm 的区域主要出现部位在 2# ~ 6#机组段岩锚梁附近以及高程在 1 640 ~ 1 660 m 区间的岩体;下游侧边墙位移洞壁最终变形一般在 90 mm 以下,最大位移约 247 mm,超过 100 mm 的区域主要出现在 1#机组段到河谷方向的端墙附近岩锚梁部位及下游边墙高程 1 650 ~ 1 665 m 附近,3# ~ 4#机组段边墙向下延伸到高程 1 634 m 附近。主变室顶拱部位位移 50 ~ 70 mm,上、下游侧边墙位移一般也在 90 mm 以下,最大位移超过 200 mm。尾调室顶拱部位变形 20 ~ 45 mm;边墙部位的增量 17 ~ 125 mm。位移增量最为显著的部位在主厂房大桩号区域的边墙中下部以及尾调室的中部边墙区域;对于主厂房上部围岩,后续开挖依然存在较为明显的增量变形,变形显著部位主要在主厂房大桩号区域上、下游侧岩锚梁部位,特别是下游侧岩锚梁;尾调室在断层 f14、f18 和煌斑岩脉影响的边墙区域具有明显的增量变形。这些是后续需重点关注的部位。

#### 6.2.2 围岩卸荷响应的应力扰动特征

图 18 为洞室群整体开挖完成后典型断面围岩主应力等值线云图。计算结果显示,洞室群开挖卸荷引起围岩应力矢量方向的偏转和量值变化,在围岩内部形成了应力集中区和应力松弛区。洞室群整体开挖后,压应力集中区向岩体深部转移;主厂房上游边墙下部的应力

松弛区范围增加明显；主厂房和主变室之间岩墙的应力松弛区范围有所增加，岩墙中部有进一步应力集中的趋势。压应力集中区主要位于垂直河谷方向洞室的下游拱腰和上游边墙墙角附近，以及平行于河谷方向洞室的河谷一侧的拱腰和山内一侧的边墙墙角附近，最大集中量值为 60 ~ 80 MPa；拉应力集中区主要在主厂房和主变室上下游边墙，以及两者之间的岩墙区域等部位。

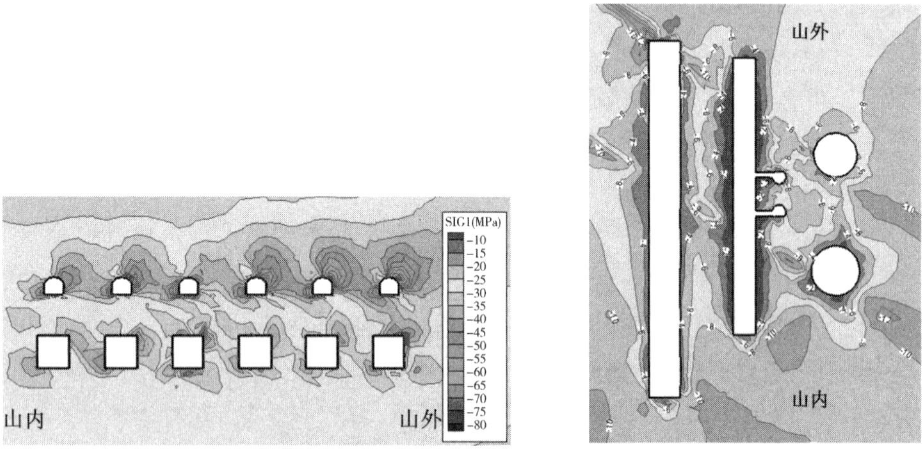


(a) 母线洞和尾水连接管剖面最大主应力 $\sigma_1$　　(b) 高程 1 668 m 平切面最小主应力 $\sigma_3$

**图 18　洞室群典型断面围岩主应力等值线云图**　（单位：MPa）

### 6.2.3　围岩卸荷响应的塑性破损特征

图 19 为洞室群整体开挖完成后不同高程典型剖面塑性区分布图，图 20 为洞室群整体开挖完成后围岩典型剖面塑性应变指数分布图。可以发现，锦屏一级地下厂房洞室群围岩的屈服类型包括岩体自身的受拉、拉剪屈服及压剪屈服，层面的受拉、拉剪屈服及压剪屈服，以及岩体和层面同时存在的多重屈服等。主厂房、主变室和尾调室围岩的屈服区深度与所在部位的岩性与地质构造密切相关，洞室群整体开挖完成后，塑性区深度一般在 5 ~ 16 m，最大深度约 22 m，位于 3# ~ 6# 机组段的主厂房与主变室间岩墙的塑性区范围已接近于贯通。这一结果预示着洞室群部分区域的锚固支护系统已全部位于塑性区内，对边墙的局部稳定构成了较大威胁。当然，围岩的屈服并不意味着完全丧失承载能力，但与实际围岩产生劈裂、出现裂纹、结构面张开、承载性能降低等一系列的变形破坏现象相关，既可能是岩体破坏的前兆，也可能表明岩体已破坏。

根据 *PSI* 的计算结果，随着洞室群不断开挖下卧，洞周表层围岩的损伤破坏程度加剧，并向围岩深部转移；洞室群整体开挖完成后，围岩屈服破坏较为严重的区域包括：主厂房与主变室之间的岩墙，特别是位于大桩号的 f14 和 f18 两条断层穿越的区域及附近的岩体，洞室群交叉口、主厂房与主变室上游边墙的中下部和下游边墙的中上部，尤其是从 3# 机组段到 6# 机组段区域，1# 尾调室沿 f14 断层和煌斑岩脉出露的上、下游边墙区域，2# 尾调室为 f18 断层出露的上、下游边墙部位以及与煌斑岩脉相交区域。

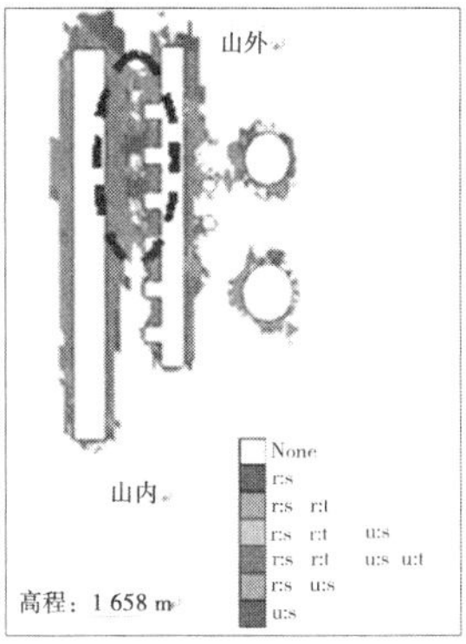


r—母岩；u—节理；s—剪切屈服；t—拉伸屈服

图19　洞室群不同高程典型剖面塑性区分布特征（高程1 658 m）

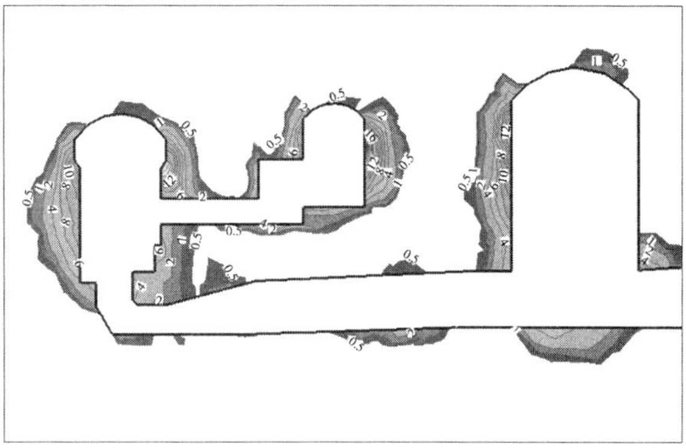

图20　洞室群典型断面围岩塑性应变指数分布（2#机组段，桩号0+031.7 m）

6.2.4　支护体系受力特征

图21为洞室群整体开挖完成后支护应力统计图。计算结果显示，普通锚杆应力大部分在200 MPa以内，约占普通锚杆总量的82.0%；应力大于等于200 MPa而小于310 MPa的锚杆，约占总量的7.5%；大于等于310 MPa的锚杆，约占总量的10.5%。设计吨位为120 kN的预应力锚杆的应力小于200 MPa的数量约占预应力锚杆总量的26.9%；大于等于200 MPa而小于310 MPa的锚杆数量约占预应力锚杆总量的48.0%；大于310 MPa的锚杆数量约占预应力锚杆总量的25.1%；锚索应力大部分在1 209 MPa以内，基本上在锚索抗拉强度1 860 MPa的40%～65%，数量约占锚索总量的84.1%；大于1 209 MPa而小于等于1 488 MPa（锚索抗拉强度的80%）的锚索数量约占锚索总量的9.9%；大于1 488 MPa而小于等于1 674 MPa（锚索抗拉强度的90%）的锚索数量约占锚索总量的5.1%；大于1 674 MPa而小于等于1 860 MPa的锚索数量约占锚索总量的0.9%。总体上来看，洞室群围岩大部分支护结构的应力值基本上在合理的范围内，局部支护结构受力较大，部分支护结构的应力值接近或达到抗拉强度，且这些支护结构受力较大的部位与围岩变形破坏显著的部位相对应，基本上位于洞室群三大断层和煌斑岩脉通过的地段，特别是f14和f18断层（含煌斑岩脉）以及这两条断层附近的围岩中，断面上表现为主厂房和主变室顶拱下游侧以及上下游边墙、一副厂房端墙部位等。

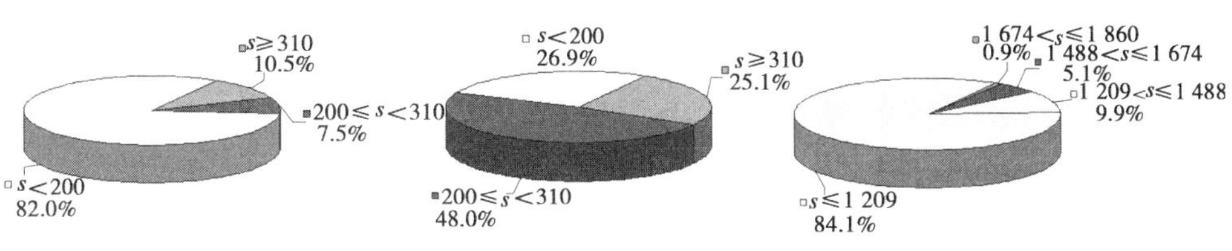


（a）普通锚杆应力　（b）预应力锚杆轴力　（c）预应力锚索应力

图21　洞室群围岩支护力统计规律　（单位：MPa）

## 6.3　现场监测位移的验证

计算获得的围岩变形规律与分布特征总体上与现场实测结果具有较好的一致性，得到的位移计算值与实测值对比结果如图22所示。对比这些结果，主厂房和主变室大部分多点位移计测点的位移量，无论是全量位移还是增量位移，计算值和实测值吻合较好；同时，计算位移随开挖步的总体变化规律也与实测值的变化规律较为一致。但由于施工和地质等复杂的现场条件所限，存在少数测点计算位移值和实测位移值相差较大。

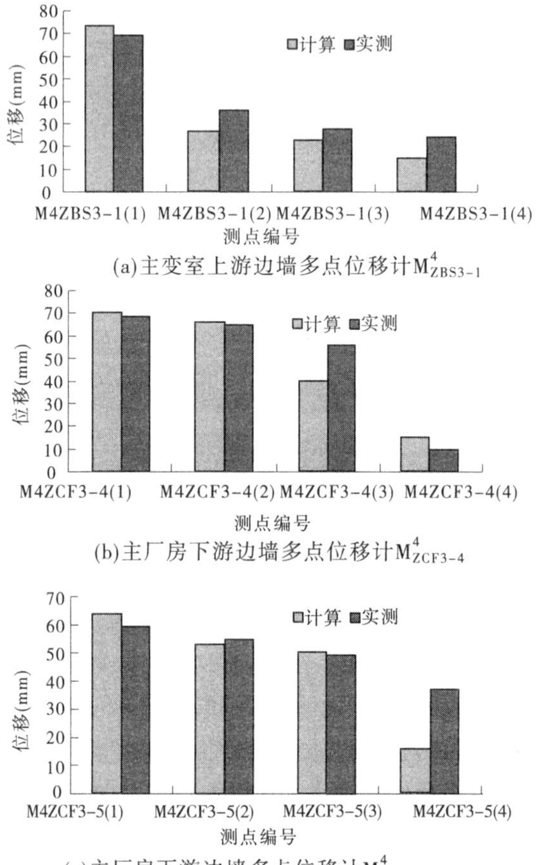


(a)主变室上游边墙多点位移计$M^4_{ZBS3-1}$

(b)主厂房下游边墙多点位移计$M^4_{ZCF3-4}$

(c)主厂房下游边墙多点位移计$M^4_{ZCF3-5}$

**图 22　计算获得的洞室群围岩位移计算值与实测值对比**

## 7　洞室群长期稳定性讨论

锦屏一级地下厂房地质条件特殊，地应力场空间分布复杂且量值很高，同时岩石强度相对较低，断层横贯，煌斑岩脉和岩体结构相对发育等，洞室群围岩的变形和卸荷松弛时间效应明显，特别是受到断层及煌斑岩脉影响部位。开挖前，在高应力下洞周岩体内节理、裂隙及断层、煌斑岩脉等部位岩体处于挤压紧密状态，开挖后围岩卸荷，压紧状态的结构面特别是断层及煌斑岩脉等碎裂岩体松弛张开、剪切错动，裂纹扩展交织，并在洞周围岩内部不断产生新鲜的劈裂缝，随地下厂房下挖，岩体结构随时间不断变化，宏观上围岩应力调整时间较长，即使开挖停止变形仍然不断增长，变形的时效特征明显；在与煌斑岩脉和 f18 相关的特殊部位时效变形尤其明显，变形量值和变形速率呈现等速流变，表现为碎裂岩体的“结构性流变”特征。

通过洞室群施工期 4 年(2007 年 1 月 ~2010 年 12 月)监测数据和开挖全部完成后至今 1 ~2 年的数据的监测资料分析表明：主厂房大理岩的时效变形主要受到高应力卸荷与大理

岩的低强度引起的岩体结构面开裂、新生裂纹随时间扩展调整所控制，这种类型的变形和锚索支护力在开挖完成1年内基本收敛，主厂房和主变室大部分变形大于50 mm的大理岩部位均属于这种类型（见图23(a)）。另外，受到断层和煌斑岩脉控制表现的结构性流变部位，变形和锚索荷载增长时间较长，在开挖完成后2年内（自2010年3月主厂房开挖完成，至2012年3月）基本趋于收敛，包括洞室群变形最大部位主变室0+126.8 m下游边墙高程1 668 m部位（见图23(b)）。总体来看，洞室群整体支护系统能够有效地抑制岩体变形破坏的发展并降低围岩卸荷破损程度，提高围岩承载能力，确保了洞室群围岩的长期稳定和支护系统安全。

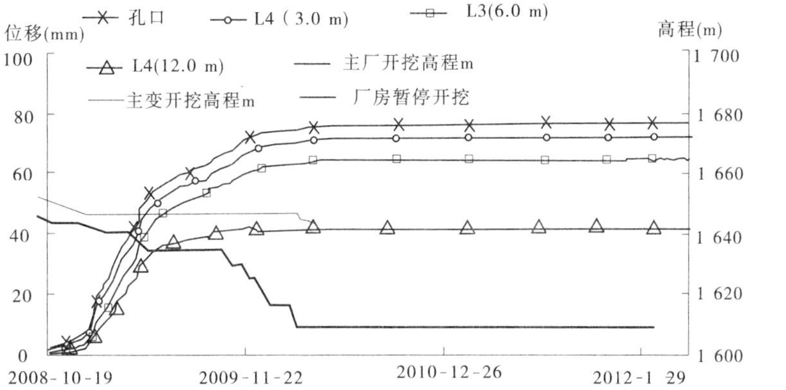


(a)厂房0+79.0下游边墙EL.1 650.5 m

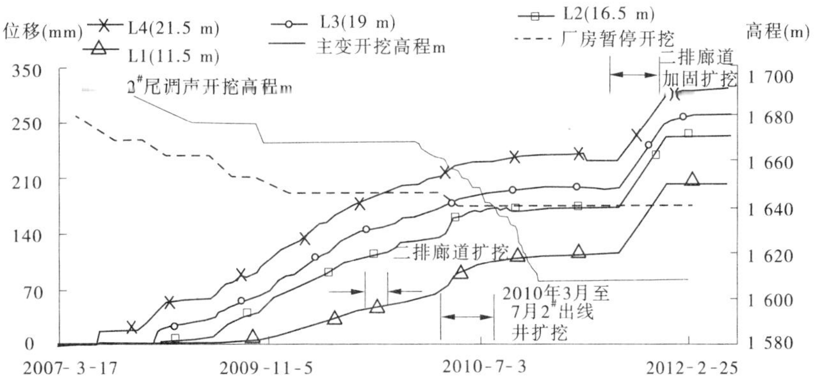


(b)主变室叶126.8 m下游边墙EL.1 668 m

**图23　洞室群围岩典型位移历时曲线**

## 8　结　论

锦屏一级水电站地下厂房由大型地下洞室群组成，地质条件复杂。地下厂房区多数岩石强度应力比1.5～4.0，属高—极高地应力区。f13，f14，f18断层横跨地下厂房三大洞室。洞室群的开挖卸荷作用引起围岩结构、能量聚散及围岩力学特性发生了相应的变化。鉴于此，本文从地下厂房洞室群初始地应力场特征、围岩变形开裂规律、围岩卸荷力学特性、地下洞室群围岩稳定与支护安全等多视角，对锦屏一级地下厂房洞室群围岩卸荷力学响应规律进行了总结，探讨了洞室群长期稳定性。

(1)地应力场分析结果表明，河谷地应力场与断层等构造影响耦合作用构成了洞室群工程区域的初始高地应力环境，而洞室群施工期出现与高应力相关的一系列宏观破坏现象，其发生位置和影响规律以及分布特征，佐证了所获得的初始地应力场合理性。

(2)在高应力环境下围岩的变形破坏主要受控于岩体基本力学特性和地应力大小及方位的共同作用，且洞室开挖后形成的最大、最小主应力差是决定围岩是否出现高应力破坏的主要因素。锦屏一级地下厂房区域出现的围岩破坏、变形量较大、卸荷松弛显著、混凝土喷层开裂等一系列的变形破坏现象本质上是由高地应力和相对较低的层状岩体强度形成的不利组合所造成的，而不良的地质构造和岩体结构起到了助推作用。

(3)洞室群局部变形较大区域的围岩变形和锚索支护力在开挖完成 1 年内基本收敛。受到断层和煌斑岩脉控制区域的变形和锚索荷载增长时间较长，也在开挖完成后 2 年内基本趋于收敛。总体来看，洞室群整体开挖完成后，从支护受力角度来讲，无论是系统支护还是动态调整的加强支护，在维持围岩稳定方面均起到了积极的作用，对围岩时效变形增长起到了有效的控制，确保了洞室群围岩的长期稳定和支护系统安全。

总之，所获得的一些认识为锦屏一级水电站地下厂房洞室群动态支护设计提供了技术支持和依据，对保障洞室群开挖完后围岩长期稳定起到了重要作用，可为国内的类似工程设计和建设提供借鉴。

**致谢** 感谢中国水电工程顾问集团成都勘测设计研究院有限公司以及锦屏建设管理局安全监测管理中心的领导及现场工程师的指导与帮助，以及提供的大量宝贵资料。本项目得到了国家自然科学基金资助项目(51179013、51179014、51379022 和 50909007)以及中央级公益性科研院所基本科研业务费项目(CKSF2012002/YT)资助。

### 参考文献

[1] 丁秀丽，卢波，黄书岭，等. 雅砻江锦屏一级水电站技施阶段——高应力低强度应力比条件大型地下洞室群围岩开裂变形机制及稳定性研究[R]. 武汉：长江科学院，2010.

[2] 李仲奎，周钟，汤雪峰，等. 锦屏一级水电站地下厂房洞室群稳定性分析与思考[J]. 岩石力学与工程学报，2009，28(11)：2167-2175.

[3] 段汝健，郭盛勇，王永德. 锦屏一级水电站地下厂房开挖支护施工关键技术[J]. 人民长江，2009，40(18)：45-47.

[4] 魏进兵，邓建辉，王悌剀，等. 锦屏一级水电站地下厂房围岩变形与破坏特征分析[J]. 岩石力学与工程学报，2010，29(6)：1198-1205.

[5] 卢波，王继敏，丁秀丽，等. 锦屏一级水电站地下厂房围岩开裂变形机理研究[J]. 岩石力学与工程学报，2010，29(12)：2429-2441.

[6] 黄润秋，黄达，段绍辉，等. 锦屏 I 级水电站地下厂房施工期围岩变形开裂特征及地质力学机制研究[J]. 岩石力学与工程学报，2011，30(1)：23-35.

[7] 黄书岭，王继敏，丁秀丽，等. 基于层状岩体卸荷演化的锦屏 I 级地下厂房洞室群稳定性与调控[J]. 岩石力学与工程学报，2011，30(11)：2203-2216.

[8] 朱维申，齐银萍，杨为民，等. 锦屏 I 级水电站地下厂房围岩变形破裂的三维损伤流变分析[J]. 岩石力学与工程学报，2012，31(5)：865-872.

[9] 周钟,巩满福,侯东奇,等. 四川省雅砻江锦屏一级水电站地下厂房洞室群施工期围岩稳定与支护设计报告(4)[R]. 成都:中国水电顾问集团成都勘测设计研究院,2008.
[10] 郑汉淮,杨静熙,邓卫东,等. 雅砻江锦屏一级水电站可行性研究报告(工程地质)[R]. 成都:中国水电工程顾问集团成都勘测设计研究院,2003.
[11] 黄书岭,张勇,丁秀丽,等. 大型地下厂房区域地应力场多源信息融合分析方法及工程应用[J]. 岩土力学,2011,32(7):2057-2065.
[12] 中国水电工程顾问集团成都勘测设计研究院. 锦屏一级水电站地下厂房洞室群围岩岩体质量物探检测阶段成果报告[R]. 成都:中国水电工程顾问集团成都勘测设计研究院,2009.
[13] 陈赛超,董燕君,鲁晓明,等. 锦屏一级水电站引水发电系统及地下厂房安全监测专题报告[R]. 锦屏:锦屏建设管理局锦屏一级安全监测管理中心,2009.
[14] 董学晟,田野,邬爱清. 水工岩石力学[M]. 北京:中国水利水电出版社,2004.
[15] 黄书岭,徐劲松,丁秀丽,等. 考虑结构面特性的层状岩体复合材料模型与应用研究[J]. 岩石力学与工程学报,2010,29(04):743-756.
[16] Chandrakant S. Desai. Mechanics of Materials and Interfaces-The Disturbed State Concept[M]. New York: CRC press,2001.

# 锦屏二级水电站绿片岩流变力学特性及其硐室稳定性研究

杨凡杰 周 辉 李 震 张传庆
（中国科学院武汉岩土力学研究所 岩土力学与工程国家重点试验室 湖北 武汉 430071）

**摘要**：针对锦屏二级水电站引水隧洞的绿片岩具有埋深大、地应力高、强度低、变形大、遇水软化严重、流变效应显著等特点，采用黏—弹—塑性流变力学模型（cvisc）反映绿片岩的流变力学特征，基于现场的位移监测资料，通过参数反演方法（基于PSO优化算法）得到该流变模型的计算参数，利用大型岩土工程分析软件 $FLAC^{3D}$，对绿片岩洞段的稳定性进行了数值模拟计算。最后基于计算结果，应用应力、破坏接近度、塑性区及支护结构的受力状况等指标开展综合分析，对绿片岩洞段工程围岩及结构体的稳定状态进行了评价，并论证了现有设计方案的合理性，为指导工程设计和施工起到了重要的作用。

**关键词**：锦屏二级水电站 绿片岩 流变 稳定性分析 数值分析

## 1 引 言

软岩是软弱不良岩层的简称[1]。目前，国内一般将软岩分为地质软岩和工程软岩。地质软岩是指强度低、孔隙度大、胶结程度差、受构造面切割及风化影响显著或含有大量膨胀性黏土矿物的松、散、软、弱岩层。工程软岩是指在工程力的作用下产生显著塑性变形的工程岩体，工程软岩不仅强调了软岩的软、弱、松、散等低强度的特点，而且强调软岩所承受的荷载的大小。

锦屏二级水电站引水隧洞的绿片岩具有埋深大、地应力高、强度低、变形大、遇水软化严重、流变效应显著等特点，属于典型的工程软岩。锦屏二级水电站绿片岩洞段在施工期遭遇了严重的大变形问题，对衬砌的稳定性造成极大的威胁（见图1）。由于软岩的力学特性对软岩工程（如大坝、隧洞、边坡等）的安全起着重要作用[2]，因此为了保证绿片岩洞段衬砌的安全，全面掌握该洞段围岩的力学特性并评估衬砌的安全性是非常必要的。

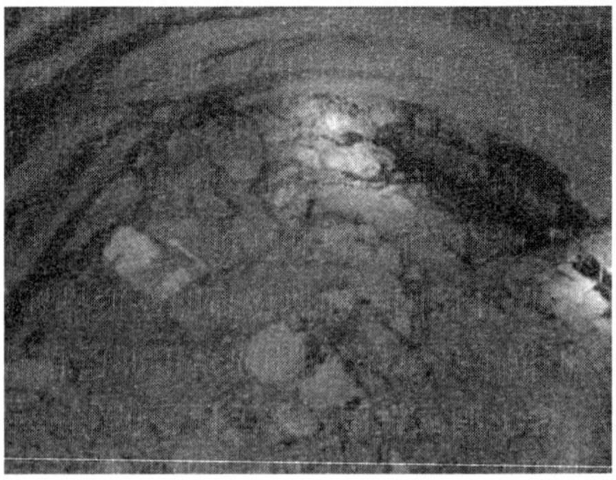

图1 锦屏二级水电站绿片岩洞段塌方

基金项目：国家重点基础研究发展计划（973）项目（2014CB046902），中国科学院科技创新“交叉与合作团队”（人教字〔2012〕119 号），中国科学院知识创新工程重要方向项目（KZCX2 - EW - QN115），国家自然科学基金项目（41172288）。

为了评估绿片岩洞段的稳定性，本文将对锦屏二级水电站引水隧洞绿片岩的流变力学特性展开研究，并在此基础上，采用数值模拟技术，应用 $FLAC^{3D}$ 软件对该洞段进行数值计算分析。计算中采用基于粒子群(PSO)方法获得合理的计算参数，并应用计算得到的应力、破坏接近度[3]、塑性区及支护结构的受力状况等指标来综合评价工程的稳定性，进而为工程的设计提供科学依据，以确保设计和施工方案能满足工程的稳定性要求。

## 2　绿片岩洞段工程地质条件

锦屏二级水电站绿片岩主要位于西端 1[#] 和 2[#] 引水隧洞的引(1)K1 +537 ~ K1 +802 和引(2)K1 +613 ~ K1 +755 范围内，该段围岩类别以Ⅳ类为主，由于绿片岩中的绿泥石矿物遇水后泥化性质明显，导致该段围岩强度较低，变形软化现象明显。受 NW 向复式褶皱影响的 1[#]、2[#] 引水隧洞纯绿岩洞段总长约 400 m，开挖完成后普遍出现围岩变形较大的现象，隧洞围岩变形侵占设计衬砌净空厚度普遍都在 20 cm 以上，大部分为 20 ~60 cm，局部超过 1 m。

绿片岩洞段埋深一般在 1 550 ~1 850 m，自重应力为 40 ~50 MPa，而绿片岩单轴抗压强度的平均值为 38.8 MPa，饱和抗压强度为 19.47 MPa，相对而言，该洞段属于极高应力区，同时，由于绿片岩强度和弹性模量低、遇水软化效应突出，在高应力下围岩以塑性剪切破坏为主，现场表现为以塑性变形为主的大变形。松动圈的测试结果表明，绿片岩Ⅳ类围岩洞段松弛范围较大，一般为 3 ~6 m，总体波速范围为 3 300 ~6 500 m/s。

绿片岩洞段由于岩层本身性质较差，再加上高地应力的作用，隧洞出现围岩持续变形、支护结构损坏和大规模塌方等问题，极大地影响了工程的正常施工进度，而且也为后期的衬砌施工带来了诸多困难。

## 3　绿片岩流变力学特征和力学模型的研究

目前，软岩工程是岩体力学研究领域的难点问题之一[4]。针对锦屏二级水电站引水隧洞绿片岩的流变力学特性，熊良宵等[5]利用岩石双轴流变试验机对锦屏二级水电站的绿片岩进行了不同加载路径、不同应力水平下的双轴压缩流变试验研究；石振明等[6]对锦屏二级水电站引水隧洞绿片岩进行了分级加载流变试验研究。二者均利用 Burgers 模型对锦屏二级水电站绿片岩不同加载方式下的流变力学特征进行了描述。本文将在上述基础上，结合试验和现场监测数据对锦屏二级水电站绿片岩的流变力学特征展开深入研究。

### 3.1　室内试验的流变特征

绿片岩是一种典型的工程软岩，有着很明显的流变特性。为了研究绿片岩的流变力学特性，对不同围压(0 MPa、5 MPa、10 MPa、20 MPa)下的绿片岩展开了室内流变试验研究。图 2 为绿片岩不同围压下的流变试验曲线，为节约篇幅，仅给出了围压为 0 MPa 和 10 MPa 的试验曲线。由图 2 可见，在应力水平较低时，绿片岩蠕变变形较小，流变特征不明显，而当应力水平较高后，绿片岩的流变特性非常明显，在接近长期强度时存在明显的由稳态蠕变向加速蠕变的转变过程。如在 10 MPa 围压下，轴向应力位于 45 MPa 以下时，试样流变特征不明显；而当轴向加载到 50 MPa 以上后，试样变形表现出明显的流变性(见图 2(b))。

### 3.2　现场监测曲线反映的流变特征

锦屏二级水电站引水隧洞绿片岩洞段监测断面的围岩变形曲线如图 3 所示。由图可知，该断面的围岩变形曲线反映了隧洞围岩明显的流变特性，即围岩变形随时间而显著增

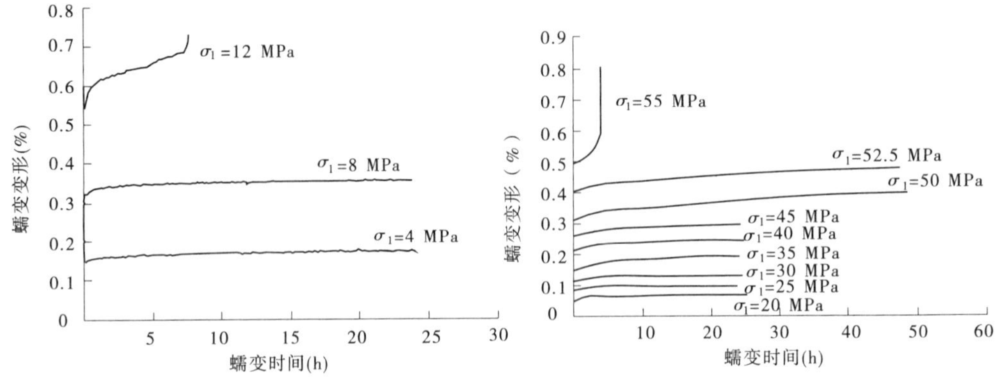


(a)围压为0 MPa (b)围压为10 MPa

**图2 绿片岩不同围压下的流变曲线图**

大。该监测断面有三个监测点(见图4),其中测点1位于洞壁,测点2距洞壁2 m,测点3距离洞壁5 m。以位移变形最大的监测点1(位于隧洞内壁)为例,在隧洞上台阶开挖完后(上台阶开挖高度为8.5 m),进行多点位移计的布置,之后,因隧洞左侧落底开挖导致围岩应力调整和流变变形,其位移监测值由0 mm,在经历100 d后达到了9 mm左右,在此之后围岩变形逐渐趋于平缓,在180 d时其位移监测值为12.3 mm;在180 d后进行隧洞右侧落底开挖,围岩应力再次调整以及围岩流变变形,该监测点的位移监测值再次明显增加,在320 d时其位移监测值达到32.9 mm,之后变形趋于平缓,在540 d时其位移监测值为37.4 mm。

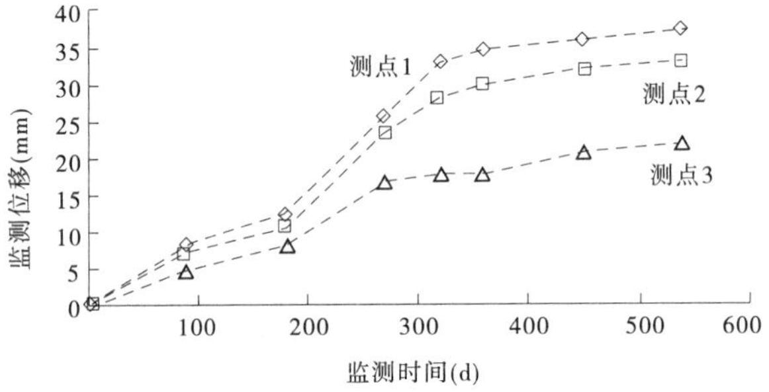


**图3 绿片岩洞段位移监测曲线图**

### 3.3 流变力学模型及参数的确定

由上可知,绿片岩具有显著的流变特性,且在高应力条件下,流变后期阶段试样的塑性变形发育较大,并最终导致试样的破坏。因此,在对绿片岩流变力学特性进行描述时,所选择的流变本构还应该能够充分反映岩体的塑性变形行为。

通过对绿片岩的室内试验及现场监测曲线进行分析可知,其蠕变变形量随着时间逐渐增长,但蠕变变形的速率则随时间增长而减小,最后蠕变变形趋于一个稳定的极限值,即曲线存在一个水平渐近线,同时结合已有研究成果[5,6],本文采用黏—弹—塑性流变力学模型(cvisc)来描述绿片岩的流变力学行为。黏—弹—塑性流性变力学模型(cvisc)由Burgers流变模型和Mohr-Coulomb屈服准则组成。该本构模型除了能反映岩体的流变特征,还能反映岩体的塑性变形行为,且模型较为简单,能较好地满足工程应用的要求。

另外,为了能确定黏—弹—塑性流变力学模型(cvisc)的计算参数,本文将基于绿片岩洞段监测断面的围岩变形曲线(见图3),采用 $FLAC^{3D}$ 中的 FISH 语言编制基于 PSO 优化算法[7]的参数反演程序,进行力学参数的反演计算。反演分析时,根据实际施工工序首先模拟 8.5 m 的上台阶开挖,继而对因上台阶开挖而受到扰动的区域进行相应加固处理,加固区根据现场施工情况取为 9 m 左右,同时在监测位置布置多点位移计(见图4);之后,对隧洞进行左右侧落底开挖,并进行支护加固。反演的具体过程在此不再详述,反演所得参数如表 1 所示。

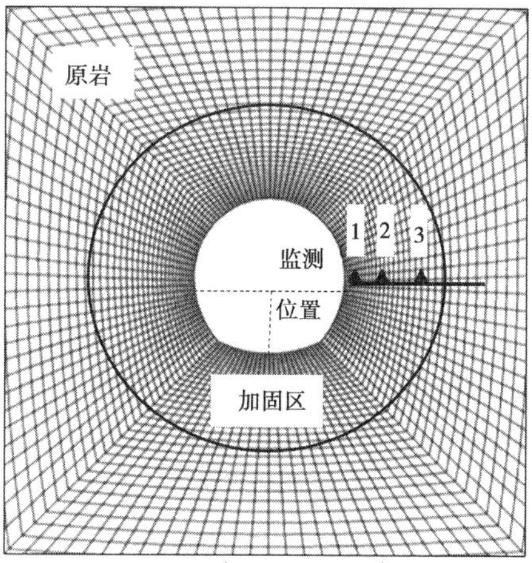


**图 4　现场监测位置示意图**

**表 1　绿片岩流变力学模型计算参数取值**

| 部位 | Kelvin 切变模量 $G^K$(MPa) | Kelvin 黏度 $\eta^K$(MPa·d) | Maxwell 切变模量 $G^M$(MPa) | Maxwell 黏度 $\eta^M$(MPa·d) | 体积模量 $K$(MPa) | 黏聚力 $c$(MPa) | 内摩擦角 $\varphi$(°) |
|---|---|---|---|---|---|---|---|
| 原岩 | $2.0\times10^{-4}$ | $1.25\times10^{-6}$ | $2.72\times10^{-7}$ | $1.12\times10^{-11}$ | $3.63\times10^{-3}$ | 2.60 | 36.02 |
| 加固区 | $2.0\times10^{-4}$ | $1.25\times10^{-6}$ | $1.70\times10^{-7}$ | $1.00\times10^{-11}$ | $2.27\times10^{-3}$ | 2.00 | 28.97 |

将反演所得参数代入模型中进行计算,得到监测位置的计算位移曲线,并将之与监测曲线进行对比,如图 5 所示,其中,虚线代表监测位移曲线,实线代表相应监测位置的计算位移曲线。由图可见,二者吻合得较好,说明计算采用的力学模型及反演得到的力学参数具有很好的可靠度。

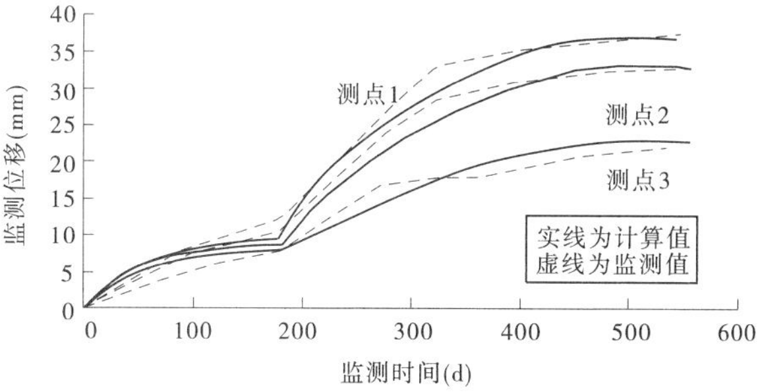


**图 5　监测位置的计算位移与实测位移曲线对比图**

## 4　绿片岩洞段稳定性分析

为了分析锦屏二级水电站绿片岩洞段的稳定性,本文采用 $FLAC^{3D}$ 的流固耦合模块,对绿片岩洞段进行了数值模拟计算。本次计算的流变时间为施作完二次衬砌混凝土开始到 200 d 后结束。

### 4.1　计算网格和边界条件

由于锦屏二级水电站绿片岩洞段在轴线方向上较长，故此问题可近似简化为平面应变问题。数值模型尺寸如图6所示，模型宽和高均取为180 m，数值模型中包含了2 082个单元，4 234个节点。模型边界条件均采用法向约束，在 $x$、$y$、$z$、$xz$ 的方向上分别施加 −32.8 MPa、−39.2 MPa、−37.6 MPa、−2.8 MPa 的初始应力场（负号代表压应力）。

### 4.2　支护参数及监测位置布置

根据设计的布筋方案，计算时混凝土衬砌采用实体单元模拟，钢筋用cable单元模拟，其示意图如图7所示，相应支护参数如表2所示。同时，设置了四个衬砌监测点（如图7），用来监测衬砌的切向应力。另外，经初步力学分析认为，衬砌内钢筋受力的不利位置位于衬砌内壁右拱肩和左拱脚处，故计算时，亦设置了两个钢筋应力监测点（图7）。

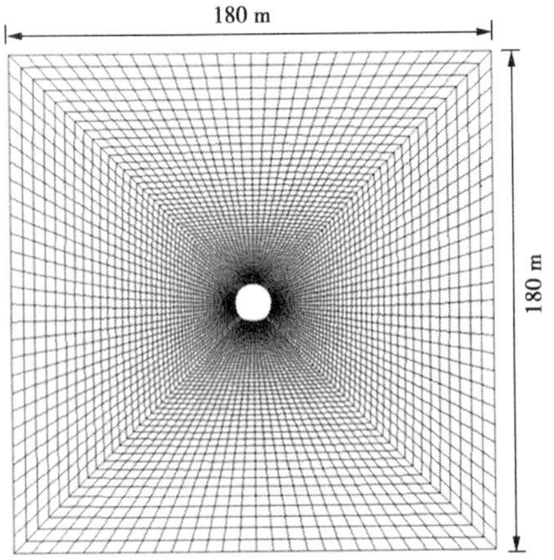


图6　数值计算模型示意图

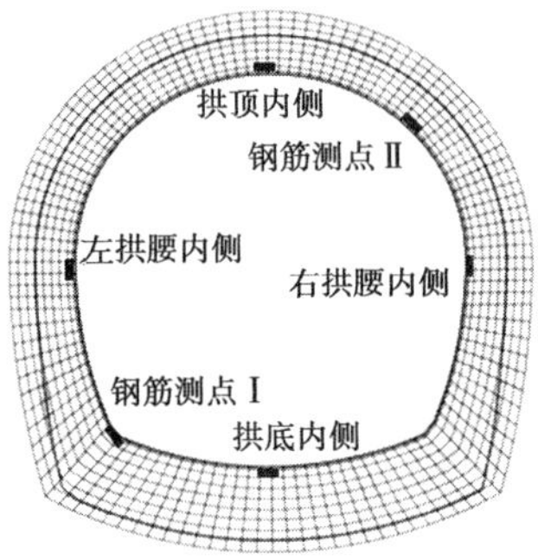


图7　衬砌、钢筋及计算监测位置示意图（实线代表钢筋）

表2　支护参数取值表

| 类别 | 弹性模量 $E$(GPa) | 泊松比 | 黏聚力 $c$(MPa) | 内摩擦角 $\varphi$(°) | 横截面面积(cm$^2$) |
|---|---|---|---|---|---|
| 混凝土衬砌 | 28.0 | 0.3 | 2.73 | 54.4 | — |
| 钢筋 | 200 | 0.27 | — | — | 32.15 |

### 4.3　计算结果分析

计算时，采用黏—弹—塑性流变力学模型（cvisc），岩体的计算参数见表1，支护参数见表2。通过计算得到如下计算结果。

四个衬砌监测位置（拱顶内侧、拱底内侧及左右拱腰内侧）的应力变化曲线如图8所示。由图8可知，在衬砌施工完成后，隧洞围岩蠕变引起的形变压力，使得衬砌内逐步产生应力，监测点的切向应力值随着时间逐渐增大，开始应力增速较大，随着衬砌对围岩支撑力的增长，围岩蠕变变形受到约束和遏制，并逐渐趋于平衡，此时衬砌切向应力增速减小，曲线逐渐变缓，并在隧洞衬砌施加完成后200 d左右，衬砌切向应力值收敛。此时，衬砌拱底内侧的切向压应力为0.039 MPa左右，衬砌拱顶内侧的切向压应力为0.066 MPa左右，衬砌左拱腰内侧的切向压应力为0.18 MPa左右以及右拱腰内侧的切向压应力为0.25 MPa左右。

计算所得钢筋监测Ⅰ和Ⅱ点的应力变化曲线如图9所示。

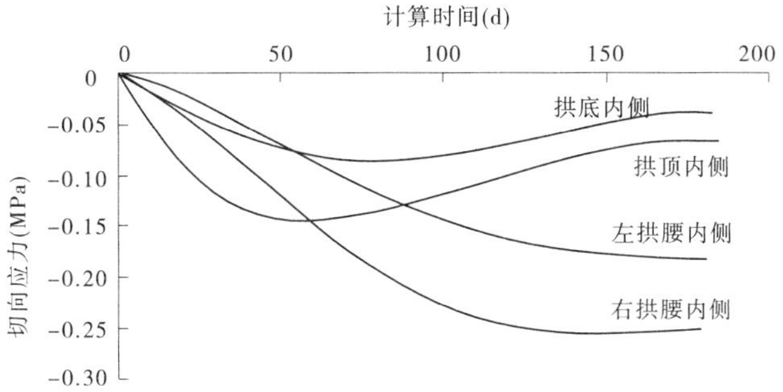


**图 8　衬砌应力值随时间的变化曲线(符号:拉正压负)**

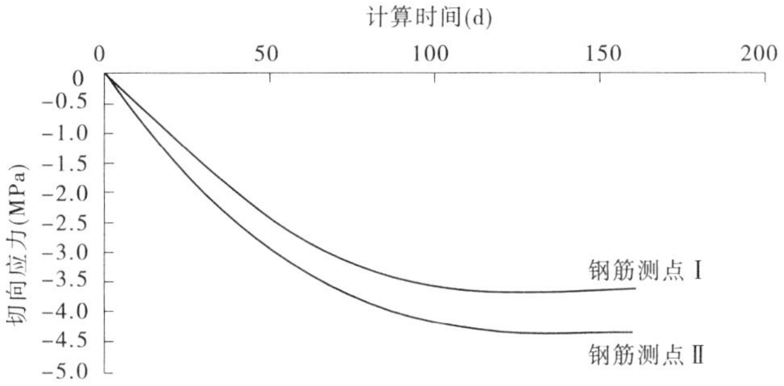


**图 9　钢筋应力随时间的变化曲线(符号:拉正压负)**

由图 9 可知,在衬砌施工完成后,钢筋的应力值也是随着围岩蠕变引起形变压力的增大而逐渐升高,开始时钢筋的应力增速较大,随着时间而迅速降低,应力增速逐渐变缓,应力大小趋于稳定,其中,在隧洞衬砌施加完成后 200 d 左右,钢筋应力值均出现收敛,监测 Ⅰ 点的钢筋应力值稳定在 3.616 MPa 附近;监测 Ⅱ 点的钢筋应力值稳定在 4.356 MPa 附近。

图 10 为衬砌内的 *FAI* 分布图,由图可见,此时衬砌的 *FAI* 均为正值,最大的 *FAI* 值为 0.45,说明衬砌尚未进入屈服状态,即衬砌结构处于安全范围之内。

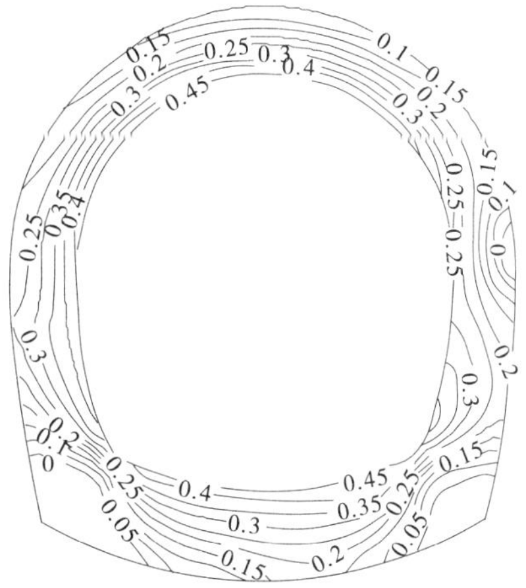

**图 10　衬砌内部 *FAI* 值等值线分布图**

图 11 为围岩塑性区分布图,由图可见,围岩塑性区最大深度约 6.1 m,未超过锚杆支护的深度(9 m),即最大塑性区在锚杆支护控制的范围内,这也说明围岩和支护复合体是稳定的。

综上可见,衬砌施工完成后一段时间后,围岩蠕变变形受到衬砌约束而基本收敛,衬砌内部及钢筋应力均收敛,且应力值均较小;衬砌内最大的 *FAI* 值为 0.45,说明衬砌尚未进入屈服状态;围岩塑性区最大深度约 6.1 m,未超过锚杆支护的深度(9 m)。以上均说明衬砌安全性非常好,从而表明工程设计方案是合理的。

## 5 结论与讨论

(1)在高应力和软岩环境下构筑深埋长隧道,其稳定性必然是一个突出的工程问题。在锦屏二级水电站绿片岩洞段,最大主应力达 50 MPa,施工期遭遇到了严重的大变形甚至塌方等问题,对衬砌的稳定性造成极大的威胁。

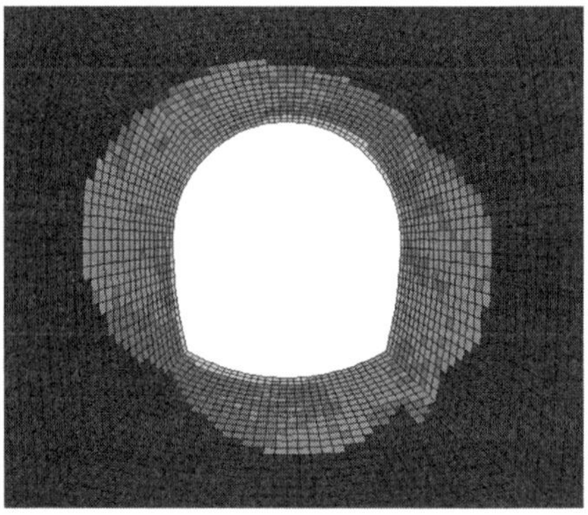

图 11　围岩塑性区分布

(2)本文结合试验和现场监测数据对锦屏二级水电站绿片岩的流变力学特征展开研究,并利用现场监测数据,采用基于 PSO 优化算法的参数反演方法,进行力学参数的反演计算,将反演参数值代入模型进行计算,所得监测位置的计算位移与实测位移吻合得很好,说明了计算采用的力学模型及反演得到的力学参数具有很好的合理性。

(3)引水隧洞绿片岩洞段的计算结果表明,该洞段的整体稳定性较好。在衬砌施工完成后一段时间后,衬砌内应力值逐渐收敛,围岩塑性区在锚杆支护控制的范围内,且无明显扩展的趋势,支护的受力情况也处于安全范围内。

(4)通过对绿片岩洞段工程围岩及结构体的稳定状态的计算评估,论证了现有设计方案的合理性,为指导工程设计和施工起到了重要的作用。

### 参考文献

[1] 廖红建, 蒲武川, 卿伟宸. 基于应变空间硅藻质软岩的软化本构模型[J]. 岩土力学, 2006, 27(11): 1861-1866.

[2] 刘特洪,林天健. 软岩工程设计理论与施工实践[M]. 北京:中国建筑工业出版社,2001.

[3] Zhang C Q, Zhou H, Feng X T. An index for estimating the stability of brittle surrounding rock mass: FAI and its engineering application[J]. Rock Mechanical and Rock Engineering,2011(44): 401-414.

[4] 何满潮,苏永华. 地下软岩工程可靠度研究[J]. 岩土工程学报, 2003, 25(1): 55-58.

[5] 熊良宵, 杨林德, 张尧, 等. 锦屏二级水电站绿片岩的双轴压缩蠕变试验特性研究[J]. 岩石力学与工程学报, 2008, 27(S2): 3928-3934.

[6] 石振明, 张力. 锦屏绿片岩分级加载流变试验研究[J]. 同济大学学报(自然科学版), 2011, 39(3): 320-326.

[7] 苏国韶, 冯夏庭. 基于粒子群优化算法的高地应力条件下硬岩本构模型的参数辨识[J]. 岩石力学与工程学报, 2005, 24(17): 3029-3034.

# 地连墙结构在水电工程深厚覆盖层地基处理中的应用

幸享林[1] 王 波[1] 廖成刚[1] 徐远杰[2]

(1. 中国水电顾问集团成都勘测设计研究院有限公司 四川 成都 610072;
2. 武汉大学土木建筑工程学院 湖北 武汉 430072)

**摘要**:在水利水电工程深厚覆盖层地基处理中采用了地下连续墙新型结构。针对不同的枢纽布置条件和运行工况,桐子林厂坝上游导墙和下游导墙采用了不同的地连墙结构。采用 ABAQUS 程序对地下连续墙结构进行了三维有限元计算,重点分析了地连墙结构的位移、应力和钢支撑的应力和安全系数。计算结果表明,地下连续墙结构在各种运行工况下,位移较小,满足规范要求;压应力没有超过混凝土的设计指标,出现的拉应力较小,并可通过配筋解决。地下连续墙结构在水利水电工程深厚覆盖层地基处理中具有明显的优势,可逐步推广应用。

**关键词**:水工结构 基础处理 地下连续墙 深厚覆盖层 ABAQUS

## 1 工程概况

桐子林水电站位于四川省攀枝花市盐边县境内,距上游二滩水电站 18 km,距雅砻江与金沙江交汇口 15 km,是雅砻江下游最末一个梯级电站。电站装机容量为 60 万 kW。水库正常蓄水位为 1 015.00 m,总库容 0.912 亿 $m^3$,水库具有日调节性能。桐子林水电站以发电任务为主。工程等级为二等大(2)型,永久性主要建筑物按 2 级建筑物设计,次要建筑物按 3 级设计。设计洪水流量 18 300 $m^3/s$(重现期 100 年),校核洪水流量 23 600 $m^3/s$(重现期1 000年),电站设计引用流量 $4\times868.3\ m^3/s$。桐子林水电站枢纽建筑物由重力式挡水坝段、河床式厂房坝段、泄洪闸坝段等建筑物组成。桐子林水电站枢纽布置如图 1 所示。

在上游进水口,为防止泥沙进入厂房机组,经研究将上游二期土石围堰改建为拦沙坎,厂坝上游纵向导墙则伸入围堰,与围堰结合发挥挡沙作用。根据枢纽布置条件,厂坝上游纵向导墙总长 157 m,每 15 m 分一段;导墙顶部高程为 998.00 m,建基面高程为 960.00 m,总高 38.00 m。厂坝上游纵向导墙基础覆盖层埋深 25 ~ 28 m,因受基坑范围限制和与上游围堰结合的需要,无全部大开挖到基岩面的条件。导墙第 1 至 3 段能开挖到基岩,采用重力式挡墙结构;其余各段无条件开挖到基岩,覆盖层又达不到导墙承载要求,需对地基进行处理。

在下游尾水出口,为减少泄洪闸泄洪时水流对机组尾水的扰动,避免洪水对厂房尾水渠的冲刷,同时便于泄洪闸护坦检修,在尾水渠与泄洪闸之间设置了厂坝下游纵向导墙。根据枢纽布置条件,导墙总长 75 m,每 15 m 分一段;导墙顶部高程为 1 010.50 m,建基面高程为 953.90 m,总高 56.6 m。厂坝下游纵向导墙基础覆盖层埋深 30 ~ 32 m,因受基坑范围限制,无全部大开挖到基岩面的条件。导墙第 1 至 3 段能开挖到基岩,采用重力式挡墙结构;第 4

至5段无条件开挖到基岩，覆盖层又达不到导墙承载要求，并且覆盖层会被泄洪闸洪水冲走，因此需对地基进行处理，并要求地基处理后不被水流冲蚀。

深厚覆盖层地基具有承载力低、压缩性高和易被水流冲蚀等特性，不能满足上部建筑物对地基稳定和变形的要求，因而常常需要采取措施进行处理。覆盖层地基处理的目的，是利用换填、夯实、挤密、排水、胶结、加筋和热学等方法对地基土进行加固，用以改良地基土的工程特性，提高地基的强度，保证地基的稳定，减少基础的沉降和不均匀变形，或避免水流对覆盖层的冲蚀。可以根据地基的地质特性、上部结构对地基的强度和稳定要求，结合工程实际，选用经济可行的覆盖层地基处理方案。目前，一般采用各类桩（砂桩、碎石桩、石灰桩、混凝土桩）进行置换处理，或化学灌浆，或堆载预压，或胶凝材料搅拌置换，或沉井置换，或地下连续墙加固置换等方法[1]。

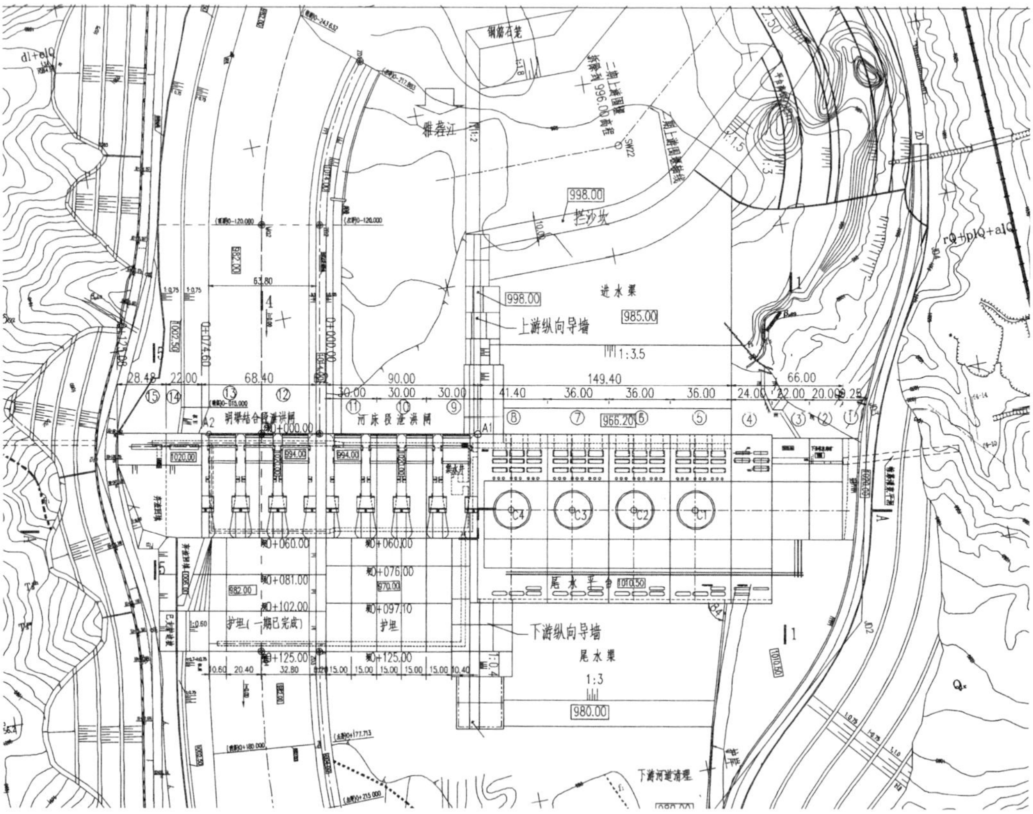


**图1　桐子林水电站枢纽布置图**

因水利水电工程具有特殊的地质条件和复杂的运行工况，并且对结构安全性要求较高，一般要求采用可靠性较高的地基处理方案。在20世纪80年代，沉井作为承重和防冲结构被广泛应用，但其施工难度较大，不适用于基覆界限高程变化较大的地质条件，不适用于四周土压力不平衡的场地，不适用于含有大直径漂卵砾石的覆盖层。近年来，地下连续墙结构作为基坑防护结构，在工民建和桥梁工程中得到了广泛运用[2-5]。因地下连续墙结构对地质条件适应性强，工期较短，施工方便，结构可靠，造价较低，越来越得到人们的重视。地连墙结构不仅能承担竖向荷载，还能承担水平荷载和弯矩，能满足水利水电工程结构对基础的要求，具有很明显的优点：相对于全部混凝土置换基础，能减少开挖量，节省投资，缩短工期，特别是在无条件开挖到基岩面的情况下非常适用；相对于沉井基础，对地质条件的要求更低，施工风险也更低；相对于桩基础，具有更高的承载力，能抗水流冲蚀，能适应水利水电工程特殊的运行工况，运行更为安全可靠。在桐子林水电站中，尝试第一次使用地下连续墙结构处理深厚覆盖层地基。

## 2 工程地质条件和计算参数

厂房坝段覆盖层厚 25 ~ 32 m，河床覆盖层按其成因和地层结构特征自下而上分为三层：第(1)层：砂卵砾石层，厚度一般 3 ~ 7 m，成分以英云闪长质混合岩、玄武岩、正长岩及砂岩等为主，粒径 2 ~ 10 cm，磨圆度较好，充填中细砂，结构较密实。第(2)层：青灰色粉砂质黏土层，属河流堰塞沉积，成分较均一，但厚度变化较大，一般厚 3 ~ 20 m。该层天然状态略显层理，具有遇水软化，失水干裂的特点。其成分以粉粒、黏粒为主，其中黏粒含量占10% ~ 40%，并有零星砾石、碎屑、炭化木等分布，局部夹细砂层透镜体。第(3)层：含漂砂卵砾石层，为现代河床冲积层，厚度一般 2 ~ 6 m，卵砾石成分为英云闪长质混合岩、玄武岩、正长岩、大理岩及砂岩等，粒径一般 0.5 ~ 8 cm，漂石含量约占 3%。该层卵砾石磨圆度较好，充填中细砂，结构较松散，密度略低。

厂房坝段坝基岩体为弱 ~ 微风化英云闪长质混合岩，上游 935 ~ 940 m 高程以上为块裂 ~ 碎裂结构的Ⅳ级岩体，以下为镶嵌结构的Ⅲ级岩体；下游 890 ~ 910 m 高程以上为Ⅳ级岩体，浅表部 10 m 范围内岩体有轻微的松弛现象。结构面以 N0° ~ 10°W/SW(NE)∠40° ~ 60°、N20° ~ 30°E/NW∠10° ~ 50°为主，节理、裂隙居多且多无充填，小断层、挤压破碎带、裂隙密集带相对分布随机，延伸性较差。

根据上述地质条件，确定覆盖层地基和基岩的物理力学参数，其余结构的计算参数根据规范确定。厂坝上下游纵向导墙计算参数如表 1 所示。

**表 1 材料物理力学计算参数**

| 序号 | 材料类型 | 弹性模量(MPa) | 泊松比 | $c$(MPa) | $\Phi$(°) | $\gamma$(°) | 密度($kN/m^3$) | |
|---|---|---|---|---|---|---|---|---|
| | | | | | | | 湿 | 干 |
| 1 | 地连墙混凝土 C35 | 31 500 | 0.167 | — | — | — | 25 | |
| 2 | 上部导墙混凝土 C20 | 25 500 | 0.167 | — | — | — | 25 | |
| 3 | 钢支撑 Q235 | 200 000 | 0.30 | | | | 78.5 | |
| 4 | 含漂砂卵砾石 | 55 | 0.30 | 0.000 01 | 27.92 | 16.75 | 23.25 | 22.4 |
| 5 | 青灰色粉砂质黏土 | 17.5 | 0.35 | 0.01 | 19.80 | 11.88 | 19.15 | 14.6 |
| 6 | 砂卵砾石 | 55 | 0.30 | 0.000 01 | 27.92 | 16.75 | 23.25 | 22.6 |
| 7 | Ⅳ类岩体 | 3 000 | 0.28 | 0.25 | 38.66 | 23.20 | 27.45 | |

## 3 计算方法和理论

混凝土结构与土体之间的相互作用是一种较为复杂的接触问题，本文采用接触模型计算。为使计算更接近真实，地连墙与基础(混凝土与基础交界面)、地连墙与桩(混凝土与混凝土界面处)，均采用接触模型。假设接触界面服从库仑摩擦准则，参考小型水利工程手册的推荐值,结合桐子林工程实际,混凝土与混凝土之间摩擦系数取 0.65,混凝土与土之间摩擦系数取 0.3。

接触边界条件的非线性是接触问题所独有的,有摩擦的时候这一非线性表现的更为强烈,因而绝大多数实际工程的接触问题都需要数值方法求解。有限元法或边界元法等数值方法已经成为当前求解接触问题的主要方法,这些方法的基本点是结构离散化,仅以节点上的物理参数作为求解对象。一般而言,无摩擦的接触问题是可逆问题,而大多数的摩擦接触问题是不可逆的,因此要用增量法求解。

在求解接触问题的数值方法中,主要的边界元法包括边界元柔度矩阵法,约束法等,而有限元法主要运用了罚函数法、Lagrange 方法和增广 Lagrange 方法等。本文的计算分析采用有限元的罚函数法。罚函数法是求解接触问题的典型方法之一。它将接触区域的非嵌入条件以及其他条件作为惩罚项引进接触系统的能量泛函中,使原来的条件约束变分问题转化为罚优化问题。它的最大优点在于引入接触条件时并不增加系统的自由度,不另外增加计算机存储量和计算量,而且很容易从物理上解释。在一般接触系统中,接触约束条件为

$$g = u_N^{(B)} - u_N^{(A)} - g_0 \leqslant 0, P_N \geqslant 0, g \cdot P_N = 0 \tag{1}$$

式(1)中的第一式为接触边界上的非嵌入条件。接触问题的最小势能原理可以表述为:在所有满足初始位移约束的可能位移中,真实位移满足非嵌入式(1),并使系统总势能取为最小值。这是一个具有附加不等式约束的变分问题。罚函数法是处理约束变分问题的方法之一,它将约束条件引入能量泛函中,从而消去约束条件,得到约束问题的求解结果。

本文计算模型中土岩体本构关系采用摩尔库仑强度理论;接触摩擦采用完全黏着接触模型。

## 4　厂坝上游地连墙结构设计

### 4.1　结构布置及计算模型

厂坝上游纵向导墙地连墙基础共有三段,第一段顶面高程为 967.50 m,第二段顶面高程为 972.50 m,第三段顶面高程为 977.50 m。地连墙顺水流方向中心间距均为 8.00 m,横水流方向中心间距为 6.35(6.40)m。墙厚均为 1.2 m,第一段嵌岩深度为 2.5 m,第二段和第三段四周墙体嵌岩 2 m,其余部位嵌岩 1.2 m,不小于墙厚,满足规范要求。桩直径为 2.5 m,第一段桩嵌岩深度为 2.5 m,其余部位嵌岩深度为 2 m。地连墙上部为重力式挡墙,挡墙顶高程为 998.00 m。桩与墙之间为接触连接,桩槽内预埋钢板,桩墙之间能传递压力和部分剪力,不能传递拉力。厂坝上游纵向导墙各工况下地连墙承受的水平荷载较小,没有洪水冲刷工况,并且地连墙全部埋没在覆盖层内,具有较好的承载力。因此,当地连墙浇筑完成并达到设计强度后,不需挖除地连墙内覆盖层,直接在上部浇筑地连墙盖板和重力式挡墙,地连墙混凝土结构与内部覆盖层联合承载。厂坝上游纵向导墙地连墙平面结构如图 2 所示,计算模型如图 3 所示。

### 4.2　上游导墙计算成果及分析

(1)结构位移。

计算结果表明,施工期地连墙水平位移较小,一般不超过 1 mm;正常运行期水平位移最大值为 8 mm;地震工况下最大水平位移为 9 mm,出现在地连墙的底部。施工期地连墙铅直位移较小,一般不超过 3 mm;正常运行期铅直位移最大值为 7.6 mm;地震工况下最大铅直

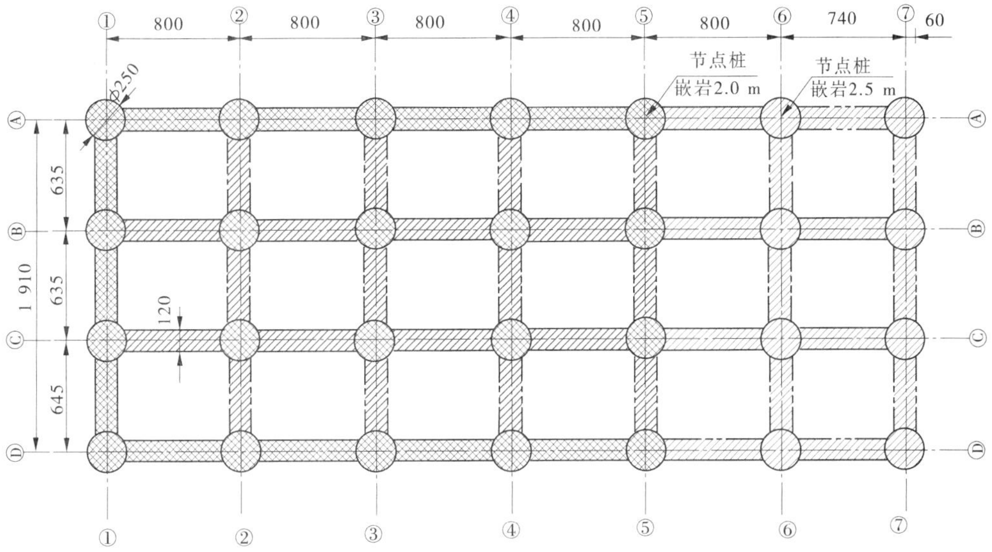


图2　厂坝上游地连墙平面布置图

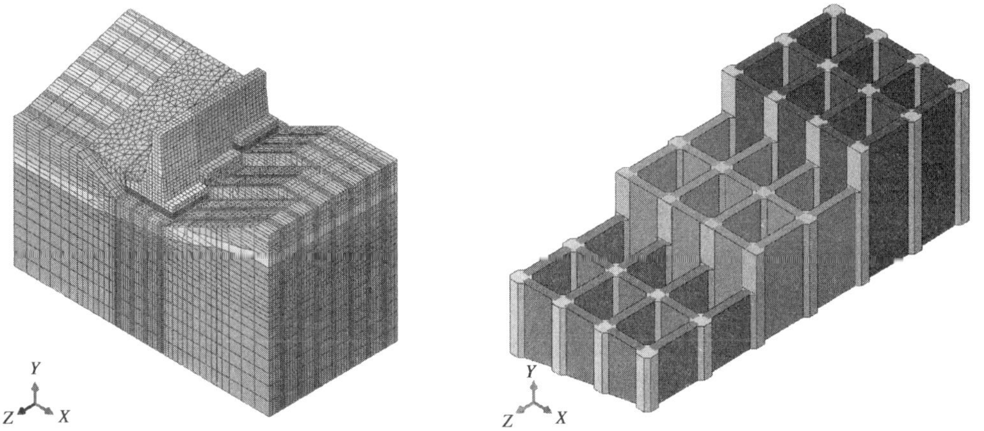


(a) 整体模型　　(b) 地连墙模型

图3　厂坝上游纵向导墙地连墙模型

位移为9 mm,出现在地连墙的底部。施工期地连墙合位移最大值为3.7 mm;正常运行期合位移最大值为10 mm;地震工况下最大合位移为12 mm,出现在地连墙的底部。各工况下地连墙结构的位移均没有超过规范的限值。施工期和正常运行期合位移见图4。

(2)结构应力。

施工期铅直向最大拉应力为1.55 MPa,正常运行期铅直向最大拉应力为6.63 MPa,地震工况铅直向最大拉应力为7.02 MPa,最大拉应力出现在地连墙与上部挡墙的连接部位,已超出混凝土的抗拉强度设计值。各工况下铅直向最大压应力则分别为-6.0 MPa、-8.0 MPa、-9.0 MPa,最大压应力出现在地连墙底部与基岩接触部位,均小于混凝土的抗压强度设计值。最大拉应力虽超出了材料的抗拉强度设计值,但量值和范围均较小,通过配置一定量的受力钢筋是能够解决的。施工期和正常运行期的铅直向应力如图5所示。

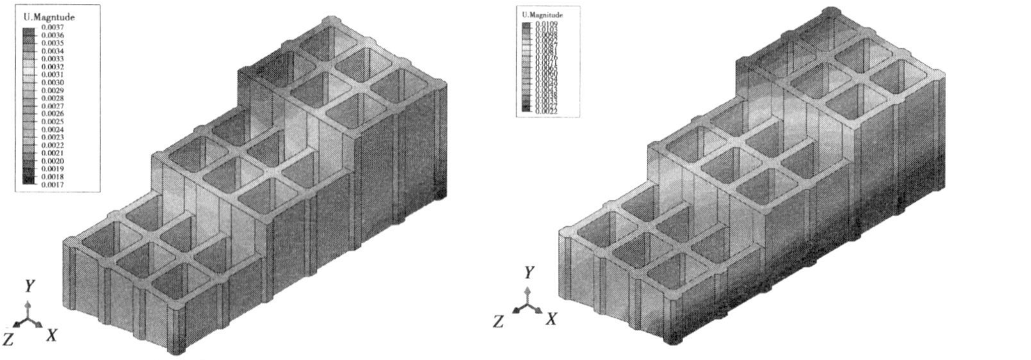


(a) 施工期合位移　　(b) 正常运行期合位移

图 4　厂坝上游纵向导墙地连墙合位移

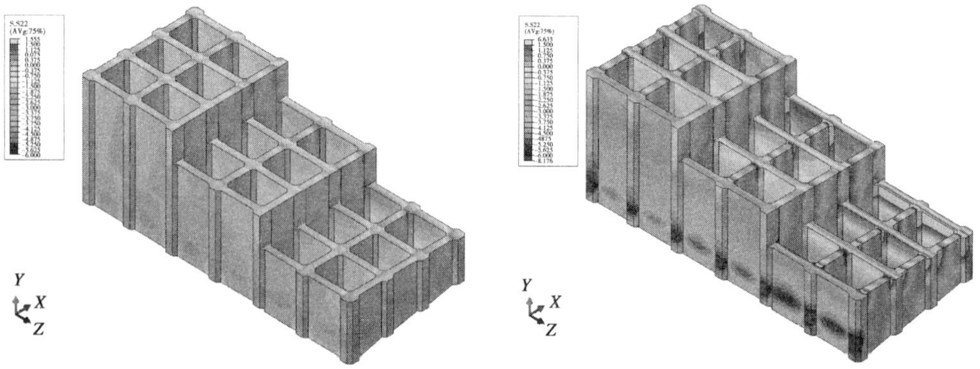


(a) 施工期铅直向应力　　(b) 正常运行期铅直向应力

图 5　厂坝上游纵向导墙地连墙铅直向应力

(3) 地连墙与桩之间的相对变形和接触力。

地连墙与桩之间采用接触模型，可以真实地模拟地连墙与桩之间的相对变形和接触力。上游导墙地连墙与桩之间变形见图 6，张开值放大 1 000 倍处理。

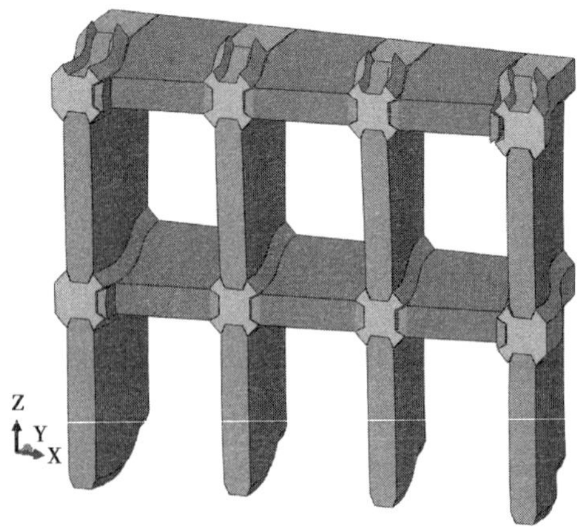


图 6　上游地连墙与桩之间变形图（放大 1 000 倍）

计算结果表明，地连墙以底端张开为主，且都发生在第一段地连墙（上部导墙最高，荷载最大的地连墙）。在施工期工况，最大张开量为 0.10 mm，在正常运行工况，最大张开量为 0.60 mm，地震工况最大张开量为 0.70 mm；最大张开部位均发生在地连墙顶高程，虽整体量值不大，但仍应注意加强地连墙顶部与上部导墙的连接，可考虑适当加强配筋。

计算结果表明，在施工期工况，地连墙与桩之间最大界面压力为 1.89 MPa，在正常运行工况，最大界面压力为3.87 MPa，地震工况最大界面压力为4.02 MPa，均远小于C25混凝土的抗压强度设计值，说明地连墙与桩之间的抗压强度满足规范要求。

(4)计算配筋。

根据应力计算成果，采用拉应力图形配筋法，墙和桩竖向受力钢筋采用Φ 32@20，水平分布钢筋采用Φ 25@20。

## 5　厂坝下游地连墙结构设计

### 5.1　结构布置及计算模型

厂坝下游纵向导墙沿垂直水流方向分为两段，靠尾水渠侧为第一段，顶面高程为977.00 m，靠泄洪闸侧为第二段，顶面高程为973.00 m。地连墙顺水流方向中心间距均为8.75 m，横水流方向中心间距为8.43 m。墙厚均为1.2 m，墙嵌岩深度均为2.0 m。桩直径为2.5 m，桩嵌岩深度均为2.5 m。地连墙上部为重力式挡墙，挡墙顶高程为1 010.50 m。桩与墙之间为接触连接，桩槽内预埋钢板，桩墙之间能传递压力和部分剪力，不能传递拉力。

模型实验表明，厂坝下游纵向导墙在遇泄洪闸泄洪冲刷时，靠泄洪闸侧基础覆盖层将被掏空，冲坑深度一般为960.00 m，即达到基覆界限高程，使得地连墙结构暴露在外。考虑到桩墙不能承受拉力的半松散地连墙结构在洪水冲刷时，难以满足承载要求，所以要求挖除地连墙基坑内覆盖层，并回填低标号混凝土，使得地连墙结构与回填混凝土形成整体。因此，厂坝下游纵向导墙地连墙结构兼作基坑围护结构，只是这种基坑较深，达到了24～25 m，远远超过建筑工程或市政工程中的基坑深度。

当地连墙浇筑完成并达到设计强度后，分层开挖基坑内覆盖层，并采用钢管分层支撑地连墙，确保深基坑的稳定。结合工程经验和试算成果，确定钢支撑的规格为500 mm×9 mm的Q235钢管，设置高程分别为976.50 m、972.50 m、966.50 m、962.00 m。当分层开挖和支护到基坑底部基覆界限高程时，基坑内逐层回填低标号混凝土至地连墙顶部高程。待回填混凝土达到设计强度要求后，再在地连墙上部浇筑重力式挡墙。地连墙平面结构如图7所示，计算模型如图8所示。

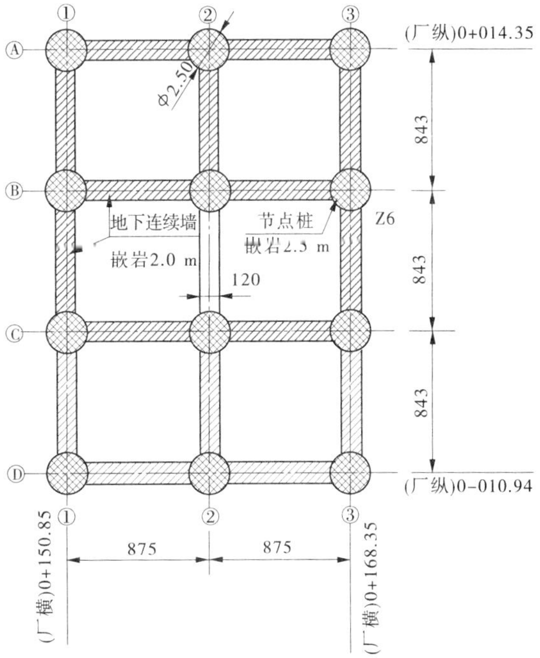


图7　厂坝下游地连墙平面布置图

### 5.2　下游导墙计算成果及分析

(1)地连墙位移。

地连墙横河向位移峰值为2.00 mm，出现在编号为YZC7的地连墙顶端的中间位置。地连墙铅直向位移峰值为1.43 mm，出现在编号为YZC13的地连墙中部右岸侧位置。地连

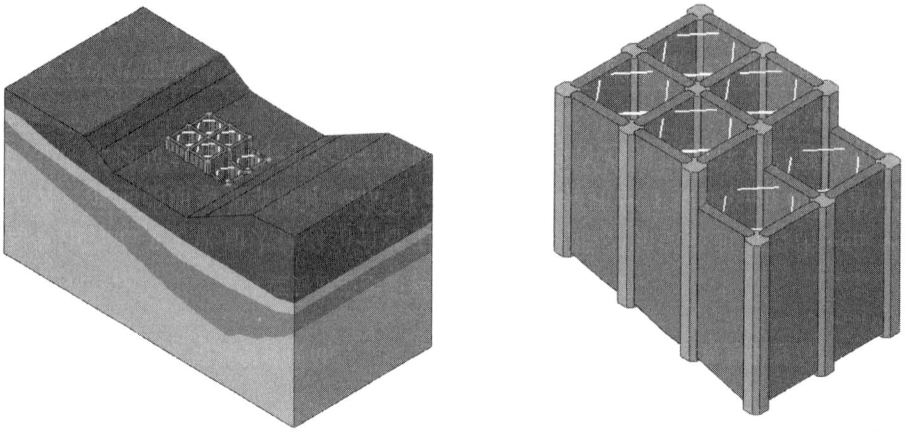

(a) 整体模型　　(b) 地连墙模型

图 8　厂坝下游地连墙计算模型

墙顺河向位移峰值为 0.60 mm，出现在编号为 YZC15 的地连墙顶端右岸侧位置。各段地连墙结构的位移均没有超过规范的限值。地连墙横河向和顺河向位移如图 9 所示。

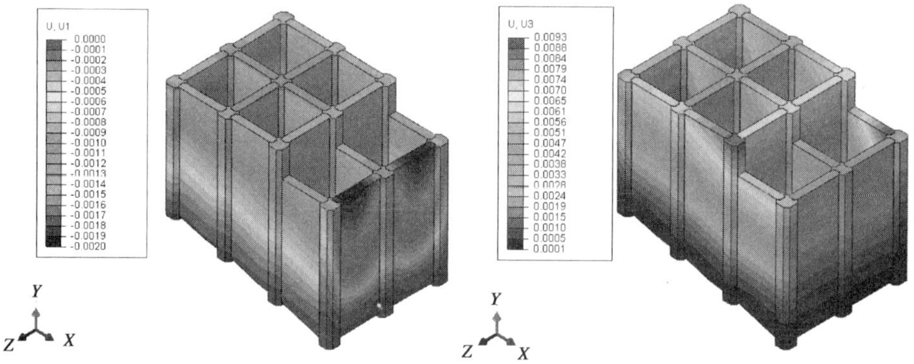


(a) 横河向位移　　(b) 顺河向位移

图 9　厂坝下游地连墙位移图

（2）地连墙应力。

地连墙横河向正应力峰值、铅直向正应力峰值和顺河向正应力峰值分别为 1.12 MPa、2.24 MPa、0.73 MPa，仅有铅直向正应力峰值略微超出了 C35 混凝土的抗拉强度设计值，且范围极小，出现在地连墙底端靠近桩处。出现拉应力的部位，配置受力钢筋后能够满足结构安全的要求。厂坝下游纵向导墙地连墙应力如图 10 所示。

（3）计算配筋。

根据应力计算成果，采用拉应力图形配筋法，墙下部水平受力钢筋采用Φ36@20，墙上部水平受力钢筋采用Φ32@20，竖向分布钢筋采用Φ25@20。

（4）钢支撑轴力与安全系数。

在逐层开挖基坑内覆盖层的同时，逐层施加水平钢支撑。水平钢支撑主要承受基坑外的土压力。计算模拟了基坑开挖和钢支撑的施加过程，各阶段钢支撑受力不等，一般呈逐渐加大的规律，开挖完成后钢支撑受力最大。开挖完成后，从上到下各层钢支撑应力分别为

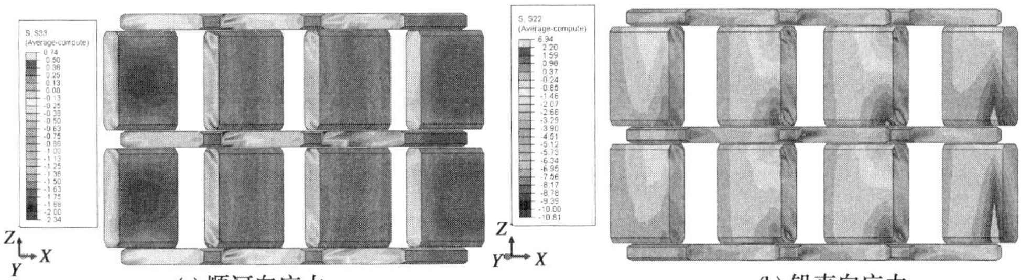

(a) 顺河向应力　　(b) 铅直向应力

**图 10　厂坝下游地连墙应力图**

－3.34 MPa、－11.34 MPa、－10.28 MPa、－9.02 MPa。根据规范[6]，钢支撑的整体稳定可由式(2)复核：

$$\frac{\sigma}{\varphi} \leqslant f \tag{2}$$

式中：$\sigma$ 为构件的压应力；$\varphi$ 为轴心受压构件的稳定系数；$f$ 为钢材的设计应力。

经复核，钢支撑轴心受压安全系数满足规范要求，且具有较大的安全储备。

## 6　结　语

本文重点介绍了厂坝上下游地连墙方案的结构布置和结构分析成果。计算成果表明，各工况下地连墙的变形较小，没有超出规范的限值；各工况下地连墙混凝土结构应力较小，通过配置受力钢筋，能够满足规范要求；各工况下墙与桩之间的张开量较小，墙与桩之间的界面压力也没有超过规范的限值。当然，采用地连墙基础也涉及较多的子方案比较，比如墙厚、墙中心间距、桩墙连接方式、桩墙嵌岩深度、桩墙顶高程、桩墙混凝土强度、基坑内覆盖层是否置换、置换方案中钢支撑的布置方案等。在桐子林厂坝上下游纵向导墙地连墙结构设计中，对上述各子方案均有一定程度的论证，限于篇幅，将另文叙述。

桐子林水电站采用地下连续墙结构处理深厚覆盖层地基，是在充分考虑了水工建筑物枢纽布置条件、工程地质条件、建筑物运行工况，并与其他基础处理方案进行了技术经济比较后提出的，具有十分明显的优势。

采用地下连续墙结构处理深厚覆盖层地基无疑有很多技术经济优势，但我们应注意到大型地连墙结构三维有限元计算的复杂性、水利水电工程运行工况的特殊性和地下工程施工质量的不确定性，高度重视这种新型结构的安全性和适用性，取得经验后，再逐步推广使用。

**参考文献**

[1] 黄绍明，高大钊. 软土地基与地下工程[M]. 北京：中国建筑工业出版社，2005.

[2] 夏建国. 格形地连墙结构的设计与施工方案探讨[J]. 水运工程，2004，4.

[3] 崔国龙，刘凯. 地连墙工艺在海河综合开发堤岸改造工程中的应用[J]. 江西建材，2009，06.

[4] 丛蔼森，梁建民. 深基坑地连墙设计问题探讨[A]. 第十三届全国探矿工程（岩土钻掘工程）学术研讨会论文专辑[C]. 2005.

[5] 乔景顺，杨德磊，郑瑞杰. 大型基坑开挖施工数值模拟分析[J]. 人民长江，2013，4.

[6]《钢结构设计规范》(GB 50017—2003)[S]. 2003.

# 基于多影响因子的库区地质灾害敏感性分析

刘永亮　宋书志

（中国水电顾问集团成都勘测设计研究院有限公司　四川　成都　610072）

**摘要**：水库蓄水后容易引发库岸边坡滑坡、坍岸等地质灾害，可能对水库安全运行与移民安置造成较大危害。地质灾害敏感性分析对灾害管理、防治、安置点规划是极其必要的，有助于缓解、乃至规避地质灾害活动导致的严重后果。本文通过分析某大型水库库岸边坡地质灾害与多种影响因子的相关性，选择其中10个控制地质灾害敏感性的因子，利用线性回归模型，计算了各影响因子的权重，在地理信息系统软件中生成滑坡敏感性地图。叠加当前正在活动的滑坡分布图与滑坡敏感性地图，结果表明，活动的地质灾害72%以上都位于敏感性地区中较不稳定和不稳定的区划范围内。该水库边坡地质灾害敏感性评价结果与研究区实际情况相吻合，可为水库蓄水后的灾害管理、防治、安置点规划提供可靠的分析依据。

**关键词**：影响因子　地质灾害　敏感性分析　线性回归

## 1　引　言

水电工程库区发生的地质灾害影响了库区人民生产生活环境，且对水电工程运营增加了风险。水电工程库区范围较大，目前主要依靠定性的方法进行库区地质灾害人工排查，这样耗费时间较长且难以保证排查的准确性与完整性，而对库区地质灾害预测与防治方法上，主要依靠对单个地质灾害体进行稳定性分析与监测预报，缺乏对整个库区进行高效、宏观性地质灾害预测的技术手段。在地质灾害评价过程中，地质灾害敏感性分析作为一种快速、定量的区域性地质灾害预测方法，在区域灾害评价中已经成为当前的热点研究问题，在许多地区，开始受到各行业的重视。

地质灾害敏感性分析方法可以分为定性方法和定量方法。定性方法依赖专家主观经验对地质灾害的定性描述，结合各类专题图，直接进行地质灾害敏感性评价，在地质灾害发生机理不完全清楚的情况下，存在很大的主观性风险。定量方法依赖数据的特征，“用数据说话”，形式更加严谨和客观，很大程度上能消除定性方法的主观性因素，因此在地质灾害敏感性分析研究中，大量的研究主要关注在定量分析方法上。

地质灾害发生机理较为复杂，受多类因素的影响，是一个多影响因子综合的过程，目前大部分影响因子研究都集中在地形地貌、基本地质条件、植被覆盖、人类活动范围、水文气象条件等几方面。本文以瀑布沟水电站库区为研究区，依据影响水库蓄水后形成的地质灾害特点，选取库区岩性、断裂、地形、植被覆盖、蓄水高程、土地利用以及土壤侵蚀等因子，建立线性回归模型，借助GIS的空间分析技术手段，形成瀑布沟库区地质灾害敏感性区划图，以

基金项目：中国水电顾问集团成都勘测设计研究院有限公司“水电工程机载激光雷达数据挖掘技术研究”（P171）项目资助。

对库区的地质灾害敏感性进行分析。

## 2　研究区概况

瀑布沟水电站位于四川省西部大渡河中游汉源县和甘洛县接壤处，见图1，库区地跨汉源、石棉、甘洛三县境区，坝址距成都直线距离约200 km，距上游汉源、石棉两县城分别约28 km、80 km，其下游9 km处有成昆铁路汉源车站，坝址附近可通铁路和公路，交通方便。

瀑布沟水电站正常蓄水位850.00 m，死水位790.00 m，总库容53.90亿 $m^3$，水库面积84.14 $km^2$，为大(1)型水库。

瀑布沟水电站库区河谷总体呈东西向展布，具有峡谷与宽谷或河谷盆地相间分布的特点。库区地处川滇南北构造带北段东侧，为南北向与北西向、北东向三大构造的复合区，在大地构造部位上属扬子准地台西部之二级构造单元上扬子台褶带范畴。坝址和库首段处于南北向的汉源—昭觉断裂与宜坪—美姑断裂所切割的相对稳定的瓦山断块上。区内断裂构造以南北向为主体，并兼有北西向及北东向断裂交切。

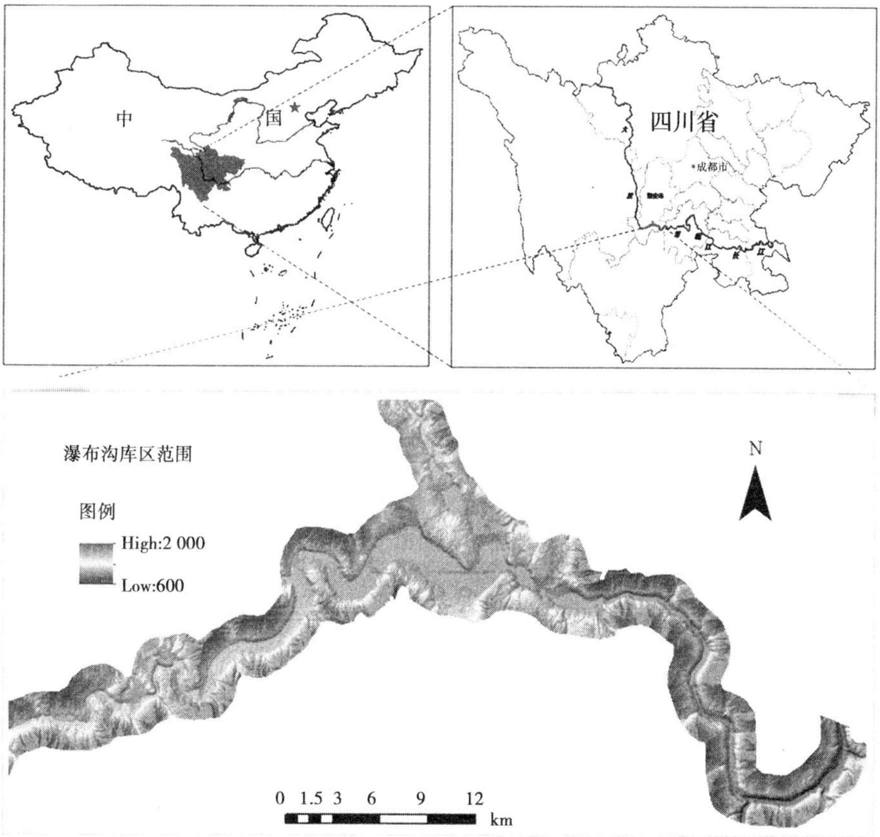


图1　研究区位置图

## 3　影响因子分析

### 3.1　影响因子选择

地质灾害是与各种要素相关联的，深入理解地质灾害与各种要素的相关性，合理选择与其密切相关的影响因子,会增加地质灾害敏感性分析结果的适应性。地质灾害的孕育及演化过程受到内因和外因的双重影响。各种因子在地质灾害形成的过程中有着不同的作用,因子的影响程度也在不同区域表现不一致。目前大量研究都集中在岩性、地形地貌、断裂等主要内部影响因素上[1,2,3],刘新喜[4]也针对库水位下降对滑坡稳定性进行了研究,李铁峰[5]探讨了降雨对滑坡的影响,胡德勇[6]在主要影响因素上又添加了地形曲率、河流、土地覆盖、道路等自然要素与人为活动因素。

通过对各种研究归纳总结,可将影响因子总体上分为地质条件、地形地貌条件、植被土壤条件、人类活动条件、水文气象条件等。根据研究区域发生的实际情况,本文选取10个影响因子对研究区域开展敏感性分析研究,这些影响因子为:地层岩性、断裂、蓄水高程、坡度、坡向、剖面曲率、平面曲率、植被覆盖、土地利用、土壤侵蚀,将其按照类别分成三类,如表1所示。

**表1 影响因子分类**

| 影响类别 | 影响因子 | 作用 | 影响机理 |
|---|---|---|---|
| 内因 | 地层岩性 | 极强 | 对于岩土体岩性较软、结构比较松散而破碎的地层,就比较容易产生滑坡等地质灾害 |
| | 断裂 | 一般 | 影响地表形变、地裂缝的形成,甚至地震,这些地质活动都是影响地质灾害的内部影响因素 |
| 基本因素 | 坡度 | 强 | 制约着岩土的重力作用和水土流失的程度,一般地质灾害均发生在一定坡度的斜坡上,坡度也是影响地质灾害的主要外部影响因子 |
| | 坡向 | 一般 | 影响了研究区域的日照、风蚀、水土流失、植被分布等条件,是影响地质灾害的外部影响因子 |
| | 剖面曲率 | 弱 | 反映了坡度的变化率,是反映地形起伏变化的主要指标 |
| | 平面曲率 | 一般 | 反映了坡向的变化率,是反映地形朝向变化的主要指标 |
| | 植被覆盖 | 强 | 主要体现在植物的根系对土壤的防护作用,根系可保持土体流失,稳定山坡土层,减轻降水对土体的冲击,密集的植被覆盖,能显著地抑制地质灾害的发生 |
| 外因 | 土地利用 | 强 | 反映了人类活动对地表的作用,较强的人类活动,会破坏地表已有的稳定性,增加发生地质灾害的可能性,是影响地质灾害的主要外部影响因素之一 |
| | 土壤侵蚀 | 强 | 反映了人类以及自然活动对土壤完整性的破坏程度,一定程度上反映了土壤失稳的程度 |
| | 蓄水高程 | 极强 | 水库蓄水条件,是影响水库地质灾害发生的主要外部影响因子,而蓄水情况主要体现在高程上,不同的蓄水高程对地质灾害的影响性不同,将高程从水库死水位开始,按照一定间隔,将其划分为若干高程带,通过高程带的定量化指标,计算高程对地质灾害的影响 |

### 3.2 因子量化方法

为了定量研究各类影响因子对地质灾害的影响,需要对影响因子进行量化,因子量化的方法有多种,其中确定性系数CF值能反映灾害点的聚集程度,是目前敏感性研究中主要的定量化方法。首先利用每类影响因子的各二级分类因子中地质灾害面积除以各二级影响因子的面积，得到一个面积比，然后对这个面积比归一化处理，即为各二级分类因子的定量化指标值。所采用的公式如下：

$$x_{ij} = A_{ij}/S_{ij} \tag{1}$$

公式中：$i=1,2,\cdots,m$，是影响因子序号；$j=1,2,\cdots,n$，是各影响因子的二级分类序号。$x_{ij}$是各类二级因子的指标值；$S_{ij}$是各类二级因子的面积；$A_{ij}$是各类二级因子中滑坡灾害面积；按照式(1)计算出的初始值，将其归一化处理，即可到各类影响因子的定量化指标值。

通过对以上因子的量化，从已有地质灾害数据统计计算，从而得出各因子的量化指标，如图2所示。

## 4　敏感性分析模型建立

地质灾害的孕育和发生，是一个多因子作用下的复杂过程，目前并没有充分的机理验证地质灾害的产生，基于多因子的敏感性分析需要解决的一个主要问题，就是因子的权重问题，即因子对地质灾害产生的贡献程度。敏感性分析模型就是为了定量确定各因子的权重值，进而通过计算各因子的影响值，从而获得整个区域内，各因子综合作用下的地质灾害敏感性结果。

设 $P$ 为某事件发生的概率，取值范围为[0,1]，从而可建立线性回归方程：

$$P = \alpha + \beta_1 x_1 + \beta_2 x_2 + \cdots + \beta_m x_m \tag{2}$$

此即为线性回归模型，其中 $\alpha$ 为常数，$\beta_i(i=1,2,\cdots,m)$为线性回归系数，利用式(2)可进行地质灾害的预测。

基于瀑布沟库区已有地质灾害数据，采用本文研究的10种影响因子作为自变量，采用SPSS软件进行线性回归分析，通过计算分析，因子显著性水平均小于0.05，认为回归结果通过5%显著性水平检验，得到线性回归系数，因此，可得到计算灾害发生概率的预测方程：

$$P = 0.269x_1 + 0.07x_2 + 0.118x_3 + 0.107x_4 + 0.02x_5 + 0.052x_6 + 0.123x_7 + 0.143x_8 + 0.177x_9 + 0.242x_{10} \tag{3}$$

式中：$x_1, x_2, \cdots, x_{10}$分别代表地层岩性、断裂、坡度、坡向、剖面曲率、平面曲率、植被覆盖、土地利用、土壤侵蚀、蓄水高程。

由于采用了因子定量归一化指标，各类因子的定量化单位统一，线性回归系数可以代表各因子的权重。从图3可以看出，地层岩性、蓄水高程这两个因子对地质灾害影响最为明显，而剖面曲率因子影响最小，说明地形起伏变化对地质灾害影响较弱。本文研究的区域为蓄水后库区，地质灾害主要由蓄水后水位升降引发，故而高程因子对该区域地质灾害影响大，岩性是引起地质灾害的主要内在因素，是地质体失稳的主要体现，因此岩性因子对地质灾害影响最为明显；断裂主要体现在地震对地质灾害的影响程度，本文研究区域发生的地质灾害受地震影响小，故而在该区域对地质灾害的影响程度一般；植被对地质灾害的影响作用也较强，不容忽视；土地利用与土壤侵蚀这两个受人为活动影响的因子对地质灾害产生的作用也较为明显。

将实验区数据带入方程(3)，可得到各格网单元的P值，即为该格网点的发生地质灾害的概率，将概率划分为3个区间(稳定、一般、不稳定)，可得到研究区地质灾害敏感性区划图(见图4)。

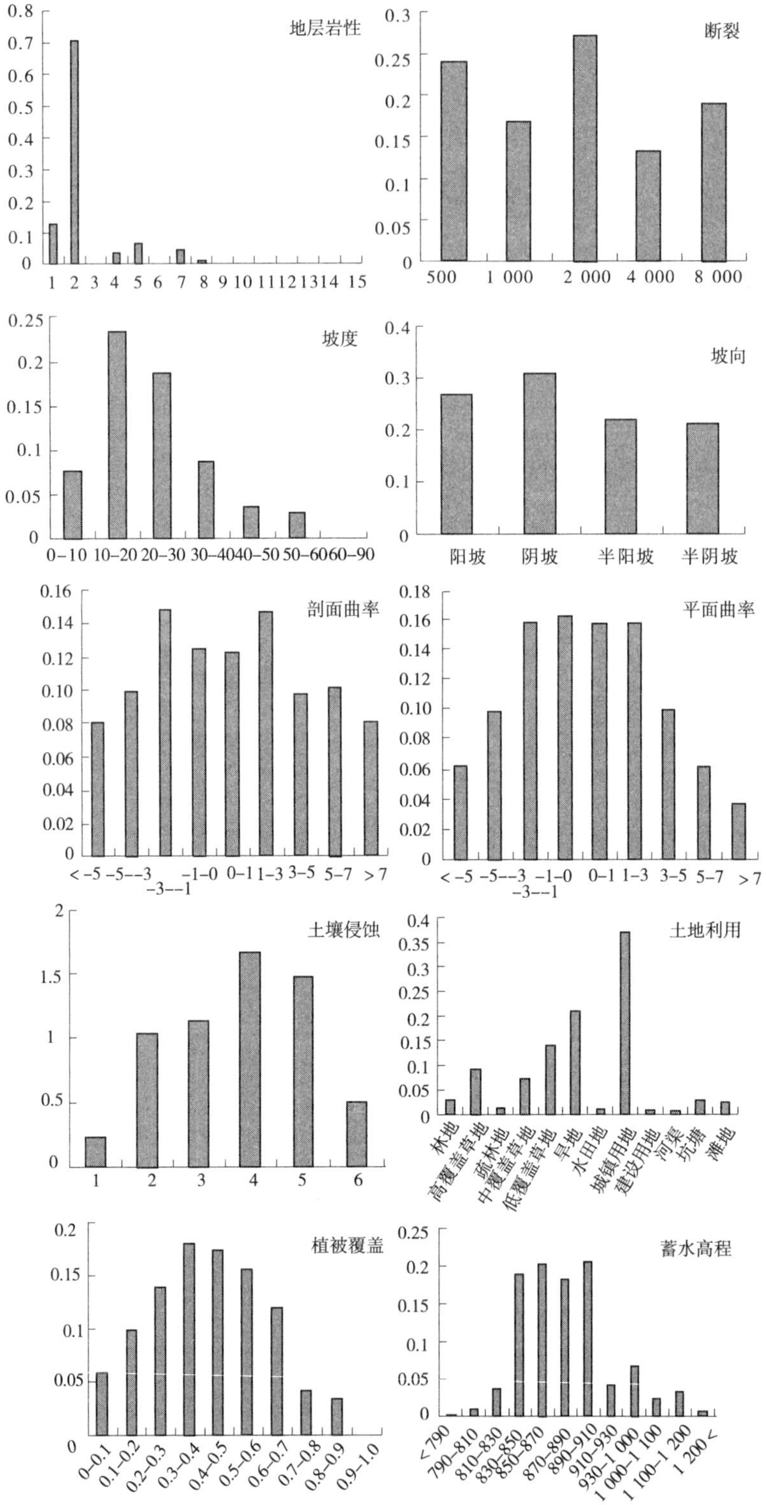


**图 2　影响因子定量化指标**

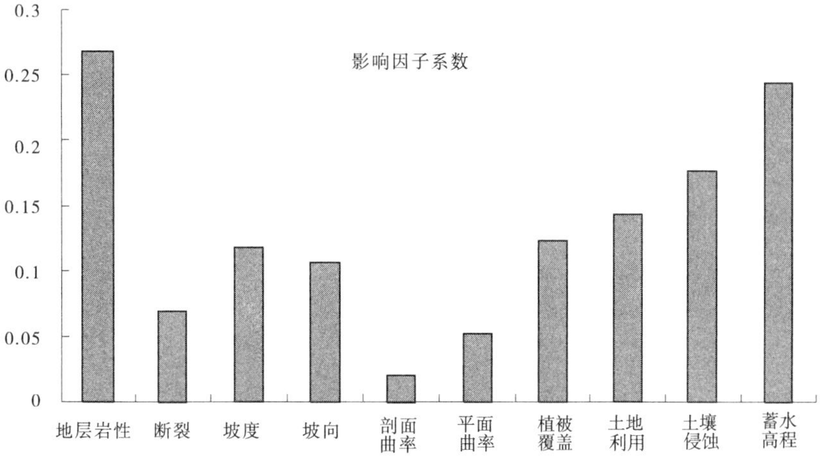


图3　影响因子系数

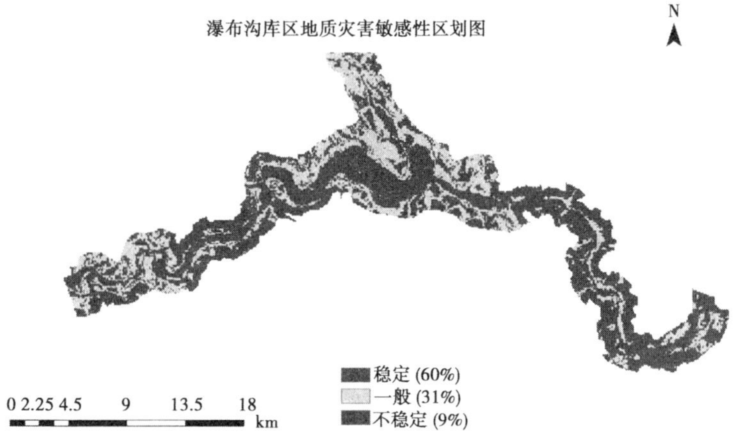


图4　敏感性区划图

## 5　结果分析与讨论

将研究区域地质灾害与地质灾害敏感性区划图叠加,可以计算出,72%的地质灾害区域分布在不稳定区域内,而稳定区域发生地质灾害只占整个区域地质灾害的8%(见图5)。故而本文研究得到的地质灾害敏感性区划图能较好地符合研究区域地质灾害发生的实际情况。

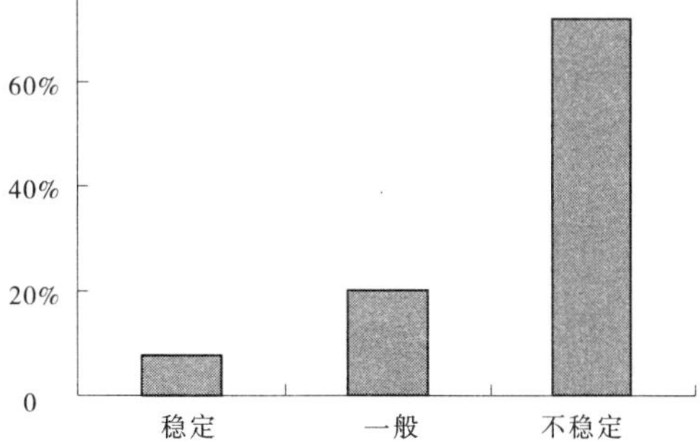


图5　敏感性区划灾害分布

从地质灾害敏感性区划图中可以分析出，从左岸万工集镇、右岸兰家岗安置点以下库区范围，地质灾害发生概率较低，绝大部分处于稳定区域，沿着水位两岸的公路周边，发生地质灾害的可能性为一般，而这段区域包含了瀑布沟水电工程枢纽区，说明瀑布沟水电工程坝址区域地质灾害发生可能性较低，坝址选取这段区域具有很高的科学可靠性。同样，坝址的选取位置也从另一个方面验证了本文地质灾害敏感性分析模型的可靠性。

将敏感性区划图中不稳定区域提取，形成潜在地质灾害分布图（见图6），叠加已发生地质灾害数据，将其与居民安置点数据对比，可发现，全部居民安置点均未落入已发生地质灾害与潜在地质灾害区区域内，验证了居民安置选择规划科学合理，但部分已发生地质灾害与潜在地质灾害区域位于居民安置点周围，应当防范这些地质灾害对周边居民安置点的影响。

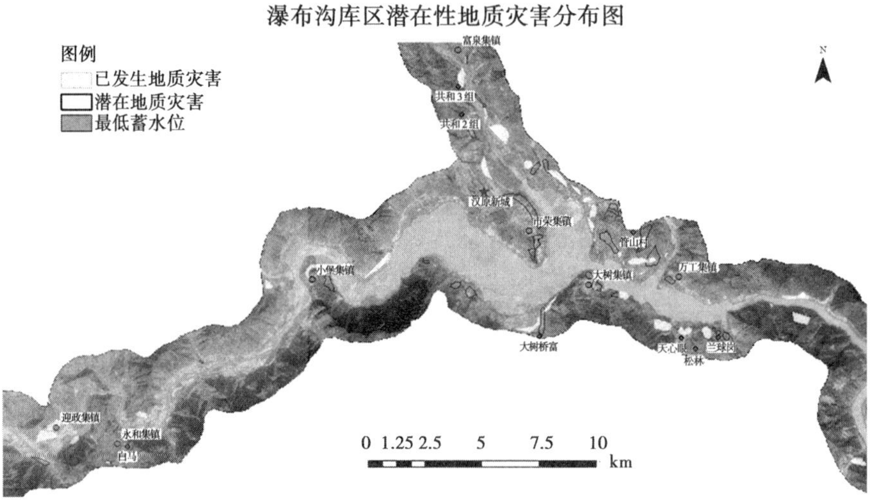


**图6　潜在性灾害分布**

分析潜在地质灾害分布图，可以看出，市容集镇、小堡集镇、大树集镇、万工集镇、兰家岗安置点、大树新富安置点周边潜在性地质灾害较多，应当防范可能发生的地质灾害对这些安置区的影响。

## 6　结　论

（1）影响因子的选择需要综合地质条件、地形地貌、蓄水高度、植被、土壤、土地利用等因素，本研究区域中除蓄水高度为研究区特有影响因子，其他影响因子具有通用性，可为相似环境水库敏感性分析提供影响因子定量化系数。

（2）研究区格网大小需要综合考虑已有数据的精度，以及研究区域的大小，在保证精度的前提下，尽量减小数据计算的规模，是进行大区域敏感性分析的有效优化手段。

（3）影响因子的定量化计算过程中，通过量化指标，可获得各影响因子在库区的影响特性，从而为地质、移民规划选址等专业技术人员提供定量判断依据。

（4）本文主要基于研究区已有地质灾害分布数据为统计基础，而如何在缺少历史灾害数据情况下，进行库区敏感性分析，是后续研究的重点。

（5）在无实地踏勘地质灾害体的情况下，可以采用本文的方法建立库区地质灾害敏感性分布图，为重点排查区域提供支持。

（6）研究结果能为瀑布沟地质灾害的防治以及移民安置提供依据，为水电工程的安全建设与运营提供更加高效可靠的技术手段。

## 参考文献

[1] 马显春，王雷，赵法锁. 滑坡稳定影响因子敏感性分析及治理方案探讨[J]. 地质力学学报，2008，14（4）.

[2] 李雪平，唐辉明，陈实. 基于 GIS 的 Logistic 回归在区域滑坡空间预测中的应用[J]. 公路交通科技，2005，22（6）.

[3]兰恒星，伍法权，周成虎，等. 基于 GIS 的云南小江流域滑坡因子敏感性分析[J]. 岩石力学与工程学报，2002，21（10）.

[4] 刘新喜，夏元友，等. 库水位下降对滑坡稳定型的影响[J]. 岩石力学与工程学报，2005，27（8）.

[5] 李铁峰，从威青. 基于 Logistic 回归及前期有效雨量的降雨诱发型滑坡预测方法[J]. 中国地质灾害与防治学报，2006，17（1）.

[6] 胡德勇，李京，陈云浩，等. 基于 GIS 的热带雨林地区滑坡敏感性分析——马来西亚金马伦高原个案研究[J]. 自然灾害学报，2008，17（6）.

# 基于动态确权的可拓评价模型在边坡安全评价中的应用

冯宇强　陈绪高

（中国水电顾问集团成都勘测设计研究院有限公司　四川　成都　610072）

**摘要**：本文引入物元可拓理论，从边坡安全监测数据出发，建立了基于物元可拓的边坡工作性态评价模型，实现了定性指标和定量指标的共存，解决了多指标不相容问题。在未确知有理数确定权重的基础上，运用信息熵理论对评价指标权重进行动态调整，克服了传统的评价模型权重在评价过程中一成不变的缺点，更符合实际情况。

**关键词**：物元可拓模型　动态　熵理论　边坡　安全评价

## 1　引　言

边坡安全评价是个多层次、系统化、立体性的复杂问题，安全监测各监测量是各种荷载作用下边坡变形性态的反映，对于边坡安全状况而言，不但要考虑单个测点、单个监测项目所反映的边坡安全等级，更重要的是要考虑多个测点、多监测项目及其他监测和设计信息所反映的边坡整体安全等级，在这个过程中，各种监测物理量之间可能产生不同的结果，这就需要对各种安全监测资料从不同角度进行综合分析，将定性分析和定量分析有机结合起来。然而，各监测物理量在边坡性态评价中的地位和作用不等，并具有转化特性，次要的物理量可能转化为主要影响因素，如果不加考虑这些转化，将不符合实际情况。本文引入动态确权的思想，在构建基于实测资料的边坡可拓综合评价模型基础上，考虑物理量的变化，根据实测数据变化情况重新调整权重，更符合实际情况。

## 2　边坡物元可拓评价模型

物元可拓的基本原理是根据我国学者蔡文教授提出的物元可拓分析理论，将评价指标体系及其特征值作为物元，通过评价等级和实测数据，得到经典域、节域及关联度，从而建立定量综合评价方法[1]。

以边坡工作性态评价对象为事物，以变形、应力、地下水等监测项目为特征，以监测成果为特征值，可用式(1)表征边坡工作性态评价物元：

$$R = (N,C,V) = \begin{bmatrix} \text{边坡特征} & \text{变形} & c_1\ \text{特征值} \\ & \vdots & \vdots \\ & \text{地下水} & c_n\ \text{特征值} \end{bmatrix} \tag{1}$$

### 2.1　确定经典域和节域

以边坡稳定状态评价标准为基础，可得物元系统中研究对象的经典域物元：

$$R_{0j}=\begin{bmatrix} N_{0j}, & c1, & v_{0j1} \\ & c2, & v_{0j2} \\ & \vdots & \vdots \\ & c_n & v_{0jn} \end{bmatrix}=\begin{bmatrix} N_{0j}, & c_1, & (a_{0j1},b_{0j1}) \\ & c_2, & (a_{0j2},b_{0j2}) \\ & \vdots & \vdots \\ & c_n, & (a_{0jn},b_{0jn}) \end{bmatrix} \tag{2}$$

式中,$N_{0j}$表示边坡所处的第$j(j=1,2,\cdots,y)$级别,$y$为边坡所划分的稳定状态等级数;$c_i$为边坡安全评价综合指标体系中的第$i$个特征指标($i=1,2,\cdots,n$),$n$为研究对象中的特征数;$v_{0jk}=(a_{0jk},b_{0jk})$表示在级别$j$中第$k$个指标的量值所处范围。

边坡安全综合评价的节域可表示为:

$$R_p=\begin{bmatrix} N_p, & c_1, & v_{p1} \\ & c_2, & v_{p2} \\ & \vdots & \vdots \\ & c_n, & v_{pn} \end{bmatrix}=\begin{bmatrix} N_p, & c_1, & (a_{p1},b_{p1}) \\ & c_2, & (a_{p2},b_{p2}) \\ & \vdots & \vdots \\ & c_n, & (a_{pn},b_{pn}) \end{bmatrix} \tag{3}$$

## 2.2　确定待评物元

边坡安全评价性态物元系统中待评对象$N$,将某时刻$t$评价对象各指标所监测、检测到的定量数据和定性数据经预处理后用以下物元矩阵表示,称为研究对象$N$的待评物元$R_m$。

$$R_t(N(t),c_k,v_k(t))=\begin{bmatrix} N(t), & c_1, & v_1(t) \\ & c_2, & v_2(t) \\ & \vdots & \vdots \\ & c_n, & v_n(t) \end{bmatrix} \tag{4}$$

式中,$R$为待评价边坡性态,$N_t$表示待评价对象,即待评价的边坡部分或中间层诊断指标,$c_k$为影响边坡性态的第$k$个指标($k=1,2,\cdots,n$),$v_k(t)$为某时刻$t$关于特征$c_k$的量值,可用点值表示,也可用区间表示。

## 2.3　计算各指标的关联函数值

根据构建的边坡安全评价物元系统,从底层到顶层依次选择某一待评物元,应用物元评价模型,分别计算待评物元相对于各评价等级的关联度,确定边坡所处等级。

## 2.4　确定权重

在未确知有理数确定权重的基础上,应用信息熵理论对权重进行调整,实现动态确权。详见本文第2部分。

## 2.5　待评边坡稳定级别可拓关联度的确定

在权重确定的情况下,待评边坡安全状况相对于各级别$j$的可拓关联度为:

$$K_{jt}=\sum_{i=1}^{n}w_i r_j(v_i(t))$$

## 2.6　边坡稳定性等级评价

如果$K_{jt0}=\max\{K_{jt}(N)\}$,则待评边坡属于级别$t^0$。如果一切$j$存在$K_j(R_0)\leqslant 0$,则不参与等级的评定,应舍去,此时其等级已不在所划分的等级范围内。

根据以上步骤对边坡安全评价物元系统进行从底层到顶层逐一的评价,直至收敛到最顶层,实现边坡整体安全状态的综合评价。

## 3　基于熵理论的指标权值调整

### 3.1　指标权重确定方法

在评价过程中需要考虑各指标之间的相对变化程度，本文在未确知有理数法[2]确定权重的基础上，通过信息熵法对权重进行动态调整，克服了主观权重一旦确定后一成不变的缺点。应用信息熵调整边坡安全评价各指标权重的基本思想：在边坡安全评价体系中，某项指标的差异较大，信息熵较小，说明该指标提供的信息量越大，相对应的指标权重就越大。反之，则指标权重越小。根据各指标的差异程度，应用信息熵尽可能的消除指标权重计算中的人为干扰，从而合理调整各个指标的权重[3]。

应用信息熵对主观权重进行调整的步骤如下：

（1）设边坡安全评价有 $p$ 个评价对象，有 $m$ 个评价指标，构建数据矩阵 $R$：

$$R = (x_{ij})p_m(i = 1,2,\cdots,p) \tag{5}$$

（2）对数据矩阵进行标准化处理 $B=(b_{ij})p_m$

$$b_{ij} = (x_{ij} - \min x_i)/(\max x_i - \min x_i) \tag{6}$$

式中，$\max x_i$ 和 $\min x_i$ 分别是评价指标 $i$ 的最大值和最小值。

（3）根据信息熵的定义，确定评价指标的熵为

$$H_i = -\frac{1}{\ln p}\left[\sum_{j=1}^{p} f_{ij}\ln f_{ij}\right], i = 1,2,\cdots,m; j = 1,2,\cdots,p \tag{7}$$

$$f_{ij} = b_{ij}/\sum_{j=1}^{p} b_{ij} \tag{8}$$

对于给定的指标，其 $b_{ij}$ 差异性越大，则 $H$ 值越小，此时该指标在评价体系中所占的比重应该相应调大。定义差异性因数向量为 $G=(g_1,g_2,\cdots,g_n)$，则有：

$$g_i = 1 - H_i \tag{9}$$

则基于信息熵的权重为：

$$t_i = g_i/\sum_{i=1}^{n} g_i \tag{10}$$

（4）计算边坡各评价指标调整后的权重

基于差异性因数的权重调整，权重值可根据具体情况而定，本文选取等权重的方式，可用式（11）表示：

$$w = 0.5t_i + 0.5w_i \quad (i = 1,2,\cdots,p) \tag{11}$$

式中，$w_i$ 为未确知有理数法确定的权重值。

### 3.2　实例

设某外观监测各监测项目的变化如表 1 所示，其中裂缝计数据变化相对较大。采用未确知有理数法赋权模型以及基于信息熵的权重调整方法对该子系统指标进行权重计算。

采用未确知有理数确定的权重为全站仪 0.54，裂缝计 0.32；谷幅平距 0.14。

即

$$R = \begin{bmatrix} 2.31 & 1.21 & 1.34 \\ 2.78 & 2.38 & 0.87 \\ 3.45 & 3.34 & 1.72 \\ 3.21 & 4.43 & 1.95 \end{bmatrix}$$

表1　某外观监测项目

| 监测日期 | 全站仪 | 裂缝计 | 谷幅平距 |
|---|---|---|---|
| 2010.10.7 | 2.31 | 1.212 | 1.34 |
| 2010.10.10 | 2.21 | 2.379 | 1.37 |
| 2010.10.18 | 2.37 | 3.798 | 1.31 |
| 2010.10.23 | 2.35 | 4.432 | 1.21 |

计算得：

$$H = [0.991\,9, 0.932\,8, 0.970\,5]$$

差异因素向量：

$$G = [0.008\,1, 0.067\,2, 0.029\,5]$$

从而求得在未确知有理数权重基础上熵理论调整后的权重：

$$w = [0.28, 0.51, 0.21]$$

与之前确定的权重值比较可知，指标权重的调整，能够反映指标变化的实际情况，避免了权重确定后不变的缺点，突出重点。

# 4　实例分析

## 4.1　边坡安全评价体系

边坡安全评价体系如图1所示。

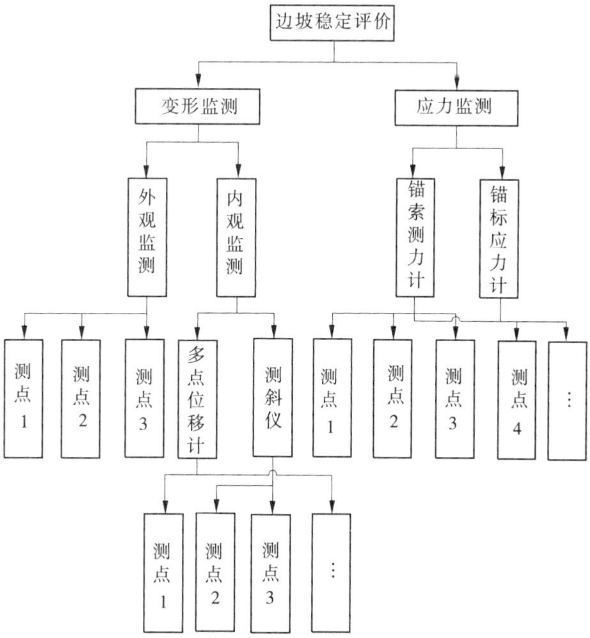


图1　边坡安全评价体系

下面利用本文提到的可拓评价模型及权重确定方法，对某边坡监测断面2009年9月到2010年5月时间段内“实测性态”的稳定状态进行评价。

### 4.2 确定评价指标值

通过查阅规范和文献[4-6]、监测资料分析以及工程类比等方法，从而得到基于安全监测资料的边坡稳定性评价标准，如表 2 所示。

表 2 稳定性评价等级

| 项目 | 稳定性评价等级 | | | | |
|---|---|---|---|---|---|
| | 极稳定 | 稳定 | 基本稳定 | 不稳定 | 极不稳定 |
| 多点位移计月速率（mm/月） | 0～0.10 | 0.10～0.30 | 0.30～1.00 | 1.00～4.00 | 4.00～10.00 |
| 测斜仪（mm/月） | 0.00～0.20 | 0.20～0.50 | 0.50～2.00 | 2.00～10.00 | 10.00～20.00 |
| 外观变形（mm/月） | 0.0～0.5 | 0.5～2.0 | 2.0～10.0 | 10.0～40.0 | 40.0～80.0 |
| 杆式收敛计（mm/月） | 0.00～0.20 | 0.20～1.00 | 1.00～5.00 | 5.00～20.00 | 20.00～30.00 |
| 锚索荷载/设计承载力 | 0.75～0.85 | 0.85～0.95 | 0.95～1.05 | 1.05～1.35 | 1.35～1.85 |
| 裂缝发展 | 无 | 少量 | 部分 | 一定量 | 大量 |

### 4.3 确定评价对象经典域、节域和待评价物元

以实测形态的外观测点为例，根据表 3 确定外观监测的经典域、节域和待评价物元，其余指标类似。其中外观监测指标的经典域为：

$$R_{01}=\begin{bmatrix} M_1 & TP1 & (0.05) \\ & TP2 & (0.05) \\ & TP3 & (0.05) \end{bmatrix} \quad R_{02}=\begin{bmatrix} M_2 & TP1 & (0.5,2.0) \\ & TP2 & (0.5,2.0) \\ & TP3 & (0.5,2.0) \end{bmatrix}$$

$$R_{03}=\begin{bmatrix} M_1 & TP1 & (2.0,10) \\ & TP2 & (2.0,10) \\ & TP3 & (2.0,10) \end{bmatrix} \quad R_{04}=\begin{bmatrix} M_4 & TP1 & (10,40) \\ & TP2 & (10,40) \\ & TP3 & (10,40) \end{bmatrix} \quad R_{05}=\begin{bmatrix} M_5 & TP1 & (40,80) \\ & TP2 & (40,80) \\ & TP3 & (40,80) \end{bmatrix}$$

其中，$M_1$，$M_2$，$M_3$，$M_4$，$M_5$ 分别对应安全评价等级的极稳定、稳定、基本稳定、不稳定、极不稳定，$TP_1$，$TP_2$，$TP_3$ 表示三个外观测点。

安全评价指标的节域为：

$$R_P=\begin{bmatrix} M_5 & TP1 & (0,80) \\ & TP2 & (0,80) \\ & TP3 & (0,80) \end{bmatrix}$$

待评价物元为：

$$R_{05}=\begin{bmatrix} M_5 & TP1 & 1.36 \\ & TP2 & 1.80 \\ & TP3 & 1.13 \end{bmatrix}$$

### 4.4 确定各评价指标的权重

根据边坡实际情况，利用本文 3 中提到的指标权重确定方法拟定边坡各评价指标的权重，权重值如表 3 所示。

### 4.5 确定待评价对象关于各安全评价等级的单指标关联度

计算待评价对象关于各安全评价等级的单指标关联度,表4为"外观测点"的计算结果。

**表3 监测情况统计**

| 监测项目 | 仪器编号 | 月变化量 | 权重 |
|---|---|---|---|
| 外观监测 | TP1 | 1.36 | 0.36 |
| | TP2 | 1.80 | 0.29 |
| | TP3 | 1.13 | 0.25 |
| 内观监测 | $M^4 1$ | 0.25 | 0.29 |
| | $M^4 2$ | 0.14 | 0.33 |
| | IN1 | 1.67 | 0.38 |
| 锚索测力计 | PR1 | 0.91 | 1.00 |
| 锚杆应力计 | Rr1 | 0.99 | 0.28 |
| | Rr2 | 0.87 | 0.24 |
| | Rr3 | 1.01 | 0.25 |
| | Rr4 | 0.99 | 0.23 |

注:TP为外观点,M为多点位移计,IN为测斜仪,PR为锚索测力计,Rr为锚杆应力计。

**表4 "外观测点"关于各评价等级的关联度**

| | | | |
|---|---|---|---|
| *K*1 | -0.39 | -0.42 | -0.36 |
| *K*2 | 0.43 | 0.13 | 0.42 |
| *K*3 | -0.32 | -0.10 | -0.44 |
| *K*4 | -0.86 | -0.82 | -0.89 |
| *K*5 | -0.97 | -0.96 | -0.97 |

### 4.6 确定待评价对象关于各安全评价等级的多指标关联度

计算待评对象关于各安全评价等级的多指标综合关联度,表5为计算结果。

**表5 多指标综合关联度**

| | *K*1 | *K*2 | *K*3 | *K*4 | *K*5 | 最大关联度 | 等级 |
|---|---|---|---|---|---|---|---|
| 外观监测 | -0.39 | 0.34 | -0.30 | -0.86 | -0.96 | 0.34 | 2 |
| 内观监测 | -0.36 | 0.02 | -0.14 | -0.56 | -0.91 | 0.02 | 2 |
| 锚索测力计 | -0.27 | 0.40 | -0.20 | -0.47 | -0.73 | 0.40 | 2 |
| 锚杆应力计 | -0.44 | 0.04 | -0.04 | -0.81 | -0.95 | 0.04 | 2 |

### 4.7 确定待评价对象的安全等级

根据3节内容确定权重:

$$w = [外观,内观] = [0.57,0.43], w = [锚索,锚杆] = [0.48,0.52]$$

$$w = [变形,应力] = [0.55,0.45]$$

由边坡评价体系图知“实测性态”综合评价需要变形和应力两个评价指标，通过与第三层研究对象相同的评价方法，计算两指标关于边坡安全等级的关联度，确定边坡“实测性态”的安全等级，计算结果见表6。

**表6 实测数据关于各综合等级的关联度**

| 评价对象 | 综合关联度 | | | | | 评价等级 |
|---|---|---|---|---|---|---|
| | *K*1 | *K*2 | *K*3 | *K*4 | *K*5 | |
| 变形监测 | -0.37 | 0.20 | -0.23 | -0.73 | -0.94 | 2 |
| 应力监测 | -0.36 | 0.21 | -0.11 | -0.64 | -0.85 | 2 |
| 边坡实测性态 | 0.37 | 0.21 | 0.18 | 0.69 | 0.90 | 2 |

由以上计算结果可知边坡“实测性态”的安全等级为稳定。

## 5 结 论

引入物元可拓理论，建立基于实测资料的边坡物元可拓评价模型，将定性与定量指标结合起来，克服了不同指标间不相容问题。同时，基于实测数据的边坡稳定性综合评价不是某个单一的因素能决定的，需要考虑众多复杂的因素，而这些多因素间的相对重要程度又是处于不断的变化中，采用动态调整权重的方法，确定边坡评价因素的重要程度，克服了传统权重确定方法中权重是定值的缺点，更符合实际情况。

**参考文献**

[1] 蔡文，杨春燕，林伟初. 可拓工程方法[M]. 北京：科学出版社，1997.
[2] 刘开第，等. 不确定性信息数学处理及应用[M]. 北京：科学出版社，1999.
[3] 周惠成，张改红，王国利. 基于熵权的水库防洪调度多目标决策方法及应用[J]. 水利学报，2007，38(1)：100-106.
[4] 谈小龙，徐卫亚，梁桂兰. 可拓方法在岩石边坡整体安全评价中的应用[J]. 岩石力学与工程学报，2009，25(9)：1857-1861.
[5] 沈良峰，卢建峰. 岩土边坡稳定性分析的模糊综合评判实用方法[J]. 湘潭矿业学院学报，2002，17(3)：71-74.
[6] 苏怀智，吴中如，戴会超，等. 三峡永久船闸高陡边坡整体稳定性的多因素综合评价[J]. 岩石力学与工程学报，2005，24(1)：23-32.

# 杨房沟混凝土双曲拱坝防震抗震设计研究

徐建军 殷 亮

（中国水电顾问集团华东勘测设计研究院有限公司 浙江 杭州 310014）

**摘要**：本文概述了杨房沟混凝土双曲拱坝（最大坝高 155 m）防震抗震设计研究成果，除按《水工建筑物抗震设计规范》（DL 5073—2000）的原则、方法和要求进行的常规抗震分析外，还考虑坝址地形地质条件、计入地基辐射阻尼和横缝张开影响的三维非线性有限元法对大坝及其基础进行动力分析，综合分析评价了大坝的抗震性能与抗震安全性，并对拱座抗滑稳定进行了抗震分析。分析结果表明，杨房沟拱坝在地震作用下的抗震安全是可以保证的，坝体应力状况较好，坝体横缝最大张开度不会破坏横缝止水设施，坝肩抗滑稳定均能够满足规范要求。

**关键词**：双曲拱坝 防震抗震 杨房沟水电站

## 1 工程概况

杨房沟水电站位于四川省凉山彝族自治州木里藏族自治县境内的雅砻江中游河段上，是规划中该河段一库七级的第 6 级水电站。工程的开发任务主要为发电。水库正常蓄水位 2 094 m，水库总库容 5.125 亿 $m^3$，电站装机容量 1 500 MW，多年平均发电量 68.74 亿 kW·h，保证出力 524 MW。杨房沟水电站为一等、大（1）型工程，工程枢纽主要由混凝土双曲拱坝、坝后水垫塘、左岸引水发电系统及地面开关站组成。

坝址区为高山峡谷地貌，地势西北高东南低，左岸为万年雪山山脉，右岸为太阳山山脉，海拔均在 4 000 m 以上，两岸地形陡峭，基岩裸露。右岸地形坡度在 50°～70°，左岸地形坡度在 45°～60°。两岸地形较完整，左岸地形相对较顺直，右岸地形局部呈“凸”地形。枯水期江面宽 56～102 m，正常蓄水位处谷宽 226～288 m，河谷宽高比为1.53～2.05。坝址区主要为燕山期花岗闪长岩侵入岩体，岩体坚硬，呈块状或次块状，岩体较完整～完整，适宜修建混凝土双曲拱坝。

杨房沟混凝土双曲拱坝最大坝高 155 m，坝顶高程 2 102.00 m。水平拱圈中心线采用抛物线，拱坝主要特征参数：拱冠梁顶厚 9.00 m、底厚 32.00 m、厚高比 0.206、坝顶中心线弧长 361.6 m、弧高比 2.33、最大中心角 87.90°。总水推力约 220 万 t，坝体柔度系数 13.39。

## 2 地震动参数及抗震设计标准

杨房沟水电站工程区位于川滇菱形块体中北部，属于间歇性整体隆升的区域。近场区历史地震活动水平和频度很低，场址地震危险性主要来自外围地震带强震活动的影响，场址内未发现区域性活动断裂。根据中国地震局批复的工程场地地震安全性评价成果，杨房沟水电站工程场址区地震基本烈度为Ⅶ度，不同超越概率标准的基岩水平峰值加速度见表 1。

根据《水电枢纽工程等级划分及设计安全标准》（DL 5180—2003）、《水工建筑物抗震设计规范》(DL 5073—2000)及《水电工程防震抗震研究设计及专题报告编制暂行规定》(水电规计〔2008〕24 号)的有关规定,混凝土双曲拱坝抗震设防类别为甲类,考虑到杨房沟拱坝坝高达 155 m,属高坝,其设计烈度采用Ⅷ度。杨房沟水电站工程设防依据是采用专门的地震危险性分析提供的基岩峰值加速度成果进行评定的。结合杨房沟水电站工程规模,混凝土双曲拱坝设计地震以 100 年为基准期,超越概率为 2% 确定设计概率水准,相应的地震水平加速度为 302.4 gal。校核地震以 100 年为基准期,超越概率为 1% 确定设计概率水准,相应的地震水平加速度为 378.4 gal。

**表 1 坝址场地不同超越概率水平基岩水平峰值加速度**

| 概率 | 50 年超越概率(gal) | | | 100 年超越概率(gal) | |
|---|---|---|---|---|---|
| | 63% | 10% | 5% | 2% | 1% |
| 基岩水平峰值加速度 | 51.0 | 144.5 | 191.5 | 302.4 | 378.4 |

## 3 拱坝抗震分析方法和设计安全标准

### 3.1 拱坝抗震分析方法

考虑到杨房沟混凝土双曲拱坝坝高较高,抗震设防水平也较高,因此拱坝抗震强度分析除按照现行抗震规范进行计算分析外,还采用了计入坝体横缝张开和无限地基辐射阻尼影响的非线性有限元波动分析方法。

(1)按现行抗震规范进行的大坝动力分析方法。

杨房沟拱坝采用拱梁分载法进行大坝在设计地震和校核地震作用下的动力分析,同时采用有限单元法进行复核对比,在此基础上初步评价大坝的抗震安全。

静、动力拱梁分载法采用中国水利水电科学研究院开发的“SDTLM88 拱梁分载法程序”。SDTLM88 程序将地基的影响通过 Vogt 地基反映其弹性影响而忽略其惯性影响,库水则采用刚性坝面假定、忽略库水可压缩性的 Westergarrd 附加质量体现库水动力影响。

有限元法动力分析采用中国水利水电科学研究院开发的“ADAP - CH89 拱坝有限元分析专用程序”。ADAP - CH89 程序将坝体离散为厚壳元或三维壳元以反映拱坝壳体的力学特征,地基采用三维块体单元模拟,模拟范围为 3 倍最大坝高,库水的影响则通过计入坝体与库水动力耦合(亦不计库水可压缩性的影响)的水库有限元计算的附加质量加以体现。

对于动水压力的影响,有限元法采用流固耦合的有限元数学模型,而试载法则对修正的 Westergaard 公式折半取用。

(2)计入坝体横缝张开和无限地基辐射阻尼影响的非线性有限元分析方法。

计算采用中国水科院工程抗震研究中心开发的拱坝系统三维分析程序,程序可模拟实际复杂地质地形条件,应用完全解耦的时域有限元波动分析技术,可分析以人工透射边界描述地震动能量向无限远处逸散的所谓地基辐射阻尼的影响、以三维动接触理论模拟坝体伸缩横缝非线性影响。

### 3.2 计算荷载及计算工况

计算分析中作用于坝体的静力荷载包括上下游水压力、泥沙压力、温度荷载和坝体自重。坝体自重按分缝自重方式计入。动力荷载按设计地震和校核地震的地震动参数分别计入。设计反应谱采用 DL 5073—2000 规范规定的标准设计反应谱。标准反应谱参数：场地为一类场地，相应特征周期为 0.2 s，反应谱最大值 $\beta_{max}=2.5$。地震波分别采用以规范标准设计反应谱为目标谱拟合的人工地震波、Koyna（柯依那）波和 Loma Prieta（洛马普列塔）波进行计算。

计算工况：分别计算正常蓄水位和死水位两种情况。

### 3.3 拱坝坝体应力控制标准

根据《混凝土拱坝设计规范》（DL/T 5346—2006）和 DL 5073—2000 规范中的有关规定，得出地震工况下坝体应力控制标准见表 2。

表 2 地震工况拱坝计算应力控制标准

| 项目 | $C_{90}30$ | $C_{90}25$ |
|---|---|---|
| 抗压强度控制指标 $\sigma_{压}$（MPa） | 15.06 | 12.66 |
| 抗拉强度控制指标 $\sigma_{拉}$（MPa） | 2.80 | 2.35 |

## 4 按现行抗震规范进行的拱坝强度动力反应分析

### 4.1 坝体动力特性

针对水库正常蓄水位和死水位两种情况，采用动力试载法和有限元法分别计算了大坝前 8 阶自振特性。计算结果表明：

（1）动力试载法与有限元法计算得到的两种坝前水位的大坝自振频率吻合良好，相当接近。两者比较，基频仅相差约 1%。

（2）大坝基本振型呈反对称振型，反映了杨房沟拱坝高度大、坝体较薄的双曲拱坝特点。

（3）两种不同坝前水位相比，由于水位降低导致上游坝面水体附加质量的减小，发电死水位的自振频率比正常蓄水位的自振频率略有提高。由于两种水位差异不大，大坝自振频率变化不大，基频仅相差 3%，而振型参与系数变化不大。

### 4.2 计算成果及分析

静力条件下，拱梁分载法和有限元法分析成果表明，整个坝面应力分布较均匀，左右岸基本对称，应力极值点多出现在大坝与基础的连接处，分布范围较小。坝体上、下游面最大主拉、主压应力均满足规范要求。动力条件下，正常蓄水位工况拱梁分载法和有限元法静动综合主应力最大值成果见表 3。

按照现行抗震规范确定的设防依据、分析方法，应用动力试载法和有限元法进行大坝动力特性分析；应用反应谱法计算坝体在正常蓄水位和死水位时遭遇设计地震和校核地震情况下的静、动态响应，在此基础上进行大坝在设计和校核地震下的抗震安全评价，得出以下结论：

（1）地震作用下，坝体动态最大径向位移介于 6 ~ 7 cm，均出现在坝顶拱冠处，校核地震坝体最大径向位移大于设计地震，增幅约 22.4%。有限元法较试载法坝体最大径向位移略有减少，两种方法得出的数值及规律大致相同。与正常蓄水位情况相比，死水位时坝体最大静、动位移反应均有所减小。在静、动力工况下坝体最大径向位移相对较小，且整个坝面位移变化较均匀、对称,变形协调。

**表 3　正常蓄水位工况坝体静动综合主应力最大值**

| 计算方法和工况 | | | | 最大主拉应力(MPa) | | 最大主压应力(MPa) | |
|---|---|---|---|---|---|---|---|
| | | | | 数值 | 部位 | 数值 | 部位 |
| 动力试载法 | 设计地震 | 温降 | 上游面 | 5.18 | 顶拱拱冠 | 8.87 | ▽2 080 m 高程拱冠 |
| | | | 下游面 | 3.57 | ▽2 080 m 高程右 1/4 拱圈 | 7.19 | ▽2 080 m 高程左 1/4 拱圈 |
| | | 温升 | 上游面 | 4.86 | ▽2 080 m 高程拱冠 | 9.48 | 顶拱拱冠 |
| | | | 下游面 | 3.07 | ▽2 080 m 高程右 1/4 拱圈 | 8.05 | ▽2 080 m 高程左 1/4 拱圈 |
| | 校核地震 | 温降 | 上游面 | 6.70 | 顶拱拱冠 | 10.29 | ▽2 080 m 高程拱冠 |
| | | | 下游面 | 4.69 | ▽2 080 m 高程右 1/4 拱圈 | 8.35 | ▽2 080 m 高程左 1/4 拱圈 |
| | | 温升 | 上游面 | 6.28 | ▽2 080 m 高程拱冠 | 11.01 | 顶拱拱冠 |
| | | | 下游面 | 4.15 | ▽2 080 m 高程右 1/4 拱圈 | 9.20 | ▽2 080 m 高程左 1/4 拱圈 |
| 有限元法 | 设计地震 | 温降 | 上游面 | 5.11 | 坝踵附近 | 9.36 | ▽2 064.2 m 高程拱冠 |
| | | | 下游面 | 4.64 | ▽2 064.2 m 高程右 1/4 拱圈 | 9.41 | ▽2 015.8 m 高程左拱端 |
| | | 温升 | 上游面 | 5.61 | 坝踵附近 | 10.00 | 顶拱拱冠 |
| | | | 下游面 | 5.01 | ▽2 064.2 m 高程右 1/4 拱圈 | 9.94 | 坝趾附近 |
| | 校核地震 | 温降 | 上游面 | 5.91 | 顶拱拱冠 | 10.63 | ▽2 084.9 m 高程拱冠 |
| | | | 下游面 | 5.78 | ▽2 064.2 m 高程右 1/4 拱圈 | 10.24 | ▽2 015.8 m 高程左拱端 |
| | | 温升 | 上游面 | 6.41 | 坝踵附近 | 11.47 | 顶拱拱冠 |
| | | | 下游面 | 6.15 | ▽2 064.2 m 高程右 1/4 拱圈 | 10.64 | ▽1 995.8 m 高程左拱端 |

(2)由于设计地震水平较高,杨房沟拱坝动态拱、梁应力相对较大。从应力分布来看,上游面拱向动应力最大值发生于顶拱拱冠附近,下游面拱向动应力最大值发生于顶拱拱冠或 1/4 拱圈附近,而梁向动应力一般发生于中部高程拱冠附近,符合拱坝动态应力分布规律。有限元法除在坝踵、坝趾附近存在应力集中现象外,其余部位试载法结果一般略大于有限元法,两种方法得出了比较接近分布规律。死水位工况坝体地震动力反应较正常蓄水位时略有下降,但降幅很小,最大径向动态位移、最大动态拱梁应力的降幅均不超过 3%。有

限元法得出了相同的规律。

(3)设计地震正常蓄水位工况试载法得到的静动综合上、下游面最大主拉应力为5.18 MPa和3.57 MPa,均大于应力控制标准;静动综合上、下游面最大主压应力分别为9.49 MPa和8.05 MPa,均小于控制标准,满足规范要求。有限元法得出了与试载法大致相同的应力分布规律,但在坝踵、坝趾区域出现范围不大的高拉、压应力集中区域。发电死水位工况试载法结果显示,大坝静动综合上、下游面主拉应力略有增加,但增幅不超过5%;静动综合主压应力则略有减小,最大降幅约为6%。有限元法结果的降幅略大于试载法,上游坝踵处的静动综合主拉应力减小了约13%,上游坝顶拱冠处的静动综合最大主压应力则减小约11%。设计地震下坝体上、下游面的抗拉强度均有部分区域不能满足现行抗震规范要求,但压应力均满足规范要求。

(4)与设计地震作用下的结果相比,校核地震作用下大坝动态位移、应力以及静动综合应力反应均有所提高,大坝静动综合的拉应力增幅大于压应力增幅。校核地震下坝体上、下游面的抗拉强度均有部分区域不能满足现行抗震规范要求,但压应力均满足规范要求。

## 5　计入地基辐射阻尼和横缝张开影响的大坝非线性动力反应分析

### 5.1　计算模型

根据坝址区地形地质特点和各类基岩材料特性,整个分析系统全部由三维块体单元离散,分析范围为顺河向520 m,横河向746 m,竖向363 m,节点总数18 115,自由度总数45 483。大坝坝体—地基系统有限元网格和大坝横缝布置见图1和图2。

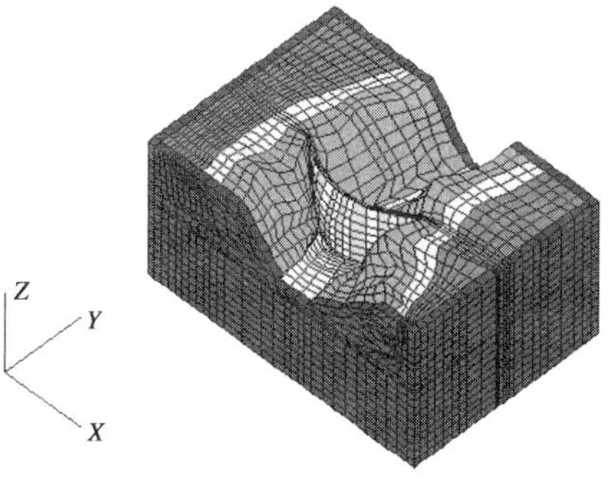


图1　大坝坝体—地基体系有限元网格模型

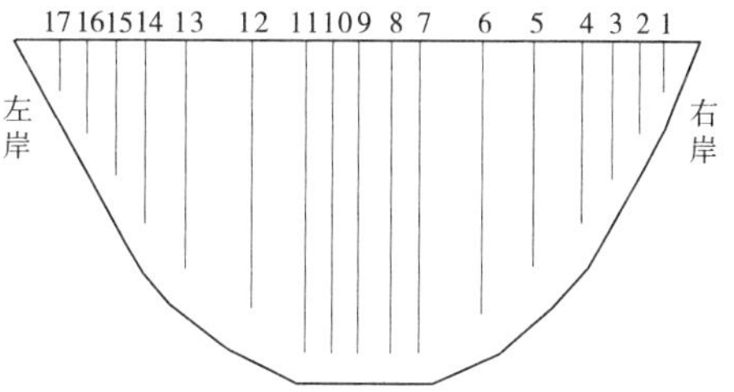


图2　大坝横缝布置及编号图

坝体—库水的动力相互作用是影响大坝动力反应的重要因素。目前工程界普遍接受忽略库水可压缩性的所谓"库水附加质量"的处理方法表征动水压力的影响。本分析采用ADAPCH89程序计算出库水附加质量,经对角化后施加于坝面相应节点。

可研阶段主要研究正常水位温降、正常水位温升和死水位温升三种情况下在规范标准反应谱生成的人工地震波作用下的静动力反应,为进一步进行分析比较,对上述较不利工况,还计算了柯依那波和洛马普列塔波作用下的动力反应。计算时间步长0.000 1 s。

### 5.2　计算成果及分析

图3和图4为正常蓄水位温降工况下,在有无辐射阻尼和有无横缝情况下顶拱附近上、下游面动态拱、梁应力的比较图。ADAP为整体坝无辐射阻尼情况。

图5为正常水位温降、正常水位温升和死水位温升三种情况下横缝张开度沿顶拱分布图。

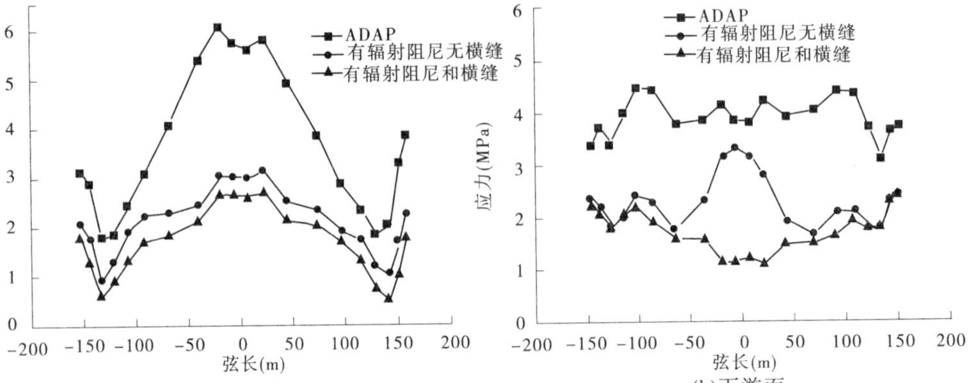


(a)上游面　　　　(b)下游面

**图 3　正常水位温降工况顶拱附近动拱应力比较图**

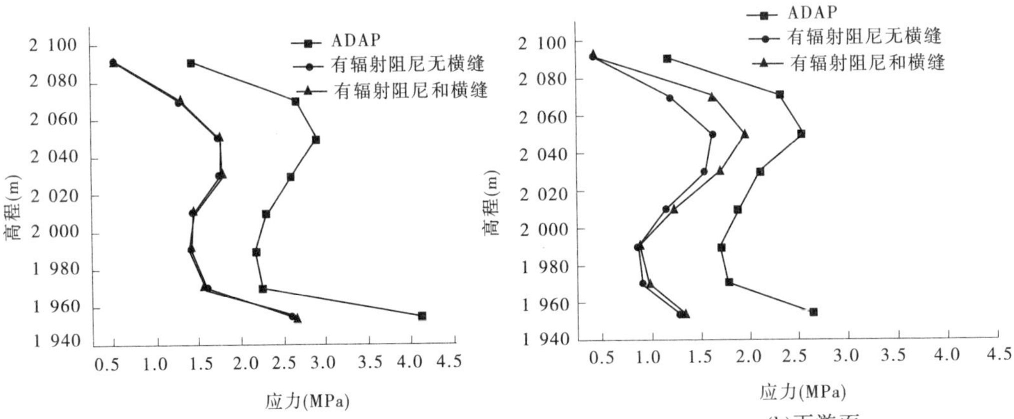


(a)上游面　　　　(b)下游面

**图 4　正常水位温降工况拱冠梁附近动梁应力比较图**

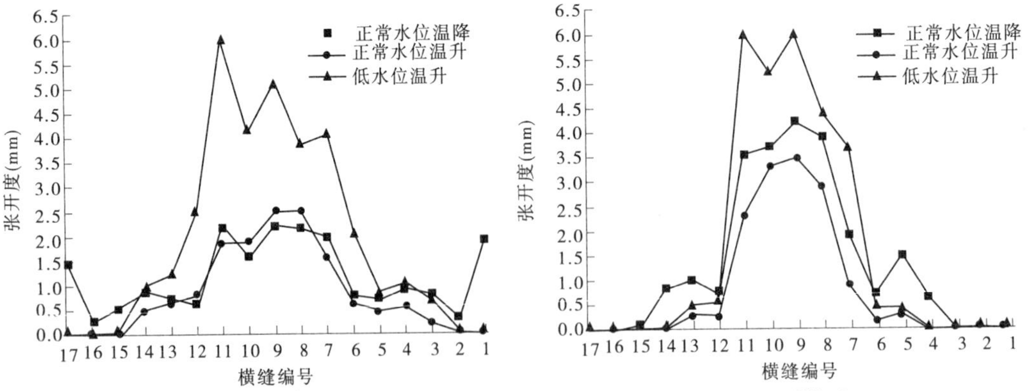


(a)上游面　　　　(b)下游面

**图 5　三种情况下横缝张开度沿顶拱分布图**

由图 5 可知：坝体横缝张开对大坝地震动力反应影响显著。横缝张开度表现为死水位时大于正常蓄水位且下游面一般略大于上游面的特点。设计地震规范谱人工波作用下，上下游面最大张开度约为6 mm,横缝张开范围上游面在2 040 m高程以上,下游面在2 060 m高程以上,总体来看,出现横缝张开的范围较小,地震作用下的横缝开合,不会破坏横缝止水设施。

表4为坝体静动综合主应力最大值成果表。

**表4　坝体静动综合主应力最大值成果表**

| 方案编号 | 计算条件 | | | 最大主拉应力(MPa) | | 最大主压应力(MPa) | |
|---|---|---|---|---|---|---|---|
| | | | | 数值 | 发生部位 | 数值 | 发生部位 |
| 1) | 整体坝规范波设计地震 | 正常水位温降 | 上游面 | 4.54 | ▽1 955 m左拱端 | 6.90 | ▽2 050 m拱冠 |
| | | | 下游面 | 2.22 | ▽2 091 m拱冠 | 9.83 | ▽2 053 m左拱端 |
| 2) | | 正常水位温升 | 上游面 | 4.33 | ▽1 955 m左拱端 | 6.12 | ▽2 030 m拱冠 |
| | | | 下游面 | 1.65 | ▽2 091 m拱冠 | 10.38 | ▽2 053 m左拱端 |
| 3) | | 死水位温升 | 上游面 | 3.47 | ▽1 955 m左拱端 | 6.10 | ▽2 095 m右拱端 |
| | | | 下游面 | 2.54 | ▽2 091 m拱冠 | 9.41 | ▽2 013 m左拱端 |
| 4) | 分缝坝规范波设计地震 | 正常水位温降 | 上游面 | 4.56 | ▽1 955 m左拱端 | 6.83 | ▽2 050 m拱冠 |
| | | | 下游面 | 0.94 | ▽2 070 m拱冠附近 | 9.97 | ▽2 053 m左拱端 |
| 5) | | 正常水位温升 | 上游面 | 4.28 | ▽1 955 m左拱端 | 6.42 | ▽2 095 m右拱端 |
| | | | 下游面 | 0.62 | ▽2 050 m右1/4拱 | 10.71 | ▽2 013 m右拱端 |
| 6) | | 死水位温升 | 上游面 | 3.46 | ▽1 955 m左拱端 | 6.69 | ▽2 095 m右拱端 |
| | | | 下游面 | 0.98 | ▽2 070 m左拱冠附近 | 9.72 | ▽2 013 m右拱端 |
| 7) | 分缝坝规范波设计地震 | 正常水位温降 | 上游面 | 5.27 | ▽1 955 m左拱端 | 7.40 | ▽2 050 m拱冠 |
| | | | 下游面 | 1.52 | ▽2 070 m拱冠附近 | 10.75 | ▽2 053 m左拱端 |
| 8) | | 正常水位温升 | 上游面 | 4.98 | ▽1 955 m左拱端 | 7.07 | ▽2 095 m右拱端 |
| | | | 下游面 | 1.23 | ▽2 070 m拱冠 | 11.50 | ▽2 013 m左拱端 |
| 9) | | 死水位温升 | 上游面 | 4.14 | ▽1 955 m左拱端 | 7.24 | ▽2 095 m右拱端 |
| | | | 下游面 | 1.56 | ▽2 050 m右拱冠附近 | 10.14 | ▽2 013 m右拱端 |
| 10) | 柯依那波设计地震 | 正常水位温降 | 上游面 | 3.83 | ▽1 955 m左拱端 | 6.68 | ▽2 070 m拱冠附近 |
| | | | 下游面 | 0.67 | ▽2 073 m左拱端 | 9.31 | ▽2 013 m右拱端 |
| 11) | 洛马普列塔波设计地震 | 正常水位温降 | 上游面 | 3.63 | ▽1 955 m左拱端 | 7.66 | ▽2 070 m拱冠附近 |
| | | | 下游面 | 1.11 | ▽2 073 m左拱端 | 10.61 | ▽2 053 m左拱端 |

通过以LDDA模拟拱坝横缝、以黏弹性边界为吸能边界的时域有限元计算成果可以得出以下结论:

(1)无限地基辐射阻尼效应使得大坝地震动力响应显著降低。正常水位和死水位两种水位条件下，考虑无限地基幅射阻尼的影响，总体上动拱梁应力都有较大幅度的降低，最大降幅为 40% ~50%。

(2)坝体横缝张开对大坝地震动力响应影响显著，死水位时更显著些。横缝张开使得拱向拉应力与不计横缝影响的整体坝的拱向最大动态拉应力比较有明显降低。这种效应使得按常规线弹性分析的大坝中上部高程的高水平拉应力区消失。同时横缝张开也导致大坝梁向动态拉应力有不同程度的增加，其中尤以下游面增加更为显著。横缝张开度表现为死水位时大于正常蓄水位且下游面一般略大于上游面的特点。设计地震规范谱人工波作用下，上下游面最大张开度约为 6 mm，横缝张开范围上游面在 2 040 m 高程以上，下游面在 2 060 m 高程以上，总体来看，出现横缝张开的范围较小，地震作用下的横缝开合不会破坏横缝止水设施。

(3)受横缝张开和无限地基辐射阻尼效应的综合影响，常规线弹性分析出现在坝体中上部高程大范围的高拉应力区消失。下游坝面最大主拉应力为 0.98 MPa，小于 $C_{90}25$ 混凝土容许动态抗拉强度标准值 2.35 MPa；上游面坝基交接面附近最大主拉应力最大值为 4.56 MPa，大于 $C_{90}30$ 混凝土的容许动态抗拉强度 2.80 MPa，但分布区域较小，沿坝高方向距建基面不超过 15 m。类比国内高拱坝非线性反应成果，杨房沟拱坝横缝开度较小，坝面最大主应力居中等水平，出现的部位与其他工程类似，均处于坝基交界范围。杨房沟拱坝在地震作用下的抗震安全是可以保证的。

(4)设计地震规范谱人工波作用情况下，计入无限地基辐射阻尼的影响，不管是整体坝还是分缝坝，大坝静动综合最大压应力不超过 12 MPa，对大坝抗震安全不起控制作用。

(5)对比分缝坝设计地震柯依那地震波与规范谱人工波作用可见，柯依那地震波作用下最大主拉、压应力均有减小，柯依那波作用工况不是控制工况。

(6)对比分缝坝设计地震洛马普利塔地震波与规范谱人工波作用可见，洛马普利塔地震波作用下最大主拉应力稍有减小，最大主压应力略有增加；在洛马普列塔波作用下，坝体上游面 1 980 m 高程以上坝基交接部位最大主拉应力大于对应的规范谱人工波作用下的最大主拉应力；而在 1 980 m 高程以下，洛马普列塔波作用下坝体上游面坝基交接部位最大主拉应力小于对应的规范谱人工波作用下的最大主拉应力。

(7)对比分缝坝校核地震与设计地震工况可知，校核地震时，上、下游面最大主拉应力较设计地震时分别增加 0.71 MPa 和 0.54 MPa；校核地震时，上、下游面最大主压应力较设计地震时分别增加 8.3% 和 7.8%。总体来讲，计入无限地基辐射阻尼影响后，尽管校核地震下大坝静动综合拉应力较设计地震有所增加，但增幅不大，除去坝踵局部区域外，坝体最大拉应力为 1.52 MPa，未超过大坝混凝土的动态抗拉强度。

## 6 拱座抗滑稳定抗震计算分析

根据两岸坝肩地质条件，经组合分析，左岸坝肩拟定了 5 种可能滑动块体，右岸坝肩岩体拟定了四种滑动块体，可能滑动块体示意见图 6。

设计地震工况拱座抗滑稳定成果见表 5。

对两岸坝肩可能滑动块体的抗震分析表明：

(1)静力工况下左、右岸坝肩潜在滑动块体抗滑稳定均满足规范要求。

(2)总体上温降工况的静、动态安全系数小于温升工况，因此，对于杨房沟大坝的坝肩

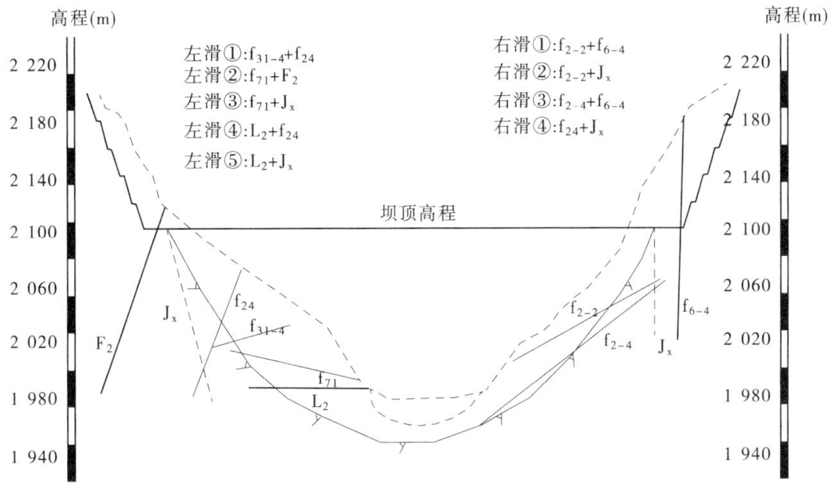


**图6 杨房沟拱坝坝肩可能滑动块体分布及构成示意图**

抗滑稳定,温降工况更为不利,是控制工况。

**表5 设计地震作用下坝肩各滑块抗滑稳定成果**

| 岸别 | 块体编号 | 计算工况 | 静力 | 动力 | | | 计算工况 | 静力 | 动力 | | |
|---|---|---|---|---|---|---|---|---|---|---|---|
| | | | | X=1.0 Y=1.0 | X=1.0 Y=1.0 | X=1.0 Y=0.5 | | | X=0.5 Y=1.0 | X=1.0 Y=0.5 | X=0.5 Y=1.0 |
| 左岸 | ① | 温降工况 | 4.32 | 1.41 | 1.44 | 1.65 | 温升工况 | 4.49 | 1.43 | 1.46 | 1.67 |
| | ② | | 3.96 | 1.73 | 1.81 | 2.09 | | 3.98 | 1.73 | 1.81 | 2.10 |
| | ③ | | 4.93 | 1.84 | 1.99 | 2.16 | | 5.13 | 1.89 | 2.04 | 2.22 |
| | ④ | | 4.29 | 1.87 | 1.99 | 2.24 | | 4.35 | 1.89 | 2.01 | 2.26 |
| | ⑤ | | 3.88 | 1.57 | 1.68 | 1.83 | | 4.00 | 1.60 | 1.71 | 1.87 |
| 右岸 | ① | | 4.08 | 1.62 | 1.66 | 2.00 | | 4.48 | 1.68 | 1.73 | 2.09 |
| | ② | | 9.76 | 2.33 | 2.45 | 2.74 | | 11.59 | 2.46 | 2.59 | 2.91 |
| | ③ | | 9.33 | 1.64 | 1.67 | 1.92 | | 13.41 | 1.72 | 1.76 | 2.03 |
| | ④ | | 19.91 | 1.92 | 1.97 | 2.13 | | 40.47 | 2.04 | 2.09 | 2.26 |

**注:**表中静力工况下坝肩各滑块抗滑稳定按《混凝土拱坝设计规范》(SL 282—2003)公式计算所得。

(3)设计地震作用和校核地震作用下,在各种耦合系数组合情况下,各滑块的动态抗滑稳定安全系数均大于现行抗震规范规定的1.2,满足抗震稳定安全要求。

## 7 拱坝抗震工程措施

拱坝抗震措施要做到经济、安全、可靠,通过在地震动反应大的部位采用强度等级高的混凝土、布置抗震钢筋等综合措施达到抗震设防目的,同时考虑到本工程抗震标准较高,应加强基础处理及结构构造处理措施。

(1)考虑无限地基辐射阻尼和拱坝横缝张开,设计地震作用下,应力集中效应显著的拱坝坝基交接面附近可能出现小范围的较高水平的主拉应力，与国内同类拱坝工程相比属中等水平。但考虑进一步提高拱坝抗震安全，在河床8# ~11#坝段2 023 m高程以上和两岸坝肩、坝基部位地震动力反应较强的部位采用强度等级为$C_{90}30$高强混凝土。

(2)杨房沟拱坝地震工况下大坝横缝最大张开度为6 mm，且横缝张开范围较小，因此无需设置拱向抗震钢筋。结合地震工况非线性应力分析计算成果，拱坝坝基交接面附近可能出现相对较大的主拉应力区，因此在该范围上游坝面布置梁向抗震钢筋，以提高坝体抗裂、限裂能力。根据计算成果，8# ~12#坝段上游面1 980 m高程以下布置单层Φ32@30 cm的梁向钢筋；6# ~7#、13# ~14#坝段上游面1 990 m高程以下布置单层Φ32@30 cm梁向钢筋。

(3)对左岸1# ~5#、右岸14# ~18#坝段及坝基坡角大于50°的坝段进行坝基接触灌浆处理。为提高两岸坝头的抗震能力，需严格控制顶部拱座与岸坡接触面的施工质量。

(4)尽管分析所得大坝横缝张开度较小，但仍需加强坝体分缝构造设计，选择更适应抗震的键槽和止水设计形式。表孔采用混凝土连梁设计增强整体性，加强坝顶表孔交通桥等结构的连接，大坝附属建筑采用轻型且整体性好的结构，闸墩和倒悬等重要部位加强钢筋等工程抗震措施。

## 8 结 论

采用现行抗震规范规定的基本分析方法及计入地基辐射阻尼和横缝张开影响的大坝非线性有限元法，对大坝的抗震性能与抗震安全性进行了评价，对拱座抗滑稳定进行了抗震分析。结果表明，杨房沟混凝土双曲拱坝在设计地震和校核地震作用下，坝体应力状况较好，坝体横缝张开度小于止水容许变形值，不会破坏横缝止水设施，坝肩抗滑稳定均能够满足规范要求。研究成果已应用于指导杨房沟拱坝抗震设计，所采用的抗震分析方法及有关规律和结论对其他类似高拱坝工程具有较好的借鉴和参考意义。

**参考文献**

[1] DL 5073—2000 水工建筑物抗震设计规范[S].2000.
[2] DL/T 5346—2006 混凝土拱坝设计规范[S].2006.
[3] 四川省雅砻江杨房沟水电站防震抗震设计研究报告[R].2012.
[4] 李德玉，陈厚群.高拱坝抗震动力分析和安全评价[J].水利水电技术，2004，35(1).

# 锦屏二级水电站深埋长隧洞综合地质超前预报实践

黄世强

（浙江华东工程安全技术有限公司　浙江　杭州　310014）

**摘要**：深埋长隧洞工程地质和水文地质条件较为复杂，在施工过程中地质灾害频发，特别是地下突涌水灾害对施工人员、设备安全造成重大威胁，地质超前预报是预防地质灾害发生的有效手段之一。本文在大量试验研究的基础上，提出深埋长隧洞的地质超前预报系统和综合预报方法，总结地下突涌水的前兆信息和地球物理特征以及识别方法，并在工程实践中得以成功应用。

**关键词**：深埋长隧洞　地质超前预报　地下突涌水预报

## 1　引　言

近年来，因交通、能源等基本建设需要大量开挖建设地下洞室，每年完成的隧洞（道）总长度超过600 km。隧洞（道）工程区一般地质、地形条件复杂，勘察难度大，前期无法完全查明工程地质和水文地质情况，施工存在一定的盲目性，在隧洞（道）开挖施工过程中经常遇到突水、突泥、坍塌等地质灾害，安全事故时有发生。据国内不完全统计，因塌方、涌水等地质灾害事故造成的停工时间大约占总工期的30%。大量工程实践证明，地质超前预报是防治地下工程地质灾害的一项重要举措，日益受到国内外工程界的重视与关注。

### 1.1　地质超前预报概述

地质超前预报由来已久，国内自20世纪50年代开始，先后采用超前地质导坑、水平超前钻探等传统方法进行超前预报，但因预报距离近且对施工干扰大难以推广应用。为开发更加简便、有效、科学的地质超前预报方法，我国自20世纪80年代初期开始探索使用地球物理方法，研究应用地质雷达法、地震反射负视速度法、陆地声纳法、红外探测法和水平声波剖面法等方法进行地质超前预报，并取得了一定的效果。国外相关研究工作起步虽晚，但进展迅速，尤以瑞士Amberg公司推出的基于地震反射波法的TSP地质超前预报系统在国内的应用最为广泛。目前，工程地质分析法、TSP法、地质雷达法、红外探测法、超前钻探法等仍是当前应用较为普遍的方法。

### 1.2　某工程深埋长隧洞工程地质特点

某水电工程截弯取直，开挖隧洞引水发电，引水发电系统采用“四洞八机”布置，引水隧洞平均长度约16.67 km，开挖洞径约13 m。两条施工辅助洞平行引水隧洞布置，先期施工。隧洞上覆岩体一般埋深1 500～2 000 m，最大埋深约为2 525 m，其中埋深大于1 500 m的洞段长度约占全洞长度的73%，具有埋深大、洞线长、洞径大的特点，为目前世界埋深最大的引水隧洞。

该工程四条引水隧洞和两条施工辅助洞地处高山峡谷的岩溶地区，隧洞沿线地形起伏，高程均在3 000 m以上。工程区围岩均由三叠系地层组成，岩性主要为碳酸盐岩及少量砂岩、板岩、绿泥石片岩，碳酸盐岩类岩石在整个洞线上约占90%。工程区内地表岩溶虽不发育，但赋存有丰富的地下水，主要沿张性结构面的高压喷水或岩溶突涌水，具有高压、大流量的特点。辅助洞施工揭露的单点最大涌水量达3.73 $m^3/s$，对施工安全构成重大威胁。通过多年的试验研究，建立了一套较为有效的、适用的长隧洞地质超前预报系统，在本工程隧洞开挖施工过程中得以成功应用，多次成功预报地下突涌水和断层破碎带地质灾害，为隧洞施工的顺利贯通提供了重要的技术支持。

## 2 深埋长隧洞地质超前预报系统

### 2.1 地质超前预报体系

根据本工程地质条件，结合深埋长隧洞地质超前预报试验研究成果，建立集宏观地质预报（工程地质法）、中长距离预报（TSP法）、短距离预报（地质雷达法）和灾害临近预警（超前钻探、孔内雷达法）于一体的四级预报机制，构成深埋长隧洞施工地质综合预报体系。

（1）宏观地质预报——利用工程地质分析法分析隧洞的地层界线、断层位置、围岩类别，预测突涌水点位置以及其他工程地质问题。

（2）中长距离预报——以TSP法预报为主，与工程地质分析法相结合，预测掌子面前方存在的岩层界线、断层、软弱夹层、溶洞和富水带等不良地质体，用于指导短距离预报。TSP法单次预报洞段长度一般为150 m，重复段长50 m。

（3）短距离预报——利用地质雷达预报掌子面前方20～30 m范围内以及两侧壁10 m范围内的不良地质体和地下水，用于指导隧洞开挖施工。

（4）灾害临近预警——当地质雷达预测掌子面前方有明显含水构造或不良地质体时，利用超前钻孔、孔内雷达探明含水构造或不良地质体的性质、位置及规模，分析地下水赋存情况，预测地质灾害对隧洞开挖施工的影响程度，确定灾害预警等级。

### 2.2 地质超前预报原则

根据长隧洞的地质特点和施工进度要求，确定本工程长隧洞地质超前预报工作的原则：

（1）先探后掘，确保安全；

（2）准确预报，少占工期，尽快贯通；

（3）提前分析，综合预报，动态跟进，重点关注；

（4）流程清晰，责任明确，果断决策，快速响应。

### 2.3 地质超前预报预警机制

根据隧洞工程地质灾害的风险程度，建立预报、警报、紧急警报三级预警机制。若预报发现掌子面前方30 m范围内或两侧壁附近存在较大规模的不良地质体或富水构造时，则发出警报，启动地质灾害临近应急预案，并实行动态跟踪预报。若有下列情况之一，则发出紧急警报：

（1）超前钻孔内出现喷距大于2 m的有压涌水；

（2）预测掌子面前方15 m范围内有宽度≥1 m的断层破碎带；

（3）预测掌子面前方15 m范围内有宽度或直径大于0.5 m的溶蚀构造；

（4）掌子面前方15 m范围内有富水构造，预测揭露后突水量可能大于500 L/s。

## 3　地下水预测预报方法

### 3.1　工程地质分析法预测突涌水

工程地质分析法是长隧洞宏观地质预报的基础，通过对本工程区水文地质的长期研究和隧洞开挖施工验证分析，隧洞发生突涌水一般具有如下前兆特征：

(1)由弱可溶岩进入强可溶岩的边界部位，可能发生突涌水；

(2)主要导水构造多数集中发育在向斜一翼，尤以 $T_{2y}^{6}$/ $T_{2y}^{5}$ 接触带附近，在进入向斜一翼时可能发生涌水；

(3)当黑色岩体进入白色或花斑状岩体时，前方可能出现突涌水；

(4)隧洞地下水具有渐变性，一般由渗滴水段→线状渗水段→集中涌水段→高压喷水段；

(5)掌子面炮孔中持续流出浑水，可能发生突涌水。

### 3.2　TSP 法预测地下水

根据 TSP 法预报原理，TSP 法适用于中长距离的预报，对断层破碎带的预报最为有效。TSP 法可大致预测地层的含水情况，预测方法如下：

(1)若掌子面前方界面的横波(S 波)反射较纵波(P 波)反射强，推测反射界面较低波速一侧的地层含水；

(2)若掌子面前方岩体的纵波速度($V_p$)或横波速度($V_s$)明显降低，表明岩体的裂隙或孔隙度增加，岩层有可能含水；

(3)若岩层的 $V_p$ 与 $V_s$ 比值或计算的泊松比 $\mu$ 值突然增大，表明岩层可能含水。

### 3.3　地质雷达法预报地下水

由于水的介电常数远大于岩层，因此地质雷达对地下水的反应较为敏感，可预报地下水。地质雷达法通过识别含水地层或富水构造的雷达图像进而预报地下水，工程区内含水地层或富水构造的雷达图像一般具有如下特征：

(1)含水结构面和溶蚀通道是工程区主要突涌水构造。在地质雷达预报时，含水结构面和溶蚀通道均具有强反射波的特征，因电磁波属横波，其反射波首波相位与入射波相反；

(2)含水结构面的雷达反射波图像呈"亮线"特征，该"亮线"一般断续延伸，易突涌水处的"线条"明显增亮或增宽；

(3)溶蚀通道的雷达反射波图像一般呈"亮点"特征，"亮点"通常位于断续延伸的结构面同相轴上或附近，而不孤立存在；

(4)非含水溶蚀通道或张性结构面的雷达图像同样呈"亮点"或"亮线"特征，但其反射波的首波相位与入射波相同；

(5)对于较大规模的溶蚀构造，其雷达反射波同相轴一般呈"双曲线"形态，溶蚀构造内充水和空腔的雷达反射波强度相当，但两者的反射波首波相位相反；充泥溶蚀构造的雷达反射波强度稍弱，但反射波的首波相位与充水时相同；

(6)在掌子面雷达探测可能存在盲区，应在掌子面和侧壁尽可能多布测线，取得多方位的雷达图像，便于识别与追踪突涌水点的雷达图像，对于雷达图像中的强反射波信号应重点分析与追踪；

(7)含水构造规模越大，富水结构面连通性越好，则发生突涌水的可能性越大，在分析与判断突涌水时应综合多方面因素进行综合分析。

### 3.4　超前钻探预报地下水

当发出预警报告后，超前钻探是确认地质灾害的主要手段。当地质雷达预测掌子面前方有明显含水构造时，可根据超前钻孔的出水压力、水质及持续出水量判断地下水赋存情况。如出现下列情况，则揭露后可能发生突涌水：

(1)出现喷距大于 2 m 的有压水，且持续一段时间未见减弱；

(2)水质混浊，或由清澈逐渐变混浊；

(3)多个钻孔揭露，但钻孔出水压力、水量未见明显减弱。

## 4　地质超前预报实例分析

### 4.1　断层破碎带预报

根据工程地质预测分析，F6 断层将在 2#引水隧洞桩号 2 + 800 m ~ 3 + 900 m 段通过。当 2#引水隧洞开挖至桩号 2 + 767 m 掌子面时进行 TSP 预报。预报结果显示掌子面前方桩号 2 + 865 m ~ 2 + 898 m 段围岩纵波速度明显降低，泊松比未见增高，分析该洞段岩体较破碎但不含水，推测该低速段可能为 F6 断层及其影响带。2#引水隧洞 F6 断层 TSP 法预报成果见图 1。

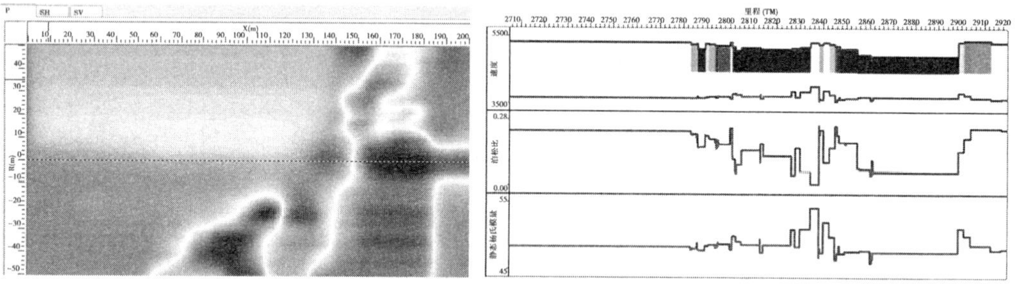

(左图为岩体波速色谱图，右图为岩体物理力学参数曲线图)

**图 1　引水隧洞 F6 断层 TSP 预报成果图**

为更加准确预报 2#引水隧洞中的 F6 断层位置，在 2#引水隧洞开挖至桩号 2 + 864 m 时进行地质雷达预报，结果表明掌子面前方桩号 2 + 867 m ~ 2 + 877 m 段雷达反射信号杂乱，同相轴错断，反射波信号不强(见图 2)，结合 TSP 预报成果和工程地质分析，确认该部位为 F6 断层及影响带，但不富水。根据超前预报，施工方及时采取处理措施，有效防范塌方风险，开挖结果予以验证(见图 3)。

### 4.2　地下突涌水预报

当 A 辅助洞开挖至掌子面桩号 AK13 + 540 m 时(从大桩号向小桩号方向掘进)，地质雷达第 JP – F0170 期预报发现，在掌子面左右两侧壁各发育数组走向为 NWW 向的含水结构面，其中右侧壁两组含水结构面分别延伸至掌子面前方约 13 m 和 30 m 处(见图 4)，预测在掌子面前方 30 m 范围内有较大含水结构面，随即发出警报，施工方随即采取短进尺掘进施工。在施工过程中，地质雷达分别在掌子面桩号 AK13 + 540、AK13 + 533、AK13 + 528 和 AK13 + 522 处对该组含水结构面进行追踪预报。AK13 + 522 掌子面地质雷达预报在掌子面右侧有四组 NWW 向含水结构面分别延伸至掌子面前方 2 m、10 m、20 m 及 45 m 处，该组含水结构面揭露将出现突涌水，并发出紧急警报。在采取有效的排水措施后有控制地揭露，集中出水点位于 AK13 +523 ~13 +520 右侧壁，沿 N80° ~85°W/NE∠82°张性节理向外喷水，流量为 1.26 $m^3/s$，喷距约 3 m，水质呈褐黄色，含大量淤泥和粉砂（见图 5）。

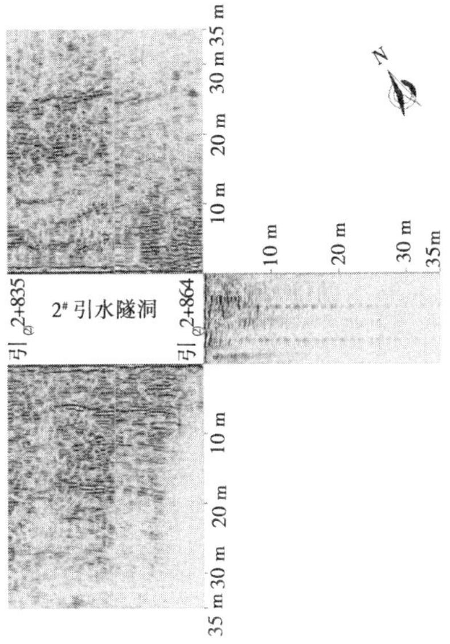


图 2　F6 断层地质雷达预报图

图 3　F6 断层开挖揭露照片

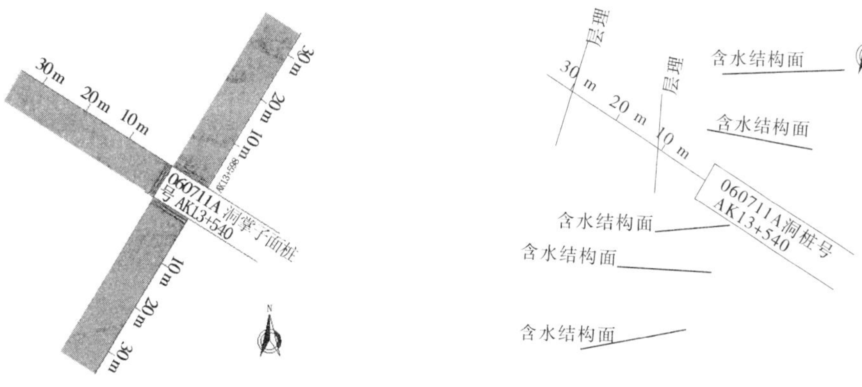


图 4　AK13 +540 地质雷达预报图及地质解释图

## 5　结　语

通过多年的深埋长隧洞地质超前预报试验研究与实践，有以下几点认识：

（1）真正树立地质预报的观念，TSP 法、地质雷达法或其他各种地球物理预报方法只是预报手段，地球物理预报成果应结合地质资料进行综合分析与解释。

（2）每种物理预报方法都具有一定的适用条件，物理预报成果具有多解性和不确定性，应根据现场条件采取综合预报手段，并结合地质资料进行综合分析。

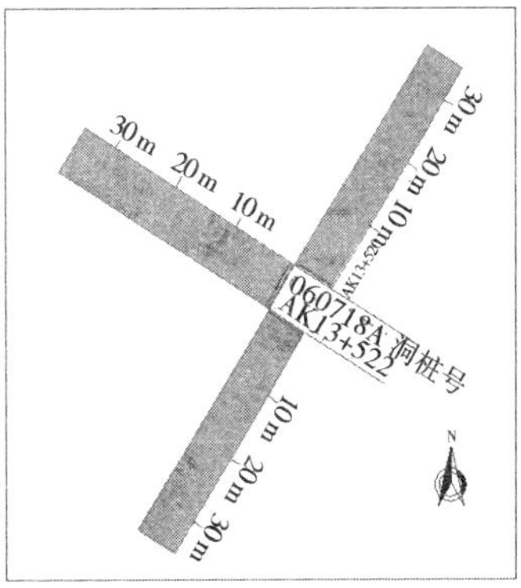


图 5　AK13 +522 地质雷达预报图

(3)应充分了解工程区的工程地质和水文地质条件以及主要灾害的性质、类型,掌握其地球物理特性及成果图像的形态特征,归纳总结对主要地质灾害的识别和判断方法。

(4)在水文地质条件较为复杂,主要地质构造走向与洞轴向夹角较小的情况,对隧洞侧壁的辅助探测极为重要,可有效解决从掌子面获取的信息量不足问题,地质雷达法更是如此。

(5)应充分考虑探地雷达法、TSP 法等可能存在的探测盲区,并设法从不同位置、不同高程、不同方向进行多方位的探测与预报。

## 参考文献

[1] 李大心. 探地雷达方法与应用[M]. 北京:地质出版社,1994.
[2] 何发亮,等. 隧道地质超前预报[M]. 成都:西南交通大学出版社,2006.

# 对现行规范中拱座稳定计算公式修正方法的探讨

庞明亮 胡云明 饶宏玲

（中国水电顾问集团成都勘测设计研究院有限公司 四川 成都 610072）

**摘要**：本文从不同类型的拱座岩体在承载后呈现的不同破坏特性入手，分析了现行拱坝设计规范按拱坝建筑物级别分别选用剪摩公式或纯摩公式进行拱座稳定分析的局限性，提出了按滑块的滑移模式确定可以提供抗力的结构面的个数，按提供抗力的结构面的破坏型式确定抗力项的计算公式及与之相匹配的材料分项系数，在此基础上对拱座稳定计算公式进行了初步的修正与探讨。

**关键词**：拱座稳定 滑移模式 抗剪断破坏 抗剪破坏 剪摩公式 纯摩公式 修正公式

## 1 现行规范中拱座稳定计算公式及解读

现行电力行业的《混凝土拱坝设计规范》（DL/T 5346—2006）规定：用刚体极限平衡法分析拱座稳定时，1、2 级拱坝及高拱坝应满足下列承载能力极限状态设计表达式(1)，其他则应满足下列承载能力极限状态设计表达式(1)或式(2)。

$$\gamma_0\psi\sum T\leqslant\frac{1}{\gamma_{d1}}\left(\frac{\sum f_1N}{\gamma_{m1f}}+\frac{\sum C_1A}{\gamma_{m1c}}\right)\tag{1}$$

$$\gamma_0\psi\sum T\leqslant\frac{1}{\gamma_{d2}}\frac{\sum f_2N}{\gamma_{m2f}}\tag{2}$$

式(1)及式(2)中：$\gamma_0$ 为结构重要性系数，对应于安全级别为Ⅰ、Ⅱ、Ⅲ级的建筑物，分别取 1.1，1.0，0.9；$\psi$ 为设计状况系数，对应于持久状况、短暂状况、偶然状况，分别取 1.00，0.95，0.85；$T$ 为沿滑动方向的滑动力；$N$ 为垂直于滑动方向的法向力；$f_1$、$f_2$ 为抗剪断摩擦系数及抗剪摩擦系数；$C_1$ 为抗剪断凝聚力；$A$ 为滑裂面的面积；$\gamma_{d1}$、$\gamma_{d2}$ 为两种计算情况的结构系数，分别取 1.2 与 1.1；$\gamma_{m1f}$、$\gamma_{m1c}$、$\gamma_{m2f}$ 为两种表达式的材料性能分项系数，分别取 2.4、3.0 与 1.2。

公式(1)与公式(2)的本质区别在于对于岩体抗力的表达形式不同，分别对应于拱座岩体不同破坏模式下的岩体抗力设计值。根据岩体构造及其破坏特性，拱座岩体的破坏可分脆性破坏和塑性破坏两种典型类型。一般坚硬或半坚硬岩体的破坏属于脆性破坏型，对于脆性破坏型岩体应以比例极限强度作为这类岩体抗力强度的设计值，而抗力强度的标准值目前通常是采用峰值强度，故剪摩公式中对应的材料分项系数主要反映的是峰值强度向比例极限强度的转化系数，同时还考虑了设计值与标准值在保证率上的差别。这种破坏类型岩体的抗力项需同时考虑 $f$ 值及 $C$ 值的作用，拱座稳定计算应采用设计表达式(1)，即我们通常所说的剪摩公式。

一般软弱岩体、具有断层或裂隙的破碎岩体、岩体中的软弱夹层的破坏则属于塑性破坏型，此时岩体抗力强度的设计值与标准值均为岩体的屈服强度，其对应的材料分项系数仅仅反映了设计值与标准值在保证率上的差别，故同样为摩擦力的材料分项系数，纯摩公式的材料分项系数 $\gamma_{m2f}$ 的数值仅为剪摩公式 $\gamma_{m1f}$ 的一半。另一方面，这类岩体 $C$ 值一般很小，可忽略不计而作为安全储备，拱座稳定计算应采用设计表达式(2)，即我们通常所说的纯摩公式。

简言之，剪摩公式与纯摩公式的主要区别在于岩体抗力项的表达形式不同，这里的不同主要包括两方面的含义：一方面，根据岩体在承载后呈现出的不同的破坏类型，剪摩公式同时考虑了 $f$ 值及 $C$ 值提供的抗力，而纯摩公式仅仅考虑了 $f$ 值提供的抗力。另一方面，由于剪摩公式与纯摩公式中对于 $f$ 值的标准值及设计值的取值类型不同，导致剪摩公式与纯摩公式中的材料分项系数差别很大，如前文所述，剪摩公式中的 $f$ 值的材料分项系数 $\gamma_{m1f}$ 为 2.4，而纯摩公式中的 $f$ 值的材料分项系数 $\gamma_{m2f}$ 仅为 1.2。

## 2　现行规范中拱座稳定计算公式的局限性

我国现行拱坝设计规范规定采用纯摩公式分析拱座稳定只适用于 3 级及 3 级以下拱坝，而对 1、2 级拱坝及高拱坝应按剪摩公式分析拱座稳定。但在实际工程应用中，该规定有其不合理之处，主要体现在以下两方面：

一方面，当可能滑动面是由断层、大规模延伸的裂隙结构面等特定结构面组成时，由滑面承载后呈现的破坏类型判断，应采用纯摩公式进行拱座稳定分析。此时的抗剪参数 $f$ 应根据针对特定结构面开展的大剪试验资料进行统计分析，取其屈服强度值。1、2 级拱坝及高拱坝同样存在这种受结构面控制的塑性及弹塑性的破坏情况，而目前国外[1]也多趋向于采用纯摩公式来分析沿这种特定结构面组成滑块的抗滑稳定安全度。从国内拱坝设计的实际应用来看，李家峡、二滩、锦屏一级、溪洛渡、大岗山等工程的拱座稳定分析中，也把纯摩分析作为主要手段之一。故规范规定 1、2 级拱坝及高拱坝无论滑动面性状及构成如何，均应按剪摩公式进行拱座稳定分析的要求是不完全合理的。

另一方面，实际工程中经常出现同时由大规模特定结构面与包含非优势裂隙的岩体组合成的滑块的抗滑稳定计算问题。此时，如果滑块可能的滑移模式为双滑，其一个滑移面呈现抗剪断破坏的特征，应该按剪摩公式考虑其抗力项的组成及对应的材料分项系数；而另一个滑移面呈现抗剪破坏的特点，则应按纯摩公式考虑其抗力项的组成及对应的材料分项系数。此时无论选用纯摩公式还是剪摩公式进行拱座稳定计算，均无法客观真实地反映这种滑移模式下不同类型的两个组合面抗力项的组成情况。

基于以上两方面的原因，有必要突破目前拱坝设计规范按拱坝建筑物级别选用剪摩或纯摩计算公式的限制，在考虑滑块的滑移模式及滑移面的破坏类型的基础上对规范公式(1)及公式(2)进行合理的修正。

## 3　对拱座稳定计算公式的修正方法

按照法国人隆德(Pierre Londe)提出的八种拱坝坝肩岩体滑移类型[2]，坝肩可能滑块在外荷载合力矢量的作用下，可能出现 3 种稳定状态，分别为可能滑移状态、超稳状态、失稳状态。超稳状态指的是外荷载合力矢量方向指向山体内部，组成滑块的滑面都处于纯粹受压状态,没有平行于滑面的分矢量,此时滑块滑动力为零,稳定安全度无穷大。失稳状态指的是外荷载合力矢量方向指向临空面,且该合力矢量可以分解为平行于滑块交棱线的滑动分矢量,却几乎没有垂直于各滑面的分矢量,此时滑块的稳定安全度无穷小。可能滑移状态指的是外荷载合力矢量指向山体外部,且该合力矢量向各滑移面分别分解后,在一个或者两个滑面上存在垂直于滑面且指向滑块外部的分量,此时滑块是否滑移,取决于滑动面提供的抗力的大小。在这三种稳定状态中,可以定量计算稳定安全度的是可能滑移状态。

对于可能滑移状态,根据能够提供阻滑力的滑移面的个数,又可以分为单滑与双滑两种滑移模式。当外荷载合力矢量分解的结果显示某两个滑面上存在垂直于滑面且指向滑块外部的分量时,该滑块滑移模式即为双滑模式,此时组成滑块的某两个滑移面会同时提供阻止滑移的抗力。当矢量分解的结果显示仅有一个滑面上存在垂直于滑面且指向滑块外部的分量时,该滑块滑移模式即为单滑模式,此时只有一个滑移面会提供阻止滑移的抗力。根据刚性块体的假设,一个单一滑块沿三个平面滑动是不可能的。

对于单滑模式,滑块沿某一个滑移面上的某一方向滑动,只有一个结构面(滑移面)能够提供支撑岩体稳定的抗力。此时根据该结构面的破坏特征,用刚体极限平衡法分析拱座稳定时,应满足的承载能力极限状态设计表达式应分以下两种情况分别选取。

第一种情况,若该滑移面遵循抗剪断破坏的特征,则该滑块的抗力项由单个滑移面上的摩擦力及凝聚力两部分组成,应满足的承载能力极限状态设计表达式为:

$$\gamma_0\psi T \leqslant \frac{1}{\gamma_{d1}}\left(\frac{f_1 N}{\gamma_{m1f}} + \frac{C_1 A}{\gamma_{m1c}}\right) \tag{3}$$

亦即该类型的滑块的抗力与作用效应之比应满足下式的要求:

$$K = \frac{1}{\gamma_{d1}\gamma_0\psi}\left(\frac{f_1 N}{\gamma_{m1f}T} + \frac{C_1 A}{\gamma_{m1c}T}\right) \geqslant 1 \tag{4}$$

第二种情况,若该滑移面遵循抗剪破坏的特征,则该滑块的抗力项仅由单个滑移面上的摩擦力组成,应满足的承载能力极限状态设计表达式为:

$$\gamma_0\psi T \leqslant \frac{1}{\gamma_{d2}}\frac{f_2 N}{\gamma_{m2f}} \tag{5}$$

亦即该类型的滑块的抗力与作用效应之比应满足下式的要求:

$$K = \frac{1}{\gamma_{d2}\gamma_0\psi}\frac{f_2 N}{\gamma_{m2f}T} \geqslant 1 \tag{6}$$

对于双滑模式,滑块沿某两个滑移面的交线滑动,两个结构面(滑移面)都能够提供支撑岩体稳定的抗力。此时根据滑移面破坏类型不同,抗力项的组成及其对应的材料分项系数取值也各不相同,可分为以下三种情况。

第一种情况,若双滑模式下滑块的两个滑动面(记为 $\alpha$ 面、$\beta$ 面,体现在公式中 $f$、$C$、$N$ 及 $A$ 的下标中,下同)均遵循抗剪断破坏的特征,则滑块的抗力项由 $\alpha$ 面及 $\beta$ 面上各自的摩擦力及凝聚力共同组成,应满足的承载能力极限状态设计表达式为:

$$\gamma_0\psi T \leqslant \frac{1}{\gamma_{d1}}\left(\frac{f_\alpha N_\alpha}{\gamma_{m1f}} + \frac{C_\alpha A_\alpha}{\gamma_{m1c}} + \frac{f_\beta N_\beta}{\gamma_{m1f}} + \frac{C_\beta A_\beta}{\gamma_{m1c}}\right) \tag{7}$$

上式中,$f_\alpha N_\alpha$ 为由 $\alpha$ 面上的摩擦力产生的阻滑力;$C_\alpha A_\alpha$ 为由 $\alpha$ 面上的凝聚力产生的阻滑力;$f_\beta N_\beta$ 为由 $\beta$ 面上的摩擦力产生的阻滑力;$C_\beta A_\beta$ 为由 $\beta$ 面上的凝聚力产生的阻滑力,下

同。即该类型的滑块的抗力与作用效应之比应满足下式的要求:

$$K = \frac{1}{\gamma_0 \psi \gamma_{d1}}\left(\frac{f_\alpha N_\alpha}{\gamma_{m1f} T} + \frac{C_\alpha A_\alpha}{\gamma_{m1c} T} + \frac{f_\beta N_\beta}{\gamma_{m1f} T} + \frac{C_\beta A_\beta}{\gamma_{m1c} T}\right) \geqslant 1 \tag{8}$$

第二种情况,若双滑模式下滑块的两个滑动面(记为 $\alpha$ 面、$\beta$ 面)均遵循抗剪破坏的特征,则该滑块的抗力项由两个滑移面各自的摩擦力组成,应满足的承载能力极限状态设计表达式为:

$$\gamma_0 \psi T \leqslant \frac{1}{\gamma_{d2}}\left(\frac{f_\alpha N_\alpha}{\gamma_{m2f}} + \frac{f_\beta N_\beta}{\gamma_{m2f}}\right) \tag{9}$$

亦即该类型的滑块的抗力与作用效应之比应满足下式的要求:

$$K = \frac{1}{\gamma_0 \psi \gamma_{d2}}\left(\frac{f_\alpha N_\alpha}{\gamma_{m2f} T} + \frac{f_\beta N_\beta}{\gamma_{m2f} T}\right) \geqslant 1 \tag{10}$$

第三种情况,若双滑模式下滑块的一个滑动面(记为 $\alpha$ 面)遵循抗剪断破坏的特征,另一个滑动面(记为 $\beta$ 面)遵循抗剪破坏的特征,则该滑块的抗力项由 $\alpha$ 面的摩擦力、$\alpha$ 面的凝聚力及 $\beta$ 面的摩擦力等三部分共同组成,应满足的承载能力极限状态设计表达式为:

$$\gamma_0 \psi T \leqslant \frac{1}{\gamma_{d3}}\left(\frac{f_\alpha N_\alpha}{\gamma_{m1f}} + \frac{C_\alpha A_\alpha}{\gamma_{m1c}} + \frac{f_\beta N_\beta}{\gamma_{m2f}}\right) \tag{11}$$

亦即该类型的滑块的抗力与作用效应之比应满足下式的要求:

$$K = \frac{1}{\gamma_0 \psi \gamma_{d3}}\left(\frac{f_\alpha N_\alpha}{\gamma_{m1f} T} + \frac{C_\alpha A_\alpha}{\gamma_{m1c} T} + \frac{f_\beta N_\beta}{\gamma_{m2f} T}\right) \geqslant 1 \tag{12}$$

上述各公式中的分项系数的意义及取值与现行规范相同。修正公式(11)及公式(12)中结构系数 $\gamma_{d3}$ 的取值,考虑到规范剪摩公式中的结构系数 $\gamma_{d1}$ 为 1.2,而规范纯摩公式中的结构系数 $\gamma_{d2}$ 为 1.1,为尽可能地减小由于结构系数的取值误差带来的拱座稳定分析结果的误差,将 $\gamma_{d3}$ 暂定为 1.15。由于现行规范中的结构系数 $\gamma_{d1}$ 与 $\gamma_{d2}$ 是在经验安全系数的基础上套改得来的,因此 $\gamma_{d3}$ 的取值就不可避免地具有了一定的套改的属性,其取值的合理性与普适性尚有待于对多个工程作深入研究后进行校准与验证。

综上所述,用刚体极限平衡法分析拱座稳定时,应满足的承载能力极限状态设计表达式,以及与之相对应的抗力与作用效应之比的计算公式应分五种情况按表 1 选取。

**表 1　考虑滑移模式及滑移面破坏类型后的拱座稳定分析修正公式**

| 滑移模式 | 单滑 | | 双滑 | | |
|---|---|---|---|---|---|
| 滑移面破坏类型 | 抗剪断破坏 | 抗剪破坏 | 两个滑面均为抗剪断破坏 | 两个滑面均为抗剪破坏 | 抗剪断破坏 + 抗剪破坏 |
| 承载能力极限状态设计表达式 | 式(3) | 式(5) | 式(7) | 式(9) | 式(11) |
| 滑块的抗力与作用效应之比 $K$ | 式(4) | 式(6) | 式(8) | 式(10) | 式(12) |

## 4　基于修正公式的拱座稳定典型实例分析

在运用本文提出的修正公式进行拱座稳定分析时,首先计算出作用在滑块上的所有外荷载的合力矢量,然后对该合力矢量分别沿垂直于各结构面与平行于各结构面进行矢量分解。该分解过程既可以利用 AutoCAD 软件,按三维图解的方法完成,也可采用程序求解矢量方程组的方式完成,或采用赤平极射投影法[3]进行图解完成,本文不再赘述。

在此基础上,根据提供抗力的结构面的个数及该结构面的破坏模式按表 1 选取合适的修正公式进行滑块的抗力与作用效应之比的计算。

下面以锦屏一级、溪洛渡及大岗山等拱坝的拱座稳定分析中遇到的部分典型滑块为例,进行抗滑稳定计算,计算分析的成果见表 2。

表 2　部分拱坝典型滑块拱座稳定分析实例

| 序号 | 所属工程及岸别 | 组成滑块的结构面类别及产状 | | | 滑移类别 | 适用修正公式 | 修正公式计算成果 | 规范公式计算成果 |
|---|---|---|---|---|---|---|---|---|
| | | 侧滑面 | 底滑面 | 下游切割面 | | | | |
| 1 | 锦屏一级右岸 | f13 断层:N58°E/SE∠72° | 绿片岩:N45°E/NW∠35° | SN 向裂隙:SN/∠90° | 单滑(沿绿片岩) | 式(4) | 0.81 | 0.81 |
| 2 | 大岗山左岸 | 裂隙 3:N28°E/NW∠70° | 断层 f145:N33°E/NW∠11° | 裂隙 4:N80°W/NE∠70° | 单滑(沿断层) | 式(6) | 1.59 | 0.98 |
| 3 | 锦屏一级左岸 | NE 向优势裂隙:N60°E/SE∠70° | 层内剪断岩体:N25°E/SE∠5° | — | 双滑 | 式(8) | 1.15 | 1.15 |
| 4 | 锦屏一级左岸 | f5 断层:N45°E/SE∠71° | f2 断层:N25°E/NW∠40° | — | 双滑 | 式(10) | 3.03 | 1.72 |
| 5 | 溪洛渡左岸 | 非优势裂隙:N20°W/SW∠70° | 层间错动 C3:N30°W/NE∠5° | — | 双滑 | 式(12) | 1.17 | 0.98 |

**说明:**上表中各公式的计算成果均表示的是滑块的抗力与作用效应之比,该比值大于 1.0 即可认为满足对应的承载能力极限状态设计表达式的要求。

## 5　修正公式与规范公式计算成果差异探讨

表 2 列出了我院近年来设计的主要拱坝部分典型滑块的拱座稳定计算成果。这 5 个典型滑块的算例刚好代表了前述 5 种修正公式的应用实例。根据本文的建议,由外荷载合力矢量分解结果得出,表中滑块 1 及滑块 2 为沿底滑面的单滑模式,滑块 1 底滑面为半坚硬岩体,其破坏型式呈现典型的脆性破坏的特点,故适用修正公式(4)计算抗力与作用效应之比;滑块 2 底滑面为破碎软弱岩体,其破坏型式呈现典型的塑性破坏的特点,故适用修正公式(6)计算抗力与作用效应之比。由外荷载合力矢量分解结果得出,表中滑块 3、滑块 4 及滑块 5 为沿侧滑面及底滑面交棱线滑动的双滑模式,滑块 3 侧滑面及底滑面均为半坚硬岩体,其破坏型式呈现典型的脆性破坏的特点,故适用修正公式(8)计算抗力与作用效应之比;滑块 4 侧滑面与底滑面均为破碎软弱岩体,其破坏型式呈现典型的塑性破坏的特点,故适用修正公式(10)计算抗力与作用效应之比;滑块 5 侧滑面为半坚硬岩体,其破坏型式呈现典型的脆性破坏的特点,而底滑面为破碎软弱岩体,其破坏型式呈现典型的塑性破坏的特点,故适用修正公式(12)计算抗力与作用效应之比。

由于所列拱坝均为特高拱坝,属于 1 级建筑物,按现行规范的要求应适用剪摩公式(公式(1))进行拱座稳定分析计算。而根据本文前面的分析,只有当提供抗力的所有结构面都呈现抗剪断破坏特征时,才能够按剪摩公式计算岩体抗力,此时拱座稳定分析适用修正公式(4)或修正公式(8),这两个公式本质上与规范公式(1)是一致的,所以采用修正公式(4)或修正公式(8)计算出的抗力作用效应比与现行规范公式是一致的;提供抗力的结构面都呈现抗剪破坏特征时,应按纯摩公式计算岩体抗力,此时拱座稳定分析适用修正公式(6)或修正公式(10),这两个公式本质上与规范公式(2)是一致的,所以采用修正公式(6)或修正公式(10)计算出的抗力作用效应比与现行规范公式(1)的计算成果有一定的差异;提供抗力的二个结构面,一个呈现抗剪断破坏特征,一个呈现抗剪破坏特征时,应分别按剪摩公式及纯摩公式中的抗力项计算相应结构面提供的抗力,此时适用修正(公式 12),该公式是对规范公式(1)及规范公式(2)抗力项的融合,所以采用修正公式(12)计算出的抗力作用效应比与现行规范公式计算成果有一定的差异。从不同性状的拱座岩体或结构面在承载后呈现的不同的应力应变曲线特性来看,采用本文推荐的修正公式进行拱座稳定分析是更能够客观真实地反映拱座稳定情况的。

## 6 结　语

现行规范笼统地按拱坝建筑物的级别分别选用剪摩公式或纯摩公式进行拱座稳定分析,而没有考虑滑移面的受力及破坏特性,具有一定的局限性。本文从不同性状的拱座岩体或结构面在承载后呈现不同的破坏特征入手,提出了按滑块的滑移模式确定可以提供抗力的结构面的个数,按提供抗力的结构面的破坏类型确定抗力项的组成及与之相匹配的材料分项系数,在此思路的基础上提出了针对单一滑块的 5 个拱座稳定计算修正公式。5 个不同的修正公式分别适用于单一滑块的拱座稳定分析中可能出现的全部 5 种实际组合情况。需要指出的是,本文对拱座稳定计算公式适用范围和表达型式的修正,还只是初步的探讨,其中结构系数的取值仍然沿用了现行规范的规定,也不可避免地具有套改的属性,取值的合理性与普适性尚有待于对多个工程作深入研究后进行校准与验证。

**参考文献**


[1] DL/T 5346—2006 混凝土拱坝设计规范[S]. 北京:中国电力出版社, 2007.

[2] GB 50199—94 水利水电工程结构可靠度设计统一标准[S]. 北京:中国计划出版社,1994.

[3] 美国垦务局,拱坝设计[M]. 北京:水利电力出版社,1984.

[4] Lond,P,Vigier,G. Stability of slopes. 1970.

[5] 王毓泰,周维桓,等. 拱坝坝肩岩体稳定分析[M]. 贵阳:贵州人民出版社 ,1982.

# 坝身表、深孔无碰撞泄洪消能技术在锦屏一级高拱坝中的应用

张公平　周　钟　唐忠敏

（中国水电顾问集团成都勘测设计研究院有限公司　四川　成都　610072）

**摘要**：为了解决高拱坝表、深孔联合泄洪时带来的严重的泄洪雾化问题，本文在对高拱坝坝身泄洪雾化机理及雾化源深入研究的基础上，从消除表、深孔水舌空中碰撞部分雾化源的思路入手，对无碰撞泄洪消能方式的表、深孔体型及布置方案进行了总结，并依托锦屏一级高拱坝，采用了模型试验的方法对方案进行了验证。成果表明，在满足表、深孔泄流和水垫塘消能要求的情况下，无碰撞方案较碰撞方案的泄洪雾化影响范围明显减小，最大泄洪雾化降雨强度也有所降低。

**关键词**：无碰撞　表孔　深孔　泄洪消能　泄洪雾化　水垫塘　锦屏一级高拱坝

## 1　前　言

### 1.1　工程概况

锦屏一级水电站位于四川省盐源县、木里县交界的雅砻江干流，是雅砻江水能资源最富集的中、下游河段五级水电开发中的第一级，水库正常蓄水位 1 880.00 m，总库容 77.6 亿 $m^3$，调节库容 49.1 亿 $m^3$，为年调节水库，电站装机容量 3 600 MW。枢纽由挡水、泄水及消能、引水发电等永久性建筑物组成，挡水建筑物采用混凝土抛物线双曲拱坝，最大坝高 305 m，坝顶高程 1 885.00 m。枢纽泄洪建筑物由坝身 4 个表孔（11.0 m×12.0 m）、5 个深孔（5.0 m×6.0 m）、2 个放空底孔（5.0 m×6.0 m）和右岸 1 条“龙落尾”泄洪洞组成。坝后设置水垫塘、二道坝消能，水垫塘中心线与拱坝中心线平行并向右岸偏移 13.00 m。水垫塘断面型式为复式梯形断面，开挖底高程为 1 591.00 m，底板顶面高程为 1 595.00 m，底板水平宽 45.00 m，水垫塘边墙顶高程为 1 661.00 m。水垫塘末端设置二道坝，二道坝中心线至拱坝轴线的距离为 386.50 m，坝顶高程为 1 645.00 m。枢纽挡水和泄水建筑物按 1 000 年一遇洪水设计，5 000 年一遇洪水校核；消能建筑物按 100 年一遇洪水设计。水库设计洪水位 1 880.54 m，坝身设计洪水流量 9 280 $m^3/s$，校核洪水位 1 882.60 m，坝身校核洪水流量 10 516 $m^3/s$。

锦屏一级水电站雾化区左岸雾化区边坡地形陡峻，地质条件复杂，边坡整体稳定性主要受坝身泄洪雾化降雨控制[1]，迫切需要采用能够有效降低泄洪雾化强度和范围的坝身泄洪消能方式。

### 1.2　问题的提出

坝身表、深孔水舌空中碰撞是我国高拱坝设计常用的坝身泄洪消能方式，具有水舌空中消能率高、入水流速低、水垫塘消能负担小的显著特点，已在二滩、小湾、构皮滩、溪洛渡、白

鹤滩等高拱坝工程中得到成功应用。

碰撞方式在解决峡谷地区、高水头、大泄量拱坝坝身泄洪消能问题的同时,因表、深孔水舌碰撞,也带来了较为严重的泄洪雾化问题。如二滩拱坝1999年汛期开展泄洪雾化原观试验时发现,表、中孔联合泄洪时雾化范围最大,在1、2、6、7表孔和1、2、5、6中孔联合泄洪时(泄量约7 700 $m^3/s$),坝后约700 m范围内的边坡及附属建筑物遭到了损坏,开口线以上未支护的自然边坡出现多处坍塌,大量滚落的石块使开挖线以上已经支护过的边坡、马道和马道上的建筑物遭到损坏[2]。二滩拱坝表、中孔联合泄洪原型照片如图1所示。

图1　二滩拱坝表、中孔联合泄洪原型照片

鉴于高拱坝坝身表、深孔联合泄洪时雾化情况较严重、危害性较大,如何在满足坝身泄洪及水垫塘消能要求的前提下,平衡好泄洪、消能和雾化的相关关系,将表、深孔联合泄洪时的雾化程度尽可能地降低,就成了摆在拱坝设计人员面前的一道技术难题。

### 1.3　解决问题的思路

解决上述问题,首先应该从研究高拱坝坝身泄洪雾化的雾化机理和雾化源入手。

关于高拱坝坝身泄洪雾化的雾化机理和雾化源,国内很多高校和科研单位作了大量的研究工作,并取得了丰富的研究成果[3-19],综合各单位研究成果,高拱坝坝身泄洪雾化机理大致可以分为水舌掺气散裂、水舌空中碰撞和水舌入水喷溅三类。对于高拱坝坝身泄洪雾化的雾化源,文献[3,5,11,14]通过对泄洪雾化研究成果综合分析的基础上,提出高拱坝坝身泄洪的主要雾化源包括水舌空中掺气散裂(雾化程度较低,非主要雾化源)、水舌空中碰撞后散裂加剧及水舌入水喷溅三个方面,其中水舌入水喷溅是低高程主要的雾化源,而水舌碰撞则是高高程的主要雾化源。

对于采用表、深孔泄流方式的高拱坝而言,水舌空中掺气散裂和入水喷溅这两部分的雾化源都是不可避免的。要想减轻坝身泄洪雾化,只能从减小水舌空中碰撞这部分雾化源着手,基本思路是通过合理的表、深孔结构布置型式,达到表、深孔水舌空中少碰撞,甚至不碰撞,从而消除由于碰撞而导致的水舌散裂加剧的目的。

本文依托在建的锦屏一级高拱坝工程,在采用理论分析方法提出无碰撞方式坝身表、深孔体型及布置方案的基础上,通过水力学模型试验的方法,对表、深孔及水垫塘的水力学特性进行深入研究,并与表、深孔水舌碰撞方式下的坝身泄洪雾化状况进行对比分析。

## 2　无碰撞方式表、深孔布置研究

### 2.1　无碰撞方式表、深孔布置原则

根据大量已有碰撞泄洪消能方式高拱坝工程表、深孔结构布置的经验,结合无碰撞泄洪消能方式的具体要求,初步拟定无碰撞泄洪消能方式表、深孔布置原则如下:

(1)为确保枢纽及大坝安全,表、深孔应具有足够的泄流能力;同时为增加表、深孔的运行灵活性及安全性,表、深孔泄量分配应满足单套泄洪设施和机组联合即能宣泄常年洪水的

要求；

(2)为避免水流集中入水给水垫塘消能带来较大负担，表、深孔应遵循分散泄洪、分区消能的布置原则；

(3)表、深孔布置应满足下泄水舌水流顺利归槽，不砸两岸岸坡的要求；

(4)表、深孔布置应满足水舌流态稳定的要求；为降低泄洪雾化，表、深孔布置应满足表、深孔水舌空中无碰撞的要求；

(5)满足水垫塘消能要求，最大时均冲击压力小于15.0×9.8 kPa；

(6)表、深孔布置应尽量减少对拱坝结构的不利影响，表、深孔结构布置应相互协调，表、深孔水舌不得危害大坝及孔口结构安全。

### 2.2　无碰撞方式表、深孔布置方案研究

关于无碰撞泄洪消能方式表、深孔布置方案，李乃稳、许唯临[20]和刘沛清、许唯临[21]等都进行过相关的研究工作，综合上述研究成果，无碰撞方式表、深孔布置大致有以下型式：

(1)深孔下弯、表孔下跌方案(如图2所示)，即通过合理选择表孔、深孔的出口角度和尺寸，使坝身泄洪各层孔口水舌分散入水类似避免碰撞，这种布置方案的主要缺点在于，由于深孔出流流速较高，冲击压力较大，且入水点距坝趾较近，可能会危害到大坝结构安全。

(2)深孔上翘、表孔下跌方案(如图3所示)，主要思路是充分利用狭窄河谷的纵向空间，表孔水舌和深孔水舌上下差动，分区消能，横向水舌相间穿插。该种方案又可细分为以下3种类型：

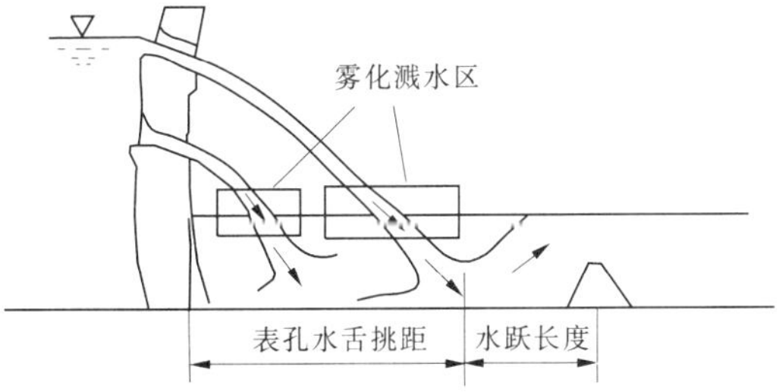


图2　深孔下弯、表孔下跌方案示意图

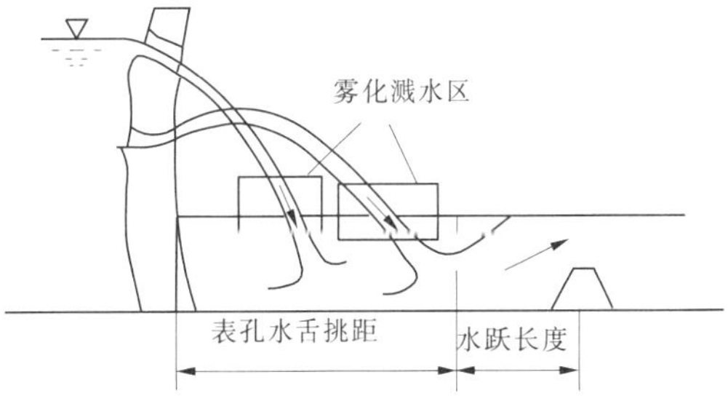


图3　深孔上翘、表孔下跌方案示意图

①表、深孔出口采用常规体型，在平面布置上将表、深孔轴线横向拉开以获得表、深孔水舌相互穿插的空间。由于高拱坝下游河谷一般较为狭窄，该方案不利于下泄水流归槽。

②表、深孔出口均采用收缩体型，通过束窄表、深孔水舌宽度来获得表、深孔水舌相互穿插的空间。该方案的主要问题在于在出流流速较高的深孔出口采用收缩体型，可能带来深孔出口边墙冲刷和空化、空蚀问题，影响结构安全。

③表孔出口采用收缩体型，深孔采用常规体型，平面上局部调整表、深孔轴线横向布置来获得表、深孔水舌相互穿插的空间。此种方案在实现表、深孔无碰撞目的的同时，有效地回避了深孔出口收缩所带来的不利问题。锦屏一级表、深孔无碰撞泄洪消能方案采用的就是此种布置方案。

## 3　表孔体型研究

### 3.1　表孔宽尾墩窄长水舌形成条件研究

无碰撞泄洪消能方式的一个最重要的措施就是在表孔出口采用收缩式消能工(宽尾

墩)，以此来获得横向收缩、纵向拉伸的窄长水舌，为深孔水舌的穿插提供空间。表孔窄缝及宽尾墩消能工在高拱坝中的应用，及表孔宽尾墩窄长水舌的形成原因和形成条件，文献[22~26]作了大量的研究工作，综合上述文献分析成果，表孔宽尾墩窄长水流的形成条件可归纳为：表孔应采用出口跌流方式，从出流水舌的稳定性考虑，出口水流宜为急流流态（弗汝德数 $Fr>1$）。

### 3.2　表孔体型研究

根据无碰撞方式表、深孔布置原则和表孔宽尾墩窄长水舌的形成条件，开展了矩形宽尾墩、倒“T”形宽尾墩、“Y”形宽尾墩等多种表孔出口体型的水力学模型试验比选工作，通过泄流能力、水舌流态及稳定性、孔口压力特性及水垫塘底板冲击压力等综合比较后，选定了表孔出口矩形宽尾墩的布置方案作为锦屏一级表、深孔无碰撞泄洪消能方案表孔体型（如图4、图5所示）。

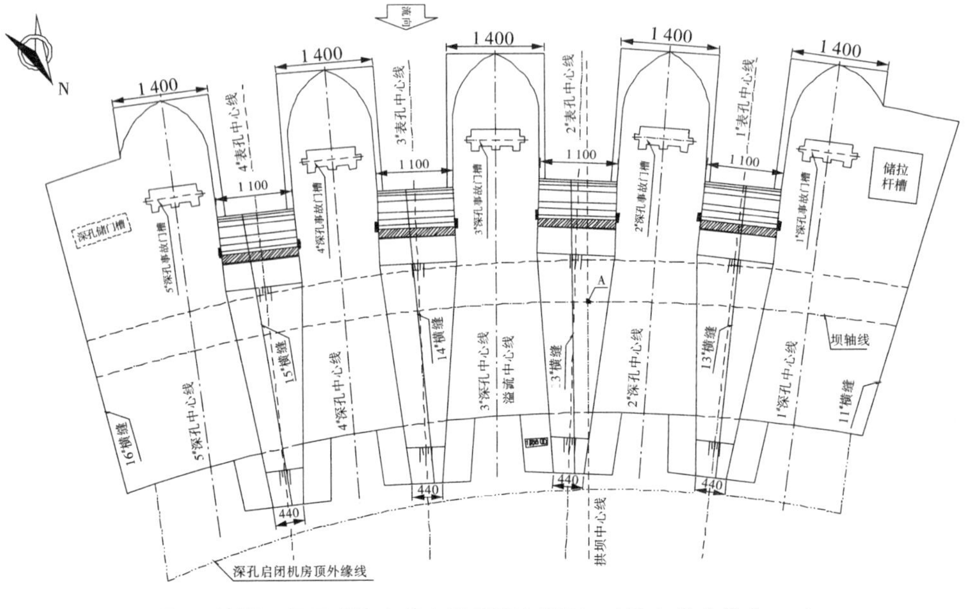


**图4　锦屏一级无碰撞方案表孔平面布置图**　（图中尺寸单位：cm）

## 4　深孔体型研究

根据无碰撞方式表、深孔布置原则，开展了深孔出口扩散、出口收缩和出口直线三种体型的水力学模型试验比选工作。研究成果表明，三种型式深孔泄流能力、有压段孔口压力、水垫塘底板冲击压力等均满足要求，三种出口体型主要区别在于：

(1)采用出口扩散体型时，两孔之间的横向间距过小，无法为表孔水舌提供穿插空间。

(2)采用出口收缩体型时，各深孔水舌之间的横向间距较大，为表孔水舌穿插提供了较大空间。但深孔水舌两端水翅较多，且由于出口流速较高，深孔出口边墙冲刷严重；另外，由于深孔水舌纵向拉伸过长，水舌挑距较远，水舌进入水垫塘后下潜深度也较小，水垫塘表面流速较高，水垫塘消能不充分，下游河道冲刷问题较为突出。

(3)采用出口直线体型时，深孔水舌主流形态与采用出口扩散基本一致，但各深孔之间的横向间距适中，能够满足表孔水舌穿插的要求；深孔水舌两侧的水翅较收缩体型明显减轻；深孔出口边墙存在轻微冲刷，采取钢衬等结构措施，能够满足结构受力要求。

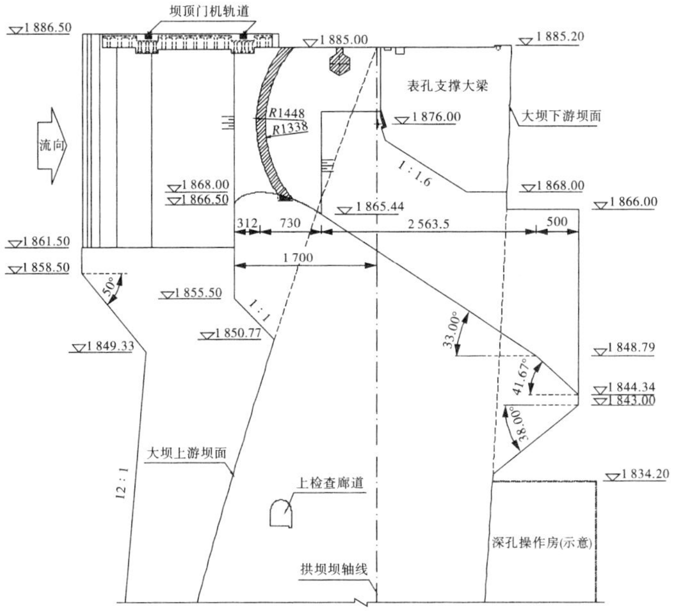


**图5　锦屏一级无碰撞方案表孔剖面图**　(图中尺寸单位:cm)

经过比选后,最终确定锦屏一级表、深孔无碰撞泄洪消能方案深孔采用出口直线体型(如图6、图7所示)。

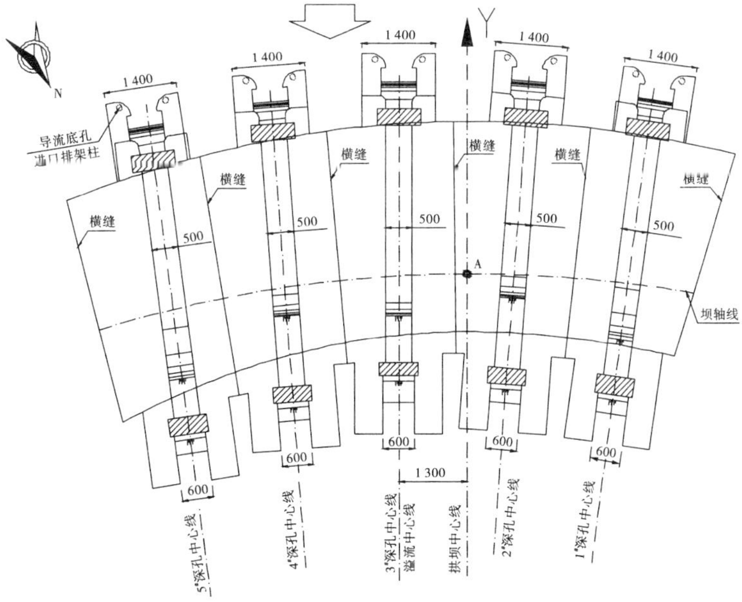


**图6　锦屏一级无碰撞方案深孔平面布置图**　(图中尺寸单位:cm)

## 5　无碰撞表、深孔联合泄洪消能方案试验研究

根据无碰撞方式表、深孔体型,建立了锦屏一级大坝及泄洪消能建筑物模型,对水舌流态、水垫塘水力特性、二道坝顶流速及泄洪雾化等对无碰撞方案进行了试验验证。

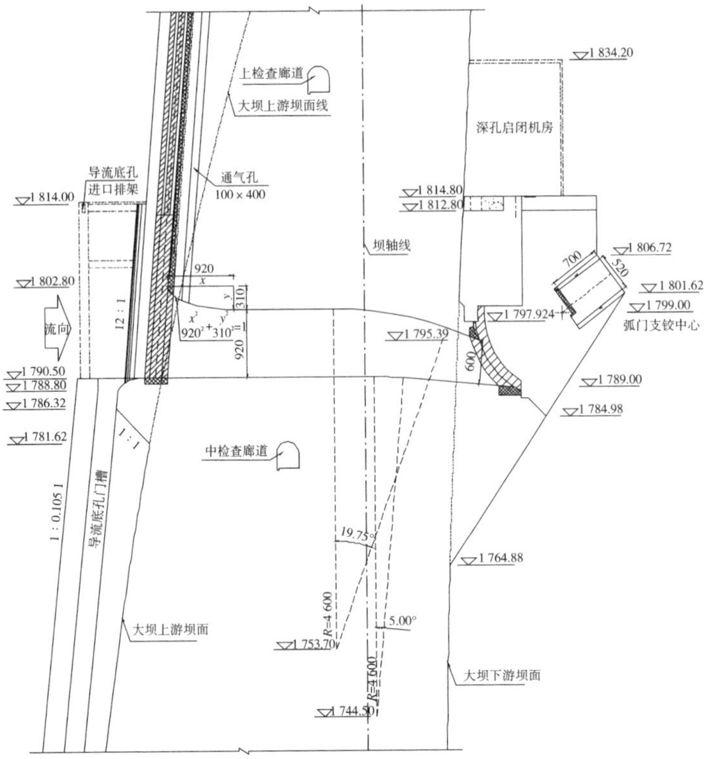


**图 7　锦屏一级无碰撞方案深孔典型剖面图**　（图中尺寸单位：cm）

## 5.1　模型概况及试验工况

锦屏一级大坝及泄洪消能建筑物模型比尺为 1∶50，按照重力相似准则设计，模型对拱坝上游 1 000 m ~ 下游 2 000 m 范围内河岸两侧地形和建筑物进行了模拟。主要的试验工况如表 1 所示。

**表 1　锦屏一级表、深孔无碰撞泄洪消能试验工况**

| 工况 | 坝身泄洪方式 | 库水位(m) | 下游水位(m) | 坝身流量($m^3/s$) |
|---|---|---|---|---|
| 1 | 校核 $p=0.02\%$，4 表 +5 深 | 1 882.60 | 1 660.92 | 10 577 |
| 2 | 设计 $p=0.1\%$，4 表 +5 深 | 1 880.54 | 1 660.13 | 9 280 |
| 3 | 水垫塘设计 $p=1\%$，4 表 +5 深 | 1 880.00 | 1 656.89 | 9 038 |
| 4 | 水垫塘设计 $p=1\%$，2 表 +5 深 | 1 880.00 | 1 656.89 | 7 215 |
| 5 | 常遇洪水工况，4 表孔泄洪 | 1 880.00 | 1 650.01 | 3 646 |
| 6 | 常遇洪水工况，5 深孔开启泄洪 | 1 880.00 | 1 650.01 | 5 392 |

## 5.2　水舌形态及入水范围

工况 1 表、深孔联合泄洪水舌形态和水舌入水范围分别如图 8 和表 2 所示。由以上图表可以看出：

表孔出口水舌沿纵向拉开成片状，水舌空中形态较稳定，表孔水舌入水纵向分布比较均匀；深孔各深孔水舌分层清晰，不发生碰撞，水舌从出口到入水流态稳定，空中裂散程度轻；

表孔和深孔联合泄洪时,各表孔水舌能够顺利从相邻两个深孔水舌之间穿插通过,达到了表、深孔水舌空中无碰撞的效果。

表孔水舌入水区在平面上分布合理,水舌入水没有出现重叠、相互搭接的情况;深孔水舌空中沿纵向基本拉开,在上、下游方向可以分为三层,各层水舌分层清晰,各深孔水舌主流入水区域相对独立;表、深孔水舌入水区彼此独立,表、深孔均顺利归槽,未出现水舌直接冲击水垫塘边墙的情况。

(a) 正视图　　(b) 侧视图

图 8　表、深孔联合泄洪时水舌形态

表 2　表、深孔联合泄洪水舌入水范围(工况 1)

| 孔口类型 | 孔口编号 | 纵向入水长度(m) | 横向入水宽度(m) | 入水角度(°) |
|---|---|---|---|---|
| 表孔 | 1# | 24.9 | 5.3 | 73.0 |
| | 2# | 25.2 | 5.2 | 73.0 |
| | 3# | 25.1 | 5.2 | 73.0 |
| | 4# | 25.0 | 5.5 | 73.0 |
| 深孔 | 1# | 13.3 | 13.8 | 51.0 |
| | 2# | 20.0 | 14.6 | 54.2 |
| | 3# | 19.3 | 21.6 | 52.7 |
| | 4# | 20.2 | 14.5 | 54.5 |
| | 5# | 13.3 | 13.8 | 51.0 |

## 5.3　水垫塘水力特性

### 5.3.1　水垫塘水流流态

试验表明,4 表孔泄洪时,水舌入水区在桩号 0 + 101.2 ~ 0 + 130.8 m 之间;表孔水舌入水形成的冲击射流尾部到达水垫塘的底板,但对水垫塘冲击现象不明显;水舌外缘入水点下游存在较强烈的水跃旋滚,至二道坝顶部水流呈现透明状。

5 深孔泄洪时,水舌入水区在桩号 0 + 183.4 ~ 0 + 242.6 m 之间;深孔水舌入水形成冲击射流,但没有出现水舌入水射流明显冲击水垫塘底板的现象;水舌外缘入水点下游存在较强烈的水跃旋滚，二道坝处水流表层仍含有大量气泡，表面波动明显。

表、深孔联合泄洪时，水舌入水区在桩号 0 + 101.2 ~ 0 + 242.6 m 之间；水舌入水形成的冲击射流未明显冲击水垫塘底板；水舌外缘入水点下游存在强烈的水跃旋滚，二道坝处水流表层明显掺气，表面波动明显。

### 5.3.2　水垫塘动水压力特性

4 表孔、5 深孔和表、深孔联合泄洪时，水垫塘中心线底板压力分布如图 9 所示，6 种工况水垫塘底板最大时均冲击动压和最大脉动压力均方根分别如表 3 和表 4 所示。

**表 3　6 种工况水垫塘最大时均冲击动压统计**

| 工况 | 孔口开启情况 | 上游水位(m) | 位置 | | 最大时均冲击动压(×9.8 kPa) |
|---|---|---|---|---|---|
| | | | 桩号 X(m) | 横距 Y(m) | |
| 1 | 4 表 +5 深 | 1 882.60 | 149.0 | 0.0 | 13.80 |
| 2 | 4 表 +5 深 | 1 880.54 | 139.0 | 17.5 | 10.70 |
| 3 | 4 表 +5 深 | 1 880.00 | 139.0 | 13.0 | 11.70 |
| 4 | 2 表 +5 深 | 1 880.00 | 144.0 | 0.0 | 11.62 |
| 5 | 4 表 | 1 880.00 | 139.0 | 17.5 | 14.2 |
| 6 | 5 深 | 1 880.00 | 294.0 | 0.0 | 5.90 |

由上述图表可以看出：水垫塘内动水压力沿纵向分布特征与水垫塘内水流特征基本一致，动水冲击压力的峰值纵向分布在水舌冲击区、横向分布在水垫塘中心线左右各 15.0 m 区域内；最大动水冲击压力工况为工况 5，说明表孔泄流是水垫塘动水冲击压力的控制性因素，最大冲击压力为 14.2 ×9.8 kPa，小于 15.0 ×9.8 kPa 的控制标准，基本能够满足水垫塘消能要求；水垫塘底板最大脉动压力均方根值出现在校核洪水位工况（工况 1），为 5.63 m 水头，能够满足底板抗浮稳定的要求。

**表 4　6 种工况水垫塘最大脉动压力均方根统计**

| 工况 | 孔口开启情况 | 上游水位(m) | 位置 | | 最大时均冲击动压(×9.8 kPa) |
|---|---|---|---|---|---|
| | | | 桩号 X(m) | 横距 Y(m) | |
| 1 | 4 表 +5 深 | 1 882.60 | 146.5 | 7.5 | 5.63 |
| 2 | 4 表 +5 深 | 1 880.54 | 146.5 | 2.5 | 2.44 |
| 3 | 4 表 +5 深 | 1 880.00 | 145.0 | 12.5 | 3.75 |
| 4 | 2 表 +5 深 | 1 880.00 | 146.5 | 12.5 | 3.45 |
| 5 | 4 表 | 1 880.00 | 139.0 | 20.0 | 4.86 |
| 6 | 5 深 | 1 880.00 | 269.0 | 2.5 | 3.31 |

## 5.4　二道坝顶部流速分布

试验表明，二道坝顶部流速处于较低的水平（最大流速 9.4 m/s），不会对下游的河岸造成严重的冲刷，说明水垫塘的消能效果较好。

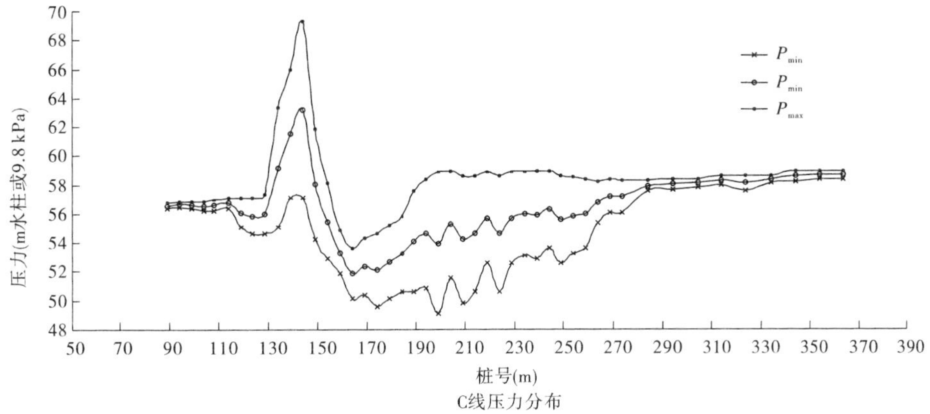


(a)4表孔泄洪水垫塘中心线压力分布

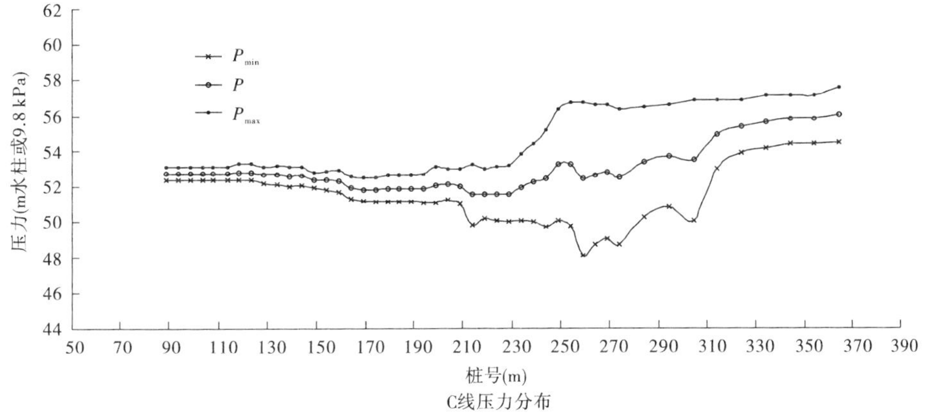


(b)5深孔泄洪水垫塘中心线压力分布

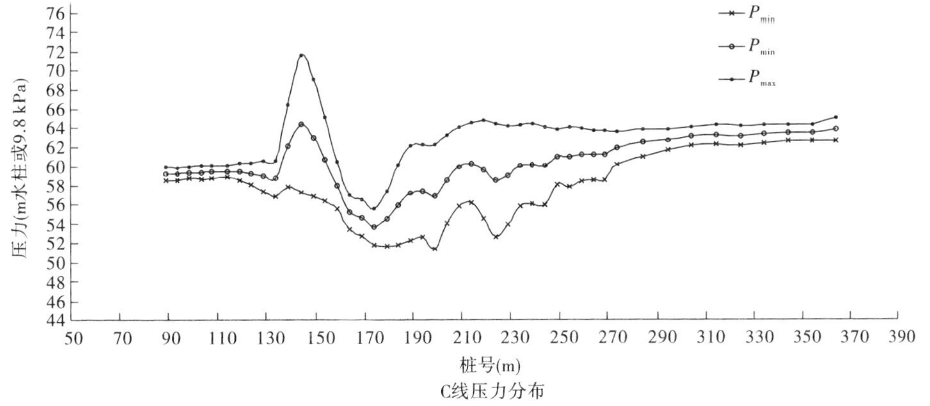


(c)表、深孔联合泄洪水垫塘中心线压力分布

**图9　水垫塘中心线底板压力分布**

## 5.5　泄洪雾化研究

工况2(4表+5深,设计洪水位)泄洪雾化降雨影响范围(雨强10 mm/h以上)如表5所示,为了反映无碰撞方式雾化效果,表5中还列了同工况下锦屏一级招标阶段表、深孔碰撞方式的雾化情况。

由表5可以看出,表、深孔联合泄洪时,相比于招标阶段碰撞方案,无碰撞方案10 mm/h雾化降雨范围显著减小(纵向长度减小了210 m,高程方向上左岸减小了约43 m,右岸减小了约52 m)。另外,由于表孔水舌纵向拉开,表孔水舌入水比招标阶段碰撞方案更加分散,由于表孔水舌入水喷溅造成的低高程的雾化降雨强度也得到一定程度的降低。根据试验观测到的数据,最大雾化降雨强度由碰撞方案的5 500 mm/h降低到3 882 mm/h。

**表5　工况2雾化降雨(10 mm/h以上)影响范围表**

| 设计阶段 | 泄洪消能方式 | 孔口开启情况 | 上游水位(m) | 纵向最大影响范围(m) | 最大影响高程(m) | |
|---|---|---|---|---|---|---|
| | | | | | 左岸 | 右岸 |
| 技施 | 无碰撞 | 4表+5深 | 1 880.54 | 坝0+660.0 m | 1 770 | 1 773 |
| 招标 | 碰撞 | 4表+5深 | 1 880.37 | 坝0+870.0 m | 1 813 | 1 825 |

## 6　结　语

为了解决高拱坝表、深孔联合泄洪时带来的严重泄洪雾化问题,本文在对高拱坝坝身泄洪雾化机理及雾化源深入研究的基础上,从消除表、深孔水舌空中碰撞部分雾化源的思路入手,对无碰撞泄洪消能方式的表、深孔体型及布置方案进行了总结,并依托锦屏一级高拱坝,采用了模型试验的方法对方案进行了验证。成果表明,在满足表、深孔泄流和水垫塘消能要求的情况下,无碰撞方案较碰撞方案的泄洪雾化影响范围明显减小,最大泄洪雾化降雨强度也有所降低,说明方案是可行的,也是有效的。目前,锦屏一级高拱坝表、深孔已按此方案设计,表、深孔结构混凝土浇筑也即将完成。

无碰撞泄洪消能方案作为解决地质条件复杂的狭窄河谷高拱坝工程坝身泄洪消能问题的一种选择方案,特别适用于河谷狭窄、枢纽建筑物布置对坝身泄洪雾化降雨比较敏感、雾化区边坡地质条件较差的拱坝工程,由于水舌的空中消能率较低,坝身总泄量控制在10 000 $m^3/s$较合适。

### 参考文献

[1] 张公平,曾勇,唐忠敏. 锦屏一级水电站雾化区左岸Ⅳ～Ⅵ号山梁稳定性分析及加固措施研究[J]. 水电站设计,2013,29(2)
[2] 王锋辉. 二滩水电站泄洪雾化及防护,大坝与安全,2011,5.
[3] 姚克烨,曲景学. 挑流泄洪雾化机理与分区研究综述[J]. 东北水力水电,2007,25(273).
[4] 刘宣烈,安刚,姚仲达. 泄洪雾化机理和影响范围的探讨[J]. 天津大学学报,1991年特刊.
[5] 杨智鸿,王愈. 泄洪雾化研究综述[J]. 中国水运,2008,8(7).
[6] 柴恭纯,陈惠玲. 高坝泄洪雾化问题的研究[J]. 山东工业大学学报,1992,22(3):29-35.
[7] 梁在潮. 雾化水流计算模式[J]. 水动力学研究与进展,1992,7(3):247-255.
[8] 周辉,陈惠玲. 挑流泄洪雾化降雨的模糊综合评判方法[J]. 水利水运科学研究,1994.
[9] 肖兴斌. 高坝挑流水流雾化问题研究综述[J]. 长江水利教育,1997,14(1).
[10] 刘士和,梁在潮. 深窄峡谷区泄洪雾化及其影响的研究[J]. 武汉水利电力大学学报,1997,30(4).
[11] 李渭新,王韦,许唯临,刁明军. 挑流消能雾化范围的预估[J]. 四川联合大学学报(工程科学版),1999,3(6).

[12] 张华. 水电站泄洪雾化理论及其数学模型的研究[D]. 天津大学博士论文,2003,6.
[13] 曲波. 水电站泄洪雾化深化研究[D]. 武汉大学博士学位论文, 2005,4.
[14] 宋恩来. 白山水电站泄流“雾化”和溅水研究[J]. 东北电力技术,2002(8):9-13.
[15] 薛联芳. 大坝泄洪雾化环境影响及减免措施研究[J]. 四川水力发电,2005,24(5).
[16] 沙海飞,周辉,吴时强,陈惠玲. 坝身泄洪水气两相流二维数值模拟[J]. 水动力学研究与进展,2007,22(3).
[17] 周辉,陈惠玲,吴时强. 宽尾墩的泄洪消能效果与雾化影响[J]. 水力发电学报,2008,27(1).
[18] 黄国情,吴时强,陈惠玲. 高坝泄洪雾化模型试验研究[J]. 水利水运工程学报,2008,12.
[19] 周辉,吴时强,陈惠玲. 泄洪雾化降雨模型相似性探讨[J]. 水科学进展,2009,20(1).
[20] 李乃稳,许唯临,周茂林,田忠. 高拱坝坝身表孔和深孔水流无碰撞泄洪消能试验研究[J]. 水利学报, 2008,39(8).
[21] 刘沛清,许唯临. 高拱坝挑流跌流非碰撞水垫塘消能形式研究[J]. 水利学报,2010,41(7).
[22] 李福田,刘沛清,许唯临,田忠. 高拱坝表孔宽尾墩跌流水舌运动特性研究[J]. 水力水电技术, 2003,34(9).
[23] 肖兴斌. 窄缝式消能工在高坝消能中的应用与发展综述[J]. 水电站设计,2004,20(3).
[24] 李福田,刘沛清,马宝峰. 高拱坝宽尾墩三维流场数值模拟[J]. 水科学进展,2005,16(2).
[25] 李乃稳,许唯临,张法星,田忠,赵涛. 高拱坝宽尾墩流道内水流特性的数值模拟研究[J]. 四川大学学报(工程科学版), 2008,40(2).
[26] 李乃稳,许唯临,田忠,周茂林. 高拱坝表孔宽尾墩体型优化试验研究[J]. 水力发电学报,2009,28(3).

# 混凝土坝施工期数字监控方法、系统与应用

张国新[1]　刘　毅[1]　王继敏[2]　孙保平[3]　周　钟[4]　魏永新[5]
李超毅[6]　郭　晨[7]　张　敬[4]

(1. 中国水利水电科学研究院 流域水循环模拟与调控国家重点实验室　北京　100038；
2. 雅砻江流域水电开发有限公司　四川　成都　610051；
3. 水电水利规划设计总院　北京　100120；
4. 中国水电顾问集团成都勘测设计研究院有限公司　四川　成都　610072；
5. 云南华电鲁地拉水电有限公司　云南　昆明　650228；
6. 华能西藏发电公司　西藏　拉萨　850000；
7. 北京木联能工程科技有限公司　北京　100120)

**摘要**：考虑到现有仪器监测的不足，朱伯芳院士提出了数字监控的理念，其基本思想是基于仪器观测资料进行反分析，利用全坝全过程仿真分析，预测预报未来一段时间混凝土坝的应力状态，评估混凝土坝施工期和运行期的工作性态与开裂风险，在条件变化时辅助反馈设计，确保工程安全。本文结合工程应用实践从基本目的、主要内容和工作模式三个方面提出了混凝土坝施工期数字监控方法，从安全监测系统布设、温控施工效果实时评价、关键参数反演三个方面阐述了混凝土坝施工期数字监控关键技术，介绍了作者所在研究团队在锦屏一级工程开展的数字监控系统的应用。工程应用表明，施工期数字监控系统可以为大坝施工质量监控和工作性态评估提供平台，可以提高大坝混凝土施工的智能化水平，降低事故风险，为施工期动态设计提供决策支持。

**关键词**：混凝土坝　施工期　数字监控

## 1　引　言

我国已建成了一批坝高超过 200 m 的特高混凝土坝，这些高混凝土坝的建设将对改善中国的能源结构、促进节能减排发挥重要作用，社会效益与经济效益十分巨大。但风险与效益并存，已有研究表明，随着大坝高度的增加，其应力水平越来越高，一些在中低坝由安全系数所涵盖的问题，在高坝可能会产生更高的安全风险。因此，特高坝更应该重视大库安全问题。

大坝施工期的质量问题和缺陷往往严重影响大坝长期运行安全。对于高混凝土坝，设计单位一般都联合科研单位开展了大量的研究工作，但是即便如此，也很难保证在施工中不

资助项目：国家 973 计划课题（2013CB035904、2013CB036406），国家“十二五”科技支撑计划课题（SQ2013BAJY4138B02），水利部公益性行业科研专项项目（201201050），中国水科院科研专项（材集 1361、材集 1353）、流域水循环模拟与调控国家重点实验室资助项目（材 QN1305）。

出现问题。近期建设的小湾拱坝,在大坝施工前开展了大量的科研和设计优化工作,设计方案也基本符合现行设计规范,但是在施工中仍然出现了前所未有的长大贯穿性裂缝[1-3]。究其原因,从根本上在于我国对混凝土坝施工期的工作性态缺乏有效的监控方式[4-5]。

目前,大坝监控主要依靠仪器观测,仪器观测是重要的,利用其观测资料可以大体上判断大坝工作是否正常,但目前的仪器监测存在以下几个方面的不足。第一,目前仪器监测的观测断面太少,很难在每个坝段都埋设大量监测仪器,仪器监控不能全面反映大坝实际状况,同时,由于大坝实际温度场、应力场的复杂性,仪器监控也不能给出整体大坝的温度场、应力场和安全系数。比如,前面所述的发生严重裂缝的特高拱坝工程,按照现有规范温度计仅布置在 7 个坝段,且高程方向间隔 50 m 布置一层,施工过程中依靠监测仪器无法对其温控施工质量和工作性态进行监控,待到发现时已经出现严重裂缝。第二,目前施工期的仪器观测大多采取人工读数的方式,经过人工“修正”的数据往往不能真实反映实际状况。第三,目前的施工期仪器监测大多没有实现自动化,监测数据从读取到整理需要一定的时间,不能及时反映施工状态,等到从监测数据中发现问题时,往往已经失去了最佳的干预时机。

2008 年,朱伯芳院士提出了数字监控的理念[4],其基本思路是:以仪器监测为基础,建立数字监控模型,通过反复的仿真分析与反分析,不断校验和率定模型,使之能跟踪仿真大坝当前的温度场、应力场和安全系数,预测未来一段时间的工作状况,在施工期能及时发现问题,及时调整施工措施,在运行期能比较准确地评估大坝当前的安全状况,为大坝运行管理提供决策支持。本文在数字监控理念的基础上,阐述了混凝土坝施工期数字监控方法及其关键技术,介绍了作者所在团队研发的混凝土坝施工期数字监控系统及其在锦屏高拱坝施工期的应用成果。

## 2　混凝土坝施工期数字监控方法

### 2.1　数字监控的主要内容

施工期数字监控,就是针对前述的目前施工期观测的三个不足,采用数字传感器、观测信息的无线传输、实时分析及反演仿真等手段,全面实时地把握大坝施工期的温度、变形及应力状态,对于可能出现的问题,采用监控系统的预警预报功能及时发出预警,并给出应对方案[6,7]。

混凝土坝施工期面临的主要荷载是自重和温度,为降低混凝土坝在自重和温度荷载作用下的开裂风险,数字监控的主要内容包括温度状态监控和应力状态监控。

#### 2.1.1　大坝温度状态监控

根据类似工程的经验,目前各工程对于混凝土坝施工期温度控制的设计要求都非常详细,对每个浇筑仓从出机口温度、入仓温度、浇筑温度到内部温度发展的全过程,以及各浇筑仓在空间上的温度梯度均作出了规定。大坝温度状态监控的第一项内容就是按照设计要求全面评估出机口温度、浇筑温度、最高温度、各期冷却目标温度、温度梯度是否符合设计要求以及符合的比率,对超出设计要求项进行报警。大坝温度状态监控的第二项内容是对大坝的温度过程作出预测,对可能超标现象提出预警,并提出相应的应对措施。

#### 2.1.2　大坝应力状态监控

按照大坝实际浇筑过程和实测气温资料,对大坝浇筑全过程进行跟踪仿真,在仪器监控资料的支持下,开展关键热力学参数的反演分析,进而得到符合实际情况的大坝应力状态。

考虑设计拟定的进度，通过仿真分析对大坝未来一段时间的应力状态进行预测，如应力超标，则提出应对措施，发出预警信息。

### 2.2　数字监控的工作流程

要最大限度地发挥数字监控的作用，必须要将数字监控融入现有的由业主、设计、施工和监理各方组成的大坝建设体系。本文提出了一套混凝土坝数字监控的工作模式与流程，如图 1 所示：①在业主的统一领导下，建立由业主、设计、监理、施工和科研参建各方组成的工作小组；②按照设计文件，施工方进行现场施工，并埋设监测仪器；③利用数字监控系统的施工与监测信息集成模块将施工信息、监测信息统一纳入数据库；④运用数字监控系统的信息管理模块，以图表的方式将施工和监测信息在参建各方中共享；⑤在现场实测数据的基础上，利用数字监控系统的仿真分析模块进行跟踪反演仿真分析；⑥基于监测资料和仿真分析成果，对现场施工效果进行实时评价，并进行现场预警报警，将相关信息发送至现场管理人员，定期召开业主、设计、监理、施工、科研各方联系会议，科研方提供评估意见和应对措施，为参建各方提供决策支持；⑦设计、监理、施工各方根据预警信息和会议决策调整施工方案；⑧重复② ~ ⑦。

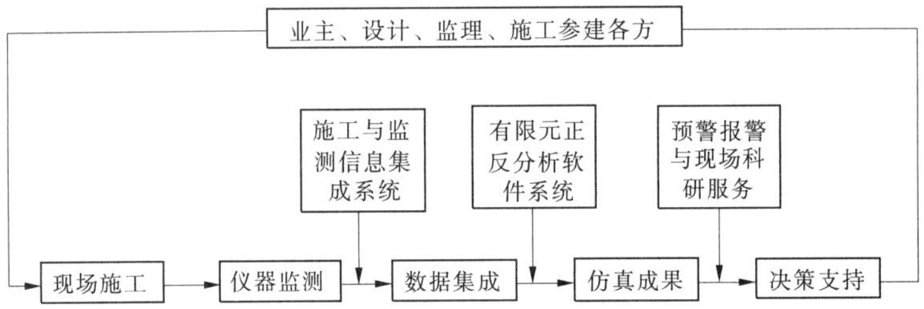


**图 1　混凝土坝数字监控的工作模式与流程**

### 2.3　实时安全监测信息获取方法

数字监控所需的安全监测信息获取要求实时、全面、完整，同时尽量避免人为的干扰。以温度监测为例，从监测内容上而言，既要监测自出机口温度、浇筑温度、最高温度到冷却目标温度的全过程，也要对温度梯度、温度空间分布、温降速率等进行监测。每一仓混凝土均埋设 2 ~3 支温度计。从监测频次上而言，要根据不同龄期的不同需求来确定。从数据获取方式而言，要将温度计提前接入自动化监测系统运行，确保监测数据能实时进入数据库，在监测时段要涵盖整个施工过程，至少要监测至封拱灌浆完成后一段时间。

### 2.4　温控施工效果评价方法

混凝土坝施工过程中各环节的温度控制好坏与否，直接影响到大体积混凝土整体温控效果，进而影响到能否产生混凝土裂缝。本文基于实时监测资料，设计了一整套图表，用来实时评价温控施工效果。这类图表包括实测气温曲线图、浇筑仓温控综合曲线、入仓温度和浇筑温度与气温的相关图、温度梯度分布图、风冷后骨料砸石温度统计表、出机口温度统计表、入仓温度和浇筑温度统计表、混凝土最高温度统计表等。

如图 2 所示为某仓混凝土实测温度要素曲线图，根据各个要素进行温控效果分析。图中有 5 条曲线，分别是气温、仓面温度、日均进水温度、日均出水温度、实测日均混凝土温度，从图中可以分析温升温降的影响因素、温度变化幅度、温度变化速率等，为温度控制提供依据。

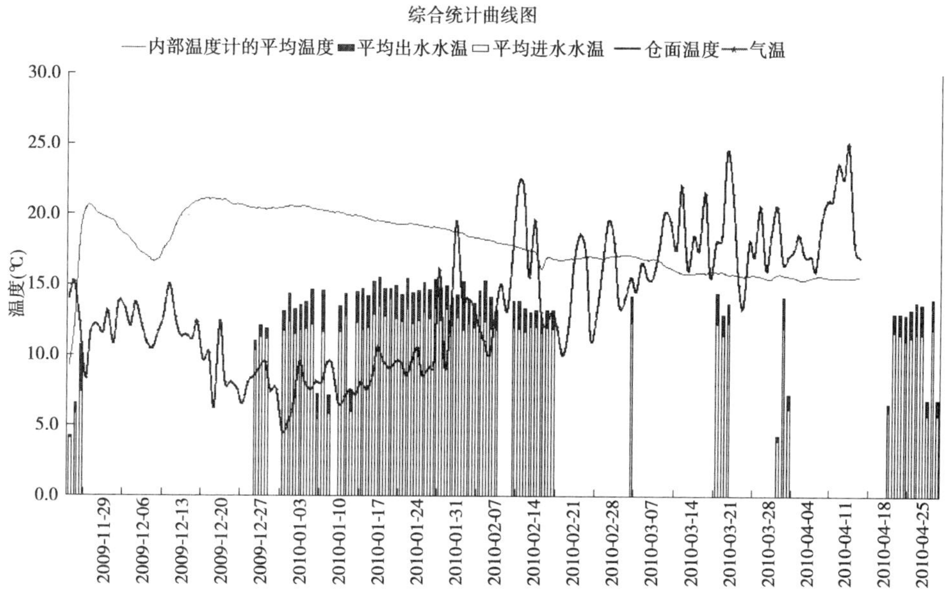


图2　浇筑仓综合温度曲线图

### 2.5　施工期关键热力学参数仿真反演方法

混凝土施工期应力与其热力学参数密切相关,应尽可能利用监测资料对参数,采用仿真分析的方法进行反演,进一步确保仿真分析的精度。目前,应用较多的有绝热温升、导热系数、表面散热系数、线膨胀系数、自生体积变形、弹性模量等的反演。限于篇幅,本文仅阐述导温系数的反演方法。

采用我们开发的温度梯度仪和布置与大坝表现的温度计,监测距表面不同距离的测点的温度变化值,得到不同位置的温度变幅和相位迟后时间,可以根据下式反演出导温系数:

$$A(x) = A_0 e^{-x\sqrt{\pi/ap}}, \Delta\tau(x) = x\sqrt{\frac{P}{4a\pi}} \tag{1}$$

式中:$P$ 为周期;$A$ 为温度变幅;$\Delta\tau(x)$ 为相位滞后;$a$ 为导温系数。

由式(1)可知,不同厚度处的温度变幅和相位滞后为导温系数 $a$ 的函数,根据实测不同厚度的值,用最小二乘法曲线拟合,求出导温系数,如图3所示为某工程观测结果,可以求出 $a = 0.003\ 2\ m^2/h$。

完整的数字监控方法中还包括全坝全过程仿真分析方法、开裂风险分析方法、开裂风险预警预报方法等,鉴于篇幅此处不做介绍,请参阅有关文献。

## 3　混凝土坝施工期数字监控系统

2008~2012年,中国水科院的研究团队研发了混凝土坝数字监控系统,并在工程试验和应用中不断完善。本节介绍该系统的主要功能和模块。

### 3.1　系统主要功能

混凝土坝施工期数字监控系统是一个以混凝土坝施工期温控施工质量和工作性态监控为根本目的,运用自动化监测技术、GPS技术、无线传输技术、网络与数据库技术、信息挖掘技术、数值仿真技术、自动控制技术,实现信息实时采集和传输、信息高效管理与可视化、应

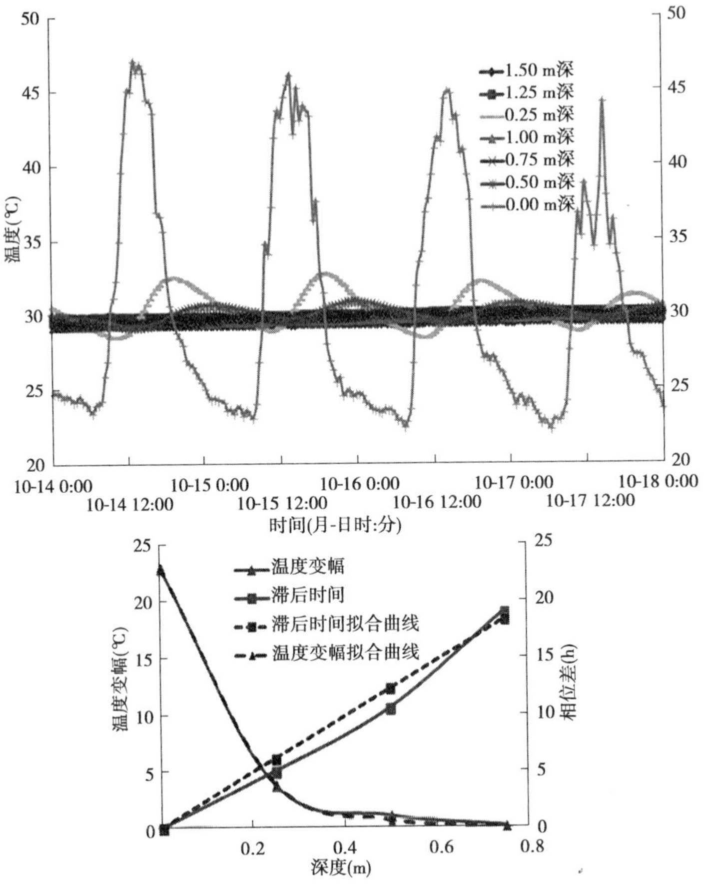


**图3　不同深度温度过程、温度变幅和滞后时间**

力仿真分析与反分析、温控施工效果评价与预警、温控施工智能控制等功能，集实时监测、分析与控制的系统。该系统可以实现以下功能：

（1）在温控信息实时采集方面，主要是运用自主研发的信息录入客户端、自动监测设备和检测设备，完成施工信息和温度监测信息的实时采集，并通过现场无线和有线局域网将信息纳入数据库进行统一管理。

（2）在信息高效管理与可视化方面，主要是运用数据库技术和网络技术，对海量监测和施工数据进行高效管理，将监测数据用图表等工具进行可视化表达，并在业主、设计、施工、监理等参建各方共享。

（3）在应力分析与反分析方面，主要是基于监测数据和施工信息，对大坝当前工作性态进行跟踪反演仿真分析，评价当前大坝的应力状态和安全系数，预测下一阶段的应力状态和安全系数。

（4）在温控施工效果评价与预警方面，主要是基于设计要求、监测资料和仿真分析成果，对温控施工效果进行评价，对超出设计要求的发出预警和报警信息。

（5）在施工反馈控制方面，基于监测资料和反馈分析成果，评估实际温控过程与理想过程之间的差别，基于预测信息，发出第二天通水冷却和表面保温的指令，由通水自动控制设备或施工工人完成第二天的通水冷却施工和表面保温施工。

### 3.2　系统总体架构

在系统顶层设计的基础上，利用自动监测技术、计算机网络与传输技术、数据库技术、GPS技术、数字图形技术、数值仿真技术以及自动控制技术等，按照不同的功能模块分项解决其关键技术难题，按照统一的数据标准和接口完成各子系统的研发，对系统进行分项验证后进行系统集成。

系统以Microsoft .Net为系统软件架构基础，采用C++.Net和C#作为开发工具进行面向对象设计(OOD，Object - Oriented Design)程序设计开发，以Autodesk CAD、3DS Max等软件为图形开发工具，利用自主研发的OpenBase - S系统，与多种最为先进的数据库系统无缝衔接，在包括MS SQL、Oracle、Sybase等数据库平台基础上开发出基于多层架构的综合集成系统。

该系统遵循以下原则：①实用性原则，现场施工环境复杂，数据传输数据量大，系统尽量选择可靠度高、适应性强的技术；②一致性原则，本系统涉及水、电、机等多学科，需实现从测量到控制的闭环，数据交换量大，应在顶层设计时规定数据格式，在子系统研发时要遵循统一的数据格式；③可扩展性原则，本系统要尽可能实现温控施工的自动化，但是由于研发工作的复杂性，只能分步实施研发，在系统顶层设计和研发时，要注意保留相应的接口，确保系统具有较好的可扩展性；④经济性原则，在系统顶层设计时充分考虑仪器设备的可重复利用和优化组合，降低系统应用成本。系统逻辑关系图见图4所示。

### 3.3　系统的主要模块

截至2013年12月，混凝土坝施工期数字监控系统分为5个模块，分别是施工与监测信息采集模块、信息管理与施工效果评价模块、应力仿真分析与反分析模块、智能通水模块、预警报警信息发布模块。

#### 3.3.1　施工与监测信息采集模块

该模块的主要功能是对出机口温度、浇筑温度、入仓温度、大坝内部温度、水管通水流量、通水水温、温度梯度、气温及太阳辐射热等有关温控的各个要素进行自动采集，并将海量数据信息传输至数据库服务器以及其他需要送达的服务器。该模块的主要设备包括混凝土出机口温度测试记录仪、混凝土浇筑温度测试记录仪、混凝土内部温度监测和记录设备、太阳辐射热测量仪、水温测量仪、传输电缆、无线传输设备以及相应的配套软件等。所有仪器通过唯一地址编码或者GPS定位来确定所量测信息的部位，以实现温控信息的全自动采集。

#### 3.3.2　信息管理与施工效果评价模块

该模块对温控信息进行高效管理，确保数据库信息在网络覆盖的范围内实现共享；依托这些信息，运用统计表和图形对温控施工效果进行评价。

该模块采用三层B/S架构：接入层即数据采集层，以网页的形式分布；中间层即应用逻辑层，提供应用服务；后端为数据存储层，采用SQL Server数据库。主要输入信息包括公共信息、浇筑信息、水管信息、浇筑仓表面及监测信息等，主要输出信息包括温控信息评价统计图表、预警信息、智能通水和智能保温模块发布的施工指令。

#### 3.3.3　应力仿真分析与反分析模块

该模块基于数据库中的施工和监测信息，自动生成仿真计算文件，进行应力仿真分析与反分析。该模块的仿真计算采用SAPTIS程序[8]。

整个模块分为四个子系统，数据采集分析子系统、高效能仿真计算子系统、智能反分析

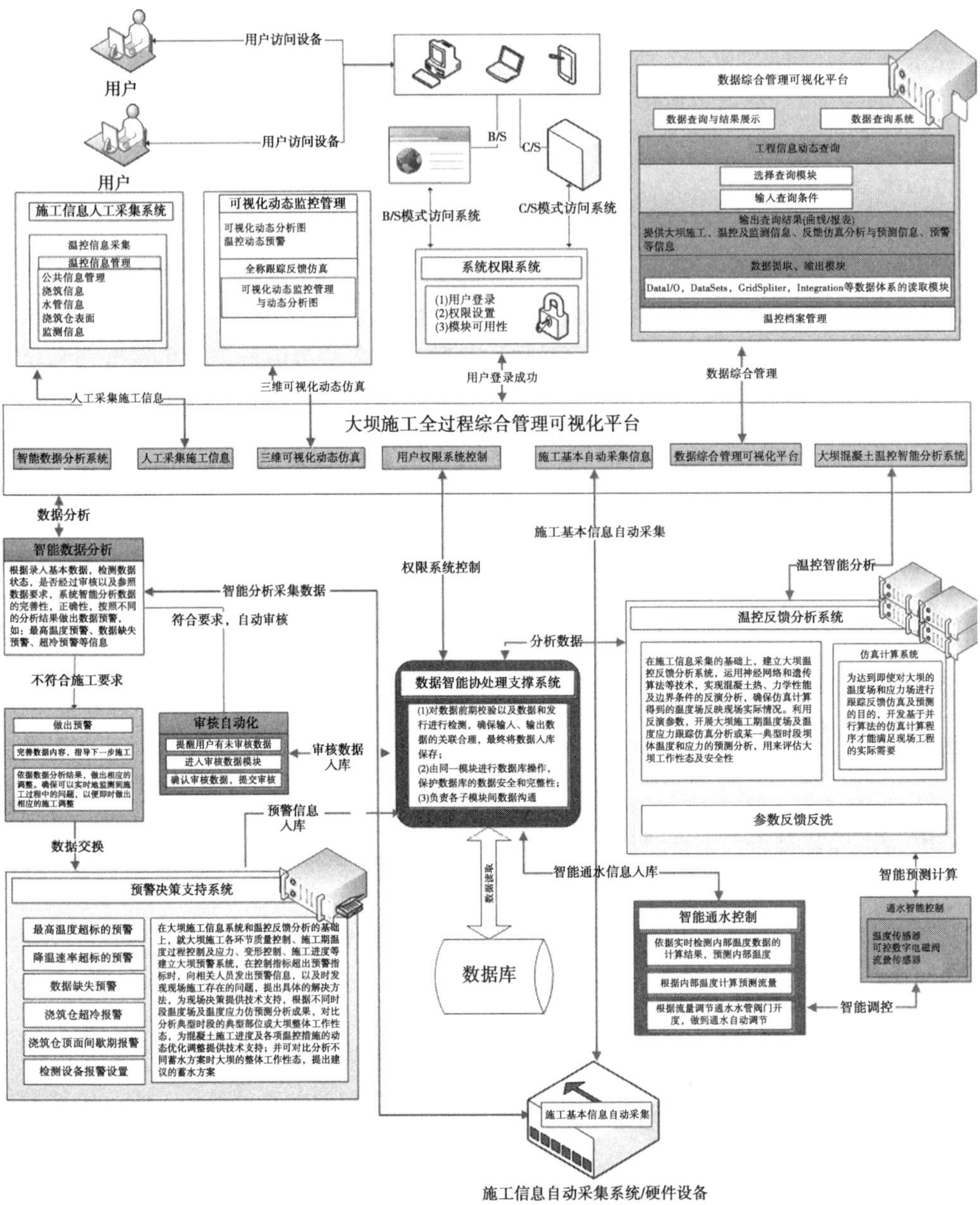


**图4　数字监控系统逻辑关系图**

子系统以及后处理分析预警子系统，每个子系统作为一个模块，组成整个温度应力实时仿真分析及反分析系统。系统具有实时、自动化、智能化及直观化的特点，可以实现混凝土浇筑现场施工质量的实时、智能、快速分析和反分析，及结果的直观展示和安全预警。

### 3.3.4　智能通水模块

该模块可预先设定理想温度过程线，在施工过程中实时监测内部温度、通水温度和通水流量，通过理想温度过程线第二天目标温度与当天实测温度的比较，得到第二天的降温幅度，运用基于实时监测资料的温度预测模型，自动计算出第二天通水冷却所需的流量，将流量调控指令下达到阀门控制装置，完成通水冷却的自动调控，实现无人工干预的智能通水[9]。

该模块的主要设备包括智能动态温度流量测控单元、水管流量水温测控装置(含流量计、水温计和可调谐电动球阀)、集电箱、数据传输装置。典型安装如图5所示。

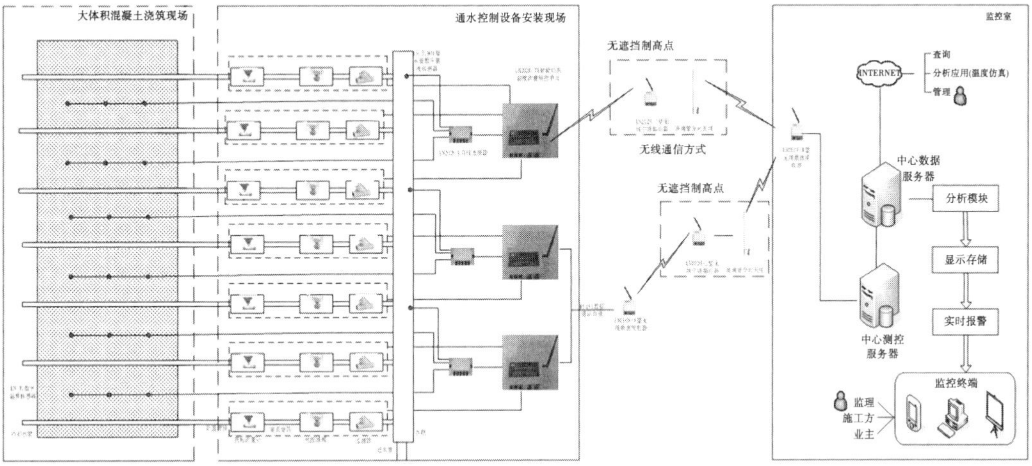


图5　智能通水模块典型安装图

### 3.3.5　预警报警信息发布模块

该模块的主要功能是将预警和干预信息通过GPRS和网络发送至施工人员的终端设备。该模块的主要设备是用于接收预警和干预信息的智能终端设备和用于传输信息的GPRS网络或者局域网络。

## 4　混凝土坝施工期数字监控在锦屏高拱坝的应用

作者所在团队将混凝土坝数字监控方法和系统应用于锦屏一级、溪洛渡、鲁地拉、藏木等工程,限于篇幅,本文介绍锦屏一级工程的应用情况。

自2009年3月起,中国水科院的科研团队在锦屏一级拱坝现场开展施工期数字监控科研工作。工作的主要内容包括三个方面:一是研发的数字监控系统,作为参建各方进行温控施工管理的基础平台;二是运用数字监控系统定期评估大坝实际工作性态及其开裂风险;三是条件变化时进行专题研究,为动态反馈设计提供技术支持。

图6所示为锦屏一级数字监控系统的界面。该系统包括信息管理与施工效果评价模块、应力仿真分析与反分析模块、预警报警信息发布模块。自投入运行以来,已经正常工作了4年多。目前,系统的施工和监测数据存储量约为9 GB,高峰时段日录入数据量360万条。该系统为参建各方提供了共享的数据平台,系统为施工单位进行温控施工效果评价提供了格式图表,自动发布的报警信息为施工决策提供了参考。

运用数字监控系统按照大坝实际浇筑过程进行仿真模拟[4],通过实测温度过程反演混凝土热力学参数,评估和预测大坝实际工作性态。图7所示为运用数字监控系统得到的2011年7月的大坝浇筑状态模拟图和典型切面竖向应力云图。截至2013年11月,共提供温控科研周报185份,温控科研月报42份,为温控施工质量和施工期工作性态控制提供了保障。

图 6　锦屏一级数字监控系统的界面

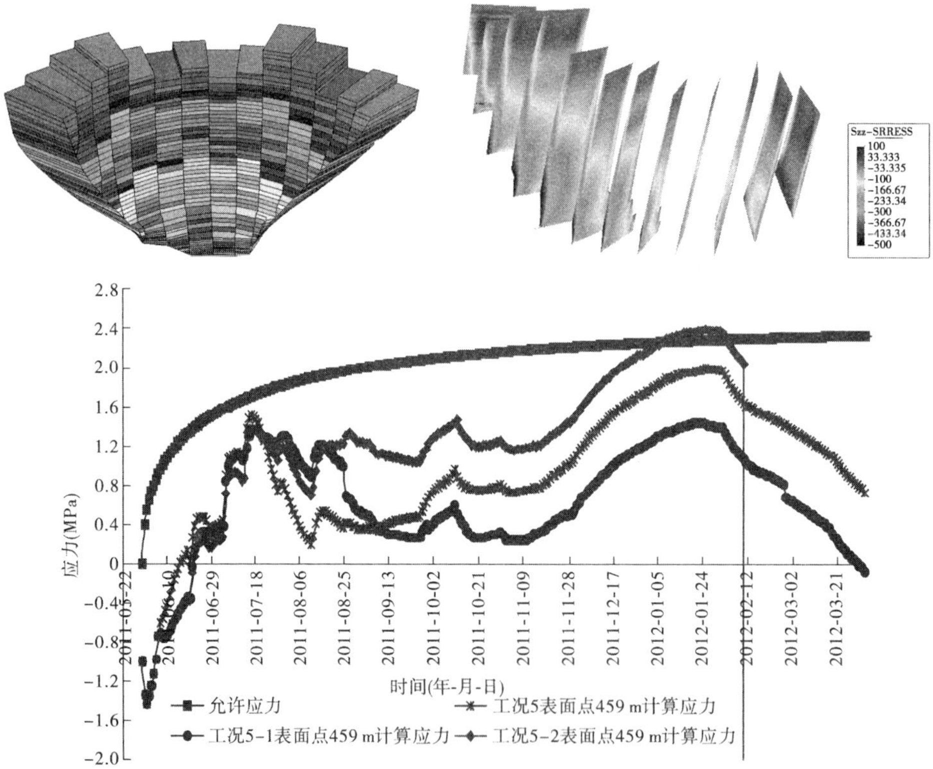


图 7　2011 年 7 月锦屏一级大坝浇筑状态、应力云图与过程线

在条件变化时，利用数字监控系统进行仿真分析和专题研究，可为施工方案变更提供决策支持。截至 2013 年 11 月，共提交专题研究报告 30 份。在 2009 年过冬前，中国水科院对固结灌浆长间歇对混凝土开裂风险的影响进行了研究。研究表明：在不保温情况下，固结灌浆面上超过 20 d 的长间歇时，长短周期温度荷载叠加都会使得最大应力远远超过容许拉应力，安全系数为 1.05，开裂风险较大；设计保温条件下，20 d 间歇时，长短周期温度荷载叠加

后的温度应力小于容许拉应力，满足要求；设计保温条件下，50 d 间歇时，超过 30 d 间歇期后，长短周期温度荷载叠加，应力有所超标，安全系数为 1.35，有一定的开裂风险。根据这一研究成果，设计院将原设计中的盖重固结灌浆方式改为下部盖重灌浆加表层引管灌浆的方式，避开了冬季长间歇问题。2010 年冬季，采用无长间歇的固结灌浆方式后，浇筑仓面几乎未发生裂缝。同期浇筑的某特高坝，仍按照原有盖重固结灌浆方式进行固结灌浆，过冬时在固结灌浆长间歇仓面产生了一些裂缝。

## 5 结　语

在混凝土坝的设计、施工和运行管理中，数字仿真和仪器观测是两个强有力的工具，但过去是由不同人在不同的时间分别进行的。它们各具优缺点，因此它们发挥的作用受到了很大限制。混凝土坝数字监控是近几年来提出的新理念，其基本思想是基于仪器观测资料进行反分析，利用全坝全过程仿真分析，预测预报未来一段时间混凝土坝的应力状态，评估混凝土坝施工期和运行期的工作性态与开裂风险，在条件变化时辅助反馈设计，确保工程安全。混凝土坝的数字监控从工程开工、施工到运行期，同时进行数字仿真和仪器监测，使两者优势互补，发挥 1 + 1 > 2 的作用，将使得大坝安全监控的面貌发生深刻变化。

本文结合工程应用实践从基本目的、主要内容和工作模式三个方面阐述了混凝土坝施工期数字监控方法，混凝土坝施工期数字监控的主要目的在于评估施工期大坝工作性态与设计工作状态的差异及其风险，评估施工方案调整的可行性与相应对策，其主要内容包括大坝温度状态监控和大坝应力状态监控，并提出了现场科研团队跟踪反馈仿真、业主与设计进行技术决策、参建各方共同参与的数字监控工作模式。

本文阐述了混凝土坝施工期数字监控的三个关键技术，即实时安全监测系统布设方法，基于实时监测资料的温控施工效果评价方法和施工期关键热力学参数的反演方法，介绍了作者所在研究团队在锦屏一级和鲁地拉工程开展的数字监控系统的应用。工程应用表明，特高拱坝施工期数字监控系统，可以为大坝施工质量监控和工作性态评估提供平台，可以提高大坝混凝土施工的智能化水平，降低事故风险，为施工期动态设计提供决策支持。

**参考文献**

[1] 刘耀儒，王峻，杨强，等. 小湾拱坝坝体裂缝对拱坝受力和稳定的影响研究[J]. 岩石力学与工程学报，2010，(6)：1132-1139.

[2] 张雄，汪卫明，陈胜宏. 小湾拱坝坝体裂缝加固措施研究[J]. 岩石力学与工程学报，2011，(4)：657-664.

[3] Weiming Wang, Jianxin Ding, Guojin Wang, et al. Stability analysis of the temperature cracks in Xiaowan arch dam[J]. Science China Technological Sciences, 2011, 54(3): 547-555.

[4] 朱伯芳，混凝土坝的数字监控[J]. 水利水电技术，2008，39(2)：15-18.

[5] 张国新，刘有志，刘毅. 特高拱坝施工期裂缝成因分析与温控防裂措施讨论[J]. 水力发电学报，2010，29(5)：45-51.

[6] 刘毅，张国新，王继敏，等. 特高拱坝施工期数字监控方法、系统与工程应用[J]. 水利水电技术，2012，43(3)：33-37.

[7] 张国新,刘有志,刘毅. 数字大坝朝智能大坝的转变——高坝温控防裂研究进展[C]//中国大坝协会2012 年学术年会论文集,2012,10.

[8] 张国新. SAPTIS:结构多场仿真与非线性分析软件开发及应用(之一)[J]. 水利水电技术,2013,44(1):31-35/44.

[9] 张国新,李松辉,刘毅,等. 数字监控系统及其在鲁地拉工程中的应用[J]. 2012 年度碾压混凝土筑坝技术交流研讨会论文集,2012,5.

# 锦屏二级水电站引水隧洞支护设计与实践

潘益斌　何　江　房敦敏　刘　宁

（中国水电顾问集团华东勘测设计研究院有限公司　浙江　杭州　310014）

**摘要**：锦屏二级水电站4条引水隧洞平均洞线长度16.67 km，采用钻爆法和TBM相结合的施工方案。隧洞开挖洞径12.4～13.4 m，沿线上覆岩体一般埋深1 500～2 000 m。针对工程区域地质条件和岩体力学特征，开展了支护预设计，并根据现场实际开挖揭示情况及施工信息反馈，进行了及时的支护设计调整，吸取现场新材料、新工艺成果，实现了隧洞的安全快速掘进，效果显著，可为类似工程建设提供参考。

**关键字**：锦屏二级　引水隧洞　高地应力　支护

## 1　前　言

锦屏二级水电站总装机容量4 800 MW，位于四川省凉山州境内的雅砻江锦屏大河湾上，4条平行布置的引水隧洞组成的地下洞室群横穿锦屏山，截弯取直、引水发电。引水隧洞平均洞线长16.67 km，隧洞中心距60 m，隧洞沿线上覆岩体一般埋深1 500～2 000 m，最大埋深2 525 m。

电站引水隧洞洞群采用钻爆法和TBM相结合的施工方案。其中，TBM施工洞段累计约12 km，开挖洞径12.4 m；钻爆法开挖洞段累计约55 km，开挖洞径一般为13～13.4 m。引水隧洞地应力量级极高，围岩强度应力比多小于2，隧洞沿线岩体为高储能性大理岩，开挖过程中岩爆和结构应力型坍塌等高地应力破坏较为强烈。如何确保引水隧洞开挖过程中的施工安全、确保高应力条件下隧洞围岩的稳定性和支护结构的可靠度，都对隧洞支护设计提出了较高的要求。

## 2　引水隧洞地质条件概述

引水隧洞从东到西分别穿越盐塘组大理岩（$T_{2y}$）、白山组大理岩（$T_{2b}$）、三叠系上统砂板岩（$T_3$）、杂谷脑组大理岩（$T_{2z}$）、三叠系下统绿泥石片岩和变质中细砂岩（$T_1$）等地层。岩层陡倾，其走向与主构造线方向一致。

引水隧洞埋深大、地应力高，隧洞沿线的岩体主要为大理岩，岩石平均饱和单轴抗压强度65～90 MPa，围岩强度应力比大多小于2，实测岩体岩爆倾向性指数Wet为1.32～5.8，反映了隧洞沿线岩石具有高储能性质，具备发生高地应力破坏的强度条件。

根据现场揭露的情况，引水隧洞开挖过程中破坏方式有高地应力条件下的围岩破坏、一般性围岩破坏及TBM撑靴挤压坍塌破坏三种。其中高地应力条件下围岩破坏类型有：岩爆、应力型破坏（非构造应力型坍塌、构造应力型坍塌、松弛破坏，破坏方式有松弛和坍塌）、软岩变形三大类；而岩爆是高地应力引起围岩破坏的主要形式，而非构造应力型塌坍、构造应力型坍塌两种破坏相对较少。

根据统计，引水隧洞围岩以Ⅲ类为主，约占67%；部分为Ⅱ类，约占27%；局部为Ⅳ类，约占6%；其中因岩爆引起围岩类别降级$Ⅱ_b$、$Ⅲ_b$、$Ⅳ_b$、$Ⅴ_b$所占比例分别为16.8%、5.6%、0.8%、0.1%，引水隧洞的总体成洞条件较好。

## 3　深埋岩体的基本力学特征

研究引水隧洞围岩的力学特征是支护设计的基本依据之一。为此，除现场监测外，设计还选择了典型的白山组大理岩开展了一系列的模型试验，辅以数值分析，以探究针对锦屏工程深埋岩体的力学特征。

图1是六块不同围压条件下锦屏白山组大理岩试样的轴向应力—轴向应变曲线。可以看出围压对白山组大理岩峰后力学特性的影响非常显著，表现在如下几个方面：

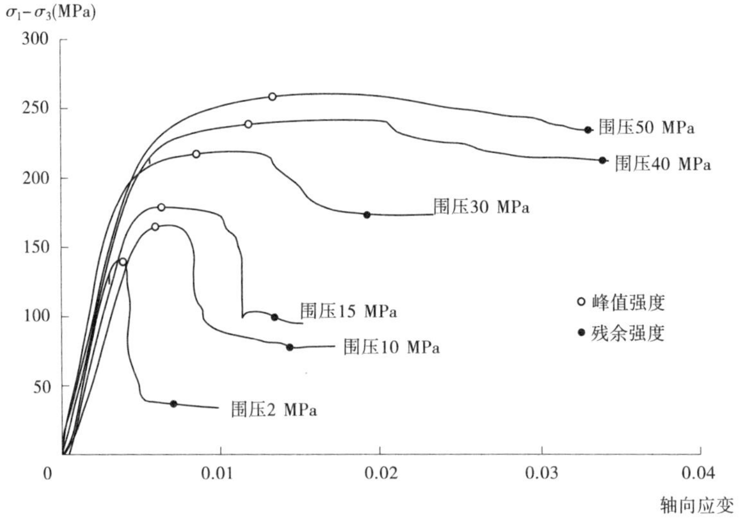


**图1　锦屏二级引水隧洞白山组大理岩三轴试验成果**

(1) 围压增大，峰值强度和残余强度之间的差值随之减小；

(2) 当围压水平超过10 MPa时，应力—应变曲线达到屈服阶段后并不会快速跌落，而会体现出明显的延性特征，且围压水平越高，平缓段越长；

(3) 围压水平较高时，峰值强度向残余强度跌落曲线的斜率明显变缓；

(4) 锦屏白山组大理岩的脆—延转换特征对围压水平非常敏感，一般围压超过6 MPa时，即可以观察到一定的延性特征；

(5) 在较高的围压水平下，白山组大理岩屈服后的应力—应变曲线响应接近于理想塑性材料的力学特征，没有明显的残余强度阶段。

因此，可以认为锦屏白山组深埋大理岩后屈服阶段的应力—应变曲线与围压的关系非常密切，在低围压条件下，应力—应变曲线到达峰值强度后快速跌落，呈现出明显的脆性特征；随着围压的增高，岩样到达峰值强度后并不会快速跌落，延性特征明显增强；围压进一步增高至50 MPa时，岩样的后屈服阶段接近于理想塑性材料的力学响应。因此，可以用脆—延—塑转换来概括白山组深埋大理岩随围压的变化所展现出来的峰后屈服特征，这为确定引水隧洞支护原则和方案提供了理论支撑。

## 4　引水隧洞支护设计原则

引水隧洞支护设计将遵循围岩的稳定性主要依靠围岩的“自承”能力，围岩是主要承载结构、喷锚支护起辅助作用的设计思想，充分考虑发挥围岩的承载能力，通过及时的采用喷锚支护加固围岩，确保隧洞内表层松动圈围岩稳定性，使之能给内部围岩提供三轴围压状态，依靠三轴围压应力状态下的内部围岩自身来承担隧洞开挖卸载地应力，从而确保引水隧洞在深埋高地应力条件下的安全稳定性。弹塑性围岩应力状态见图2。

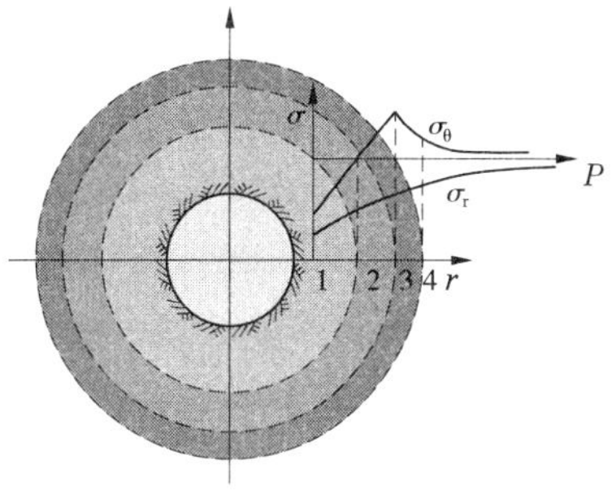


1～2—塑性区；3～4—弹性区；1—松动区；2～3—承载区；4—初始应力区

**图2　弹塑性围岩应力状态图**

地下支护设计没有唯一正确的方法，支护设计体现的是在正确理解围岩开挖响应和各种支护措施的特点以后如何“合理”选择这些支护手段。支护设计中最常用的工作思路是先利用某种经验设计获得支护类型和方式以及对基本支护参数的认识，然后再考虑到实际工程的具体特点对这些支护类型和参数进行调整和完善，使其更符合现实条件。判断支护设计是否合理的一个依据是现场隧洞开挖后围岩的响应，另一个是典型断面紧跟掌子面的围岩变形测量，二者是确定是否需要修正支护设计及如何修正支护参数的可靠依据。

鉴于引水隧洞总体成洞条件好的基本地质评价，锦屏二级引水隧洞除断层破碎带及软岩等不良地质洞段需加强支护外，一般洞段主要采取喷锚支护作为确保围岩稳定的手段。

## 5　TBM施工与钻爆法施工对引水隧洞围岩稳定性的影响及应对

锦屏二级水电站采用钻爆法和TBM相结合的施工方案。在锦屏深埋高地应力条件下，针对钻爆法施工与TBM施工两种工法在围岩稳定性方面的影响，以及是否需要采取不同的支护手段，需要进行专项的研究，并根据实际施工情况进行调整。

前期数值模拟计算分析表明，一般情况TBM施工对围岩稳定性会展现出略有利的一面，但是两种工法的差别大约在10%的范围内，并不足以影响到支护参数上的改变。而且当围岩应力较高时，TBM施工对围岩扰动小反而使围岩释放能量小而容易积累更高能量，使岩爆破坏的可能性与影响程度加大。

引水隧洞的开挖实践基本验证了以上认识，但根据两种施工工艺所配备的进与支护设备的特点与能力，仍有必要在TBM施工洞段支护方案上有所区别。主要体现如下两个方面：

（1）在TBM施工洞段受设备条件限制，初期支护中无法实施长锚杆，而需要通过在初期实施更为密集的短锚杆并通过锚杆改型使其具备及时支护能力以限制围岩松弛，后期针对性补充长锚杆以维持洞室永久稳定。

（2）实施对设备正常掘进影响更小的新型高性能材料喷射混凝土，并在后期根据实际情况予以全断面混凝土衬砌和固结灌浆加强。

通过以上两个方面的调整，可以实现TBM在深埋岩体中的安全、快速掘进，综合效益显著。

## 6　新材料、新工艺在引水隧洞支护设计中的应用

实践证明,为实现深埋高应力条件下的长、大引水隧洞安全快速施工,采取一些性能好、质量好的新型支护材料是必要的。锦屏二级引水隧洞工程施工阶段,参建各方开展了一系列新材料、新工艺试验工作,并及时应用到工程中,效果显著,反响良好。

### 6.1　涨壳式预应力中空注浆锚杆

如图 3 所示,这种锚杆采用长延伸率空心杆体,有利于提高注浆饱满度。末端配置涨壳头,可及时施加预应力,以在未注浆情况下实现快速支护。

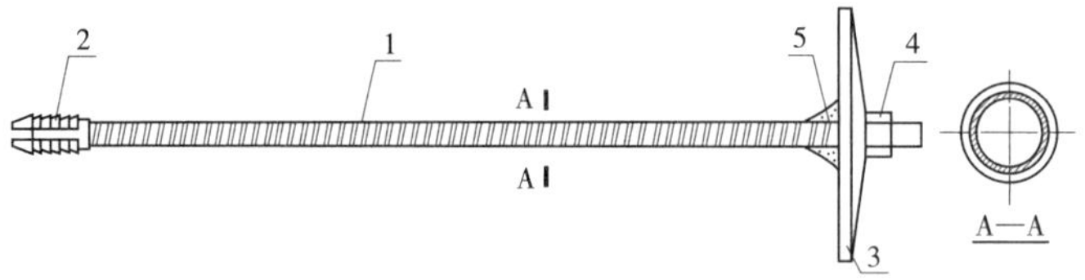


1—中空锚杆杆体;2—钢质涨壳锚头;3—钢垫板;4—螺母;5—止浆塞

**图 3　涨壳式预应力中空注浆锚杆结构示意图**

涨壳式预应力中空注浆锚杆特别适用于高地应力潜在岩爆洞段的支护,其及时施加的预应力结合喷层支护可减少洞室围岩的松弛破坏,利于洞室的稳定,且可实现永临结合,综合经济效益显著。

### 6.2　无机纳米新型喷射混凝土

深埋条件下隧洞应力松弛现象较为显著,常规的喷射混凝土材料由于受制于混凝土初凝时间要求无法及时提供支护力,且一次性喷射厚度较薄,支护效果欠佳。为此,锦屏工程引入无机纳米新型喷射混凝土材料,这种材料起强快(1 d 龄期抗压强度即可超过 5 MPa)、性能好(抗拉及抗折强度高)、与围岩黏结强度较好、一次喷射厚度大,辅以钢纤维等材料更可以具备良好的抗裂抗冲击韧性。

实践证明,无机纳米新型喷射混凝土材料较适合于类似锦屏工程这样的深埋隧洞支护施工,效果显著,可在类似工程中推广应用。

### 6.3　柔性钢丝网

钢丝网与喷射混凝土配合,可以为围岩有效提供支护力,并确保喷层施工厚度。但由于其挂设工艺较为复杂,也成为制约支护进度的因素之一。而柔性钢丝网重量轻、强度高,因此单片面积大、挂设速度快,且挂设后与岩面紧贴,支护效果明显,特别适合于施工速度较快的 TBM 开挖洞段。

## 7　引水隧洞支护设计方案及实施

引水隧洞的支护设计是一项根据现场施工和监测情况逐步调整、完善的工作。特别是现场施工反馈,是确定支护效果好坏以及改进方向的重要过程。

锦屏二级引水隧洞自 2007 年正式开始掘进,至 2012 年底实现全部 4 条引水隧洞的贯通,单洞月均综合掘进超过 230 m,积累了大量的实践认识。实践证明,前期设计预测的地质情况与实际情况较为吻合,围岩稳定性分析及相应的隧洞布置较为准确合理,支护后围岩实测松弛圈深度大部分在 2 ~ 3 m 之间、局部增加到 4 m 左右,支护预设计基本满足要求。

同时，针对现场情况和施工反馈成果，进行了必要的设计方案调整，最终确定系统布置 6 m 长锚杆 + 挂网喷射 15 ~ 20 cm 厚混凝土；潜在岩爆洞段及时施工涨壳式预应力中空注浆锚杆，并采用掺加钢纤维的无机纳米混凝土等高性能材料；断层破碎带及软岩洞段加强设计的整体设计方案。典型支护设计如图 4 所示。

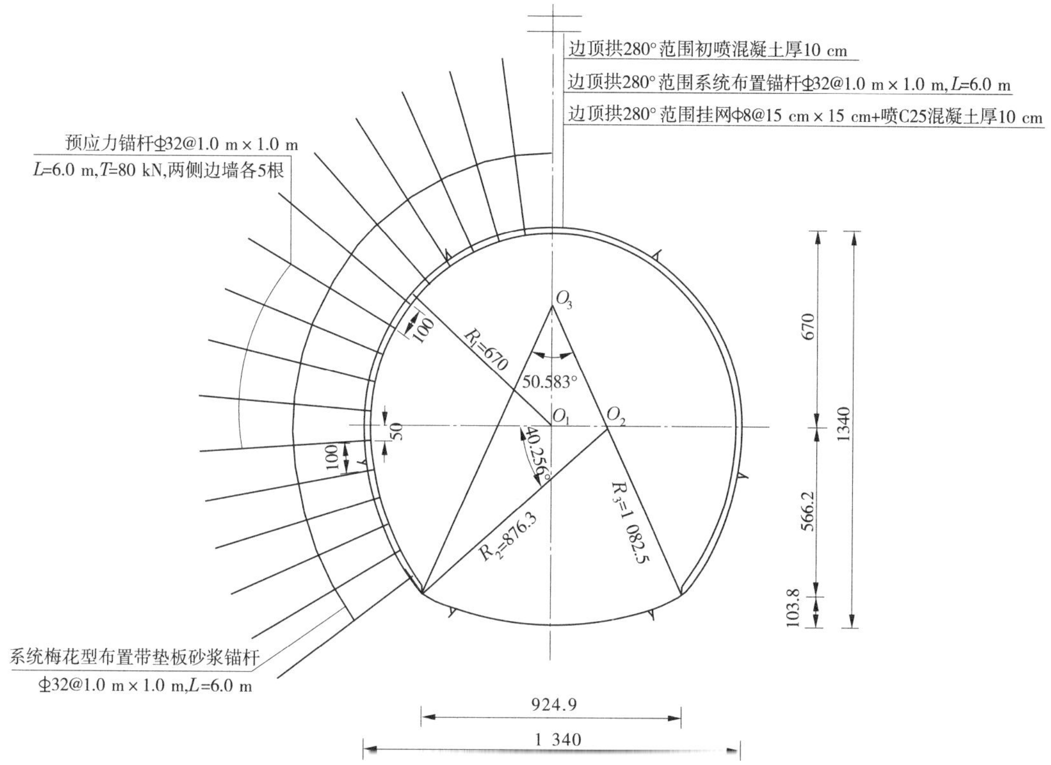


**图 4　引水隧洞白山组大理岩钻爆法洞段Ⅲb 类围岩洞段支护图**　(单位:cm)

## 8　结　语

锦屏二级水电站装机规模大、工程等级高，引水隧洞埋深大、地应力量级高、工程地质条件复杂，施工安全风险较大，确保围岩稳定和施工期的安全是参建各方关注的焦点。针对引水隧洞岩体力学特性，结合现场开挖揭示地质条件和施工信息反馈，积极开展新工艺、新材料试验，并及时调整支护设计方案，是确保设计目标实现的流程保障。从施工效果和目前已取得的监测资料分析，锦屏二级引水隧洞支护设计是成功的，实现了累计近 70 km 长的长大引水隧洞洞群的围岩稳定，并取得了综合的社会、经济效益，成果显著，可为类似工程提供有益参考。

# 卡拉水电站坝基绢英岩化板岩影响分析及加固设计

吴伟伟　李英勇　高雅芬　史　彬

（中国水电顾问集团华东勘测设计研究院有限公司　浙江　杭州　310014）

**摘要**：卡拉水电站左岸坝基分布有一定范围绢英岩化板岩，其岩性软弱，物理力学参数非常低，且遇水泥化，对大坝的安全可能存在不利影响。本文采用刚体法及有限元法分析了其对大坝的不利影响，论证了处理的必要性；然后结合地质资料及类似工程经验，确定了绢英岩化板岩的处理标准和处理思路，并通过计算分析研究，选定了坝轴线前移的处理方案。计算分析表明，通过坝轴线前移15 m、坝基加强固结灌浆、绢英岩化板岩灌浆封闭等措施，大坝基础满足设计要求。

**关键词**：卡拉水电站　绢英岩化板岩　坝基稳定　基础处理　加固设计

## 1　前　言

卡拉水电站位于四川省凉山彝族自治州木里藏族自治县境内的雅砻江干流河段上，雅砻江中游河段一库七级的第七级水电站，电站装机容量980 MW。水库正常蓄水位1 987.00 m，总库容2.47亿$m^3$，调节库容0.37亿$m^3$，为日调节水库。电站枢纽由碾压混凝土重力坝、坝身泄洪建筑物、坝下消力池及右岸引水发电等建筑物组成，其中碾压混凝土重力坝最大坝高126.00 m。

坝址地处深山峡谷区，自然边坡高陡，岩体卸荷强烈，工程地质条件复杂。坝址区为顺向谷，岩层倾向左岸，左岸为典型的反向坡，坝基岩体主要为变质砂岩及砂质板岩。左岸坝下分布的绢英岩化板岩岩性软弱，可能成为大坝深层抗滑稳定的下游临空面，影响大坝的深层稳定[1]；此外，虽然绢英岩化板岩未分布于坝基内，但距离大坝较近，可能影响坝基的整体性、均匀性及耐久性[2]，从而影响大坝的持久安全运行。因此，左岸坝基绢英岩化板岩地质缺陷处理成为本工程的关键技术问题之一。

## 2　绢英岩化板岩的分布及地质特征

### 2.1　绢英岩化板岩的分布

坝址区绢英岩化板岩发育于左岸3#～6#坝段下游（与3#坝段距离最近，仅5 m；距4#坝段25～50 m，距5#、6#坝段40～60 m），上、下游长约160 m，宽20～75 m，下游向河床方向延伸，底高程1 890 m～1 820 m，越向下游越深，分布最大投影面积约5 260 $m^2$，见图1。

### 2.2　绢英岩化板岩的地质特征

绢英岩化板岩原岩为泥质含细砂粉砂岩，外观与变质砂岩、砂质板岩差别不大，岩层产状与正常的岩层也基本一致，但岩性较软弱，可用手捏碎，锤击哑声。绢英岩化板岩段的透水率一般为0.62～1.88 Lu，属于弱透水层，岩体内的裂隙不发育，基本为闭合状，渗透性较差，但绢英岩化板岩与围岩接触带处较破碎，渗透性较好。

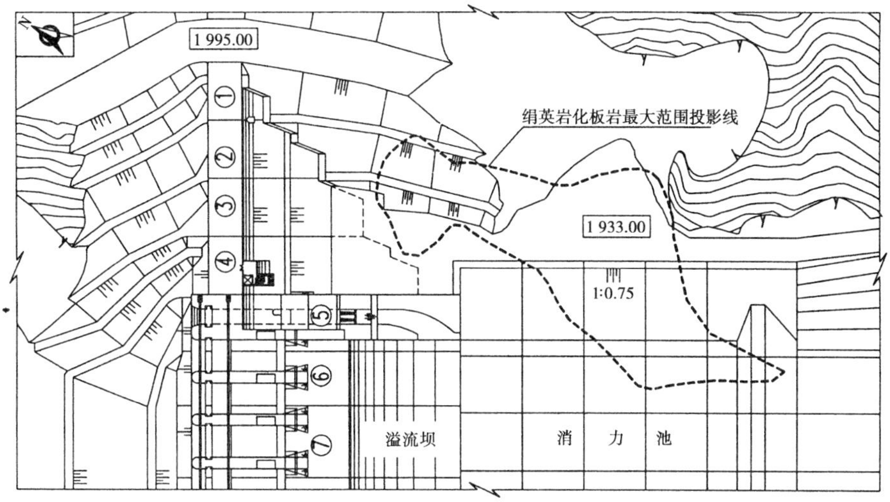


(a)绢英岩化板岩平面投影分布图

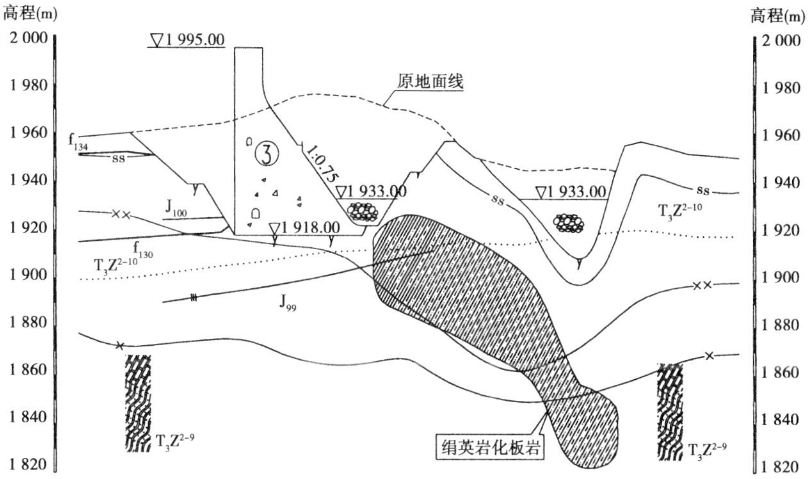


(b)3#坝段典型剖面图

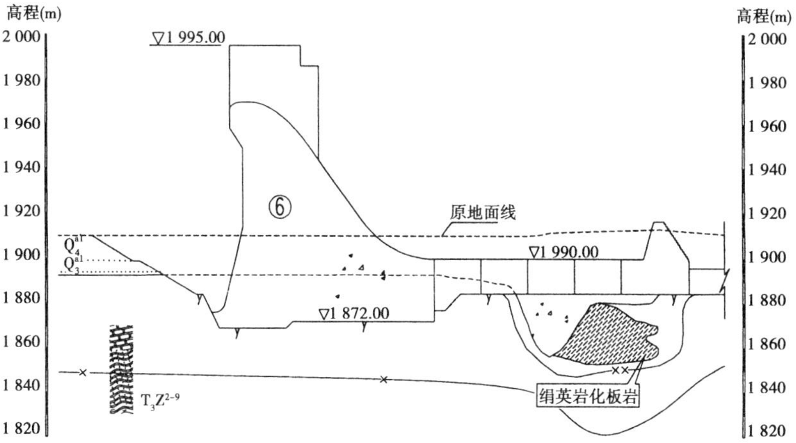


(c)6#坝段典型剖面图

**图1 左岸绢英岩化板岩分布图**

绢英岩化板岩力学参数地质建议值如下：饱和单轴抗压强度1～3 MPa，泊松比0.35；软化系数0.38；变形模量0.04～0.05 GPa；岩/混凝土$f'=0.45\sim0.55$，$C'=0.1\sim0.2$ MPa；岩/岩$f'=0.40\sim0.50$，$C'=0.1\sim0.25$ MPa。

## 3 绢英岩化板岩对大坝影响分析及处理必要性研究

根据勘测资料可知，3#坝段坝基存在缓倾上游结构面$J_{99}$（见图1(b)），因此由于坝下存在软弱的绢英岩化板岩，需分析其对3#坝段的深层抗滑稳定的影响；而4#～6#坝段坝基尚未发现明显的缓倾结构面。故本节首先采用刚体极限平衡法分析3#坝段坝基深层抗滑稳定性，再进一步采用有限元方法分析绢英岩化板岩对大坝应力及变形的影响，最后综合评定绢英岩化板岩对大坝的影响，论证工程处理的必要性。

### 3.1 刚体极限平衡计算

3#坝段坝基深层滑动以$J_{99}$作为底滑面、绢英岩化板岩作为下游临空面、断层$f_{130}$作为侧滑面，结合上游坝踵拉裂面，构成坝基深层单滑面滑移模式，滑动块体见图2。

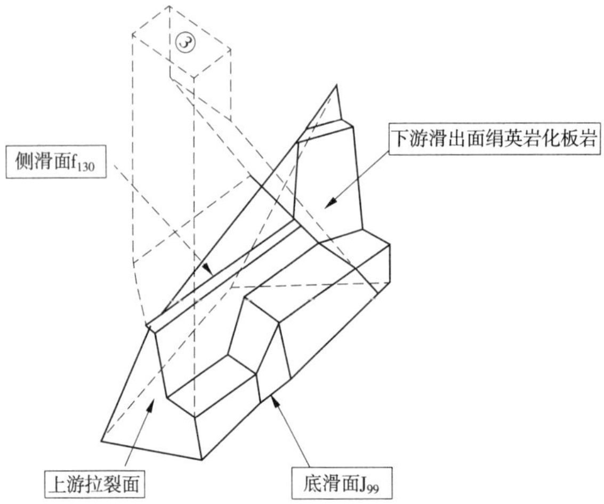


**图2 左岸3#坝段坝基深层滑移块体**

各边界结构面计算参数见表1，采用刚体极限平衡法对3#坝段进行稳定性分析，计算成果如表2。从表2可知，3#坝段坝基深层抗滑稳定满足规范要求。

**表1 3#坝段深层抗滑稳定计算参数**

| 结构面 | 密度(g/cm$^3$) | $f'$ | $C'$(MPa) |
|---|---|---|---|
| $f_{130}$ | 2.30 | 0.42 | 0.11 |
| $J_{99}$ | 2.35 | 0.50 | 0.12 |

**表2 左岸3#坝段深层抗滑稳定计算成果**

| 工况 | 作用效应$\gamma_0\psi S(\cdot)$(MN) | 抗力$R(\cdot)/\gamma_d$(MN) | 是否满足规范要求 |
|---|---|---|---|
| 正常蓄水位 | 743.0 | 896.0 | 满足 |
| 校核洪水位 | 653.6 | 757.2 | 满足 |
| 设计地震 | 836.5 | 896.0 | 满足 |

### 3.2　平面有限元计算

由于绢英岩化板岩与3#坝段的距离最近，而距离4#～6#坝段相对较远，故选取3#坝段分析绢英岩化板岩对大坝应力、变形的影响。采用有限元法对3#坝段进行了"天然地基"与"理想地基"两种情况的对比分析，"理想地基"情况假定坝下无绢英岩化板岩，绢英岩化板岩范围的岩体参数按Ⅲ$_1$类岩体考虑。

二维有限元计算采用线弹性有限元模型，计算范围自坝踵向上游延伸80 m，约1倍坝高，自坝趾向下游延伸120 m，约1.5倍坝高，基础深度自建基面以下取120 m，约1.5倍坝高，坝基上、下游边坡及底部边界均取法向约束。

选取正常蓄水位工况作为代表计算工况，计算荷载包括上、下游水压力、淤沙压力、扬压力和自重。计算材料参数见表3。

**表3　材料参数表**

| 岩体或结构面 | 密度($g/cm^3$) | 变形模量(GPa) | 泊松比 |
|---|---|---|---|
| 混凝土 | 24.00 | 25.50 | 0.167 |
| Ⅲ$_1$类岩体 | 2.76 | 13 | 0.230 |
| 绢英岩化板岩 | 1.98 | 0.05 | 0.35 |

计算结果见表4及图3、图4，通过分析可以看出：

(1)受坝后绢英岩化板岩的影响，3#坝段的坝顶顺河向位移和坝趾竖直向位移明显加大。

(2)受坝后绢英岩化板岩的影响，3#坝段坝踵竖向应力由压应力变为拉应力，坝踵基岩水平向拉应力区范围加大；坝趾竖向应力在绢英岩化板岩上游出现应力集中，坝趾基岩水平向压应力减小。

**表4　坝体位移对比**

| 位移(mm) | 理想地基(mm) | 天然地基(mm) | 增大百分比(%) |
|---|---|---|---|
| 坝顶顺河向位移 | 6.8 | 10.8 | 58.8 |
| 坝趾竖向位移 | 3.7 | 5.1 | 37.8 |

注：增大百分比=(天然地基－理想地基)/理想地基×100%

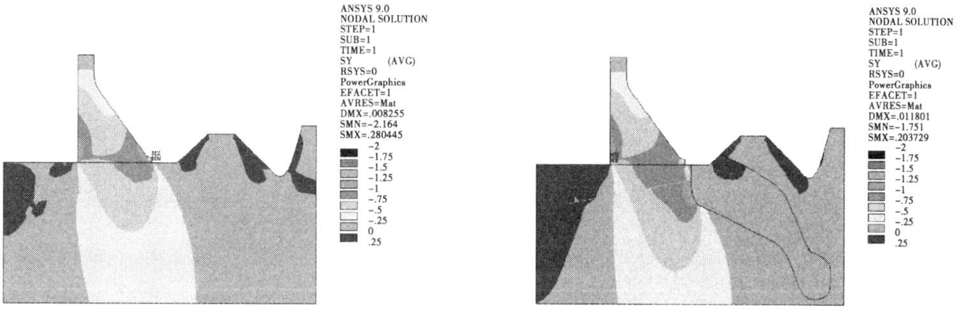


(a)理想地基　　(b)天然地基

**图3　3#坝段竖向应力分布图**

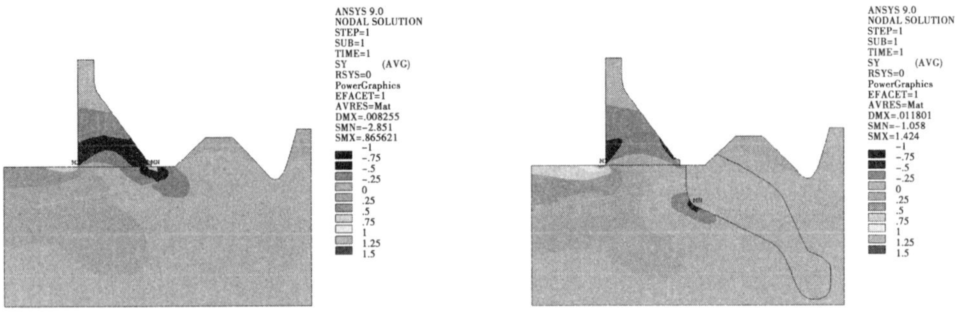


(a)理想地基　　　　(b)天然地基

**图4　3[#]坝段水平应力分布图**

### 3.3　处理必要性分析

通过以上的计算分析可见，虽然3[#]坝段坝基以绢英岩化板岩作为下游临空面的深层抗滑稳定满足规范要求，但受坝后绢英岩化板岩的影响，3[#]坝段坝体位移明显加大，坝基应力不能均匀向下游扩散，出现坝踵受拉、坝趾应力集中等不利受力状态；且一旦绢英岩化板岩上游坝趾区岩体在大坝挡水作用下发生卸荷松弛、强度降低，绢英岩化板岩对大坝的影响将进一步加大。

因此，为保证大坝的长久安全运行，采取适当的措施消除绢英岩化板岩对左岸坝段尤其是3[#]坝段的不利影响是必要的。

## 4　处理方案研究

坝基绢英岩化板岩的处理标准应使大坝的应力及变形基本达到或接近坝基无绢英岩化板岩的状态。根据国内外类似工程的设计经验，对于坝基的软弱岩体常用的处理措施主要有置换、灌浆等[1]。本工程绢英岩化板岩分布左岸岸坡坡脚位置，置换施工难度大，且对坝基及边坡的扰动较大；而绢英岩化板岩岩体本身渗透性很低，且其原岩中无硬岩颗粒，可灌性及灌浆效果未知。因此，本工程绢英岩化板岩的处理思路主要以“避让为主，加固为辅”，通过大坝体型或坝轴线位置前移尽量使大坝远离绢英岩化板岩，减小其对大坝的不利影响，同时采取适当措施对其进行加固处理。

### 4.1　大坝体型调整方案

首先考虑不调坝轴线，而通过调整大坝体型使其适应不良的工程地质条件。大坝下游坝坡由1∶0.75调整为1∶0.6，为保持坝基宽度、维持大坝稳定，在大坝上游增加折坡，折坡点高程1 960.00 m，上游坝坡1∶0.25，体型调整后坝趾与绢英岩化板岩的距离由5 m增加到16 m。体型调整方案3[#]坝段剖面见图5。

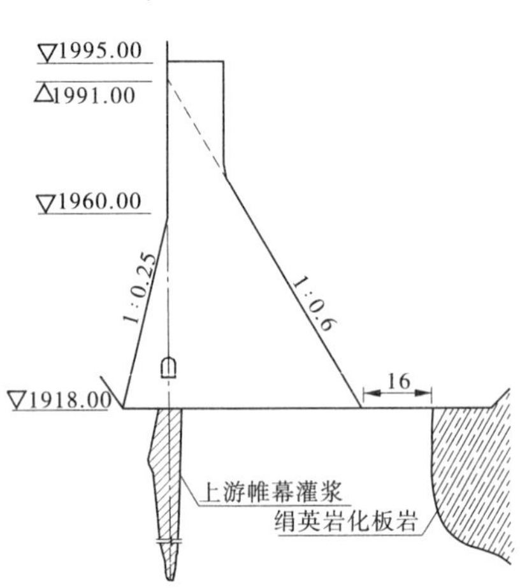


**图5　体型调整方案3[#]坝段剖面图**

同样，采用平面有限元法进行了“天然地基”与“理想地基”两种情况的对比分析（正常蓄水位工况），计算结果见表5及图6。通过分析可以看出：

(1)体型调整方案大坝位移受绢英岩化板岩的

影响明显减小;由于大坝中上部体型较原方案单薄,坝顶顺河向位移增大。

**表5　坝体位移对比**

| 位移 | 理想地基(mm) | 天然地基(mm) | 增大百分比(%) |
|---|---|---|---|
| 坝顶顺河向位移 | 10.9 | 12.6 | 15.6 |
| 坝趾竖向位移 | 4.3 | 4.8 | 11.6 |

注:增大百分比=(天然地基-理想地基)/理想地基×100%

(2)体型调整方案坝趾竖向压应力明显增大,坝踵受拉的问题仍然存在,坝基应力分布改善不明显。

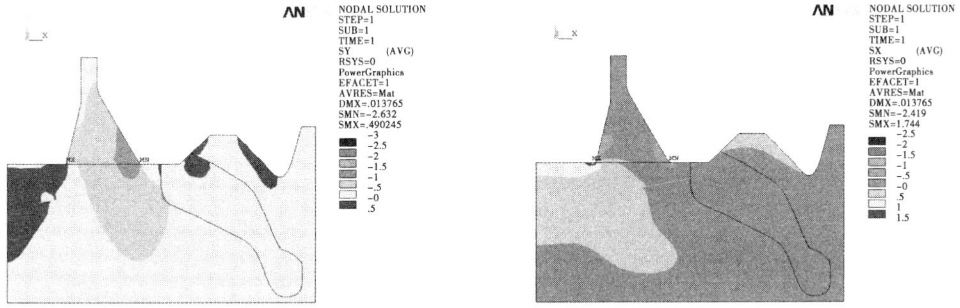


(a)竖向应力　　(b)水平向应力

**图6　体型调整方案3[#]坝段应力分布图**

## 4.2　坝轴线前移方案

由于受上游边坡地质条件及施工布置条件制约,大坝坝轴线上移的距离不宜超过20 m。因此,假定了坝轴线前移10 m、15 m、20 m三种情况,采用平面有限元法对进行了"天然地基"与"理想地基"两种情况的对比分析(正常蓄水位工况),计算成果见表6、表7和图7~图9。

**表6　坝体位移对比**

| 前移距离(m) | 坝顶顺河向位移 $U_X$ | | | 坝趾竖向位移 $U_Y$ | | |
|---|---|---|---|---|---|---|
| | 天然地基(mm) | 理想地基(mm) | 增大百分比(%) | 天然地基(mm) | 理想地基(mm) | 增大百分比(%) |
| 0 | 10.8 | 6.8 | 59 | 5.1 | 3.7 | 37.8 |
| 10 | 8.5 | 6.8 | 25 | 4.1 | 3.7 | 10.8 |
| 15 | 7.9 | 6.8 | 16 | 3.9 | 3.7 | 5.4 |
| 20 | 7.5 | 6.8 | 10 | 3.8 | 3.7 | 2.7 |

注:增大百分比=(天然地基-理想地基)/理想地基×100%。

**表7　坝体应力对比**

| 前移距离(m) | 坝踵竖向应力(MPa) | | | 坝趾竖向压应力(MPa) | | |
|---|---|---|---|---|---|---|
| | 天然地基 | 理想地基 | 增大百分比(%) | 天然地基 | 理想地基 | 增大百分比(%) |
| 0 | -0.37 | -1.02 | -63.7 | -1.02 | -2.16 | -52.8 |
| 10 | -0.77 | -1.01 | -23.8 | -1.80 | -2.16 | -16.7 |
| 15 | -0.83 | -1.00 | -17 | -1.91 | -2.16 | -11.6 |
| 20 | -0.84 | -0.99 | -15.2 | -1.92 | -2.17 | -11.5 |

注:表中应力负为压应力;增大百分比=(天然地基-理想地基)/理想地基×100%。

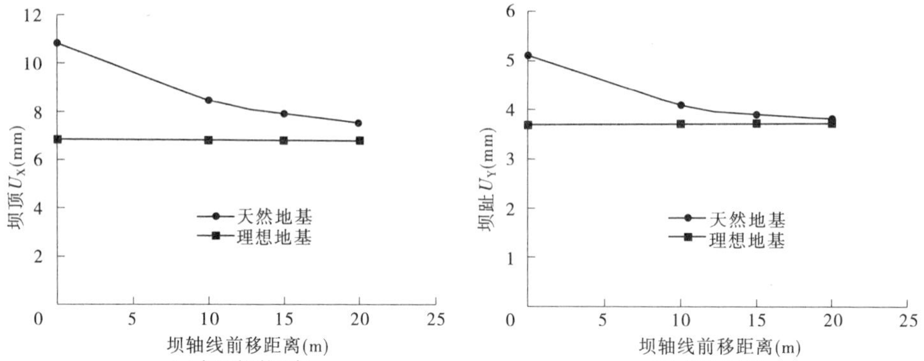


(a)坝顶顺河向　　(b)坝趾竖向

**图7　坝体位移与坝轴线前移距离关系**

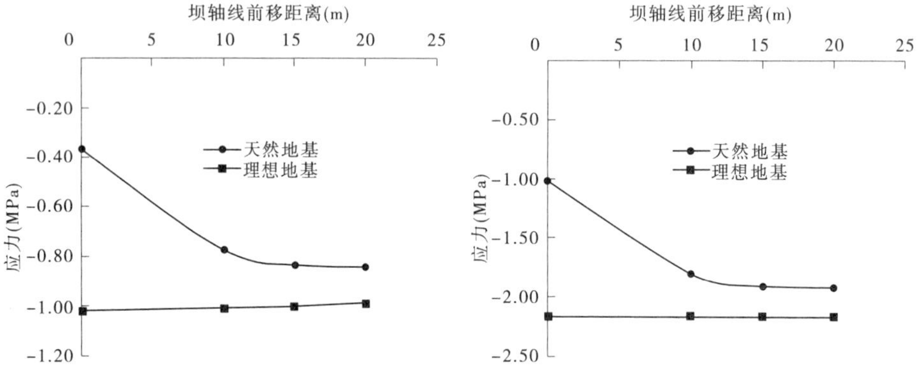


(a)坝踵竖向应力　　(b)坝趾竖向应力

**图8　坝基应力与坝轴线前移距离关系**

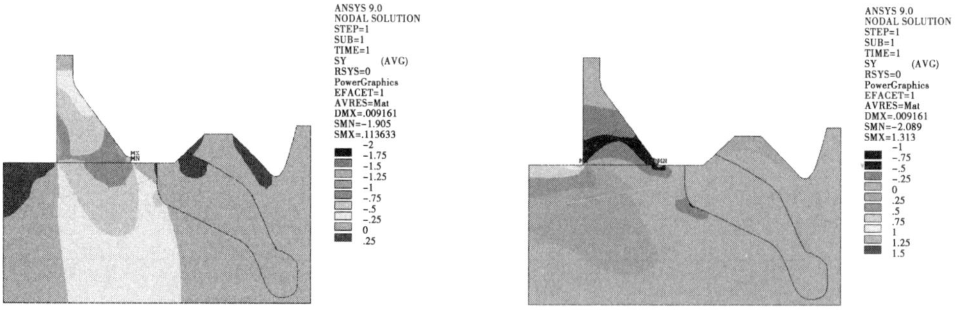


(a)竖向应力　　(b)水平向应力

**图9　坝轴线前移15 m方案3[#]坝段应力分布图**

通过计算分析可以看出：

(1)大坝与绢英岩化板岩的距离越大，绢英岩化板岩对其应力、变形影响越小；

(2)坝轴线前移15 m后的坝体位移及应力与坝后无绢英岩化板岩的情况差别已在17%以内，而再上移至20 m处，位移及应力情况继续改善不明显，前移15 m处基本为拐点。

### 4.3　方案选择及加固设计

从两个方案的计算分析可知,体型调整方案对大坝的应力和变形改善不明显,而坝轴线前移方案当坝轴线前移距离大于15 m后,绢英岩化板岩对大坝影响已较小。虽然大坝与绢英岩化板岩的距离越远越好,但越往上游越靠近左岸上游大壁沟,左岸边坡的地质条件越差,对大坝的坝基及边坡稳定反而不利,上游围堰左岸坡防渗难度也增大。因此,选定坝轴线前移15 m方案。

此外,为消除绢英岩化板岩对坝基的不利影响,对左岸3#~6#坝段坝基固结进行加强,加大灌浆深度,并扩大坝基固结灌浆范围,对坝基下游20 m、绢英岩化板岩上游岩体进行固结灌浆,提高坝基的岩体质量。同时,为防止绢英岩化板岩在水的长期作用下性状发生恶化,对绢英岩化板岩周边采用水泥灌浆进行封闭,减少地下水入渗;对于开挖出露部位,及时采用1 m厚的混凝土板进行封闭,并做好其周边截排水措施。

## 5　结　语

卡拉水电站坝基地质条件复杂,特别是左岸坝下的绢英岩化板岩,关系到大坝的持久安全运行。通过研究和分析计算,搞清了其对大坝应力和变形的不利影响,确定了坝轴线前移避让、坝基固结灌浆加强及坝后绢英岩化板岩封闭保护相结合的处理方案,处理后大坝稳定、应力及变形均满足要求。此外,在大坝及消力池等建筑物设计中应尽量少对其进行开挖揭露,维持其天然存赋状态;同时,在施工过程中应尽量减少对其扰动。

**参考文献**

[1] 周剑平,钮新强,贾金生,等.重力坝设计二十年[M].北京:中国水利水电出版社,2008.
[2] 混凝土重力坝设计规范(DL 5108—1999)[S].

# 卡拉地下厂房位置及轴线方向选择

鲍利发 陈建林

（中国水电顾问集团华东勘测设计研究院有限公司 浙江 杭州 310014）

**摘要**：根据地质条件及水工布置特点，通过比较确定了卡拉水电站地下厂房位置，结合节理、地应力、枢纽布置、运行要求确定了轴线方向。

**关键词**：卡拉水电站 地下厂房 位置 轴线方向 围岩稳定

## 1 概 述

卡拉水电站位于四川省凉山彝族自治州木里藏族自治县境内的雅砻江干流河段上，是雅砻江干流中游两河口—卡拉河段水电开发规划一库七级的第七级水电站，电站装机容量980 MW，为二等大(2)型工程。地下厂房位于右岸山体内，采用首部开发方式，主副厂房洞开挖尺寸(长×宽×高)232.6 m×28 m×75.18 m，三大洞室平行布置，主副厂房洞与主变洞的间距为50.0 m，主变洞与尾水调压室的间距为45.0 m。

## 2 工程地质条件

坝址区山体雄厚，边坡高陡，地形基本对称，呈“V”形，为典型高山峡谷地貌。右岸地层主要为中生界三叠系上统杂谷脑组第二段第1～第9小段，岩性以变质砂岩、砂质板岩、大理岩夹含炭质板岩为主，岩层总体产状N20°～40°W NE∠45°～70°，为顺向坡。

厂区地下水、构造发育，整体地质条件较差。地质平硐共揭露断层60条、石英脉4条、含炭质板岩条带3条，其中Ⅱ级结构面5条，Ⅲ级结构面20条，Ⅳ级结构面35条。厂区岩体受构造影响较强烈，完整性差、较破碎，围岩类别以$Ⅲ_1$、$Ⅲ_2$类为主。

厂区最大主应力$\sigma_1$=5.68～11.30 MPa，最大主应力水平投影方向为N44°W～N81°W，属于中－低应力区。

## 3 厂房位置选择

右岸地下厂房选定首部开发方式，厂房位置选择主要考虑以下因素：①压力管道不设上游调压室；②尽量避开或减小$T_3Z^{2-2}$(砂质板岩夹黏土板岩条带，薄层状)、$T_3Z^{2-5}$(砂质板岩、含炭质板岩互层，薄层－互层状)地层及Ⅱ级结构面$F_{75}$、$F_{152}$、$F_{160}$、$F_{209}$、、$F_{242}$等主要不利地质因素对地下厂房的影响；③协调好与右岸2条导流洞之间的关系；④枢纽布置顺畅。基于以上因素，厂房位置拟订了两个可行方案进行综合比选，两方案平面布置见图1、图2，各辅助洞室未示，地质构造根据1 950 m高程平切图展布。

### 3.1 厂房位置方案一

厂房埋深为260～390 m，厂房轴线N85°W，与岩层走向夹角为45°～65°。厂房避开了

$F_{152}$、$F_{75}$两条断层，安装场端墙距 $F_{152}$断层最近约 8 m，$F_{160}$切过安装场上游角局部，$F_{209}$斜穿主变洞、尾水调压室，$F_{242}$在尾水调压室中部及主变洞右端部出露；$T_3Z^{2-5}$地层分布在边墙较矮的安装场段，$T_3Z^{2-2}$地层仅在副厂房中下部出露；引水发电系统布置顺畅，辅助洞室长度较短；地下厂房洞室群与两条导流洞在布置上互不干扰。

$F_{209}$、$F_{242}$倾角陡，与本方案洞室交角较大，影响范围有限，可进行有针对性的加强支护处理。本方案安装场段岩梁以下边墙和端墙采用系统喷锚加钢筋混凝土衬砌的复合支护型式，且副厂房中下部开挖时厂房外围的先行施工的排水廊道系统已基本完成，故 $T_3Z^{2-2}$、$T_3Z^{2-5}$对本方案的不利影响基本受控。

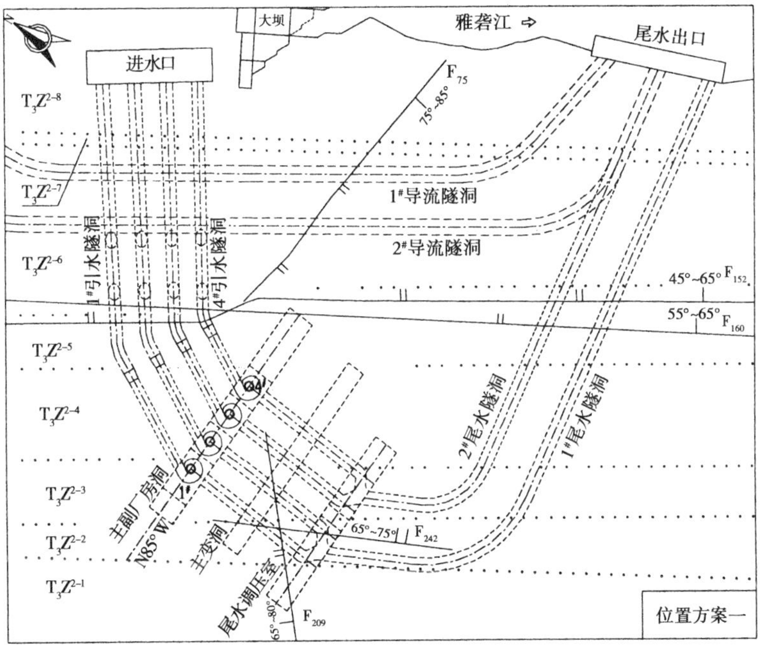


**图 1　厂房位置方案一平面布置图**

## 3.2　厂房位置方案二

在方案一的基础上，将厂房进一步往山内侧移动以避开 $T_3Z^{2-5}$地层，为满足上游不设调压室的条件，厂房轴线须顺时针旋转。

厂房埋深约 325 ~ 365 m，厂房轴线 N42°W，与岩层夹角为 2° ~ 22°；厂房避开了 $F_{75}$、$F_{152}$、$F_{160}$断层、$T_3Z^{2-5}$地层，$F_{209}$断层横穿主变洞、尾水调压室，$F_{242}$断层在尾水调压室端头出露；厂区优势节理以陡倾角、顺层发育的节理为主，本方案厂房轴线与岩层夹角过小，对高边墙稳定极为不利，且厂房内移后 $T_3Z^{2-2}$地层的影响范围显著加大，主变洞部分及尾水调压室大部处在 $T_3Z^{2-2}$地层中；枢纽布置不畅，尾水长导致尾水调压室规模较大；地下厂房洞室群与两条导流洞在布置上互不干扰。

## 3.3　厂房位置方案比选

综上所述，受地质条件和枢纽布置影响，厂房位置可调整的余地不大。综合地质条件、枢纽布置、水力条件、围岩稳定等因素，地下厂房位置推荐方案一。厂房位置选择方案具体比较见表 1。

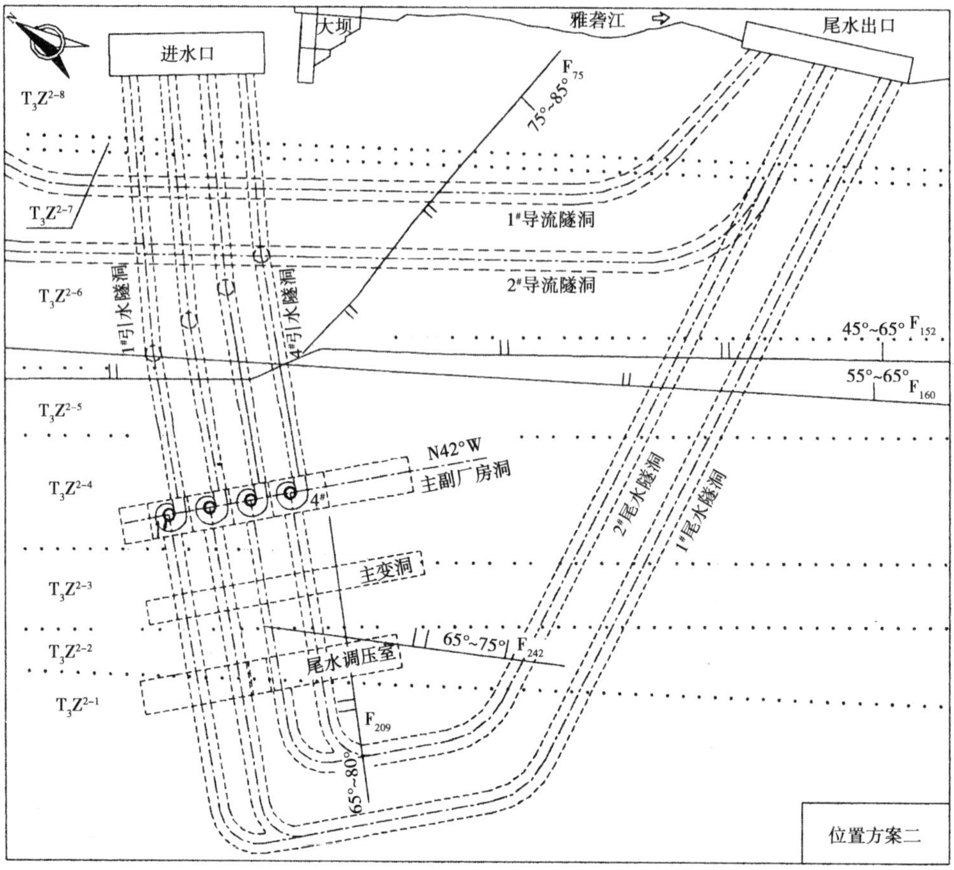


**图 2　厂房位置方案二平面布置图**

**表 1　厂房位置选择方案比较表**

| 项目 | 厂房位置方案一 | 厂房位置方案二 | 比选意见 |
|---|---|---|---|
| 厂房纵轴线与岩层（N20°～40°W NE∠45°～70°）夹角 | 轴线方向 N85°W，与岩层交角 45°～65° | 轴线方向 N42°W，与岩层交角 2°～22° | 方案一优 |
| 主要不利构造 | $F_{209}$、$F_{242}$ 断层及 $T_3Z^{2-5}$、$T_3Z^{2-2}$地层 | $F_{209}$、$F_{242}$断层及 $T_3Z^{2-2}$地层 | 基本相当 |
| 输水系统布置 | 尾水相对较短 | 尾水长，尾调规模相对较大 | 方案一优 |
| 与导流洞的位置关系 | 无干扰 | 无干扰 | 相当 |

方案一厂房位置若向山外移动，会加剧 $F_{152}$、$F_{160}$断层、$T_3Z^{2-5}$地层的不利影响；厂房若向山内移动，受引水系统不设调压井的限制，厂房仍不能完全避开 $T_3Z^{2-5}$地层，且 $T_3Z^{2-2}$地层的不利影响会显著增加；厂房若向上游侧移动，则受制于 $F_{152}$、$F_{160}$断层；厂房若向下游侧移动，则受制于引水系统不设调压室的限制，也会加剧 $F_{242}$的不利影响。因此，方案一地下厂房的位置是合适的。

## 4　厂房纵轴线方向选择

卡拉厂区为中低地应力区，厂房纵轴线方向选择以纵轴线与主要构造弱面呈较大夹角、满足枢纽布置协调布置和运行要求为基本原则，适当兼顾与最大主应力水平投影方向的夹角[1]。

选定厂房位置处，厂房纵轴线若顺时针转动，虽能减少引水隧洞长度，但纵轴线与结构面夹角会进一步减小，厂区结构面发育，对围岩稳定不利，同时会增加尾水长度需加大尾调；若逆时针转动，虽能增加与结构面夹角，但会增加引水隧洞长度，受制于不设上游调压井限制，同时会加大 $T_3Z^{2-2}$ 地层和 $F_{152}$、$F_{160}$ 断层的不利影响。受地质条件、压力管道不设上游调压室的极限长度限制，厂房纵轴线方向可调范围较小。厂房纵轴线方向拟订了 N83°E、N90°E、N85°W 三个方案进行比选。

各方案厂房纵轴线均与①、②组优势节理呈大交角、枢纽布置顺畅，方案三引水隧洞最短。本工程水流惯性时间常数 $T_w$ 较大，减短引水隧洞长度有利于改善机组调节品质。综合考虑厂房纵轴线与节理的夹角、机组运行调节品质，确定厂房纵轴线方向为 N85°W。地下厂房纵轴线方案一～方案三比较见表 2。

**表 2　厂房纵轴线方向选择比较表**

| 项目 | | 方案一 N83°E | 方案二 N90°E | 方案三 N85°W | 比选意见 |
|---|---|---|---|---|---|
| 纵轴线与节理交角 | 第①组节理面 N30°～40°W　NE∠50°～60° | 57°～67° | 45°～55° | 50°～60° | 基本相当 |
| | 第②组节理面 N20°～30°W　NE∠40°～50° | 67°～77° | 55°～65° | 60°～70° | 基本相当 |
| | 第③组节理面 N60°～70°W　NE∠40°～50° | 27°～37° | 15°～25° | 20°～30° | 基本相当 |
| | 第④组节理面 N30°～40°E　NW∠60°～70° | 43°～53° | 55°～65° | 50°～60° | 基本相当 |
| 1#引水隧洞长度（m） | | 439 | 416 | 398.6 | 方案三优 |
| 枢纽布置 | | 顺畅 | 顺畅 | 顺畅 | 相当 |
| 纵轴线与最大主应力水平投影方向的夹角 | | 16°～53° | 9°～46° | 4°～41° | 基本相当 |

## 5　选定方案围岩稳定分析

对选定方案地下厂房洞室群围岩稳定进行了三维有限元计算分析，计算表明：毛洞条件下，洞室变形收敛，具备成洞条件；喷锚支护后，洞周围岩变形、应力、塑性区分布及量值均有明显减少，地下厂房洞室群围岩整体稳定。毛洞与喷锚支护条件下关键点位移值见表 3。

## 6　结　语

卡拉水电站厂区构造发育，整体地质条件较差，经充分考虑地质条件、水工布置、围岩稳定和运行条件，通过综合比选确定了相对较好适应卡拉特定条件的地下厂房位置及轴线方向。三维有限元计算分析表明地下厂房洞室群围岩整体稳定，由于本工程地下厂房规模较大，且地质条件相对复杂，在施工过程中，应根据开挖揭示地质条件，进行围岩稳定动态分析及支护设计,确保地下厂房围岩稳定。

表 3　毛洞与喷锚支护条件下关键点位移值对比表　（单位:mm）

| 洞室 | 关键点位移值 | | | | | |
|---|---|---|---|---|---|---|
| | 拱顶(竖向) | | 上游边墙(水平向) | | 下游边墙(水平向) | |
| | 毛洞 | 喷锚支护 | 毛洞 | 喷锚支护 | 毛洞 | 喷锚支护 |
| 主副厂房洞 | 31.24 ~ 43.19 | 25.04 ~ 32.69 | 26.66 ~ 46.71 | 20.44 ~ 30.81 | 23.85 ~ 71.60 | 11.85 ~ 25.37 |
| 主变洞 | 31.36 ~ 41.27 | 23.43 ~ 31.34 | 3.88 ~ 11.13 | 3.09 ~ 8.25 | 5.37 ~ 14.22 | 3.39 ~ 8.80 |
| 尾水调压室 | 29.34 ~ 37.10 | 26.17 ~ 32.95 | 26.95 ~ 60.33 | 22.83 ~ 53.38 | 31.42 ~ 35.47 | 30.17 ~ 33.64 |

## 参考文献

[1] 水电站厂房设计规范(SL 266—2001)[S].

# 锦屏二级水电站地下厂房岩壁吊车梁开挖优化

方　丹　万祥兵　陈建林

（中国水电顾问集团华东勘测设计研究院有限公司　浙江　杭州　310014）

**摘要**：岩台的开挖成型是岩壁吊车梁结构成功的关键。锦屏二级地下厂房第一主应力方向与岩层走向皆对岩台成型不利，本文通过对岩台开挖分步进行仿真优化分析，推荐了对围岩影响较小的岩台开挖步序，并提出了岩台开挖的技术措施。实际开挖结果表明，锦屏二级地下厂房岩壁吊车梁岩台开挖成型较好，对不良地质条件下的岩台开挖具有借鉴意义。

**关键词**：锦屏二级水电站　地下厂房　岩壁吊车梁　开挖优化

岩壁吊车梁是用锚杆将钢筋混凝土锚固在地下厂房岩壁上的结构，由钢筋混凝土、锚杆和围岩共同承受荷载作用[1]。自1986年，我国接受挪威专家的建议，在鲁布革水电站地下厂房首次采用岩壁吊车梁结构设计成功以来，该结构在我国水电水利工程地下厂房建设中得到了广泛应用，积累了丰富的工程经验，成为我国水电水利工程地下厂房结构设计中的通用形式。

## 1　概　况[2,3]

锦屏二级水电站位于四川省凉山彝族自治州木里、盐源、冕宁三县交界处的雅砻江干流锦屏大河湾上，是雅砻江干流上的重要梯级电站。锦屏二级水电站利用雅砻江150 km大河湾的天然落差，通过长约17 km的引水隧洞，截弯取直，获得水头约310 m。电站总装机容量4 800 MW，单机容量600 MW，是雅砻江上水头最高、装机规模最大的水电站。地下厂房纵轴线为N35°E，厂内安装8台600 MW机组，厂房全长352.44 m，主厂房岩壁吊车梁以下开挖跨度为25.80 m，以上为28.30 m，主厂房总高度为72.20 m。

地下厂房洞室群大部分位于盐塘组，位于微风化状的$T_{2y}^{4}$灰绿色条带状云母大理岩和$T_{2y}^{5-(1)}$灰黑色中厚层细晶大理岩中，厂区以Ⅲ类围岩为主，局部Ⅳ类围岩。厂址区属中高地应力区，最大主应力一般为10.1～22.9 MPa，近似垂直于雅砻江方向，平均方位角为S43.1°～47.4°E，倾角变化范围为30°～55°，与厂房洞轴线（N35°E）呈大角度相交。整个岩层均为陡倾－竖直的层状岩体，岩层走向与厂房洞轴线（N35°E）呈小角度相交。地应力方向与岩层走向均对岩壁梁岩台开挖成型不利。

## 2　岩壁吊车梁开挖方案

地下厂房地应力较高，且第一主应力与厂房轴线近乎垂直，上游层理走向与壁座角大致相同。在第二层中间抽槽开挖后，因地应力释放导致岩壁吊车梁部分保护层沿节理裂隙面开裂、松动、滑落。岩梁的开挖成型是锦屏二级地下厂房工程的难点之一。为了尽量减小开挖扰动与工程爆破对岩壁梁岩体的扰动程度，一般岩壁梁开挖时都采用分步开挖、预裂爆破等技术，尽量维护围岩完整性，如百色水电站[4]、大朝山水电站[5]、龙滩水电站[6]、漫湾水电站[7]地下厂房等。

为保证岩壁梁开挖成型，锦屏二级电站厂房岩壁梁开挖施工共由 6 步构成，如图 1 所示。其台阶高度和开挖步序设计方面都较全面地考虑到减小对岩锚梁部位围岩的扰动，可以保证岩壁梁开挖成型。

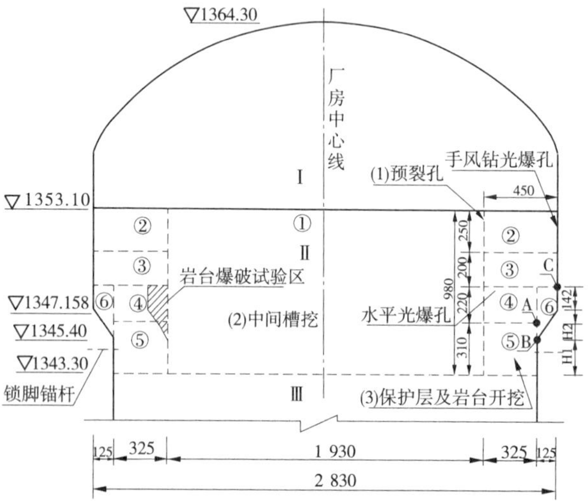


**图 1　岩壁吊车梁开挖步序**

## 3　岩壁吊车梁开挖仿真优化

为了比较开挖方案对岩壁梁开挖成型的影响，本文采用有限元数值仿真的方法对简化的开挖方案与精细开挖方案进行技术比较。图 2 为简化方案与精细开挖方案的有限元模型。简化方案采用多步合并的开挖方案，开挖分步为：①→②→③。精细开挖方案的开挖分步为：①→②→③→④→⑤→⑥。

对比简化开挖方案与精细开挖方案计算出的岩壁梁围岩的变形、塑性区及能量释放率分布，结果表明：①在岩壁梁位置，采用精细开挖方法计算出的围岩变形比简化开挖方案计算出的围岩小 2 ~ 7 mm 不等（图 3）；②采用简化开挖方案计算出的围岩塑性区 2 ~ 3 m，较精细开挖方案计算出的围岩塑性区大 1 ~ 0.5 m 左右（图 4）。③精细开挖方案条件下岩壁梁岩体的局部能量释放率比简化开挖方案条件下岩壁梁岩体的局部能量释放率小 15% ~ 20%（图 5），精细开挖方案有利于减小岩壁梁岩体的脆性破坏程度。

计算表明采用较精细的开挖方案有利于减小开挖对岩体的损伤，有利于岩壁梁岩台开挖成型，有利于维护岩壁梁围岩的稳定，推荐采用精细的开挖方案。

## 4　岩壁梁开挖技术要求

在采用精细开挖方案的基础上，针对本工程特殊的地质条件，为保证岩台开挖成型，采取了如下保障措施[4]：

（1）岩台爆破前，对岩壁吊车梁全长在下拐点处增加锁脚锚杆、型钢及挂网喷混凝土加固。

（2）在岩台竖直面和斜面各增加 1 ~ 2 排 $\phi25$，$L = 4.5$ m@ 100 cmTKM 全螺纹增强树脂

锚杆锁口。钻孔角度根据保护层开挖后揭露的岩层产状适当调整，保证树脂锚杆与岩层层面尽可能垂直。

(3)围岩特别破碎的部位，进行预固结灌浆加固，灌浆压力为0.2～0.6 MPa，水灰比为0.6∶1。

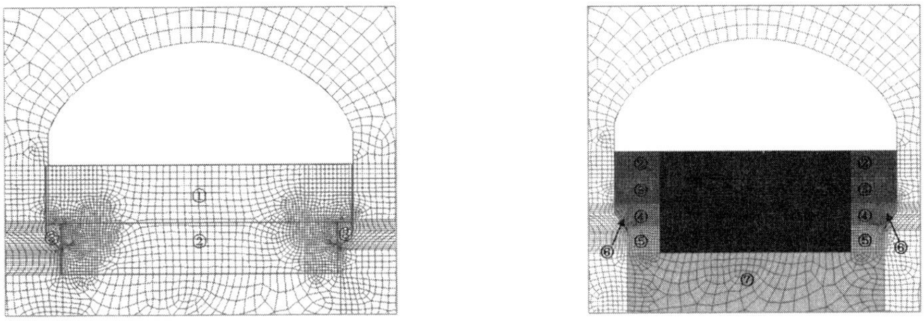

(a)简化开挖方案岩壁吊车梁开挖分步　　(b)精细开挖方案岩壁吊车梁开挖分步

**图2　不同开挖方案岩壁吊车梁开挖分步**

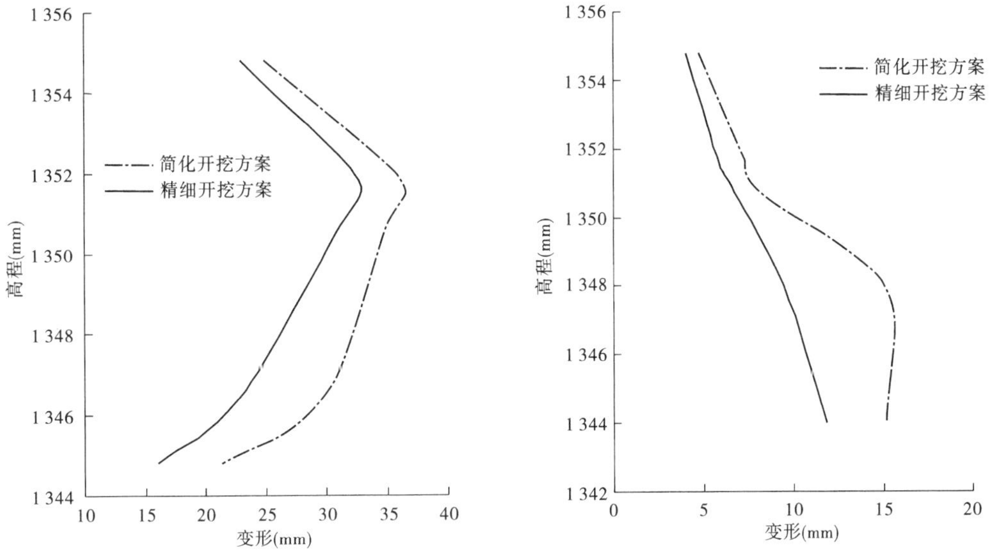


(a)不同方案上游岩壁吊车梁变形分布　　(b)不同方案下游岩壁吊车梁变形分布

**图3　不同开挖方案岩壁吊车梁位置开挖变形分布**

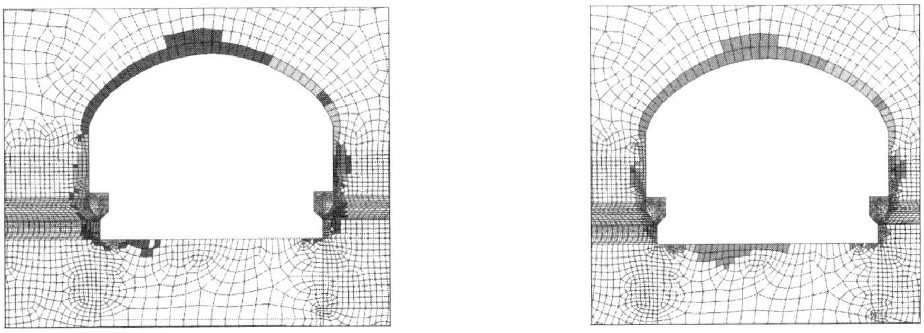

(a)简化开挖方案岩壁吊车梁塑性区分布　　(b)精细开挖方案岩壁吊车梁塑性区分布

**图4　不同开挖方案岩壁吊车梁位置塑性区分布**

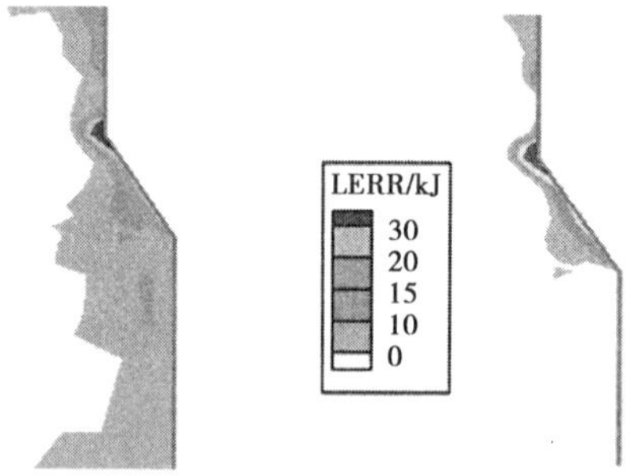


(a)简化开挖方案　　(b)精细开挖方案

图5　不同开挖方案岩壁吊车梁位置能量释放率

通过精细的开挖方案，加上强有力的施工技术保障措施，岩壁梁岩台开挖完成后的形态如图6所示。

图6　岩壁吊车梁岩台开挖完成后形态

## 5　结　论

岩壁梁实际开挖完成后经断面测量统计分析，上游岩壁吊车梁岩台成型率为85%，下游岩台成型率达96%，平均成型率90.5%，成型岩台斜面炮孔残留达到95%以上，平均超挖为10.2 cm，无欠挖，岩壁吊车梁质量评定达到优良，验证了开挖方案及技术保障措施的合理性，对不良地质条件下岩壁梁开挖具有借鉴意义。

### 参考文献

[1] 中国水电顾问集团中南勘测设计院. Q/CHECC003—2008 地下厂房岩壁吊车梁设计规范[S]. 长沙：中南勘测设计院，2008.

[2] 单治钢，侯靖，张春生，等. 雅砻江锦屏二级水电站可行性研究报告[R]. 杭州：中国水电顾问集团华东勘测设计研究院，2006.

[3] 陈祥荣，侯靖，陈建林，等. 雅砻江锦屏二级水电站地下厂房洞室围岩稳定与支护优化[R]. 杭州：中国水电顾问集团华东勘测设计研究院，2007，8.

[4] 韦水生. 隐形裂隙发育岩体中岩锚吊车梁的岩台开挖工艺探讨[J]. 企业科技与发展，2009，11：113-115.

[5] 李如吉. 岩壁吊车梁保护层开挖质量控制[J]. 云南水力发电，2005，21(1)：65-68.

[6] 周帆，杨伏秋，张孝松. 龙滩水电站地下厂房岩锚吊车梁设计[J]. 红水河，2004，23(2)：110-113.

[7] 丁宗海，张建均. 漫湾水电站二期工程地下厂房岩壁吊车梁开挖施工技术[J]. 葛洲坝集团科技，2006，78(2)：31-34.

[8] 张建均. 锦屏二级水电站地下厂房岩锚梁施工[J]. 水利水电技术，2008，39(11)：49-51.

# 高山峡谷地区复杂施工枢纽布置规划设计

李　军　周垂一

（中国水电顾问集团华东勘测设计研究院有限公司　浙江　杭州　310014）

**摘要**：为满足锦屏二级水电站深埋长大水工隧洞群的施工需要，通过规划研究，在引水隧洞东端1 560 m高程附近通过开挖隧洞和高边坡形成了大型施工枢纽，解决了隧洞群施工多功能多目标需求和其地形地质条件限制的矛盾，不仅满足了工程施工需要，还为解决西部类似工程施工场地规划问题提供了思路和实例。

**关键词**：深埋长隧洞　高边坡　跨线办公楼　螺旋上升式隧洞　返程带料

## 1　概　况

锦屏二级水电站位于四川省凉山彝族自治州木里、盐源、冕宁三县交界处的雅砻江干流锦屏大河湾上，其上游紧接锦屏一级水电站，下游为官地水电站。工程于2007年初开工，2012年实现了首批机组发电的预定目标，计划2015年完工。工程位于我国西部高山峡谷地区，4条引水隧洞、2条锦屏辅助洞、1条施工排水洞、地下厂房系统以及尾水系统等组成了大型地下洞室群，其中主洞室群总长度超过120 km，是目前世界上规模最大的水工洞室群。

引水隧洞单洞长16.67 km，开挖洞径为12.4～14.3 m，单工作面施工长度超过10 km，最大埋深2 525 m，具有深埋长隧洞的特点。引水隧洞末端高程为1 560 m，其顶部高程1 700 m山体内布置有4个直径为28 m的上游调压室，正下方高程1 350 m布置有进厂交通洞和尾水出口，山体内布置有地下厂房和连接上游调压室的8条高压管道。引水隧洞末端原始地形陡峻，自然坡度达50°以上，局部地段地质条件较差，附近2 km内无大型平台和坡地，施工布置条件极差。

引水隧洞采用钻爆法和掘进机施工，运输方式为有轨、无轨及带式。引水隧洞地质条件复杂，施工中将遇到极强岩爆和高压大流量地下水等不良地质现象，要求有较高的施工风险保障措施。由于本工程工期要求较紧，开挖、出渣、混凝土浇筑、灌浆等施工强度较高。工程施工标段较多，共有7家承包人需要同时施工。为满足高强度、多功能、多目标需求的施工组织需要，需要在引水隧洞东端出口1 560 m高程布置一个施工枢纽。

## 2　地形地质条件

根据施工枢纽开挖边坡的地质条件，边坡共分为Ⅰ、Ⅱ、Ⅲ三个区，开挖边坡最高约120 m。Ⅰ区高程1 590 m以上边坡上部出露为角砾岩，泥质胶结较好，局部钙质胶结，可见厚度约10 m，下伏基岩为$T_{2y}^{5}$灰黑色大理岩，岩体以弱风化为主。

Ⅱ区高程1 635 m以上为第四系覆盖层：上部为一崩坡积碎块石土层，下部为角砾岩，半胶结－胶结状，泥质胶结强度一般，局部钙质胶结强度好。下伏基岩为 $T_{2y}^{5}$ 灰黑色大理岩，在高程 1 590 ~ 1 635 m 开挖坡面均为基岩出露，表层 4 ~ 5 m 岩层多倾倒变形，倾角在 45° ~ 56°，岩体破碎，局部已呈松散状或有架空现象。Ⅱ区边坡揭露岩体完整性较差，岩体以弱风化为主，裂隙较发育，自然边坡基本稳定，局部不稳定。

Ⅲ区坡面主要为崩坡积碎块石土，稍密状，局部为半胶结－胶结的角砾岩，可见厚度大于 10 m，碎块石大小在 30 ~ 50 cm，成分为大理岩，含量在 50% ~ 70%，局部段见角砾岩孤块石镶嵌其中。其下为一倾倒变形体，变形体后缘高程约 1 900 m，前缘高程约 1 520 m，自然边坡稳定性差。

## 3　施工枢纽布置规划

施工枢纽主要功能包括：引水隧洞、施工排水洞施工设备、材料等物资的转运、进出洞施工人员转车、东端引水隧洞和上游调压室及高压管道施工所需的混凝土运输及制备、各标段生产调度指挥办公设施、公路停车场、有轨运输车场等。外侧的公路还需同时承担场内外物资运输和其他交通任务。同时，应满足所有地下工程施工应急抢险、救援的要求。布置规划这样的施工枢纽难度非常大，在水电工程施工临建工程中是罕见的。

施工枢纽主要建筑物分为洞外部分和洞内部分。洞外部分主要包括：1 560 m 平台边坡、1 620 m 平台、1 605 m 平台、1 560 m 平台、高线混凝土系统、跨线办公楼、仓库、轨道、公路、有轨无轨转换系统、混凝土骨料上料皮带等。洞内部分主要包括：上游调压室交通隧洞、1 620 m 混凝土系统岔洞、东引 1 号施工支洞、东引 2 号施工支洞。布置示意详见图 1。

## 4　关键技术问题及解决措施

鉴于 1 560 m 平台原始地形地质条件较差，需要在长约 400 m，自然坡度约 50°的陡坡上，布置一个满足各项功能需求的施工枢纽，结合地形地质条件，采取了一系列关键技术措施。

### 4.1　复杂地质条件下的高边坡支护设计

为满足大规模深埋长隧洞群施工对施工枢纽多功能多目标需求，要求其场地面积尽可能大，但由于其原始地形地质条件较差，不宜进行大规模的边坡开挖，又制约着其布置规模，因此对高边坡的开挖支护设计提出了很高的要求。

（1）Ⅰ区上下游方向伸展宽度约 125 m，边坡揭露的地质情况是整个平台边坡中最好的，在综合考虑边坡开挖高度情况下，尽量增大该区 1 560 m 平台的宽度。边坡开挖高度约 80 m，开挖坡度 1∶0.35 ~ 1∶0.25。

（2）Ⅱ区上下游方向伸展宽度约 110 m，边坡揭露岩体完整性较差。为降低边坡开挖高度，本区采用强支护方式，开挖坡度为 1∶0.75 ~ 1∶0.3，最大开挖边坡高度为 120 m。为满足高线混凝土系统布置需要，在 1 620 m、1 605 m 高程设有宽马道平台。根据地质条件，1 620 m 以上边坡除了常规的喷锚支护外，采用了 1 000 kN 级预应力锚索系统支护。高程 1 605 m 马道平台为高线混凝土系统骨料仓基础，在其下边坡布置 2 000 kN 级的压力分散型预应力锚索，成功地解决了边坡承载问题。

（3）Ⅲ区上下游方向伸展宽度约 180 m，边坡位于变形体上，边坡稳定性差，是地质条件最差的一个区，不宜进行大规模的开挖，边坡的开挖支护设计难度最大。在满足有轨和无轨布置所需平台最低宽度要求下,尽量降低边坡开挖高度。本区采用强支护方式,开挖坡度为1∶0.5,最大开挖边坡高度为65 m,采用1 000 kN级预应力锚索系统支护。

## 4.2 架空跨线式办公楼

由于1 560 m平台总体宽度较窄,承担的任务较多,为解决轨道交通线路与现场办公场地重叠的问题,采用架空跨线式办公楼,这大大降低了边坡开挖高度,减少工程占地,节约工程投资。

为保证安全,架空跨线办公楼选址于地质条件较好的Ⅰ区。跨线办公楼采用钢结构,共4层。其中第1层为架空层,供轨道车通行,2~4层为现场办公用值班房。

## 4.3 螺旋上升式交通洞

引水隧洞末端上游调压室顶高程为1 711 m,底部流道高程1 564.7 m。为满足上游调压室的施工和永久运行,需要布置一条交通隧洞。根据地形条件,研究了明线布置和洞线布置方案。若采用明线布置方案,一是原始地形边坡较陡,明线方案开挖量较大,形成的公路边坡较高,对自然环境破坏也最大;二是明线方案施工时对下部施工干扰较大,影响工期。采用洞线布置方案,可以较好地克服明线方案的缺点,还可以兼顾高线混凝土系统上部的交通需要,因此工程选择了洞线方案,并通过对几个洞线方案的比较,最终采用螺旋上升式布置。上游调压室交通隧洞平面布置详见图1。

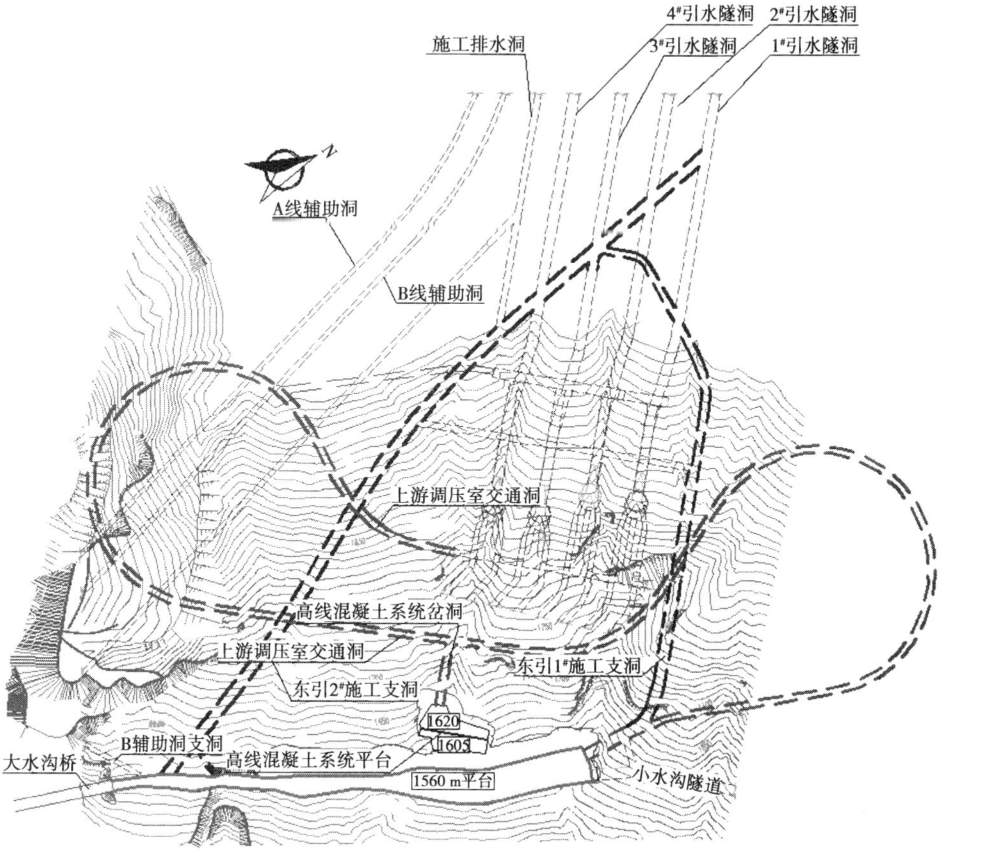


图1 1 560 m平台施工枢纽相互关系示意图

### 4.4　高线混凝土系统及返程带料

高线混凝土系统主要承担引水隧洞东端、上游调压室及高压管道等建筑物所需混凝土的生产任务。经研究，高线混凝土系统布置于施工枢纽中，使其在施工工作面较近区域，成品混凝土运输距离缩短。混凝土系统设置两座 2 × 2 $m^3$ 的搅拌楼、一座 2 × 2.5 $m^3$ 的搅拌楼，系统总的设计生产能力为 540 $m^3$/h。

将高程 1 620 m 马道扩大成水泥罐和粉煤灰罐平台，并通过短洞与上游调压室交通隧洞相接解决交通问题。将高程 1 605 m 马道扩大设置骨料仓，骨料通过引水隧洞出渣长皮带机返程带料系统从模萨沟砂石料生产系统运至骨料仓，经过皮带机将骨料送入拌和楼。

在 1 560 m 平台布置有高线混凝土系统的拌和楼、试验楼等。其中每座拌和楼各自横跨 1 股轨道，均采用埋入式轨道路面结构，每座拌和楼均可为有轨混凝土车辆或无轨混凝土车辆提供混凝土。

### 4.5　环线多功能施工支洞

根据规划研究，利用施工支洞将洞群施工工作面和布置在洞外的施工场地连接起来。东端引水隧洞共布置东引 1 号、2 号两条施工支洞。

施工枢纽需要同时满足有轨、无轨、带式三种运输方式的需要，由于工程规模巨大，运量也很大，根据规划，有轨的设计规模是每日接、发送列车 131 对，无轨高峰年运量为 400 万 t，带式输送能力 4 600 t/h。引水隧洞地质条件复杂，施工中将遇到极强岩爆和高压大流量地下水，具有较大的施工风险和进度不确定性。

考虑施工方便和分标因素，施工支洞分两侧布置，东引 1 号施工支洞经北侧与引水隧洞相连，东引 2 号施工支洞经南侧与引水隧洞相连。两条施工支洞在洞内外相连，形成了环线交通。东引 1 号施工支洞断面尺寸为 8.5 m × 7 m ~ 14 m × 7.8 m，断面按照同时满足有轨和无轨运输布置；东引 2 号施工支洞断面尺寸为 14 m × 7.55 m，东引 2 号施工支洞内布置有有轨和无轨交通，顶部布置有皮带出渣系统。

东引 2 号施工支洞断面布置示意见图 2，环线布置详见图 1。

## 5　结　语

本工程地下工程规模巨大，主体工程地下隧洞总长度超过 120 km，配套的临时设施需要较大的占地面积。锦屏二级水电站工程引水隧洞末端高程附近，在长约 400 m、自然坡度约 50°的陡坡上，经总体规划研究，开辟出了一个边坡高约 120 m，占地面积约 17 000 $m^2$ 的施工枢纽。该平台是锦屏二级东端施工枢纽中心，保障了隧洞群高强度、长距离独头掘进和整个工程施工顺利开展。

本施工枢纽已于 2008 年 12 月建成并投入营运。2011 年 6 月 6 日锦屏二级水电站长 16.67 km 的 1 号引水隧洞实现上台阶全线贯通，同年 12 月 8 日最晚的 4 号引水隧洞也实现上台阶全线贯通。

通过施工枢纽布置规划，成功地解决了主体工程施工组织一系列关键技术问题，满足了运行的安全性、可靠性、高效性和各标段的需求，为保证深埋长隧洞顺利施工打下了坚实的基础，同时也为解决西部类似工程施工场地规划问题提供了思路和实例。

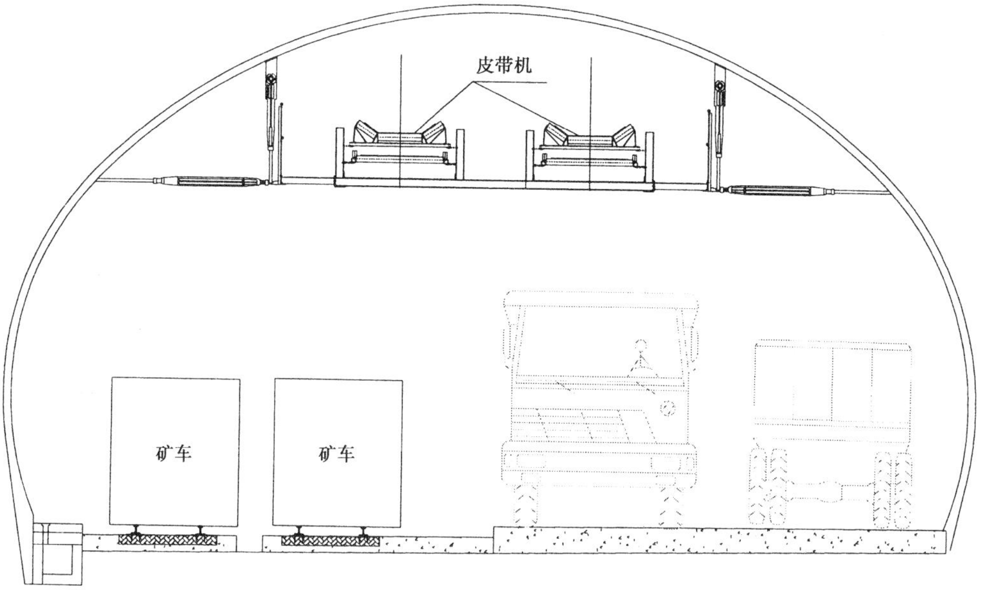


图2　东引2号施工支洞断面布置示意图

## 参考文献

[1] 李军,周永,周垂一.雅砻江锦屏二级水电站施工规划报告[R].杭州:中国水电顾问集团华东勘测设计研究院,2007.

# 杨房沟水电站泄洪消能建筑物设计

于　青

（中国水电顾问集团华东勘测设计研究院有限公司　浙江　杭州　310014）

**摘要**：杨房沟水电站坝址河谷狭窄，洪峰流量大，枢纽最大泄洪功率达 10 960 MW，在国内拱坝中处于较高水平。杨房沟水电站泄洪消能采用"坝身表、中孔泄洪 + 坝下水垫塘"布置型式。泄洪建筑物采用 3 个表孔和 4 个中孔的坝身集中泄洪方案，下游消能建筑物采用水垫塘 + 二道坝方案。为减少泄洪雾化对两岸高边坡的影响，表、中孔采用空中少碰撞的布置型式，即表孔出口采用收缩型式、中孔出口采用收缩型式的宽尾墩。

**关键词**：集中泄洪　水垫塘　孔口规模　泄洪雾化　杨房沟水电站

## 1　工程概况

杨房沟水电站为雅砻江中游河段一库六级开发的第五级，工程的开发任务为发电。水库总库容为 5.125 亿 $m^3$，电站装机容量为 1 500 MW，多年平均发电量 68.74 亿 kW · h，保证出力 524 MW。枢纽建筑物由挡水建筑物、泄洪消能建筑物及引水发电系统等组成。

根据《防洪标准》（GB 50201—94）及《水电枢纽工程等级划分及设计安全标准》（DL 5180—2003）的有关规定，本工程为一等工程，工程规模为大（1）型。本工程混凝土双曲拱坝、泄洪建筑物、引水发电系统等主要水工建筑物为 1 级建筑物；其他次要建筑物为 3 级建筑物。

根据《防洪标准》（GB 50201—94）及《水电枢纽工程等级划分及设计安全标准》（DL 5180—2003）的有关规定，杨房沟水电站泄洪建筑物按 500 年一遇洪水设计、5 000 年一遇洪水校核，相应的洪峰流量分别为 9 320 $m^3/s$、11 200 $m^3/s$。消能防冲建筑物按 100 年一遇洪水设计，相应的洪峰流量为 7 930 $m^3/s$。

## 2　泄洪消能建筑物设计

### 2.1　设计原则及泄洪消能建筑物布置

杨房沟工程泄洪具有流量大、水头高、河谷狭窄、岸坡陡峻等特点，泄洪消能建筑物应充分利用混凝土坝身泄洪、坝下消能的布置格局，减少泄洪雾化对下游高边坡的影响。泄洪消能建筑物的设计原则及要求如下：

（1）结合杨房沟工程水库特性，水库调节库容小等特点，应采取灵活、可靠的泄洪方式，具有一定的超泄能力，确保洪水安全下泄；

（2）尽量充分利用混凝土坝和尾水较高的有利条件，采用坝身泄洪、坝下消能的布置格局；

（3）应充分利用坝身布置分层孔口出流，控制坝下分区消能，减少对消能区建筑物的冲击压力；

(4)坝后消能区布置以尽量减少对两岸边坡开挖为宜，并考虑入水水舌在近岸处要有足够水深，避免干砸岸坡；

(5)控制雾化影响范围，减少泄洪雾化对两岸边坡的影响。

根据上述设计原则，结合杨房沟拱坝大流量、窄河谷、高陡边坡的特征，为减少泄洪雾化对两岸高边坡的影响，表、中孔采用空中少碰撞的布置型式，即表孔出口采用收缩型式、中孔出口采用收缩型式的宽尾墩 + 坝下水垫塘、二道坝。

泄洪消能建筑物布置见图 1、图 2。

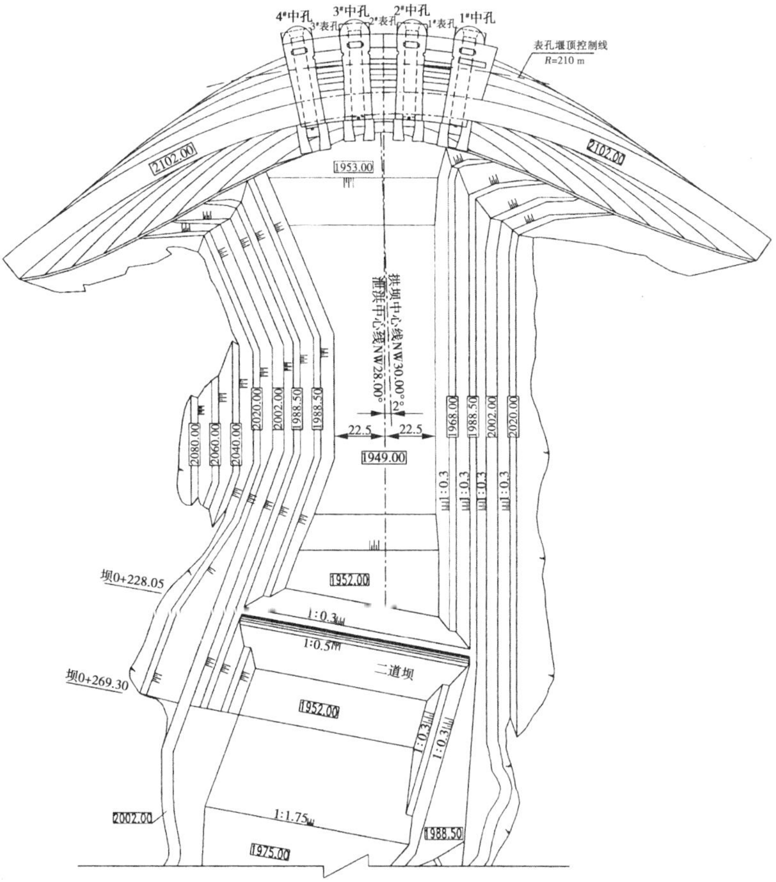


图 1　泄洪消能建筑物平面布置图

## 2.2　泄洪表孔体型设计

坝顶 3 个开敞式溢流表孔布置在河床坝段，跨横缝布置。表孔堰顶控制线采用圆弧形，圆心半径为 210 m。2#泄洪表孔中心线与拱坝中心线呈 2°交角，其余孔口对称于 2#泄洪表孔中心线径向布置，2#泄洪表孔中心线与 1#、3#泄洪表孔中心线夹角为 6.546°。3 个泄洪表孔平面呈上游等宽、下游收缩型，其中堰顶控制线下游 3.5 m 以上的表孔为 12 m 等宽布置，堰顶控制线下游 3.5 m 以下的表孔由 12 m 收缩到 8.7 m 和 10 m，收缩角分别为 5.27°、4.4°和 2.94°。孔出口采用 30°俯角。

泄洪表孔高为 14 m，堰顶高程 2 080 m。溢流面采用 WES 堰，定形设计水头 $H_d = 16.5$

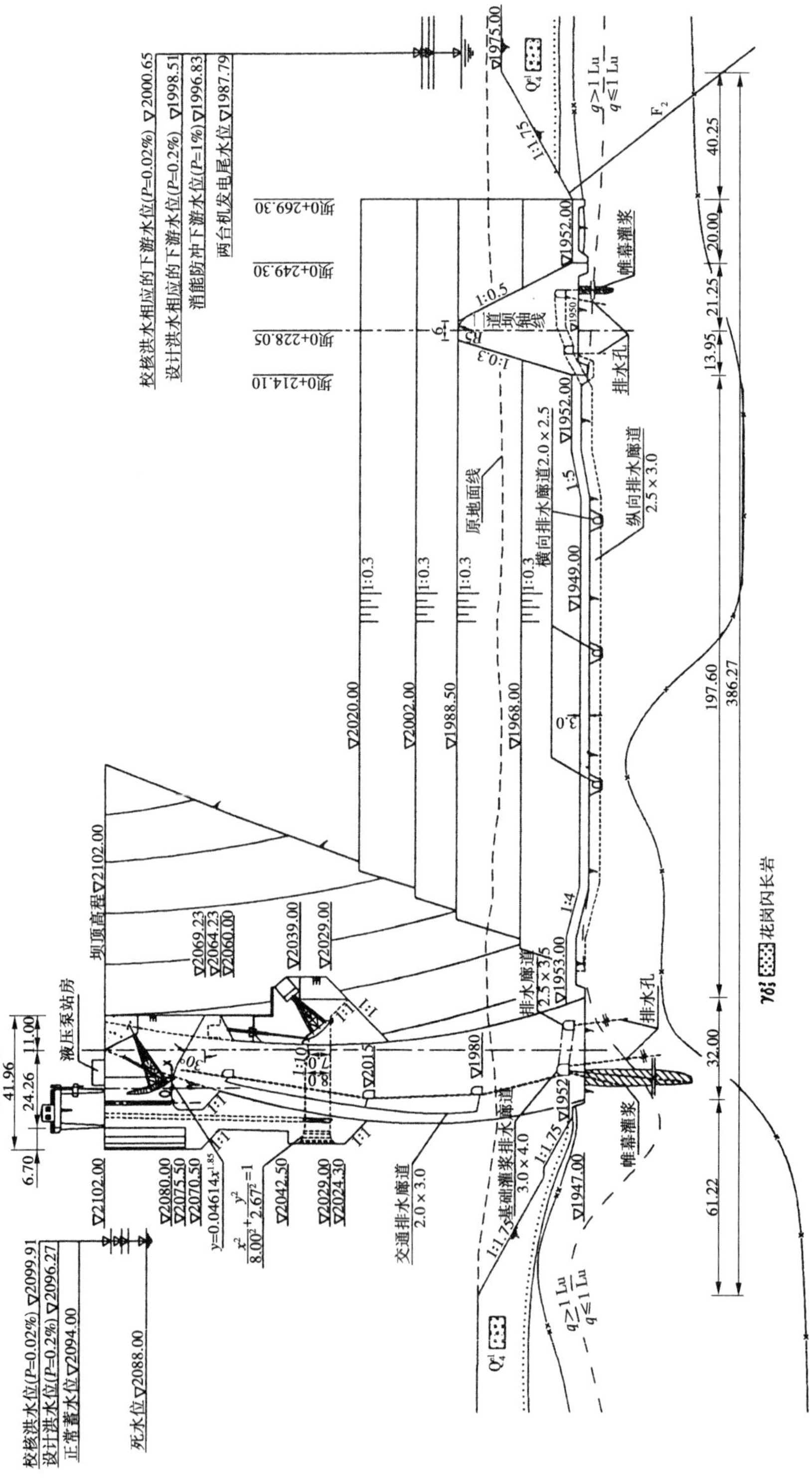


图 2 泄洪消能建筑物剖面图

m,堰面曲线方程为$y=0.046\ 14x^{1.85}$,堰顶上游侧采用椭圆曲线,椭圆方程为$\frac{x^2}{4.79^2}+\frac{(2.75-y)^2}{2.75^2}=1$。各孔均设有弧形工作闸门,由油压启闭机启闭,油压启闭机油缸支座设在闸墩上,闸门支铰直接支撑在拱坝坝体连梁部位。弧形工作门上游布置有平板检修门,利用坝顶门机进行启闭。

溢流表孔在设计洪水位2 096.27 m和校核洪水位2 099.91 m时泄量分别为4 575 $m^3/s$和6 322 $m^3/s$,下泄水流落差大,单宽流量大,为减少表孔泄洪对水垫塘及两岸的冲击动水压力,3个表孔均采用跌流形式,俯角为30°,出口底高程2 069.23 m。

### 2.3 泄洪中孔体型设计

泄洪中孔是杨房沟工程的主要泄洪设施之一,在设计和校核洪水位时,中孔泄流量分别为4 745 $m^3/s$和4 878 $m^3/s$,中孔单独运行可宣泄常年洪水。坝身4个泄洪中孔分别布置在河床坝段,位于表孔闸墩下部,在平面上对称布置,圆心半径为210 m。中孔进水口为喇叭形,顶面采用椭圆曲线$\frac{x^2}{8.00^2}+\frac{y^2}{2.67^2}=1$,侧面均采用椭圆曲线$\frac{x^2}{3.90^2}+\frac{y^2}{1.30^2}=1$,底面采用$R=3.5$ m的圆弧。中孔进、出口底高程相同,为2 029 m。考虑到拱坝向心作用,为避免2#、3#中孔水舌过多搭接,将2#、3#中孔中心线分别向两岸坡方向转1°。表1为泄流中孔出口尺寸参数表。

表1 泄洪中孔体型参数表

| 中孔编号(从左到右) | 进口底高程(m) | 出口底高程(m) | 平面转角(°) | 出口挑角(°) | 出口尺寸(m×m) |
|---|---|---|---|---|---|
| 1# | 2 029.00 | 2 029.00 | 0 | 0 | 5.5×7 |
| 2# | 2 029.00 | 2 029.00 | -1 | 0 | 5.5×7 |
| 3# | 2 029.00 | 2 029.00 | -1 | 0 | 5.5×7 |
| 4# | 2 029.00 | 2 029.00 | 0 | 0 | 5.5×7 |

每个中孔进口均设事故检修门一道,孔口尺寸为5.5 m×8.0 m(宽×高),由坝顶门机启闭,出口设置工作弧门,孔口尺寸5.5 m×7 m(宽×高),由油压启闭机启闭。

为尽量避免中孔水舌向心集中,同时使水舌纵向拉开,减少入水单宽流量,提高消能效果,孔口出口设置对称的宽尾墩,出口宽度由5.5 m收缩到3.3 m,收缩比为0.60,宽尾墩收缩段长为7 m。

### 2.4 坝下消能建筑物设计

由于杨房沟工程泄洪建筑物具有河谷峡窄、水头高、泄量大、泄洪功率高等特点,为防止泄洪消能区河床及两岸边坡受泄洪水流的冲刷破坏,确保大坝及抗力体的安全,坝下消能建筑物采用水垫塘和二道坝结合的方式。

#### 2.4.1 水垫塘布置

水垫塘紧邻拱坝下游布置,位于1 953 m高程以下河床部位。在坝0+214.10 m桩号前,水垫塘中心线与拱坝泄洪中心线重合。在坝0+214.10 m桩号后,为有利于水垫塘末端和二道坝下游水流归槽,水垫塘中心线向右岸偏转10°,方位角为N18°W。

水垫塘自拱坝坝趾到二道坝前总长约199.62 m,相应的桩号为坝0+14.48 m~坝0+214.10 m。其断面形式采用混凝土衬砌的复式梯形断面,底板采用平底设计,厚度为3 m,底板顶面高程根据底板建基条件分别确定,水垫塘上游侧采用1 953.00 m、中部为1 949.00 m、下游侧为1 952.00 m。根据坝后地形、地质条件及抗力体稳定要求,自上游向下游方向水垫塘底宽为75 m~45 m~67 m不等。水垫塘两岸边墙每隔20 m左右设一级马道,马道宽约3 m,其中2 002 m高程为满足检修等要求马道宽为5 m。边坡坡度均为1:0.3。水垫塘两岸边坡采用钢筋混凝土砌护:1 988.5 m高程以下混凝土厚度为3 m;2 002~1 988.5 m高程混凝土厚度为2.0 m;2 002~2 020 m高程混凝土厚度为1 m;2 020 m高程以上混凝土厚度为0.5 m。

### 2.4.2 二道坝布置

二道坝轴线位于坝下0+225.55 m桩号,垂直于水垫塘末端中心线布置,坝轴线长108.35 m,坝轴线方位为NE72°。坝顶高程1 988.50 m,坝顶宽6.0 m,建基面高程1 950 m,最大坝高38.50 m。坝体剖面采用上游坝坡为1:0.3,下游坝坡为1:0.5的实体溢流式重力坝。二道坝坝基部位布置灌浆排水廊道和排水廊道,廊道断面尺寸为2.5 m×3.5 m(宽×高),并与上游水垫塘底板周边的主排水廊道衔接。灌浆排水廊道内设置排水孔幕和灌浆帷幕。

### 2.4.3 水垫塘抽排水系统布置

水垫塘底板下部设置有主、副排水廊道相结合的封闭式抽排水系统,并在廊道内设置排水孔幕,以充分降低底板扬压力。其中,水垫塘底板近两岸坡脚部位顺水流方向为主排水廊道,断面尺寸为2.5 m×3.0 m(宽×高),向上游延至坝趾处,下游与二道坝灌浆排水廊道衔接形成封闭回路。在坝0+64.00 m、坝0+116.00 m及坝0+172.00 m桩号处分别设置三条横河向副排水廊道,断面尺寸为2.0 m×2.5 m(宽×高),均与两侧主排水廊道衔接。

互为连通并封闭的主、副排水廊道在左岸主排水廊道坝0+172.00 m桩号通过水垫塘主排水洞与左岸抽水竖井(集水井)连通,由布置在2 002 m高程坝肩排水洞内的抽水泵房将主、副排水廊道内的地下水和渗漏积水抽排至二道坝坝后河道。

## 3 水工模型试验

根据上述泄洪消能建筑物布置进行整体水工模型试验,主要结论如下:

(1)泄洪消能建筑物总体布局合理,方案可行;

(2)泄洪表孔和中孔试验泄流能力比计算结果稍大,满足枢纽泄洪要求;

(3)各试验工况下,库区来流平顺,水面平稳,泄洪表孔闸门局部开启有阵发性微凹旋涡,泄洪中孔无吸气旋涡;

(4)表、中孔水面线高度均满足闸门结构布置要求,中孔出口由于宽尾墩消能工对水舌的影响,局部水面线束窄抬高,但不影响闸门启闭运行;

(5)泄流水舌消能设计工况水舌没有碰撞现象,设计工况偶有擦碰现象,校核工况各相邻水舌间有间断性擦碰现象;

(6)水垫塘底板冲击压强在校核工况联合泄洪时达最大值,为14.10×9.8 kPa,小于设计允许值15×9.8 kPa,水垫塘底板最大冲击压强主要由表孔泄流水舌控制;

(7)水流出二道坝后受河道地形以及电站出水渠隔墙的影响,主流偏右岸。由于流速偏大,下游河道建议采取护坡处理。

## 4　泄洪雾化预测及边坡防护

### 4.1　泄洪雾化预测

杨房沟水电站位于“V”型河谷,最大坝高 155 m,最大泄量达 11 200 $m^3/s$,最大泄洪功率 10 960 MW。其泄洪消能型式采用表、中孔鼻坎挑流,在实施纵向拉开的基础上,尽量减少表、中孔水流空中碰撞。根据水工模型试验成果,设计消能和正常水位水舌没有碰撞现象,设计洪水工况偶有擦碰现象,校核洪水工况相邻水舌间有间断性擦碰现象,表、中孔水舌空中碰撞情况明显减弱,但仍存在水舌入水所产生的雾化问题。由于杨房沟水电站为地下厂房,出线场等主要电气设备均布置在大坝上游,尾水闸门井布置在山内,故雾化对发电及电气设备基本没有影响,仅对左、右岸进场公路及两岸边坡有一定的影响。

结合杨房沟水电站整体水工模型试验成果及参考已建工程原型观测资料类比成果,对杨房沟水电站泄洪雾化范围进行初步预测,见表 2。

表 2　泄洪雾化预测表

| 分区 | 雨强(mm/h) | 横向范围(m) | 纵向范围(m) | 最高高程(m) | 备注 |
|---|---|---|---|---|---|
| 水舌裂散及激溅区 | $q>40$ | 90 ~ 120 | 0 ~ 0 + 300 | ~ 2 020 | 水垫塘顶高程 |
| 浓雾暴雨区 | $40>q>10$ | 250 ~ 300 | ~ 0 + 500 | 2 102 | 坝顶高程 |
| 薄雾降雨区 | $q<10$ | ~ 330 | ~ 0 + 700 | 2 150 | |

### 4.2　边坡防护

根据杨房沟工程泄洪雾化预测成果,考虑到薄雾降雨区范围相对较大,已超出枢纽区建筑物范围。同时考虑到薄雾降雨区雨强较小,对两岸边坡及公路影响有限,因此薄雾降雨区不进行防护,仅对水舌裂散及激溅区和浓雾暴雨区进行防护。防护范围为:边坡防护高程为 2 020 ~ 2 102 m(坝顶高程),沿河道纵向到坝下游 500 m 范围内。其中左岸从坝下到杨房沟沟口上游侧,右岸从坝下到 1# 导流洞出口。

结合杨房沟工程边坡特征,原则上不对两岸陡壁进行大规模开挖,依边坡陡壁顺势支护。主要防护措施:高程 2 002 m 以下为水垫塘,底板及侧墙采用 2 ~ 3 m 厚钢筋混凝土板并布设锚筋桩或锚筋;高程 2 002 ~ 2 102 m 两岸边坡主要采用 0.5 ~ 1.0 m 厚的钢筋混凝土板或喷混凝土保护,并设置系统锚杆和排水孔。对于两岸边坡存在的可能滑移块体,采用预应力锚索或其他锚固措施进行加固。

## 5　结语及建议

(1)杨房沟水电站泄洪消能采用表孔和中孔坝身集中泄洪、坝下水垫塘消能的布置方案,较好地适应了该工程的地形地质条件及泄洪消能特点。

(2)表孔出口采用平面收缩、中孔采用对称宽尾墩布置,可有效地减少表、中孔水舌空中碰撞,减轻泄洪雾化对两岸边坡的影响。水工模型试验也验证这一点:消能设计工况泄流水舌没有碰撞现象，设计工况偶有擦碰现象，校核工况各相邻水舌间有间断性擦碰现象。

（3）由于表、中孔水舌空中少碰撞，使得表孔下泄水舌对水垫塘底板冲击压强较大，在校核工况联合泄洪时达 14.10 ×9.8 kPa。下阶段应进一步优化表孔布置型式，以减少表孔下泄水舌对水垫塘底板冲击压强。

# 卡拉水电站近坝滑坡体防治设计

李英勇　吴伟伟　史　彬

（中国水电顾问集团华东勘测设计研究院有限公司　浙江　杭州　310014）

**摘要**：雅砻江中游卡拉河段发育多个滑坡体，规模巨大（多为特大至巨型），物质组成复杂，治理难度大，其稳定性、失稳影响、防治处理措施及水库蓄水对其稳定性影响是该河段水能开发利用程度、方式及坝址选择的控制性因素。本文就该河段水能开发方式和卡拉水电站坝址、坝型及枢纽布置选择及主要建筑物设计中对滑坡体防治措施研究的思路及成果进行论述，以期为以后类似工程提供借鉴。

**关键词**：卡拉水电站　滑坡体　坝址选择　枢纽布置　滑坡涌浪　防治设计

## 1　工程概况

卡拉水电站是雅砻江中游两河口至卡拉河段水电开发规划最下一个梯级，其上游为杨房沟水电站，下游为锦屏一级水电站。枢纽开发任务为发电，装机容量为980 MW，水库正常蓄水位1 987.0 m，多年平均发电量45.318 亿 kW · h。

枢纽由碾压混凝土重力坝、坝身泄洪建筑物、坝下消力池及右岸引水发电系统等组成。拦河坝最大坝高126.0 m，泄洪建筑物由5 表孔（11 m×17 m）及2 中孔（5 m×7 m）组成，坝下为底流消力池消能；引水发电系统布置在右岸地下，安装 4 台单机容量245 MW 水轮机组；引水隧洞为单机单洞斜井形式，尾水采用2 机合一洞布置型式；主厂房、主变洞及尾水调压室平行布置。

电站地处深山峡谷地区，地质条件复杂，工程规模较大，技术难度高；其主要技术难题之一是河段滑坡体发育，且具有规模大（多为特大至巨型）、物质组成复杂、治理难度大的技术特性，其稳定性、失稳影响是该河段水能开发利用及坝址选择的控制性因素。本文就卡拉水电站坝址、坝型及枢纽布置选择及主要建筑物设计中对滑坡体防治思路及措施进行论述，以期为以后类似工程提供借鉴。

## 2　工程地质条件

《雅砻江中游（两河口至卡拉河段）水电规划报告》规划卡拉梯级位于四川省凉山州木里县境内，河道里程长约50 km，属青藏高原东缘向四川盆地过渡地带，区域断裂构造较发育，其中前波断裂在右岸顺江延伸，直至下游的下马鸡店至草坪段过江，贯穿该河段。

规划河段两岸山体较雄厚，谷坡陡峻，山顶高程均在2 500 m 以上，相对高差600 ~ 700 m，为典型的深切“V”型河谷。枯水时河宽50 ~ 70 m、正常蓄水位1 987 m，宽220 ~ 340 m。左岸坡基岩大多裸露，岸坡陡峻，坡度一般为40 ~ 70°；右岸为缓坡与陡坡地形交互分布，陡坡地段基岩出露。地层岩性主要为三叠系上统杂谷脑组砂质板岩、变质砂岩夹大理岩、含碳质板岩,互层、中厚层夹薄层状,岩层总体倾向左岸,产状 N10° ~ 50°W NE∠30° ~ 70°。第四系覆盖层主要分布于河床及坡脚,厚 14.90 ~ 30.60 m。

受雅砻江深切、右岸岩层产状顺坡且软(砂板岩夹含碳质板岩)硬相间、地质构造(前波断裂)及地下水、地震等其他因素影响,该岸滑坡体比较发育,自锦屏库尾顺江往上约 30 km 依次发育草坪、下马鸡店、岗尖、田三、下田镇、上田镇及八通、周家、一江等 9 个滑坡体,除草坪和一江滑坡分布在江左岸,其余均分布在江右岸,分布位置详见图 1。

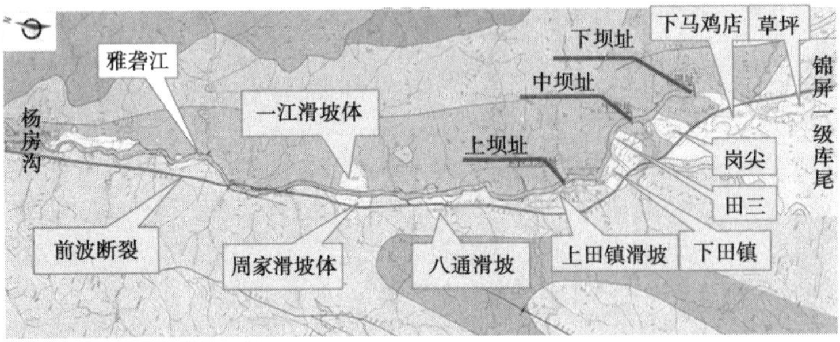


图 1　各坝址、坝线及滑坡体位置示意图

图 1 可看出滑坡是该河段最突出的地质特征,本工程在地表察勘、原居民访问等基础上,针对滑坡钻探(180 个)13 447.5 m、洞探(56 个)5 704.3 m,基本查清各滑坡边界条件、物质组成及滑带性状,又联合成都理工大学研究了其成因机制及稳定性情况,编制完成了《滑坡体成因机制及稳定性研究专题报告》。各滑坡基本特征及稳定性情况见表 1。

表 1　卡拉河段滑坡体基本特征及稳定性情况表

| 滑坡名称 | 规模 | 分布位置(与库尾与一级坝址关系) | 基本特征及稳定性情况 |
|---|---|---|---|
| 草坪滑坡体 | 上、下游宽约 1 500 m,前后缘长约 1 900 m,体积 1.3 亿 $m^3$,巨型滑坡 | 锦屏库尾上游 0.3 ~ 2.0 km 坝址下游 16.70 ~ 18.40 km | 现状无整体变形迹象,天然状况下整体为稳定状态,前缘 A 区浅表层稳定性略差,有小规模塌滑迹象。前缘位于江面正常水位之下 |
| 下马鸡店滑坡 | 上、下游宽约 1 500 m,体积约 1.1 亿 $m^3$,巨型滑坡 | 锦屏库尾上游 4.0 ~ 5.5 km 坝址下游 13.20 ~ 14.70 km | 整体为稳定状态,只是靠上游侧 A2 区地表拉裂变形迹象较明显,勘探揭露 20 m 处存在软弱夹层,分析其浅表层稳定性略差,暴雨工况下处于极限平衡状态,蓄水及地震工况存在局部失稳危险性 |
| 岗尖滑坡体 | 0.88 亿 $m^3$,特大型滑坡 | 锦屏库尾上游 9.7 ~ 10.2 km 坝址下游 8.50 ~ 9.00 km | 为古滑坡体,经受过暴雨及地震检验,其稳定性较好。滑坡主体高于水库蓄水位,蓄水对其稳定性没有影响 |
| 田三滑坡体 | 0.37 亿 $m^3$,特大型滑坡 | 锦屏库尾上游 12.4 ~ 13.0 km 坝址下游 5.70 ~ 6.30 km | 上部 A、B 区滑带土不明显,地表无明显变形迹象,稳定性较好。前缘 C 区滑带土明显,性状差;地表小裂缝发育,1988 年暴雨时中部拉裂较长;评价其在暴雨工况下为极限平衡状态,地震及蓄水淹没情况下存在失稳的风险 |

续表 1

| 滑坡名称 | 规模 | 分布位置(与库尾与一级坝址关系) | 基本特征及稳定性情况 |
|---|---|---|---|
| 下田镇滑坡体 | 1.22 亿 $m^3$,巨型滑坡 | 锦屏库尾上游 13.8~14.9 km 坝址下游 3.80~4.90 km | 现状无明显变形破坏迹象,坡体内物质堆积密实,现状稳定性较好;前缘地形较陡,蓄水淹没情况下可能局部失稳 |
| 上田镇滑坡体 | 624 万 $m^3$,大型滑坡 | 锦屏库尾上游 17.6~18.1 km 坝址下游 0.6~1.16 km | 现状无明显变形迹象,探洞未揭露明显的滑带,坡体内主要为块石层组成,堆积密实;现状稳定性较好 |
| 八通滑坡体 | 1.22 亿 $m^3$,巨型滑坡 | 锦屏库尾上游 23.6~14.9 km 坝址上游 4.90~6.20 km | 现状无明显变形破坏迹象,天然状况下为稳定状态;蓄水后前缘陡坡可能会局部塌滑,但失稳方量有限 |
| 周家滑坡体 | 0.73 亿 $m^3$,特大型滑坡 | 锦屏库尾上游 27.9~29.7 km 坝址上游 9.20~11.00 km | 现状无明显变形破坏迹象,天然状况下稳定性较好;蓄水后前缘可能局部塌滑,但失稳方量有限 |
| 一江滑坡体 | 0.84 亿 $m^3$,特大型滑坡 | 锦屏库尾上游 28.4~30.2 km 坝址上游 9.70~11.50 km | 一江滑坡体为古滑坡,现状未见明显的变形破坏迹象,整体稳定性较好。前缘剪出口高于水库蓄水位,蓄水对其稳定性没有影响 |

## 3　坝址选择

基于滑坡分布覆盖了该河段 60% 范围,又具有规模大、物质组成复杂、治理难度大的技术特性,故将其稳定性、失稳影响及防治处理措施难度作为坝址选择的控制性因素。

规划的卡拉梯级河段长约 50 km,自正北流向南东,总体顺直,平均比降为 0.21%,下游段比降较上游段略大,天然落差 106 m,蕴含水力资源约 150 万 kW。从充分利用水力资源角度出发,卡拉水电站尾水应尽可能与锦屏一级正常蓄水位 1 880 m 相衔接。但自锦屏一级库尾往上游约 300 m 为草坪滑坡体,见图 2,其前缘 A 区浅表层稳定性略差,如在草坪下游至锦屏库尾间建高坝拦蓄水位至 1 987.0 m,坝高 160~170 m,电站装机约 150 万 kW,水力资源充分利用,但水库水位较河水位抬高 120~130 m,草坪滑坡前缘 A 区会部分泡水,性状进一步变差,存在一定规模失稳的可能性,将威胁枢纽主体建筑物安全,故草坪滑坡体下游至锦屏库尾间不宜修建高坝。草坪滑坡再往上游 2.1 km 的下马鸡店滑坡体,两滑坡间除发育七一桥崩坡积体外,前波断裂还在此处过江,其间不具备建坝条件,故卡拉水电站坝址应在下马鸡店滑坡体往上游河段选择。

下马鸡店滑坡体往上游约 24.5 km 河段岸坡还依次分布有岗尖、田三、下田镇、上田镇、八通、周家及一江等 7 个大型至巨型滑坡体;其中靠上游的一江、周家及八通 3 个滑坡基本

图2　草坪滑坡体正视图

连通，其间无法选作坝址；再往一江上游，距杨房沟坝址只有 20 km，仅能利用规划河段水头的一小半，水力资源利用很不充分，故从水力资源合理利用考虑，坝址不应选在一江往上游河段，宜选择在八通至下马鸡店滑坡体间岸坡稳定河段。

八通至下马鸡店滑坡体间约 18 km，该选坝河段最突出的地质特征依然是滑坡体发育，故坝址选择以滑坡为决定性因素，遵循以下原则：①枢纽建筑物避免直接坐落在滑坡体和崩坡积体上；②对于稳定状态较差的滑坡体或水库蓄水可能改变其稳定性状的滑坡，坝址尽可能选择放在其上游；③枢纽建筑物与滑坡体和崩坡积体间距尽量大一些。

选坝河段被滑坡切割为 4 段，其中田三至下田镇滑坡基本连通，其间无法选作坝址，其他 3 段岸坡基岩裸露，可选作坝址，第一段是八通至下田镇的下段——九一三沟至上田镇沟间约 2.5 km 范围；第二段是田三至岗尖滑坡间，长约 2.2 km；最下段是岗尖至下马鸡店滑坡间，长约 4 km。结合地形地质条件及水能利用等因素，分别在上述 3 段布置上、中、下三个坝址进行比选，其中上坝址在八通滑坡体下游约 4.9 km 处，利用水头约 64 m，装机 98 万 kW；中坝址位于田三下游 1.2 km、岗尖上游 1.0 km 处，利用水头约 77 m，装机 115 万 kW；下坝址位于岗尖下游 2.4 km、下马鸡店上游 1.7 km 处，利用水头约 87 m，装机 125 万 kW。

考虑三个坝址均为窄河谷、中水头、大流量、水库调蓄能力低、河段滑坡体发育的特点，均选择碾压混凝土重力坝、坝身泄洪建筑物、地下厂房为各坝址代表枢纽布置形式。

由于各比选坝址建坝条件优劣除受本身地形地质条件制约外，近坝河岸分布的滑坡体稳定性及其失稳后对枢纽可能产生的危害亦是控制性因素之一。我们又对 3 个坝址进行了滑坡风险分析评价，同时定量分析了坝下滑坡失稳堵江对各坝址枢纽发电影响，分析结论见表 2 和表 3。基于风险分析及滑坡堵江对枢纽发电影响的分析结论，3 个比选坝址以上坝址条件相对最好，对于库内滑坡，其上距八通、周家及一江滑坡体 4.9 ~ 11.5 km，且河段中间有一约 90°转弯（八通滑坡下游约 1.5 km），对涌浪的消减作用较大，即使库内滑坡失稳，涌浪对其危害也相对小；对于坝下滑坡，稳定性较差的田三、下马鸡店及草坪滑坡体位于坝下，即使失稳也不威胁大坝安全。上坝址符合“避让为主、加强监测预警”的滑坡防治思路，故选定卡拉水电站坝址在九一三沟至上田镇沟间的上坝址，其下距锦屏库尾约 18.7 km。

表 2 下马鸡店滑坡体堵江对各坝址枢纽发电影响对比表

| 假定堵江高度(m) | 枢纽发电量(亿 kW·h) | | | | | |
|---|---|---|---|---|---|---|
| | 上坝址 | | 中坝址 | | 下坝址 | |
| | 年发电量 | 年均损失 | 年发电量 | 年均损失 | 年发电量 | 年均损失 |
| 5 | 45.345 | 0 | 51.583 | -0.23 | 55.898 | -1.05 |
| 10 | 45.345 | 0 | 51.561 | -0.252 | 53.958 | -2.99 |
| 15 | 45.345 | 0 | 50.883 | -0.93 | 51.828 | -5.12 |
| 20 | 44.885 | -0.46 | 48.833 | -2.98 | 48.888 | -8.06 |
| 30 | 41.555 | -3.79 | 41.973 | -9.84 | 42.218 | -14.73 |
| 40 | 34.735 | -10.61 | 35.633 | -16.18 | 35.638 | -21.31 |

表 3 草坪滑坡体堵江对各坝址枢纽发电影响对比表

| 假定堵江高度(m) | 枢纽发电量(亿 kW·h) | | | | | |
|---|---|---|---|---|---|---|
| | 上坝址 | | 中坝址 | | 下坝址 | |
| | 年发电量 | 年均损失 | 年发电量 | 年均损失 | 年发电量 | 年均损失 |
| 5 | 45.345 | 0 | 51.813 | 0 | 56.512 | -0.436 |
| 10 | 45.345 | 0 | 51.813 | 0 | 56.508 | -0.44 |
| 15 | 45.345 | 0 | 51.583 | -0.23 | 55.988 | -0.96 |
| 20 | 45.345 | 0 | 51.333 | -0.48 | 54.308 | -2.64 |
| 30 | 44.215 | -1.13 | 48.103 | -3.71 | 48.408 | -8.54 |
| 40 | 40.085 | -5.26 | 41.983 | -9.83 | 42.078 | -14.87 |

## 4 枢纽布置及主要建筑物预防措施

基于选定的上坝址，为确保枢纽建筑物安全，其枢纽布置及建筑物仍需考虑减轻或避免坝上及坝下滑坡失稳影响的措施。

主要建筑物选型方面，为避免滑坡涌浪漫坝引起的垮坝这种情况发生，拦河坝选定抗滑坡涌浪风险能力较强的重力坝型，同时坝顶在正常超高的基础上额外预留超高以避免滑坡涌浪影响。本工程采用“美国土木工程学会法、水科院经验公式法及潘家铮法”分析的库内最大滑坡涌浪为周家滑坡体蓄水工况下 B2 区局部失稳，在入水点最高引起 14.4 m 的涌浪，传递至坝址处最大涌浪高度 2.36 m，故在正常超高的基础上额外加高 4 m。最终选定坝顶高程 1 995.0 m，高于正常蓄水位 1 987.0 m 达 7 m；且坝身布置 2 个中孔，以便必要时能快速降低库水位，以避免或减轻库内滑坡在蓄水或地震工况失稳不利影响。

基于选定的重力坝坝型，枢纽布置分泄洪消能建筑物和引水发电系统两个方面进行比选，其比选原则除要求满足功能外，还兼顾能避免或减轻滑坡的不利影响，及避免对滑坡产生不利影响。

泄洪建筑物选用坝身5表孔(11 m×17 m)及2中孔(5 m×7 m),就是考虑表孔规模小具有技术可靠性好、运行灵活、维护保养简便等优点,对于本工程位于多滑坡体河段及近坝下发育上田镇滑坡体,泄洪设施运行灵活、可靠,确保库内滑坡失稳时,能快速打开闸门泄水,降低坝前库水位,以减轻或避免库内滑坡涌浪的危害,对于保证大坝安全具有重要的意义。坝下设底流消力池消能,除岸坡条件制约外,还考虑底流消能雾化程度较轻,可避免雾化雨对近坝的上田镇滑坡体产生不利影响。

受河谷狭窄、两岸坡地形陡峻的条件制约,引水发电系统仅对左、右岸地下布置方案进行技术经济比较,不考虑地面厂房方案。对于选定的右岸地下厂房方案,为避免坝下滑坡失稳堵江淹没厂房的不利影响,采取抬高其进场交通洞及通风洞洞口等措施,其中进出口交通洞洞口高程抬高至1 950.0 m,较设计洪水位1 931.19 m高18 m多,较四台机发电尾水位1 918.94 m高31 m多。

综合坝址处地形地质条件及滑坡体影响,选定枢纽布置形式为:碾压混凝土重力坝,最大坝高126.0 m,坝身布置5表孔(11 m×17 m)及2中孔(5 m×7 m)泄洪,坝下底流消力池消能,右岸布置地下引水发电系统;主厂房内安装4台单机容量245 MW水轮机组,引水隧洞为单机单洞斜井型式,尾水采用2机合一洞布置型式;主厂房、主变洞及尾水调压室平行布置,主厂房洞开挖尺寸232.6 m×28.0 m×75.18 m。

## 5　施工预防措施

卡拉水电站施工导流采用全年围堰一次断流、隧洞导流的方案。上、下游均采用土石围堰,混凝土防渗墙和土工膜组合的防渗形式,上游围堰堰顶高程1 964 m,最大堰高56 m;下游围堰堰顶高程1 931.5 m,最大堰高21.5 m;上、下游围堰均额外预留3 m安全超高,以减小或避免库内滑坡涌浪及坝下滑坡壅高水位的不利影响。

## 6　监测预警措施

为准确掌握坝址河段各滑坡体的稳定性状态、变形规律及影响稳定的主要因素,为滑坡加固处理设计及施工期和运行期安全预警提供素材,卡拉水电站在业主雅砻江公司的大力支持下,在可研阶段就对近坝的九个滑坡进行了监测,监测内容包括环境量(雨量、温度、气压)、地表位移(水平位移、垂直位移)、表面裂缝、深层变形、地下水位等。安全监测除深层测斜采用人工测读外,其他监测项目均接入相应的自动数据采集装置,实行监测数据自动采集,并暂存在采集装置内,人工定期到自动采集点收取数据,转入监测信息管理系统。

考虑本工程滑坡规模大、组成物质复杂,暴雨等因素都可能导致滑坡浅表层局部变形,但其深层及整体稳定并没有影响,故本工程滑坡体监测主要关注其深层变形及系统变形情况。自2012年8月滑坡体监测实施完成以来,已完成17期安全监测月报(每月一期)。现有的监测成果表明:周家、八通、上田镇、下田镇及岗尖无明显变形迹象,整体稳定性较好。

表面裂缝监测表明田三滑坡前缘C区拉裂缝不再扩展,说明其变形已趋于稳定,但考虑其滑带土明确、性状差、有磨圆迹象,分析其应为极限稳定状态。其C区拉裂缝原为1988年暴雨时产生,暴雨及地震应是影响其稳定性敏感因素,故田三滑坡体加固措施之一是地表截排水及地下排水洞对滑带土排水。

监测表明,2012年10月5~23日间下马鸡店滑坡体A区有新的变形迹象,其中A2区浅表层7～15 m厚变形较明显(最大位移累计值达149.3 mm,位移速率在0.1～0.94 mm/h,10月23～29日位移持续增加,增加速率减缓),多个测斜孔均已被土体滑动剪切破坏,地表出现多处拉裂缝。对监测结果分析认为:下马鸡店滑坡体A2区浅表层(10～15 m厚,总量约350万$m^3$)现状稳定性较原极限稳定状态有进一步降低,暴雨是其稳定性降低的主要诱因之一,在暴雨或地震等一些诱因条件下,A2浅表层失稳的可能性较大。从现状变形迹象分析,其失稳以蠕滑解体入江为主,整体一起下滑入江可能性很小;一次局部失稳方量预计在5万～10万$m^3$,但局部失稳会牵引相邻区域或打破相邻区域平衡条件进而导致其加速失稳。由于下马鸡店滑坡体上有一定数量的当地居民生活(A2区上也有10多户),卡杨对外交通公路部分标段施工道路也在A2区穿过,为避免滑坡体局部失稳引起的生命财产损失,向业主发函提出预警建议,内容如下:

(1)对下马鸡店滑坡体已破坏的观测设施重新恢复,且对变形迹象明显的A2区及其可能影响的A1区增加观测设施,加强观测及巡视,发现异常变形迹象立即报告和发出预警。

(2)请雅砻江公司对卡杨对外交通公路需穿行下马鸡店滑坡体的施工项目部、卡拉水电站所在地地方政府及滑坡体上生活的当地居民、滑坡体监测人员等发出预警,且在下马鸡店滑坡体上的道路路口和相对集中居民点设立警示标识。滑坡位移速率与警戒等级关系参照《水电水利工程边坡设计规范》附表执行,另如位移持续增加、增加速率增加,警戒等级宜提高一级执行;如位移持续增加、增加速率减缓,在雨季警戒等级也宜提高一级执行(见表4)。

**表4　滑坡位移速率与警戒等级表**

| 警戒等级 | 位移速率 | 警戒要求 |
|---|---|---|
| 一级 | 1 mm/h | 警戒,区域内巡视 |
| 二级 | 2 mm/h | 下方作业人员撤离,可能局部塌落 |
| 三级 | 4 mm/h | 全部撤离,报警,可能整体滑落 |

(3)下马鸡店滑坡体距卡拉坝址较远(在枢纽下游13.2～14.7 km处),分析其浅表层局部失稳对枢纽安全及电站运行影响均较小,但为避免A2区浅表层整体失稳进而牵引其上方的A1区域失稳,建议及早对下马鸡店滑坡体A区采取一定的加固措施,减小A2区浅表层整体下滑的可能。

已有的监测成果结论与《滑坡体成因机制及稳定性研究专题报告》结论基本一致,说明基于《滑坡体成因机制及稳定性研究专题报告》结论选择的坝址、坝型、枢纽布置及工程预防措施是基本合适的。随着时间推移,监测成果的进一步丰富,将为有针对性地加固处理设计及施工期和运行期安全预警提供较好的素材。

## 7　结　论

卡拉水电站对于选坝河段可能影响枢纽工程建设的控制性因素——滑坡体,采取了避让为主(将稳定性较差的田三、下马鸡店及草坪滑坡置于坝下)、加强监测预警(建议有类似滑坡的工程监测越早实施越好)及拦河坝坝顶预留4 m安全超高、坝身布置2个中孔及抬高地下厂房进场交通洞和通风洞洞口高程等措施,应能避免或减轻滑坡失稳可能对枢纽产生的灾害,枢纽建筑物安全应该是能保证的。

# 锦屏一级高拱坝左岸基础处理技术

蒋学林

（雅砻江流域水电开发有限公司　四川　成都　610021）

**摘要：**拱坝对坝基的地形地质条件有较高的要求，但实际坝址存在着不同影响程度的地质缺陷，需要通过基础处理措施，使地基能适应拱坝所要求的边界约束条件。本文分析和研究了以左岸抗力体为代表的软弱岩体方案，经施工实践和蓄水运行证明，所确定的基础处理方案合理，处理效果良好，可为类似工程设计提供参考。

**关键词：**锦屏一级　高拱坝　软弱岩体　基础处理

锦屏一级水电站坝址具备修建300 m高拱坝的地形地质条件，但坝区、特别是左岸地质条件复杂，主要的地质缺陷有f5、f8、f 13和f 14断层、煌斑岩脉、深部裂缝、层间挤压带及拉裂松弛岩体等。这些地质缺陷对拱坝的体形选择、坝体受力性态、拱座的抗滑稳定和变形稳定以及基础的渗流控制等，均会产生较大影响，且相应的工程处理措施，也将成为制约拱坝设计的关键技术问题之一。本文通过工程处理措施类比及数值分析，提出可行的基础处理方案。

## 1　工程概况

锦屏一级水电站雅砻江下游的控制性水库梯级电站，总装机容量3 600 MW，常蓄水位1 880 m，库容77.6亿$m^3$。枢纽主要建筑物包括挡水、泄洪及消能、引水发电等永久性建筑物。电站大坝为双曲拱坝，最大坝高为305 m，是目前世界上已建和在建水电工程中最高拱坝。锦屏一级水电站高拱坝建设，是世界拱坝建设史上的里程碑。

## 2　高拱坝左岸基础地质缺陷

坝区两岸山体雄厚，谷坡陡峻，基岩裸露，相对高差千余米，为典型的深切“V”型谷。

左岸基础处理工程范围内出露的基岩为中上三叠统杂谷脑组第二段（$T_{2-3}Z^2$）大理岩和第三段（$T_{2-3}Z^3$）变质砂岩、粉砂质板岩，另外还可见少量后期侵入的煌斑岩脉（X）。1 735 m高程以上坝基及抗力岩体质量较差，主要发育断层f5、f8，煌斑岩脉（X）及在1 680 m高程以上发育深部裂隙（$Ⅳ_2$类岩体）等软弱岩带（结构面），其工程地质性状差，水平埋深大。

左岸坝基及抗力体岩体1 600～1 735 m高程以Ⅱ～$Ⅲ_1$类岩体为主，局部为$Ⅲ_2$类岩体，变形模量较高，抗变形能力较强。1 735～1 820 m高程大理岩及1 820 m高程以上的砂板岩，由于断层、受裂隙影响的$Ⅳ_2$类岩体等软弱岩带（结构面）发育，建基面及以里一定范围多由Ⅴ、$Ⅳ_2$类岩体组成，其工程地质性状差，岩体变形模量低，抗变形能力亦差，将造成坝基下部与上部岩体的不均一变形。1 600～1 735 m高程建基面及以里一定深度发育的断层f2、f5及受裂隙影响的$Ⅳ_2$类岩体、1 680 m高程以上煌斑岩脉（X）、层间挤压错动带等软弱岩带，变形模量低，工程地质性状差。

其中左岸“深部裂隙”是锦屏一级电站的特殊地质现象。它是在锦屏高边坡特定高应力环境和岩性组合条件下，伴随河谷下切过程，边坡应力强烈释放，而在原有构造结构面基础上卸荷张裂所形成的一套边坡深卸荷裂隙体系。依据深部裂缝的张开宽度、充填物特征等，将深部裂缝（带）划为4个等级：

Ⅰ级：一般为单条空缝，张开宽度≥20 cm，无充填，或充填少量岩块、角砾。走向和倾向方向均呈缩放相间形态，一般在原有小断层基础上发育，多有数十厘米下错位移。延伸角度较大，通常在百米以上。

Ⅱ级：一般为具一定宽度的松弛带，单条张开宽度10 cm≤宽度＜20 cm，但较密集，带较宽，裂缝多无充填，较新鲜，有数厘米至数十厘米的下错位移。延伸长度较大，通常为数十米。

Ⅲ级：一般为数条小裂缝平行发育组成的松弛岩带，累积张开宽度3 cm≤宽度＜10 cm，部分充填岩块、岩屑，部分未充填，成空缝，一般无下错位移。延伸长度几米至几十米。

Ⅳ级：为裂隙松弛带，裂隙密集发育，岩体松弛，无典型空缝，累积局部张开宽度＜3 cm。延伸长度较小，一般几米至十几米。

据统计，左岸基础处理f5断层混凝土置换网格洞井Ⅴ类围岩占90%，煌斑岩脉混凝土置换网格洞井$Ⅳ_2$类围岩占10%，Ⅴ类围岩占80%。

## 3　可研阶段左岸基础处理的方案研究及决策

针对锦屏一级水电站左岸特有的断层、煌斑岩脉、深部裂缝、层间挤压带及拉裂松弛岩体等地质缺陷，开展了坝区三维渗流分析、坝基软弱岩体固结灌浆试验，并通过三维有限元分析地质力学模型试验论证处理效果。广泛收集国内外高混凝土拱坝基础处理设计和施工经验，包括各种基础处理措施最新手段和方法。左岸基础处理采用了综合处理方案。对各类地质缺陷处理设计方案比较如下：

### 3.1　左岸上部$Ⅳ_2$级砂板岩处理方案研究

左岸上部砂板岩卸荷水平深度一般为50～70 m，最大可达90 m；弱卸荷带最深达200余m。岩体中卸荷裂隙发育，普遍松弛张开，以碎裂结构为主，完整性差，岩体变模偏低，承载能力和抗变形能力弱。进行了三种处理方案的对比研究。

通过计算模拟结论如下：

（1）混凝土传力洞方案对坝体和基础的位移改变很微弱，位移量值几乎没有变化，处理效果不理想。

（2）混凝土重力墩方案使坝体应力和位移分布规律略有改善，提高了其对称性和均匀性。但增大了重力墩底部高程的应力值，使EL.1 790～1 750 m深拉裂隙较为密集的基础岩体所承担的压力增大，增加了该部位的基础处理难度。

(3)混凝土垫座方案使基础综合变形模明显提高,增加了拱座的刚度,基础的位移也大大减小,两岩位移的不对称性得到改善,对左岸上部砂板岩的处理效果较为明显。

(4)三种方案工程量差别很大(详见表1),传力洞方案基础处理工程量虽小,但带来坝体混凝土和基础开挖工程量的增加。

**表1　各方案砂板岩处理工程量比较表**

<table>
<tr><th colspan="3">方案 / 项目</th><th>垫座方案</th><th>传力洞方案</th><th>重力墩方案</th></tr>
<tr><td rowspan="3">混凝土量</td><td colspan="2">基本坝体(万 m³)</td><td>494.301</td><td>527.151</td><td>494.301</td></tr>
<tr><td colspan="2">处理部位(万 m³)</td><td>10.07</td><td>4.81</td><td>45.863</td></tr>
<tr><td colspan="2">合计(万 m³)</td><td>504.371</td><td>531.961</td><td>540.164</td></tr>
<tr><td rowspan="3">开挖方量</td><td colspan="2">基本坝体(万 m³)</td><td>472.08</td><td>509.60</td><td>472.08</td></tr>
<tr><td colspan="2">处理部位(万 m³)</td><td>70.31</td><td>4.81</td><td>126.21</td></tr>
<tr><td colspan="2">合计(万 m³)</td><td>542.39</td><td>514.41</td><td>598.29</td></tr>
<tr><td rowspan="3">最大开挖坡高</td><td rowspan="2">左岸最大坡高</td><td>数值</td><td>161.38</td><td>189.04</td><td>161.38</td></tr>
<tr><td>部位</td><td>EL.1 630 m 上游坡</td><td>EL.1 630 m 上游坡</td><td>EL.1 630 m 上游坡</td></tr>
<tr><td colspan="2">左岸坝头最大坡高(m)</td><td>135.0</td><td>110.25</td><td>150.0</td></tr>
</table>

因此,拟采用混凝土垫座方案对砂板岩进行处理。

经过对垫座提高地基刚度的敏感性分析,垫座宽度、厚度分析,垫座置换深度分析,确定垫座置换的合理深度为以0.6~0.8倍拱端厚度为佳;垫座的断面形状为梯形,与拱端接触处的宽度,以等于或大于1.5倍拱端厚度较为经济合理;垫座超过拱端厚度部分,宜全部置于拱圈下游。具体的垫座形体尺寸,应结合不同高程部位的拱端厚度、地质条件、以及结合f5和f8在拱端出露部位的置换处理,统一进行考虑。

### 3.2　左岸f5、f8断层的处理方案研究

f5、f8直接出露于建基面上,由于断层的变形参数和抗剪参数均很低,对坝体应力、变形和坝肩稳定都有较大影响。采用明挖和洞挖相结合的方式进行混凝土回填置换处理。

(1)建基面上出露的f5、f8部分:拟采用表层的明挖回填置换处理。

(2)抗力体范围内的f5、f8部分:拟采用斜井和平硐组成的混凝土网格系统进行混凝土置换处理。斜井间水平宽度根据断层宽度确定,长度均为10 m;平硐宽度根据断层宽度确定,高度均为10 m。

建基面上f5、f8出露部分的回填置换处理是必要的。因此,这里仅研究f5、f8的断层的网格处理问题。

对于混凝土网格系统设计,为反映抗力体部位断层的网格置换处理效果,选取从EL.1 630 m~1 885 m顺河向宽度278 m,横河向为280 m的局部模型,采用三维有限元法,对5种方案进行了对比分析处理效果。计算方案见图1,各方案计算成果比较见表2。

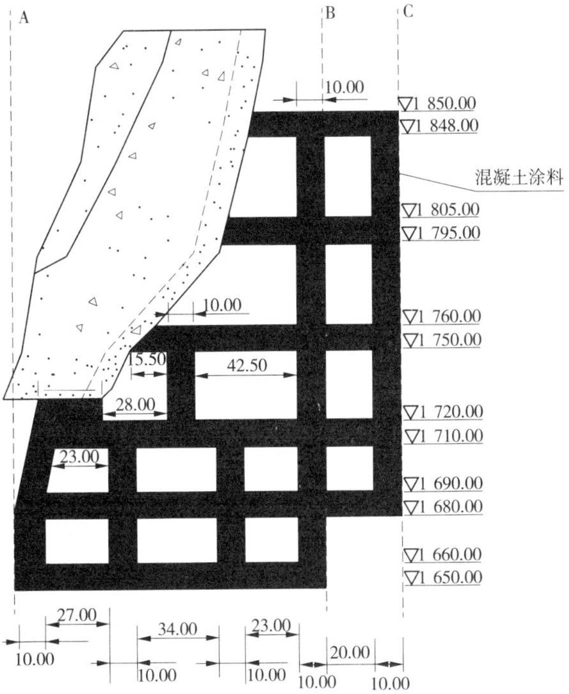


图 1　置换网格计算方案图

表 2　各处理工况特征点位移

| 部位 | | 仅有垫座 | 方案 1 | 方案 2 | 方案 3 | 方案 4 | 方案 5 |
|---|---|---|---|---|---|---|---|
| 最大合位移 | | 1.30 | 1.21 | 1.21 | 1.21 | 1.20 | 1.21 |
| 最大顺河位移 | | 1.16 | 1.12 | 1.12 | 1.12 | 1.11 | 1.11 |
| 1 885 m 高程 | 垫座上角点 | 0.79 | 0.71 | 0.72 | 0.71 | 0.71 | 0.71 |
| | 垫座下角点 | 0.78 | 0.68 | 0.68 | 0.67 | 0.67 | 0.67 |
| 1 870 m 高程 | 垫座上角点 | 0.80 | 0.72 | 0.72 | 0.72 | 0.71 | 0.72 |
| | 垫座下角点 | 0.71 | 0.63 | 0.64 | 0.62 | 0.62 | 0.62 |
| 1 830 m 高程 | 垫座上角点 | 0.80 | 0.73 | 0.73 | 0.73 | 0.73 | 0.73 |
| | 垫座下角点 | 0.69 | 0.62 | 0.63 | 0.50 | 0.60 | 0.59 |
| 1 790 m 高程 | 垫座上角点 | 0.68 | 0.68 | 0.67 | 0.68 | 0.67 | 0.67 |
| | 垫座下角点 | 0.76 | 0.67 | 0.69 | 0.67 | 0.66 | 0.66 |
| 1 750 m 高程 | 垫座上角点 | 0.95 | 0.74 | 0.75 | 0.74 | 0.74 | 0.74 |
| | 垫座下角点 | 1.10 | 1.02 | 1.03 | 1.02 | 1.01 | 1.02 |
| 1 730 m 高程 | 垫座上角点 | 0.95 | 0.75 | 0.75 | 0.75 | 0.75 | 0.75 |
| | 垫座下角点 | 1.12 | 1.05 | 1.05 | 1.04 | 1.03 | 1.04 |

方案 1：A、B 之间网格从 1 805.00 m 到 1 680.00 m 高程部分即原网格方案中去掉

1 805.00 m 到1 850.00 m 高程一段；

方案2：A、B 之间网格从 1 760.00 m 到 1 680.00 m 高程部分即原网格方案中去掉 1 760.00 m到 1 850.00 m 高程一段；

方案3：A、B 之间网格从 1 850.00 m 到 1 680.00 m 高程部分即原网格方案；

方案4：A、B 之间网格从 1 885.00 m 到 1 650.00 m 高程部分即原网格方案向深部扩大 20.00 m；

方案5：A、C 之间网格从 1 850.00 m 到 1 680.00 m 高程部分即原网格方案向下游扩大 20.00 m；

上述分析计算表明：在断层处理中，垫座起主要作用，井硐网格系统仅起辅助作用，但各种方案的变化对位移的影响并不敏感，先暂按方案 4 保留井、硐网格系统的设置。最终方案的确定，需进一步优化分析论证。

为了深入研究混凝土网格置换措施的加固效果，进行了整体三维有限元计算。模型计算域以坝轴线为中心，向上游 1 倍坝高、下游 2.8 倍坝高，沿顶拱坝肩向两岸各 1.5 倍坝高，建基面以下 1 倍坝高，顶拱向上取 40 m，整个范围约 1 600 m×1 100 m×700 m。计算模型模拟仅考虑了混凝土网格系统对地基的刚度影响，未计入混凝土垫座的加固作用，并充分模拟了河谷主要的地形特征，拱肩槽开挖、左岸 f5、f8 断层、煌斑岩脉和右岸断层等地质结构以及置换网格加固措施和坝区分布的各种岩体及其岩级。

经过对坝体应力分布状态、基础位移、点安全度等计算成果分析，f5、f8 断层处理结论如下：

(1)对建基面出露的断层，采用表层明挖回填置换，并与左岸上部高程$Ⅳ_2$ 级砂板岩混凝土垫座的置换处理相结合，能显著减小坝基位移，提高断层的抗变形能力；

(2)垫座的深度和宽度根据效果敏感分析，深度宜为 0.6～0.8 倍拱端厚度，宽度方向取 1.5 倍拱端厚度，不向拱座上游坝踵外伸；

(3)对于抗力体范围内的断层，采用斜井和平硐组成的混凝土网格系统进行混凝土置换，可使垫座基础位移进一步减小，对改善断层的抗剪性能、减小变形、提高拱坝的抗滑稳定有一定效果；

(4)局部三维有限元分析表明，井硐网格即使压缩到较小范围，其效果没有很明显变化，表明处理的敏感部位在 EL. 1 750 m 以下不大的一个范围，有必要对井硐网格系统布置及处理范围进一步优化研究。

### 3.3　左岸煌斑岩脉处理效果分析

左岸煌斑岩脉为深埋在建基面以里的软弱岩带，是绕坝渗漏的集中通道，同时也可能加大坝基的压缩变形，对大坝造成不利影响，研究采用一定的加固处理措施，以改善坝体受力条件。采用以下两种方案对处理效果进行对比分析。

方案一：煌斑岩脉混凝土网格置换处理

采用洞挖置换处理，利用 EL. 1 830 m、EL. 1 790 m 和 EL. 1 750 m 高程的灌浆平硐，沿着煌斑岩脉的产状，形成由斜井和平硐组成的网格系统进行混凝土置换，斜井和平硐断面均为 5.00 m×5.00 m，上游第一条斜井布置在防渗帷幕轴线上。

取 EL. 1 750 m 平面，采用平面有限元对煌斑岩脉混凝土网格的效果进行分析(见表3)，分析成果如下：

方案1：天然地基；

方案2：灌浆＋垫座；

方案3:灌浆+垫座+煌斑岩脉混凝土网格。

**表3 三种方案的处理效果比较表**

| 方案 | 坝体最大相对位移 | 左岸坝基相对位移 | | | 右岸坝基相对位移 | | |
|---|---|---|---|---|---|---|---|
| | | $U_X$ | $U_Y$ | $U_{SUM}$ | $U_X$ | $U_Y$ | $U_{SUM}$ |
| 方案1 | 1.0 | 1.0 | 1.0 | 1.0 | 1.0 | 1.0 | 1.0 |
| 方案2 | 0.81 | 0.61 | 0.38 | 0.57 | 0.94 | 1.05 | 0.95 |
| 方案3 | 0.80 | 0.59 | 0.37 | 0.56 | 0.94 | 1.06 | 0.96 |

由上计算成果表可见:

(1)在采用垫座和灌浆处理后,坝体最大位移(拱冠)减小了19%以上,左岸拱座顺河向位移减小了39%,横河向位移减小了62%,左岸坝基的刚度得到提高。对改善坝体应力、拱座变形稳定和抗滑稳定条件是很有效的。

(2)煌斑岩脉部位设置混凝土网格后,坝体和基础的位移有进一步减小的趋势,但从计算数值分析,加混凝土网格后效果甚微,在总的变形减小值幅度中,混凝土中网格系统所占的贡献仅占2%~4%,从提高基础刚度,减小坝基变形的目的分析,不存在设置混凝土系统的必要性,但从防渗目的出发,在煌斑岩脉与防渗帷幕相交处,应设置斜井以加强防渗。

方案二:垫座+传力硐

将左岸建基面上部EL.1 885~1 790 m高程的粉砂质板岩、Ⅳ级和$Ⅲ_2$级岩体,用混凝土垫座进行置换。在垫座以里加混凝土传力硐,在均化拱座压力基础上,进一步利用混凝土传力硐将力传向煌斑岩脉以里$Ⅲ_1$级以上岩体。

取EL.1 870 m平面,采用平面有限元对垫座+传力硐的效果进行分析,计算方案如下:

方案1:天然地基;

方案2:垫座;

方案3:垫座+一条传力硐;

方案4:垫座+二条传力硐。

计算方案见图2,成果见表4。

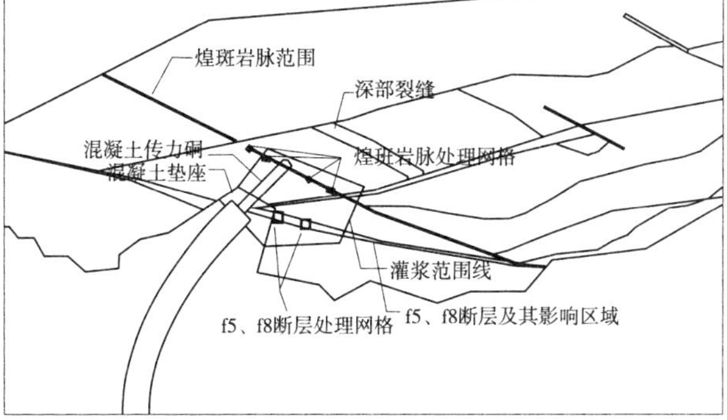


**图2 垫座+传力硐计算方案图**

**表 4　各种方案左岸坝基相对位移比较表**　(单位:cm)

| 高程(m) | 方案 | 最大位移相对值 | 顺河向位移相对值 $U_X$ | 横河向位移相对值 $U_Y$ | 合成位移相对值 $U_{SUM}$ |
|---|---|---|---|---|---|
| 1 870 拱圈 | 方案 1 | 1.0 | 1.0 | 1.0 | 1.0 |
| | 方案 2 | 0.69 | 0.50 | 0.35 | 0.45 |
| | 方案 3 | 0.68 | 0.48 | 0.31 | 0.43 |
| | 方案 4 | 0.68 | 0.48 | 0.30 | 0.42 |
| 1 830 拱圈 | 方案 1 | 1.0 | 1.0 | 1.0 | 1.0 |
| | 方案 2 | 0.81 | 0.67 | 0.45 | 0.63 |
| | 方案 3 | 0.80 | 0.65 | 0.40 | 0.61 |
| | 方案 4 | 0.80 | 0.64 | 0.37 | 0.60 |

从上表统计数据表明:由于煌斑岩脉距拱端较远,设置垫座以后,地基应力很快扩散,作用在煌斑岩脉上的应力很小,岩脉本身压缩变形值亦很小,即使在垫座后设置了传力硐,对拱端位移的减小并未起到很大作用。因此,本方案不可取。

为深入研究混凝土网格措施的加固效果,在计算模型荷载工况、边界条件基本不变的情况下,进行了三维有限元计算。经对坝体的应力和位移分布状态和基础位移分析计算,煌斑岩脉处理方案结论如下:

(1)设置垫座后,由于应力扩散,使煌斑岩脉对拱坝的影响减小到很微弱的程度,说明垫座是提高地基刚度的最有效手段。

(2)煌斑岩脉距拱端有足够的距离,无论是采用垫座+混凝土网格方案,或是采用垫座+传力硐方案,只能使拱端位移再减少 1~2 个百分点。因此,煌斑岩脉重点需在与防渗帷幕相交处设置一道防渗斜井处理。

### 3.4　波速较低岩体和深部裂缝的Ⅳ$_2$ 级岩体处理

拱座上部高程Ⅳ$_2$ 级岩体普遍松弛张裂,变形模量低,抗变形能力弱,对拱坝的变形影响大,是造成锦屏一级拱坝两岸不对称的主要因素。通过现场固结灌浆试验的研究表明,大理岩中的Ⅳ$_2$ 级和Ⅲ$_2$ 级岩体具有很好的可灌性,灌浆后Ⅳ$_2$ 级和Ⅲ$_2$ 级岩体的变形模量得到大幅度提高。采用 4 种计算模型,采用平面有限元法计算,计算成果见表 5,计算方案见图 3。

**表 5　左岸拱端平均位移**

| 方案 | 拱端 | | | | | |
|---|---|---|---|---|---|---|
| | $U_X$ | 减小率 | $U_Y$ | 减小率 | $U_{SUM}$ | 减小率 |
| 天然 1 830 | 6.01 | — | 4.19 | — | 7.33 | — |
| 灌浆 1 | 4.74 | 21.1% | 3.07 | 26.7% | 5.65 | 22.9% |
| 灌浆 2 | 4.36 | 27.5% | 2.72 | 35.1% | 5.14 | 29.9% |
| 灌浆 3 | 4.32 | 28.1% | 2.73 | 34.9% | 5.10 | 30.4% |
| 灌浆 4 | 4.30 | 28.5% | 2.73 | 34.9% | 5.10 | 30.4% |

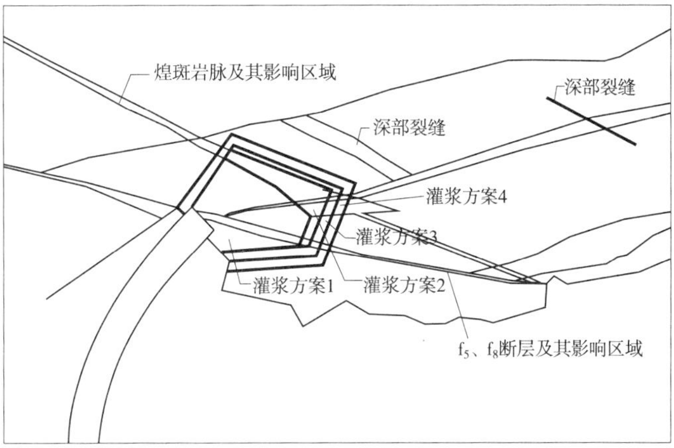


图3　灌浆范围计算方案图

从计算结果得到如下结论：

(1)灌浆后左拱端的位移有较大的减小，顺河向平均位移减小21%以上，横河向位移减小了26%以上，说明灌浆对减小拱端变形，提高$Ⅳ_2$级和$Ⅲ_2$级岩体变形能力，减小两岸基础的不对称性有较好效果；

(2)随灌浆范围的扩大，地基刚度也随着增加，但到一定范围之后，刚度增加的幅度很微小，从4个方案对减小地基变形趋势分析，以3方案较佳。

## 4　左岸基础处理方案的优化

### 4.1　左岸基础处理主要措施经济比较

对基础处理主要拟采用的工程措施灌浆加固方案和开挖回填方案经济比较如下．

根据固结灌浆试验的布孔孔距，可计算出在平面上每孔的覆盖面积约为3 $m^2$(1.75 m×1.75 m)，即1 m的钻灌可处理3 $m^3$岩体。按本次固结灌浆试验成果估计大面积施工耗灰量约250 kg/m，综合钻灌单价959.41元/m左右，即实际用灌浆处理1 $m^3$岩体的单价在319.80元左右。而锦屏开挖1 $m^3$岩体的单价约145元，1 $m^3$混凝土的单价约360元。灌浆加固处理岩体比开挖回填混凝土方案节约37%的费用，具有很大的经济优势。

经上述经济技术比较及安全风险分析，专家院士们总结出了抗力体处理应“多打针、少开刀”(多钻孔灌浆，少开挖)成功经验，并在设计方案优化中大量被采纳。

### 4.2　左岸基础处理设计方案优化

本文重点研究了左岸抗力体地下基础处理，具体处理工程包括以下项目：

(1)抗力体固结灌浆及f5等断层的加密灌浆(不包括建基面的固结灌浆)；

(2)煌斑岩脉混凝土防渗斜井置换处理；

(3)深部f5断层等混凝土网格置换处理；

(4)左岸大坝基础帷幕灌浆；

(5)左岸大坝基础及抗力体排水。

经对类似工程的深入调研，充分考虑到左岸抗力体内开挖洞室太多易引发整个左岸山体安全事故的严重问题，以及抗力体内洞室太多、受爆破振动、灌浆等相关规范的限制、不利于施工进度安排。因此,在项目实施阶段,为尽量减少左岸山体内地下通道的布置,将所有地下处理措施及施工通道集中在 1 670.00 m、1 730.00 m、1 785.00 m、1 829.00 m 和 1 885.00 m 进行布置(图 4)。虽然增加了固结灌浆的钻孔工程量,但减小了开挖的施工风险,加快了工程进度。

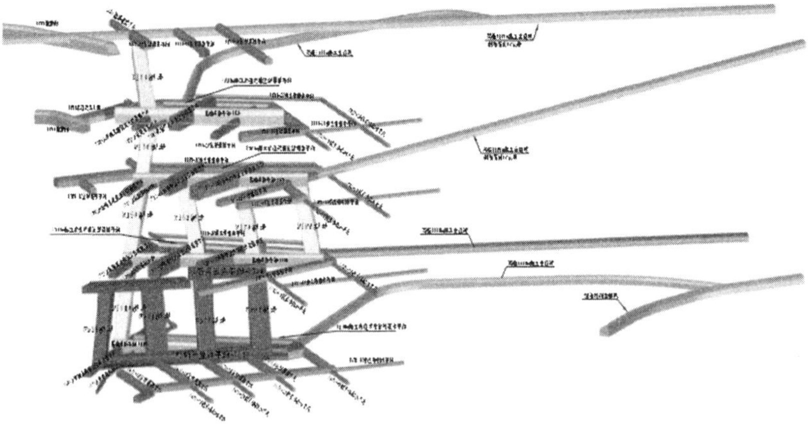

图 4　左岸基础处理洞室分布图

经优化设计后地下基础处理施工布置:分别在 EL. 1 885 m、EL. 1 829 m、EL. 1 785 m、EL. 1 730 m及 EL. 1 670 m 布置 1 条施工主通道进至抗力体,并作为运行期监测的永久通道。各层布置 1 条施工次通道连接主通道并通向固结灌浆平硐、帷幕灌浆平硐、排水洞、煌斑岩脉置换平硐、F5 置换平硐及斜井。其中在 EL. 1 829 m 布置 1 条、EL. 1 785 m 及 EL. 1 730 m布置 2 条抗剪传力硐;从 EL. 1 885 m 至 EL. 1 670 m 在防渗帷幕线上布置 4 条煌斑岩脉防渗斜井,并在 EL. 1 730 m 及 EL. 1 785 m 之间布置 3 条煌斑岩脉防渗斜井形成了煌斑岩脉置换网格。在 EL. 1 730 m 及 EL. 1 670 m 之间布置 4 条 f5 断层置换斜井,并形成了置换网格。

实际完成的主要工程量:岩石洞挖 39 万 $m^3$,石方井挖 7 万 $m^3$,混凝土 27 万 $m^3$,喷混凝土 2 万 $m^3$,帷幕灌浆 44 万 m,固结灌浆 73 万 m,化学灌浆 2 万 $m^2$,排水孔 18 万 m。

## 5　软弱岩体处理新技术

由于锦屏一级坝基大量地质缺陷的存在,大坝挡水后,导致坝体局部出现高应力区和高应力梯度区,坝体局部存在开裂的风险;帷幕处断层及挤压带在高水头作用下,帷幕可能产生的渗透破坏;两岸坝肩由各种软弱面组成的滑移体的抗滑稳定安全余度不高;左岸上部、右岸下部岩体相对较软造成坝体应力、位移极不对称,经过加固处理后坝体仍然存在一定的扭转变形。极其复杂地质条件使得本工程基础处理设计和施工等技术难题均超出了现行设计规范及已有工程经验。因此,本工程采用了高渗透性环氧树脂及高压水对穿冲洗置换开挖软弱体等新技术,对经常规水泥灌浆无法达到效果的部位进行加强处理。

### 5.1　高渗透性环氧树脂化学灌浆

#### 5.1.1　化学灌浆处理岩体的特性

(1)煌斑岩脉属侵入岩,煌斑岩灌前的理化分析试验结果为:黑云母 25%、钾长石 45%、透辉石 25%、磷矿物灰石 3%、石英 1%、磁铁矿 1%、方解石和少量黏土。岩脉宽约

3～5 m,强风化和全风化岩脉脉体内同向裂隙发育,岩体破碎,呈碎裂—散体结构,岩体质量分级属$\text{IV}_2$级岩体。岩脉两盘与砂板岩接触带普遍为断层,断层破碎带一般宽20～40 cm,由强风化碎裂岩、糜棱岩、片状岩及少量断层泥组成,岩体质量分级属$\text{V}_1$级岩体。

(2)f2断层及上下盘4条层间挤压错动带产状总体为N20°～30°E/NW∠40°～50°,间距2～5 m不等,层间挤压带宽度变化较大,局部变宽可达100 cm、变窄仅5～10 cm,主要由片状岩、强风化绿片岩及少量糜棱岩组成,局部炭化呈黑色,结构松散,岩体质量分级属Ⅴ级岩体。f2断层夹泥层岩样灌前的理化分析试验结果为:方解石80%～85%、石英5%～7%、炭质10%～15%、云母1%。岩样部分炭化呈黑色,碎裂,挤压较紧密,湿润,遇水易软化、泥化,强度、抗变形模量低。因此,化学灌浆前岩样的力学性能未能定量测得。

(3)坝基的其他断层,如f13、f14、f18和f5类似。

#### 5.1.2 高渗透性环氧树脂的灌浆机理

对煌斑岩(包括断层)的化灌补强处理的实质是对岩石受损结构、构造内的灌浆,就是对造岩矿物间隙内的渗灌。对其化灌补强加固处理应属双重孔隙介质的化灌处理范畴,要获得优良化灌效果必需是对裂隙性空隙的压力渗入灌注和对粒间性孔隙(软岩)的浸润吸渗共同作用。此共同作用过程可分为压渗及吸渗两部分,两部分缺一不可,而第二部是软岩整体改性的关键。

低渗透性饱和含水含泥断层破碎带具有不均匀性,属双重孔隙介质,即高渗透裂隙系统与低渗透泥质系统混杂相间,向双重孔隙介质灌浆的物理过程是浆液首先进入裂隙系统,并随之压入和吸入为裂隙切割包围的泥质系统,从而使其获得整体固化改性。由此,在化灌领域中引入内吸渗性(以下简称吸渗性)概念:所谓吸渗性是指浆液与被灌介质存在一定的亲和时,当两者接触后,具有浆液自动渗入被灌介质即被灌介质自动吸浆的作用。

#### 5.1.3 锦屏一级高渗透性环氧树脂的特性

(1)化灌浆液应具有一定的亲水性能;

(2)化灌浆液与软岩的亲和力;

(3)化学浆液应具较高的力学性能;

(4)化学浆液具有较低起始黏度和较长可操作时间。

环氧树脂固化物28 d力学性能见表6。

**表6 环氧树脂固化物28 d力学性能**

| 材料编号 | 抗压强度(MPa) | 拉伸剪切强度(MPa) | 抗拉强度(MPa) | 湿黏结强度(MPa) | 抗渗压力(MPa) | 渗透压力比(%) |
|---|---|---|---|---|---|---|
| No.1 | 97 | 11 | 32 | 4.8 | 1.6 | 400 |
| No.2 | 72 | 10.1 | 32 | 6.0 | 1.5 | 420 |

注:No.1号材料为帕斯卡系列材料,No.2号材料为YDS系列材料。

#### 5.1.4 化学灌浆处理效果

(1)化灌后单孔声波、孔内变形模量、孔内电视与岩芯观察及室内试验表明,岩体张开的裂隙经水泥灌浆后得到了较为有效的填充,再经化学浆液灌浆后,强—弱风化的煌斑岩脉孔隙得到了有效的填充,微小裂隙得到了良好的灌入并对岩块进行良好胶结,岩体完整性得到了很大的改善,灌浆效果明显,灌浆工艺、施工参数基本合理。利用低黏度高渗透性YDS

系列化学浆材，对煌斑岩脉进行水泥化学复合灌浆，岩体声波速度和变形模量都有较大提高，灌浆效果明显，有关检测指标基本满足设计要求。化学灌浆后岩体检测指标见表7。

**表7　化学灌浆后岩体检测指标**

| 岩类 \ 指标 | 岩体声波纵速度 $V_{pm}$平均值(m/s) | 孔内变形模量 $E_0$(GPa) | 单位透水率 $q$(Lu) | 抗剪强度 | | 泊松比 |
|---|---|---|---|---|---|---|
| | | | | $C$(MPa) | f | |
| f2 断层及层间挤压错动 | ≥4 200 | ≥4.0 | ≤0.5 | ≥0.8 | ≥0.8 | ≤0.35 |
| f5、f13、f14、f18 断层破碎带 | ≥4 800 | ≥5.0 | ≤0.5 | ≥1.0 | ≥1.0 | ≤0.35 |
| 左岸煌斑岩脉 | ≥4 400 | ≥4.0 | ≤0.5 | ≥1.0 | ≥1.0 | ≤0.35 |
| 河床煌斑岩脉 | ≥4 800 | ≥5.0 | ≤0.5 | ≥1.0 | ≥1.0 | ≤0.35 |

(2)f5 断层化灌岩石的弹性模量 <3 GPa，泊松比均大于 0.350，岩石的侧向变形能力较大，极易发生大变形。f5 断层地质条件复杂，多为泥沙或砂砾石组成，断层母岩自身强度不高，处于高压缩应力状态下，化学浆液进入的比例有限，因此通过水泥－化学灌浆手段虽然较大程度上提高岩体的完整性和力学性能指标，但是对软弱的糜棱岩、断层泥要达到的纵波波速 >4 500 m/s 及变形模量 >5 GPa 的设计要求，这对于水泥－化学灌浆材料、施工方法等都具有很大的挑战，需进一步对材料和现场工艺进行研究。

### 5.2　f5 断层高压水冲洗置换

由于在 EL.1 730 m 以下 f5 断层及影响带高宽达 7 m 以上，且无法通过开挖置换的办法处理，经化学灌浆试验证明对断层泥处理效果欠佳。因此，在 EL.1 730 m 置换竖井之间的断层中，进行了高压对穿冲洗试验，以验证该方案对 f5 断层处理的可行性，并获得所采用的施工设备的施工效率，以进行施工进度分析；验证断层通过高压对穿冲洗后，回填灌注回填细石混凝土对 f5 断层带力学指标提高的幅度。

#### 5.2.1　高压水冲洗置换的方法

本次试验从 1 730 m 高程顺断层钻孔至 1 670 m 高程，然后采用高压风、水冲洗 f5 断层软弱带内充填的断层泥、泥化的糜棱岩。钻孔完毕后，将喷具下入孔内，利用高压风、水将断层切割破坏扰动，在风水联动作用下将搅动后的泥浆及细小颗粒沿通道流入 1670－f5 置换洞内，以达到类似爆破开挖清除断层及影响带的效果。冲洗结束后采用自下而上分层进行回填自密式混凝土。

#### 5.2.2　高压水冲洗置换的效果评价

采用高压水冲洗置换处理（见图5）的方案，具有施工安全，施工效率高等优点，经估算，工程造价约为钻爆法开挖斜井的70%，工期为钻爆法开挖的50%。但缺点是冲洗的效果只能靠冲洗水颜色来推断，无法确保将软弱岩体全部冲洗置换出去，可能在回填混凝土和岩体之间残留一些断层泥。因此，需进一步用灌浆（包括化学灌浆）方法来弥补这一缺陷。

## 6　结论与建议

### 6.1　对拱肩地质缺陷处理是特高拱坝设计成功的关键

拱坝属高次超静定的空间结构，对坝基的地形、地质条件有较高的要求。但锦屏一级坝

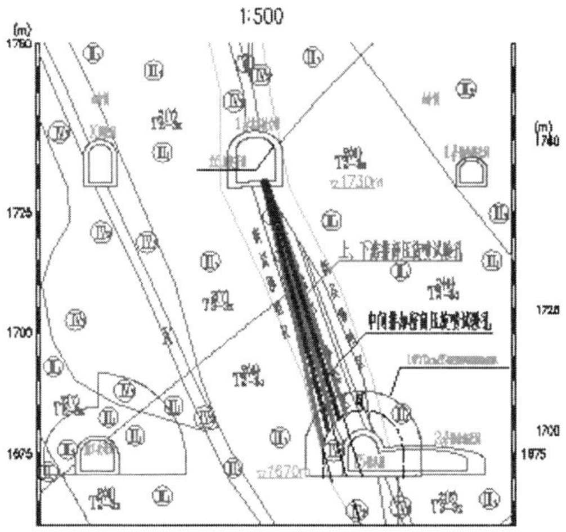


图5　高压水冲洗置换示意图

址存在不同影响程度的地质缺陷，必须经过上述的基础处理及结构措施，使地基能适应拱坝所要求的边界约束条件。

### 6.2　采用便于施工的方案保证工程顺利实施

在左岸基础处理设计方案的比较过程中，不仅考虑处理的效果，也充分考虑到了施工难度、施工过程中的安全风险，在确保左岸抗力体基础处理效果的前提下，总结出了“多打针、少开刀”（多钻孔灌浆，少开挖）的成功经验，正确的决策保证了抗力体顺利实施。

### 6.3　通过对左岸的处理实现了施工期边坡稳定

左岸抗力体及大坝边坡开挖结束后，经连续半年以上边坡安全监测数据表明：左岸抗力体（EL.1885 m）以上部分边坡变化速率0.02 mm/d，变化基本稳定；EL.1885 m至坝基边坡随着边坡支护及抗力体洞室衬砌的实施完毕，变化趋于平稳。左岸抗力体复杂地质条件下开挖阶段的安全风险基本消除。

### 6.4　经蓄水检查，整个左岸基础处理效果良好

目前锦屏一级水电站蓄水至EL.1 840 m，最大水头已达260 m，抗力体承受70%的最大水推力。大坝总体位移量在设计范围内，坝体应力符合一般规律，除个别应力集中点超过拉应力较大外，拉应力均小于混凝土抗拉强度，蓄水后坝体未发现裂缝。

整个左岸抗力体内的渗流量也远小于设计值，帷幕体后扬压力折减系数小于0.4的设计要求。

## 参考文献


[1] 中国水电顾问集团成都勘测设计研究院. 雅砻江锦屏一级水电站可行性研究报告[R]. 2003年9月.

[2] DL/T 5109《水利水电工程施工地质规程》[S].

[3] DL/T 5135—2001《地下洞室钻孔爆破》[S].

[4] DL/T 5099—1999《水工建筑物地下开挖工程施工技术规范》[S].

# 浅谈水电工程监测基准网与施工控制网一体化设计

叶式穗[1]　何　涛[2]

（1. 雅砻江流域水电开发有限公司　四川　成都　610051；
2. 中国水电顾问集团成都勘测设计研究院有限公司　四川　成都　610072）

**摘要**：以雅砻江上游某水电工程建设为例，提出水电工程监测基准网与施工控制网一体化构建的设计思路，对监测基准网与施工控制网建网的目的进行探讨。针对工程现场实际情况需求，对监测基准网与施工控制网设计进行了全面的阐述。经观测数据反馈，最终观测成果满足设计要求及工程现场实际情况需求。

**关键词**：监测　基准网　施工控制网　一体化　效率

## 1　前　言

监测基准网和施工控制网都是水电工程安全监测的重要组成部分。监测基准网是水电工程外部变形监测系统的基准，施工控制网是水电工程施工过程控制基准和外部变形监测工作基点实施的有效补充。水电工程变形监测布设的多种监测设施和监测系统只有纳入统一的基准中，才能进一步发挥互相检核、互相补充的作用，并使工作形态分析的结果协调一致。但监测基准网一般均与主体水工建筑物主体施工共同招标，然后进行修建，与现阶段水电工程开发的进度和工序有一定的滞后。

水电工程监测基准网能够在工程早期介入不仅可以为工程安全提供可靠的高精度基准，同时可以为工程前期的辅助工程（如渣场、料场、施工道路）的设计和施工提供监测基准，指导施工、预防事故发生，为工程运行安全提供技术支持。监测基准网和施工控制网一体化设计保证了监测基准网的高精度基准，同时兼顾了施工控制网的使用效率。

监测基准网建网过程中，由于地形、地质情况及水工建筑物结构的不同，网点的体系构建、具体数量和位置存在很大的灵活性。一般于地质勘探基本完成、水工建筑物基本设计完成后进行招标、修建，以达到地质情况清楚，监测目的明确的设计要求。依据多个水电工程监测基准网选点经验以及地形地貌限制，基准网点选点过程中经常与已布设的施工控制网点有重合布置。

针对监测基准网已有设计思路和方式，提出并分析了监测基准网与施工控制网一体化设计的设计目的和原则，同时针对施工控制网的特点，对监测基准网和施工控制网（以下简称控制网）的空域基准设计及时域基准设计进行了新的探讨。在控制网一体化设计的原则下如何选择网点的覆盖范围，如何提高精度、可靠性等质量标准，是本文思考的主要问题。

## 2　常用监测基准网设计思路及方式

监测基准网遵循统一基准、分区布网、逐级控制的原则，依据水电工程建筑物所处的地形地质条件、重要性和结构布置等特点，采用特定的测量方法进行监测基准网设计，主要目的是为枢纽区主要水工建筑物、自然边坡和工程边坡变形监测系统提供稳定的、可靠的、统一的基准，以及监测大坝以及近坝区岩体的变形情况。

监测基准网的设计思路：首先依据水电工程建筑物所处的地形地质条件、重要性和结构布置等特点进行网点布置；其次对设计点位组成的监测基准网的网形精度进行精度估算；然后对监测基准网边长及方向的可靠因子进行可靠性评价；最后为保证监测基准网的长期稳定建立基准点稳定性校核措施。

## 3　某水电工程一体化设计思路及实现

### 3.1　设计目的

结合工程现阶段工程现场情况，为电站相关枢纽区、库区边坡、滑坡体外部临时变形监测提供可靠的统一测量基准，为水电工程筹建准备和施工建设提供可靠的统一控制测量基准。

### 3.2　设计原则

监测基准网和施工控制网（以下简称控制网）设计遵循“合理有效、兼顾全面、统一规划、突出重点、分步实施”的总原则，结合工程部分的等级、规模进行统一布设，为现场施工控制测量和外部变形监测提供统一基准。

（1）根据现阶段工程进展和现场实际情况，在满足工程建设施工控制精度需要的前提下，对施工控制网和监测基准网进行统一布置。

（2）控制网布置应目的明确、重点突出、兼顾全面。监测基准网和施工控制网应能覆盖坝区主要水工建筑物，满足为主要水工建筑物及重大边坡、滑坡监测的临时外部变形和监测施工放样提供基准要求。

（3）观测精度和仪器设备应结合现场实际情况，在满足施工控制和临时监测控制的前提下，做到可靠、稳定、适用和耐久。

（4）控制网点的布置应便于观测和维护，且不易受施工或人为破坏。

（5）控制网建成后要及时开展观测和定期复测工作，以保证数据的可靠性、实时性、连续性和一致性，为施工控制和变形监测提供有效合理的初始值、基准值以及连续可靠的稳定性检验成果。

（6）施工和监测控制网按照总体设计、分步实施原则开展，电站控制网点建设根据现场条件和工程主体建设进度逐步开展和完善。

### 3.3　控制网设计

根据目前某水电工程主体设计进度和现场施工实施进展情况并结合相关技术规范的要求，为确保控制网在后期实施中可根据设计和施工需要进行加密或增级布设，考虑监测基准网和施工控制网一体化设计，在满足可靠性、实用性和经济性的前提下，设计将施工控制网与临时变形监测控制网进行统一布置。

某水电工程拟正常蓄水位为 3 109 m，最大坝高 73.5 m，坝高高程为 3 114 m。根据某水电工程的规模和坝区的地形地质条件，共选定 8 个点组成平面监测控制网，编号 TN01 ~ TN08。控制网控制流域长度约 2 km。各网点布置如图 1。

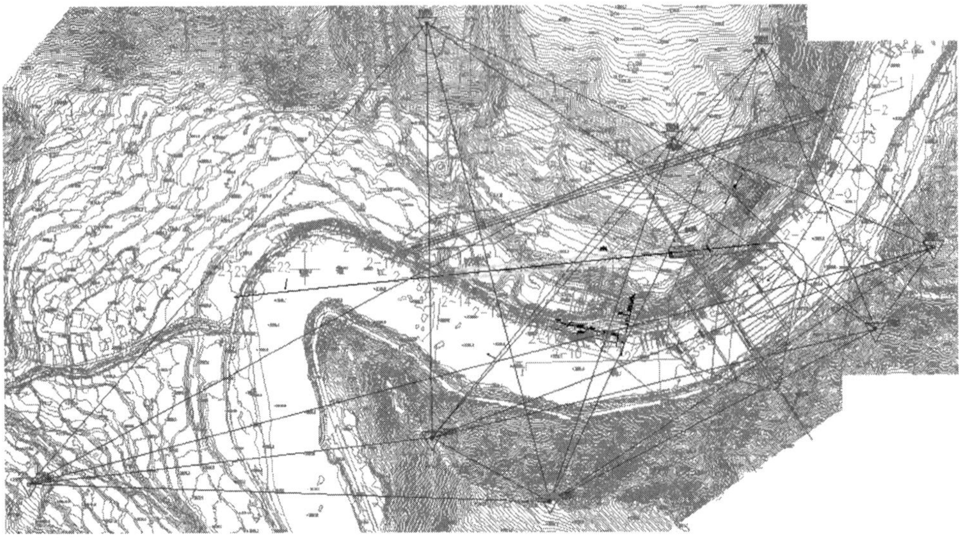

图 1　控制网点位布置图

网点布置重点考虑对水电工程主要建筑物布置范围的控制；考虑坝前不良地质区域监测的后续监测设计；考虑坝址区前期道路施工和后续施工营地的施工控制；考虑了料场、渣场和临时工程施工的施工控制需求；考虑了临时工程的安全监测基准的确定等。综合以上要素最终确定了本控制网的网点布设。

观测等级及网型选定之后，网的图形强度及协因数阵和先验方差确定，即先验方向测量误差采用 $m_\alpha = 0.5''$，测距采用 $m_s = 1\ \text{mm} + 1\ \text{ppm}$。多个比较方案中筛选出目前的方案，即测站数 8 个，全网以 TN04 为固定点，以 TN04 - TN05 方向为已知方位角，用上述先验精度对平面监测控制网按最小二乘法进行精度预估，得出控制网的预期精度见表 1。

表 1　精度估算成果（一点一方位）

| 点号 | $M_x$(mm) | $M_y$(mm) | $M_p$(mm) | $E$(mm) | $F$(mm) | $T$(°) |
|---|---|---|---|---|---|---|
| TN05 | 0.56 | 0.20 | 0.59 | 0.59 | 0.00 | 20 |
| TN01 | 0.78 | 0.56 | 0.96 | 0.78 | 0.56 | 0 |
| TN02 | 0.50 | 0.60 | 0.78 | 0.65 | 0.43 | 58 |
| TN03 | 0.71 | 0.55 | 0.90 | 0.73 | 0.52 | 18 |
| TN06 | 0.73 | 0.91 | 1.17 | 0.93 | 0.71 | 71 |
| TN07 | 0.70 | 0.63 | 0.94 | 0.74 | 0.59 | 149 |
| TN08 | 1.45 | 0.99 | 1.75 | 1.48 | 0.94 | 164 |

（1）最弱点点位精度：TN08 = ±1.75 mm。

(2)最弱边相对精度:TN01 - TN03 = 1/242 000。

(3)方向观测值最小可靠因子:TN03 - TN01 = 0.400 6。

(4)边长观测值最小可靠因子:TN05 - TN07 = 0.664 5。

从《混凝土坝安全监测技术规范(DL/T 5178—2003)》第7.2.7条中“边角网设计时应作可靠性评价,可靠因子$\gamma$值不宜小于0.2。”本控制网进行精度估算后方向观测值最小可靠因子0.40,边长观测值最小因子0.66均大于0.2。从《水电水利工程测量规范(规划设计阶段)》(SL 197—97)水电专二级监测网要求,平面最弱点精度不低于±2.5 mm,本控制网进行精度估算后最弱点TN08点位中误差为±1.75 mm。从精度估算成果来看,控制网符合规范要求。因此,本水电工程控制网的设计是合适的。

控制网稳定性校核的主要目的是校核其起算基准点的稳定性,是否满足控制网点观测精度。根据控制网稳定性以及后续补充设计点位布置,在施工后期对TN04、TN05两点加装垂线系统,以便检验整个控制网的稳定性。具体倒垂钻孔深度等指标可根据地质勘探情况另行设计。

### 3.4　经济性分析

控制网一体化设计施工后,既满足了水电工程前期工程实际需求,又具备了较好的工程经济性。控制网按监测基准网的设计要求进行网点土建施工,从网点数量上较常规设计思路或有所增加,但兼顾了施工控制网的设计目的,从而减少了二次设计、重复建设的工程量。避免了因点位相近而施工技术要求不同造成的重复和浪费。控制网实行的一体化设计,根据工程不同阶段及需求可进行后续改造,根据工程的调整以及施工工序后期进行拓展,提高了网点使用率,减少了一次性全网建网后测量技术人员的投入,减少了人力资源成本。

## 4　工程应用效果及分析

控制网进行一体化设计、土建施工后按规范要求进行定期观测。

观测成果主要计算参数:边长归算的投影面高程为测区平均高程面3 110 m高程;地球曲率半径:6 365 535 m;边长计算考虑测区折光改正系数:$K = 0.27$。

观测成果的观测精度统计如表2、表3、表4。

**表2　观测成果精度统计**

| 测次 | 三角形闭合差允许值(±2.5 s) | | | | 测角中误差 | | 极条件 | | 余弦条件 | |
|---|---|---|---|---|---|---|---|---|---|---|
| | 限差分级比例(%) | | | | 限值 | 实测值 | 个数 | 合限率 | 个数 | 合限 |
| | <1/3 | <1/2 | <2/3 | 合限 | | | | | | |
| 1 | 77 | 91 | 97 | 100% | 0.7″ | 0.415″ | 202 | 100% | 31 | 100% |

**表3　观测成果边长统计**

| 测次 | 边数(条) | 往返闭合差分级比例(%) | | | 单位权中误差 | 对向观测平均值中误差 | 平均边长相对中误差 |
|---|---|---|---|---|---|---|---|
| | | <1/2 | <1/3 | 合限 | | | |
| 1 | 23 | 78 | 60 | 100% | 0.76 mm | 0.54 mm | 1/1 235 024 |

表 4　观测成果点位中误差统计

| 序号 | 点名 | $M_x$(mm) | $M_y$(mm) | $M_p$(mm) | $E$(mm) | $F$(mm) | $A$(°) |
| --- | --- | --- | --- | --- | --- | --- | --- |
| 1 | TN01 | 0. 58 | 0. 39 | 0. 69 | 0. 58 | 0. 38 | 8 |
| 2 | TN02 | 0. 42 | 0. 39 | 0. 57 | 0. 46 | 0. 34 | 37 |
| 3 | TN03 | 0. 53 | 0. 38 | 0. 65 | 0. 55 | 0. 35 | 22 |
| 4 | TN04 | 0. 37 | 0. 13 | 0. 39 | 0. 39 | 0 | 20 |
| 5 | TN06 | 0. 53 | 0. 60 | 0. 80 | 0. 62 | 0. 51 | 63 |
| 6 | TN07 | 0. 37 | 0. 41 | 0. 55 | 0. 49 | 0. 25 | 130 |
| 7 | TN08 | 0. 95 | 0. 78 | 1. 22 | 1. 02 | 0. 68 | 150 |

按照《水电水利工程测量规范(规划设计阶段)》(SL 197—97)水电专二级监测网及设计要求,平面最弱点精度为 ±2. 5 mm,本控制网最弱点为 TN08,点位中误差为 1. 22 mm,控制网满足规范和设计文件要求。

## 5　结　论

通过某水电工程监测基准网和施工控制网的一体化设计思路及实现,以及水电工程控制网观测工作、数据处理、成果质量评定等工作内容,一体化设计的控制网具备较高的可靠性和经济性。观测成果质量优良,最终观测成果满足设计要求及工程现场实际情况需求,论证了监测基准网和施工控制网一体化设计的可执行性,为后续类似水电工程提供了新的设计思路和经验。

### 参考文献

[1] SL 197—97. 水电工程测量规范[S].
[2] 何秀凤. 变形监测新方法及其应用. 北京:科学出版社.
[3] 赵志人. 大坝安全监测设计[M]. 郑州:黄河水利出版社.
[4] 孙璇. 深溪沟水电站外部变形监测网设计思路[J]. 工程安全监测技术,2007.
[5] 赵志仁,叶泽荣,等. 混凝土坝外部观测技术[M]. 武汉水利电力学院.
[6] 张勤,等. 测绘与地理国情监测[J]. 测绘通报,2012,11.

# 探讨复杂环境围堰拆除爆破专项技术

樵　平　李武诚

（雅砻江流域水电开发有限公司两河口建设管理局（筹）　四川　雅江　627450）

**摘要**：为确保导流洞尾水闸室永久性建筑物（平板闸门、启闭机房）安全，并安全、优质、高效地完成导流洞出口挡水围堰（重力式水下混凝土结构）爆破拆除任务，本文重点论述了对围堰混凝土结构爆破拆除的施工方法和控制措施。

**关键词**：复杂环境　拆除爆破　控制技术　施工方法　探讨

## 1　工程概况

两河口水电站工程位于四川省甘孜州雅江县境内的雅砻江干流上，为雅砻江中、下游梯级电站的控制性水库电站工程，枢纽建筑物由砾石土心墙堆石坝、溢洪道、泄洪洞、防空洞、地下厂房等建筑物组成。大坝施工采用全年围堰挡水，隧洞过流的导流方式，布置2条初期导流洞，即1#、2#导流洞，均布置于雅砻江右岸，平面上呈双弯道，尾部直段与尾水洞结合，出口处设有尾水闸门及启闭设备。

导流隧洞施工期采用出口枯期围堰挡水，汛期围堰过水淹没基坑，洞内预留岩塞挡水的水流控制方案。在尾水闸门具备挡水条件后，需拆除岩塞，在隧洞施工基本完工，具备分流过水条件后采用爆破法拆除围堰。爆破对象为混凝土堰体和下部岩埂组成的挡水体。

出口枯水期挡水围堰型式为重力式水下混凝土结构，混凝土强度为C20。1#、2#导流洞出口枯水期挡水围堰分开布置，1#导流洞出口围堰长约101 m、2#导流洞出口围堰长约112 m，围堰顶高程为EL. 2 607.5 m（见图1）。围堰分两部组成，EL. 2 603.5 m以上部分为梯形断面，顶宽为0.5 m，底宽为2.9 m，高为4 m，背水面为斜坡面，其坡比为1∶0.6，迎水面为直坡面；EL. 2 603.5 m以下部分为大方脚，其宽度为5 m，两侧均为垂直面（见图2）。

围堰混凝土按上、下部分层施工，下部堰体主要位于水中，按水下混凝土工艺浇筑；上部采用常规混凝土泵送入仓。上下两部分之间设有插筋，插筋间距为2 m，长度为2.5 m，下部埋入混凝土1.5 m、上部埋入混凝土1 m。

## 2　爆破施工特点

### 2.1　周围永久建筑物多，安全要求高

初期导流洞出口侧为与尾水洞结合段，属永久工程的一部分，临近围堰永久建筑物有尾水洞衬砌混凝土、尾水出口引渠及其高边坡、尾水闸室（包括平板闸门及启闭机房）等。

尾水洞出口衬砌混凝土厚1.5 m，距围堰60 m；出口引渠钢筋混凝土最小厚度1.0 m，

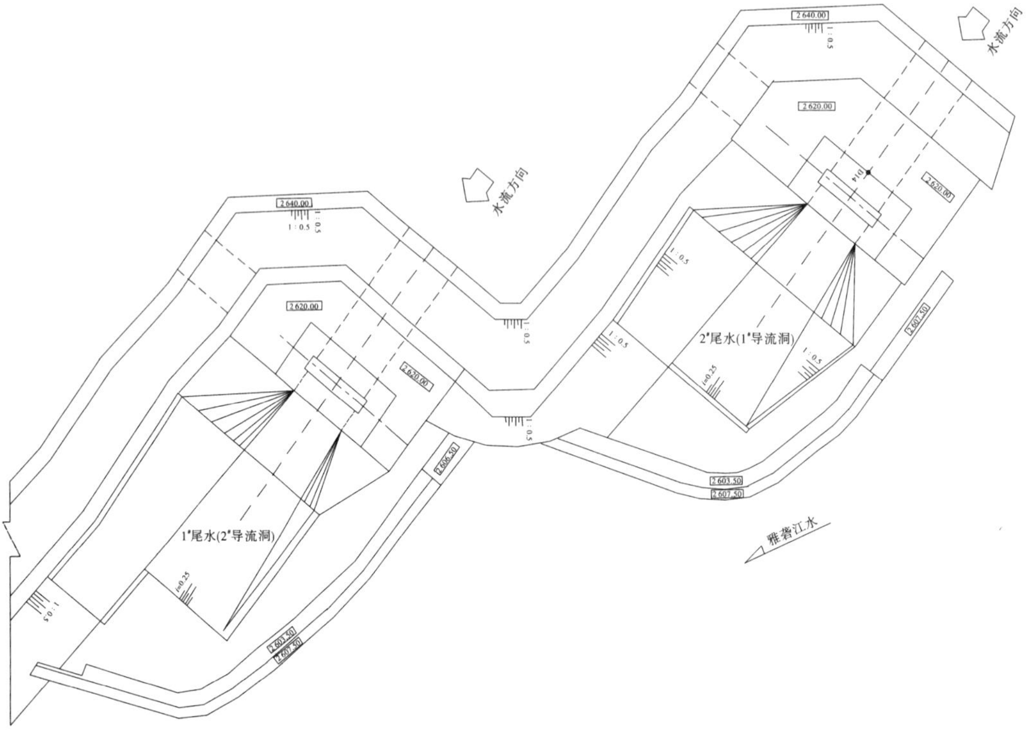


**图 1　尾水(初期导流洞)出口围堰平面布置图**

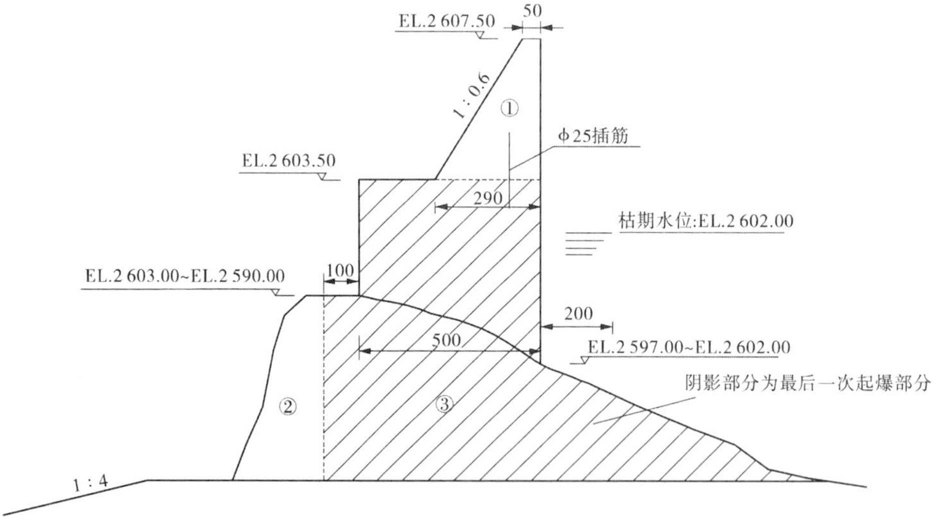


**图 2　围堰结构剖面图**　(单位:cm)

距围堰最小距离 3.0 m;尾水闸室距围堰主爆区最小距离 45 m。尾水出口引渠边坡最大开挖高度 120 m,边坡采用锚索深层支护加浅层锚喷支护的系统支护形式,坡面布置有锚索应力计、锚杆应力计和多点位移计等永久检测设施。

## 2.2　围堰挡水体结构复杂

挡水体由水上、水下混凝土和岩埂组成。水上混凝土堰体为梯形断面,上窄下宽。水下混凝土浇筑时，部分仓面周边模板及加固插筋未拆除，仓内留有支撑脚手架钢管。水下混凝土与基岩交界面清理不干净存在软弱结构层，同时交界面为山坡坡面，有坡度不平整。岩埂节理裂隙发育，渗漏通道多。

### 2.3　围堰拆除标准要求高

初期导流洞出口为与引水发电厂房尾水洞结合，根据设计要求，需将阻碍水流出流的部位全部拆除，这就要求拆除方案合理，爆破设计完善可靠，确保一次爆破到位，不留岩坎。

## 3　施工方法

### 3.1　爆破方法选择

考虑环境因素（平板闸门、启闭机房）及施工期的影响，在整体布局上对出口枯水期混凝土堰体、围堰占压段及堰外岩埂采用堰内充水爆破法拆除，爆后采用长臂挖机水下清渣，3.0 $m^3$ 装载机或 1.6 $m^3$ 挖机装渣，15 t 自卸车倒运出渣。

### 3.2　钻爆参数设计

#### 3.2.1　EL. 2 603.5 m 以上混凝土堰体爆破

##### 3.2.1.1　钻孔参数

沿围堰顶面（EL. 2 607.5 m）中心线钻竖向单排斜孔进行爆破，具体参数如下：

孔径 $D$：$\phi$42 mm

孔排距：1.2 m×1.0 m

孔深 $L$：3.9 m

孔斜：与水平面夹角为 73.5°

##### 3.2.1.2　药量设计及装药

EL. 2 603.5 m 以上混凝土堰体为 C20 素混凝土，两侧均临空，选取单耗 $q$ 为 0.3 kg/$m^3$。按体积法经验公式可计算出单孔最大装药量 1.404 kg，取单孔装药 1.4 kg。炸药选用 $\phi$32 mm 乳化炸药，单只重 200 g。

孔内分三层装药，见图 3，全孔布设导爆索传爆，孔口采用钻孔岩粉堵塞 50 cm，药包分层布置如下：

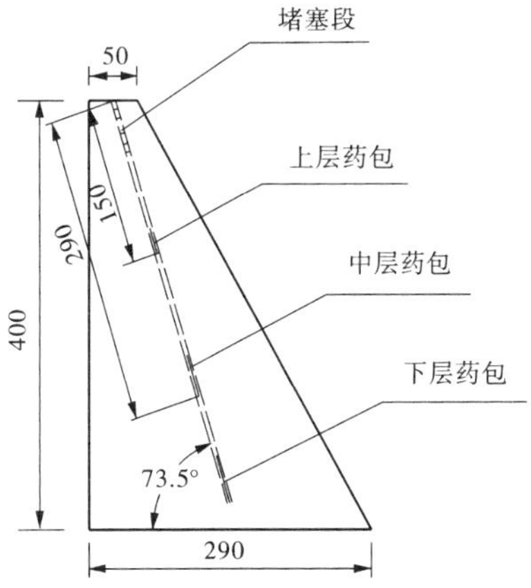


**图 3　EL. 2 603.5 m 以上梯形断面装药结构图**　（单位：cm）

上层药包：300 g，安放在孔内 1.5 m 处。

中层药包:500 g,安放在孔内2.9 m处。

下层药包:600 g,安放在孔底。

3.2.1.3　起爆网络

采用导爆管雷管起爆网络,孔内采用导爆索传爆,孔内选用单发9段起爆雷管(延期时间310 ms),孔外采用接力捆联法连接,5~10孔一族,接力雷管选用双发3段雷管(延期时间50 ms)。

3.2.2　EL.2 603.5 m以下混凝土堰体及预留岩埂拆除爆破

用钢管架搭设作业平台钻孔,采用水平略带向下倾斜孔,混凝土部分采用手风钻,下部岩埂采用潜孔钻或高风压钻机钻孔,两侧水平预裂,底部不预裂,布孔示意图见图4。

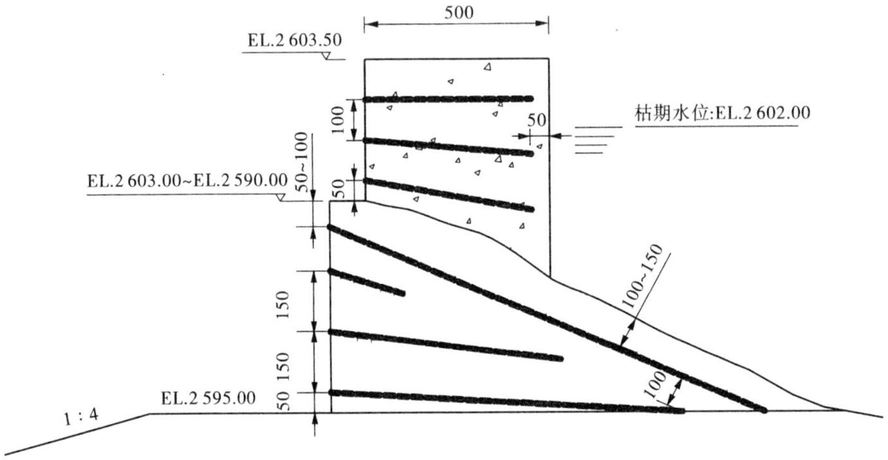


**图4　围堰拆除最后一次爆破布孔方案**　(单位:cm)

3.2.2.1　混凝土堰体部分钻爆参数

a. 钻孔参数

孔径 $D$:42 mm

孔排距:1.0 m×0.8 m

孔深 $L$:4.5~4.7 m

b. 单孔药量

选取单耗 $q$ 为0.6 kg/m$^3$。按体积法经验公式可计算出单孔最大装药量2.3 kg。炸药选用 $\phi$32 mm乳化炸药,单只重200 g。孔口堵塞不少于1.0 m。

3.2.2.2　下部岩埂部分钻爆参数

a. 主孔参数

孔径 $D$:90 mm

孔深 $L$:5~12 m

孔距 $a$:1.5~2.0 m(上部孔取大值,下部孔取小值)

排距 $b$:1.5 m

b. 主孔药量设计

根据国内围堰爆破工程经验,选取单耗 $q$ 为1.3 kg/m$^3$。按体积法经验公式计算出单孔装药量为15~47 kg。炸药选用 $\phi$70 mm乳化炸药(塑料外壳防水),延米装药量约4.5 kg,

连续装药。孔口堵塞不小于1.5 m。

c. 预裂设计

预裂孔沿设计开挖边线水平布置，孔径90 mm，孔距0.8～1.0 m；本工程中采用堰内充水爆破的方式，预裂孔内均充满水，因此预裂孔的线装药密度应该适当减小，取平均线装药密度0.25～0.3 kg/m，单孔装药量不大于4 kg；选用32 mm乳化药卷，采用间断不耦合装药，堵塞1.0～1.5 m。

d. 起爆网络

起爆网路从堰顶中部开口、V型起爆、自上而下一次爆破拆除，采用塑料导爆管雷管接力式起爆网络，见图5，起爆器材选用奥瑞凯高精度非电雷管。孔内均采用800 ms延期时间起爆雷管，孔间延期25 ms，排间延期42 ms；预裂孔8～10孔一响，混凝土部分5～8孔一响，岩埂部分1～2孔一响；每个传爆节点及孔内均采用双发雷管。

### 3.3　爆破器材及网络可靠性试验

爆破作业之前进行爆破器材耐水性及网络起爆试验。具体做法为：把$\phi$32、$\phi$70药卷及导爆索、导爆管雷管放在5 m深水中浸泡3 d，分别做起爆试验。网络试验按1∶1做网络连接、起爆试验。试验结果为安全可靠，达到了预期目标。

### 3.4　爆破震动控制

爆破震动是初期导流洞出口围堰拆除爆破控制的重点，控制目标主要考虑尾水闸室、尾水出口引渠高边坡及衬砌结构。由于《爆破安全规程》(GB 6722—2003)中未对水工钢筋混凝土实体结构物及高边坡明确规定抗震标准，因此首先根据工程类比确定，通过参考大朝山、漫湾、小湾、糯扎渡等类似工程围堰拆除爆破实践资料，钢筋混凝土结构采用的抗震标准最小的采用15 cm/s，最大的采用30 cm/s，表明混凝土结构具有很强的抗震性能，一般都在20 cm/s以上。

边坡的允许质点震动速度一般在20 cm/s以上，导流洞出口洞脸边坡经过了深层锚索、浅层锚杆、锚筋桩及喷锚挂网，抗震能力更高，同时距离也更远。

结合临近各建筑物的重要程度，出口围堰拆除爆破选取尾水闸室作为爆破设计的控制建筑物，初步确定抗震标准为15 cm/s。

根据允许爆破震动速度按下式计算最大单响药量。

$$Q = R^3 (V/K)^{3/a}$$

式中　$Q$——单响最大药量，kg；

$V$——质点允许震动速度，本次为15 cm/s；

$K$、$a$——与爆区地形、地质条件有关的指数和衰减系数，本次取$K=150$，$a=1.5$；

$R$——爆区中心至控制防护建筑物的水平距离。

由此计算出最大单响药量见下表1。

**表1　最大单响药量计算成果**

| 防护距离(m) | 5 | 10 | 15 | 20 | 25 | 30 |
|---|---|---|---|---|---|---|
| 最大单响药量(kg) | 1.25 | 10 | 33.75 | 80 | 156 | 270 |

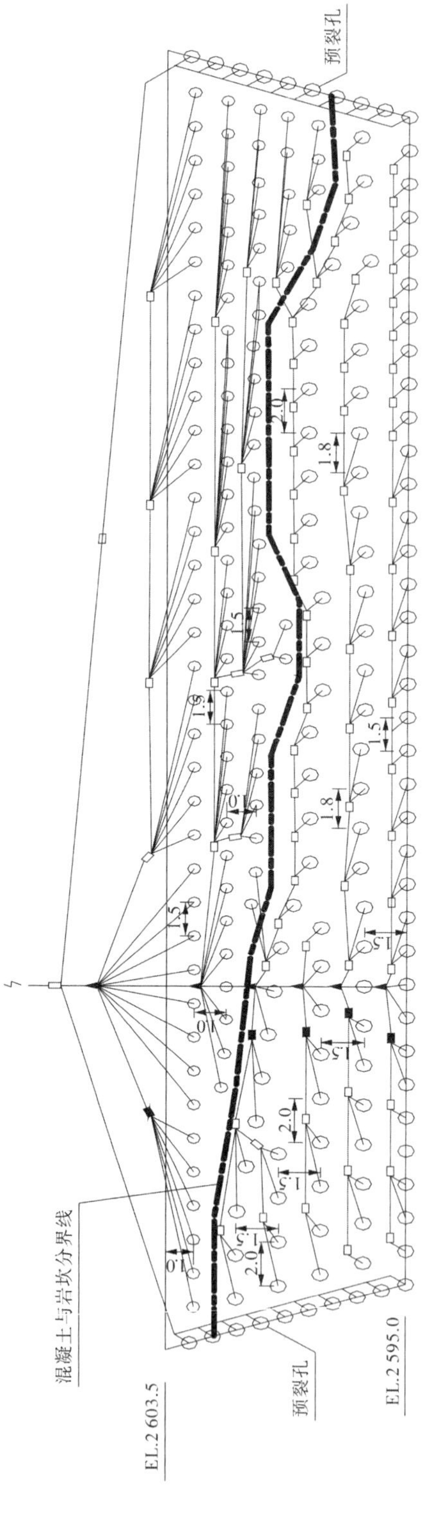


1.图中标注尺寸以m计。
2.孔内均采用800 ms延期起爆雷管，孔外分别采用9 ms、20 ms、42 ms延期雷管。
3.▲为42 ms延期雷管，□为25 ms延期雷管，■为9 ms延期雷管。

**图5　出口围堰EL.2 603.5 m以下部分拆除爆破网络示意图**

为了确保永久建筑物安全，参考有关工程研究成果，初期导流洞围堰拆除爆破时单响最大装药量控制在 100 kg 以内。

### 3.5　施工控制

(1)对水下钻孔前进行水下地形测量，在爆破区域内测量绘制 1∶100 水下地形图，测点网格间距不大于 2.0 m。按照地形图确定钻孔范围，总体布置开挖顺序和方向。

(2)根据爆破设计逐孔定位标号，正确标注每个孔的孔深、倾角及方向。因围堰外侧水下基岩面测量误差或钻孔处岩石节理、裂隙发育，在钻孔作业完成后，根据钻孔作业的验收结果绘制实际爆破孔孔位图。

(3)钻孔控制。严格按照设计的孔深钻孔，每钻完一孔，检查深度是否达到设计要求，并用事先准备好的木桩楔及时进行封堵。

(4)装药控制。装药时，按照设计的装药量将炸药集中到一起，并由专人负责量测记录，防止少装和过装现象。

(5)堵塞控制。严格按照设计要求进行堵塞，安排专门人员量测并堵孔，堵孔采用优质人工砂填孔，确保堵孔长度和堵孔质量。

(6)联网控制。采用复式非电起爆网络，工程技术人员在爆破前按照设计规划好爆破网络，爆破员严格按照设计的网络连接，技术负责人现场检查，实行双层把关，并做好记录。

(7)起爆控制。采用击发枪起爆，在确认各警戒点安全无误后，发出起爆指令。

## 4　安全措施

### 4.1　安全防护

#### 4.1.1　防止石渣进洞措施

采用堰内冲水爆破方案，平衡堰内外水压，以防止爆破后石渣大量涌入洞内。

#### 4.1.2　水冲击波防护

为防止爆破产生的水击波对尾水闸室及引渠混凝土结构产生危害，在 1#、2#尾水出口明渠内距闸室 30 m 的水中布置一组气泡帷幕，每组气泡帷幕采用 2 根 $\phi$75 铁管平行布置，一端一个供气口，每根管上开 2 排气孔，夹角 45°，孔径 2 mm，孔距 20 cm，呈三角形布置。每组气泡帷幕采用 1 台 20 $m^3$ 空压机供风。

#### 4.1.3　启闭机和机房防护

在启闭机房形成前，对已安装就位的启闭机等工程永久设备进行覆盖防护。

#### 4.1.4　高压线路和变压器防护

对 100 m 范围内的变压器落实安全防护措施，在起爆前 30 min 对高压线路采取停电措施。

### 4.2　安全警戒

(1)明确警戒范围、警示标志、音响信号及其意义，以及发出信号的时间和方法。

(2)在各警戒点设置醒目标志，并确保各警戒点人员到位，每一警戒点不少于两人，配备一部对讲机。警戒人员统一佩戴袖标、口哨、手执小红旗。

(3)在确认各警戒点安全的情况下下达起爆指令。

### 4.3　爆破后安全检查

起爆后，爆破员按规定时间(15 min)进入爆破场地进行检查，发现盲炮和其他不安全因素，按规定要求进行处理。经反复检查确认安全后方可解除警戒，并做好爆破后安全检查的情况记录。

## 5 结 语

本导流洞出口围堰拆除爆破，通过科学设计、正确的施工方法和精心组织，不仅安全、优质、高效的完成了导流洞出口挡水围堰（重力式水下混凝土结构）爆破拆除任务，并且确保了导流洞尾水闸室永久性建筑物（平板闸门、启闭机房）的安全，为水电工程建设类似工程拆除爆破提供了科学依据，对工程实践具有较强的指导性作用，使拆除爆破技术真正的朝着科学、可控、准确的方向发展。

# 二滩库区滑坡泥石流发展及水库泥沙淤积分析

杨银辉

（雅砻江流域水电开发有限公司二滩水力发电厂　四川　攀枝花　617000）

**摘要**：二滩水库属高山峡谷型水库，库区滑坡泥石流较多。本文根据二滩库区工程地质情况以及滑坡泥石流活动情况，重点分析了滑坡泥石流的活动规律以及库区泥沙淤积的发展趋势。

**关键词**：二滩水电站　滑坡　泥石流　趋势

## 1　概　述

二滩水电站以发电为主，主体工程为混凝土双曲拱坝，坝高 240 m。二滩水库属高山峡谷型水库，总体呈南北向展布，支流不甚发育，较大的支流多出现在右岸。正常蓄水位 1 200 m，死水位（发电最低运行水位）1 155 m，正常蓄水位时库容 58 亿 $m^3$、库水面积约 101 $km^2$，干流回水至打罗长 145 km、最大支流鳡鱼河回水至永兴长 47 km；调节库容 33.7 亿 $m^3$，属季调节水库。

## 2　库区滑坡活动规律及趋势

二滩水电站自 1998 年蓄水以来，随着侵蚀基准面的提高，库区斜坡的环境条件发生了较大的变化，斜坡变形、新滑坡的产生、老滑坡的复活也表现出不同的特征。库水位的涨落变化会引起库岸发生变形，特别是库水位从高水位降至低水位状态时，库岸的变形更为明显，虽然这些斜坡变形并不一定都能发展成为滑坡，但由于谷坡变形的地段较多，即使有少量的变形体发展成滑坡，都会给二滩水电站的安全运行造成较大的影响。库岸斜坡在经过蓄水后头几年由于库水位反复涨落变化，库岸再造经历了一个表层坍滑发生强烈的时期。此后，表层坍滑坡逐渐减少，并缓慢趋于稳定。

### 2.1　斜坡变形趋势

库区斜坡在蓄水后变形极为普遍，特别是在一些坡积层较厚的地段，其变形更为明显。在变形的时段上，斜坡变形速率最快的时段在每年库水位相对较低的 3～4 月，而在雨季变形速率相对较慢。从变形量上分析，多数斜坡的变形量每年都较为接近，表明斜坡处于缓慢的稳定变形状态。随着时间的推移，库岸斜坡的变形可能表现出两种类型：

（1）在经过一段时间变形及应力调整后，变形速率逐步减小，斜坡在 5～7 年内逐渐趋于稳定。这类斜坡在整个库区内占绝大多数；

（2）变形速率逐渐增大，最终形成滑坡。这类斜坡在库区范围内虽然数量不多，但一旦发生滑坡，其规模较大。

### 2.2 滑坡发生趋势

对滑坡发生趋势的分析主要考虑以下因素:滑坡的发育现状;斜坡的地层岩性及斜坡的结构条件;降雨及水文地质条件;库水位涨落变化。水库蓄水后,库水位升降引起斜坡体内地下水位发生变化,在地下水渗流压力作用下导致斜坡发生变形。对不同成因类型的滑坡而言,其变形破坏趋势各不相同。

#### 2.2.1 斜坡表层坍滑体

这类坍滑的发生是由于库水位的涨落变化引起,属水库库岸再造,岩性为坡积层。水库在经过头几年时间的运行后,其斜坡也经历了一个发生变形、强烈的坍滑过程。据统计,投入运行的三年里发生表层坍滑群 122 处,体积约 $8.7\times10^5\ m^3$。随后几年,在正常的降雨和库水位不发生大幅快速涨落的条件下,坍滑体的发生将逐渐减少,以后坡积层库岸逐渐趋于稳定。

#### 2.2.2 浅层和深层滑坡

滑坡体在水库蓄水后水文地质条件发生了较大的改变,由于库水位的涨落引起斜坡内地下水渗流压力增加,对滑坡发生起到了诱发和促使其加速变形的作用。另一方面,1998 年以来水库范围内普降暴雨也诱发了部分滑坡,野外调查的结果也证明了这一点。水库蓄水后,库区内大部分滑坡基本处于缓慢变形或局部复活状态,如甘塘古滑坡复活体,大坪子滑坡。同时也有部分斜坡变形加快形成滑坡,下荒田对岸的坪子上滑坡在 1998 年暴雨和水库蓄水后即发生变形加快,2000 年发生较大规模滑动。据调查库区浅层和深层滑坡共 73 处,部分滑入水库的坡体和正处于变形的坡体,体积共约 $3.7\times10^8\ m^3$,这类滑坡体变形相对缓慢。

## 3 库区泥石流活动规律及趋势

### 3.1 库区泥石流活动规律

二滩库区泥石流分布较广,沿雅砻江干流及各中小支流都有不同程度的分布。但就其活动性和规模来讲,对库区影响较大的泥石流沟主要分布在干流的中段,即南坝与德力堡之间。高频率泥石流沟数量并不很多,但其规模和危害比较大,如盐塘沟及下荒田沟等。多数泥石流沟暴发频率不高,一经暴发后,因固体物质的来源不足而停歇,随着固体物质的积累,或出现滑坡崩塌,松散固体物质的突然增加,在暴雨的激发下,再次暴发泥石流几率很高,如田湾沟及甘塘沟等。暴雨是激发库区泥石流的重要因素,每年的 6 ~8 月是泥石流暴发的主要季节,间或也有少数泥石流出现在 5 月或 9 月,甚至 11 月也有泥石流的发生。

库区泥石流具有明显的季节性。泥石流一般都发生在连续的降雨过程中,地表松散物被水分充分饱和后,在暴雨的激发下,发生泥石流。库区泥石流的最大危害是将固体物质带入库内,减小库容,缩短水库的有效使用年限。虽然泥石流带入库区的泥沙总量比起库岸再造坍滑和滑坡直接进入库区的泥沙量以及干流上游带来的推移质要少得多,但由于泥石流堆积物停歇的高程(位置)基本上在 1 150 ~1 230 m,明显对水库的有效库容有直接的影响,所以泥石流每年带入库区的固体物质总量仍是不容忽视的。但据目前统计,库区泥石流危害农田与公路交通,带来人身伤害及房屋损失的情况较少。

### 3.2 泥石流活动趋势分析

水库蓄水后,庞大的水体影响到库区的小气候,使空气湿度的增大,土层含水量和有机质增加，土壤的浸渍程度加大，有利于植被的恢复与生长。但由于正常高水位线只达 1 200 m，淹没区较低，而库区所有泥石流沟的形成区高程均在淹没线以上，水库蓄水后并不能使泥石流形成区的自然条件（固体物资、水源、地貌等）发生根本性的改变。所以库区泥石流仍将按其自身的规律活动与发展。在天然河道情况下，泥石流沟堆积扇上的就地淤积量占其总量的 10% 左右，其余均被水流带走。

目前看来，库区泥石流活动性有减弱的趋势，但对于库区长远的安全运行仍存在一些不容忽视的问题。目前有些处于间歇期的泥石流沟，其形成区的崩塌滑坡并未得到有效的控制和向稳定的方向发展，大量的松散固体物质堆积沟内，如遇大暴雨仍有可能发生大规模的泥石流。公路建设、采煤、人为耕作等对坡体产生新的破坏，形成新的松散固体物质补给源。

## 4　水库泥沙淤积

### 4.1　入库悬移质泥沙

二滩水库 1998 年 5 月 1 日蓄水，干流仅设有打罗水文站为入库水文站，支流鳡鱼河未设入库水文站，小得石水位站为出库水文站。根据干流打罗水文站 1998 ~ 2010 年共 13 年悬移质泥沙资料系列统计，13 年来入库总悬移质年输沙量为 57 460 万 t，其中，由于打罗水文站 1998 年、1999 年年输沙量与上游泸宁水文站输沙量不平衡未予采用，直接采用了官地坝址年输沙量的可研设计值。1998 年和 1999 年的 6 ~ 9 月，雅砻江流域内降雨范围广，降雨强度大，持续时间长。引发了雅砻江的特大洪水，使河流年输沙量较多年平均值猛增了 3 ~ 4倍。分析小得石水文站和打罗站的悬移质年输沙量，可见悬移质平均出库率为 5% 左右，详见表 1。

**表 1　二滩水库进、出库悬移质年输沙量统计表**

| 年份 | 输沙量（万 t） | | 出库率（%） | 备注 |
|---|---|---|---|---|
| | 打罗站 | 小得石站 | | |
| 1998 | 10 470 | | | 官地坝址 |
| 1999 | 10 500 | | | 官地坝址 |
| 2000 | 3 880 | 237 | 6.1 | |
| 2001 | 4 180 | 275 | 6.6 | |
| 2002 | 2 210 | 163 | 7.4 | |
| 2003 | 5 050 | 163 | 3.2 | |
| 2004 | 3 000 | 178 | 5.9 | |
| 2005 | 4 880 | 291 | 6.0 | |
| 2006 | 1 850 | 93.1 | 5.0 | |
| 2007 | 3 170 | 101 | 3.2 | |
| 2008 | 3 150 | 106 | 3.4 | |
| 2009 | 3 290 | 114 | 3.5 | |
| 2010 | 1 830 | | | |
| 总计 | 57 460 | 1 721 | | |

### 4.2 水库泥沙淤积

二滩水库 1998 年实测的正常蓄水位 1 200 m 以下库容为 55.57 亿 $m^3$，死水位 1 155 m 以下库容为 24.52 亿 $m^3$；2011 年实测的正常蓄水位 1 200 m 以下库容为 49.32 亿 $m^3$，死水位 1 155 m 以下库容为 20.19 亿 $m^3$；说明二滩水库自 1998 年 5 月蓄水运行 14 年来正常蓄水位 1 200 m 以下总淤积量为 6.25 亿 $m^3$，其中调节库容淤积量为 1.92 亿 $m^3$。死库容淤积淤积量为 4.33 亿 $m^3$。计算仅包括干流主库区及鳡鱼河支库区。详见表 2。

**表 2　二滩水库淤积量统计表**

| 实测年份 | 正常蓄水位 1 200 m 以下 | | 死水位 1 155 m 以下 | | 备注 |
|---|---|---|---|---|---|
| | 库容(亿 $m^3$) | 淤积量(亿 $m^3$) | 死库容(亿 $m^3$) | 淤积量(亿 $m^3$) | |
| 1998 年 | 55.57 | | 24.52 | | 初始库容 |
| 2000 年 | 53.29 | 2.28 | 22.67 | 1.85 | |
| 2002 年 | 52.62 | 2.95 | 22.03 | 2.49 | |
| 2004 年 | 52.00 | 3.57 | 23.32 | 1.20 | |
| 2011 年 | 49.32 | 6.25 | 20.19 | 4.33 | |

1998 ~ 2010 年 13 年来，仅干流入库悬移质输沙量为 57 460 万 t，若按悬移质淤积物干容重 1.1 t/$m^3$ 计算，即干流入库悬移质输沙量为 5.22 亿 $m^3$，悬移质出库率按 5% 计，则干流入库悬移质输沙量为 4.96 亿 $m^3$，若考虑推移质入库沙量及坝址至库尾的区间沙量，二滩水库自 1998 年 5 月蓄水运行 13 年来，正常蓄水位 1 200 m 以下总淤积量为 6.25 亿 $m^3$。

### 4.3 泥沙淤积分析

二滩水库的泥沙淤积主要来自两个方面，一是上游入库泥沙与下游出库泥沙的差值，二是水库库岸坍塌、滑坡及泥石流等库区地质活动的区间产沙量。从二滩水库主库区泥沙淤积纵断面图(见图 1)来看，二滩水库泥沙呈三角洲淤积形态向坝前推进，2011 年实测三角洲淤积洲头距大坝约 66.0 km(二干 21 断面)，二干 15 断面(距坝 40.5 km) ~ 二干 21 断面(淤积洲头)为三角洲淤积前坡段，二干 21 断面(淤积洲头) ~ 二干 34 断面(距坝 112.2 km)为三角洲淤积洲面。坝前平均淤积高程为 1 030.0 m，远低于电站机组进水口底高程。可以看出，现阶段区间内的库岸地质活动相对减弱。

## 5 小　结

(1)二滩水电站经过多年的运行，蓄水之初，库岸斜坡经历一个表层坍滑的强烈时期，随后是一个稳定期，在库水位不发生大幅快速涨落和暴雨的条件下，发生表层坍滑(群)的可能性将逐渐减少，并缓慢趋于稳定。

(2)库区浅层和深层滑坡较多，体积比较大。这类滑坡的形成条件在水库蓄水后没有发生大的改变，反而由于库水位的涨落引起斜坡内渗流压力增加，对滑坡发生起到了诱发和促使其加速变形的作用。水库蓄水后，库区内大部分已有的滑坡基本处于缓慢变形或局部复活状态，如甘塘滑坡，大坪子滑坡，同时也有部分斜坡变形加快形成较小的滑坡。

(3)二滩水库泥沙淤积，主要来自水库上游的河流输沙，另外水库周边岸坡的塌岸、滑坡及水库所在地域的产沙(含泥石流)等也对水库的泥沙淤积产生一定影响。二滩水库自

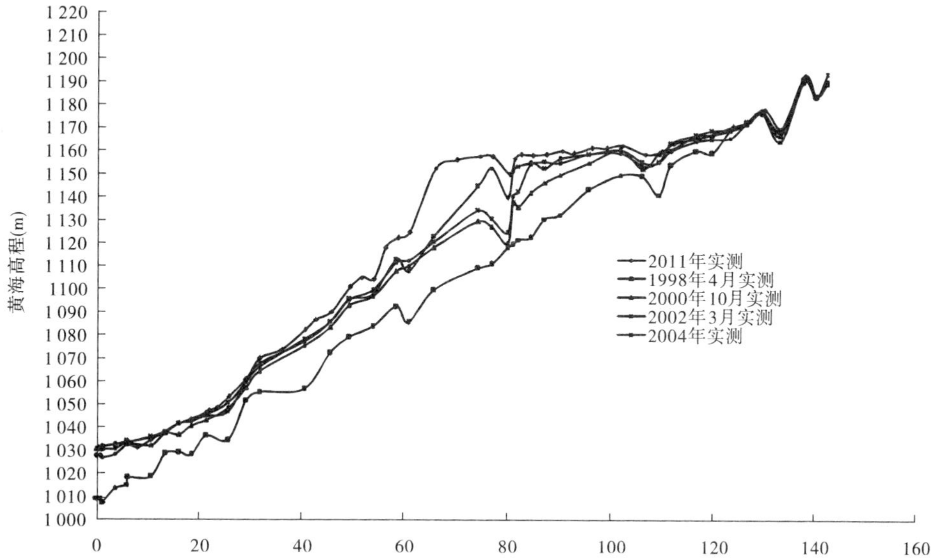


**图1　二滩水电站水库泥沙淤积纵断面图**

1998 年5 月蓄水运行14 年来,正常蓄水位1 200 m 以下总淤积量为6. 25 亿 $m^3$,其中调节库容淤积量为1. 92 亿 $m^3$,死库容淤积量为4. 33 亿 $m^3$。

(4)在水电站库区发生大面积长时间持续暴雨引发山体滑坡或泥石流的情况下,泥沙淤积量会大幅增加,应及时实施库区断面勘测,准确掌握库区断面的变化情况。

(5)二滩水库泥沙淤积呈三角洲淤积形态,三角洲淤积洲头距坝约66.0 km,坝前平均淤积高程为1 030.0 m,远低于电站机组进水口底高程,不会出现坝区泥沙问题。

(6)上游梯级官地水电站已建成,锦屏一级水电站即将建成,特别是锦屏一级水电站建成蓄水后,由于其水库库容大,拦沙作用明显,将使二滩水库入库泥沙大为减少,库区泥沙淤积速率也将大幅减缓,泥沙淤积对二滩电站今后的运行影响将会逐渐减小。

## 参考文献

[1] 二滩水电站水库泥沙断面测量报告[R].

# 两河口水电站场内外交通桥梁工程关键施工技术与思考

施召云　郭怀俊

（雅砻江流域水电开发有限公司两河口建设管理局（筹）　四川　雅江　627450）

**摘要**：两河口水电站位于四川省甘孜州雅江县境内，坝址区河谷深切，两岸基岩裸露，岸坡陡峭，阶地不发育，呈典型的峡谷地貌，施工场地条件较差。对外交通条件较差，电站建设中需修建专用对外交通公路，由于坝址下游河床存在白孜村段大转弯，根据现场实际地形条件，两河口水电站对外交通工程将设置三座跨江大桥进入施工区，在施工区内根据施工要求设置了2座跨江大桥，桥梁主要结构涉及连续刚构桥、混凝土拱桥和索道桥三种结构形式，桥梁结构形式较多，且布置位置河床地形、地质条件、施工条件均较复杂。如何顺利建设，面临的施工、管理难度较大，目前对外交通及施工区的5座桥梁均已建设完成。

**关键词**：两河口　场内外交通　桥梁工程　预制吊装　挂篮现浇　关键施工技术

## 1　工程简介

两河口水电站位于四川省甘孜州雅江县境内，是雅砻江中下游的控制性龙头水库电站，坝址位于雅砻江干流与支流鲜水河的汇口下游约3 km处，距雅江县城约25 km，坝址控制流域面积6.57万 $km^2$，占雅砻江流域面积的48.2%，多年平均流量666 $m^3/s$。电站枢纽建筑物主要由挡水坝、左岸泄洪系统、右岸地下引水发电系统等组成，挡水坝为土心墙堆石坝，最大坝高295 m，为国内最高的土石坝之一。水库正常蓄水位2 865.0 m，正常蓄水位以下库容101.67亿 $m^3$，调节库容65.6亿 $m^3$，具多年调节性能。电站装机容量300万kW，多年平均年发电量约110亿kW·h。

两河口水电站坝址区河谷深切，两岸基岩裸露，岸坡陡峭，阶地不发育，呈典型的峡谷地貌，施工场地条件较差。对外交通条件较差，电站建设中需修建专用对外交通公路，由于坝址下游河床存在白孜村段大转弯，根据现场实际地形条件，两河口水电站对外交通工程将设置3座跨江大桥进入施工区，在施工区内根据施工要求设置了2座跨江大桥，桥梁主要结构涉及连续刚构桥、混凝土拱桥和索道桥三种结构型式，桥梁结构型式较多，且布置位置河床地形、地质条件、施工条件均较复杂。

## 2　各桥梁结构特征

### 2.1　大跨度混凝土拱桥

混凝土拱桥在两河口水电站场内交通中主要有坝址上游1#临时桥，场外交通（进场公路）为白孜大桥。本文主要以1#临时桥为工程实例进行介绍，该桥为两河口水电站场内交通公路中一座跨雅砻江大桥，为用于大坝填筑土料运输通道，桥梁全长 176 m，由 2×10.5 m 简支板（右岸）+1×110 m 钢筋混凝土箱型拱 +3×10.5m 简支板（左岸）组成，其中两边跨为加宽异形现浇板。桥面纵坡 0.0%，桥面净宽 12 m（行车道），设计荷载为汽车 -80 t 级。

原设计考虑到两岸地形陡峻、场地较为狭小，主跨拱圈采用搭设拱架现浇方案。开工后结合现场多次详勘情况，通过技术、工期、经济比较后，经设计优化，将主拱圈现浇改为预制吊装。变更后主跨仍采用等截面悬链线箱型拱，跨度不变，净矢跨比 1/5，净矢高 22 m，拱轴系数 $m=1.347$。主拱圈宽 10.46 m，预制拱高 2.3 m，上铺 0.1 m 厚整体化现浇层。主拱圈由 7 个单箱组成，每肋采用 5 段预制吊装，单段最大吊重为 73.1 t，采用缆索吊装。

### 2.2 大跨度连续刚构桥

大跨度连续刚构桥在两河口水电站场外交通工程中主要有下游永久大桥和白马大桥 2 座大桥，其中下游永久大桥全长 250 m，主墩为双薄壁墩身，桥梁上部结构为 60.5 m + 110 m +60.5 m三跨一联预应力混凝土连续刚构形式；白马大桥主线桥共分两联，由左岸向右岸跨径布置为：(2 m×44 m 连续箱梁) +(80 m +140 m +80 m 连续刚构) 全长 397 m，桥面宽 10.5 m。匝道桥设计为(20 m +3×25 m +20 m 连续箱梁)，桥面宽 8.25 m。

本文主要以白马大桥为工程实例进行介绍。白马大桥左岸与白马隧道连接，右岸与脚泥堡隧道连接，江面宽约 130 m，全桥位于直线上，左岸设匝道桥与白马营地道路连接，右岸跨过现有雅新路与电站脚泥堡土料场平交。

### 2.3 索道桥

索道桥在两河口水电站场内交通中主要有坝址下游 3#临时桥，本文主要以 3#临时桥为工程实例进行介绍，该桥起点位于 G301 公路隧道出口处，跨越雅砻江与右岸沿江低线公路接线，其主要功能为沟通电站施工期场内交通运输，桥梁总长 192 m，设计荷载单车 60 t，最大纵坡不大于 5%，建筑宽度 13 m，桥面宽度 4.5 m（车行道）+2×0.75 m（双侧人行道）。

## 3 重难点分析

(1)以上场内外桥址位于雅砻江高山峡谷地貌区，自然边坡坡角较陡，局部为陡崖，施工条件相对困难。

(2)雅砻江水位涨幅较快，洪枯水位差大，洪水流速大，因此，在施工中须尽量争取利用枯水期施工大桥河谷中的基础及下部结构，避开洪水对施工的不利影响。

(3)大跨度连续刚构桥上部结构主跨在 100 m 以上，预应力混凝土连续箱形刚构施工是该类桥型施工的重点。本文工程实例为白马大桥，其主跨梁部悬臂浇筑施工采用挂篮法施工，高墩施工采用爬模施工，挂篮悬臂浇筑施工是本类型桥梁施工的一个重点。

(4)对承台的大体积混凝土的施工，采取掺加高效减水剂及粉煤灰“双掺”技术，减少水泥用量，降低水化热，防止收缩裂缝的产生。桥梁主体结构选择优质混凝土原材料，加强混凝土原材料检验，优化混凝土配合比，避免混凝土碱活性反应，保证大桥安全和耐久性。

(5)本文混凝土拱桥工程实例为 1#临时桥，利用缆索吊机安装拱箱，其缆索吊机设计及吊装过程中的精准控制为本工程的一个重点。

(6)合拢段施工是连续刚构桥挂篮悬臂浇筑施工的关键环节，也是工程建设中控制的重点和难点。

(7)冬季桥梁混凝土施工关系桥梁的质量安全。

# 4 关键施工技术

## 4.1 大跨度混凝土拱桥施工技术

拱桥施工可以根据不同的施工条件采用不同的施工方法，主要有支架现浇施工法、缆索吊装法、平转法、顶推法等。1#临时桥原设计考虑到两岸地形陡峻、场地较为狭小，主跨拱圈采用搭设拱架现浇方案。开工后结合现场多次详勘情况，通过技术、工期、经济比较后，经设计优化，将主拱圈改为预制吊装。缆索吊装法特别适合于跨越河谷的大跨度拱桥的施工。拱桥缆索吊装施工法主要用于预制拱肋施工的拱桥结构，其主要施工方法就是根据拱桥拱肋分段预制情况及最大预制件重量，合理设计缆索起重机的吊装能力，在保证安全的情况下，由缆索起重机先将两拱脚段吊装就位，并用扣索将其固定，再依次吊装其余段并与先吊段对接，直至吊装完毕。

1#临时桥主要施工技术为钢筋混凝土拱箱单基肋吊装技术。拱箱吊装按两岸及横向对称顺序进行，纵向从拱脚至拱顶安装，横向从桥轴线向两侧安装。以拱箱风缆、扣索张力的调整实现对拱箱轴线、拱度线型的调整。调整时结合气候影响进行逐段测量控制。每道拱肋合拢并测量调整后进行拱箱节段间的纵横向联结，直至所有拱箱节段吊装完成。

（1）起吊准备。起吊前对拱箱接头和拱脚进行校验，凿除突出部分，补平凹陷部分，在拱座及拱箱底板标出中线，并用水平尺进行调整，以便就位。在拱箱接头底板顶安装棱镜，供就位时全站仪控制拱轴线。

（2）悬挂就位。起吊拱脚段，当牵引至拱座前，采用循环下降、靠近的办法松懈起吊绳，使拱箱接头与拱座接触且轴线重合。用水准仪控制拱脚段与次拱段接头处标高，使预抬高比设计标高高出 20 cm，绑好扣索及横向缆风索，扣索对正，横向缆风索上、下游两侧对称，以便调整拱箱轴线，用全站仪观测，使拱箱轴线与设计拱轴线在同一铅垂面。起吊次拱段，牵引至拱脚段上接头上空，下降起重索至拱箱接头，使拱箱预埋角钢眼孔对位，联结两端头底板螺栓并拧紧，稍紧顶板连接螺栓，以保证箱段可以微微转动并便于在顶板角钢间填塞钢板楔，使次拱段的上端头比设计标高高出 40 cm，按拱脚段操作方法悬挂并固定好次拱段。

（3）拱箱合拢。当两岸拱脚段、次拱段就位后，起吊拱顶段，采用高低钩将拱顶段垂直吊至比设计标高高出 5 ~ 6 cm，在拱顶段基本就位但不松钩的情况下，按 1∶2的比例缓慢均匀松卸拱脚段、次拱段扣索，每次以各接头点标高降低不超过 1 cm 左右为限，在放松扣索的同时，均匀对称收紧各段的横向缆风索，用两台水准仪同时观测 4 个接头处标高变化情况，防止反对称变形，松索时按拱脚段、次拱段、起重索的先后顺序反复循环，在水平及轴线的控制下，及时调整接头标高和拱箱轴线，直至次拱段与拱顶段接头完全吻合连接成拱，缓缓减小拱顶段吊索受力并将其逐渐减至约为拱顶段吊重的 30%，使拱顶段两端逐渐承受轴向推力，此时一片拱肋基本合拢。在各接头顶板角钢之间继续垫填和嵌紧钢楔以进一步减少扣索、吊索受力，逐渐使全片成拱，拧紧各接头处的螺栓，焊接接头处的垫板和底板角钢连接钢板。电焊时分层、间隔交错进行。解除扣索和全部缆风索，拱肋安装完毕。每肋间做临时横联并及时完成相邻肋接头螺栓及搭接钢板的横向联结。

（4）拱箱整体化。待所有拱箱合拢及焊接完成后，封好各接头处的横隔板并安装横系梁钢筋，浇筑空心拱脚内混凝土封闭拱座，之后用同标号混凝土由中间向两边依次对称浇筑各段间横系梁，使之成为无铰拱。最后浇筑肋间纵缝及拱背现浇层混凝土，完成拱圈整体化。

### 4.2　大跨度连续刚构桥施工技术

大跨度连续刚构桥主要施工技术为主跨施工技术，根据主跨模板施工技术的不同，一般采用支架施工和悬臂施工，本文结合白马大桥施工技术，介绍刚构桥主梁悬臂浇筑施工技术。

#### 4.2.1　“0”号段施工技术

白马大桥“0”号段长14.0 m，两端悬出墩身3 m，混凝土约500 $m^3$。采用在墩顶托架上一次灌筑成型的施工方法，“0”号块托架采用型钢三角托架，托架现场采用塔吊辅助安装，按设计进行测量放线，控制相邻托架高差不大于3 mm。托架安装完成后进行加载试验，托架预压采用千斤顶加载，加载方法是在承台顶预埋钢铰线，托架上设分配梁，在分配梁上张拉钢铰线，通过钢铰线将施加在托架上的力传至承台，荷载分三级加载，总荷载为托架实际受力的1.3倍。

“0”号节段模板尽量利用挂篮模板，模板安装需根据托架的弹性压缩量和模板与分配梁，分配梁与支架之间的非弹性变形综合考虑底模预抬量。钢筋安装严格按照施工设计图和施工规范要求进行安装，特别注意预埋钢筋和锚下钢筋检查，切不可少装或漏装。预应力施工严格按照施工设计图和规范要求进行安装，特别要注意预应力的定位和锚固系统的安装，排气孔的预设等，待混凝土达到设计规定的强度后进行张拉。混凝土浇筑先底板后腹板再顶板，混凝土浇筑过程中合理布点、下料，加强振捣，混凝土浇筑完后加强养护。在腹板混凝土振捣完成后，不得再在底板上振动，以免腹板混凝土下滑造成空洞式裂缝。

#### 4.2.2　1号～18号梁段悬臂灌筑施工

悬臂灌筑法的主要施工设备挂篮是一个能够沿轨道行走的活动作业台车，它支承在已完成的悬臂梁段上用以进行下一梁段的施工。待新灌梁段施加预应力及管道压浆后，挂篮即前移进行下一个梁段的施工，如此逐段循环直至完成全部梁段。白马大桥T构两端对称分为18个节段，节段长分3.0、3.5、4.0 m三种，最重1号节段重达173.1 t。从1号段开始采用两个独立的挂篮在T构两端进行对称悬臂灌注施工，施工挂篮采用菱形挂篮结构型式。

##### 4.2.2.1　挂篮结构设计

挂篮由菱形主构架、底模平台、内外模板、悬吊系统、锚固系统及走行系统六大部分组成。菱形主构架采用槽钢焊接，节点采用销结；底模平台由底模板、纵梁和前后横梁组成；外模板采用大块钢模板，内模采用组合钢模板并辅以异形钢模板拼组而成，内模板为抽屉式结构，可随挂篮从前一梁段整体前移就位；悬吊系统包括前吊带和后吊带，均采用$\phi$32高强度精轧螺纹钢筋制作。前吊带下端锚于底模平台前横梁，上端支撑于前上横梁，前上横梁上设扁担梁和LQ30型手动螺旋千斤顶，可任意调整底模板标高。后吊带下端锚于底模平台后横梁，上端支撑于已成梁段的底板上。锚固系统采用$\phi$32精轧螺纹钢筋和后锚扁担梁将主构架后节点连同挂篮走行轨道直接锚于箱梁竖向预应力筋上。走行系统包括轨道、前支座、反扣轮和牵引设备。挂篮走行时前支座在轨道顶面滚动，联结于后节点的反扣轮反扣在工字钢翼缘并沿翼缘行走。挂篮走行由2台10 t手拉葫芦牵引挂篮前移，并带动底模平台、外侧模和内模一同前移就位。挂篮移动过程中的抗倾覆力由反扣轮传至轨道再传至箱梁肩向预应力筋上。

4.2.2.2　挂篮拼装

将轨道用精轧螺纹钢筋和联接器锚于箱梁竖向预应力筋上。主构架在桥下预拼成单片，由塔吊吊装。单片主构架吊装就位后应及时安装挂篮后锚，以防倾覆。安装主构架横联；安装前上横梁和前吊带；拆除“0”号段外模，挂篮外模按 4.5 m 长拼装；安装外模走行梁，将外模支承在外模走行梁上；拆除“0”号段托架；用卷扬机将在桥下拼好的底模平台吊装就位，并与前吊带联结，然后安装后吊带；用手拉葫芦将外模沿外模走行梁滑移至“1”号段位置；调整底模标高，设置预拱度；绑扎底板钢筋和腹板钢筋，安装腹板纵向预应力管道及竖向预应力筋；安装内模走行梁，拼装内模；挂篮拼装全部完成后采用在“0”号段用预应力加压进行试压。

4.2.2.3　钢筋及预应力管道安装

箱梁底模板和外侧模板就位后即可进行钢筋及管道的安装，其顺序为绑扎底板下层钢筋；安装底板管道定位网片；绑扎底板上层钢筋和上下层钢筋之间的架立钢筋；绑扎好腹板骨架钢筋后，再绑扎腹板下导角的斜筋；在腹板钢筋骨架内安装下弯钢束管道、竖向预应力筋管道及预应力粗钢筋，固定管道定位网片；内模滑移就位后绑扎顶板和翼板下层钢筋；安装顶板管道定位网片，顶板预应力筋的锚垫板及螺旋筋，穿顶板波纹管；绑扎顶板上层钢筋和上下层架立钢筋。

波纹管严格按设计位置随箱梁施工逐节安装，安装时将波纹管穿入定位网片网眼内，并与定位网片绑扎，安装过程中尽量避免反复弯曲，以防管壁开裂和穿束困难，波纹管应露出梁端 7～10 cm。波纹管的联接采用大一号的波纹管套接，套接重叠长度 20 cm，并在接缝左、右各 5 cm 长度范围内外缠胶带纸，并用 20 号铁丝绑扎 5～6 道，管道接头处要做到无折角、无毛刺、不渗漏，以防堵管或穿束困难。所有纵向波纹管应在最高点设通气孔。在灌筑梁段的纵向波纹管内穿入塑料管以提高波纹管的刚度，并保证管道曲线圆顺，混凝土灌注完成后立即拨出橡塑料管，并用通孔器检查管道是否通畅，发现漏浆时应及时用高压水冲洗管道。

4.2.2.4　混凝土施工

混凝土灌筑时首先由前往后对称灌筑两腹板混凝土至下倒角，然后再由前往后灌筑底板，由于箱梁较高，混凝土需经串筒入模，防止混凝土发生离析，底板灌筑完成后继续对称分层灌注腹板混凝土，分层厚度为 30 cm。顶板的灌筑遵循由两侧向中央灌注的顺序。混凝土振捣采用不同直径的插入式振捣器，插入振捣厚度为 30 cm，插入下一层混凝土 5～10 cm，插入间距控制在振捣棒作用半径 1.5 倍之内，振捣到混凝土不再下沉，表面泛浆有光泽并不再有气泡逸出时将振捣棒缓慢抽出。

4.2.2.5　预应力施工技术

预应力张拉采用“先纵向→横向→竖向，纵向束先长束，后短束；横向先中间后两边束；竖向从墩顶向合拢段方向，依次对称”的顺序，纵向预应力张拉应两端、上下游对称同时进行。

竖向预应力筋为 $\phi32$ 精轧螺纹钢筋，采用 YCL 60 型穿心式千斤顶单端张拉，张拉采用双控法，以油压表值为主。纵横向预应力筋张拉前检查梁段混凝土强度，检查锚垫板下混凝土是否有蜂窝和空洞。施工时采用两端同时张拉法，互对压力表读数和钢铰线伸长量，保持油压上升速度接近。张拉顺序为先张拉腹板钢束，后张拉顶板钢束，先张拉下部钢束，后张拉上部钢束，并要左右对称张拉。张拉采用张拉力与伸长量双控制以油表读数为主，伸长值作校核。预应力张拉完毕后应立即将锚塞周围预应力钢筋间隙用水泥浆封锚，封锚水泥浆抗压强度不足 10 MPa 时不得压浆，压浆应及时，以张拉完毕不超过 24 小时为宜，最迟不得超过 3 天，以免预应力钢筋锈蚀或松弛，孔道压浆采用"一次压注法"。在张拉灌浆结束后，即可移动挂篮。

4.2.3　合拢段的施工

中跨合拢段应用挂篮上的模板系统进行施工，为保持混凝土灌筑过程中梁体受力不变，在两个 18 号梁段上各预压重量等于合拢段混凝土重量一半的水箱。随混凝土的灌筑分级放水。合拢段混凝土选择在一天中温度最低的时间段内灌筑，灌筑混凝土前在合拢段间设置刚性支撑并先期张拉钢铰线锁固。防止由于温度变化引起的梁体伸缩而压坏或拉裂新浇混凝土。为防止出现由于新浇混凝土自身收缩而引起的裂纹，在混凝土中加入微量的铝粉作为微膨胀剂。为尽快提高合拢段混凝土早期强度除加入适量早强剂外，也可将合拢段混凝土强度提高一个等级，或者加强养护，在合拢段所在的全跨范围内的顶板上铺草袋洒水降温。

**4.3　索道桥施工技术**

索道桥施工主要施工技术为索道架设、安装，本文结合 3#临时桥对索道桥主要施工技术进行介绍。

(1)索道架设的准备工作。

全桥主索包括面索、人行道索和稳定索，共 46 根。其中桥面索 28 根，人行道索 6 根，稳定索 12 根，主索规格为 $\phi52-6\times19IWS-1870$，使用前按设计单索拉力的 1.5 倍(约 50 t)进行预张拉处理。风缆索采用 $\phi24-6\times37+FC-1770$，全桥共设 2 根风缆索，其线形为空间抛物线。根据钢索安装顺序将钢索编号，取标准长的钢索在其跨中中点做明显标志，以便在架设主索时测量主索跨中的矢度。每一张拉作业面设置 2 台卷扬机进行穿索，卷扬机靠近桥轴线与主索在同一直线上。

(2)张拉架设桥面索和稳定索。

从两侧稳定索向桥轴线逐根张拉安装，人工渡船将一根临时引索引到对岸，并引入卷扬机，利用临时索将两根稳定索牵引到对岸并锚固，作为工作索。在临时工作索上安装跑车，采用两岸对牵的形式，分别将主索和稳定索及人行道索牵引到对岸并安装到位。钢索张拉要统一指挥，钢索与地锚严防挂接错误。钢索用绳夹联接位置必须准确，夹紧度到达要求。每根钢索必须拉至规定的矢度以保证整桥架设质量。

(3)钢索矢度调整。

钢索张拉完毕后，进行钢索矢度调整。利用张拉式连接调节器两端通过滑轮与主索连接，中间由两根长螺杆相连，利用张拉千斤顶可调节主索的松弛度。调整必须达到设计要求，主索矢度的一致性越高，主索的受力越均匀，各钢索的矢度差不得大于 5 cm。空缆时钢索跨中最大垂度取 2.5 m，此时钢索长为 170.1 m。空缆时需在钢索上对应两端索鞍位置做出标记并固定，保持钢索在跨中曲线部分的理论长度，以确保成桥后钢索跨中最大垂度约为 3.9 m。

## 5 结 语

水电站往往在山区建设，其现场地形主要为高山峡谷，水电站交通建设中桥梁工程已成为跨越大江、大河，确保道路交通的核心组成之一，因此，在其设计、施工技术管理过程中，遇到的问题也较为突出，本文结合两河口水电站场内交通及对外交通桥梁工程不同类型桥梁的结构设计及主要施工技术，论证各种桥梁的关键施工技术问题，得到一些经验教训总结如下。

（1）大跨度连续刚构桥主跨梁部悬灌浇筑施工采用挂篮法施工，其合拢段施工是连续刚构桥挂篮悬臂浇筑施工的关键环节；悬灌连接钢绞线的张拉工艺技术关系到连续刚构的最终质量安全保证。

连续刚构桥大体积“0”号块由于受自身高墩、大跨度及地形、地势条件的限制，施工难度大，施工方法的选择尤为重要。简易托架施工方法降低了施工难度，是一种行之有效的施工方法。

（2）山区拱形桥梁施工在具备适当场地条件情况下，采用预制吊装工艺可有效节省施工时间，有效合理安排冬季箱梁预制浇筑施工，提高工作效率，节约投资。通过采用一系列措施，可以保证单基肋合拢，满足桥梁设计要求和保障施工安全。

（3）在河床跨度不大、桥梁车流量较少、行驶车辆吨位不大的情况下，可以采用施工时间短、可重复利用的索道桥结构。

# 第三篇

# 电力生产与运行

# 基于实时/历史数据库的水电机组数据交换平台研究

刘广宇

（雅砻江流域水电开发有限公司官地水力发电厂 四川 凉山 615704）

**摘要:**随着计算机信息技术的发展和电力生产自动化水平的不断提高,各流域电站安装了各种状态监测系统,这些系统与生产实时控制系统之间产生了大量的数据交换,如何从全局出发,建立一个开放的水电机组数据交换平台,是许多企业考虑的问题。本文提出采用实时/历史数据库软件系统,采用分布式存储、数据镜像和跨平台开发多种技术手段,实现对流域电厂生产实时信息的准确掌握和综合分析,最终能够为提高发电企业的安全生产水平和经济效益发挥作用。

**关键词:**水电机组 实时/历史数据库 数据交换平台 分布式存储

## 1 概 述

近年来随着计算机信息技术的发展和电力生产自动化水平的不断提高,许多水电相关科研院所和发电企业都开展了水电机组状态监测和故障诊断技术的研究和应用,越来越多的流域水电厂安装了机组稳定性监测系统、发电机气隙监测系统、主变油气监测系统等状态监测设备,这些设备通过实时采集、监测和分析机组的状态数据,为实现设备故障诊断和状态检修提供了数据基础。同时,各发电企业的生产实时控制系统,如监控系统、电能计量系统、水情自动测报系统也在实时产生大量的电厂机组运行数据。

要及时、准确的掌握电厂实时生产信息,合理调整运行方式和检修策略,提高电厂的安全生产水平和经济效益,需要对所有的运行状态数据进行全面有效的利用,这时就需要一个开放的水电机组数据交换平台进行数据整合、数据挖掘和综合利用。

但数据交换平台软硬件的构架设计,如何满足不同监测系统、不同格式的数据类型,需要进行综合的分析,尤其是对发电企业而言,各电厂、各机组、各子系统在位置上比较分散,系统平台较多,因此分布式存储和跨平台开发能力就成为了设计中最重要的指标。部分实时生产系统位于安全一区和二区,而交换平台如果在企业局域网内发布,就必然位于安全三区,因此严格把关电力二次系统信息安全,也是平台构架中需要考虑的问题。本文提出采用实时/历史数据库产品,结合其分布式存储、数据镜像和跨平台开发三个方面的特点,设计开放式水电机组数据交换平台,为发电企业综合利用全厂信息数据提供基础。

## 2 水电机组监测子系统及数据特点

目前传感器监测水平发展迅速,应用在水电机组上的监测子系统越来越多,但经过长期实践、探索,比较全面有效可行的监测系统仍然不多。虽然对大量的机组状态进行监测并不十分经济，而且增大了现地工程人员的维护和应用工作量，但目前机组大部分容易产生故障的因素不多，而且在机组安装和运行的记录中都有反映。因此，各流域电厂会根据实际需求和自身状态监测水平的不同，在实践中逐步安装和消化监测对象，逐步开展状态监测、故障诊断和状态检修技术的研究[1]。

目前电量监测技术一般由电站监控系统完成，也属于成熟的技术，下面主要就水电机组非电量监测技术进行分析。

(1)机组振摆系统。目前水电机组振摆监测系统应该是应用最广泛、技术最成熟的系统；主要监测的部件包括三导轴承的摆度、上下机架和顶盖的振动等。通常采样数据为高分辨率数据，有同步整周期和定采样率两种方式，采样数据通常以二进制文件块的方式，保存在关系数据库中，如 SQLServer 的 image 字段和 Oracle 的 Blob 字段[2]。

(2)水压脉动监测系统。水压脉动尤其是蜗壳和尾水管涡带引起的水压脉动较为常见，也在一定程度上决定着水轮机的稳定性。通常采用压力变送器完成，最终保存采集的高采样率数据波形和计算过的水压脉动峰峰值，通常会用单位 MPa 和% 表示。

(3)发电机气隙监测系统。水轮发电机组定、转子空气间隙是一项重要的电磁参数，它对发电机的运行性能、技术指标有着直接的影响。目前主要通过平板电容传感器检测气隙的变化。采样率较高，采样波形保存关系数据库中，但一般主要保存的数据为计算过的特征值，如定转子圆度、最小磁极间隙和相位、磁极周向形貌等，这些数据可保存在关系数据库或高速实时历史数据库中。

(4)主变油气监测系统。内部故障是主变油中气体增长的主要原因，如绕组匝间短路、分接开关接触不良、铁芯多点接地、主绝缘放电等。当前监测主变油中气体含量主要有气相色谱分析法、光声光谱法和电化学法等。该系统采样率较低，采样周期较长，通常为四至八小时采样一次。因此数据量小，主要为 7 至 12 种油中气体的含量(ppm)，该类数据可长期保存在实时/历史数据库中。

(5)流量监测系统。流量监测的对象主要有水轮机的过机流量和辅机系统管路中的介质流量。过机流量的测量主要有超声波法和蜗壳差压法，通过测量过机流量最终得到机组的耗水率和效率。这里的流量监测数据量不大，以计算过的秒级特征值为主，故主要保存在实时/历史数据库中。

(6)温度监测系统。水电机组温度监测点较多，大部分应用的是测温电阻和电偶，这些数据主要在电厂的监控系统中显示，以三导轴承瓦温为例，能够得到瓦温最高的温度和瓦片序号，防止烧瓦。由于温度变化较慢，大部分都为秒级甚至数十秒级缓变量，因此主要保存在实时/历史数据库中。

## 3 交换数据平台的构思

### 3.1 基于网络的分布式构架

状态监测与诊断系统由于涉及的子系统和数据较多，且位置分散，因此要想建立大型数据交换平台，必须采用基于网络的分布式构架。同时，整个数据交换平台根据各设备运行单位需求和分工的不同，能够提供不同权限的数据展示界面。

在需要进行数据分析以判断趋势和故障时，也需要发挥分散在网络上不同部门的用户的专业技能，既可以通过广域网向行业中试所或科研院校、研究院所及生产厂商寻求技术咨询,也可以与行业专家直接进行技术交流。总而言之,做到移动化的应该是数据而不是人,这就是社会化的状态检修和数据平台模式[3]。

由于涉及电厂安全分区的问题,常规的分布式构架及数据存储如表1所示。

**表1　常见分布式数据交换平台构架**

| 安全区域 | 网络类型 | 数据类型 | 存储数据库 |
|---|---|---|---|
| 安全Ⅰ/Ⅱ区 | 专用网 | 原始采样数据 | 各子系统采用的专用数据库 |
| 信息大区 | 企业网 | 特征数据+部分原始数据 | 实时/历史数据库+关系型数据库 |
|  | 因特网 | 数据挖掘过的趋势数据 | 实时/历史数据库+关系型数据库 |

位于安全Ⅰ/Ⅱ区的专用网部分,这里是独立安装的各子系统部分,这些不同的状态监测子系统,因为各自数据存储的不同,大多采用不同的数据库,关系数据库多采用Oracle、SQLServer关系数据库,实时数据库多采用PI、eDNA、Agilor、Intelbase等,这里保存的都是原始的采样数据。

安全Ⅰ/Ⅱ区与信息大区之间采用正反向物理隔离装置进行网络隔离,而位于信息大区的企业级数据服务器,通常会保存部分原始数据和初步计算过的特征数据,如有效值、平均值、峰值等,采用的数据库则采用实时/历史数据库,企业网内用户可以采用CS或BS端进行详细的数据分析和诊断。

企业网和因特网之间,通常采用了物理防火墙,并采用专用的Web浏览服务器和镜像服务器进行数据的Web发布,这里的数据主要为了远程趋势查询和检索,数据库采用经整合的实时/历史数据库与关系型数据库平台。

水电企业的二次系统安全结构示意图见图1。

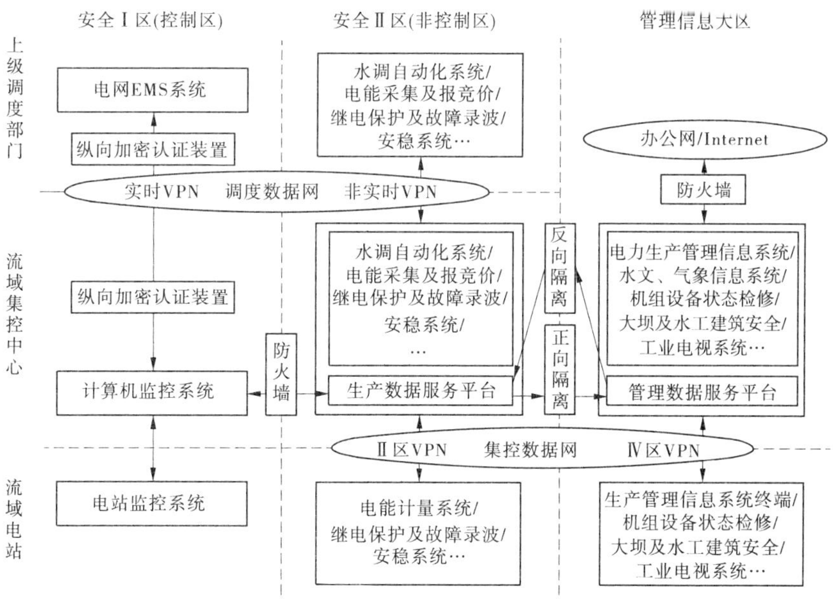


**图1　二次系统安全结构示意图**

实时/历史数据库位于安全Ⅱ区的数据库服务器的磁盘阵列上与信息大区的镜像服务

的磁盘阵列上为高级应用提供稳定、准确、实时的数据源，如图 2 所示。

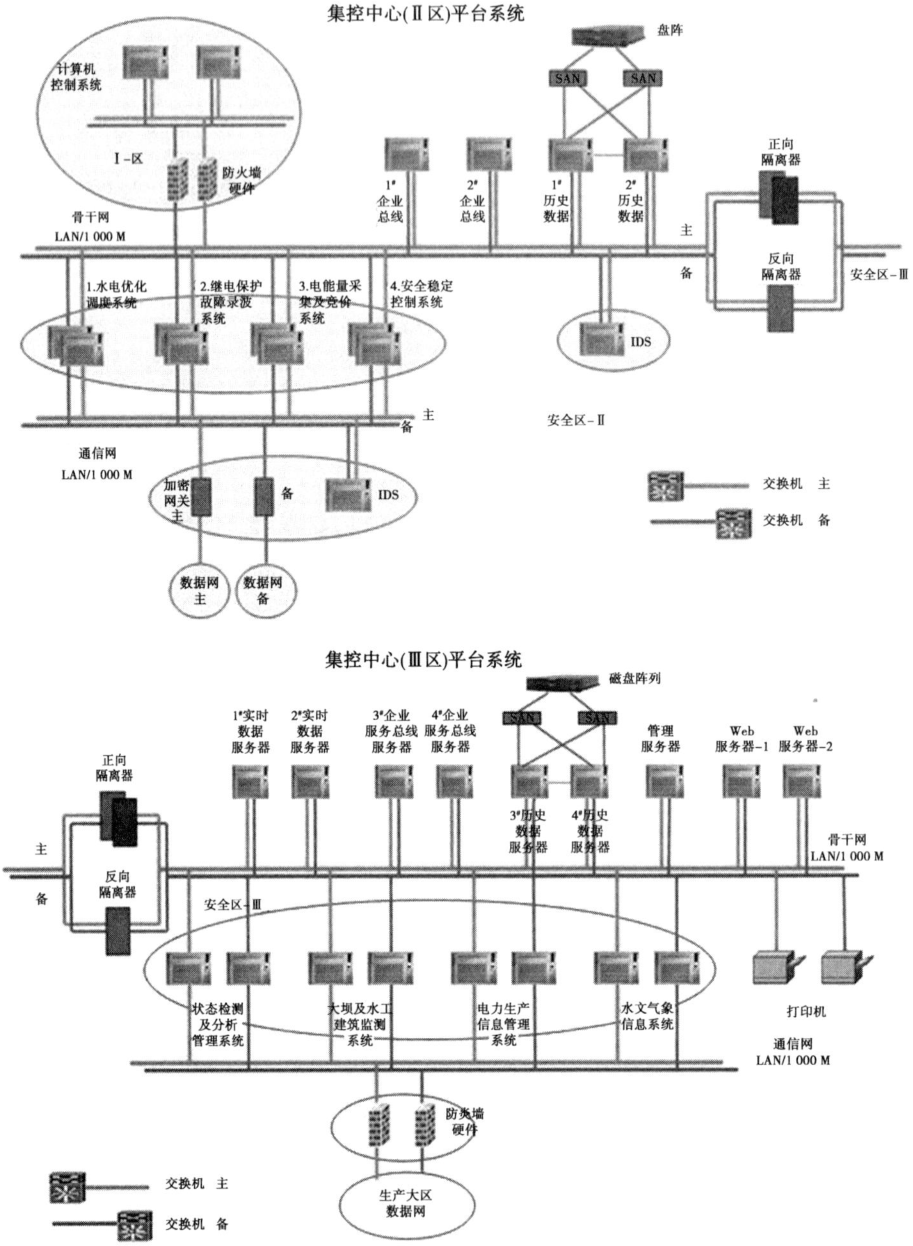


图 2　集控中心平台系统

### 3.2　数据采集与平台存储分离

在线监测系统的集成是一个费时、费力、且反复深化的过程，这种问题同样也会出现在其他信息系统集成项目中，更糟糕的情况是新建设好的系统又难以适应用户因时间或者业务变化而进行的修改，解决这一问题的有效思路是，采用标准化的方法，进行状态监测系统的开发与实施，同样可以延伸到其他信息系统集成方案中。

首先是数据采集层，主要由采集原始波形数据和特征数据组成。它们根据厂商和监测对象的不同，有不同的采集和存储标准，以前的平台软件根据不同系统进行集成，但这样带来巨大的工作量，因为完全无法预知后续安装子系统的数据特征。

因此，在数据采集设备与数据交换平台中添加了数据预处理层[4]，这里的预处理主要是指安装具有开放标准的通讯接口软件，将各子系统的数据进行转换，以进行企业网内的集成。该层级具有一个开放的数据转换和通讯标准，并能在标准上进行扩充，它将数据采集单元的数据整理为一个统一的数据存储格式，实现上层应用与在线监测产品选择的无关性，要实现这个功能需要严格的数据标准化，并能够在标准化的基础上实现数据以最小量传输，以达到最大的完备性。

最上层的数据交换平台，采用整合实时/历史数据库与关系型数据库模式，实时/历史数据库通过自带的关系库模块访问关系数据库。关系库模块提供了常用编程软件的标准数据读取接口，因此适用于不同的专业人员进行计算机编程。

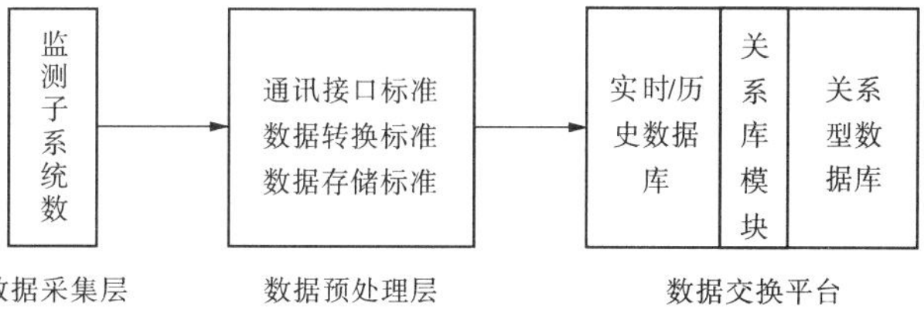


**图3　数据采集与交换平台分离示意图**

## 4　实时/历史数据库的应用

### 4.1　分布式存储

系统采用了实时/历史数据库作为数据平台交换的基础，而"从设计开始就是分布式"的体系结构使实时/历史系统的每个组件都具有在一个独立服务器上运行的能力，这使因需扩展交换平台的时候，对系统管理方面和系统布置方面几乎没有什么影响。如果需要，历史服务模块可以移到一个性能更强大的计算机上。历史服务模块可以同时有几个，既可以放在同一台计算机上，也可以放在不同的计算机上，以便对服务器资源进行分布优化使用同时由于实时/历史数据库本身的特性，可支持多重模式来实现数据的分布式存储。

（1）模块化设计服务。为了使平台设计更加具有灵活性和扩展性，将不同功能的服务模块按照系统的功能的异同和规模的大小进行灵活的配置，组成满足不同需求的信息系统。新的功能服务模块或相同功能的多个服务可以任意地添加到原有设计的系统中，而不需要对原有服务的结构和配置进行重新设计。

（2）服务分布布置。为了使服务器资源得到优化使用，系统的每个服务组件都具有在网络中任意一个主机上运行的特点，在处理超大容量，高速度的数据操作时，服务可以分散在多个主机上运行，从而发挥群体服务器的分布式计算功能，同时也降低了对服务器处理能力的要求。

（3）实现服务冗余。实时信息的安全性和可靠性是系统平台质量的重要指标。实时/历史数据库的冗余服务可以将实时服务按照冗余方式运行，以实现在线热备，使运行的系统和遇故障的系统无缝的衔接起来，当主服务发生故障之后，从服务就与数据源建立连接并进行相应数据请求,从服务将继续采集,分析和存储数据直至主实时服务重新开始工作,因而保证数据能不间断的被采集和存储,最大限度的保证了实时/历史数据库系统的可靠性、稳定性。

### 4.2 数据镜像

实时/历史数据库的 Data Bridge 服务用来连接两个跨隔离装置独立运行的数据库实例,它提供了一种安全的方式来将数据从一个网络传递到另外一个网络,这样使得不同安全分区之间的数据镜像成为非常容易的事情。

Data Bridge 包含两个独立的服务:客户端(Data Bridge)和服务器端(Data Service),Data Bridge 从安全Ⅰ/Ⅱ区专用网的实时/历史数据库中收集数据,并将数据送到信息大区网络的实时/历史数据库中去。而通过 Data Service 的支持,使用者可以像访问其他任何实时服务一样访问跨区的实时数据。

### 4.3 跨平台应用

实时/历史数据库可运行于主流操作系统之上,例如 WINDOWS、NETWARE、UNIX、LINUX,并为跨平台的应用提供数据源,这样在不同安全要求的分布式系统中,可以根据需求安装 WINDOWS 或者 UNIX 版本实时/历史数据库,最终实现跨平台的数据衔接和通信。

## 5 总 结

目前,发电企业设备管理技术水平的发展已经从简单的设备监控转向过程和系统状态的综合监测,并继续向管控一体化发展,通过建立基于实时/历史数据库的水电机组数据交流平台,实现各电厂多监测项目的信息融合,以实现相互促进和协同管理,这是未来发电企业电力生产数据系统发展的方向。

整合了实时/历史数据库和关系型数据库构建的数据交换平台,为机组运行提供了状态数据基础,也使得企业进一步开展故障诊断和状态检修技术的研究成为可能,为企业应对发展挑战、建立数字化管理打下了良好的基础。

## 参考文献

[1] 林礼清. 水电厂设备在线监测与状态检修[J]. 中国电力,2001(11):32-35.

[2] 高金吉. 旋转机械振动故障原因及识别特征研究[J]. 振动测试与诊断,1995,15(3):1-8.

[3] 司纪刚,周绮凤,蔡维由. 水电厂分布式状态监测与故障诊断专家系统的研究[J]. 贵州水力发电,2001,3(14):65-66.

[4] 江志农,马波,高金吉. 基于中间件技术的分布式远程监测与诊断系统[J]. 石油机械,2006,34(3):53-58.

# BP 人工神经网络双决策控制下的梯级水电站群优化调度规则研究

王金龙 黄炜斌 马光文 陈仕军 冉钦朋

（四川大学水利水电学院 四川 成都 610065）

**摘要**：介绍了 BP 人工神经网络模型算法的基本原理，凭借其强大的非线性映射能力和并行计算等特性，采用水库水位与出力双决策控制，建立了梯级水电站群联合调度函数的 BP 人工神经网络模型。模拟调度结果表明，相比于多元线性回归模型，采用双决策控制的 BP 人工神经网络能更好的映射调度函数中各变量之间的非线性关系，其对最优运行轨迹的拟合效果明显提高，计算结果可为梯级水电站实际的联合调度决策提供支持。

**关键词**：水利管理 优化调度 调度函数 BP 人工神经网络 梯级水电站群

## 1 引 言

随着流域梯级开发，由多个调节性能较好的水库组成并实行统一管理调度的水库群越来越多，同时各种新模型与新算法形式的相继出现，使得调度规则的研究已开始向水库群延伸。水库群调度规则的制定是一个典型的大规模、多维度、多目标、多阶段的复杂非线性优化问题，其实质是以系统工程学为理论基础，借助计算机技术，考虑各种约束条件和库群间的相互联系，利用径流调节理论、水能计算方法以及各种传统、优化算法，从历史径流调节计算中挖掘隐藏的优化运行规律[1]。主要用于解决“何时调度”及相应的“如何调度”（即调度策略）两个方面的问题，前者决定了调度规则中的临界点，后者决定了实际调度中具体的蓄放水方式。

调度规则通常以调度图和调度函数的形式给出。调度图根据实测水文资料计算编制而成，优点是物理意义明确，操作简单方便，但由于未能充分利用当前水库来水这一关键信息，使其决策值相对保守，难以很好的发挥水电站的发电潜能[2-3]。调度函数则是通过挖掘、总结隐藏在确定性长系列优化运行结果中的规律而制定出的水电站运行规则的数学表达式，虽然通过调度函数得到的决策值达不到最优，但由于仅需预测面临时段的来水流量，使其精度较高、可操作性强，在实际生产中具有广泛的使用前景[4-5]。然而，受气象、人为等多种不确定性因素的影响，实际的梯级电站群联合调度过程中各调度因子之间呈现复杂的非线性关系[1-7]，采用不同的决策变量所得到的调度效果往往会有较大差异。为了消除这种差异，客观反映这些调度因子之间的影响关系，本文基于 BP 人工神经网络模型的并行计算特性，同时以水库水位与电站出力作为决策变量进行双决策控制，对梯级水电站群的联合优化调

基金项目：国家重点基础研究发展计划（973 计划）资助项目（2013BCB36406－4），国家自然科学基金重点资助项目（50539140）。

度函数进行研究。

## 2　模型构建

### 2.1　样本获取

通常梯级水电站群中长期优化调度是根据给定的入库流量过程，综合考虑各种约束条件，以发电流量为决策变量，以水库电站群在调度周期内的总发电量最大为目标进行调度。为了更能适应调度期内电网调峰要求，使得计算结果供水期内梯级电站的出力尽可能的趋于一个值，以保证电力系统供电稳定性，本文选择兼顾梯级“最小出力最大化”的总发电量最大模型。该模型旨在中长期优化调度中考虑梯级电站年内出力最小时段的总出力尽可能大，即“最小出力最大化”，从而为电网提供尽可能大的均匀的可靠出力，充分发挥水电的容量效益，以替代火电[8]。目标函数如下。

目标1：梯级电站年发电量最大，该目标旨在为电网提供尽可能多的电能。

$$E = \max \sum_{i=1}^{n} \sum_{t=1}^{T} (K_{i,t} \cdot Q_{i,t} \cdot H_{i,t} \cdot \Delta t) \quad \forall t \in T \tag{1}$$

目标2：梯级最小出力最大化，即梯级电站年内出力最小时段的出力尽可能大。该目标旨在为电网提供尽可能大的、均匀可靠的出力，充分发挥梯级电站的容量效益，确保电力系统供电稳定性。

$$NP = \max\min \sum_{i=1}^{n} (K_{i,t} \cdot Q_{i,t} \cdot H_{i,t}) \quad \forall t \in T \tag{2}$$

式中　$E$——梯级电站最大化的年发电量；

$\Delta t$——$t$ 时段小时数；

$NP$——梯级电站最大化的最小出力；

$K_{i,t}$——$i$ 电站 $t$ 时段的综合出力系数；

$Q_{i,t}$——$i$ 电站 $t$ 时段发电流量；

$H_{i,t}$——$i$ 电站 $t$ 时段发电水头；

$T$——年内计算总时段数；

$n$——梯级电站个数。

显然，这是一个多目标优化问题，为了实现“最小出力最大化”，通常将该目标转化为梯级最小出力限制约束，最终的目标函数如式(3)，实际操作中将梯级最小出力限制值给得尽可能大些，在使所有时段梯级总出力满足这一约束的前提下寻求梯级总发电量最大。

$$E = \max \sum_{t=1}^{T} \left\{ \sum_{i=1}^{n} (K_{i,t} \cdot Q_{i,t} \cdot H_{i,t}) - \omega\sigma_t \left[ NP - \sum_{i=1}^{n} (K_{i,t} \cdot Q_{i,t} \cdot H_{i,t}) \right]^{\alpha} \right\} \cdot \Delta t \quad \forall t \in T \tag{3}$$

式中　$\omega$，$\alpha$ 是模型参数，$\omega > 0$，经试算确定，$\alpha$ 通常取 1 或 2；$\sigma_t$ 为 0 ~ 1 变量，取值如下：

$$\sigma_t = \begin{cases} 1, & \text{if } \sum_{i=1}^{N} (K_{i,t} \cdot Q_{i,t} \cdot H_{i,t}) < NP \\ 0, & \text{if } \sum_{i=1}^{N} (K_{i,t} \cdot Q_{i,t} \cdot H_{i,t}) \geqslant NP \end{cases} \tag{4}$$

基于以上目标函数，考虑如下几个约束条件。

(1)水量平衡约束:

$$V_{i,t+1} = V_{i,t} + 3\ 600 \cdot (q_{i,t} - Q_{i,t} - S_{i,t}) \cdot \Delta t \quad \forall t \in T \tag{5}$$

(2)流量平衡约束:

$$q_{i+1,t} = Q_{i,t} + S_{i,t} + q'_{i,t} \quad \forall t \in T \tag{6}$$

(3)水库蓄水量约束:

$$V_{i,t}^{\min} \leqslant V_{i,t} \leqslant V_{i,t}^{\max} \quad \forall t \in T \tag{7}$$

(4)水库下泄流量约束:

$$Q_{i,t}^{\min} \leqslant Q_{i,t} + S_{i,t} \leqslant Q_{i,t}^{\max} \quad \forall t \in T \tag{8}$$

(5)电站发电流量约束:

$$Q'^{\min}_{i,t} \leqslant Q_{i,t} \leqslant Q'^{\max}_{i,t} \quad \forall t \in T \tag{9}$$

(6)电站出力约束:

$$N_{i,t}^{\min} \leqslant K_{i,t} \cdot Q_{i,t} \cdot H_{i,t} \leqslant N_{i,t}^{\max} \quad \forall t \in T \tag{10}$$

(7)上述所有变量均为非负变量($\geqslant 0$)。

式中:$V_{i,t}$、$V_{i,t+1}$为 $i$ 电站 $t$ 时段初、末水库蓄水量;$q_{i,t}$为 $i$ 电站 $t$ 时段入库流量;$S_{i,t}$为 $i$ 电站 $t$ 时段弃水流量,如果出库流量大于最大过机流量,则多余的流量即为弃水流量,最大过机流量即为当前时段的发电流量;$q'_{i,t}$为 $i$ 电站与 $i+1$ 电站 $t$ 时段的平均区间来水流量;$V_{i,t}^{\min}$为 $i$ 电站 $t$ 时段应保证的水库最小蓄水量;$V_{i,t}^{\max}$为 $i$ 电站 $t$ 时段允许的水库最大蓄水量,通常是出于水库安全方面的考虑,如汛期防洪限制等;$Q_{i,t}^{\min}$为 $i$ 电站 $t$ 时段应保证的最小下泄流量;$Q_{i,t}^{\max}$为 $i$ 电站 $t$ 时段最大允许下泄流量;$Q'^{\min}_{i,t}$为 $i$ 电站 $t$ 时段要求的最小发电流量;$Q'^{\max}_{i,t}$为 $i$ 电站 $t$ 时段最大过机流量;$N_{i,t}^{\min}$为 $i$ 电站 $t$ 时段允许的最小出力;$N_{i,t}^{\max}$为 $i$ 电站 $t$ 时段允许的最大出力。

按照水利年度,以旬为计算时段,采用改进 POA 优化算法[8]对梯级水电站群的长系列历史径流资料进行确定性来水的联合优化计算,得到各旬出力、水库水位、发电流量等调度因子的长系列优化计算结果。

### 2.2　调度函数因变量与自变量选取

调度函数的数学表达式为:

$$F_t = f(x_{1,t}, x_{2,t}, \cdots, x_{m,t}) \quad \forall t \in T \tag{11}$$

式中:$F_t$ 为 $t$ 时段的决策变量(即因变量),如时段平均下泄流量、出力、时段末水库水位等;$x_{m,t}$为与时段决策值有关的状态变量(即自变量),如时段初水库水位、时段来水流量预报值等。

大量的实践经验表明:从调度函数的有效性检验结果看,以时段末的水库水位为决策变量较好;从调度决策的直观简单方便考虑,以时段平均下泄流量或出力为决策因子较好。虽然说这些决策变量之间具有一定的函数关系,求出一个决策变量值后,可随之求出其他决策变量值,但由于受多种不确定性因素的影响,各决策变量之间的因果规律尚不完全清楚,而且这些变量彼此之间就存在影响,这使得求得的其他决策变量值可能与其自身最优决策相差较大[5]。源于此,凭借 BP 网络计算的并行性,本文分别用时段末水库水位和电站时段平均出力(即 BP 网络输出层有 2 个节点)做决策,以相互印证、补充。

影响梯级水电站群调度函数决策值的相关因子分为三大类:时间因子、空间因子和能量因子[6]。时间因子是指与水库当前状态有关的量,如水库水位、来水流量等;空间因子是指与该水库有密切联系的其他水库的状态,如上下游水库水位、上游水库下泄流量等;能量因子主要是指电网的负荷需求对水电站调度的影响,由于建立调度函数时很难获得当前时段的历年电网负荷需求,加之电网的负荷变化具有一定的时序性,所以在实际处理时是以通过优化所获得的前一个或几个时段的出力作为影响因子的。为了定量地反映这些影响因子与决策变量之间的相关性及相关程度,有效的决定状态变量的个数(即 BP 网络输入层节点个数),以减少主观因素的影响,采用相关分析取相关系数较大的前几项进行初选。

鉴于相关分析法所初选的影响因子并非在任何一个时段都会同时对决策变量存在显著相关性,若将这些相关因子全部列为调度函数的自变量(即各时段调度函数形式相同,只是模型中的参数值不同),必然会降低调度函数的整体拟合优度,增加误差范围[6]。因此,采用多元逐步回归分析筛选自变量法,对因变量有显著影响的相关因子进行挑选,从而确定调度函数的自变量。主要思路是:将自变量根据其对因变量的显著程度(贡献)从大到小逐个地引入调度函数,若已被引入的变量在引入新变量后失去了重要性,则将其从调度函数中剔除出去,每一次引入或者剔除变量都进行 $F$ 检验,以保证新变量组合始终在提高调度函数的拟合优度,具体的操作原理和步骤详见文献[6]。

## 2.3　网络结构

BP 人工神经网络模型采用非线性连续可微的 S 型(Sigmoid)函数(即:$f(x)=1/[1+E(x)]$)作为激励函数,考虑到模型各输入节点和输出节点对应变量的量纲不同,也为了防止通过 BP 人工神经网络调度函数得到的决策值不在其最大最小约束范围内,将每一个输入节点和输出节点的样本数据按式(12)作归一化处理,使输入模型的数据化为(0.1,0.9)之间的实数,以加快网络训练的收敛速度[7]。训练好的网络输出结果再按照式(13)进行反处理,即可得到相应的决策值。

$$X_i'^j = 0.1 + 0.8[X_i^j - \min(X_i)]/[\max(X_i) - \min(X_i)] \tag{12}$$

$$X_i^j = \min(X_i) + 1.25(X_i'^j - 0.1)[\max(X_i) - \min(X_i)] \tag{13}$$

式中:$X_i^j$ 为第 $i$ 个变量第 $j$ 个样本原始数值;$X_i'^j$ 为第 $i$ 个变量第 $j$ 个样本数据归一化后的数值;$\max(X_i)$、$\min(X_i)$ 为样本数据中第 $i$ 个变量的最大、最小值。

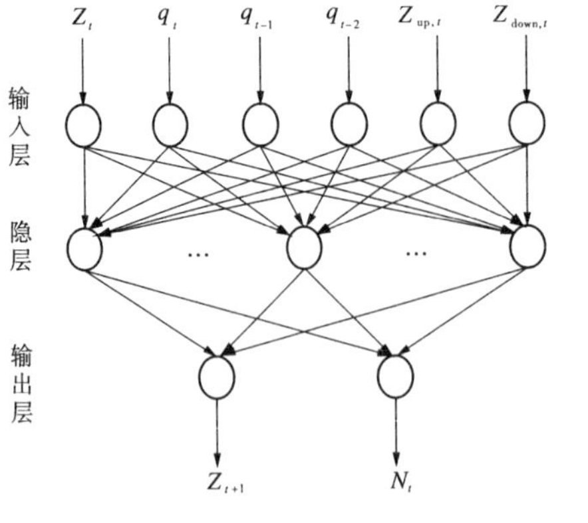


**图 1　电站调度函数的 3 层 *BP* 网络结构**

假设某电站 $t$ 时段末水库水位 $Z_{t+1}$ 和时段平均出力 $N_t$ 均与其当前时段的初始水库水位 $Z_t$、入库流量 $q_t$、相邻前 2 个时段入库流量 $q_{t-1}$、$q_{t-2}$ 及同时段下游电站的水库回水位 $Z_{down,t}$ 和上游电站的水库水位 $Z_{up,t}$ 显著相关,则建立的该电站该时段的调度函数的 3 层 BP

网络结构如图1所示，其中各输入节点和输出节点对应变量样本值已事先进行归一化处理。

## 3　模型求解及检验

### 3.1　BP网络求解原理

在众多人工神经网络类型当中，误差反传前馈网络(Back Propagation，简称BP网络)是其中最为重要的一种，也是目前为止应用最为广泛的网络算法。该网络不仅具备一般人工神经网络所具有的鲁棒性、容错性、并行计算和分布式存储能力，而且结构简单，操作方便，具有非线性转移函数的3层结构就可以实现以任意精度逼近任何非线性函数。这使得BP网络模型在处理复杂的非线性系统时，有效地避免了常规时间序列模型存在的线性、平稳性不合理假设或及其有限的非平稳性、非线性处理能力。BP网络自学习的实质是以网络误差平方和最小为目标函数，采用梯度下降算法(Gradient Descent Algorithm)，通过反向传播来不断调整网络的权值和阈值进行寻优[9]。3层BP网络的学习过程如图2所示，其根据网络误差平方和调整网络权值和阈值的原理详见文献[10]。

目前，针对BP网络存在的网络麻痹现象和局部最小问题，已有很多学者做了深入的研究，采用比较多的有两种改进措施：一是附加动量项；二是采用变化的学习速率或自适应的学习速率。在3层BP网络中，输入层节点数和输出层节点数可根据实际问题加以确定，而隐层节点数至今尚无可靠的指导理论，通常是采用试算的方法或经验公式来确定[9]。

### 3.2　研究实例的网络训练

A、B梯级电站是位于我国某河干流上的两座巨型电站，均以发电为主，兼有防洪、拦沙和改善下游航运条件等综合效益，是实现"西电东送"的首批骨干电站，在电力系统中担负基荷、腰荷及部分峰荷。水库A位于B的上游，B是A的反调节水库，B的库区回水对A的尾水位有顶托作用，A、B联合运行具有不完全年调节能力。水库A正常蓄水位600 m，死水位540 m，防洪限制水位560 m，总装机容量13 860 MW，最大发电引用流量7 922 $m^3/s$，保证出力3 850 MW，设计水头损失4.03 m，调节库容64.6亿$m^3$；水库B正常蓄水位380 m，死水位370 m，防洪限制水位370 m，总装机容量6 400 MW，最大发电引用流量7 098 $m^3/s$，保证出力2 009 MW，设计水头损失1.8 m，调节库容9.03亿$m^3$。为了满足防洪需求，确保大坝安全，6～8月两水库水位不超过防洪限制水位，9月开始回蓄至正常蓄水位。

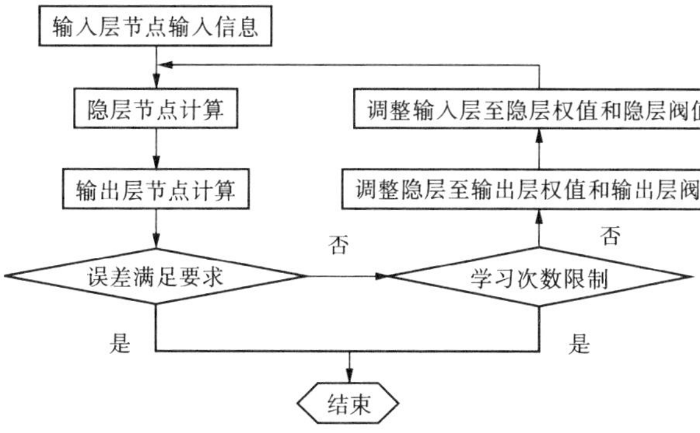


**图2　3层BP网络自学习过程流程图**

函数调度属于隐随机调度，是通过大量确定性径流过程优化计算成果的统计分析来体现径流随机特性的。因此，只有当样本系列长度达到一定要求时，调度函数才具有指导意义。文献[11]研究指出，采用30年以上资料基本可满足工程应用需求。所以，本文将所获得的A、B梯级电站1953年6月～2006年5月共53年的长系列径流资料，以水利年为周期，以旬为计算时段进行长系列优化计算，其前38年的优化成果留为调度函数模型的率定样本，后15年的则作为检验样本。这样，不同年的相同旬段数据可组成一个序列，共组成36个序列，对于各序列，按照前文所述方法求解所建立的3层BP人工神经网络模型，即可得到各旬的调度函数。为了防止模型在训练过程中出现"过拟合现象"，导致其泛化能力降低，在模型率定期内以样本拟合最大相对误差绝对值小于10%和网络学习次数进行双项控制。限于篇幅，以下从汛前（水位从死水位蓄至汛限水位）、汛中，汛末（水位从汛限水位蓄至正常蓄水位）、平水期和供水期分别选出一个时段给出调度函数计算结果，这些时段所挑选出的调度函数自变量及模型检验结果如表1（表中自变量符号意义同前文），表2给出了6月中旬的BP人工神经网络基本参数的试算结果，其中学习速率为初始值，在网络训练过程中它会自适应的变化。

从表1中的检验结果可以看出，所获得的这些时段的调度函数，不论是在率定期还是在检验期，样本拟合最大相对误差绝对值小于10%的合格率均达到了85%以上，且率定期和检验期的合格率相差不大，满足生产使用要求。实际应用过程中，首先将表1中已知的自变量值（$q_t$ 是通过预测得到）按式（12）进行归一化处理，然后将其与已率定好的模型参数一同代入模型，最后将模型输出值按式（13）进行反处理，即可得到相应时段的决策值。

### 3.3　结果决策

当选定时段末水库水位 $Z_{\text{decis}}$ 进行决策时，可由时段水能计算得到对应的时段平均出力 $N_{\text{result}}$；当选定时段平均出力 $N_{\text{decis}}$ 进行决策时，可由时段水能计算得到对应的时段末水库水位 $Z_{\text{result}}$。由于两变量之间存在复杂的相互影响关系，使得同一变量的决策值与计算值可能不相等甚至相差很大。针对这一情况，本文提出以式（14）和式（15）进行反复迭代修正，直到决策值和计算值相差达到精度要求为止。此种修正旨在偏向于按BP人工神经网络两输出决策值中标准差较小的进行调度。

$$Z'_{\text{decis}} = (\sigma_N \cdot Z_{\text{decis}} + \sigma_Z \cdot Z_{\text{result}})/(\sigma_N + \sigma_Z) \tag{14}$$

$$N'_{\text{decis}} = (\sigma_Z \cdot N_{\text{decis}} + \sigma_N \cdot N_{\text{result}})/(\sigma_N + \sigma_Z) \tag{15}$$

式中　$\sigma_N$、$\sigma_Z$——两变量 $N_t$ 和 $Z_t$ 的标准差。

**表1　调度函数的自变量及模型检验结果**

| 月/旬 | A电站 | | | B电站 | | |
|---|---|---|---|---|---|---|
| | 选取的自变量 | 合格率（%） | | 选取的自变量 | 合格率（%） | |
| | | 率定期 | 检验期 | | 率定期 | 检验期 |
| 6/中 | $Z_t$、$q_t$、$q_{t-1}$、$Z_{\text{down},t}$、$N_{t-1}$ | 94.7 | 86.7 | $Z_t$、$q_t$、$N_{t-1}$、$Z_{\text{up},t}$、$q_{\text{up},t}$、$q_{\text{up},t-1}$ | 97.4 | 93.3 |
| 7/下 | $q_t$、$q_{t-1}$、$Z_t$、$N_{t-1}$ | 97.4 | 93.3 | $q_t$、$N_{t-1}$、$q_{\text{up},t}$ | 100 | 100 |
| 9/中 | $Z_t$、$q_t$、$q_{t-1}$、$q_{t-2}$、$Z_{\text{down},t}$、$N_{t-1}$ | 92.1 | 86.7 | $Z_t$、$q_t$、$N_{t-1}$、$Z_{\text{up},t}$、$Z_{\text{up},t-1}$、$q_{\text{up},t}$、$q_{\text{up},t-1}$ | 94.7 | 93.3 |
| 11/上 | $q_t$、$Z_{\text{down},t}$、$N_{t-1}$ | 100 | 100 | $q_t$、$N_{t-1}$、$q_{\text{up},t}$ | 100 | 100 |
| 3/中 | $Z_t$、$q_t$、$Z_{\text{down},t}$、$N_{t-1}$ | 100 | 100 | $Z_t$、$q_t$、$N_{t-1}$、$Z_{\text{up},t}$、$Z_{\text{up},t-1}$、$q_{\text{up},t}$ | 100 | 100 |

表2　A、B电站6月中旬调度函数BP网络参数

| 电站 | 隐层节点数 | 学习次数限制 | 学习速率 | 动量系数 |
|---|---|---|---|---|
| A | 9 | 2 500 | 0.8 | 0.5 |
| B | 13 | 2 000 | 0.2 | 0.6 |

### 3.4　回检修正

值得注意的是，调度函数计算得到的决策结果必须满足实际生产的需求，譬如汛末水库蓄满、供水期末削落至死水位、供水期全部满足保证出力限制等。由于调度函数只是对最优运行轨迹的拟合，有时会出现由出力决策值（或水位决策值）通过水量平衡原理和水能计算原理反算出来的旬末水位（或旬平均出力）、出库流量、发电流量等不满足电站自身约束的情况发生，决策时须根据实际情况进行必要的修正，修正原则如下。

（1）输入到调度函数中的相关因子应不超出样本资料的取值范围，否则可能导致决策结果失真，需做相应的调整。例如，实际运行时第 $t$ 时段初水库水位 $Z_t$ 满足 $Z_t^{\min} \leqslant Z_t \leqslant Z_t^{\max}$（$Z_t^{\max}$、$Z_t^{\min}$ 分别为长系列计算时历年第 $t$ 时段水库初水位的最大、最小值）时，决策时水位可取实际水库水位 $Z_t$；若 $Z_t < Z_t^{\min}$，则取 $Z_t = Z_t^{\min}$；若 $Z_t > Z_t^{\max}$，则取 $Z_t = Z_t^{\max}$。用同样的方法，可对 $q_t$、$N_t$ 等进行类似处理。

（2）对于通过反算得到的旬末水位（或旬平均出力）、出库流量、发电流量等不满足水电站自身约束的，在确保水工建筑物安全的情况下，对决策值进行相应的调整。例如，当得到的旬末水位 $Z_{t+1} > Z_{蓄}$（$Z_{蓄}$ 为水库正常蓄水位）时，取 $Z_{t+1} = Z_{蓄}$；当 $Z_{t+1} < Z_{死}$（$Z_{死}$ 为水库死水位）时，取 $Z_{t+1} = Z_{死}$。然后由水量平衡原理和水能计算原理在满足其他约束的情况下计算出力，以此作为决策值。同理，可对旬末水位、出库流量、发电流量等进行类似处理。

### 3.5　结果评价

调度函数是用于指导电站实际运行的，因此本文提出从调度函数对实例模拟的以下5个方面的实际运行效果来评价所建立调度函数的有效性。

（1）汛末水库是否蓄满；

（2）供水期是否全部满足保证出力限制；

（3）供水期末是否消落至死水位；

（4）调度函数计算的年总发电量须与优化计算的年总发电量接近；

（5）对最优调度轨迹的拟合程度。这里采用平均相对误差 $e$ 表示[5]。

$$e = \frac{|Z_{t,拟} - Z_{t,优}|}{(Z_{蓄} - Z_{死})} \times 100\% \tag{16}$$

式中　$Z_{t,拟}$——$t$ 时段拟合的末水位（调度函数给出）；

$Z_{t,优}$——$t$ 时段最优末水位（优化方法给出）。

对于以上5条准则，生产单位可根据自身需要从中选择若干条来作为评价调度函数有效性的标准。例如具有多年调节性能的水库，在以年为周期的时段内建立旬段调度函数时，由于调节库容大，很多年份汛末水库不一定能蓄满，供水期末也不一定会消落至死水位，此时若选取（1）、（3）条作为评价标准则是不合理的。

在本文的研究实例当中，根据A、B电站实际的生产需求，如果调度函数实例模拟调度结果能严格满足上述5条准则的保证率达到90%，则视为合格。其中，年总发电量采用相

对误差绝对值小于2%的保证率，对最优调度轨迹的拟合程度采用全年平均相对误差平均值小于10%的保证率，保证率计算公式如式(17)。

$$P = Num/Num_{sum} \times 100\% \tag{17}$$

式中 $P$——保证率；

$Num$——满足要求的实例年份个数；

$Num_{sum}$——总的实例年份个数。

## 4 实例计算结果分析

将调度函数、结果决策、回检修正原则、电站各项约束、归一化处理及反处理等一并纳入到模拟算法程序，基于 Visual Studio2010. NET 平台，运用 C#编程语言，开发出以调度函数为指导的 A、B 梯级电站模拟发电调度软件，以此对率定样本和检验样本逐年、逐旬进行模拟调度计算。按照结果评价准则得到统计检验表3，同时限于篇幅，表4列出了检验期内2000年1月上旬至5月下旬的模拟计算结果。

**表3 调度函数检验结果**

| 项目 | 保证率(%) | | | |
|---|---|---|---|---|
| | A 电站 | | B 电站 | |
| | 率定期 | 检验期 | 率定期 | 检验期 |
| 汛末水库蓄满 | 100 | 100 | 100 | 100 |
| 供水期全部满足保证出力限制 | 92.11 | 93.33 | 97.37 | 100 |
| 供水期末消落至死水位 | 100 | 100 | 100 | 100 |
| 年总发电量相对误差小于2% | 97.37 | 100 | 100 | 100 |
| 全年平均相对误差平均值小于10% | 94.74 | 93.33 | 97.37 | 93.33 |

表3的统计结果显示，5条结果评价准则的保证率均达到了90%以上，这表明建立的A、B 梯级电站联合调度函数模型有效、可行，满足使用要求。同时，结合表4的实例模拟调度结果可以看出：①调度函数计算出的水库水位在汛末能够蓄至正常蓄水位，供水期末能够消落至死水位，在所选取的15个计算旬段里 A 电站水库水位平均相对误差 $e$ 的平均值为3.3%，最大值为6.5%；B 电站平均值为1.3%，最大值为8.6%，与优化计算所得水位变化过程拟合好；②调度函数计算出的 A、B 电站各旬出力均能满足其自身的保证出力限制，所选取的15个旬段里 A 电站的出力相对误差绝对值 $e_0$ 最大为8.3%、平均为3.7%；B 电站最大为8.5%、平均为4.1%，与优化出力的相对误差小。因而得出，此梯级电站模拟发电调度软件的输出结果可以为 A、B 梯级联合运行提供很好的决策支持。

为了说明 BP 人工神经网络模型在解决调度函数非线性、多决策变量决策问题时的优越性，本文在相同的条件下，分别以旬末水位和旬段平均出力为决策变量建立了 A、B 梯级电站联合优化调度函数的多元线性回归模型。两种不同方法计算所得到的1999年6月上旬至2000年5月下旬的年发电量对比结果见表5。

表4　调度函数的水位模拟结果

| 月/旬 | 水位(m) | | | | | | 出力(MW) | | | | | |
|---|---|---|---|---|---|---|---|---|---|---|---|---|
| | A电站 | | | B电站 | | | A电站 | | | B电站 | | |
| | $Z_{优}$ | $Z_{拟}$ | $e$(%) | $Z_{优}$ | $Z_{拟}$ | $e$(%) | $N_{优}$ | $N_{拟}$ | $e_0$(%) | $N_{优}$ | $N_{拟}$ | $e_0$(%) |
| 1/上 | 595.3 | 597.4 | 3.5 | 380 | 380 | 0 | 4 388 | 4 133 | 5.8 | 2 413 | 2 263 | 6.2 |
| 1/中 | 592.2 | 595.3 | 5.2 | 380 | 380 | 0.2 | 4 371 | 4 113 | 5.9 | 2 429 | 2 267 | 6.7 |
| 1/下 | 589.4 | 592.7 | 5.5 | 379.9 | 379.9 | 0.1 | 4 345 | 4 417 | 1.7 | 2 455 | 2 458 | 0.1 |
| 2/上 | 586.3 | 590.2 | 6.5 | 379.7 | 380 | 3 | 4 317 | 4 308 | 0.2 | 2 483 | 2 408 | 3 |
| 2/中 | 582.7 | 586.5 | 6.3 | 379.1 | 380 | 8.6 | 4 279 | 4 354 | 1.8 | 2 525 | 2 483 | 1.7 |
| 2/下 | 580.2 | 583.6 | 5.7 | 380 | 380 | 0 | 4 359 | 4 573 | 4.9 | 2 443 | 2 635 | 7.9 |
| 3/上 | 578.8 | 580.7 | 3.2 | 380 | 379.9 | 0.9 | 4 258 | 4 596 | 7.9 | 2 546 | 2 763 | 8.5 |
| 3/中 | 575.1 | 575.8 | 1.2 | 380 | 379.8 | 1.8 | 4 242 | 4 529 | 6.8 | 2 558 | 2 713 | 6.1 |
| 3/下 | 571.4 | 571.1 | 0.5 | 380 | 379.9 | 0.6 | 4 208 | 4 337 | 3.1 | 2 591 | 2 644 | 2 |
| 4/上 | 564.5 | 565.5 | 1.7 | 380 | 379.9 | 0.8 | 4 171 | 4 008 | 3.9 | 2 633 | 2 529 | 3.9 |
| 4/中 | 559.8 | 561.2 | 2.3 | 380 | 379.8 | 2 | 4 117 | 4 083 | 0.8 | 2 688 | 2 658 | 1.1 |
| 4/下 | 564.3 | 561.2 | 5.2 | 380 | 380 | 0 | 4 096 | 4 067 | 0.7 | 2 704 | 2 604 | 3.7 |
| 5/上 | 559.2 | 557.5 | 2.8 | 380 | 379.9 | 0.9 | 4 108 | 3 979 | 3.1 | 2 692 | 2 650 | 1.6 |
| 5/中 | 562.9 | 562.6 | 0.5 | 380 | 380 | 0 | 4 229 | 3 879 | 8.3 | 2 800 | 2 588 | 7.6 |
| 5/下 | 540 | 540 | 0 | 370 | 370 | 0 | 9 076 | 8 955 | 1.3 | 6 356 | 6 330 | 0.4 |

注：$Z_{优}$、$N_{优}$ 分别为 $t$ 时段最优旬末水位和出力（优化方法给出）；$Z_{拟}$、$N_{拟}$ 分别为 $t$ 时段拟合水位和出力（调度函数给出）。

表5　梯级电站模拟电量结果对比

| 项目 | A电站 | | B电站 | | 梯级 | |
|---|---|---|---|---|---|---|
| | 电量（亿kW·h） | 相对误差绝对值（%） | 电量（亿kW·h） | 相对误差绝对值（%） | 电量（亿kW·h） | 相对误差绝对值（%） |
| POA优化算法 | 564.62 | | 322.69 | | 887.31 | |
| BP神经网络 | 562.49 | 0.38 | 321.55 | 0.35 | 884.04 | 0.37 |
| 多元线性回归 | 557.04 | 1.34 | 318.43 | 1.32 | 875.47 | 1.33 |

多元线性回归调度函数计算得到：①在2000年1月上旬至5月下旬的时段里，A电站水库水位的平均相对误差 $e$ 的平均值为7.1%，最大值为12.7%；B电站平均值为5.7%，最大值则高达18.8%；②计算得到A电站出力与优化出力的相对误差绝对值 $e_0$ 最大为14.7%、平均为5.1%；B电站最大为16.2%、平均为4.5%。结合表5的对比结果可以看出，不论是水位、出力变化过程还是年发电量，双决策控制下的BP人工神经网络调度函数

的计算结果均比传统的多元线性回归调度函数的计算精度高。需要说明的是,不论何种形式的调度函数,最终计算所得到的年发电量不论是梯级总和还是单个电站,都会相对于优化结果偏小,这主要是因为优化调度是针对一年的来水进行的优化,而调度函数是对优化轨迹的拟合,每个旬的调度函数只是对该旬的来水进行优化,无法达到全局最优的效果。但从表5可以看到,双决策控制下的 BP 人工神经网络调度函数计算得到的年发电量减少的较少,与优化结果差距不大,其更适合于指导梯级水电站的联合运行。

## 5　结　语

考虑到实际调度决策时的简单、直观、方便和调度结果的有效性检验要求,凭借 BP 人工神经网络模型结构简单、操作方便、强大的非线性映射能力和并行计算等特性,基于梯级水电站群联合优化调度的长系列计算结果,建立了同时以水库水位和电站出力为决策变量的双决策控制下的梯级水电站群联合优化调度函数的 BP 人工神经网络模型,提出了实行双决策控制时的决策方法和函数模拟调度结果评价准则。在调度函数相关影响因子的筛选方面,采用了相关分析与多元逐步回归分析相结合的方法,既保证了没有遗漏基本影响因子,又剔除了对决策变量影响不显著的因子。算例结果表明,相比于传统的采用单变量决策控制的多元线性回归调度函数,BP 人工神经网络模型能够更好的映射梯级水库在实际运行时各影响要素之间未知的函数关系,其对优化轨迹的拟合效果明显提高,模拟结果符合水库调度规律,计算结果可为水电站的实际联合调度提供很好的参考。

### 参考文献

[1] 舒卫民,马光文,黄炜斌,等. 基于人工神经网络的梯级水电站群调度规则研究[J]. 水力发电学报,2011,30(2): 11-14.

[2] Wang Y M,Chang J X,et al. Simulation with RBF Neural Network Model for Reservoir Operation Rules[J]. Water Resource Manage ment,2010,24:2597-2610.

[3] Rani D,et al. Simulation – Optimization Modeling: A Survey and Potential Application in Reservoir Systems Operation[J]. Water Resource Management,2010,24:1107-1138.

[4] 周研来,梅亚东,杨立峰,等. 大渡河梯级水库群联合优化调度函数研究[J]. 水力发电学报,2012,31(4):78-82.

[5] 李承军,陈毕胜,等. 水电站双线性调度规则研究[J]. 水力发电学报,2005,24(1):11-15.

[6] 王丽萍,等. 水电站月度调度函数的模型制定与模拟结果评价[J]. 华北电力大学学报,2009,36(1): 80-83.

[7] 王金龙,马光文,黄炜斌,等. BP 人工神经网络模型在溪洛渡、向家坝两库联合优化调度规则中的应用[J]. 水电能源科学,2012(30):48-51.

[8] 周佳,马光文,等. 基于改进 POA 算法的雅砻江梯级水电站群中长期优化调度研究[J]. 水力发电学报,2010,29(3):18-22.

[9] 汤成友,官学文,等. 现代中长期水文预报方法及其应用[M]. 北京:中国水利水电出版社,2008.

[10] 张立明. 人工神经网络的模型及其应用[M]. 上海:复旦大学出版社,1993.

[11] 刘攀,依俊楠,徐小伟,等. 水文资料长度对隐随机优化调度规则的影响研究[J]. 水电能源科学,2011(4):46-47.

# 雅砻江公司集控中心计算机监控系统安全性配置浅析

陈　鹏　蒲　瑜

（雅砻江流域水电开发有限公司　四川　成都　610051）

**摘要：**本文结合雅砻江流域集控中心计算机监控系统实际，从监控系统结构设计、控制操作的软件实现以及运行操作等方面详细分析了雅砻江流域集控中心计算机监控系统在安全性方面所采取的技术方案。实际运行效果表明所采取的技术方案切实有效，能保证监控系统安全稳定运行。

**关键词：**雅砻江流域集控中心　计算机监控系统　安全性　误操作

## 1　概　述

同一流域上的梯级水电站具有很强的水力联系，下一级电站的来水量不仅取决于河流区间的径流来水，还取决于上一级电站的水流下泄情况。为充分发挥流域梯级电站群的规模效益和调节补偿效益，科学合理地利用流域水能资源，满足电力市场的负荷要求，降低生产管理成本，同一流域上的梯级水电站实现集中控制、联合优化调度、经济运行是流域梯级电站的重要发展趋势。雅砻江流域集控中心负责雅砻江流域梯级电站的集中控制、经济优化运行，目前下辖装机容量 3 300 MW 的二滩电站、2 400 MW 的官地电站、4 800 MW 的锦东电站和 3 600 MW 的锦西电站。

为实现流域梯级电站的集控运行，集控中心需进行相应综合自动化系统建设。其中监控系统为综合自动化系统的核心，该系统是否安全稳定直接决定流域电站集控运行的成败。本文结合雅砻江流域集控中心监控系统开发建设实际情况，主要从监控系统结构设计、控制操作的软件实现以及运行操作方面探讨集控中心监控系统的安全配置。

## 2　集控中心监控系统结构设计安全

雅砻江流域集控中心监控系统采用南瑞 NC2000 系统，系统网络结构如图 1 所示。该系统在结构安全配置方面主要考虑以下几点。

（1）流域监控系统三层构架模式。流域监控系统构架采用集控层、厂站层和现地层三层构架模式。每层具有不同的控制调节权限，按现地层、厂站层、集控层的顺序从高到低。只有当下一层的控制调节权限切换至上一层时，上一层才能进行控制调节操作。此种模式可有效保证厂站设备的安全运行，当集控中心监控系统工作正常时可实现全流域的集中监控、联合调度、经济运行；当集控中心监控系统瘫痪时，权限切回电站侧，由厂站侧监控系统实现全站的监控。

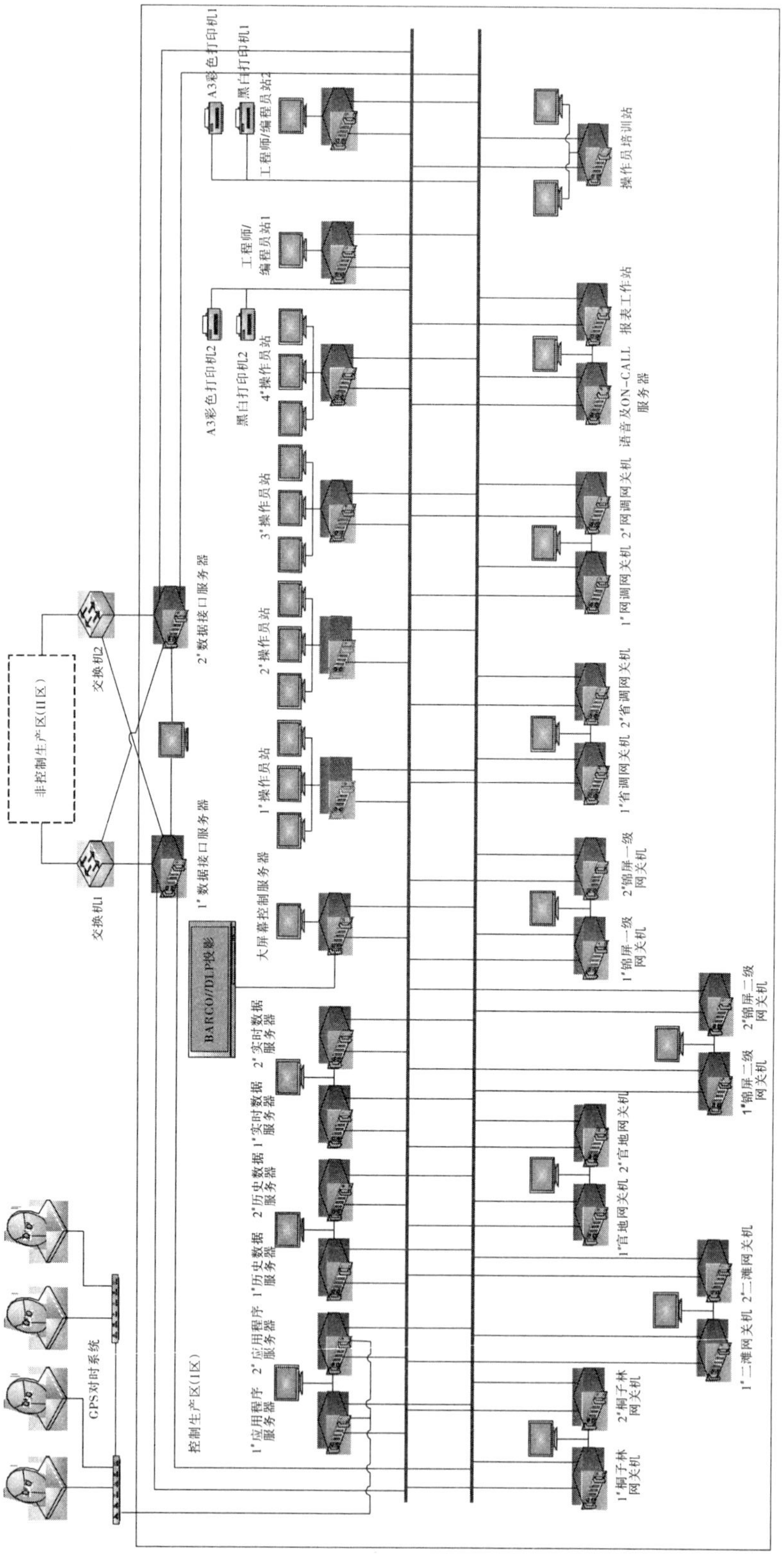


图 1　雅砻江流域集控中心监控系统结构图

(2)双机冗余。集控中心监控系统应用程序服务器、实时数据库服务器、历史数据库服务器、通信网关机、核心交换机均采用双机冗余配置,通过软件进程自动切换。一台设备故障或异常自动切至冗余设备运行,不影响整个监控系统的安全运行。操作员站也冗余配置,可远程监控所有接入的流域梯级电站。

(3)通道冗余。集控中心对外通信包括集控中心与梯级厂站间通信和集控中心与省调、备调、网调间通信。集控中心与梯级电站间通信如图2所示。由图可知集控中心与梯级电站通道有三路,通道性质如表1所示。主备通道实现相同功能,传送梯级电站全厂数据和控制、调节指令。通信服务器采用双机热备方式,在集控中心交换机和流域梯级电站接入路由器上启用OSPF路由协议,主通道的OSPF优先级高于备用通道,设备故障情况下,主备通道通过OSPF路由协议实现通信通道自动选择。主备通道均断开时启用应急通道的数据,该通道受带宽限制,仅传送梯级电站运行参数子数据集用于监视。集控中心与国调、省调、备调间通信同流域电站通信类似,只少了应急通信回路。

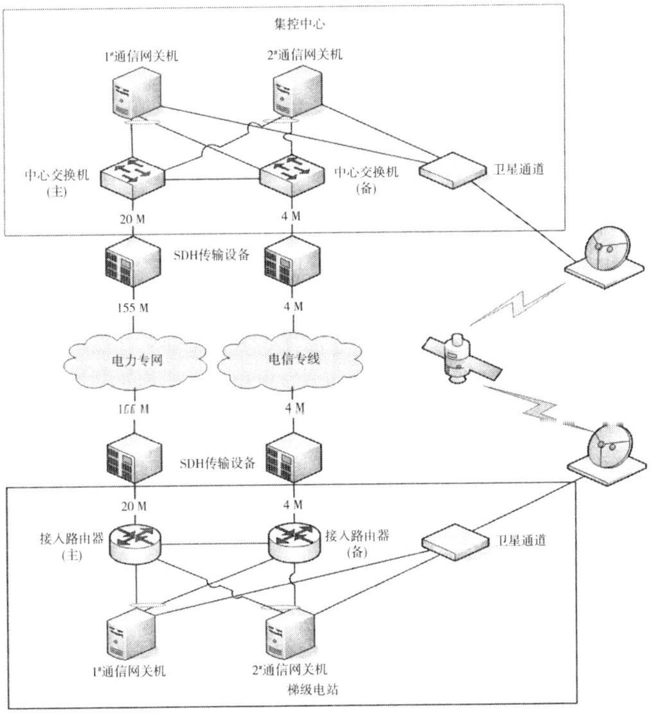


**图2　集控中心与流域梯级电站通信示意图**

**表1　雅砻江流域集控中心与流域梯级电站通信通道**

| 通道名称 | 通道带宽 | 通信规约 | 通信通道 | 备注 |
|---|---|---|---|---|
| 主通道 | 20 Mbps | IEC 60870－5－104 | 四川省电力通信网络 | |
| 备用通道 | 4 Mbps | IEC 60870－5－104 | 公用光纤网络 | |
| 应急通道 | 64 Kbps | IEC 60870－5－101 | 卫星通信网络 | |

（4）安全分区。集控中心监控系统严格执行《电力二次系统安全防护规定》及《全国电力二次系统安全防护总体方案》要求，为保证监控系统网络安全，与流域梯级电站和上级调度间的纵向通信采用专用网络配置纵向加密装置形式。监控系统与Ⅱ区系统间横向通信采用硬件防火墙方式隔离。另外还在集控中心监控系统边界部接入侵检测探头，实时监测网络入侵，确保系统安全。

（5）语音报警及 ONCALL 工作站。监控系统安全Ⅱ区配语音报警及 ONCALL 工作站，该工作站实时将重要事故和故障动作信息通知相关值班人员和值班领导，真正做到事故、故障早发现早排除。

（6）仿真培训工作站。监控系统在安全Ⅱ区配仿真培训工作站，该工作站具有各种控制操作、维护、软件开发等培训功能。其初始数据来自集控中心监控系统实时数据，可模拟监控接入的梯级电站。同时该工作站所有控制命令输出都彻底屏蔽，不输出至现场被控对象，不影响正常电力生产。这种仿真度极高的培训工作站可快速安全地帮助受训人员熟悉该系统，降低培训风险。

## 3　集控中心监控系统控制操作的软件实现安全

为了保证控制操作指令的安全下发，集控中心监控系统在控制操作的软件实现上采取的主要技术措施如下。

（1）控制操作的分层分散布置。集控中心控制操作大致分为两类：一是集控流域电站间的优化调度系统（EDC）及电站自动发电系统（AGC/AVC）对机组有功、无功负荷的调整；二是集控中心操作员站下发的各种控制操作指令。除控制调节功能的 EDC 系统运行在应用程序服务器上外，AGC/AVC 系统及操作员站下发的各种控制操作均在集控中心至梯级电站的通信网关机上实现。如将接入集控中心的流域梯级电站控制操作运行在主机服务器上，相当于将所有控制操作风险集中，一旦集控中心主机服务器故障或异常，集控中心将丧失所有接入电站控制操作功能。目前采用的控制操作分层分散布置实现集中风险转化为分散风险，只有集控中心至梯级电站两台冗余通信网关机同时故障或异常时，集控中心才丧失相应厂站的控制功能。结合图 1 可知，即使实时数据服务器、历史数据服务器、应用程序服务器均故障，集控中心监控系统仍能实现对流域梯级电站的控制操作，仅 EDC 功能受影响。

（2）控制操作设置闭锁。监控系统在控制操作的软件程序中设置相应的闭锁条件。

首先，引入集控中心操作权限切换按钮及相应变量。参照流域监控系统的三层构架模式，只有控制操作权限在集控中心侧时集控中心监控系统方可进行控制操作。

其次，采用对象结合顺控的控制操作模式。监控系统可通过开关量、脉冲量以及模拟量直接下发控制操作令，也可通过对象脚本文件结合顺控流程形成控制量下发控制操作令。集控中心监控系统所有操作（PID 调节除外）采用后者实现，实现过程中引入闭锁条件，保证控制操作安全。控制操作的参考流程为：画面中的控制按钮通过动态链接和对象产生联系，对象在数据库编辑中通过输入属性引入闭锁条件，通过脚本编辑及顺控文件产生控制量，最后通过 IEC104 或 IEC101 通信程序下发至厂站侧监控系统执行控制操作。此外，PID 调节设置闭锁，该闭锁设置于数据库中 PID 调节属性中，如条件源项要求有功、无功在可调状态，测量源项要求测量值无异常以及有功、无功可调节的最大值、最小值等。通过引入这些闭锁条件，保证了 PID 调节安全。

## 4 集控中心监控系统运行操作安全

为防止运行人员误操作、误控制引发电力生产异常或事故，集控中心监控系统在运行操作方面采取的主要技术措施如下：

(1)监控操作的多级确认模式。监控系统在控制操作选择对话框中有“执行”、“取消”按键，在命令选择执行后的确认对话框还有“确定”、“取消”键。操作过程中发现异常可及时退出操作，防止监控误操作。

(2)系统操作权限限制与多级控制管理。监控系统操作权限分为超级用户、值长、运行、培训、监视五级。各级用户拥有不同权限，这样可有效防止不具备权限的人员对设备进行误操作、误控制。

(3)NC2000系统的“操作投入/退出”按键和超时时间设置。监控系统画面设有“操作投入/退出”按键。当按键为“操作投入”状态时系统方允许具有权限的人员进行操作；处于“操作退出”状态则只能进行监视。此设置一方面可防止不熟悉人员的非法操作；另一方面也可防止鼠标在操作按钮上的“抖动”而误发指令。“操作投入/退出”按键还设超时退出功能。当最近一次激活操作(包括该窗口内鼠标或键盘的活动)超过设定时间时，该按键自动变为操作退出状态，可有效防止系统由于运行操作后未将此按钮置为操作退出状态而丧失防误功能。

(4)监控画面开发与运行操作。监控系统基于南瑞NC2000系统开发，开发过程中充分吸收二滩电站德国ABB监控系统的合理部分。所有流域厂站采用统一的画面风格，确保运行人员快速熟悉各流域厂站监控画面。除画面风格外，集控中心监控系统摒弃了ABB监控系统在诸多画面可进行同一操作的做法，所有运行操作只能在一处或两处进行，并将操作集中在相应的某几幅画面。这样既保证了监控系统的易操作性，又便于统一、固化运行操作，降低误操作概率。

## 5 结　语

安全是电力生产运行的基础，雅砻江流域集控中心监控系统采用南瑞NC2000系统，从监控系统的结构设计、控制操作的软件实现以及运行操作方面都采取了保证安全的技术措施。实际运行效果表明，集控中心监控系统所采取的安全技术措施切实、有效，能保证监控系统的安全稳定运行，为雅砻江流域梯级电站的集中监控、联合优化调度和经济运行提供可靠保障。

### 参考文献

[1] 二滩水电开发有限责任公司．雅砻江流域集控中心计算机监控系统招标文件[Z].
[2] 南瑞集团公司．雅砻江流域集控中心计算机监控系统投标文件[Z].
[3] 南瑞集团公司．NC2000系统用户使用手册[Z].
[4] 陈国华．监控中心遥控操作安全技术措施[J].电力安全技术，2003,5(10):12-13.
[5] 肖永立，张瑜，刘音，等．集控站遥控操作时防误闭锁措施的实现[J]．电力系统自动化，2005,25(22):97-99.

# 锦屏二级水电站引水隧洞运行期外水压力特性研究

杨　弘　曾雄辉　李志力

（雅砻江流域水电开发有限公司　四川　成都　610051）

**摘要**：介绍了锦屏二级水电站引水隧洞工程结构和水文地质条件，建立地下水三维渗流场数值计算模型，分析电站引水隧洞在不同运行工况下地下水分布特点，重点研究隧洞运行期的围岩和衬砌结构的最大外水压力，富水区深埋隧洞防渗加固“以堵为主，堵排结合”，提出了喷锚支护、高压固结灌浆和全断面钢筋混凝土衬砌相结合的隧洞联合加固措施，以减小隧洞施工对周边水文地质环境的影响、降低引水隧洞外水压力，确保引水隧洞长期运行安全。

**关键词**：引水隧洞　外水压力　工程措施　数值模拟

## 1　前　言

锦屏二级水电站地处四川省凉山彝族自治州木里、盐源、冕宁三县交界处，位于雅砻江干流锦屏大河湾上，利用雅砻江 150 km 长的大河湾，截弯取直，开挖隧洞集中水头引水发电。锦屏二级电站枢纽由首部拦河闸、引水系统、地下厂房三大部分组成，该引水式电站具有引水闸门位置低、长隧洞、高水头、大容量等特点。电站最大水头 318. 8 m，额定水头 288 m，采用 4 洞 8 机的布置方案，单机容量 600 MW。其中四条平行布置的引水隧洞横穿跨越锦屏山，其进水口至上游调压室平均洞线长度 16. 67 km，中心距 60 m，洞主轴线方位角为 N58°W，引水隧洞立面为缓坡布置，底坡 3. 65‰，由进口底板高程 1 618. 00 m 降至高程 1 564. 70 m，与上游调压室相接，四条开挖洞径 12. 4 ~ 14. 6 m、最大埋深 2 525 m 的深埋式隧洞的设计、施工和运行安全是工程的关键技术。引水隧洞单洞（两台机组）最大引用流量约 457. 2 $m^3/s$，钢筋混凝土衬砌洞径 11. 2 ~ 11. 8 m，流速 4. 04 ~ 4. 41 m/s。一条施工排水洞和两条交通辅助洞平行布置在引水隧洞南侧，与隧洞间距 65 m。

工程区域存在较大的储水构造，辅助洞开挖过程中已揭露的最大单点出水量达到 7. 3 $m^3/s$，总出水量达到 9. 5 $m^3/s$，洞轴线上最大外水压力达到 11 MPa。在施工期，由于天然地下水的自由排放，在隧洞区域形成了天然地下水的降落漏斗，外水压力有较大下降。随着 1、2 号引水隧洞的充水发电，施工期自由排放的地下水逐步进行封堵，恢复后的高外水压力状态，将成为长引水隧洞长期安全运行的控制性因素。利用锦屏二级水电站长引水隧洞地下水三维渗流场计算模型，研究不同工况下地下水分布情况，分析了引水隧洞和衬砌结构在中长期运行条件下所承受的最大外水压力，并对确保引水隧洞长期运行安全提出了针对性建议工程措施。

# 2　工程特性

## 2.1　引水隧洞工程结构

锦屏二级水电站引水隧洞长期承受高地应力、高外水压力的作用，要确保其长期运行安全，设计采用了系统喷锚支护、高压固结灌浆、全断面钢筋混凝土衬砌等措施，使喷锚支护和围岩灌浆加固圈结构组成统一的承载和阻水结构，高压固结灌浆圈有效降低了围岩渗透系数，防止高压水内渗，并依靠三轴围压应力状态下的内部围岩承担隧洞开挖卸载地应力和高外水压力；钢筋混凝土衬砌提供灌浆盖重，共同确保隧洞结构安全，并可改善隧洞的过流条件、防止围岩松弛。

（1）喷锚支护加固围岩。引水隧洞开挖后，立即采取强有力的系统喷锚支护措施，确保围岩稳定、减少表层围岩破损，待围岩变形基本结束后实施混凝土衬砌施工，减少衬砌初始荷载。

（2）采用高压固结灌浆系统加固围岩。围岩开挖支护后存在裂隙、断层等不利结构面，通过高压固结灌浆进行处理，冲洗和置换裂隙中的夹泥和充填物并使其密实，可提高围岩承载能力和防渗能力。

（3）全长采用钢筋混凝土衬砌。引水隧洞埋深大、洞室跨度较大、隧洞沿线大理岩岩性较硬脆，隧洞开挖后洞壁围岩应力松弛、破损、剥落现象较为普遍。为提高引水隧洞结构的永久安全可靠度，减少隧洞放空检修概率，围岩变形收敛稳定后采用钢筋混凝土衬砌，通过系统回填灌浆方式，保证围岩和混凝土衬砌形成整体结构安全。

（4）不良地质洞段采取针对性加固措施。引水隧洞中部地下水发育洞段采用透水衬砌结构；引水隧洞两端近岸坡岩溶集中发育洞段，为防止衬砌结构破坏和内水外渗，采用了置换、回填、固结灌浆方案对岩溶进行加固，按限裂结构进行混凝土衬砌设计；在引水隧洞西端绿泥石片岩等软岩洞段，围岩遇水软化，变形较大，适当增加了混凝土衬砌厚度等。

## 2.2　水文地质环境

锦屏大河湾区地处青藏高原向四川盆地过渡的两级地貌阶梯带，呈高山峡谷地貌。锦屏山以近南北向展布于河湾范围内，山势雄厚，沟谷深切，峭壁陡立。主体山峰高程在4 000 m以上，最大高差达3 000 m以上。引水隧洞沿线为三叠系中、上统的大理岩、灰岩、结晶灰岩及砂岩、板岩，从东到西分别经过盐塘组大理岩（$T_{2y}$）、白山组大理岩（$T_{2b}$）、三叠系上统砂板岩（$T_3$）、杂谷脑组大理岩（$T_{2z}$）、三叠系下统绿泥石片岩和变质中细砂岩（$T_1$）等地层。岩层陡倾，走向与主构造线方向基本一致。隧洞沿线大部分洞段以Ⅲ、Ⅱ类围岩为主，其中Ⅲ类围岩占66.60%，Ⅱ类围岩约占27.23%，局部为Ⅳ类，约占6.08%，部分洞段因发生轻微、中等、强烈至极强岩爆而降级的围岩，约占26.07%。

区域内碳酸盐岩地层分布广泛，地下水活跃，地下水位高。受区域构造影响，区内褶皱发育，多表现为近SN向紧密褶皱，结构面主要表现为NNE向顺层挤压和NWW向张扭性结构面，由此构成锦屏山地下水的集水和导水网络。在不设防渗条件下，单条引水隧洞的稳定涌水量预测为6.91～8.48 $m^3/s$（枯季至雨季），年平均为7.52 $m^3/s$。引水隧洞洞顶外水压力一般情况下最高达9～10 MPa左右，雨季时通常会升高2.5～3.0 MPa。

降雨量与施工排水洞排水量统计值见图1。

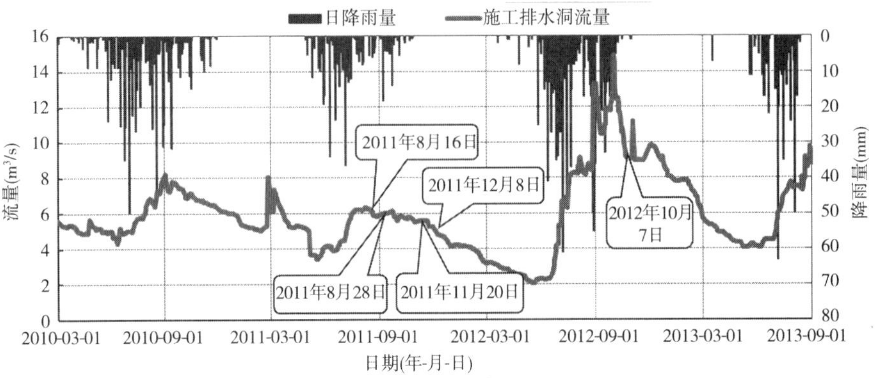


注:图中标注时间依次为1、2、3、4号引水隧洞贯通时间和1号洞充水时间

**图1　降雨量与施工排水洞排水量统计值**

## 3　渗流分析模型

### 3.1　渗控分析基本理论与方法

引水隧洞工程地下水主要来源于大气降水、降雪产生的入渗,降水入渗过程具有不稳定特点,入渗率与地表介质的含水量密切相关,渗控分析时考虑将地下水位或部分地下水位置于风化壳内,形成风化壳储水构造带,可采用等效入渗率来代表极不稳定的降水入渗过程,将潜水运动近似作为恒定流简化处理。对于稳定渗流分析,在边界约束条件下,可将裂隙岩体按等效连续各向异性介质来处理,即地下水服从不可压缩流体的饱和稳定达西渗流规律。

围岩和衬砌存在一定透水性,水对围岩和衬砌以渗流体积力的形式体现,且在深埋隧洞中,靠近衬砌的围岩固结灌浆圈是承载外水压力的主要结构。通过对围岩和衬砌中的渗流场及应力场进行耦合分析,可得到作用在隧洞灌浆圈及衬砌上的渗流体积力。为避免高外水压力产生的衬砌结构稳定性问题,部分洞段采用透水衬砌的方式(即布设减压孔),考虑调整衬砌混凝土的渗透系数,在满足衬砌透水性与钻孔状态下的透水性一致,衬砌外缘的外水压力采用等效模型和钻孔模型的外水压力一致,以满足设计要求,隧洞透水衬砌的渗透系数为 $8.5\times10^{-7}$ m/s,该数值较实际情况可相对保守。

### 3.2　计算模型范围

大河湾内地块水流补给仅包括大气降雨和降雪补给,是相对独立的水文地质区域,将整个大河湾作为地下渗流场分析计算范围。

### 3.3　边界条件

(1)降雨入渗边界。将降雨入渗效果作为维持地下渗流场稳定的因素,用等效入渗率来代表实际降水入渗过程。根据降雨高山效应公式及划分计算单元,对应入渗系数得到等效入渗强度作为入渗边界。

(2)定水头边界。考虑梯级开发实际,在锦屏二级投产后,锦屏一级、二级和下游官地水电站水库已发挥作用,定水头边界按锦屏一、二级和官地水库正常蓄水位考虑。

(3)模型底边界及洞内壁边界。模型的南截面取为隔水边界;东西端在雅砻江水位以上设置为自由出流边界;模型底边界取为隔水边界;上下游边界水位以上节点按可出溢边界考虑;隧洞开挖后,隧洞内壁边界节点均按定水头边界来考虑,渗水量根据现场监测成果确定，出水点部位按概化的定流量边界考虑。

锦屏山三维渗流场有限元网格剖分见图2，2#引水隧洞工程模型隧洞横截面局部剖分见3。

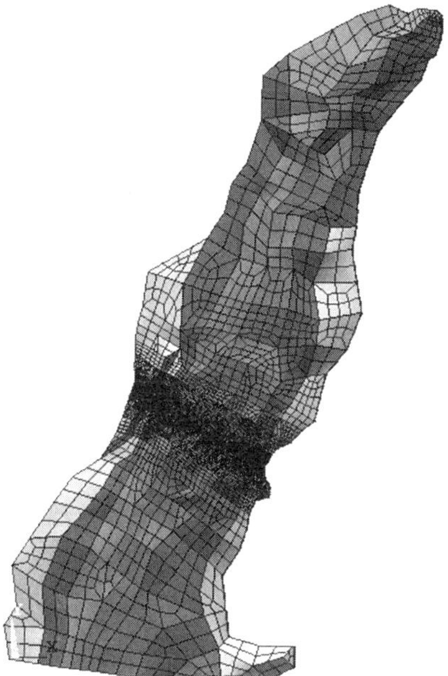

图2　锦屏山三维渗流场有限元网格剖分

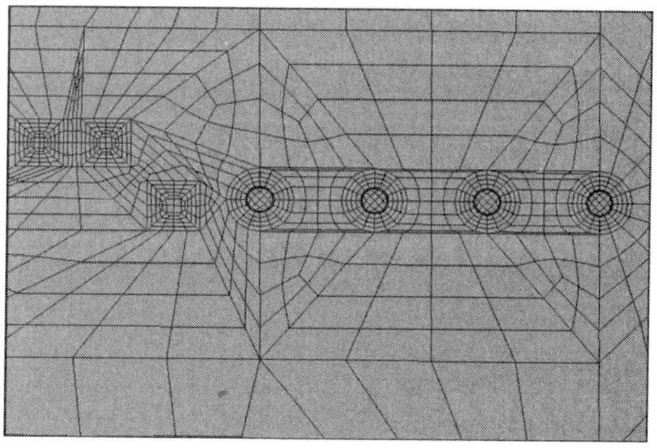

图3　2#引水隧洞工程模型隧洞横截面局部网格

## 3.4　降雨资料及其他主要计算参数

根据实测降雨资料及降雨高山效应公式（$y=0.2363x+733.69$（$x$为高程，$y$为降水量）来考虑。上瓦厂雨量站（高程3 050 m）多年平均降水量为1 372.064 mm，汛期降雨参照大水沟、磨坊沟泉在2012年7、8月的降雨资料，引水隧洞沿线岩层入渗系数及灌前、灌后岩体渗透系数详见表1。

表1　引水隧洞沿线岩层主要计算参数

| 岩层编号 | 入渗系数 | 灌前岩体渗透系数(cm/s) | 灌后岩体渗透系数(cm/s) |
|---|---|---|---|
| $P_1$ | 0.35 | $4.63\times10^{-5}$ | / |
| $T_{2y}^5$\\$T_{2y}^6$ | 0.38 | $3.00\times10^{-4}$<br>$8.00\times10^{-4}$ | $9.0\times10^{-6}$<br>$7.0\times10^{-6}$ |
| $T_{2y}^4$ | 0.38 | $2.00\times10^{-5}$ | $5.0\times10^{-6}$ |
| $P_2$ | 0.15 | $4.63\times10^{-5}$ | / |
| $C_{2h+3m}$ | 0.408 | $4.63\times10^{-5}$ | / |
| $T_3$ | 0.15 | $1.00\times10^{-5}$ | $2.5\times10^{-6}$ |
| $T_1$ | 0.15 | $9.00\times10^{-6}$ | $2.5\times10^{-6}$ |
| $T_{2z}$ | 0.40 | $7.00\times10^{-4}$<br>$4.00\times10^{-4}$<br>$6.00\times10^{-4}$ | $1.15\times10^{-5}$<br>$7.5\times10^{-6}$<br>$7.5\times10^{-6}$ |

续表1

| 岩层编号 | 入渗系数 | 灌前岩体渗透系数(cm/s) | 灌后岩体渗透系数(cm/s) |
|---|---|---|---|
| $T_{2b}$ | 0.462 | $6.00\times10^{-4}$ | $9.0\times10^{-6}$ |
| 断层 | 0.38 | $7.00\times10^{-3}$ | $1.15\times10^{-5}$ |
| 磨房沟泉域(193 $km^2$) | 0.485 | $4.63\times10^{-5}$ | / |
| 老庄子泉域(97 $km^2$) | 0.408 | $4.63\times10^{-5}$ | / |

## 4 运行期地下水变幅分析计算

各引水隧洞所处区域相对整个研究区域范围较小,各隧洞洞顶水位差异小,以2号引水隧洞的计算为例进行分析。

### 4.1 初始渗流场模拟

工程区初始渗流场自由面与由雅砻江环绕深切而成的大河湾地形一致,在沿河岸岸坡顺坡方向等值线大小逐级降低。在低洼地带、泉眼处及江边有渗流逸出现象,多年平均情况下(工况1－1)隧洞沿线初始最大压力水头近1 000 m左右,位于距隧洞桩号8＋500～9＋000 m左右位置,汛期(工况1－2)最高地下水位达1 286 m,在暴雨季节(工况1－3)有达到1 397 m。隧洞多年平均运行过程中将遭遇到较高的外水压力,最大压力值将超过10 MPa。天然状况下2号引水隧洞沿线地下水位线分布见图4。

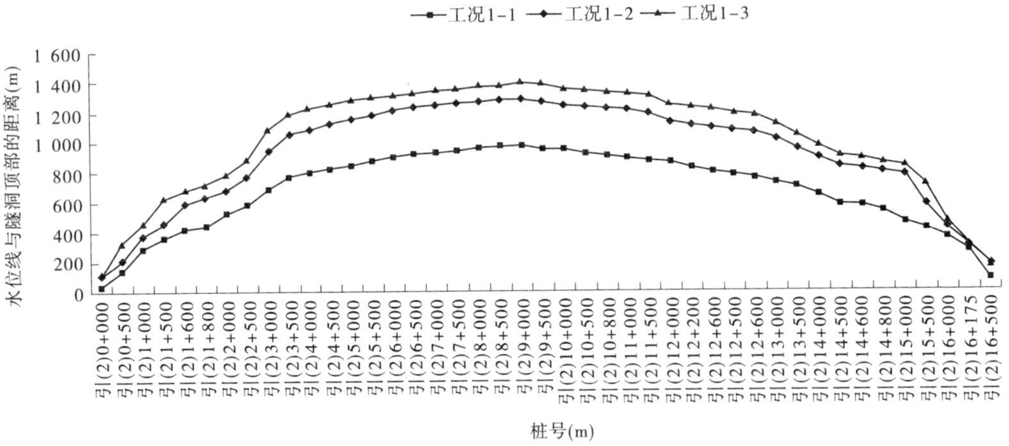


图4 天然状况下2号引水隧洞沿线地下水位线分布

### 4.2 运行期渗流场分析

若引水隧洞群沿线突涌水点全部封堵,运行期地下水位将明显回升,但相比初始地下水位略低。多年平均情况下(工况1)地下水位线距离洞顶最大约839 m,东、西两端地下水位下降较为明显,在东端近岸坡段地下水位距离洞顶水头最小为24 m;西端在靠近岸边地下水位下降明显,桩号3＋500 m隔水层水位出现局部骤降。汛期雨季情况下(工况4)地下水位线距离洞顶最大924 m,地下水位距离洞顶水头最小为30 m。“8·30”暴雨情况下(工况6)地下水位线距离洞顶最大1 072 m,地下水位距离洞顶水头最小为78 m。

若仅封堵引水隧洞沿线突涌水点,维持辅助洞和施工排水洞现状,多年平均情况下(工况2)地下水位线距离洞顶最大230 m,东端近岸坡段地下水位无法恢复至隧洞洞顶以上;汛期雨季情况下(工况5)地下水位线距离洞顶最大338 m,东端洞顶无水;“8·30”暴雨情况下(工况7)地下水位线距离洞顶最大418 m,东西端洞顶均无水。若辅助洞进行地下水封堵,施工排水洞维持现状(工况3),多年平均情况下洞顶最大水头达262 m。运行期状况下2号引水隧洞沿线地下水位线分布见图5。

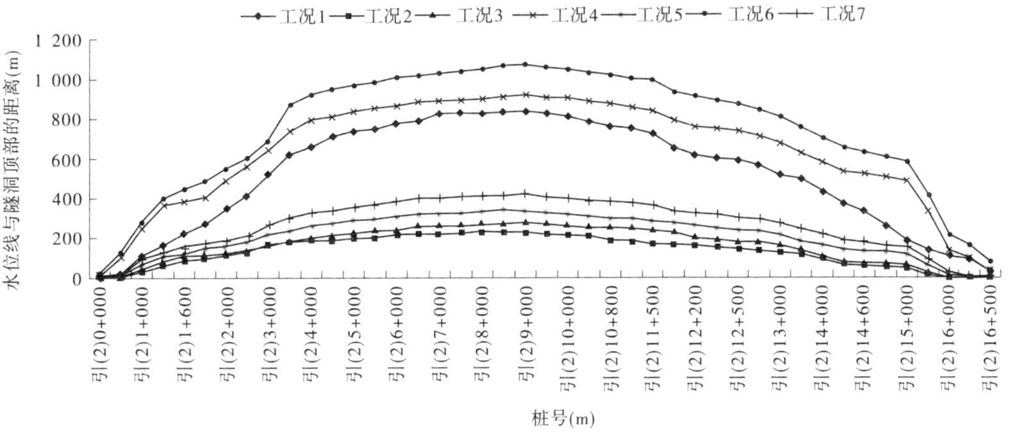


图5　运行期2号引水隧洞沿线地下水位线分布

## 4.3　围岩和衬砌外水压力分析

引水隧洞衬砌外缘外水压力及灌浆圈渗透梯度分析见表2,深层灌浆圈阻水作用较好,高外水压力作用下衬砌外缘外水压力较小,“8·30”暴雨情况下衬砌外缘外水压力最大为1.05 MPa;不封堵或部分封堵工况下,围岩内渗透梯度适中,最大埋深洞段渗透梯度在15~26之间。远期工况下围岩内渗透梯度较大约为50,结合以往隧洞工程经验可满足安全要求。在封堵条件下,雨季和暴雨工况,深埋洞段围岩渗透梯度较大,但其历时较短,基本不会对围岩稳定产生破坏性影响。

表2　引水隧洞衬砌外缘外水压力及灌浆圈渗透梯度分析表

| 工况 | 灌浆圈外缘外水压力(MPa) | | | 衬砌外缘外水压力(MPa) | | | 最大埋深洞段渗透梯度[算式为(①-②)/12] |
|---|---|---|---|---|---|---|---|
| | 西端隧洞进口 | 最大埋深洞段① | 东端隧洞出口 | 西端隧洞进口 | 最大埋深洞段② | 东端隧洞出口 | |
| 工况1 | 0.71 | 6.93 | 0.17 | 0.1 | 0.85 | 0.03 | 51 |
| 工况2 | 0.16 | 2.21 | 0 | 0.02 | 0.28 | 0 | 16 |
| 工况3 | 0.18 | 2.68 | 0 | 0.02 | 0.32 | 0 | 20 |
| 工况4 | 0.83 | 8.23 | 0.29 | 0.13 | 0.91 | 0.08 | 61 |
| 工况5 | 0.41 | 2.98 | 0 | 0.06 | 0.35 | 0 | 22 |
| 工况6 | 1.12 | 9.18 | 0.72 | 0.15 | 1.05 | 0.04 | 68 |
| 工况7 | 0.5 | 3.56 | 0 | 0.06 | 0.43 | 0 | 26 |

注:渗透梯度计算时,地下水发育洞段灌浆圈深度统一取12 m。

## 5　结论与建议

(1)引水隧洞、辅助洞及施工排水洞不同的封堵方案将改变开挖后渗流场的分布规律,在不进行防渗处理的情况下,引水隧洞周围地下水位大幅度下降,将产生较大降落漏斗,泉流干涸,造成一定负面环境影响。为了减小隧洞施工对工程区水文地质环境的影响,降低外水压力,以确保引水隧洞的长期运行安全,建议采用“以堵为主,堵排结合”的处理原则。

(2)辅助洞、施工排水洞在不完全封堵的条件下,围岩稳定裕度较大,安全可靠;封堵后,由于外水压力的抬升,围岩稳定将经受严峻考验,汛期极端暴雨历时较短,结合 1 号引水隧洞安全稳定运行 1 年多的实际,基本不会对围岩稳定产生破坏性影响。衬砌外缘外水压力取决于灌浆圈压力折减,随着灌浆圈长期运行物理力学参数的降低,岩石和衬砌的稳定安全问题会逐渐凸显。建议开展关键洞段防渗高压固结灌浆物理力学参数长期演变规律研究,为评价长期运行安全、合理确定检修周期提供依据。

(3)引水隧洞支护围岩的稳定性主要依靠围岩“自承”能力、喷锚支护和加固围岩等措施,围岩采用喷锚支护结构和二次高压固结灌浆加固圈将组成复合体联合承载。隧洞内部混凝土薄衬砌将起到改善隧洞的水力学条件、防止围岩风化和抗冲刷作用。隧洞固结灌浆圈是承担、阻截高地下水压力的重要结构,是确保引水隧洞在深埋大、高外水压力条件下安全稳定性的根本措施。必须保证固结灌浆圈的施工质量,运行期应重视灌浆圈外侧、衬砌外侧(灌浆圈内侧)的渗压数据的监测与分析,并实时评判渗透性变化,必要时及时做好补救和工程应对措施。

**参考文献**

[1] 任旭华,陈祥荣,等. 锦屏二级水电站机组投产及电站运行阶段引水隧洞工程区三维渗流场数值模拟研究报告[R]. 河海大学,中国水电顾问集团华东勘测设计研究院. 2013.

[2] 任旭华,王美芹,等. 锦屏二级水电站深埋隧洞外水压力研究[J]. 水文地质工程地质,2004,31(3):85-88.

[3] 吴世勇,王坚,等. 锦屏水电站辅助洞工程地下水及治理对策[J]. 岩石力学与工程学报,2007,26(10):1959-1967.

# 雅砻江锦屏二级水电站应急处置方案及运行水位研究

丁　义　蹇德平　王小锋　代小龙　唐杰阳

（雅砻江流域水电开发有限公司　四川　成都　610051）

**摘要：**本文针对锦屏二级水电站为日调节水库，调节库容小、调节性能差及送出线路的特点，对锦屏二级水电站水库运行中存在的风险进行分析，对锦屏二级水电站应急处置方案及运行水位进行研究分析。

**关键词：**锦屏二级　风险分析　处置方案　运行水位

## 1　概　况

雅砻江是金沙江的第一大支流，干流全长 1 570 km，流域面积 13.6 万 $km^2$，共规划 22 级水电站，由锦屏一级、二级水电站组成的锦屏“双子星座”电站分别是雅砻江水能资源最富集的中、下游河段五级水电开发中的第一、二级。锦屏一级水电站正常蓄水位 1 880.0 m，死水位 1 800.0 m，调节库容 49.1 亿 $m^3$，为年调节水库，电站装机容量 3 600 MW(6 台 ×600 MW)。锦屏二级水电站利用雅砻江 150 km 大河湾的天然落差，通过长约 17 km 的引水隧洞，截弯取直，获得水头约 310 m，是世界上引水系统规模最大、该水头段单机容量和总装机容量最大的水电站。锦屏二级水电站引水发电系统长且规模巨大，通过对锦屏二级水电站水力过渡过程的研究表明：机组发生甩负荷或者正常增减负荷（数值较大）时，调压室水位波动幅值大，波动周期长，波动衰减时间较大。锦屏二级水电站采用“一洞双机”布置，闸址距锦屏一级水电站坝址约 7.5 km，校核洪水位 1 650.64 m，设计洪水位 1 648.83 m，正常蓄水位 1 646.00 m，死水位 1 640.00 m，调节库容 496 万 $m^3$，为日调节水库，电站装机容量 4 800 MW(8 台 ×600 MW)。

锦屏一级、二级及官地水电站通过锦屏—苏南 ±800 kV 特高压直流（简称锦苏直流）输电工程送往华东地区。锦苏直流是国家电网公司继复奉直流后的第二条特高压直流线路，额定输电容量 7 200 MW，总长度约 2 090.5 km，途径云南、四川、重庆、湖南、湖北、安徽、浙江、江苏等八省市，线路经过地区最高海拔 3 200 m，具有线路长、途经地域形势复杂等特点，山区送电、恶劣天气（冰雪、雷击、大风等）、地质灾害（滑坡、泥石流等）以及保护区树木会增加输电线路的故障率，给系统稳定运行带来一定的风险。锦屏一级、二级作为锦官电源组的重要组成部分除将电力输送至华东地区外，同时与四川主网相连，向四川主网送电，影响范围大。随着电网结构愈加庞大复杂，电网的生产改造工作越来越频繁和分散，电力企业的各种生产活动，如基建、技改、计划检修等，在执行过程中贯穿了包括调度、生技、安鉴等多个业务部门和业务系统，其中存在众多不确定的风险因素，影响电网的稳定运行。

图1　锦屏一级、二级水电站地理位置示意图

## 2　问题提出

锦屏二级水库为日调节水库，无调节能力，其上游的锦屏一级水库为年调节水库。通过锦屏一级水库的调节，以满足锦屏一级及锦屏二级水电站的正常运行，因此锦屏一级、二级水电站之间存在紧密的电力和水力联系。正常情况下，通过锦屏一级水库的调节，锦屏二级运行风险是可控的，但若发生锦屏一级或锦屏二级机组跳（切）机情况时，会直接影响锦屏二级水库的入库或出库流量的变化，从而将造成锦屏二级水库面临巨大的风险。详见表1。

表1　锦屏二级水电站库水位超限所需时间表

| 锦屏二级库水位(m) | 锦屏二级库水位超下限(1 640 m)所需时间(h) | | | 锦屏二级库水位超上限(1 646 m)所需时间(h) | | | |
|---|---|---|---|---|---|---|---|
| | 锦屏一级跳(切)两台机组 | 锦屏一级跳(切)四台机组 | 锦屏一级跳(切)六台机组 | 锦屏二级跳(切)两台机组 | 锦屏二级跳(切)四台机组 | 锦屏二级跳(切)六台机组 | 锦屏二级跳(切)八台机组 |
| 1 640 | 0.0 | 0.0 | 0.0 | 3.0 | 1.5 | 1.0 | 0.8 |
| 1 641 | 0.3 | 0.2 | 0.1 | 2.5 | 1.3 | 0.8 | 0.6 |
| 1 642 | 0.7 | 0.3 | 0.2 | 2.0 | 1.0 | 0.7 | 0.5 |
| 1 643 | 1.0 | 0.5 | 0.3 | 1.5 | 0.8 | 0.5 | 0.4 |
| 1 644 | 1.3 | 0.7 | 0.4 | 1.0 | 0.5 | 0.3 | 0.3 |
| 1 645 | 1.7 | 0.8 | 0.6 | 0.5 | 0.3 | 0.2 | 0.1 |
| 1 646 | 2.0 | 1.0 | 0.7 | 0.0 | 0.0 | 0.0 | 0.0 |

综上所述，锦屏一级、二级水库联合运行的风险主要体现在上下游电站间电力联系的改变导致水力联系的改变，从而给下游日调节水库运行带来风险。

## 3　应急处置方案及运行水位研究

应急处置方案的作用是保证水电站在遇到上述风险时，决策者和执行者均能及时采取有效的处理措施，防止事故发生或者减少灾害损失[1]。针对上述风险分析，根据锦屏一级、二级水库特性，编制在发生上述风险时的应急处置方案，同时为尽量降低锦屏二级水电站运行风险，综合分析、比较、建议锦屏二级水电站安全运行水位范围。

### 3.1　计算原理

本文所采用的计算原理主要是水量平衡，其一般形式如下：

$$V_{n+1} - V_n = [(Q_{n+1} + Q_n) - (q_{n+1} + q_n)] \times \Delta t/2$$

式中：$V_n$、$V_{n+1}$为 $n$ 时段初和时段末水库蓄水量，$m^3$；$Q_n$、$Q_{n+1}$为 $n$ 时段初和时段末水库入库流量，$m^3/s$；$q_n$、$q_{n+1}$为 $n$ 时段初和时段末水库出库流量，$m^3/s$。

### 3.2　前提条件

假定锦屏一级水电站库水位在六台机组满发的最低水位 1 840 m 高程以上，按设计条件六台机组满发，发电流量为 2 030 $m^3/s$，所有泄洪建筑物均未泄水；锦屏二级水电站按设计条件八台机组满发，发电流量为 1 830 $m^3/s$，剩余的 200 $m^3/s$ 流量由生态流量泄放洞泄放，以满足下游用水需求；锦屏一级水库出库流量至锦屏二级水库入库流量的传播时间为 0 h；锦屏一级、二级水电站闸门操作响应时间为 0.5 h；由于锦屏一级水库为年调节水库，在其泄洪建筑物正常运行情况下，均可及时蓄放多余水量，故对其风险性暂不考虑。

### 3.3　应急处置方案一

由于锦屏一级水电站机组等设备故障，造成出库流量减少，从而影响锦屏二级水库入库流量，导致水库存在拉空风险的应急处置方案。

以《雅砻江流域电站水库调度规程》为原则，锦屏一级水库库水位在 1 840 ~ 1 880 m 范围内，考虑其两台、四台及六台机组跳（切）机的情况下，计算锦屏一级水电站泄洪建筑物闸门开启方式，以宣泄多余水量，计算结果详见表 2。同时计算锦屏二级水电站在不同运行水位条件下，锦屏一级水电站跳（切）机导致锦屏二级库水位将达到的最低水位，计算结果详见表 3。

从表 2 可以看出，锦屏二级水库在不同水位下，若锦屏一级水电站出现上述跳（切）机情况时，值班人员可根据上述闸门开启方式表，及时通知相关人员开启指定的锦屏一级水电站泄洪建筑物工作闸门至指定开度，泄放多余水量，同时根据表中锦屏二级水电站需加大的下泄流量，适时调整锦屏二级生态流量泄放洞开度或泄洪闸开度，蓄放多余水量，以确保锦屏二级水库安全。

从表 3 可以看出，当锦屏一级水电站六台机组跳（切）时，锦屏二级水电站库水位在 1 645.0 m高程以上时，水库不存在被拉空的风险。

### 3.4　应急处置方案二

由于锦屏二级水电站机组等设备故障，造成发电流量减少，从而影响锦屏二级水库出库流量，导致水库存在漫坝风险的应急处置方案。

以《雅砻江流域电站水库调度规程》为原则，锦屏二级水库在不同库水位下，考虑其两台机组、四台机组、六台机组及八台机组跳（切）机的情况下，计算锦屏二级水电站泄洪建筑物闸门开启方式，以宣泄多余水量，计算结果详见表 4，同时计算锦屏二级水电站在不同运行水位条件下，锦屏二级水电站跳（切）机导致锦屏二级水库将达到的最高水位，计算结果详见表 5。

**表2　锦屏一级水电站跳(切)机情况下闸门开启方式表**

| 锦屏一级库水位(m) | 两台机组 | | | 四台机组 | | | 六台机组 | | |
|---|---|---|---|---|---|---|---|---|---|
| | 表孔闸门开度(%) | 深孔闸门开度(%) | 锦屏二级需加大的下泄流量($m^3/s$) | 表孔闸门开度(%) | 深孔闸门开度(%) | 锦屏二级需加大的下泄流量($m^3/s$) | 表孔闸门开度(%) | 深孔闸门开度(%) | 锦屏二级需加大的下泄流量($m^3/s$) |
| 1 840 | 0 | 100(3#) | 125 | 0 | 100(2#、4#) | 245 | 0 | 100(2#~4#) | 370 |
| 1 850 | 0 | 100(3#) | 210 | 0 | 100(2#、4#) | 410 | 0 | 100(2#~4#) | 620 |
| 1 860 | 0 | 100(3#) | 285 | 0 | 100(2#、4#) | 565 | 0 | 100(2#、4#) | -110 |
| 1 870 | 0 | 100(3#) | 360 | 0 | 100(2#、4#) | 710 | 0 | 100(2#、4#) | 35 |
| 1 880 | 35(2#、3#) | 0 | 0 | 35(1#~4#) | 0 | 0 | 53(1#~4#) | 0 | 0 |

**注:**表中括号内为相应泄洪建筑物闸门编号,下泄流量为负值代表须减小的下泄流量。

**表3　锦屏二级水库调度中最低库水位表**

| 锦屏二级库水位(m) | 锦屏一级跳(切)两台机组(m) | 锦屏一级跳(切)四台机组(m) | 锦屏一级跳(切)六台机组(m) |
|---|---|---|---|
| 1 641.0 | 1 639.4 | 1 637.8 | 1 636.1 |
| 1 642.0 | 1 640.5 | 1 638.9 | 1 637.3 |
| 1 643.0 | 1 641.5 | 1 640.0 | 1 638.4 |
| 1 644.0 | 1 642.5 | 1 641.0 | 1 639.5 |
| 1 645.0 | 1 643.6 | 1 642.1 | 1 640.6 |

**表4　锦屏二级水电站跳(切)机情况下闸门开启方式表**

| 锦屏二级库水位(m) | 两台机组 | | 四台机组 | | 六台机组 | | 八台机组 |
|---|---|---|---|---|---|---|---|
| | 优先3#、1#、5#闸门开度 | 五孔闸门最终开度(m) | 优先3#、1#、5#闸门开度 | 五孔闸门最终开度(m) | 优先3#、1#、5#闸门开度 | 五孔闸门最终开度(m) | 五孔闸门最终开度(m) |
| 1 641.0 | 1.8 | 1.0 | 3.0 | 1.9 | 3.0 | 2.9 | 4.1 |
| 1 642.0 | 1.7 | 1.0 | 3.0 | 1.8 | 3.0 | 2.7 | 3.7 |
| 1 643.0 | 1.7 | 1.0 | 3.0 | 1.7 | 3.0 | 2.5 | 3.4 |
| 1 644.0 | 1.5 | 0.9 | 3.0 | 1.6 | 3.0 | 2.3 | 3.2 |
| 1 645.0 | 1.5 | 0.9 | 3.0 | 1.5 | 3.0 | 2.2 | 3.0 |
| 1 646.0 | 1.5 | 0.8 | 3.0 | 1.5 | 3.0 | 2.2 | 2.9 |

表5　锦屏二级水库调度中最高库水位表

| 锦屏二级库水位(m) | 锦屏二级跳(切)两台机组(m) | 锦屏二级跳(切)四台机组(m) | 锦屏二级跳(切)六台机组(m) | 锦屏二级跳(切)八台机组(m) |
|---|---|---|---|---|
| 1 641.0 | 1 642.0 | 1 643.0 | 1 644.0 | 1 645.0 |
| 1 642.0 | 1 643.0 | 1 644.0 | 1 645.0 | 1 645.9 |
| 1 643.0 | 1 644.0 | 1 645.0 | 1 645.9 | 1 646.9 |
| 1 644.0 | 1 645.0 | 1 645.9 | 1 646.9 | 1 647.8 |
| 1 645.0 | 1 646.0 | 1 646.9 | 1 647.8 | 1 648.7 |
| 1 646.0 | 1 646.9 | 1 647.9 | 1 648.8 | 1 649.7 |

从表4可以看出,锦屏二级水库在不同水位下,若锦屏二级水电站出现上述跳机(切)机情况时,值班人员可根据上述闸门开启方式表,及时通知相关人员优先开启锦屏二级水电站3#、1#、5#泄洪闸至指定开度,泄放多余水量,以确保锦屏二级水库安全,同时关闭生态流量泄放洞,再按上述的"五孔闸门最终开度"将五孔泄洪闸门开度调整一致,减少不对称泄洪对下游消能防冲建筑物的冲刷。

从表5可以看出,当锦屏二级水电站八台机组跳(切)时,锦屏二级水电站库水位在1 645.0 m高程以下时,库水位不存在超过设计洪水位(1 648.83 m)的风险。

## 4　结论及建议

本文针对雅砻江流域锦屏一级、二级水电站基本特性,对梯级水库联合调度中日调节水库存在的风险进行分析,并对相应的应急处置方案进行初探。

根据计算分析结果可以得出,锦屏二级水电站库水位在1 645.0 m附近运行时,可有效降低锦屏二级水库运行风险;在泄洪建筑物工作闸门运行正常、通信畅通的情况下,及时地按照上述计算结果开启相应闸门,可有效地降低日调节水库的运行风险,同时建议加强电站设施设备的检查维护,简化应急处置流程,使得发生紧急事故时,以最快速度做出响应,将风险降到最低。

### 参考文献

[1] 王冰,等.梯级水库联合防洪应急调度模式及其风险评估[J].水力学报,2001,42(2).

[2] 佟瑞鹏,等.流域梯级水库事故风险分析与防洪联合调度实现[J].中国安全科学学报,2009,1(3).

# 流域电站集控模式下防误闭锁功能设置思考

张晓辉　唐杰阳　毛成钢　王　伟

（雅砻江流域水电开发有限公司　四川　成都　610051）

**摘要**:电气误操作对发电厂及电网安全运行有重大危害,对发电企业造成经济损失和社会影响。随着电力系统管理模式的发展,出现可能造成误操作的新风险。文章分析了流域电站群集控模式下的防误闭锁面临的新风险,并提出了防范改进措施。

**关键词**:集控　防误闭锁　改进措施

## 1　概　述

电气误操作事故是电力行业的重大隐患。发生电气误操作,轻则造成发电企业电量损失,损坏电气设备,造成发电企业经济损失;重则造成电网的大面积停电,威胁人的生命安全,造成恶劣的社会影响。如何防止电气误操作一直是我国电力行业研究的一个重点。原国家能源部在《防止电气误操作装置管理规定(试行)》中规定了电气防误装置的管理、运行、设计和使用原则。按照规定,防误装置的设计应遵循的原则是:凡有可能引起误操作的高压电气设备,均应装设防误装置和相应的防误电气闭锁回路。依照这个原则,提出了"五防"规定,即:防止误拉合断路器;防止带负荷分合隔离开关;防止带电挂(合)接地线(接地刀闸);防止带地线(接地刀闸)送电;防止误入带电间隔。

随着计算机监控系统(以下简称监控系统)在发电厂的普遍应用,使对设备进行遥控、遥调操作成为现实,实现了电站远程控制,监控系统也成为了实现水电站"无人值班"的基础。然而监控系统带来便利的同时,对人的安全意识有了更高的要求,由于人的不安全因素,提升了监控系统误操作风险。随着流域电站群集控模式的出现,如何防止集控侧监控系统误操作,尤其是防止"误入带电间隔"是越来越需要关注的问题。

## 2　面临的新情况及危险性分析

现代计算机监控技术的发展使电厂的自动化控制水平有了很大的提高,但计算机监控在提供便利性的同时,也产生了一些风险。主要有:①监控系统接入信息繁杂,易造成监控开出、开入点与现场设备不对应;②控制操作闭锁流程有缺陷;③对监控软件下达的操作指令产生的后果及过程不了解等。随着流域电站群集控模式的出现,又出现以下一些新风险。

### 2.1　人员精简

流域电站集中控制,即将流域电站统一、集中控制,各电站的设备监视、运行调整等工作由电站转移至集控中心或梯调中心。人员精简、高效控制是集控中心的优势所在,但这也造成运行人员同时对多电站进行监视与控制，在监控系统上进行操作时，一方面极可能在切换画面时，误切至其他电站，造成“走错间隔”；另一方面由于监控画面上只有设备的编号，如不认真核对，也极容易造成误操作。

**2.2　监控的设备繁多**

目前部分集控中心实行与电站侧数据“全采全送”方式，电站侧设备全部上送集控中心。如果集控与电站两侧设备点名不对应，必然造成集控侧设备操作时“张冠李戴”，造成误操作。

此外电站信号“全采全送”，集控侧则会出现大量的监控事件，一方面影响运行人员判断，影响监盘效果；另一方面也极易造成人员疲劳、分散注意力，为误操作埋下隐患。

## 3　改进措施

在防止误操作方面，传统主要是采取“防误装置＋操作监护”的模式。这种模式对误操作能起到很大的限制作用，但随着流域集控模式的出现，现行的这种模式已无法满足防误操作的要求。根据监控系统和集控模式出现的新风险，提出以下防误操作改进措施。

(1)完善监控操作流程。对集控可操作设备的操作流程进行完善，在现有操作流程中增加设备语音提示及电站操作口令。即在监控系统中对不同电站设置不同操作口令，并在操作流程中加入电站设备操作口令闭锁，与操作口令不相符则退出操作流程禁止操作，用以上方式防止“走错间隔”。具体以某电站5033开关合闸为例，步骤如图1所示。

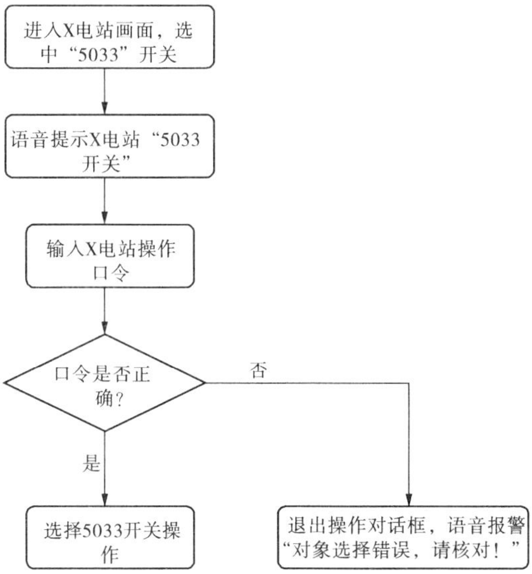


**图1**

(2)设置唯一的设备操作点。随着电站的增多，由于监控显示屏有限，不可能将所有电站在显示屏逐个监视，必然将多个电站重要数据在同一显示屏内进行监视，且该画面只用作监视，不能进行操作。如需进行操作，必须进入相应电站画面。在电站画面内，设置设备唯一操作点，即每个电站只能在特定画面进行操作，且这种画面唯一，其余画面只作显示。

(3)设置不同操作权限，屏蔽不相关操作点。对集控与电站设置不同的操作权限，且电站的操作权限为最高。当设备在电站侧时，闭锁集控侧所有操作。另外通过对设备进行分类，并设置操作权限，可将非集控管理设备的控制权置为电站侧，并由电站侧进行操作。

防止集控误操作、误发指令的一个重要前提条件是集控与电厂两侧的设备点名一致。在电站接入集控以前必须进行严谨的点名核对和设备操作试验。对电厂侧进行监控系统的修改，应及时通知集控侧进行修改并与电站保持一致。对控制权在集控但未经点名核对和试验的设备，集控侧只作显示，不开放操作权限。

(4)对"全采全送"的电站信号，采取事件库与实时显示分类处理方式。对电站设备运行无影响的信号在事件库进行储存，但不实时显示，如运行人员需对设备运行情况进行分析，则通过事件库查询。在实时显示事件中只出现影响电站运行或者可能存在设备故障的信号。以调速器压油泵相关信号为例，压油泵的正常的启停信号，对设备运行无影响，此类事件只保存在事件库，不实时显示；对压油泵故障信号，影响机组的正常运行，则实时显示，提醒运行人员对设备进行检查、消除故障。这样可大大减少实时显示事件，减轻运行人员的监盘压力。

(5)在电站侧设置完善的现地闭锁逻辑。在电站设计、调试阶段建立逻辑正确、并逐个通过试验验证的闭锁程序，包括设备机械闭锁、电气闭锁等，可发挥最后一道安全关口作用。即使由监控闭锁程序缺陷、两侧设备点名不一致、现场设备位置状态接点故障等可能造成集控侧误操作的情况，由于现场设备的防误闭锁的存在，设备实际操作条件不满足，就可防止集控误操作。

## 4　结　语

防误闭锁是防止误操作的最后关键一步，也是防止由误操作引起安全事故发生的最有效方法之一，由于梯级电站集控中心防误闭锁方面可借鉴的经验尚不太多，因此还需要从实践中不断总结完善防误闭锁的技术措施，从源头上遏制误操作的发生，以保障安全生产。

### 参考文献

[1] 胥冠军．澜沧江流域梯级电站防误闭锁功能分析与实现[C]．中国水力发电工程学会信息化专委会2009年学术交流会议论文集，220-224.

[2] 李东岳．计算机监控系统防止电气误操作的模式讨论[J]．电力安全技术，2007，9(5)：28-30.

[3] 张念国．发电厂微机防误闭锁装置的运行与应用[J]．企业技术与开发，2012，31(29)：105-106.

[4] 王宝炯．发电厂电气误操作事故原因分析及对策[J]．青海电力，2007，26(2)：58-60.

# 集控模式下监控系统关键参数异常波动的预警机制及实现

逯俊杰　蒲　瑜　王定立

（雅砻江流域水电开发有限公司　四川　成都　610051）

**摘要**：根据集控运行的特征，对几例监控系统关键参数异常波动的事件进行分析，阐述了建立关键参数异常波动预警机制的必要性，提出了建立预警机制的相关原则。以雅砻江集控中心为例，建立了一套预警机制，并验证了实际运行效果。结果表明，该预警机制可以提高运行人员的监盘质量，可以有效地保障设备安全、电网安全。

**关键词**：集控模式　关键参数　异常波动　预警机制

## 1　引　言

作为流域电站电力生产的枢纽中心，集控中心可以发挥联合优化调度与经济运行的效能，使流域经济效益最大化。考虑到集控模式下的运行特征，集控中心对自动化设备的可靠性、对监控系统的稳定性、对运行人员的综合业务能力、对不安全事件的及时应变与处理都有了更高的要求[1,2]。本文主要分析了集控模式下几例监控系统关键参数异常波动的事件，阐述了建立预警机制的必要性，并提出了相关的原则。最后以雅砻江集控中心为例，建立了一套预警机制，并验证了实际运行效果。

## 2　集控运行特征

### 2.1　弱电网、弱通信

流域厂站的地理位置都比较偏僻、地理环境恶劣，与电网的连接比较薄弱，送输通道很容易因突发情况中断，进而会威胁到电网的安全。此外，流域集控中心与流域厂站的距离都比较远，虽然各集控中心一般都采用主备两路光纤进行通信，但由于光纤线路过长以及一些其他的不稳定因素，光纤中断的可能性还比较大。若两路光纤都中断，将会严重影响到集控中心电力生产业务的开展。

### 2.2　多模式、多系统[1]

各集控中心的运行模式多种多样，有的采用监控系统延伸方式，有的采用只调不控方式，有的采用调控一体，还有的采用主备集控方式等，同时，流域电站的监控系统可能是多个厂家的，当接入集控的监控系统时，会涉及不同系统的融合、接口的兼容、指令的下发、信息的传送等一系列问题。

### 2.3　大电厂、大机组

目前几个比较大型的流域，新建电站的总装机容量以及单机容量都比较大，导致电站监控系统点表量猛增,上送至监控系统的信息量也大大增加,进而加大了运行人员监盘质量降低或监控事件信息遗漏的概率。同时,若这些大型厂站因某些不可抗力因素发生大面积停电事故时,对电网的影响也是比较大的。

## 3　关键参数异常波动的实例分析

流域梯级水电集控调度运行会产生较大的经济效益和社会效益,但鉴于集控运行的高技术性、综合性与复杂性,一旦发生电力负荷异常波动的情况,且不及时发现处理,就会引发比较严重的后果。笔者统计的几例集控运行模式下电力负荷发生异常波动的事例如下。

(1)2013 年 3 月 8 日,某跨区直流输送通道单极故障,有功瞬间由 675 MW 变为 1 964 MW,另一极有功瞬间由 1 358 MW 变为 0 MW,双极总有功由 2 031 MW 变为 1 965 MW。随后发生双极跳闸,导致系统安控装置动作切除负荷约 1 800 MW。

(2)2013 年 3 月 21 日,集控运行模式下某电站全厂出力从 2 072 MW 溜负荷至 259 MW,某特高压线路有功从 2 537 MW 升至 3 889 MW,系统频率降至 49.941 Hz。

(3)2013 年 5 月 31 日,集控运行模式下某电站一台机组因调速器问题负荷从 520 MW 溜负荷至 0 MW,随后该机组解列停机。

通过上述异常事件可知,如果建立一套比较完善的预警机制,在负荷刚开始波动时就发出警报告知运行值班人员,值班人员再根据具体情况作出响应,就能遏制事件继续恶化,不会给系统带来更严重的后果。

## 4　关键参数异常波动的预警机制

### 4.1　预警机制的必要性

作为电力生产枢纽中心的集控中心,其运行不正常会带来“牵一发而动全身”的严重后果,做好对关键事件、异常事件的监视,并及时对异常事件进行正确处理,以遏制事件进一步恶化,建立一套完善的预警机制是很有必要的。

### 4.2　预警机制的原则

(1)预警机制的关键参数应当包含与集控中心相关的跨区域联络线、流域厂站(机组、GIS、送出线路)、变电站、换流站的有功、无功、电压、频率。

(2)有功异常波动报警的设置,应当避开有功人为正常调整的情况,即不能在人为正常调整负荷时频繁报警;同时应当考虑调速器调节负荷的速率,要能保证调速器非正常调整负荷时能够准确报警。

(3)无功异常波动报警的设置,也应当避开人为正常调整的情况,同时应考虑机组励磁系统调节无功的速率。

(4)电压异常波动报警的设置,应考虑当前系统的电压曲线,电压越上限或越下限运行时应及时报警。

(5)频率异常波动报警的设置,应当考虑调度规程规定、厂站现场规定的频率控制范围,超出运行范围应及时报警。

(6)若关键参数在正常运行范围内,还应考虑参数在单位时间内的变化率,即若参数在短时间内变化过大也应视为异常情况。

(7)关键参数的报警,在监控系统报出监控事件的同时,应作为异常事件设置相应的告警声。

### 4.3 预警机制的实现

以雅砻江集控中心为例,为了让运行监盘人员在第一时间发现关键参数异常波动的情况,在计算机监控系统中增加了相关信号点的报警功能,如设置锦苏直流有功 10 s 内变幅超过 100 MW 立即报警,流域电站全厂总有功在 2 s 内变幅超过 200 MW 立即报警,流域电站全厂总无功在 2 s 内变幅超过 100 MVar 立即报警,流域电站 500 kV 母线频率超过 50 ± 0.1 Hz 立即报警,流域电站 500 kV 母线电压越上限或越下限立即报警等。

以有功异常波动报警为例,在 $N$ 秒内有功变幅超过 $w_{警}$,计算算法如下:

①初始化 $w_0$、$w_{警}$、$N$、$alarm$、$T$,置 $i=0$;

②如果 $|w_{i+N}-w_i|\geqslant w_{警}$,则 $alram(i)=1$;否则 $alram(i)=0$;

③$i=i+1$,转至②,继续循环。

其中 $w_0$—— 0 时刻有功;

$w_i$——$i$ 秒过后有功;

$w_{警}$——设定的报警值;

$alram$——报警判定参数;

$N$——设定的时间间隔;

$T$——设定的程序运行时间。

从实际运行效果来看,当报警条件满足时,监控事件中即报出相关报警信号,同时有告警声提示,能够很及时地将设备异常情况反映出来,提高了运行监盘人员的监盘质量,有效地保障了流域厂站安全运行,提高了电网安全稳定运行水平。

## 5 结 语

本文主要根据集控模式下流域发电运行的特征,对几例监控系统关键参数异常波动的事件进行分析,阐述了建立关键参数异常波动预警机制的必要性,制定了建立预警机制的相关原则,并以雅砻江集控中心为例,检验了预警机制的实际运行效果。从检验结果来看,该预警机制能够让运行值班人员在第一时间发现异常并迅速采取措施进行处理,提高了运行监盘人员的监盘质量,可以有效地保障集控中心电力生产工作安全稳定、保障电网安全稳定运行。

**参考文献**

[1] 况光彦,熊涛,等. 流域梯级电站集控中心设置和统调技术思考[C]//中国水力发电工程学会. 大型水轮发电机组技术论文集. 北京:中国电力出版社,2008:299-303.

[2] 胡浩远,等. 对流域梯级电站远程集控中心的几点思考[J]. 电工研究,2012,10:49-50.

# 大型水轮发电机组在孤网运行模式下的控制方式思考

朱华林[1] 张 强[1] 李 莎[2] 苗天宇[1]

（1. 雅砻江流域水电开发有限公司锦屏水力发电厂 四川 西昌 615012；
2. 雅砻江流域水电开发有限公司二滩水力发电厂 四川 攀枝花 617000）

**摘要：**孤网条件下机组运行的稳定性和控制调节能力，对保障电力系统安全、可靠运行具有重要作用。本文主要结合锦屏二级水电站在孤网运行模式下的控制方案对大型水轮发电机组的孤网控制方式进行分析和思考，并对一种优化的机组孤网控制方式进行仿真。

**关键词：**大型水轮发电机组 孤网运行 频率调节 开度调节

## 1 引 言

“大电网、大电厂、大机组、高压输电、高度自动化”是我国电力的现状。电网联网运行可以优化资源配置、增大电网容量、提高自平衡能力，但与此同时，电网事故的影响也更容易扩大，系统在大扰动下维持频率稳定的能力不断恶化。当局部电网故障、极端天气或地质灾害的发生以及人为操作失误等发生时，可能导致电网联络线解列成孤网运行，电网频率产生大幅度波动，从而引发大面积停电事故。孤网运行作为防止电网大面积停电的最后一道防线，加强孤网条件下机组运行的稳定性和控制调节能力是有必要的。

## 2 孤网的概念

孤网是指脱离大电网的小容量电网，通常，最大单机容量大于电网总容量的8%称为小网。现在我国的电网均以大网划分联网运行，华北电网、东北电网、华中电网、华东电网、西北电网、南方电网容量远远大于最大水轮发电机组（容量800 MW）。对于任一台机组均可认为是单机无穷大电网，但是当特殊情况出现时，由于单机容量大，一个电厂带局部地区负荷时便很容易出现小网。

大型机组自身的运行稳定性对小网的稳定性起着决定性的作用，机组的频率直接影响小网的频率，机组转速升高，孤网频率上升，反之亦然。因此，当电站机组在孤网运行时，调速器应能迅速调节机组出力的大小，应对负荷的频繁变化，控制频率在国标规定的电网频率允许的范围之内。

## 3 孤网频率特性分析

水轮发电机组转动部分的运行方程：

$$J\frac{d_w}{d_t} = M_t - M_g \tag{1}$$

式中 $J$——机组转动部分的惯性矩,kg·m²;

$\omega$——机组转动角速度,rad/s;

$M_t$——水轮机转矩,N·m;

$M_g$——发电机负荷阻力矩。

由此可知,当水轮机转矩与发电机负荷阻力矩之间发生不平衡时,必然引起水轮发电机转速的变化,即引起系统频率的变化。

孤网运行最主要的特点是:调速器由大电网运行的功率、开度模式转变为频率模式,同时运行人员也是从关注系统负荷变化转变为关注电网频率稳定在要求范围内。在孤网运行时,电网容量较小,各单台机组和大型用电设备在电网中所占的功率比率大,发电机组输出功率的变化量和负荷的扰动量相对值也较大。当某台或某些机组受到自身调速系统调节速度和调节能力的影响出现停机时,势必会造成其他机组负荷阻力矩增加,出现频率大幅下降现象;相反,当孤网中某大型用电设备出现跳闸等故障时,势必会造成机组负荷阻力矩减小,出现机组频率大幅上升现象,可能会导致机组过速等原因停机,从而造成更大面积停电。这就要求发电机组调速器具备快速、充足的调节能力和良好的稳定性以及符合要求的静态特性、动态响应特性。

## 4 孤网运行控制方案的思考

### 4.1 孤网运行控制原理分析

水轮机调节系统主要由四大部分组成:水轮机控制系统(调速器)的PID模块、调速器的机械液压系统模块、引水系统及水轮机模块、发电机及负荷模块。本文仅对水轮机控制系统(调速器)的常规PID控制模块进行分析,孤网运行时,调速器处于频率调节模式与开度调节模式联合调节:

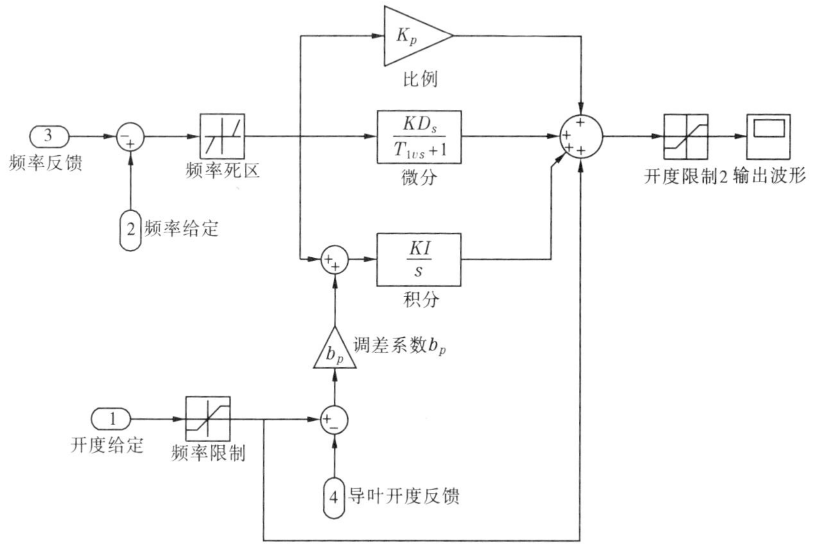


图1 孤网运行控制模块方框图

其传递函数为:

$$\begin{cases} y_{\mathrm{out}} = y_{\mathrm{pid}} + y_{\mathrm{c}} \\ \dfrac{y_{\mathrm{pid}}}{y_{\mathrm{in}}} = K_{\mathrm{p}} + \dfrac{K_{\mathrm{d}}S}{T_{1\mathrm{v}}S + 1} + \dfrac{K_{\mathrm{i}}}{S} \\ y_{\mathrm{in}} = \Delta f_1 + b_{\mathrm{p}}(y_{\mathrm{c}} - y) \\ \Delta f = f_{\mathrm{c}} - f \\ \Delta f_1 = \begin{cases} 0 & |\Delta f| < e_{\mathrm{f}} \\ \Delta f - e_{\mathrm{f}} & \Delta f \geqslant e_{\mathrm{f}} \\ \Delta f + e_{\mathrm{f}} & \Delta f \leqslant - e_{\mathrm{f}} \end{cases} \end{cases} \tag{2}$$

式中：$K_{\mathrm{p}}$、$K_{\mathrm{i}}$、$K_{\mathrm{d}}$ 分别为比例增益、积分增益、微分增益；$\Delta f_1$ 为考虑频率死区后的有效频差；$y_{\mathrm{c}}$、$y$ 为开度给定及导叶开度；$\Delta f$、$e_{\mathrm{f}}$ 为初始频差及频率死区；$y_{\mathrm{pid}}$为 PID 环节输出；$y_{\mathrm{c}}$ 为开度给定；$y_{\mathrm{out}}$为综合开度需求输出；$y_{\mathrm{in}}$为综合频差（即考虑频率死区后的有效频率偏差与 $b_{\mathrm{p}}$ 计算频差之和）；$b_{\mathrm{p}}$ 为永态差值系数；$T_{1v}$为 PID 调速器中表征输入量变化率微分环节的时间常数；$y$ 为导叶开度反馈；$f_{\mathrm{c}}$ 为频率给定；$f$ 为机组频率反馈。

### 4.2　孤网运行的模式选择

当电网故障，导致机组处于孤网运行之初，电网频率会出现大幅度波动。一般，当机组频率波动超过 50 ±0.5 Hz 时，调速器自动投入孤网运行模式（频率模式）。在孤网运行模式时，电厂的计算机监控系统不参与调速器调节，这样可有效的避免因为双路调节引起的机组功率振荡。

孤网中，电网负荷发生突变后，经过一定的调节过程，电网频率会稳定在一个新的频率点，该频率点相比额定频率将偏低或偏高（如一台机组停机，稳定频率较额定频率将偏低，机组侧出力小于用户侧负荷）。由于调速器在并网运行时控制机组频率跟踪网频，机频与网频保持基本一致，故此时无法通过自动调节恢复正常频率，需由原来的跟踪电网频率切换至跟踪频率给定值（一般为 50 Hz）。处理的方法通常有：①在程序中设定当机组进入孤网运行时自动切换至跟踪给定频率；②人为切调速器至手动状态，手动调节导叶开度，使机组频率调为额定频率后，再切调速器至自动状态。考虑到大电网中，电网频率基本维持在 50 Hz 附近，现在某些电厂已不再投入跟踪网频，机组频率始终自动跟踪 50 Hz 给定频率。

### 4.3　适应式变 PID 参数调节

引起孤网运行振荡的因素有很多，但是最根本的原因还是调速器参数设置的问题。适应式变 PID 参数调节指水轮机调节系统本身能够随着被控制系统的非线性特性和工作状态及对象参数的变化，自动选择事先拟定好的与之相适应的调节参数组合，使得水轮机调节系统的动态特性仍然满足相关技术要求的一种调节模式。

调速器可预设机组在不同运行状态下的 PID 值、$B_{\mathrm{p}}$ 值、频率死区值，通常设置有空载调节参数、负载调节参数、一次调频调节参数、孤网调节参数。其中，在负载、非频率模式、一次调频功能投入时，调用一次调频调节参数。在孤网运行（负载、频率模式）时自动选定孤网调节参数，该参数需经过建模、仿真试验和孤立负荷试验优选选定。孤网运行时，为避免积分作用过强而引起频率振荡不稳定，应适当减小 $K_i$ 值。永态转差系数 $B_{\mathrm{p}}$ 值通常是根据机组在电力系统中的地位、承担负荷的性质以及机组之间负荷的分配等因素确定。对于大容量并参与系统调频的机组，$B_{\mathrm{p}}$ 值相对选择较小值；对于带基本负荷或小容量机组，$B_{\mathrm{p}}$ 值一般选偏大值。在孤网条件下，频率稳定性变差，而大容量的水轮发电机组更适合参与系统调频。因此，适当减小该类机组 $B_p$ 值可使调速器具备更加充足的调节能力，减少频率的超调量和稳定时的频率偏差。此外，根据机组在孤网中的地位会选择一台或几台机组作为调频机组，为了降低调速器调节迟缓率，增加调速器快速调节能力，应减小频率死区，甚至取消频率死区。孤网中其他机组的频率死区需要根据孤网的情况计算试验获得。

**表1　某电厂 PID 参数设置**

| 参数设置 | $K_p$ | $K_i$ | $K_d$ | $B_p$ | 死区(Hz) |
| --- | --- | --- | --- | --- | --- |
| 一次调频调节参数 | 3 | 1 | 1 | 4% | 0.05 |
| 孤网调节参数 | 3 | 0.2 | 1 | 1% | 0 |

### 4.4　改进型孤网运行方案

#### 4.4.1　孤网运行形成初期的调节

在孤网运行形成初期，孤网内功率往往不平衡，发电厂侧只能通过频率或者机组转速等参数的变化获知。一般情况下，孤网的形成往往是因为线路跳闸等引起的，此时，用户侧负荷减小，造成机组侧出力大于用户侧负荷需求，机组转速大幅度增加，电网频率上升较快。当机组频率超过 50.5 Hz 时，孤网模式自动投入运行，但孤网频率调节模式参数设置是考虑孤网正常运行的稳定，其调节能力无法满足孤网形成初期的快速调节，往往不能迅速将频率调节到允许的范围之内。

根据图1及式(2)可见，当频率过高时，积分环节的输入量为有效频差 $\Delta f_1$ 与开度偏差 $b_p(y_c-y)$ 之和且为负值，仅频率调节控制模式时，$y_c$ 一直保持之前的值，故 $y_{out}$ 仅靠有效频差 $\Delta f_1$ 产生的 PID 输出，而投入开度给定调节控制模式后减小 $y_c$，$y_c$ 将直接叠加在 $y_{out}$ 上，同时开度偏差 $b_p(y_c-y)$ 也会随之减小，这样可以加大积分量，即增大 $y_{pid}$ 输出，也进一步减小了 $y_{out}$ 输出。因此，在孤网形成初期的调节采用开度给定和频率联合调节的方式，可大大降低机组过速停机的风险。当检测到机组频率超过设置值 50.5 Hz，并保持一定时间，调速器判断进入孤网运行模式，通过频差(以 50 Hz 为目标值)对机组频率进行调节。当机组频率大于 52 Hz 的情况下，投入开度给定调节功能，直接减小开度给定，迅速回关导叶，降低机组频率，让机组快速进入新的平衡点。若机组频率继续增高，可增强减小开度给定力度。

#### 4.4.2　孤网运行平稳时的调节

孤网运行平稳后，系统频率变化较小，调速器采用“频率调节”方式进行 PID 调节，同时结合调度措施，人为的对机组出力进行控制，确保孤网的稳定运行。若孤网运行过程中再次出现机组侧出力或用户侧负荷的大幅变化，将再次出现频率偏差过大，调速器将会自动以孤网运行形成初期的控制模式调节，即增投开度调节模式控制机组频率。

## 5　锦屏二级水电站机组孤网运行控制方式仿真

锦屏二级水电站调速器在孤网运行模式下采取了“频率调节”和“开度调节”相结合的控制方案，并自动调用优化的 PID 参数。经过锦屏二级水电站调速器程序编辑软件 B&R Automation Studio 3.0 仿真，模拟单机带 70 万负荷，用户侧出现故障甩负荷，折算到本机甩 60 万负荷情况下，图2、图3分别表示仅投频率调节和增投开度调节的两种调节方式。

由仿真分析：仅频率调节控制模式时，从进入孤网模式至机组频率最终稳定在 50.377

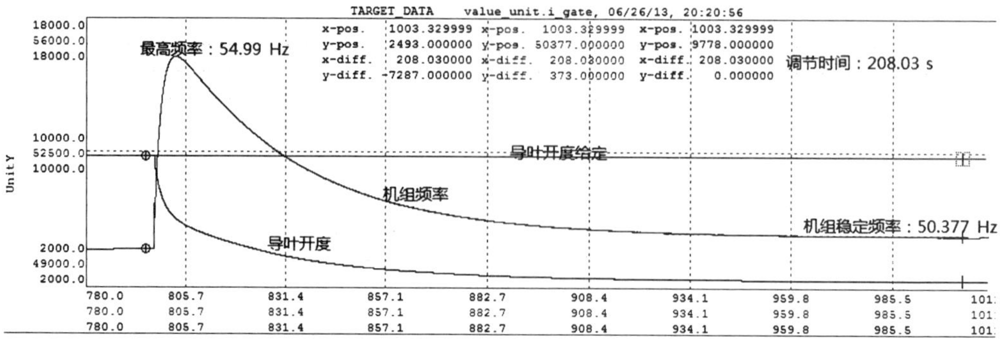


图 2　仅频率调节控制模式

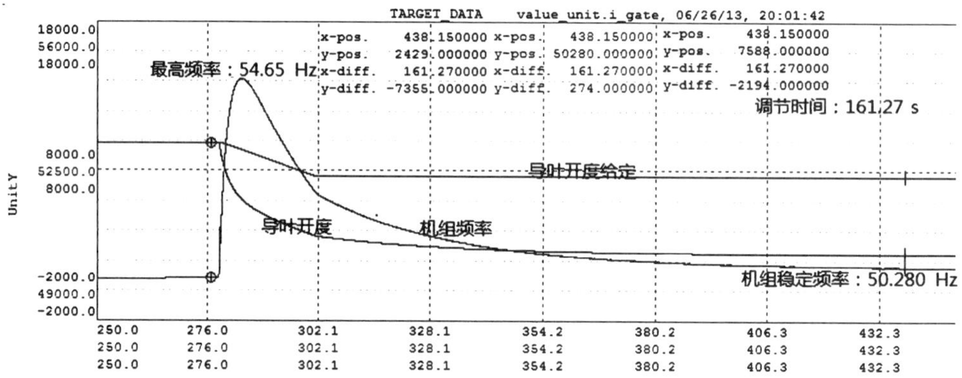


图 3　增投开度调节与频率调节联合控制模式

Hz 的调节时间为 208 s，机组最大频率 54.99 Hz；增投开度调节与频率调节联合控制模式时，从进入孤网模式至机组频率最终稳定在 50.280 Hz 的调节时间为 161 s，机组最大频率为 54.65 Hz。由此可见在机组频率偏差额定频率过大时，增投开度调节模式可以减小机组频率超调量，缩短机组稳定调节时间，稳定频率更加接近额定频率。

## 6　结　语

孤网运行作为电网的一种特殊运行方式，调速器对孤网运行的稳定起到重要作用。在孤网运行平稳时，系统频率变化较小，调速器采用频率调节方式进行调节。当孤网的负荷突然产生较大变化，引起孤网频率较大的变化，进而引起机组转速大幅度波动时，增投调速器开度调节，采用频率调节和开度调节联合控制模式对于孤网稳定运行是有益的。

### 参考文献


[1] 魏守平．水轮机调节[M]．武汉：华中科技大学出版社，2009.

[2] 唐戢群．水轮机组孤网运行问题的研究与探讨[C]．2008 年抗冰保电优秀论文集，2008.

[3] 张培高．孤网频率稳定与控制策略研究[N]．电力系统保护与控制．2012.

[4] 秦江平．孤网运行系统负荷控制策略探讨[N]．广西电力．2009.

[5] 张健铭．孤网运行与频率稳定研究综述[N]．电力系统保护与控制．2011.

[6] 孙小强．对三甲水电厂发电机组孤网运行时频率偏低现象的分析和探讨[N]．甘肃科技．2004.

# 二滩大坝安全监测自动化系统试运行评价

宋明富

（雅砻江流域水电开发有限公司二滩水力发电厂　四川　攀枝花　617000）

**摘要**：二滩大坝安全监测自动化系统技术改造完工后，系统功能和性能满足要求。通过对两年的试运行期自动化数据的分析评价，表明系统的数据缺失率、平均无故障时间、人工比测差值和短期稳定性等各项定量指标均达到规范要求。

**关键词**：二滩大坝　安全监测　自动化系统　试运行

## 1　基本情况

二滩水电站大坝是我国最早建成的200 m以上高拱坝，其大坝安全监测工作受到了各方的高度关注。二滩大坝安全监测系统遵循以工程安全监测为主，仪器少而精，一种仪器多用途，重点部位多方法监测，监测内容相互检查校核的布置原则，主要监测项目包括环境量、变形观测、渗流渗压观测、内部观测、强震、水力学等共26类，总测点数达到1 000个以上。

除大坝强震观测、水垫塘及坝身泄洪振动观测采用独立的自动化系统，部分专业性较强、投入较大的工作如外部变形观测网、水质分析、水库水温观测、水库泥沙淤积和下游河床冲淤测量等工作采用委托方式外，其余监测项目均采用自动化观测或人工测读的方式进行监测数据的采集和管理。

## 2　监测自动化系统改造情况

2008年，经过多次调研和反复论证，在坚持“实用可靠、技术成熟、经济合理、突出重点”的原则下，确定了二滩大坝安全监测自动化系统改造的主要内容，并于2009年12月完成了全部改造工作。经过改造，二滩大坝安全监测系统除垂线人工读数盘、倾角仪等少量设备外，已全部实现自动化。经专家评审，改造所使用的监测仪器达到技术指标要求，自动化采集系统的功能和性能满足规范要求，具有整合性好、安全性高和可靠性高的特点。主要改造内容包括部分监测仪器设备改造和接入自动化采集系统。

### 2.1　监测仪器设备改造

垂线是二滩大坝变形观测的重要设施，共在不同坝段布设了5个监测断面，并采用分段设置观测点方式，分别安装了20台垂线坐标仪和人工读数盘进行自动化观测和人工比测。此次垂线坐标仪更换时保留部分原有观测情况良好的垂线坐标仪，更换并安装了10台NG-DZ－50型垂线坐标仪，在个别部位同时采用2种不同型号的垂线坐标仪进行相互验证。

二滩大坝在下游左右岸抗力体边坡、水垫塘和二道坝共设置了43个绕坝渗流孔，设计采用人工测读方式,运行初期进行了部分自动化改造,由于受降雨和坝身泄洪影响,汛期无法进行观测。本次改造将人工测读孔安装渗压计并将全部绕坝渗流孔渗压计引入自动化采集单元,传感器电缆走线考虑了泄洪影响和防雷措施。绕坝渗流孔渗压计统一采用 PWS 型渗压计,量程根据孔深和历史测量资料选用 0.75 MPa 和 0.35 MPa 两种。

为监测坝肩、坝后排水平洞、水垫塘底部廊道和二道坝的渗流量变化,在各部位安装了31 个量水堰,均安装不锈钢尺进行堰上水头的人工测读。此次改造将全部渗流量控制部位的量水堰安装量水堰仪并接入自动化采集单元,并在重点部位采用不同厂家的量水堰仪进行对比观测,共安装了 45 台量水堰仪。

原采用的气象仪无法接入现有自动化采集单元,新采购了气温传感器和配套百叶箱、降雨量传感器,并安装独立的自动化采集单元后通过光纤接入自动化采集系统。

### 2.2　自动化采集系统

二滩大坝采用了振弦式、电容式、电感式和数字等多种类型监测传感器,为便于监测数据的统一采集和管理,进一步提高自动化采集单元的运行稳定性,降低设备运行维护成本,此次改造采用了 DAU2000 自动化采集单元和相应采集模块对大坝所有自动化采集设备,共使用 28 个 DAU2000 自动化采集单元和 58 块不同类型的 NDA 模块。

每个 DAU2000 自动化采集单元均由电源模块、加热器和输入输出接线端子等组成,接地端接入大坝接地系统。DAU2000 供电电源由观测室内配电箱引出,各观测室配电箱通过专用线路由闸门启闭系统备用电源提供。DAU2000 内设有完善的直流供电系统,可保证系统交流断电 7 天以上的数据测量工作。DAU2000 自动化采集单元能根据不同类型传感器配置相应采集模块,各模块间相互独立,便于监测数据的分布式采集、集中化管理。各 DAU2000 间和至监测管理室的通信方式采用光纤和总线方式,总线方式采用 2 芯双绞线进行 RS485 数据通讯传输,光纤通讯通过自动化采集单元通讯端口与光端机连接,采用双环路自愈光缆进行通信。

## 3　试运行考核评价

为进一步检查大坝监测自动化系统的运行稳定情况,于 2010 年 1 月至 2011 年 12 月开展了为期 2 年的试运行期人工比测工作,并结合规范要求开展了其他统计分析工作。其中,垂线通过人工读数盘每周比测 1 次;坝内、坝后和水垫塘量水堰通过读数钢尺每月比测 1 次;新安装渗压计的 13 个绕坝渗流孔通过水位测读计每月比测 1 次;其余埋入式仪器通过二次仪表每季度比测 1 次,并每月选取约 30% 的测点比测 1 次,测点涵盖每个 DAU 中的不同采集模块和不同仪器类型测点。

### 3.1　人工比测成果分析

根据规范要求,人工比测成果分析包括单测点比测相关系数和方差分析。单测点比测相关系数取某测点考核期(自动化系统安装后至 2011 年年底)的自动化监测和人工比测相同或相近时间的测值进行相关性分析。

方差分析是取某测点考核期自动化监测和人工比测相同时间或相近时间的测值分别组成自动化测值序列和人工测值序列;再设某一时刻的自动测值为 $x_{自i}$,人工测值为 $x_{人i}$,则两者差值 $\delta = |x_{自i} - x_{人i}|$,取 $\delta \leqslant 2\sigma$ 作为控制标准,其中均方差 $\sigma = \sqrt{(\sigma_{自}^2 + \sigma_{人}^2)}$。

表1　各监测仪器比测成果统计表

| 序号 | 监测项目 | 测点数 | 观测量 | 差值平均值$\bar{\delta}$ | 控制标准 | 相关系数 |
|---|---|---|---|---|---|---|
| 1 | 垂线坐标仪 | 20 | 径向位移(mm) | 0.19 | 0.63 | 0.96 |
| | | | 切向位移(mm) | 0.13 | 0.63 | 0.90 |
| 2 | 量水堰仪 | 31 | 流量(mL/s) | 74.17 | — | 0.94 |
| 3 | 绕坝渗流孔 | 13 | 水头(cm) | 0.26 | 0.73 | 0.74 |
| 4 | 多点位移计 | 51 | 频率(Hz) | 0.84 | 0.57 | 0.95 |
| 5 | 测缝计 | 139 | 频率(Hz) | 1.17 | 0.57 | 0.90 |
| 6 | 渗压计 | 80 | 频率(Hz) | 0.92 | 0.57 | 0.95 |
| 7 | 应变计 | 187 | 频率(Hz) | 0.45 | 0.57 | 0.78 |
| 8 | 无应力计 | 33 | 频率(Hz) | 0.44 | 0.57 | 0.52 |
| 9 | 温度计 | 60 | 频率(Hz) | 2.34 | 0.57 | 0.91 |
| 10 | 钢筋计 | 74 | 频率(Hz) | 0.64 | 0.57 | 1.00 |
| 11 | 锚索测力计 | 32 | 频率(Hz) | 0.44 | 0.57 | 0.98 |
| 12 | 伸缩仪 | 7 | 频率(Hz) | 0.14 | 0.57 | 0.95 |

从表1中可以看出,垂线坐标仪、绕坝渗流孔等安装仪器比测差值满足规范要求。由于渗流量是由堰上水头计算得到,而堰上水头与渗流量变化并非线性关系,所以无法根据堰上水头的测量精度确定流量测量精度,无法确定方差分析中的控制标准。从相关系数和可以看出,各量水堰人工与自动化流量变化趋势一致,满足使用要求。其余多点位移计、测缝计、渗压计和温度计等埋入式仪器,由于部分仪器随着运行年限的增加,仪器和电缆正常老化,导致测值出现不稳定现象,影响了整体评价指标,需要在今后的运行过程中加强关注。

### 3.2　平均无故障工作时间

采集装置平均无故障工作时间 *MTBF* 是指考核期内两次相邻故障间的正常工作时间。故障是指采集装置不能正常工作,造成所控制的单个或多个测点测值异常或停测。平均无故障工作时间 *MTBF* 计算公式如下:

$$MTBF = \frac{\sum_{i=1}^{n} \frac{t_i}{r_i}}{n} \tag{1}$$

式中:$t_i$ 为考核期内,第 $i$ 个单元的正常工作时数;$r_i$ 为考核期内,第 $i$ 个单元出现的故障次数;$n$ 为系统内数据采集单元总数。

根据二滩大坝监测自动化系统2010年至2011年试运行情况,2010年的平均无故障工作时间为8 723 h;2011年的平均无故障工作时间为8 750 h,满足规范不小于6 300 h的要求。

### 3.3　数据缺失率

数据缺失率是指在考核期内未能测得的有效数据个数与应测得的数据个数之比。错误测值或超过一定误差范围的测值均属无效数据。对于因监测仪器损坏且无法修复或更换而造成的数据缺失，以及系统受到不可抗力及非系统本身原因造成的数据缺失，不计入应测数据个数。数据缺失率 $FR$ 计算公式如下：

$$FR = \frac{NF_i}{NM_i} \times 100\% \tag{2}$$

式中：$NF_i$ 为缺失数据个数；$NM_i$ 为应测得的数据个数。

经统计，2010 年监测数据缺失率为 1.39%；2011 年监测数据缺失率为 0.35%，满足规范不大于 3% 的要求。

### 3.4　短期测值稳定性

自动化系统短期测值稳定性考核主要通过短时间内的重复性测试，根据重复测量结果的中误差来评价读数精度及测值稳定性。$n$ 次实测数据算术平均值 $\bar{x}$ 计算公式如下：

$$\bar{x} = \frac{\sum_{i=1}^{n} x_i}{n} \tag{3}$$

对短时间内重复测试的数据，用贝塞尔公式计算出短期重复测试中误差 $\sigma$，作为采集装置的测读精度，评价是否达到厂家的标称技术指标，其计算公式如下：

$$\sigma = \sqrt{\frac{\sum_{i=1}^{n} (x_i - \bar{x})^2}{n-1}} \tag{4}$$

2012 年 6 月，对自动化系统所有测点进行了 15 次的重复性测试。测试成果表明，各测点的测值稳定性达到厂家标称技术指标的比例在 90% 以上，表明稳定性基本良好。其中，埋入式的振弦式仪器中，钢筋计、无应力计、锚索测力计、应变计的短期稳定性较差，与比测分析结果基本一致。其他类型仪器短期稳定性均满足仪器精度要求。

## 4　结　语

二滩大坝安全监测自动化系统改造工作，是在国家相关大坝安全管理法规不断完善基础上，为适应电站不断创新的管理模式，提高大坝安全管理水平所做的有益尝试，对流域后续电站的监测自动化系统建设具有良好的借鉴作用。

（1）充分的设计、论证和调研，提出合理可行的实施方案，是保障自动化系统建设的基础。必须全面了解和掌握相关规范和监测项目的设计目的和运行情况，做到有依据、有重点、有取舍，切忌大而全和遗漏。

（2）二滩大坝监测自动化系统试运行分析表明，该系统的各项指标均达到或优于国家规范要求，满足使用需要。

# 二滩水电站500 kV线路保护改造分析

余海涛

(雅砻江流域水电开发有限公司二滩水力发电厂 四川 攀枝花 617000)

**摘要:**二滩水电站作为川渝电网的主力电站,其500 kV出线安全稳定的运行至关重要,而线路保护起着保障性作用。本文以二滩水电站一条500 kV出线的线路保护改造为落脚点,介绍了线路保护的改造方案,光纤通道与载波通道的差别以及改造后的线路保护装置的原理及特点,进一步分析了电流差动保护在运行中的一些问题及解决方法。

**关键词:**线路保护 差动保护 光纤通道 远跳

## 1 引 言

二滩水电站位于四川省西南部的雅砻江下游,坝址距雅砻江与金沙江交汇口33 km,是我国二十世纪建成投产最大的水电站。电站装机容量3 300 MW(6台550 MW的混流式水轮发电机组),设计多年平均发电量170亿kW·h,保证出力1 000 MW,年利用小时5 162 h。通过五回500 kV线路接入四川主网,其中三回接入四川腹地,主送川渝两地,另两回就近接入攀西地区。二滩水电站单机容量大,调节性能好,是川渝电网的主力电站,承担系统的调频、调峰、调压、断面潮流控制及事故备用任务。为了保证川渝电网的供电和电网安全稳定运行,线路保护安全、稳定、可靠运行至关重要。

随着电网结构的发展,现在变得越来越复杂,对线路保护的通道要求也就随之越发的提高。要求使用一种既简单又稳定可靠的通道,即现在广泛被使用的光纤通道。二滩水电站作为川渝电网的主力电站,应四川省电力公司的要求,在2011年对二滩水电站的一条出线——二普一线线路保护进行了改造,主要是将主保护由高频方向保护、高频距离保护更换为光纤分相电流差动和光纤距离(均为复用2 M光纤通道),以及相应的保护信号通道和通信接口装置的更换。本文主要介绍了本次改造的基本方案、高频载波通道和光纤通道各自的特点和改造后各主保护装置的原理与技术特点,并进一步分析了光纤差动保护在运行中存在的一些问题及相关的解决方法。

## 2 改造方案

### 2.1 保护配置

二普一线为二滩水电站到普提站的一回500 kV出线,线路全长为196 km,属于超高压远距离输电线路。500 kV线路保护装置改造应满足以下要求:选用运行业绩优良、技术成熟的微机型保护装置;选用不同原理或不同厂家的双重化两套装置;每套保护独立配屏,且两面柜之间无任何电气联系；装置应符合二滩水电站现有相关设备（如电流互感器、电压互感器等）的实际情况，并根据需要可满足二滩水电站的某些特殊要求；所有保护装置应具有自诊断功能，确保装置运行安全可靠，以防止因单一元器件损坏而引起误动；直流电源电压在 80% ~115% 额定值范围内变化时，装置应正确动作；直流消失时装置不应误动作。

基于以上线路保护装置改造要求，二普一线线路保护改造前后的保护配置如表 1、表 2 所示。

**表 1　二普一线 1#保护配置**

| 二普一线 1#保护屏 | 改造前 | 改造后 |
| --- | --- | --- |
| 主保护 | 高频方向<br>RCS－902AS | 光纤差动<br>RCS－931AMS |
| 过压及远跳 | RCS－925 | RCS－925（保留） |

**表 2　二普一线 2#保护配置**

| 二普一线 2#保护屏 | 改造前 | 改造后 |
| --- | --- | --- |
| 主保护 | 高频距离<br>PSL－602AS | 光纤距离<br>PSL－602AS（保留，更换为光纤通道） |
| 过压及远跳 | SSR－530 | SSR－530（保留） |

### 2.2　改造方案

由于二滩水电站 500 kV 二普一线线路保护上次改造时间为 2006 年，截至本次改造才运行了 5 年时间，装置相关元件仍运行可靠，同时考虑到经济效益，本次改造不进行整屏更换，只更换相关插件，安装通信装置，回路改接。

本次改造需将二普一线 1#线路保护屏内的 RCS－902AS 装置插件更换为 RCS－931AMS 装置插件，并在通信室的通信接口柜内加装 1 套复接接口装置，型号为 MUX－2MC；对于二普一线 2#线路保护需要在其保护屏内加装一个 GXC－01 型光纤信号传输装置，并在通信室的通信接口柜内加装 1 套复接接口装置，型号为 GXC－600BH－08。同时完成两套保护装置的接线改动及相关调试工作。

按照《国家电网公司十八项电网重大反事故措施（试行）》中的 14.2.1.6 条，即“线路纵联保护的通道（含光纤、微波、载波等通道及加工设备和供电电源等）、远方跳闸及就地判别装置应遵循相互独立的原则按双重化配置”。将 RCS－925、SSR－530 过压远跳装置收发信逻辑采用的“一单发双收”，更改为“一发一收”，即二普一线的 1#保护的过压远跳装置（RCS－925）只经二普一线的 1#保护的光纤通道发信、收信，不再经二普一线的 2#保护的光纤通道发信，收信；二普一线的 2#保护的过压远跳装置（SSR－530）只经二普一线的 2#保护的光纤通道发信，收信，不再经二普一线的 1#保护的光纤通道发信、收信。

## 3　高频载波通道与光纤通道的比较

随着光纤通信的日益发展，光纤通信技术越发成熟可靠，较之以输电线路本身为通道的载波通道有着以下三点明显的优势。

### 3.1　光纤通道抗干扰性强

电力载波通道是以输电线路本身作为传输介质经高频加工而成的,因此输电线路上所发生的各种电现象均会对载波通道产生干扰。其主要的干扰有以下两种:①电晕和绝缘子放电产生的含有多次谐波干扰电压,其在频谱图上占有很宽的频带,形成分布式干扰;②系统操作以及雷击产生的过电压通过结合耦合电容器、结合滤波器侵入高频收发信机引起干扰,进而可能损坏收发信机的电子元件。

光纤通信为独立搭设的光缆线路,脱离了与输电线路的直接关系,线路故障、操作、电晕等自身现象均不会对光纤通道产生影响,而且光纤通道内部传输的为光信号而不是电,因此,光纤通道不受外界的电磁干扰。

### 3.2　光纤通道衰耗小,通道监视能力强

载波通信是利用高频电流在输电线路及大地之间的传输来实现的,其衰耗特性会受输电线路长短、天气情况、通道构成结构、通道工作频率、地理环境等诸多因素的影响,通道衰耗数值较大。

随着光纤生产工艺的日益提高,在光波长为 1 550 nm 时,其衰减可达到 0.2 dB/km,基本达到理论值,完全可以满足电力通信传输的需要。

在通道监视方面,电力载波通道需要人为的按实验按钮进行测试,极为不方便,而光纤通道可以发送不间断的测试信号,时刻进行通道监视,如有异常及时送出报警信号。

### 3.3　光纤通道可靠性高

电力载波通道的导线截面积大,杆塔牢固,具有很强的机械可靠性,但是如上所述同样具有较大的不稳定因素,外部干扰较大,同时由于线路的运行给载波通道的维护检修带来了极大的不便,当线路发生故障时也会严重影响载波通道的传输,尤其是在发生三相短路故障时影响极为严重。

光纤通信独立运行,不受线路的故障的影响,提高了可靠性。随着带有不锈钢管层绞式结构的复合架空接地光缆的出现,极大地增加了光缆的机械特性,进一步提高了可靠性。同时光纤通道可以构成环网,使光纤通讯网络具有网络恢复和自愈能力,而载波通信不具备这一能力。

## 4　改造后的各主保护装置分析及调试结果

### 4.1　RCS－931AMS 保护装置

RCS－931AMS 保护装置为南瑞继保公司产品,该保护装置包括以分相电流差动和零序电流差动为主体的快速主保护,由工频变化量距离元件构成的快速Ⅰ段保护,由三段式相间和接地距离及两个零序方向过流保护构成的全套后备保护。光纤通信为 2 048 KBit/s 数据接口。二滩水电站采用复用 2 M 光纤通道。

#### 4.1.1　变化量相差动保护

以线路两端电流工频变化量构成具有高灵敏度工频变化量比率差动保护。以两侧电流变化量矢量和的幅值 $|\Delta\dot{I}_{M\Phi}+\Delta\dot{I}_{N\Phi}|$ 作为工频变化量差动电流 $\Delta I_{CD\Phi}$,两侧电流变化量的标量和 $\Delta I_{M\Phi}+\Delta I_{N\Phi}$ 作为工频变化量制动电流 $\Delta I_{R\Phi}$。动作方程为:

$$\left.\begin{array}{l}\Delta I_{CD\Phi} > 0.75 \times \Delta I_{R\Phi} \\ \Delta I_{CD\Phi} > I_H \\ \Phi = A,B,C\end{array}\right\}$$

$I_H$ 为“1.5 倍差动电流起动值”(整定值)和 1.5 倍实测电容电流的大值(测电容电流由正常运行时未经补偿的差流获得)。

变化量相差保护只反映故障分量,不受线路正常运行时负荷电流的影响,过渡电阻影响很小,提高了重负荷线路上发生经高电阻短路时的灵敏度。

4.1.2　零序差动保护

对于经高过渡电阻接地故障,采用零序差动继电器具有较高的灵敏度。以两侧零序电流矢量和的幅值 $|\dot{I}_{M0} + \dot{I}_{N0}|$ 为零序差动电流 $I_{CD0}$,两侧零序电流矢量差的幅值 $|\dot{I}_{M0} - \dot{I}_{N0}|$ 为零序制动电流 $I_{R0}$。动作方程为:

$$\left.\begin{array}{l}I_{CD0} > 0.75 \times I_{R0} \\ I_{CD0} > I_M \\ I_{CD\Phi} > 0.15 \times I_{R\Phi} \\ I_{CD\Phi} > I_M\end{array}\right\}$$

$I_M$ 的定义同上,为“差动电流起动值”(整定值)和实测电容电流的大值。

然而在实际运用中零序差动保护并不比变化量差动保护的灵敏度高,其对整个保护装置的灵敏度和动作速度均没有实质性的提高。零序差动保护仅仅可在无法使用变化量差动保护的少数场合(如故障频繁发生且间隔时间很短的时候)用于弥补变化量保护灵敏度不足的缺陷。

## 4.2　PSL－602AS 保护装置

PSL－602AS 保护装置为国电南自的产品。该装置纵联距离保护纵联零序方向作为全线速动的主保护,由三段式相间和接地距离及四段式零序电流保护构成的全套后备护。保护功能由两个 CPU 模件完成,CPU1 完成纵联保护功能即主保护;CPU2 完成距离和零序电流保护功能即后备保护。保护装置通过光纤信号传输装置 GXC－01 接入复用 2 M 光纤通道与对侧实现通信。

## 4.3　远跳功能分析

二滩水电站主接线系统为 3/2 方式接线,二普一线对应断路器为 5043 和 5044,在两断路器保护内均配置有线路 T 区差动保护。启动远方跳闸保护功能主要有以下情况:①5043、5044 断路器失灵保护动作出口跳相邻断路器;②二普一线 T 区差动保护动作跳对侧断路器;③两套线路保护过压保护装置动作需跳对侧断路器。改造后两套保护均有独立的远跳保护,并且配置有独立的通道,具体分析如下。

(1)二普一线 1#保护装置,如图 1 所示,过压远跳装置 RCS－925A 的过压远跳出口与 5043、5044 断路器失灵保护和二普一线的 T 区差动远跳出口并接起来,送到 RCS－931AMS 的远传 1 接口,运用该通道实现远方跳闸功能。

(2)二普一线 2#保护装置,如图 2 所示,过压远跳装置 SSR530 的过压远跳出口与 5043、5044 断路器失灵保护和二普一线的 T 区差动远跳出口并接起来,送到 GXC－01 光纤信号传输装置内,采用 D 命令的方式,将远跳信号通过复用光纤通道传输到对侧。

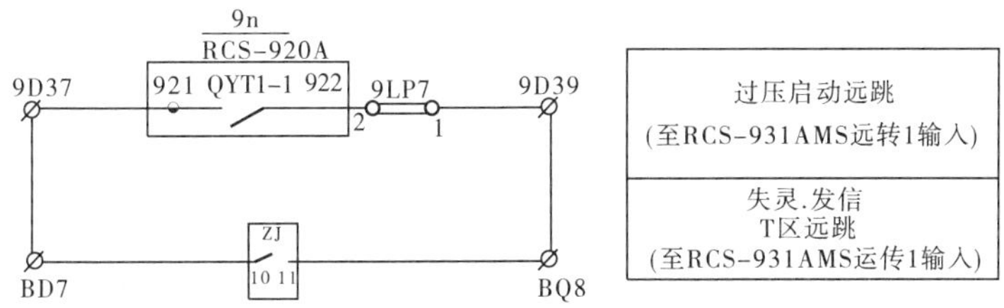


图1　二普一线1#保护装置远跳原理图

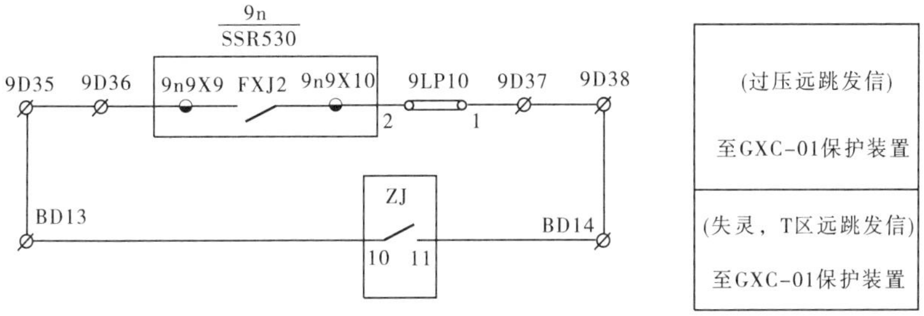


图2　二普一线2#保护装置远跳原理图

## 4.4　改造后的保护系统调试

### 4.4.1　各装置单体调试

现场安装完成后，完成了各回路的绝缘测试、交流电流电压内外回路的直阻测试，结果均满足相关规程规范的要求。对各保护装置进行了单体调试，进行了开入回路的开入检查，开入显示均一一对应，结果正确；进行了模拟量通道的采样检查，采样精度均满足规范要求；完成各保护装置的整组试验，对功能逻辑进行了校验，各功能均能实现，逻辑正确，且动作时间符合要求；完成了带开关的联动试验，动作一一对应，验证了跳闸回路的正确性。

### 4.4.2　光纤通道测试及保护装置联调

进行了光纤通道测试，根据省调的分配，每次试验时关掉两侧其他不试验的光纤通道保护，保证通道连接的正确。分别检查每侧的光发送功率及光接收功率，光发功率要求不低于 -15 db，装置出厂光发功率一般在 -6 ~ -15 db，如果小于 -15 db，就要检查光纤差动板子内部接头连接是否可靠、是否有灰尘等情况。通道不同方向路径的光功率衰耗差为不得大于3 db。测试结果如表3所示。

表3　光纤通道测试结果

| 线路名称 | 光发功率(db) | 光收功率(db) | 通道衰耗(db) | 结论 |
|---|---|---|---|---|
| 二普一线1#保护用光纤通道 | -7.6 | -14.7 | 1.52 | 正常 |
| 二普一线2#保护用光纤通道 | -12.9 | -22.1 | 1.20 | 正常 |

光纤通道测试满足要求后，按照调试大纲要求，对二普一线两侧保护装置进行了系统联调。对主保护功能进行了系统验证，结果均正确动作，差动保护装置进行了两侧电流量的采样检查，采样精度满足要求，纵联保护收发信通道良好可靠。模拟了远跳功能，保护装置均能正确收发远跳信号，动作结果正确。

通过以上试验调试，确保了二普一线改造后的各保护装置的软硬件均合格，满足规范要求；光纤通道连接正常，各数据传输正确。

## 5 差动保护运行分析

理论上基于基尔霍夫电流定律电流差动保护原理简单可行，得到了广泛的应用，虽在实际运行中仍存在着一些问题，但保护装置生产厂家都已采取了相应的措施。本文以南瑞的 RCS－931AMS 保护装置为例，就差动保护运行中的几个常见问题及对应的解决方法进行了分析。

### 5.1 TA 断线

TA 二次回路随时都有可能出现断线的情况，造成 TA 断线，此时装置采样到的两侧电流不平衡存在差流，可能导致差动保护误动作。就 RCS－931AMS 保护装置而言，差动保护要发跳闸命令必须满足如下条件：①本侧起动元件起动；②本侧差动继电器动作；③收到对侧“差动动作”的允许信号。这样当一侧 TA 断线，由于电流有突变或者有“零序电流”，起动元件可能起动，差动继电器也可能动作，但对侧没有断线，起动元件没有起动，不能向本侧发“差动动作”的允许信号。保护向对侧发“差动动作”的允许信号条件为：保护启动及差动元件动作，所以本侧不误动。TA 断线时发生故障或系统扰动导致起动元件动作，若控制字“TA 断线闭锁差动”整定为“1”，则闭锁电流差动保护；若控制字“TA 断线闭锁差动”整定为“0”，且该相差流大于“TA 断线差流定值”（整定值），则开放电流差动保护。

### 5.2 TA 饱和

在区外发生严重故障时，短路电流很大，有可能造成 TA 暂态饱和，使得电流二次值与一次值的误差超出规定值范围，影响差动保护正确动作。RCS－931AMS 保护装置中采用了较高的制动系数和自适应浮动制动门槛，从而保证了在较严重的饱和情况下不会误动。

### 5.3 当线路一侧断路器三相断开状态下线路发生短路

线路一侧断路器处于三相跳闸状态下线路上发生短路，该侧所有起动元件都不会起动，故而该侧无法向对侧发允许信号，导致对侧电流纵差保护拒动。为此 RCS－931AMS 保护装置采取当三相 TWJ＝1 且无电流时，差动元件动作可向对侧发允许信号的措施，这样当线路上发生短路时，对侧电流纵差保护就可以动作。

### 5.4 电容电流的影响

由于 500 kV 线路采用分裂导线，线路较长使得分布电容增大，产生电容。而电容电流的存在使得线路两端电流的测量值不再满足基尔霍夫定律，电容电流是从线路内部流出的电流，因此它构成动作电流。由于负荷电流是穿越性的电流，它只产生制动电流，所以在空载或轻载下电容电流最容易造成保护误动。RCS－931AMS 保护装置采取了提高差动启动电流定值或者进行电容电流补偿的方法保证了差动保护的可靠性。

### 5.5 两侧采样不同步

线路差动保护与主设备保护中用的纵差保护不同，线路差动保护两侧电流是由不同装置采样的，两侧电流采样时间不一致，使动作电流不是同一时刻的两侧电流的相量和，产生误差，这将加大区外故障时的不平衡电流。RCS－931AMS 保护装置使两侧采样同步，或进行相位补偿，采用小步幅调整采样周期达到采样同步。

## 6 结 语

电流差动保护和光纤通道在线路保护中的合理配置及应用，使得保护原理越发简单，但是极大地提高了保护的灵敏度和可靠性,有效地维护了电网的安全与稳定。二滩水电站二普一线线路保护改造至今运行稳定,动作可靠,为该条 500 kV 线路安全稳定的运行提供了夯实的保障。

## 参考文献


[1] 江苏电力公司. 继电保护原理及实用技术[M]. 北京:中国电力出版社,2006.

[2] 朱丽娟,吴宗熙,等. 500 kV 线路保护改造分析[J]. 电力系统保护与控制,2008,36(21):80-82.

[3] 南京南瑞继保电气有限公司. RCS-931 系列超高压线路成套保护装置技术和使用说明书[Z]. 2008.

[4] 国电南京自动化有限公司. PSL602(A. C. D)数字式线路保护技术说明书 V3. 1 [Z]. 2000.

[5] 陆路,陈雨,等. 光纤差动保护在 500 kV 线路保护中的应用[J]. 江苏电机工程,2009,28(2):52-54.

# 接地变二次电阻偏小的注入式定子接地保护解决方案

任保瑞　王思良

（雅砻江流域水电开发有限公司　四川　成都　610051）

**摘要**：注入式定子接地保护可为机组的在各种工况下的安全运行提供有力保障。分析了二滩水电站注入式定子接地保护的基本配置、测量原理和基本逻辑，结合发电机中性点接地方式及设备参数分析了接地变二次电阻对保护测量精度的影响，针对接地变压器二次电阻偏小的实际情况，从减少对发电机运行工况的影响和节约投资的角度出发，采用了加装隔离变压器提高保护测量精度的方案，理论分析和现场试验数据验证了解决方案的可行性和有效性。该方案为同类型机组的保护配置提供了有力参考。

**关键词**：中性点接地方式　注入式定子接地保护　接地变压器　二次电阻　隔离变压器

## 1　引　言

发电机定子绕组单相接地故障可导致定子铁芯烧伤，甚至扩大为匝间短路或相间短路，从而对发电机造成严重损伤。大型发电机均要求配置定子单相接地保护，目前注入式定子接地保护在大型发电机上得到越来越多的应用。注入式定子接地保护可实现包括发电机中性点在内100%范围的定子绕组接地保护，不受机组运行状况影响，并且可反映定子绕组绝缘的缓慢降低。

发电机中性点接地方式及设备参数对于保护灵敏度具有重要影响，二滩水电站大型水轮发电机中性点采用经接地变压器接地的运行方式。由于机组投产时考虑限制动态过电压等因素，发电机中性点接地变压器二次电阻较小，且定子绕组对地电容较大，而接地变二次电阻的大小对于保护测量精度具有显著影响。

针对二滩水电站发电机中性点接地变二次电阻偏小的情况，采用了加装隔离变压器以提高保护测量精度的解决方案。

## 2　注入式定子接地保护的配置

目前，注入式定子接地保护在大型机组中得到广泛应用，在发电机各种工况下均实现了定子绕组100%范围保护。二滩水电站保护改造中采用了RCS－985系列注入式定子接地保护装置。

### 2.1　装置组成

注入式定子接地保护由发变组保护装置及定子接地保护辅助电源装置组成。其中辅助电源装置由方波电源、滤波器以及分压器组成。

电源模块的作用是将输入电压经过整流输出直流电压，然后通过逆变桥输出对称的低频方波电压，其在开路状态下输出的低频方波电压幅值约为 25 V。

带通滤波器的作用是将方波信号整形滤波，输出低频正弦信号，带通滤波器内部阻抗约为 8 Ω。同时在发生定子接地时，带通滤波器可阻止工频电压对方波电源的冲击。

分压电阻的作用是根据接地变二次电压选择合适的抽头进行分压，其分压抽头选取原则：发电机在额定电压下运行，发生机端金属性接地时，分压后的电压约为 100 V。

### 2.2　注入式定子接地保护典型接线图

发电机注入式定子接地保护的接线方式与发电机中性点的接地方式相关，对于中性点经过接地变压器接地的发电机，注入式定子接地保护的典型现场接线情况之一如图 1 所示：

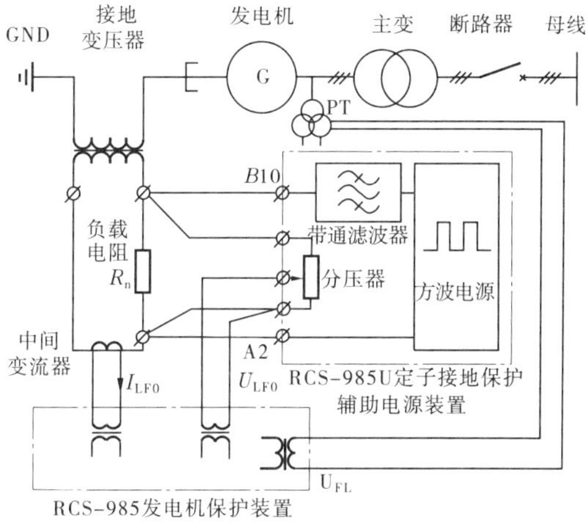


**图 1　注入式定子接地保护典型接线图**

## 3　注入式定子接地保护的原理

通过图 1 可以看出，发电机中性点接地变压器二次并接电阻 $R_n$，外加低频电源加在二次电阻 $R_n$ 上，通过接地变压器耦合至发电机。当发电机定子绕组发生接地故障时，保护装置通过测量的低频电压 $\dot{U}_{LF0}$ 和低频电流 $\dot{U}_{LF0}$，计算出接地电阻即可实现定子接地保护。实际应用中通常设置两个定值段，高定值作用于报警，实现绝缘状态实时监测，低定值作用于跳闸，保护定子绕组免受进一步损伤。注入式定子接地保护的主要判据是电阻判据，还有实现 80% ~90% 定子绕组保护范围的辅助电流判据。

### 3.1　接地电阻测量原理

发电机注入式定子接地保护的等效电路如图 2 所示：

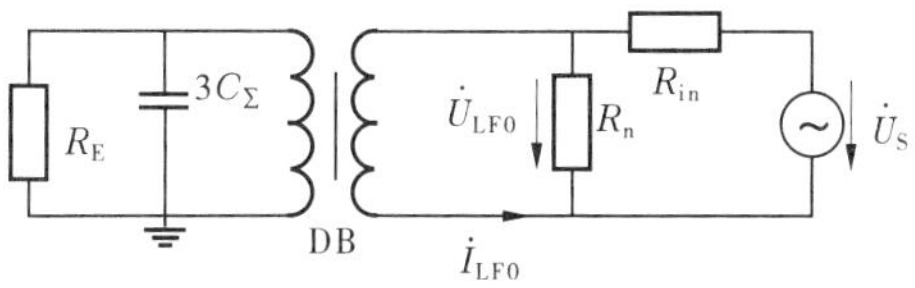


**图 2　定子单相接地保护等效电路图**

忽略接地变压器参数的影响,考虑接地变压器为理想变压器,则图 2 电路图可简化为图 3所示电路图:

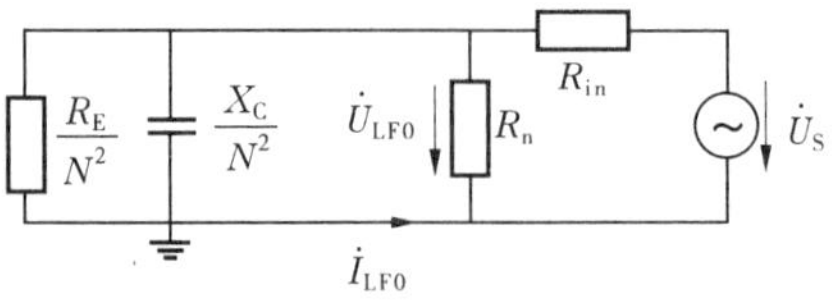


**图 3　定子单相接地保护简化电路图**

通过图 3 可以看出,装置通过检测注入的低频电压和电流信号,利用导纳法可准确计算出接地故障时的二次侧电阻,然后根据接地变变比即可准确计算出接地故障点的过渡电阻,从而根据电阻判据实现注入式定子接地保护。

接地变二次侧电阻性分量的表达式如式(1)所示,式中各量为滤除基波和三次谐波之后的注入低频分量。

$$R_{E.sec} = \frac{1}{\mathrm{Re}\left[\frac{\dot{I}_{LF0}}{\dot{U}_{LF0}}\right]} \tag{1}$$

## 3.2　电阻判据

接地电阻判据根据发电机定子绕组发生接地时其接地电阻的大小,设有报警段和跳闸段两段定值,其中高定值段用于报警,低定值段用于延时跳闸,各段定值可分别设置其动作延时。

跳闸段的低定值判据为:

$$R_E < R_{E\cdot SET\cdot L} \tag{2}$$

报警段的高定值判据为:

$$R_E < R_{E\cdot SET\cdot H} \tag{3}$$

通过上述判据可以看出,注入式定子接地保护电阻判据跳闸出口逻辑如图 4 所示:

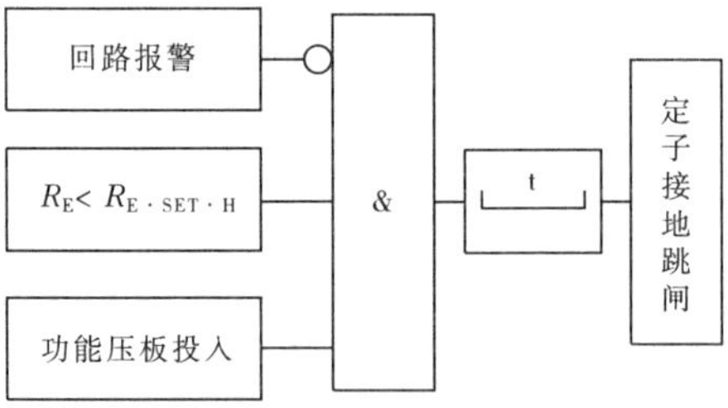


**图 4　电阻判据跳闸出口逻辑图**

注入式定子接地保护电阻判据报警出口逻辑如图 5 所示。

## 3.3　电流判据

发电机在运行过程中,发电机靠近机端发生定子绕组接地故障时,则发电机中性点的基波零序电压将显著升高,流过接地变压器的基波零序电流也将显著升高。因此可设置辅助接地电流判据。该判据可以反映距机端 80% ~90% 范围的定子绕组单相接地故障。

RCS－985U 装置通过采集和计算流过接地变二次侧的基波零序电流,即可反应发电机

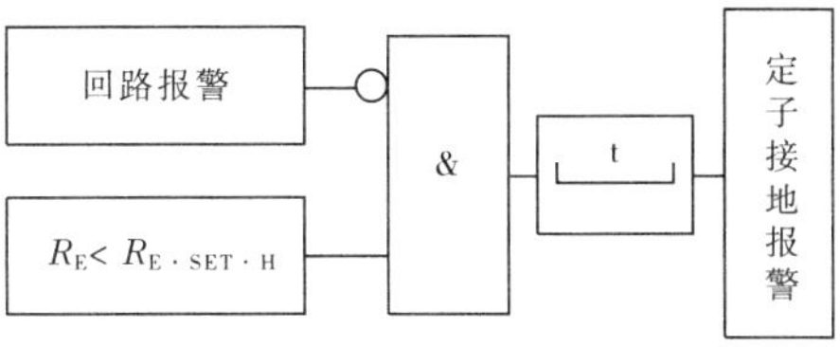


图 5　电阻判据报警逻辑图

定子接地电流的大小,从而判断发电机定子绕组接地故障,其动作方程如下式所示:

$$I_{G0} > I_{E\cdot SET}, U_0 > 5\ V \tag{4}$$

其中:$I_{G0}$为流过发电机接地变二次侧的零序电流;$I_{E\cdot SET}$为接地零序电流判据定值;$U_0$ 为机端开口三角绕组的零序电压。

注入式定子接地保护辅助电流判据的动作逻辑如图 6 所示:

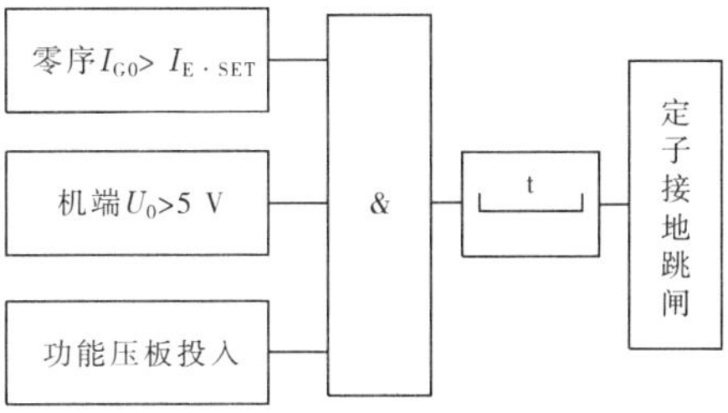


图 6　电流判据跳闸出口逻辑图

## 4　接地变二次电阻偏小的解决方案

二滩水电站发电机采用中性点经接地变接地的高阻接地方式。如图 1 所示,其注入式定子接地保护的外加低频电压信号从接地变的二次侧注入,保护装置通过测量分压电阻上的低频电压和中间变流器上的低频电流计算接地电阻。二滩水电站为防止定子绕组接地故障时产生过高的动态过电压,其接地变二次侧电阻 $R_n$ 的电阻很小,只有 0.099 5 Ω。

### 4.1　二次电阻偏小的影响

根据图 2 可知,由于外加电源及滤波器固有内阻的存在,在发电机正常运行时其接地变二次电阻上的分压很小,二次电阻的大小将影响接地电阻的测量精度,甚至使保护产生死区。根据保护装置的现场试验和应用经验,在接地变二次电阻大于 1 Ω 时,在如图 1 所示的配置和接线条件下其测量精度才满足要求。

根据图 3 可以得出:

$$\dot{U}_{LF0} = \frac{\dot{U}_s X' R_n}{R_{in} X' + R_{in} R_n + X' \times R_n} \tag{5}$$

其中:$X' = \dfrac{R_E \times X_C}{R_E + X_C} \times \left(\dfrac{1}{N}\right)^2 \quad X'' = \dfrac{X' \times R_n}{X' + R_n}$

通过式(5)看出,二次电阻 $R_n$ 的大小直接影响保护装置对 $\dot{U}_{LF0}$ 及 $\dot{I}_{LF0}$ 的采样值和保护的测量精度。如果 $R_n$ 偏小,就会造成保护装置 $\dot{U}_{LF0}$ 采样值偏小,从而造成保护装置测量精度偏低。

### 4.2 二次电阻偏小的解决方案

根据式(5)可以看出，增加其分压电阻 $R_n$ 大小是提高保护装置信号输入强度的关键，而由于受过电压限制，接地变二次电阻值增大将增加发电机过电压的危险性，因此可采用加装隔离变压器的方案提高其分压电阻，从而提高保护装置的测量精度。该解决方案的接线示意图见图7。

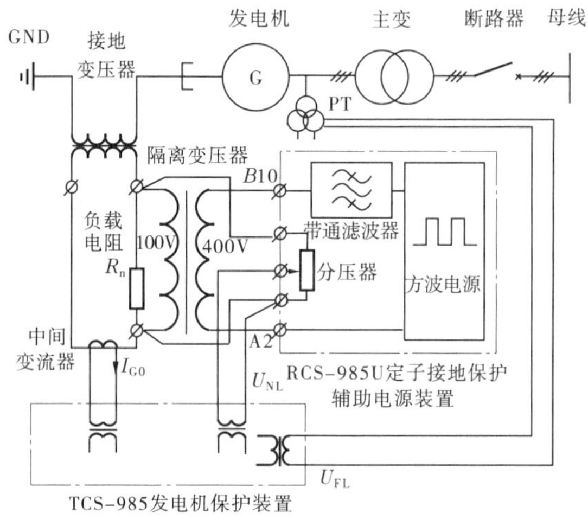


**图7 增加一级隔离变接线示意图**

如图6和式(5)所示，通过加装隔离变压器，相当于将二次电阻 $R_n$ 增大16倍，所以相当于 $\dot{U}_{LF0}$ 增大4倍，同时 $\dot{I}_{LF0}$ 增大4倍。有效的改善电源工作条件，提高注入低频信号的强度，从而保障保护装置的测量精度。

## 5 现场试验分析

注入式定子接地保护的测量精度受现场设备实际参数影响较大，而准确获得全部影响接地电阻测量精度的参数存在一定困难，因此必须做好现场试验调试工作，模拟现场一次设备的实际运行情况合理确定保护定值，从而确保注入式定子接地保护的测量精度。

二滩水电站对全部6台机组在静态条件下进行了200～20 kΩ接地电阻测试，接地电阻试验精度满足设备安全运行要求。并且在发电机30% $U_N$ 空载运行工况下，在发电机中性点处模拟接地故障，保护正确启动，保护启动时的测量数据和波形如图8所示，接地电阻测量精度满足要求。

## 6 总　结

针对二滩水电站发电机中性点接地变二次电阻偏小的情况，采用了加装隔离变压器以提高保护测量精度的解决方案，通过加装隔离变压器可提高保护装置测量信号的强度，以此提高保护装置的测量精度，理论分析和现场试验证明了该解决方案的可行性和有效性。为同类型机组注入式定子接地保护的应用提供了有力的借鉴经验。

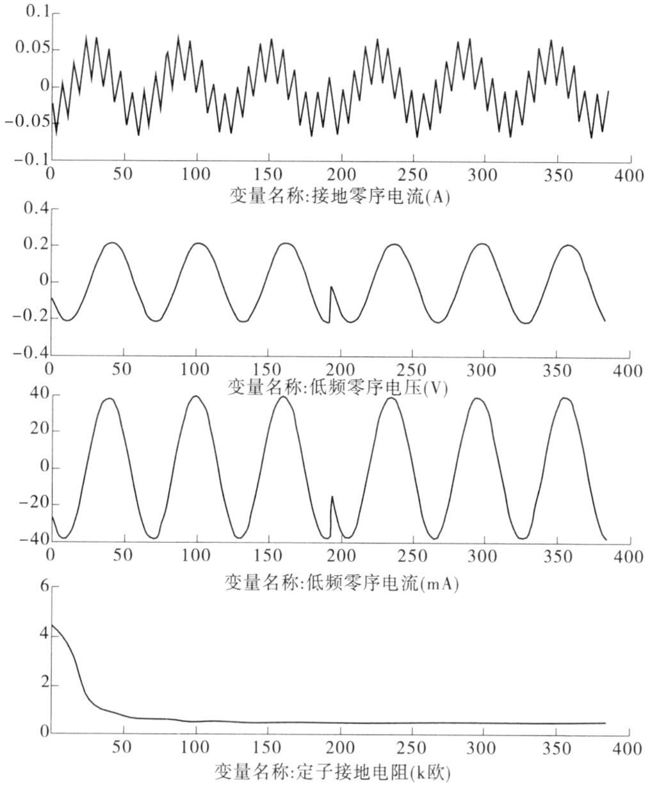


**图 8　在 30% Un 下经 0.5 kΩ 电阻接地录波图**

## 参考文献

[1] 王增平,刘亚东,苏毅,等.注入式定子接地保护接地变压器参数影响及改进方案[J].电力系统自动化,2013,37(13):115-119.

[2] 伍利,彭金宁,姚李孝,等.大型发电机注入式定子接地保护调试与整定[J].中国电力,2013 (9):96-99.

[3] 梁少华,申建彬,张杰,等.发电机注入式定子接地保护方案改造及现场应用[J].江苏电机工程,2013 (1):42-44.

[4] 张琦雪,席康庆,陈佳胜,等.大型注入式定子接地保护的现场应用及分析[J].电力系统自动化,2007,31(11): 107-111.

# 水轮机调速器测频单元硬件配置及软件逻辑设计探讨

王秀梅　蒲华东　吴建荣

（雅砻江流域水电开发有限公司　四川　成都　610051）

**摘要：**频率是调速器控制系统非常重要的技术指标，如果频率测量不准确、不稳定、不能反映机组的实时性，不但直接影响调速器的调节品质，还会导致负荷波动、溜负荷等现象的发生，对电力系统和电站的安全稳定运行极其不利。基于测频的重要性，故测频单元的硬件选型、波形整形板设计、软件的逻辑设计都十分重要。

**关键词：**调速器　测频　PLC　波形整形板　软件　故障

## 1　概　况

水轮机调速器的工作原理基本上是将转速信号（机组频率）与电网频率（给定频率）进行对比，根据其差值给予电液转换器一个操作接力器开或关的信号（命令）来控制水轮机过水流量从而调节水轮机转速的作用。即水轮机调节实质根据偏离额定值的转速差信号，调整水轮机的导水机构和轮叶机构，维持水轮机组出力与负荷功率的平衡，使机组频率保持在额定 50 Hz 附近的允许范围内。

水轮机调速器的基本作用：

（1）能自动调节水轮发电机组的转速，使其保持在额定转速允许偏差内运转，以满足电网对频率的要求；

（2）能使水轮发电机组自动或手动快速启动、正常停机、紧急停机，以满足电网负荷的增减需要；

（3）当水轮发电机组在电力系统中并列运行时，调速器能自动承担预定的负荷分配，使各机组能实现经济运行。

水轮机调速器系统工作过程为，机组的转速、功率、水头、流量等参数经测量元件反馈到系统与期望信号计算出偏差量，后经放大校正元件送控制执行机构，执行机构操作水轮机导水机构的导水叶和桨叶机构。同时将反馈信号送到控制系统进行计算、比较送到信号综合处理，再执行以上过程。

## 2　频率测量单元

水轮机组并入电网运行，当机组频率发生变化时，机组自身出力也会随之变化，且变化的方向是抑制频率的变化。例如，系统频率增大时，额定频率下开度反调使负荷减少，从而阻止频率的进一步增大；频率减小时，额定频率下开度正调使负荷增加，从而阻止频率的进一步减小。从而可以看出频率是调速器控制系统非常重要的技术指标，如果频率测量不准确、不稳定、不能反映出实时性，不但直接影响调速器的调节品质还会导致负荷波动、溜负荷等现象的发生，对电力系统和电站的安全稳定运行极其不利。

基于测频的重要性，调速器测频单元一般采用齿盘和残压两种测频方式。齿盘和残压测量的频率信号均传送至工作和备用的调速器 PLC 进行计数和数字运算，最终得出精确的机组频率值。设计中为了测频单元更加安全可靠，需将齿盘频率和残压频率信号互为备用，当其中一种测频方式故障时，自动切换到另外一种测频方式，这样不影响机组的安全运行。

## 3　测频元件的选择和波形整形板的设计

为了得到测频高精度、高分辨率、实时性、稳定性、准确的频率值，在 PLC 选型和波形整形板的设计上都很重要。PLC 必须选用最高配的计数模块，便可兼顾高测频分辨率和高采样周期（目前高速计模块有 4 M、8 M 计数器）。

无论是齿盘测频还是残压测频，为了得到理想的频率值，必须对采集的信号进行隔离、滤波、放大后才能输入到 PLC 高速计数模块中。对于残压测频还需进行信号转换，因为残压信号经隔离降压后变为 5 V 同频率的信号，但此信号仍是交流正弦波模拟信号，PLC 无法识别，必须转换为 1、0 的数字信号。

一般情况测频波形整形板的设计包括滤波、整形、开关电路、计数、分频等部分。详细如下：

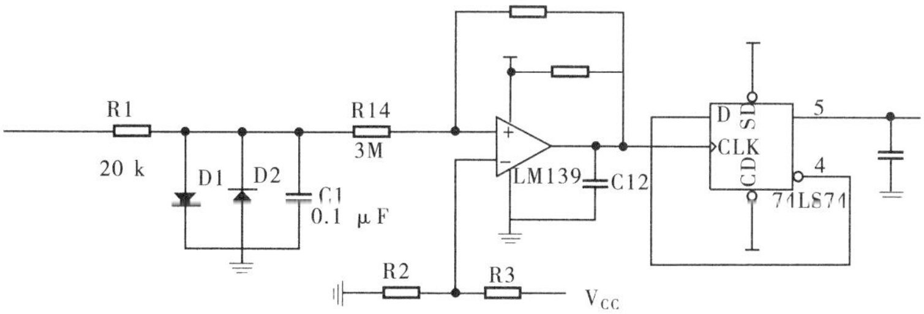


**图 1　滤波电路**

R1 和 R14 两个电阻起限流作用，保护两个二极管 D1、D2，这两个二极管起稳压作用，输出电压在 ±0.7V 左右。电容 C12 起滤波作用，使输出电压更平滑、稳定。LM139 是正反馈电路，并起到整形作用，其输出端输出的是正电压，进而提供给下一级的计数器做脉冲信号。74LS74 里面是 D 触发器，用其构成的计数器，上升沿触发翻转，当 CLK 端信号从 0 至 1 时，记一个数。

这个是由 RS 触发器构成的开关电路。04 是非门，00 是与非门。S1 为置“1”控制端，S2 为置“0”控制端，低电平有效。也就是说当 S1 为 0，S2 为 1 时，输出端 EN3 为 1，当 S2 为 0，S1 为 1 时，输出端 EN3 为 0。作为下一级电路的开关控制。

电容滤波电路，直流电压更平滑。针对不同频率干扰波采用 7 次滤波或者更多次滤波。

晶振电路产生固定频率的脉冲信号，一般频率比较高。后者为分频电路，这样就可得到频率较低时的脉冲信号，送到计数器的信号输入端（CLK）。

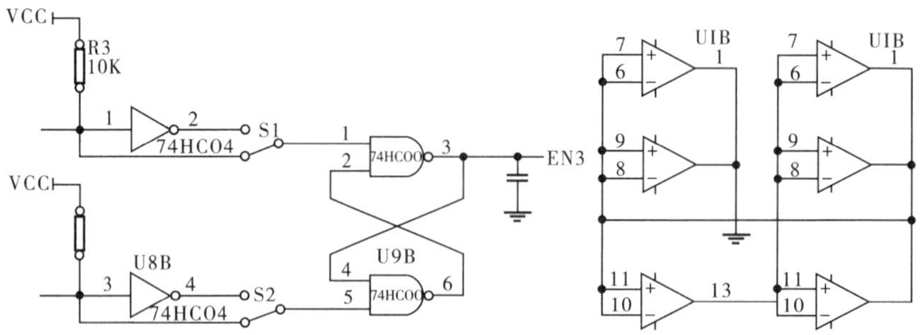


图 2　开关电路

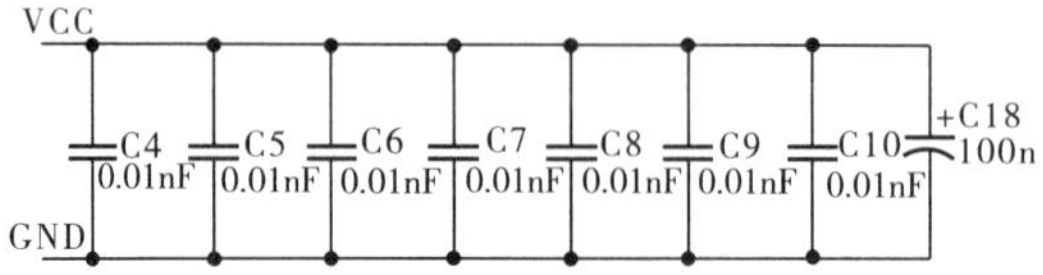


图 3　滤波电路

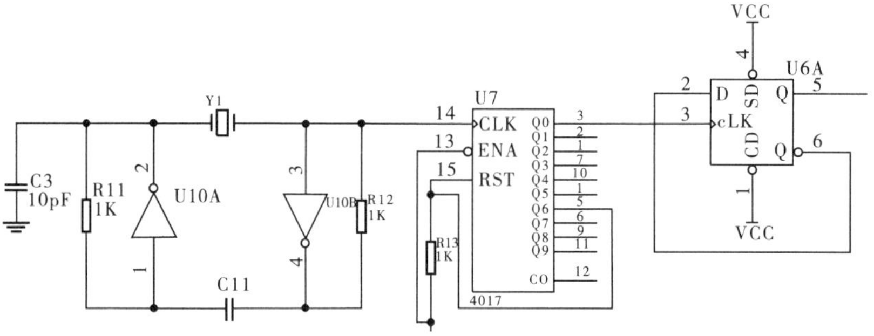


图 4　晶振和分频电路

## 4　齿盘测频的硬、软件设计

齿盘测频具有测量精度高、实时性强等特点，一般情况下，机组频率在 0.23 Hz 左右，齿盘能稳定的测量出频率值，所以当机组在低转速时，采用齿盘测频作为机组主要测频方式。

为了消除齿盘加工精度等引起的测量误差，以满足水轮机组控制对测速精度和实时性方面的要求，在大轴两侧即 180°相对安装两个霍尔开关，在已知两个霍尔开关之间安装距离的前提下，测量大轴转动时，大轴上的磁极通过两个霍尔开关的时间，来计算机组转速，即频率。

如果调速器控制系统是双冗余配置，每套调速器控制系统均配置由两个霍尔开关组成齿盘测频单元。这样，如果主用调速器的齿盘测频故障，可以通过通讯选择备用的齿盘测频值，使调速器系统继续稳定工作。

齿盘测速通道送到 PLC 高速计数器模块，通过类型转换模块将 16 位字节转换成 32 位字节，计算和转换成程序需要的码值。

在程序设计中，为了保证机组频率测量值的正确性，首先将逐次采样的频率值进行 12（或多次）次平均，这样频率测量值更加准确和稳定。另外应对频率故障闭锁环节做相应处理，即当电气开限大于 2% 开度且齿盘测频又无频率信号时，直接输出齿盘频率为 0 Hz。程序中为了避免测量值异常输出，对频率处理环节做了偏差锁定控制，即当齿盘单次频率值与齿盘12次平均值的比较差值在±0.5 Hz之间,选择齿盘12次平均值的频率值输出;如差值在±0.5 Hz之外,则选择单次频率值作为最终频率输出。

## 5　残压测频的硬、软件设计

交流电在1 s内完成周期性变化的次数叫做频率。残压测频就是把感应出微弱电压的正弦波率成方波后,程序通过方波脉冲个数而得出残压测量频率。残压测频信号取自发电机出口侧PT的线电压,电压范围是0.3～150 V,频率测量范围是一般10～90 Hz。

如果调速器控制系统采用双冗余配置,每套调速器均配置一套残压测频单元。如果主用调速器的残压测频故障,可以通过通讯方式选择备套系统的残压测频值,进行无扰动切换,使调速器控制系统继续稳定工作。

机组残压测频值是通过采样、计数及数字运算得出机组频率值。为了防止残压测频值在瞬间发生跳变,在软件上采取分段滤波方式进行处理。一般情况下可以分为三段滤波:即±0.05 Hz、±0.2 Hz、±0.8 Hz。测频程序设计时,采用频率实测值与滤波后的频率值进行实时比较,当两者差值在第一个滤波区段之内,可直接将实测值输出作为残压测频值;当两者之差超出第一滤波区段但在第二区段范围内时,程序将延时50 ms后,再将实测值输出作为残压测频值;如果两者之差值继续增大超出第二滤波区段但在在第二区段范围内时,那么程序将延时0.1 s后,将实测值输出去作为残压测频值;同理,如果两者之差值继续增加超过第三区段,程序将延时增加至0.3 s,再将实测值输出去作为残压测频值。其处理办法是将受干扰的不稳定的频率,以分段频差加时间延时方法实现分段滤波将其过滤掉。

## 6　故障时残压、齿盘切换设计

齿盘和残压故障均有两种判断方式:一种是断线故障,即频率值测量不到,这种故障称之永久性故障;另外一种是可以测到频率值,但测量的数值不正确、数值不稳定或不间断发生跳变,这种故障称之为间断性故障。

一般在程序设计时,对永久故障都进行处理。但对间断性故障,由于发生的几率小,没对其进行判断及处理。此时如果测频发生间断性故障,会导致单台机组将所带负荷瞬间全部溜掉、励磁电压上升越限、无功反馈故障等现象,直接影响电厂安全运行。

为了解决测频单元发生间断故障不影响机组频率,在程序设计中可以将调速器测频逻辑采用三选二的方式来提高测频的可靠性。机组正常运行时,主用PLC的残压测频值和齿盘测频值进行实时比较,如果两者差值超过0.2 Hz时,此时主用PLC的残压、齿盘测频值都无故障且通讯正常情况下,主用的残压、齿盘测频值将分别与备用PLC频率值进行比较,选择两者偏差值小的输出作为机组频率。

目前,调速器控制系统大多采用冗余配置,即每套调速器控制系统都有一套齿盘和残压测频。为了保证频率单元的安全可靠,在程序设计中可以考虑四个测频值互为备用。即机组正常运行时,当主用PLC残压测频值故障,选用主用PLC的齿盘测频值作为机组频率;如果主用PLC齿盘测频故障,还是选择主用PLC的残压测频值,但送备用PLC的频率信号则由齿盘频率变为残压频率;当主用残压和齿盘测频同时故障,并且主用PLC和备用PLC之间通讯正常,此时选择备用的残压测频值作为机组频率;如果是主用和备用PLC的残压和齿盘测频均故障,主用PLC和备用PLC之间通讯正常,程序设计输出0Hz作为机组频率;如果当主用 PLC 残压和齿盘测频同时故障时，且两套 PLC 由于通讯故障无法采集备用 PLC 频率值的情况下，程序则选择输出 50 Hz 作为机组频率。

## 参考文献

[1] 潘熙和，严国强，等. 水轮机微机调速器测频方式与方法的探讨[J]. 水力发电，2009，35(8).

[2] 魏守平，伍永刚，等. 水轮机调速器与电网负荷频率控制(二)电网负荷频率控制仿真研究[J]. 水电自动化与大坝监测，2006，30(1).

# 某大型水电站机组励磁系统非线性电阻烧伤处理分析

徐　亮　纪可可　莫　瑶

（雅砻江流域水电开发有限公司二滩水力发电厂　四川　攀枝花　617000）

**摘要**：灭磁系统在机组事故停机时将转子的能量转移到灭磁电阻上，灭磁电阻在短时间内要承受巨大的能量，因此灭磁电阻的选择对灭磁系统性能的优劣有重大影响。灭磁电阻容量选择不足或灭磁电阻特性有缺陷时，势必对机组的安全运行产生隐患。下面通过分析国内某电站 SiC 非线性灭磁电阻局部烧毁故障，以及灭磁电阻的小电流温升试验，为同行提供借鉴意义。

**关键词**：灭磁电阻　非线性　故障　分析　试验

## 1　引　言

灭磁电阻，作为灭磁系统主要耗能原件，其容量的选择以及性能的优劣，对灭磁性能有直接影响。目前灭磁电阻主要有线性电阻以及非线性电阻，线性电阻由于其灭磁时间过长，已经很少用于大型发电机组。非线性电阻灭磁机理与线性电阻相似，但由于非线性电阻的压敏特性，在相同的转子允许电压下，能够以更快的速度进行灭磁。目前，在大型发电机组，采用最多的是非线性电阻灭磁。使用最多的非线性电阻主要是 ZnO 和 SiC。非线性电阻的伏安特性可以表示为：$U = CI^{\beta}$，其中，$C$ 为电压常数，$\beta$ 为非线性系数。$C$ 的大小可以通过其非线性电阻的连接方式改变，$\beta$ 值的大小就决定了非线性电阻的特性。通常情况下，$\beta$ 值越小，电阻的非线性就越好，但是非线性系数太小会对灭磁电阻的均流产生影响，因此在选择非线性电阻时，尽量选择非线性系数接近的阀片是比较科学的方法。另外，ZnO 电阻击穿后的故障类型为短路，而 SiC 电阻击穿后的故障类型为开路，两种非线性电阻的故障类型也不同。

## 2　SiC 非线性灭磁电阻烧伤原因分析

某大型水电站 6#机组励磁系统 SiC 非线性灭磁电阻采用英国 M&I 公司生产的 METROSIL 系列 600 - A/US16/P/S6298. 1000KJ 型 SiC 非线性电阻。6#机励磁系统 A 修中，在元器件外观检查发现：6#机励磁系统灭磁开关柜内的非线性灭磁电阻 3A、3B 有电弧烧损痕迹现象，柜内其他元器件正常（如图 1 所示）。

引起励磁系统 SiC 非线性电阻元件故障损坏主要有两种方式：

（1）流过灭磁电阻的电流超过额定电流值；

（2）灭磁电阻吸收的灭磁能量超过规定灭磁容量值。

对于 SiC 非线性电阻在灭磁时以其温升决定元件的灭磁容量的，元件的温度不超过 160

图1 某大型水电站励磁系统非线性灭磁电阻电弧烧痕现场图

℃时,灭磁电阻的运行是安全的。如果由于某种原因,使得运行中的灭磁电阻元件的灭磁电流或灭磁容量超过其极限值,则电阻片可能引起故障,并以“电流击穿”形式,使支路中有一片电阻片被击穿,并在击穿元件处引起电弧,瞬时引起类似短路情况。如果流过故障点能量较大,其后故障电阻片会裂成碎片,最终导致回路开路,此故障过程并不影响到仍处于正常状态下其他并联支路电阻片正常运行。如果发生这种故障状态,M&I 公司建议应将发生故障的并联支路整组电阻元件予以更换[1]。Metrosil SiC 非线性电阻温度的增加与灭磁能量注入速度无关[2]。

某大型水电站目前1#~6#机组的 SIC 非线性灭磁电阻配置为灭磁电阻 HIER464797,每只能容1MJ,连接为4并2串,总容量为8 MJ,理论计算得到:①发生机端三相短路灭磁时,转子电流初始值为6 571 A,转子电流从初始值的100%降到10%所用时间为2.6 s,期间的灭磁容量为5 943.4 kJ;②发生空载强励灭磁时,转子电流初始值为5 800 A,转子电流从初始值的100%降到10%所用时间为4.0 s,期间的灭磁容量为7 665 kJ。此配置方案满足电站的稳定运行。

在2012年7月24日19时45分6#机组运行期间,发生过1#安控装置动作切3F、6F。

当时 CCS 事件记录:“GIS1#、2#录波装置启动;1#安稳装置动作;GIS 保护退 AGC 发生;二普二线、二榄一线、二石二线电压 Uab 上限1 545 kV;1#、2#安稳装置异常;6#机励磁电压上限1 450 V、上限2 500 V”;切6F 过程中可能发生励磁正向过电压(超过6#机励磁系统 BOD 动作值2 072 V)。机组异常时,灭磁电阻中通过了很大的灭磁电流,从而导致6#机励磁系统非线性电阻过流烧伤。但是,根据所取 IMS 数据分析图,发现期间励磁电压最大值为520 V(IMS 数据采样值周期为5 s),未超过6#机励磁系统 BOD 动作值2 072 V。同时,监控事件中没有“跨接器 动作”信号,故暂时排除此种情况。

2012年3月31日10时17分6#机组2012年度C修结束进行开机试验时,保护在机组空载时动作停机(相当于机组空载灭磁)。

6#机组在2012年度C修完开机试验时,机组远方起励,机端电压上升到额定值(18.34 kV)时,机组处于空载状态,励磁电压为290.426 V,励磁电流为1 597 A。保护动作停机,跳 FCB 灭磁。机组异常时,灭磁电阻中通过了很大的灭磁电流。根据所取 IMS 和故障录波数据分析图,发现期间励磁电流最大值为1 478 A(IMS 数据采样值周期为5 s),同时监控事件中有“跨接器 动作”与“跨接器 复归”信号。在2007年01月21日6#机做过空载灭磁试验,此组 SIC 非线性灭磁电阻已验证可承受1 560 A 电流。

从以上分析以及数据可以看出,该水电站灭磁电阻能容满足灭磁需要,机组切机以及跳机时励磁电压并没有到达 BOD 导通所需电压值,期间也并没有励磁过压报警信号,因此励磁过压造成灭磁电阻局部烧损可能性较小。但是当机组切机以及事故跳机时，此时灭磁方式为事故灭磁，灭磁电阻通过 K1、K2 继电器接入，与可控硅以及转子形成闭合回路，灭磁电阻有电流流过。所以造成该现象的原因是，被局部烧损的两串灭磁电阻均流效果较差，当有电流流过该灭磁电阻时，局部阀片承受了大量的电流并超过单片所能承受的电流值，短时间内造成其过热飞弧烧伤。

## 3　SiC 非线性灭磁电阻故障处理及试验

### 3.1　SiC 非线性灭磁电阻更换处理

现场更换 6#机组励磁系统烧伤的 SiC 非线性灭磁电阻，灭磁电阻安装符合工艺要求。更换方案为：保留右串中的 3C、3D，在备品中选取两组通过过流试验，温升均匀的非线性灭磁电阻，来更换原系统有烧痕的 3A、3B。

### 3.2　SiC 非线性灭磁电阻整串静态加压试验

（1）试验方法：将已烧损的 SiC 电阻串联 7 Ω 滑动变阻器，接入接触式单相调压器（0 ~ 220VAC），试验接线图如图 2。用红外成像仪谱阀片的温度，观察已更换的 SiC 电阻温度变化。判阀片短路、开路温升情况，计算温升情况[3]。

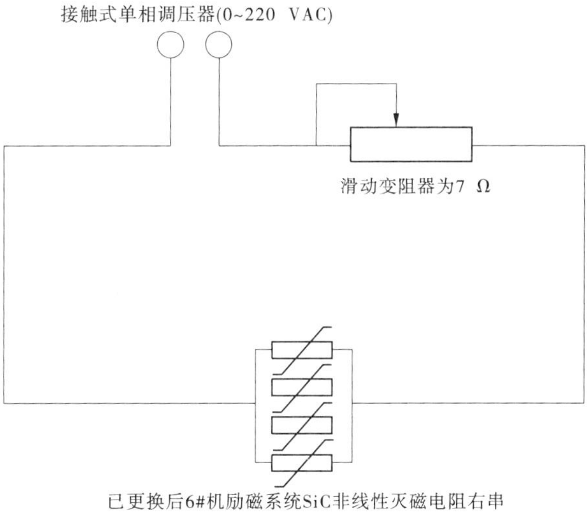


**图 2　SiC 非线性灭磁电阻整串静态加压试验接线图**

（2）试验数据记录见表 1。

**表 1　6#机励磁系统 SiC 非线性灭磁电阻静态加压试验温度记录表**

| 加电压(VAC) | 电流(mA) | 右串 SiC 实时电阻值(Ω) | SiC 阀片温度(℃) | SiC 阀片温升(K) |
|---|---|---|---|---|
| 0 | 0 | 55.66 | 26 | 0 |
| 5 | 102 | 42.1 | 26 | 0 |
| 10 | 292 | 27.2 | 27 | 1 |
| 20 | 761 | 19.3 | 27 | 1 |
| 30 | 1 320 | 15.7 | 28 | 2 |

续表 1

| 加电压(VAC) | 电流(mA) | 右串 SiC 实时电阻值(Ω) | SiC 阀片温度(℃) | SiC 阀片温升(K) |
|---|---|---|---|---|
| 50 | 2 910 | 10.2 | 28 | 2 |
| 70 | 4 700 | 7.9 | 29 | 3 |
| 100 | 7 630 | 6.1 | 29 | 3 |
| 130 | 10 786 | 5.1 | 35 | 9 |
| 150 | 12 929 | 4.6 | 40 | 14 |

(3)试验红外成像仪谱阀片见图 3。

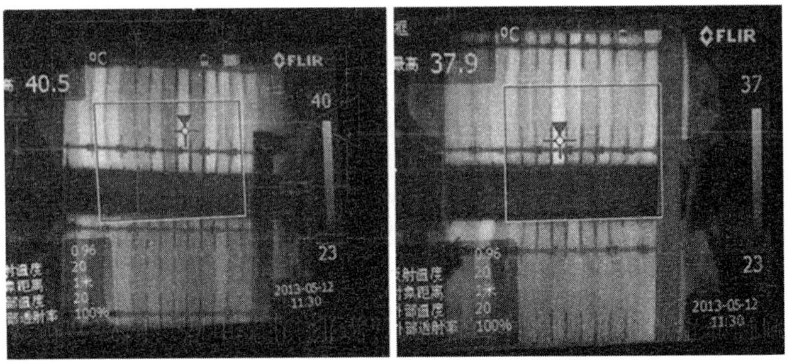


图 3　SiC 非线性灭磁电阻右串(4A、4B、4C、4D)

(4)试验结论:此组 SiC 非线性灭磁电阻无短路和开路现象。

### 3.3　SiC 非线性灭磁电阻温升试验

(1)在机端额定电流 100% In 时,模拟保护跳闸跳开灭磁开关:检查灭磁情况是否正常,检查灭磁电阻温升情况,录制发电机在额定电流时灭磁过程的示波图。如下图 4:得到 6#机灭磁时间为 0.8 s。使用红外测温仪测量试验前后温度:试验前温度 27.1 ℃,试验后温度 31.5 ℃。

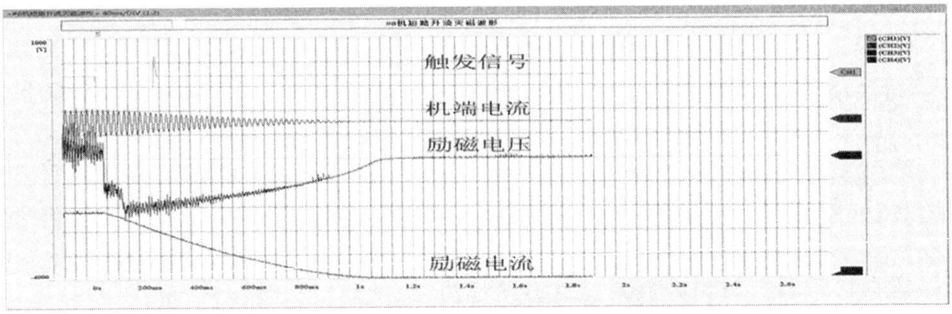


图 4　机端额定电流 100% In 时灭磁特性曲线图

(2)在机端额定电压 50% Un 时,模拟保护跳闸跳开灭磁开关:检查的灭弧情况,检查灭磁电阻温升情况并录制灭磁过程示波图。根据录波图得到 6#机灭磁时间为 1.75 s。使用红外测温仪测量试验前后温度:试验前温度 26.7 ℃,试验后温度 47.0 ℃。

(3)在机端额定电压100% Un时,模拟保护跳闸跳开灭磁开关:检查的灭弧情况,检查灭磁电阻温升情况并录制灭磁过程示波图。根据录波图得到6#机空载灭磁时间为2.75 s。使用红外测温仪测量试验前后温度:试验前温度27.2 ℃,试验后温度48.2 ℃。

(4)灭磁试验后,对灭磁电阻和灭磁开关进行全面检查,无烧损等异常现象。

## 4 结　论

灭磁装置在机组事故停机时将转子的能量转移到灭磁电阻上,灭磁电阻短时间内要承受巨大的能量,因此灭磁电阻的选择对灭磁系统性能的优劣有重大影响。灭磁电阻容量选择不足或灭磁电阻特性有缺陷时,势必对机组的安全运行产生隐患。目前国内大型机组使用较多的灭磁电阻为SiC非线性电阻,SiC非线性电阻以其良好的非线性特性,能在短时间内消耗转子中的能量,从而保护故障下的发电机组。机组正常停机时,采用逆变灭磁,灭磁电阻不参与灭磁,因此灭磁电阻在日常机组运行检修中,很难发现其性能缺陷。通过本文,我们可以进一步了解灭磁电阻的特性及相关试验项目,希望为同行提供借鉴意义。

**参考文献**

[1] Dr. Jeff Robertson. METROSIL® SIC非线性电阻在灭磁系统中的应用[C]//发电机励磁系统学术年会暨技术研讨会,2009.

[2] 李基成. METROSIL SIC非线性电阻的性能特征[J].水电厂自动化,2008.

[3] 陈新琪,竺士章,吴跨宇,等.大型发电机励磁系统碳化硅灭磁电阻特性试验研究[J].中国电力,2009.

# 二滩水电站中孔闸门控制系统改造

莫　瑶[1]　纪可可[1]　张　璇[2]　李甜甜[1]

(1. 雅砻江流域水电开发有限公司二滩水力发电厂　四川　攀枝花　617000；
2. 成都交大许继电气有限责任公司　四川　成都　611731)

**摘要：**二滩水电站中孔闸门是重要的防汛设备，在防洪度汛工作中起着非常重要的作用。原闸门控制系统投运已有 14 年，PLC 采用 20 世纪 90 年代的 MODICON A984－145，设备停产、元器件老化严重，给防汛工作带来了安全隐患，也无法满足我厂安全生产和无人值班的要求。因此立项改造，新系统采用性能更加稳定的施耐德的 Modicon TSX Premium 可编程控制器[1]，并对水封动作逻辑重新设计。改造后控制系统工作稳定。

**关键词：**闸门　水封　控制系统

## 1　改造背景

二滩水电站安装共安装有 6 台立轴式水轮发电机组，采用发变组单元接线，单机额定出力为 550 MW，总装机出力为 3 300 MW，水库库容 57.9 亿 $m^3$，属季调节水库，设计多年平均发电量 170 亿 kWh，保证出力 1 000 MW，年利用小时 5 162 h。

二滩水电站共有 6 台中孔闸门和与之对应的 6 套闸门控制系统，原中孔闸门控制系统元器件老化严重，备品备件购买困难，给闸门的稳定运行造成威胁，且原设计中关于闸门水封的撤压逻辑设计不合理，导致水封撤压成功率低。改造后的中孔闸门控制系统采用施耐德新型 PLC，并对闸门水封的撤压逻辑进行了重新设计。改造后的中孔闸门控制系统工作稳定，合理的闸门水封撤压逻辑能够使水封撤压正常进行。中孔闸门控制系统的稳定工作，也满足电站的无人值班要求。

## 2　二滩水电站中孔闸门简介

二滩水电站中孔闸门为单吊点弧形闸门，每台闸门配置一套液压泵站，两台电机互为备用。6 套闸门共用 2 台空压机，1 套真空泵系统，用于闸门的水封的撤压与充压。闸门在全关闭状态时，闸门的水封靠高位水池的水进行封堵，当水压到达 0.6 MPa 以上时，闸门水封系统即可被完全封堵。当水封系统故障或由于检修需要，可转至气封系统。中孔闸门改造投运以来稳定运行，改造前曾出现的提门带压磨水封的问题也已消除。

中孔闸门水封压力的建立与撤销由控制水封的各阀门完成，见图 1。其中 B 阀为排水阀、C 阀为进气阀、E 阀为进水阀。B 阀关闭，E 阀打开则水封处于建压密封状态，E 阀关闭，B 阀打开则水封处于撤压完成状态。

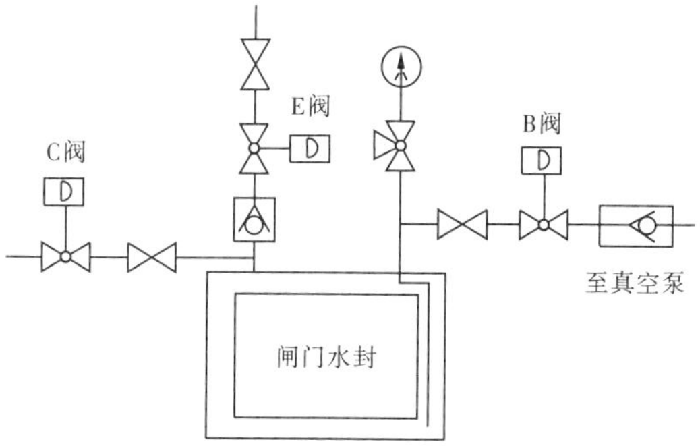


**图1 中孔闸门水封示意图**

## 3 改造后的中孔闸门控制系统组成及功能

改造后的中孔闸门系统采用施耐德 Modicon TSX Premium 可编程控制器,使用触摸屏显示闸门系统各项信息。同时去掉了原系统中开度仪,直接使用 PLC 模拟量模块对闸门开度值进行处理,以保证其可靠性。

中孔闸门控制系统的两路交流电源取自油泵电机三相电源其中的一相,两路 220VAC 电源各自输送到开关电源模块,开关电源 24VDC 的输出汇集到电源冗余模块中,形成对控制系统及其他自动化元器件的不间断供电。

电机启动采用软启动器控制,实现平滑启动,降低启动电流,避免启动过流跳闸。

作为控制系统的核心,PLC 采用了 24V 电源模块一块、CPU 模块一块,32 路 DI、DO 模块各一块,4 路 AI、AO 模块各一块及 SSI 模块一块。

闸门开度检测装置密封安装于液压缸上支撑端盖球面轴承与端部法兰之间,不锈钢钢丝绳通过自摆机构与活塞杆连接,当液压启闭机的液压缸活塞缸处于上限位时,钢丝绳缠绕在卷筒上,外伸时,钢丝绳随活塞杆移动被拉出,带动卷筒旋转,同时,与卷筒同轴安装的弹簧被卷紧在芯轴上而蓄力,当活塞杆收缩时,依靠弹簧的蓄力带动卷筒旋转,并使钢丝绳始终以张紧状态被回收卷绕在卷筒上。由于卷筒轴一端与旋转编码器相连,故旋转编码器与卷筒同步旋转,从而完成了从活塞杆伸缩的直线位移量到旋转编码器所产生的信号转换,并将该信号通过专用电缆发送至 PLC 的 SSI 模块中,通过 SSI 模块的计数功能,完成对开度值的检测[2]。

## 4 水封撤压逻辑的设计

闸门在开启过程中,首先将水封里的水排空,同时气阀动作,利用压缩空气将水封里的余水吹净,同时真空泵启动将水封抽真空,此时水封压力已接近 0 MPa,闸门具备开启条件。水封撤压逻辑如图 2 所示。

以闸门开启令开始,闸门控制系统将进水阀 E、进气阀 C 关闭,30 s 后,进水阀 E、进气阀 C 已完全关闭,并由 PLC 对阀门的反馈节点进行检测。之后开启排水阀 B,利用水封内的压力将水大部分排空,30 s 后,排水阀 B 已完全开启,此时进气阀 C 打开,利用压缩空气将水封的余水吹净,80 s 后,进气阀 C 关闭,60 s 后,启动中孔真空泵,对水封进行抽真空。10 s 后,水封压力已基本抽至真空状态,再经过 60 s,中孔闸门控制系统检测水封压力电接点判断水封是否达到真空状态,若达到真空状态(0.1 MPa 以下),则可以提门,若水封内压

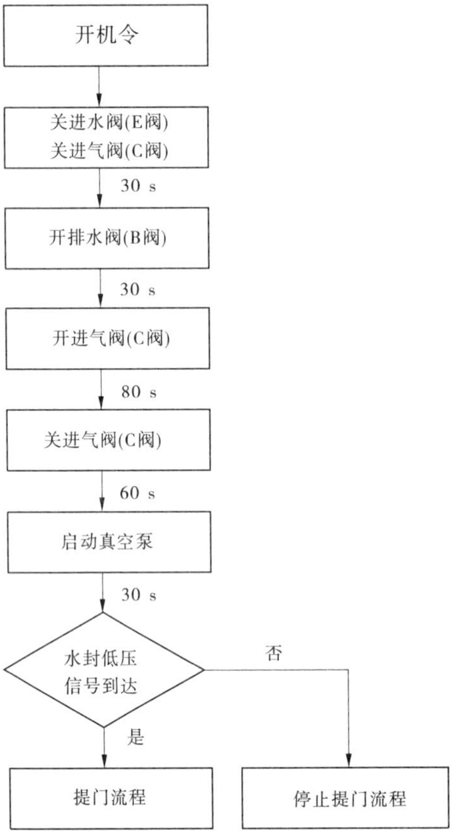


**图 2　中孔水封撤压逻辑**

力没达到真空状态，则起门流程终止，重新建立水封压力，同时报起门失败。

整个闸门水封撤压流程关键是时间的把握，经过现场多次试验验证，新型电动阀动作时间范围在 25 ~ 30 s，图 2 中给定的 30 s 时间足够电动阀完全关闭或开启。闸门开启除检测水封压力是否为真空外，还对闸门水封撤压时间有限制，程序设计闸门水封撤压时间最长为 300 s，当闸门水封撤压在 300 s 以内完成时，还需等待水封撤压时间 300 s 才能开启闸门，否则，闸门不予开启。该设计能够确保闸门水封确实达到真空状态，避免水流冲击对水封压力造成的假象，也能防止提门带压磨水封对水封造成的磨损。

## 5　水封撤压逻辑现场试验

为了验证水封撤压逻辑设计的合理性，并且保证闸门在经常性的操作中的可靠性，改造过程中对水封撤压逻辑进行了多次试验验证。

提门命令到达，排水电动阀 B、进气电动阀 C 以及进水电动阀 E 动作顺序正确，动作时间准确，与程序设计给定的时间一致。

当水封压力达到真空状态时，若撤压流程时间未到 300 s 时，闸门不启动，到达 300 s 且真空低压到达时，闸门开始启动，与预期结果一致。

当闸门正常开启过程中，若真空低压信号中途消失，闸门开启将不受影响，该设计是考虑了闸门开启过程中水封系统可能受到水流冲击导致其压力发生变化，并且现场有压力表监视其压力，人工可以手动终止提门流程。

经过多次的提门试验验证，中孔闸门水封撤压逻辑满足现场提门需要，且成功率高，不会发生提门磨水封的现象，解决了中孔闸门控制系统之前一直存在的提门过程中可能带压磨水封的问题。

## 6 结 语

二滩水电站中孔闸门控制系统改造之后，无论是PLC还是自动化元器件的工作稳定性大大提升。水封撤压逻辑的设计也保证了闸门操作的成功率。二滩水电站中孔闸门控制系统的稳定运行，对电站完成防洪度汛任务，获得最大的安全效益和经济效益有着很重要的意义。

### 参考文献

[1] 5. Modicon TSX Premium 系列 PLC 使用手册

[2] Xiangwu Li and Zhenglong Yan Shaanxi. Key Issues of the Remote Monitoring - control System of Sluice Gate in the Tarim River Basin, Proceedings of 2010 International Conference on Broadcast Technology and Multimedia Communication(Volume 3) 2010(12):452-456.

# 基于不同条件下的压力钢管排水方式选择

文习波

（雅砻江流域水电开发有限公司　四川　成都　610051）

**摘要**：本文结合大中型水电站引水隧洞的不同特点，对混流式水轮发电机组压力钢管的排水方式进行了研究，并从运行操作的安全性、可行性和实用性等角度给出了合理的选择建议。

**关键词**：水轮发电机组　压力钢管　引水隧洞　排水

## 1　概　述

在国内大中型水轮发电机组的年度计划检修项目中，一般包含压力钢管（引水隧洞）、水轮发电机组机械部位以及调速器液压系统等的检修维护工作，其安全措施不仅需要关闭进水口工作闸门、落下尾水管检修闸门，还需排空压力钢管及尾水管道内的全部积水。尾水管道内积水因与尾水位已平压，其排水方式比较简单，一般采用管道专用阀门，如尾水盘型阀，将管道内的积水排至检修集水井，由检修排水泵抽至尾水调压室或直接抽至下游。

巨型混流式水轮发电机组的压力钢管由于长度长、内径大、水头高，对蜗壳放空阀、压力钢管放空阀等均存在较大的压力，一般超过 1.0 MPa。如何安全地排除压力钢管的内部积水，以及采用何种排水策略既能快速达到目的，又能降低运行操作风险，需要进行不断的研究和探索。

## 2　引水系统介绍

四川境内雅砻江中下游三座巨型水电站：锦屏水电站、官地水电站、二滩水电站，虽然同为混流式水轮发电机组，但引水隧洞系统不尽相同。锦屏Ⅱ级水电站采用一条引水隧洞带两机运行，采用上游调压井及独立闸门隔开；官地水电站采用一机一压力钢管引水方式，并用蜗壳取水供水冷却方式；二滩水电站采用一机一压力钢管引水方式，并用技术供水泵尾水取水冷却方式。有些巨型水电站同时兼具多种引水系统，如四川向家坝水电站，1# ~ 4#机组采用一机一压力钢管引水方式，5# ~ 8#机组采用一机一引水隧洞方式。

## 3　压力钢管排水方式

### 3.1　通过导叶漏水排水

大型水电站压力钢管管道长、水头高，引水隧洞呈现“Z”字形状。水轮机活动导叶在高水头的压力下，其立面间隙会增大，因此利用导叶立面间隙漏水来排水是一种常见的方法。特别是新投产的水电站，由于水工专业对引水隧洞混凝土结构的特殊需求，为防止钢管与洞体出现大的脱空等缺陷，一般需要在引水隧洞的上平段、中段及下平段分别进行保压，每次保压约 6 h。在这种要求下，需要运行人员对压力钢管水位和排水速率进行精确的控制。

以官地水电站为例，通过调节进水口工作闸门充水阀的开度，即可控制特殊情况下的排水速率。原因是导叶的漏水量会随着水头的降低而逐渐减小，但变化量不大，可以将其看作一个定量不变，即 $Q_{out}$ 为恒定值。

①保压保水时段：$Q_{in} = Q_{out}$

② 匀速排水时段：$(Q_{out} - Q_{in}) \times T = K(H_{P1} - H_{P2}) \times R^2$

公式中：$Q_{in}$ 为充水流量，$Q_{out}$ 为导叶漏水流量，$T$ 为时间，$H_{P1}$ 为蜗壳尾部初压力折算水头，$H_{P2}$ 为蜗壳尾部末压力折算水头，$R$ 为压力钢管内径，$K$ 为综合系数。

从公式中可以看出：

(1)在保压阶段，只要控制充水流量与导叶漏水流量相等即可。

(2)在匀速排水阶段，由于单位时间内水头变化是由人为确定的(每小时下降 4 m)，因此只需控制进水口工作闸门的充水阀开度就可以控制压力钢管水位的下降。根据该机多次排水操作后的相关数据，绘制一张充水阀开度与钢管内水位变化曲线，便可成为该台机组的压力钢管排水特性图。

此排水方式利用活动导叶间漏水与进水口闸门的充水阀来控制水位，需要运行人员精确地调整充水阀开度，有时甚至每次需要上下调整 1 mm，一个小时调整一次，操作频繁，而且闸门开度不易控制。另外，此排水方式耗时长，即使不含分段保压时间，也超过 24 h。在排水过程中，操作人员需要时刻监视蜗壳压力，准确判断，及时调整，因此对运行操作人员要求高，具有一定风险性。

### 3.2　通过技术供水系统排水

当水轮发电机组技术供水系统采用蜗壳取水方式时，可以通过技术供水系统排除压力钢管内积水。此方式是在机组停机并落下进水口工作闸门后，打开技术供水系统的相关阀门，压力钢管内积水经过蜗壳、通过技术供水系统管道排至下游尾水。其典型的水流示意图见图 1。

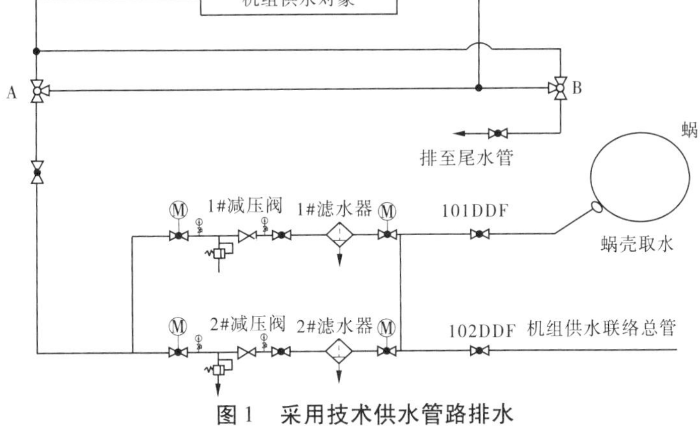


**图 1　采用技术供水管路排水**

向家坝水电站压力钢管常规排水就是采用此方式，该电站单台机组技术供水系统的设计额定流量为 2 308 m³/h，因此压力钢管从开始排水到积水排完，需要的时间约为 7.0 h(1

FB～4 FB)、10.8 h(5 FB)、13.0 h(6 FB)、17.5 h(7 FB)、20.0 h(8 FB)。通过技术供水系统排出压力钢管内积水,操作简单,风险小,但是排水时间长,蜗壳内还会剩余较多的余水,延迟蜗壳排水(开启蜗壳和尾水盘型阀经检修集水井排水)的时间。

### 3.3　停机方式排水

停机排水是指机组自系统解列后即保持在空转状态,先手动启动机组高压油减载系统,再发令快速落下机组进水口工作闸门,在机组停机过程中将压力钢管内积水经过导叶排至下游。在发快速闸门快关命令前,应先屏蔽相应事故控制流程,防止由于快速闸门下降到事故位后启动快速停机流程而过早关闭导叶。在发令快速落进水口工作闸门后密切监视机组导叶开度和转速,在适当时机(如转速接近50%额定转速时)人为按下紧急停机按钮或CCS上启动自动停机流程,关闭导叶,并根据情况在适当时机手动帮助投入机组制动风闸。

此排水方式利用机组停机过程同时快速落下机组快速门,排除压力钢管内部积水,速度很快,但是快速门在动水落门过程中容易在快速门泵房等处产生负压,危及设备安全。此外,按紧急停机按钮的时机难掌握,对操作人员的要求高,操作风险大。

### 3.4　自动开机方式排水

机组正常停机后,人为操作落下机组上游快速闸门并做好防动措施,联系监控专业检修人员解除自动开机条件中的快速闸门全关闭锁开机条件,CCS上发令开机至"空转"令,监视机组技术供水系统、高压油泵、推力外循环油泵等设备,必要时手动启动。

机组到达空转态后,严密监视机组转速和蜗壳压力,转速下降到50%左右时手动启动停机流程。也可以不发机组停机令,让机组转速自由下降至20%时手动投入风闸。此种方式利用机组导叶"开—关"过程中排除积水,速度较快,对操作人员要求较高,有较大的风险。

### 3.5　手动开导叶排水

此种方式是在机组停机并落下进水口工作闸门后,现地手动操作导叶,将其开至一定的开度排除压力钢管内积水。手动开导叶分以下两种情况,一种是让机组转动,一种是不让机组转动。

#### 3.5.1　导叶较大开度排水

导叶开度较大(如调速器空转开度)时,机组会转动起来,因此在操作导叶前应将技术供水系统、高压油泵、推力外循环油泵等先手动启动,将调速器控制方式切至现地手动,手动开启导叶。机组转动起来后应密切关注转速,随着压力钢管积水通过导叶逐步排走,机组转速也会逐渐下降,当机组转速下降到20%左右时手动投入制动风闸。在操作过程中,应控制打开导叶的速度,控制机组转动的时间,防止机组较长时间慢速运行。此种排水方式操作比较简单,风险也较小。由于不同机组间的特性差异,以及每次操作人员的经验、判断不同,需要对机组的转动特性进行不断摸索,进行经验总结,以寻求最优的导叶开度值和开启时间控制。

#### 3.5.2　导叶小开度排水

这种方式是防止机组转动的情况下小开度开启导叶排水,因此需控制导叶开度,既不能太小导致无法排水,又不能太大引起机组转动。在操作导叶之前,应手动投入制动风闸,再将调速器控制方式切至现地手动,缓慢开启导叶至2%～3%。导叶开度跟每台机组的特性及水头有一定关系,需在试验中进一步确定。此种方式要严格控制导叶开度大小,防止开度过大导致损坏制动风闸。

### 3.6　开启蜗壳盘型阀排水

此方式是开启蜗壳盘型阀，将压力钢管内积水通过蜗壳盘型阀排至下游尾水。此排水方式需人工手动打开蜗壳盘型阀，由于此时压力钢管充满积水，水压大（一般超过 10 个大气压），操作蜗壳盘型阀有较大难度，同时在排水过程中盘型阀振动、锈蚀及气蚀现象，存在损坏盘型阀密封或阀杆断裂等风险。据有关资料显示，直接开启蜗壳放空阀排水不适用高水头电站。

## 4　排水方式比较

（1）通过导叶间隙排水，操作简单，风险小，但时间相对较长。某些电站新投机组需要进行保压控制排水速率，或者例行的年度检修（合理安排工期）且对时间要求较松时，应优先采用此种排水方式。

（2）通过技术供水系统排水，操作简单，风险小，但时间相对较长，此排水方式需要让压力钢管道内的全部积水经过机组滤水器排至尾水，对滤水器要求较高，且没有必要。在具体实施过程中，可将滤水器停用，采用旁通管道实现。在例行的年度检修（合理安排工期）且对时间要求较松时，可以采用此种排水方式。

（3）手动开导叶排水特别是导叶小开度排水时，依赖运行操作员的经验技术水平，要求运行人员严格遵守操作流程步骤，排水过程中应采取预控措施防止机组带风闸转动。手动开导叶小开度排水速率快，风险较高，一般尽量少采用此方式。

（4）在停机过程中排水和自动开机排水，排水快，但风险也高，在机组紧急抢修或工期要求很紧时，可以采用此方式。

（5）通过开启蜗壳盘型阀排水，操作难度较大，存在设备损坏的风险，此排水方式在高水头电站一般较少采用。

（6）若综合以上排水方式，如先利用导叶间隙漏水或技术供水排水，降低水头后再开启蜗壳放空阀，则是一种非常好的选择方式。

## 5　结　语

巨型混流式水轮发电机组的压力钢管排水操作是一项较复杂、难度较大的操作，涉及方方面面的工作，但如何确保排水时的安全是操作的关键。电厂应对每种排水方式进行风险分析并制定相应的操作方案，根据时间紧迫性、风险程度等情况选择合适的排水方式。

**参考文献**

[1] 张银云．湖南镇电站压力钢管停复役操作运行分析[J]．小水电，2011，4：137-139.
[2] 吴洪飞．水轮发电机组检修排水方式探讨[J]．水电站机电技术，2012，35(5)：21-22，30.

# 水电站技术供水系统分析及新技术推广应用探索

文习波

(雅砻江流域水电开发有限公司　四川　成都　610051)

**摘要:**本文以官地水电站为例,阐述了采用压力钢管蜗壳取水方式作为发变组技术供水系统主用水源在实际运行中存在的问题,提出了处理措施和防止堵塞的解决办法。结合对相关问题的探讨,本文介绍了蜗壳取水口拦污栅改造和供排水管正反向倒换冲洗排污等新技术,其具有很强的实用性和很好的应用价值,值得广泛推广应用于类似水电站。

**关键词:**水电站　技术供水系统　蜗壳取水　拦污罩　正反向倒换　技术改造

## 1　概　述

官地水电站位于四川省凉山州西昌市与盐源县交界的雅砻江上,东距西昌市直线距离约 40 km,是锦屏一、二级电站和二滩电站的中间梯级电站。地下厂房装有 4 台单机容量为 600 MW 机组,总装机容量 2 400 MW,年平均发电量为 111.29 亿 kWh。

官地水电站机组技术供水系统采用单机单元蜗壳取水自流减压供水方式,蜗壳取水作为主用水源,在每台机组蜗壳进口延伸段侧壁上设置有取水口,由经过机组和主变供水支管并经过两路过滤器减压后分别引至本机组、主变压器的供水干管。

四台机组四个取水口通过一根联络总管联通互为备用,每台机组的供水干管间均设置一个联络阀,在某一台机组蜗壳取水口堵塞或流量不足时,可打开本机组和相邻机组至全厂技术供水的联络阀,直接接入全厂技术供水联络总管由其余机组供水。蜗壳取水与机组联络供水二者相互备用,主要为水轮发电机组各部轴承、发电机空冷器和主变冷却器提供过滤的冷却水。

## 2　存在的问题

官地水电站水库库容小,且上游水库中的木头、树枝、塑料袋等垃圾物较多,加之发电引水隧洞进水口的结构问题,同时,上游锦屏一、二级水电站正处于施工阶段,在每年的汛期来临之际,进水口拦污栅前总是会汇集大量来自上游的漂浮杂物,导致官地水电站机组技术供水系统滤水器存在易堵塞的问题。

2012 年 3 月,在 1#机组投产前的调试过程中,机组滤水器发生了多次堵塞事件,滤水器后端压力降至约 0.4 MPa,滤水器排污系统已不能解决堵塞问题。2012 年 7 月,1#机组停机后对滤水器进行了全面检查和清理。在清理过程中,从滤水器下部浊水腔内掏出了大量杂物,各单元滤网筒内的小滤筒均被木块、木屑、树枝、塑料瓶盖、塑料包装袋和塑料膜等垃圾物塞满。

### 2.1　取水口及滤网筒堵塞

因发电初期水库首次蓄水时河床里的漂浮物随着水流上浮，小的漂浮物穿过进水口拦污栅缝隙聚集在入口段。在提起进水口闸门后，这些漂浮物随同水流进入压力钢管内。当技术供水系统启动后，小的漂浮物通过蜗壳取水口处的拦污栅缝隙随同浊水一起进入到滤水器内，造成滤网筒的堵塞；而另一些则吸附在拦污栅上，造成取水口的堵塞，导致技术供水水压和流量的降低和不稳定。

### 2.2　滤水器反冲洗效果不佳

从滤水器检修情况看，堵塞滤网筒的杂物几乎都是硬质细长状物，如树枝、木屑等，说明单元滤网筒结构的过滤组件容易被硬质长条状杂物卡阻，使得滤水器在反冲洗时不能将其从滤网筒中冲走。同时，滤水器的反冲洗水流进入下腔时断面突然扩大，流速减缓，泥沙和杂质容易沉积在滤水器罐体底部，由于底部没有设置排淤口，长期运行后可能会淤积、板结和锈蚀，影响过滤和排污效果，而其间一些颗粒状杂物及泥沙由于受条状物堵塞也滞留其中不易排出，使得反冲洗排污达不到预期的效果，堵塞情况日积月累愈发严重。

### 2.3　影响减压阀控制精度

减压阀导阀的控制回路对水质要求高，前置有两个导阀过滤器，定时自动反冲洗清污，避免杂质进入到控制回路，从而影响导阀的精确控制功能。减压阀前滤水器的滤孔直径为4 mm，而导阀过滤器过滤精度较之更高，大量杂质将附着在导阀过滤器滤网表面。汛期江水泥沙和杂质含量大，若滤网表面迅速堵塞，而过滤器由于定时器设定的时间未到无法反冲洗清污，导阀过滤器将完全堵塞，减压阀失效。

## 3　技术供水应对措施

要彻底解决滤水器易堵塞问题，就必须从根本上解决问题，就要从以下三点着手：①尽量减少垃圾物从水库进入电站发电引水隧洞；②尽量减少垃圾物从压力钢管进入技术供水取水管；③尽量保证各供水对象管道清洁、无污垢或钙化。

相应采取的措施为：①加强对电站发电引水隧洞进水口拦污栅的检修和定期维护，拦污栅前淤积的垃圾物过多时要及时清除；②对技术供水系统蜗壳取水口拦污栅进行改造，用专门设计的蜗壳取水口拦污栅取代原有的拦污栅，以减少垃圾物进入蜗壳取水口；③当轴承冷却器或空冷器发生单向堵塞时，通过正反向倒换来改变水流方向，对堵塞在冷却器管路内的杂物实施有效的反冲刷。

官地电站与三峡左岸电站技术供水系统[1]类似，文献[1]对三峡左岸电站技术供水系统运行中存在的风险进行分析并提出了应对策略，官地电站以此为依据，在实际运行中综合采用各种解决方法和应对措施，获得了非常好的实际效益。

### 3.1　拦污栅及漂浮物清理

为防止因进水口拦污栅破损导致压力钢管水质变差、蜗壳取水口堵塞最关键的步骤就是加强库区漂流物的治理工作，对上游库区的废品废渣、生活垃圾、白色污染物、树干树枝、动物尸体、塑料膜等污染物，实施定期维护和清理计划，采取人工打捞、定期清渣、借助水力引流排泄等技术措施，尽量减小库区漂浮物，降低对机组技术供水的影响。

### 3.2 滤水器排污与定期维护

在汛期前后,对滤水器进行一次定期维护,降低过滤器堵塞的发生几率。滤水器设定自动和手动两种运行模式。在自动运行模式下,根据设定的冲洗时间间隔(定时)或进出水口压力差(差压)进行自动在线排污。采用漂浮物和沉积物分别排污,双排污相互连锁,有效地将进入滤水器的大量泥沙、杂草、污物等通过漂浮物排污阀和沉积物阀分别排放,避免泥沙和污物的堵塞。技术供水自动过滤在线运行,是技术供水系统的必要装置,尤其适用于"无人值班,少人值守"的电站。

### 3.3 蜗壳取水口冲洗

当运行机组进水口压降较大,取水口堵塞严重时,开启机组联络供水总管与机组技术供水干管之间的联络阀102DDF(以1#机为例),由来自其他机组蜗壳的备用水源供水,再关闭蜗壳进水口阀门101DDF或滤水器前电动阀,随着反水锤的反向冲击和蜗壳内的主水流的高速冲刷,拦污栅杂物将被清除,可基本恢复取水口压力和流量,能够解决在机组不停机的情况下快速清除蜗壳取水口杂物的问题。

采取措施前后的各项数据对比详见表1,可见经处理后的效果非常明显。

表1 2#机蜗壳取水口冲洗前后数据

| 2#机 | 机组滤水器前压力(MPa) | 主变滤水器前压力(MPa) | 机组及主变减压阀后压力(MPa) | 机组总流量($m^3/h$) | 主变总流量($m^3/h$) |
|---|---|---|---|---|---|
| 采取措施前 | 0.57 | 0.57 | 0.53 | 815 | 270 |
| 采取措施后 | 1.20 | 1.20 | 0.57 | 1 300 | 350 |

## 4 探索——取水口拦污栅改造

### 4.1 采用拦污罩+导流格栅方式

小关子水电站[2]技术供水系统蜗壳取水口拦污栅采用半球形网状拦污栅,电站投运后,水中漂浮物经常缠绕在拦污栅的钢筋栅条上堵塞拦污栅,堵塞严重时因压差太大导致拦污栅的钢筋栅条被压断。通过技术改造,检修人员设计制作并安装了一种自身不易被堵塞且能够明显减少水中漂浮物进入蜗壳取水口的拦污栅,拦污栅由壳体结构的拦污罩和4根扁钢制成的导流格栅组成(见图1、图2)。

拦污罩的作用:当木块、塑料瓶等坚硬漂浮物随水流接近蜗壳取水口时,与拦污罩发生撞击而脱离取水口;当塑料膜等柔软的漂浮物接近蜗壳取水口时,会在拦污罩下游的漩涡中漂离蜗壳取水口。导流格栅的作用:降低漩涡强度、稳定水流(不起拦污的作用)。

2009年汛前,小关子水电站对3#、4#机组技术供水取水口拦污栅进行改造;2010年汛前,对1#、2#机组技术供水取水口拦污栅进行改造。在2009年的汛期,对改造的机组和未改造的机组进行运行对比,用实际运行情况验证改造效果:1#、2#机组滤水器堵塞均超过2次;3#、4#机组没有发生过滤水器堵塞情况,也没有发生过滤水器后端压力明显降低情况。截止到2012年,经过改造的4台机组的技术供水滤水器一直没有发生过堵塞情况,并且在检修时打开滤水器没有明显的垃圾物积存。

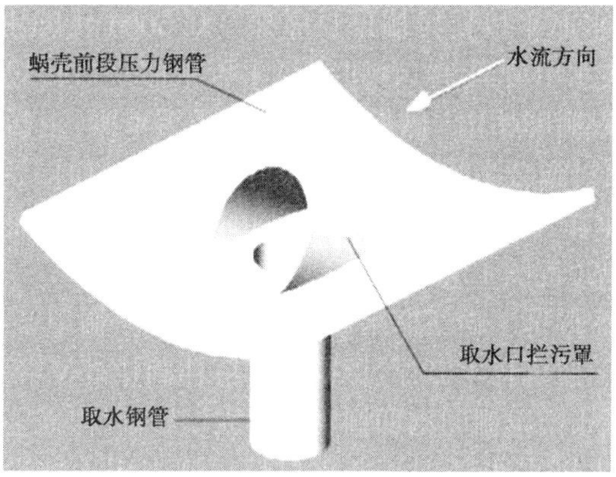


图 1　蜗壳取水口拦污栅改造模型图

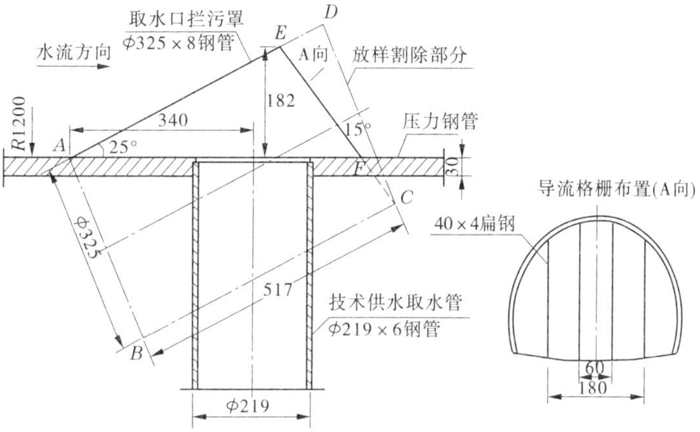


图 2　蜗壳取水口拦污罩制作图

### 4.2　采用导流板+拦污栅方式

为三峡电站厂用电及枢纽建筑物提供主备用电源的三峡电源电站[3]，采用蜗壳取水方式供水，在电站进入汛期后，由于长江来水增大、漂浮物激增，大量漂浮物会进入电源电站机组蜗壳，极易堵塞机组技术供水取水口。

针对技术供水取水口拦污栅存在的结构缺陷，该电厂对取水口拦污栅进行了重新设计改造。改造后的拦污栅具有两大特点：①加大了拦污栅栅距（栅距 30 mm）。加大拦污栅栅距后，大量漂浮物会通过拦污栅进入滤水器，通过滤水器排污至尾水，有效延长拦污栅的堵塞时间；②加焊导流板，并将导流板迎水面高度增加至 100 mm。加焊导流板后，拦污栅由平面结构变为立体结构，提高了其纳污和抗堵塞能力。

## 5　探索——改变水流方向

### 5.1　供排水总管正反向倒换冲洗

当轴承冷却器或空冷器发生单向堵塞时，通过正反向倒换来改变水流方向，对堵塞在冷却器管路内的杂物、污垢及钙化物等实施有效的反冲刷[4]。在供排水总管上设置两个三通电动球阀 A、B，通过 A 与 B 的配合，达到对供水对象的正反向冲洗（见图 3）。实际操作中，可以由电动驱动装置带动三通球阀转动 90°即可改变水流方向，完成传统的利用 4 个阀门配合操作来改变水流方向的工作,从而减小运行人员的工作量和操作风险。

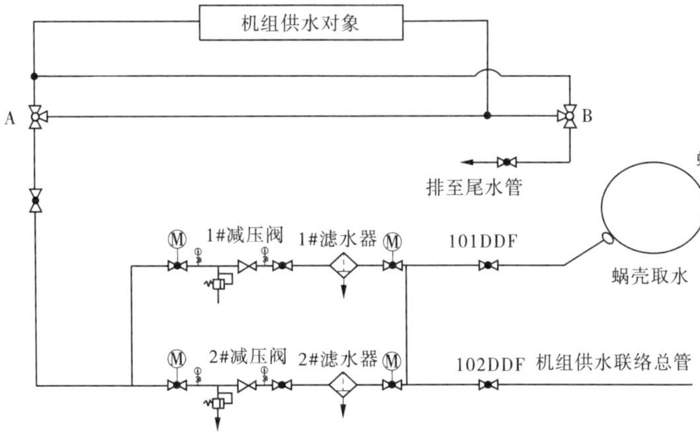


图 3　供排水总管利用三通阀进行正反向倒换冲洗

### 5.2　特定供水对象正反向倒换冲洗

对于机组技术供水系统中额定或运行流量较大的供水对象,如空冷器则可采取 4 个阀门配合的方式对空冷器管道进行在线冲刷。在不影响空冷器供水能力和机组冷却效果的前提下,特别是满足《水电站水力机械辅助设备系统设计技术规范》DL/T 5066—2010 中的技术供排水系统的相关内容[5],采用将双进双出供水管道改为正向单进单出和反向单进单出供水方式,并以某个固定周期轮换运行,能够很好地实现机组空冷器的正反向冲刷效果,降低机组空冷器的事故发生率(见图 4、图 5)。

图 4 为原设计的双进双出供水方式,图 5(a)、图 5(b)分别为正向单进单出供水方式、反向单进单出供水方式,可以实现对空冷器管道的正反向冲洗、排污。

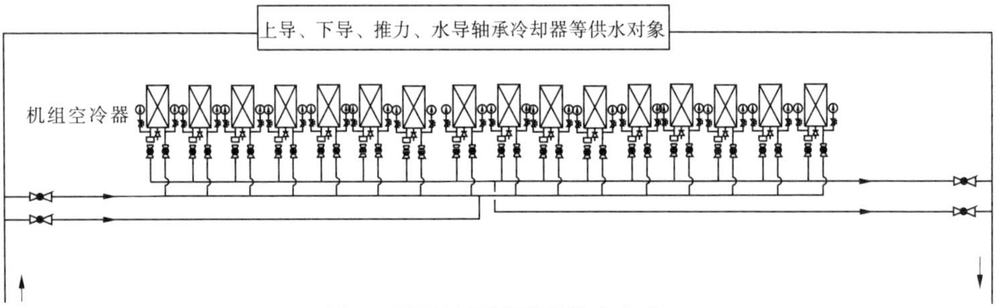


图 4　原设计双进双出供水方式

## 6　结　语

采用蜗壳取水方式的发变组技术供水系统,其滤水器管路易堵塞问题是国内水电站普遍存在的而又难以解决的棘手问题。而采用类似小关子电站、三峡电源电站的蜗壳取水口拦污栅改造方案,通过加装专门设计的蜗壳取水口拦污罩、导流板,能够有效地阻挡水中漂浮物进入技术供水系统管路和滤水器,彻底解决滤水器易堵塞问题,并且不会影响到水轮机的稳定运行。另外,对于蜗壳取水情况良好的水电站,采用将供排水总管或特定对象的进出水管道进行正反向倒换改造,增加三通阀或电动阀,能够有效地改良机组的冷却效果,具有改造费用低、改造效果好和易于实施的优点。

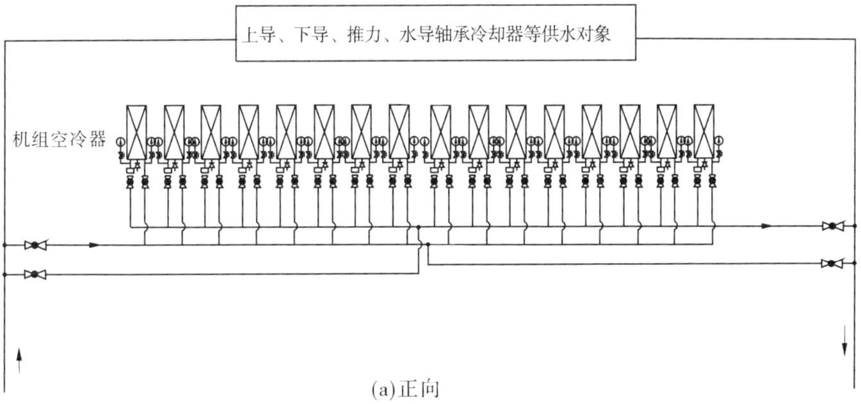


(a)正向

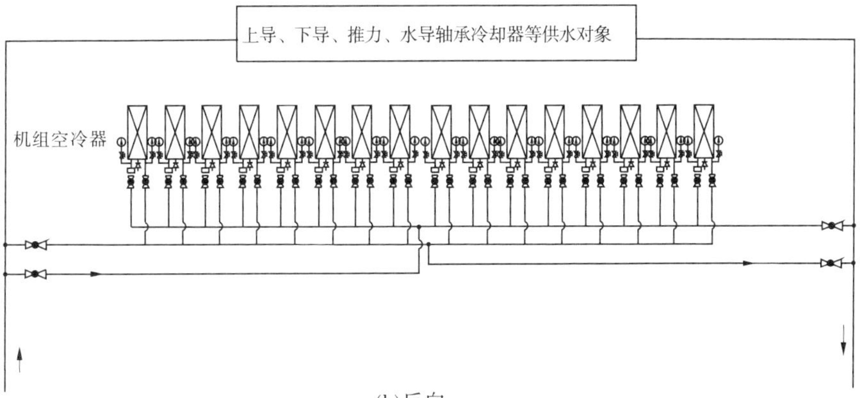


(b)反向

**图5 单进单出供水方式**

机组技术供水系统对机组各部提供冷却水，是水电厂非常重要的辅助设备。针对流域在电站集中建设时期泥沙含量高、漂浮物多的特点，各梯级电站可根据地理、水库、水源及厂房基建等实际情况因地制宜灵活选用技术供水方式，通过管理手段采取不同的预控措施来抗沙防堵，并在运行方式上进行优化，能够大幅度地提高电站技术供水的质量水平。而本文所推荐的采取蜗壳取水口拦污栅改造技术和供排水管正反向倒换技术正反映了新技术的发展趋势，具有很强的实用性和很好的应用价值，可以推广应用于类似情况的其他电站。

## 参考文献

[1] 马玉涛，姜德班，吴晶. 三峡左岸电站技术供水正反向倒换方案探讨[J]. 水电站机电技术，2004(4)：54-56.

[2] 张春，万平国，田斌. 小关子水电站机组技术供水系统滤水器易堵塞问题的解决[J]. 西北水电，2012(2)：65-67.

[3] 杨艳，孙亚涛. 三峡电源电站机组技术供水系统技术改造[J]. 华中电力，2005(5)：80-83.

[4] 钟然，陈宙，胡学龙. 多泥沙条件下向家坝电站技术供水系统分析[J]. 水电站机电技术，2012(5)：117-119.

[5] DL/T5066—2010 水电站水力机械辅助设备系统设计技术规范[S].

# 官地水电站顶盖泄压排水管破裂漏水原因及处理探析

谭斌忠　车　军

（雅砻江流域水电开发有限公司官地水力发电厂　四川　凉山　615704）

**摘要**：官地水电站安装4台600 MW水轮发电机组，总装机容量2 400 MW。水轮机减压装置采用上冠无减压孔结构，通过在顶盖上开设8个泄压孔，将从上止漏环漏入转轮上冠的水排入尾水管进行平压。机组在涡带振动区长期运行，各部振动摆度较大，设计焊接结构的损坏，导致多次发生泄压排水管破裂漏水的缺陷，严重威胁了机组的安全稳定运行。电厂根据机组年度C修计划，对水轮机顶盖泄压排水管进行了结构改造，减少了漏水情况的发生。

**关键词**：水轮机　顶盖　泄压　排水管　破裂

## 1　前　言

官地水电站位于四川省凉山州盐源县境内，系雅砻江卡拉至江口河段水电规划五级开发方式的第三个梯级电站，上游为在建的锦屏二级水电站，下游为已建的二滩水电站。坝址距西昌市公路里程约57 km。官地水电站是雅砻江流域一个以发电为主要任务的大型水电工程，总装机容量2 400 MW，安装有4台单机容量600 MW的立轴半伞式水轮发电机组。电站与锦屏一、二级电站作为“西电东送”输变电工程±800 kV锦苏直流的一组电源同步运行，在系统中承担调峰、调频和事故备用任务。电站水轮机型号为HL538－LJ－770，主要由金属蜗壳、固定导叶、活动导叶、转轮、主轴、接力器、控制环、座环、顶盖以及其他附属部件等组成。官地水电站水轮机转轮的泄水锥与上冠铸成一体，这样可以消除运行过程中泄水锥脱落的危险。为了减小机组运行过程中转轮的轴向水推力，降低推力轴承的负荷，国内多数混流式水轮机转轮，在上冠部位设计了减压孔结构，排除上冠积水以减小转轮上冠与顶盖间的水压力。官地水电站水轮机转轮上冠处不设泄压孔，而采用顶盖设平压管路的方法，将从上止漏环漏入转轮上冠的水直接排入尾水管扩散段进行平压。

## 2　问题的提出

为了减轻机组运行时顶盖的水压力和水轮机转轮的轴向水推力，官地水电站的水轮机采用了转轮上冠无减压孔的减压装置。其结构为在顶盖上均匀开设了8个$\phi$320的泄压孔，将从止漏环漏入转轮上冠的压力水，通过8根顶盖泄压排水管，排入尾水管的扩散段。8根泄压管的一端通过开孔焊接的方式与顶盖上盖板连接，另一端则通过平焊凹面法兰连接到水轮机顶盖的侧壁，然后经两端平焊法兰式波纹金属软管连接至水车室机坑里衬的泄压排水支管上。法兰式波纹金属软管主要由连接平焊法兰、网套和波纹管等组成，其公称直径为

DN300,额定压力为 PN1.0。这样设计的目的主要是防止机组运行中,由于顶盖的振动与水车室机坑里衬的振动不相同以及顶盖压力脉动对泄压排水管产生轴向、径向拉应力,避免长时间运行造成的泄压管焊接结构出现裂纹。

水轮机顶盖泄压排水管现场安装结构见图1。

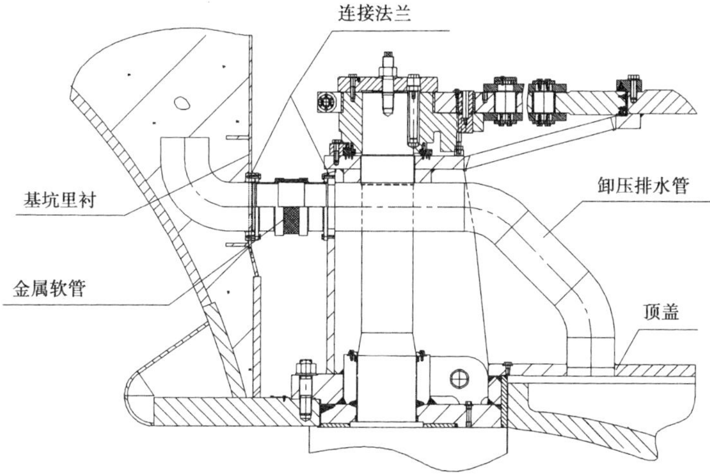


**图1　水轮机顶盖泄压排水管安装结构图**

机组压力钢管和尾水管首次充水后,检查发现顶盖泄压排水管与水车室机坑里衬连接焊缝处,存在着假焊、虚焊和裂纹产生等现象。同时由于机组长期处于涡带振动区运行,各部振动摆度明显增大,1#、2#机组先后出现了顶盖泄压排水管破裂漏水的现象,在采取了不锈钢管箍紧固、更换同型号的金属软管等处理措施后,漏水量仍不断逐渐加大,致使机组的强迫停运。虽然对故障机组的蜗壳和尾水管进行排空补焊处理,但运行几个月后排水管再次破裂,且破裂的部位数量有逐渐增多的趋势。

## 3　漏水原因分析

顶盖泄压排水管的外径为 $\phi325$,管路的内径为 $\phi305$,壁厚为 10 mm,其中金属软管两端均为凹面平焊法兰,中间部分为金属软管本体。漏水情况一般发生在金属软管与法兰连接处和弯头焊缝处。我们对拆卸出来的金属软管进行检查发现,其波纹结构和网套结构均已有不同程度的变形,安装和运行过程中可能产生了焊接裂纹。分析发生破裂的可能原因主要有:

第一,焊接接头产生了延迟裂纹。

由于顶盖上布置泄压排水管的布置的空间较为狭小,金属波纹软管的管径也较小,不易于焊接安装和探伤检查,而因焊接结构和焊接工艺所限,不可避免地在焊接接头出现了假焊、虚焊和淬硬组织,同时在焊接时产生的扩散氢、环境和焊接应力的作用下,焊接接头性能脆化,在机组安装和运行过程中,逐渐地形成了冷裂纹。

第二,投产初期机组曾在涡带振动区运行。

以 1#机组为例,官地水电站机组负荷在 230 MW 以下区域时,随着负荷的增加,流量的增大,水流逐向趋于稳定,机组顶盖和其他各部振动、压力脉动较为平稳。但从 230 MW 负荷开始,尾水管出现低频涡带,在该低频涡带的作用下,水轮发电机组顶盖和其他各部振动、压力脉动均明显增大,机组进入涡带工况区,低频涡带在 400 MW 负荷后进一步减弱并逐渐消失,430 MW 负荷以上机组逐渐进入高稳定运行区域,随着负荷的增大,各部振动、摆度、压力脉动总体呈减小趋势。见图 2。

官地水电站的顶盖泄压排水管与顶盖连成一体,顶盖的振动与水车室内基坑里衬的振动不相同以及顶盖压力脉动对泄压排水管产生了轴向、径向拉应力和对金属软管的挤压应力。

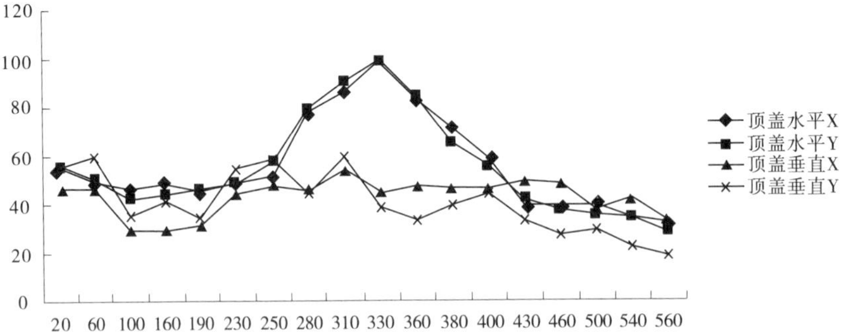


图 2　1#机组带负荷过程顶盖振动幅值折线图

由于官地水电站投产初期 ±800 kV 锦苏直流输电线路尚未正式投运,四川电网输送容量有限,电站按照调度计划曲线进行负荷调整,不可避免地使机组处于涡带振动区域运行。在机组振动时交变应力的作用下,局部永久性累积损伤使得金属焊接结构表面出现疲劳裂纹,最终导致了顶盖泄压排水管的破裂漏水。

## 4　泄压管结构的改进

在找到顶盖泄压排水管破裂漏水的原因之后,根据现场的实际情况,对顶盖泄压排水管环管焊缝进行全面 UT 探伤,将存在缺陷的位置刨开重新进行了焊接,并对金属软管部分进行改造,取消了金属软管的连接结构,并采用了带不锈钢补偿头的法兰连接新结构。改造前和改造后的连接结构见图 3 和图 4。

## 5　新结构的安装

将机组压力管道放空后,保持尾水管盘型阀和蜗壳放空阀开启,即可进行新结构的配割安装工作。其主要安装步骤如下:

(1)拆除顶盖泄压排水金属软管的把合螺栓,在两法兰间对称方向焊接两个拉紧器,然后用环形吊将金属软管依次拆除吊出;

(2)分别安装机坑和顶盖上的 DN300 把合法兰并用螺栓把紧,同时根据机坑与顶盖间的尺寸分别对 DN300 的钢管进行配割,配割完成后将钢管电焊固定在 DN300 法兰上,同时保证连接两钢管连接处保留有 10 mm 的间隙;

(3)拆除点焊后的法兰,完成对 8 套法兰与钢管的固定焊接;

(4)将焊接后的两钢管用 DN325,PN1.6 的不锈钢补偿头进行连接,在两法兰两端分别装上堵板封堵,连接打压接头进行不小于工作压力 1.5 倍的试验压力(0.3 MPa)进行打压试验检查,保压 15 min;

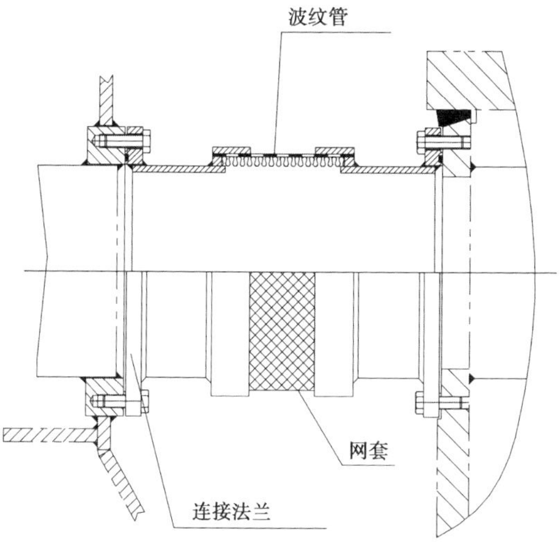


图3　改造前的顶盖泄压排水管法兰结构连接

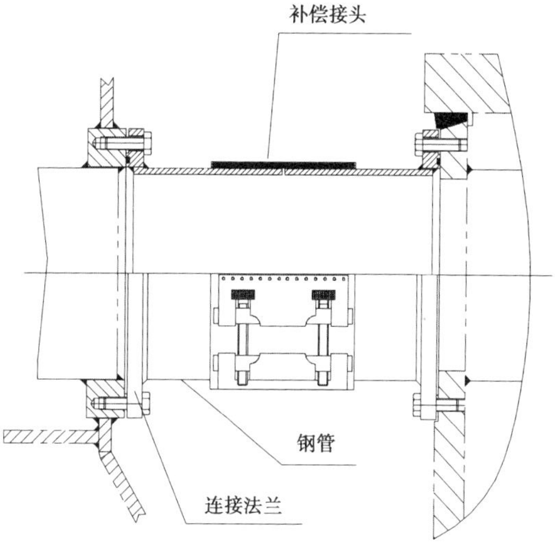


图4　改造后的顶盖泄压排水管法兰结构连接

(5)依次将打压试验合格的钢管和法兰把合在机坑里衬与顶盖侧壁上,在把合面用螺栓加密封垫均匀对称把紧,在两钢管连接处安装不锈钢补偿头进行连接并螺栓把紧。

恢复安全隔离措施后,对机组尾水管、压力钢管和蜗壳进行充水平压,全面检查金属软管各连接部分无漏水后方可将顶盖泄压排水管投入正常运行。

## 6　结　语

新连接结构在2012年度1#、2#机组C修计划中得以实施,经过数月的运行考验,机组在各种运行工况下,改进部位再没有出现类似的破裂漏水现象,达到了设计要求,取得了良好的预期效果。由于新结构具有方便检修,维护量较小,同时金属软管在运行中可以自由伸缩,降低了顶盖泄压排水管破裂漏水的风险,保证了机组的安全可靠稳定运行,值得行内其他电站参考借鉴。

### 参考文献

[1]　刘大恺. 水轮机[M]. 北京:中国水力水电出版社,1997.
[2]　章应霖. 焊接结构工程[M]. 北京:中国电力出版社,1995.
[3]　四川省电力工业调整试验所. 四川官地电站水轮发电机新机启动稳定性验收试验报告[R]. 成都:四川省电力工业调整试验所,2012.
[4]　徐刚. 龙滩电站水轮机顶盖卸压管密封结构改进[J]. 水电站机电技术,2009(5).

# 第四篇

# 环境保护与征地移民

# 雅砻江锦屏梯级水库生态调度

陈　端[1,2]　陈求稳[1,3]　李若男[1]

(1.中国科学院生态环境研究中心　北京　100085;2.长江科学院　湖北　武汉　430010;
3.三峡大学　湖北　宜昌　443002)

**摘要:**雅砻江锦屏梯级生态调度的核心目标是在尽可能降低发电损失的前提下最大程度满足河道生态流量。本研究将梯级水库作为系统,以年发电量为目标函数,生态需水量为主要的生态约束条件,建立了梯级水库生态调度优化模型,采用改进的遗传算法进行求解。选用 Tennant 方法和鱼类栖息地模拟法对减水河段的生态流量进行分析,得到了反映河流不同生态目标的流量序列,以此作为调度情景,系统地研究了不同生态流量调度与工程发电量损失之间的定量关系,提出了最优生态调度策略。据此调度可使减水河段的鱼类有效栖息地面积保有量达到多年平均径流条件下的50%,相应的梯级电站电量损失小于3%。

**关键词:**锦屏梯级水库　生态调度　优化模型　生态流量过程　最优调度模式

锦屏梯级工程位于雅砻江流域中下游大河湾段,包括锦屏一级工程和锦屏二级工程,是雅砻江流域开发的重要控制枢纽。锦屏一级水库为年调节,坝型为混凝土拱坝,电站为坝后式。锦屏二级水库则为日调节,坝型为低水头闸堰。为充分利用大河湾近310 m的水头,锦屏二级设计为引水式电站,通过四条长约17 km的隧洞将锦屏一级水库下泄的流量引至二级电站进行发电(图1)。

该河段多年平均流量为1 220 $m^3/s$,常水位下水面宽度达70～110 m,调查结果表明,由于河床下切剧烈,大河湾内几乎无岸边带植被,但水生动植物繁多,包括硅藻门、绿藻门等浮游植物,叶轮虫、沙壳虫等浮游动物,少量的底栖动物和约38种鱼类[1]。河段内分布有多处四川省重点保护鱼类裂腹鱼的产卵场和越冬场(图1)。由于锦屏二级为引水式电站,最大引水能力达1 860 $m^3/s$,将导致猫猫滩断面(二级坝址)至大水沟断面(二级电站厂址)约120 km河道流量急剧减少,河段水深变浅,流速趋小,在枯水期甚至可能出现河段脱水现象。

锦屏梯级电站运行将导致该河段水文情势发生根本性改变,从而影响该河段水生态系统[2],对鱼类生态环境的影响尤为严重。为在一定程度上维持该河段生态系统,需要对锦屏梯级实施生态调度,确保电站运行期间下泄一定的生态流量,以保护鱼类等水生生物的生态环境。

锦屏梯级水库的主要功能是发电,而生态流量的下泄将不可避免地影响电站发电效益,

项目资助:国家973计划(No.2010CB429004),国家自然科学基金(No.51279196,50920105907)。

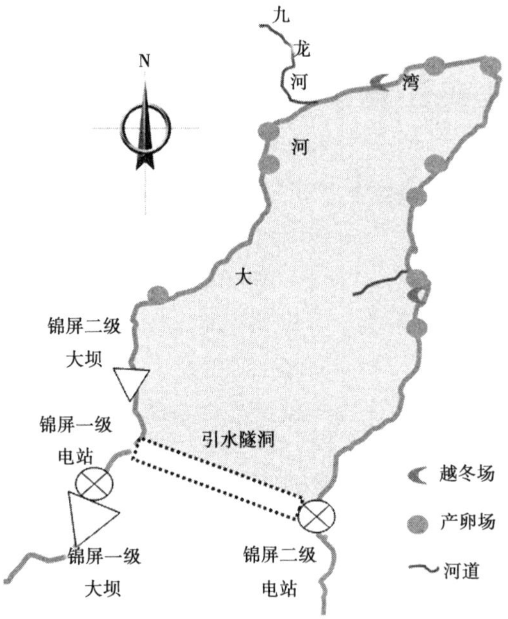


**图 1　锦屏梯级工程布置及减水河段鱼类越冬场和产卵场分布**

因此,定量分析生态流量和发电损失之间的关系,制定能够较大程度满足河道生态用水同时降低发电损失的调度策略,是雅砻江锦屏梯级生态调度的核心。

本研究通过 Tennant 方法和鱼类栖息地模拟法估算了减水河段的生态流量过程 $Q(t)$,将其作为生态约束条件,建立了锦屏梯级水库生态调度优化模型,通过情景分析,量化了裂腹鱼生境保护度和锦屏梯级发电量损失率之间的响应关系,推荐了最优调度模式。

## 1　梯级水库生态调度优化模型

水库生态优化调度就是在传统优化调度模型的基础上加入河道生态流量需求[3]。主要形式包括在模型中增加生态流量约束条件,形成生态流量约束型模型;或者在模型中增加生境保护目标函数,形成多目标优化生态调度模型。锦屏梯级为引水式发电,将生态流量作为目标函数将导致发电效益损失巨大,故不适用于本案例。因此,本研究中锦屏梯级生态调度采用生态流量约束型模型。

### 1.1　目标函数

根据工程的主要任务,选取梯级电站年发电量最大为模型的优化目标,其函数表达为:

$$P = \max\left( \sum_{t=1}^{n} \left( e^1 Q_t^1 \overline{H}_t^1 + e^2 Q_t^2 \overline{H}_t^2 \right) T_t \right) \tag{1}$$

式中,$P$ 为锦屏梯级年发电量,kWh;$e$ 为水轮机出力效率;$Q$ 为电站发电引流流量,$m^3/s$;$\overline{H}$为平均发电水头,m;$t$ 为时间步长;$T$ 为发电时段,s;$n$ 为时段长度, 上标 1 和 2 分别表示锦屏一级和锦屏二级电站。

### 1.2　约束条件

本研究建立的调度模型包括常规约束条件和生态约束条件,其中常规约束条件包括水位、库容以及电站出力等约束:

水库水量平衡约束：

$$\frac{dV}{dt} = Q_n - Q_{up} - Q_{loss} - Q_t - S_t \tag{2}$$

库水位约束：

$$Z_{min} \leqslant Z_t \leqslant Z_{max} \tag{3}$$

库水位变幅约束：

$$| Z_t - Z_{t+1} | \leqslant \delta \tag{4}$$

水轮机最大过机流量约束：

$$Q_t \leqslant Q_{max} \tag{5}$$

电站出力约束：

$$N_{min} \leqslant N_t \leqslant N_{max} \tag{6}$$

流量非负约束：

$$Q_t \geqslant 0 \tag{7}$$

式中，$t$ 为优化时段（步长）；$V$ 为水库水量，$m^3$；$Q_n$ 为水库各月天然来流量，$m^3/s$；$Q_{up}$为水库上游地区综合用水流量，$m^3/s$；$Q_{loss}$为水库各月蒸发渗漏损失量，$m^3/s$；$S_t$ 为除电站引水外的下泄流量，$m^3/s$；$Z_{min}$为水库死水位，m；$Z_{max}$为水库的正常蓄水位，m；$\delta$ 为库水位时段内最大允许变化值，m；$Q_t$ 和 $Q_{max}$分别为时段内水电站的发电流量和水轮机组的最大过机流量，$m^3/s$；$N_{min}$、$N_t$ 和 $N_{max}$分别为水电站的保证出力、时段平均出力和装机容量，kW。

生态约束条件为减水河段的生态流量需求。国内外绝大多数水库生态调度研究采用一个固定值 $Q_{min}$来表达河道最小生态流量[4]。该生态约束条件获取快捷，建模成本较低，但其对生态系统的保护效果正越来越受到质疑。文献[5]指出河道生态系统对于流量的需求远比河道最小生态流量要复杂和精细。

本研究引入流量过程 $Q_e(t)$ 作为模型的生态约束条件，其流量值随时间变化，反映目标物种（一种或者多种）不同生长阶段的需求差异，同时反映河流水文情势固有的季节性变化。此外，引入松弛因子表达生态流量满足程度，建立约束条件不同满足程度与水库调度目标的定量响应。

$$Q_t^1 + S_t^1 \geqslant \lambda \cdot Q_e(t) \tag{8}$$

$$Q_t^1 + S_t^1 - Q_t^2 = \lambda \cdot Q_e(t) \tag{9}$$

式(8)、(9)中，$Q_t^1$ 和 $Q_t^2$ 分别为通过锦屏一级和二级电站水轮机组下泄的流量，$m^3/s$；$Q_e(t)$为河段生态需水量过程，$m^3/s$；$\lambda$ 为松弛因子，取值范围[0,1]。

### 1.3　模型求解

模型采用库水位作为决策变量。由于锦屏二级水库为日调节，因此决策变量为每日库水位。调节时段为年时，模型共有库水位变量达 730 个（独立变量）。

优化模型求解的方法很多，本研究采用遗传算法[6]进行模型求解。考虑到水库生态调度模型中约束条件繁多且大都为非线性，本研究采用了改进实码遗传算法[7]，该算法可有效提升原算法的效率和准确性，同时降低陷入局部最优的概率

模型的求解流程见图 2，首先对库水位进行编码，生成若干初始群体（即库水位系列），然后经过相应的运算得到不同库水位调度方案下的目标函数值。

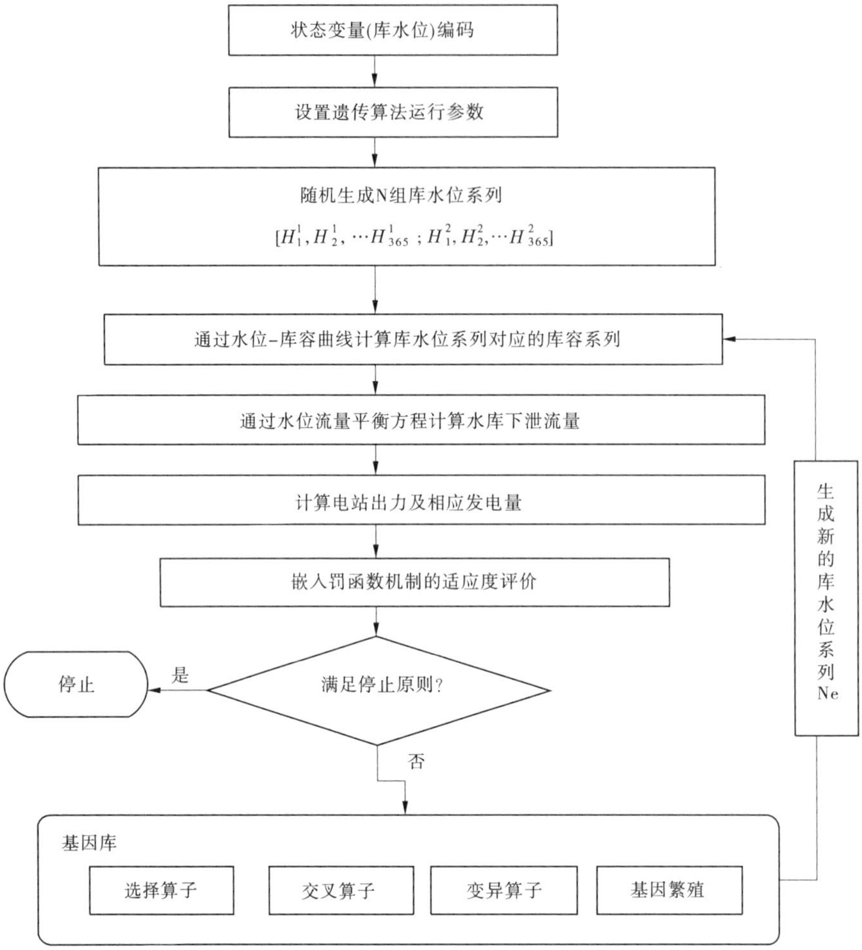


**图 2　锦屏梯级电站生态调度优化模型求解流程**

## 2　减水河段生态流量确定

河流生态流量的计算方法很多,大致可分为水文法、水力学法、栖息地模拟法以及整体法[8]。本研究分别采用 Tennant 法(水文法中常用的方法)和栖息地模拟法计算减水河段的生态流量,确定优化模型中的生态流量约束条件。

### 2.1　Tennant 法计算的生态流量

锦屏大河湾猫猫滩断面的多年平均流量为 1 220 $m^3/s$,汛期集中在 6 ~ 10 月。根据 Tennant 评估方法,大河湾段"流量及相应栖息地状态"在不同目标下断面的生态流量见表 1。为了便于定量比较河流生物栖息地保护目标与工程效益变化之间的对应关系,将大河湾段生态环境保护目标的定性描述转化为对应的流量比例。

需要说明的是,研究选用的猫猫滩断面是大河湾减水河段的上游断面,区间内有九龙河(见图 1)汇入,因此在猫猫滩断面生态流量得到满足的条件下,下游河段生态流量具有较高的保障。

### 2.2　栖息地模拟法计算的生态流量

裂腹鱼是研究区域的主要经济鱼类,原型调查共采集到裂腹鱼类 1 属 5 种,占雅砻江鱼类种类总数(78 种)的6.41%，占鲤科鱼类种类总数(33 种)的15.2%[1]。因此，研究选取裂腹鱼作为目标物种。本研究通过原位调查和室内实验，采用模糊数学方法建立鱼类栖息地模型，在此基础上通过与水环境模型耦合，研究河流不同调节模式导致的水文情势变化对鱼类栖息地的影响，得到流量与有效栖息地面积之间的关系，并据此提出目标鱼类有效栖息地面积不同保护比例下的流量需求过程(表2)[9]。

**表1　Tenant 法确定的锦屏大河湾河段栖息地质量与相应的生态流量过程**

| 流量及相应栖息地状态 | 占平均流量的比例 | 1月 | 2月 | 3月 | 4月 | 5月 | 6月 | 7月 | 8月 | 9月 | 10月 | 11月 | 12月 |
|---|---|---|---|---|---|---|---|---|---|---|---|---|---|
| 极差 | 0 | 0 | 0 | 0 | 0 | 0 | 0 | 0 | 0 | 0 | 0 | 0 | 0 |
| 差 | 5 | 61 | 61 | 61 | 61 | 61 | 61 | 61 | 61 | 61 | 61 | 61 | 61 |
| 一般 | 15 | 122 | 122 | 122 | 122 | 122 | 244 | 244 | 244 | 244 | 244 | 122 | 122 |
| 较好 | 30 | 244 | 244 | 244 | 244 | 244 | 488 | 488 | 488 | 488 | 488 | 244 | 244 |
| 好 | 40 | 366 | 366 | 366 | 366 | 366 | 610 | 610 | 610 | 610 | 610 | 366 | 366 |
| 很好 | 50 | 488 | 488 | 488 | 488 | 488 | 732 | 732 | 732 | 732 | 732 | 488 | 488 |
| 最佳 | 100 | 358 | 321 | 328 | 435 | 695 | 1 590 | 2 810 | 2 590 | 2 500 | 1 620 | 809 | 488 |

注：表中最佳定义为多年平均月径流。

**表2　栖息地模拟法确定的锦屏大河湾河段栖息地质量与相应的生态流量过程**

| 有效栖息地面积保护比例 | 1月 | 2月 | 3月 | 4月 | 5月 | 6月 | 7月 | 8月 | 9月 | 10月 | 11月 | 12月 |
|---|---|---|---|---|---|---|---|---|---|---|---|---|
| 0% | 0 | 0 | 0 | 0 | 0 | 0 | 0 | 0 | 0 | 0 | 0 | 0 |
| 30% | 30 | 30 | 30 | 60 | 60 | 60 | 60 | 103 | 102 | 100 | 30 | 30 |
| 50% | 40 | 36 | 38 | 110 | 112 | 152 | 108 | 169 | 168 | 158 | 38 | 50 |
| 70% | 78 | 74 | 75 | 201 | 217 | 252 | 186 | 313 | 310 | 261 | 75 | 98 |
| 90% | 225 | 168 | 170 | 330 | 342 | 366 | 288 | 1 240 | 1 230 | 850 | 170 | 370 |
| 100% | 358 | 321 | 328 | 435 | 695 | 1 590 | 2 810 | 2 590 | 2 500 | 1 620 | 809 | 488 |

注：表中100%定义为多年平均月径流过程下得到的鱼类适宜栖息地面积。

## 3　调度情景模拟及分析

### 3.1　基于 Tenant 方法的生态调度

根据“流量及相应栖息地状态”，通过调整 $\lambda$ 设置调度情景(表3)，其中情景 T1 表示不考虑减水河段的生态流量需求，即生态约束条件中 $\lambda=0$；而情景 T7 则表示减水河段的生态流量可以达到河段的多年平均径流量，即生态约束条件中 $\lambda=1$，对应的目标描述为最佳；其余调度情景介于两者之间。

为了分析考虑生态需求的调度可能带来的发电损失，定义常规调度下的发电量为 $P_0$，生态调度方式的发电量为 $P_n$，则生态调度相对于常规调度的电量损失率为 $(P_0-P_n)/P_0$。将表中不同的生态流量过程作为生态约束输入模型，在平水年同一天然来流条件下优化得到不同调度情景下对应的水库调度模式以及各策略下梯级电站的年发电量,并计算其相对于常规调度的电量损失率(表3及图3)。情景T1为常规调度,其电量损失率为0。随着生态目标趋于优良,电量损失率基本呈线性增加;当生态目标为差时(减水河段生态流量满足程度为5%),发电量较常规调度约损失5%;而当生态流量满足程度为100%时,发电量损失达到近40%。

表3　基于Tenant法的生态调度模式

| 流量及相应栖息状态 | 极差 | 差 | 一般 | 较好 | 好 | 很好 | 最佳 |
|---|---|---|---|---|---|---|---|
| 目标对应的生态流量满足度 $\lambda$ | 0% | 5% | 15% | 30% | 40% | 50% | 100% |
| 情景编号 | T1 | T2 | T3 | T4 | T5 | T6 | T7 |
| 电量损失率(%) | 0.0% | 5.0% | 9.1% | 12.7% | 18.1% | 21.1% | 39.4% |

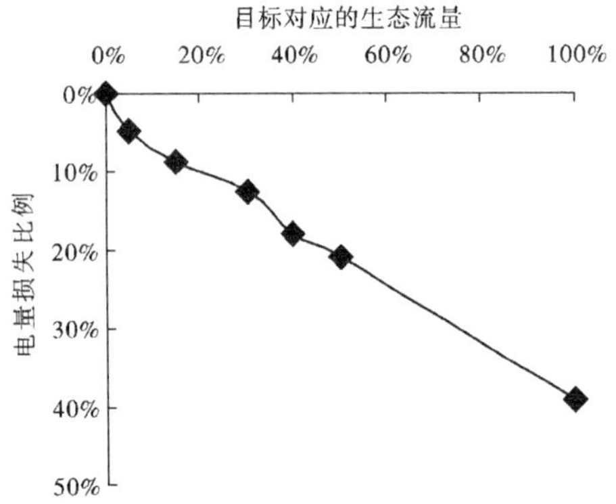


图3　流量及相应栖息地状态电量损失关系

## 3.2　基于鱼类栖息地方法的生态调度

根据有效栖息地面积不同保护程度对应的生态流量过程设定调度情景(表4),在同一天然来流条件下优化得到大坝对应的调度模式,计算其相对于常规调度的电量损失率(表4及图4)。

结果表明,随着有效栖息地面积保护比例的增加,电量损失率逐渐增大,当栖息地面积保有量达到30%,发电量较常规调度约损失1.5%,,当栖息地面积保有量达到50%时,发电量约损失2.5%;其后随生态流量满足程度急剧增加,当栖息地面积保有量达到90%时导致约16%的发电量损失;而栖息地面积保有量为100%时将导致约40%的发电量损失(与Tenant方法相近)。

表4　基于栖息地模型法的调度情景

| 栖息地面积比例 | 0% | 30% | 50% | 70% | 90% | 100% |
|---|---|---|---|---|---|---|
| 情景编号 | H1 | H2 | H3 | H4 | H5 | H6 |
| 电量损失率 | 0.0% | 1.5% | 2.5% | 4.9% | 15.7% | 39.4% |

## 3.3　推荐生态调度方案

目前,我国生态调度的原则是在保障防洪和发电等工程效益的前提下,通过合理有效的

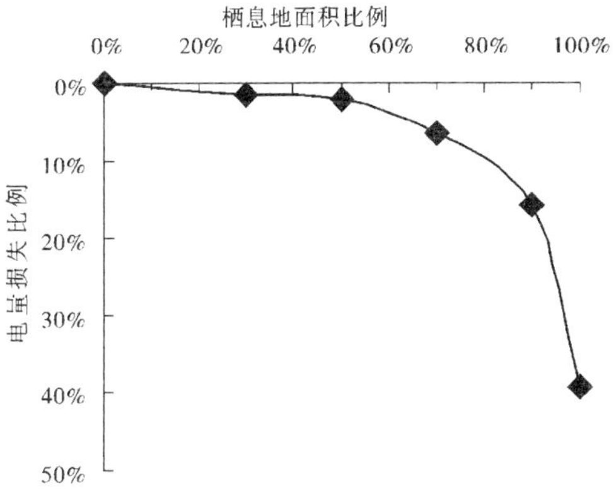


**图4　有效栖息地面积保有比例与电量损失关系**

调整来减轻大坝对下游生态影响[10]。在该目标下,推荐生态调度方案应该是工程效益损失最小而同时生态效益相对最大。

从图3和图4可以看出,基于Tennant方法的生态调度,电量损失率随着生态流量满足程度呈线性增加,无法找到合适的平衡点;而基于栖息地方法的生态调度,其最佳平衡点为有效栖息地面积(WUA)保有率达到多年平均径流条件下的50%,发电量损失约2.5%。

由于本案例中减水河段的生态流量需求主要来于所选的特征鱼类,栖息地具有较强的针对性,且按该平衡点调度时,工程效益仅仅损失约2.5%,对工程影响较小,大坝调度的决策者易于接受。而按Tennant方法的生态调度,同样的工程效益损失换取的河流生态目标尚处于“差”的水平,因此,本案例中最优生态调度模式可以定为保护目标鱼类50%的有效栖息地面积。

在这种生态调度模式下,平水年中梯级水库水位运行方案及相应的流量过程见图5~图7。

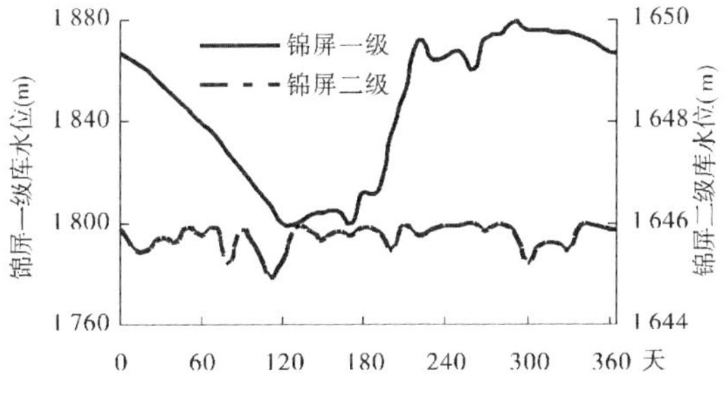


**图5　推荐调度策略下的锦屏梯级库水位过程**

根据锦屏一级大坝及二级电站的流量过程,可计算得到大河湾减水河段流量,如图8所示。结果表明,枯水期减水河段的流量与优化模型的约束条件一致。由于锦屏一级为年调节水库,在汛期将产生一定的弃水,而二级电站调节库容仅约500万$m^3$,因此一级水库的弃水也将通过二级闸址下泄至大河湾河段,使得汛期该河段流量大于生态约束流量。枯水期大河湾流量为36~50 $m^3/s$,利用建立的河段二维水动力学模型计算,得到河段平均水深在1.4~9.5 m之间,大部分河段水深均在鱼类体长3倍以上,基本满足鱼类游动和觅食要求[1]。河面宽度约58 m,仍维持中型河流特征。汛期由于电站弃水,河段流量有较大增加,

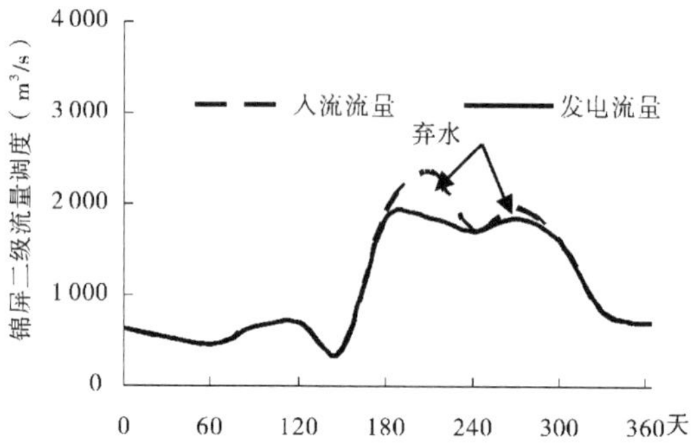


图6　推荐运行模式下锦屏一级水库下泄流量

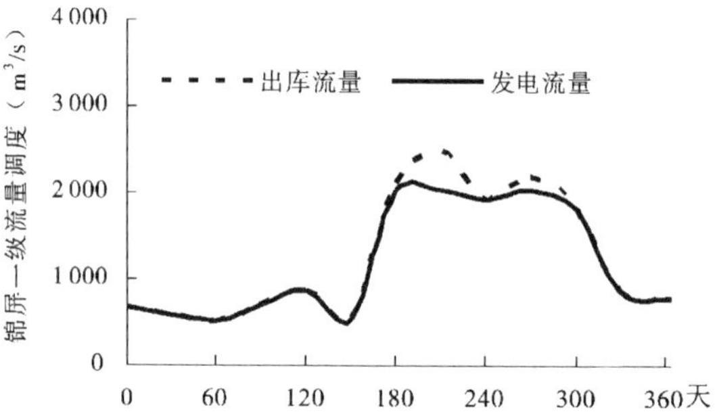


图7　推荐运行模式下锦屏二级水库下泄流量

大河湾流量可达640 $m^3/s$,河段平均水深超过2 m,河面平均宽度超过60 m,仍能维持大型河流特征。

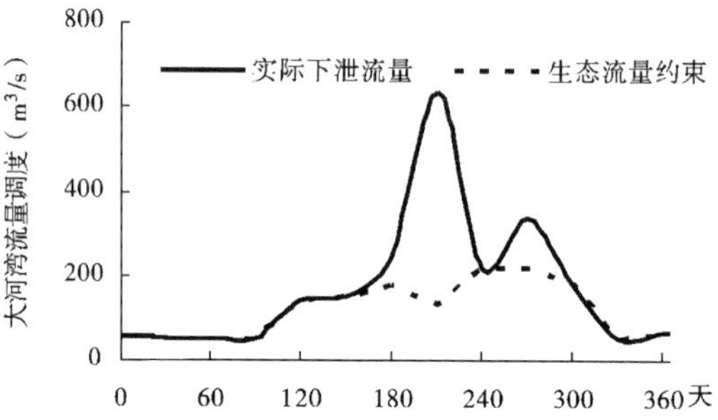


图8　推荐运行模式下大河湾减水河段流量变化

## 4　结　论

（1）雅砻江锦屏二级采取引水式发电,导致长约120 km的大河湾出现急剧减水,该河段中分布有裂腹鱼多处产卵场和越冬场,因此需要开展生态调度以满足减水河段的生态用水需求。本研究通过引入生态流量过程作为约束条件,建立了水库生态调度优化模型,模拟生态调度情景。

（2）与传统工程调度相比,生态调度带来一定的发电损失,由此导致工程利益与生态效益之间的矛盾。采取基于Tennant法确定的减水河段生态流量进行生态调度,随着河流生态目标趋于优良,电量损失率呈线性增大。采用基于栖息地法的生态调度,发电量损失2.5%可获得目标鱼类有效栖息地面积50%的保护。因此,在锦屏梯级生态调度中,推荐采用基于栖息地方法的生态调度模式。

(3)采用基于栖息地法的生态调度推荐模式，雅砻江锦屏梯级工程减水河段枯水期的生态流量施放值为 36 ~ 50 $m^3/s$。

## 参考文献


[1] 中国水电顾问集团华东勘测设计研究院．雅砻江锦屏二级环境影响报告书[R],2005.

[2] Whiting P. J. Stream flow necessary for environmental maintenance. Annual Review of Earth and Planetary Sciences, 2002,30: 181 - 206.

[3] Castelletti A. , Pianosi F. , Soncini - sessa R. Water reservoir control under economic, social and environmental Constraints. Automatica,2008, 44: 1595-1607.

[4] Homa, E. S. , Vogel, R. M, Smith, M. P. AnOptimization Approach for Balancing Human and Ecological Flow Needs. In: EWRI 2005:Impacts of Global Climate Change, Proceedings of the 2005 World Water and Environmental Resources Congress, Anchorage, Alaska.

[5] Richter, B. D. , Baumgartner, J. V. , Wigington, R. How much water does a river need? Freshwater Biology, 1997,37:231-249.

[6] Labadie, J. W. Optimal operation of multireservoir systems: State-of-the-art review. Journal of Water Resources Planning and Management, 2004, 130(2): 93-111.

[7] Chen, D. , Chen, Q. , Chen, J. Application and Adaptation of Genetic Algorithm in Optimal Eco-friendly Reservoir Operation. Proceedings of 2010 IEEE International Conference on Intelligent Computing and Intelligent Systemsconference, 2010, Xiamen, China.

[8] Tharme, R. E. A global perspective on environmental flow assessment: Emerging trends in the development and application of environmental flow methodologies for rivers. River Research andApplications, 2003, 19 (5-6): 397-441.

[9] Li, R. , Chen, Q. , Chen D. Ecological hydrograph based on Schizothorax chongi habitat conservation in the de-watered river channel between Jinping Cascaded Dams. Science China, 2011, 54: 54-63.

[10] 汪恕诚．论大坝与生态[J]. 水力发电, 2004,30(4):1-4.

# 短须裂腹鱼的人工繁殖技术研究

甘维熊　王红梅　邓龙君　曾如奎

（雅砻江流域水电开发有限公司　四川　成都　610051）

**摘要**：短须裂腹鱼是雅砻江锦屏・官地水电站鱼类增殖放流站近期6种人工增殖放流品种之一。通过采用胸鳍基部二次注射法，首次对人工驯养的5尾性成熟的野生短须裂腹鱼进行人工催产，第一次注射催产药物为促黄体素释放激素类似物（LRH－$A_2$）和绒毛膜促性腺激素（HCG），剂量为（5μg＋500 IU）/kg 鱼体重，第二次注射催产药物为鲑鱼促性腺激素释放激素类似物（S－GnRHA）和地欧酮（DOM），剂量为（40μg＋5 mg）/kg 鱼体重。在水温13～14 ℃条件下，效应时间为20～22 h，共获得卵子约7 000粒，受精卵约6 000粒，孵出仔鱼4 000尾，催产率、受精率和孵化率分别为67%、86%和67%。本次人工繁殖试验获得成功，表明在短须裂腹鱼人工繁殖方面取得了重大突破和积极进展，为将来雅砻江下游裂腹鱼类增殖放流保护奠定了技术基础。

**关键词**：短须裂腹鱼（Schizothorax wangchiachii）　亲鱼培育　人工繁殖

## 1　引　言

短须裂腹鱼（Schizothorax wangchiachii）隶属于鲤科（Cyprinidae）、裂腹鱼亚科（Schizothoracinae）、裂腹鱼属（Schizothorax Heckel），主要分布于金沙江、雅砻江、乌江等水系中，主要以着生藻类、底栖生物为食，每年繁殖期为3～4月，是产区的重要经济鱼类[1]。曹文宣等（1981）[2]研究称道在我国裂腹鱼类共有11个属，78个种和亚种，占世界总数的80%。在裂腹鱼类中，目前研究较多的是齐口裂腹鱼，国内学者对齐口裂腹鱼人工繁殖[3,4]、胚胎发育[5]、营养需求[6]、疾病防治[7]及肉质[8]等方面都已有研究，昆明裂腹鱼[9,10]的人工繁殖也有研究，但关于短须裂腹鱼人工繁殖的报道相对较少，缺乏成熟的人工繁殖技术。短须裂腹鱼作为雅砻江锦屏・官地水电站鱼类增殖放流站的近期增殖放流鱼类种类之一，对其人工繁殖技术开展相关研究，旨在提高雅砻江特有鱼类保护的技术水平，促进鱼类保护工作的有效开展。

## 2　材料与方法

### 2.1　试验地点

试验地点在雅砻江锦屏・官地水电站鱼类增殖放流站，站址位于四川省凉山州盐源县与木里县交接的雅砻江干流锦屏大河湾峡谷河段左岸的锦屏大沱1#号营地，占地面积48.21亩，海拔为1 658 m。

## 2.2　亲鱼培育

2011 年 9 月收集野生短须裂腹亲鱼，驯养于鱼类增殖放流站环形亲鱼池（面积约 446 $m^2$，控制水深 1.5 m），养殖水源为雅砻江水，泵提至站内蓄水池沉淀后进入环形亲鱼池，水质良好，水温 8～23 ℃，溶氧 6.5 mg/L 以上，pH7.0～8.5。用海大牌浮性颗粒饲料驯食前先饥饿 3 d，驯食成功后进行常规饲养管理，投饲遵循"四定"和"四看"原则，定期换水。

## 2.3　亲鱼选择

挑选体健壮无伤、发育良好的雌雄亲鱼。其中雌鱼要求腹部膨大、柔软、有弹性，生殖孔微红、稍突出；雄鱼要求吻端具白色珠星，轻挤腹部有乳白色精液流出。

## 2.4　人工催产

采用胸鳍基部注射促黄体素释放激素类似物（ $LRH-A_2$ ）、绒毛膜促性腺激素（HCG）、地欧酮（DOM）、鲑鱼促性腺激素释放激素类似物（S－GnRHA），催产剂组合及剂量见表 1。雌鱼采用 2 次注射法，而雄鱼采用 1 次注射法，雌鱼注射第 2 针时，同时注射雄鱼，剂量为雌鱼注射剂量的一半。注射后将亲鱼放入 8 m×3.5 m 的催产池，注入山泉水，水温保持在 13～14 ℃，控制水位约 60 cm，池底铺卵石，用水泵冲水。

表 1　雌性短须裂腹鱼催产剂组合及剂量

| 针次 | 水温（℃） | 注射时间 | 催产剂组合及每千克鱼体剂量 |
|---|---|---|---|
| 第 1 针 | 13.5 | 2 月 10 日 16:00 | $LRH-A_2$(5 μg)＋HCG(500 IU) |
| 第 2 针 | 13 | 2 月 11 日 09:00 | S－GnRHA(40 μg)＋DOM(5 mg) |

## 2.5　人工授精与孵化

密切关注效应时间，及时人工授精。当亲鱼在池内出现相互追逐或雄鱼用吻端顶雌鱼腹部时，每隔 1 h 组织拉网检查亲鱼，轻压雌鱼腹部，当发现有卵粒顺畅流出，立即进行干法人工授精。当精卵充分搅拌混合后，加入适量的 0.9% 生理盐水，用鸡毛继续搅拌 1～2 min，用清水多次洗净受精卵后均匀分散在塑料大盆的固定网片（120 目）上淋水孵化，及时挑拣未受精卵和水霉卵，整个过程避免强光。

## 2.6　数据统计与处理

催产率＝产卵鱼尾数/催产雌鱼尾数×100%；受精率＝受精卵数/产卵总数×100%；孵化率＝仔鱼尾数/受精卵数×100%。其中受精卵计数取原肠胚中期，仔鱼计数取平游后开始大量摄食的鱼苗。

# 3　结　果

## 3.1　亲鱼培育与选择

根据观察，野生短须裂腹鱼入池后在池底成群四处游动，胆小易被惊吓，喜欢聚集阴暗处，有顶水的习性。每天 08:00、14:30 和 19:00 定点投喂驯食，同时轻轻敲击盆底，经 7 d 左右大部分裂腹鱼能闻声跃出水面抢食饲料，每次投喂保证水面略有余料。在 10 月和 11 月亲鱼摄食活跃，12 月和 1 月亲鱼进入越冬期，摄食量相对减少。在经强化培育和越冬管理后，在水温回到 13 ℃时，组织对亲鱼性腺成熟发育情况进行检查。雄鱼吻部带有"珠星"，轻压腹部均能挤出乳白色精液；雌鱼腹部较软，膨大不明显，生殖孔微突，轻压腹部无卵粒流出，为掌握雌鱼发育阶段，解剖1尾观察卵巢已发育至Ⅳ期。挑选5尾性腺发育良好的亲鱼，其中雌性3尾，用于人工催产。

### 3.2 人工催产及孵化

2012年2月10日组织对5尾亲鱼进行人工催产，效应时间为20～22 h。2尾雌鱼产卵约7 000粒，另外1尾未产，催产率为67%，32 h胚胎发育至原肠中期，获受精卵约6 000粒，受精率约86%，112 h后出膜，获4 000尾鱼苗，孵化率约67%。

## 4 讨论与分析

### 4.1 亲鱼培育

亲鱼培育技术与性腺发育程度密切相关，成熟的性腺是人工催产的物质基础，为此亲鱼培育是人工繁殖技术中的关键一环。为减轻亲鱼在人工养殖环境中的应激反应，应尽可能地模拟短须裂腹鱼的野外生境，在研究中将用于培育亲鱼的环形亲鱼池底铺满卵石，保持水质清新、微流水并且在部分池段搭建遮阳网以满足其喜阴的生物学习性。短须裂腹鱼属杂食性鱼类，在野生环境下，主食河底岩石上的着生藻类，底栖生物等，为满足亲鱼性腺发育的营养需要，本研究试选择蛋白含量为35%的人工配合饲料作为饵料，亲鱼摄食旺盛，性腺发育良好。

### 4.2 水流对亲鱼性腺成熟的影响

在人工催产条件下，亲鱼培育期间常年流水或在临产前适当给予较大水流刺激，保证池水清新和溶氧充足，加速亲鱼的新陈代谢和体内储存的营养物质向性腺转化，对性腺发育、成熟和产卵都具有良好的促进作用[11]。目前，国内对齐口裂腹鱼[3]、昆明裂腹鱼[10]的人工繁殖也是采用流水培育亲鱼获得了较好的效果。本研究中每次喂料后加注新水30 min，进入1月份，时间延长至1 h，微流水培育，研究结果证明短须裂腹鱼在微流水环境中性腺能正常发育成熟。但陈礼强(2007)[12]认为采用微流水培育的细鳞裂腹鱼的雌、雄亲鱼性腺均出现严重退化，而在流水量大的池中培育的亲鱼性腺能正常发育。究其原因可能是不同裂腹鱼对水流刺激的强度需求存在差异，但也有可能是陈礼强(2007)在亲鱼培育过程中出现如营养不良、疾病等致使性腺退化的因素。

### 4.3 水温对亲鱼人工繁殖的影响

每种鱼类都具有产卵的温度阈值，若水温达不到产卵或排精的阈值，即使性腺已发育成熟，也不能完成生殖活动[11]。裂腹鱼属亚冷水性鱼类，水温对其排卵与产卵密切相关，且不同种间的温度阈值也存在差异。齐口裂腹鱼的人工繁殖水温为10～14 ℃[4]，但水温高于17 ℃将导致亲鱼性腺的退化，造成半产、孵化后期死亡或催产失败[3]；细鳞裂腹鱼的适宜的人工繁殖水温为13～18 ℃，但高于18 ℃亲鱼性腺又开始出现退化，即使产卵，其死亡率也非常高[12]。本次研究中在水温为13～14 ℃的条件下，短须裂腹鱼人工繁殖取得成功，与刘跃天(2007)[13]报道的短须裂腹鱼人工繁殖水温13～15 ℃，基本保持一致。因此当水温回升到13 ℃即可满足短须裂腹鱼人工繁殖的水温需求，但其产卵温度上限值还有待进一步研究。

### 4.4 催产药物及效应时间对人工繁殖“三率”的影响

催产率、受精率及孵化率是衡量鱼类人工繁殖的重要技术指标。催产率可反映出亲鱼培育水平和催产技术[11]。目前主要使用的催产药物有PG、LRH－A、HCG、GnRHA及

DOM,但药物配伍、剂量及注射次数均没有形成具体的统一标准,需要根据亲鱼成熟程度及水温高低而确定。本研究采取第一针注射 LRH - $A_2$(5 μg) + HCG(500 IU)和第二针注射 S - GnRHA(40 μg) + DOM(5 mg)的配伍模式取得了较好的催产效果,催产率、受精率及孵化率均分别优于刘跃天(2007)报道的短须裂腹鱼"三率"。但本研究中的催产药物配伍、剂量及注射次数是否为短须裂腹鱼人工催产的最佳模式,还有待进一步研究。

效应时间掌控也是人工繁殖技术中一项关键技术。如果在超过效应时间没能够及时采卵子,大多数情况下会导致卵子在卵巢腔内"过熟"降低受精率、孵化率。本研究中的效应时间为 20 ~ 22 h,采集到的卵子呈饱满圆润、精液浓乳白色,精卵质量保证了较高的受精率和孵化率。

## 5　结　论

此次短须裂腹鱼在雅砻江锦屏·官地水电站鱼类增殖放流站人工繁殖试验成功,初步摸清了短须裂腹鱼人工繁殖的亲鱼培育、水流、水温及催产剂等关键技术环节,为将来规模化增养殖及其他裂腹鱼类保护与开发奠定了基础。

### 参考文献


[1] 丁瑞华. 四川鱼类志[M]. 成都:四川科学技术出版社,1994:365.

[2] 曹文宣. 裂腹鱼类的起源和演化及其与青藏高原的隆起关系[M]. 北京:科学出版社,1981.

[3] 董艳珍,邓思红. 齐口裂腹鱼的人工繁殖与苗种培育[J]. 水产科学,2011,30(10):638-640.

[4] 若木,王鸿泰,殷启云,等. 齐口裂腹鱼人工繁殖的研究[J]. 淡水渔业,2001,31(6):3-5.

[5] 吴青,王强,蔡礼明,等. 齐口裂腹鱼胚胎发育和仔鱼的早期发育[J]. 大连水产学院学报,2004,19(3):218-221.

[6] 何雷,冯健. 齐口裂腹鱼幼鱼对蛋白质、脂肪和碳水化合物需要量研究[J]. 水生态学杂志,2008,28(1):76-80.

[7] 杜宗君. 齐口裂腹鱼溃疡病病原分离鉴定及病理学观察[D]. 雅安:四川农业大学,2007.

[8] 温安祥,曾静康,何涛. 齐口裂腹鱼肌肉的营养成分分析[J]. 水利渔业,2003,23(1):13-15.

[9] 宴宏,詹会祥,周敬礼,等. 昆明裂腹鱼人工繁殖技术研究[J]. 淡水渔业,2010,40(6):66-70.

[10] 胡思玉,詹会祥,赵海涛,等. 昆明裂腹鱼人工驯养繁殖技术[J]. 湖北农业科学,2012,51(1):136-138.

[11] 曹可驹. 淡水鱼繁殖工培训教材[M]. 北京:金盾出版社,2008.

[12] 陈礼强,吴青,郑曙明. 细鳞裂腹鱼人工繁殖研究[J]. 淡水渔业,2007,37(5):60-63.

[13] 刘跃天,冷云,徐伟毅,等. 短须裂腹鱼人工繁殖初探[J]. 水利渔业,2007,27(5):31-32.

# 二滩水库水温模型验证

李　娟　姜跃良　吉小盼

（中国水电顾问集团成都勘测设计研究院有限公司　四川　成都　610072）

**摘要**：采用二滩历年库区水温观测资料，开展二滩水电站水温影响回顾评价及校正 CE－QUAL－W2 模型。资料分析结果显示，二滩建库后库区水温呈明显分层结构，部分月份还出现双温跃层现象；模型模拟结果显示，库区计算水温与实测水温平均绝对误差约 1 ℃；坝下下泄水温绝对误差为 0.04～1.74 ℃，模拟效果较好。通过参数灵敏度分析，风保护系数对水温模拟结果影响作用明显。

**关键词**：二滩水电站　水温分层　CE－QUAL－W2 模型　风保护系数

## 1　研究背景

雅砻江是金沙江最大的支流，目前雅砻江干流中下游河段共计 12 级水电开发，自上至下依次是：两河口、牙根一级、牙根二级、楞古、孟底沟、杨房沟、卡拉、锦屏一级、锦屏二级、官地、二滩、桐子林。

由于雅砻江干流下游水电开发时间较早，规划阶段和工程项目环评阶段均未充分考虑环境要素的整体性和累积性影响，随着水电开发活动向中上游延伸，涉及的区域生态环境更加敏感、脆弱，开发造成的不利影响可能会愈加严重。为进一步推进雅砻江水电项目的科学、合理、有序开发，协调好水电开发与环境保护的关系，及时组织开展雅砻江干流中下游河段水电开发环境影响回顾性评价研究工作是十分必要的。

二滩水电站作为雅砻江整条干流上唯一已投产运行多年的大型水电工程，其环境影响已初见端倪，且工程在环保工作中积累了丰富、宝贵的资料和经验，对于开展水电开发环境影响回顾评价工作具备最有利的条件。

水温是重要的水环境和水生态因子，水库运行后库区和坝下游水文情势及水动力学条件的变化引起相应的水温分布变化，直接表现为春夏季水库下泄水温降低、冬季下泄水温升高（与河道天然水温比较）。二滩水库历年水温原型观测结果表明[1,2]，二滩库区水温全年垂向上呈明显分层结构；在二滩水库水温实测资料的基础上，进一步确定水温预测模型参数、验证模型的可靠性，可为同流域其他大型水库水温预测工作提供可靠依据。因此，本文拟在分析二滩水库历年水温原型观测成果的基础上，开展水电工程水温影响分析及水温预测模型验证工作。

## 2　工程概况

二滩水电站是雅砻江干流中下游水电规划 12 个梯级中的第 11 个梯级，正常蓄水位

1 200 m，死水位 1 155 m，调节库容 33.7 亿 $m^3$，具备季调节运行的能力。

二滩水电站坝址上游约 19 km 处有支流鳡鱼河汇入，二滩运行后形成鳡鱼河支库；坝址下游 11.5 km 设有小得石水文站，自 1960 年以来持续开展雅砻江干流的水温观测，共采集有 1960～2011 年长系列水温实测数据；坝址距离雅砻江汇入金沙江汇口约 33 km，其间有安宁河汇入。二滩坝下河段详见图 1。

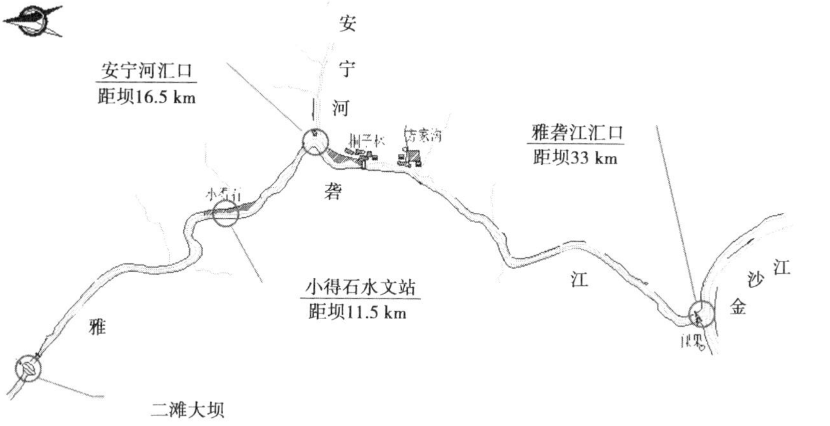


图 1　二滩坝下河道

## 3　水温原型观测

为掌握二滩水库水温分布规律，验证水温预测模型，成都院前期于 1999 年、2005 年以及 2013 年开展了二滩主库及鳡鱼河支库的水温观测。历次原型观测成果表明：①与天然河道水温分布规律不同，二滩电站运行后，干流主库区及支流鳡鱼河库区水温在一年四季均分层。库表至水深 60 m 范围内为温跃层，温度梯度较大；水深 60 m 以下水体温度恒定。②在历次全库区全年水温监测中，2006 年 7 月下旬、2013 年 6 月下旬坝前监测显示水温呈双温跃层结构：除水库表层 10 m 内水体形成温跃层外，库区垂向中部水体也形成一个温跃层。2006 年 7 月下旬二滩水库库区水温分布图见图 2。

库区水温的分布结构受气象条件、入流条件、出流条件、水库自身形态等综合影响，其深层主导因素是库区水体的水动力过程，如紊流、对流等。二滩水库 6、7 月份气温较高、太阳辐射较强，使得水库表层水体吸热而快速升温，在水体表面 10 m 范围内形成一个温度梯度较大的温跃层；同时，水库上游来水在温差异重流的影响下，沿着表层水体下方，流入库区与其温度接近的水层中（上游来水温度低于水库表层水温，因此来水一般流入在水库表层温跃层以下水层中），此时，水库来水流量和出库流量增大，导致来水入潜过程紊动掺混强烈，水体混合作用加强，形成一定厚度的均温层；而二滩水库库底较深，底部水体受外界和上部水体热量传递很少，水温全年变化很小且温度较低，因此，在底部低温层与表层以下均温层之间形成第二个温跃层。

## 4　水温模型验证

在已掌握的二滩水库水温监测数据基础上，通过对水温预测模型参数的进一步率定，可

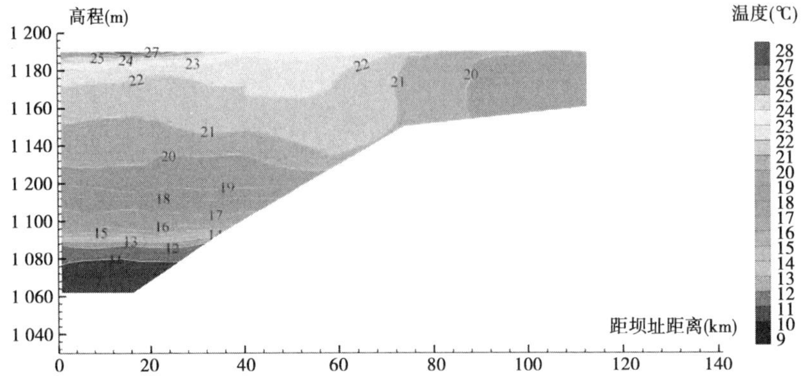


图2　二滩主库2006年7月夏季水温分布图

提高模型模拟同流域其他大型水库水温的精度和可靠性。

早在二滩水电站环境影响报告书(1995年)以及锦屏一级水电站环境影响报告书(2004年)中,成都院及四川大学已经对二滩水库月均库区及下泄水温进行了预测,前者采用水温余弦模式及东勘院法等经验方法计算,后者利用立面二维水温模型模拟。两次预测结果显示,二滩水库在大部分时间里均呈现水温分层结构,12月至翌年1月水库水温分层结构较弱,6~8月分层强烈。不同的是,早期应用的经验法因为其局限性,无法对库区中下层水温进行准确预测;而采用水温模型模拟出的结果则与原型观测较吻合。

本文拟采用由美国陆军工程兵团水道试验站开发的CE－QUAL－W2模型对二滩库区及下泄水温进行模拟验证。该模型是在二维水库模型LARM基础上,通过扩展功能发展起来的。模型为二维横向平均的水动力学和水质模型,目前为止,该模型已成功模拟的水体至少250个[3-8],但国内专门应用于水温模拟中的实例极少。

## 4.1　模型准备

### 4.1.1　模型网格

模型前期准备中,划分计算网格是重要的一步,根据二滩库区干流的断面资料,河流纵向上,将计算河段划分为72个网格;垂向上,按2 m一层,沿程不同水深划分为不同层数,其中坝前垂向最大垂向水体层数为82层(图3)。

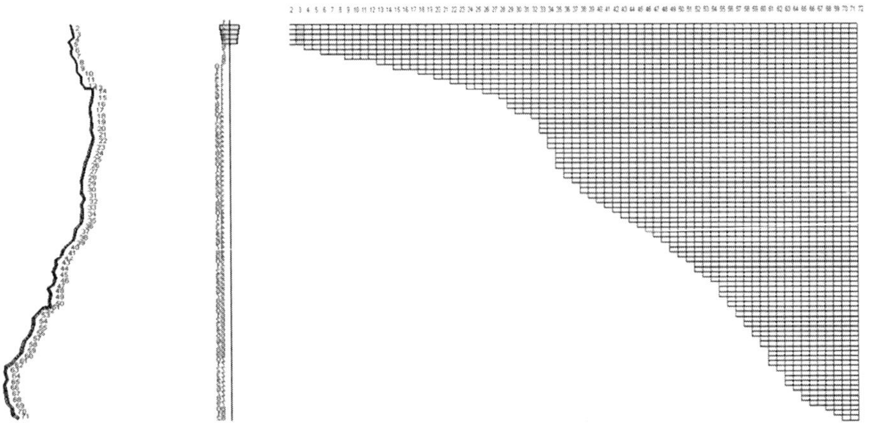

图3　二滩库区模型计算网格平面、横切面、纵切面示意图

4.1.2　模型输入

模型输入文件有边界文件和主控文件,其中边界文件分为断面边界文件、气象数据文件、出入库流量文件、入库水温文件等,断面边界文件用来表征自库尾至坝前所有计算大断面数据;气象、流量、入库水温资料均为2005年11月~2006年7月同期数据。

4.1.3　参数

模型中对水温计算影响较大的参数有纵向涡流黏滞系数(ax)、纵向涡流扩散系数(dx)、河道阻力系数、水面对太阳辐射吸收系数(beta)、纯水消光系数($exh_2o$)及风力保护系数(wsc)等。各参数的作用及模型默认取值详见表1。

**表1　CE-QUAL-W2模型中影响水温预测的参数作用及默认取值**

| 参数名称 | 参数作用 | 参数默认取值 |
|---|---|---|
| CHEZY系数 | 用来计算湍流和库底的能量交换 | 70 $m^2/s$ |
| 纵向涡流黏滞系数(ax) | 描述横向平均时,湍流动量在纵向的传递 | 1 $m^2/s$ |
| 纵向涡流扩散系数(dx) | 描述横向平均时,湍流中的物质和能量在纵向上的传递 | 1 $m^2/s$ |
| 水面对太阳辐射吸收系数(beta) | 表征太阳辐射在水体表面被吸收的量 | 0.45 |
| 纯水消光系数($exh_2O$) | 表征太阳辐射因水体的吸收和散射而减弱的量 | 0.45 |
| 风力保护系数(wsc) | 表征风对水体的作用大小 | 0~1 |

上述参数中除CHEZY系数为模型中已设定好不可更改外,其余5个参数皆可自由取值。

为掌握各参数在模型计算中的灵敏度,对上述参数分别进行灵敏度分析。分析思路为:分析一个参数的灵敏度时,先固定另外4个参数,再将此参数取不同数值,并带入模型运算,分析此参数不同取值时对计算结果的影响。

按照上述思路,各参数灵敏度分析如下:

(1)纵向涡流黏滞系数(ax):

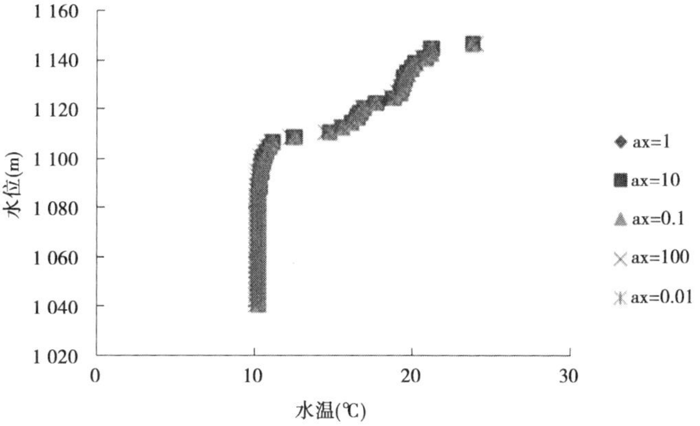


**图4　纵向涡流黏滞系数灵敏度**

当ax在0.01~100范围内变化时,垂向水温分布结构没有发生变化,因此,纵向涡流黏滞系数对水温计算结果没有影响,在水温模拟中不敏感。

(2)纵向涡流扩散系数(dx):

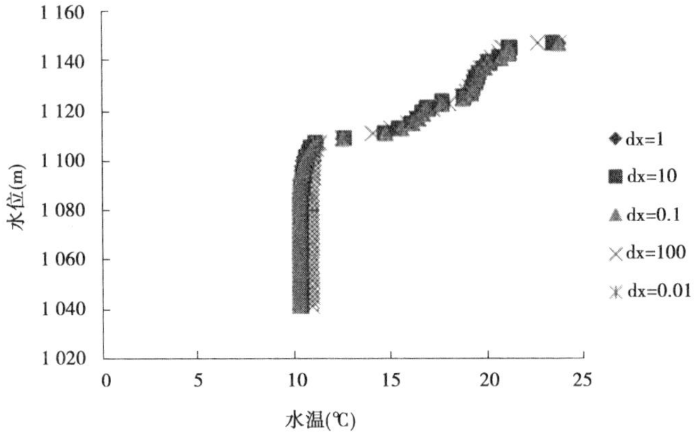


**图5　纵向涡流扩散系数灵敏度**

当 dx 在 0.01 ~100 范围内变动时,水温垂向分布几乎没有改变,仅在 dx =100 的极端情况下,库底低温层水温整体略有升高,最高升高仅 1℃,可以看出,纵向涡流扩散系数在水温模拟中较不敏感。

(3)水面对太阳辐射吸收系数(beta):

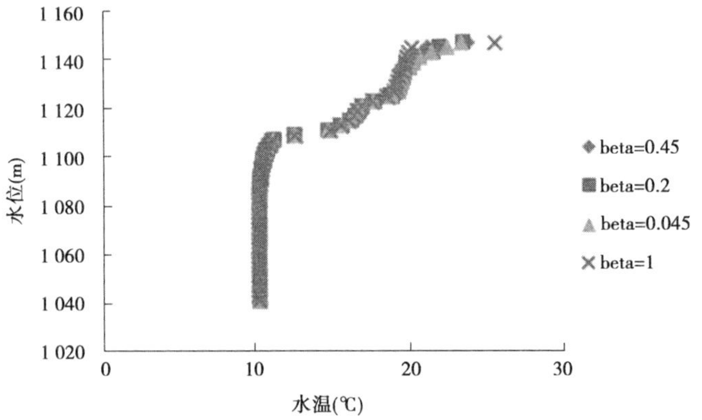


**图6　水面对太阳幅射吸收系数灵敏度**

当 beta 在 0.045 ~1 范围内变化时,从图中看出,垂向水温结构几乎没有变化;而仅在 beta 取极端值 1 时,即太阳辐射全部被表面水体吸收的情况下,表层水温迅速升高,而靠近表层的下层水温出现骤降,因此,beta 取值对库表及接近库表以下的水温计算有影响,但对水温垂向总体分布结构没有影响。

(4)纯水消光系数($exh_2o$):

当 $exh_2o$ 自 0.045 增到 4.5,表层水温增加 2.5 ℃,同时,表层以外的其他深度水体有同步的减小趋势,说明 $exh_2o$ 在水温模拟中是比较敏感的参数。分析原因,纯水消光系数代表太阳辐射在水体中被表面吸收和散射的量,其值增大,辐射损失量越大,除表层水体外,其余深度上能够吸收得到的辐射热量均将减小。

(5)风力保护系数(wsc):

wsc 自 0.1 增加到 3,库表水温有所降低,说明风力作用增强,导致库表热量散失大,温

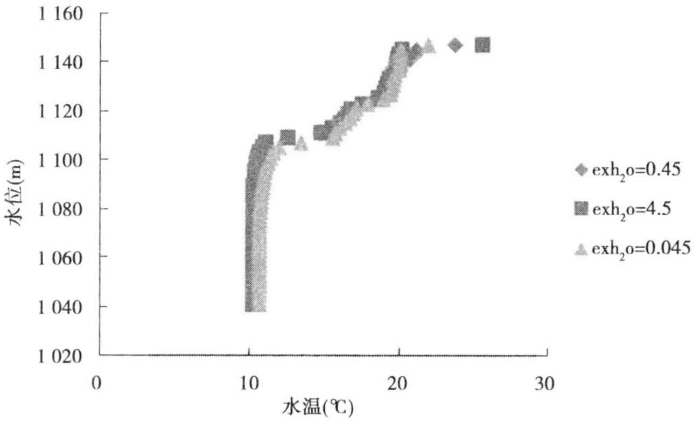


图7　纯水消光系数灵敏度

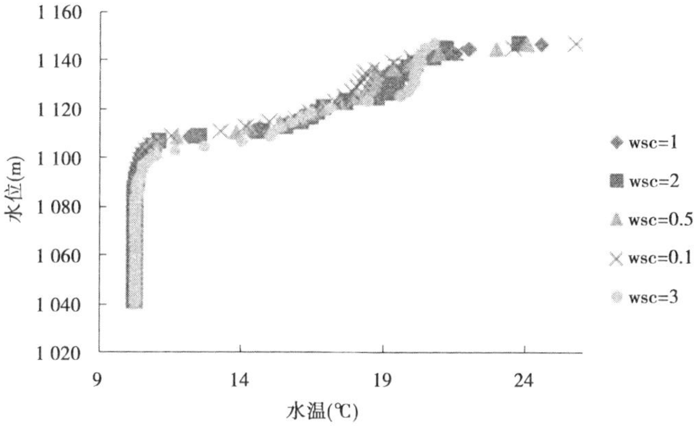


图8　风力保护系数灵敏度

度下降；其次，wsc 取值增大，垂向水温分布结构改变，尤其是温跃层的位置，这是因为 wsc 增大，风速增大，水体表面混合作用加强，表层水体混合层厚度加大，导致温跃层位置下降。分析说明参数 wsc 对库表水温以及水体垂向水温结构的分布，特别是温跃层所处的位置影响较大，在模型率定中是非常敏感的参数。

综上所述，在水温模拟中较为敏感的参数主要有风力保护系数(wsc)。①模型计算中，利用风力保护系数将测点风速修正为库区的实际风速，系数取值越大，库区风速越大，反之，则越小；②从模型公式分析，参数间接影响到垂向紊流黏滞系数和蒸发热损失的计算，参数愈大，垂向紊流黏滞系数愈大，垂向掺混作用愈强，热量在水库垂向上的交换传递愈快，使得中下部水体温度增高；同时，参数变大，蒸发热损失增多，造成库表水温降低；③参数取值：在多山区或植被覆盖较高的区域，风力保护系数在 0.5 ~ 0.9 之间，对于较空旷的地区，可取 1.0，在少部分情况下，如岸边陡峭必须考虑风的漩涡效应时，取值会大于 1。在利用水温实测数据对模型进行验证时，可主要通过调试这个参数来达到数据拟合。

### 4.2　模拟结果

#### 4.2.1　库区水温模拟结果

计算水温与实测水温拟合结果见图 9、图 10。从图中来看，模型总体模拟效果较好，特别是对于水温的双温跃现象都有比较准确的拟合。经分析，坝前 0.7 km 处，2 月 28 日水温

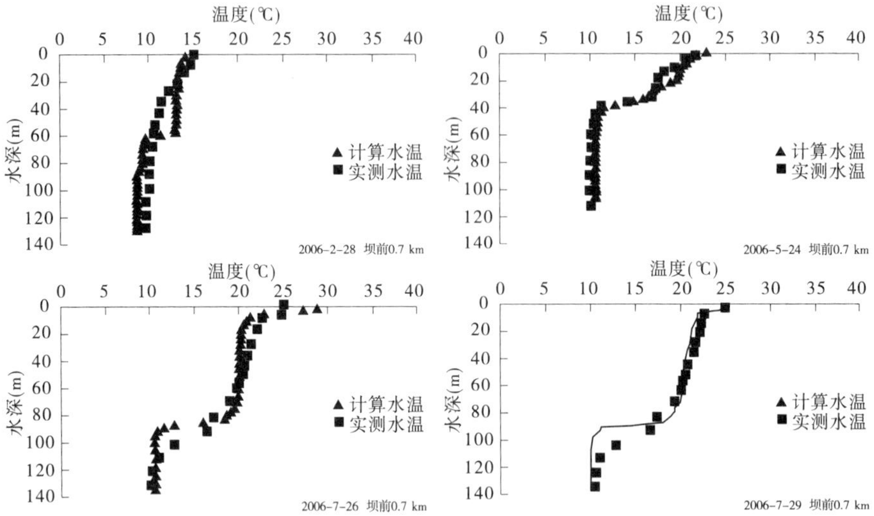


**图 9　坝前断面模拟水温与实测水温拟合**

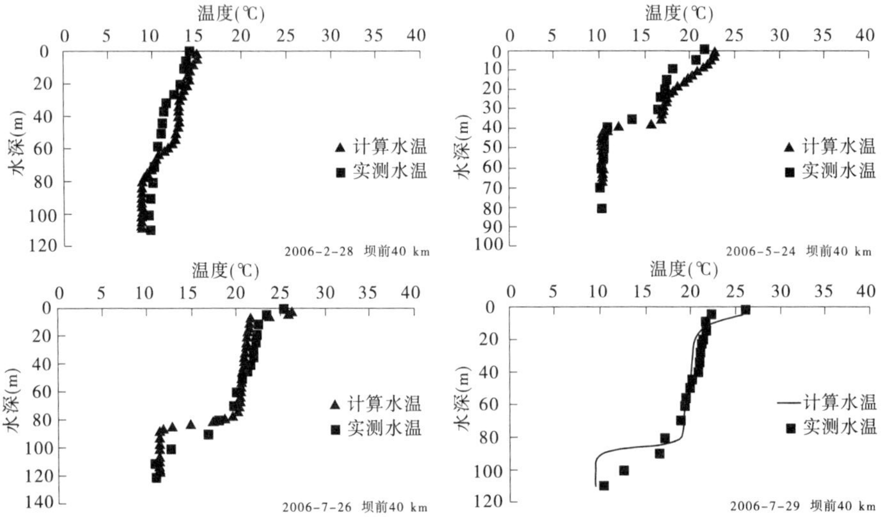


**图 10　坝前 40 km 断面模拟水温与实测水温拟合**

绝对误差约 1 ℃、5 月 24 日绝对误差 0.6 ℃、7 月 26 日绝对误差 1.1 ℃、7 月 29 日绝对误差 0.9 ℃；距坝 40 km 处，2 月 28 日水温绝对误差约 0.9 ℃、5 月 24 日绝对误差 0.9 ℃、7 月 26 日绝对误差 1.0 ℃、7 月 29 日绝对误差 1.1 ℃。可以看出，坝前至距坝 40 km 内，垂向水温绝对平均误差在 1.0 ℃以内，模型模拟精度较好。此时，模型率定的参数取值 wsc 为 2.0；$exh_2o$ 为 0.05。

4.2.2　下泄水温模拟结果

由于 2005 年 11 月 ~2006 年 7 月的二滩水库测量工作并未监测同期电站下泄水温，本文采用坝下约 12 km 的小得石水文站的逐日水温观测资料对模型计算的下泄水温进行校验。

将模型计算的 2006 年 1 ~7 月逐日下泄水温与小得石站实测水温序列点绘于同一图形中，结果见图 11。

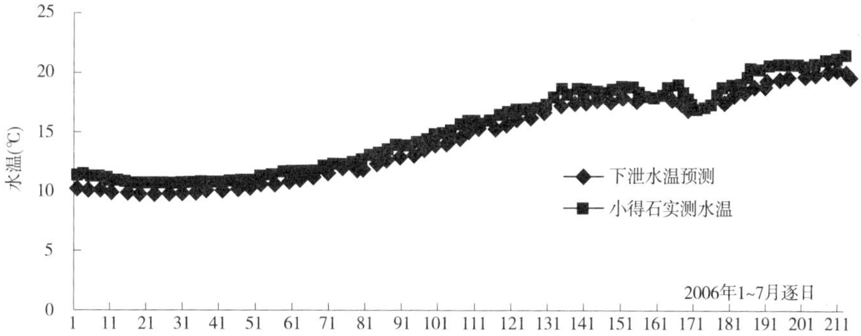


**图 11　模型计算下泄水温与小得石站实测水温对比图**

从图中能够看出，模型预测得到的下泄水温与小得石站实测水温逐日变化趋势基本完全一致，总体来看，模型预测效果较好，统计得到两者的绝对误差在 0.04 ~ 1.74 ℃，其中最大误差出现在 7 月，预测的下泄水温比小得石站实测水温偏低 1.74 ℃，分析原因，可能为：①7 月气温、辐射较强，电站下泄水沿程增温效应大，导致坝下 12 km 的小得石站水温原高于电站出水口水温；②7 月全库区水温分层强烈，电站进水口范围水温变化较大，而电站进水的三维紊流吸取了靠水库下部的低温水，导致下泄水温较实测水温偏低。

### 4.3　误差分析

在水温校正中，存在以下因素，使得模拟结果与实测结果产生误差，首先是模型本身的原因。数值模型是对客观问题本质的反映，建模过程就是建立反映问题各量之间的微分方程及相应的定解条件。建模以及模型的求解都要设定一些假定，CE - QUAL - W2 模型有以下假定：①流体为不可压缩液体；②向心加速度对重力影响很小；③满足布辛涅斯克近似（即密度的变化不显著改变流体的性质）。此外，模型为宽度平均模型，忽略流体横向上的紊动扩散。上述事实都表明模型与实际流体的运动变化过程存在差异，它只能尽可能接近实际，却不能代表实际，这是模型造成误差的内因。

其次是边界条件、气象条件的精度问题，在模型本身已固定的情况下，边界条件、气象条件精度越高，模型拟合效果越好。输入资料的精度对模型计算结果的影响分析如下：①入流流量和入流水温资料，对于水体交换频繁的水体，入流流量和水温的精度非常重要，如果将月均输入资料代入一个月内水交换次数大于 1 的水体进行计算，显然是不合适的。②气象资料，一般将气象站点的资料直接用于水体中也是不合适的，因为气象站点和水体的地形地貌不一致，直接移用将与实际不符。③河道边界文件，计算网格的划分是对实际河道的概化，网格的精细程度将直接影响河道坡降、水位 - 水面面积 - 库容关系的准确度，从而间接影响库底水温以及库表水温的计算。此外，支流的汇入对水温预测也有影响。

## 5　结　论

通过对二滩实测水温数据的分析显示，二滩水电站建成运行后，库区水温呈稳定的分层结构，其中，实测 6、7 月份水温出现双温跃层现象。

采用二滩水库实测水温对 CE - QUAL - W2 模型进行验证，结果显示，CE - QUAL - W2 模型能够较好模拟出二滩水温，尤其是还模拟出部分月份双温跃水温分布，库区坝前至坝前 40 km 内平均绝对误差约 1 ℃；坝下下泄水温与实测小得石站水温误差在 0.04 ~ 1.74 ℃。

模型中对水温模拟影响较大的参数是风保护系数，模型模拟精度较好时，主要参数取值 wsc 为 2.0、$exh_2o$ 为 0.05，在预测流域内其他相似调节性能、地理气象条件接近的水库水温时，可依据此组参数进行模拟计算。

## 参考文献


[1] 四川省雅砻江二滩水电站环境影响报告书.

[2] 四川省雅砻江锦屏一级水电站厂房进水口分层取水设计专题报告 附件一：分层取水水温研究专题报告.

[3] JAN. T. K, WU. S. L, CHOU. P. Y, et al. Eutrophicationmodelling of reservoirs in Taiwan[J]. Environmental Modeling & Software, 2006(21): 829-844.

[4] ORHAN. G, SELCUK. S, COSKUN. Y. Development of water quality management strategies for the proposed isiklireservoir[J]. Wat Sci Tech, 1998, 37(2): 369-376.

[5] AVI. O, SHANI. S. A hybrid genetic – instance based learningalgorithhm for CE – QUAL – W2 calibration[J]. Journal of Hydrology, 2005(310): 122-142.

[6] ERIC. J. N. Algal succession and nutrient dynamics in elephantbutte[M]. US: Department of Civil and Environmental Engineering Brigham Young University, 2005: 93-101.

[7] ELISAL. G, JOHN. E. Cotiform transport in a pristine reservoir: modeling and field studies[J]. Wat Sci Tech, 1998, 37(2): 137-144.

[8] ANNETT. B. S, HENRIETTE. I. J, RBALPH. M. Modelingwhite sturgeon movement in a reservoir: the effect of water quality and sturgeon density[J]. Ecological Modelling, 2003(167): 97-114.

# 水电工程环评公众参与调查的现状问题及对策

肖 静[1] 朱丹丹[2]

(1. 雅砻江流域水电开发有限公司 四川 成都 610051;
2. 中国水电顾问集团成都勘测设计研究院有限公司 四川 成都 610072)

**摘要**:本文分析了水电工程建设环评公众参与的典型方法,指出了其特点与存在问题,并提出了相关对策和建议。以期为同类建设项目环评公众参与工作改进提供思路与方法,并规范水电行业建设项目环评公众参与调查工作。

**关键词**:水电环评 公众参与 对策

公众参与是环境影响评价的重要环节,是公众了解建设项目环境影响的重要途径,也是保障项目影响周边居民环境权益的重要手段。水电作为目前技术最成熟、最具大规模开发条件的可再生能源,加快水电发展是保障能源供应、调整能源结构、实现非化石能源发展目标的重要措施,根据国家《水电发展"十二五"规划》,到2015年中国常规水电装机规模将达到16 700万kW,水电开发面临着建设任务紧迫、移民安置难度增加、生态环境保护要求以及体制机制障碍逐渐显现等新形势和新问题。公众参与作为保障工程建设项目影响周边居民环境权益的重要手段,与水电建设当前的形势存在某种程度的不适应,一方面当地居民的环境权益不能得到有效保障,另一方面又成为水电工程建设的制约环节。本文通过对大型水电工程建设项目环评公众参与调查现状问题的分析,指出当前水电工程建设环评公众参与需尽快解决的组织、机制障碍,以期更好的保护项目建设地居民环境权益,更全面、科学、公正地开展建设项目环境影响评价公众,促进水电工程建设项目的有序发展。

## 1 我国环评公众参与的政策要求

我国环评公众参与调查相对来讲,起步较晚。最早对公众参与环评的规定始于1993年《关于加强国际金融组织贷款建设项目环境影响评价管理工作的通知》,明确提出"公众参与是环境影响评价的重要组成部分,报告书中应设专门章节予以表述,使可能受影响的公众或社会团体的利益能得到考虑和补偿,公众参与工作可在评价大纲编制和审查阶段进行"。这是我国环境影响评价过程中对公众参与的最初表述。《中华人民共和国水污染防治法》和《中华人民共和国噪声防治法》对公众参与环境影响评价也分别作出了原则性规定。

2003年9月1日实施的《中华人民共和国环境影响评价法》是第一部对环评公众参与作出原则规定的法律,对环境可能造成重大影响、应当编制环境影响报告书的建设项目,明确要求在审批前,通过举行论证会、听证会,或者采取其他形式,征求有关单位、专家和公众对环境影响报告书草案的意见,并对意见采纳或不采纳进行说明。

《中华人民共和国环境影响评价法》(以下称“环评法”)颁布后,其中关于公众参与的要求引起了社会各界的广泛关注,但由于环评机构和相关人员经验较少,具体要求不明确,缺乏统一的流程和操作标准,给环评法的实施带来了难度。为明确相关具体工作要求,2006年,环境保护部(原总局)发布了《环评公众参与暂行办法》,对环评公众参与的目的、适用范围、公众参与的一般要求、公众参与的组织形式等,以及对规划环评的公众参与作出了具体规定,该办法是我国在环评公众参与环节的具体操作性规章,具有较强的指导性。

但是,《环评公众参与暂行办法》在实际操作的过程中仍存在如信息公开不充分、时间偏晚、范围不全面、对象不具备代表性、参与方式单一、调查内容存在缺陷、缺乏沟通与信息反馈等方面的缺陷,针对上述问题,环保部 2007 年启动了《环境影响评价技术导则公众参与》的编制工作,已形成了征求意见稿并广泛征求了相关单位的意见,目前正在进一步修订完善过程中。

## 2　某电站采用的公众参与形式与方式

### 2.1　公众参与的形式

该电站环境影响涉及四个县,为更好地让公众了解项目的主要情况和涉及的环境问题,帮助评价人员全面发现问题,确认重大环境问题已得到分析评价和解决,满足《环评公众参与暂行办法》对公众参与调查的要求,结合项目涉及范围广、影响因素多、工作周期长等特点,在开展项目环境影响评价工作期间,选择项目信息公示、公众参与问卷调查和公众参与座谈会等形式作为项目公众参与的主要方式。

### 2.2　项目信息公示过程

(1)第一次信息公示。本次公示在正式开展环评工作之前,主要采用网络公示与张榜公示两种方式,公示主要介绍项目的基本情况,环境影响评价主要工作程序和工作内容,同时向公众公布了反馈意见和建议的联系方式和渠道等。

(2)第二次信息公示。本次公示在环评工作基本结束之后,主要采用了网络公示、报刊公示、张榜公示 3 种形式,其中网络公示选择项目所在地的州环境保护网、四县政府网,报刊公示选择当地影响最大的平面媒体,张榜公示涵盖工程直接涉及 4 县、20 个乡镇。公示的主要内容为环评报告书简本的相关内容。

结合该工程在藏区实际,所有公示采用藏汉双语进行公示。

### 2.3　公众参与问卷调查过程

该电站项目的公众参与问卷调查在环评工作基本结束之后组织开展。问卷调查的对象分别为机关团体和个人。

机关团体设置问题包括公众对工程建设对当地经济、环境的影响,对工程环评拟采取的生态环境保护措施、民族文化和宗教保护措施、环境风险防范、措施的意见,对环评报告书规范性、完整性和客观性的评价,以及对项目建设的总体态度等。团体问卷发放 45 份,收回 45 份,调查问卷对象涵盖项目涉及州县的人大、政协、国土、林业、民宗、水务、环保、城建、交通以及部分主要乡镇等政府主要行政机构。

同时,针对个人,对受工程影响的当地人群开展了广泛的问卷调查,调查问卷分为普通个人、施工影响区居民两类,该项目发放收回有效问卷 1 030 份,覆盖了工程影响区居民超过 15% 以上。

### 2.4 公众参与座谈会

公众参与座谈会与公众参与问卷调查同期开展，一是作为安排布置问卷调查工作的动员会，起到政策宣讲、项目情况介绍、环保知识宣传等作用，同时，提供了双向沟通的平台和基础，是环评工作中了解听取公众意见的重要形式。

该电站以县为单位，并重点征求了工程施工、淹没涉及乡镇民众代表的意见，了解掌握了各行业、各群体对项目建设、工程施工运行期普遍关心的问题。

## 3 该水电工程环评公众参与的特点分析及现状问题

### 3.1 特点分析

该电站在环境影响评价的过程中，严格按照《环评公众参与暂行办法》的有关规定开展了公众参与工作，及时公开项目环境影响评价的相关信息，广泛征求了公众意见，基础工作扎实，为环评工作的顺利推进做了大量卓有成效的工作。其环评公众参与呈现以下特点：

(1)公众参与的对象具有广泛的代表性。团体意见征求几乎涵盖了工程涉及四县的所有政府部门，个人问卷调查范围首先涵盖了建设项目影响的主要区域，涉及所有乡镇，涵盖了项目建设影响的全部人群，在对该电站项目移民及工程区居民问卷调查对象选择上，严格按照不少于15%的比例进行抽样，发放问卷调查表。因此，本次公众参与调查具有广泛的代表性。

(2)信息公布与反馈渠道多，公众参与形式多样，问卷调查设计针对了民族区域特点。项目公众参与的信息公示环节，选择了现代化的网络平台、传统的平面媒体、基础性的张榜公示等多种方式；在征求意见环节，开展了广泛的问卷调查，既涵盖社会团体，又囊括了项目影响的个人，并提供了开放性问题，所有关注的主要环境问题均能够通过开放性渠道进行反馈；通过组织召开座谈会的形式，一方面直接进行了工程环评结论介绍，又能够广泛听取意见，是听取公众意见，保障公众参与权、知情权和监督权的重要形式。针对项目所处藏区特点，在信息公布、问卷调查时均采用藏汉双语，适应当地的阅读习惯，同时，针对不同的调查对象(如施工区与水库淹没区)，调查问卷的内容也相应做了调整。

(3)调查公众多方参与，认真细致，成果可靠。本次公众参与调查由评价单位主导，地方政府配合，建设单位全程参与。评价单位在发放问卷调查表前，工作人员进行反复说明，对有关质疑与不解进行耐心沟通，对团体和个人填写的调查表充分进行说明，充分尊重被调查人员的意愿，工作过程透明，调查结果真是可靠。

### 3.2 现状问题

虽然该项目在环评公众参与上做了诸多突破，严格按照《环评公众参与暂行办法》的有关要求开展了大量卓有成效的工作，做到了过程合法、形式有效、对象广泛、结果真实。但在调查的过程中，仍发现存在以下问题：

(1)直接参与调查的对象文化素质普遍偏低。本次回收的1 030份普通个人调查问卷中，小学及以下是本次公众参与的主体，共有809份，占普通个人调查问卷总份数的78.54%，这其中绝大多数人中是文盲。虽然评价工作人员做了大量的解释与沟通工作，但受语言、理解能力等方面的制约，对调查的内容仍然是一知半解。如何更加简单、通俗、明确、易懂的制定问卷调查表，是下一步开展水电工程环评公众参与调查需思考的问题。

(2)公众专业知识不足，参与意识淡薄。该电站的环评公众参与调查，虽然建立了广泛的信息沟通反馈渠道,但却没有人主动提出意见。主要原因在于大部分公众都明显专业知识不足，他们文化水平不高、专业知识欠缺，面对专业人士与有关材料的专业术语，公众很难通俗明了理解与领会，更难分析出相关环境问题，探讨潜在的环境风险。同时，公众的环境意识也是影响公众参与有效性的一个至关重要的因素,原因主要是项目区经济发展水平和教育水平相对较低，公众权利义务观念淡薄，环境意识水平较低，具有很强的“政府依赖型”特征，大部分民众还不能真正行使法律赋予自己的权利，积极参与到建设项目的环境影响评价中来。再者,该电站项目开展公众参与时,时逢当地挖虫草的主要季节,给参与人员召集、相关知识宣讲以及填写调查问卷都带来了一定困难。

(3)关注重点出现偏差,参与效果欠佳,未达到预期效果。本次公众参与调查,调查对象不仅提出了加快移民搬迁安置进程的诉求,也提出了大量要求协调宗教事务的意愿,更有要求改善生产生活条件的请求,还有反映邻里矛盾的情况。公众参与调查的本质目的是为了促进建设方与公众之间的双向联系和交流,加强双方互相理解,使工程能被公众充分认可,使决策者在决策工程的建设时充分兼顾公众的利益和要求,避免片面性,减少盲目性,使工程的设计规划更完善、更合理,为运营期间的环境保护工作顺利进行打好基础,提高项目的环境和经济效益。但因为公众因专业知识不足或者说公示信息过于专业、关注度不够、关注点出现偏差等,导致最终未能够取得环评公众参与的预期效果。

## 4　对策措施及调整建议

### 4.1　完善环境影响评价社会公众参与调查的组织保障

水电工程项目影响人群多,跨多个行政区域,部分区域位于少数民族地区,为达到公众参与调查的目的,真正公开、平等、广泛和便利地开展环评公众参与调查公众,绝不能将公众参与理解为建设单位和评价单位的事情。为加快公众参与调查进程,必须建立统一的组织、协调机制,提前做好政策宣讲等基础性工作。考虑到水电项目环境影响人群特点,建议对大型水电工程建设公众参与调查工作由县级分管领导统筹,各行业部门均要广泛参与,评价单位与建设单位要重点做好有关专业知识的讲解与指导。

健全完善的组织保障也是保障民众环境权益的重要手段,通过有组织地汇集意见和建议,政府层面的信息沟通与对接,是民众表达关切和维护权益的最有效方式。

### 4.2　尽快组织编制水电行业的环境影响社会公众参与调查导则

因水电行业具有影响因素多、影响空间跨度大、影响时期长等特点,与化工、一般的工程建设及其他行业领域有显著差别,因此,有必要针对水电项目的特点,组织编写水电行业的环境影响社会公众参与调查导则,指导水电行业环评公众参与调查工作。

水电行业的环境影响社会公众参与调查导则,需要重点明确水电工程项目公众参与的范围、参与计划、信息公开与宣教途径、公众意见的采集与调查方法,面向专家、社会团体、民间组织、社会公众等不同人群的调查内容等,同时要对公众的意见进行汇总和信息反馈。

### 4.3　加强社会公众的环境意识教育,丰富公众环保专业知识,提高其参与能力

针对水电项目建设过程的环境影响知识,要动用基层干部组织、评价人员等开展环境保护知识讲座,加强对项目建设情况、项目建设影响以及相关对策措施的介绍,增强公众维护自身环境权益的意识。

同时,为了能够更加准确地把握公众的环境关注点,要研究公众参与环境影响评价工作

的切入时机，最好能够将公众参与贯穿到环境影响评价的全过程，该方式一方面能够快速丰富公众环保专业知识，同时也更容易激发公众参与的积极性，是值得探讨与摸索的工作形式。

### 4.4　降低个体问卷调查在公众参与中的比重，完善面向社会团体、民间组织征求意见的途径与渠道

个体问卷调查是目前我国广泛采用的公众参与形式，从水电工程开展的实际效果来看，虽然花费了大量的时间、精力及人员，但参与的实际效果并不理想，甚至影响到整个项目环评工作进程。从国外经验来看，社会团体、民间组织在环评公众参与中发挥着重要作用，因此，考虑到水电行业环境影响评价工作的专业性、系统性以及环境保护与工程建设有序统一的需要，更多的征求水电行业学会、环境科学学会等社会团体与民间组织的意见，对更加科学、全面地评价水电建设工程环境影响，选择更加科学、合理的对策措施，更好地做好水电工程建设期间环境保护工作必将取得事半功倍的成效。

## 5　结　语

公众参与是保障民众环境权益，促进建设方与公众相互了解的重要途径，是协调经济发展与环境矛盾的重要手段，其在环境影响评价中的作用越来越大。水电作为“十二五”期间重要的能源战略方向，必须更好地做好水电建设过程中的环境保护，才能为水电行业的健康、长期、持续发展奠定基础。目前，我国的公众参与制度正在逐步完善过程之中，水电行业公众参与工作也在不断调整之中，但实际操作中还存在很多问题，影响了公众参与效果的发挥，因此有必要加强对此项工作的研究，总结经验教训，完善措施方法，摸索形成一套适合水电行业状况的公众参与方法，从多个途径提高公众参与的有效性。

# 雅砻江两河口水电站建设征地移民安置规划主要成果、特点和创新

杨智慧

（雅砻江流域水电开发有限公司　四川　成都　610051）

**摘要**：本文对雅砻江两河口水电站建设征地移民安置规划主要成果进行回顾，提炼出占地面积大、民族特色鲜明、专项复建任务重、概算投入大等主要特点，并分析出农村移民安置方式、民族特色实物补偿、寺庙处理思路、非物质遗产保护等创新点，为类似水电站移民工作的开展提供思考和借鉴。

**关键词**：两河口水电站　移民安置规划　成果　特点　创新

雅砻江两河口水电站位于四川甘孜藏族自治州雅江县境内的雅砻江干流上，是雅砻江水电开发进入甘孜藏区腹心区的第一个特大项目，是四川省甘孜州目前水电装机最大、淹没损失最多、移民安置难度最大的水电工程。两河口水电站建设征地涉及甘孜州的雅江、道孚、理塘、新龙4县的20个乡68个村，建设征地区有省道217线、雅江至道孚和雅江至新龙的县级公路通过。

## 1　工程概况

两河口水电站是我国大型水电能源基地雅砻江干流中游的控制性水库电站工程。坝址位于雅砻江干流与支流鲜水河的汇合口下游约2 km河段。两河口水电站坝址控制流域面积6.58万$km^2$，多年平均流量670 $m^3/s$。水库正常蓄水位2 865 m，相应库容101.5亿$m^3$，调节库容65.6亿$m^3$，具有多年调节能力。电站装机容量300万kW，多年平均年发电量为114.91亿kW·h。电站枢纽建筑物由土质心墙堆石坝、溢洪道、泄洪洞、放空洞、发电厂房、引水及尾水建筑物等组成。心墙堆石坝最大坝高295 m，发电厂房为地下式，厂内安装6台混流式水轮发电机组。

## 2　实物指标调查和主要成果

实物指标调查由甘孜州人民政府、雅砻江公司、成都院成立两河口水电站建设及移民安置工作领导小组，领导两河口建设征地涉及4县的实物指标调查登记工作。在领导小组的组织领导下，由雅砻江公司、成都院会同雅江、道孚、理塘、新龙各县分别成立实物指标调查登记联合工作组，开展实物指标调查，林业调查技术单位、国土调查技术单位、界桩测设单位也参加了实物指标调查各项工作。对涉及实物指标以村为单位，分期分批、分村分片区调查的工作方式开展实物指标调查、公示、复核、签字、确认。调查登记的时限以《四川省人民政

府关于两河口水电站水库淹没区及施工区停止基本建设控制人口增长的通知》(川府函[2008]386号)中确定的2009年1月1日为准。

2009年经过各方的积极努力,完成淹没影响区和枢纽工程建设区实物调查,2012年补充调查了等级公路复建和集镇迁建占地区实物。汇总各类土地187 090.3亩(其中耕地4 947.9亩,园地737.9亩,林地135 085.8亩,草地19 596.8亩,其他土地26 721.9亩),调查移民人口6 287人(其中农业人口5 819人、非农业人口468人),房屋1 250 280.23 $m^2$,零星林木136 741株。直接淹没集镇6座(雅江县瓦多集镇、普巴绒集镇,道孚县下拖集镇、亚卓集镇、红顶集镇、仲尼集镇)。主要专项有4座寺庙(卡拖寺、红顶寺、桑珠寺、格扎寺),6个小水电站共965 kW,移动基站11座,通讯线路229.83 km,10 kV输电线路160.32 km,0.4 kV输电线路91.29 km,变压器45个1 190 kVA,三级公路1.28 km,四级公路190.19 km,机耕道92.99 km,驿道332.73 km,嘛呢堆744处36 966.6 $m^3$,佛塔786处11 652.72 $m^3$,水葬点49处,火葬台16处,天葬台2处,国家高等级永久性测量标志点21座(二等)。

## 3　移民安置规划主要成果

两河口水电站移民安置规划的主要成果如下文所示。

### 3.1　农村移民安置

生产安置:至规划水平年,计算生产安置人口5 953人;根据移民意愿调查成果可纳入逐年补偿计算的耕(园)地面积为4 781.14亩,占征收总耕(园)地面积的91.44%;自主安置对应耕(园)地408.48亩,占征收总耕(园)地面积的7.81%;农业安置需调剂土地38.96亩,占征收总耕(园)地面积的0.75%。

搬迁安置:至规划水平年,两河口水电站共有搬迁安置人口6 874人,其中分散安置4 754人,集中居民点安置563人,进入集镇安置1 503人,自主安置54人。

### 3.2　集镇迁建

水库淹没普巴绒集镇、瓦多集镇、下拖集镇、亚卓集镇、红顶集镇、仲尼集镇6座集镇。雅江县普巴绒集镇和瓦多集镇人口规模为1 410人,占地面积为13.99 $hm^2$;道孚县下拖集镇、亚卓集镇、红顶集镇、仲尼集镇人口规模为1 044人,占地面积为9.99 $hm^2$。

### 3.3　专业项目处理

(1)交通设施。建设征地涉及省道S217线(三级)君坝大桥—和平乡段1.28 km,规划通过复建恢复其功能,复建长度5.85 km。涉及县道X037线雅新路(四级)普巴绒—君坝大桥段共计95.19 km,规划复建长度65.88 km;涉及县道XV02线雅道路(四级)两河口至瓦日乡段共计95 km,规划复建长度113.928 km。

(2)跨库大桥及库周交通。建设征地涉及的绒坝大桥、木绒大桥和红顶大桥规划通过复建恢复其功能。库周交通恢复通村、通乡道路96.14 km,驿道16.98 km,人行渡口7对。

(3)电力工程。根据移民安置点的布置和可以引接的电源点,按照"各县电网向各县移民安置点"供电的原则,完成库区内移民安置点的输变电工程。复建涉及87.27 km的35 kV骨干供电网络和4座35 kV中心变电站的新建,以及240.93 km的10 kV配电网络及数座10 kV分区变电站的新建。

(4)电信工程。对建设征地涉及的道孚县、雅江县和新龙县境内的通信光缆线路和基站进行复建。光缆沿规划复建的X037县道、S217省道或乡村公路敷设,规划复建通信光缆线路总长度约408.95 km;规划复建基站15个,基站覆盖范围为新建各移民安置点并兼顾省道和县道沿线。

### 3.4 寺庙迁建

两河口水电站建设征地涉及4座寺庙全部在道孚县境内,设计单位与道孚县委、县政府、统战部、民宗局、移民局、涉及乡政府进行广泛的交流和征求意见及与寺庙活佛、寺管会、僧侣、信教群众等广泛座谈、交流后,确定采用基础设施统一规划,建构筑物一次性补偿方案。

### 3.5 库底清理

根据《水电工程建设征地移民安置规划设计规范》(DL/T 5064—2007)规定的水库库底清理技术要求,结合城建、卫生防疫、林业等部门的有关规定,进行一般清理和特殊清理两部分规划设计并计算工程量和投资。

### 3.6 环境保护和水土保持

环境保护和水土保持措施设计按农村移民安置点、集镇迁建、专项工程复建等分别进行环保和水保措施设计并计算工程量和投资。

## 4 建设征地移民安置规划主要特点

### 4.1 水库库容大,征地范围广

两河口水电站水库主要由雅砻江、鲜水河、庆大沟组成,其中干流雅砻江回水长度约116.124 km,一级支流鲜水河回水长度约94.84 km,一级支流庆大沟回水长度约21.72 km。电站控制流域面积65 857 $km^2$,水库面积108 $km^2$,正常蓄水位以下库容101.5亿 $m^3$。建设征地涉及甘孜州雅江、理塘、道孚、新龙4县,各类土地面积187 090.3亩。在雅砻江流域水电开发中,两河口水电站是水库库容最大、征地面积最多的电站。

### 4.2 人口绝对量小,局部相对量大

两河口水电站装机容量300万kW,正常蓄水位为2 865 m,水库回水较长。相对于同规模、同流域电站直接涉及搬迁人口规模不大,但因为电站建设征地区属高山峡谷地区,靠近江边区域地势平缓,库区实物指标主要沿河均匀分布在2 730 ~2 830 m区间较为集中,局部人口密度较大,其中例如雅江县普巴绒全乡人口为1 767人,建设征地范围涉及人口1 753人,占全乡人口的99.21%,占建设征地涉及人口的27.88%,还有理塘县绒坝乡仁达村、呷柯乡日西村也基本上是整村搬迁,建设征地范围内部分乡、村涉及人口搬迁安置规模大。

### 4.3 民族特点鲜明,经济社会发展水平偏低

建设征地涉及各乡村农村人口基本为藏族,具有很强的康巴藏族特色,两河口水电站建设征地范围内各村土地面积大,耕(园)地面积少,后备耕地资源少,林地资源丰富,涉及的移民群众收入构成中对野生资源的依赖较大。同时,库区移民受教育程度低,从根本上改变原有生产生活方式难度大,涉及的移民户以村组为单位,相对封闭,但宗教信仰虔诚,导致移民所在的各村组搬迁安置相互影响较大,加上库区4县涉及的移民生活条件差,当地基础设施配套不完善,对该区域的经济产生一定影响,相对发展落后。

### 4.4 涉及专项多,复建投资大

两河口水电站涉及寺院4座、企事业单位,交通设施、电力工程、通讯设施、小型水电站、水准测量标志点等专业项目。两河口移民安置规划直接投资总计998 098.14万元,专业项

目处理补偿费694 951.12万元，占移民直接投资69.63%，其中复建等级公路省道S217线、县道雅新路和雅道路185.658 km，投资补偿费用427 883.35万元，占专业项目总投资61.57%，复建等级公路投资比重较大，3条等级公路投资就比农村移民搬迁和集镇迁建投资之和要多。

### 4.5 地方政府征地移民工作经验缺乏

由于两河口位于甘孜州雅砻江中游段，属全民信教的藏区，在移民安置方式、补偿补助体系、寺庙等宗教设施的处理等方面缺少针对性的政策依据和基础，加之库区4县在开展移民前期筹备、实物调查、规划设计、后期实施等不同阶段的工作时间较短，业务技能和工作经验缺乏，各县对移民程序和政策法规不熟悉，在一定程度上给开展移民工作带来难度，制约着工程的顺利建设。

## 5 征地移民安置创新探索

### 5.1 拓宽了藏区农村移民生产安置方式

两河口水电站处于康巴藏区的腹心地带，其农村特点主要体现在：一是移民对周边公共资源依赖程度高，库区耕地人均仅1亩左右，但林地、草地资源丰富，当地群众收入来源主要依赖林业、牧业和野生资源等周边的公共资源，主要进行放养牛羊，采集虫草、松茸、中药材等，移民对种植业依赖程度相对较低，对自然环境依赖程度比较高；二是环境封闭，移民适应能力有待提高，移民长期生存在艰苦而闭塞的生存环境和活动空间，造成了信息不通，与外界沟通较少，对新环境的适应能力相对较低；三是宗教文化特色明显，佛教是藏民族生活中不可缺少的部分，不同的教派有自己的信奉者，信教群众都按“不信一个教，不进一座庙”的宗教清规，只到自己信奉的宗教场所参加宗教活动。两河口水电站涉及的移民一方面后备耕地资源严重不足，另一方面限于宗教和附近的林下资源原因移民又不愿意外迁或远迁，造成了移民生产安置的矛盾。为选择合适的移民生产安置方式，2011年由四川省扶贫和移民工作局牵头，甘孜州人民政府、雅砻江公司参与，成都院技术负责，经过大量艰苦细致的调研工作，编制了《两河口水电站移民试点政策研究报告》，对两河口水电站移民存在的生产安置问题有针对性地提出了对策，提出了增加“逐年补偿”的安置方式，由有土安置变为无土安置。经省政府同意后交由移民群众自愿选择，结果有91%的移民选择“逐年补偿”安置方式。这种安置方式很好地解决了耕园地环境容量不足的问题，让移民群众就地就近后靠安置，原有社会网络、宗教关系不破坏，基本生活来源又有保障，因此很受移民群众的欢迎。

### 5.2 补偿补助项目体现了藏区民族特色

按照《大中型水利水电工程建设征地补偿和移民安置条例》中“尊重少数民族的生产、生活方式和风俗习惯”的要求，在编制两河口水电站移民实物指标调查细则时，雅砻江公司和地方政府、设计单位一起进行调研，将藏式房屋和装修装饰、寺庙和佛塔等不常遇到的实物进行细致分类，共同研究出调查方法，以达到切合实际的要求。在调查过程中如果遇到特殊的、不常见的实物，也在现场确定，合理增加。由于雅砻江公司、地方政府和设计单位提前谋划，有针对性地解决移民群众关心的特殊性问题，如藏式片石木房屋分层、佛塔的调查方法、宗教设施的分类等，因此政府、移民和项目业主之间的沟通合作是有效的，从开始就提前研究特殊实物，避免了互相扯皮的情况。在进行移民安置规划设计时也对应测算补偿费用，特别是对藏式房屋室内装修装饰等进行了细致分类和费用计算，分为板、柱、墙、柜、门、窗6

大类 53 个类别,体现和尊重了民族特色。同时针对该区域民族、宗教特点和具体实物对象的形态,细化和完善了移民补偿补助计算方法,特别是考虑到宗教设施可能存在的宗教活动费,提出增加宗教仪轨活动的补助项目,切实保障了移民群众的切身利益。

### 5.3 尊重宗教和寺庙迁建工作

甘孜州境内藏传佛教影响深远,佛教与藏民族的生活密不可分,为尊重移民群众的宗教信仰,各方高度重视寺庙和宗教问题。两河口水电站将淹没 4 座寺庙,涉及格鲁派和苯波派,在编制移民安置规划大纲前,专门对寺庙等宗教设施处理方式进行了研究,提出受电站淹没影响的寺庙需要迁建时,应以实物指标调查成果和寺庙审批文件,依据国家的宗教政策按原规模、原标准或者恢复原功能的"三原"原则进行寺庙的迁建。为维护原有供养关系不变,适时提出"人随寺走,寺随人迁"的观点,以保证移民群众和信奉寺庙的关系不中断。在考虑移民安置地点时也要兼顾不同教派的信众也不聚居在一起,以利社会的稳定和团结。对于寺庙的迁建,首先也是通过当地政府和民宗部门提前介入做通寺庙的工作,同意搬迁复建;然后在新寺选址时充分尊重寺庙僧侣意见,由寺庙确定新址位置,只要不是地质灾害区新址就成立;最后在确定补偿补助标准时,既遵守国家的移民政策,又尊重宗教习俗,请专业人士一起参与,无论是房屋建筑、壁画佛像、宗教仪式仪轨等都进行了充分考虑,最大程度地尊重了藏传佛教的习俗,维护了库区和社会的安定团结。同时在迁建方式上,也共同协商确定寺庙"院内" 建构筑物补偿和寺庙场平费用采用总价包干,寺庙自主修建,水电路基础设施建设由政府实施的原则进行处理。该方式得到了地方政府和宗教人士的高度关注和一致认可,符合规程规范的要求,具有推广应用价值。

### 5.4 特殊民族文化进行保护与传承

两河口水电站涉及区域属于全民信教的藏族聚居区域,由于自然条件、历史传承等因素,移民社会关系网络与汉族地区差异较大,具有独特的文化和语言,特别是淹没涉及的一级支流鲜水河两岸,分布着藏民族中比较特殊的一支,俗称扎巴人,他们有独特的文化,自己的语言,特色鲜明的民族文化。"扎巴话"与其他地方的藏语无法沟通,是语言孤岛。扎巴地区有着独特的民俗民风和生活习惯,如:"走婚"习俗和吃"臭猪肉"的习惯。在进行移民安置时,需要尊重民族特性,充分考虑社会关系的恢复与重建,特别要重视扎巴文化的保护与传承。为此雅砻江公司进行资金帮助,甘孜州政府委托有资质的中介机构开展研究工作,编制完成和审查通过了《两河口库区扎巴文化保护研究报告》,对扎巴文化的保护与传承提出了建议方案。在论证电站社会环境影响时,又特别提出要进行民族文化保护,决定分别在道孚县亚卓集镇、雅江县瓦多集镇新建 2 座扎巴文化博物馆,对扎巴文化进行保护与传承。这也体现电站建设对当地经济和文化的支持,地方政府可以充分利用扎巴文化的独特性和神秘性,以两河口水电站建设提高的库区基础设施为契机,大力发展旅游事业,造福当地群众。

## 6 结 语

两河口水电站地处藏区腹心地带,具有很明显的高原自然特征和鲜明的藏区文化特色,涉及面广,实物复杂,专项众多,是雅砻江流域移民补偿投资概算最多的电站。为尊重民风民俗,推进移民工作,各方通力合作,进行了生产安置方式、补偿补助项目、寺庙等宗教设施处理、扎巴文化保护等方面的研究,使得移民安置规划方案切合实际,移民安置规划报告顺利通过审查,为电站建设奠定了良好的基础,也为其他藏区电站移民工作提供了借鉴,以后还要做更多的研究、探索,以利合法、有序、健康地做好征地移民工作。

## 参考文献

[1] 大中型水利水电工程建设征地补偿和移民安置条例,2006.

[2] 中国水电顾问集团成都勘测设计研究院. 甘孜州雅砻江两河口水电站移民试点政策研究报告[R]. 2011.

[3] 成都来也城市策划规划设计有限责任公司. 两河口库区扎巴文化保护研究报告[R]. 2011.

[4] 中国水电顾问集团成都勘测设计研究院. 雅砻江两河口水电站建设征地移民安置规划报告[R]. 2012.